野村鮎子編

『列朝詩集小傳』研究

汲古書院

目次

『列朝詩集小傳』研究

序説

野村鮎子

一、本書の目的
二、『列朝詩集』の體例
三、『列朝詩集』編纂の歴史
四、『列朝詩集小傳』の依據資料
五、版本と底本について

一、本書の目的

『列朝詩集』は、銭謙益（一五八二～一六六四）が明朝滅亡後に明一代の詩を後世に遺すことを目的として編纂した明詩の選集である。全八十一巻で、上は皇帝から下は宦官や異域の詩人まで、一千八百三十餘名の詩人の詩を收錄している。自序の日付は、「玄黓執徐之歳」「玄月十有三日」すなわち清の順治九年（一六五二）九月十三日であり、刻行を擔當したのは錢謙益の弟子でもある汲古閣主人毛晉（一五九九～一六五九）である。

明三百年の二千名近い詩人の略傳と詩篇を收錄していること、また後世の明文學史觀に與えた影響の大きさから言ってもこの書の右に出るものはなく、『列朝詩集』は今日、明代文學研究における基本文獻とみなされている。

『列朝詩集』は詩人ごとの選集という編纂スタイルを採っており、首卷の乾集と末卷の閏集以外、ほぼ時代別に詩人の詩篇を配列している。そして詩篇の冒頭には詩人の略歷を記した「小傳」が冠せられている。「小傳」は明代詩人の傳記をコンパクトにまとめていることから後世の人々に重寶され、康熙三十七年（一六九八）には、錢謙益の族孫にあたる錢陸燦が「小傳」のみを集めて、『列朝詩集小傳』という名で董氏誦芬室から刻行した。

ただし、本書でいうところの『列朝詩集小傳』（以下、『小傳』）とは、廣く『列朝詩集』の「小傳」を指しており、錢陸燦による輯本のみを意味しているわけではない。

『小傳』の敍述內容は、詩人の字號、年里、官爵、著述といった客觀的事跡の羅列にとどまるものではなく、明の詩派や詩人に對する錢謙益個人の批評をも含んでいる。古文辭七子に代表される復古主義が「模擬剽竊」に陷り、それに反撥して興った公安派が「浮佻卑俗」に走り、さらにその反省から生まれた竟陵派が「幽深孤峭」に墮ち、その結果として明詩と國運がともに衰退した。――こうした今日中國文學の世界で廣く受け入れられている明代文學史觀は、『小傳』にその源流があるといっても過言ではない。

その影響は正史の記述にも及んでいる。淸の康熙年間に編纂された『明史』の文苑傳には『小傳』の內容を抄略したと思しき表現が隨處に見られる[1]。文言を數字變えただけのものや『小傳』が紹介する逸話をそのまま轉載したものもあり、なかには『小傳』の錯誤が『明史』文苑傳で蹈襲されている例もある[2]。

ところが、乾隆年間になると、錢謙益は大義名分を重んじた乾隆帝によって二朝に仕えた貳臣の烙印を押され、その著作はすべて禁燬書に入れられることになる。『列朝詩集』もまた、『四庫全書總目提要』「集部總敍」で「錢謙益の『列朝詩集』に至りては、更に賢姦を顚倒し、彝良泯絶す。其の害を人心風俗に貽（おく）る者、又た豈に尠（すくな）からんや」と斷罪され、存目にすら著錄されなかった。

しかし、『四庫提要』には錢謙益の文學思想の影響が色濃く殘っている。その一例が竟陵派に對する徹底した批判である。

明の萬曆末から天啓・崇禎年間にかけて、古文辭後七子の模擬や公安派末流の浮佻や卑俗に飽き足らぬ思いを抱いていた詩人を引きつけたのは、湖北景陵、かつて竟陵と呼ばれた土地から興った鍾惺（一五七四～一六二五）や譚元春（一五八六～一六三七）らの詩で、とりわけ彼等が評選した『唐詩歸』『古詩歸』は一世を風靡した。しかし、『列朝詩集』は、「鍾惺小傳」とその「附見」である「譚元春小傳」、さらに譚元春詩の後に附加された論評で、これを完膚なきまでに批判した。

四庫館臣は、竟陵派が公安派の「纖佻之弊」を受けついで、「尖新（新奇さ）」と「幽冷（うす暗くひんやりした感じ）」を喧傳して人心を惑わし、明の國運を傾けるに至ったとして、あれほど流行した『唐詩歸』を『四庫全書』に收錄せず、譚元春の別集『嶽歸堂集』十卷、『譚友夏合集』二十三卷、『譚子詩歸』十卷をすべて存目に置いたのである。[3] 鍾惺の別集『隱秀軒集』に至っては、「纖佻詭僻で、風氣を破壞」したことを理由に、禁燬書としてしまっている。[4] こうした明詩と國家の氣運とを重ね合わせるのは、『列朝詩集』から繼承された詩史觀である。

『小傳』は、古文辭派や公安派、竟陵派を批判する一方で、埋沒していた詩人を意識的に發掘し積極的に顯彰した。吳に傳わる詩學の傳統や翰林院の文學を再興しようとしたのである。それは吳の文化の繼承者として、また翰林の府に身を置いた者として、錢謙益が自負したところでもあった。そしてそのことは、時に顯彰する詩人または批判する詩人の傳記の意圖的な改變あるいは改竄へとつながっていく。改竄には至らないまでも、『小傳』に何を書いて何を書かないか、あるいは詩人のどのような逸話をどのような文脈で引用するかで、詩人像は大きく左右される。[5]

錢謙益は若いころは王世貞に心醉していたが、中年になって嘉定の四君と出會ったことがきっかけで自らの非を悟り、宋詩を學び古文辭批判に轉じた。さらに四君の中でも特に程嘉燧に心醉し、彼のために耦耕堂を築いてともに隱棲したほどである。『列朝詩集』はこの一介の布衣を「松圓詩老」と呼び、詩を二百十五首——この數は『列朝詩集』の中でも七番目に多い——も收錄し、『小傳』では二千字近くを費やして彼の人となりを紹介し、『列朝詩集』編纂のきっかけを與えてくれた重要人物だと喧傳する。[6]

こうした『列朝詩集』の古文辭への徹底的な批判と程嘉燧びいきは、一部の淸初の文人の反撥を買った。若いころに錢謙益から詩壇の後繼者と稱されていた王士禛は、錢謙益の死後、轍を變えて『列朝詩集』を公然と批判するようになる。[7]

錢宗伯謙益『列朝詩傳』を作り、本と『中州集』に倣い、以て史を庀めんと欲す。固より淹雅と稱さる。然れども持論に私多く、殊に公議に乖る。（『池北偶談』卷七「牧齋詩傳」[8]）

錢牧翁『列朝詩』を選び、大旨は李西涯（東陽）を尊び、李空同（夢陽）・李滄溟（攀龍）を貶しむるに在り。又た空同に因りて大復（何景明）に及び、滄溟に因りて弇州（王世貞）に及び、垢を索め瘢を指して、餘力を遺さず。夫れ其の滄溟の古樂府・擬古詩を駁するは、是なり。空同の『東山草堂歌』を竝せて亦た之を疵するは、則ち妄なり。錄する所の『空同集』の詩も亦た多く其の傑作を泯ぼす。黃省曾は、吳人なるも、其の空同に北學するを以て、則ち之を擯く。朱淩溪應登・顧東橋璘の輩に于いても亦た然り。予 竊かに之を非とし、偶たま其の略を此に著わす。牧翁 予に於いては知己の感有り、順治辛丑 予の『漁洋詩集』に序して、代興の語有り。……今三十餘年、先生の墓の木は 拱 なり。予 敢て先生に傅會して前輩を誣せざる所以の者は、亦た先生の諍臣爲らんと欲する云爾。(9)

（『帶經堂詩話』巻二）

王士禛は、『列朝詩集』を編纂した錢謙益の詩觀が公平無私でないことに非を鳴らしたのである。

こうした中、朱彝尊（一六二九～一七〇九）が康熙四十四年（一七〇五）に『明詩綜』一百巻を編纂する。朱彝尊自身は、嘉靖の古文辭七子を「徒だ 率 いて其の聲音笑貌に仿い、形は則ち似るも神は愈いよ非なり」（『曝書亭外集』「郎梅溪詩序」）と否定しており、竟陵派の詩についても「亡國の音」（『明詩綜』巻六六）とこれを斥けるなど、明詩についてのおおまかな評價は錢謙益のそれと軌を一にする。しかし、明詩總集としての『列朝詩集』には不滿を表明し、かつ『明詩綜』を編纂した意圖を次のように説明する。

明の萬曆自り後、作者は散じて紀無く、常熟の錢氏は審擇を加えず、甄綜寥寥たり。……乃ち錢氏概ね抹殺を爲し、止だ松圓一老のみを推すは、公論に非ざるに似たり。故に彝尊は公安・竟陵の前に於いて、詮次稍や詳しうす、意は『列朝』選本の闕漏を補うに在り。(10)

（『曝書亭集』巻三三「答刑部王尙書論明詩書」）

朱彝尊は『列朝詩集』の萬曆以降すなわち錢謙益の同時代人に對する批評態度を偏私と指彈したが、沈德潛（一六七三～一七六九）は『列朝詩集』そのものを全面否定した。

沈德潛は乾隆三年（一七三八）の「明詩別裁集序」で次のように述べている。

錢受之の『列朝詩選』は青丘（高啓）・茶陵（李東陽）の外、北地（李夢陽）・信陽（何景明）・濟南（李攀龍）・婁東（王世貞）の若きは概ね指斥を爲し、且つ其の長を藏し、其の短とする所を錄し、以て排擊に資す。而して二百七十餘年中、獨だ程孟陽（嘉燧）一人を推すのみ。而るに孟陽の詩は纖詞浮語にして、祇だ勝を陳仲醇（繼儒）の諸家に爭うに堪うのみ。此れ猶お丹砂を舍てて溲勃を珍とし、箏琶を貴びて清琴を賤しむがごとし。[11]

『四庫全書』が『列朝詩集』を著錄していないことは先に述べたとおりである。『四庫全書』が明の總集として著錄したのは、朱彝尊の『明詩綜』であった。そして『列朝詩集』を「黨同伐異の見」として切り捨てた。

錢謙益の『列朝詩集』出づるに至りては、醜を記し僞りを言うの才を以て、濟うに黨同伐異の見を以てし、其の恩怨を逞しうし、是非を顚倒し、黑白混淆し、復た公論無し。[12]

（『明詩綜』提要）

朱彝尊『明詩綜』は、『列朝詩集』の「不公平」を正し、不足を補おうとして編纂されたものだが、詩人の詩篇の前に「小傳」を置くなど、その體裁は『列朝詩集』に倣っている。しかもその內容は『列朝詩集小傳』に負うところが大である。しかし、片や貳臣が編纂した禁燬書、片や『四庫全書』に著錄された清朝公認の書となったことで、これ以後、清朝を通じて明詩の總集といえば朱彝尊の『明詩綜』を指すようになり、『列朝詩集』は貳臣錢謙益ともども長らく貶められていたのである。

『列朝詩集』や『小傳』に再び注目が集まるようになったのは、皮肉なことに淸の皇權が弱體化した淸末である。宣統二年（一九一〇）、『列朝詩集』は神州國光社から鉛印本という形で翻刻された。

續く民國十七年（一九二八）、葉德輝が「其の實『明詩綜』は乃ち鄉愿の爲す所にして、『列朝詩』は乃ち選家の詩史なるのみ」[13]（『郎園讀書志』卷一六）として錢謙益のために冤をすすぎ、徐々に『列朝詩集』の文學史的意義が再認識されるようになる。その中でも大きな役割を果たしたのが、容庚が國共內戰終結後すぐの一九五〇年に發表した「論『列朝詩集』與『明詩綜』」である。同論文は、兩者の異同優劣を論じ、「要して之を言わば、『明詩綜』は固り『列朝詩集』に敵せず」と『列朝詩集』に軍配を上げている。[14]

吾國でも吉川幸次郎が一九五九年から〈淸初詩說〉という題目で錢謙益の訓詁の學を講じ、續いて同じ題目のまま實際は『列朝詩集』を一九六〇年まで講じた。[15] 吉川は「依然として〈淸初詩說〉を題目としつつも、錢謙益その人の文學よりも、彼の編んだ『列朝詩集』を材料として、明の詩の變遷を辿る講義が、一九六〇昭和三十五年に及んだ。それがのち『元明詩概說』の明の部分を書くことを可能にした」[16]と言っており、さすれば、我々日本の中國文學研究者が據るところの明詩の入門書もまた間接的に『列朝詩集』の文學觀の影響を受けていることになる。

このように、總體としての『列朝詩集』や『小傳』についての再評價は進んだが、一方で、個々の詩人の「小傳」の考證は、あまり進展をみなかった。『小傳』の記述は簡にして要を得ていることから、詩人の傳記を引用するのに便利であり、また『小傳』を抄略した『明史』文苑傳は當然『小傳』と似通った表現となり、研究者は兩者を見比べて事足れりとし、それ以上の考證の必要性を認識しにくかったというのもある。つまり『列朝詩集』に問題があることは認識していても、個々の詩人の傳記の改變あるいは改竄については、ほとんど注視されてこなかったのである。

『小傳』が依據した資料は、詩人の墓誌銘や行狀、詩集の序文から詩話や筆記、あるいは小說や野史の類にまで及んでいる。ただし、ほとんどの場合、依據した資料名や逸話の出處は記されていない。しかし、「文獻徵すべきもの無き」時代とは異なり、明代の文獻は目睹可能なものが多い。錢謙益が依據した資料を索出し、原資料と『小傳』とを比較對照することも可能である。

本書は、『列朝詩集小傳』の中から明代を代表する詩人四十名について、『小傳』とそれが依據した原資料を比較し、傳記の改變や潤色の有無を確認し、錢謙益が詩人の傳記をどのように再編集し、明詩觀をどのように構築したのかを具體的に示すことを目的としている。

二、『列朝詩集』の體例

『列朝詩集』の詳しい體例については、拙論で詳しく論じたので[17]、ここではその概略のみを記しておく。

『列朝詩集』は詩人ごとに詩を選び、それを編んだ選集である。採錄數が多い詩人で高啓の八百六十餘首、劉基の五百六十首というのもあるが、少ない者は一首のみの採錄という場合もある。そして、ほとんどの場合、各詩篇の前には「小傳」が配されている。これも詩人によって疎密があり、程嘉燧のように二千字近い「小傳」ものから、字號や籍貫のみを記しただけのものまである。

錢謙益が體例の參考にしたのは、金の元好問の『中州集』である。そして、彼はそれが友人程嘉燧（一五六五～一六四三）の提案によるものであったことを明言している。

曰く、「詩を錄するは何れより始まるか。孟陽の『中州集』を讀む自り始まるなり。孟陽の言に曰く、「元氏の詩を集むるや（元好問による『中州集』の編輯は）、詩を以て人に繫け、人を以て傳に繫く。『中州』の詩は、亦た金源（金國）の史なり。吾 將に倣いて之を爲さんとす。吾は採詩を以てし、子は庀史（史を備える）を以てせば、亦た可ならずや」と……」と。[18]

（『列朝詩集』「歷朝詩集序」）

余 此の集を撰するに、元好問『中州』の故事に倣い、用って正史の發端と爲し、捜摭考訂し、頗る次第有り。[19]

（『列朝詩集』甲集卷十「徐布政賁詩後」）

これによれば、程嘉燧が選詩を、銭謙益が小傳を擔當したということになるが、實際には『列朝詩集』の編纂作業は天啓年間に中斷しており、銭謙益がそれを再開したときにはすでに程嘉燧は鬼籍に入っていた。『列朝詩集』を今の形に完成させたのは銭謙益である。

程嘉燧が體例の參考にしたという『中州集』は、別名『翰苑英華中州集』または『中州鼓吹翰苑英華集』ともいい、金の元好問が金滅亡後に編纂した金詩の總集である。金の二百五十一名の詩人による二千六十首の詩が、詩人の小傳とともに收錄されている。小傳の內容は詩人の經歷や逸事はもとより作品に對する批評にまで及び、詩話の性格も併せもつ。元がのちに『金史』の列傳を編纂した際にはこれを參照したといわれている。銭謙益「徐布政賁詩後」の「元好問『中州』の故事に倣い、用って正史の發端と爲し」という言には、この『小傳』が將來『明史』編纂時の史料となることについての期待と自負が込められており、事實、そのとおりになった。

『列朝詩集』が『中州集』に倣ったのは、小傳だけではない。『中州集』はその一から十までの卷に十干すなわち甲から癸の十個の文字を充てているが、『列朝詩集』はこの點も『中州集』に倣った。ただし、實際には皇帝と諸王の詩をあつめた乾集、高僧や道士などの詩を収める閏集を除いては、甲から丁集までしかなく、戊集以下は存在しない。

毛晋がこの理由を問うたところ、銭謙益は次のように答えている。

（毛晋）曰く、「元氏の集は、甲自りして癸に訖る。今丁に止まる者は、何居ぞや」と。（銭）曰く、「癸は、帰なり。卦に於いては帰藏爲り、時は冬令爲り。月の癸に在るを極と曰う。丁は、丁壮成實なり。歳は强圉と曰う。萬物は丙に盛んにして、丁に成り、戊に茂る。時に於いては朱明爲り、四十强盛の年なり。金鏡未だ墜ちず、珠囊重ねて理むれば、鴻朗莊嚴にして、富有日新ならんとするは、天地の心にして、聲文の運なり[20]」と。

（『列朝詩集』「歴朝詩集序」）

銭謙益によれば、癸は、帰すなわち萬物の帰する冬であり、終極を意味する。丁は夏季を指し、人でいえば四十歳、盛年の充實期にあたる。繁茂を意味する戊をあえて編纂しなかったのには、明復興の盛徳大業への期待を込めたということになろう。左は『列朝詩集』の目録である。

乾集上下二巻　上巻は皇帝、下巻は諸藩王。

甲集前編十一巻　元末至正十二年（朱元璋起兵）～至正二十七年（明建國）。元末明初遺老の詩。

甲集三十二巻　洪武、建文の三十五年間。

乙集八巻　永樂、洪熙、宣德、正統、景泰、天順朝の六十二年間。

丙集十六巻　成化、弘治、正德朝の五十七年間。

丁集十六巻　嘉靖、隆慶、萬曆、泰昌、天啓、崇禎朝の一百二十四年間。

閏集六巻　高僧、道士、名僧、異人、金陵法侶、香奩、宗室、內侍、靑衣、傭書、無名氏、集句、神鬼、外夷。

これによれば、甲から丁までの各集が收める歷朝の區分や年數に不均衡があることは一目瞭然である。甲集前編は十六年間で十一卷、甲集は三十五年間で三十二卷、乙集は六十二年間で八卷、丙集は五十七年間で十六卷、ところが丁集になると一百二十四年間で十六卷という構成となっている。

ただし、各卷には上下あるいは上中下が含まれる場合もある。たとえば甲集前編の卷七と卷八には上と下があり、甲集の卷四には上中下、卷五には上と下とがある。また、丁集の卷十三には上と下がある。それらを含む全卷數と收錄詩人數とを對照させると次のようになる。

乾集………全二卷、二十名（皇帝一名、諸藩王十八名、附見二名）。
甲集前編…全十三卷、一七九名（一〇七名、附見七十二名）、十六年間。
甲集………全三十五卷、二四九名（二三七名、附見十二名）、三十五年間。
乙集………全八卷、二四一名（二二九名、附見十二名）、六十二年間。
丙集………全十六卷、二三四名（二一八名、附見十六名）、五十七年間。
丁集………全十七卷、五一三名（四五四名、附見五十六名）、一百二十四年間。
閏集………全六卷、三三二名（三一七名、附見十五名）。

一見してわかるように、『小傳』の收錄卷數と收錄詩人數は比例していない。乙集と丙集はそれぞれ約六十年間の詩、ほぼ同數の詩人を著錄するが、丙集に割り當てられているのは乙集の倍の卷數である。また、丙集と丁集はほぼ同じ卷數であるにもかかわらず、對象とする年數や收錄詩人數でいえば、丁集は丙集の倍以上であり、丁集が極端に窮屈になっていることが知られよう。本來、十干でいえば戊集に配當されるべき詩人が、すべて丁集に押し込められているように感じられる。これは前掲の「歴朝詩集序」で確認したように、戊集を明復興後の詩人たちの卷數に充當するため、あるいはそれを期するために採られた苦肉の策ともいえよう。

さらに、甲集の前に甲集前編が置かれていることも奇異に感じられる。甲集前編はあるが、甲集後編は存在しないのである。

甲集前編が收錄するのは、元末明初の遺老の詩篇である。したがって、これは甲集以前の詩ということになる。しかし、そもそも明詩の選集である『列朝詩集』に元末の詩人の詩を採錄しているのはなぜか。このことは錢謙益が明清鼎革の時代に生きていたことと密接に關わっていよう。明の遺民にとって、元の遺民の詩は一つの生き方の手本でもあった[21]。

また詩人によっては劉基（一三一一～一三七五）のように、甲集前編と甲集との兩方に小傳がある例もある。元末から明初にかけて詩名があった人物としては、他に楊維楨（一二九六～一三七〇）、高啓（一三三六～一三七四）、宋濂（一三一〇～一三八一）などがいるが、楊維楨は甲集前編のみに、高啓と宋濂は甲集のみに配されている。劉基と宋濂は同じく文官として明の太祖朱元璋を支えた開國の功臣であり、年齢も一歳しか違わない。扱いを異にしたのにはある特別な理由――劉基の出處進退に對する錢謙益の自己投影があった。

劉基は明の太祖に召し出され、開國の功臣として封爵された人物であるが、かつては元朝の祿を食む官僚であり、朱元璋と敵對關係にあった石抹宜孫（?～一三五九）の幕僚でもあった。『列朝詩集』は劉基の『覆瓿集』二十四巻を元朝での作として甲集前編に、『犁眉公集』五巻を入明後の作として甲集に配し、『小傳』においては、劉基の『覆瓿集』の詩風を「悲惋」、『犁眉公集』を「衰颯」と評している。錢謙益は前者に元朝が滅亡に向かう劉基の悲憤慷慨を、後者に新朝での彼の内心の葛藤を見たのである。[22]

圖らずも劉基と同じく二つの王朝に仕える身となった錢謙益は、劉基に倣って自らの詩文集を明滅亡以前と以後とで『初學集』と『有學集』に分けて刻行している。

三、『列朝詩集』編纂の歴史

錢謙益は「歴朝詩集序」で、『列朝詩集』（『國朝詩集』）編纂の始まりについて次のように回顧している。

山居して暇多く、『國朝詩集』を譔次すること、幾ど三十家、未だ幾もならずして罷め去る。此れ天啓初年の事なり。[23]

錢謙益は萬暦三十八年（一六一〇）、探花で進士に及第し、翰林院編修を授けられるも、父の服喪のため歸鄉、そのまま神宗在位期間は里居を續け、泰昌元年（一六二〇）八月すなわち天啓元年になってから復職した。「山居多暇」とはこの十年餘の里居を指す。『國朝詩集』の編纂はこの年の錢謙益の官への復歸によって中斷された。

編纂を再開したのは、二十數年後、明清鼎革後の順治三年（一六四六）のことである。續く序文は當局を憚って書されているため、ことさら難解である。譯文を附しておく。

二十餘年を越えて、開・寶の難に丁り、海宇板蕩し、載籍放失し、死に瀕して縶を頌され、復た斯の集を事とする有り。丙戌に託始し、己丑に徹簡す。乃ち其の間を以て昭代の文章を論次し、朝家の史乘を蒐討し、州次部居し、發凡起例して、頭白汗青、日有るに庶幾し。[24]

その後、二十餘年が經ち、王朝が存亡の危機に直面し、海内は混亂に陷り、書籍も散逸した。私は逮捕されて死に瀕したが桎梏をゆるされ、この集の編纂を再開した。その作業は丙戌（一六四六）から始めて、己丑（一六四九）に終わった。その期間にも明一代の文を編次し、皇朝の史書を蒐集検討し、類別して順序立て、要旨を述べ凡例を記し、白髮頭になるほど長い時間をかけたそれらの書物は、完成間近の狀態になっていた。

「開・寶之難」とは安史の亂だが、ここでは崇禎十七年（一六四四）の清兵が都に入り、北京が陷落したことを指す。その後の清軍の南下により江南は大きな被害を受け、多くの書物が失われた。なお、これを安史の亂になぞらえたことには、一旦は異民族の侵略に遭っても、中華の王朝が再び中州の地を回復するという含意がある。

ところが、好事魔多しである。錢謙益自慢の藏書樓である絳雲樓が、順治七年（一六五〇）十月に失火により燒けたのである。

庚寅陽月、融風　災と爲り、插架盈箱、蕩として煨燼と爲る。此の集　先に殺青に付せば、幸いに秦火漢灰の餘に免かる。[25]

（以上、「歷朝詩集序」）

庚寅の歳（順治七年）の十月、北東の風に煽られて火事となり、書架や文箱の原稿はすべて灰燼に歸してしまった。この詩集は先に印刷に付しておいたため、幸いにも火災を免かれた。

この時の火災では錢謙益が別途編纂を進めていた『國史』（『明史』）の稿本も燒けている。

ところで、近年、『列朝詩集』編纂過程がわかる錢謙益手稿本が、北京大學圖書館と國家圖書館で發見された。孟飛「『列朝詩集』稿本考略」（『文獻』二〇一二年第一期）によれば、北京大學圖書館本には三十七家、二百十九首の詩が、都軼倫「『列朝詩集』編纂再探：以兩種稿本爲中心」（『文學遺產』二〇一四年三期）によれば、國家圖書館本には三百十七家、一千四十三首の詩が收錄され、ともに錢謙益の手稿本だという。(26) 前者は天啓年間の稿本で、後者は殘本ではあるが編纂を再開した後の、完成形に近い狀態の稿本である。

さて、『列朝詩集』はもともとこのような書名であったわけではない。舊名は『國朝詩集』といい、それは當然、明朝の詩の選集を意味した。これが刻行の途中で急遽『列朝詩集』に變更されたのである。

以下、錢謙益が刻行を擔當した汲古閣主人毛晉にあてた書簡を譯文とともに紹介する。

集の名の「國朝」の二字、殊に推敲有り。一二の當事の有識の者、議するに易うるに列朝の字を以てし、以て千妥萬妥にして、更に破綻無しと爲す、此れ亦た篤論なり。版心各おの一字を改めんと欲するは、瑣屑に似ると雖も、亦た憚煩を憚るを以てして改定を爲さざるを容（ゆる）さざるなり。幸くは早く之を圖られんことを。(27)

（『錢牧齋尺牘』巻二「與毛子晉書」其三十九）

集の名の「國朝」の二字ですが、修正があります。當道の一、二人の有識者が「列朝」の字に代えてはと意見していています。妥當で破綻もないといいます、これも納得できる案です。版心もそれぞれ一字を改めましょう、些末なことですが、面倒だからといって改めないというわけにはいきません。どうか急いでください。

書名について銭謙益に忠告した清朝に仕えていた有識者が誰であったかは未詳だが、時代はすでに清の天下であり、「國朝」が意味するところは「明朝」ではなくなっていた。そのままでは當局から罪に問われかねなかった。

實際、銭謙益は順治三年（一九四六）六月、清朝の祕書院學士兼禮部侍郎を辭して南歸した後に、二度逮捕されている。一回目は所謂「謝升案」であり、順治四年（一六四七）三月晦日の蘇州での逮捕である。これは徳州知州の李大升が謝陛（謝升は誤り）を武器私藏の罪で誣告し、少し前に徳州に居住していた銭謙益にも累が及び、北に連行されたという事件である。各所への運動で夏に釋放されたが、一時は死も覺悟するほど切迫した状況であった[28]。二回目は所謂「黄毓祺案」であり、謀反の企てに關與したとして、順治五年（一六四八）五月に逮捕された。この時は、拘束具は科されず、實質的には南京での軟禁にとどまり、詩を蒐集するために藏書家のもとを訪れる自由もあったようだが[29]、もし三度目の逮捕があるとすれば、命の危險があった。

こうした經驗から、彼は知人の意見を容れて、鐫刻がほとんど完成していた「國朝詩集」としていた版心の字を改めるように指示したのである。實際に汲古閣本の『列朝詩集』を見てみると、各巻の冒頭一行の「列朝詩集」と巻末の「列朝詩集」の一行には、あとで入木修正したとおぼしき痕が殘っており、このことが裏付けられる。

書名は『列朝詩集』と決まった。ところが汲古閣本に冠せられた序文は「歴朝詩集序」となっている。これは決して字の誤りではない。なぜならば『有學集』（四部叢刊本）巻一四には「列朝詩集序」という題名で収録されているものの、目録には「歴朝詩集序」となっているからである。

ならば、銭謙益はなぜ序文を「列朝詩集序」とせずに「歴朝詩集序」としたのかという問題が生じよう。「歴朝詩集序」は上述したように、この書の體例は『中州集』に倣ったといい、甲集から始まり丁集で編を終えた理由を説明するが、序文は、乾集や閏集はもとより、甲集前編の存在については一言も觸れていない。ならば「歴朝詩集序」は、あくまで明代皇帝の各朝の詩を選んだ『歴朝詩集』（甲集～丁集）の序文なのであって、乾集と閏集を加えた『國朝詩集』全體の序文ではなかったという見方も成り立つ。

そもそも『列朝詩集』は乾集あるいは甲集から順序立って刻されたわけではなく、編纂校閲を終えた集から順次汲古閣に送り、版木を作成するという方式であったらしい。

> 詩集の役は、暇日を得て校定し付去れり、所謂「病に因って閑を得たるは渾て悪しからざるなり」。丁集は已に繕寫すべし。近日の邱長孺等の流の如きは、其の人を存せんと欲するも、卒に未だ得べからず、姑く之を置きて可なるのみ。「鐵崖樂府」は當に自ら一集を爲すべきも、未だ應に選中に入るべからず、亦た之を置く。(30)
>
> （『銭牧齋尺牘』巻二「與毛子晉書」其八）

詩集編纂の事業ですが、時間があったので校定したものを送ります、いわゆる「病氣で時間ができたのは悪くない」（蘇軾の「病中遊祖塔院」の「因病得閑殊不惡」）です。丁集は已に清書の段階です。最近の邱長孺らについては、その人を詩集に入れたいのですが、詩篇を入手できずにいます、しばらくそのままにしておくしかありません。「鐵崖樂府」はこれで一巻とすべきですが、まだ選中に入れる状態ではありませんので、今はそのままにしておきます。

「鐵崖樂府」とは『列朝詩集』甲集巻十七之下の楊維楨に採録された樂府を指す。楊維楨の詩は巻十七之上と巻十七之下の二巻にわたって収められており、右の毛晉あて書簡から考えると、巻十七之下は後から插入されたものであることがわかる。つまり、後から楊維楨の「鐵崖樂府」を加えたために、巻十七を上下に分かつ必要が出てきたのであろう。しかも、その插入は丁集の編輯よりも後だった。

さらに、錢謙益は一旦完成させても、それを補訂する作業を繼續していた。

甲集前編の方參政行の小傳は又た數行を考し得れば、卽ち之を附入す、庶わくば此の人を此の巻に入るるを見るは、臆見に非ざるのみ。「鐵崖樂府」の稿は仍お一閲に付す。[31]（『錢牧齋尺牘』巻二「與毛子晉書」其十六）

甲集前編の方參政行の小傳ですが、數行を考證して附入しました。この人をこの巻に入れたのは、私の臆見でないことを願います。「鐵崖樂府」の稿をご覧に入れます。

諸様本昨已に送上す、記室に在るを想う。頃ごろ又た閏集五冊・乙集三巻を附し去れり。閏集は頗る蒐訪を費す、早く之を刻し、以て一時の談資に供すべし。[32]（『錢牧齋尺牘』巻二「與毛子晉書」其十八）

見本を昨日送りました。お手元に届いているかと思います。さきほどまた閏集五冊と乙集三巻分を送付しました。閏集はかなり蒐訪に手間がかかりました、早めに刻行して、世のみなさんの話柄としてもらいましょう。

『列朝詩集』は序文に順治九年とあることから、この年の刻行と考えられがちであるが、實際には數年にわたって錢謙益が手を入れながら刻行されたものである。

錢謙益は程嘉燧の沒後に出版された詩集の序文「耦耕堂詩序」（『有學集』卷一八）の中で「崇禎癸未十二月、吾友孟陽卒於新安之長翰山。又十二年、歲在甲午、余所輯『列朝詩集』始出」と述べている。甲午とは順治十一年（一六五四）にあたる。つまり、この年に全八十一卷が完刻したということであろう。

なお、この年八月、錢謙益は旅先の蘭江（浙江蘭溪）で、蘭溪知縣であった季振宜（一六三〇～？、字は滄葦）の訪問を受けた。この時、季振宜が『列朝詩集小傳』の句を諳んじていることに驚いたという。

> 甲午中秋、余 蘭江を過り、滄葦明府 余の舟次を訪い、余の輯する所の『列朝詩集』、部居州次、累累として珠を貫ぬるが如きを譚ず。人ごとに小傳有るを、其の詞を趣擧すること、一二を數うる若し。余は恤然として心に之を異とす。硯祥（馮文昌、字は硏祥を指すか）我に告げて曰く、「滄葦は此の書を購い得て、翻閲すること再三、手自ら採緝し、大掌簿十帙を成す、書生の兎園冊を攻むと雖も、專勤の如く無きなり」と。(33)
>
> （『有學集』卷一七「季滄葦詩序」）

さらに明末清初の史學家で、『國榷』の編者でもある談遷（一五九四～一六五七）は、この年の七月、北京にいた吳偉業からこの『列朝詩集』を借りている。『北游錄』紀郵上 甲午七月の條には「因りて其れ（吳太史―吳梅村）に錢牧齋の選する所の明詩を借る」と記されている。書名がどうであれ、當時の人々にとってこの書は舊朝である明朝の詩選であったことは、明らかである。

なお、錢謙益は當局を憚って書名を變更したが、清初の順治年間は明朝の遺民への締め付けもさほど嚴しくはなかったようで、事實、明の皇帝の詩を刻することも可能であった。錢謙益は毛晉あての書簡で乾集の刻行について次のように指示している。

乾集は閱て過ぎ附し去れり、本朝の詩に此の集無きは、模樣を成さず。彼の中の禁忌、殊に亦た闊疏、卽ち剞劂に付すを妨げず、少しく待ちて之を出さん[34]。（『錢牧齋尺牘』巻二「與毛子晉書」其十七）

乾集は見終わりました。本朝の詩にこの集がないのでは格好がつきません。かの宮廷の禁忌はあまり嚴しくはなく、これを刻しても問題ないでしょう、しばらく待ってこれを出しましょう。

次の年表はこれらの編纂過程を時代順に整理したものである。

萬曆三十八年（一六一〇）　探花で進士及第、翰林院編修。父の服喪のため歸鄉、そのまま神宗在位期間は里居を續ける。

四十五年（一六一七）　夏、程嘉燧が拂水山居の錢謙益の元を訪問、一箇月滯在。將來ともに歸隱する約束を交わす。

天啓　元年（一六二一）　『國朝詩集』の編纂開始、三十家を選ぶも中斷。原職復歸。個人的な興趣により、明の前中期の詩のみを選詩。北京大學圖書館藏『歷朝詩集稿本』不分巻（三十七家、二一九首）このころ成立か。

二年（一六二二）　奪俸三箇月。

三年（一六二三）　歸鄉。

四年（一六二四）　左春坊左諭徳兼翰林院編修、纂修『神宗實錄』。

五年（一六二五）　閹黨より東林黨の首魁と目され、削籍、歸鄉。

六年（一六二六）　『國初羣雄事略』編纂開始。

崇禎　元年（一六二八）　禮部右侍郎兼翰林院侍讀學士。入閣目前で誣告される。

二年（一六二九）　「閣訴」により罪を得て南歸。

三年（一六三〇）　四月、常熟の耦耕堂に程嘉燧を迎える。

十三年（一六四〇）　春、程嘉燧との共同生活を解消。

十四年（一六四一）　程嘉燧、本貫である新安に隱棲。

十六年（一六四三）　冬、絳雲樓完成。十二月、程嘉燧新安にて沒。

十七年（一六四四）　三月、北京陷落。五月、南京に福王政權誕生。

六月、福王政權で禮部尙書兼翰林院侍讀學士を拜す。

弘光　元年（一九四五）　二月、國史を修することを請う。

五月、清兵南下、南京陷落。七月、北京連行。

順治　三年（一九四六）　正月、淸の祕書院學士兼禮部侍郎、明史副總裁を拜す。

六月、歸鄉。『國朝詩集』編纂を再開。明史編纂開始。

北京圖書館藏『明詩選稿本』不分卷（三一七家、一〇四三首）このころ成立か。

四年（一六四七）　三月「謝升案」で蘇州にて逮捕。北に連行、夏に釋放。

五年（一六四八）　五月「黃毓祺案」で逮捕。南京での軟禁中に收書活動。

六年（一六四九）『國朝詩集』完成。『國史』ほぼ完成。

七年（一六五〇）十月、絳雲樓焼失、『國史』焼失。『國朝詩集』はすでに梓に付していて難を逃れる。

九年（一六五二）九月十三日、「歴朝詩集序」執筆。

この間、「國朝詩集」の名を「列朝詩集」に變更。

十一年（一六五四）『列朝詩集』完刻。

康煕　三年（一六六四）錢謙益沒。

三十七年（一六九八）錢陸燦が『列朝詩集小傳』十巻を刻行。

四、『列朝詩集小傳』の依據資料

『小傳』が依據した資料は、詩人の墓誌銘や行狀、詩集の序文から詩話や筆記はもちろんのこと、時には小說や野史の類にまで及んでいる。しかし、依據した資料名や逸話の出處は記載されていない。そもそも傳記の編纂とは資料を取捨選擇する行爲そのものである。そして一旦傳記が成ってしまえば原資料は破棄されるかまたは時間とともに散逸してしまい、後世の者が原資料にアクセスする手段は閉ざされてしまう。

ただし、「文獻徵すべきもの無き」時代とは異なり、明代の文獻は目睹可能なものが多く、錢謙益が依據した資料を索出し、原資料と『小傳』とを比較對照することも可能である。以下、調査の過程で判明した『小傳』の主な依據資料の一部を紹介しておく。詳細は、本書の各章を參照されたい。

詩人の傳記の基礎資料である墓誌銘、行狀、傳については、『國史』を編纂するために徐々に史料を蒐集していたと思われる。文字の異同などを考えると、錢謙益が墓誌銘、行狀で據ったのは、主に程敏政編『皇明文衡』である。

また、『明實錄』の傳も參照していたことが分かっている。錢謙益は明朝で翰林院編修・纂修神宗實錄（天啓四年、一六二四）、翰林院侍讀學士（崇禎元年、一六二八）、福王政權下で禮部尙書兼翰林院侍讀學士をつとめ、入淸後は明史副總裁（順治三年、一六四六）として、これらの書物を宮中の祕閣で目睹する機會を得ていたと考えられる。特に明初の歷史には強い關心を有し、『國初群雄事略』や『太祖實錄辨證』[35]を執筆しているほか、『列朝詩集』編纂の傍ら、『國史』の編纂も行っていた[36]。また、祕閣の書ということでは、洪武二十三年（一三九〇）刋の『昭示姦黨錄』（佚）も閱覽しており、これによって高啓の刑死の眞相を考證している。『昭示姦黨錄』は明太祖が功臣たちを肅正した後に自らを正當化するために天下に配布した書であり、錢謙益は『太祖實錄辨證』でもこの書を用いている。

吳の人物評傳の著作としては、閻秀卿の編で、弘治十六年（一五〇三）刻の『吳郡二科志』（存）も利用している。これは吳中の人物を「文苑」と「狂簡」の二科に分けて評論した書である。また、高啓の「小傳」のように、王鏊編『姑蘇志』六十卷（存）の傳に依據した「小傳」もある。正德元年（一五〇六）の序を有するこの書は、卷四三～五八が「人物」傳となっており、明前半の吳の古人の傳記を知るのに便利な書である。

意外なところでは、李卓吾『續藏書』二十七卷が擧げられる。萬曆三十七年（一六〇九）刻のこの書は、嘉靖以前の人物に關する紀傳體の評論であり、錢謙益は楊愼の「小傳」執筆にこれを用いている。萬曆四十五年（一六一六）刻の顧璘『國寶新編』は李夢陽・何景明・祝允明・徐禎卿・朱應登・趙鶴・鄭善夫・都穆・景暘・王韋・唐寅・孫一元・王寵ら計十三人の傳を收めた書であり、「小傳」では文學批評に引用されている。このほか、錢謙益は崇禎十三年（一六四〇）刻の何喬遠『名山藏』一百九卷の序文を書しており、これも見ていた。

錢謙益は「小傳」で詩を論じる際にしばしば先人の評語を引用するが、最も引用が多いのは王世貞の批評である。

特に『藝苑巵言』については何度も讀み込んでいたらしく、それと明示されなくとも王世貞の評語を意識している場合が多い。これは銭謙益自身、若いころ、この書を金科玉條としていたと告白しているのと符合する。[37] また、銭謙益は友人とともに同時代の詩人の詩を論じることも多く、同時代の詩については朱隗（字は雲子、長洲の人）が編んだ『明詩平論二集』二十巻[38]（崇禎十七年刻）を參照していた。これは天啓元年から崇禎十七年春までの四百五十八人の詩を収錄した書である。また譚元春批判では銭繼章（字は爾斐、號は菊農、浙江嘉善の人）が編んだ『人琴集』七巻（存）も讀んでいたことが分かっている。

別集が散逸していた詩人については、崇禎三年（一六三〇）に曹學佺が編纂した『石倉十二代詩選』[39]や、銭穀が編纂した『續吳都文粹』六十巻（一部佚）を見ていたらしい。また珍しいところでは、閏集の日本人僧侶の詩を沐景顒編『滄海遺珠』四巻から採っている。これは明初に雲南に流遇した二十人の作を收めた書物である。また、詩社の詩集も蒐集しており、曹學佺の門客が編んだという『金陵社集詩』（佚）を、黄虞稷千頃齋で借抄し、これは丁集巻七に金陵社集詩として収錄されている。[40]

五、版本と底本について

『列朝詩集』は清朝に禁燬書となったこともあり、版本は二種類しか存在しない。一つは順治九年（一六五四）序の汲古閣刻本、もう一つは宣統二年（一九一〇）の神州國光社による翻刻鉛印本である。ただし、神州國光社本は原書の汲古閣本に比べて一部に闕佚がある。[41] 銭陸燦輯『列朝詩集小傳』の版本は、康熙三十七年（一六九八）の董氏誦芬室刻本しか存在しない。

日本では、禁燬書に指定される乾隆以前に將來されたと思われる汲古閣本『列朝詩集』が複數機關に藏されているが、錢陸燦輯『列朝詩集小傳』は管見の及ぶところこれを藏するのは大阪大學懷德堂文庫と大阪府立中之島圖書館の二館のみである。

『列朝詩集小傳』の評點本は比較的早くからあり、一九五七年十一月に古典文學出版社が人名索引つきの標點排印本を刊行している。一九五九年九月には、中華書局上海編輯所がこれを再版。そして文革後の一九八三年三月、上海古籍出版社が先の二書の斷句や標點の誤りを訂正して索引を補充した版を刊行している。現在、これが最も世に流布しており、本書がいうところの『小傳』標點本とはこれを指す。

『列朝詩集』の方は、一九八九年に汲古閣本を底本とする縮版影印本が上海三聯書店から出版されている。卷末に人名と編名索引を附した便利な書である。ただし、この影印は「詩歌總集叢刊」中の一册としての刊行で、背表紙が『詩歌總集叢刊・明詩卷』となっているため、『列朝詩集』の影印本とは氣づかれにくい。このほか、『列朝詩集』の影印は、『四庫禁燬書叢刊』集部九七（北京出版社、二〇〇〇）にも收められている。

二〇〇七年には、中華書局から許逸民と林綸敏の點校本『列朝詩集』全十二册（以下、『列朝詩集』點校本）が刊行されている。第十二册目の卷末に人名索引を附す。その「點校說明」によれば、當初、底本には汲古閣本を用いようとしたものの、漫漶甚だしく、ついに斷念して神州國光社翻刻鉛印本を底本とすることに變更したという。鉛印本の闕佚や誤字については汲古閣本を參照しつつ、適宜補足補正している。さらに「小傳」部分については、一九八三年版の『小傳』標點本と逐一校勘を行ったという。

さて、本書は、汲古閣本『列朝詩集』を底本とした。錢陸燦輯『列朝詩集小傳』の康熙刋本もしくはその標點本を底本としなかった理由は二つある。ひとつは、康熙刋本と標點本を校勘しようにも、上述したとおり、國内での康熙刊本の所藏機關が限られ、閲覽の便が得られないこと、もうひとつの理由は、錢陸燦輯『小傳』は「小傳」を輯める際に、甲集、乙集といった集名のみで分類して卷號を示しておらず、加えて、本來、詩篇の後に附せられた跋文を「小傳」に續けて採錄するなど、その編輯態度に愼重さを闕いているためである。殘念なことに、こうした錯誤は『小傳』標點本でも蹈襲されてしまっている。

一方、かつては閲覽が難しかった『列朝詩集』も、現在は各種影印本や電子書籍の刊行などによって、却って錢陸燦輯『小傳』よりも閲覽の便が得られるようになった。こうしたことを總合的に判斷して、本書では『列朝詩集』の「小傳」を底本とすることにした。なお、『小傳』標點本および『列朝詩集』校點本との間で文字の異同がある場合は、基本的に汲古閣刻本に據りつつ、それでは句讀が難しい時のみに限って標點本や校點本の字を採ることとし、その際はそれを注で明記した。

『列朝詩集』とそれが依據した資料を對照させると、どのように詩人の傳記が形づくられていったか、錢謙益が何を捨象したかが明確になる。もちろん、錢謙益の嚴密な考證によって、それまでの傳記の誤りが訂正された例もある。『列朝詩集』に收錄された明代詩人すべての「小傳」を考證することは到底不可能であるが、少なくとも錢謙益が意を傾けて執筆したであろう詩人の小傳についてはほぼ網羅できたと考えている。

なお、調査が及ばず、未解明の部分もあるが、それについてはその旨を明記しておいた。後考を俟ちたい。この文の最後にこの序說を書くに當って參考にした主な文獻を列擧しておく。

注

（1）趙克生「錢謙益反復古思想與『明史・文苑傳』」（『六安師專學報』第一六卷第一期、二〇〇〇）參照。

（2）たとえば、『明史』文苑傳四の唐時升傳は「父欽訓、歸有光と善し」とするが、唐時升の父は唐欽訓ではなく、欽訓の兄の唐欽堯である。この誤りは、『列朝詩集』丁集卷十三之上唐時升傳の「叔達（唐時升）の父は欽訓、歸熙甫の執友爲り」を襲ったがゆえのものである。

（3）野村鮎子「『列朝詩集小傳』にみる竟陵派批判の構造――引用資料を中心に――」（『敍說』四二號、二〇一五）參照。

（4）『軍機處奏准全燬書目』に「悍詩文織佻詭僻、破壞風氣、本無足取、詞句內亦有悖犯處、應請銷燬」とある。

（5）たとえば、明開國の功臣である劉基の「小傳」は、彼の政績を全く書さないばかりか、もともと元朝の祿を食んでいた劉基が朱元璋に出仕したのは、自ら望んだことではなく、孫炎に引きずり出されたためだと強調する。また、海賊方國珍の處罰を主張する意見が元朝に容れられず、悲憤のあまり自殺しようとしたという劉基の逸話は、劉基の元朝の腐敗に對する義憤と忠誠心を強調する效果をもつ。野村鮎子・田口一郎・和泉ひとみ・松村昂「詩人の傳記と批評はどのように形づくられるか――『列朝詩集小傳』を例に――」、「日本中國學會二〇一七年度研究集録」（http://nippon-chugoku-gakkai.org/index.cgi）、および本書「三　劉基」を參照されたい。

（6）本書「三六　程嘉燧」、「三七　唐時升」、「三八　婁堅」參照。

（7）王士禛と錢謙益の關係については、大平桂一「うつしの詩學からゆらぎの詩學へ――神韻說再考――（下）」（『女子大文學（國文篇）』、第四二號、大阪女子大學國文學研究室、一九九一）を參照されたい。

（8）錢宗伯謙益作『列朝詩傳』、本仿『中州集』、欲以庀史、固稱淹雅。然持論多私、殊乖公議。

（9）錢牧翁撰『列朝詩』、大旨在尊李西涯、貶李空同・李滄溟。又因空同而及大復、因滄溟而及弇州、索垢指瘢、不遺餘力。夫其駁滄溟古樂府擬古詩、是也。竝空同『東山草堂歌』而亦疵之、則妄矣。所錄『空同集』詩亦多泯其傑作。黃省曾、吳人、以其北學于空同、則擯之。于朱凌溪應登・顧東橋璘輩亦然。予竊非之、偶著其略于此。牧翁于予有知己之感、順治辛丑序予『漁洋詩集』、有代興之語。……、今三十餘年、先生墓木拱矣。予所以不敢傅會先生以誣前輩者、亦欲爲先生之諍臣云爾。

（10）明自萬曆後、作者散而無紀、常熟錢氏不加審擇、甄綜寥寥。……乃錢氏概爲抹殺、止推松圓一老、似非公論矣。故彝尊於公安・竟陵之前、詮次稍詳、意在補『列朝』選本之闕漏。

(11) 錢受之『列朝詩選』於靑丘・茶陵外、若北地・信陽・濟南・婁東槪爲指斥、且藏其長、錄其所短、以資排擊、而於二百七十餘年中、獨推程孟陽一人、而孟陽之詩纖詞浮語、祇堪爭勝于陳仲醇諸家、此猶舍丹砂而珍溲勃、貴筝琶而賤淸琴。

(12) 至錢謙益『列朝詩集』出、以記醜言僞之才、濟以黨同伐異之見、逞其恩怨、顚倒是非、黑白混淆、無復公論。

(13) 其實『明詩綜』乃鄕愿所爲、『列朝詩』乃選家之詩史耳。

(14) 『嶺南學報』第一一卷第一期（一九五〇）。許逸民・林綰敏點校『列朝詩集』全十二册（中華書局、二〇〇七）の附錄としても收錄されている。

(15) この講義內容は、後に「明詩說――『列朝詩集』を論ず」という題で『吉川幸次郎遺稿集』第二卷（筑摩書房、一九九六）に收錄されている。

(16) 『吉川幸次郎全集』第一六卷（筑摩書房、一九七〇）自跋。

(17) 野村鮎子「『列朝詩集』體例考――『中州集』との比較から」、『奈良女子大學文學部硏究敎育年報』、一五號、二〇一八。

(18) 曰、「錄詩何始乎。自孟陽之讀『中州集』始也。孟陽之言曰、「元氏之集詩也、以詩繫人、以人繫傳。『中州』之詩、亦金源之史也。吾將倣而爲之。吾以採詩、子以庀史、不亦可乎」」。

(19) 余撰此集、仿元好問『中州』故事、用爲正史發端、捜摭考訂、頗有次第。

(20) 曰、「元氏之集、自甲訖癸。今止於丁者、何居」。曰、「癸、歸也。於卦爲歸藏、時爲冬令。月在癸曰極。丁、丁壯成實也。歲曰强圉。萬物盛於丙、成於丁、茂於戊。於時爲朱明、四十强盛之年也。金鏡未墜、珠囊重理、鴻朗莊嚴、富有日新、天地之心、聲文之運也」。

(21) 野村鮎子「晚明における南宋遺民詩の受容――錢謙益の評値と毛晉の刻書を中心に」（『橄欖』、二〇號、二〇一六）參照。

(22) 注（5）論文、報告一「自己投影としての『小傳』――劉基傳」（野村鮎子）を參照。

(23) 越山居多暇、譔次『國朝詩集』、幾三十家、未幾罷去。此天啓初年事也。

(24) 越二十餘年、而丁開・寶之難、海宇板蕩、載籍放失、瀕死頌繫、復有事於斯集。託始於丙戌、徹簡於己丑。乃以其間論次昭代之文章、蒐討朝家之史乘、州次部居、發凡起例、頭白汗靑、庶幾有日。

(25) 庚寅陽月、融風爲災、插架盈箱、蕩爲煨燼。此集先付殺青、幸免于秦火漢灰之餘。於乎怖矣。

(26) 都軼倫は兩種の稿本を考察し、これらは總集というより明詩の小型選集であって、錢謙益が序文にいうような『中州集』に倣うという程嘉燧の提案を受けての編纂だったとは考えにくく、「詩を以て史を爲す」という目的も明滅亡後の後付けのものであったことを指摘している。なお、北京大學圖書館本は實際には三十八家二百二十首を収める。

(27) 集名「國朝」二字、殊有推敲。一二當事有識者、議易以列朝字、以爲千妥萬妥、更無破綻、此亦篤論也。版心各欲改一字、雖似瑣屑、亦不容以憚煩而不爲改定也。幸早圖之。

(28) 「和東坡西臺詩韻六首」(『有學集』卷一)の序に「丁亥三月晦日、晨興禮佛、忽被急徵。鋃鐺拖曳、命在漏刻(丁亥三月晦日、晨に興き佛に禮するに、忽ち急徵を被る。鋃鐺拖曳せられ、命は漏刻に在り)」とある。

(29) 「黄氏千頃齋藏書記」(『有學集』卷二六)に「戊子之秋、余頌繫金陵、方有采詩之役、從人借書。林古度曰、「晉江黄明立先生之仲子守其父書甚富、賢而有文、盍假諸」。余於是從仲子借書、得盡閱本朝詩文之未見者(戊子の秋、余金陵に頌繫せられしとき、方に采詩の役有り、人從り書を借る。林古度曰く、「晉江の黄明立先生の仲子 其の父の書の甚だ富めるを守り、賢にして文有り、盍ぞ諸れを假らざる」と。余 是に於いて仲子從り書を借り、盡く本朝の詩文の未だ見ざる者を閱るを得たり)」とある。

(30) 詩集之役、得暇日校定付去、所謂因病得閑渾不惡也。丁集已可繕寫。近日如邱長孺等流、欲存其人、卒未可得、姑置之可耳。「鐵崖樂府」當自爲一集、未應入之選中、亦置之矣。

(31) 甲集前編方參政行小傳又考得數行、卽付入之、庶見入此人於此卷、非臆見耳。「鐵崖樂府」稿仍付一閱。

(32) 諸樣本昨已送上、想在記室矣。頃又附去閏集五册・乙集三卷。閏集頗費蒐訪、早刻之、可以供一時談資也。

(33) 甲午中秋、余過蘭江、滄葦明府訪余舟次、譚余所輯『列朝詩集』、部居州次、累累如貫珠、人有小傳、趣擧其詞、若數一二。余恤然心異之。硯祥告我曰、「滄葦購得此集、翻閱再三、手自採纈、成大掌簿十帙、雖書生攻兔園册、專勤無如也」。

(34) 乾集閱過附去、本朝詩無此集、不成模樣。彼中禁忌、殊亦闊疏、不妨卽付剞劂、少待而出之也。

(35) 『太祖實錄辨證』一～五、『初學集』卷一〇一～一〇五所收。

(36)『國史』はほぼ完成していたが、順治七年（一六五〇）十月の絳雲樓の火災で焼失している。

(37) 錢謙益は晩年、「讀宋玉叔文集題辭」（『有學集』巻四九）において、「余の斯文に從事し、少しく自省改正する者四有り」として、「少くして弇州の『藝苑卮言』を奉ずること金科玉條の如し」と述べている。

(38)『明詩平論二集』「發凡」によると、二集と名づけたのは、洪武から萬曆までの詩を一集とし、三集を補遺とする豫定があったためである。

(39)『石倉十二代詩選』には、明詩初集八十六巻、次集一百四十巻、三集一百巻、四集一百三十二巻、五集五十二巻、六集一百巻（一部佚）がある。

(40)『列朝詩集』丁集巻七金陵社集詩に、「戊子中秋、余以鋃鐺隙日采詩舊京、得『金陵社集詩』一編、蓋曹氏門客所撰集也（戊子中秋、余 鋃鐺の隙日を以て舊京に采詩し、『金陵社集詩』一編を得たり、蓋し曹氏の門客の撰集する所なり）」とある。

(41) 闕佚の箇所については、注（14）の容庚の論文に詳しい。

主要參考文獻

【圖書】

・裴世俊『四海宗盟五十年：錢謙益傳』、東方出版社、二〇〇一年
・孫之梅『錢謙益與明末清初文學 增訂版』、山東大學出版社、二〇一〇年（初版一九九六年）
・丁功誼『錢謙益文學思想研究』、上海古籍出版社、二〇〇六年
・孫之梅『錢謙益詩選』、人民文學出版社、二〇〇九年
・嚴志雄『錢謙益「病榻消寒雜詠」論釋』、聯經出版社、二〇一二年
・方良『錢謙益年譜』、中國書籍出版社、二〇一三年
・嚴志雄『牧齋初論集——詩文・生命・身後名』、牛津大學出版社、二〇一八年

【論文】（『列朝詩集』に關わる研究のみ）

・容庚「論『列朝詩集』與『明詩綜』」、『嶺南學報』、第一一卷第一期、一九五〇年。許逸民・林綰敏點校『列朝詩集』全十二冊（中華書局、二〇〇七年）の附錄に所收
・吉川幸次郎「清初詩說」講、一九五九～一九六〇年、後「明詩說――『列朝詩集』を論ず」という題で『吉川幸次郎遺稿集』第二卷（筑摩書房、一九九六年）に收錄
・吉川幸次郎「錢謙益と清朝經學」、『京都大學文學部研究紀要』、第九號、一九六五年、のち『吉川幸次郎全集』第一六卷（筑摩書房、一九七〇年）に收錄
・橫田輝俊「錢謙益の文學理論」、『廣島大學文學部紀要』、第三九號、一九七九年、のち『中國近世文學評論史』（溪水社、一九九〇年）第三部第四章「清代の詩論」に「一、錢謙益」として收錄
・吉川幸次郎「文學批評家としての錢謙益」、『中國文學報』、第三一冊、一九八〇年、のち『吉川幸次郎全集』第二六卷、補二（筑摩書房、一九九九年）に收錄
・王琳・孫之梅「『列朝詩集』述要」、『山東師大學報（社會科學版）』、一九九五年第五期
・范宜如「『列朝詩集小傳』中的吳中文壇圖象」、『國文學報』、第二八期、一九九九年
・閔豐「『靜志居詩話』箋補：兼與『列朝詩集小傳』互證」、『古籍研究』卷下、二〇〇四年
・簡錦松「論錢謙益『列朝詩集小傳』之批評立場」、『文學新鑰』、第二號、二〇〇四年
・孔愛峰「錢謙益『列朝詩集』的編纂學研究」、蘇州大學碩士論文、二〇〇五年
・楊敬民「錢謙益『列朝詩集小傳』中的文言小說芻議」、『文藝研究』、二〇〇六年第一二期
・王人恩「從吳喬「『正錢錄』看明清之際文壇的攻訐之風」、『西北師大學報（社會科學版）』、二〇〇六年第一期
・嚴迪昌「蒙叟心志與『列朝詩集』之編纂旨意」、『語文知識』、二〇〇七年第四期
・周建渝「『列朝詩集小傳』的明詩批評及其用意」、『復旦學報（社會科學版）』、二〇〇八年第六期
・周興陸「錢謙益與吳中詩學傳統」、『文學評論』、二〇〇八年第二期
・曾媛「『列朝詩集小傳』闕字訂補」、『圖書館研究與工作』、二〇〇九年第二期

・史洪權「『列朝詩集小傳』校點正誤一則」、『江海學刊』、二〇一〇年第四期
・尹玲玲「錢謙益『列朝詩集小傳』對七子的抨擊及其動因」、『蘇州大學學報（哲學社會科學版）』、二〇一一年第二期
・周亞「『列朝詩集』與清代前期明代詩歌研究」、南京大學碩士論文、二〇一一年
・孟飛「『列朝詩集』稿本考略」、『文獻』、二〇一二年第一期
・李競豔「錢謙益『列朝詩集小傳』的史料價值」、『史學月刋』、二〇一二年第七期
・尹玲玲「清代明詩選本敍略」、『中國韻文學刋』、二〇一二年第一期
・尹玲玲「『明詩百卅名家集鈔』與『列朝詩集』關係考論」、『阜陽師範學院學報（社會科學版）』、二〇一二年第三期
・尹玲玲「清人選明詩總集研究」、蘇州大學博士論文、二〇一三年
・石珺「『列朝詩集小傳』研究」、西北大學碩士論文、二〇一二年
・白一瑾「論『列朝詩集』的吳中詩學本位觀」、『文藝理論研究』、二〇一三年第三期
・張爽「錢謙益對明代〝後七子〟詩派態度發微——錢謙益『列朝詩集小傳』和朱彝尊『靜志居詩話』之比較」、『明史研究』、第十三輯、二〇一三年六月
・侯丹「從『列朝詩集小傳』看錢謙益的隱曲心志——以七子派四大代表人物爲對象」、『凱里學院學報』、二〇一三年第二期
・都軼倫「『列朝詩集』編纂再探：以兩種稿本爲中心」、『文學遺產』、二〇一四年第三期
・侯丹「論『列朝詩集』的編纂始末及其托意微旨」、『西安建築科技大學學報（社會科學版）』、二〇一五年第二期
・周松芳「澹歸『列朝詩集傳序』發微」、『哈爾濱工業大學學報（社會科學版）』、二〇一五年第三期
・葉曄「材料的聲音：錢謙益『列朝詩集小傳』的選材策略」、『南京師大學報』、二〇一六年第三期
・野村鮎子『列朝詩集小傳』にみる竟陵派批判の構造——引用資料を中心に——」、『敍説』、四二號、二〇一五年
・野村鮎子「晚明における南宋遺民詩の受容——錢謙益の評価と毛晉の刻書を中心に」、『橄欖』、二〇號、二〇一六年
・大木康「錢謙益と程嘉燧」、『東方學』第一三六輯、二〇一八年
・野村鮎子「『列朝詩集』體例考——『中州集』との比較から」、『奈良女子大學文學部研究教育年報』、一五號、二〇一八年

凡例

一　本書は、『列朝詩集』に著録された明代を代表する詩人の「小傳」について、それが依據した原資料や關連する文獻資料を呈示しつつ、注釋を施した研究書である。

二　各篇は、「小傳」の原文、それに一部現代語譯を含む【訓讀】と【注】から成る。これらはすべて舊漢字、現代假名づかいを基本とする。

三　各篇の原文は、清順治九年序毛氏汲古閣本『列朝詩集』を底本とし、康熙三十七年錢陸燦輯『列朝詩集小傳』（上海古籍出版社、一九八三年版、『小傳』標點本と略稱）、清宣統二年神州國光社鉛印本『列朝詩集』、許逸民・林淑敏點校『列朝詩集』全十二冊（中華書局、二〇〇七年第一版、『列朝詩集』點校本と略稱）を參照して、獨自に校定を行った。

四　他本との字句の異同については、一々列擧する煩を避け、重要な意味をもつ場合に限って該當する箇所の【訓讀】や【注】で指摘するにとどめた。

五　【訓讀】は、わかりやすい書き下し文にすることを心がけたが、訓讀のみでは意味がとりづらい表現については、文中で括弧書きにて現代語譯を示すようにした。なお、「小傳」の誤謬については【注】の中で考證糾正を行うようにした。

六　【注】は、「小傳」が依據した原資料やそれに關連する資料を呈示することを優先し、語注については必要最小限にとどめた。このうち原資料の表示は原文（訓讀）の形をとり、關連資料の表示は訓讀（原文）の形をとった。

七　『列朝詩集』關連年表は、明朝における重大事件と主に本書に取り上げた詩人の動きを追ったものである。

八　巻末に、錢謙益の名を除く清末までの人名索引を附す。

一　錢謙益「歴朝詩集序」[一]

[二]毛子子晉刻『歴朝詩集』成、余撫之愾然而歎。毛子問曰、「夫子何歎」。余曰、「有歎乎、余之歎、蓋歎孟陽也」。曰、「夫子何嘆乎孟陽也」。曰、「錄詩何始乎。[三]自孟陽之讀『中州集』始也。[四]孟陽之言曰、「[五]元氏之集詩也、以詩繫人、以人繫傳。『[六]中州』之詩、亦金源之史也。吾將倣而爲之。吾以採詩、子以庀史、不亦可乎」。[七]山居多暇、[八]譔次『國朝詩集』、幾三十家、未幾罷去。此天啓初年事也。越二十餘年、而[九]丁開・寶之難、海宇板蕩、載籍放失、[一〇]瀕死頌繫、復有事於斯集。[一一]託始於丙戌、徹簡於己丑。乃以其間[一二]論次昭代之文章、蒐討朝家之史乘、[一三]州次部居、發凡起例、[一四]頭白汗青、庶幾有日。[一五]庚寅陽月、融風爲災、插架盈箱、蕩爲煨燼。[一六]此集先付殺青、幸免于秦火漢灰之餘。[一七]於乎悕矣。追惟始事、宛如積劫。奇文共賞、疑義相析、[一八]哲人其萎、流風迢然。惜孟陽之草創斯集、[一九]而不獲丹鉛甲乙、奮筆以潰於成也。[二〇]翟泉鵝出、[二一]天津鵑啼、『[二二]海錄』『[二三]谷音』、咎徵先告。恨余之不前死、從孟陽於九京、而猥以殘魂餘氣、應[二四]野史亭之遺讖也。[二五]哭泣之不可、歎於何有。故曰余之歎、歎孟陽也」。

曰、「[二六]元氏之集、自甲訖癸。[二七]今止於丁者、何居」。曰、「[二八]癸、歸也。於卦爲歸藏、時爲冬令。[二九]月在癸曰極。[三〇]丁、丁壯成實也。[三一]歲曰强圉。[三二]萬物盛於丙、成於丁、茂於戊。[三三]於時爲朱明、四十强盛之年也。[三四]金鏡未隊、珠囊重理、[三五]鴻朗莊嚴、富有日新、[三六]天地之心、聲文之運也」。

「然則、何以言集而不言選」。曰、「備[三七]典故、採風謡、汰冗長、訪幽仄、鋪[三八]陳皇明、發揮才調、愚竊有志焉。討[三九]論風雅、別裁僞體、有孟陽之緒言在、非吾所敢任也。請以俟世之作者」。

[四〇]孟陽名嘉燧、新安程氏、僑居嘉定、其詩錄丁集中。余虞山蒙叟錢謙益也。集之告成、在[四一]玄黓執徐之歲、而序作於玄月十有三日。

【訓讀】

毛子子晉『列朝詩集』を刻して成り、余 之を撫して愾然として歎ず。毛子問いて曰く、「夫子 何をか歎ぜん（刻が成ったのに先生は何を悲嘆しているのですか）」と。余曰く、「歎有るかな、余の歎は、蓋し孟陽を歎ずるなり（私には嘆きがあるのだ、私の歎は程孟陽のためのものだ）」と。曰く、「夫子 何ぞ孟陽を歎ずるや」と。曰く、「詩を錄するは何れより始まるか。孟陽の『中州集』を讀む自り始まるなり。孟陽の言に曰く、「元氏の詩を集むるや（元好問による『中州集』の編輯は）、詩を以て人に繫け、人を以て傳に繫く。『中州』の詩は、亦た金源（金國）の史なり。吾 將に倣いて之を爲さんとす。吾は採詩を以てし、子は庀史（史を備える）を以てせば、亦た可ならずや」と。山居して暇多く、『國朝詩集』を譔次すること、幾ど三十家、未だ幾もならずして罷め去る。此れ天啓初年の事なり。二十餘年を越えて、開・寶の難（明の滅亡と淸軍の入關）に丁り、海宇板蕩し、載籍放失し、死に瀕して繫を頌され、復た斯の集を事とする有り（逮捕されて死に瀕したが桎梏をゆるされ、この集の編纂を再開した）。丙戌（一六四六）に託始し、己丑（一六四九）に徹簡す（その作業は順治三年から始めて、順治六年に終わった）。乃ち其の間を以て昭代の文章を論次し、朝家の史乘を蒐討し、州次部居し、發凡起例して、頭白汗青、日有るに庶幾し（その期間にも明一代の文を編次し、皇朝の史書を蒐集検討し、類別して順序立て、要旨を述べ凡例を記し、白髪頭になるほど長い時間をかけたそれらの書物は、完成間近の状態になっていた）。庚寅陽月（順治七年、一六五〇、十月）、融風 災と爲り（北東の風に煽られて火事となり）、插架盈箱、蕩として煨燼と爲る。此の集 先に殺青に付せば、幸いに秦火漢灰の餘に免かる（この集は先に印刷に付しておいたため、幸いにも火災を免かれた）。於乎悕しきかな。始事を追惟せば、宛かも積劫の如し（この事業を始めたころから思い返してみると、劫難續きだった）。奇文共に賞し、疑義相い析するも、哲人其れ萎え、流風 迢然たり（共に優れた詩文を鑑賞し、疑義を検討したかの哲人はこの世を去り、その風姿もはるか彼方のものになってしまった）。惜しむらくは孟陽の斯の集を草創するに、丹鉛もて甲乙し、筆を奮いて以て成るを潰ぐるを獲ざるを（殘念なのは、程孟陽がこの集の編纂をはじめたのに、この書を校閲し、筆を奮って完成させることができなかったことだ）。翟泉に鵝出で、天津に鵑啼き、『海錄』『谷音』、咎徵先に告ぐ（異民族が擡頭して邊を犯し、本來その職にあるはずもない人物が天下の權を握り、宋の遺民の遺事をあつめた『桑海餘錄』や宋の遺民の詩集『谷音』などが世に流布していたのは、國家大亂の凶兆だったのだ）。恨むらくは余の前に死し、孟陽に九京（九泉）に從わず、而して猥りに殘魂餘氣を以て、野史亭の遺讖に應うるなり（恨めしいことに私は程孟陽に死に後れてしまい、我が身をかえりみず老殘の身で元好問の讖語に應えることになった）。之を哭泣せんとして不可なれば、何有に歎ず。故に余の歎は、孟陽を歎ずと曰うなり（麥秀の歎に聲をあげて泣くことができないのなら、いったい何を歎というのか。ゆえに私の歎は程孟陽のための歎だといったのだ）」と。

曰く、「元氏の集は、甲自りして癸に訖る。今 丁に止まる者は、何居ぞや」と。曰く、「癸は、歸なり。卦に於いては歸藏爲り、時は冬令爲り。月の癸に在るを極と曰う。丁は、丁壯成實なり。歳は強圉と曰う。萬物は丙に盛んにして、丁に成り、戊に茂る。時に於いては朱明爲り、四十強盛の年なり。金鏡未だ隊ちず、珠囊重ねて理むれば、鴻朗莊嚴にして、富有日新ならんとするは、天地の心にして、聲文の運なり（治道は未だ廢れておらず、もう一度道を正せば、大明の復興という盛德大業を成し遂げることができる、これは天地の心であり、詩文のしかるべき命運なのだ）」。

「然らば則ち、何を以て集と言いて選と言わざるか」と。曰く、「典故に備え、風謠を採り、冗長を汰ぎ、幽仄を訪い、皇明を鋪陳し、才調を發揮すること、愚は竊かに焉に志有り。風雅を討論し、僞體を別裁するは、孟陽の緒言在る有り（風雅の精神にかなう詩を採り、僞體を取り除くことについては程孟陽が論辨していることでもあり）、吾の敢えて任ずる所に非ざるなり。請うらくは以て世の作者（『詩經』の精神を繼ぐ詩人たちの評價）を俟たんことを」と。

孟陽の名は嘉燧、新安の程氏にして、嘉定に僑居す、其の詩は丁集中に錄す。余は虞山の蒙叟錢謙益なり。集の成るを告するは、玄黓執徐（壬辰）の歲に在り、而して序は玄月（九月）十有三日に作る。

【注】

一 **「歷朝詩集序」** この「歷朝詩集序」は錢謙益の手蹟で刻され、汲古閣本に冠せられているものである。錢謙益は毛晉にこれを送付する際に、「詩集序可付稿來、另寫登梓」と、そのままの字で刻するように指示している（『錢牧齋先生尺牘』卷二「與毛子晉書」其四六）。なお、この「歷朝詩集序」は四部叢刊本『有學集』の目錄ではこの題名のままだが、卷一四では「列朝詩集序」という名で收錄されており、題文以外にも文字の異同がある。

二 **毛子晉刻『歷朝詩集』** 毛子晉は毛晉（一五九九～一六五九）、字は子晉を指す。常熟（江蘇省）の人。錢謙益に師事し、家に圖書八萬四千餘册を藏した。特に宋・元の刻本を多く有し、善本を翻刻したことで知られており、藏書樓に因んでそれは汲古閣本と稱される。汲古閣刻本『列朝詩集』は、各巻目錄および版心とも「列朝詩集」に作っているが、上述のとおり序文のみが「歷朝詩集」に作る。『有學集』巻一四は「列朝詩集」に作る。ただし、**注八**で後述するように、集の本來の名は「國朝詩集」であった。錢謙益は順治五年（一六四八）五月に「黄毓祺案」で逮捕され、南京での半年ほどの軟禁期間の後に「國朝詩集」の名を「列朝詩集」に變更する書簡（『錢牧齋先生尺牘』巻二「與毛子晉書」其三九）を毛晉に送っている。「逮捕のことではあなたにご迷惑をおかけしました。……半年ほど南京に滯在して詩を蒐集し、かなりの量を入手しました。……この間にもこの集を渴望する者が多く、踝を接して待っていて、それに應えることができずに心苦しく思っています。ただ集の名の「國朝」の二字ですが、修正があります。當道の一、二人の有識者が「列朝」の字に代えてはと意見しています。妥當で破綻もないと言います、これも納得できる案です。版心もそれぞれ一字を改めましょう、瑣屑なことですが、面倒だからといって改定をしないというわけにはいきません。どうか急いでください（獄事牽連、實爲家兄所困。……羈棲半載、采詩之役、所得不貲、大率萬曆間名流。篇什可傳、而人間不知氏名者、不下二十餘人。可謂富矣。此間望此集者眞如渴饑、踵求者苦無以應。惟集名「國朝」二字、殊有推敲。一二當事有識者、議易以「列朝」字、以爲千妥萬妥、更無破綻、此亦篤論也。版心各欲改一字、雖似瑣屑、亦不容以憚煩而不爲改定也。幸早圖之）」。

三　自孟陽之讀『中州集』始　孟陽は程嘉燧（本書「三六　程嘉燧傳」參照）の字。『中州集』十巻、樂府一巻は金の元好問が金滅亡後に編纂した金詩の總集。別名『翰苑英華中州集』または『中州鼓吹翰苑英華集』ともいう。程嘉燧にかつてこの『中州集』の選集があった（亡佚）ことは錢謙益に「題中州集鈔」（『初學集』巻八三）があること、また王士禛『古夫于亭雜錄』巻一に「程孟陽嘉燧常て元遺山の『中州集』を選し、新安に刻本あり（程孟陽嘉燧常選元遺山『中州集』、新安有刻本）」とあることからも確認できる。

四　孟陽之言曰　程嘉燧のこの言葉は今日傳わる程嘉燧の文集『松圓偈庵集』や『耦耕堂集』などには見えない。程嘉燧が書した『中州集鈔（選）』の序跋の類か、あるいは錢謙益が直接程嘉燧から聞いたものであろう。

五　元氏之集詩也、以詩繫人、以人繫傳　元好問の『中州集』には金の二百五十一名の詩人による二千六十首の詩が、詩人の小傳とともに收錄されている。小傳の內容は詩人の經歷や逸事はもとより、作品に對する批評まで多岐にわたり、詩話の性格も併せもつ。のち元王朝は『金史』の列傳を編纂するに當って、これを參照した。『列朝詩集』が詩篇の前に小傳を配するという體例は『中州集』に倣ったものである。

六　『中州』之詩、亦金源之史也　金源は金國の別稱。『金史』地理志上に「上京路は卽ち海古の地にして、金の舊土なり。國を金と言いて按出虎と曰うは、按出虎の水　此れを源とするを以て、故に金源と名づく。建國の號は、蓋し諸れを此より取る（上京路卽海古之地、金之舊土也。國言金曰按出虎、以按出虎水源于此、故名金源。建國之號、蓋取諸此）」とある。なお、詩が史であるという考え方は、錢謙益の「胡致果詩序」（『有學集』卷一八）にも明らかである。「孟子曰く、『詩』亡び然る後に『春秋』作ると。『春秋』未だ作らざる以前の詩は、皆な國史なり。人　夫子の『詩』を刪るを知るも、其の史を定むるを知らず。人　夫子の『春秋』を作るを知るも、其の續『詩』を爲るを知らず。『詩』や、『書』や、『春秋』や、首尾は一書爲り、離れて之を三となる者なり。三代以降は、史は自ら史、詩は自ら詩なり、而れども詩の義は史に本づかざる能わず（孟子曰、『詩』亡然後『春秋』作。『春秋』未作以前之詩、皆國史也。人知夫子之刪『詩』、不知其定史。人知夫子之作『春秋』、不知其爲續『詩』。『詩』也、『書』也、『春秋』也、首尾爲一書、離而三之者也。三代以降、史自史、詩自詩、而詩之義不能不本于史）」。

七　山居多暇　錢謙益は萬曆三十八年（一六一〇）、探花（殿試の第三位）で進士に及第し、翰林院編修を授けられるも、父の服喪のため歸鄉、そのまま神宗在位期間は里居を續け、泰昌元年（一六二〇）八月になってから原職に復し、翌年、天啓元年（一六二一）に京師に戻った。「山居多暇」とはこの十年餘の里居を指す。

八　**讓次『國朝詩集』、幾三十家、未幾罷去**　錢謙益はこの序文で、のちの『列朝詩集』すなわち『國朝詩集』は程嘉燧とともに編纂したものだというが、程嘉燧の文集の『松圓偈庵集』や『耦耕堂集』には、編纂事業に言及した記述はない。近年、『列朝詩集』の編纂過程がわかる稿本が、北京大學圖書館と國家圖書館で發見された。孟飛「『列朝詩集』稿本考略」（『文獻』二〇一二年第一期）によれば、北大圖本には三十七家、二百十九首の詩が、都軼倫「『列朝詩集』編纂再探：以兩種稿本爲中心」（『文學遺產』二〇一四年三期）によれば、國家圖書館本には三百十七家、一千四十三首が收録され、ともに錢謙益の手稿本だという。都軼倫は兩種の稿本を考察し、前者は總集というより明詩の小型選集であって、錢謙益が序文にいうような『中州集』に倣うという程嘉燧の提案を受けての編纂だったとは考えにくく、錢謙益がいう「詩を以て史を爲す」という目的も明滅亡後の後附けのものであったのではないかとする。筆者もこの説に賛同する。北大圖本の稿本は實際には三十八家を收録するが、全てに詩人の小傳があるわけではなく、內容も比較的簡略なものである。また二つの稿本とも甲集、乙集、丙集といった十干を用いた分類はなされておらず、十干を用いた分類は、錢謙益が編纂した際に發案したと考えられる。程嘉燧の存在は錢謙益が『中州集』に注目するきっかけとはなったが、この書の最終的な部立てを決め、大型の總集にしたのは錢謙益である。詳しくは野村鮎子「『列朝詩集』體例考――『中州集』との比較から」（『奈良女子大學文學部　研究教育年報』一五號、二〇一八）參照。

九　**丁開・寶之難、海宇板蕩、載籍放失**　「開・寶」は唐の開元・天寶年間のこと。「開寶之難」とは、唐王朝が玄宗皇帝の開元年間から徐々に頽廢へと向かい、天寶十四年（七五五）の安史の亂の勃發により、王朝が壊滅的な狀況に陥ったことを指す。『有學集』では「陽九之難」（陰陽説でいう世界の終末）に作る。いずれもここでは崇禎十七年（一六四四）に李自成の軍が京師に攻め入り、崇禎帝が縊死し、清軍が入關したことを指す。その後、南京に福王（弘光帝）の南明政權が誕生したが、順治二年（一九四五）五月、清兵の南下によって南京は陥落。江南は甚大な被害を受け、多くの書物が失われた。「板」も「蕩」も『詩經』大雅の篇名で、天下の動亂。なお、崇禎帝の縊死に續く清軍の入關を安史の亂になぞらえることには、一旦は異民族の侵略に遭っても、唐王朝が再び中州の地を回復したという含意があろう。銭謙益は南明政權で禮部尚書兼翰林院侍讀學士となっていたが、清に降伏して北京に連行され、翌年正月、清で祕書院學士兼禮部侍郎、明史副總裁を授かり、六月に、これを辭めて歸郷した。

一〇　瀕死頌繫、復有事於斯集　「頌繫」の頌は容（ゆるす）に同じで、罪を得て獄に下った者が桎梏を免ぜられること。いわゆる軟禁。『有學集』は「訟繫（下獄）」に作る。ここでは順治五年（一六四八）五月「黄毓祺案（反清運動）」で逮捕され、半年間、南京で軟禁狀態にあったが、その間に編纂事業を行ったことをいう。銭謙益「黄氏千頃齋藏書記」（『有學集』巻二六）は、「戊子（順治五年）の秋、余繫を金陵に頌さる、方に采詩の役有りて、人從り書を借る。林古度(茂之)曰く、「晉江の黄明立（居中）先生の仲子、其の父の書甚だ富めるを守り、賢にして文有り、盍ぞ諸れに假りんや」と。余是に於いて仲子從り書を借り、盡く本朝の詩文の未だ見ざる者を閱るを得たり（戊子之秋、余頌繫金陵、方有采詩之役、從人借書。林古度曰、「晉江黄明立先生之仲子、守其父書甚富、賢而有文、盍假諸」。余於是從仲子借書、得盡閱本朝詩文之未見者）」とある。黄氏千頃齋は、黄虞稷（一六二九～一六九一）字は兪邰、本籍は晉江だが久しく金陵に居していた。黄虞稷はのちに明史館に入り、『明史』藝文志を纂修した。

なお、銭謙益はその前年の順治四年（一六四七）三月にも「謝陞案」で蘇州にて逮捕され、北に連行、夏にようやく釋放されている。清の祕書院學士兼禮部侍郎を辭して歸郷していた銭謙益は、かつて福王の南明政權の下で禮部尚書兼翰林院侍讀學士をつとめていたという經歴もあって、當局から目をつけられやすい狀況にあった。

一一　**託始於丙戌、徹簡於己丑**　順治三年（一六四六）に『列朝詩集』編纂を再開し、順治六年（一六四九）に完成したことをいう。順治二年、清兵の南下により南京にて清に降伏した銭謙益は、順治三年正月、北京にて祕書院學士兼禮部侍郎、明史副總裁に充てられたが、六月、病を理由に歸鄉した。その後、順治四年と五年に、二年連續で逮捕されたことは前述したとおりである。彼は、「與周安期」（『錢牧齋先生尺牘』巻二）に『列朝詩集』編纂への思いを次のように語っている。「鼎革の後、明朝一代の詩、遂に淹沒に致るを恐れ、元遺山の『中州集』の例に倣い、選定して一集を爲さんと欲す、一代の詩人の精魂をして紙上に留め得るは、亦た晩年の一樂事なり（鼎革之後、恐明朝一代之詩、遂致淹沒、欲仿元遺山『中州集』之例、選定爲一集、使一代詩人之精魂留得紙上、亦晩年一樂事）」。

一二　**論次昭代之文章、蒐討朝家之史乘**　「昭代之文章」は明の散文集のこと、「朝家之史乘」とは明の正史を指す。なお、『有學集』が「史乘」を「史集」に作るのは誤りであろう。**注一六**に引く顧苓「東澗遺老錢公別傳」（上海古籍出版社『牧齋雜著』附錄）にあるように、銭謙益はこの間に竝行して國史と明文の總集の編纂も行っていた。

一三　**州次部居、發凡起例**　類別して順序立て、要旨を述べ凡例を記すこと。「州次部居」は部次州居に同じ。

一四　**頭白汗青、庶幾有日**　長い時間をかけたものが、完成間近の狀態になっていることをいう。「頭白汗青」は書が完成した曉にはすでに人は老いていることをいう。

一五　**庚寅陽月、融風爲災、插架盈箱、蕩爲煨燼**　いわゆる絳雲の一炬を指す。「融風」は北東の風。『春秋左氏傳』昭公十八年に、「丙子、風。梓愼曰、是謂融風、火之始也」とあり、杜預の注は「東北曰融風。融風、木也。木、火母、故曰火之始」という。銭謙益が崇禎十六年（一六四三）の冬に建てた藏書樓である絳雲樓は、順治七年（一六五〇）十月に失火により燒失。半野堂にも延燒した。

一六　**此集先付殺青、幸免于秦火漢灰之餘**　『列朝詩集』についてはすでに印刷に回っていたため、火災の被害に遭わなかったとみえる。顧苓「東澗遺老錢公別傳」（上海古籍出版社『牧齋雜著』附錄）には「弘光元年二月、國史を修するを請う。……丙戌・己丑の間、國史を蒐討す。州次部居し、起例發凡し、以て乙酉二月の命に報ゆ。而るに祝融（火の神）之を𢘈み、論次する所の昭代の文集百餘巻と與に、蕩として煨燼と爲る。獨だ『初學集』一百巻・『有學集』五十巻及び『列朝詩集』・『楞嚴蒙鈔』の諸書のみ世に行わる（弘光元年二月、請修國史。……丙戌・己丑之間、蒐討國史。部居州次、起例發凡、以報乙酉二月之命。而祝融𢘈之、與所論次昭代文集百餘巻、蕩爲煨燼。獨『初學集』一百巻・『有學集』五十巻及『列朝詩集』・『楞嚴蒙鈔』諸書行世）」とある。「秦火」は秦の始皇帝による焚書。「漢灰」は西漢末の王莽の專橫と赤眉軍の入關で長安の宮室が燒け、「禮・樂分崩、典文殘落」（『後漢書』儒林列傳上）という狀態になったことを指す。ただし、これは準備していた國史の類が灰燼に歸したがためのやや誇張した表現。

一七　於乎悕矣　「悕」の字、『有學集』は「怖」に作るが、「怖」では後文に續かないので誤りである。

一八　哲人其萎、流風迢然　「哲人」とは賢人のこと。賢人が世を去ることをいう。『禮記』檀弓上の「孔子蚤作、負手曳杖、消搖於門。歌曰、「泰山其頽乎、梁木其壞乎、哲人其萎乎」」をふまえた表現で、ここでは程嘉燧が世を去ったことをいう。錢謙益「耦耕堂詩序」（『有學集』巻一八）に「崇禎癸未（十六年）十二月吾友孟陽卒於新安之長翰山」とある。

一九　不獲丹鉛甲乙　「獲」の字、『有學集』は「能」に作る。意味は同じ。「丹鉛甲乙」は校閲を行うこと。

二〇　翟泉鵝出　「翟泉」は狄泉とも書き、春秋戰國時代の會盟の地。今の洛陽に屬す。晉の時代、ここから二羽の鵝が出たことがあり、匈奴の劉淵（字は元海、のちの後趙の創始者）や羯族の石勒が擡頭し、西晉が滅亡する前兆だとされた。『晉書』五行志中に「孝懷帝の永嘉元年二月、洛陽の東北歩廣里の地陷り、蒼・白の二色の鵝出づる有り、蒼き者は沖天に飛翔し、白き者は焉に止まる。此れ羽蟲の孽にして、又た黑白の祥なり。陳留の董養曰く、

「歩廣は、周の狄泉にして、盟會の地なり。白き者は、金なり、國の行なり。蒼は胡の象爲り、其れ盡く言う可けんや」と。是の後、劉元海・石勒相繼ぎて華を亂す（孝懷帝永嘉元年二月、洛陽東北歩廣里地陷、有蒼・白二色鵝出、蒼者飛翔沖天、白者止焉。此羽蟲之孽、又黒白祥也。陳留董養曰、「歩廣、周之狄泉、盟會地也。白者、金也、國之行也。蒼爲胡象、其可盡言乎」。是後、劉元海・石勒相繼亂華）」とある。ここでは明末から女眞族が擡頭し、邊を犯していたことを指すのであろう。

二一　**天津鵑啼**　天津は洛陽の天津橋。北宋の邵雍はここで南方の鳥である杜鵑の鳴き聲を聴き、南方人が宰相となって世下が亂れることを豫見したという。『邵氏見聞錄』卷一九に「康節先公（邵雍）……治平の間、客と與に天津橋上を散歩し、杜鵑の聲を聞き、慘然として樂しまず。客 其の故を問うに、則ち曰く、「洛陽舊と杜鵑無し、今始めて至る、主る所有らん」と。客曰く、「何ぞや」と。康節先公曰く、「二年ならずして、上 南士を用いて相と爲し、多く南人を引き、專ら變更に務む、天下此れ自り多事ならん」と。客曰く、「杜鵑を聞き何を以て此れを知る」と。康節先公曰く、「天下將に治まらんとすれば、地氣は北自り南し、將に亂れんとすれば、南自り北す。今 南方の地氣至れり、禽鳥の飛類、氣を得るの先んずる者なり」と（康節先公……治平間、與客散歩天津橋上、聞杜鵑聲、慘然不樂。客問其故、則曰、「洛陽舊無杜鵑、今始至、有所主」。客曰、「何也」。康節先公曰、「不二年、上用南士爲相、多引南人、專務變更、天下自此多事矣」。客曰、「聞杜鵑何以知此」。康節先公曰、「天下將治、地氣自北而南、將亂、自南而北。今南方地氣至矣、禽鳥飛類、得氣之先者也」）」とある。ここでは錢謙益の仇敵であった溫體仁や周延儒が朝廷に用いられたことを指していよう。

二二　**『海錄』**　『桑海餘錄』、別名『宋遺民錄』のこと。南宋末、宋に殉じた士の遺事を集めた書。もとは元の吳萊（字は立夫）の撰だが、明代亡佚していたため、程敏政（克勤）がその意を繼ぐ形で『宋遺民錄』として編纂した。

銭謙益は「書廣宋遺民錄後」（『有學集』巻四九）で、かつてこの書の續編を作る心づもりだったことを告白している。「元人吳立夫 龔聖予の撰せし文履善・陸君實の二傳を讀み、祥興以後の忠臣志士の遺事を輯め、『桑海餘錄』を作る、序有るも其の書無し。本朝の程學士克勤、立夫の意を取りて、『宋遺民錄』を撰し、謝皐羽（謝翺）已下、凡そ十有一人。余 其の僅かに斯に止まるを惜しみ、增して之を廣げ、『續桑海餘錄』を爲らんと欲し、亦た序あるも書無し。……玄默攝提格（壬寅）之涂月（十二月）（元人吳立夫讀龔聖予撰文履善・陸君實二傳、輯祥興以後忠臣志士遺事、作『桑海餘錄』、有序而無其書。本朝程學士克勤、取立夫之意、撰『宋遺民錄』、謝皐羽已下、凡十有一人。余惜其僅止於斯、欲增而廣之、爲『續桑海餘錄』、亦有序而無書。……玄默攝提格之涂月）」。壬寅は康熙元年（一六六二）、この年鄭成功は沒し、わずかに殘っていた抗清の望みも遂に潰えた。

二三　**『谷音』**　宋末の逸民の詩を集めた詩集。二巻。元の杜本の編と傳えられる。毛晉汲古閣が崇禎末に『西臺慟哭記』や『月泉吟社』などとともに刻した『詩詞雜俎』の中の一本でもある。銭謙益の「胡致果詩序」（『有學集』巻一八）に、「皐羽の西臺に慟し（謝翺「登西臺慟哭記」）、玉泉の竺國を悲しみ（唐珏の「冬青行」、玉泉は玉潛の誤り）、水雲の苕歌（汪元量の苕溪での作）、『谷音』の越の吟は、窮冬に沍寒し、風高く氣慄し、悲噫怒號、萬籟より雜り作るが如く、古今の詩は此の時より變なるは莫く、亦た此の時より盛んなるは莫し。今に至りて新史盛行し、「空坑」（文天祥の家人が捕えられた戰い）・「厓山」（宋軍の敗北の地）の故事、遺民舊老と與に、灰飛煙滅す。諸れを當日の詩に考えれば、則ち其の人猶お存し、其の事猶お在り、殘篇嚙翰は、金匱石室の書と與に、日月と竝懸す。詩の以て續史に足らずと謂うや、亦た誣ならずや（皐羽之慟西臺、玉泉之悲竺國、水雲之苕歌、『谷音』之越吟、如窮冬沍寒、風高氣慄、悲噫怒號、萬籟雜作、古今之詩莫變于此時、亦莫盛於此時。至今新史盛行、「空坑」・「厓山」之故事、與遺民舊老、灰飛煙滅。考諸當日之詩、則其人猶存、其事猶在、殘篇嚙翰、與金匱石室之書、竝懸日月。謂詩之不足以續史也、不亦誣乎）」とある。

二四　應野史亭之遺讖也　「野史亭」は元好問が金の滅亡に際して「一代の跡をして泯して傳わらざらしむべからず（不可令一代之跡泯而不傳）」（『金史』文藝傳下　元德明傳附好問傳）として自宅に構えた亭の名。「遺讖」は遺讖に同じで、死者から託された未來を予見させるような言葉。錢謙益は、自らの『列朝詩集』の刻行を元氏に運命づけられたものとしている。

二五　哭泣之不可、歎於何有　「哭泣」は聲をあげて泣くこと。「歎」は、「麥秀の歎」すなわち亡國の歎を意識する。「哭泣之不可」は、聲をあげて泣くのは新王朝への憚りがあってできないことを暗示する。『史記』宋微子世家に、「其の後 箕子 周に朝し、故の殷虚を過ぐ。宮室毀壞し、禾黍を生ずるに感じ、箕子 之を傷む。哭せんと欲すれば則ち不可なり、泣かんと欲すれば其れ婦人に近しと爲す。乃ち麥秀の詩を作りて以て之を歌詠す（其後箕子朝周、過故殷虛。感宮室毀壞、生禾黍、箕子傷之。欲哭則不可、欲泣爲其近婦人。乃作麥秀之詩以歌詠之）」とある。

二六　元氏之集、自甲訖癸　『中州集』十巻は甲集から癸集まで、十干をもって巻に當てている。

二七　今止於丁者　『列朝詩集』は皇帝の部の乾集上下と僧侶や香奩、神鬼、外國人などから成る閏集を除いた外は、甲前集、甲集、乙集、丙、丁集という部立てになっており、丁集以下は存在しない。

二八　癸、歸也。於卦爲歸藏、時爲冬令　『洪武正韻』巻八に「癸者、歸也。於時爲冬」とある。また、『周易』の説卦傳に「坎は水なり。正北方の卦なり。勞卦なり。萬物の歸するところなり。故に坎に勞すと曰う（坎者水也、正北方之卦也、勞卦也、萬物之所歸也、故曰勞乎坎）」とあり、『周易集解』引崔憬注は「坎は是れ正北方の卦なるを以て、立冬已後は、萬物は坎に歸藏す（以坎是正北方之卦、立冬已後、萬物歸藏於坎）」という。なお、錢謙益「江田陳氏家集序」（『有學集』巻一七）にも「余 近ごろ『列朝詩集』を輯し、釐めて甲乙丙丁の四部と爲す、而して之が爲に序して曰く、「遺山の『中州集』は癸に止まる、癸なる者は、歸なり」と（余近輯『列朝詩集』、釐爲甲乙丙丁四部、而爲之序曰、「遺山『中州集』止于癸、癸者、歸也」）」と同様の表現がある。

二九　月在癸曰極　『爾雅』釋天に、「太歳（木星）は癸に在りて昭陽と曰う。月は癸に在りて極と曰う（太歳在癸曰昭陽。月在癸日極）」とある。

三〇　丁、丁壯成實也　徐鍇『說文解字繫傳』通釋巻二八に「丁は、夏時萬物皆な丁壯成實。象形なり。丁は丙を承け、人心を象るなり。凡そ丁の屬は皆な丁に從う（丁、夏時萬物皆丁壯成實、象形也。丁承丙、象人心也。凡丁之屬皆從丁）」とある。

三一　歳曰强圉　『爾雅』釋天に「太歳は丁に在りて强圉と曰い、月は丁に在りて圉と曰う（太歳在丁曰强圉、月在丁曰圉）」とある。「强圉」は、力が强壯であることをいう。

三二　萬物盛於丙、成於丁、茂於戊　『禮記』月令の鄭玄注に「戊の言うは茂なり。萬物皆な枝葉茂盛す（戊之言茂也。萬物皆枝葉茂盛）」とある。

三三　於時爲朱明、四十强盛之年　「朱明」は明の別稱。明朝の皇帝の姓が朱であることにちなむ。「年」の字、『有學集』は「時」に作る。丁は季節でいえば夏を指し、人でいえば四十歳、盛年にあたる。『禮記』曲禮上に「四十曰强、而仕」とある。ここでは明の皇室が再び盛んに興ることをいう。同様の表現として、錢謙益「江田陳氏家集序」（『有學集』巻一七）に「萬物は丙に盛んにして、丁に成り、戊に茂る。丁時は夏爲り、夏は、大なり。人に於いては四十强盛の年、年は、幹なり。江山の諸公自り以て（陳）昌箕に逮ぶまで、時に於いて夏有り。昌箕は年方に强仕にして、幹に於いては丁爲り（萬物盛於丙、成於丁、茂於戊。丁時爲夏、夏、大也。於人四十强盛之年、年、幹也。自江山諸公以逮〔陳〕昌箕、於時有夏。昌箕年方强仕、於幹爲丁）」とある。

三四　金鏡未隊、珠嚢重理　「隊」は「墜」に同じ。『有學集』は「墜」に作る。この句、孔穎達の「周易正義序」を踏まえる。「若し夫れ龍は河より出づれば、則ち八卦は其の象を宣べ、麟は澤に傷つけば、則ち十翼其の用を彰らかにす。業は九聖に資り、時は三古を歴て、秦金鏡を亡うに及ぶも、未だ斯文を墜さず、漢は珠嚢を理めて、重ねて儒雅を興す（若夫龍出於河、則八卦宣其象、麟傷於澤、則十翼彰其用。業資九聖、時歴三古、及秦亡金鏡、未墜斯文、漢理珠嚢、重興儒雅）」と見える。『太平御覽』巻八〇二珍寶部一珠上引『尙書考靈曜』に「卯金出軫、握命孔符、赤用藏、龍吐珠」とあり、鄭玄はこれに「藏は祕なり。珠は寶物にして道を、喩うなり。赤漢は當に天の祕道を用い、故に河龍之を吐く」と注する。『太平御覽』巻七一七服用部一九鏡引『尙書考靈耀』に「秦失金鏡、魚目入珠」とあり、鄭玄は「金鏡は明道を喩うなり。始皇は不韋の子にして、眞を亂すを言うなり」と注する。これによれば、「金鏡」も、「珠嚢」も明道すなわち治道を指す。皇明はいまだ完全に亡びたわけではなく、再び治道を修めれば挽回可能であることをいう。

三五　鴻朗莊嚴、富有日新　「鴻朗」は盛んなこと。ここでは大明の隱喩。清の劉聲木『萇楚齋四筆』巻二に「祥符の周叔畇都轉星譽、常熟の銭牧齋尙書謙益の『歴朝詩集』の後に跋して云う、「舊藏の是集は獨だ序文のみ無し、蓋し人の删去する所爲り、惟だ此の本は尙お完好にして恙が無し。……六の丁の字の義自り至りては、則ち「金鏡未墜、珠嚢重理、鴻朗莊嚴、富有日新」と曰う。蓋し是の時　殘明の遺孽、猶お號を嶺越の間に假り、江浙の遺民、海上の師と互いに影を爲し、故に牧齋自ら孤臣逸老に附し、中興を想望し、以て其の故國舊君の思いを表す、眞に無恥の尤もなる者なり。其の印章に「鴻朗餞齡、白頭蒙叟」と曰うは、鴻は、大なり、朗は、明なり。命意　尤も顯然として見るべし（祥符周叔畇都轉星譽、跋常熟銭牧齋尙書謙益『歴朝詩集』後云、「舊藏是集獨無序文、蓋爲人所删去、惟此本尙完好無恙。……至自六丁字之義、則曰「金鏡未墜、珠嚢重理、鴻朗莊嚴、富有日新」。蓋是時殘明遺孽、猶假號嶺越間、江浙遺民、與海上之師互爲影、故牧齋自附於孤臣逸老、想望中興、以表其故國舊君之思、眞無恥之尤者也。其印章曰「鴻朗錢齡、白頭蒙叟」、鴻、大也、朗、明也。命意尤顯然可見）」とある。周星譽（一八二六〜一八八四）の理解によれば、「金鏡未墜、珠囊重理、鴻朗莊嚴、富有日新」とは、錢謙益が自らを孤臣逸老に擬えて、明の中興を願った表現ということになる。

「富有日新」の「富有」は大業、「日新」は盛德をいう。『周易』繫辭傳に「一陰一陽 之を道と謂う。これを繼ぐ者は善なり、これを成す者は性なり。……諸を仁に顯し、諸を用に藏し、萬物を鼓して聖人と憂いを同じくせず。盛德大業至れるかな。富有を之れ大業と謂い、日新を之れ盛德と謂う（一陰一陽之謂道、繼之者善也、成之者性也。……顯諸仁、藏諸用、鼓萬物而不與聖人同憂、盛德大業至矣哉。富有之謂大業、日新之謂盛德）」とある。

三六　天地之心、聲文之運　『周易』復卦の彖傳の「復、其見天地之心乎」をふまえており、「天地之心」は明の復興が天地の心であることをいう。「聲文」は音調。ここでは廣く詩を指す。劉勰『文心雕龍』情采篇に「故に立文の道、其の理三有り。一に曰く形文、五色是れなり。二に曰く聲文、五音是れなり。三に曰く情文、五性是れなり。五色雜りて黼黻を成す、五音比びて韶・夏と成り、五情發して辭章と爲るは、神理の數なり（故立文之道、其理有三。一曰形文、五色是也。二曰聲文、五音是也。三曰情文、五性是也。五色雜而成黼黻、五音比而成韶・夏、五情發而爲辭章、神理之數也）」とあり、虞集『唐音』の序には「先王の德盛んなれば樂作り、跡息めば詩亡ぶ、世道の升降、風俗の頹靡に係わり、其の聲文の盛は、之に隨わざるを得ずして然り（先王之德盛而樂作、跡息而詩亡、係于世道升降、風俗頹靡、其聲文之盛、不得不隨之而然）」とある。詩や音樂は世道に關わるとする思想に基づく表現である。

三七　備典故、採風謠、汰冗長、訪幽仄　「備典故」はのちの故事を參照する者のために備えておくこと、「採風謠」は民風の觀察のため風俗歌謠を採取すること、「汰冗長」は簡要を目指して冗長を省くこと、「訪幽仄」は隱沒している優れたものを探して記録すること。

三八　鋪陳皇明、發揮才調、愚竊有志焉　「皇明」の字、『有學集』は「明朝」に作る。「鋪陳皇明」は明朝の歴史について陳述すること。「發揮才調」は詩人の才華や格調を發現させること。銭謙益にとって、これらはいずれも史書編纂に備えるためのもの。銭謙益は『列朝詩集』甲集巻十の末語（徐賁の詩篇の後）においても「余 此の集を撰し、元好問『中州』の故事に仿い、用って正史の發端と爲し、捜摭考訂し、頗る次第有り（余撰此集、仿元好問『中州』故事、用爲正史發端、捜摭考訂、頗有次第）」と明言しており、「小傳」が『中州集』のそれのように將來の正史の編纂の史料となることを期していた。

三九　討論風雅、別裁僞體　この句は、杜甫の「戲爲六絶句」の其六「未だ前賢に及ばざるも更に疑うこと勿かれ、遞（たがい）に相い祖述するは復た誰をか先にせん。別に僞體を裁して風雅に親しむ、轉（うた）た益ます多師なるは是れ汝が師なり（未及前賢更勿疑、遞相祖述復先誰、別裁僞體親風雅、轉益多師是汝師）」に基づく。なお銭謙益が僞體とするのは、七子およびその末流、竟陵派の詩であり、彼はそれらを「弱・狂・鬼」、「僬・剽・奴」などと評している。

四〇　孟陽名嘉燧……其詩錄丁集中　程嘉燧についての詳細は本書「三六　程嘉燧」を參照されたい。

四一　在玄黓執徐之歳、而序作於玄月十有三日　「玄黓」は壬、「執徐」は辰、「玄月」は九月。つまり順治九年（一六五二）九月十三日の執筆である。銭謙益は清朝の年號の使用を避け、あえて『爾雅』釋天の記年法を用いて表記している。

（野村鮎子）

二　太祖高皇帝　朱元璋

元・天曆元年（一三二八）〜明・洪武三十一年（一三九八）

乾集卷上　太祖高皇帝[一]

太祖高皇帝『御製文集』[二]共五卷、翰林學士樂韶鳳・宋濂編錄。濂之言曰[三]、「臣侍帝前者十又五年。帝爲文或不喜書、詔臣濂坐榻下、操觚受辭、終日之間、入經出史、袞袞千餘言」。「嘗爲濂賦「醉學士歌」[四]、二奉御捧黃綾以進、揮翰如飛、須臾成楚辭一章」。「上聖神天縱[五]、形諸篇翰、不待凝思而成、自然度越今古、誠所謂天之文哉」。

解縉[六]曰、「臣縉少侍高皇帝[七]、早暮載筆墨楮以俟。聖情尤喜爲詩歌、睿思英發、雷轟電燭、玉音沛然數千百言、一息無滯。臣輒草書連幅、筆不及成點畫、上進、才點定數韻而已、或不更一字。故常喜誦古人鏗鍧炳朗之作、尤惡寒酸吚嚶・齷齪鄙陋、以爲衰世之爲、不足觀。詩僧宗泐進所精思刻苦以爲得意之作百餘篇。高皇一覽、不竟日盡和其韻、雄深闊偉、下視泐詩、大明之於爝火也」。

臣謙益所撰集、謹恭錄內府所藏弆『御製文集』、冠諸篇首、以著昭代人文化成之始[八]。其它稗官小說・委巷流傳、及掇拾亂眞者、皆削而弗取載焉。

【訓讀】

太祖高皇帝『御製文集』共に五巻、翰林學士樂韶鳳・宋濂の編録なり。濂の言に曰く、「臣 帝の前に侍する者十又五年。帝は文を爲るも或いは書するを喜ばず、臣濂に詔して榻下に坐し、觚を操りて辭を受けしめ、終日の間、經に入り史より出で、袞袞千餘言なり」。「嘗て濂の爲に「醉學士歌」を賦するとて、二奉御 黄綾（書寫用の黄色のあやぎぬの布）を捧げて以て進むるに、翰を揮うこと飛ぶが如く、須臾にして楚辭（楚辭體の詩歌）一章を成す」。「上は聖神天縱にして、諸を篇翰に形わすに、凝思を待たずして成り、自然に今古を度越するは、誠に所謂る天の文なる哉」と。

解縉曰く、「臣縉 少くして高皇帝に侍り、早に暮に筆・墨・楮（かみ）を載きて以て俟つ。聖情は尤も詩歌を爲るを喜び、睿思の英發し、雷 は轟き 電 は燭き、玉音の沛然たる數千百言、一息も 滞 ること無し。臣は輒ち草書もて幅（紙の數）を連ね、筆の點畫を成すに及ばずして、上進するに、才に數韻を點定する而已にして、或いは一字をも更めず。故に常に古人の鏗鍧炳朗（コウコウと力強く、ヘイロウと明るい）の作を誦するを喜び、尤も寒酸咿嚶（貧乏くさいうめき聲）・齷齪鄙陋（こせこせとやぼったい）を惡み、以て衰世の爲にして、觀るに足らずと爲す。詩僧宗泐 精思刻苦して以て得意と爲す所の作百餘篇を進む。高皇一覽し、日を竟えずして 盡く其の韻に和し、雄深闊偉、泐の詩を下視（輕視）するは、大明（日月の光）の爝火（かがり火の小さな明り）に於けるごときなり」と。

臣謙益 撰する所の集（すなわち『列朝詩集』）は、謹しんで內府に藏弆（弆も藏の意）する所の『御製文集』を恭録し、諸を篇首に冠し、以て昭代の人文化成の始まりを著す。其の它（他に同じ）の稗官小說・委巷の流傳、及び掇拾して眞を亂す者は、皆削りて取載せ弗る焉。

【注】

一　**太祖高皇帝**　その誕生から、元末群雄の一人として元の集慶路（のちの應天府、また南京）を奪取した至正十六年（一三五六、二十九歳）までの事件を、公式の文書である『太祖實錄』から抜き出しておく。その後の事蹟は附錄の「關連年表」にゆずる。なお錢謙益には「太祖實錄辨證」一～五（『初學集』巻一〇一～一〇五）がある。

まず『太祖實錄』巻一は次の文章から始まる。「大明太祖聖神文武欽明啓運俊德成功統天大孝高皇帝、姓は朱氏、諱は元璋、字は國瑞、濠の鍾離東鄕の人なり（鍾離は、元の河南江北行省安豐路の濠州に倚郭の縣。明では南直隷鳳陽府に倚郭の鳳陽縣）」。「父仁祖（皇帝の父にたいする敬稱）、諱は世珍、元の世に又居を鍾離の東鄕に徙し、勤儉忠孝、人は長者と稱す。母太后陳氏、四子を生み、上は其の季なり（父仁祖、諱世珍、元世又徙居鍾離之東鄕、勤儉忠孝、人稱長者。母太后陳氏、生四子、上其季也）」。「上 生まるるに、紅光 室に滿つ。時に（元の）天曆元年戊辰（一三二八年）九月十八日子丑なり（上生、紅光滿室。時天曆元年戊辰九月十八日子丑也）」。

「歲甲申（至正四年〔一三四四〕）、上は年十七、四方の旱蝗に値い、民は饑え疾癘大いに起こる。四月六日乙丑、仁祖崩じ、九日戊辰、皇長兄薨じ、二十二日辛巳、太后崩ず。上 連けて三喪に遭い、又歲の歉（ききん）に値いて、仲兄と與に極力葬事を營む（この時、父は年六十四、母は五十九。後に太祖は鳳陽府に兩親の陵を二度築かせた。すなわち最初は洪武二年二月の「英陵」で、碑文は翰林侍講の危素の撰。二度目は洪武十一年四月の「皇陵」で、碑文は太祖の自撰）。既に葬い、仁祖・太后の常に釋氏に許從するを念い、乃ち仲兄に謀り、九月を以て皇覺寺に入る。僅か五十日、寺僧 食を以て給せず、其の徒を散遣して四方に遊ばしむ。上 遂に西遊して合淝の界に至

る（歳甲申、上年十七、値四方旱蝗、民饑、疾癘大起。四月六日乙丑、仁祖崩、九日戊辰、皇長兄薨、二十二日辛巳、太后崩。上連遭三喪、又値歳歉、與仲兄極力營葬事。既葬、念仁祖・太后常許従釋氏、乃謀於仲兄、以九月入皇覺寺。僅五十日、寺僧以食不給、散遣其徒遊四方。上遂西遊至合淝界）」。「凡そ三年、時に泗州（濠州の東八十キロ、淮安路下）の盗起こり、列郡騒動し、復た皇覺寺に還る（凡三年、時泗州盗起、列郡騒動、復還皇覺寺）」。

「壬辰（至正十二年（一三五二）二十五歳）春二月乙亥朔、定遠（濠州の南四十キロ）の人郭子興……等起兵し、自ら元帥を稱し、濠州を攻抜し、其の城に據りて之を守る。辛丑（二十七日）亂兵皇覺寺を焚き、寺僧皆逃散し、上も亦出でて兵を避く。……乃ち神に禱るに、……上神意の必ず雄に従わんと欲するを知るなり（この年の禱神については太祖自身の「紀夢」の文に詳しい）。……乃ち閏三月甲戌朔旦を以て濠城に抵る。……子興喜び、遂に左右に留め置き、尋いで命じて九夫に長たらしめ、常に召して與に事を謀る（壬辰春二月乙亥朔、定遠人郭子興……等起兵、自稱元帥、攻抜濠州、據其城守之。辛丑、亂兵焚皇覺寺、寺僧皆逃散、上亦出避兵。……乃禱神、……上知神意必欲従雄也。……乃以閏三月甲戌朔旦抵濠城。……子興喜、遂留置左右、尋命長九夫、常召與謀事）」。「初め宿州（濠州の西北、歸德府下）閔子郷の人馬公、……子興と刎頸の交わりを爲す。馬公に季の女有り、甚だ之を愛す。……（馬公）女を以て子興に託して曰く、「幸わくば公の善く撫視せよ」と。……已にして馬公死し、子興感念して已まず。……子興意を遂に決し、乃ち女を以て上に妻す。卽ち孝慈高皇后なり（初宿州閔子郷人馬公、……與子興爲刎頸交。馬公有季女、甚愛之。……以女託子興曰、「幸公善撫視」。……已而馬公死、子興感念不已。……子興意遂決、乃以女妻上、卽孝慈高皇后）」。

「癸巳（至正十三年（一三五三）二十六歳）……（六月以降、朱元璋）是こに于て之（精壮二萬）を率い、南のかた滁陽（滁州は濠州の東南百キロ、揚州路に屬す）を略し、道に定遠の人李善長の來謁するに遇う。上は與に語りて之を悦び、幕下に留め置きて書記を掌ら俾む（この項を錢氏「辨證」は翌年の「甲午七月」のこととするが、理由は示していない）（癸巳……于是率之、南畧滁陽、道遇定遠人李善長來謁。上與語悅之、留置幕下、俾掌書記）」。「甲午（至正十四年・二十七歲）春正月甲子朔、張士誠（揚州路泰州の人。その北の高郵府に據って）國を大周と號し、自ら誠王と稱し、天祐と改元す（甲午春正月甲子朔、張士誠國號大周、自稱誠王、改元天祐）」。

「乙未（至正十五年・二十八歲）春正月、……戊寅（二十一日）……上 鎭撫徐達・參謀李善長及び驍勇數十人を率いて徑進し、暮に和陽（和州は廬州路下、大江西岸）に至る。……子興 遂に上に命じて和陽を總守せしむ（乙未春正月……戊寅……上率鎭撫徐達・參謀李善長及驍勇數十人徑進、暮至和陽。……子興遂命上總守和陽）」。「（乙未、春）初め、子興旣に（孫）德崖（もと郭子興の部將だが謀反）を執え、之を殺して以て前憾に報いんと欲するも、上の（孫に）執え被るるを聞くに及んで、乃ち德崖を釋きて去らしむ。然れども心は常に快快たり、憂悶して疾を致し、久しく起たず、遂に卒し、葬を滁州に歸す（初、子興旣執德崖、欲殺之、以報前憾、及聞上被執、乃釋德崖去。然心常怏怏、憂悶致疾、久不起、遂卒、歸葬滁州）」。「（乙未）六月丙辰（二日、水軍で渡江し）卽ち衆を率いて觀渡自り太平橋に向かい、直ちに（太平路の）城下に趨く。……上 兵を縱ちて急攻し、遂に之を拔く。（元の平章）完者不花は僉事張旭等と城を棄てて走る。……（三日）太平路を改めて太平府と爲す（六月丙辰、卽率衆自觀渡向太平橋、直趨城下。……上縱兵急攻、遂拔之。完者不花與僉事張旭等棄城走。……改太平路爲太平府）」。

「丙申（至正十六年・二十九歲）春二月壬子朔、張士誠 平江（路、明の蘇州府）を陷る（丙申春二月壬子朔、張士誠陷平江）」。「（丙申）三月辛巳朔、上 諸軍を率いて集慶（路）を取らんとし、太平自り水陸にて竝進す。……庚寅（十日）、上 兵を集慶に進め、未だ城に及ばざること五里、諸軍鼓譟して進むに、元の兵は皆膽を破る。……辛卯（十一日）、上 城郭を周覽し、……乃ち集慶路を改めて應天府と爲す（三月辛巳朔、上率諸軍取集慶、自太平水陸竝進。……庚寅、上進兵集慶、未及城五里、諸軍鼓譟而進、元兵皆破膽。……辛卯、上周覽城郭、……乃改集慶路爲應天府）」。

二『御製文集』……宋濂編錄　この部分は、洪武七年（一三七四）十二月、劉基の「御製文集後序」の冒頭の「御製文集五卷、論・記・詔・序・詩・文、凡若干篇。翰林學士臣樂韶鳳・宋濂等之所編錄」なる文によっている（後掲の諸本の㈣嘉靖十四年刊本附錄。四部叢刊初編所收『誠意伯文集』には見えない）。

樂韶鳳は、雷禮の「兵部尙書樂韶鳳」（『國朝獻徵錄』卷三八・兵部一・尙書に所收）によると、字は舜儀、全椒縣（元・河南江北行省揚州路下、明・南直隷滁州下）の人。至正十五年（一三五五）、朱元璋の渡江に扈從し、洪武三年（一三七〇）起居注。同六年、兵部尙書（正二品）。同年六月、翰林院侍講學士（從五品。內閣の一員として機務に參預させる人事か）。いったん病免ののち、同九年、國子監司業（正六品）。同十二年、國子監祭酒（從四品）、同十三年致仕（生卒年未詳）。『御製文集』編錄後のことではあるが、太祖に「諭祭酒樂韶鳳敕」がある。

宋濂については後述。また本書「六　宋濂」を參照。

この小傳の文末に「內府所藏弆」とするように、錢謙益が見たのは帝室圖書館所藏のテキストであった。內府本を目睹した機會は、斷續的にしろ次のようになろう。すなわち明朝では、「歷朝詩集序」に「山居して暇多く、『國朝詩集』を譔次すること、幾ど三十家、未だ幾ばくもならずして罷め去る」（本書三八頁）とする十年餘の里居の後、泰昌元年（一六二〇）八月に翰林院編修の原官に復歸、翌天啓元年、右春坊右中允知制誥（翌年冬、病氣により歸家）、天啓四年秋、翰林院編修、翌年、同侍讀學士となるも五月に削籍。崇禎元年（一六二八）七月に再起して禮部右侍郎兼侍讀學士となるも、十月には革職・回籍となった。清朝に入ってからは、順治三年（一六四六）正月、祕書院學士兼禮部右侍郎として『明史』編纂副總裁に充てられるも、六月に病氣により退居した。

しかし五卷本『御製文集』は一般に流布したものではなく、明代の藏書家といえども目睹することができなかったらしい。また清朝に入って『四庫全書』が編纂された乾隆四十七年（一七八二）の時點では、內府からも姿を消していたと思われる。

以下、太祖の文集の版本について、後世にまで下って整理しておこう。參考とするのは三種、第一に『四庫全書』巻一六九『明太祖文集』の「提要」（以下「四庫提要」とする）、第二に『全明詩（第一册）』（全明詩編纂委員會編、一九九〇年十二月・上海古籍出版社刊）巻一・朱元璋㈠の小傳（以下「全明小傳」）、第三に、標點・簡體字による『明太祖集』（安徽古籍叢書、胡士萼點校、一九九一年十一月・黄山書社刊）の「點校後記」（以下「太祖點校」）。引用は繁體字に翻字）、である。

㈠洪武七年刊『御製文集』五巻　『四庫全書』が著録するのは、「『明太祖文集』二十卷、兩江總督採進本。明巡按直隷督學御史姚士觀・南京戸部督儲主事沈鈇仝編校」、すなわち後掲の諸本の㈤である。しかしてその「提要」に、「案ずるに『太祖集』は初めに洪武七年に刻せらる。劉基及び宋濂の文集に載する所の序文は倶に五巻と云い、翰林學士樂韶鳳の編録する所と稱す（案『太祖集』初刻於洪武七年。劉基及宋濂文集所載序文倶云五巻、稱翰林學士樂韶鳳所編録）」と記す。これは實物を目睹したうえでの記し方ではない。序文も、『太祖集』に附録されたものを見ていない。そして、「提要」が信頼をおく「黄虞稷『千頃堂書目』（巻一七）は已に著録せず（然黄虞稷『千頃堂書目』已不著録）」と結論する。他の參考記述でも、「全明小傳」は「久しく已に亡佚す（然久已亡佚）」、「太祖點校」は「此の本 今は已に傳わらず（此本今已不傳）」とする。

黄虞稷は、字は兪邰、號は楮園、南京上元縣の人、福建泉州府晉江縣籍、崇禎二年（一六二九）～康熙三十年（一六九一）。清に入って、諸生の身で、康熙二十年（一六八一）明史館に入り、その列傳や藝文志を分纂した。家には藏書八萬餘巻を有し、四十七歳上の錢謙益と文字の交わりがあったとされるが、『御製文集』五巻に限っていえば、錢氏が目睹したものを黄氏はできなかったということになる。『明史』藝文志四・別集類にも、「『明太祖文集』

五十巻・『詩集』五巻」とあるのみである（「五十巻」というのは、「四庫提要」が引く焦竑『國史經籍志』に「『太祖文集』二十巻、又三十巻」とあるのを誤って合算したのであろうか）。

㈡『明太祖高皇帝御製文集』三十巻　『千頃堂書目』に記載されるテキストであり、その内譯は「甲集二巻、乙集三巻、丙集文十四巻・詩一巻、丁集十巻」である。「四庫提要」が「（『千頃堂書目』の）著錄する所の者」として引用するものの、「然れども所謂三十巻なる者は、今は未だ傳本を見ず、其の存佚は均しく未だ知る可からず（然所謂三十巻者、今未見傳本、其存佚均未可知）」とする。それにたいして「全明小傳」は「現に存する所の者は、明初刻の『御製文集』三十巻を以て最も早しと爲す（現所存者、以明初刻『御製文集』三十巻爲最早）」とし、「太祖點校」も「又明初刻本有り、『御製文集』甲集二巻、乙集三巻、丙集十四巻、丁集十巻、御製詩集一巻、合わせて三十巻、五百一十五篇爲り（又有明初刻本、爲『御製文集』甲集二巻、乙集三巻、丙集十四巻、丁集十巻、御製詩集一巻、合三十巻、五百一十五篇）」とする。しかし日本に在るか否かは定かでない。

㈢嘉靖八年（一五二九）刋『高皇帝御製文集』二十巻　「四庫提要」に記載はない。「全明小傳」は「嘉靖八年唐胄刻」としたうえで、「所收の詩文は明初刻本（すなわち㈡の三十巻本）と略か出入り有り（所收詩文與明初刻本略有出入）」とし、「太祖點校」も「明嘉靖八年に唐胄の雲南刻本有り、凡そ二十巻（明嘉靖八年有唐胄雲南刻本、凡二十巻）」とする。

㈣嘉靖十四年（一五三五）刋『高皇帝御製文集』二十巻　「四庫提要」に記載はない。「全明小傳」は「嘉靖十四年、徐九皐・王惟賢刻」としたうえで、このテキストが「唐胄刻本（すなわち㈢）を以て基礎と爲し、幷せて明初刻本（すなわち㈡）に據って增補す（係以唐胄刻本爲基礎、幷據明初刻本增補）」と指摘する。『全明詩（第一册）』の全五巻はこのテキストを底本とし、その巻一一の詩（「樂章」）のみを巻一に、巻一二の詩（「樂歌」）を巻二に、巻一九の詩（「古詩」「歌吟」）を巻三に、巻二〇の詩（「五言律詩」以下の今體）を巻四に配置し、巻五は「復た他書に據って增輯（復據他書增輯）」したものである。また「太祖點校」は、「嘉靖十四年、巡按直隷監察御史徐九皐 鹺（鹽政）を維揚（揚州）に理め雲南刻本（すなわち㈢）を得到り、乃ち江都知縣王惟揚（揚は賢の誤り）に命じて梓に付せしむ（嘉靖十四年、巡按直隷監察御史徐九皐理鹺維揚、得到雲南刻本、乃命江都知縣王惟揚付梓）」云々（詳しくは後掲の「跋文」、すなわち「集後」文を參照）と記す。

實はこのテキストは日本の國立公文書館內閣文庫に藏せられ、「舊本（すなわち㈠の五卷本）」の「後序」二首と「集後」文一首、およびこのテキストの「集後」文一首が附録されている（前の三首は『明太祖集』にも附録されている）。

「御製文集後序」　文末の年記と肩書・署名は「洪武七年、歲在甲寅冬十二月甲寅、資善大夫誠意伯臣劉基拜手稽首謹序」。この注の最初に引いたように、「御製文集五卷、論・記・詔・序・詩・文、凡そ若干篇。翰林學士臣樂韶鳳・宋濂等の編錄する所なり」で始まり、「臣劉基謹拜稽首し、讀み畢りて序を爲す（臣劉基謹拜稽首、讀畢而爲序）」と續く。

「御製文集後序」（標題なし）　文末の年記と肩書・署名は「洪武七年、歲在甲寅冬十二月乙卯、承事郎起居注臣郭傳拜手稽首謹序」。

「恭題御製文集後」　文末に年記はなく、肩書と署名は「翰林侍講學士中順大夫知制誥修國史兼太子贊善大夫臣宋濂拜手稽首謹書」。文の最後を「是こに於いて敬錄すること上の如く、文と詩と凡そ五卷。續いて制作有れば復た編類して後集と爲す云（於是敬錄如上、文與詩凡五卷。續有制作、復編類爲後集云）」とする（この序文は四部叢刊初編所收の『宋學士文集』巻二四「翰苑續集」巻四にも見える）。

「恭題高皇帝御製文集後」　文末の年記と肩書・署名は「嘉靖十四年冬十一月戊寅、巡按直隷監察御史臣徐九皐拜手稽首謹書」。最初に「翰林學士臣樂韶鳳等『高皇帝詩文』五巻（すなわち㈠）を輯む（翰林學士臣樂韶鳳等輯高皇帝詩文五卷）」とし、次いで「近ごろの滇南刻本二十巻（すなわち㈢）は、巻目は韶鳳等の輯と同じからず（近滇南刻本二十卷、卷目不與韶鳳等輯同）」とする。「臣九皐　齇を維揚に理め、近き商邑（商業のまち？）を瞻て文獻（書籍と遺賢）を咨考し、竊かに嘆くに、我が高皇帝が徳業の盛んなるは、汮潏湛濊にして（泉の湧き流れるように深く厚く）、穹顥（天空）を配合すること邈かにも尙る可からず（臣九皐理齇維揚、瞻近商邑、咨考文獻、竊嘆我高皇帝徳業之盛、汮潏湛濊、配合穹顥、邈乎不可尙）」。

さらにこのテキストの成立ちについて次のように記す。「會たま提學御史臣聞人詮　滇本（すなわち㈢）を以て臣に遺りて謂うに「宜しく諸を梓に重鋟すべし」と。臣は乃ち江都知縣臣王惟賢に檄げて焉を刻せしむ。惟賢は復た甲乙丙丁四集（すなわち㈡）を搆じ得るに（搆は購に通ず）、間ま前集（すなわち㈢）に未だ登録せざる所多し（會提學御史臣聞人詮以滇本遺臣、謂宜重鋟諸梓。臣乃檄江都知縣臣王惟賢刻焉。惟賢復搆得甲乙丙丁四集、間多前集所未登錄）」。かくして「臣は乃ち躬自ら讐校し、互相に補除し、合わせて六百七十二篇、仍って分けて二十巻と爲す（臣乃躬自讐校、互相補除、合六百七十二篇、仍分爲二十卷）」。

㈤萬暦十年（一五八二）刋『明太祖文集』二十巻　兩江總督採進本によって『四庫全書』が著録するテキストである。「四庫提要」は「明巡按直隷督學御史姚士観・南京戸部督儲主事沈鈇仝編校」とする。「其の刻は萬暦十四年（おそらく「十年」の誤り）に在り、編次は（姚か沈かの）誰の手に出づるかを知らず。目録の末に姚士観等の跋語有り（『四庫全書』の例として掲載されていない）。乃ち舊本（「提要」に言及されていない㈣か）に據って中都（明の南直隷鳳陽府）に於いて刻せらるるも、亦未だ能く自りて來たる所を詳考せざるなり（其刻在萬暦十四年、編

次不知出誰手。目録之末有姚士觀等跋語、乃據舊本刻於中都、亦未能詳考所自來也）」。

「全明小傳」は「萬曆十年、姚士觀・沈鈇刻『高皇帝御製文集』二十卷」とし、「徐九皐・王惟賢刻本（すなわち㈣）と較べて又増益する所有り（較徐九皐・王惟賢刻本又有所增益）」とする。

標點・簡體字本『明太祖集』はこのテキストを底本とする。「太祖點校」には、「明萬曆十年に迨んで」姚氏・沈氏が「同に中都に于て校刻」したとして、次のように記す。「此の本の篇數は嘉靖十四年本（すなわち㈣）に較べて略か増加有り（後にはその數を「十幾篇」とする）、合わせて六百八十七篇、仍りて「高皇帝御製文集二十卷」と題す。目録の末に姚士觀の跋語有り、書後には沈鈇の跋語有り（此本篇數較嘉靖十四年本略有增加、合六百八十七篇、仍題「高皇帝御製文集二十卷」。目録之末有姚士觀跋語、書後有沈鈇跋語）」。前者の年記・署名は「萬曆十祀長至日、臣姚士觀稽首拜首謹識」、後者の年記・肩書・署名は「萬曆壬午歲（十年）嘉平月上浣之吉、陪京儲吏沈鈇謹稽首拜手敬書于鳳陽分署」である。そして最後にこのテキストが、「分類・編次」において嘉靖十四年本と同じいことからそれを底本とし、「明太祖文集の諸刻本中」で「最も完備されたもの（最爲完備）」であると結論づけている。

㈥萬曆間刻『高皇帝御製文集』二十卷　「全明小傳」にのみある記載で、「另に萬曆間の王弘誨刻『高皇帝御製文集』二十卷有るも、收むる所は姚・沈本の範圍を出でず（另有萬曆間王弘誨刻『高皇帝御製文集』二十卷、所收不出姚・沈本範圍）」とする。

太祖の文集の版本は以上のとおりであるが、最後に、太祖作「神鳳操」について特に記しておく。この詩はおそらく五卷本（すなわち㈠）にのみ收録され、その後は何らかの理由で削られたのであろう。『列朝詩集』は太祖の詩、採録二十八首の最初にこの詩を置いているが、「四庫提要」は「朱彝尊『明詩綜』を考うるに太祖の「神鳳操」

一首有るを載するも、集（すなわち㈤）の內に之無ければ、則ち亦未だ賅備とは爲さず（考朱彝尊『明詩綜』、載有太祖「神鳳操」一首、而集內無之、則亦未爲賅備）」とする。『列朝詩集』を擧げずに『明詩綜』によったのは、例によって錢謙益を忌避したものと思われる。朱彝尊（崇禎二年〔一六二九〕～康熙四十八年〔一七〇九〕）の『明詩綜』（康熙四十四年〔一七〇五〕序）卷一上の「太祖高皇帝（三首）」の小傳では「有御製詩集五卷」と記されている。錢謙益が目睹したテキストとは別の、諸本㈠にあげた『明史』藝文志に載る版本かも知れないが、詳しくは分からない。內府所藏であったとすれば、康熙十八年（一六七九）博學鴻詞科に擧げられ、翰林院檢討を授けられ、『明史』纂修官に充てられた機會に目睹したのであろう。

　ところが『全明詩（第一册）』卷五では、この詩を補うものの、驚くべきことに「康熙殿本『佩文齋詠物詩選』卷五十七」によっている。また『明太祖集』が「附錄」としてこの詩のみを補うものの、その「校記」に「此の詩は錄するに清朱彝尊所編『明詩綜』自りす。『明詩綜』は共に明太祖詩三首を收む。「春望牛首」等二首は本集中に已に收む（此詩錄自清朱彝尊所編『明詩綜』。『明詩綜』共收明太祖詩三首。「春望牛首」等二首、本集中已收）」とするだけで錢謙益に言及しないのは、見識がないと言わざるをえない。

三　濂之言曰、「臣侍帝前者十又五年。……袞袞千餘言」　この文章は五卷本の後序ではなく、「恭題御製方竹記後」（『宋學士文集』卷一七「鑾坡〔後〕集」卷七）による。「洪武癸丑（六年）の歲五月の戊辰」に吏部尙書の詹同が「御製方竹記（四角い竹の記）」を下賜されたのにたいして、宋濂がその「六月乙未」にその後に題したものである。すなわち小傳引用「臣侍帝前者……」を題文は「臣濂竊自念、草莽微臣侍帝前者……（臣濂は竊かに自ら念うに、草莽の微臣帝の前に侍する者……）」に作り、「終日之間」を「終食之間」に作り、小傳引用「袞袞千餘言」のあとに題文には「仰見天光昭回、赫著簡素、皆日精月華之所凝結、敷之爲卿雲、散之爲彩霞、曾不見神化著見之迹、其誠所謂天之文哉（仰ぎ見るに、天光の昭回〔日月〕、簡素〔竹ふだと絹、すなわち紙面〕に赫著たりて、皆日精月華の凝結する所、之を敷きて卿雲と爲り、之を散じて彩霞と爲り、曾て神化著見の迹を見ず、其れ誠に所謂天の文なる哉）」という一文が續く。

四　「嘗爲濂賦「醉學士歌」……須臾成楚辭一章」

「恭跋御賜詩後」（『宋學士文集』巻三四「翰苑別集」巻四）による。「洪武之八年秋八月甲午（七日）」、水邊で太祖から酒と詩を賜った時の作である。すなわち小傳引用「嘗爲濂賦「醉學士歌」」を跋文は「上復笑曰「卿宜自述一詩、朕亦爲卿賦醉歌」（上 復た笑いて曰く「卿 宜しく自ら一詩を述ぶべし、朕も亦卿の爲に醉歌を賦せん」と）」に作り、「黃綾」を「黃綾案」（書寫用の黃色い布を敷いた小卓）に作る。そして小傳引用「楚辭一章」のあとに跋文ではさらに「臣既醉下筆、傾欹字不成行列、甫綴五韻。……上更敕給事中臣善等、賦「醉學士歌」云（臣は既に醉いて筆を下し、傾欹して字は行列を成さず、甫めて〔ようやく〕五韻を綴る。……上は更に給事中臣〔宋〕善等に敕して、「醉學士歌」を賦せしむ云）」と記される。

太祖の「醉歌」ないしは「醉學士歌」は、注二であげた『御製文集』のいずれにも見えない。嘉慶十五年（一八一〇）序刊『宋文憲公全集』（『四部備要』所收）は、附錄として巻首二・誥敕に「賜醉贊善大夫宋濂歌、洪武八年八月七日」なるものを載せる。それは全十二句から成り、中の二句には「宋生は微飲にして早く醉い、忽ち周旋に歩みて蹌蹌たり（宋生微飲兮早醉、忽周旋步兮蹌蹌）」とある。『漢語大詞典』は「蹌蹌」の項に、「清・褚人穫『堅瓠六集・醉學士歌』宋生微飲兮早醉、忽周旋兮步驟蹌蹌」と用例を示しているが、未見。僞作ではあるまいか。

宋濂の「自述」詩も、その文集には見えない。「給事中臣善」とは、宋善なる人物らしく、談遷の『國榷』では、洪武六年正月乙丑に監生から給事中となった記事が、そして同九年三月丙子に給事中から監察御史になった記事が見える。宋濂の一族ではなかったらしい。

「二奉御」の奉御は、宦官の官職の名。『明史』職官志三・宦官・十二監に次のように見える。「初め、呉元年、內使監を置き、監令（正四品）・丞（正五品）・奉御（從五品）・內史（正七品）・典簿（正八品）を設く。……洪武二年、內使監に奉御六十人・尙寶一人……涓潔二人を置くを定む（初、呉元年置內使監、設監令〔正四品〕・丞〔正五品〕・奉御〔從五品〕・內史〔正七品〕・典簿〔正八品〕。……洪武二年定置內使監奉御六十人・尙寶一人……涓潔二人）」。

五　「上聖神天縱……誠所謂天之文哉」　「恭題御和詩後」（『宋學士文集』卷一九「鑾坡〔後〕集」卷九）による。「洪武六年八月十六日」、『日曆』編修の詔敕が下った時の文章である。すなわち、小傳引用の「上」を題文は「臣伏見皇上」に作り、「聖神天縱、……自然度越今古」に異同はなく、そのあと題文は「非積學者所可及。然亦未嘗輕發、其俯和侍臣之詩、豈非樂育菁莪、以開萬世太平之基者歟（積學の者の及ぶ可き所に非ず。然れども亦未だ嘗て輕發せず、其の俯して侍臣に和するの詩は、豈（あに）樂しみて菁莪を育（はぐく）み〔『詩』小雅「菁菁者莪」による〕、以て萬世太平の基を開く者に非ざる歟（か））」と續く。しかし小傳引用の最後の一句「誠所謂天之文哉」は、この題文からではなく、**注三**で擧げた「恭題御製方竹記後」からのものである。

「天之文」は「易」の用語の釋文にもとづくものであろう。すなわち『周易』賁の卦の彖傳に「天文なり。文明以て止まるは、人文なり。天文を觀て、以て時の變を察し、人文を觀て、以て天下を化成す（天文也。文明以止、人文也。觀乎天文、以察時變、觀乎人文、以化成天下）」とあり、『周易正義』に引く魏の王弼の注は「天文也」にたいして、「剛柔交錯して文（もよう）を成す焉（なり）、天の文（もよう）なり（剛柔交錯而成文焉、天之文也）」とする。さらに唐・李鼎祚撰『周易集解』では「天文也」にたいして、三國・呉の虞翻の「日月星辰、高く上に麗（うるわ）しく、故に天の文（あや）と稱するなり（日月星辰、高麗於上、故稱天之文也）」とする注を引いている。

六　解縉　洪武二年（一三六九）～永樂十三年（一四一五）。『列朝詩集』乙集卷一に小傳「解學士縉」がある。採錄詩

十五首。「縉、字は大紳、一字縉紳。唐時自り吉水（江西吉安府下）に家して七百年なり矣。洪武二十六年（一三九三）進士（この年には會試・殿試ともに行われていない。『明史』巻一四七の本傳では「洪武二十一年擧進士」とし、『進士題名錄』でも二十一年の第三甲第十名に錄する）、中書庶吉士を授かる。高皇帝 極めて之を愛し、侍書する毎に至親として爲に硯を持つ（縉、字大紳、一字縉紳。自唐時家吉水七百年矣。洪武二十六年進士、授中書庶吉士。高皇帝極愛之、毎侍書、至親爲持硯）」。「高皇帝崩じ、來たりて喪に奔り、河州衞（陝西最西）の吏に謫せらる（高皇帝崩、來奔喪、謫河州衞吏）」。「太宗（成祖永樂帝）卽位し、（翰林）侍讀學士（從五品）に進み、文淵閣に直して機務に預る。年を逾えて翰林學士（正五品）に進み、出でて廣西參議（從四品）と爲り、交阯に改めらる。（永樂八年（一四一〇）、（京に）入りて事を奏するに、會たま上は北征し、（許可なく）東宮に見えて辭去すれば、（漢王の朱）高煦之を譖り、徵されて獄に下さる。十三年、瘐死（獄中での病死）す（太宗卽位、進侍讀學士、直文淵閣、預機務。逾年、進翰林學士、出爲廣西參議、改交阯。八年、入奏事、會上北征、見東宮、辭去、高煦譖之、徵下獄。十三年、瘐死）」。

七　「臣縉少侍高皇帝……大明之於爝火也」

解縉の『文毅集』（『四庫全書』巻一七〇所收）巻七の「顧太常謹中詩集序」からの引用である。顧祿、初名は天祿、字は謹中、松江府華亭縣の人、生卒年未詳。洪武の初めに太常寺典簿廳典簿（正七品）となり、のち蜀府の教授に遷った。『列朝詩集』甲集巻十七に「顧教授祿」が著錄される。解縉のこの文は永樂後の作である。すなわち「臣縉少侍高皇帝、……尤喜爲詩歌」に文字の異同はほとんど無く、小傳引用の「睿思英發」のあとに集序は「神文勃興（神文は勃興し）」の四字が入り、「雷轟電燭」を「雷轟電逐（雷は轟き電は逐い）」に作り、「玉音沛然數千百言」を「頃刻間御製沛然數千百言（頃刻の間に御製の沛然たる數千百言）」に作る。また「上進、才點定數韻而已、或不更一字」は「卽速上進、稍定句韻、間或不易一字（卽ち速やかに上進するに、稍や句韻を定むるも、間ま或いは一字をも易えず）」とする。次の「故常」は「上惟（上は惟）」に作り、「尤悪寒酸呷嘤・齷齪鄙陋」（四字句二つ）は集序では「凡遇呷暗鄙陋（凡そ呷暗鄙陋なる〔うめき聲のやぼったさ〕に遇えば）」（四字句一つ）であった。そして「以爲衰世之爲、不足觀」（あとの「爲」を集序は「製」に作る）のあとに集序には「故天下之士爲詩、鮮有能得上意者（故に天下の士の詩を爲るに、能く上の意を得る者有るは鮮し）」なる文言が續く。宗泐の部分では、小傳引用の最後「大明之於爝火也」のあとに、集序では「蓋如泐者之不足以當聖意。聖凡度量相越、固如是耶（蓋し泐の如き者の以て聖意に當たるに足らざるならん。聖と凡の度量の相い越ゆるは、固より是くの如きなる耶）」という結語がある。

宗泐については『列朝詩集』の閏集卷一に「高僧」の一人「全室禪師泐公」として見える。生卒は元・延祐五年（一三一八）～洪武二十四年（一三九一）。詩の採録は百八首と比較的多い。「宗泐、字は季潭、臨海（浙江台州府下）の人。族姓は周氏（宗泐、字季潭、臨海人。族姓周氏）」。「太祖 筵に臨みて嘆美し、命じて天界（金陵にある寺）に住まわせ、屢しば駕もて臨幸し、內庭に召對して、膳を賜わること虛日無く、復た平日作る所の詩一帙に和を賜わり、『心經』『金剛』『楞伽』三經に註して世に行わしむ（太祖臨筵嘆美、命住天界、屢駕臨幸、召對內庭、賜膳無虛日、復賜和平日所作詩一帙、註『心經』『金剛』『楞伽』三經行世）」。「詩文に『全室外集』十卷有り、御製に欽和する詩を以て首と爲す（詩文有『全室外集』十卷、以欽和御製詩爲首）」。ただし嘉靖十四年刊『御製文集』卷一五に「賜宗泐免官說」が載るが、和韻の詩は見えない。

八　以著昭代人文化成之始　注五に引いた『周易』賁卦・彖傳の「観乎人文、以化成天下」にもとづく表現である。

（松　村　昂）

三　劉　基　元・至大四年（一三一一）～明・洪武八年（一三七五）

甲集前編巻一　劉誠意基[一]

基[二]、字伯溫、青田人。元至順癸酉明經登進士第[三]、累仕皆投劾去[四]。方谷眞反[五]、爲行省都事、建議招捕、省臺納方氏賄、罷官、羈管紹興。感憤欲自殺[六]、門人密里沙抱持得不死。太祖定婺州[七]、規取處、石抹宜孫[八]總制處州、爲其院經歷。宜孫敗走[九]、歸青田山中、伏匿不肯出。[一〇]孫炎奉上命鈎致之、乃詣金陵。後以佐命功[一一]、官至御史中丞、封誠意伯[一二]。正德中[一三]、謚文成。

公自編其詩文[一四]曰『覆瓿集』者、元季作也。曰『犁眉公集』[一五]者、國初作也。公負命世之才[一六]、丁胡元之季、沈淪下僚、籌策齟齬[一七]、哀時憤世、幾欲草野自屛。然其在幕府[一八]、與石抹艱危共事、遇知己、效馳驅、作爲歌詩、魁壘頓挫、使讀者僨張興起、如欲奮臂出其間者。遭逢聖祖、佐命帷幄、列爵五等[一九]、蔚爲宗臣、斯[二〇]可謂得志大行矣。乃其爲詩[二一]、悲窮嘆老、咨嗟幽憂、昔年飛揚硉矹之氣、澌然無有存者。[二二]豈古之大人志士義心苦調、有非旂常竹帛可以測量其淺深者乎。嗚呼、其可感也。

孟子言誦詩讀書[二三]、必曰論世知人。余故錄[二四]『覆瓿集』列諸前編、而以『犁眉集』冠本朝之首、百世而下、必有論世而知公之心者。

甲集卷一

犁眉公集者、故[二五]誠意伯劉文成公庚子二月應聘以後、入國朝佐命垂老之作也。

余考公事略、[二六]合觀『覆瓿』・『犁眉』二集、竊窺其所爲歌詩、悲惋衰颯、先後異致。其深衷托寄、有非國史・家狀所能表其微者、每盡然傷之。

近讀[二七]永新劉定之『呆齋集』、撰其鄉人王子讓詩集序云、「子讓當元時擧於鄉、從藩省辟、佐主帥全普庵勘定江湖間、志弗遂、歸隱麟原、終其身弗仕。余讀其詩文、深惜永歎。嗟乎子讓、其奇氣硉矹胸臆、猶若佐全普庵時、以未祼將周京故也。有與子讓同出元科目、佐石抹主帥定婺・越、幕府倡和、其氣亦將掣碧海弋蒼旼。後[二八]扳附龍鳳、自擬留文成、然有作、噫喑鬱伊、捫舌騂顏、曩昔氣澌滅無餘矣」。

呆齋之論、其所以責備文成者、亦已苛矣。雖然、[二九]史家鋪張佐命、論麞項之殊勳、[三〇]永新留連幕府、惜爲韓之雅志、其事固不容相掩、[三一]其義亦各有攸當也。誦犁眉之詩、而推見其心事、[三二]安知不以永新爲後世之子雲乎。

[三三]謹撰定犁眉公詩居國朝甲集之首、[三四]而子若孫之詩附見焉。

【訓讀】

甲集前編巻一

基、字は伯溫、青田（元の江浙處州路下、明の浙江處州府下）の人。元の至順癸酉（四年、一三三三）明經もて進士の第に登り、累ねて仕うるも皆な劾を投じて去る。方谷眞（方國珍）反し、行省都事（行中書省都事、從七品）と爲りて、招捕（自ら投降させて捕縛すること）を建議するも、省臺 方氏の賄を納れ、官を罷め、紹興に羈管せしむ（中央政府の要路が方氏の賄賂を受け取り、劉基を罷免して紹興での禁足處分にした）。感憤して自殺せんと欲するも、門人の密里沙 抱持して死せざるを得たり。

太祖（朱元璋）婺州を定め、處を規取するに（處州の奪取を謀り）、石抹宜孫 處州に總制たりて、其の院經歷（行樞密院經歷、從五品）と爲る。宜孫敗走し、青田の山中に歸り、伏匿して肯えて出でず。孫炎 上（太祖）の命を奉じて之を鈎致し、乃ち金陵に詣らしむ。後 命を佐するの功を以て、官は御史中丞に至り、誠意伯に封ぜらる。正德中、文成と諡せらる。

公 自ら其の詩文を編みて『覆瓿集』と曰う者は、元季の作なり。『犂眉公集』と曰う者は、國初の作なり。公は命世の才を負うも、胡元の季に丁り、下僚に沈淪す、籌策齟齬し、時を哀しみ世に憤りて、幾ど草野に自ら屛れんと欲す。然れども其の幕府に在りては、石抹と與に艱危事を共にし、知己に遇いて、馳驅を效し（知己に出會って、そのために奔走し）、歌詩を作爲しては、魁壘頓挫し（勇ましく特出したり、氣勢が急に挫かれたり）、讀者をして債張興起し（讀者の血をたぎらせ奮起させ）、臂を奮いて其の間に出でんと欲する者の如くならしむ（自らそこに割り込んで手出ししたいと思わせる）。聖祖に遭逢し、命を帷幄に佐け、爵を五等に列し、蔚として宗臣爲り、斯に志の大いに行わるを得たりと謂うべし。乃ち其の詩を爲りては、窮を悲しみ老を嘆き、咨嗟幽憂し、昔年の飛揚硉矹の氣、澌然として存する者有る無し（それなのに詩作では窮を悲しみ老いを嘆き、嗟嘆幽憂するのみで、高く飛揚突出しようとする豪放的氣慨がからきし無くなった）。豈に古の大人志士の義心苦調は、旂常竹帛の以て其の淺深を測量すべきに非ざる者有るか（古の大人志士の節義心や苦衷には、功臣に列せられ名を青史に留めたからといってその思いの深さを推し量ることができないものがあるということだろう）。嗚呼、其れ感ずべきなり。

孟子　詩を誦し書を讀むを言うに、必ず世を論じて人を知るを曰う（孟子はその詩を誦しその書を讀むのには、その時代のことを論じてその人を知るべきだと言っている）。余　故に『覆瓿集』を錄して諸を前編に列ね、而して『犁眉集』を以て本朝の首に冠す。百世より下、必ず世を論じて公の心を知る者有らん。

甲集巻一

『犁眉公集』なる者は、故誠意伯劉文成公　庚子（至正二十年、一三六〇）二月　聘に應じて以後、國朝に入り命を佐け老いに垂とするの作なり。

余　公の事略を考え、『覆瓿』『犁眉』の二集を合わせ觀るに、竊かに窺う、其の爲る所の歌詩は、悲惋と衰颯と、先後　致を異にすと（一方は悲惋の詩、もう一方は衰颯の詩が多く、前後で趣を異にしている）。其の深衷托寄、國史・家狀の能く其の微を表す所に非ざる者有りて（『實錄』や行狀などで微妙なところが表現しにくいものがあり）、毎に蠹然として之を傷む（いつも悲痛な思いでいる）。

近ごろ永新の劉定之の『呆齋集』を讀むに、其の鄉人王子讓（王禮）の詩集の序を撰して云う、「子讓は元時に當りて鄉に擧げられ、藩省（行省）の辟に從い、主帥全普庵（江西行省參政の全普庵撒里）を佐け江湖の間を勘定するも、志 遂げず、麟原に歸隱し、其の身を終えるまで仕えず。余 其の詩文を讀みて、深く惜しみ永く歎ず。嗟乎 子讓、其の奇氣胸臆に硉矹たること（非凡でごつごつして平らかではないさま）、猶お全普庵を佐けし時の若きは、未だ周京に祼將せざる故を以てすればなり（明朝に出仕しなかったためだ）。子讓と與に同じく元の科目より出でて、石抹主帥を佐けて婺・越（婺州や越州）を定め、幕府に倡和する有り。其の氣も亦た將に碧海を掣え蒼旻を弋んとす（その意氣も大海原をおさえ、蒼い空に射掛ける勢いがある）。後に龍鳳（明の太祖朱元璋）に扳附し、自ら留文成（漢の開國の功臣留侯文成張良）に儗す。然れども作有りては、噫喑鬱伊（鬱々してため息ばかりで聲がなく）、捫舌騂顏（顏を赤くして何も言葉をいわず）、曩昔の氣は澌滅して餘す無し」と。

呆齋の論、其の文成を責備する所以の者は、亦た已に苛し（劉基を責める劉定之の主張はあまりに手嚴しい）。然りと雖も、史家は命を佐くるを鋪張し、項を蹙むるの殊勳を論ず（史家の立場では、張良のように帝の大業を補佐したことが强調され、項羽を滅ぼした殊勳が論じられる）、永新は幕府に留連し、韓の爲の雅志を惜しむ（劉定之の立場では、王子讓がもとの幕府を忘れずに、張良のごとく故國韓の再興を思いつづけた志が重んじられる）、其の事固り相い掩う容からず（二つのことは互いに相容れない事柄で）、其の義も亦た各おの當る攸有るなり（それぞれにしかるべき義があるのだ）。『犁眉』の詩を誦し、其の心事を推見すれば、安んぞ永新を以て後世の子雲と爲さざるを知らんや（劉定之のような立場の者にも劉基の眞價が理解されないはずはない）。

謹んで犁眉公の詩を撰定し、國朝の甲集の首に居らしめ、而して子若くは孫の詩を焉に附見す。

【注】

一　**劉誠意基**　誠意は劉基が誠意伯に封ぜられたことによるもの。『列朝詩集』は、劉基の『覆瓿集』を元朝時期の詩とし、『犁眉公集』を入明後の詩として、それぞれ「甲集前編」の第一巻と「甲集」第一巻とに分けて收錄している。そのため、劉基の小傳も二篇に分かれている。

劉基の傳記に關する一次資料としては、黃伯生「誠意伯劉公行狀」（以下「行狀」）、『明太祖實錄』巻九九「劉基傳」、張時徹「明開國翊運守正文臣資善大夫贈太師謚文成護軍誠意伯劉公神道碑銘」（以下「神道碑銘」）がある。ただし、「行狀」には『皇明文衡』巻六二、『明名臣琬琰集』巻七、『太師誠意伯劉文成公文集』（以下『文集』）所收の三種があり、文字の異同や語句の增減がある。錢謙益が見ていたのは、『皇明文衡』所收の「行狀」。「小傳」は、錢謙益がこれらの複數の資料を參照しながら獨自に考證を行い、傳記を再構成したものである。

なお、劉基の文集で現在最も行われている四部叢刊本初編『太師誠意伯劉文成公集』は、『覆瓿集』と『犁眉公集』とを合本混交し、再編集したものである。林家驪點校『劉基集』（浙江古籍出版社、一九九九年簡體字版、のち二〇一一年舊體字版）は四部叢刊本を底本としつつ、『犁眉公集』由來の詩文には、※をつけており、附錄として「行狀」「神道碑」、各家の序文等のほか、林家驪編「劉基年表」も載錄している。

研究書としては、周群・匡亞明『劉基評傳』（南京大學出版社、一九九五）、楊訥『劉基事績考述考』（北京圖書館出版社、二〇〇四）、魏靑『元末明初浙東三作家研究』（齊魯書社、二〇一〇）などがあり、日本の研究論文としては、福本雅一「劉基詩序說」（『中國文學報』一八册、一九六三）、松村昂「劉基「二鬼」詩を讀み解く――虛構と史實との間」（『名古屋大學中國語學文學論集』一三號、今鷹眞先生喜壽記念號、二〇一一）などがある。

二　基、字伯溫、靑田人　靑田は元朝では江浙等處行中書省處州路、明朝では浙江承宣布政使司處州府に屬し、台州の南、溫州の西に位置する縣。『明名臣琬琰錄』と『皇明文衡』の「行狀」は、「公諱基、字伯溫、世爲括蒼人」といい、『文集』本「行狀」は「世爲處州靑田人」に作る。括蒼は處州の古名。

なお「神道碑」によれば、其の先祖は豊沛の人であり、鄜延に遷り、南宋の時に麗水の竹洲に至り、その後、劉集が青田の武陽に居を定めたとある。青田の武陽は、「縣を去ること百五十里、世よ稱する所の南田福地（去縣治者百五十里、世所稱南田福地也）」と稱される地である。

三　元至順癸酉明經登進士第

至順癸酉（四年、一三三三）はすなわち元統元年。惠宗（元の順帝）の卽位にともない十月八日に改元された。「行狀」は「應進士擧、授江西瑞州高安縣丞（一作授江西高安縣丞）」といい、「神道碑」も「甫弱冠、擧元進士、授江西高安縣丞」というのみで、及第の年を言わないが、『明實錄』は及第の年を書している。『元統元年進士錄』によれば、劉基の成績は「漢人・南人三甲第二十名」であり、その簡歷には「貫處州路青田縣、儒戶。―『春秋』。字伯溫、行七、年廿六、六月十五日。曾祖濠、祖槐、宋太學生。父爚、儒學教諭、母氏、具慶下（父母ともに健在の意）。娶富氏。鄕試江浙第十四名、會試第廿六名。授瑞州路高安縣丞」とある。

元朝は皇慶二年（一三一三）に科擧の開始を決定し、延祐二年（一三一五）に初めて科擧を實施したものの、德行明經科の一科のみで、しかもあらかじめ「蒙古・色目人」が五十名、「漢人（もとの金の支配下の人々）・南人（もとの宋の支配下の人々）」が五十名という合格枠が設定されており、試驗科目や基準も異なっていた。すなわち前者に課されたのが四書についての經問および策のみだったのに對し、後者には、四書についての明經と經疑の二問のほか、各々五經から選擇した經義一道、古賦、詔誥、章表のいずれか一つ、さらに策一道も課せられていた。劉基は南人なので後者の明經と經疑を受驗する必要があった。「小傳」の「登進士第」の前に「明經」の語が入っているのは、經學中心の南人枠での合格であったことを意味していよう。なお、『元統元年進士錄』には二十六歲での及第とあるものの、「行狀」の「生于至大辛亥（一三一一）六月十五日」から算出すると、及第時、二十三歲ということになる。また、「行狀」では及第に續く後文には、「揭文安公曼碩 公を見て、人に謂いて曰く、「此れ魏徵

（唐の開國の功臣）の流にして、英特之れに過ぐ、將來濟時の器なり」と（掲文安公曼碩見公、謂人曰、「此魏徵之流、而英特過之、將來濟時器也」）」と、掲傒斯（一二七四〜一三四四）が劉基を稱賛したという逸話が見える。

四　累仕皆投劾去　「行狀」によれば、劉基は高安縣丞時代に、ある事件の再審理を手掛け、事件が故殺であったことを明らかにしたことで、最初の審理に當った役人から逆恨みされた。それを逃れるため江西行省大臣の招きをうけて掾史（屬官）となったという。しかし、「後 幕官と事を議して合わず、遂に劾を投じて去り（後於幕官議事不和、遂投劾去）」、さらにその後、浙江儒學副提擧、行省考試官となるが、「監察御史の職事を失するを建言し、臺憲の沮（はば）む所と爲りて、遂に移文もて決去（建言監察御史失職事、爲臺憲所沮、遂移文決去）」したという。

五　方谷眞反……罷官、羈管紹興　「方谷眞」はすなわち方國珍（一三一九〜一三七四）のこと。「行狀」は「方谷珍」に作る。『明史』など多くは「方國珍」に作るが、錢謙益は『國初群雄事略』卷九「台州方谷眞」でこれを考證し「方谷眞」と書すべきだと主張する。「谷眞姓は方氏、台の黃岩の人。初名は國珍、後、名を眞と更む（廟の諱を避くるなり）、又た國を改めて谷と爲し、谷眞と名づく（高帝の御字を避くるなり）、『仁宗實錄』の諸書概ね舊名に從うは、誤れり、當に宋濂の『神道碑』を以て之を正すべし（谷眞姓方氏、台之黃岩人。初名國珍、後更名眞〔避廟諱也〕、又改國爲谷、名谷眞〔避高帝御字也、『仁宗實錄』諸書概從舊名、誤矣、當以宋濂『神道碑』正之〕）」。

方谷眞はもと鹽の密賣人であったが、海賊と見なされたことから弟とともに元に叛旗を翻し、討伐軍の司令官を捕虜とした。元はこれに官職を授けることで一旦懷柔したものの、方谷眞は再び溫州を荒らして討伐軍のポロティムールを捕虜とするなど、勢力を擴大し、最後は江浙行省左丞相・衢國公に至った。蘇州の張士誠が亡びた後は、朱元璋に降伏し、廣西行省左丞相を授けられた。

「行狀」によれば、方に對する招安の議（至正十二年の議）、すなわち寬大な措置で歸順させる案が持ち上がったとき、浙江行省都事であった劉基は、方の買收を拒絕し、方の兄弟を捕縛して斬り、それ以外の者を赦免することを建議したが、方は朝廷に賄賂してこれを阻止したという。その結果、招安に反對した劉基は紹興に羈管となった。「羈管」は官員に對する配流處分の一つ。輕いものは「居住」、やや重い場合は「安置」、さらに上が「編管」または「羈管」。「行狀」にいう。「方谷珎 海上に反し、……帖里帖木耳（ティリティムール）左丞 方冦を招諭するに及び、復た公を辟きて行省都事と爲し、收復を議せしむ。公 招捕を建儀（議の誤り）し、以爲らく、方氏は首亂にして、平民を掠し、官吏を殺す、是れ兄弟なる者は宜しく捕えて之を斬るべし、餘黨は脇（脅の誤り）されて從い詿誤す、宜しく招安の議に從うべしと。方氏兄弟 之を聞きて懼れ、重賂を公に請うも、公は悉く却けて受けず、前議を執ること益ます堅し。帖里帖木耳左丞は其の兄子の省都鎭撫をして公の議する所を以て朝に請わしむるも、方氏は乃ち其の賄を悉くし、人をして海に浮びて燕京に至らしむ。省・院・臺 俱に之を納れ、招安を准し、谷珎に授くるに官を以てし、乃ち公の議する所に駁し、以爲らく朝廷の好生の仁を傷い、且つ擅ままに威福を作すと。帖里帖木耳左丞の輩を罷め、公を紹興に羈管せしむ（方谷珎反海上、……及帖里帖木耳左丞招諭方冦、復辟公爲行省都事、議收復。公建儀招捕、以爲方氏首亂、掠平民、殺官吏、是兄弟者宜捕而斬之、餘黨脇從詿誤、宜從招安議。方氏兄弟聞之懼、請重賂公、公悉却不受、執前議益堅。帖里帖木耳左丞使其兄子省都鎭撫以公所議請于朝、方氏乃悉其賄、使人浮海至燕京。省院臺俱納之、准招安、授谷珎以官、乃駁公所議、以爲傷朝廷好生之仁、且擅作威福、罷帖里帖木耳左丞輩、羈管公于紹興）」。ただし、楊訥『劉基事績考述考』は、劉基が「至正甲午、盜 甌括の間に起り、予 地を會稽に辟く」（「王原章詩集序」）と記していることをもとに、「行狀」のこの說を斥け、彼が紹興に赴いたのは羈管ではなく、盜を避けるためだと主張する。

六　感憤欲自殺、門人密里沙抱持得不死

劉基が悲憤のあまり、發作的に自殺しようとしたという逸話は、『皇明文

衡』と『明名臣琬琰錄』の「行狀」のみに見えるものである。「公 發憤慟哭し、嘔血數升、自殺せんと欲す。家人葉性等力めて之を沮む。門人密理沙（『明名臣琬琰錄』作「密拉薩」）曰く、「今は是非混淆し、豈に公 溝瀆に自經するの時ならんや。且つ太夫人堂に在り、將た何にか依らんや（今は何が正しくて何が正しくないかも分からず、つまらない死に方をする時でしょうか。かつご母堂もご存命ですが、何を頼りにされたらいいのですか）」と。かくて公を抱持して死せざるを得たり。因りて痰氣の疾有り（公發憤慟哭、嘔血數升、欲自殺。家人葉性等力沮之。門人密理沙曰、「今是非混淆、豈公自經於溝瀆之時耶。且太夫人在堂、將何依乎」。遂抱持公得不死。因有痰氣疾）」。この臨場感あふれる自殺未遂の逸話を錢謙益が「行狀」から採って小傳に插入したのは、劉基の元朝の腐敗に對する失望と義憤を强調するためであろう。

七　**太祖定婺州、規取處**　太祖（本書「二　太祖高皇帝 朱元璋」參照）は明洪武帝朱元璋。至正十七年（一三五七）に紅巾軍の領袖として自ら婺州路（今の金華）を奪取し、翌年には浙東の各地に軍を進めた。

八　**石抹宜孫總制處州、爲其院經歷**　石抹宜孫（石末宜孫、または舒穆嚕宜孫とも、？～一三五九）は元末の官僚。字を申之といい、もと契丹の人、學識ある教養人でもある。父である石抹繼祖の後を繼いで沿海上副萬戶となり、江浙行省參知政事に至り、至正十七年（一三五七）に行樞密院判官・總制處州となった。劉基を行樞密院經歷（從五品）として、胡深・葉琛・章溢を參軍事として用いたが、十八年十二月、母の救援のために婺州に向かい、朱元璋の軍に敗れた。さらに十九年には朱元璋が派遣した兵に敗れて、一旦數十騎を率いて福建との境界まで落ち延びたが、「處州は吾が守る所の者なり。今 吾が勢已に窮まり、所として往く無し、處州の境に還るに如かず、死するも亦た處州の鬼となるのみ」といって、處州の慶元縣に戻ったところで、亂兵によって殺害された。諡は忠愍。『元史』卷一八八石抹宜孫傳。劉基が至正十六年三月九日に石抹宜孫の德政を讃えるために書した「處州分元帥府同知副都元帥石末公徳政碑頌」（『太師誠意伯劉文成公集』巻八）は、彼の人となりについて次のように述べている。「人は謂う、公は太平の時に生まれ、縉紳と與に文墨の交游を爲し、彬彬然たる儒者なり。其の事變に臨遇するに及びては、則ち智勇奮發し、動くに機を失わず。士民を撫循しては、則ち仁慈豈弟、惠の及ばざるは無し。有用の奇才と謂うべし（人謂公生太平時、與與縉紳爲文墨交游、彬彬然儒者也。及其臨遇事變、則智勇奮發、動不失機。撫循士民、則仁慈豈弟、惠無不及。可謂有用之奇才矣）」。

九　宜孫敗走、歸青田山中、伏匿不肯出

「小傳」では石抹宜孫が敗走したため、劉基が青田に歸隱したことになっている。しかし、「行狀」「傳」「神道碑」ともに劉基が歸隱したのは、石抹宜孫のもとで行樞密院經歴として方國珍討伐のために働いた際の朝廷の論功行賞に不公平があったためだとしている。「行狀」（『皇明文衡』）にいう。「復た行樞密院經歴と爲るを以て、行院判石末宜孫と與に處州を守り、本郡を安集し、後に行省郎中を授けらる。經畧使李谷鳳 江南の諸道を巡撫し、守臣の功績を採りて朝に奏す。時に執政者は皆な方氏を右し、遂に公の軍功を置きて錄せず。儒學副提擧由り公を處州路總管府判に格授（降格）す。諸將 是の命の下るを聞き、率ね皆な解體せず。勅書至り、公 中庭に香案を設けて拜して曰く、「臣は敢えて世祖皇帝に負かざるも、今 朝廷 此れを以て授けらる、力を宣ぶる所無し」と。乃ち棄官して田里に歸る。時に義從する者倶に方氏の殘虐を畏れ、遂に公に從いて青田山中に居す。公 乃ち『郁離子』を著す（復以爲行樞密院經歴、與行院判石末宜孫守處州、安集本郡、後授行省郎中。經畧使李谷鳳巡撫江南諸道、採守臣功績奏于朝。時執政者皆右方氏、遂置公軍功不錄。由儒學副提擧格授公處州路總管府判。諸將聞是命下、率皆解體勅書至。公於中庭設香案、拜曰、「臣不敢負世祖皇帝、今朝廷以此見授、無所宣力矣」。乃棄官歸田里。時義從者倶畏方氏殘虐、遂從公居青田山中、公乃著『郁離子』）」。

劉基が石抹宜孫のもとを去った時期に關して、錢謙益は「太祖實錄辯證二」（『初學集』巻一〇二）で、この時石

抹宜孫が戦っていたのは方國珍ではなく朱元璋の軍であること、朱元璋の軍が處州を陷落させ、石抹が處州を去ったのは至正十九年（一三五九）十二月だとし、さらに劉基と石抹の間の交情に着目し、劉基が棄官して歸隱したのは石抹が敗走する前であったとしても、それほど以前のことではないとしている。「小傳」は、結果として、先行史料の記述を否定し、劉基の舊主に對する守節を强調した形になっている。

一〇　孫炎奉上命鈞致之、乃詣金陵

孫炎（一三二三〜一三六二）の字は伯融、句容（今の鎭江）の人。詩名があり、太祖が集慶（金陵）を下した時にその配下に入った。朱元璋の命により劉基・章溢・葉琛等に出仕を促した人物でもある。『列朝詩集』甲集卷十一の孫炎小傳および『明史』忠義傳參照。

「行狀」は洪武帝が金華に續いて括蒼を下したことを述べた後、劉基が洪武帝のもとへ赴くことの是非を一族に諮り、母が贊成したため出仕を決斷し、そこへたまたま洪武帝の意を承けた孫炎の勸誘があったため金陵に赴いたと說明する。「公 金陵に趨くを決計するも、衆疑いて未だ決せず。母夫人富氏曰く、「古自り衰亂の世は、眞主を輔けずんば、詎くんぞ能く萬全の計を獲んや」と。衆乃ち定まり、或いは兵を以て從わんことを請う。公曰く、「天下の事は吾と輔する所の者とに在るのみ、奚ぞ衆を以て爲さんや」と。乃ち悉く衆を以て其の弟の陞に付し、家人の葉性・朱佑等をして之を篸掌せしめ、且つ曰く、「善く境土を守り、方氏の得る所と爲る毋れ、我を憂う勿かれ」と。適たま總制官孫炎上の命を以て使を遣りて來りて公を聘す。遂に間道に由りて金陵に詣り、時務策一十八欵を陳べ、上 之に從う（公決計趨金陵、衆疑未決。母夫人富氏曰、「自古衰亂之世、不輔眞主、詎能獲萬全計哉」。衆乃定、或請以兵從。公曰、「天下之事在吾與所輔者爾、奚以衆爲」。乃悉以衆付其弟陞、俾家人葉性・朱佑等篸掌之、且曰、「善守境土、毋爲方氏所得也、勿憂我」。適總制官孫炎以上命遣使來聘公、遂由間道詣金陵、陳時務策一十八欵、上從之）」。

しかし、錢謙益の見方は「行狀」等とは異なる。錢謙益は「太祖實錄辯證二」（『初學集』卷一〇二）において、方孝孺「孫炎傳」（『遜志齋集』巻二一「孫伯融傳」より節録）に「上 處に克ち、方に人を用いんと欲するも、秀民の能才有る者は、皆な山中に伏匿して肯えて出でず。炎 一二を鉤致し、其の姓名を錄せしめ、書を爲り使者を遣りて之を招かしむ。而して劉基・葉琛・章溢は尤も處士の推す所と爲る。基は最も有名にして、豪俠負氣、自ら以爲らく當に他人の用うる所と爲るべからずと。使者再び往くも反って起たず。一寶劍を以て炎に奉り、炎は詩を作りて（「寶劍」詩は『列朝詩集』甲集十一孫炎に載錄）之を封還す。書を爲すこと數千言、天命を開論して以て基を諭すも、基は以て答うる無く、就きて見ゆるを逡巡す。炎 遂に基を京師に致す（上克處、方欲用人、而秀民有能才者、皆伏匿山中不肯出。炎鉤致一二人、錄其姓名、爲書遣使者招之。而劉基・葉琛・章溢尤爲處士所推。基最有名、豪俠負氣、自以爲不當爲他人用。使者再往反不起。以一寶劍奉炎、炎作詩封還之。爲書數千言、開諭天命以諭基、基無以答、逡巡就見。炎遂致基于京師）」とあること、また蘇伯衡「繆美傳」（『蘇平仲文集』巻三）に「處州既に下り、龍泉・慶元皆な平らげられ、遂に胡深・葉琛曁び劉基を以て入見せしむ（處州既下、龍泉・慶元皆平、遂以胡深・葉琛曁劉基入見）」とあるのをふまえて、次のように斷じる。「處（州）平らぐの後、公は遷延避匿し、孫炎の輩の鉤致を待ちて、之を久しくして始めて入見す。獨だ元に仕うるの日の久しきを以て、輕がろしく我を用いるところと爲らしむるを欲せざるに非ず、亦た石抹に負くに忍びざるなり。『覆瓿集』の石抹との唱和詩を讀むに、公の心事、二百年後、以て想い見るべし（處平之後、公遷延避匿、待孫炎輩鉤致、久之始入見、非獨以仕元日久、不欲輕爲我用、亦不忍負石抹也。讀『覆瓿集』與石抹唱和詩、公之心事、二百年後、可以想見）」。錢謙益は、劉基が朱元璋の軍への出仕を自ら進んで希望したのではなく、長い間逡巡していたこと、その理由は石抹から受けた恩情に背き難かったからだと解している。ここでも劉基が舊主に對する守節を重んじたことが強調されている。「小傳」は劉基が自ら進んで朱元璋に出仕というよりも、孫炎に引きずり出されて新朝に仕えることになったことを強調しており、ここには劉基と同様、新朝に仕えることを餘儀なくされた錢謙益の心情が投影されている。

一一　**後以佐命功、官至御史中丞**　『明太祖實録』巻二六に「吳元年（一三六七）十月壬子……置御史臺及各道按察司。御史臺設左右御史大夫、從一品。御史中丞、正二品。……以湯和爲左御史大夫、鄧愈爲右御史大夫、劉基・章溢爲御史中丞」とある。『太師誠意伯劉文成公集』巻一（標點本『劉基集』は附録五）にこの時の「御史中丞誥」が收録されている。なお、劉基の「行狀」「傳」「神道碑」の類が開國の功臣としての活躍を重點的に記載するのに對して、「小傳」には劉基の明朝での活躍についての記述は一切なく、明での最終の官名のみを記す形になっている。

一二　**封誠意伯**　太祖は洪武三年（一三七〇）十一月に功臣に對して勲爵を封じており、『明太祖實録』巻五八には、徐達ら六名を公に、湯和ら二十八名を侯に、汪廣洋と劉基の二名を伯に封じた記録がある。なお『太師誠意伯劉文成公集』巻一（標點本『劉基集』は附録五）に「誠意伯誥」が收録されている。

一三　**正徳中、謚文成**　『太師誠意伯劉文成公集』巻一（標點本『劉基集』は附録五）に正徳九年十月十九日付けの「贈謚太師文成誥」が收録されている。謚號が正徳年間になってからようやく附與された背景には、劉基の死の前年、胡惟庸の讒言によって劉基の祿が剝奪されたという事情がある。また、劉基の死因は胡惟庸が派遣した醫者により毒を盛られたことだという説があるが、「小傳」は一切これを載せていない。

一四　**公自編其詩文曰『覆瓿集』者、元季作也**　「覆瓿」は瓶の蓋。値うちのないものの譬えであり、これを集名としたのは自遜である。『漢書』揚雄傳によれば、揚雄の『太玄』と『法言』を見た劉歆が、祿や利を重んじる今の學者は『易經』も『太玄經』もわからぬだろうし、後世の人に醬油甕の蓋にされてしまいかねないと言った故事に基づく。現存する最も早い『覆瓿集』（中國國家圖書館藏）の版本は、劉基の孫である劉貊が宣德五年（一四三〇）に刻した『覆瓿集』二十四巻、『拾遺』二巻（劉貊が補ったもの）であるが、そこには「宣德五年冬十月嘉議大夫工部右侍郎前翰林侍講兼修國史吉水羅汝敬書」と署される序文（『太師誠意伯劉文成公集』巻首、標點本『劉基集』附錄六所收）が冠せられている。

一五　**曰『犁眉公集』者、國初作也**　「行狀」には「長子璉又集所遺文稿五巻、名曰『犁眉公集』」とあり、これが劉基の自訂ではなく、息子の劉璉によって編纂されたものであることが明言されている。「宣德五年冬十一月之二日翰林侍讀學士奉訓大夫兼修國史金陵李時勉書」と署される『犁眉公集』の序文（『太師誠意伯劉文成公集』巻首、標點本『劉基集』は附錄六）には、「『犁眉公集』なる者は、開國の功臣誠意伯劉先生既に老いて著す所の作にして、故に此れを取りて以て號と爲すと云う」とある。錢謙益は『覆瓿集』二十四巻を元季の作、『犁眉公集』五巻を入明後の作としているが、「小傳」以前にそのことを記した史料はない。また、『覆瓿集』には一部、入明後の作と思われる作品もあり、二つの集を時代で區分することが妥當であるかについては檢討の餘地がある。

一六　**公負命世之才、丁胡元之季、沈淪下僚**　「胡元」の字、康熙年間に刻された錢陸燦の『列朝詩集小傳』は「有元」に作る。滿洲族である清朝を憚り、字が改められたのであろう。「小傳」は劉基が高い學識を有しながらも、その實力に見合った官職に任用されなかったのは、元が南人出身の官僚を厚遇しなかったためだとする。

一七　**籌策齟齬、哀時憤世、幾欲草野自屏**　方國珍招捕の主張が納れられなかったことを指す。注五、六參照。

一八　**其在幕府、與石抹艱危共事**　上述したように、錢謙益は劉基が自らの知己である石抹宜孫との厚誼を重んじていたことを指摘しており、『列朝詩集』にも「夏中病瘧戲作呈石末公」「秋夜感懷柬石末公申之」「次韻和石末公用元望韻遺興見寄」「以野狸餉石末公因侑以詩」「和石末公種棘用胡元望韻」「得令字」「次韻和石末公春雨見寄」「次韻和石末公春日感懷」「次韻和石末公七月十五夜月蝕詩」「再用前韻」（以上「甲集前編」第二古詩）、「次韻和石末元帥見贈二首」「病足戲呈石末公」「遣悶柬石末公」「次韻和石末公聞海上使命之作因念西州愴然有感二首」「再用前

韻二首」「驛傳杭台消息石末公有詩見寄次韻奉和幷寓悲感二首」「再次韻二首」「次韻和石末公感興見寄」「次韻和石末公無題之作」「次韻和石末公紅樹詩」「次韻和石末西元夜之作」「次韻和石末公見寄五絶」「社日偶成奉呈石末公」「次韻和石末公紅樹詩」「次韻和石末公悲紅樹」「詔書到日喜雨呈石末公」「感事呈石末公」「次韻和石末公漫興見寄二首」「聞鳩鳴有感呈石末公」「和石末公冬暖」「雨中呈石末公」「次韻和石末公秋日感懷見寄」「夜坐有懷呈石末公」「次韻和石末公春晴詩」（以上「甲集前編」第三今體詩）が収録されている。

このうち「次韻和石末公春雨見寄」には「周綱は弛と云うと雖も、一匡は齊桓に頼らん（周綱雖云弛、一匡頼齊桓）」、「次韻和石末公春日感懷」には「相い期す 各おの努力し、共に艱難の時を濟わんことを（相期各努力、共濟艱難時）」、「次韻和石末公春晴詩」には「將帥は林の如く須らく發蹤すべし、太平の功業は蕭（何）・張（良）を望む（將帥如林須發蹤、太平功業望蕭張）」、「次韻和石末元帥見贈二首」其二には「我輩は迂狂にして世務に乖るも、趨風執御は更に何ぞ疑わん（我輩迂狂乖世務、趨風執御更何疑）」と詠じるなど、劉基が石抹宜孫に寄せていた期待は大きく、劉基が元朝の皇恩と自らの知己でもある石抹の恩誼に報いようとしていたことを示している。

なお、これらの詩は、至正十六年から十七年にかけて石抹と劉基ら屬官との間で唱和した三百篇の詩『少微倡和集』（王褘『王忠文集』巻七「少微倡和集序」）の一部であった可能性がある。劉基の「倡和集序」は次のようにいう。「予 至正十六年 省檄を承くるを以て、元帥石末公と與に括寇を謀り、因りて詩を爲りて相い往來す。凡そ所感有れば、輒ち諸を篇に形す。諸を大廷に達し以て君子の心を訛するを得ずと雖も、亦た豈に敢えて以て疏遠自外し、君臣の情義を忘れんや。昔者 屈原 楚を去り、『離騷』乃ち作る、千載の下、其の辭を誦して惻然とせざる者は、人 其の忠を知らざればなり。覽る者幸はくは誚る無かれ。萬一 瞽師の口に附して、以て上聽を感ぜしむるを得ば、則ち亦た豈に補無しと爲さんや（予至正十六年以承省檄、與元帥石末公謀括寇、因爲詩相往來、凡有所感、輒形諸篇、

雖不得達諸大廷以訛君子之心、而亦豈敢以疏遠自外、而忘君臣之情義也哉。昔者屈原去楚、『離騷』乃作、千載之下、誦其辭而不惻然者、人不知其忠也。覽者幸無誚焉。萬一得附瞽師之口、以感上聽、則亦豈爲無補哉）」。

一九　列爵五等　『書經』「武成」に「列爵惟五」とあり、孔傳は「爵五等、公・侯・伯・子・男」という。劉基は伯に封ぜられた。

二〇　斯可謂得志大行矣　「得志大行」は、『易』の豫卦の九四に「象に曰く、由豫し、大いに得る有り、志は大いに行わるるなり（由豫、大有得、志大行）」）とあるのをふまえる。

二一　其爲詩、悲窮嘆老、咨嗟幽憂　『覆瓿集』と『犁眉公集』の詩風が大きく異なることについては、何鐙「重刻誠意伯劉公文集序」（隆慶六年、一五七二）が次のように論じている。何鐙はまず、劉基の集には六善があるとして、「一曰窮經以明義、二曰寓言以徵用、三曰遵養以俟時、四曰憂世以舒抱、五曰知命以樂全、六曰遭逢之無間」を舉げる。そして、「遵養以俟時（養に遵いて以て時を俟つ）」が『覆瓿集』、「知命以樂全（命を知りて以て全きを樂しむ）」が『犁眉公集』だという。「豪傑飆起し、四海糜沸（混亂）す、而して時事倒置し、寵賂肆章し、騏驥は箱に服し、夷羊は牧に在り、乃ち先生は世の疾邪に憤り、毎に歌什に形し、抑意誚玄は、託して『覆瓿』と稱す。莘野（隱遁の地）は時に納溝に辜せられ、扣角（不遇の士の歌）夜旦に放歌するは、斯の義に由る。此れ養に遵いて以て時を俟つなり。……垂老幾しを見、身を高逝に引くに至りては、璆琳戛擊（鼓を打ち）し、以て天倪に和す、是に于て名を『犁眉』と稱す、跡を赤松（仙人赤松子）に比し、厥の終始を保つ、斯れ全德爲り。此れ命を知り以て全きを樂しむなり（豪傑飆起、四海糜沸、而時事倒置、寵賂肆章、騏驥服箱、夷羊在牧、乃先生憤世疾邪、毎形歌什、抑意誚玄、託稱『覆瓿』。莘野時辜於納溝、扣角遲歌于夜旦、由斯義矣。此遵養以俟時也。……至於垂老見幾、引身高逝、璆琳戛擊、以和天倪、于是乎稱名『犁眉』、比跡赤松、保厥終始、斯爲全德。此知命以樂全也）」。

二二　豈古之大人志士義心苦調……旂常竹帛可以測量其淺深者乎　「義心」は節義、「苦調」は悲哀に滿ちた調べ。「旂常」は王侯の旗。「竹帛」は青史。ともに功臣に列せられることを指す。

二三　孟子言誦詩讀書、必曰論世知人　『孟子』萬章章句下に「其の詩を頌（「誦」の字に通じる）し、其の書を讀むに、其の人を知らずして、可ならんや。是を以て其の世を論ずるなり。是れ尚友なり（頌其詩、讀其詩、不知其人可乎。是以論其世也。是尙友也）」とあるのに基づく。

二四　余故錄『覆瓿集』列諸前編、而以『犁眉集』冠本朝之首　『列朝詩集』は甲集前編卷一に『覆瓿集』樂府詩九十五首と古詩六十七首、卷二に古詩一百十八首、卷三に今體詩一百五十二首、甲集卷一に『犁眉公集』一百二十七首を收錄している。

二五　故誠意伯劉文成公庚子二月應聘　劉基は「送宋仲珩還金華序」（『文集』卷一五）において、「庚子の歲、予金華の宋先生と與に倶に京師に來たる（庚子之歲、予與金華宋先生倶來京師）」と述べている。庚子は至正二十年（一三六〇）。錢謙益はこれを二月のこととするが、『明太祖實錄』卷八には庚子三月の條に「徵青田劉基・龍泉章溢・麗水葉琛・金華宋濂至建康」と見える。

二六　『覆瓿』『犁眉』二集、竊窺其所爲歌詩、悲惋衰颯、先後異致　錢謙益は『覆瓿集』の詩を悲惋、『犁眉公集』の詩を衰颯と表現する。甲集には『犁眉公集』から詩一百二十七首が收錄されているが、錢謙益がいうように『犁眉公集』には老いを詠った作品が多くみられる。たとえば次のような句が擧げられよう。「老病偏（ひと）えに多感、宵長く晝も亦た長し、衣冠方（まさ）に暑を謝し、枕席已に涼に驚く、往事心に鐫みて在り、新知眼に過ぎりて忘る、籬邊舊（も）と菊を栽う、歲晩誰（た）が爲に黃ならん（老病偏多感、宵長晝亦長、衣冠方謝暑、枕席已驚涼、往事鐫心在、新知過眼忘、籬邊舊栽菊、歲晩爲誰黃）」（「秋感」二首之其二）、「細雨冥冥として畫扉を掩い、更に芳草無く垣衣有り、人生一世邯鄲の夢、老病眠り無く夢も亦た稀なり（細雨冥冥晝掩扉、更に芳草有垣衣、人生一世邯鄲夢、老病無眠夢亦稀）」（「春日雜興」其(三)）、「春半ばなるに餘寒は暮秋に似たり、門を掩いて高坐し日び悠悠たり、樹頭獨り立つ風を知る鵲、屋角雙つながら鳴く雨に喚ぶ鳩、芳意自ら流水に隨いて逝き、華年老人の爲に留まらず、浮花冶葉相い笑うを休めよ、古え自り英賢總て一漚（泡のようだ）（春半餘寒似暮秋、掩門高坐日悠悠、樹頭獨立知風鵲、屋角雙鳴喚雨鳩、芳意自隨流水逝、華年不爲老人留、浮花冶葉休相笑、自古英賢總一漚）」（「卽事」）。

二七　永新劉定之『呆齋集』、撰其鄕人王子讓詩集序

永新は吉安府永新縣。劉定之（一四〇九～一四六九）は字を主靜といい、正統元年の會試第一、廷試第三の進士。官は禮部左侍郎に至り、卒して禮部尙書を追贈され、諡は文安。『列朝詩集』乙集卷四に小傳あり。

王子讓は王禮（一三一四～一三八六）。元末明初の人。廬陵の人。至正十年（一三五〇）に江西の鄕試に及第し、至正十一年に安遠縣の敎官となり、至正十六年には江西の興國縣の主簿となる。のち江西行省參政に幕府參謀として招かれ、廣東元帥府照磨に遷った。元滅亡後は明朝からのたびたびの招聘にも關わらず家居して仕えず、麟原先生と稱された。詩集は亡佚しているが、その文集『麟原文集』二十四卷は四庫全書にも收錄されている。ただ、『列朝詩集』に小傳はなく、甲集前編卷六李祁の「小傳」にわずかに「祁字一初、茶陵人、元統元年進士。（王）子讓名禮、廬陵人、亦一初同年進士。元亡、累辟不出、以鐵拄杖采詩山谷間者也」とあるにすぎない。これによれば、王禮は元統元年の進士ということになるが、『元統元年進士錄』には王禮の名はない。王禮は孔公恂撰「王公墓誌銘」（四庫全書『麟原文集』附錄）によれば、鄕試には及第しているが、進士には及第していない。錢謙益は次に擧げる劉定之の「王子讓詩集序」に「有與子讓同出科目」云々とあるのを、誤解したと思われる。

なお、劉定之『呆齋續稿』（『四庫全書存目叢書』集部第三四册）卷五「王子讓詩集序」は元の遺民としての道を

守った王子讓を讃える一方で、明に出仕した劉基を當てこすったものである。「子讓は元の時に當りて鄕に擧げられ、經魁（經書の試驗の首位合格、五經それぞれに各一名）と爲り、藩省（行省）の辟に從い、主帥全普菴を佐けて江湖の間を戡定し、志遂げず、麟原に歸隱す。然れども人 前の藩省の辟官、今の麟原の自號を以てせず、惟だ稱して子讓と曰うは、亦た猶お宋の尹師魯、官號有らざるに非ざるも、人は惟だ師魯と曰うがごとく、其の人の耳目に炳著なるは、官號に在らざるを以てするなり。子讓既に隱れ、本朝 治化聿興し、來迎して場屋の文衡を典り鄕飮賓席に主たらしめんとする者有るも、輒ち避匿して就かず。其の與に友とする所に雲陽の李提學希蘧（李祁、茶陵人）・洲原の胡尙書山立有りて、皆な仕えざるを以て心と爲す。昔 元盛んなる際、專ら科擧に假りて南士を抑え、南士は多く伏藏し、詩文を用って自ら寫ぶ。是に至りて、子讓・希蘧・山立の輩と與に、丘壑岩谷に往還し、詩を爲りて子讓の居る所に題する者有り、予 首聯を忘るるも、其の下に云う、「戶に當りて雨苔の雙石峻しく、江を隔てて煙樹の數峰閒かなり、杖藜麥隴 秋霜の後、樽酒茅堂 夕照の間、聞くならく古書有るも人は見えずと、柴門客去りて又た常に關ざす」。是れを觀るに、子讓は寂淡に甘んじ、幽僻を樂しみ、耕鑿（農耕）に託して以て跡を運去物改（世運の移り變わり）の餘に栖まわせ、麯蘖（飮酒）に依りて以て名を頭童齒豁（老いていくこと）の際に逃じ、今に求むる無く、古に期する有ること、見るべきなり。子讓沒して年有り、其の族の顯なる者、今の大理寺卿同節、子讓の諸孫にして薦められて京に入る者謙は族姪爲りと謂い、謙の予に謁するを以て『子讓集』を持って來らしむ。盡くは出さず、予も亦た病を以て其の出だす所を盡く觀るに及ばず、手に信せて數篇を閱す。吾が邑の爲の作に至りては、『綱目書法』の老儒 水窗劉友益の後胤の先廬を復するを記し（「遂初堂記」を指す）、春陵の伯升（劉縯、光武帝の兄）・文叔（劉秀、光武帝）・昆季（劉仲、光武帝の弟）・炎鼎（漢王朝）を復するを慨仰し、杜牧（李翱の誤り）の「神堯（唐の高祖）能く一旅を以て孤隋を傾くに、後世の子孫 四海全盛を以て力めて河北を復する能わざる」を引きて、深く惜しみ永く之を嘆ず。嗟乎 子讓、其の奇氣胸臆に硉矹たること、猶お全普菴（全普庵撒里、江西行省參政）を佐けし時の若きは、未だ周京に祼將せざる故を以てすればなり（『詩經』大雅の「殷士膚敏、祼將于京」に基づき、殷の士が周に行き王が行う祭事を助けること。ここでは朱元璋への出仕を指す）。子讓と與に同じく科目より出でて、石抹主帥を佐けて吳越を定め、幕府に唱和する有り。其の氣も亦た碧海を掣え蒼旻を弋るの奇（その意氣も大海原をおさえ、蒼い空に射掛けるようなずば抜けたものが）有り、後に龍鳳（太祖朱元璋）に攀附し、自ら留文成（漢の建國の功臣留侯張良、諡は文成）に儗す。然れども作有りて、噫暗鬱伊（鬱々してため息ばかりで聲がなく）、捫舌騂顏（顏を赤くして何も言葉をいわず）、曩昔の氣は澌泯して餘す無し。王弇山云う、「高位紛紛たるも誰か志を得ん、窮途往往にして始めて文を能くす」（王安石「次韵子履遠寄之作」）と。上句は斯の人の謂にして、下句は子讓の謂いなり、士を論ずる者奚ぞ必ずしも遇合と否とを以て較量抑揚せんや（子讓當元時舉於鄉、爲經魁、從藩省辟、佐主帥全普菴戡定江湖間、志弗遂、歸隱麟原。然人不以前藩省辟官、今麟原自號、稱惟曰子讓、亦猶宋尹師魯、非不有官號、人惟曰師魯、以其炳著人耳目、不在官號也。子讓既隱、本朝治化聿興、有來迎典場屋文衡主鄉飮賓席者、輒避匿不就。其所與友有雲陽李提學希蘧・洲原胡尙書山立、皆以弗仕爲心。昔元盛際、專假科擧抑南士、南士多伏藏、用詩文自寫。至是、與子讓・希蘧・山立輩、往還丘壑岩谷。有爲詩題子讓所居者、予忘首聯、其下云、「當戶雨苔雙石峻、隔江煙樹數峰閒、杖藜麥壟秋霜後、樽酒茅堂夕照閒、聞有古書人不見、柴門客去又常關」。觀是、子讓甘寂淡、樂幽僻、託耕鑿以栖跡於運去物改之餘、依麴蘖以逃名於頭童齒豁之際、無求於今、有期於古、可見也。子讓沒有年、其族顯者、今大理寺卿同節謂子讓諸孫被薦入京者謙爲族姪、以謙謁予持『子讓集』來。不盡出、予亦以病不及盡觀其所出、信手閱數篇。至爲吾邑作、『綱目書法』老儒水窗劉友益後胤記復先廬、慨仰春陵伯升・文叔・昆季復炎鼎、引杜牧「神堯能以一旅傾孤隋、後世子孫不能以四海全盛力復河北」、深惜永嘆之。嗟乎子讓、其奇氣硉矹胸臆、猶若佐全普菴時、以未祼將周京故也。有與子讓同出科目、佐石抹主帥定吳越、幕府唱和。其氣亦有掣碧海弋蒼旻之奇、後攀附龍鳳、自擬留文成。然有作噫喑鬱伊、捫舌騂顏、曩昔揚哉)」。なお、この序文は四庫全書本『麟原文集』巻首にも附せられているが、若干文字の異同がある。

氣澌泯無餘矣。王半山云、「高位紛紛誰得志、窮途往往始能文」。上句斯人之謂、下句子讓之謂、論士者奚必以遇合與否、較量抑

二八　後扳附龍鳳、自擬留文成　「扳附龍鳳」は錢陸燦の『小傳』(標點本)では「攀龍附鳳」に作る。また「留文成」を「劉文成」に作る。ただし、後者については、開國の功臣留文成すなわち留侯文成張良なので、「留文成」が正しい。

二九　史家鋪張佐命、論蹙項之殊勳　「鋪張佐命」は帝王の業を補佐したことを強調すること。「論蹙項之殊勳」は、項羽を挫いた殊勳を評價すること。これらは史家の立場から留侯張良ひいては劉基を論じた見方。

三〇　永新留連幕府、惜爲韓之雅志　「留連幕府」は新朝に出仕せず、幕府に留まること。「惜爲韓之雅志」は、秦に滅ぼされた故國韓の再興を誓う張良のごとき志を重んじること。ここでは前朝の遺民としての身の處し方を指す。

三一　其義亦各有攸當也　二朝に仕えた者にも仕えなかった者にもそれぞれの義があるとする錢謙益の主張の背景には、自己の體驗がある。錢謙益は、李自成の北京入城後、南京に誕生した福王政權下で禮部尙書兼翰林院侍讀學士を拜したが、淸兵の南下によって、南京は陷落、禮部尙書として淸軍に降表を上った。そのまま北京に連行された彼は、淸から禮部右侍郎兼祕書院學士を拜することになる。淸への出仕はわずか五か月間であったが、錢謙益はのちに貳臣という汚名を着ることになった。

三二　安知不以永新爲後世之子雲乎　「子雲」は揚雄。「後世之子雲」とは、後世の揚雄の眞價を理解する者。韓愈が「與馮宿論文書」において、「古文は直だ何をか今世に用いられるかを知らざるなり、然れども以て知者の知るを俟[ま]つのみ。昔 揚子雲『太玄』を著し、人皆な之を笑う、子雲 之を言いて曰く、「世 我を知らざるは、害無きなり。

後世復た揚子雲有りて、必ず之を好まん」と。子雲死して千載に近し、竟に未だ揚子雲有らざるは、歎ずべきなり（不知古文直何用於今世也、然以俟知者知耳。昔揚子雲著『太元』、人皆笑之、子雲之言曰、「世不我知、無害也。後世復有揚子雲、必好之矣」。子雲死近千載、竟未有揚子雲、可歎也）」と述べたのに基づく。ここでは劉基の『犂眉公集』の詩を見れば、劉定之でもきっと劉基の眞價がわかるだろうという意味。

三三　**謹撰定犂眉公詩居國朝甲集之首**　注二四參照。

三四　**子若孫之詩附見焉**　甲集卷一の劉基詩の後には、劉基の長子である劉璉の詩が十五首、次子の劉璟の詩が七首、劉璉の子で劉基の孫にあたる劉廌（りゅうち）の詩二首が載錄されている。二人の小傳をあげておく。

○「劉參政璉」　璉、字は孟藻、誠意伯の冢子なり。誠意伯家居し、璉 命を將って朝謁すること、無慮八九、至れば輒ち、燕見すること、家人の父子に類す。上喜びて曰く、「伯溫子有り」と。洪武十年、考功監丞兼試監察御史を拜し、出でて江西布政司右參政と爲る。官に卒す、年三十二。『閣門使恩遇錄』太祖聖諭を載せて、璉の死も亦た胡惟庸の毒に中（あた）るなりと。著作多く散佚し、遺詩に『自怡稿』有り、僅かに九十四首なり（璉、字孟藻、誠意伯之冢子。誠意伯家居、璉將命朝謁、無慮八九、至輒、燕見、類家人父子。上喜曰、「伯溫有子」。洪武十年、拜考功監丞兼試監察御史、出爲江西布政司右參政。卒於官、年三十二。『閤門使恩遇錄』載太祖聖諭、璉死亦中胡惟庸之毒也。著作多散佚、遺詩有『自怡稿』、僅九十四首）。

○「劉閣門璟」　璟、字は仲璟、文成公の次子なり。洪武二十三年、太祖 吏部に宣諭して、命じて父の爵を襲わしむ、仲璟 回奏するに長兄の子の廌（ち）在る有りと。上 大いに喜び、廌に命じて襲封せしむ。宋制を考え、仲璟を閣門使に除し、駕に隨いて傳旨せしむ。次年八月、谷王府の左長史に升る。建文遜位するに、疾と稱して起たず。上に見ゆるに猶お殿下と稱して云う、「殿下千百年の後、這の一個字より逃ぐることを得ず」と。詔獄に下され、自經して死す。仲璟は弱冠にして學を好み、兵を知り、偉貌豊髯にして、議論英發、尤も禪學に深し。一時の尊宿 推して作家と爲す。『易齋文集』十巻、『無隱集偈頌』二巻有り（璟、字仲璟、文成公之次子。洪武二十三年、太祖宣諭吏部、命襲父爵、仲璟回奏有長兄之子廌在。上大喜、命廌襲封。考宋制、除仲璟閤門使、隨駕傳旨。次年八月、升谷王府左長史。建文遜位、稱疾不起。見上猶稱殿下、云「殿下千百年之後、逃不得這一個字」。下詔獄、自經死。仲璟弱冠好學、知兵、偉貌豐髯、議論英發、尤深禪學。一時尊宿推爲作家。『易齋文集』十巻、『無隱集偈頌』二巻）。

○「小誠意劉廌」 廌、字は士端、誠意伯基の孫にして、江西右參政璉の子なり。洪武二十三年十月襲封す。明年、其の叔閤門使の事を以て連有り、上 之を赦し、秩を貶して里に歸せしむ。室を里第西鷄山の下に築き、命じて「盤谷」と曰う。洪武丁丑、甘肅に譴戍せらる。三月を越えて、太祖上賓（崩御）し、赦されて還る。建文及び太宗皆な之を用いんと欲するも、奉親守墓を以て力めて辭す。永樂某年、家に卒す。「公侯伯襲封底簿」は、兵部の貼黃の、「廌 洪武二十三年十月を以て襲爵す、次年九月卒」に據る。『吾學編』諸書竝びに同じ。廌の著す所の『盤谷集』及び括蒼の陳谷の「閑閑先生傳」を考うるに、乃ち廌の罷官謫戍の本末を知る、且つ永樂中は尙お恙(つつが)無し。貼黃に廌は襲封の次年を以て卒すと載せ、諸家之に因るは、皆な誤りなり。余 別に考有り、甚だ詳し。廌に『盤谷集』十巻、『盤谷倡和集』二巻有り（廌、字士端、誠意伯基之孫、江西右參政璉之子。洪武二十三年十月襲封。明年、以其叔閤門使事有連、上赦之、貶秩歸里。築室於里第西鷄山之下、命曰「盤谷」。洪武丁丑、譴戍甘肅。越三月、太祖上賓、赦還。建文及太宗皆欲用之、以奉親守墓力辭。永樂某年、卒于家。「公侯伯襲封底簿」、據兵部貼黃「廌以洪武二十三年十月襲爵、次年九月卒」。『吾學編』諸書竝同。考廌所著『盤谷集』及括蒼陳谷「閑閑先生傳」、乃知廌罷官謫戍本末、且永樂中尙無恙。貼黃載廌以襲封次年卒、諸家因之、皆誤也。余別有考、甚詳。廌有『盤谷集』十巻、『盤谷倡和集』二巻）。

（野村鮎子）

四　楊維楨　元・貞元二年（一二九六）～明・洪武三年（一三七〇）

甲集前編卷七之上　鐵[一]厓先生楊維楨

維[二]楨、字廉夫、會稽人。泰[三]定丁卯、用『春秋』擢進士第、署天台尹、改[四]錢淸場鹽司令。狷直忤物、十年不調。久[五]之、陞江西等處儒學提擧。未[六]上、會兵亂、避地富春山、徙錢塘。張士誠累招之、不往。又[七]忤達識丞相、自蘇徙松、築玄圃・蓬臺于松江之上。海內薦紳大夫與東南才俊之士、造門納屨、殆無虛日。酒酣以往、筆墨橫飛、鉛粉狼籍。或[八]戴華陽巾、披鶴氅、坐船屋上、吹鐵笛作「梅花弄」。或呼侍兒歌「白雪之辭」、自倚鳳琶和之、賓客皆蹁躚起舞、以爲神仙中人也。

洪[九]武二年、召諸儒纂脩禮樂書、上以前朝老文學、思一見之、遣翰林詹同文奉幣詣門。謝[一〇]使者曰、「豈有八十歲老婦、就木不遠、而再理嫁者耶」。明[一一]年又遣松江別駕追趣、賦「老客婦詞」一首進御曰、「皇帝竭吾之能、不强吾所不能則可。否則有蹈海死耳」。上允之、賜安車、詣闕廷、留百有一十日、禮文畢、史統定、卽以白衣乞骸骨。上成其志、仍給安車還山。史館冑監之士祖帳西門外、抵家而卒。疾[一二]亟、撰「歸全堂記」。頃刻而就曰、「九華伯潘君迎我」、擲筆而逝。庚戌之五月也。年七十五。所[一三]著書凡數百卷、具在宋太史墓誌中。

張[一四]伯雨序其樂府曰、「三百篇而下、不失比興之旨、惟古樂府爲近。今代善用吳才老[一五]韻書以古語駕御之、李季和・楊廉夫、遂稱作者。廉夫又縱橫其間、上法漢魏、而出入于少陵・二李之間。所作古樂府辭、隱然有曠世金石聲、又時出龍鬼蛇神以眩蕩一世之耳目、斯亦奇矣」。余觀廉夫、問學淵博、才力横軼、掉鞅詞壇、牢籠當代。古[一六]樂府其所自負、以爲前無古人。徵諸勾曲、良非夸大。以其詩體言之、老蒼奡兀、取道少陵、未見脫換之工、窈眇娟麗、希[一七]風長吉、未免刻畫之誚。承[一八]學之徒、流傳沿襲、槎牙鉤棘、號爲鐵體。靡[一九]靡成風、久而未艾、學詩者、稽其所敝、而善爲持擇焉、斯可矣。

甲集前編卷七之下

鐵崖之詩、多作于有元之季、而其人則入本朝矣。辭[二〇]召・應制之作、略見前篇、而他作則以此編盡之。若其文章、則兩屬焉。劉[二一]文成・宋文憲、亦同此例。

【訓讀】

甲集前編卷七之上

維楨、字は廉夫、會稽の人。泰定丁卯（四年、一三二七）、『春秋』を用って進士の第に擢んでられ、天台の尹に署(わりあ)てられ、錢清場鹽司令に改めらる。狷直にして物に忤らい、十年調せられず。之を久しくして、江西等處儒學提擧（從五品）に陞る。未だ上らざるに、兵亂に會い、地を富春山に避け、錢塘に徙る。張士誠 累ねて之を招くも、往かず。又 達識丞相に忤らい、蘇自り松に徙り、玄圃・蓬臺を松江の上に築く。海内の薦紳大夫と東南才俊の士と、門に造り屨を納れ、殆ど虚日無し。酒酣にして以往、筆墨横飛し、鉛粉狼籍たり（きれいどころが入り亂れた）。或いは華陽巾を戴き、鶴氅を披し、船屋の上に坐り、鐵笛を吹きて「梅花弄」を作す。或いは侍兒を呼び「白雪の辭」を歌わしめ、自ら鳳琶に倚り之に和し、賓客皆 蹁躚として（クルクルと）起ちて舞い、以て神仙中の人と爲すなり。

洪武二年、諸儒を召し禮樂書を纂修せしむ。上 前朝の老文學を以て、之に一見せんと思い、翰林詹同文を遣わし幣を奉じて門に詣らしむ。使者を謝して曰く、「豈に八十歳の老婦 木に就くに遠からざるに、再び嫁を理むる者有らん耶（どうして八十歳の老婦人のまもなく棺桶に入るのに、なお嫁入りする者がありましょうか）」と。明年 又 松江別駕を遣わし追いて趣すに、「老客婦詞」一首を賦し御に進めて曰く「皇帝 吾の能を竭くさしめ、吾の能わざる所を強いざれば則ち可なり。否らずんば則ち海を蹈みて死すること有る耳」と。上 之を允し、安車を賜いて、闕廷に詣らしめ、留まること百有一十日、禮文畢り、史統定まり、卽ち白衣を以て骸骨を乞う。上 其の志を成さしめ（皇帝は楊維楨の志をかなえさせて）、仍お安車を給いて山に還らしむ。史館冑監の士（翰林院のメンバーと國子監の學生）西門外に祖帳し（餞別のために帳を張って見送りし）、家に抵りて卒す。疾 亟まり「歸全堂記」を撰す。頃刻にして就りて「九華伯潘君 我を迎う」と曰い、筆を擲ちて逝く。庚戌（洪武三年、一三七〇）の五月なり。年七十五。著す所の書凡そ數百卷、具さに宋太史（濂）の墓誌中に在り。

張伯雨（名は天雨）其の樂府に序して曰く、「三百篇より下、比興の旨を失わざるは、惟だ古樂府のみ近しと爲す。今代 善く吳才老（棫）の韻書を用い古語を以て之を駕御するは、李季和（名は孝光。溫州樂淸の人）・楊廉夫、遂に作者と稱す。廉夫 又其の間を縱横し、上は漢魏を法とし、而して少陵（杜甫）・二李（李白・李賀）の間に出入す。

作る所の古樂府の辭、隱然として曠世の金石の聲有り（さながら當世隨一の一途に誠實な情感溢れる響きを持ち）、又時に龍鬼蛇神を出だし以て一世の耳目を眩蕩するも（一時代の世間の耳目を眩まし惑溺させたことも）、斯れ亦た奇なり」と。余　廉夫を觀るに、學を問うこと淵博たりて（幅廣く深遠で）、才力横軼たりて（縱横に迸り）、詞壇に掉鞅し（樂府・詞の分野に悠々と君臨し）、當代を牢籠す。古樂府は其の自負する所にして、以て前に古人無しと爲す。諸を勾曲に徴するに（このことを句曲外史〔張天雨〕の序文で檢討すると）、良に夸大に非ず。其の詩體を以て之を言うに老蒼奡兀（老成して俗に流れず）は、道を少陵に取るも、未だ脱換の工を見さず、窈眇娟麗（幽遠秀麗）は、風を長吉に希むも（李賀の作風を慕うが）、未だ刻畫の誚りを免れず。承學の徒、流傳沿襲し（傳えて範として踏襲し）、槎牙鉤棘たりて（不揃いでぎこちなく難澁で）、號して鐵體と爲す。靡靡として風と成り、久しくして未だ艾まず、詩を學ぶ者、其の敝る所を稽え、而して善く持擇を爲さば（上手く選擇をするなら）、斯れ可なり。

甲集前編卷七之下

鐵崖の詩、多く有元の季に作るも、而るに其の人則ち本朝に入る。辭召・應制の作、略前篇に見え、而して他の作　則ち此の編を以て之を盡くす。其の文章に若りては、則ち兩つながら屬す。劉文成（基）・宋文憲（濂）、亦た此の例に同じくす。

【注】

一　**鐵厓先生楊維楨**　鐵厓は楊維楨の號。貝瓊「鐵崖先生大全集序」（『清江貝先生集』卷七、『四部叢刊』所收明初刊本）に「其の父山陰君（楊宏）、其の頂を摩りて曰く、「是の兒　必ず文章を以て吾が門を顯す」と。爲に萬卷樓を鐵崖山に築き、先生 書を樓上に讀む。梯を去りて轆轤もて食を傳え、是くの若くする者五年、遂に鐵崖を以て自ら號す」とある。楊維楨の主要傳記資料は以下の通り。楊維楨「鐵笛道人自傳」（『鐵崖文集』五卷、明弘治刊本、卷三所收。明末葉諸暨陳于京本では卷二。また、『國朝獻徵錄』卷一一五「藝苑」にも收錄されている。以下「自傳」）、宋濂「元故奉訓大夫江西等處儒學提擧楊君墓誌銘」（『宋學士文集』卷一六、『四部叢刊』所收正德刊本、以下「墓誌銘」）、貝瓊「鐵崖先生傳」（『淸江貝先生文集』卷二、以下「傳」）。「墓誌銘」と「傳」は鄒志方點校『楊維楨詩集』（浙江古籍出版社、一九九四）に附錄として收められている。また參考資料として、孫小力『楊維禎年譜』（復旦大學出版社、一九九七、以下『年譜』）がある。

二 維楨、字廉夫、會稽人 「墓誌銘」では名を「維禎」に作る。『年譜』は、明初に出版された『東維子文集』黑口大字本（四部叢刊本を重印するにあたって、傅沅叔が校勘に用いたテキスト）、明の成化五年刊『鐵雅先生復古詩集』では、いずれも「禎」としていること、『梅花百咏』卷首に付された著者手書きの序文および印章でも「禎」としていることを根據として、「禎」が正しいとしている。

「會稽人」については「自傳」に「鐵笛道人者は會稽の人、祖は關西の出なり」とある。「小傳」は「自傳」の記述に據ったものと思われるが、この「會稽」は、元の紹興路や明の紹興府が後漢から隋まで「會稽郡」と呼ばれていたことに據ったものである。紹興路下の會稽州若しくは紹興府下の會稽縣を指すのではない。「墓誌銘」が、楊維楨の一族は十世の祖先である楊成の時代以來、「會稽諸暨」の人であるとするのは、紹興路（府）に屬する諸暨州（縣）という意味である。楊維楨が父のために書いた「先考山陰公實錄」（『鐵崖文集』卷二）では、「其の先晉陽侯自り邑を以て氏とし、漢に在りては太尉震爲り」とし、一族は後漢の楊震を始祖とするという。さらに、この文に據れば、曾祖父は文修（字は中里）といい、楊佛子と號した。また、祖父は敬（字は主一）、父は宏（字は國器）

といい、澹圃老民と號したという。楊維楨は曾祖父の傳「楊佛子傳」（『鐵崖文集』巻二）を書いており、曾祖父が朱熹と交流を持ったことを「晦庵朱公……佛子の善名を聞き、特に就見し、與に名理及び醫學・天文・地理の書を談じ、竟夕にして去る（一晩中語って歸った）」と記している。

三　泰定丁卯、用『春秋』擢進士第、署天台尹　楊維楨が少年期から師について『春秋』を學び、科擧において『春秋』を科目として選擇して進士に及第したことは、「墓誌銘」に記されている。また、「墓誌銘」では、天台に赴任してから上官に惠まれなかったこと、楊維楨自身の清廉によって免官の憂き目にあったことも記されている。「稍長じて、師に從いて『春秋説』（宋の洪咨夔撰『春秋説』三十巻を指すか）を授かり、講析辨刺すること、幾ど百十家を逾え、大夫公（父の楊宏を指す）期するに重器を以てす。弱齢に至るも、爲に室を授けず（學業を優先したために妻を娶らせなかった）。……泰定丁卯（四年、一三二七）、『春秋』を用って（受驗科目として選んで）進士の第に擢んでられ、台（台州府）の天台尹に署てられ、階は承事郎。天台　黠吏（狡猾で頭の良い吏員）多く、氣勢に凭陵して（權勢に恃んで）、官の短長を執る（本來、上級官僚が擔うべき是非の決定を左右しようと介入した）。先に餌を以て其の欲を鉤し（引っかけて引きだし）、然る後に其の吭を扼え、一語を吐くを得ざらしむ。號して八雕と爲す。君其の奸を廉し（絕って）、中るに法を以てし、民方めて快と稱す。其の黨　頗る蚓結蛇蟠して（互いに手を結んで徒黨を組み）、解く可からず。君　卒に是を用って官を免ぜらる（稍長、從師授『春秋説』、講析辨刺、幾逾百十家、大夫公期以重器、至弱齡、不爲授室。……泰定丁卯、用『春秋』擢進士第、署台之天台尹、階承事郎。天台多黠吏、凭陵氣勢、執官短長。先以餌鉤其欲、然後扼其吭、使不得吐一語。號爲八雕。君廉其奸、中以法、民方稱快。其黨頗蚓結蛇蟠、不可解。君卒用是免官）」。

四　改錢清場鹽司令。狷直忤物、十年不調　『元史』百官志七に據れば、兩浙都轉運鹽使司の配下に三十四箇所の鹽場が設けられており、銭清場はその一つである。司令は各鹽場に一名配置された。従七品。銭清は宋代以來の鹽の採取地であり、『宋史』食貨志にその名が見える。『明史』地理志五には、紹興府山陰縣の縣西に銭清鎮があったことが記載されており、銭清場はこのあたりにあったものと思われる。現在の銭清鎮は浙江省紹興市柯橋區に屬する。

「墓誌銘」竝びに「傳」に據れば、楊維楨は銭清場鹽司に在職中、鹽による税負擔が重すぎることを江浙行中書省に訴え出て、負擔額の削減に成功したが、兩親の服喪期間の後、十年間、任用されなかったという。「墓誌銘」に「之を久しくして、銭清場鹽司令に改めらる。時に鹽賦 民を病しめ、君 爲に食するも咽を下らず、屢しば其の事を江浙行中書に白す。聽されず。君 乃ち頓首して庭に涕泣するも、復た聽されず。印を投じて去らんと欲するに至り、訖に引額（官鹽の運搬、販賣の量）三千を減ずるを獲たり。俄かに相繼ぎて內外の艱に丁り、廬を桐原墓に結ぶ。族屬 墓に酹ぐ（酒を注いで祭る）者有りて、竹筓を前に植え、筓 蘖芽（新芽）を發し、枝葉鬱如たるなり。是れ自り銓曹に調せられざる者十年なり（久之、改銭清場鹽司令。時鹽賦病民、君爲食不下咽、屢白其事於江浙行中書。弗聽。君乃頓首泣涕於庭、復不聽。至欲投印去、訖獲減引額三千。俄相繼丁內外艱、結廬於桐原墓。族屬有酹墓者、植竹筓於前、筓發蘖芽、枝葉鬱如也。自是不調銓曹者十年）」とある。

銭清場鹽司令への異動は、元統二年（一三三四）のことであったと考えられる。「巙巙平章に上る書」（『鐵崖文集』巻一、陳于京本は巻三）に「進士に除せられ百里の邑を尹むるは某自り始まる。不幸にして上官余を右けず。直だ上官誅求の困無きに甘んじ、而も且つ處るに郷邦の地を以てす。……職を領すること五年、父の憂を以て去る」とあり、また父・楊宏の死亡は前掲「先考山陰公實録」に據れば至元五年（一三三九）七月、楊維楨四十四歳の時である。また、「十年不調」については楊維楨「寶相公に上る書」（『東維子文集』巻二七、『四部叢刊』所收舊抄本）に「僕自ら官を棄て以て二親の養を終う。養既に終わるも、吏部 調せざる者十年なり」とある。親を看るため官を辞した後、服喪期間を終えても十年間任用されなかったのである。その時期は父親が死亡した至元五年から至正十年（一三五〇）十二月に杭州四務提擧となるまでの期間を指すと思われる。

五　久之、升江西等處儒學提擧

十年にわたる事實上の蟄居の後、杭州に赴任し建德路勤務を經て儒學提擧に異動するまでの過程を、「墓誌銘」は以下のように記す。「會たま詔有りて遼・金・宋三史を修めしむ。君「正統辯」千言を作る。大司徒歐陽文公玄（字は原功、諡は文）之を讀み嘆じて曰く、「百年後、公論 此に定まる」と。將に之を薦めんとするも、又 之を沮む者有り。尋いで常額を用って杭の四務を提擧す。四務は江南の劇曹爲りて、素より治め難しと號さる。君 日夜の爬梳（細々とした日常の事）暇あらず、驢に騎りて大府に謁し、塵土 衣襟に滿ち、間ま識る者有りて多く之を憐れむ。而るに君 自如たるなり。建德總管府推官に轉じ、承務郎に陞る。君 心を獄情に悉くし、必ず兩造（原告と被告）をして具備せしめ、隱伏を鉤摘し、冤民を無からしむるを務とす。居ること何（いくばく）も無く、奉訓大夫江西等處儒學提擧に陞る」。『年譜』は顧瑛「芝雲堂以風林纖月落分韻得纖字」詩（『元詩選』辛集、康熙三十三年秀野草堂刊本）に「庚寅嘉平之朔」（至正十年、十二月一日）、楊維楨が顧瑛のもとを訪れ、曹新民も交えて芝雲堂で飲酒し、「明日 鐵崖 將に任に赴かんとし、曹君も亦た茂異の擧有りて（優秀であるために推擧されて）、同に武林（杭州）に往く」とあることを根據に、楊維楨の杭州赴任を至正十年、五十五歲の時のこととする。建德路赴任は至正十六年、六十一歲の時のことである。楊維楨「馮處謙墓銘」（『鐵崖文集』卷四。陳于京本は卷五）に「至正丙申（十六年）の秋、予 建德學官を以て富陽に道す……」とある。さらに、「玉笥集敍」（『鐵崖漫稿』卷四。『年譜』二二六頁に據る）に「至正戊戌冬、奉訓大夫江西等處儒學提擧楊維禎敍」と記していることから、至正十八年には異動になっていたとわかる。だが、張憲「送鐵崖先生歸錢塘」詩（『玉笥集』卷六。『粤雅堂叢書』所收成化五年序刊本）の自注に「時新除江西提擧」とあるため、異動が決まってまもなくして錢塘に歸ったようである。

六　**未上、會兵亂、避地富春山、徙錢塘。張士誠累招之、不往**　楊維楨が儒學提擧の任に就く前に內戰が勃發し、戰亂を避けて富春山に移住したことは、「墓誌銘」、「傳」ともに記載がある。「墓誌銘」に「未上、會四海兵亂、君遂浪蹟浙西山水間（未だ上らざるに、四海の兵亂に會い、君 遂に浙西山水の間に浪蹟す）」、「傳」に「十二年、汝・潁兵起、南北騷然。先生旣受代、卽辟地富春山。後依元帥劉九九於建德。九九敗後、挈家歸錢唐。艱難困踣、嘯歌自若。十八年、太尉張士誠知其名、欲見之、不往（十二年、汝・潁兵起こり、南北騷然たり。先生旣に受代するも〔新たなポストに任ぜられたが〕、卽ち地を富春山に辟く。後 元帥劉九九に建德に依る。九九敗れし後、家を挈（ひっさ）げ錢唐に歸す。艱難困踣するも〔艱難辛苦し挫折したが〕、嘯歌すること自若たり。十八年、太尉 張士誠 其の名を知り、之に見えんと欲するも、往かず）」という。至正十一年、黃河故道造設事業のために十五萬に上る民衆が徵用され、これに地震や雨雹などの災害が重なり、民の不平が高まった。これに乘じて、白蓮敎の指導者であった韓山童が南宋の名將の子孫を自稱する劉福通や元朝の官吏であった杜遵道とともに「紅巾」と名乘り安徽の潁上で蜂起した。韓山童は逮捕されるが、劉福通らは山童の息子である韓林兒を連れて逃げ延び、潁州を占據した。戰火は忽ち廣がりを見せ、安徽及び河南で勢いづいた。一方、徐壽輝らがやはり「紅巾」と稱して湖北で蜂起し、亂は江浙並びに江西に擴大することになった。前述のように、楊維楨は至正十年から杭州に赴任しており、至正十二年にはまだ杭州にいた。また、至正十六年からは建德路に赴任しており、富春山に避難したのは建德路に張士誠が攻めてきた時のことであった。「傳」の記述はこうした經緯の前後關係が顚倒しており、正確さを缺いている。

七　**又忤達識丞相、自蘇徙松、……造門納屨、殆無虛日**　達識丞相は、達識帖睦邇、字は九成。『元史』に傳がある。『元史』宰相年表二に據れば、至正十五年に平章政事、同年八月に江浙左丞に除せられている。『元史』達識帖睦邇傳では、至正十七年のこととして、達識が湖南の寶慶綏寧出身で苗族の武將であった楊完者の進言を受け入れて張士誠を投降させ、高官の位を與えたとする。また、張士誠は投降後も軍備や食糧は依然として制御しており投降とは名ばかりであったが、朝廷は張士誠の投降を達識の功績とした。しかし、張士誠が達識と共謀して楊完者を除き杭州に兵を進めると、達識は實權を失うことになったのだった。

楊維楨が達識を諷諫したことは「傳」に見える。「東維子、蓋晩年所號也。衆惡其直、且目爲狂生。時四境日蹙、朝廷方倚承相達識帖木耳爲保障、而納賄不已。復上書風之、由是不合（東維子は、蓋し晩年に號する所なり。衆其の直を惡み、且つ目して狂生と爲す。時に四境日び蹙（せま）り、朝廷方に承（丞）相の達識帖木耳に倚りて保障と爲すも、而るに賄を納れて已まず。復た書を上（たてまつ）りて之を風し、是に由りて合わず）」。また、楊維楨「圻城老父射敗將書（圻城の老父 敗將を射す書）」（『鐵崖文集』巻一。陳于京刋本は巻三）は、達識を批判したものとされる。「將軍寇を滅ぼすを誓うに、而るに寇 將軍入城の期を以て陷城の日と爲す。將軍の城下の盟、又死を以て殉ぜず、單甲隻兵 三軍に先んじて遁げ、深く某所に入りて狐兎苟托す。……將軍宜しく自ら規と爲し死して則ち已むべし。苟しくも未だ死せざるや、必ず大辱の積を奮い、以て李將軍の曹柯の盟を圖るに、歸りて面目有りて圻城の父兄に見えんか」。曹柯の盟とは、魯の曹劌が柯の地で齊の桓公と盟約を結ぼうとした際に、桓公を脅迫した故事。ここでは李陵が蘇武に、曹柯の盟同樣、匈奴の單于を脅迫して雪辱を果たすと誓ったのに倣って、將軍が再起を圖ろうとした時に、ということ。

玄圃・蓬臺は楊維楨が築いた園圃と樓臺のこと。「墓誌銘」に次のようにいう。「晩年益曠達、築玄圃・蓬臺於松江之上、無日無賓、無賓不沉醉（晩年 益ます曠達にして〔豪放になって〕、玄圃・蓬臺を松江の上（ほとり）に築き、日として賓の無きは無く、賓として沉醉せざる無し）」。「蓬臺」については貝瓊「小蓬臺志」（『清江貝先生文集』巻五）

に「鐵崖楊先生　族は會稽より出づるも、而るに淞上に老ゆ。卽ち七者寮の東偏に、樓一所を葺きて顏（扁額の意か）に小蓬臺と曰う。越を忘れざるを示すなり。……先生晨に興き鶴氅を披し鐵冠を冠し、其の上に燕坐し、客至るも臺を下りず、好事者就きて之に見え、相與に高譚大噱し（大いに語らい大笑いして）、或いは桃核の杯を出だし、酒を酌む。酒半ばにして、鐵笛を取り、「長短弄」を作りて、旁若無人たり。觀る者以て謫仙人と爲すなり」という。楊維楨の先祖が仕官していた吳越國の銭鏐の蓬萊閣に倣い、松江に建てた樓臺に小蓬臺と名づけたのである。「玄圃」は張衡「東京賦」の「左に暘谷を瞰み、右に玄圃を睨る」の李善注が『淮南子』を論據にして「玄圃は崑崙山上に在り」というとおり、神仙の居處を指す。但し、ここでは世俗を離れた別天地にある隱遁のための園圃のこと。下記の詩に言うところと同樣である。袁桷「芳思亭」詩（『元詩選』丙集）には、その序文に「大父尚書公圃を南郊に治め、堂・亭凡そ十五有り」とあり、その詩句に「五堂　寒暑に適い、十亭　昕夕を送る。瓊英玄圃の秀、美蔭嘉樹の碧」という。また、許有壬「水木清華亭宴集十四韻」（同上）にも序文に「水木清華亭は侍御史王公分儼の別墅なり」とし、その詩句に「只だ訝る神仙府、誰か知らん宰相の家。賓朋玄圃の玉、文采赤城の霞」とある。

八　**或戴華陽巾、披鶴氅、……賓客皆蹁躚起舞、以爲神仙中人也**　「墓誌銘」及び張三丰「楊廉夫」（清・李西月編『張三丰先生全集』巻二（光緒丙午年重鐫本））に見える。張三丰は元末明初の道士で、『明史』方伎傳に據れば名は全一また君寶といい、三丰はその號という。「墓誌銘」に「或戴華陽巾、被羽衣、泛畫舫於龍潭・鳳洲中、横鐵笛吹之、笛聲穿雲而上、望之者疑其爲謫仙人。……當酒酣耳熱、呼侍兒出歌「白雪之辭」、君自倚鳳琶和之、座客或蹁躚起舞。顧眄生姿、儼然有晉人高風（或いは華陽巾を戴き、羽衣を被りて、畫舫を龍潭・鳳洲中に泛かべ、鐵笛を横にして之を吹き、笛聲　雲を穿ちて上り、之を望む者　其の謫仙人爲るかを疑う。……酒　酣にして耳熱きに當たりて、侍兒を呼び出だして「白雪の辭」を歌わしめ、君 自ら鳳琶に倚りて之に和し、座客或いは蹁躚として起ちて舞う。顧眄したる生姿〔流し目をする生氣張る姿〕、儼然として晉人の〔竹林の七賢のような〕高風有り）」という。また張三丰「楊廉夫」に「後徙居於松、築元圃・蓬臺於松江之上。海內薦紳大夫與東南才俊之士、無不承蓋扶輪、造門納屨。嘗吹鐵笛作「梅花弄」、見者以爲神仙中人也（後 居を松に徙し、元〔玄〕圃・蓬臺を松江の上に築く。海內の薦紳大夫と東南の才俊の士と、承蓋扶輪せざる無く〔車を寄せて支持しない者はなく〕、門に造りて屨を納る。嘗て鐵笛を吹き「梅花弄」を作し、見る者以て神仙中の人と爲すなり）」という。

「華陽巾」については、『東維子文集』巻三一の附錄に、無名氏（四庫全書本は「吳東野褐陸居仁賦」とする）が詠じた「華陽巾歌」を収錄する。その冒頭に「鐵崖 頭骨 鐵の如く堅く、高冠進賢に著くを肯んぜず。華陽新巾制作古く、倒垂の一幅 兩肩に披す。醉い來たりて箕踞して（足をだらりと投げ出して）松下に眠り、白眼もて天子の宣を受けず、自ら臣 是れ詩中の仙なりと稱す」という。「梅花弄」は「梅花三弄」の略稱。明の寧王即ち朱權『臞仙神奇祕譜』中巻霞外神品・宮調（洪熙元年序本）に據れば、別名を「梅花引」という。この書では『琴傳』を引用し、「梅花三弄」は、笛が得意だった晉の桓伊が、王徽之（字は子猷）と面會した折に作った曲で、後に琴曲になったという（子猷曰く「聞くならく君 笛を善くす」と。桓伊 笛を出だして「梅花三弄」の調を作る。後人 琴を以て三弄を爲る）。

侍兒は楊維楨の侍妾を指す。田汝成『西湖遊覽志餘』巻一一（四庫全書本）に「楊廉夫維楨、初め吳山の鐵冶嶺に居り、故に鐵厓と號す。既に鐵笛を得て號を鐵笛に更む。雅より聲妓を好み、名 都下に徹る。……晚に淞江に居し、四妾有り。竹枝・柳枝・桃花・杏花 皆歌舞を善くす」とある。

「白雪之辭」の「白雪」は『神奇祕譜』中巻霞外神品・商調に據れば、師曠の作。「陽春」とともに琴の名曲とされる。『神奇祕譜』では「陽春」曲が宮調であるのに對して、「白雪」曲は商調で「凜然清潔、雪竹琳琅の音を取る」とする。楊維楨の「白雪辭」は、『鐵崖先生古樂府』卷五（『四部叢刊』所收成化刋本）に收められ、傳わっている（『列朝詩集』には採錄されていない）。「癡雲 日を駕し日 黃と爲り（黃色い夕燒けとなり）、白光 半夜に東方より漏る。廣寒の兔 老いて玉髮蛻ぎ、一箭の剛風 人世に落つ。錦宮の肉屛（仙界の宮殿に作られた豐滿な女性たちによる屛風）香汗溶け、酒 春江の如く飲むこと虹の如し。彩鸞の簾額 捲くを受けず、酒面洗いて梨花の風を作す。堦前の獅子に積むとも壞れず（雪は階の前に置かれている獅子の像に積もっても溶けることなく）、十日の璚田（玉のように美しい田野）塵界を換う。金鉦 取りて掛く 扶桑の曉、璚田に寒孛（餓死者）出づるを照らし見る（癡雲駕日日爲黃、白光半夜漏東方。廣寒兔老玉髮蛻、一箭剛風落人世。錦宮肉屛香汗溶、酒如春江飲如虹。彩鸞簾額不受捲、酒面洗作梨花風。堦前獅子積不壞、十日璚田換塵界。金鉦取掛扶桑曉、照見璚田出寒孛）」。

鳳琶は鳳の裝飾を施した弦樂器（琵琶若しくはハープ）のこと。清の嵇璜『欽定續文獻通考』卷一一〇樂考、鳳琶の項（四庫全書本）に「元の楊維楨、常に侍兒に命じ「白雪の詞」を歌わしめ、自ら鳳琶に倚りて之に和す。蓋し鳳首の箜篌の類なり」とある。

九　**洪武二年、召諸儒纂脩禮樂書、上以前朝老文學、思一見之、遣翰林詹同文奉幣詣門**　「墓誌銘」に次のようにいう。「及入國朝、天下大定、詔遺逸之士脩纂禮樂書、頒示郡國。君被命至京師、僅百日而肺疾作、乃還雲間九山行窩（國朝に入るに及び、天下大いに定まり、遺逸の士に詔して禮樂書を脩纂し、郡國に頒示せしむ。君 命を被りて京師に至るも、僅かに百日にして肺疾作り、乃ち雲間の九山行窩に還る）」。

「禮樂書」とは、『大明集禮』を指す。『明史』禮志一（乾隆武英殿刻本）に「二年 諸儒臣に詔して禮書を修めしむ。明年 告成し、名を『大明集禮』と賜る。其の書 五禮（吉・嘉・賓・軍・凶の五種の禮儀）に準じて益すに冠服・車輅・儀仗・鹵簿・字學・音樂を以てし、凡そ升降の儀節、制度の名數、纖悉たりて（詳細かつ周到で）畢く具う。又屢しば敕して禮を臣李善長・傅瓛・宋濂・詹同・陶安・劉基・魏觀・崔亮・牛諒・陶凱・朱升・樂韶鳳・李原名等に議り、編輯成集せしむ」とある。

詹同文は詹同。字は同文、もとの名は書、婺源の人。元の至正中に郴州路學正に除せられたが、戰亂のため黄州に移り、陳友諒に仕え翰林學士承旨となった。太祖に歸順した後に名を賜り「同」と名のった。國子博士を授かり、翰林院學士承旨兼吏部尚書にまで昇進した。洪武元年には文原吉や魏觀とともに天下を巡行して賢人を集めた。『列朝詩集』甲集卷十四に傳がある。

一〇 謝使者曰「豈有八十歳老婦……而再理嫁者耶」 元末明初の朱存理『珊瑚木難』卷八（四庫全書本）には、詹同が朝廷の命を帶びて楊維楨を訪ねた際、上京を拒まれたさまを詠じた「飲廉夫拄頰樓、時予奉命徵賢松江」詩及び同じく詹同の作という「老客婦傳」を收録する。楊維楨の言葉は「老客婦傳」に據る。詹同「老客婦傳」は以下の通り。「老客婦者、會稽先生楊維楨。先生以高科進士、仕有元三十年、今行年幾八十。而新天子以前朝老文學、思一見之、將延入禮筵文館。遣翰林詹同文奉幣、詣門起之。先生以老客婦謝使者曰「豈有八十歳老婦、去木不遠、而再理嫁者耶」。明年、又遣松江別駕、追趣不已、賦「老客婦詞」一首徹黈聽曰「皇帝竭吾之能以用之、弗殫吾所不能則可。否則惟有蹈海死耳」上允之。已而賜安車、詣闕廷、留百有二十日、禮文畢、史統定、卽白衣丐骸骨。上成其志、弗受爵賞、仍給安車還山。史館胄監之士、祖帳西門外、行路之人、望之如神仙異人。吁、客婦之謠伸矣（老客婦なる者、會稽の先生楊維楨なり。先生 高科の進士を以て、有元に仕うること三十年、今 行年 八十に幾し。而るに新天子 前朝の老文學を以て、之に一見せんと思い、將に延き禮筵文館に入らしめんとす。翰林詹同文を遣わし幣を奉じ、門に詣りて之を起たしむ。先生 老客婦を以て使者を謝して曰く、「豈に八十歳の老婦、木を去ること遠からざるに、而るに再び嫁するを理むる者有らん耶」と。明年、又 松江別駕を遣わし、追いて趣して已まず、「老客婦詞」一首を賦し覲聽〔皇帝が耳にしたこと。聽は聰に作るべきであるが、引用は原文のまま〕を徹して曰く「皇帝 吾の能を竭くし以て之を用い、吾の能わざる所を殫くさしめざれば則ち可なり。否らずんば則ち惟だ海を蹈みて死する有る耳」と。上 之を允す。已而にして安車を賜り、闕廷に詣り、留まること百有二十日、禮文 畢わり、史統 定まり、卽ち白衣もて骸骨を丐う。上 其の志を成らしめ、爵賞を受けず、仍お安車を給して山に還らしむ。史館冑監の士、西門外に祖帳し、行路の人、之を望むに神仙の異人の如し。吁、客婦の謠 伸ぶる矣」」。

一一 明年又遣松江別駕追趣、……卽以白衣乞骸骨 松江別駕の別駕は副官の意。ここでは洪武三年に松江同知であった李浩を指すか。楊維楨の「老客婦謠」は『珊瑚木難』にも収載されるが、『列朝詩集』では楊維楨の一首めに採られている。下記の引用は『列朝詩集』に據る。「老客婦、老客婦、行年七十又一九。少年嫁夫甚分明、夫死猶存舊箕帚。南山阿妹北山姨、勸我再嫁我力辭。渉江采蓮、上山采蘼、采蓮采蘼、可以療饑。夜來道過娼門首、娼門蕭然驚老醜。老醜自有能養身、萬兩黃金在織手。上天織得雲錦章、繡成願補舜衣裳。舜衣裳、爲妾佩古意、揚淸光、辨妾不是邯鄲娼（老客婦、老客婦、行年七十又一九。少年にして夫に嫁すること甚だ分明たり、夫死するも猶お舊き箕帚を存す。南山の阿妹北山の姨、我に再び嫁するを勸むるも 我力めて辭す。江を渉り蓮を采り、山に上りて蘼を采り、蓮を采り蘼を采りて、以て飢えを療す可し。夜來道に娼門の首を過ぐるに、娼門蕭然たりて老醜に驚く。老醜自ら能く身を養う有りて、萬兩の黃金 織手に在り。天に上り織り得たり雲錦の章、繡 成らば願わくば舜の衣裳を補わん。舜の衣裳は、妾の爲に古意を佩びせしめ、淸光揚がりて、妾是れ邯鄲の娼ならざるを辨ず〔私が邯鄲の娼ではなく、再び出仕して二君に見えるような行いをしないことをはっきりさせることだろう〕）」（『珊瑚木難』では「繡成らば願わくば妾の衣裳を補わん。珩璜 妾の爲に古意を佩びせしめ」に作る）。

文中の「史統定」については、顧起綸『國雅品』士品一（萬曆顧氏奇字齋刻本）に「廉夫 元の進士爲りて、……洪武一統するに會いて、聘に應じて史を修む。京に抵りて僅か百日、遂に病を謝して雲間に還る」、朱彝尊「楊維楨傳」（『諸曁縣志』巻四三。乾隆三十八年刻本）に「洪武三年、禮樂書を編纂し、別に儒士を徴して元史を修めしむ。帝 翰林院侍讀學士詹同を遣わし幣を奉じて其の門に詣り之を召す……禮書條目畢わり、史統も亦た定まる」とするところに據れば、『元史』を指すと思われる。「禮文畢、史統定」という部分について、『年譜』は疑義を呈し、『大明集禮』も『元史』も、その完成は洪武三年五月の楊維楨逝去後であると指摘している。『大明集禮』については、『太祖洪武實錄』巻五六、洪武三年九月三十日に「禮書を修め、成りて名を賜り『大明集禮』と曰う」とあることをその論據とする。また『元史』については、『元史』の編纂は洪武二年の二月に始まり、八月に完成しているが、その後、三年の二月に續修され、『順帝元統後史』が作られた。楊維楨は洪武三年の正月に上京し、『元史』の續修を見ることはできただろうが、その編纂が終了したのは七月のことであり、楊維楨は完成した書物を見ることはできなかったはずだという。宋濂の『元史』「目錄後記」には續修編纂の事情が記されており、その年記は洪武三年十月十三日となっている。

一二 疾亟、撰「歸全堂記」、……。庚戌之五月也。年七十五 「墓誌銘」に次の記述がある。「疾且革、移拄頰樓中、呼左右謂曰「吾欲觀化一巡、如何」。乃自起、提筆撰「歸全堂記」。頃刻而就、擲筆曰「九華伯潘君招我。我當往。車駕俟吾且久」。遂泊然而逝、似聞数十人從函道登樓、其歩屧之聲相接。時大明洪武庚戌夏五月癸丑也。年七十五（疾 且に革まらんとするに、拄頰樓中に移り、左右を呼び謂いて曰く「吾 觀化一巡せんと欲するは、如何（私は命が盡きようとしているのではないか）」と。乃ち自ら起き、筆を提げて「歸全堂記」を撰す。頃刻にして就り、筆を擲ちて曰く「九華伯潘君 我を招く。我當に往くべし。車駕 吾を俟つこと且に久しくならんとす」と。遂に泊然として〔恬淡として〕逝く。数十人 凾道〔階段〕從り樓に登り、其の歩履の聲 相接するを聞くに似たり。時に大明洪武庚戌〔三年、一三七〇〕夏五月癸丑なり。年七十五）」。

「歸全堂記」は現存の詩文集には收録されていない。ただ、楊維楨には「李氏全歸菴記」（『東維子文集』巻一八）があり、そこには「昆昜李靖民氏、既に其の考 蒙齊公を鹿山先塋の附に葬り、其の家舍「全歸」と曰う。……曾子の言に曰わく、「父母全くして之を生み、子全くして之に歸するは、孝と謂う可し」と。……（公）又曰く「吾が生を全くし以て之に歸し、先人を九京（墓もしくはあの世）に從うを期するなり」と。……是くの若くすれば則ち公の身を奉ること競競たりて、歸全を地下に獲て先人に從う者は、徒だ體を全くするを以て幸いと爲すのみに非ずや」とある。これによれば「歸全」とは生を全うしてこの世を去ることを指すと思われる。

「九華伯潘君」について、宋濂は「墓誌」に續く銘で「九華丈人、紫淸に召還す」という。また、元末明初の鄭銘（字は景彜。宋濂に「鄭景彜傳」〔『宋學士文集』巻六二〕がある）「題鐵崖先生傳」（『楊維楨詩集』收録のものを引用）に「獨り霞軿を馭し紫淸に上り、九華招引して蓬瀛を過ぎる」という。「九華」という名稱は地藏信仰で有名な安徽の九華山を連想させるものの、「紫淸」や「蓬瀛」は道教的色彩を帯びた言葉であるため、「九華伯潘君」は道教神であろう。楊維楨自身も鐵笛道人と名乘り、道教への親炙を示す。『鐵崖逸編註』巻五（乾隆刊本）には「自題鐵笛道人像」と題する七言古詩がある。また、自作において時折、句容の句曲山（卽ち茅山）及びそこにある華陽洞に觸れている。『鐵崖先生古樂府』巻六「醫師贈袁煉師」（『四部叢刊』所收成化刊本）に「大茅先生上天にて死生を司り 毎歳 考校して月の二日 嘉平と爲す。今に至るも華陽に仙會有りて 會すれば則ち鬼獸叫嘯（嘯）して丹光（霞の中の光）明るし」、『鐵崖逸編』巻五「題陶宏（弘）景移居圖」に「句容洞天元（玄）第八、茅家兄弟 秦臘より遁る」とある。こうしたことから、楊維楨が道教の第一福地で第八洞天と言われる句容山に親しんでいたことがわかる。漢の三茅眞君に始まるとされ、梁の陶弘景を實質的な開祖とする茅山派について記した書物に元の劉大彬『茅山志』（嘉靖二十九年玉晨觀刊本）がある。その「金薤編」第一二篇下巻一五に記載される游九言「華陽洞辭三章」には「河漢澈し（水清く）、碧霄晴たり。九華仙子 凡塵に至り、涼夜山頭 玉笛を吹く……」の文言があり、華陽洞には「九華仙子」が降臨したことがうかがわれる。また、『太平御覽』道部二（四部叢刊本）では『靈寶隱書』を引用して「中極眞人 人命の籍を主る。九華眞人 九幽の下の宿對生死を主る」と記載し、「九華眞人」が人の生死に關わる役割を擔っていたことを思わせる。但し、これらの仙人が宋濂の記す「九華伯」であるか否かは不明。中嶽・嵩山を根據地とした潘師正は、句容の茅山を根據地とした王遠知の弟子であり、明の趙均『金石林時地考』（粵雅堂叢書本）巻上では、「『體元先生潘尊師碑』句容茅山、陳子昂撰。復た一碑嵩山に在り。王適撰、司馬子微書。乃ち大周聖歴（暦）二年（六九九）」としており、宋濂のいう「潘君」である可能性があるが、潘師正を「九華眞人」乃至それに類いする名で呼ぶ資料は捜し出せない。また、虞集「賦茅山道士雲松巣」（『元詩選』丁集）に「道士潘閑遠 古大茅に高居す」と見えるが、詳細は不明。

なお、「九華」については、『列朝詩集』甲前集巻十一「周處士之翰」に、楊維楨が居住した松江について、「楊鐵崖云「吾在九峯三泖間……」」とあり、「墓誌銘」には「乃還雲間九山行窩」という文言があるので、死地であり埋葬地である松江府の、西南から東北に走る山脈と、その神であるかとも考えられるが、明の顧清（華亭の人）撰『松江府志』三十二巻（正徳七年刊本）には、該當する事項を見出せない。

一三　所著書凡數百卷、具在宋太史墓誌中　「墓誌銘」の該當部分は以下の通り。「著す所の書に『四書一貫錄』・『五經鈐鍵』・『春秋透天關』・『禮經約』・『君子議』・『歷代史鉞』・『補正三史綱目』・『富春人物志』・『麗則遺音』・『古樂府』・『上皇帝書』・『勸忠辭』及び『平鳴』・『瓊臺』・『洞庭』・『雲間』・『祈上』の諸集有り、通じて數百卷、家に藏す」。現存する楊維楨の主要著作は以下の通り。①『鐵崖先生古樂府』十六卷（成化五年刋本）②『鐵崖文集』五卷（弘治十四年馮允中刋本）③『東維子文集』三十卷附一卷（萬暦十七年刋本）④『麗則遺音』四卷（陳存禮輯、明末毛氏汲古閣刋本）⑤『史義拾遺』二卷（章木輯注、明季諸暨陳于京刋本）⑥『鐵崖先生古樂府補』六卷（汲古閣刋本）⑦『楊鐵崖先生文集』十一卷（萬暦四十三年陳善學刋本）⑧『鐵崖樂府注』十卷『咏史注』八卷『逸編注』八卷（清諸暨樓卜瀍輯注、乾隆刋本）⑨『鐵崖賦稿』二卷（清勞格校訂本）⑩『鐵崖漫稿』五卷（清愛日精廬張月霄鈔本）などがある。このほか『正統辯』は陶宗儀『南村輟耕錄』卷三及び「傳」に全文が収載されている。

一四　張伯雨　元の陳旅「菌閣石記」（『安雅堂集』卷七、鈔本）に「外史張氏、名は天雨、字は伯雨。風趣孤敻（風格は孤高で）、古文歌詩を善くす。迹を老氏に託すと雖も而るに著書必ず仁義に本づく」という。また、顧瑛『草堂雅集』卷五「張雨」（四庫全書本）に「字は伯雨、錢塘の人。羣書を博覽し、故に其の詩 清曠俊逸、時輩 及ぶ能わず。始め茅山に隱れ、後に杭の靈石澗に徙る。趙魏公（孟頫）・虞翰林（集）と友善たりて、詩名 京師を震わす。自ら句曲外史と號すと云う」という。「小傳」が引用した部分の原文は以下の通り。張天雨「鐵崖先生古樂府敍」（元至正二十四年跋本）「三百篇而下、不失比興之旨、惟古樂府爲近。今代善用吳才老韻書以古語駕御之、李季和・楊廉夫、遂稱作者。廉夫又縱橫其間、上法漢魏、而出入於少陵・二李之間。故其所作古樂府辭、隱然有曠世金石聲、人之望而畏者。又時出龍鬼蛇神以眩蕩一世之耳目、斯亦奇矣」。「自傳」に「永嘉の李孝光・茅山の張伯雨・錫山の倪鎮（倪瓚、字は元鎮）・昆易の顧瑛と詩文の友爲り」という。

一五　吳才老韻書　吳棫は北宋の音韻學者。明・陳道『八閩通誌』（明弘治四年刻本）卷六五「人物」建寧府に「吳棫、字は才老。建安の人、時に通儒と號す。『論語十說』を著し、又『考異』・『語解』の諸書有り。嘗に字學の訛誤を患い、『補韻』一部を作る。朱熹 近代の考訂訓釋の學を評し、唯だ才老及び洪慶善（興祖）のみ優と爲す。遂に其の說に據りて以て三百篇の音に協うと（そこで朱熹は『詩經集傳』を編纂するにあたって吳棫の書の學說に從って校訂し、『詩經』本來の音韻に協うようにできたのだと）」という。李孝光は『元詩選』二集に記載される傳に據れば、「少きとき博學にして志を復古に篤く」したという。至正七年に詔により隱士が徵され祕書監著作郎となり、順帝に『孝經圖說』を獻呈したところ皇帝は大いに悅び「上尊」を賜った。翌年には文林郎祕書監丞に昇進し、五十二歲で在官中に亡くなった。鴈蕩山の五峰の下に居住し自ら五峰狂客と號した。著書に『五峰集』がある。『元詩選』には「鐵笛歌爲鐵厓賦」が收錄されている。また、「箕山操和鐵雅先生首唱」詩には楊維楨による次のような評語が記載されている。「鐵雅（楊維楨）評して曰く、「善く琴操を作り、然る後に能く古樂府を作る。余の操に和する者　李季和最爲り。其の次は夏大志（溥）なり」と」。さらに、『元詩選』辛集に收錄される楊維楨の「石婦操」には以下のようなエピソードが記されている。「鐵崖　李季和と吳下に在りて古今の人の詩を論ず。季和　酒を擧げ楊に屬して曰く、「廉夫崛强なりて、漢魏の古樂府を作る。亦た能く昌黎伯（韓愈）の琴操を作る乎」と。楊亟やかに題を請う。賦し畢り、季和　几を拍くこと三たび、叫びて曰く、「楊廉夫は鐵龍の精なり」と」。

一六　古樂府其所自負　成化十年に書かれた章懋「楊鐵崖先生詠史古樂府序」（『楊鐵崖先生文集』明陳善學校刋本）に「然るに其の時　衆作悉く備わるに惟だ古樂府未だ繼ぐ者有らず。是に於いて會稽の楊鐵崖先生と五峰の李季和始めて相倡和して漢魏樂府の辭を爲り、崛强にして自ら許す。……詠史の如きに至りて、則ち季和　每に鐵崖に推服し上手と爲し、鐵崖も亦た自ら謂えらく「余　三體を用って史を詠じ、七言絕句體を用いる者は三百首、古樂府體者二百首、古樂府小絕句體者四十首。絕句　人　到り易きも、古樂府到り易からず、小樂府に至れば則ち他人　能わず、惟だ吾のみ之を能くす」と」という。

一七　希風長吉　明の陳全之『蓬窗日錄』（明嘉靖四十四年刻本）卷八「詩談二」は、楊維楨の樂府を貶めてはいるが、楊維楨が李賀を信奉していると考えられていたことがわかる内容である。「謝皐羽詩は『晞髮集』の詩、皆精緻奇峭、唐人の風有り。……予尤も其の「鴻門讌」一篇を愛す。……李賀の集中、亦た「鴻門讌」一篇有るも、此に及ばざりて遠きこと甚しく、青 藍より出づと謂う可し。元の楊廉夫の樂府、力めて李賀を追いて、亦た此の篇有るも、愈いよ皐羽に及ばず」。

一八　承學之徒、流傳沿襲、槎牙鉤棘、號爲鐵體　「鐵體」の語は、張習「『眉菴集』後志」（銭穀『吳都文粹續集』巻五五「詩文集序」、四庫全書本）に見え、この記述に據れば、楊基が楊維楨の作風を「鐵體」と呼んでいたことになる。「眉菴楊先生孟載、吾が蘇の吳邑の人なり……會稽の楊廉夫、詩を以て一時を伯し、推して可とする所少なし。雲間に僑し、吳下を往來す。號する所の鐵笛を以て謂えらく「先生能く之を歌う乎」と。先生曰く「惟だ爲に鐵笛の歌を作るのみならず、尤お且つ老鐵體に效う」と。翌日成りて以て呈す」。

一九　靡靡成風、久而未艾、學詩者、稽其所敝、而善爲持擇焉、斯可矣　『四庫全書總目提要』の『鐵崖古樂府』・『樂府補』の項では、銭謙益の見解に同調するかのように、「元の季年、多く溫庭筠の體に效い、柔媚旖旎（柔和で美しく）、全て小詞に類す。維楨 一世を横絶するの才を以て、其の弊に乘じて之を矯む……特だ其の才は馳騁を務とし、意は新異を務とし、末流の弊を滋くするを免れず、是れ其の一短なる耳。其の甚しきを去れば則ち可なり。竟に之を廢さんと欲せば則ち窮に磨滅す可からざるなり」とする。だが、これに對して清の顧嗣立『寒廳詩話』（道光二十四年刊本）は、「廉夫の『古樂府』上は漢魏に法り、而して少陵・二李に出入す。門下數百人、其の室に入る者 惟だ張思廉（憲）一人而已。明初の袁海叟（凱）、楊眉庵 開國の詞臣領袖と爲り、亦た倶に鐵崖の門より出づ。而るに議する者謂えらく「鐵體」靡靡たりと。妄りに譏彈を肆にし、未だ與に元詩を論ず可からざるなり」との見解を示している。楊維楨の門下生としては袁凱（字は景文、華亭の人）・楊基のほか、宋禧（字は无逸。『列朝詩集』甲集前編巻七之下では宋元禧、字は無逸とする）・陶振（字は子昌）・謝常（字は彦明）・申屠衡（字は仲權）・呉復・張學曁・朱芾・張憲などが文獻で確認できる。

このうち、袁凱は若い頃に作った七言律詩「白燕」詩が人口に膾炙し、その名が知られた人物である。楊維楨は袁凱のために「改過齋記」を書いている。詩文集の『海叟集』は弘治年間に陸深が北京で抄本を購入し李夢陽らと共に講讀し、正德元年の重刊本には李夢陽と何景明が序文を寄せている。『列朝詩集』甲集巻二に記載される「袁御史凱」の「小傳」では、李夢陽の序文からは「海叟 子美（杜甫）を師法す。集中の詩、『白燕』最も下なるも最も傳う。諸もろの高き者 顧って傳わらず」を、また何景明の序文からは「我が朝の諸名家の集、多くは鄙の意に稱わず。獨り海叟のみ較や長ず。叟の歌行 杜に法るも、古の作（古體詩） 盡くは是くならず。其の取法を要するに、必ず漢・魏自り以來なり」を引用し（何景明の序文は要約されている）、これに對する程嘉燧の批評を記載している。程嘉燧の批評は「海叟の詩、氣骨高妙にして、天然なりて雕飾を去る」と賞贊し、「古意二十首」、七言古詩についても「高古激越たりて（氣高く典雅だが質朴で、激しく高らか）、一代を雄視す」、「筆力豪宕なりて、不如意尠なし」とする。そして、「白燕」詩を含む七言律詩についても「宋・元自り來 杜を學ぶは、未だ叟の自然に如く者有らず。野逸玄澹、疎蕩傲兀たりて（朴訥のどかで淸らかで淡泊、放蕩不羈で俗に染まらず）、往往にして老杜の興會を得たり」とやはり褒めあげ、「空同の諸公、全く此を悟らず」としている。この袁凱傳では袁凱の詩についての錢謙益自身の論評はないため、斷定するのは難しいが、「小傳」が「承學之徒」による「鐵體」が「靡靡として風と成り、久しくして未だ艾まず」、「詩を學ぶ者、其の蔽る所を稽え、而して善く持擇を爲」すよう戒めているのは、李夢陽と何景明による袁凱禮讃が關係している可能性がある。

二〇　辭召・應制之作、略見前篇　ここに言う「前篇」は、「甲集前篇第七之上」（百二十四首）を指す。「第七之上」

には「不赴召有逃」・「上大明皇帝」・「上左丞相」といった作品を收める。一方、「第七之下」には樂府百七十首が收録されている。

二一　劉文成・宋文憲、亦同此例　劉文成は劉基。甲集前編巻一と甲集巻二の兩方に收録されている（本書「三　劉基」參照）。宋文憲は宋濂（本書「六　宋濂」參照）。但し、宋濂は甲集巻十二の一箇所に收録されるのみである。『列朝詩集』を編纂する過程で變更されたものか。

（和泉ひとみ）

五　高　啓　元・至元二年（一三三六）～明・洪武六年（一三七四）

甲集卷四　[一]高太史啓

[二]啓、字季迪、[三]長洲人。[四]至正丁酉、張氏開藩平江、[五]承制以淮南行省參政饒介爲諮議參軍事。[六]季迪年二十餘、介覽其詩驚異、以爲上客。[七]季迪謝去、隱吳淞江之青丘、自號青丘子。

[八]洪武初、召入纂修『元史』。尋入內府、敎功臣子弟、授翰林院國史編修官。[九]三年七月廿八日、與史官謝徽俱對。上御闕樓、時已薄暮、擢戶部侍郎、徽吏部郎中。自陳年少不習國計、且孤遠不敢驟膺重任。徽亦固辭。幷賜內帑白金放還。退居青丘。

[一〇]先是季迪以史事爲祭酒魏觀屬官、雅相知契。觀奉命守蘇、爲季迪徙居城中夏侯里、接見甚密。觀改修府治、季迪作「上梁文」、連坐腰斬、洪武七年也、年三十有九。

[一一]季迪身長七尺、有文武才、無書不讀、而尤邃于羣史。[一二]其詩有『鳳臺』・『吹臺』・『江館』・『青丘』・『南樓』・『槎軒』・『姑蘇雜詠』諸集、[一三]文曰『鳧藻』、[一四]詞曰『扣舷』。[一五]『鳳臺集』則洪武初爲史官時作也、詩凡二千餘篇。[一六]自選得『缶鳴集』十二卷、九百餘首。[一七]季迪沒、無後、其妻周氏藏弆其遺藁、授其姪立、永樂元年、鏤版行世。[一八]景泰中、徐庸用理會梓爲『大全集』。

王子充[一九]曰、「季迪之詩、雋逸而清麗、如秋空飛隼、盤旋百折、招之不肯下。又如碧水芙渠、不假雕飾、翛然塵外」。謝徽[二〇]曰、「季迪之詩、緣情隨事、因物賦形、橫從百出、開合變化。其體製雅醇、則冠裳委蛇、佩玉而長裾也。其思致清遠、則秋空素鶴、迴翔欲下、而輕雲霽月之連娟也。其文采縟麗、如春花翹英、蜀錦新濯。其才氣俊逸、如泰華秋隼之孤騫、昆侖八駿追風躡電而馳也」。李東陽[二一]曰、「國初稱高・楊・張・徐、高才力聲調過三人遠甚、百餘年來、亦未見卓然有過之者」。

【訓讀】

啓、字は季迪、長洲（明では蘇州府下の縣）の人。至正丁酉（十七年、一三五七）、張氏（張士誠）藩を平江（元の平江路、明の蘇州府）に開き、承制もて淮南行省參政の饒介を以て諮議參軍事と爲す。季迪 年二十餘たりしとき、介 其の詩を覽て驚異し、以て上客と爲す。季迪謝して去り、吳淞江の青丘に隱れ、自ら青丘子と號す。

洪武の初め、召し入れられて『元史』を纂修す。尋いで內府に入り、功臣の子弟を教え、翰林院國史編修官（正七品）を授けらる。三年七月廿八日、史官の謝徽と倶に對す。上 闕樓に御し、時已に薄暮なるに、戶部侍郎（正三品）に擢んでられ、徽は吏部郎中なり。自ら陳ぶ、年少にして國計を習わずして、且つ孤遠にして敢えて驟かに重任を膺けずと。徽も亦た固辭す。幷びに內帑の白金を賜り放還せらる。青丘に退居す。

是れより先 季迪は史事を以て祭酒（國子監祭酒）の魏觀の屬官と爲り、雅より相い知契たり（知己の間柄だった）。觀 命を奉じて蘇に守たるに、季迪の爲に城中の夏侯里に居を徙し（季迪のために町中の夏侯里に住まいを移してやり）、接見甚だ密なり。觀 府治を改修するに、季迪「上梁文」（棟上げの文）を作り、連坐して腰斬せらる（腰斬りの刑に處せられた）、洪武七年（一三七四）なり、年三十有九。

季迪は身長七尺、文武の才有り、書として讀まざるは無く、而して尤も羣史に邃し。其の詩は『鳳臺』・『吹臺』・『江館』・『青丘』・『南樓』・『槎軒』・『姑蘇雜詠』の諸集有り、文は『鳧藻』と曰い、詞は『扣舷』と曰う。『鳳臺集』は則ち洪武の初め史官爲りし時の作なり、詩は凡そ二千餘篇。自ら選びて『缶鳴集』十二卷、九百餘首を得たり。季迪沒し、後（後嗣が）無く、其の妻 周氏其の遺藁を藏弆し、其の姪（おい）の立に授け、永樂元年、鏤版して世に行わる。景泰中、徐庸用理（徐庸、字は用理）會梓して『大全集』と爲す。

王子充曰く、「季迪の詩は、雋逸にして清麗、秋空の飛隼、盤旋百折し、之を招くも下るを肯んぜざるが如し（澄んだ秋空を飛ぶ隼が何度も旋回し、下りるように言ってもなかなか下りてこないようだ）。又た碧水の芙渠の、雕飾に假らずして、塵外に翛然たるが如し（碧水に浮かぶ蓮の華が何も飾らなくとも、俗氣を超越しているようなものだ）」と。謝徽曰く、「季迪の詩は、情に緣り事に隨い、物に因りて形を賦し、横從百出し、開合變化す（心情や事柄に寄り添い、物事に沿ってそれを敍し、筆致は縱横無盡、詩風は變化自在だ）。其の體製の雅醇なるは、則ち冠裳委蛇し、玉を佩びて裾を長うするなり（雅やかな詩體では、冠裳で正裝した人が玉を佩びて裾を長く引いているかのようだ）。其の思致清遠なるは、則ち秋空の素鶴、迴翔し下らんと欲するに、輕雲に霽月の連娟たり（思いのたけを清らかに詠じるさまは、秋空に舞う白い鶴が、旋回して下ろうとするとき、晴れた月に薄雲がたなびいているよう）。其の文采縟麗なるは、春花の英を翹げ、蜀錦の新たに濯うが如し（修辭のあでやかさは、まるではなぶさをもたげた春の花、洗い立ての蜀の錦のよう）。其の才氣俊逸なるは、泰華の秋隼の孤騫、昆侖八駿の風を追いて電を躡みて馳するが如きなり（才氣の俊逸なさまは、泰山や華山の秋の隼のよう、崑崙山の八駿が風を追い雷電の中を馳せていくかのようだ）」と。李東陽曰く、「國初 高（啓）・楊（基）・張（羽）・徐（賁）と稱するも、高の才力聲調は三人に過ぐること遠甚にして、百餘年來、亦た未だ卓然として之れに過ぐる者を見ず」と。

【注】

一　**高太史啓**　「太史」とは高啓の明朝での最終官が翰林院國史編修官であったことに基づく。

高啓の傳記の早期のものとしては、洪武八年二月に執筆された『鳧藻集』所收の李志光「高太史傳」（以下、李志光「傳」）と執筆年未詳の『槎軒集』所收の呂勉「高太史傳」（以下、呂勉「傳」）がある。古川末喜「『高青丘集』「鳧藻集本傳」「槎軒集本傳」注稿」（『佐賀大學文化教育學部研究論文集』第三集第二號、一九九九年）は、その譯注である。この「小傳」が引く高啓の略歴は、王鏊『姑蘇志』卷五二「人物　名臣」の高啓傳（以下、『姑蘇志』）に依據するが、一部、錢謙益が考證して字句を改めた所がある。また文學批評については、高啓の詩文集の序文など、各家の批評を引用する形を採っている。以下は『姑蘇志』であるが、「小傳」と重複する部分が多いことから、ここでは原文のみを擧げ、「小傳」と大きく異なる箇所に傍點を附しておく。「高啓、字季迪。長洲人。少孤力學、工詩。至正間、張士誠開府平江、承制以淮南行省參政饒介爲咨議參軍事。介有文學、喜士。啓時年十六、或薦於介。介見啓詩、驚異以爲上客。啓不屑、去隱吳松江之青丘。洪武初、以廷臣薦與修『元史』。授翰林國史院編脩、官命教功臣子弟。一日召見、啓與編脩官謝徽俱對、時已薄暮。上御闕樓、擢啓戶部侍郎、徽吏部郎中。啓以年少未習理財、且孤遠不敢驟膺重任、遂與徽俱辭。於是賜罷、仍各賜內帑白金給牒放還、復居青丘。先是啓嘗以史事爲國子祭酒魏觀屬官、雅相知契。及是觀守蘇、爲徙居城中、延問郡中政事得失、接見甚密。會觀得罪、連坐死。年甫三十有九。啓身長七尺、有文武才。於書無所不讀、尤粹於史。其文喜辯擊、馳騁上下、精采奐發、而詩尤號名家。所著有『缶鳴』『鳧藻』二集」。

なお、清の雍正六年（一七二八）に金檀が刊行した『靑邱高季迪先生詩集』十八巻『遺詩』一巻『扣舷集』一巻『鳧藻集』五巻には、金檀による『年譜』一巻が附せられている。徐澄宇・沈北宗校點『高靑丘集』（上海古籍出版社、一九八五年）には附錄としてこの『年譜』や各種の「傳」が收錄されている。

二　啓、字季迪　字に「季」とあるので、高啓は末子だったと推測される。「送伯兄西行」（『高靑丘遺詩』）に「我生まれて兄弟鮮なく、提攜するは惟だ二人のみ（我生鮮兄弟、提攜惟二人）」とあり、「喜家人至京」（『高太史大全集』巻九）に「但だ憂う兄姉尙お遠く隔り、言笑未だ了らざるに仍お歔欷たり（但憂兄姉尙遠隔、言笑未了仍歔欷）」とあり、無事、長成したのは、高啓のほか兄一人、姉一人だったようである。呂勉「傳」に、「先生は元の丙子に生まれ、稍や長じて、兄の咨　淮右に戍り、繼いで怙恃を失う（先生生元丙子、稍長、兄咨戍淮右、繼失怙恃）」とあるように、兄の名は咨、字は未詳である。また「送錢氏兩甥度嶺」詩があり、姉は錢氏に嫁いでいたことがわかる。

三　長洲人　長洲は吳縣とともに蘇州の附郭縣であり、吳縣の東部に位置する。高啓が死の直前まで居住していた夏侯里は長洲縣に屬していた。なお、金檀の『年譜』は、その家系は渤海の出で、汴京に居たが、南宋の時に臨安（杭州）に移って、吳郡に定住するようになった（「先生系出渤海、世爲汴人、南渡隨蹕家臨安、後趨吳、居郡之北郭、遂爲吳人」）という。渤海とは高氏の郡望である。

四　至正丁酉、張氏開藩平江　『姑蘇志』（注一）は單に「至正間」というのみだが、「小傳」は具體的な年を「至正丁酉」とする。至正十七年（一三五七）。「張氏」は張士誠（一三二一～一三六七）。藩とは唐の藩鎭のごときもの。至正十七年、元に降伏した張士誠は、平江路（吳）で元の正朔を奉じる一藩として幕府（行政軍區）を開くことの承認を元朝より得た。その事情はこうである。張はもと鹽の密賣人であったが、元末の混亂に乘じて起兵し、高郵にて誠王を名乘り、國號を大周、年號を天祐とした。至正十六年三月には平江路（蘇州）を略取し、平江路を隆平府と改め、承天寺を壊して王宮とした。張はこれ以後蘇州に據るのだが、この時期はまだ軍事的に不安定で、朱元璋との戰闘でも要地を相次いで奪われていた。そのため、同年八月、張士誠は一旦元朝に降り、元朝から大尉の榮爵を授けられて、幕府を開く形をとった。隆平府という名もこの時再び平江路に戻されている。ただし、張氏にとって、至正十七年の元への降伏は苟且の安であった。のち、この地で力をつけた張は、至正二十三年に吳王を稱して獨立することになる。

五　承制以淮南行省參政饒介爲諮議參軍事

「承制」とは、地方の軍事權や自治權を持つ者が皇帝の制誥を承けたという形で人事權を行使すること。ただし、皇帝の權威が弱まっている時に使用されることが多く、眞に皇帝の制誥を承けたものであるかについては疑義がある。「淮南行省參政」の行省とは、行中書省。元朝の地方行政の最高機關である。參政は參知政事で從二品。諮議參軍事は、王府や幕府での宰相に相當するような職務である。

饒介（一三〇〇～一三六七）は、字を介之といい、臨川の人。元末の官僚で、書家、文人としても名があり、張氏政權に出仕し、張氏滅亡の後に金陵に送られて處刑された。王鏊『姑蘇志』巻五七および錢謙益『列朝詩集』甲集前編巻一〇に饒右丞介として詩が收録されている。その「小傳」は、饒介の文學について次のようにいう。「介、字は介之、臨川の人。翰林應奉自り、僉江浙廉訪司事に出づ。張氏吳に入るに、門を杜（と）ざして出でず。士誠 其の名を慕い、自ら往造して請い、承制もて以て淮南行省參政と爲す。采蓮涇の上（ほとり）に家し、日び觴詠を以て事と爲す。吳亡び、俘（いけど）られて京師に至り誅に伏す。釋道衍曰く、「介の人と爲りは、倜儻豪放にして、一時の俊流の、陳庶子（陳秀民）・姜羽儀（姜漸）・宋仲溫（宋克）・高季迪（高啓）・陳惟寅・惟允（陳惟寅と陳惟允）・楊孟載（楊基）の如き輩は、皆な與に交わり、衍も亦た焉れに與（あず）かる。書は懷素に似、詩は李白に似て、氣焰光芒、燁燁として人に逼（せま）る。然れども其の志は大なるも才は疎にして、成す所無きは、恤（あわれ）む可しと爲すなり」と。介は自ら華蓋山樵と

號し、亦た醉翁と曰う（介、字介之、臨川人。自翰林應奉、出僉江浙廉訪司事。張氏入呉、杜門不出、士誠慕其名、自往造請、承制以爲淮南行省參政。家采蓮涇上、日以觴詠爲事。呉亡、俘至京師伏誅。釋道衍曰、「介之爲人、倜儻豪放、一時俊流、如陳庶子・姜羽儀・宋仲溫・高季迪・陳惟寅・惟允・楊孟載輩、皆與交、衍亦與焉。書似懷素、詩似李白、氣焰光芒、燁燁逼人。然其志大才疎、而無所成、爲可恤也」。介自號華蓋山樵、亦曰醉翁）」。

六　季迪年二十餘、介覽其詩驚異、以爲上客　呂勉「傳」は高啓が饒介に見いだされた經緯を次のように説明している。「年十六たりしとき、淮南行省參知政事 臨川の饒介之、呉中を分守し、位隆く望尊しと雖も、然れども賢に禮し士に下り、先生の名を聞き、使をして之を召さしむること再びなり。先生畏避すること之を久しくし、強いられて而る後に往く。座上は皆な鉅儒碩卿にして、倪雲林（倪瓚は墨竹をよくしたことで知られる元末の詩人）の「竹木圖」を以て題を命ず、實は之を試みるなり。且つ用って原詩の木・綠・曲の韻に次せしむ。時に先生一愿稺なるのみ、衆は之を易る。侍立すること少頃して、答えて曰く、「主人は原と段干木（戰國魏の人、仕官を勸めに訪れた魏の文侯を避けて牆を乘り越えて逃れた）に非ず、一瓢倒瀉す瀟湘の綠、垣を踰え爲に惜しむ酒の尊に在るを、飮餘自ら鼓す無絃の曲（陶淵明が持っていたという絃を張っていない琴）」と。饒 大いに驚異し、其の含蓄深遠にして、稺作の及ぶ可きに非ざるを以て、之を上座に延き、特に爲に圖に書せしむ。諸老 之が爲に掣肘せられ、是れ自り名は搢紳の間に重んぜられ、縱い前輩なるも之を畏れざるは靡し（年十六、淮南行省參知政事臨川饒介之、分守呉中、雖位隆望尊、然禮賢下士、聞先生名、使使召之再。先生畏避久之、强而後往。座上皆鉅儒碩卿、以倪雲林「竹木圖」命題、實試之也。且用次原詩木・綠・曲韻。時先生一愿稺耳、衆易之、侍立少頃、答曰、「主人原非段干木、一瓢倒瀉瀟湘綠。踰垣爲惜酒在尊、飮餘自鼓無絃曲」。饒大驚異、以其含蓄深遠、非稺作可及、延之上座、特爲書於圖。諸老爲之掣肘、自是名重搢紳間、縱前輩靡弗畏之）」。

これによれば、饒介のサロンに呼ばれた高啓はそこで難しい次韻の詩を完成させたことによって、名士たちの間で一目置かれる存在になったという。しかし、ここで問題となるのが、高啓が饒介に見出されたときの年齢である。呂勉「傳」およびそれを承けた王鏊『姑蘇志』は、十六歳の時すなわち至正十一年（一三五一）とするが、小傳では「年二十餘」に作っている。饒介の「小傳」（注五）は、「張氏呉に入るに、門を杜ざして出でず。士誠 其の名を慕い、自ら往造して請い、承制もて以て淮南行省參政と爲す（張氏入呉、杜門不出。士誠慕其名、自往造請、承制以爲淮南行省參政）」とあり、これによれば、饒介が淮南行省參政となったのは、張士誠が呉に據った至正十六年三月以降であり、つまり高啓が「年二十餘」のことになる。銭謙益はこのことを考慮し、『姑蘇志』の「年十六」を「年二十餘」に改めたものと思われる。金檀の『年譜』も「年十六」説を否定する。

なお、至正二十二年秋の作である高啓の「代送饒參政還省序」（『鳧藻集』巻三）は、淮南參政饒介が張士誠の咨議參軍事となったのを見送ったものである。「太尉（張士誠）呉を鎭するの七年、政化內洽、仁聲旁流し、一兵も煩わさずして、强遠自ら格り、天人咸な和し、歲用屢しば登り、厥の德は茂なり。然れども猶お自滿せずして治を圖ること彌いよ厲し、嘗に聽覽の尙お闕くるを懼れ、僚佐の相い裨くるを思うなり。迺ち承制もて淮南參政臨川饒公を以て咨議參軍事を領せしむ。公 辭するに非材を以てすれば、卽ち躬ら其の家に臨みて、之れに至意を諭し、公 感激し、遂に起ちて事を視る。……今年秋、公は領する所の職を解き還りて省事を署するを得たり。竊かに嘗て協恭の好み有るを以て、其の去るに於いて、能く言無からんや。故に其の說を論次して以て序と爲す（太尉鎭呉之七年、政化內洽、仁聲旁流、不煩一兵、强遠自格、天人咸和、歲用屢登、厥德茂矣。然猶不自滿而圖治彌厲、嘗懼聽覽之尙闕、而思僚佐之相裨也。迺承制以淮南參政臨川饒公領咨議參軍事。公辭以非材、卽躬臨其家、諭之至意、公感激、遂起視事。……今年秋、公得解所領職還署省事。竊以嘗有協恭之好、於其去、能無言乎。故論次其說以爲序）」。

七　季迪謝去、隱吳淞江之靑丘、自號靑丘子　吳淞江の靑丘とは、岳父の家があったところ。『姑蘇志』（注一）は「啓は（饒介が扱いを變えて高啓を上客としたのを）屑しとせず、去りて吳松江の靑丘に隱る」といい、「小傳」もそれを蹈襲する。ただし、李志光「傳」は、「張士誠 浙右を有せし時、群彥從い仕うる者多し、啓獨り家を挈えて外舅周仲達に依り、吳淞江の上に居り、歌詠して終日以て焉に自適す（張士誠有浙右時、群彥多從仕者、啓獨挈家依外舅周仲達、居吳淞江上、歌詠終日以自適焉）」といい、呂勉「傳」も、「元季 擾攘まるに、張士誠浙右に據り、時彥皆な之に從うも、先生獨り與に處らず、家を挈えて外氏に依り、詠歌を以て自適す、故に「靑丘子歌」幷びに『江館』の一集有りて志を焉に寓す（元季俶擾、張士誠據浙右、時彥皆從之、先生獨弗與處、挈家依外氏、以詠歌自適、故有「靑丘子歌」幷『江館』一集寓志焉）」とし、高啓がまるで張士誠政權との關わりを拒んで靑丘に隱れたかのようにいう。二つの「傳」は明に入ってから書されており、おそらく高啓が張氏政權から遠かったことを强調する必要があったためであろう。しかし、高啓には「代送饒參政還省序」（前注引用）などのように、張士誠の德政を讃えた作品も多くあり、高啓の文學活動そのものが張氏政權や饒介の庇護の下にあったことは否めない事實である。なお、『列朝詩集』はその頃、吳下で活躍した詩人を北郭十友と呼んでいる。『列朝詩集』によれば、十友とは高啓のほか、張羽・余堯臣・徐賁・陳則・王行・楊基・道衍・呂敏・宋克・唐肅（ただし、高啓が「春日懷十友」で詠じたのは唐肅ではなく、王彝）である。

高啓が靑丘にて文學に對する氣概を詠じた長歌「靑丘子歌」は、しばしば李白の「襄陽歌」にも擬えられる名篇であり、森鷗外に文語調の譯詩「靑邱子」があることでも知られている。「靑邱子歌」は『鷗外全集』（岩波書店、一九七三年）第一九巻「於母影」所收、入谷仙介注『高啓』（岩波詩人選集二集、一九六二年）の巻頭にも見える。

八　洪武初、召入纂修『元史』……翰林院國史編修官　李志光「傳」は「明興り、某臣の薦めを以て、謝徽等と偕に朝に聞され、修『元史』に與かり、翰林國史編修官を授けられ、復た諸王を教授するを命ぜらる（明興、以某臣薦、偕謝徽等聞於朝、與修『元史』、授翰林國史編修官、復命教授諸王）」と簡潔に説明するが、呂勉「傳」はやや詳しく、次のようにいう。「明興りて二年正月、召を蒙りて入京し、同里の謝徽と與に『元史』を修す。二月開局し、總裁の宋公（宋濂）は、暦は黃帝自り以來、聖君の重ずる所なるも、微遠にして明らかにし難きを以て、特に之を先生に委ぬ、爲に運氣・度數・歳餘・歳差・授時・步氣の屬を考據し、古に徵して今を驗し、必ず天道に脗合せんことを求め、焉れを苟にするに非ざるのみ。他の志・傳に及びては、節ごとに詳明有りて、文は實に事は核にして、深く公の獎賞するところと爲る。八月、書成りて上進し、白金文綺の賜有り。已にして命ぜられて諸功臣の子弟を教う。次年二月、翰林編修（正七品）に官す」（明興二年正月、蒙召入京、與同里謝徽修『元史』。二月開局、總裁宋公、以曆自黃帝以來、聖君所重、微遠難明、特委之先生、爲考據運氣・度數・歳餘・歳差・授時・步氣之屬、徵古驗今、必求脗合乎天道、非苟焉而已。及他志・傳、節有詳明、文實事核、深爲公獎賞。八月、書成上進、有白金文綺之賜。已而命教諸功臣子弟。次年二月、官翰林編修）」。

高啓は『元史』編修時に、「元史暦志序」「元史烈女傳序」（ともに『鳧藻集』巻二）を執筆している。なお、『姑蘇志』巻五四によれば、この時ともに召された謝徽は、字を玄懿といい、同じく長洲の人。元の至正年間、『詩經』で郷試に合格し、博學で文辭が工みであったことから高啓と名を齊しくした。『蘭庭集』があったという。

九　三年七月廿八日、與史官謝徽俱對……退居靑丘　高啓が明太祖からの抜擢を辭退したため白金を賜り放還されたという逸話は、『姑蘇志』（**注一**）にも見えるが、「小傳」は高啓自身が洪武三年（一三七〇）に執筆した「志夢」（『鳧藻集』巻五）に基づき、話を再構成している。高啓の「志夢」は、彼が自ら體驗した三つの正夢について記したものである。まず、彼が謝徽（**注八參照**）とともに國子監で諸生を教える立場になるという夢をみたこと、謝徽が高啓とともに翰林院編修官を拝する夢をみたこと、その二つの夢がともに實現したことを述べた後、二人が太祖から直接戸部侍郎（正三品）と吏部郎中に拔擢され、それを辭した經緯を次のように述べる。「七月十五日の夜、玄懿の母夫人林氏夢むに、中使の二橱を舁ぎて兩家に授け、發くに各おの白金の焉れに在る有り、其の家捧げ視れば、則ち化して炭と爲る。間かに以て吾が婦に告ぐ。余 玄懿と與に之を聞き、竊かに其の說稍や隱にして、向の二夢の著なる若からざるを怪しむ、又た玄懿の得る所獨り化して炭と爲るは何なるかを知らざるなり。然れども亦た私かに相い與に之を識る。二十八日の暮れに至り、院を出でて舍に還らんとするに、控馬の馳せて余二人を召す有り。上 闕樓に御して俟てり。既に見え、奬諭良や久しく、啓に戸部侍郎、玄懿に吏部郎中を面拜せしむ。啓は年少にして未だ理財を習わず、且つ敢えて驟かに重任を膺けざるを以て、辭去す。玄懿も亦た辭す。上即ち愈允す。各おの內帑の白金を賜り、左丞相宣國公（明開國の功臣である李善長）に命じて牒を給い鄕に放還せしむ。既に都門を出で、玄懿の家と與に舟を共にして東す。其の二弟 余の爲に言う、累重多負にして、賜金は已に盡く費やす、況んや歸るに舊業無きをやと。相い共に歎咨し、其の兄の早に辭するを尤む。余 因りて茲の夢を話し以て之を解くに、乃ち始めて「橱」は「除」爲りて、「炭」は「歎」爲るを悟り、愈いよ共に其の夢の神なるを歎ずるなり（七月十五日之夜、玄懿母夫人林氏、夢中使舁二橱授兩家、發各有白金在焉。其家捧視、則化爲炭。間以告吾婦。余與玄懿聞之、竊怪其說稍隱、不若向二夢之著、又不知玄懿所得獨化爲炭何也。然亦私相與識之。至二十八日暮、出院還舍、有控馬馳召余二人。上御闕樓俟焉。既見、奬諭良久、面拜啓戸部侍郎、玄懿吏部郎中。啓以年少未習理財、且不敢驟膺重任、辭去。玄懿亦辭。上即愈允。各賜內帑白金、命左丞相宣國公給牒放還於鄕。既出都門、與玄懿家共舟而東。其二弟爲余言、累重多負、賜金已盡費、況歸無舊業。相共歎咨、尤其兄之早辭。余因話茲夢以解之、乃始悟橱爲除、炭爲歎、愈共歎其夢之神也）」。

一〇　先是季迪以史事爲祭酒魏觀屬官、……連坐腰斬

『姑蘇志』（注一）は高啓が魏観と親しかったために、魏観が

罪を得たのに連座させられたというのみだが、「小傳」は呂勉「傳」に基づき、高啓が彼のために「上梁文」を書いたことにも觸れている。魏観が罪を得た事件とは、洪武六年（一三七三）、蘇州知府の魏観が張士誠の宮殿の遺址に府衙を築いたがために、御史の張度に「滅王の基を興し、敗國の河を開く」ものだとして彈劾され刑死した事件、いわゆる魏観案である。魏観と親しかった高啓は魏観が建設した府衙のために「郡治上梁文」を書いたことで太祖の怒りをかったといわれる。

高啓が巻き添えになった經緯とその最期について、呂勉「傳」は次のように傳えている。「歳壬子、國子祭酒の江夏の魏観來りて府事を知す、先生と嘗て京に會し、舊好を敦くし、爲に城中の夏侯橋（『姑蘇志』巻一九によれば、「夏侯橋」は唐の夏侯司空建が建設、あるいは橋のそばの夏侯廟から取った名）に居を徙し、以て朝夕の親與に便ならしむ。蓋し觀は勝國（前朝）の遺才爲りて、頗る自ら矜詡し、矧や『青烏經』（青烏子が著した相冢書のこと、風水學を指す）の術を解す、任に到るや、第 更張せんと欲するも、吳城に蛇門無ければ、則ち東南の水陸自り來るの生氣 間て沮まれ、故に百年の富、極品の貴、甚だ妨げらるる所有るを以て、圖りて之を闢かんと欲す。是れより先、城に在る諸もろの委港久しく淤り、舟艇の往來に便ならず、民を役して挑濬すること甚だ急にして、已に多く怨みを斂む。又た府治は乃ち前の元の都水屯田司なりて、西に偏するを以て、則ち武衛の下より出で、城の中央の舊治に卽きて之を新たにす。吳帥 其の左に居るを慮る。且つ觀は內由り出づるに、諸帥に俯見して、禮を爲さず。銜みて密かに之を疏す。尋いで張度御史の來る有り、微行して其の跡を廉す。先生嘗て爲に「上梁文」を撰し、王彝は浚河に因りて佳硯を獲て爲に頌を作るを以て、併びに目して黨と爲られ、俱に攣して京に赴かしむ。衆は洶懼して魄を喪うも、先生は獨り亂れず。行に臨み途に在りて、吟哦絶えず、「楓橋北望すれば 草斑斑、十去りし行人 九は還らず」、「自ら知んぬ淸澈にして原と愧づる無く、盍ぞ長江に倩いて此の心を鑑さ

ざらんや」の句有り。甲寅の九月に歿するなり。年甫めて三十九（歳壬子、國子祭酒江夏魏觀來知府事、與先生嘗會于京、敦舊好、爲徙居城中夏侯橋、以便朝夕親與。蓋觀爲勝國遺才、頗自矜詡、矧解青烏經術、到任、第欲更張、以吳城無蛇門、則自東南水陸來之生氣間沮、故百年之富、極品之貴、甚有所妨、圖欲闢之。先是、在城諸委港久淤、舟艇往來不便、役民挑濬甚急、已多斂怨。又以府治乃前元都水屯田司、偏於西、則出武衞之下、卽城中央舊治而新之。吳帥慮其居左。且觀由內出、諸帥俯見、弗爲禮。銜而密疏之。尋有張度御史來、微行廉其跡、以先生嘗爲撰「上梁文」、王彝因浚河獲佳硯爲作頌、併目爲黨、俱攣赴京。衆洶懼喪魄、先生獨不亂。臨行在途、吟哦不絕、有「楓橋北望草斑斑、十去行人九不還」、「自知清澈原無愧、盍倩長江鑑此心」之句。歿於甲寅之九月也。年甫三十九）」とある。

なお、高啓の「上梁文」は傳わらないが、「郡治上梁」詩は傳存している。詩には「郡治新たに還る 舊觀の雄、文梁高く擧がり 晴空に跨る、南山久しく養う 雲を干す器、東海初めて生ず 日を貫くの虹、龍庭（朝廷）に與ぶまで化を宣ぶること遠からんと欲し、環た燕寢を開き詩を賦すること工みなり、大材 今 黄堂の用と作り、民庶多く廣庇の中に歸せん（郡治新還舊觀雄、文梁高擧跨晴空、南山久養干雲器、東海初生貫日虹、欲與龍庭宣化遠、環開燕寢賦詩工、大材今作黄堂用、民庶多歸廣庇中）」とあり、この詩の「舊觀の雄」云々の句は張士誠政權期の在りし日の蘇州を連想させるものである。

ただし、右のような表向きの理由のほかに、錢謙益はもう一つの高啓刑死の「眞相」を提示している。『列朝詩集』甲集第四之下は高啓の「宮女圖」という題の詩を載録する。「女奴醉を扶けて蒼苔を踏む、明月西園 宴に侍りて回る、小犬花を隔てて空しく影に吠え、夜深き宮禁誰か來る有り（女奴扶醉踏蒼苔、明月西園侍宴回、小犬隔花空吠影、夜深宮禁有誰來）」。錢謙益はこの詩の後に次のように附記している。「『吳中野史』載す、季迪此の詩に因りて禍を得ると。余 初め以て無稽と爲すも、國初の『昭示』の諸錄載する所の李韓公（李善長）の子侄の諸小侯の爰書

（判決文）及び高帝手詔の豫章侯（胡美）罪狀の、初めより隱避の詞無きを觀るに及び、則ち季迪の此の詩は蓋し爲有りて作るを知れり。諷諭の詩、古今に妙絶たりと雖も、此れに因りて高帝の怒りに觸れ、手を魏守の獄に假するは、亦た事理の有る所なり。論者之を詳らかにせんことを（『吳中野史』載季迪因此詩得禍、余初以爲無稽。及觀國初『昭示』諸錄所載李韓公子侄諸小侯爰書及高帝手詔豫章侯罪狀、初無隱避之詞、則知季迪此詩蓋有爲而作。諷諭之詩、雖妙絶古今、而因此觸高帝之怒、假手于魏守之獄、亦事理之所有也。論者詳之）」。つまり、銭謙益の見立てに據れば、高啓はこの詩で太祖の荒淫と明の後宮の亂脈ぶりを諷喩したことで明太祖の怨みをかい、後に魏觀案にかこつけて斷罪されたことになる。銭謙益が目睹したという『吳中野史』も國初の『昭示』の諸錄（すなわち洪武二十三年に太祖が發布した『昭示姦黨錄』を指す）もともに傳存しておらず、現在この說の眞僞を確かめる術はないが、吳喬『答萬季野詩問』には、この話の一端が見えている。「（萬季野）又た問う、「『小犬花を隔てて空しく影に吠ゆ』とは、意うところは何の指す所ぞ」と。（吳喬）答えて曰く、「太祖 陳友諒を破り、其の姬妾を別室に貯え、李善長の子弟に窺覘する者有り、故に詩に然云う。李・高の禍を得たるは、皆な此れを以てするなり」と（又問、「『小犬隔花空吠影』、意何所指」。答曰、「太祖破陳友諒、貯其姬妾於別室、李善長子弟有窺覘者、故詩云然。李・高之得禍、皆以此也」）」。吳喬によれば、「宮女圖」詩は、朱元璋が陳友諒を破り、その姬妾を別室に置いていたところ、李善長の子弟がこれを「窺覘」したのを諷喩した詩ということになる。

一方、清の朱彝尊の『靜志居詩話』巻三などこれを附會の說として斥ける論者もいる。ここでは金檀の『年譜』の反駁を紹介する。「豫章侯の事發するは洪武十七年爲り、先生の沒に距つること已に幾ど十載に及ぶ、李氏諸小侯の案は、胡惟庸の事敗るる後に再び人の續告するところと爲るに因りて、旣にして一竝して發露す、事は洪武二十三年に在りて、豫章侯より去ること又た七八年、安んぞ預め詩の諷爲るを知らんや。之を知りて將に之を根究せんとするに、豫章父子・韓國の諸雛の免かれ難きは、又た豈に十年以後に胡案の發するに及ぶを待たんや。故に謂えらく「詩の爲有りて作す」と「詩に因りて死す」とは、尤も文人の不幸にして、耳食の辭し難きは、特だ賢守の爲に文を著わすの招忌のみに非らずして、人をして信じて疑い、疑いて信じ、曠代にして感喟せしむるなり（豫章侯事發爲洪武十七年、距先生沒已幾及十載、李氏諸小侯之案、因胡惟庸事敗後再爲人續告、既而一竝發露、事在洪武二十三年、去豫章侯又七八年、安有預知詩之爲諷乎。知之將根究之、而豫章父子・韓國諸雛之難免、又豈待十年以後及胡案之發哉。故謂詩之有爲而作與因詩而死、尤文人不幸、耳食難辭、非特爲賢守著文之招忌、令人信而疑、疑而信、曠代而感喟也）」。

金檀は、豫章侯や李氏諸小侯の獄が起こったのは、高啓の沒後、かなりの年月が過ぎてからのことであり、高啓の刑死の理由は「宮女圖」詩に關わるものではないと主張する。ただ、錢謙益も、高啓の沒年と豫章侯や李氏諸小侯の獄には時代の懸隔があることは十分承知していたはずであり、それを承知で彼が「宮女圖」詩＝諷喩詩の說にも一理があるとしたのは、豫章侯や李氏諸小侯の獄の判決文に、彼等が太祖の女性を窺った事が書されていたためであろう。事實、『明史』胡美傳には、「（洪武）二十三年李善長敗れ、帝手ずから詔して姦黨を條列して言う、（胡）美は長女貴妃爲るに因りて、其子婿を攜えて入りて宮禁を亂す、事覺し、幷びに伏誅す（二十三年李善長敗、帝手詔條列姦黨、言（胡）美因長女爲貴妃、攜其子婿入亂宮禁、事覺、幷伏誅）」とある。ただし、『昭示姦黨錄』が亡佚している今、これを確かめる術はない。

一一　**季迪身長七尺、有文武才……而尤邃于群史**　高啓は上背があり、すらりとした美丈夫だったらしい。李志光「傳」や『姑蘇志』に、「啓身長七尺、有文武才、於書無所不讀、尤粹於史」とあり、謝徽の「缶鳴集序」（後揭）にも「渤海高君季迪、疏爽雋邁、警敏絕人、無書不讀、而尤邃於群史」とみえる。

一二　**其詩有『鳳臺』・『吹臺』……『姑蘇雜詠』諸集**　以下は錢謙益が高啓の詩集を整理したものである。ただし、これらの詩集を制作順で並べると、『青丘』・『江館』・『吹臺』・『鳳臺』・『姑蘇雜詠』・『南樓』・『槎軒』の順になる。以下、簡單に紹介しておく。

○『青丘集』　高啓が至正十八年から二十二年まで、呉淞江の青丘の外舅の家に居た時の作。

○『江館』　別名『婁江吟稿』。高啓の「婁江吟稿序」（『鳧藻集』巻三）には、「余 是の時に生れ、實に其の才無く、自ら奮わんと欲すと雖も、譬うるに人に堅車良馬無くして千里の塗を適かんと欲するが如く、亦た難からずや。故に竊かに婁江の濱に伏し、以て自ら其の陋に安んず、時に高丘に登り、江水の東馳し、百里して之を海に注ぎ、波濤の洶歘する所、煙雲の杳靄たる所を望まば、夫の草木の盛衰、魚鳥の翔泳と與に、凡そ以て心に感じ目を動かす可き者は、一に詩に發す。蓋し憂憤を兩忘に遣り、得喪を一笑に置く所以の者にして、初めより其の工と不工を計らざるなり。積りて帙を成し、因りて名づけて『婁江吟稿』と曰う（余生是時、實無其才、雖欲自奮、譬如人無堅車良馬而欲適千里之塗、不亦難歟。故竊伏於婁江之濱、以自安其陋、時登高丘、望江水之東馳、百里而注之海、波濤之所洶歘、煙雲之所杳靄、與夫草木之盛衰、魚鳥之翔泳、凡可以感心而動目者、一發於詩。蓋所以遣憂憤於兩忘、置得喪於一笑者、初不計其工不工也。積而成帙、因名曰『婁江吟稿』）」とある。至正二十二年の高啓の「遷婁江寓館」詩（上海古籍『高青丘集』巻六）には、「我生甫三九、東西宜未闌。去年宅山陲、今年徙江干」とあり、二十七歳の時に青丘から婁江寓館に遷っていることがわかる。呂勉「傳」および周立の「缶鳴集序」には『江館集』という名で登場する。

○『吹臺』　吹臺は、高啓の別號。至正二十四、五年から至正二十七年ごろまでの蘇州時代の集であろう。呉中の四傑の一人である張羽に「奉答吹臺先生送蜀山人（蜀山人は徐賁）見簡之作」（『靜庵集』巻一）があるが、これは高啓の「送蜀山人歸呉興兼簡菁山靜者（菁山靜者は張羽）」に應えた作。このほか、張羽には「觀高吹臺遺稿」

もある。

○『鳳臺』　洪武の初め、金陵の朝廷に居た時代の詩集であるが、散佚している。なお、史洪權は「鳳臺集序研究——高啓的新見文獻」（『古籍整理研究學刋』二〇〇七年第四期）において、明の朱存理の『珊瑚木難』巻五に「洪武三年八月既望、吳郡謝徽序」と署された「鳳臺集序」があることを指摘している。

○『姑蘇雜詠』　京師から歸郷し、青丘に退居した時に編んだもの。高啓の「姑蘇雜詠序」（『鳧藻集』巻三）に「京師自り歸るに及び、松江の渚に屛居す、書籍散落し、賓客至らず、閉門默坐の餘、以て自ら遣る無く、偶たま郡志を得て之を閲し、其の載する所の山川・臺榭・園池・祠墓の處を觀るに、余向に嘗て煙雲草莽の間に得て、之れが爲に躊躇して瞻眺する者、皆な歷歷として目に在り。其の地に因りて、其の人を想い、其の盛衰廢興の故を求めて、感無きこと能わず。遂に其の著なる者を采りて、各おの詩を賦して之を詠ず。……因りて棄去するに忍びず、萃次して帙を成し、『姑蘇雜詠』と名づく。古今の諸體を合せて、凡そ一百二十三篇と云う、洪武四年十二月日前史官高啓序（及歸自京師、屛居松江之渚、書籍散落、賓客不至、閉門默坐之餘、無以自遣、偶得郡志閲之、觀其所載山川・臺榭・園池・祠墓之處、余向嘗得於煙雲草莽之間、爲之躊躇而瞻眺者、皆歷歷在目。因其地、想其人、求其盛衰廢興之故、不能無感焉。遂采其著者、各賦詩詠之。……因不忍棄去、萃次成帙、名『姑蘇雜詠』。合古今諸體、凡一百二十三篇云、洪武四年十二月日前史官高啓序）」とある。ただし、いかなる理由によるものか、萬曆四十六年周氏刻本『姑蘇雜詠合編』に收錄されている高啓の序文では、「合古今諸體、凡一百三十六篇」とあり、「一百二十三篇」より十三篇多い。なお、『列朝詩集』は甲集巻五下に高啓の「自敍」を引き、『姑蘇雜詠』一百首を載錄している。

○『南樓集』　南樓は、蘇州の城南の居所。高啓には、「夜登南樓看月」、「登南樓看雨有懷」、「晩霽獨酌南樓」などの詩がある。呂勉「傳」に「移居虎丘西麓訓蒙、未幾、遷城南」とあり、金檀の『年譜』によれば、金陵から青丘に戻った高啓は、洪武四年から六年の春まで、そこに居たらしい。

○『槎軒集』　槎軒は高啓の室名。その扁額は宋濂（本書「六　宋濂」參照）の手になる。洪武六年春、蘇州の城南から夏侯里に引っ越した時にもこの扁額を南軒に掛けたという。『槎軒集』はこの頃のものであろう。高啓「槎軒記」（『鳧藻集』巻一）に「槎は、浮木なり。予嘗て淞江の上(ほとり)に客たり、濵江の木、秋に當りて大風の摧折する所と爲る者、波に隨いて流る。顧みて感有り、因りて以て居る所の軒に名づく。京師に遊ぶに及び、翰林學士金華の宋公（宋濂）、爲に二大字を篆す、是れ自り或いは仕或いは退に、東西の旅寓、至る所輙ち室に扁す。今年春、城南自り夏侯里の第(だい)に徙るに、復た以て南軒に掲ぐ（槎、浮木也。予嘗客淞江之上、濵江之木、當秋爲大風所摧折者、隨波而流、顧而有感、因以名所居之軒。及遊京師、翰林學士金華宋公、爲篆二大字、自是或仕或退、東西旅寓、所至輙扁於室。今年春、自城南徙夏侯里第、復以掲于南軒）」とある。なお、成化年間に張習が編定し刻行した詩集も『槎軒集』というが、張泰の序文によれば、これは『江館集』や『鳳臺集』『槎軒集』などの詩を詩體別に分類し、十巻にしたもので、高啓自訂の『槎軒集』とは別物である。

一三　文曰『鳧藻』　『鳧藻集』五巻は高啓の散文集で、正統九年（一四四四）六月、高啓の沒後七十年に刋行されたものである。四部叢刋に影印本がある。雙崖の周忱による「高太史鳧藻集序」および錢塘の鄭顒による「書鳧藻集後」によると、周忱は高啓の內姪にあたる周立から鈔出した文集五巻を十數年間保管しており、それをたまたま監察御史の鄭顒に見せたところ、長洲縣が公金にて刻し、郡學に置かれることになったという。

一四　詞曰『扣舷』　『扣舷集』一巻は高啓の詞集であり、正統九年（一四四四）に『鳧藻集』が刻されたときに附刻されたもの。高啓の詞は『扣舷集』の三十二首が傳わるのみである。

一五　『鳳臺集』則洪武初爲史官時作也　注一二參照。

一六　自選得『缶鳴集』十二巻、九百餘首

『缶鳴集』という詩集には、元の時代の詩七百三十二篇を収めたものと明初に自選した九百三十七篇を収めるものの二種類がある。ここでいう「十二巻、九百餘首」とは後者を指している。後者の『缶鳴集』には、洪武三年十二月既望の謝徽の序文と洪武庚戌（三年）三月の王子充の序文（ともに『吳都文粹續集』巻五五にも見える）がある。謝徽の序は、「季迪の詩甚だ多く、『吹臺集』『缶鳴集』『江館集』『鳳臺集』有り、凡そ詩を爲ること幾ど二千首、皆な當世の儒先君子 其の端に序す。今年冬、予 之を吳淞江の上に訪うに、季迪 其の詩を出だして予に示す。蓋し舊に集むる所の諸詩を取り、益ます删改を加え、彙粹して一と爲し、總名して『缶鳴集』と曰う。古樂府・歌行自り下、五七言の諸體に至るまで、詩九百餘篇を得たり、皆な其の精選にして、富めるかな。亦た易からざると謂う可し。然れども是の編や、特だ今年庚戌の冬を以て止み、後に作有るは、當に別に自ら集を爲すべし。季迪は余の不肖を以てせずして、余に屬して之に序せしむ、庸って敢えて諸を篇端に序し以て俟たん（季迪之詩甚多、有『吹臺集』『缶鳴集』『江館集』『鳳臺集』、凡爲詩幾二千首、皆當世之儒先君子序其端。今年冬、予訪之吳淞江上、季迪出其詩示予、蓋取舊所集諸詩、益加删改、彙粹爲一、總名曰『缶鳴集』。自古樂府・歌行而下、至五七言諸體、得詩九百餘篇、皆其精選、富矣哉。亦可謂不易矣。然是編也、特以今年庚戌冬而止、後有作、當別自爲集。季迪不以余不肖、屬余序之、庸敢序諸篇端以俟）」といい、王子充の序はその篇數を「高季迪詩十二巻、凡爲樂府・五七言近古體九百三十七首」という。さらに、楊士奇「書缶鳴集後」は、「右高季迪『缶鳴集』建寧知府芮麟刻之郡齋、惜其繆誤頗多、未嘗校正」（上海古籍『高青丘集』附錄書後）といっており、自選集としての『缶鳴集』は、洪武末年から建文年間に一時、刻されたらしい。なお、『列朝詩集』は甲集巻四上に『缶鳴集』の樂府詩八十一首、五言古體三十五首、七言雜體三十三首を、巻四中に五言今體一百八首、七言今體五十首、五言絶句六十二首、七言絶句八十首、六言七首を、巻四下に古今詩二百五十九首を載錄しているほか、甲集巻五上に集外詩一百四十九首を載

録している。

ただし、上述したように、高啓は入明前に自選した集にも「缶鳴」と名づけており、高啓「缶鳴集序」（『鳧藻集』巻三）はこれの自序である。「近ごろ東江の渚に客し、因りて間ま始めて出だして之を彙次し、戊戌（至正十八年）自り丁未（至正二十七年）に至るまで、七百三十二篇を得たり。之に題して『缶鳴集』と曰う。此れ自り後に著わす者は、則ち別に之が集を爲す。之を巾笥に藏し、時に出だして自ら之を讀む。凡そ歳月の更遷、山川の歴渉、親友睽合の期、時事變故の蹟、十載の間、喜ぶ可き悲しむ可き者、皆な在りて考す可し、固り棄てて錄せざるに忍びざるなり。若し其の取義の或いは乖り、造辭の未だ善からざれば、則ち大方の敎を待つ有り（近客東江之渚、因間始出而彙次之、自戊戌至丁未、得七百三十二篇。題之曰『缶鳴集』。自此而後著者、則別爲之集焉。藏之巾笥、時出而自讀之。凡歳月之更遷、山川之歴渉、親友睽合之期、時事變故之蹟、十載之間、可喜可悲者、皆在而可考、固不忍棄而弗錄也。若其取義之或乖、造辭之未善、則有待於大方之敎焉）」。

一七　季迪沒、無後、……永樂元年、鏤版行世　高啓は「子祖受生」詩の序に「余 年三十八にして、始めて是の兒有り」とあるように、刑死する前年に男子を儲けているが、この子は長成しなかったようで、妻の周氏は高啓の詩集をおいの周立に託している。周立が永樂元年（一四〇三）に書いた「缶鳴集序」には、「於乎、先姑夫 今に迨り（いた）歿して且に二十餘年ならんとす、不幸にして後の以て傳うる無く、四方の士、風裁を仰慕せざるは莫く、争いて其の藁を錄し之を傳誦す。然れども傳寫の訛、眞を得ざる者多し。幸いに吾が姑は尚お恙無く、其の手澤親藁を藏して焉に（ここ）在り。因りて庸陋を揆らず（はか）、益ます考訂校正を加え、重編して一千首に足れり、學子李盛をして繕寫して帙を成さしむ、諸れを梓に繡するを用って、不朽に貽る。惟だ以て吾が先姑夫の志を成すのみに非ず、抑そも且つ夫の學者と與に之を共にせん。其の詩の平易流麗、才の富贍俊逸、大篇短章、衆體を備え、而して自ら家を成すに至りては、則ち太史公胡仲申（翰）・翰林待制王子充・國史編修謝元懿（謝玄懿）の諸公の序有りて之を評す、愚敢て贅せざるなり。是の編を鏤するに及びては、同志の士、或いは喜びて之を助くる者有り、太原の王震は則ち贈るに板を以てすと云う。永樂元年秋七月初吉、後學周立謹んで識す（於乎、先姑夫迨今歿且二十餘年、不幸無後以傳、四方之士、莫不仰慕風裁、爭錄其藁而傳誦之。然而傳寫之訛、不得眞者多矣。幸吾姑尚無恙、藏其手澤親藁在焉。因不揆庸陋、益加考訂校正、重編足一千首、俾學子李盛繕寫成帙、用繡諸梓、貽於不朽。非惟以成吾先姑夫之志、抑且與夫學者共之矣。至其詩之平易流麗、才之富贍俊逸、大篇短章、備乎衆體、而自成家、則有太史公胡仲申・翰林待制王子充・國史編修謝元懿諸公序而評之矣、愚不敢贅也。及鏤是編、同志之士、或有喜助之者、太原王震則贈以板云。永樂元年秋七月初吉、後學周立謹識）」とある。

一八　景泰中、徐庸用理會梓爲『大全集』　高啓の詩集として最も通行しているのは、同郷の徐庸が景泰元年（一四五〇）に刊行したこの『高太史大全集』十八巻であり、四部叢刊に影印本がある。「景泰元年庚午（一四五〇）冬十二月望日、賜進士出身　呉の劉昌序」と署された「高太史大全集序」には、次のようにある。「故嘉議大夫戸部侍郎前翰林國史院編修官授諸王經青丘先生高啓文集二十四巻、舊一千若干篇、今二千若干篇、儒士徐庸字用理之所廣也。用理既以類廣先生文集、乃以示昌……」。ただし、この版本は「大全集」と謳いながらも張習が編纂した『槎軒集』の詩は収録されておらず、誤植や闕佚も多いとされる。その後、清に入って、金檀が雍正六年（一七二八）に文集や詞集、遺詩を集めて注をつけ、『青邱高季迪先生詩集』十八巻『遺詩』一巻『扣舷集』一巻『鳧藻集』五巻附『年譜』一巻を刊行した。徐澄宇・沈北宗校點『高青丘集』（上海古籍出版社、一九八五年）は、金檀注本をもとに各種版本で校訂しており、巻末に傳記や諸家の評語および序跋等を附している。

一九　王子充曰、「季迪之詩……翛然塵外」　王子充は王褘（一三二一～一三七四）、號は華川のこと。義烏の人。名を「禕」に作るものがあるが、兄弟の名はすべて衣扁（ころもへん）であり、「褘」が正しい。太祖に召しだされ重用された。『元史』を編纂し、翰林待制、同知制兼國史院編修となる。雲南に使いしてかの地で殺害された。『王文忠公集』二十四巻が傳わる。ここで錢謙益が引用するのは、「洪武庚戌三月、翰林侍講待制金華王禕（正しくは褘）序」と署されている「缶鳴集序」である。同文につき省略する。

二〇　謝徽曰、「季迪之詩……昆侖八駿追風躡電而馳也」　謝徽については注八および九を參照。この部分は「洪武三年十二月既望、史官吳郡謝徽序」と署される「缶鳴集序」からの引用である。ただし、「小傳」は「横縱百出、開合變化」の後に「而不拘拘乎一體之長」の句を省略している。なお、「緣情隨事、因物賦形」は陸機「文賦」の「詩は情に緣りて綺靡たり、賦は物を體して瀏亮たり」を蹈まえる。

二一　李東陽曰、「國初稱高・楊・張・徐……亦未見卓然有過之者」　李東陽については、本書「九　李東陽」を參照。この部分は李東陽『懷麓堂詩話』第二七則からの引用である。高・楊・張・徐とは、いわゆる吳中の四傑、高啓・楊基・張羽・徐賁である。ともに元末、張氏政權下の吳で詩名があり、入明後に不幸な最期をむかえた。吳中の四傑とは悲劇的な死を唐の四傑に擬えた言い方でもある。

○楊基（一三二六～一三八〇）『列朝詩集』甲集巻六に著録あり。字は孟載、もと嘉州（四川省樂山）の人だが吳に生まれた。元末に張士誠政權下で饒介の客となり、のち明に入って太祖に仕え、山西按察使になったが、のち讒言によって職を奪われ、勞役中に工所で沒した。『眉庵集』十二巻がある。

○張羽（一三三三～？）『列朝詩集』甲集巻八に著録あり。字を來儀といい、字を以て行われた。のち附鳳と改めた。もと潯陽の人であるが、父が江浙に官し、元末の混亂で歸ることができず、徐賁とともに吳興に住み、張氏政權下の詩人として名があった。洪武四年に召されて京師に至り、應對が上意に適わず、放還された。のち再び召されて太常司丞を授けられ、太祖に重んぜられた。事により嶺南に流され、道半ばで赦されるが、自ら罪を免かれることはできない定めを知り、龍江に身を投げた。『静居集』六巻がある。

◯徐賁（一三三五〜一三九三）『列朝詩集』甲集巻十に著録あり。字は幼文、號は北郭生。先祖は蜀の人。呉の北郭に居したため、北郭生と號した。張士誠の幕僚となり、張が敗れたのちは湖州蜀山に隠れた。洪武七年に明に出仕して河南左布政使に至ったが、行軍兵士の接待について訴えられて獄に下り、病死した。

なお、李東陽『懷麓堂詩話』はこの後に、楊基と高啓の詩風を比較して次のように論じている。「楊孟載「春草」の詩最も傳われり、其の「六朝の舊恨 斜陽の外、南浦の新愁 細雨の中」と曰い、「平川十里人歸ること晩く、無數の牛羊一笛の風」曰うは、誠に佳し。然れども、綠迷歌扆、紅襯舞裙（綠迷歌扆は綠酒に酩酊した狀態の歌謠、紅襯舞裙は女性の肌着姿の舞踊。ともに豔冶で頽廢的な詩風を指すのであろう）、已に元詩の氣習を脱せず。「簾山を看る爲に盡く西に捲く」に至りては、更に纖巧に過ぐ。「春來簾幕 東に朝うを怕る」は、乃ち豔詞なるのみ。今人は類ね楊を學びて高を學ばざる者は、豈に惟だ楊體の識り易く、亦た高の差や學び難き故ならんや（張來儀徐幼文殊不多見。楊孟載「春草」詩最傳、其曰「六朝舊恨斜陽外、南浦新愁細雨中」、曰「平川十里人歸晚、無數牛羊一笛風」、誠佳。然綠迷歌扆、紅襯舞裙、已不能脱元詩氣習。至「簾爲看山盡捲西」、更過纖巧。「春來簾幕怕朝東」、乃豔詞耳。今人類學楊而不學高者、豈惟楊體易識、亦高差難學故耶）」。

（野村鮎子）

六　宋　濂　元・至大三年（一三一〇）〜明・洪武十四年（一三八一）

甲集卷十二　宋[一]太史公濂

濂[二]、字景濂、浦江人。少[三]與胡翰仲申偕往白麟溪、從吳萊先生學、悉得蘊奧。又[四]遊于鄉先生柳貫・黃溍之門、兩公沒、遂以文名海內。至正[五]己丑、用大臣薦、卽家除翰林院編修、以親老固辭、入仙華山爲道士、易名玄眞子。

庚子[六]歲、徵至建康、授皇太子經、居禮賢館、脩[七]『元史』、召爲總裁官、仕[八]至翰林學士承旨兼太子贊善大夫、太祖[九]稱爲開國文臣之首。四夷[一〇]咸購其文集、問其起居。學者稱爲太史公、不以姓。正德[一一]中、追謚文憲。

公生平著作最富。『濂溪前後集』[一二]在元季已盛行於世。入國朝者、劉誠意[一三]選定爲『文粹』十卷、門人[一四]方孝孺・鄭濟等又選『續文粹』十卷、皆孝孺與同門劉剛・林靜・樓璉手自繕寫、刋於義門書塾。丙戌歲、余于內殿見之。孝孺氏名皆用墨塗乙、蓋猶遵革除舊禁也。悲感之餘、附識于此。

【訓讀】

濂、字は景濂、浦江（元の江浙婺州路下、明の浙江金華府下）の人。少くして胡翰（字は）仲申と偕に（浦江の）

白麟溪に往き、吳萊先生に從って學び、悉く蘊奥を得たり。又鄕先生柳貫・黃溍の門に遊び、兩公沒するに、遂に文を以て海內に名あり。至正己丑（九年〔一三四九〕四十歲）、大臣の薦めを用って、家に卽きて（特別任用のため自宅での直接の辭令交付で）翰林院編修に除せらるるも、親の老いたるを以て固辭し、仙華山に入りて道士と爲り、名を玄眞子と易う。

庚子の歲（至正二十年〔一三六〇〕五十一歲）、徵せられて建康（元の集慶路、明の應天府、のちの南京）に至り、皇太子に經（經書）を授け、禮賢館に居し、『元史』を脩むるに、召されて總裁官と爲り、仕えて翰林學士承旨兼太子贊善大夫に至り、太祖は稱して開國文臣の首と爲す。四夷は咸其の文集を購い、其の起居（生活のようす）を問う。學ぶ者は稱して太史公と爲し、姓を以てせず。正德中、文憲と追謚さる。

公は生平著作最だ富む。『濂（當に「潛」に作るべし）溪前後集』は元の季に在りて已に世に盛行す。國朝に入りし者は、劉誠意選定して『文粹』十卷と爲し、門人方孝孺・鄭濟等又『續文粹』十卷を選び、皆（『文粹』『續文粹』とも）孝孺同門の劉剛・林靜・樓璉と與に手自ら繕寫し、義門書塾に刋す。丙戌の歲（順治三年〔一六四六〕）、余內殿に于いて之を見る。孝孺の氏名皆墨を用って塗乙（ぬり消しと書きかえ）するは、蓋し猶革除（年號「建文」の代替語）の舊禁に遵うならん。悲感の餘、附して此に識す。

【注】

一　**宋太史公濂**　「太史公」は、明代では翰林（院）を「太史」と稱したことから、その學士にたいする敬稱とした。主要な傳記資料は以下のとおり。『太祖實錄』卷一一〇「洪武十年（一三七七）春正月乙酉」の「賜翰林學士承旨宋濂致仕」の條の附傳（以下「實錄・傳」）。『宋濂全集』（羅月霞主編、全四冊。一九九九年十二月・浙江古籍出版社

刊）に附録される鄭濤「宋潛溪先生小傳」至正十三年秋八月乙未撰（以下「鄭・小傳」）。同じく王禕「宋太史傳」（『國朝獻徵錄』巻二〇所收。以下「王・傳」）。同じく鄭楷「潛溪先生宋公行狀」洪武十四年十二月一日撰（『國朝獻徵錄』巻二〇所收。以下「行狀」）。朱興悌・戴殿江編『宋文憲公年譜』（清・嘉慶十三年〔一八〇八〕刊、孫鏘補注・民國五年〔一九一六〕序。以下「年譜」）。

鄭濤は、黄宗羲『宋元學案』巻八二に宋濂の門人として著録され、「字は仲舒、浦江の人、業を柳道傳（貫）に受く（字仲舒、浦江人、受業柳道傳）」とある。生卒年未詳。宋濂『浦陽人物記』の「後序」での年記と肩書は「至正十年（一三五〇）八月既望、經筵簡討權參贊官」である。

鄭楷は、字は叔度、浦江の人、生卒年未詳。宋濂の從子で、門人。例えば宋濂の「文原」（『宋濂全集・宋學士文集』「芝園後集」巻五）の序に、「浦江の鄭楷・義烏の劉剛・楷の弟柏 嘗て予に從って學び、已に道を以て文を爲るを知る。因って「文原」二篇を作りて以て之を貽る（浦江鄭楷・義烏劉剛・楷之弟柏嘗從予學、已知以道爲文、因作「文原」二篇以貽之）」とある。

王禕については『列朝詩集』甲集巻十二「王待制禕」の小傳に次のように見える。元・至治二年（一三二二）～洪武五年（一三七二）。「禕、字は子充、義烏（金華府下）の人。宋景濂より少きこと一十二歳、同に柳待制（貫）・黄侍講（溍）の門より出づ。……詔もて『元史』を修し、濂と同に總裁官と爲る。……改めて雲南に使いし、節を抗くして死す（禕、字子充、義烏人。少宋景濂一十二歳、同出柳待制・黄侍講之門。……詔修『元史』、與濂同爲總裁官。……改使雲南、抗節死）」。「節を抗くして死す」とは、明廷が雲南を支配下に置こうとして遣わした王禕が、元の舊勢力によって殺害されたことをいう。談遷の『國榷』は洪武五年（一三七二）十二月のこととし、『明史』忠義傳は同年十二月二十四日のこととする。

なお、宋濂の傳記にかかわる論文として松村昂「宋濂「王冕傳考」——明代史官の文學——」（『名古屋大學教養部紀要』第二十一輯A・一九七七年三月。のち『明清詩文論考』二〇〇八年・汲古書院に收錄）がある。

二　**濂、字景濂、浦江人**　「實錄・傳」に、「濂、字景濂、金華浦江人」とある。「年譜」によると、宋濂は金華府に倚廓の金華縣の潛溪に生まれたが、元の至正十年（一三五〇）四十一歳の時に居を浦江に遷した。

三　**少與胡翰仲申偕往白麟溪、……悉得蘊奧**　「行狀」に次のように記す。「年譜」は元・元統二年（一三三四）二十五歳のこととする。白麟溪は浦江にある。「會たま吳貞文公萊 經を白麟溪の上に授け、古文辭を攻む。金華の胡君翰も亦來たりて學に從う。胡君 書を先生に致して曰く、「擧子の業は景濂を慁すに足らず（受驗勉强は苦勞して心を煩わせるだけの値打ちはない）。盍ぞ來たりて同に古文辭を學ばざる乎」と。先生 欣然として來たりて吳公に從い、博く經史を極め、之を學ぶこと未だ幾ばくならずして、悉く其の閫奧（奧深い意義）を得たり（會吳貞文公萊授經於白麟溪上、攻古文辭。金華胡君翰亦來從學。胡君致書於先生曰、「擧子業不足慁景濂。盍來同學古文辭乎」。先生欣然來從吳公、博極經史、學之未幾、悉得其閫奧）」。なお、「王・傳」には「白麟溪上」の文言が無いが、「景濂學之、悉得其蘊奧」とする。

胡翰については『列朝詩集』甲集卷十五「胡教授翰」の小傳に次のように見える。元・大德十一年（一三〇七）～洪武十四年（一三八一）。「翰、字は仲申、一字仲子、金華（縣）の人。國初、大臣交ごも其の文行を薦むるに、上其の老を閔み、命じて（金華府西の）衢州（府）教授と爲し、（洪武二年）召して『元史』を修めしめ、……史成るに金帛を賜いて遣歸せしめ、長山の陽に隱居す。……洪武辛酉（十四年）四月卒す、年七十五。仲申 少くして吳萊（字は）立夫に師事し、盡く其の學を得、黃文獻（溍）・柳文肅（貫）の門に游び、潛溪（宋濂）・華川（王褘）と友と爲り、既にして黃・柳の凋謝するに、而して仲申之を繼ぎ、一時の文譽大いに著れ、宋・王と相上下す

（翰、字仲申、一字仲子、金華人。國初、大臣交薦其文行、上閔其老、命爲衢州教授、召修『元史』、……史成、賜金帛遣歸、隱居長山之陽。……洪武辛酉四月卒、年七十五。仲申少師事吳萊立夫、盡得其學、游於黃文獻・柳文肅之門、與潛溪・華川爲友、既而黃・柳凋謝、而仲申繼之、一時文譽大著、與宋・王相上下）」。宋濂に「胡仲子文集後」（『宋濂全集・宋學士文集』「芝園續集」巻二）がある。

吳萊については、宋濂が浦江（ここを浦陽江が流れる）の人物を記した『浦陽人物記』の「文學」の項に、次のように記す。元・大德元年（一二九七）～元・至元六年（一三四〇）。「吳萊、字は立夫。……延祐七年（一三二〇）、年二十四、『春秋』を以て禮部に擧上せられ、尋いで言う所の有司に合わざるを以て、松山中に退歸し、益ます諸經の說を窮む。……重紀至元三年（一三三七）監察御史許紹祖　茂材を以て薦め、饒州路（鄱陽湖東岸）の長薌書院山長に署せらるるも、未だ行かずして卒す、年四十四（吳萊、字立夫。……延祐七年、年二十四、以『春秋』擧上禮部、尋以所言不合於有司、退歸松山中、益窮諸經之說。……重紀至元三年、監察御史許紹祖以茂材薦、署饒州路長薌書院山長、未行卒、年四十四）」。そして最後の「贊」で、宋濂が「嘗て學を立夫に受け、其の作文の法を問う（嘗受學於立夫、問其作文之法）」たことなどを記す。

四　又遊于鄉先生柳貫・黃溍之門、……遂以文名海內　柳貫については宋濂が「至正五年十月（一三四五、三十六歲）」に著した「故翰林待制承務郎兼國史院編修官柳先生行狀」（『宋濂全集・潛溪前集』巻一〇）がある。元・至元七年（一二七〇）～元・至正二年（一三四二）。「本貫は婺州路浦江縣通化鄉胡塘里」。「先生　諱は貫、字は道傳、姓は柳氏（先生諱貫、字道傳、姓柳氏）」。以下、在官の略歷を示すと次のようになる。大德四年（一三〇〇）「年三十一、始めて察擧（官員の推擧による任官）を用って江山縣學（江浙衢州路下）教諭と爲る（年三十一、始用察擧爲江山縣學教諭）」。至大元年（一三〇八）「昌國州（江浙慶元路下）學正」。延祐四年（一三一七）「特に湖廣等處儒學副提擧に除せらるるも、未だ上らず（特除湖廣等處儒學副提擧、未上）」。六年「國子助教に改めらる（改國子助教）」。至治元年（一三二一）「博士に陞る（陞博士）」。泰定元年（一三二四）「年五十五、太常博士に遷る（年五十五、遷太常博士）」。三年「出でて江西等處儒學提擧と爲る（出爲江西等處儒學提擧）」。このあと「秩を滿たして歸り、門を杜ざして出でざる者十餘年（滿秩而歸、杜門不出者十餘年）」とするが、「滿秩」を三年とすると、柳貫が浦江に歸ったのは天曆二年（一三二九）六十歳、宋濂二十歳のことであろう（「年譜」は元統二年（一三三四）「先生二十五歳、柳文肅公に浦陽の私第に謁す（先生二十五歳、謁柳文肅公於浦陽私第）」とする）。ついで柳貫は再起し、至正元年（一三四一）「先生年七十二、翰林待制・承務郎兼國史院編修官」。二年「夏五月、官に至ること僅か七たび月を閱るに、竟に一病を以て起たず、實に冬十一月九日にして、先生は年七十三なり矣（夏五月、至官僅七閱月、竟以一病不起、實冬十一月九日而先生年七十三矣）」。

宋濂は『浦陽人物記』「文學」でも柳貫を記録しており、「天曆以來、崇仁（江西撫州路下）の虞集、豊城（江西龍安路下）の掲傒斯、義烏（江浙婺州路下）の黄溍と名を齊しくし、天下の人は之を高しとし之を號して「四先生」と曰う（天曆以來、與崇仁虞集・豐城掲傒斯・義烏黄溍齊名、天下人高之、號之曰「四先生」）」と記す。これによって『元史』巻一八一・柳貫傳は「人は號して「儒林四傑」と爲す（人號爲「儒林四傑」）」と記す。

黄溍については、すでに義烏縣の人となっているので、『浦陽人物記』に記載はない。その傳記は「至正十年（一三五〇）十月一日、門人金華宋濂狀」なる「故翰林侍講學士中奉大夫知制誥同修國史同知經筵事金華黄先生行狀」（『宋濂全集・潛溪前集』巻一〇）に詳しい。元・至元十四年（一二七七）～元・至正十七年（一三五七）。「先生 諱は溍、字は晉卿、姓は黄氏、黄は婺の名族爲り。宋の太史公庭堅に至りて望族尤も著わる（先生諱溍、字晉卿、姓黄氏、黄爲婺名族。至宋太史公庭堅、望族尤著）」。延祐二年（一三一五）「同進士出身を賜わり、台州路寧海縣丞を授かる（賜同進士出身、授台州路寧海縣丞）」。二年後「兩浙都轉運鹽鐵司石堰西場監運事に遷る（遷兩浙都轉運鹽鐵司石堰西場監運事）」。四年後「紹興路諸曁州判官に陞る（陞紹興路諸曁州判官）」。至順二年（一三三一）「入りて應奉翰林文字・同知制誥兼國史院編修と爲る（入爲應奉翰林文字・同知制誥兼國史院編修）」。同年「外憂に丁たりて官を去る（丁外憂去官）」（父黄鑄の死は、柳貫の「黄公〔鑄〕行狀」〔『柳待制文集』巻二〇〕によると「至順辛未〔二年〕八月十六日」）。「服闋わりて國子博士に轉ず（服闋、轉國子博士）」は元統二年（一三三四）の頃か。「六年の久しきを經て補外（地方勤務）を請い、奉政大夫（正五品）江浙等處儒學提擧に換わる（經六年之久、請補外、換奉政大夫・江浙等處儒學提擧）」、治所は杭州である。至元六年（一三四〇）の頃だろうか。至正三年（一三四三）「春、先生始めて六十有七、引年（退官の定年）を俟たず、江を絶ちて（銭塘江を渡って）徑ちに歸り（春、先生始六十有七、不俟引年、絶江徑歸）」、「内憂に丁たる（丁内憂）」。「居ること四歳（居四歳）」、至正七年（一三四七）か。「翰林直學士・知制誥・同修國史・同知經筵事に除せらる（除翰林直學士・知制誥・同修國史・同知經筵事）」。至正十年夏四月「始めて謝して南還するを得たり（始得謝南還）」。同十七年閏九月五日「繡湖の私第に薨ず、享年八十有一（薨於繡湖之私第、享年八十有一）」。宋濂はこの行狀の最後に、「某は先生に從って游ぶこと二十年に垂とし、先生を知ること最も深しと爲す（某從先生游垂二十年、知先生爲最深）」と述べる。黄溍の死去の年から逆算すると、至元三年（一三三七）黄氏六十一歳・宋氏二十八歳以降ということになる。黄氏が儒學提擧となった時からであろうか。

五　至正己丑、……易名玄眞子　小傳の文言は種々の資料に散見する。すなわち「行狀」は次のように記す。「至正己丑、用大臣薦、擢先生將仕佐郎・翰林國史院編修官。自布衣入史館、爲太史氏、儒者之特選、先生以親老不敢遠違固辭。會世亂、益韜閟不事表顯、乃與弟子入龍門山、著書二十四篇（至正己丑、大臣の薦めを用って、先生を將仕佐郎〔從八品〕翰林國史院編修官に擢きんづ。布衣自り史館に入りて太史氏と爲るは、儒者の特選なるも、先生は親の老いて敢えて遠違せざるを以て固辭す。會たま世亂れ、益ます韜閟して〔才能を隱して〕表顯を事とせず、乃ち弟子と龍門山に入り、書を著すこと二十四篇なり）」。

いっぽう戴良（『列朝詩集』甲前集巻五「九靈山人戴良」に小傳があり、字は叔能、浦江の人、元・延祐四年〔一三一七〕～洪武十三年〔一三八三〕）の「送宋景濂入仙華山爲道士序（宋景濂の仙華山に入りて道士と爲るを送るの序）」（『九靈山房集』巻六、四部叢刊初編所收・明正統黑口本）の冒頭と文末に次のように見える。「金華宋景濂先生……當至正中、嘗以翰林國史院編修官徵之、固辭不起、後竟寄迹老子法中、入仙華山爲道士。……先生名濂、其字景濂、今易其名曰玄貞子、署其號曰仙華道士云（金華の宋景濂先生は……至正中に當たりて、嘗て翰林國史院編修官を以て之を徵するも、固辭して起たず、後に竟に迹を老子の法中に寄せ、仙華山に入りて道士と爲る。……先生 名は濂、其の字は景濂、今 其の名を易えて玄貞子と曰い、其の號を署して仙華道士と曰う云のみ）」。また劉基（本書「三 劉基」參照）にも「龍門子の仙華山に入るを送るの辭・幷序（送龍門子入仙華山辭・幷序）」（『誠意伯劉文成公集』巻九）があり、その序で、「龍門先生既辭辟命、將去入仙華山爲道士（龍門先生既に辟命を辭し、將に去りて仙華山に入りて道士と爲らんとす）」とある。

「仙華山」は、宋濂自ら『浦陽人物記』柳貫傳の「贊」に「浦江の壤地（領域）、一百里を越えざると雖も、仙華山 地を拔きて起ち、奇形佹觀（浦江壤地、雖不越一百里、仙華山拔地而起、奇形佹觀）」とする。雍正『浙江通志』巻一七では「縣北八里（四・五キロ）に在り、高さ一百五十丈（四六六メートル）（在縣北八里、高一百五十丈）」とする。同じ場所を「行狀」が「龍門山」に作るのは、仙華山をその支脈の一つと見なしてのことだろう。龍門山は現在の地圖（『滬蘇浙地圖集』二〇〇四年・中國地圖出版社）では、浦江の西方の建德市との境界を南北に走る山脈である。「小龍門山」に作るものもあり、「實錄・傳」では「隱居小龍門山中（小龍門山中に隱居す）」、「王・傳」

では「乃入小龍門山著書（乃ち小龍門山に入りて書を著す）」とする。

本小傳では「玄眞子」とし、戴良の序文では「玄貞子」とするが、實は宋濂自身の署名でも、「月堀記」（『宋濂全集・宋學士文集』「鑾坡後集」巻四）では「洪武四年正月日、玄眞遯叟金華宋濂記」とし、「了圜銘」（『宋濂全集・宋學士文集』「芝園續集」巻八）では「玄貞道士爲原牝之旨」とするなど、一定しない。

六　庚子歲、徵至建康、授皇太子經、居禮賢館　「行狀」に次のように記す。「歲庚子、大明皇帝定鼎金陵、遣使者奉書幣造門徵先生（歲の庚子（至正二十年）、大明皇帝（すでに至正十六年）鼎を金陵に定むるに、使者を遣わし書幣を奉じ門に造りて先生を徵せしむ）」。そして「先生は青田の劉君基・麗水の葉君琛・龍泉の章君溢と倶に上に見え、（上は）之を尊重し、語れば必ず先生と稱して名よびせず（先生與青田劉君基・麗水葉君琛・龍泉章君溢倶見上、尊重之、語必稱先生而不名）」。かくて至正二十年の「七月、以先生爲江南等處儒學提擧。十月奉旨入內、授皇太子經（七月、先生を以て江南等處儒學提擧と爲す。十月、旨を奉じて入內し、皇太子に經を授く）」。「禮賢館」については傳記類に見當らないが、館舍そのものについては『國榷』至正二十三年五月癸酉の條に「禮賢館を置き、名儒劉基・宋濂・蘇伯衡・王褘・王天錫等、講藝して輟めず（置禮賢館、名儒劉基・宋濂・蘇伯衡・王褘・王天錫等、講藝不輟）」とある。

七　脩『元史』、召爲總裁官　「行狀」は、「甲辰（至正二十四年（一三六四）五十五歲）十月、起居注に改めらる。……明年三月、先生は疾を以て告し（休暇を願い）、詔して家に還りて爕治（治療）せしむ。……既にして先生　尙書公（父文昭）の憂に丁たる（甲辰十月、改起居注。……明年三月、先生以疾告、詔還家爕治。……既而先生丁尙書公憂）」と記したあと、次のように記す。「及服除、洪武二年、詔徵先生總修『元史』（服の除せらるるに及び、洪武二年（一三六九・六十歲）詔もて先生を徵して『元史』を總修せしむ）」。つづいて「六月、翰林學士・亞中大夫（從三品）・知制誥兼修國史に除せらる（六月、除翰林學士・亞中大夫・知制誥兼修國史）」と記す。

八　**仕至翰林學士承旨兼太子贊善大夫**　「行狀」に次のように記す。洪武三年十二月（一三七〇・六十一歳）「國子（監）司業（正六品）に遷る（遷國子司業）」（「實錄・傳」は「朝參を失するを以て（以失朝參）」とする）。四年八月「安遠知縣（江西贛州府下、正七品）を授かる（授安遠知縣）」（「實錄・傳」は「私かに孔子を祭る禮の稽緩なるを議するを以て（私以議祭孔子禮稽緩）」とする）。五年二月「召されて禮部主事（正六品）と爲る（召爲禮部主事）」。そして「十二月、擢太子贊善大夫、階如司業（十二月、太子贊善大夫に擢でられ、階は司業の如し）」。太子贊善大夫は、洪武初年に設けられた東宮官屬。『明史』職官志二・詹事府に「皆勳舊の大臣を以て其の職を兼領せしむ（皆以勳舊大臣兼領其職）」とある。次いで洪武六年七月「翰林侍講學士・中順大夫（正四品）・知制誥・同修國史仍兼贊善大夫に陞る（陞翰林侍講學士・中順大夫・知制誥・同修國史仍兼贊善大夫）」のあと、「九年六月、上以先生久典制作、宣勞爲多、特拜翰林學士承旨・嘉議大夫・知制誥兼修國史（九年六月、上は先生の久しく制作（禮樂に關する典章制度）を典り、宣勞（盡力と苦勞）多きを爲すを以て、特に翰林學士承旨・嘉議大夫（正三品）・知制誥兼修國史を拜す）」。「實錄・傳」では、これらの官職・散階のあとに「仍兼贊善大夫（仍りて贊善大夫を兼ぬ）」の一句を續ける。「翰林學士承旨」については、『明史』職官志二・翰林院に、「洪武二年學士承旨を置き正三品、學士を改め（正三品より）從三品なり。……十四年、學士を定めて正五品と爲し、承旨・直學士・待制・應奉・檢閱・典簿を革む（廢止する）（洪武二年置學士承旨、正三品、改學士、從三品。……十四年、定學士爲正五品、革承旨・直學士・待制・應奉・檢閱・典簿）」とある。

九　**太祖稱爲開國文臣之首**　「行狀」の右の引用にすぐ續いて、次のように記される。「上每謂先生曰、「朕以布衣爲天子、卿亦起草萊列侍從、爲開國文臣之首、俾世世與國同休、不亦美乎」、趣令取子孫官之（上は每に先生に謂いて曰く、「朕は布衣を以て天子と爲り、卿も亦草萊〔民間〕より起ちて侍從に列なり、開國文臣の首と爲るに、世世〔の子孫〕を俾て國と休〔さいわい〕を同にせしむるは、亦美からざる乎」と。趣やかに令して子孫を取り之に官せしむ)」。

一〇　四夷咸購其文集、……學者稱爲太史公、不以姓　「行狀」に次のように見える。「蠻夷朝貢者、數問先生安否。日本得『潛溪集』、刻板國中、高句麗・安南使者至購先生之文集、不啻拱璧（蠻夷の朝貢する者、數しば先生の安否を問う。日本は『潛溪集』を得て、板を國中に刻し、高句麗・安南の使者は至りて先生の文集を購うに、啻に拱璧〔兩手で抱えるほどの璧〕なるのみならず）」。また、後述する方孝孺の「宋學士續文粹序」（『遜志齋集』巻一二）には次のように記す。「海外殊絶罕至之國、朝貢之使接於國門、至必問公起居安否、購公文集以歸。日本至摹刻傳誦于其境內、而近則朝廷、遠則窮山陋邑・婦人稚子、皆知公爲盛德君子（海外の殊絶罕至の國、朝貢の使いの國門に接するに、至りて必ず公の起居安否を問い、公の文集を購いて以て歸る。日本は其の境內〔國內〕に摹刻傳誦するに至り、而して近きは則ち朝廷、遠きは則ち窮山陋邑・婦人稚子も、皆公の盛德の君子爲るを知る）」。

一一　正德中、追諡文憲　『國榷』武宗正德八年（一五一三）十二月辛亥（十七日）の條に、「誠意伯劉基に太師・諡文成を追贈す（追贈誠意伯劉基太師・諡文成）」とある。『誠意伯劉文成公全集』巻一所收の「贈諡太師文成誥」での日付は「正德九年十月十九日」であり（本書「三　劉基」**注一三**參照）、そのあとに「因りて翰林學士承旨宋濂に文憲を諡す（因諡翰林學士承旨宋濂文憲）」とある。宋濂の追諡が遲くなったのは、その死亡時に流罪の身であったためだろう。すなわち「行狀」によると、「（洪武）十三年（一三八〇）冬、先生の孫愼、（胡惟庸の謀反事件に加擔したかどで）罪を以て刑せ被れ、家を擧げて當に重き辟に寘かるべきも、上は先生を念い、特に降赦して茂州（四川成都府下）に安置す。十四年五月二十日、先生疾を以て夔府（四川夔州府）に於いて卒す（十三年冬、先生孫愼以罪被刑、擧家當竄重辟、上念先生、特降赦、安置茂州。十四年五月二十日、先生以疾卒於夔府）」という次第であった。

一二 **『濂溪前後集』在元季已盛行於世** いずれのテキストも「濂溪」に作るが、宋濂の別號・地名・著作などにおいて全くなじみのない名稱であり「潛溪」が正しい。金華縣の父祖の、また自身が生育した土地の名であるとともに別號である。

『潛溪前集』十巻（日本・國立公文書館内閣文庫に藏せられる）の王褘の序の年記と署名は「至正十五年（一三五五）正月甲子、友生烏傷王褘序」である。また『潛溪後集』十巻の楊維楨（本書「四 楊維楨」參照）の序の年記と署名は「至正丁酉（十七年・一三五七）春二月望、登泰定丁卯（四年・一三二七）進士第・承務郎・建德路總管府推官・會稽楊維楨序」である。ところで浙江古籍出版社刊『宋濂全集』の本文は、この『潛溪（前・後）集』と、正德九年（一五一四）刊『宋學士文集』（四部叢刊初編所收。その內譯は、『鑾坡集』（『翰苑集』とも）前・後・續・別の四集各十巻、『芝園集』前・後・續三集各十巻、『朝京稿』五巻）とを主とし、兩者に遺漏のものを、他の刻本から「輯補」している。はなはだ整備された編輯ではあるが、惜しむらくは『蘿山集』五巻が抜け落ちている。

『蘿山集』は日本・國立公文書館内閣文庫に藏せられる（あるいは天下の孤本か）。その序文の年記と署名は「至正十三年（一三五三）冬十一月、前經筵檢討權參贊官、浦陽鄭濤謹序」である。鄭濤については注一を參照。蘿山は靑蘿山、浦江縣東三十里（十七キロ弱）にある。錢謙益には一言の言及もないが、『列朝詩集』に採錄された宋濂の詩五十五首（目錄では「六十一首」とする）のうち、在野期の『蘿山集』に見えるものが四十二首を占め、その配列も同じい。あとの十三首は、ほとんどが退朝後の『芝園續集』からのものである。

一三 **劉誠意選定爲『文粹』十巻** 『宋濂全集』附錄では「『宋學士文粹』十巻・『補遺』一巻、明洪武八年（一三七

五）刊本」とする。その「潛溪文粹序」は、『誠意伯劉文成公集』巻五では「宋景濂學士文集序」とする。「先生の著述は多きこと百餘巻に至り、梓に入る者已に久しと雖も、其の門人劉剛、復た（劉）基に請いて其の精深を摭みて別に一編を成し、誦習に便なるを庶幾い、且つ徵言して之に序せしむ。……先生の文は、其の世に傳わること決せ矣。基も亦何ぞ能く力を其の間に與えん哉。『文粹』十巻、而して詩は其の一に居る云（先生之著述、多至百餘巻、雖入梓者已久、其門人劉剛、復請基摭其精深、別成一編、庶幾便於誦習、且徵言序之。……先生之文、其傳世決矣。基亦何能與力於其間哉。『文粹』十巻、而詩居其一云）」。劉剛は、字は養浩、金華府義烏縣の人。

また鄭濟の「文粹後識」（『宋濂全集』附錄）では次のように記される。その年記と署名は「洪武丁巳（十年・一三七七）七日、門人鄭濟謹記」である。「右『翰林學士承旨潛溪宋先生文粹』一十巻は、青田の劉公伯溫丈の選定する所の者なり。濟及び弟の洧は、同門の士劉剛・林靜・樓璉・方孝孺と約し、相い與に繕寫して書を成す。……先生は平日 著述頗る多く、其の已に刻して世に行わる者は『潛溪集』四十巻（前・後各十巻の他に續・別各十巻があったとされる）・『蘿山集』五巻・『龍門子（凝道記）』三巻、其の未だ刻せざる者は『翰苑集』四十巻。歸田以來著す所の『芝園集』は尙未だ巻を分かたず（右『翰林學士承旨潛溪宋先生文粹』一十巻、青田劉公伯溫丈之所選定者也。濟及弟洧約同門之士劉剛・林靜・樓璉・方孝孺、相與繕寫成書。……先生平日著述頗多、其已刻行世者『潛溪集』四十巻・『蘿山集』五巻・『龍門子』三巻、其未刻者『翰苑集』四十巻。歸田以來所著『芝園集』尙未分巻）」。鄭濟は、字は仲辨、浦江の人。弟の鄭洧は、字は仲宗、別稱貞義處士。林靜は、字は子山、號は愚齋、浙江湖州府下吳興の人。樓璉は、『列朝詩集』甲集巻二十二「樓侍講璉」の小傳に、「字は士連、金華の人、嘗て宋濂に從って學ぶ（字士連、金華人、嘗從宋濂學）」とある、？～建文四年（一四〇二）。方孝孺についても『列朝詩集』甲集巻二十二「方正學先生孝孺」の小傳に、次のように記される、元・至正十七年（一三五七）～建文四年（一四〇二）。「字は孝直、一字希古、世臨海

（浙江台州府下）の侯城里に居す。洪武丙辰（九年・一三七六）太史公（宋濂）に翰林に謁し、丁巳（十年）經を浦陽山中に執り、先後四たびの寒暑、盡く其の學を得たり。召されて京に至り、蜀王府教授に除せられ、獻王之に師事し、其の讀書の室を號して「正學」と曰い、學ぶ者は正學先生と稱し、亦侯城先生と曰う。建文帝召して翰林博士と爲し、侍講に進む。靖難の時、死を以て殉ず。……正學歿せし後、文字の禁甚だ嚴し（字孝直、一字希古、世居臨海侯城里。洪武丙辰、謁太史公于翰林、丁巳、執經于浦陽山中、先後四寒暑、盡得其學。召至京、除蜀王府教授、獻王師事之、號其讀書之室曰「正學」、學者稱正學先生、亦曰侯城先生。建文帝召爲翰林博士、進侍講。靖難時、以死殉。……正學歿後、文字之禁甚嚴）」。

一四　門人方孝孺・鄭濟等又選『續文粹』十巻、……刋於義門書塾　『宋濂全集』附録では「『宋學士續文粹』十巻・『附錄』一巻、建文三年（一四〇一）刋本」として、『金華文略』から樓璉「潛溪續文粹序」を擧げる。ところがこの序文は方孝孺の『遜志齋集』巻一二に「宋學士續文粹序」として載っており、『續文粹』の刋刻が方氏の殉死する前年であることを考えると、元來は方氏のものが掲げられていたのが、その殉死、そして禁書により、樓璉の名に代えられたのであろう。次の文言にある「革除の舊禁」の一例といえよう。「革除」とは、もとは廢除の意であるが、成祖永樂帝が靖難ののち、「建文」の年號を廢して「洪武」の續きとするよう强要したのに對して、臣下がそれを嫌って「革除」と記載したことをいう。方氏の序文には、注一〇に擧げたものの他に次のような一節がある。「公 昔 恙無き時、嘗て舊文を擇びて『文粹』と爲し以て傳え矣。因りて復た同門の友浦陽の鄭楷（字は）叔度等と、國朝に仕えて自り以來に作る所を取り、復た選録して十巻と爲し、名づけて『續文粹』と曰い、以て學ぶ者に傳う（公昔無恙時、嘗擇舊文爲『文粹』以傳矣。因復與同門友浦陽鄭楷叔度等、取自仕國朝以來所作、復選録爲十巻、名曰『續文粹』以傳于學者）」。

「義門書塾」とは、「義門鄭氏」、すなわちこれまでも名を記した鄭楷・鄭濤・鄭濟ら浦江の鄭氏にかかわるものであろう。黄溍の「義門詩卷序」（『金華黃先生文集』卷一七）には、「浦陽の鄭氏　族を聚めて居る者九世、有司中書に請いて之を旌表し、號して義門と曰う（浦陽鄭氏聚族而居者九世、有司請於中書而旌表之、號曰義門）」とある。現在の地圖（『滬蘇浙地圖集』）にも浦江の縣城の東北に「鄭義門崇祠」の表示が見える。

（松村　昂）

七　楊士奇　元・至正二十五年（一三六五）～明・正統九年（一四四四）

乙集巻一　[一]楊少師士奇

[二]士奇、初名寓、以字行。泰和人。以[三]辟召事建文皇帝、入翰林。[四]太宗靖難、[五]改編修、入直文淵閣。[六]歴事獻・景・裕三陵、[七]累官少師・華蓋殿大學士。[八]正統六年卒。年八十。贈太師。謚文貞。[九]國初相業稱三楊、公爲之首。其詩文號[一〇]臺閣體。今[一一]所傳『東里詩集』、大都詞氣安閒、首尾亭穩、不尚藻辭、不矜麗句、太平宰相之風度、可以想見、以詞章取之則末矣。[一二]『東里集』詩凡五百六十餘首、公手自選擇、其子孫又刻爲續集。[一三]李西涯曰、「文貞亦學杜詩、古樂府諸篇、間有得魏・晉遺意者」。

【訓讀】

士奇、初名は寓、字を以て行わる。泰和（吉安府泰和縣）の人。辟召を以て建文皇帝に事え（秀才の譽れが高かった事により推薦されて惠宗建文帝朱允炆に仕え）、翰林に入る。太宗（成祖永樂帝朱棣）の靖難に、編修に改められ、入りて文淵閣に直す。獻・景・裕の三陵に歴事し（仁宗洪熙帝朱高熾・宣宗宣德帝朱瞻基・英宗正統帝朱祁鎭に歴代仕え）、少師・華蓋殿大學士に累官す。正統六年（一四四一）卒す。年八十。太師（正一品）を贈らる。謚は文貞。國

初　相業もて（宰相としての功績により）三楊と稱せられ、公之れが首爲り。其の詩文は臺閣體と號す。今傳わる所の『東里詩集』、大都（みな）詞氣安閒、首尾亭穩（落ち着いて妥當）たりて、藻辭を尙ばず、麗句を矜らず、太平宰相の風度、以て想見す可きも、詞章を以て之を取れば則ち末なり。『東里集』詩凡そ五百六十餘首、公手自（てずか）ら選擇し、其の子孫又刻して續集と爲す。李西涯（東陽）曰く、「文貞亦た杜詩を學び、古樂府の諸篇、間（ま）ま（時々）魏・晉の遺意を得たる者有り」と。

【注】

一　**楊少師士奇**　正統三年四月に少師を授けられたことに據る。少師は少傅・少保とともに三孤と呼ばれ、從一品。その職責は「天子を佐け陰陽を理め、邦を經（おさ）め弘化せしむるを主掌す。其の職は至って重要たり」（『明史』職官志一）とされる。少師は洪武中に設けられたが授けられた者はおらず、建文・永樂年間には三公とともに廢止されていた。仁宗が復活させ、宣宗の宣德三年（一四二八）、英國公張輔を太師、吏部尙書蹇義を少師とした時に、兵部尙書で華蓋殿大學士であった楊士奇は少傅となった。この時、各おの司っていた任務を中斷し、天子の左右に侍って政務に攜わった。

傳記資料は次の通り。楊士奇「東里老人自志」（『東里文集續編』卷三九及び『太師楊文貞公年譜』所收、以下「自志」）、王直「楊文貞公傳」（『國朝獻徵錄』卷一二、萬曆四十四年序刊本）、陳賞「東里先生小傳」（同上、以下陳賞「傳」）、廖道南「楊士奇傳」（『殿閣詞林記』卷一、嘉靖刊本。『四庫全書』にも收錄）、『明實錄』正統九年三月十四日「楊士奇傳」。また、參考資料として楊稙『太師楊文貞公年譜』（『明代名人年譜』一、北京圖書館出版社、二〇〇六、以下『年譜』）がある。

二　士奇、初名寓、以字行。泰和人

「自志」に「東里 邑東の清溪の上に在り、吾が高曾以來之に居す。楊氏 宋の盛んなりし際、吉水自り泰和に徙り、儒宦の家と號す。蓋し四百年になりぬ。東里と稱する者、自る所を重んずと云う。高祖考の復圭、元より富州尹騎都尉弘農郡伯を贈らる。妣の黄氏 弘農郡君を贈らる。曾祖考の景行、延祐初 進士に科し、累官して翰林待制朝列大夫となる。妣の嚴氏は弘農郡君たり。繼は高氏。祖考は公榮、妣は胡氏。考は子將、妣は陳氏。國朝に累ねて三代の考に贈られ皆 光祿大夫柱國少師・兵部尙書兼華蓋殿大學士に至る。妣は皆夫人たり」とある。また「楊氏家乘序」(『東里文集』巻五、明刻本)に「元の延祐初、先曾祖 科第を以て入りて仕う。其の後復た之を繼ぐ有り。蓋し宋以來、楊氏の文獻の傳、是に至りて盛んになりぬ。元季の亂に、楊氏衰落す。國朝に逮びて、其の子孫幸いにも世業を失わず、科第に擢んでられ明經に擧げられ、累累として有るなり」とある。これらに據れば、高祖父の復圭は元の朝廷から富州尹騎都尉弘農郡伯を贈られ、また曾祖父の景行は科擧により進士に及第して元朝に仕え、翰林待制及び朝列大夫となった。祖父は公榮、父は子將。また、「自志」及び「楊氏家乘序」に據れば、楊家は宋代に吉水から泰和に移り、代々地元で勢力を誇り、四百年の間、儒宦の家と號していた。元の延祐年間(一三一四〜一三二〇)初、曾祖父が出仕して以降、後續の者が現れ、宋以來の學問の傳統を極めたが、元末の戰亂により沒落した。明朝になっても、一族の傳統は失われず、科擧に合格し明經科に擧げられるものが續々と現れたという。

「自志」では、楊士奇は一歳で父親を亡くし、母の陳夫人によって養育され教育を受けたとし、陳賞「傳」もそれに從う。「吾が名は寓、字は士奇、後に字を以て徵さる。一歳にして孤となり、陳夫人之を鞠して之を教う」。一方、『太師楊文貞公年譜』は、楊士奇は至正二十五年(一三六五)十二月二十三日に元末の混亂を避けて滯在した袁州路(江西等處行中書省、現在の宜春市近邊)で生まれ、至正二十七年、三歳の時に父が亡くなったとしている。

この年譜は、楊士奇の次男・稹により編纂され、その後、子孫による増訂や削除を經て、複數回に涉って出版されたものである。稹が編纂した當初から父親の死亡を三歳としていたのか、後年に改められたものなのかは未詳。「元至正二十五年乙巳十二月二十三日、公生まる。……甲辰（至正二十四年、一三六四）の寇亂に、先少師子將公、家を擧げて徙りて袁に避く。次年に至り、母陳夫人 公を鳳凰臺の側に生む。……至正二十七年丁未。公三歳。四月十九日、子將公 袁に卒す」。『年譜』では十二月二十三日に生まれたことを記した後に、「是の月十七日、立春。故に丙午（至正二十六年、一三六六）を以て紀算す」とあり、或いはこうしたことが楊士奇の記述と『年譜』との間に齟齬を生じさせたのかもしれないが、それにしても計算が合わない。

陳賞「傳」によれば、母は、父が亡くなってから楊士奇が四歳の時に羅性に再嫁したという。『年譜』に據れば、洪武二年（一三六九）、五歳のときには母親の陳夫人から『孝經』・『大學』等を授けられ、伯父の楊卓（字は子淵、退庵先生）、羅性（字は子理）、鄧彦高（字は崇志）が訓導を務めていた縣學に學びに行き、四年、七歳の時には湖廣徳安府の同知に任命された羅性に同行し學んだ。羅家で先祖を祭る折に同席する必要なしとされたことをきっかけに自らの素性を知り、以後、三世代の先祖を祭ることに努めたため、楊姓に戻すこととなったとする。陳賞「傳」は、楊士奇が楊姓に戻したのは『年譜』同様、七歳のこととするが、羅性に付き從い徳安府に行ったのは四歳の時のこととしている。

その後、洪武六年、羅性が陝西の永昌に左遷されたために、楊士奇は泰和に歸り、八年には袁州府で陳謨（字は一徳、海桑先生）の元で學ぶとともに、伯父の司倉先生（楊卓を指すか。傳維鱗『明書』巻一三八〔畿輔叢書本〕の傳に據れば、楊卓は鳳陽で「屯種」即ち屯田の任に就いたことがある）から『易』や四書を學んだ。そして、十五歳から郷里の家塾で教えはじめ、洪武二十二年、二十五歳からは主として湖廣武昌府の都指揮であった齊讓の家塾に身を寄せていた。

三　以辟召事建文皇帝、入翰林

『年譜』に據れば、洪武三十三年（卽ち建文二年、一四〇〇）、桃源の蕭安正の家塾に居たところ、翰林院修撰の王叔英（字は原采、浙江合州府黃巖縣の人）により、經明行修に推薦され、翌三十四年三月、三十七歳の時に、翰林院で『洪武實錄』の編纂に攜わった。當時、方孝孺（字は希直若しくは希古、台州府寧海縣の人）が總裁の任に當たっていたが、編纂に攜わる者の中でその意に適う者は少なかった。楊士奇が編纂に參加した時には、既に編纂事業は終盤に差し掛かっており、「濫爵汰宂官」の項目が未編纂であった。方孝孺はその任務を楊士奇に與え、楊士奇は熟慮の末これを二つに分け、「濫爵」は妄りに官職に封ぜられた者であり、「汰宂官」は餘剩人員を選び淘汰することであり、一つの項目には屬さないので部門を分けたのだと說明したところ、方孝孺は納得し、楊士奇を副總裁にした。その後、試驗を經て十一月に呉王府審理副を授けられるが、拜命した翌日には翰林院に召集され編纂事業に從事した。「三十三年庚辰。公三十六歳。桃源の蕭安正の家塾に館す。嚴夫人來たりて嬪す。翰林修撰王原采 公を經明行修に薦め、部符（割符）行取し、郡縣敦く遣りて道に就く。是れより先、王公嘗て武昌に令たりて公に見え、一二たび詩章を應酬し、亟しば之を稱して曰く、「王佐の才なり」と。三十四年辛巳。公三十七歳。三月十五日旨を奉じて、翰林に送られ書を修む。時に方孝孺 總裁爲り。諸もろの纂修者、其の意に當たること少なし。而して書も亦た將に完せんとし、惟だ濫爵汰宂官のみ未だ修めず。先生以て公に付して曰く、「此の一類、賢（學兄が）當に纂集すべし」と。公退き、門を分かち類を別す。又三日、先生 局に至り、公の分類する所を閲し、以て問う。公言わく「濫爵は爛羊頭・爛羊胃の屬の如し。汰宂官は是れ宂員を簡退す。實に兩事にして一類に非ず。故に之を分別す」と。先生 沈思すること之を久しくして曰く、「孝孺誤れり。賢の言是なり」と。卽ち奏して、公 副總裁と爲る。盡く各局の上る所の纂修を視て、悉く公をして之を删定せしむ。

未だ幾ばくならず、旨有り、諸纂修悉く吏部に送られ、試して高下を第し（試験によって成績の高低を定め）之に官す。尙書張公統、公の策を讀みて獨り喜びて曰く、「時務に明達す。有用の才なり。但だ文詞の工（たくみ）なるのみにあらざるなり」と。以て第一と爲す。十一月十六日、奏して、吳王府審理副を授けらる。命を受くるの明日、覆ねて召され翰林に入りて書を修む」。引用中、「部符」は「剖符」に同じ。范曄『後漢書』巻三三「周章傳」（百衲本）の「明府は部符大臣にして千里に任を重くす……」に附けられた李賢の注に「剖符の解は杜詩傳を見よ」とある。

「小傳」では楊士奇が建文帝に事えたとしているが、建文四年（一四〇二）六月に建文帝が失踪し翌七月に永樂帝が卽位して以降、「建文」の年號は廢止され、建文四年は洪武三十五年とされた。「建文」の復活は萬曆二十三年（一五九五）になってからのことである。主要傳記資料の中で「建文」の年號を用いて記されているのは『名山藏』巻六〇の臣林記・永樂臣二（崇禎十三年刊）のみである（「建文初、博學を以て徵（め）されて翰林編修に入り、『高帝實錄』を纂す」）。楊士奇作品については、『東里文集』（明刊本及び四庫全書本）に「建文」の年號を用いるものがある（巻一五「蕭坦行甫墓表」に「建文初、詔郡縣……」）。『東里文集』の現存する最古のテキストである正統刊本（黃淮による正統五年の序文がある）は、楊士奇の文のこの部分を改めることなく出版されたものと考えられる。もしくは、正統刊本に萬曆刊本が混入したものか。

四　太宗靖難　太宗は成祖朱棣（一三六〇～一四二四）のこと。太祖の第四子。『明史』では母は馬皇后とされるが、實は碽妃の出である（檀上寛『永樂帝』、講談社、一九九七年參照）。洪武三年に燕王に封ぜられ、十三年に封國の北平に就藩した。二十三年には乃兒不花を討伐して太祖を喜ばせ、この後、諸將軍を率いて出兵し、武名を轟かせた。洪武三十一年閏五月に太祖が崩御すると、皇太孫の朱允炆が卽位して惠宗（建文帝）となった。太祖の葬儀に當たり、惠宗は遺詔により諸王は入內に及ばぬと傳えたが、燕王は軍を率いて上京した。しかし、單騎のみでの入城を求められたため、燕王は已むなく北平に引き返した。當時、諸王は惠帝より尊屬（上の世代）に當たるということで強大な軍隊を擁していたが、惠宗は側近の案を受け入れ口實を設けて告發し、順次諸藩を取りつぶし、最終的には燕王の軍事力を奪おうとした。危機感を覺えた燕王は、狂氣を裝い惠宗の疑念を拂おうとしたため、惠宗はなかなか處分を決定できなかった。

建文元年（一三九九）六月、惠宗は上奏のため入內した燕王の使者にその謀反の意思を供述させ、北平布政使の張昺・北平都指揮使の謝貴及び張信に燕王竝びに燕王府の官僚を逮捕するよう密詔を送った。ところが、張信がこれを燕王に告げたため、燕王は僧の道衍（姚廣孝）と擧兵に向けて劃策し兵を蓄えた。七月四日、燕王府を包圍していた張昺と謝貴に對して、燕王は王府屬僚の逮捕者引き渡しを名目に王府內に入り檢分するよう要請し、自らの病の快氣祝いの宴を催すと見せかけて護衞兵に彼らを捕らえさせた。ここにおいて燕王は擧兵し、『皇明祖訓』を援用しつつ自らを「清君側」と稱し、惠宗の側近である齊泰と黃子澄を奸臣と決めつけた上、擧兵を「靖難」（國難を平定する）のための行爲と位置づけて、惠宗に上奏した。惠宗は南京政府軍の壓倒的な數の軍事力に燕王擧兵當初はさほどの危機感を覺えなかったが、老將軍の耿炳文や元勳の子弟ではあるが經驗の淺い李慶隆の相繼ぐ敗北を見て焦慮を募らせ、腹心の齊泰と黃子澄の解任、また浙東學派の儒學者官僚であった方孝孺への陣頭指揮委託といった失策を重ね、自ら不利な狀況に陷っていった。對する燕王側も華北の地を支配し迫り來る南京政府軍を擊退してはいたが、決して有利な狀況にあったわけではなく、兩者の戰いはやがて膠着狀態に陷った。建文三年十二月、事態の打開を圖った燕王軍は、遂に南京奪取を志して南征し、南京政府軍の足竝みの亂れや投降者の續出に助けられ、四年六月に南京に入城した。齊泰と黃子澄は慘殺により處刑され、方孝孺は永樂帝卽位の詔の執筆を要請されたが「燕賊簒位」の四字を以て拒絕し、齊泰や黃子澄とともに市中で極刑に處された。

五　改編修、入直文淵閣

『年譜』に據れば、建文四年（洪武三十五年、一四〇二）七月四日、楊士奇三十八歳の時、成祖が南京城の金川門から入城し、楊士奇を召し出して詔勅を起草させた。成祖は喜び、卽日、翰林院編修に改められ、承事郎を授かった。成祖は「渡江以來、官を除するは爾自り始む」と言ったという。この時、東閣門内に内閣が設置されたばかりで、解縉・黄淮・胡廣・胡儼・金幼孜・楊榮及び楊士奇が翰林院に選抜され機務を司った。十二月十日には侍講に昇進し、承直郎に改められた（『明史』宰輔年表一は十一月のこととする）。成祖からは「朕　爾の文學を知り、親ら擢んで此に至らしむ。疑畏有る勿かれ。只管事に辦め、行事の際、見聞する所有らば、當に說くべき的來たりて說きて、妨げず」との言葉があった。「三十五年壬午　公年三十八歳。七月四日、成祖文皇帝　金川門に御し、騎を連ねて公を召し、倉卒として測る叵からず。卽ち見え、遂に命じて草を視せしむ。大いに喜ぶ。卽日翰林編修に改められ、承事郎を授かり、五品服を賜り、留まりて左右に侍る。諭して曰く、「渡江以來、除官は爾自り始まれり」と」。文淵閣に入り機務に與ったのは、『明史』成祖本紀一に據れば同年八月のことである。「八月壬子、侍讀解縉・編修黄淮入りて文淵閣に直す。尋いで侍讀胡廣・修撰楊榮・編修楊士奇・檢討金幼孜・胡儼に命じ同に入りて直し、竝びに機務に預からしむ」。

六　歴事獻・景・裕三陵

『明史』宰輔年表一により楊士奇の任官經歴を辿ると次の通り。永樂（成祖）二年　左春坊左中允を兼務。永樂五年　左春坊左諭德に昇進。翰林院侍讀を兼務。永樂七年　成祖の北巡に際し東宮の監國を輔佐。永樂十二年　閏九月下獄。成祖の北巡中、かねてから皇太子を憎んでいた漢王朱高煦が皇太子を陥れようと讒言したため、成祖は歸京後に皇太子の出迎えが遅いことを理由に東宮官の黄淮らを投獄した。楊士奇だけは許されたが、その後それを不満に思う官僚らに彈劾され投獄された。投獄後、ほどなくして復職を許された（『明史』楊士奇傳）。永樂十五年　翰林院學士に昇進、左春坊左諭德を兼務。永樂十九年　左春坊大學士に昇進、奉議大夫を授けられる。翰林院との兼務を辭す。永樂二十年　九月下獄。『明史』本傳に「明年復た輔導に闕くこと有るに坐し、錦衣衞の獄に下る。旬日にして釋さる」という。永樂二十二年　七月成祖崩御。八月、禮部左侍郎と華蓋殿大學士を兼務。九月、少保に昇進、華蓋殿大學士を兼務。十一月、少傅に昇進（『年譜』は十月のこととする）。洪熙（仁宗）元年　兵部尙書に除せられる。正統（英宗）三年　少師に昇進。

七　累官少師・華蓋殿大學士　華蓋殿大學士については『明史』職官志一に以下の記述がある。太祖は當初、中書省を設け、左右の丞相・平章政事・左右丞・參知政事を置いて統括させていたが、その後、まず平章政事と參知政事を廢止し、洪武十三年、胡惟庸を誅伐した際に中書省を廢止した。洪武十五年には宋の制度に倣い華蓋殿・武英殿・文淵閣・東閣の諸大學士を設置し、さらに文華殿大學士を設置して皇太子の輔佐指導に當たらせた。いずれも正五品。二十五年、太祖は「國家　丞相を罷め、府・部・院・寺を設け以て庶務を分理せしめ、立法　詳善爲るに至る。以後の嗣君、其れ丞相を置くを議るを得ること毋かれ。臣下の設立を奏請する者有らば、論ずるに極刑を以てす」と敕諭した。洪武の時には翰林官僚と春坊が各部局の奏上を詳細に讀み評議を司っており、大學士は左右に侍從してご下問に備えるだけであった。惠宗の時には大學士を學士に改めた。

太宗が卽位すると、解縉・胡廣・楊榮を選んで文淵閣に詰めて機務に當たらせた。內閣官僚が機務に參與するのはこの時より始まった。仁宗は楊士奇・楊榮など舊東宮官を昇格させ、卽位直後の八月以降、楊士奇を禮部侍郎兼華蓋殿大學士、また少保、さらに少傅に昇進させ、楊榮を太常卿兼謹身殿大學士とし、內閣官僚の職は次第に尊崇されるものとなった。さらに內閣官僚としての官位に加えて、楊士奇は兵部尙書、楊榮は工部尙書を授けられ、內閣に所屬しつつも官名は尙書として尊ばれた。

八　正統六年卒。年八十。贈太師。謚文貞　楊士奇逝去の年については、郎瑛『七修類稿』卷四三「事物類」三楊

（明刊本）が正統八年（一四四三）に死亡したという以外はいずれも正統九年（一四四四）とする。「小傳」が六年卒とする根據は未詳。「自志」には「吾 世に生まれて八十年、祿を朝に叨にすること四十有四年。世を去るに正統九年三月十四日を以てす」とある。諡については、『明實錄』正統九年三月十四日に「庚巳、少師兵部尙書兼華蓋殿大學士楊士奇卒す……是に至りて卒す。特進光祿大夫左柱國太師を贈らる。謚は文貞」とある。

九　國初相業稱三楊、公爲之首　「三楊」については、『列朝詩集』乙集卷一「楊少保溥」の「小傳」において「時に三楊學士と稱さる。泰和（士奇）は西楊と爲し、建安（榮）は東楊、石首（溥）は南楊なり」とするほか、彭韶「楊公溥傳」（『國朝獻徵錄』卷一二、萬曆四十四年徐象樓曼山館刻本）に「英廟立ち、（楊溥に）又命じて內閣に入らしめ、士奇・榮と與に三楊と號さる」とある。また『七修類稿』卷四三「事物」三「三楊」には「永樂・宣德間、楊榮・楊溥・楊士奇、皆 機軸を秉り、皆 文學政事の名有り。同に閣中に在れば、則ち參謁者 姓を稱するに難ずるなり。故に東西南の位を以て之を別す。蓋し士奇は江西の人なりて、故に西楊と曰う。溥は荊州の人なり。荊は古の南鄭なりて、故に南楊と曰う。榮は固閩（建寧府建安）の人なりて、京師の東に住む。故に東楊と曰う。本朝の名臣と稱され、今に至るも三楊と曰う。其の東西南の屬を問うも、知らざるなり。東楊は正統五年に死し、西楊は八年、南楊は十一年」という。さらに喬世寧「華亭楊敎諭訓傳」（『國朝獻徵錄』卷八三）には「敎諭公、名は訓。字は汝學、姓は楊氏、吉安泰和の人。文貞公の玄孫なり。國朝の相業 三楊と稱され、而して文貞最も著わる」としている。

一〇　臺閣體　臺閣體は館閣體ともいう。『名山藏』「臣林記」永樂臣（崇禎十三年沈猶龍刊本）の楊士奇の項では、館閣體が歐陽脩の文の華麗さを內包し穩やかで純粹なさまを模範とすることを「士奇の文 歐陽修に法り、麗を韞み夷粹（穩やかで純粹）たり」とし、さらにその作品は歐陽脩には及ばないとはいえ、素朴で秩序を保ち、表現は含みをもって穏やかながら自ずから素晴らしさが漏れ出でて、先賢の典型的な文體たる要素を備えていることを「之に逮ばずと雖も、質にして理め、婉にして顯れ、備うるに先正の典刑有り。當時館閣體と號す」という。また、李東陽「倪文僖公集序」(『懷麓堂文稿』巻九、康熙刊本)では館閣體と山林の文學(在野の士による文學。具體的には陳獻章や莊昶などの作品を指す)を比較して「館閣の文は、典章を鋪き(法令や制度を設置し)、道化に裨し、其の體　蓋し典則正大、明にして晦からず、達にして滯らず、而して惟だ用に適うのみ。山林の文は、志節を尙び、聲利に遠く、其の體則ち清聳奇峻にして、滌陳薙定し(項目ごとに記された上奏文を削って質朴にして)、以て一家の論と成す。二者は固より皆天下に無かる可からざる所なり」とする。楊士奇の文學史上の功績について王世貞『増補藝苑卮言』巻四(萬曆十七年武林樵雲書舍刻本)は「簡澹和易を以て主と爲すも、而るに充拓の功(擴充開拓の功績)に乏し。今に至るも之を貴びて『臺閣體』と曰う」、また何喬遠『名山藏』「臣林記」文苑の序文では「大學士楊士奇　臺閣の體、當世推す所にして以て朝廷の上に良きも、但だ敷適(閑適を宣揚する)を取るのみ。亦た揆端の務に繇りて未だ該洽するに遑あらず(宰相としての業務のために、文藝の道に通曉する暇がなかった)、相沿うこと百餘年間、依經の儒有るも(臺閣體の作者には經典に則って文を創る儒學者はいたが)、而るに場を擅にするの作無し」と述べる。なお、臺閣體によって太平の世が宣揚されたが、實際には宣宗は蟋蟀を闘わせる遊びに熱中し巨額を費やしたり、宣德三年に山西で發生した飢饉では、南陽に流れてきた十萬人餘りを役人が捕獲し大量の死亡者を出し、擧げ句の果てには宦官王振の專權を抑えることができず、正統年間に至って土木の變を招く事態となった。臺閣體の描く世界は一種の幻影だったのである(陳書彔『明代詩文的演變』第二章、江蘇教育出版社、一九九六參照)。

一一　**今所傳『東里詩集』、……以詞章取之則末矣**　楊士奇自身、自らの詩の位置づけについて、「題東里詩集序」

（『東里續集』巻一五、『四庫全書』所收）で次のように述べている。「古の詩を善くする者、粹然として（純粋に）一に正より出づ。故に之を鄕閭邦國に用い、皆 世道に禆する有り。夫れ詩は、志の發する所なり。三代の公卿大夫、下は閨門の女子に至るまで、皆 作有りて以て其の志を言い、而して其の言皆 傳う可き有り。三百十一篇（『詩經』）、吾が夫子の錄する所是れなる已。余は蚤に道を聞かず、既に俗好に溺す。又往往にして已むを得ずして人の求に應ず。卽ち其の志の存する所者、幾ばくも無きなり」。

「小傳」は、楊士奇の詩に宰相としての風格を認めるものの、文學作品としての評價は低い。一方、清の裘君弘『西江詩話』や朱彝尊『靜志居詩話』巻六では、その悠然とした詩の風格や含蓄のある作風に文學的價値を認めている。『西江詩話』巻七（清康熙刻本）は、前掲『名山藏』文苑の序を引用した後、「其の（楊士奇を指す）稍 淺顯に涉るを譏るに似るなり。然して文貞公の制誥の文字を語るを以てせば、或いは則ち然有るとも、其の詩の若きは、清眞麗則、悠然として餘思有りて、眞を唐人の氣格に逼り、殊に苟めに學びて能く到る所の者に非ず。之を李西涯に較ぶるに之に過ぐと爲すに似る。當に知音有りて余の此の言を味わうべし」、また『靜志居詩話』巻六（嘉慶刊本）に「東里 優游按衍（悠々自適ながらも餘計なものを制御し）、諸體 皆蘊藉觀る可し」とある。

一二 『東里集詩』凡五百六十餘首、公手自選擇、其子孫又刻爲續集 楊士奇の別集が自身の編纂に據るものであること、子孫が續集を刊行したことは『懷麓堂詩話』（『知不足齋叢書』所收本）に見える。「詩文之傳、亦繫於所付托、韓付之李漢、柳付之劉夢得、歐有子、蘇有弟。……若楊文貞公『東里集』、手自選擇、刻於廣東、爲人竄入數篇。後其子孫又刻爲續集、非公意也（詩文の傳、亦た付托する所に繫かる。韓〔愈〕之を李漢に付し、柳〔宗元〕之を劉夢得〔禹錫〕に付し、歐〔陽脩〕に子有り、蘇〔軾〕に弟有り。……楊文貞公『東里集』の若きは、手自ら選擇し、廣東に刻するも、人の竄して數篇を入るるところと爲る。後 其の子孫 又刻して續集と爲すは、公の意に非ざるなり)」。

「小傳」のいう「『東里集』詩凡五百六十餘首」とは、『東里詩集三卷』を指すものと考えられる。『四庫全書』所収の『東里詩集三卷』には六百十首が収録されている。また、『懷麓堂詩話』のいう『續集』とは、天順五年（一四六一）刊の『東里文集續編三十四卷』（盧陵楊導編）を指すものと思われる。『懷麓堂詩話』は『東里集』詩は楊士奇が「手自ら選擇し」たというが、『東里續集』巻一五の「題東里詩集序」では楊士奇自身が「族孫の挺 京師に來たりて、余が新舊の詩を錄して三卷と爲す。且つ諸を其の首に引するを求む」というため、もともと楊士奇自身が編纂した詩集が存在したかは疑わしい。

現存する『東里詩集』は、正統年間に重刻された三卷本が最も古く、これが「題東里詩集序」にいう「新舊の詩を錄し」たものであろう。『詩集』が單獨で現存しているのはこのテキストのみで、このほかには『文集』、『續編』、『別集』、「附錄」などと合刊されたものがある。楊士奇の主要著作及び流傳の狀況は以下の通り。

詩を含むものは、①『東里詩集三卷』正統重刻本、②『東里文集續編三十四卷』（天順五年盧陵楊導編刊本）、③『東里詩集三卷、文集二十五卷、續編六十二卷、別集五卷、附錄四卷』嘉靖二十八年（黃如桂刻本）④『東里文集二十五卷、詩集三卷、續集六十二卷、別集三卷』（『四庫全書』所收。この刊本は楊士奇の子孫により增補されたもので、萬曆四十六年、康熙十七年、光緒三年に刊行されたものである。『四庫全書總目提要』には『東里全集九十七卷別集四卷』を記載する）。文のみを收錄するものは、⑤『東里文集二十五卷』（正統五年黃淮序、正統刊本）、⑥『東里文集二十五卷』（正統、正德十年沈玹補修、萬曆刻本）。なお、標點本として劉伯涵・朱海同點校『東里文集二十五卷坿別集三種』（中華書局、一九九八）がある。その他の著作には『聖諭錄』（正統七年刊明『國朝典故』所收本は『三朝聖諭錄』とする三卷本。清刊の『勝朝遺事』所收本は一卷本）、『文淵閣書目四卷』（『四庫全書』所収、『讀畫齋叢書』所收本は二十巻)、『歴代名臣奏議三百五十巻』(黄淮らとの共編。永樂刊の内府本。崇禎八年に重校、重刊)などがある。

一三　**李西涯曰、「文貞亦學杜詩、古樂府諸篇、間有得魏・晉遺意者」**　李東陽『懷麓堂詩話』に「楊文貞公亦學杜詩、古樂府諸篇、間有得魏・晉遺意者」とある。尚、底本は「涯」を「崖」に作るが、李東陽は『懷麓堂集句錄』の引に「西涯」と自署しているため改めた。

(和泉ひとみ)

八 高　棅　元・至正十年（一三五〇）～明・永樂二十一年（一四二三）

乙集卷三　高典籍棅[一]

棅[二]、字彥恢、仕名廷禮、別號漫士、長樂人[三]。永樂初[四]、自布衣召入翰林爲待詔。九年始陞典籍。永樂癸[五]卯、卒於官、年七十有四。流傳篇詠[六]、毋慮千餘篇。選[七]『唐詩品彙』九十卷、『拾遺』十卷、議者服其精博。書[八]得漢隸筆法、畫出米南宮父子、時稱三絕。

門[九]人林誌志其墓曰、「詩至唐爲極盛、宋失之理趣、元滯於學識、而不知由悟[一〇]以入。自襄城楊士弘[一一]始編『唐音』「正」「始」「遺響」、然知之者尙鮮。閩三山林膳部鴻[一二]獨倡鳴唐詩、其徒黃玄[一三]・周玄[一四]繼之、先生與皆[一五]山王恭起長樂、頡頏齊名、至今閩中詩人推五人、而殘膏剩馥、沾溉者多」。林之論閩詩派可謂悉矣。推閩之詩派、禰[一六]三唐而祧宋・元、若西江之宗杜陵也[一七]。然與否耶。

膳[一八]部之學唐詩、摹其色象、按其音節、庶幾似之矣。其[一九]所以不及唐人者、正以其摹倣形似、而不知由悟以入也。神[二〇]秀呈偈、黃梅謂依此修行、免墮惡道。昔[二一]人亦謂日樵「蘭亭」一紙、終不成書。

自[二二]閩詩一派盛行永・天之際、六十餘載、柔音曼節、卑靡成風。風雅道衰、誰執其咎。自[二三]時厥後、弘・正之衣冠老杜、嘉・隆之嚬笑盛唐、傳變滋多、受病則一。反本表微、不能不深望于後之君子矣。

漫士[二四]詩所謂『嘯臺集』者、其山居擬唐之作、音節可觀、神理未足、時出俊語、錚錚自賞。『木天集』[二五]凡六百六十餘首、應酬冗長、塵坌堆積、不中與宋・元人作奴、何況三唐。漫士既以詩遇、出山之後、遂無片什可傳、所謂[二六]不復能歌「渭城」者乎。余於漫士詩、僅錄[二七]『嘯臺集』者以此。

【訓讀】

棅、字は彥恢、仕名は廷禮、別號は漫士、長樂（福建福州府下）の人。永樂の初め、布衣自り召されて翰林に入りて待詔と爲る。九年にして始めて典籍に陞る。永樂癸卯（二十一年、一四二三）、官に卒す、年七十有四なり。流傳の篇詠、毋慮千餘篇なり。『唐詩品彙』九十卷、『拾遺』十卷を選び、議者 其の精博に服す。書は漢隸（漢の隸書）の筆法を得、畫は米南宮（芾）の父子より出で、時に三絕と稱せらる。

門人林誌 其の墓に志して曰く、「詩は唐に至りて極盛と爲り、宋は之を理趣に失い、元は學識に滯り、而して悟に由りて以て入るを知らず。襄城の楊士弘始めて『唐音』の「正」「始」「遺響」を編むも、然れども之を知る者尙お鮮し。閩の三山（福建行省福州府下）の林膳部鴻獨り唐詩を倡鳴し、其の徒の黃玄・周玄 之を繼ぎ、先生 皆山王恭と與に長樂に起ち、頡頏して名を齊しうす、今に至るまで閩中の詩人は五人を推し、而して殘膏剩馥、沾溉せらる者多し」と。林（誌）の閩の詩派を論ずるは悉しと謂うべし。閩の詩派の、三唐を禰り宋・元を祧る（唐を父のみたまやとして、宋・元を遠祖としてまつる）を推すこと、西江の杜陵を宗とするが若し（まるで江西派が杜甫を尊崇するかのようだ）。然るや否や（本當にそうだろうか）。

膳部の唐詩を學ぶは、其の色象を摹ね、其の音節を按じ、之に似るを庶幾う。其の唐人に及ばざる所以の者は、正に其の形似を摹倣するも、悟に由りて以て入るを知らざるを以てするなり。神秀偈を呈し、黄梅謂えらく此れに依りて修行せば、悪道に墮つるを免かれんと（神秀が提出した偈について、弘忍はこれに基づいて修行すれば、大きな失敗からは免かれると評した）。昔人亦た謂う 曰び「蘭亭」一紙を撫するも、終に書を成さず（王羲之の「蘭亭序」をいくら臨書しても書は大成しない）と。

閩詩の一派の永（樂）・天（順）の際に盛行せし自り、六十餘載、柔音曼節、卑靡 風を成す（なよなよした卑弱な詩風が流行した）。風雅の道衰え、誰か其の咎を執らん。時自り厥の後、弘（治）・正（德）の老杜に衣冠し、嘉（靖）・隆（慶）の盛唐に嚬笑し、傳變滋ます多きも、病を受くるは則ち一なり。本に反り微（衰微）を表するは、後の君子に深望せざる能わず。

漫士の詩の所謂『嘯臺集』なる者は、其の山居して唐を擬するの作（布衣だった時の唐詩の擬作）にして、音節観るべし、神理は未だ足らざるも、時に儁語を出だし、錚錚として自ら賞す。『木天集』の凡そ六百六十餘首は、應酬の冗長にして、塵坌堆積し、宋・元人に與いて奴と作るに中らず、何ぞ況んや三唐をや（宋や元の詩人奴ですらなく、どうして唐を目指せようか）。漫士 既に詩を以て遇さるるも、出山の後、遂に片什の傳うべき無し（詩をもって召し出されたが、出仕した後は後世に傳えるべき詩篇が生み出せなくなった）、所謂復たとは「渭城」を歌う能わざる者なるか（かの境遇が變わり、以前得意だった「渭城曲」が歌えなくなった者と同じということか）。余 漫士の詩に於いて、僅だ『嘯臺集』のみを錄する者は此を以てす（『嘯臺集』の詩だけを採錄したのはこういうわけである）。

【注】

一　**高典籍棅**　「典籍」は高棅の最終の官が翰林院典籍であったことによる。

高棅の傳記史料としては、門人林誌の手になる「漫士高先生墓銘」（『皇明文衡』巻八九および『續刻蔀齋公文集』巻六、『國朝獻徵錄』巻二二所收。以下「墓銘」、ただし『國朝獻徵錄』は「墓志」に作る）があり、「小傳」の傳記に關わる部分はこれに依據している。一方、後半の、林鴻から高棅に至る閩の詩派や高棅の詩風についての批評には錢謙益の詩觀が反映されている。「小傳」が依據した「墓誌銘」の前半部分を以下に原文であげておく。

「永樂二十有一年二月二十日、翰林典籍漫士高先生廷禮、卒于南京之官舍、年七十有四。其子熟還櫬以葬于長樂縣崇丘里之半占山、使致韓府長史楊曜宗狀來北京俾某爲詞將以刻焉。先生博學能文、尤雄於詩。雖談笑奮筆而精思力摹莫及。蓋詩始漢魏作者、至唐號爲極盛、宋失之理趣、元滯於學識、而不知由悟以入自、襄城楊士弘始編『唐音』正・始・遺響、然知之者尙鮮。閩三山林膳部鴻獨倡鳴唐詩、其徒黃玄・周玄繼之、以聞先生與皆山王恭起長樂頡頏齊名。至今閩中推詩人五人、而殘膏賸馥沾漑者多。黃終于校官、周顯行曹員外郞、先生與皆山竝以詩遇今上。初二人自布衣召入翰林、皆山卽除典籍卒。先生爲待詔、九年始陞典籍。平生賦咏流傳海內、有藁曰『嘯臺集』、曰『木天清氣集』、母慮千餘篇。其選『唐詩品彙』九十卷『拾遺』十卷、議者服其精博。能書工畫時稱三絕書得漢隸筆法、畫原於米南宮父子、出入商・高間」。

二　棅、字彦恢、仕名廷禮、別號漫士　林誌「墓銘」（注一）に、「先生諱は棅、字は彦恢、仕名は廷禮、漫士は其の號なり」とある。

三　長樂人　長樂は、福建福州府の縣。「墓銘」（注一）によれば、高棅は長樂縣崇丘里の半占山に葬られている。

四　永樂初、自布衣召入翰林爲待詔。九年始陞典籍　「墓銘」（注一）に「先生 皆山と與に竝びに詩を以て今上に遇う。初め二人布衣自り召されて翰林に入る。皆山は卽ち典籍に除せられて卒す。先生は待詔と爲りて、九年にして始めて典籍に陞る」とみえる。皆山とは王恭（注一五）である。永樂帝は帝位を簒奪後、文獻編纂事業に着手し、

『永樂大典』の纂修のために四方文人宿儒が北京に集められた。このとき「閩中十才子」すなわち林鴻・鄭定・王褒・唐泰・高棅・王恭・陳亮・王偁・周玄・黄玄も召し出された。高棅の「倚韻奉寄陳滄洲留別詩」（『四庫全書存目叢書』、集部、第三二冊『木天清氣集』卷六）の自序には、「曩歲癸未の秋、余 虛名を以て徵せられて京師に赴き、明年翰林に入る（曩歲癸未秋、余以虛名被徵赴京師、明年入翰林）」とあるので、五十三歲の時に召し出されて京師に至り、翌年に翰林待詔（從九品）を授けられたことになる。ただし、その出仕は科擧などの正式なルートを經てのものではないうえ、特に皇帝の恩寵があったわけでもなく、翰林典籍（從八品）になるまでに九年を要した。

五　永樂癸卯、卒於官、年七十有四　「墓銘」（注一）の冒頭に「永樂二十有一年二月三十日、翰林典籍漫士高先生廷禮、南京の官舍に卒す、年七十有四」とみえる。

六　流傳篇詠、毋慮千餘篇　「墓誌銘」（注一）に「平生の賦咏 海內に流傳し、藁有りて曰く『嘯臺集』、曰く『木天清氣集』、毋慮千餘篇。其の選『唐詩品彙』九十卷、『拾遺』十卷、議者 其の精博に服す」とある。

七　選『唐詩品彙』九十卷、『拾遺』十卷、議者服其精博　高棅の編纂した『唐詩品彙』は唐詩の總集であり、唐詩を四期に分かついわゆる唐詩四變の說は、この書によって確立した。正集九十卷は洪武二十六年に、拾遺十卷は洪武三十一年に完成。計六百八十一名の詩人の六千七百首以上の詩を收錄する。五言古詩から七言律詩に至る詩體を正始・正宗・大家・名家・羽翼・接武・正變・餘響・旁流の九つに分け、初唐を正始、盛唐を正宗・大家・名家・羽翼に、中唐を接武、晚唐を正變・餘響に充て、僧侶や女性詩人を旁流に充てている。『唐詩品彙』はその盛唐詩重視の姿勢に最大の特徵があり、それは明における古文辭七子隆盛の先河となったとされる。

八　書得漢隸筆法、畫出米南宮父子、時稱三絕　ここでいう三絕とは、詩・書・畫に長けていること。「墓銘」（注一）に「書を能くし畫に工みにして、時に三絕と稱さる。書は漢隸の筆法を得て、畫は米南宮父子に原づき、商・

高の間に出入す」とある。「米南宮父子」とは、宋の書畫家として知られる米芾（べいふつ）（字は元章、南宮は禮部員外郎の雅稱）と、子の米友仁を指す。高・商は、元の山水畫の大家である高克恭（字は彦敬、號は房山）と、商は商琦（字は德符、號は壽巖）を指す。

九　**門人林誌志其墓**　「墓銘」（注一）を撰述した林誌（一三七八～一四二七）は字を尙默といい、閩縣の人。楊榮の「故奉訓大夫右春坊右諭德兼翰林侍讀林君墓誌銘」（『楊文敏公集』巻二一）によれば、永樂辛卯（九年）の鄉試、壬辰（十年）の會試で第一、殿試で第二の成績で及第して翰林編修を授けられ、『性理大全』及び『四書五經大全』などの著述があった。「小傳」は林誌を高棅の「門人」だとするが、楊榮は「髫齓に在りし時、己に文辭を爲るを喜ぶ。後に王偁・孟揚に從學し、極めて辯論を好み、因りて之に字して尙默と曰う（在髫齓時、已喜爲文辭。後從學於王偁・孟揚、極好辯論、因字之曰尙默）」と王偁や孟揚からの承學をいうのみで、高棅との師承關係には言及していない。錢謙益は同じ閩派ということで「門人」という語を使用したのであろう。

一〇　**由悟以入**　悟りによって妙に入ることをいう。謝榛『四溟詩話』巻一に「養に非ずんば以て其の眞を發する無く、悟に非ずんば以て其の妙に入る無し（非養無以發其眞、非悟無以入其妙）」とある。この言葉には詩を禪に喩えた嚴羽『滄浪詩話』「詩辨」「大抵禪道は惟だ妙悟に在り、詩道も亦た妙悟に在り」の影響があろう。

一一　**襄城楊士弘編『唐音』「正」「始」「遺響」**　元の楊士弘の『唐音』十五巻を指す。「正」「始」「遺響」は正確にいえば、「始音」「正音」「遺響」。楊士弘の字は伯謙、襄城の人。『唐音』は至元元年（一三三五）から編纂を開始し、至正四年（一三四四）に完成し、虞集がこれに序している。「始音」は、初唐の四傑などの詩、「正音」は五言や七言の古詩律詩絶句を唐初盛唐・中唐・晩唐の三期に分けて分類、「遺響」は、「正音」に入らなかった詩人の詩であり、合計一千三百四十一首を収める。ただし、李白、杜甫、韓愈の詩は収めない。唐詩を三期に分け、盛唐の詩を高く評價することなど、嚴羽『滄浪詩話』の説を受け繼いでいる。

一二　閩三山林膳部鴻　三山は福建福州の別名。林鴻（一三四一～一三八三）は「閩中十才子」の筆頭格の詩人。『列朝詩集』甲集卷二〇に林膳部鴻として詩が收錄されている。その「小傳」にいう。「鴻、字は子羽、福淸の人。少きとき俠に任せて不羈、書を讀みては能く强記す。洪武の初め、人才を以て薦められ、將樂の儒學訓導を授けらる。京に居ること七年、膳部員外郎を拜す。高皇帝　軒に臨み、「龍池春曉」「孤雁」の二詩を試みられ、一日にして名は京師を動もす、是の時年未だ四十ならず。性は脱落にして仕を善くせず、遂に自ら免じて三山に歸す。周玄・黃玄は、皆な鴻に師事し、所謂二玄なり。凡そ閩人の詩を言う者は、皆な鴻を本とす。林敏・陳仲宏・鄭關・林伯璟・張友謙・趙迪の諸人、皆な鴻の弟子なり（鴻、字子羽、福淸人。少任俠不羈、讀書能强記。洪武初、以人才薦、授將樂儒學訓導。居七年、拜膳部員外郎。高皇帝臨軒、試「龍池春曉」「孤雁」二詩、一日名動京師、是時年未四十。性脱落不善仕、遂自免歸三山。周玄・黃玄、皆師事鴻、所謂二玄也。凡閩人言詩者、皆本鴻。林敏・陳仲宏・鄭關・林伯璟・張友謙・趙迪諸人、皆鴻之弟子）」。

一三　黃玄　『列朝詩集』甲集卷二〇に黃學官玄として詩が收錄されている。「小傳」にいう。「玄、字は玄之、侯官の人。其の初めは將樂の人なり。林子羽（林鴻）將樂の學官爲りしとき、玄は弟子爲り。子羽は雅に玄を重んじ、嘗て詩を爲りて稱す「靑衿二十の徒、達者は惟だ黃玄のみ」と。子羽の棄官して歸るに及び、玄は妻子を挈えて閩に入り、終身之に師事す、歲貢を以て成均に入り、泉州の訓導を授けらる（玄、字玄之、侯官人。其初將樂人也。林子羽爲將樂學官、玄爲弟子。子羽雅重玄、嘗爲詩稱「靑衿二十徒、達者惟黃玄」。及子羽棄官歸、玄挈妻子入閩、終身師事之、以歲貢入成均、授泉州訓導）」。

一四　周玄　『列朝詩集』甲集卷二〇に周祠部玄として詩が收錄されている。「小傳」にいう。「玄、字は微之、閩縣の人。黃玄と與に皆な林鴻の門に出づ、所謂二玄なり。永樂中、文學を以て徵されて祠部尙書郎を拜す。玄は嘗て書數千卷を挾み、長樂の高棅の家に止まり、讀むこと十年、業を卒えて辭去するに、盡く其の書を棄てて曰く、「擧りて吾が腹笥に在り」と（玄、字微之、閩縣人。與黃玄皆出林鴻之門、所謂二玄也。永樂中、以文學徵拜祠部尙書郎。玄嘗挾書數千卷、止長樂高棅家、讀十年、卒業辭去、盡棄其書曰、「擧在吾腹笥矣」）。

一五　皆山王恭　『列朝詩集』乙集第三に王典籍恭として詩が收錄されている。「小傳」にいう。「恭、字は安中、閩縣の人。少くして江海の間に游ぶ。中年 葛衣草履して、七巖の山に歸隱すること、凡そ二十年、自ら稱して皆山樵者と曰う。王偁爲に「皆山樵者傳」を作る。永樂四年、儒士の薦を以て起ち、翰林に待詔す、年六十餘なり。『大典』を修するに與り、書成りて、翰林典籍を授けらる。居ること之を頃くして、牒を投じて歸す。詩を著すこと數十卷、號して『白雲樵唱』と曰う（恭字安中、閩縣人。少游江海間。中年葛衣草履、歸隱於七巖之山、凡二十年、自稱曰皆山樵者。王偁爲作「皆山樵者傳」。永樂四年、以儒士薦起、待詔翰林、年六十餘矣。與修『大典』、書成、授翰林典籍。居頃之、投牒歸、著詩數十卷、號曰『白雲樵唱』）」。

一六　禰三唐而祧宋・元　「禰」は父のみたまやとして祀ること、「祧」は遠祖として祀ること。

一七　西江之宗杜陵　「西江」は黃庭堅を始祖とする江西派。「杜陵」は杜甫。ここでは江西派が黃庭堅から遡って杜詩に學んだことを指す。ただし、錢謙益は黃庭堅の學杜についての評價はさほど高くない。錢謙益「讀杜小箋」（『初學集』卷一〇六）にいう。「魯直の杜を學ぶや、杜の眞脈絡を知らず、所謂前輩飛騰、餘波綺麗（杜甫「偶題」「前輩は飛騰して入るも、餘波は綺麗を爲す」）なる者にして、其の橫空排奡、奇句硬語を擬議し、以て杜の衣鉢を得たりと爲す、此れ所謂旁門の小徑なり。弘・正の杜を學ぶ者は、生吞活剝し、尋撦（剽竊）を以て家當と爲すは、此れ魯直の隔日の瘧なり、其の黠なる者は又た西江に反唇せり（予嘗妄謂自宋以來、學杜詩者莫不善於黃魯直。……魯

直之學杜也、不知杜之眞脈絡、所謂前輩飛騰、餘波綺麗者、而擬議其横空排奡、奇句硬語、以爲得杜衣鉢、此所謂旁門小徑也。弘・正之學杜者、生吞活剝、以尋撦爲家當、此魯直之隔日瘧也、其黠者又反唇於西江矣）」。

一八　膳部之學唐詩、摹其色象

閩の詩が林鴻を宗として唐詩を模倣したものに墮したという錢謙益の主張は、『列朝詩集小傳』の各處に散見される。『列朝詩集』甲集第十四の劉崧の「小傳」に「閩中の派旁出し、而して膳部を宗とし、唐音を規摹するは、其の流なり。膚弱にして理無し（閩中之派旁出、而宗膳部、規摹唐音、其流也。膚弱而無理）」とあり、さらに丁集卷十六の謝肇淛の「小傳」にも「余 閩中の詩を觀るに、國初の林子羽・高廷禮は聲律圓穩を以て宗と爲し、厥の後風氣沿襲し、遂に閩派と成る（余觀閩中詩、國初林子羽・高廷禮以聲律圓穩爲宗、厥後風氣沿襲、遂成閩派）」とある（本書「三九　謝肇淛」參照）。

高棅が林鴻の說の影響を受けていたことは、『唐詩品彙』「凡例」に林膳部鴻の言が引かれていることからも、うかがえる。「先輩博陵の林鴻 嘗て余と與に詩を論じ、上は蘇（武）・李（陵）自り、下は六代に迄ぶ。漢・魏の骨氣は雄と雖も、菁華は足らず。晉は玄虛を祖とし、宋は條暢を尙び、齊・梁以下は但だ春華に務め、殊に秋實を欠く。唯だ李唐の作者のみ、大成すと謂うべし。然れども貞觀は尙お固陋を習い、神龍は漸く常調を變ず。開元・天寶の間、神秀の聲律、粲然として大いに備わり、故に學者當つるに是れが楷式を以てすと。予 以て確論と爲す。後又た古今の諸賢の說を採集し、滄浪嚴先生の辯を觀るに及び、益ます以らく林の言 徵すべしと。故に是の集は專ら唐を以て編を爲すなり（先輩博陵林鴻嘗與余論詩、上自蘇・李、下迄六代。漢・魏骨氣雖雄、而菁華不足。晉祖玄虛、宋尙條暢、齊・梁以下但務春華、殊欠秋實。唯李唐作者、可謂大成。然貞觀尙習固陋、神龍漸變常調。開元・天寶間、神秀聲律、粲然大備、故學者當以是楷式。予以爲確論。後又採集古今諸賢之說、及觀滄浪嚴先生之辯、益以林之言可徵。故是集專以唐爲編也）」。

一九　其所以不及唐人者……而不知由悟以入也　林鴻は唐詩の外貌のみを眞似ていたにすぎないという銭謙益の批判は、次の李東陽『懷麓堂詩話』を意識していよう。「林子羽『鳴盛集』專ら唐を學び、袁凱『在野集』は專ら杜（甫）を學び、蓋し皆な極力模擬す、但だ字面句法のみならず、竝びに其の題目も亦た之に效う、卷を開きて驟かに視るに、宛も舊本の如し（林子羽『鳴盛集』專學唐、袁凱『在野集』專學杜、蓋皆極力模擬、不但字面句法、竝其題目亦效之、開卷驟視、宛若舊本）」。

二〇　神秀呈偈、黄梅謂依此修行、免墮惡道　神秀はのちの北宗禪の開祖。黄梅は南宗五祖の弘忍。弘忍はある時、法嗣を繼ぐ者を決めるため、徒弟諸僧に各々一偈を提出させた。上座の神秀は「身は是れ菩提樹、心は明鏡臺の如く、時時に勤めて拂拭し、塵埃を惹かしむること莫かれ」という偈を提出したのに對し、新參者だった慧能は「菩提は本　樹無く、明鏡も亦た臺に非ず、本來無一物にして、何れの處にか塵埃を惹かん」という偈を提出し、これにより慧能が六祖を繼ぐことになった。神秀の偈を見た五祖は、「此の偈に依りて修せば、惡道に墮するを免かれ、此の偈に依りて修せば、大利益有り」と言ったという（『六祖大師法寶壇經』）。慧能の偈は直下の悟りを說く「頓悟」であるのに對し、神秀の偈は修行と悟りを別個のものとし、修行の後に悟りがあるとする所謂「漸悟」であり、ここでは、唐詩を眞似ることによって段階的に詩の神髓に至ろうとする林鴻や閩詩派の考え方を指す。

二一　昔人亦謂日橅「蘭亭」一紙、終不成書　「橅」は模に同じ。このくだりは王世貞『藝苑卮言』卷五の次の話を踏まえる。「又た人書を學ぶに、日び『蘭亭』一帖を臨す。之を規しむる者有りて云う、此れ門從り入れば、必ず書の道成らずと（又人學書、日臨『蘭亭』一帖。有規之者云、此從門而入、必不成書道）」。單に王羲之の名品「蘭亭序」を毎日臨書してもオリジナルな作品はうまれないことをいうのであろう。

二二　自閩詩一派盛行永・天之際……卑靡成風　閩の詩人が館閣に職を得たことを契機として、永樂から洪熙・宣德・正統・景泰を經て天順までの六十數間（一四〇三～一四六四）に、その詩風が中央で廣まり、胡廣、黃淮、曾棨など應酬詩を中心とした臺閣體が形成されたことを指す。乙集卷五の張楷の「小傳」に「國初の詩家、遙かに唐人に和し、閩人の林鴻・高棅に起こり、永・天以後、浸りて以て風と成る（國初詩家、遙和唐人、起於閩人林鴻・高棅、永・天以後、浸以成風）」とみえる。

二三　自時厥後、弘・正之衣冠老杜……受病則一　「弘・正之衣冠老杜」は、弘治・正德年間の古文辭前七子、「嘉・隆之嚬笑盛唐」は、嘉靖・隆慶年間の後七子を指す。錢謙益は高棅の『唐詩品彙』がこれら古文辭隆盛の先河となったと考えている。錢謙益「唐詩鼓吹序」（『有學集』卷一五）にいう。「蓋し三百年來、詩學の病を受くること深し。館閣の教習、家塾の程課、咸な嚴氏の『詩法』、高氏之『品匯』を稟承し、耳に濡れ目に染まり、心に鐫み骨に刻み、學士大夫、生まれて地に墮つるや、師友熏習し、隱隱然として兩家の種子の藏識の中に盤亙する有り。其の後時の知見日び新たに、學殖日び積むに迨び、洄旋起伏するも、祇だ以て其の邪根繆種を增長するに足るのみ（蓋三百年來、詩學之受病深矣。館閣之教習、家塾之程課、咸稟承嚴氏之『詩法』、高氏之『品匯』、耳濡目染、鐫心刻骨、學士大夫、生而墮地、師友熏習、隱隱然有兩家種子盤亙於藏識之中。迨其後時知見日新、學殖日積、洄旋起伏、祇足以增長其邪根繆種而已矣）」。

二四　漫士詩所謂『嘯臺集』者　『嘯臺集』二十卷は、高棅が出仕する前の詩を集めたものである。集中には「儲御史光羲田家雜興」「岑補闕參同諸公登慈恩寺浮圖」「劉隨州長卿江中晚釣寄荊南一二相識」「韋蘇州應物西郊燕集」「擬岑補闕參奉和早朝大明宮之作」「擬高常侍適送王李二少府貶衡巫」といった擬唐詩が多い。

二五　『木天集』凡六百六十餘首　『木天集』は『木天淸氣集』十四卷を指す。多くは翰林院に在ったころの應酬の作である。

二六　所謂不復能歌「渭城」者乎　王世貞『藝苑卮言』巻八の次の話を踏まえている。「文通（江淹）錦を裂き筆を還すの入夢以來、便ち佳句無し。人は才盡きたりと謂う。鮑照も亦た才盡きたりと謂うは、殆ど非なり。昔人夜に「渭城」を歌うこと甚だ佳きを聞き、質明に之を跡せば、乃ち一小民の酒館に傭われし者なり。百緡を捐して予え（あた）て酒を鬻がしむ、之を久しくして復たとは「渭城」を歌う能わず。近ごろ一江右の貴人、彊仕（四十歳）の始、詩頗る清淡、既に貴顯に渉り、篇什日び繁しと雖も、惡道坌出す。人 其の故を怪しむ。予曰く、「此れ復たとは「渭城」を歌う能わざるなり」と（文通裂錦還筆入夢以來、便無佳句、人謂才盡。鮑照亦謂才盡、殆非也。昔人夜聞歌「渭城」甚佳、質明跡之、乃一小民傭酒館者、捐百緡予使鬻酒、久之不復能歌「渭城」矣。近一江右貴人、彊仕之始、詩頗清淡、既涉貴顯、雖篇什日繁、而惡道坌出。人怪其故、予曰、「此不能歌「渭城」也」）」。「渭城」とはもとは王維の「送元二使安西」詩であり、「渭城曲」または「陽關」という名で廣く歌われていた。ある者が夜中に美しい「渭城曲」を耳にし、夜が明けてからその歌聲の主をたずねると、酒館にやとわれている男だった。これに金をやって酒屋を開かせたところ、再びあの美しい「渭城曲」は歌えなくなっていた。この喩えは、朝廷に出仕して境遇が變わった高棅には、かつてのような詩が作れなくなったことを指している。

二七　僅錄『嘯臺集』　『列朝詩集』は高棅の『嘯臺集』から詩を二十五首のみ採録する。そのうち擬唐詩は岑參に擬した「奉和早朝大明宮之作」一首である。

（野村鮎子）

九　李東陽　正統十二年（一四四七）～正德十一年（一五一六）

丙集卷一　李少師東陽[一]

東陽[二]、字賓之、茶陵人。以戍籍居京師。四歲[三]擧神童、景皇帝抱置諸膝。六歲・八歲兩召見、講『尚書』大義、命入京學。天順[四]八年進士、選翰林庶吉士。成化元年、授編修。八年[五]、以禮部左侍郎兼文淵閣大學士直內閣、累官少師兼太子太師・吏部尚書・華蓋殿大學士。正德七年致仕。又四年[六]卒。年七十。謚文正。

公[七]慧悟夙成、風神娟秀。歷官館閣、四十年不出國門。奬成後學、推挽才雋。風流弘長、衣被海內。學[八]士大夫出其門牆者、文章學術、粲然有所成就、必曰、「此西涯先生之門人也」。

罷[九]相家居、購請詩文書篆者、塡塞戶限、頗資以給朝夕。一日、夫人方展紙砥墨、公有倦色。夫人笑曰、「今日方設客、可使案無魚菜耶」。遂[一〇]听然命筆、移時而罷。其風操如此。詩[一一]文有『懷麓堂集』及『續集』・『南行』・『東祀』諸集若干卷。

國家休明之運、萃於成・弘、公[一二]以金鍾玉衡之質、振朱弦淸廟之音、含咀宮商、吐納和雅。渢渢乎、洋洋乎。長離之和鳴、共命之交響也。北[一三]地李夢陽一旦崛起、侈談復古。攻竄竊剽賊之學、詆諆先正、以劫持一世。關[一四]隴之士、坎壈失職者、群起附和、以擊排長沙爲能事。王・李代興、祧少陵而禰北地、目論耳食、靡然從風。

吾友程孟陽讀懷麓之詩、爲之擿發其指意、洗刷其眉宇。百五十年之後、西涯一派煥然復開生面、而空同之雲霧、漸次解駁、孟陽之力也。[一五]

余嘗與曲周劉敬仲論之曰、「西涯之詩、原本少陵・隨州・香山、以迨宋之眉山・元之道園、兼綜而互出之。其詩有少陵、有隨州・香山、有眉山・道園、而其爲西涯者自在。試取空同之詩、汰去其呑剝撏撦、吽牙齟齒者、求其所以爲空同者、而無有也」。敬仲深思久之、亦以余言爲然。[一六]

今年錄西涯詩、思與孟陽・敬仲後先揚扢之語、爲之慨然、而又念西涯・北地升降之間、文章氣運、胥有繫焉、不得不詳切言之。非欲與世之君子爭壇墠而絜短長也。

【訓讀】

東陽、字は賓之、茶陵（湖廣長沙府下の州）の人。戍籍（邊境警備の吏員や兵士の戸籍）を以て京師に居る。四歲（景泰元年、一四五〇）、神童に擧げられ、景皇帝（朱祁鈺）抱きて諸（これ）を膝に置く。六歲・八歲兩（ふた）たび召見せられ、『尙書』の大義を講じて、京學（順天府學）に入るを命ぜらる。天順八年（一四六四、十八歲）進士（二甲第一名）となり、翰林庶吉士に選せらる。成化元年（一四六五、十九歲）、編修（正七品）を授けらる。八年（弘治八年、一四九五、四十九歲）、禮部左侍郎（正三品）兼文淵閣大學士を以て內閣に直（あ）たり（數名から成る宰輔のメンバーとなり）、累官して少師兼太子太師・吏部尙書（正二品）・華蓋殿大學士たり（正德元年十二月、一五〇六、六十歲）。正德七年（一五一二、六十六歲）致仕す（退官した）。又四年して卒す（正德十一年七月二十日、一五一六）。年七十。

諡は文正。

公 慧悟夙成にして（聰明で早熟）、風神娟秀たり（風采が秀麗だった）。館閣（翰林院及び內閣）に歴官し、四十年國門を出でず。後學を奬成し、才雋を推挽す。風流弘長として（風格は思慮遠大で）、海內を衣被す（擁護して恩惠を與えた）。學士大夫の其の門牆より出づる者、文章學術（文學と學問）、粲然として成就する所有らば、必ず曰く、「此れ西涯先生の門人なり」と。

相を罷め家居するに、詩文書篆を購い請う者、戶限に塡塞し、頗資するに朝夕に給するを以てす。一日、夫人方に紙を展げ墨を舐るも、公 倦色有り。夫人笑いて曰く、「今日方に客を設く。案をして魚菜無からしむ可けんや」と。遂に听然として（ふふふと笑って）筆を命じ、時を移して罷む。其の風操此くの如し。詩文に『懷麓堂集』及び『續集』・『南行』・『東祀』の諸集若干卷有り。

國家休明の運（國家が最盛期を迎える運氣）、成・弘（成化・弘治年間）に萃まり、公 金鍾玉衡の質を以て（金の鐘のような高大な器量と北斗七星のような明晰な鑑識眼で）、朱弦清廟の音を振るう（朱弦を練った大琴により音色を奏で朝廷の文學を振興した）。宮商（音律）を含咀し（味わい）、和雅を吐納す（調和が取れた雅な音曲を發した）。渢渢たる乎（バランスよくゆったりしていることよ）、洋洋たる乎（よく響きわたることよ）。長離（鳳）の和して鳴き、共命（雪山にいるという神鳥）の交ごも響くなり。北地の李夢陽 一旦崛起し、侈に復古を談ず。竄竊剽賊の學を攻め、先正を詆諆し（前代の賢臣を謗って攻擊し）、以て一世を劫持す。關隴の士、坎壈職を失う者（關中・隴西の出身で、劉瑾の失脚とともに職を解かれた者）、群起附和し、長沙（李東陽）を擊ち排することを以て能事と爲す。王（世貞）・李（攀龍）代わりて興り、少陵（杜甫）を祧り北地を禰り、目論耳食して（俗說を聞きかじりて信じては眞相を追究せずに）、靡然として風に從う。

吾が友 程孟陽 懐麓の詩を讀み、之が爲に其の指意を擿發し、其の眉宇（眉間または容貌）を洗刷す（洗い改めた）。百五十年の後、西涯一派煥然として復た生面を開き（再び生き生きとした姿を現し）、而して空同の雲霧、漸次解駮するは（李夢陽によって覆われた雲霧が次第に散じ消えていったのは）、孟陽の力なり。

余 嘗て曲周の劉敬仲（榮嗣）と之を論じて曰く、「西涯の詩、原 少陵（杜甫）・隨州（劉長卿）・香山（白居易）に本づき、以て宋の眉山（蘇軾）・元の道園（虞集）に迨び、兼綜して互いに之を出だす。其の詩に少陵有り、隨州・香山有り、眉山・道園有るに、而も其の西涯爲る者は自ずから在り。試みに空同の詩を取り、其の呑剝撏撦、吽牙齟齒する者を汰ぎ去り（かの先人の作品を丸呑みし剝ぎ取ったり摘み取ったり、騒々しく僻澁な表現を淘汰し）、其の空同爲る所以の者を求むるに（その李夢陽自身の作品を成立させている根本を探究すると）、而るに有ること無きなり」と。敬仲 深思すること之を久しくし、亦た余が言を以て然りと爲す。

今年、西涯の詩を錄し、孟陽・敬仲と後先して揚げ扢る（品評する）の語を思い、之が爲に慨然とす。而して又西涯・北地 升降の間、文章氣運、胥繫有るを念い（そしてまた、李東陽と李夢陽の評價の移り變わりを見るにつけ、文章と國家の氣運というものは、互いに繫がるところがあるものだと思い）、詳切に之を言わざるを得ず。世の君子と壇墠（文壇の主導權）を爭いて短長を絜らんと欲するに非ざるなり。

【注】

一 **李少師東陽** 李東陽は、正德元年（一五〇六）に少師兼太子太師吏部尙書華蓋殿大學士に昇進した。『明史』職官志一（武英殿二十四史刊本）に據れば、少師は三孤のひとつで「天子を佐け陰陽を理め、邦を經めて弘く化するを掌る。其の職 至だ重し」という。從一品。但し、李東陽の時代には「公・孤は但だ虛銜にして、勳戚（功績のあった皇帝の親戚）・文武大臣の爲に加官・贈官するのみ。而して文臣の生きながらに三公を加えらるる者無し」となっており、三公や三孤という肩書きは、いわば箔をつける意義しかなかった。李東陽の主要傳記資料には、楊一清「特進光祿大夫左柱國少師兼太子太師吏部尙書華蓋殿大學士贈太師謚文正李公東陽墓誌銘」（『國朝獻徵錄』巻一四、萬曆四十四年刊本。以下「墓誌銘」）、『明實錄』正德十一年七月二十日の李東陽傳（以下「明實錄傳」）、李贄「太師李文正公」（『續藏書』巻一一。萬曆三十九年王惟儼刻本）、法式善「明李文正公年譜」（嘉慶九年重刊本）などがある。また、近代の資料としては錢振民『李東陽年譜』（『新編明人年譜叢刊』所收、復旦大學出版社、一九九五）がある。

二　東陽、字賓之、茶陵人。以戍籍居京師　「明實錄傳」に次のようにいう。「致仕特進光祿大夫左柱國少師兼太子太師吏部尙書華蓋殿大學士李東陽卒。〔東〕陽、字賓之。先世本湖廣茶陵人、以戍籍居京師（致仕せし特進光祿大夫左柱國少師兼太子太師吏部尙書華蓋殿大學士李東陽卒す。〔東〕陽、字は賓之。先世 本は湖廣茶陵の人なるも、戍籍を以て京師に居す）」。また、李東陽自身も「高祖戊七府君墓表」（『南行稿』所收、筆者所見は『懷麓堂文續稿』巻二、康熙二十年刊本）に「嗚呼、惟（おも）うに我が李氏出づるに臨洮（明では陝西臨洮府。唐では洮州若しくは臨洮郡）自りす。譜に傳うるに西平忠武王（唐の李晟、字は良器）の後爲りて、王の第十子、憲と曰い、觀察使爲りて、始めて江西に居す。江西の八世、諱は餘、始めて茶陵の中洲に遷る。……國朝洪武の初、我が祖考の處士、始めて戍を以て、京師に遷る」と記す。李憲は『舊唐書』巻一三三に傳がある。この傳に據れば、李憲は李晟の第五子で、十人の子のうち憲と愬が最も「仁孝」であったという。唐王朝に功勞のある「勳伐之家」の出身であったが能吏として知られ、江西觀察使の外、洪州刺史や嶺南節度使などを歴任した。「墓誌銘」には「公 姓は李氏、東陽は名、賓之は字なり。少きより京師に居す。先は本 湖廣茶陵の人なり。國朝洪武の初、戍籍を以て燕山左護衞に隸（したが）い、後に金吾左衛に改めらる」とある。

三　**四歳舉神童、景皇帝抱置諸膝。六歳・八歳兩召見、講『尚書』大義、命入京學**　「明實錄傳」の「生四歳、能作徑尺大書。景皇召見、抱置膝上、且試之書、賜果及鈔。六歳・八歳兩召見、試對偶、講『書』大義。稱旨、賜皆如初。命肄業京學（生まれて四歳にして、能く徑尺の大書を作る。景皇召見し、抱きて膝上に置き、且つ之に書を試し、果及び鈔を賜る。六歳・八歳兩び召見せられ、對偶を試し、『書』の大義を講ぜしむ。旨に稱い、賜ること皆初めの如し。命じて業を京學に肄わしむ）」にもとづく。景帝の御前で『書』を講じたことについて、『續藏書』は「六歳・八歳復た兩たび召され、試しに『尚書』益稷篇の「唯だ荒いに土功を度る」の一段の大義を講ず」という。景帝朱祁鈺は宣宗の次子。英宗朱祁鎭が即位すると郕王に封ぜられたが、正統十四年（一四四九）八月、土木の變が勃發し英宗がオイラトのエセンに囚われたため、翌九月に即位した。しかし、景泰八年（即ち天順元年、一四五七）二月、歸朝後に太上皇帝となっていた英宗のクーデターにより帝位を廢され、後に亡くなった。

四　**天順八年進士、選翰林庶吉士。成化元年、授編修**　「墓誌銘」に「順天府學肄業、天順丁丑受舉業於華容黎文僖之門。壬午、年十六舉順天鄉試。癸未中會試、甲申殿試得二甲第一、入翰林爲庶吉士。成化乙酉、授編修（順天府學に業を肄い、天順丁丑〔元年、一四五七〕舉業を華容黎文僖〔淳、字は太樸。天順元年の進士〕の門に受く。壬午、〔天順六年、一四六二〕年十六にして順天の鄉試に舉げられ、癸未〔天順七年〕會試に中る。甲申〔天順八年〕殿試もて二甲第一を得て、翰林に入りて庶吉士と爲る。成化乙酉〔元年、一四六五〕、編修を授けらる）」とある。

翰林院は中央官廳のひとつで、詔敕や正史の作成などを掌る。翰林庶吉士は、『明史』職官志二に據れば、洪武初年に六科庶吉士が設けられた後、永樂二年（一四〇四）より設けられた。進士のうち文學方面で優秀な人材及び書を善くする者をこのポストに充て、三年間その力量を試したとする。さらに三年後に翰林院に留まることが認められれば、二甲で科擧に合格した者は編修のポストを授けられ、三甲であった者は檢討を授けられた。李東陽は二甲第一位であったため、編修を授けられたのである。黎淳については、李東陽による「黎公行狀」(『懷麓堂文前稿』卷二三)及び「黎文僖公文集序」(『懷麓堂文後稿』卷四、『四庫全書』所收本)がある。「黎文僖公集序」には「東陽 昔文僖黎公先生に從いて游び、擧業の暇に、爲す所の古文歌詩の諸作を獲て見る。時に公 方に狀元を以て及第し、文名 天下に滿つ」とある。

五　八年、以禮部左侍郎兼文淵閣大學士直內閣、……又四年卒、年七十。謚文正　『明史』宰輔年表一の弘治八年(一四九五)に「李東陽、二月、禮部左侍郎兼翰林院侍讀學士もて入る」とある。「小傳」も「禮部左侍郎」としているが、「禮部右侍郎」の誤り。「明實錄傳」は李東陽の翰林院編修の任期が終わってから退官までの經歷を次のように記す。「秩滿ち、侍講(從五品)に遷る。秩再び滿ち、侍講學士(從五品)に遷る。尋いで東宮に侍りて講讀す。內艱に丁たる。弘治二年(一四八九)、服闋わり、龍恩に從るを以て、春坊左庶子(正五品)に遷り、仍お侍講學士を兼ぬ。四年、『憲廟實錄』成り、太常少卿(正四品)に遷り兼官すること故の如し。七年、大學士徐溥(字は時用。宜興の人。景泰五年の進士。弘治七年當時は首輔)等奏するに、文臣の誥勅 當に舊の如く專官にて撰擬すべしと。遂に禮部右侍郎(正三品)に擢んでられ侍讀學士を兼ね、以て其の事を領す。尋いで命を被り文淵閣大學士(正五品)を兼ね、機務に參與す。十一年、太子少保(正二品)・禮部尚書(正二品)に進む。十六年、太子太保(從一品)・戶部尚書(正二品)に進み、謹身殿大學士(正五品)に改めらる。武宗卽位し、少傅(正一品)兼太子太傅(從一品)に進み、尋いで少師(正一品)兼太子太師(從一品)・吏部尚書(正二品)・華蓋殿大學士(正五品)を加えらる。正德七年(一五一二)、疏を累ね辭を懇ろにして致仕す」。但し、「內艱に丁たる」とあるのは誤り。成化二十二年(一四八六)に亡くなったのは父の李淳である。

「明實錄傳」で簡略にされている部分について、「墓誌銘」には「『英廟實錄』を修む。丁亥（成化三年、一四六七）、實錄成り、從六品の俸に升げらる。壬辰（成化八年）、墓を湖南に省するを予えらる。甲午（成化十年）、九載滿ち、侍講に遷る。乙未（成化十一年）、經筵に侍班す（皇帝が御前講義を聽く時に、君側に侍った）。癸卯（成化十九年）、再び九載滿ち、侍講學士に遷る。甲辰（成化二十年）、選ばれて東宮の講讀に侍す」とする。

六　又四年卒。年七十。謚文正　朝廷から謚を與えられたことは「明實錄傳」に「贈太師、謚文正。給之誥命（太師を贈り、文正と謚す。之に誥命を給す）」とある。「墓誌銘」に、李東陽はこの年の六月、誕生日を祝う來訪者が多く疲勞が蓄積した上、暑さのために病床に伏し、七月二十日に亡くなったといい、さらに謚については「國朝の文臣 文正と謚する者、公自り始まる」という。

七　公慧悟夙成、風神娟秀。……獎成後學、推挽才雋。風流弘長、衣被海內　鄭曉『皇明名臣記』卷三〇「太師李文正公」（『吾學編』所收、隆慶元年鄭履淳刻本）に次のようにある。「公慧悟夙成、文章流麗。代言敷奏、明暢爾雅。又能獎進才雋、推挽聲譽、風韻所漸、人皆嚮附（公 慧悟夙成にして、文章流麗たり。代言敷奏は〔詔令文や上奏文〕、明暢爾雅〔典雅で率直〕たり。又能く才雋を獎進し、聲譽を推挽す。風韻漸る所、人皆嚮かいて附く）」という。また、何良俊『四友齋叢說』卷二六（萬曆七年張仲頤刻本）及び焦竑『玉堂叢語』卷六（萬曆四十六年徐象樗曼山館刻本）には、李東陽が自宅で門下の人々と學問や文學を語り合っていたことが記されている。『四友齋叢說』に「李西涯當國の時、其の門生朝に滿つ。西涯も又喜びて延納し、獎拔す。故に門生或いは朝罷わり、或いは衙を散ずる後、卽ち其の家に群れ集まりて、藝を講じ文を談ず。通日徹夜、率ね歲中以て常と爲す」という。『玉堂叢語』もほぼ同樣の文。李東陽の門下生及び翰林院の同僚など、親しく交際しその影響を受けた人々を清の陳田『明詩紀事』丙籤卷八「邵寶」（陳氏聽詩齋刻本）の項では「茶陵詩派」と呼んでいる。門下生としては邵寶（字は國賢。無錫の人。成化二十年の進士）の外、何孟春（字は子元。郴州の人。弘治六年の進士）がいる。同僚では李東陽と同年の進士であった謝鐸（字は鳴治。浙江太平の人）が擧げられる。このほか、彭澤（字は民望。長沙府攸縣の人）や楊一淸（字は應寧。安寧の人。成化八年の進士）とも、個人的な關係により親しく交際した。詳しくは薛泉『李東陽研究』第三章「李東陽與茶陵派成員交游」（湖南人民出版社、二〇〇七）を參照されたい。

館閣は宋代に由來する。宋の葉夢得『石林燕語』卷二（明正德楊武刻本）に據れば、館閣は北宋では三館（昭文館・集賢院・史館）と祕閣とを合わせたもので、當初は書庫に過ぎなかったが、後に祕書省となった。明代における館閣は、羅玘（字は景鳴、成化二十三年の進士）「館閣壽詩序」（『圭峰集』卷一、四庫全書本）に據れば、宋代とは具體的に指す部署が異なる。「今 館と言うは、翰林・詹事・二春坊・司經局を合わせ、皆 館なり。必ずしも史館を謂うに非ざるなり。今 閣と言うは、東閣なり。凡そ館の官、晨に必ず斯に會するが故に亦た閣と曰うなり。必ずしも內閣を謂うに非ざるなり。然るに內閣の官も亦た必ず館閣に由りて入り、故に人も亦た之を蒙冒槪目して（ひっくるめて）館閣と曰う」。ただ、宋でも明でも館閣と言われた部署は、いずれも制誥の作成やご進講を掌り、史書の編纂を擔當するといった職務は重なっている。また、明の詹事・左右春坊は、仕える對象が皇太子となるだけで翰林院と職務內容が重なっている。加えて、羅玘が「然るに內閣の官も亦た必ず館閣に由りて入り」と言うとおり、嘉靖・隆慶年間以前は、翰林院と內閣の線引きは明確ではなかった。『明史』職官志二には、正統七年（一四四二）に翰林院が落成した際、翰林院は「三公の府に非ざるなり」という理由で座席を設けられなかった楊士奇と楊溥は「內閣は固より翰林の職を以てする」と主張し、工部と禮部に命じて座席を設け官位を定めさせたという逸話を記載する。結局のところ、明では館閣とは、卽ち翰林院と內閣を指すと考えて差し支えない。

八　學士大夫出其門牆者、文章學術、粲然有所成就　李東陽の下で多くの門下生が官界で榮達したことは、「墓誌銘」

に「人才を汲引し、善なる者有れば輒ち稱揚して已まず。薦むる所の士、人をして知らしめず（誰を推薦したかは、誰にも教えなかった）。禮部の會試に同考・主考たる者、各おの二たり。順天・應天の鄕試を主る者、各おの一たり。廷試に卷を讀む者、八たり。門生四方に半ばし、凡そ指授を經て、多く時名有り」と記されている。『續藏書』に収載する王瓊の『雙溪雜記』では、李東陽が詩によって人材を拔擢したことにより情勢の變化を引き起こす結果となることが懸念され、實際に宦官の權限の擴大に歯止めが利かなくなったことを記していう。「東陽は神童を以て程敏政と名を齊しくす。專ら詩名を以て後進を延引し、海內の名士 多く其の門より出で、往々にして常格を破り不次に擢用さる。當時有識の士、以爲えらく數年後に東陽 柄用し、一番の文士を引進し、名を尙ばること矯激にして、世變必ず起くと。後に李夢陽 疏を草し（劉瑾彈劾の疏の草稿を書き）、劉瑾を殺さんと欲するも謀慮審らかならず、且つ疏の中に既に甘露の變を以て言を爲し、而も躬自ら李訓の淺謀（甘露の變において宦官を排除しようとしたが失敗し處刑された）を蹈み、數年の衣冠の禍を貽すを致す。中官自から制度を爲り、此自り變更す可からざるなり」。

九　罷相家居、購請詩文書篆者、塡塞戶限、頗資以給朝夕　この逸話は管見の及ぶところ「小傳」以外の出處は未詳。「墓誌銘」には「公既に致仕し、展墓に非ざれば出でず。宅の東に隙地有りて、軒を構じて石假山と爲す。諸もろの厚くする者、日び造りて問う」とあるが、「諸もろの厚くする者」が詩文などの購入を請う人々であったかは不明。ただ、楊一淸「懷麓堂稿序」（『懷麓堂全集』所收、嘉慶八年刻本）では「弱冠にして翰林に入り、已に文學の重名を負いて、金梓に刻する所、卷帙に錄する所、幾ど海內に徧く、大夫士 其の片言を得て以て至寶と爲す」とあるため、需要があったことは間違いない。

一〇　遂听然命筆　『列朝詩集』點校本は「听然」を「聽然」に作るが、この場合の「听」は笑うさまを形容するもので、音聲も「聽」とは異なる。

一一 詩文有『懷麓堂集』及『續集』・『南行』・『東祀』諸集若干巻　「墓誌銘」には李東陽の著書として次のように記載する。「著す所に『懷麓堂前後稿』各おの若干巻有り。別に『南行』・『北上』・『東祀』の諸録有り」。また、祁承㸁『澹生堂藏書目』巻一三（萬暦四十一年刊）には、『懷麓堂全集二十四冊一百七巻』の記載があり、その內わけとして「墓誌銘」記載の書物のほか『講讀録一巻』・『求退録三巻』を擧げている。現在、最も古い刊本は正德十三年に刊行された『懷麓堂詩稿二十巻・文稿三十巻・詩後稿十巻・文後稿三十巻・南行稿一巻・北上録一巻・講讀録一巻・東祀録三巻・集句録一巻・集句後録一巻・哭子録一巻・求退録三巻』である。このほか、『四庫全書』には『懷麓堂集一百巻』が收録されている。李東陽の著作については、錢振民「李東陽著述考」（初出は『中國文學研究』、のち『李東陽研究文選』第四章、二九〇～三〇二頁に轉載。湖南人民出版社、二〇〇九）に詳述されている。

一二 公以金鍾玉衡之質、振朱弦淸廟之音　金鍾玉衡は、杜甫「寄裴施州」詩（『全唐詩』巻二二一）に「廊廟之具裴施州、宿昔一逢無比流。金鐘大鏞在東序、冰壺玉衡懸淸秋（廊廟の具たり裴施州、宿昔一たび無比の流に逢う。金鐘大鏞在東序に在り、冰壺玉衡淸秋に懸かる）」とあるのにもとづく（「比」は一に「此」に作る。「衡」は一に「珩」に作る）。明の王嗣奭（おうしせき）『杜臆』巻六（稿本）に「廊廟の具は、正に金鐘玉衡の二語を以て之を見る。金鐘大鏞は其の軒朗（明朗）なるを狀（かたど）る。冰玉は、其の淸高なるを狀る」という。杜詩は朝廷（廊廟）で出會った裴冕のすぐれた資質を形容して、金の鐘、大きな鐘のような明朗さで中書省に在籍し、月や北斗七星のような氣高さで淸秋の天空に掛かっているといっている。また「朱弦淸廟」は『荀子』禮論（『四部叢刊』所收宋刊本）の「淸廟之歌、一倡而三歎也。縣一鐘、尙拊之膈、朱絃而通越也、一也（「淸廟」の歌、一倡して三歎するなり。一鐘を縣け、尚お之を膈（支える枠）に拊ち、朱弦にして越を通ずるなるは、一なり）」にもとづく。『禮記』樂記に「「清廟」の瑟、朱弦にして越を疏す」という。その鄭玄の注に「朱弦は、朱弦を練る。練れば卽ち聲濁る」、また孔穎達の疏に「案ずるに『虞書』傳に曰わく、古なる者は帝王升りて「清廟」の樂を歌い、大瑟弦を練る。此に朱弦と云う者は、明らかに之を練ること知る可きなり。練れば卽ち聲濁ると云う者は、練らざれば則ち體勁く而して聲清らかなりて、練れば則ち絲熟し而して弦濁る」という。「清廟」は『詩經』周頌の篇名。その序に「「清廟」は文王を祀るなり」という。ここでは具體的には朝廷の文學のことを指すものと思われ、李東陽が三楊の時代に賞贊された臺閣體の退屈さ、體制批判をしない非現實的な作風を打ち破って、新たな潮流を興したことを指すものと思われる。朱彝尊『靜志居詩話』卷一〇「李夢陽」（嘉慶二十四年扶荔山房刊本）では、李東陽と楊一清が、臺閣體を昇華させたことを「成（化）・弘（治）間、詩道傍落し、雜にして多端なり。臺閣の諸公、白草黃茅、紛蕪靡蔓たり。其の沙を披きて金を揀ぶ者は、李文正（東陽）・楊文襄（一清）なり」と言っている。また、『列朝詩集』丙集卷五には李東陽の門下生を收めており、その冒頭に、李東陽が臺閣に君臨し文柄を握ったことにより、門下の人々を養成して人文の盛事を再形成させたことを次のように述べる。「成・弘の間、長沙の李文正公　金華（宋濂）・廬陵（楊士奇）の後を繼ぎて、雍容たる臺閣に、化權を執り、文柄を操り、弘く風流を奬め、長く善類を養う。昭代の人文　之が爲に再び盛んなり。百年以來、士大夫の學　本原を知り、詞は體要を尙び、彬彬たり、彧彧たり、未だ長沙の門より出でざる者有らず。藁城以下の六公（以下この卷に收錄される石珤・羅玘・邵寶・顧清・魯鐸・何孟春を指す）、其れ蘇門六君子の選なる乎」。さらに、庚寅（永曆四年、卽ち順治七年、一六五〇）の日付のある跋文を附している。そこでは、楊愼を含め、六人以外の茶陵派の名前が擧げられ、且つ靳貴の「懷麓堂文集後序」から「文柄を操ること四十餘年、其の門より出づる者、號するに家法有りと。遐陬荒壤と雖も、竊かに其の詞規字體を模さざる無く、以て世に鳴る。豈に盛んならざらん哉」を引用している。そして、その後に李夢陽が「師門」に背いて「古學を剽擬するを爲す」ことを提唱して以降、康海と王九思が「失職し訾毀」し、李開先がそれに便乗して「西涯 相爲りて、詩文は綮爛なる者を取り、人才は軟滑なる者を取る。惟だ詩文靡敗するのみならず、而も人才も亦た之に從う」と言ったことを記している。錢謙益は李開先のこの發言に憤慨し、石珤以下の人々は詩文はともかく、「直道勁節にして、議論に抗して權倖を犯し、永陵（世宗）の朝を砥柱」した「長沙 取る所の人才なり」と斷じている。

一三　**北地李夢陽一旦崛起、侈談復古。攻竄竊剽賊之學、詆諆先正、以劫持一世**　李夢陽が李東陽を批難する文としては「凌谿先生墓志銘」（『空同集』巻四七、四庫全書所收本）が擧げられる。嘉靖五年に朱應登（字は升之、弘治十二年の進士）のために書かれたこの墓志銘では、まず北方出身の「執政者」（ここでは劉健を指す）が詩を重視しないことが記され、續いて「文を柄する者 弊を承ぎ常を襲い、方に雕浮靡麗の詞に工なりて、媚を時眼に取り、凌谿（朱應登）等の古文詞を見て、愈ます惡みて之を抑えて曰く、「是れ平天冠（天子が祭祀に使用する冠）を賣る者なり」と。是に於いて凡そ文學士と號稱するは、率ね清銜に列するを獲ず、乃ち凌谿則ち南京戸部主事を拜せしめ、陰かに之を困しめんと欲す」といい、朱應登が翰林院に入れなかったことに切齒扼腕している。朱應登が進士になった弘治十二年當時、文壇で權力を持っていたのは次輔となっていた李東陽であり、「文を柄する者」とは李東陽を指すにちがいない。

一四　**關隴之士、坎壈失職者、群起附和、以撃排長沙爲能事**　「關隴の士」とは、いわゆる前七子のうち、鄠縣出身の王九思及び武功出身の康海を指し（それぞれ關中及び隴西に屬す）、彼らが「坎壈失職」したとは、正德年間初め、武宗卽位とともに權勢を振るってきた劉瑾が正德五年八月に肅正されたのに伴って、離職や罷免に追い込まれたことを指す。

康海（字は德涵、弘治十五年の進士）は、劉瑾からの秋波にもかかわらず距離を置いていたが、正德元年十月、韓文のために劉瑾を彈劾する文を代筆した李夢陽が翌年に投獄された際、劉瑾に懇願し李夢陽を助け出した。このため、劉瑾が失脚した際には同じ派閥だと目され罷免された。張治道「康海行狀」（『國朝獻徵錄』巻二一）には、「是の時、李西涯 中台爲りて（ママ）、文衡を以て自任し、而して一時 文を爲す者、皆其の門より出づ。一詩文出づる每に、摸效し竊倣せざる罔く（な）、以て前に古人無しと爲す。先生（康海）獨り之に效わず、乃ち鄠杜の王敬夫（九思）・北郡の李獻吉（夢陽）・信陽の何仲默（景明）・吳下の徐昌穀（禎卿）と文社を爲し、文藝を討論し、先王を誦說す。西涯之を聞きて、益ます大いに之を銜む」とあり、また文中には康海が母親逝去の折、北京勤務の高官は內閣の大學士に墓誌銘を依賴する慣例を破って李夢陽らに依賴したことも記されており、この張の文では康海らが李東陽の文藝上の作風に反感を持っていたことにしている。これに加えて張治道は「對山集序」（康海『對山集』十九卷本所收。嘉靖二十四年刻本）で、康海が廷試を受驗した際、李東陽はその自己アピールを憎んだとする（皇上其の人を得たるを喜ぶも、宰執其の己を盛んにするを疾む。賈〔誼〕・董〔仲舒〕堂に升り、絳〔絳侯、周勃〕・灌〔嬰〕目を瞋らす）。これについて簡錦松『明代文學批評研究』第二章「臺閣體」（民國七十八年、臺灣學生書局）は、これらが康海の科擧及第並びに前七子の隆盛からおよそ四十年の時を隔てて書かれていること、王世懋の序を收載する十卷本の『對山集』に掲載された「廷試策」に對する李東陽の評語には不滿が記されていないこと（十九卷本ではこの標語が削除されている）を理由に、張治道の文を一方的な言論だと斷じている。康海の罷免については本書「一七　康海」を參照されたい。

王九思の罷免も同様に政治がらみである。王九思は正德四年四月、翰林院所屬の高官が大量に六部に異動した際、吏部に移り、銓衡（高官の勤務評定）を司る文選司主事となり、ほどなく員外郎、郎中に昇進した。王九思は劉瑾に阿諛したわけではないが友好關係を保ち、さらに吏部在籍時の上官が劉瑾の派閥もしくは同鄉人であった。こうした經緯により劉瑾が失脚した際、王九思も連座して壽州同知に左遷された。正德四年の大量異動で昇進した者は劉瑾に連座して一時的に左遷されたが、劉瑾失脚後にはその多くが昇進した。しかし、王九思は正德六年十二月に給事中（監察官）への異例の昇進を糾彈されて罷免されることになった。王九思はこの罷免に李東陽が救援の手をさしのべてくれなかったことを怨みに思い、李東陽に批判的になった。

李東陽と前七子、とりわけ李夢陽との關係については、前七子やその周邊の人々によって李東陽や臺閣體が批判されたのは確かだが、一方で前七子の文藝理論が李東陽の理論を部分的に引き繼いだものであることも複數の研究者によって指摘されている。袁震宇・劉明今『明代文學批評史』第二章「明代前期的詩文批評」四「李東陽」（上海古籍出版社、一九九一）では、李東陽の漢魏の高古の「格」を貴ぶ點は、李夢陽らに繼承され昇華されたと指摘する。また、薛泉『李東陽研究』第四章「李東陽與前七子關係」では、盛唐の詩を模範とする點、詩は眞情を言うものだと主張する點、詩の規範を重視する點が、兩者に共通する特徵であることを指摘する。ここでは明清の代表的詩論より引用しておく。胡應麟『詩藪』續編一（明刻本）は李東陽の文藝上の功績を次のように記す。「成化以還、詩道旁（あまね）く落ち、唐人の風致、盡く隳（やぶ）るるに幾し。獨り李文正（李東陽）才具え宏く通じ、格律嚴整にして、一時に高步す。李・何を興起し、厥の功甚だ偉たり」。また、王世貞『增補藝苑卮言』卷四（萬曆十七年刻本）にも「長沙（李東陽）の何・李に於ける也（や）、其れ陳涉の漢高（漢の高祖劉邦）を啓く乎」とある。『詩藪』が言及する「格律嚴正」は、李東陽の文藝理論の中核を成すものである。李東陽は『麓堂詩話』に於いて「詩は必ず眼を具うること有り、亦た必ず耳を具うること有り。眼は格を主り、耳は聲を主る。……費侍郎廷言（誾）嘗て作詩を問う。予曰く、「試みに未だ見ざる所の詩を取りて、卽ち能く其の時代の格調を識る。十に一を失わざれば、乃ち得たること有りと爲す」と言う。詩を創るためには「其の時代の格調を識」らねばならない。「格」とは詩の體裁や構成、手法といったもので、「調」は詩のリズムや音の高低、音樂的感性といったものである。時代ごとに異なる「格」と「調」とをよく識別して知ることが詩の創作には欠かせないと、李東陽は考えたのである。李東陽の格調説については、前掲『明代文學批評史』の他、李劍波「試論李東陽的格調思想」（姜衡湘主編『李東陽研究文選』第四章「詩文藝術」所收。湖南人民出版社、二〇〇九）に詳しい。「小傳」の記述が眞實を傳えていないことについては、淸の王士禎が『池北偶談』巻一四（康熙刋本）に「海鹽の徐豐厓咸『詩談』に云わく、本朝の詩 國初より盛んなること莫し。宣（德）、正（統）ほど衰うること莫し。弘治に至り、西涯之を倡え、空同・大復之を繼ぐ。是自り作者 森起し、今に於いて烈爲り。當時、前輩の論、此くの如し。蓋し空同・大復 皆西涯の門に及ぶ。虞山（錢謙益）『列朝選』を撰し、乃ち力めて左右に分かちて袒し、長沙、何・李、界すること鴻溝の若し。後生の小子 竟に源流の自る所を知らず。後學を誤つこと淺からず」と指摘している。

『列朝詩集』の前身である北京大學圖書館所藏の稿本の李東陽傳では、「小傳」のこの部分は「國家休明の運、成（化）・弘（治）に萃まり、先生獨り其の盛に鳴らす（李東陽はその最盛期に獨り名を轟かせていた）。後、王元美（世貞）・李夢陽、長沙を詆謫するも（謗り責めたが）、久しくして自ら悔ゆ。元美の「書西涯古樂府後」（本書「附王世貞『書西涯古樂府後』に詳述）の語を觀るに、見る可し（國家休明之運、萃于成・弘、先生獨鳴其盛。後王元美・李夢陽詆謫長沙、久而自悔。觀元美「書西涯古樂府後」語、可見）」となっている。錢謙益は「七月廿三日舟過仲家淺廨、戲作長句書李文正公詩巻後」（『初學集』巻八、崇禎本）でも「成・弘の作者 誰をか其れ選ばん、茶陵（李東陽）落筆して瑚璉と成る（詩人竝びに文章家として大きな役割を果たす人物となった）。先民 大雅にして典刑（模範）

を存するも、後輩 輕浮にして永雋（甘美で意味深長な文學作品）を棄つ。我行くゆく篋に麓堂（李東陽）の詩を貯え、今日舟もて仲家淺（黄河流域の山東にある水門）を經たり。……公生まれて休明の世に遭逢し、國門を出でざりて鼎鉉（宰相）を歩む（成・弘作者誰其選、茶陵落筆成瑚璉。先民大雅存典刑、後輩輕浮棄永雋。我行篋貯麓堂詩、今日舟經仲家淺。……公生遭逢休明世、不出國門歩鼎鉉）」と詠んでいる。李東陽『北上錄』（『懷麓堂文續稿』巻三）には「夜過仲家淺閘」と題する詩があり、銭謙益の詩はこれを踏まえたものである。なお、萬曆元年刊の顧起倫『國雅品』（萬曆元年勾呉顧氏奇字齋刊本）には「明興り、高侍郎（啓）以還、七言律は流れて弊を極む。文正公（李東陽）大雅の宗を以て、尤も能く後進を推轂し、而して李・何・徐の諸公作こる」とあり、李東陽を「大雅」と再評價した魁といえる。

銭謙益が李東陽を高く評價した理由については、銭謙益「題懷麓堂詩鈔」（『初學集』巻八三）が參考になる。この文は、程嘉燧が選定した李東陽の詩集のために銭謙益が書いたものである。この文では、李東陽の詩風と對照的なものとして、公安派の「弱病」、七子の「狂病」、竟陵派の「鬼病」という三つの「近代の詩病」を擧げる（本書「二六　程嘉燧」**注三七**參照）。また、やはり李東陽作品のために書いた「書李文正公手書『東祀錄略巻』後」（『初學集』巻八三）では、銭謙益は前後七子の「狂病」もさることながら、「鬼病」を患う竟陵派の「魑吟鬼嘯」、卽ち魑魅の吟詠や幽靈の嘯きという作風のもたらす雲霧は、「空同（李夢陽）より尤甚」であり、そうした人々は「烏くんぞ以て西涯（李東陽）を知るに足らん哉」と斷じている（「近代 空同を訾警する者の若きは、魑吟鬼嘯なりて、其の雲霧 空同より尤甚たるも自ら知らざるなり。又烏くんぞ以て西涯を知るに足る哉」）。こうした竟陵派の作風こそが國家の「氣運」を追隨させるのであり、國家隆盛の象徴であった李東陽の作風とは對照的に、國家の「衰晩の懼れ」（「徐司寇畫溪詩集序」『初學集』巻三〇）を惹く極めて危險なものだと考えていたのである。こうした記述に據るなら、錢謙益が李東陽を「大雅」と位置づけ、ことのほか高く評價する背景には、李東陽の詩文を作品本位で評價する以外に、亡國の危機を誘う竟陵派を排斥するための根據としたいという側面があったと考えられよう。

一五　吾友程孟陽讀懷麓之詩　程嘉燧の履歴は本書「三六　程嘉燧」參照。程嘉燧の李東陽に關する評價は「程茂桓詩序」（『耦耕堂集詩文』文集卷上、順治刻本）に見え、李東陽を前七子や竟陵派に對して「詩家の正派」であると斷じる。「而して正始の音殆ど杳然たり。嗟乎、誰が爲に之を爲さんや、孰れか之を聽かしめん哉。李長沙の『懷麓堂詩』新安に刻され、卓然として詩家の正派なり。而して後生 罕に之を見る者有り。蓋し詩の學 何・李自りして變じ、摹擬聲調に務む。所謂矜氣を以て作るの者なり。鍾（惺）・譚（元春）自りして晦く、僻澁蒙昧を競う。所謂昏氣を以て出だすの者なり」。

一六　曲周劉敬仲　『列朝詩集』丁集卷十六に據ると、劉敬仲は劉榮嗣。字は敬仲、曲周の人。萬曆四十四年の進士。官は工部尙書に至る。錢謙益は劉榮嗣と次韻の詩を多く作り「錢劉唱和詩」にまとめたという。また、その詩集にも「劉司空詩集序」（『初學集』卷三一）を寄せている（本書「三四　鍾惺」**注一九**に詳述）。劉榮嗣の現存する詩文集『簡齋先生集十五卷』（康熙元年劉佑刻本）には、「寒夜次錢牧齋韻」（詩選卷四）及び「牧齋生日」（同上）が收錄されており、錢謙益との交流が確認できるが、二人で文學を論じたという內容のものは見あたらない。但し、劉榮嗣は「王亦房詩序」（文選卷三）で「余嘗て詩を言うに、眞人より貴ぶは莫く、乃ち更に新しくせんと欲す。夫れ身の經ざる所、意の會わざる所は、安くんぞ從りて之を言わんや。其の身の經る所、意の會する所を舍て、又安くんぞ作りて之を言わんや。之を言うは眞人なり。人 之を讀みて爽然たるなり。作者の精神、直ちに以て領す可し」といっており、錢謙益の持論と同方向の文藝思想を持っていたと思われる。なお、本文の「撏」の字は、底本及び『列朝詩集』點校本は「尋」に作るが、『小傳』標點本により改めた。

（和泉ひとみ）

附[一]　王世貞「書西涯古樂府後」

王元美[二]「書西涯古樂府後」云、「余嚮者於李賓之先生擬古樂府、病其太涉議論、過爾剪抑、以爲十不得一。自今觀之、奇旨創造、名語疊出、縱未可被之管絃、自是天地間一種文字。若使字字求諧於「房中」「鐃吹」之調、取其字句斷爛者而模倣之、以爲樂府如是、則豈非西子之顰・邯鄲之步哉」。「余作『藝苑巵言』[三]時、年未四十、方與于鱗輩是古非今、此長彼短、未爲定論。至於戲學『世說』、比擬形似、既不切當、又傷猥薄。行世已久、不能復秘、姑隨事改正、勿令多誤後人而已」。嘉・隆之際、握持文柄、躋北地而擠長沙者、元美爲之職志、至謂[四]「長沙之啓何・李、猶陳涉之啓漢高」。及其晩年、氣漸平・志漸實、舊學銷亡、霜降水落、自悔其少壯之誤、而悼其不能改作也。於論西涯樂府[五]、三致意焉。今之譚藝者、尊奉弇州『巵言』、以爲金科玉條、引繩批格、恐失尺寸。豈知元美固晩而自悔、以其言爲土苴唾餘乎。平津刻舟之人[六]、知劍去已久、未有不爽然自失者也。微元美之言、將使誰正之哉。

【訓讀】

王元美（本書「二七　王世貞」）の「西涯古樂府の後に書す」に云く、「余嚮者（さき）に李賓之先生の擬古樂府に於いて、其の太（はなは）だ議論に涉るを病（へい）（缺點）とし、過爾（かじ）に剪抑（せんよく）して（過度におとしめて）、以て十に一を得ずと爲す。今自り之を観るに、奇旨（勝れた趣旨）の創造せられ、名語の疊出するは、縦い未だ之を管絃に被る可からざるも（歌詞として樂曲に乘せることができなくとも）、自から是天地間の一種の文字なり。若し字字を使て「房中」「鐃吹」（いずれも漢代の樂府の曲調）の調べに諧うを求め、其の字句の斷爛する者（切れはし）を取りて之を模倣せしめ、以て樂府は是くの如しと爲せば、則ち豈西子（西施）の顰・邯鄲の歩に非ざらん哉」と。

「余『藝苑卮言』を作りし時、年は未だ四十ならず、方に于鱗（本書「一六　李攀龍」）の輩と古を是とし今を非とし、此を長とし彼を短として、未だ定論を爲さず。戯れに『世説』を學び（まねをし）、比擬形似（模倣と相似）するに至りては、既に切當ならずして、又獧薄に傷わる（適切でない上に、軽はずみの嫌いがあった）。世に行わること已に久しく、復た秘する能わず、姑く事に隨いて改正し、多く後人を誤まら令むること勿かる而已」と。

嘉（靖）・隆（慶）の際（一五二二～一五七二）、文柄を握持し、北地（本書「一六　李夢陽」）を躋らせて長沙（李東陽）を擠しのける者は、元美、之が職志（旗手）を爲し、「長沙の何・李（本書「一九　何景明」と李夢陽）を啓くは、猶陳渉（秦末の叛亂の先驅者）の漢高（漢の高祖）を啓くがごとし」と謂うに至る。

其の晩年に及びて、氣は漸く平らぎ、志は漸く實にして、舊學は銷亡し、霜降に水落ち（秋の節氣の霜降に川の水位が落ちて石が露出するように、晩年になって眞意があらわれ）、自ら其の少壯の誤りを悔み、而して其の改作する能わざるを悼むなり。西涯樂府を論ずるに於いては、三たび意を致せり（意思表示をした）。

今の藝を譚る者は、弇州（王世貞の號）の『卮言』を尊奉し、以て金科玉條と爲し、繩を引きて批格し（すみなわを引いて品定めの基準とし）、尺寸を失うことを恐る。豈知らんや元美は固より（なんと）晩くして自ら悔み、其の言を以て土苴（かす）唾餘と爲すを乎。平津の舟に刻みし人は、劍の去りて已に久しきを知り、未だ爽然（ぼんやりと）自失せざる者有らざるなり。元美の言微かりせば、將（そもそも）誰を使て之を正さしめん哉。

【注】

一　**附**　李東陽の小傳のあとに特別に附記された文章である。その小傳では、例えば王世貞について、「王・李代興、祧少陵而禰北地、目論耳食、靡然從風（王・李代りて興こり、少陵〔杜甫〕を祧して〔始祖として祭って〕北地〔李夢陽〕を禰し〔父として祭り〕、目論〔相手の缺點だけを見て自分の缺點は見ない態度〕耳食〔他人の說の請けうりで自分の舌で味わうことをしない態度〕、靡然として〔草木がなびくように〕風に從う）」と記したのは、實は王世貞の少壯期の傾向であり、晚年にはより柔軟になったことを表す例の一つとして示そうとしたものである。

二　**王元美「書西涯古樂府後」云**　王世貞の「書李西涯古樂府後」は、その『讀書後』卷四に收められる。全文を掲げておく。引用に多少の文字の省略や異同がある。錢仲聯主編・陳書錄等選注評點『王世貞文選』（二〇〇一年九月・蘇州大學出版社）は、この文の評點として、前半は往日の非を述べ、「自今觀之」以下の後半で創作の趣旨に目覺めたのだと指摘する。錢謙益が王世貞を評價するきっかけとなった文章であり、また『列朝詩集』丙集の冒頭に李東陽を据えることの正當性を保證する文章でもある。「吾嚮者妄謂、「樂府發自性情、規沿風雅、大篇貴樸、天然渾成、小語雖巧、勿離本色」。以故于李賓之擬古樂府、病其太涉論議、過爾抑剪、以爲十不得一。自今觀之、亦何可少夫。其奇旨創造、名語疊出、縱不可被之管絃、自是天地間一種文字。若使字字求諧于「房中」「鐃吹」之調、取其聲語斷爛者而模倣之、以爲樂府在是、毋亦西子之顰・邯鄲之步而已（吾嚮者に妄りに謂えらく、「樂府は性情自り發し、規は風雅〔『詩經』の國風と大小雅〕に沿い、大篇は樸を貴び、天然に渾成し、小語は巧みなると雖も、本色を離るる勿かれ」と。故を以て李賓之の擬古樂府に于ては、其の太だ論議に涉るを病とし、過爾に抑剪し、以て十に一を得ずと爲す。今自り之を觀るに、亦何ぞ可に少なき夫〔過小評價したことよ〕。其の奇旨の創造せられ、名語の疊出するは、縱い之を管絃に被る可からざるも、自から是天地間の一種の文字なり。若し字字を使て

「房中」「鐃吹」の調べに諧うを求め、其の聲語の斷爛する者を取りて之を模倣せしめ、以て樂府は是こに在りと爲せば、亦西子の顰・邯鄲の歩なる而已なること毋からんや）」。

小傳引用の中の「議論」、あるいは『讀書後』の中の「論議」というのは、史論をはさむなど理屈っぽいことを指す。一例をあげると、『列朝詩集』所收の「金陵問」全十句の初三句を次のように詠いおこす。「王安石、還聖人。熙寧天子空稱神（王安石は、還って聖人なり。熙寧の天子は空しく神と稱す）」。「聖人」は天子の尊稱、「熙寧天子」は宋の神宗。ちなみに吉川幸次郎『元明詩概說』（岩波文庫・一九九頁）では、李東陽の「擬古樂府」百篇は、古代歌謠「樂府」の體にまねて、歷代の史事を詠ずる」とのべ、例として宋の皇帝の陵墓を詠じた「冬青行」を載せる。

さて、「古樂府」というのは、一般的には漢・魏の作を指す。宋・郭茂倩の『樂府詩集』でいえば、主として「古辭」と稱されているものである。しかし李東陽の『懷麓堂集』卷一・二、詩稿一・二に載せる「古樂府」（一本に「擬古樂府」に作る）を見ると、詩材を史書などにとりながら新しい題を設けたのがほとんどで、いわゆる樂府題とはなっていない。李東陽にかぎらず明人の作る「古樂府」は、樂府題であるにしろないにしろ、すべて「擬古樂府」と見なしていいだろう。

ところで、王世貞は『藝苑卮言』卷一において、まず「擬古樂府」について、「「郊祀」（漢・郊祀歌十九章）・「房中」（漢・安世房中歌十七章）の如く、須く古雅を極め、發するに峭峻（きびしさ）を以てすべし（如「郊祀」「房中」、須極古雅、發以峭峻）」、また「漢・魏の辭は務めて古色を尋ぬ（漢・魏之辭、務尋古色）」などとしたあと、「一たび議論に渉るは、便ち是鬼道なり（一涉議論、便是鬼道）」とのべる。ついで「古樂府」については、『樂府詩集』卷二六・相和歌辭に付けた南齊の王僧虔の解題のみを引くが、その一部に、「當時　詩を先にし聲を後にす。詩は事を敍べ、聲は文（リズム、調べ）を成し、必ず志を使て詩に盡きしめ、音をして曲に盡きしむ（當時先詩而後聲。詩敍事、聲成文、必使志盡於詩、音盡於曲）」とある。すなわち樂府の詩は何らかの曲調に乘せる歌詞であることをいうのである。この原則は、王世貞が李東陽の擬古樂府を改めて評價した際にも、「縱い未だ之を管絃に被る可からざるも」としたように、撤回していない。

擬古樂府の作成にあたっては、その內容が古雅であるとともに、何らかの曲調に合うようにすべきだとする主張は、實は前後の古文辭派に共通する傾向である。例えば前七子の一人李夢陽（本書「一六」）は「缶音序」（『空同集』巻五二）で、擬古樂府にかぎらず一般的に、「詩は唐に至り古調亡べり矣。然れども自から唐調の歌詠す可き有り、高き者は猶管絃に被るに足る（詩至唐、古調亡矣。然自有唐調可歌詠、高者猶足被管絃）」とした（松村昂「李夢陽詩論」『明清詩文論考』一五二頁）。

この傾向はさらに元末明初の楊維楨（本書「四」）にまで遡るのであって、その古樂府、すなわち「鐵崖樂府」がそれである。宋濂（本書「六」）は「楊君墓誌銘」（『宋學士文集』巻一六「鑾坡後集」巻六）で、「酒酣に耳熱するに當たりて、侍兒を呼び出だして白雪の辭を歌わせ、君自らは鳳琶（さおの先が鳳凰の首の形をした琵琶）に倚りて之に和し、座客は或いは蹁躚として起ちて舞う（當酒酣耳熱、呼侍兒出歌白雪之辭、君自倚鳳琶和之、座客或蹁躚起舞）」と記している。「白雪辭」七言十二句は楊氏の自作で、『鐵崖先生古樂府』巻五に見える（松村「鐵と龍――楊維楨像にかんして――」前掲書七三頁）。

三　「余作『藝苑卮言』時、年未四十、……勿令多誤後人而已」　この一文は『四庫全書』所收の『弇州四部稿』『弇州續稿』『讀書後』のいずれにも見えない。ところが同じ一文を引用する本書「二一七　王世貞」小傳文の注三〇において、實は「書李西涯古樂府後」の別のテキストには載せられており、『四庫全書』所收『讀書後』巻四のテキストでは「削去」されたのだと指摘され、元のテキストの所在などについて詳しい説明がなされている。なお李攀龍とのやりとりについては胡應麟（『列朝詩集』丁集巻六）に與えた書簡「答胡元瑞」其一六（『弇州續稿』巻二〇六、文部・書牘）がある。「僕に故『藝苑巵言』有り、是四十前未定の書なり。于鱗嘗て謂うに「中に俊語多きも、英雄 人を欺く」と。意の滿たざるに似たり、僕も亦之に服す。第渠の棄取する所は却って未だ盡くは人の意得を快くせず（僕故有『藝苑巵言』、是四十前未定之書。于鱗嘗謂「中多俊語、英雄欺人」、意似不滿、僕亦服之。第渠所棄取却未盡快人意得）」。『藝苑巵言』六巻が成った時の自序の年記は「戊午六月」、すなわち嘉靖三十七年（一五五八）三十三歳。増益『藝苑巵言』八巻・附錄四巻が成った時の自序の年記は「壬申夏日」、すなわち隆慶六年（一五七二）四十七歳である。

ただしこの一文の中の「至於戲學『世說』、比擬形似、既不切當、又傷猥薄」の一節は「二七　王世貞」小傳文の引用では省かれている。「戲學『世說』」とは『世說新語補』を刪定したことを指す。『四庫全書總目』巻一四三・子部・小說家類存目一に、「『世說新語補』四巻。舊本は、明・何良俊撰補、王世貞刪定」とする。「舊本」とは、「前に康熙丙辰（十五年、一六七六）富陽の章紱の序有る」ものを指す。

何良俊は、字は元朗、南直隷松江府華亭縣柘林の人、正德元年（一五〇六）～萬曆元年（一五七三）、『列朝詩集』丁集巻七。その「撰補」したものとは『何氏語林』三十巻である。文徵明（本書「一五」）は「何氏語林敍」（『文徵明集』巻一七、一九八七年十月・上海古籍出版社）で次のようにのべる。年記は「辛亥四月之望」、すなわち嘉靖三十年（一五五一）である（『文徵明集』所收の「敍」には見えず、『四庫全書』本「（何氏）語林原序」による）。「吾が友何元朗氏の編する所にして、類として劉（義慶）氏の『世說』に倣いて作るなり。……兩漢自り昉めて胡元（『四庫全書』本は「宋元」に作る）に迄び、上下千餘年、正史の列べる所、傳記の存する所、奇蹤勝跡、漁獵して遺す靡く、凡そ二千七百餘事、總て十餘萬言、類列義例は一に惟劉氏の舊なり。凡そ劉に已に見る所は則ち復たとは出ださず。品目の臚分（配列）は維三十有八なるも、原情に要を執り、寔に語言を維ぐを宗と爲す（『世說』の部立て三十六に「言志」と「博識」を増して三十八とした）（吾友何元朗氏之所編、類倣劉氏『世說』而作也。……昉自兩漢迄於胡元、上下千餘年、正史所列、傳記所存、奇蹤勝跡、漁獵靡遺、凡二千七百餘事、總十餘萬言、類列義例一惟劉氏之舊。凡劉所已見則不復出。品目臚分維三十有八、而原情執要、寔維語言爲宗）」。

いっぽう王世貞の「刪定」については、本人の「世說新語補小序」（『弇州四部稿』巻七一）に次のようにのべる。年記は「嘉靖丙辰季夏」、すなわち同三十五年（一五五六）三十一歳の撰である（『四部稿』所載のものには無く、和刻本『李卓吾批點世說新語補』安永八年〔一七七九〕刊に付載するものによる）。「余 少時『世說新語』の善本を吳中に得、私心に已に之を好む。讀む毎に輙ち其の竟り易きを患え、又是の書の僅かに後漢自りして晉に終るを怪しみ、以爲えらく六朝の諸君子の、持論する所の風旨に卽きて、寧ぞ一、二の稱す可き者無からんや、と。最後に『何氏語林』を得るに、大抵は『世說』に規摹して稍之を衍げて元末に至る。……因りて稍刪定を爲し、合して其の類を見す。蓋し『世說』の去る所は十の二に過ぎず、而して『何氏』の采る所は則ち十の三に過ぎざる耳（余少時得『世說新語』善本吳中、私心已好之。讀每輙患其易竟、又怪是書僅自後漢終於晉、以爲六朝諸君子卽所持論風旨、寧無一二可稱者。最後得『何氏語林』、大抵規摹『世說』而稍衍之至元末。……因稍爲刪定、合而見其類。蓋『世說』之所去不過十之二、而『何氏』之所采則不過十之三耳）」。

四　至謂「長沙之啓何・李、猶陳涉之啓漢高」　『藝苑巵言』巻六に次のように見える。「長沙公少爲詩有聲、既得大位、愈自喜、攜拔少年輕俊者、一時爭慕歸之。雖模楷不足、而鼓舞攸賴。長沙之於何・李也、其陳涉之啓漢高乎（長沙公は少くして詩を爲りて聲有り、既に大位を得て、愈いよ自ら喜び、少年の輕俊なる者を攜拔し、一時爭い慕いて之に歸す。模楷の足らざると雖も、而も頼る攸を鼓舞す。長沙の何・李に於ける也、其れ陳渉の漢高を啓くなり）」。なお、顧起綸の『國雅品』士品二（萬曆元年〔一五七三〕刋）はこの部分を引いて、「頗善比興（頗る善き比興なり）」と評する。

五　於論西涯樂府、三致意焉　『藝苑卮言』巻六に「李文正爲古樂府、一史斷耳、十不能得一（李文正　古樂府を爲るは、一の史斷耳、十に一も得る能わず）」とあり、また同じ頃の文章と思えるものに『明詩評』巻四の最後尾の「李文正東陽」の評に、「樂府、自謂絶世、實則史斷一章（樂府、自らは絶世と謂うも、實は則ち史斷の一章なり）」（『紀錄匯編』所收、吳文治主編『明詩話全編（肆）』一九九七年十二月・江蘇古籍出版社刋の所引による）とあるが、錢謙益がこの二文を二度と數えたのか否かは、なお檢討の餘地があろう。三度目がこの「書李西涯古樂府後」を指すことは疑いない。あるいは「三」は實數ではなく、單に、しばしば・たびたび、の意かもしれない。

六　平津刻舟之人、知劒去已久、未有不爽然自失者也　王世貞の發言を信奉する人々は、それがまだ身近かにあると思って追い求めていたところ、それがとっくの昔に王世貞自身によって取り消されていることを知って、茫然自失している、という意味であろう。

「平津」は延平津のこと、福建延平府（南平縣）にある渡し場、『晉書』張華傳に見える故事である。雷煥なる者が地中から二ふりの名劍を得、一劍を華に與えたが、華の死後、その所在が分からなくなった。煥の子が父の劍をおびて延平津を過ぎた時、「劍は忽ち腰間於り躍り出て水に墮ち、人を使て水に沒りて之を取らしむるも劍を見ず、但だ（華の劍とともに變化して）兩龍の各おの長さ數丈なるが蟠縈して文章有るを見るのみ（劍忽於腰間躍出墮水、使人沒水取之、不見劍、但見兩龍各長數丈、蟠縈有文章）」とある。この故事は禪問答の材料にもなっており、『景德傳燈錄』巻二一「建州白雲智作眞寂禪師」に見える。「僧問う、『如何なるか是延平津』と。師曰く、『萬古　水は溶溶たり」と。僧曰く、「如何なるか是延平劍」と。師曰く、「速やかに須く退歩すべし」と。僧曰く、「未だ津と劍と是同じきか是異なるかを審らかにせず」と。師曰く、「惜しむ可し這の漢は」と（僧問、「如何是延平津」。師曰、「萬古水溶溶」。僧曰、「如何是延平劍」。師曰、「速須退歩」。僧曰、「未審津與劍是同是異」。師曰、「可惜這漢」）」。

「刻舟」は、江を渉る者が舟中で劍を墜としたので、その場所だとして舟べりに印をつけて水に入ったが、舟が先に進んでいることに氣付かなかったという故事、『呂覽』察今篇に見える。

（松村　昂）

一〇　王守仁　成化八年（一四七二）～嘉靖七年（一五二八）

丙集巻四　[一]王新建守仁

[二]守仁、字伯安、餘姚人。弘治丙辰進士、[三]除刑部主事、[四]起改兵部。[五]疏劾劉瑾、謫龍場驛丞。[六]屢遷南太僕・鴻臚卿、[七]以左僉都御史撫南・贛、[八]用禽寧濠功、拜南京兵部尙書、封新建伯、[九]謚文成。[一〇]事具國史。

[一一]先生在郎署、與李空同諸人游、刻意爲詞章。居夷以後、講道有得、遂不復措意工拙。[一二]然其俊爽之氣、往往涌出於行墨之間。[一三]荊川之門人、專取其晩年詩、以爲極則、則可哂也。

[一四]王元美「書王文成集後」云、「伯安之爲詩、少年有意求工、而爲才所使、不能深造而衷於法。晩年盡學而歸之道、而尙爲少年意象所牽率、不能渾融而出於自然。其自負若兩得、而吾以爲幾於兩墮也。以世眼觀之、公甫何敢望伯安、以法眼觀之、伯安瞠乎後矣」。

【訓讀】

守仁、字は伯安、餘姚（浙江紹興府下）の人。弘治丙辰（九年、一四九六）進士。刑部主事に除せられ、起ちて兵部に改めらる。疏して劉瑾を劾し、龍場驛丞に謫せらる。屢しば遷りて南太僕・鴻臚卿たり、左僉都御史を以て南・

贛を撫し、寧濠を禽うるの功を用って、南京兵部尙書を拜し、新建伯に封ぜられ、文成を諡さる。事は國史に具なり。

先生　郎署に在りて、李空同諸人と游び、刻意して詞章を爲す。夷に居りて以後、道を講ずるに得る有りて、遂に復たとは意を工拙に措かず。然れども其の俊爽（けだかく、さわやか）の氣は、往往にして行墨（詩文）の間に涌出す。荊川（唐順之、丁集卷一、本書「二二」）の門人、專ら其の晩年の詩を取りて、以て極則（究極の準則）と爲すは、則ち哂う可きなり。

王元美（王世貞、丁集卷六、本書「二七」）「王文成集の後に書す」に云えらく、「伯安の詩を爲るに、少年に工を求むる意有るも、而も才の使う所と爲り（才能に働かされて）、深く造りて法に衷う能わず。晩年　盡く擧くして之が道に歸するも、而も尙お少年の意象の牽率する（ひきずる）所と爲り、渾融して（融合して）自然より出づる能わず。其の自負して（法と道とを）兩得するが若きも、吾以爲えらく兩墮（どっちつかず）に幾きなり。世眼（世間的な目）を以て之を觀れば、公甫（陳獻章の字、白沙先生と稱される、丙集卷四）は何ぞ敢て伯安を望まん。法眼（目利きの目）を以て之を觀れば、伯安は後ろより瞠せん（後ろから尊敬の目をみはるだろう）」と。

【注】

一　**王新建守仁**　王守仁は、寧王朱宸濠の亂を平定した功績によって、正德十六年（一五二一）十月二日、新たに即位した嘉靖帝から新建伯に封ぜられ、死後の隆慶元年（一五六七）五月には新建侯を贈られ、文成と諡された。新建は朱宸濠が據りどころとした南昌府に屬する縣の名である。

王守仁は陽明先生と稱される。その傳記類には次のものがある。門人黃綰（成化十六年〔一四八〇〕～嘉靖三十三年〔一五五四〕）の「陽明先生行狀」（『王陽明全集』巻三八所收、一九九二年十二月・上海古籍出版社刊）。王世貞「新建伯文成王公守仁傳」（『弇州山人續稿』巻八六。ただしタイトルは焦竑（嘉靖二十年〔一五四一〕～泰昌元年〔一六二〇〕、『小傳』丁集巻十五）の『國朝獻徵錄』巻九・伯一による）。李贄（本書「四〇」）『續藏書』巻一四・勳封名臣「新建侯王文成公」。何喬遠（生卒年未詳、萬曆十四年〔一五八六〕進士）の『名山藏』（崇禎十三年〔一六四〇〕錢謙益序）巻八〇（？）儒林記「王守仁」（『明實錄』では王守仁の死亡時の人事記錄は無い）。しかし本小傳中の「弘治丙辰（九年）進士」を目安に當たってみると、右のいずれにも該當せず、結局、錢氏がどんな資料に依據したのかは分からない。

そもそも明の重要人物でありながら、その小傳がきわめて簡略であるのは、本文にいうように「事は國史に具（つぶさ）なり」とすることによる。その「國史」とは錢謙益が『列朝詩集』の編輯と同時進行させていた明代の歷史、特にその傳記を指す。事の次第は、錢氏の本書一「歷朝詩集序」の中の注一二～一六に明らかで、「錢謙益はこの間に竝行して國史と明文の總集の編纂も行っていた」が、「絳雲の一炬」のため、「順治七年（一六五〇）十月に失火により燒失」した。「『列朝詩集』についてはすでに印刷に回っていたため、火災の被害に遭わなかったとみえる」が、「準備していた國史の類が灰燼に歸した」。念のために金叔遠「錢牧齋先生年譜」（民國二十一年〔一九三二〕）の記事を掲げておく。『明史』『明史稿』と記すのが「國史」に當たるのであろう。すなわち、順治六年、錢氏六十八歲、「南都（「黃毓祺案」で軟禁されていた南京）自り歸里し、盡く所藏の書を發して將に『明史』を撰せんとし、而して門人毛子晉 爲に『列朝詩集』を刻す（先生自南都歸里、盡發所藏書、將撰『明史』、而門人毛子晉爲刻『列朝詩集』）。順治七年「十月、絳雲樓 火に不戒（不注意）にして、延して半野堂に及び、凡そ宋元の精本圖書玩好、及び裒輯せる（蒐集していた）所の『明史稿』一百卷、論次せる昭代の文集百餘卷、悉く煨燼と爲る（十月、絳雲樓不戒於火、

延及半野堂、凡宋元精本圖書玩好、及所裒輯『明史稿』一百卷、論次昭代文集百餘卷、悉爲煨燼）」。

したがって、小傳では、別に參考にすべく指示していた「國史」という文言が殘されたまま、本體を目睹する機會が失われたことになる。ちなみに『列朝詩集小傳』で「事具國史」とか「事在國史」などと記されるのは、王守仁のほか、于謙・乙集卷四、徐有貞・乙集卷六、馬文升・丙集卷三、費宏・丙集卷三、楊廷和・丙集卷三、王雲鳳・丙集卷三、徐階・丁集卷十一、沈一貫・丁集卷十一、孫承宗・丁集卷十一などがある。

以下、王守仁の經歴の補足と注釋を、門人錢德洪（弘治九年〔一四九六〕～萬曆二年〔一五七四〕）の「王文成公年譜」（三卷・附錄二卷、四部叢刊初編『王文成公全書』卷三二～三六。以下、「年譜」）によっておこなう。

二　守仁、字伯安、餘姚人。弘治丙辰進士　「年譜」によると、その出身は晉のいわゆる瑯琊の王氏で、南遷後、東晉の右將軍王羲之が居を山陰（當時の會稽郡下）に徙し、永和九年（三五三）の三月三日には蘭亭（現紹興市城の西南約十二・五キロ）で修禊の會を催した。だがその二十三世の王壽なる人が餘姚に徙り、以來その地の人ということになった。しかし王守仁の父王華（龍山公と稱す）が成化十七年（一四八一）狀元で進士及第したのを機に、「常に山陰の山水の佳麗にして、又（また）先世の故居爲るを思い、復た（餘）姚自り越城の光相坊に徙りて之に居る（龍山公常思山陰山水佳麗、又爲先世故居、復自姚徙越城之光相坊居之）」。守仁は十歳であった。「越城」とは明の紹興府（附郭の二縣は山陰と會稽）、現在では紹興市城内で、『古城紹興』（一九九六年九月・浙江攝影出版社刊）の「王陽明墓」の説明によると、「城内下大路光相橋附近」、地圖だと、鐵道の紹興驛のやや南を西北から東南に走る下大路の眞中あたりかと思われる。この時以來、王守仁が餘姚に赴くのは墓參の時ぐらいで、「年譜」に「越」と記される場合は、すべて紹興府を指す。

進士の年を小傳が弘治九年（一四九六）とするのは誤りだろう。「年譜」は、弘治十二年（一四九九）二十八歳の條に、「是の年の春會試。南宮（禮部での會試）第二人に擧げられ、（殿試にて）二甲進士出身第七人を賜り、工部に觀政す（一種の見習い）（是年春會試。擧南宮第二人、賜二甲進士出身第七人、觀政工部）」とする。『進士題名錄』でも弘治十二年己未科の殿試の結果を、第二甲九十五名中の第六位に記す。

三　除刑部主事　「年譜」に、翌弘治十三年・二十九歲「京師に在り。刑部雲南淸吏司主事（正六品）を授かる（在京師。授刑部雲南淸吏司主事）」とある。

四　起改兵部　「起ちて」とは、官界復歸をいう。すなわち「年譜」によると、弘治十五年八月、「遂に告病して（病氣休暇をとって）越（紹興）に歸り、室を陽明洞中に築き、導引術（氣功と體操をかねた養生術）を行う（遂告病歸越、築室陽明洞中、行導引術）」とあり、弘治十七年に再起して、「秋、山東鄕試に主考たり（秋、主考山東鄕試）」、九月に「兵部武選淸吏司主事（正六品）に改め（改兵部武選淸吏司主事）」られた。

五　疏劾劉瑾、謫龍場驛丞　正德元年（一五〇六）武宗の初政に宦官の劉瑾が司禮監となって政柄を握ると、南京給事中御史の戴銑らがこれを批判して逮捕され、十一月に王守仁が兵部主事として抗議、詔獄に下されて廷杖四十を受け、貴州龍場驛丞に謫せられた。龍場驛は貴州宣慰司に屬し、驛丞は、「郵傳・迎送の事を典(つかさど)る（品階なし）」（『明史』職官志）。

「年譜」によると、その行程・履歷は次のようであった。正德二年十二月、錢塘から龍場驛に赴く。三年三月に到着。四年、貴州提學副使の席書（字は文同、四川遂寧縣の人、天順五年（一四六一）～嘉靖六年（一五二七））によって貴陽書院の主講に招かれ、州縣の子弟を教育。五年三月、江西吉安府下の廬陵縣知縣（正七品）となった（この年の八月、劉瑾が誅に伏す）。以上の流謫を彼自身は「居夷三載」（『傳習錄』上卷、蕭惠への忠告）と稱している。「夷」とは當地が苗族の居住地であったからである。

六　屢遷南太僕・鴻臚卿　しばしば異動を重ねてとは、「年譜」によれば、以下のような經歴をいう。すなわち、正德五年（一五一〇）三十九歳、十二月、南京刑部四川清吏司主事（正六品）。正德六年正月、吏部驗封清吏司主事（正六品）に轉任。十月、吏部文選清吏司員外郎（從五品）に昇任。正德七年三月、吏部考功清吏司郎中（正五品）に昇任。十二月、南京太僕寺少卿（正四品）。正德九年四月、南京鴻臚寺卿（正四品）。

七　以左僉都御史撫南・贛　都察院左僉都御史（正四品）となったのは正德十一年（一五一六）四十五歳の九月である。巡撫したのは「南・贛」のみならず「南・贛・汀・漳の處」であり（「年譜」・談遷『國榷』とも）、その範圍は、江西南部の南安・贛州二府と福建南部の汀州・漳州二府に及ぶ。同十三年六月には都察院右副都御史（正三品）・提督南・贛・汀・漳に昇格した。

八　用禽寧濠功、拜南京兵部尙書、封新建伯　「寧濠」は寧王朱宸濠。『明史』卷一〇二・諸王世表、および卷一一七・諸王列傳によると、朱宸濠は、太祖庶十七子朱權から數えて五代目、封地は江西南昌府で、弘治十二年（一四九九）に襲封したが、正德十四年（一五一九）六月十一日に謀反の兵を起こし、南京、更には北京を目指した。

いっぽう王守仁は事變を聞くと、贛州の北の吉安府で「義兵」（「年譜」）を組織し、七月十三日には贛水を下って北方に向かい、十八日豐城に駐屯、二十日には南昌を攻略した。二十六日、たまたま江南に南巡していた武宗が親征の詔勅を下して宸濠の屬籍を削除（以降、宸濠は「寧庶人」と稱される）、同じ日に「官軍宸濠を樵舍に撃ちて大いに之を破り、宸濠を擒う（官軍擊宸濠于樵舍、大破之、擒宸濠）」（『國榷』）。「年譜」は王守仁の行動について、「蓋し起兵自り破賊に至るに曾て旬日（十日）ならざるに、紀功は凡そ一萬一千有奇（蓋自起兵至破賊、曾不旬日、紀功凡一萬一千有奇）」と記す。その後、九月十一日、親ら俘虜寧庶人を獻上するために南昌を出發し、行路を東にとって富春江に出、杭州で目的を果たした（寧庶人は正德十五年十二月五日に死を賜った）。なお寧王朱宸濠と詩人との關りについては、その起兵以前では唐寅（本書「一一二」）に、誅殺以後では李夢陽（本書「一六」）に、それぞれエピソードがある。

王守仁は正德十五年正月、江西で現職に復歸。翌十六年七月二十八日、南京兵部尙書（正二品）に昇任。『國榷』は、同年（嘉靖帝卽位後の）十一月九日「宸濠を平らげし功を敍し、王守仁を新建伯に封ず。歲祿は千石、誥券（皇帝の文書）もて世襲せしむ（敍平宸濠功、封王守仁新建伯。歲祿千石、誥券世襲）」と記す（「年譜」は十月二日とする）。「新建」は南昌府の郭內の縣の名である。

その後の經歷では、嘉靖元年（一五二二）五十一歲の二月に父王華が亡くなり歸鄕。嘉靖三年四月服闋。門弟との問答を續け、十月には紹興府城內に陽明書院を設立。嘉靖六年五月になって、南京兵部尙書に都察院左都御史を兼ねて「思・田」すなわち廣西の思恩府と田州の二地の叛亂征討を命じられ、九月に出發、翌年二月に兩地を平定したが、十月には病すでに篤く、十一月二十九日、廣東から梅嶺を越えた江西南安府で客死した、年五十八。

九　**諡文成**　死後三十九年の隆慶元年（一五六七）五月、耿定向（嘉靖三年〔一五二四〕～萬曆二十四年〔一五九六〕。黃宗羲『明儒學案』卷三五・泰州學案に著錄）らの上疏により、「詔にて新建侯を贈られ、文成と諡さる（詔贈新建侯、諡文成）」（「年譜」）。

一〇　**事具國史**　注一を參照。ちなみに、錢氏が福王の南明政權のもとで禮部尙書兼翰林院學士であった弘光元年（淸の順治二年〔一六四五〕）二月の『國榷』の記事に、「壬申（十九日）南京禮部尙書錢謙益 退居して國史を修め、家に卽きて開局することを求む。許さず（壬申、南京禮部尙書錢謙益求退居修國史、卽家開局。不許）」とある。したがって錢氏の「國史」は國家事業としてでなく、元史官の立場からの私的な編輯であった。「國史」が個人的に編まれたものについても稱されることは、南京工部右侍郎であった何喬遠が編輯した『名山藏』（百九卷。注一參照）

にたいして、銭氏が「少司空晉江何公國史名山藏序」(『初學集』巻二八)を著している例によっても分かる。また焦竑の『國朝獻徵錄』(注一參照)も私的な編輯であるが、『明史』藝文志では『國史獻徵錄』と記載される。

一一　先生在郎署、與李空同諸人游、……遂不復措意工拙

李空同は李夢陽の號(本書「一六」)。彼が「朝正倡和詩跋」(『崆峒集』巻五八)で記すように、弘治十一年(一四九八)から、正德二年(一五〇七)の十年間に、北京朝廷の若手官僚らによって「古學」復興のもとに「詩の倡和」がおこなわれた。その中には「餘姚の王守仁」の名もあった。王守仁の經歴でいえば、弘治十二年の進士、ついで刑部主事から、正德元年十二月、兵部主事として劉瑾を批判して下獄し、龍場驛丞に流謫されるまでの七年間ということになろう。この間、銭謙益の文言では、「刻意して詞章を爲」し、古文辭に親しんだかのように讀める。

しかし門弟の見るところではこれとは違い、その途中からすでに、「詞章」そのものに疑問を抱いていたらしい。すなわち「年譜」の弘治十五年の條には次のように見える。「五月(刑部主事として前年の江北での「審錄」、裁判員への訊問から)復命し、京中の舊遊(「古學」研究會の仲間だろう)倶に才名を以て相馳騁して、古詩文を學ぶ。先生嘆きて曰く「吾焉んぞ能く有限の精神を以て無用の虚文を爲さん也」と。遂に(八月)病いを告して(病氣による休職願を提出して)越に歸り、室を陽明洞中に築きて導引の術を行う(五月復命、京中舊遊倶以才名相馳騁、學古詩文。先生嘆曰「吾焉能以有限精神爲無用之虚文也」。遂告病歸越、築室陽明洞中、行導引術)」。

また古文辭家王世貞も「王公守仁傳」で次のように記す。「明年(弘治十五年八月)疾を引きて(理由として)告を請う。是より前、守仁は諸の善くする所の太原(山西)の喬宇(小傳丙集巻三)・廣信(江西)の汪俊・太州(南直隷泰州)の儲巏(小傳丙集巻六)・河南の李夢陽(青年時代と退官後、開封に居住)・何景明(本書「一九」)・山東の邊貢(本書「一八」)と相切劘して古文辭を爲し、名は藉藉たり(盛んであった)(汪俊の他は、本書

「一六　李夢陽」の注一五に引いた「朝正倡和詩跋」での二十三名の中の人士と重なる）。已にして之を厭うて曰く、「我が精を滑し、我が神を耗やすも、我は且つ（それでも）之が役（勞苦）を爲す耶」と。因りて室を陽明洞中に築き、頗る導引を習い、之を習うこと久しくして先知する（一般の人より先に悟る、『孟子』に出る）若き者有り（明年引疾請告。前是、守仁與諸所善太原喬宇・廣信汪俊・太州儲巏・河南李夢陽・何景明・山東邊貢、相切劘爲古文辭、名藉藉。已而厭之曰、「滑我精、耗我神、我且爲之役耶」。因築室於陽明洞中、頗習導引、習之久而有若先知者）」。

かくして「年譜」は、弘治十八年「（兵部主事として）京師に在り。是の年、先生の門人始めて進む。學者 詞章の記誦に溺れ、復た身心の學有るを知らず。先生首倡して之を言い、人を使て先ず必ず聖人と爲るの志を立てしむ（在京師。是年、先生門人始進。學者溺於詞章記誦、不復知有身心之學。先生首倡言之、使人先立必爲聖人之志）」と記す。

「居夷以後」には、錢氏の指摘するように、王氏の關心が「詞章」から全く離れ、「身心の學」、すなわち道學へと向かっていったことが確かである。王守仁の語錄である『傳習錄』一卷（通行本三卷のうちの上卷）は、正德十三年（一五〇七）八月、王氏四十七歲、門人の薛侃によって刊行されるが、卷頭にあるのは徐愛が正德七年十二月、紹興でおこなった王氏との問答の記錄である（徐愛は字は曰仁、號は横山、餘姚の人。王氏の女婿で、龍場驛にも同行した。弘治元年（一四八七）～正德十三年（一五一八））。「先生『大學』の「格物」の諸說に於いては、悉く舊本（『禮記』中の「大學」篇）を以て正と爲す。……人は其の（王氏の）少時の豪邁不羈、又嘗て詞章に泛濫し（ふけり）、二氏（道教と佛教）の學に出入せしを見て、驟かに是の說を聞くも皆目して以て異を立て奇を好むと爲し、漫りに省究せず。知らず、先生 夷に居る三載、困に處りて靜を養い、精一の功、固より已に聖域に超入し、粹然として大中至正の歸（歸著）なり矣を（先生於『大學』「格物」諸說、悉以舊本爲正。……人見其少時豪邁不羈、又嘗泛濫詞章、出入二氏之學、驟聞是說、皆目以爲立異好奇、漫不省究。不知、先生居夷三載、處困養靜、精一之功、固已超入聖域、粹然大中至正歸矣)」。

一二　然其俊爽之氣、往往涌出於行墨之間　王守仁の詩は凡そ五百五十八首。そのうちの四十七首を錢氏は採錄している。『王文成公全書』の目錄の分類に照らすと、「居夷詩」(三十六歲～三十八歲、百十一首)から十六首、「江西詩、百二十首」(四十八歲～五十歲)から十三首などがその主なものであるが、「居越詩、三十四首」(五十歲～五十六歲)からは一首も採っていない。「詠良知四首、示諸生」など觀念詩・道學詩に類するものが多く見られるのを嫌ったのであろう。

例えば、『傳習錄』下卷には「居越」の頃と思われる門人との問答が見えるが、この頃には「詞章」に凝ることへの警戒心が強くなっていたことが窺えよう。「門人 文を作りて友の行くを送り、先生に問いて曰く、「文字を作るは思いを費やすを免れず、作り了えて後に又一、二日、常に記して(記憶して)懷に在り」と。曰く、「文字思索は亦害無し。但だ作り了えて常に記して懷に在るは、則ち文の累わせる所と爲り(文によって煩わされることになり)、心中に一物有り。此は則ち未だ可ならざるなり」と。又詩を作りて人を送るに、先生 詩を看畢りて謂いて曰く、「凡そ文字を作るは我が分限の及ぶ所に隨うを要す。若し說き得て(說きかたが)太だ過ぎ了わるは、亦辭を修めて誠を立つるに非ず」と(門人作文送友行、問先生曰、「作文字不免費思、作了後又一二日、常記在懷」。曰、「文字思索亦無害。但作了常記在懷、則爲文所累、心中有一物矣。此則未可也」。又作詩送人、先生看詩畢、謂曰、「凡作文字要隨我分限所及。若說得太過了、亦非修辭立誠矣」)」。

一三　荊川之門人、專取其晚年詩、以爲極則、則可哂也　「荊川」は唐順之の別號(本書「一二二」)。その小傳に言及はないが、黃宗羲『明儒學案』卷二六「南中王門學案二」に傳が立てられるように、陽明學の一派と見なされる。その「門人」については、詳らかにしない。「其の晚年の詩」とは、王氏五十歲から五十六歲の「居越詩、三十四首」と、五十六・七歳の「兩廣詩、二十一首」を指す。「極則」は、特に經書に關する術語で、例えば王氏の「大學問」の文章にも「至善なる者は明德・親民の極則也（至善者、明德・親民之極則也）」とある。

一四　王元美「書王文成集後」云、「伯安之爲詩、……伯安瞠乎後矣」　『列朝詩集』丙集第四が最初に陳獻章（小傳は獻を憲に作る。白沙先生と稱される）を置き、最後の六番目に王守仁を置くのは、王世貞の『讀書後』卷四が、「書陳白沙集後」の次に「書王文成集後一」「書王文成集後二」を置くのに倣ったのだろう。

王守仁にたいする「書後一」の引用部分には文字の異同や省略があるので、その箇處を指摘、あるいは補足しておこう。小傳原文の「少年有意求工」を、書後は「少年時亦求所謂工者（少年時は（彼も）亦所謂工なる者を求むるも）」に作る。「而尙爲少年意象所牽率」は「而尙爲少年意所累（而も尙お少年の意の累わす所と爲りて）」に作る。「不能渾融而出於自然」のあとに、書後では文についても觸れて「其文則少不必道、而往往有精思。晩不必法、而匆匆無深味（其の文は則ち少きには道を必とせず、而も往往にして精思有り。晩には法を必とせず、而も匆匆（ぼんやり）として深味無し）」の一節が插入される。小傳の「吾以爲」を書後は缺き、「公甫何敢望伯安」を「公甫固不如（公甫は固より如かざるも）」に作る。

「自然」とは、陽明のいう「天理」や「良知」にたいする王世貞なりの表現であろう。「兩墮」は『後漢書』單超傳に、宦官の唐衡が「兩墯（墯は墮の又の形）」していると言われたのに由來し、李賢の注は、「兩墯は隨意にして爲す所の定まらざるを謂うなり。今人は兩端を持して任意なるを兩墯と爲すと謂う」とする。「瞠乎後」は、『莊子』田子方篇の「（夫子）及奔逸絕塵、而回瞠若乎後者」に出る。顏回が孔子に向かって「（夫子の）奔逸絕塵するに及びては、回は後ろに瞠若たる者なり（若は助辭）」、後ろで目をみはっているだけですと言ったという。

（松村　昂）

一一　沈　周　宣德二年（一四二七）〜正德四年（一五〇九）

丙集卷八　[一]石田先生沈周

[二]周、字啓南、長洲人。祖孟淵・世父貞吉・父恆吉、皆隱居、工書畫。[三]少學於陳五經之子孟賢、得前輩經學指授。[四]年十五、游金陵、作百韻上地官崔侍郎、面試「鳳凰臺賦」、援筆而就。咸以爲不減王子安。[五]景泰間、郡守以賢良應詔、筮之得遯之九五、乃決計隱遯、[六]耕讀於相城里。所居曰「有竹莊」、修閒居奉母之樂。[七]母九十九齡乃終、先生年八十矣。又三年而卒。

[八]先生風神散朗、骨格淸古、碧眼飄鬚、儼如神仙。[九]所居有水竹亭館之勝、圖書彝鼎、充牣錯列、戶屨塡咽、賓客牆進、撫翫品題、談笑移日。[一〇]興至、對客揮灑、煙雲盈紙。畫成自題其上、頃刻數百言、風流文翰、照映一時。百年來、東南之盛、蓋莫有過之者。

[一一]先生旣以畫擅名一代、片楮匹練、流傳遍天下。而一時鉅公勝流、則皆推挹其詩文。謂以詩餘發爲圖繪、而畫不能掩其詩者、李賓之・吳原博也。[一二]斷以爲文章大家、而山水竹樹、其餘事者、楊君謙也。[一三]謂其緣情隨事、因物賦形、開闔變化、神怪疊出者、王濟之・文徵仲也。[一四]謂其獨醲衆流、橫絕四海、家法在放翁、而風度主浣花者、祝希哲也。

[一五]余與孟陽居耦耕堂、嘗評定其詩、而爲之序曰、「石田之詩、才情風發、天眞爛熳、舒寫性情、牢籠物態。少壯模倣唐人、間擬長吉、分刌比度、守而未化。已而悔其少作、擧焚棄之。而出入於少陵・香山・眉山・劍南之間、踔厲頓挫、沈鬱老蒼、文章之老境盡、而作者之能事畢。其或沿襲宋・元、沈浸理學、典而近腐、質而近俚、斷爛朝報、與村夫子兔園冊、亦時所不免、茲固已盡汰之矣」。

[一六]『詩鈔』刻於瞿氏耕石軒、古文若干篇、及余所輯「白石翁事略」附焉、今節而錄之如右。

【訓讀】

周、字は啓南、長洲（蘇州府長洲縣）の人なり。祖の孟淵（澄）・世父の貞吉（貞）・父の恆吉（恆）、皆隱居し、書畫に工（たくみ）なり。少きより陳五經（繼）の子の孟賢（寬）に學び、前輩の經學の指授を得たり。年十五にして、金陵に游び、百韻を作りて地官の崔侍郎（恭）に上（たてまつ）り、「鳳凰臺の賦」を面試され、筆を援（ひ）きて就る。咸 以爲えらく王子安（勃）に減ぜずと。景泰の間、郡守 賢良を以て詔に應ぜしむるに、之を筮（うらな）いて遯の九五を得たれば、乃ち計を隱遯に決して、相城里に耕讀す。居る所を「有竹莊」と曰い、閒居して母に奉ずるの樂を修む（閑居して母親に孝行する幸せを實踐した）。母 九十九齡にして乃ち終わるに、先生 年八十なり。又三年して卒す。

先生 風神散朗（風采は飄々とし）、骨格淸古にして（風格は淸雅古朴で）、碧眼（道士を思わせる紺碧の目）に鬚飄り、儼（あたか）も神仙の如し。居る所 水竹亭館の勝有りて、圖書彝鼎、充牣錯列し（書籍や、鼎または酒器といった骨董品の禮器などが部屋中にあふれ）、戶屨塡咽、賓客牆進し（入り口の履物はぎっしりと置かれ、客はひしめき合い）、撫翫品題し（鑑賞したり品評したりして）、談笑して日を移す。興至れば、客に對（むか）いて揮灑し（客の面前で即興で揮毫し）、煙雲（自在な墨蹟）紙に盈つ。畫成れば自ら其の上に題し、頃刻にして（あっという間に）數百言、風流なる文翰、一時に照映す（洒脱な詩文によって當時の世の中に照り輝いた）。百年來、東南の盛んなること、蓋し之に過ぐる者有る莫し。

先生既にして畫を以て名を一代に擅にし、片楮匹練（その作品が描いてある紙きれや絹は）、流轉して天下に遍し。而るに一時の鉅公勝流（當時の大官僚や著名人は）、則ち皆其の詩文を推挹す（重んじ敬意を表した）。詩の餘を以て發して圖繪を爲し、而して畫 其の詩を掩うこと能わずと謂う者は、李賓之（東陽）・吳原博（寬）なり。以て文章の大家と爲し、而して山水竹樹は其の餘事なりと斷ずる者は、楊君謙（循吉）なり。其の情に緣りて事に隨い、物に因りて形を賦し、開闔變化し（詩文の展開と收束といった緩急の變化がみられ）、神怪疊出す（神業のごとき精妙が繰り出されている）と謂う者は、王濟之（鏊）・文徵仲（徵明）なり。其の獨り衆流（諸流派）を釃し、四海を横絕し（跨いで渡って）、家法は放翁（陸游）に在るとも、而るに風度は浣花を主とす（一方で風格は杜甫を中核としている）と謂う者は、祝希哲（允明）なり。

余 孟陽と耦耕堂に居り、嘗て其の詩を評定し、而も之が爲に序して曰く、「石田の詩、才情風發し（才能が迸り）、天眞爛漫にして、性情（氣持ち）を紓寫し、物態を牢籠す（景物を詩中に包み込む）。少壯に唐人を模倣し、間ま長吉（李賀）を擬す。分刌比べ度り、守りて未だ化せず（唐詩を切り貼りし句を竝べて詩を創っては、唐詩と見比べるだけで、消化して自家藥籠中のものにしてはいなかった）。已にして其の少きときの作を悔いて、擧げて焚き之を棄つ。而して少陵（杜甫）・香山（白居易）・眉山（蘇軾）・劍南（陸游）の間に出入し、踔厲頓挫し（雄壯で起伏に富み）、沈鬱老蒼（内容に含みがあり老練）たりて、文章の老境盡き、而して作者の能事畢わる。其の或いは宋・元を沿襲して、理學に沈浸し、典なるも腐に近く、質なるも俚に近きは、斷爛の朝報たりて、村夫子の兔園冊と與に、亦た時に免れざる所なりて、茲に固より已に盡く之を汰ぐ」と。

『詩鈔』は瞿氏耕石軒に刻され、古文若干篇、及び余の輯むる所の「白石翁事略」焉に附す。今節して之を録すること右の如し。

【注】

一　**石田先生沈周**　沈周は出仕していないため官號はないが、ここで錢が「先生」と呼ぶのは、吳の先人に對する敬意が込められている。主要傳記資料には、文徵明「沈先生行狀」（『甫田集』卷二五。本書では『石田先生集』萬曆刻本〔『明代藝術家集彙刊』所收〕收載のものを使用。以下「行狀」）、王鏊「石田先生墓誌銘」（『震澤先生集』卷二九。同右。以下「墓誌銘」）、何喬遠『名山藏』卷九六「高道記」（崇禎十三年刊本）、錢謙益「石田先生事略」（『石田先生集』卷一〇）などがある。參考資料としては陳正宏『沈周年譜』（復旦大學出版社、一九九三）がある。

二　**周、字啓南、長洲人。祖孟淵・世父貞吉・父恆吉、皆隱居、工書畫**　「行狀」に「先生、諱周、字啓南、姓沈氏。別號石田、人稱石田先生。世居長洲之相城里、自孟淵先生以儒碩肇家。生二子、曰貞吉、曰恆吉。才美雅飭、竝有聲稱。恆吉號同齋、生三子。先生嫡長也。生而娟秀玉立、聰朗絕人（先生、諱は周、字は啓南、姓は沈氏たり。別に石田と號し、人　石田先生と稱す。世よ長洲の相城里に居し、孟淵先生自り儒碩を以て家を肇む。二子を生み、曰く貞吉、曰く恆吉と。才美しく雅飭い、竝びに聲稱有り。恆吉　同齋と號し、三子を生む。先生は嫡長なり。生まれながらにして娟秀玉立たりて、聰朗なること人に絕す）」とある。

また、楊循吉『吳中往哲記』（嘉靖間長洲顧氏刊本）「沈氏二先生貞吉恆吉」に「沈氏二先生、兄曰貞吉、號南齋。弟曰恆吉、號同齋。相城故家。皆工唐律、兼善繪事（沈氏二先生、兄は貞吉と曰い、南齋と號す。弟は恆吉と曰い、同齋と號す。相城の故家なり。皆 唐律に工なりて、兼ねて繪事を善くす）」という。

沈家はもとは吳興（湖州）に先祖代々の居住地があったが、後に長洲に移り住み名家となった。沈周の「谿巒秋色圖」及び劉珏の「淸白軒圖」に父・沈恆の題畫詩があり、「吳興沈恆吉」と記されている。沈周の高祖父は沈懋卿という人で、曾祖父の良（字は良琛、蘭坡と號す）は相城里の徐家の入り婿となり、以來、相城里に住み着いた。陳頎「同齋沈君墓誌銘」（錢穀編『吳都文粹續集』卷四〇、鈔本）に「曾祖は懋卿」、「祖は良琛、相城の徐氏に贅し、因りて相城に家す」とある。元末の兵亂で沈家は傾いたが、良が田畑を開拓して復興させたという。「同齋沈君墓誌銘」に「其の先族最も盛んなるに、元季の兵亂に家業蕩析す。良琛始めて振起す」とある。祖父の沈澄については『列朝詩集』乙集卷七に沈徵士澄の「小傳」がある。「澄、字は孟淵、字を以て行わる。長洲の人。永樂初、人材を以て徵せらるるも、疾を引きて歸る。自ら標置するを好み（自ら如何なる人間か明らかにするのを好み）、恆に道衣を著て、池館を消遙す。海内の名士、門に造らざる莫し。相城の西莊に居り、日び治具し（客に必要なものを準備して）賓客に待す。酒を飲み詩を賦し、或いは人をして溪上に于いて客舟を望ましむ。惟だ至らざるを恐るるのみ。人 顧玉山（顧瑛、元の粹人）を以て之に擬う。晩に自ら蟗庵と號す。卒年八十有八。二子 貞吉・恆吉と曰う」。著書に『蘜庵集』がある。吳寬「隆池阡表」（『匏翁家藏集』卷七〇、正德刊本）に「沈氏 徵士（澄）自り高節を以て自ら持し、仕進を樂しまず、子孫以て家法と爲す」といい、沈周の家では仕官が好まれなかったことが記されている。伯父の貞（貞吉）は、澄の長男で、詩畫を善くし、晩年には道教に傾倒したという。都穆『南濠詩話』（乾隆道光間刊本）に「吾が鄕の沈處士貞吉、書を讀み詩を能くす。暮年 道を好み、純陽呂仙翁（洞賓）を奉ずること甚だ虔なりて、事有る每に輒ち箕を負いて之を召す」とある。『列朝詩集』乙集卷七に沈陶庵貞の「小傳」がある。父、恆（恆吉）は澄の次男。若いころには兄とともに翰林院檢討であった陳繼（字は嗣初、永樂年間に楊士奇の推薦により翰林院に入った）に師事した。恆は宣德六年（一四三一）より七年間（もしくは十年間）、糧長に任ぜられた。糧長の任務は鄉村の税の徵收と徵收後の納税量のチェック並びに搬送である。前掲「同齋沈君墓誌銘」には恆の人となりについて「君 稟賦淸秀たりて、穎悟人を過ぎ、詩に工なりて繪事を善くす。晩年世事を謝し、情を觴咏に寄す。溪に臨みて樓有りて、其の上に登眺し、綸巾氅衣、儼（あたか）も神仙の如し」という。著書に『同齋稿』がある。恆には七人の子女があり、沈周はその長男である。

三　少學於陳五經之子孟賢　「行狀」に「少學於陳孟賢先生。孟賢故檢討嗣初先生子也。諸陳皆以文學高自標致、不輕許可人。而先生所作輒出其上、孟賢遂遜去（少きとき陳孟賢先生に學ぶ。孟賢 故の檢討（翰林院檢討）嗣初先生（陳繼）の子なり。諸陳皆 文學の高きを以て自ら標致し、輕がるしくは人を許可せず。而るに先生作る所 輒ち其の上に出で、孟賢は遂に遜去す）」という。陳寬、字は孟賢。弟の陳完（字は孟英）による「仲兄醒庵先生墓誌銘」（『吳都文粹續集』巻四〇）によれば、後進を激勵して「士にして貧なるは、工商にして富なるよりも多とす。當に廉恥を以て自重し、富者の門、升斗の粟を干（もと）む可からず」と言ったという。『列朝詩集』乙集巻七陳公子寬の「小傳」には、陳氏兄弟はともに詩に巧みで「頗る唐法を得たり」とある。『沈周年譜』は、沈周が陳寬に師事し始めたのは、陳寬が父親の退官にともなって南方に歸還した宣德七年（一四三二）以降のこととする。

四　年十五、游金陵、作百韻上地官崔侍郎、面試鳳凰臺賦、援筆而就　「行狀」に據れば、金陵（南京）に赴いたのは、糧長であった父の代役としてであった。通常は糧長に當たっている本人が戶部（南方は南京戶部）に出向いて「宣諭」を聞き、他人が代わって出向くことは許されなかったが、一族の者であれば代替することができた（梁方仲『明代糧長制度』第二章「糧長的職務和特權」參照。上海人民出版社、一九五七）。「年十五、貸其父爲賦長、聽宣南京。時地官侍郎崔公雅尙文學。先生爲百韻詩上之。崔得詩驚異、疑非己出。面試「鳳凰臺歌」、先生援筆立就、詞采爛發。崔乃大加激賞、曰、「王子安才也」。卽日檄下有司、蠲其役（年十五、其の父賦長爲るを貸やかにし（父親の賦長としての任務を輕くさせ）、宣を南京に聽く。時に地官侍郎崔公 雅より文學を尙ぶ。先生 百韻の詩を爲り之に上る。崔 詩を得て驚異し、己の出だすに非ざるを疑う。「鳳凰臺歌」を面試せられ、先生 筆を援きて立ちどころに就り、詞采爛發す。崔乃ち大いに激賞を加え、曰く、「王子安の才なり」と。卽日 檄 有司に下され、其の役を蠲す（糧長としての役を免除した））」という。「地官崔侍郎」は崔恭のこと。崔恭は字を克讓と言い、直隸順德府廣宗縣の人。正統元年（一四三六）の進士で、南京戶部主事に擢んでられた。地官は戶部の別稱。『明史』沈周傳にも「巡撫侍郎崔恭」と記すが、南京戶部に在任時は主事であった。『沈周年譜』は崔が後に吏部左侍郎になったことから「侍郎」の官名で呼んだのだろうという。沈周が崔恭に謁見した年齢について、「小傳」は「行狀」に基づき「年十五」とするが、『明史』では「年十一」となっている。これについて『沈周年譜』では、沈周の「送邵明府」詩（『石田稿』所收、稿本）や沈恒の在任期間を根據として、沈周が崔恭に謁見したのは十五歲の正統六年とするのが妥當であると結論づけている。

崔恭が沈周を讃えて言った「王子安の才」の王子安とは、初唐四傑の一人の王勃のこと。十四歲で「滕王閣序」を書き上げたことで有名。王勃が十四歲のとき、都督であった閻公の宴會に參加したところ、閻公は出席者に、新しく建てた滕王閣のために文を書くように言った。閻公の意圖は、娘婿の孟學士の文學的才能を列席者にひけらかすことにあった。ところが、王勃の作が格段の出來映えだったので、それを激賞した。

五　景泰間、郡守以賢良應詔、筮之得遯之九五

「行狀」に「先是景泰間、郡守汪公滸、欲以賢良擧之、以書敦遣。先生筮易、得遯之九五、曰、「嘉遯貞吉」。喜曰、「吾其遯哉」。卒辭不應（是れより先 景泰間、郡守の汪公滸、賢良を以て之を擧げんと欲し、書を以て敦く遣る。先生 易を筮し、遯の九五を得て、曰く、「嘉遯貞吉」と。喜びて曰く、「吾 其れ遯ぐる哉」と。卒に辭して應ぜず)」。王鏊が編纂した『姑蘇志』巻三「古今守令表」(正徳元年刊本)の國朝の知府には「汪滸、成縣(陝西鞏昌府)の人。景泰四年 刑部郎中を以て陞任し、六年 官に卒す」とある。

『易』遯(䷠)に「九五、嘉遯す。貞しければ吉。(象に曰く、嘉遯貞吉なるは、志を正しくするを以てなり)」という。本田濟『易』(朝日新聞社、一九九七)はこれを以下のように解説する。「嘉は美、うるわしい。五は普通は君主であるが、この卦は隠遯を説くので、君位にかかわらない(程氏)。さて九五(下から五番目―引用者注)は陽剛で「中正」、その下には六二(下から二番目が陰柔―引用者注)が應じている。六二も「中正」で、自分に柔順(陰爻)である。九三の場合のような係累とはならない。されば九五は飄々として世を遯れることができる。隠遯の嘉きかたち、嘉遯である。しかし五という位置は、上の位に比べては、まだ世間内にある。その志の正しく持續的であること(=貞)が終りを全うするのに必要である。そこで判斷辭として貞しければ吉という。占う人が剛毅であり、心正しければ、吉。悠々自適の生活を樂しむことができよう」。沈周には成化十年(一四七四)に創られた「市隱」詩(『石田稿』所收)があり、このエピソードを彷彿とさせる。「言う莫かれ 嘉遯獨り終南(終南山)のみなりと。卽ち此の城中 住むも亦た甘し。浩蕩として門を開くるも心自ずから靜かなりて、滑稽世を翫び估るに仍お堪う。壺公世を溷すも人の識る無く、周令移文好く自ずから慚ず。林泉を酷愛し圖上に見れ、生まれながら官府を嫌い酒邊に談ず……」(「世」は『石田稿』には「跡」に作るが、『石田先生集』によって改めた)。「周令移文」は、「北山移文」に同じ。周顒は鍾山に隱遁していたが、後に變節して出仕したため、孔稚珪がその隱仕無常を諷刺して書いた文。

六　**耕讀於相城里。所居曰有竹莊、修間居奉母之樂**　「行狀」に「先生去所居里餘爲別業曰有竹居、耕讀其間(先生

居る所を去ること里餘 別業を爲して曰く有竹居と。其の間に耕讀す）」という。『相城小志』巻二「第宅園林」（民國十九年刋本）にも「有竹居は西宅裏に在り。沈周の書室なり」という。

母親に孝行したことについては『名山藏』に「周 母に事うること至孝なり。父卒すれば、便ち諸生の業を棄つ。或るひと之に仕を勸むるも、曰く、「居りて母氏の周を以て命と爲すを知らざる乎」と」とある。

七 母九十九齡乃終、先生年八十矣。又三年而卒 「行狀」に「母張夫人、年幾百齡卒、時先生八十年矣。猶孺慕不已（母張夫人、年 百齡に幾くして卒す。時に先生八十年なり。猶お孺慕して（愛慕して）已まず）」という。「墓誌銘」にも「初、先生事親色養無違。毋張夫人、以高壽終。先生已八十、而孺暮毀瘠、杖而後興（初め、先生 親に事え色養（喜んで親孝行をして）違無し。母張夫人、高壽を以て終わる。先生已に八十なるに、而るに孺暮（慕）して瘠を毀ち、杖して而る後に興く）」という。『沈周年譜』に據れば、『石田稿』（弘治十六年刻本）の巻首に收錄される彭禮（字は彥恭、江西吉安府安福の人。成化中の進士）による「沈周詩引」に、彭禮が副都御史として應天府及び蘇州府・松江府を巡撫していた際に、沈周の「詠磨」詩を讀み感銘を受け、召見してみると意氣投合したため、「其の輒（つね）に去るを欲せざるが若き者」と思い幕下に招こうとしたが、沈周は「懇ろに請いて」、「小人 母有りて九十五齡なり。旦夕離る可からず」と言ったという。この文中で沈周は「石田芽屋の下、七十六年、三原の相公（彭禮）吳を撫する日、召見さるるを 辱（かたじけな）くす」と言ったとあるので、彭禮と沈周の會見は、弘治十五年（一五〇二）のことであったと思われる。沈周八十歳の正德元年（一五〇六）、母の張氏は九十九歳で他界したことになる。沈周の卒年については、「行狀」に「正德四年己巳、先生八十有三、八月二日、疾を以て正寢に卒す（正德四年己巳、先生八十有三、八月二日、以疾卒於正寢）」とある。

八 先生風神散朗、骨格清古、碧眼飄鬚、儼如神仙 『增補藝苑巵言』巻一二（萬曆十七年刻本）に、「文待詔 啓南

を稱して先生と爲し、毎に人に謂えらく、「吾が先生 人間の人に非ざるなり、神仙の人なり」と（文待詔稱啓南爲先生毎謂人、「吾先生非人間人也、神仙人也」）」とある。「碧眼」は、唐の李咸用「臨川逢陳百年」詩（『全唐詩』卷六四四『四庫全書』所收本）に「麻姑山の下 眞士に逢う、玄膚碧眼方瞳子なり」、また蘇軾の「佛日山榮長老方丈」詩之二（『蘇文忠公全集』「東坡集」卷五。成化本）に「何處の霜眉碧眼の客、結びて三友と爲り冷らかに相看ん」とあり、俗世間を離れた道士の形容に使われている。

九　所居有水竹亭館之勝、圖書彝鼎、充牣錯列、……撫翫品題、談笑移日　「行狀」に「佳時勝日、逋必具酒肴、合近局、從容談笑。出所蓄古圖書器物、相與撫玩品題以爲樂。晩歳名益盛、客至亦益多、戶屨常滿（佳時勝日、逋まるに必ず酒肴を具し、近局に合し、從容談笑す。蓄うる所の古圖書器物を出だして、相與に撫玩品題し以て樂と爲す。晩歳 名益ます盛んなりて、客至るも亦た益ます多く、戶屨常に滿つ）」とある。

一〇　興至、對客揮灑、煙雲盈紙、……百年來、東南之盛、蓋莫有過之者　「灑」は底本では不鮮明なため、『小傳』標點本及び『列朝詩集』點校本により補った。「行狀」に「所至賓客牆進、先生對客揮攡不休。所作多自題其上、頃刻數百言、莫不妙麗可誦。下至輿皂賤夫、有求輒應。……先生既老而聰明不衰、酬對終日、不少厭怠。風流文物、照暎一時、百年來東南文物之盛、蓋莫有過之者（至る所の賓客 牆進し、先生 客に對いて揮攡して休まず。作る所 多く自ら其の上に題し、頃刻にして數百言、妙麗なりて誦す可からざる莫し。下は輿皂賤夫に至るまで、求むるもの有らば輒ち應ず。……先生既に老ゆるも聰明衰えず、酬對すること終日、少しも厭怠せず。風流文物、一時に照り暎え、百年來東南文物の盛んなること、蓋し之に過ぐる者有る莫し）」とある。また、「墓誌銘」に「數年來、近自京師、遠至閩・浙・川・廣、無不購求其蹟、以爲珍玩。風流文翰、照映一時、其亦盛矣（數年來、近くは京師自り、遠くは閩・浙・川・廣に至るまで、其の蹟を購い求め、以て珍玩と爲さざるは無し。風流の文翰、一時に照り映え、其れ亦た盛んなり）」とある。

一一　先生既以畫擅名一代、片楮匹練、流傳遍天下……李賓之・吳原博也　李賓之は李東陽、吳原博は吳寬。李東陽「書沈石田詩稿後」（『石田先生詩鈔』〔卽ち『耕石齋石田集』〕所收。崇禎刋本）に據る。「石田寄意林壑、博涉古今圖籍、以豪素自名。筆勢橫絕、夐出蹊徑、片楮匹練、流傳遍天下。情興所到、或形爲歌詩、題諸卷端、互以相發。若是者不過千百之什一、故多以畫揜其詩。及其撫事觸物、感時懷古、連篇累牘、則藏于其家。非遇知者、斂不自售。今既梓行而人誦、則詩掩其畫亦未可知。而惜余之不盡見也（石田　意を林壑に寄せ、古今の圖籍を博涉し、豪〔毫〕素を以て自ら名あり。筆勢橫絕なりて、夐として〔廣く遠く〕蹊徑を出で、片楮匹練、流傳して天下に遍し。情興　至る所、或いは形（あらわ）して歌詩と爲り、諸を卷端に題して、互いに以て相發す。是くの若きなる者　千百の什一〔千首のうちの十首、若しくは百首のうちの一首〕に過ぎず、故に多くは畫を以て其の詩を揜〔掩〕う。其の事に撫し物に觸れ、時に感じ古を懷い、篇を連ね牘を累ぬるに及びては、則ち其の家に藏す。知者に遇うに非ずんば、斂めて自ら售（う）らず。今既に梓行されて人誦すれば、則ち詩　其の畫を掩うも亦た未だ知る可からず。而るに惜しむらくは余の盡くは見ざるなり）」とある。

また、吳寬『石田稿』序（『石田先生詩鈔』所收）に、「啓南詩餘發爲圖繪、妙逼古人。或謂、「掩其詩名、而卒不能掩也」（啓南　詩の餘　發して圖繪を爲し、妙　古人に逼る。或るひと謂えらく、「其の詩名を掩わんとするも、而るに卒に掩う能わざるなり」と）」という。

一二　斷以爲文章大家、而山水竹樹、其餘事者、楊君謙也　沈周「跋楊君謙所題拙畫」（壬子）（『耕石齋石田文鈔』卷九、崇禎刋本）に、楊循吉の「君謙題辭」が附されている。「石田先生蓋文章大家。其山水樹石、特其餘事耳。而世乃專以此稱之、豈非冤哉。予每見人於千里外、致幣遣使索先生畫者。而先生之文章、不下於畫多也。人雖好之、

未聞致幣遣使於千里之外者也。是人之愛畫、而不愛文章如此乎。夫先生之在今時、主張風騷、操持大雅、則於所系、亦不小矣（石田先生は蓋し文章の大家なり。其の山水樹石は、特だ其の餘事なる耳。而るに世乃ち專ら此れを以て之を稱するは、豈に冤に非ざらん哉。予毎に人の千里の外より、幣を致し使を遣わして先生の畫を索むる者を見る。而るに先生の文章、畫に下らざること多きなり。人之を好むと雖も、未だ幣を致し使を千里の外より遣わす者を聞かざるなり。是れ人の畫を愛するも、文章を愛さざること此くの如きなる乎。夫れ先生の今時に在りて、風騷を主張し、大雅を操持すれば、則ち系がる所に於いては、亦た小ならず）」とある。楊循吉のこの文に對して、沈周は「君謙儀部予が爲に冤を稱する者、略は（要點は）予の畫に文章有りて重んず可しと謂うに似る耳。予何ぞ文もて儀部の知を辱くするを顧わん耶。畫は則ち人人に知らるる者多く、予固より自ら予の畫を能くするを信ずること久し。文は則ち未だ人に聞こえ始めず、特だ今日儀部に知らるるのみ。予故より自ら信じ難きなり」と驚いている。

一三　**謂其縁情隨事、因物賦形、開闔變化、神怪疊出者、王濟之・文徵仲也**　「行狀」に、「其詩初學唐人、雅意白傅。既而師眉山爲長句、已又爲放翁近律、所擬莫不合作。然其縁情隨事、因物賦形、開闔變化、縱橫百出、初不拘拘乎一體之長（其の詩初めは唐人に學び、雅意〔典雅な趣〕は白傅〔白居易〕なり。既にして眉山〔蘇軾〕を師とし長句〔七言古詩〕を爲る。已又放翁〔陸游〕の近律を爲るに、擬する所合作せざるは莫し。然るに其の情に縁りて事に隨い、物に因りて形を賦し、開闔變化して、縱橫百出し、初て一體の長に拘拘とせず）」とある。「墓誌銘」も次のようにいう。「書過目卽能默識。凡經・傳・子・史・百家・『山經』・地志・醫方・卜筮・稗官・傳奇、下至浮屠・『老子』亦皆涉其要。掇其英華、發爲詩。雄深辨博、開闔變化、神怪疊出、讀者傾耳駭目（書は目を過ぐれば卽ち能く默識す〔秘かに心に刻みつけることができた〕。凡そ經・傳・子・史・百家・『山經』〔『山海經』〕・地志

〔地方志〕・醫方〔醫術書や方術書〕・卜筮・稗官・傳奇より、下は浮屠〔佛典〕・『老子』に至るまで亦た皆其の要に渉る。其の英華を掇い、發して詩と爲す。雄深辨博〔雄渾で奧深く、博學を極め〕にして、開闔變化し、神怪疊出し、讀者耳を傾け目を駭かす）」。

一四　謂其獨釃衆流、橫絕四海、家法在放翁、而風度主浣花者、祝希哲也　祝允明「刻沈石田序」（『祝氏集略』卷二四、嘉靖三十七年張景賢蘇州刋本）に、「國朝詩人、其始如劉崧・林鴻輩、以至四傑十才、而來、班班然可知也。有不以宗唐而勝與。沈公獨釃涓流、橫放四海、一時風騷、讓以右席。嘗試觀之、唐與、宋與。衆或未知、我獨知之。蓋其家法、固主放翁、而神度所寄、唯浣花耳（國朝の詩人、其の始め劉崧・林鴻〔本書「三九　謝肇淛」**注八**參照〕の如き輩より、以て四傑・十才に至り、而來、班班然として知る可きなり〔大變盛況であったことがわかる〕。唐を宗とせざるを以て而して勝る有る與。沈公獨り涓流を釃し、橫に四海に放ち、一時の風騷、讓るに右席を以てす。嘗試みに之を觀るに、唐なる與、宋なる與。衆或いは未だ知らざるも、我獨り之を知る。蓋し其の家法、固より放翁を主とするも、而るに神度寄する所は、唯浣花なる耳）」とある。

一五　余與孟陽居耦耕堂、嘗評定其詩、而爲之序　程嘉燧については本書「三六　程嘉燧」に詳しい。錢謙益「石田詩鈔序」（『石田先生詩鈔』所收、また『初學集』卷四〇にも收錄される）に、「石田之詩、才情風發、天眞爛熳、抒寫性情、牢籠物態。少壯模倣唐人、間擬長吉、分刌比度、守而未化。晚而出入於少陵・香山・眉山・劍南之間、綽厲頓挫、沉鬱老蒼。文章之老境盡、而作者之能事畢。其或沿襲宋・元、沈浸理學、典而近腐、質而近俚、斷爛朝報、與村夫子兔園冊、亦時所不免、茲『鈔』固已盡汰之矣」とある。

錢謙益にとって沈周は、李東陽とともに、明朝最盛期において文藝の振興に貢獻した理想的存在であり、まさに明朝末期の竟陵派とは對照的であった。「小傳」では、「百年來、東南之盛、蓋莫有過之者」とされるだけだが、

「石田詩鈔序」では、より子細に述べられている。「竊かに惟うに石田 天順に生まれ、成（化）・弘（治）に長じ、正德初に老ゆ。國家の昌明敦龐にして（盛んで豊か）、重熙累洽する（主君は代々英明で平和を繼承する）の世に當たり、其の高曾祖父、文士爲り、隱君子爲りて、既に富みて方めて穀（やしな）い（社會的身分と俸祿を得ると、善道によって繁榮を育み）、涵養すること百年、而して石田乃ち含章挺生す（內に素晴らしい素質を備えて傑出していた）……文定（呉寛）石田の詩に序するに、唐の陸魯望（龜蒙）に擬う。魯望 唐の末造（末代）に當たり、盧攜・李蔚の薦辟する所と爲るも、未だ就かずして卒す。皮襲美（日休）に比ぶるは、蓋し僅かにして免ぜらるるを得るも、石田 本朝全盛の時に生まれ、大隱と稱し、大耋に躋（のぼ）る（長壽を得る）に視ぶるは、何ぞ同日に語る可き哉」と、沈周の個人的な資質に加えて、その生命を受けた時代が國家の繁榮する時期に重なったことが沈周の成就をもたらしたのであり、唐の陸龜蒙とは大いに異なるため、呉寛が沈周を陸龜蒙に比定したことに異議を唱えている。

なお、沈周については『列朝詩集』の前身となった北京大學圖書館所藏の稿本にも收錄されており、錢謙益が早くから沈周に注目し、明朝詩の中核的存在と考えていたことがわかる。

北京大學圖書館所藏の稿本に記載される沈周の傳は、「小傳」の前半部分（冒頭から「先生既以畫擅名一代、片楮匹練、流傳遍天下」まで）とほぼ同內容である。ただ、その詩文が同時代の大物知識人の高い評價を受けていたことは記されておらず、「小傳」で加筆されたものと思われる。

一六　**『詩鈔』刻於瞿氏耕石軒**　瞿式耜は字を起田という。蘇州府常熟の人。萬曆四十四年（一六一六）の進士。錢謙益に師事し、「書石田先生集後」（『石田先生詩鈔』所收）に、蘇軾の「與可の文は、其の德の糟粕なり。與可の詩は其の文の毫末なり。詩 盡くすこと能わざりて、溢れて書と爲り、變じて畫と爲る。其の詩と文とを好む者、蓋し寡なし。而して況んや其の德を好むこと 其の畫を好むが如き者有るを乎。……」を引用した後、「此れに繇りて之を觀るに、古來 高人韻士 盛代に遭逢し、意匠經營して（詩文の構想を巡らせ）、人をして豪（毫）素の間に流連感嘆せしむる者は、固より惟だ石田先生一人已（のみ）にあらざるなり」と記し、銭謙益の沈周に對する位置づけが、いわば由緒正しいものであると贊同している。末尾に「崇禎甲申（十七年）仲秋耕石齋主人瞿式耜謹跋」とある。

（和泉ひとみ）

一二　唐　寅　成化六年（一四七〇）～嘉靖二年（一五二三）

丙集卷九　唐解元寅傳[一]

寅[二]、字伯虎、一字子畏、呉縣呉趨里人。童髫入鄕學[三]、才氣奔放、與所善張靈夢晉、縱酒放懷。諸生或[四]施易之、慨然曰、「閉戸經年、取解首如反掌耳」。弘治戊午[五]、擧鄕試第一。洗馬梁儲主南試還朝、攜其文示程詹事敏政、相與嘆息曰、「一解首不足重唐生也」。遂因洗馬召致伯虎、往還門下。儲奉使南行、伯虎乞敏政文以餞。己未會試[六]、敏政爲考官、同舍擧子闕通考官家人。事延伯虎、詔獄掠問無狀。竟坐乞文事、論發爲吏。寧庶人[七]招致天下名士、以厚幣聘伯虎。察其有異志、佯狂使酒、露其醜穢。庶人不能堪、乃放歸。築室桃花塢[八]、與客般飮其中。年五十四而卒[九]。

伯虎[一〇]不治生產、既免歸、緣故去其妻。每自恨放廢、無所建立、譬諸梧枝旅霜[一一]、苟延奚爲。復感激曰、「丈夫雖不成名、要當慷慨。何廼效楚囚」。家無儋石、客嘗滿座、文章風采、照曜江表。圖其石曰、「江南第一風流才子」。歸心佛氏[一二]、取四句偈、自號六如。外雖頽放[一三]、中實沈玄、人莫得而知也。少嘗乞夢九鯉仙[一四]、夢贈墨一擔、自是才思益進。其學[一五]務窮研造化、尋究律曆、求揚・馬『玄』・『虛』、邵氏聲音之理而贊訂之。傍及風鳥・壬遁・太乙、出入天人之間。晩將成一家言、未竟而歿。其[一六]於應世詩文、不甚措意、謂、「後世知不在是。見我一斑已矣」。奇趣時發、或寄於畫、下筆輒追唐・宋名匠、亦不盡其所至。祝希哲[一七]有言、「氣化英靈、大略數百歳一發鍾於人。子畏得之、一旦已矣。此其痛宜如何置」。知伯虎者、其唯希哲乎。

[一八]伯虎詩少喜穠麗、學初唐。長好劉・白、多悽怨之詞。晩益自放、不計工拙、興寄爛熳、時復斐然。蘇[一九]臺袁袠輯伯虎詩、僅存其少作。而顧華玉以爲絶詣在是。此固未知伯虎、抑豈可謂知詩也哉。

【訓讀】

寅、字は伯虎、一の字は子畏、吳縣吳趨里（吳縣の西北に位置する地名）の人なり。童髫にして鄕學に入り、才氣奔放、善くする所の張靈夢晉と與に、酒を縱にして懷を放つ。諸生或いは之を施易せしめんとし（唐寅を改めさせようとし）、慨然として曰く、「戶を閉ざし年を經れば、解首（解元）を取ること掌を反すが如き耳」と。弘治戊午（十一年、一四九八）、鄕試第一に擧げらる。洗馬梁儲（字は叔厚、廣州府順德の人。成化十四年の進士。詹事府司經局洗馬、從五品）、南試を主り朝に還り、其の文を攜えて程詹事敏政（字は克勤、徽州府休寧の人。成化二年の進士。詹事府詹事、正三品）に示し、相與に嘆息して曰く、「一解首 唐生を重んずるに足らざるなり」と。遂に洗馬 伯虎を召致するに因りて、門下に往還す（梁儲の門下生として程敏政と交流を持った）。儲 使を奉じて南行するに、伯虎 敏政に文を乞いて以て餞す。己未（弘治十二、一四九九）の會試、敏政 考官と爲り、同舍の擧子 考官の家人に關通す。事 伯虎に延（およ）び、詔獄に掠問さるるも無狀なり（不正の實態は無かった）。竟に文を乞う事に坐し、論 發せられ吏と爲る。寧庶人（朱宸濠）天下の名士を招致し、厚幣を以て伯虎を聘す。其の異志有るを察し、狂を佯（いつわ）りて酒を使（ほしいまま）にし、其の醜穢を露す。庶人 堪うること能わず、乃ち放ちて歸らしむ。室を桃花塢に築き、客と與に其の中に般飲す（車座になって酒を飲んだ）。年五十四にして卒す。

伯虎 生産を治めず、既に免ぜられて歸り、故に緣りて其の妻を去らしむ。毎に自ら放廢せられ、建立する所無きを恨み、諸を梧枝旅霜に譬えて、苟も延ぶるも奚をか爲さんや（この境遇を譬えるとすれば、霜を被った旅舍の梧桐の枝のようなもので、少しばかり生きながらえてどうしようというのか）。復た感激して曰く、「丈夫 名を成さずと雖も、要は當に慷慨すべし。何ぞ廼ち楚の囚（捕虜となって爲す術のなかった楚の囚人）に效わんや」と。家に儋石（僅かな糧食）無きも、客嘗に座に滿ち、文章風采、江表（江南）に照曜す。其の石に圖して（印鑑を作って）曰く、「江南第一風流才子」と。心を佛氏に歸し、四句の偈を取り、自ら六如と號す。外は頽放（頽廢的で磊落なさま）と雖も、中は沈玄（深遠なさま）實ち、人 得て知る莫きなり。少きとき嘗て九鯉仙を夢みんことを乞め、夢に墨一擔を贈られ、是れ自り才思益ます進む。其の學 務めて造化を窮研し、律暦（樂律と暦法）を尋ね究め、揚・馬の『玄』・『虛』（揚雄の『太玄經』と司馬相如の「子虛賦」）、邵氏（邵雍）の聲音の理を求め而して之を贊訂す。傍く風鳥・壬遁・太乙（いずれも占術）に及び、天人の間に出入す。晩に將に一家の言を成さんとするに、未だ竟えずして歿す。其の應世の詩文に於けるや、甚だしくは意を措かず、謂えらく、「後世 知らるるは是に在らず。我が一斑を見す已矣」と。奇趣時に發し、或いは畫に寄せ、筆を下ろせば輒ち唐・宋の名匠を追うも、亦た其の至る所を盡くさず。祝希哲 言有りて、「氣 英靈に化し、大略 數百歳に一たび發せられて人に鍾まる。子畏 之を得るも、一旦にして已みぬ。此れ其の痛 宜しく如何に置くべけんや」と。伯虎を知る者、其れ唯だ希哲のみなる乎。

伯虎の詩 少きとき穠麗を喜び、初唐を學ぶ。長じて劉（禹錫）・白（居易）を好み、凄怨の詞多し。晩 益ます自ら放ち、工拙を計らず、興寄爛熳にして（詩を作る際に感興を寄託するところが天眞爛漫で）、時に復た斐然たり。蘇臺の袁袠 伯虎の詩を輯むるも、僅かに其の少きときの作を存するのみ。而るに顧華玉（璘）以て絶詣 是に在りと爲す。此れ固より未だ伯虎を知らず、抑た豈に詩を知ると謂う可けん哉。

【注】

一　**唐解元寅**　弘治十一年（一四九八）、二十九歳の時に應天府（南京）で郷試を受驗し、座主を務めた梁儲に認められ、解元になったことに據る。主要傳記資料には、祝允明「唐子畏墓志幷銘」（『祝氏集略』巻一七、嘉靖三十七年張景賢蘇州刋本、及び『懷星堂集』巻一七、四庫全書本。本書では『祝氏集略』を使用した。以下「墓志」）、袁袠「唐伯虎集序」（『袁永之集』巻一四、嘉靖二十六年刋本、以下「袁序」）、閻秀卿『吳郡二科志』（嘉靖間長洲顧氏刋本）、文震孟『姑蘇名賢小記』巻下（萬曆刋本）、劉鳳『續吳先賢讃』巻一一、文學（萬曆年間刋）などがある。また、標點本として周道振・張月尊輯校『唐寅集』（上海古籍出版社、二〇一三）、研究書として明清文人研究會編『唐寅』（白帝社、二〇一五）などがある。

二　**寅、字伯虎、一字子畏、吳縣吳趨里人**　「墓志」に「唐氏世吳人、居吳趨里。子畏母丘氏、以成化六年二月初四日生子畏。歳舍庚寅、名之曰寅、初字伯虎、更子畏（唐氏 世よ吳人なりて、吳趨里に居す。子畏の母 丘氏、成化六年二月初四日を以て子畏を生む。歳 庚寅に舍り、之を名づけて寅と曰う。初め字は伯虎、子畏に更う）」とある。唐寅が文徵明に宛てた書簡「與文徵明書」（『唐伯虎先生集』巻下、萬曆二十年刋本）によれば、唐寅の生家は屠殺業竝びに酒の販賣に從事していた。「計るに僕少年のとき、身を屠酤に居し、刀を鼓し血を滌う（庖丁を揮って動物の血を洗っていた）」。

三　**童髫入郷學、才氣奔放、與所善張靈夢晉、縱酒放懷**　唐寅に科擧を受驗させ官僚にすることは、父親の願いであった。父親は商家から官僚を出すことを願い、唐寅に家庭教師を附けて勉強させたが、唐寅自身は決して積極的ではなかった。そのため、父の死後は勉強に身が入らず、祝允明らの説得により一念發起して父親の宿願をかなえようとしたのである。こうした經過は「墓志」に書かれているが、「小傳」はこれには觸れていない。「墓志」の記述は以下の通り。「世に所謂穎なる者、數歳にして能く科擧の文字を爲し、童髫に科第に中りて、一日 四海驚き之を稱す。子畏は然らず。幼きより書を讀み門外の街陌を識らず、其の中に屹屹たりて（單獨で高々と聳え立ち）、一日千里の氣有り。友の一人も或らず、余 之を訪ぬること再なるも、亦た答えず。一旦 二章を以て余に投じ、傑特の志 錚然たり（突出していた）。余も亦た報ゆるに詩を以てし、其の少しく弘舒を加うるを勸む。言えらく、「萬物の轉た高くして轉た細きは（高くなればなるほど細くなったものは）、未だ華峰に都聚（みやこ）を建つ可きを聞かず。惟れ天は極峻にして、且つ無外（何も拒まず）、故に萬物の宗と爲る」と。子畏始めて肯んじて可とし、久しくして乃ち大いに契す（意氣投合した）。然るに一意もて古豪傑を望み、殊に場屋を事とするを屑しとせず（科擧受驗に勵むことをよしとしなかった）。其の父 德廣、賈業（商人）なるも士行（士大夫の行い）あり、將に子畏を用って家を起こさんとし、擧業の師を致きて子畏を教えしむ。子畏 父の旨に違うるを得ず。德廣 嘗て人に語るに、「此の兒 必ず名を成すも、殆ど家を成し難き乎（この子は名を成すだろうが、家は盛り立てられないだろう）」と。父沒し、子畏猶お落落たり（それでも豪放磊落な暮らしぶりだった）」。

張靈については、『吳郡二科志』狂簡に、一種の酒亂であったこと（靈醉えば、則ち酒を使にして狂を作す）竝びに唐寅と昵懇の仲であったこと（與に游ぶ所の者は、吳趨の唐寅最も善し）が記載されている。『列朝詩集』では、唐寅傳の附見として傳が設けられている。「靈、字は夢晉、吳縣の人。性 聰慧にして、圖畫を善くす。篇籍に闕涉し、識を潛ませ誦するに強し。文思便敏なりて（文章作成の思考過程がシンプルで敏捷）、驕曼 采るべし（プライドの高さは見るべきものがあった）。家 本 貧窶なりて、挑達（輕薄で放蕩）自ら恣にし、鄉黨の禮する所と爲らず。祝允明 其の才を嘉し、業を門下に受け、呉趨の唐寅と最も善し。……閻起山『二科志』、二人を狂簡（志は遠大ながら行いが粗忽）とし、靈 桑悦の次に居き、稱するに其の家 蹇なりて（貧困で）斥け被れ、自畫無俚（自ら劃策するも頼るところがなく）、情を酒德に嬰ぎ（酒に耽溺して）、前操を渝えず、之を狂士と謂いて媿ずる無きを得る可し」。

四　諸生或施易之、慨然曰「閉戸經年、取解首如反掌耳」　科擧受驗に積極的ではなかった唐寅が、父の死後、祝允明の言により一念發起して一年を費やして會試に臨んだことは「墓誌」に見える。「一日、余 之に謂いて曰く、「子 先志（亡父の願い）を成さんと欲せば、當に且く時業を事とすべし。若し必ず己の願に從えば、便ち襴幞（上下繋がった服と頭巾。受驗生の服裝）を褫ぎ、科策を燒く可し。今 徒らに名を泮廬（學校）に籍し、目は其の册子（書籍）に接せざれば、則ち取舍（合否は）奈何ならんや」と。子畏曰く、「諾。明年は大比（鄉試）に當たり、吾 試に一年を捐て力めて之を爲さん。若し售れずんば（合格しなければ）、一たび之を擲つ耳」と。……戊午 應天府に試し、錄せられて第一人と爲る」。

「施易」は『史記』衛綰傳に見える言葉で、變えさせること。先帝から賜った劍をずっと手元に置いている衛綰に對して、景帝は「劍は人の施易する所なり」と驚いた。『史記集解』は「如淳曰く、「施は讀みて移と曰う。言えらく劍なる者 人の好む所なりて、故に多く數しば之を移易貿換するなり」と」とする。「小傳」にいう諸生とは祝允明をはじめとする蘇州の友人、知人を指す。唐寅の「與文徵明書」では「吾が卿に奉じて周旋する（交際する）を獲て、頡頏して婆娑し（才能を舒ばし）、皆 功名を以て命世せんと欲す（世に名を知られようとした）」とあり、文徵明との交流も、唐寅を大いに鼓舞したようである。

五　弘治戊午、擧鄉試第一。洗馬梁儲主南試還朝、……儲奉使南行、伯虎乞敏政文以餞　鄉試の試驗官であった梁儲が唐寅の文に驚嘆し、程敏政に推薦したことは『吳郡二科志』に詳しい。「先是、洗馬梁儲校寅卷、嘆曰、「士固有若是奇者耶。解元在是矣」。儲事畢歸、嘗從程詹事敏政飲。敏政方奉詔典會試、儲執卮請曰、「僕在南都、得可與來者、唐寅爲最。且其人高才、此不足以畢其長。惟君卿奬異之」。敏政曰、「吾固聞之。寅、江南奇士也」。儲吏詣請寅三事、曰、「必得其文觀」。儲令寅具草上、三事皆敏捷。會奉使南行、寅感激、持帛一端詣敏政乞文餞。後被逮、竟因此論之（是れより先、洗馬の梁儲 寅の卷を校し、嘆じて曰く、「士に固より是くの若き奇なる者有る耶。解元 是に在り」と。儲 事畢りて歸り、嘗て程詹事敏政に從いて飮む。敏政方に詔を奉じて會試を典るに、儲 卮を執りて請いて曰く、「僕 南都に在りて、與に來る可き者を得るに、唐寅最爲り。且つ其の人は高才にして、此れ以て其の長を畢えしむるに足らず。惟うに君卿の奬めて之を異とせん」と。敏政曰く、「吾固より之を聞く。寅、江南の奇士なり」と。儲吏に詣るに寅に三事を請いて、曰く、「必ず其の文を得て觀よ」と。儲 寅をして草を具して上らしめ、三事皆敏捷たり。會たま使を奉じて南行するに、寅感激して、帛一端を持ち敏政に詣り文を乞いて餞す。後 逮せられ、竟に此に因りて之を論ぜらる）」。

但し、「小傳」の文言は、文震孟『姑蘇名賢小記』卷下に近い。「程公遂詣先生、請三事使具草。三事皆敏捷。程公因亦數稱「唐某當世奇才、一第不足畢其長」（程公遂に先生を詣らしめ、三事を請いて具草せしむ。三事皆敏捷たり。程公因りて亦た數しば稱するに「唐某 當世の奇才にして、一第は其の長を畢えしむるに足らず」と）」。

六　己未會試、敏政爲考官、同舍舉子關通考官家人。……論發爲吏　唐寅が會試問題漏洩事件に連座して、胥吏に任ぜられたことは、「墓志」にも「袁序」にも記載されている。ここでは一部「小傳」と文言が重なっている袁袠の序を擧げておく。「會試禮部、衆擬伯虎復當首選、伯虎亦自負。江陰徐經者、通賄考官故尚書程公敏政家人、得其節目、以示伯虎、且倩代草文字。事露、逮錦衣衛獄、掠問無狀。先是、梁公奉使外夷、伯虎乞程公文送之。竟以此論發爲吏。恥不就、免歸（試を禮部に會し、衆 伯虎 復た當に首選なるべきを擬し、伯虎も亦た自負す。江陰の徐經なる者、賄を考官の故尙書程公敏政の家人に通じ、其の節目を得て、以て伯虎に示し、且つ文字を代草するを倩う。事露われ、錦衣衛獄に逮せられ、掠問さるるも無狀なり。是れより先、梁公 使を外夷に奉じ、伯虎 程公に文を乞いて之を送る。竟に此を以て論發せられ吏と爲る。恥じて就かず、免ぜられて歸る）」。

この二篇には記されていないが、徐經が程敏政家の下僕を通じて試驗問題乃至は模擬試驗問題を知ったことを最初に告發したのは都穆であったことが、劉鳳『續吳先賢讃』に「適たま敏政 命を被りて諸もろの奏上する者を都ぶ。都穆 寅を嫉み、潛かに之を譖る。謂えらく、「寄請有り」と。給事 之を論じて罷めさしめ、且つ寅を斥けて掾と爲さしむ。寅此に由りて廢せらるるも、而るに人も亦た穆の猜狠甚だしきを尤む」と記されている。また、『列朝詩集』丙集卷九「都太僕穆」の「小傳」もこれに言及し「余 之を故老に聞く。玄敬（都穆）少きとき唐伯虎と交わり、最も莫逆たり。伯虎 鎖院（科擧の試驗場）に禍を得たるは、玄敬 實に其の事を發く。伯虎誓いて與に相見えず。而して吳中の諸公 皆 之を薄む（輕んじた）。玄敬晩季、深く自ら悔恨す」としている。唐寅自身は都穆の名は出さずに「比 京師に至り、朋友の名盛んなるを相忌む者、排して之を陷れる」（「又與文徵仲書」、『唐伯虎先生外編續刻』卷一〇、『唐伯虎先生全集』所收、萬曆四十二年刋本）と記している。

『明史』程敏政傳に據れば、都穆の告發を受けて動いたのは給事中だった華昶で、これにより程敏政は彈劾された（十二年 李東陽と會試を主り、擧人徐經・唐寅 作文に預り、試題と合す。給事中華昶 敏政の題を鬻ぐを劾す）。程敏政は致仕することになったが、告發した華も言動不實により左遷された（敏政 勒えられ致仕し、而して昶 言事不實なるを以て南太僕主簿に調せらる）。また『明史』では、この會試問題漏洩事件は、傅瀚が程の地位を奪おうとして劃策したものだとするが、萬曆年刋に出版された焦竑『玉堂叢語』卷八（萬曆四十六年徐象橒曼山館刻本）に「傅瀚 內閣の位を攘み取らんと欲し、乃ち同鄕の監生 江瑢を嗾して大學士劉健・李東陽に奏せしむ。既にして謀ること泄るるを恐れ、遂に倡うるに瑢 學士程敏政と善くし、且つ奏事 決して瑢の能くする所に非ずと言う」とあるのにもとづくものだろう。

唐寅はこの事件によって身に降りかかった不運に絶望した。前掲「與文徵明書」に次のようにいう。「斯の時に方るや、薦紳交游し、手を擧げ相慶ぶ。將って僕に謂えらく、「文筆の縱橫を濫り、談論の戶轍を執る（文壇の主導權を握る）」と。舌を岐かちて贊し（あれやこれやと褒めちぎり）、口を幷せて稱するも、牆高く基下り（評判は高いものの德が低く）、遂に禍の的と爲る。側目（ねたみの橫眼が）旁らに在るも、而るに僕知らず。從容として晏笑たるも（ゆったりと樂しそうな笑みだったが）、已に虎口に在り。庭に繁桑無きも、貝錦百疋たり（『詩經』小雅の「巷伯」に言うように、庭に桑が繁茂しているわけではないのに、貝殼模樣の布をたくさん織っているなどと、人の讒言に遭った）。讒舌萬丈、飛章（私を誣告する上奏文）交ごも加う。天子震赫し、召されて詔獄に捕らえらるるに至りて、身に三木を貫き、卒吏虎の如く、頭を擧げ地を搶き、洟泗橫集す。而る後 崑山焚如し、玉石皆燬ち（『書經』の「夏書」胤征に「火 崑岡（崑崙山）を炎き、玉石俱に焚く」というように、私の何もかもを無に歸せしめ）、下流 處り難く、衆惡（數多の憎しみ）の歸する所となる。繢絲（色鮮やかな生絲）網羅と成り、狼衆乃ち人を食らい、馬氂もて白玉を切り、三言もて慈母を變う（馬の尻尾で白玉を切るような論理を顚倒させた行爲であり、曾子の母でも息子の殺人のデマを三度めには信じたように、優しかった人々を變えてしまった）。海內遂に寅を以て不齒の士（恥ずかしくて交際できない人物）と爲し、拳を握りて膽を張り、仇敵に赴くが若く、知ると知らざると、畢く指して唾し、辱めらるるも亦た甚だし。冠を李下に整え、墨を甑中に掇うは、僕 聾盲と雖も、亦た罪を知るなり。衡に當たる者 其の窮まるを哀憐し、舊章を點檢し、責むるに部の郵（過失）と爲し、將って積勞もて過を補い、資に循いて（資質に準じて）祿を干めしめんとす。而るに蘧篨戚施（阿諛して媚び諂う者）、俯仰して態を異にし、士も也た殺す可く、再びは辱めらるること能わず。嗟乎 吾が卿、僕幸にして心を執事（貴兄）に同じくする者、茲に于いて十五年になれり。錦帶 髦に縣け、今日に迫び、膽を瀝し肝を濯ぎ（誠實に向き合い）、明（この世）に何ぞ嘗て朋友に負かん。幽（あの世）に何ぞ嘗て鬼神を畏れんや。茲に經由する所、慘毒萬狀にして、眉目 觀を改め、愧色滿面たり。衣焦げ伸ぶ可からず、履缺け納る可からず。僮奴 案に據り、夫妻反目し、舊より獰狗有るに、戶に當たりて噬む（昔からいた獰猛な番犬が、私が入り口に立つと嚙みつくようになった）。

七　寧庶人招致天下名士、以厚幣聘伯虎。……佯狂使酒、露其醜穢。庶人不能堪、乃放歸　寧庶人は寧獻王だった朱宸濠。「佯」は底本に「徉」に作るが、『小傳』標點本により改めた。何良俊『四友齋叢說』卷一五（萬曆七年刊本）に次のようにいう。「宸濠甚慕唐六如、嘗遣人持百金至蘇聘之。既至、處以別館、待之甚厚。六如居半載餘、見其所爲多不法、知其後必反、遂佯狂以處。宸濠差人來饋物、則倮形箕踞、以手弄其人道、譏訶使者（宸濠甚だ唐六如〔寅〕を慕い、嘗て人を遣わして百金を持たせ蘇に至り之を聘せしむ。既に至り、處らしむるに別館を以てし、之を待すること甚だ厚し。六如居ること半載餘、其の所爲多く法ならざるを見て、其の後に必ず反するを知り、遂に狂を佯りて以て處る。宸濠 人を差して來たりて物を饋らしむれば、則ち倮形箕踞し〔裸で足を伸ばして坐り〕、手を以て其の人道〔男性器〕を弄び、使者を譏訶す〔譴責した〕）」。

『明史』上高王宸濠傳に據れば、宸濠はかねてより野心を懷き、弘治二年（一四八九）に世襲により寧獻王の座を繼承してからは、初代寧獻王朱權の折に燕王（後の永樂帝）との結託を疑われたことにより沒收された護衞を取り戻すため、劉瑾に賄賂を送り劃策した。正德五年に劉瑾が失脚した後には武宗朱厚照の寵愛を受けていた錢寧・臧賢らと手を結び、世繼ぎの無い武宗に自らの子の存在をアピールしたが、劉六劉七の亂で戰功をあげたとして新たに寵愛を受けていた江彬や宦官の張忠らの讒言に遭い、宮廷への出入りを禁じられた。封地の江西に歸ってからも、地方官や地元の盜賊らを抱き込んで機を覗い、正德十四年（一五一九）六月、太后の密旨を奉じたと呼ばわって蜂起した。九江と南康を攻略し南京を目指して進軍したが、時に汀贛巡撫僉都御史の任にあった王守仁と吉安知府の伍文定らによる官軍が南昌を陷落させた上、賊軍殲滅の策略を展開したために敗退した。謀反が露見した直後に庶人に廢され、翌十五年十二月に通州で誅殺された。

唐寅の「許旌陽鐵柱記」（『外編續刻』卷一〇）には「正德甲戌（九年、一五一四）、余 豫章を過ぎり、躬ら君の跡を觀る」という記述があるため、唐寅が宸濠に招致されて江西に出向いたのは正德甲戌、卽ち正德九年と思われる。鐵柱觀は豫章にあり、晉の許遜が旌陽令となった折に蛇の害が多發し、それを鎭めるために鐵の柱を埋め込んだことに由來する（『苕溪漁隱叢話』卷三三參照）。前掲『四友齋叢說』卷一五に據れば、唐寅は半年餘り滯在したが、王秩の示唆により宸濠に反逆の意志があることを知り立ち去った（『崑山新陽合志』卷二〇〔乾隆十六年刊本〕に「王秩、字は循伯、成化丁未（二十三年、一四八七）の進士。江西副使に陞りて兵を南贛に備う……寧庶人 異志有り。秩を憚る。嘗て秩の幼子を邀き入らしめ抱きて膝の上に置き、郡主を以て之に妻あわすを許す。秩謝して敢えてせず。歸るに當たり、家人に謂いて曰く、「王 志滿ち氣揚がり、必ず且に亂を爲さんとすること、十年を出でざるなり」と。時に唐寅 王の所に客し、秩 微かに意を示し、寅 始めて狂を佯りて以て歸る」とある）。唐寅の「致姜龍」（『明賢墨蹟』所收。筆者所見は『唐寅集』補輯卷六。上海古籍出版社、二〇一三）に「僕 去歲より廬山に游び、江西の上を泝り、悉く諸名勝を覽んと欲す。意わざりき 留頓して豫章に在るとは。三月中旬 吳中に回るを得たり。所謂興敗れて返るなり」とあるのに據れば、蘇州への歸鄉は正德十年の三月半ばのことであった。但し、唐寅の「送陶大癡分教撫州序」(『明代四代家書畫集』所收。引用は『唐寅集』に據る)の末尾には「時に正德癸酉(八年、一五一三)臘月上九、前鄉貢進士蘇臺 唐寅 洪州の鐵柱觀に書す」とあり、正德八年十二月には唐寅はすでに江西に居たことになるため、この年號が正しければ、唐寅は一年半にわたって江西に滯在していたことになる。なお、唐寅には七律「上寧王」(『六如居士全集』卷二)がある。

八　**築室桃花塢、與客般飲其中**　「墓志」に「治圃舍北桃花塢、日般飲其中、客來便共飲、去不問(圃舍の北に桃花塢を治め、日び其の中に般飲し、客來たれば便ち共に飲み、去るも問わず)」とあるのに據る。また、唐寅「桃花庵歌」(一本に弘治乙丑三月とある。弘治乙丑は弘治十八年、『唐伯虎先生外編』卷一、『唐伯虎先生全集』所收)には「桃花塢の裏の桃花庵、桃花庵の裏の桃花仙(桃花塢裏桃花庵、桃花庵裏桃花仙)」とある。

九　**年五十四而卒**　「墓志」に「卒嘉靖癸未十二月二日。得年五十四(卒するは嘉靖癸未〔二年、一五二三〕十二月二日なり。年を得ること五十四なり)」とある。

一〇　**伯虎不治生產、既免歸、緣故去其妻。毎自恨放廢、無所建立**　『吳郡二科志』に「寅罷歸、朝臣多嘆惜者。歸無幾、緣故去其妻(寅罷めて歸り、朝臣 多く嘆惜する者あり。歸りて幾ばくも無く、故に緣りて其の妻を去らしむ)」とある。前揭の「與文徵明書」には、「夫妻反目す」と唐寅自身が述べていた。北京から歸鄉した後に自暴自棄になった樣子は「袁序」に次のように記す。「是れより先、梁公(儲) 使を外夷に奉じ、伯虎嘗て束帛を持ちて、程公(敏政)に文を乞い之に送り、竟に此を以て論發せられ吏と爲る。耻じて就かず、免ぜられて歸る。文徵明 書を以て之を慰め、伯虎 書に答えて自ら明らかにす。文多く集中に載す。乃ち後益ます自ら放廢し、酒を縱にして落魄す(先是、梁公奉使外夷、伯虎嘗持束帛、乞程公文送之、竟以此論發爲吏。耻不就、免歸。文徵明以書慰之、伯虎答書自明。文多載集中。乃後益自放廢、縱酒落魄)」。

一一　**譬諸梧枝旅霜、苟延奚爲。……圖其石曰、「江南第一風流才子」**　『吳郡二科志』に次のようにいう。「每謂所親曰、「枯木朽株、樹功名于時者、遭也。吾不能自持、使所建立、置之可憐、是無枯朽之遭、而傳世之休烏有矣。譬諸梧枝旅霜、苟延奚爲」。後復感激曰、「大丈夫雖不成名、要當慷慨。何乃效楚囚」。因圖其石曰、「江南一風流才子」（每に親しむ所に謂いて曰く、「枯木朽株にして、功名を時に樹つる者は、遭（時運）なり。吾 自ら持すること能わず、建立する所をして、之を憐れむ可きに置かしむるは（かわいそうな境遇に置いたのは）、是れ枯朽の遭無く、而も傳世の休（幸運）烏くんぞ有らんや。諸を梧枝旅霜に譬えて、苟も延ぶるも奚をか爲さんや」と。後に復た感激して曰く、「大丈夫 名を成さずと雖も、要は當に慷慨すべし。何ぞ乃ち楚の囚に效わんや」と。因りて其の石に圖して曰く、「江南一風流才子」と）」。文中の「圖其石」は、顧沅『吳郡名賢圖傳贊』巻七（道光九年長洲顧氏刋本）では「刻其私印」となっており、印鑑を作ったということのようである。また、「家無儋石、客嘗滿座、文章風采、照曜江表」の部分は「袁序」にもとづく。「築室桃花塢中、讀書灌園。家無擔石、而客嘗滿座。風流文采、照映江左（室を桃花塢中に築き、書を讀み園に灌ぐ（隱遁生活を送った）。家に擔石無きも、而るに客嘗に座に滿ち、風流文采、江左に照り映ゆ）」。

一二　**歸心佛氏、取四句偈、自號六如**　「墓志」に「……子畏罹禍後、歸心佛氏、自號六如。取四句偈旨（……子畏 禍に罹りて後、心を佛氏に歸し、自ら六如と號す。四句偈の旨より取る）」とある。「四句偈」は『金剛經』中に見えるもの。『金剛經』第三二品「應化非眞分」にある「一切の有爲の法は、夢・幻・泡・影の如く、露の如く亦た電の如く、應に是くの如き觀を作すべし」という文言は著名なものであり、唐寅の號は、この文言に由來すると思われる。なお、蘇軾が側室の王朝雲の死を悼んで作った「悼朝雲」詩の引には、朝雲が死に臨んで「四句偈」を唱えて息絶えたことが記される（且に死せんとするに、『金剛經』四句偈を誦して絕ゆ）。施元之の註はこれについて、蘇軾は朝雲の墓前に「六如亭」を作ったが、それは「四句偈」の中の「如夢・幻・泡・影、如露亦如電」という文言から取ったものであろうとする（先生 朝雲の墓前に於いて「六如亭」を作る。蓋し經中の「如夢・幻・泡・影、如露亦如電」の語より取る）。

一三　外雖頽放、中實沈玄、人莫得而知也　「袁序」の「外若奢汰、而中慕沈玄（外は奢汰〔放縦甚だしい〕の若きも、而るに中に沈玄を慕う）」にもとづく。沈玄は、韓愈「秋雨聯句」（『新刋經進詳注昌黎先生文集』巻八所收）「陽を侵し日沈玄たりて、剝節し風兊（澤）を捜す」の文讜の注に「沈玄は晝晦を謂うなり」とあり、晝に暗いさまをいう。但し、盧文弨『經籍考』（清鈔本）の張獻翼『讀易紀聞』六巻の項に「幼于（張獻翼）既に其の詞を以て一世に雄長たりて其の要は特に『易』に邃きに歸す。字を問うもの（學問の教えを請う人々）庭に盈つと雖も、而るに帷を下ろして輟む罔し。外は通雅の若く、而して中に沈玄を慕う」とあり、內面の深遠さを喩えているようである。

一四　少嘗乞夢九鯉仙、夢贈墨一擔、自是才思益進　祝允明「夢墨亭記」（『唐伯虎先生外編』巻五、『祝氏集略』巻二七、『懷星堂集』巻二七）及び「墓志」に記載される。「夢墨亭記」では、唐寅が郷試に合格したことを記した後に昔のこととしてこのエピソードを記している。また、この文では、唐寅が桃花塢に築いた亭を夢墨亭と名付けていたことも記されている。ここでは「夢墨亭記」を引用しておく。「閉戶一歲、信步闈場、遂錄薦籍、爲南甸十三郡士冠。……曾儌朕於閩之神所謂九鯉湖者、夢神惠之墨萬箇。……比自四方而歸、結亭閶門桃花塢中、目之曰夢墨亭、章神符也（戶を閉ざすこと一歲、歩を闈場に信せ、遂に薦籍〔會試受驗推薦の名籍〕に錄せられ、南甸十三郡の士の冠と爲る。……曾て朕を閩の神の所謂九鯉湖なる者に儌め、神 之に墨萬箇を惠むを夢む。…… 比 四方自り歸り、亭を閶門の桃花塢中に結び、之を目て夢墨亭と曰う。神の符を章らかにするなり）」（『祝氏集略』、『懷星堂集』には「目之曰夢墨亭」の「亭」の字が無い）。なお、王鏊『震澤長語』巻下にはこれとは異なるエピソードを記載する。即ち唐寅が王鏊を訪ねて、九鯉仙で祈禱した後に夢に「中呂」の文字を見たが、解釋が不明なので問いにきたというものである。

一五 其學務窮研造化、尋究律曆、求揚・馬『玄』・『虚』、……晩將成一家言、未竟而歿 「曆」を底本は「歴」に作るが、『小傳』標點本・『列朝詩集』點校本により改めた。「墓志」にもとづく。「其學務窮研造化、玄蘊象數、尋究律歴（ママ）、求揚・馬「玄」・「虚」、邵氏聲音之理而贊訂之。傍及風鳥・壬遁・太乙、出入天人之間。將爲一家學、未及成章而歿（其の學 務めて造化を窮研し、象數（易學のこと）を玄蘊し（奥深く研究し）、律歴（曆）を尋ね究め、揚・馬の「玄」・「虚」、邵氏の聲音の理を求め而して之を贊訂す。傍く風鳥・壬遁・太乙に及び、天人の間に出入す。將に一家の學を爲さんとするに、未だ章を成すに及ばずして歿す）」。

『鐵琴銅劍樓藏書題跋集錄』（『唐寅集』の引用に據る）には、徐禎卿の記述として、唐寅の舊藏書に揚雄の『太玄經』の關連書があり、後に錢同爱（字は孔周。長洲の人）の所藏になったことが記されており、墓誌銘を裏付けるものとなっている。「『太玄集注六卷』、『太玄解四卷』、附『太玄曆一卷』、宋鈔本。弘治乙卯臘月、葑溪の刑篸臯橋唐伯虎の家に觀る」。「此の本 唐子畏の家に舊藏し、後に以て錢君同爱に贈る。更に副本無く、唯だ此に賴りて傳誦する耳。錢君幸にして之を珍藏す。丁巳冬徐禎卿識す」。

「邵氏聲音之理」については、邵雍の「經世聲音圖」（黃宗羲『宋元學案』巻一〇「百源學案下」に引用）のことを言うようである。唐寅「嘯旨後序」（『唐伯虎先生集』巻下）に、邵雍を引用していう。「邵子謂えらく、「物理窮まり無く、而して音聲も亦た窮まる無し。唯だ無窮は乃ち以て無窮に配す可きのみ。故に聲音を以て數を起こし、天下古今物理の變を御す。聲は（その「經世聲音圖」の「正聲」平・上・去・入各十聲のうちの七聲は）則ち甲に起こりて庚に止まり、（そのうちの平聲の七聲は）多・良・千・刀・妻・宮・心の類 是れなり。音は（「正音」開・發・收・閉各十二音のうちの十一音は）則ち子に起こりて戊に止まり、（そのうちの開音の九音をあげれば）古・黑・安・夫・卜・東・乃・走・思の類 是れなり」と（邵子謂、「物理無窮、而音聲亦無窮。唯無窮乃可以配無窮、故以聲音起數、御天下古今物理之變。聲則起于甲而止于庚、多・良・千・刀・妻・宮・心之類是也。音則起于子而止于戊、古・黑・安・夫・卜・東・乃・走・思之類是也」）。

「風鳥」は風と鳥を使った占術（邵雍『梅花易數』象數易理二「風覺鳥占」參照）。「壬遁」は六壬と遁甲、「太乙」は太乙數のこと。

一六　其於應世詩文、不甚措意、……下筆輒追唐・宋名匠、亦不盡其所至　「墓志」に據る。「其於應世文字詩歌、不甚措意、謂、「後世知不在是。見我一斑已矣」。奇趣時發、或寄于畫、下筆輒追唐・宋名匠。既復爲人請乞、煩雜不休、遂亦不及精諦。且已四方慕之、無貴賤貧富、日詣門徵索文辭詩畫。子畏隨應之、而不必盡所至（其の應世の文字詩歌に於けるや、甚だしくは意を措かず、謂えらく、「後世知らるるは是に在らず。我が一斑を見す已矣」と。奇趣時に發し、或いは畫に寄せ、筆を下ろせば輒ち唐・宋の名匠を追う。既に復た人の請乞するところと爲り、煩雜なること休まず、遂に亦た精諦に及ばず。且つ已に四方 之を慕い、貴賤貧富と無く、日び門に詣りて文辭詩畫を徵索す。子畏隨いて之に應じ、而して必ずしも至る所を盡くさず）」。

一七　祝希哲有言、「氣化英靈、……一旦已矣。此其痛宜如何置」　「墓志」に據る。「子畏糞土財貨、或飲其惠、諱且矯。樂其菑、更下之石、亦其得禍之由也。桂伐漆割、害儁戕特、塵土物態、亦何傷于子畏。余傷子畏不以是。氣化英靈、大畧數百歲一發鍾于人。子畏得之、一旦已矣。此其痛宜如何置（子畏 財貨を糞土とし、或ひと其の惠を飲むも、諱みて且つ矯む〔そのことを隱し僞った〕。其の菑〔災い〕を樂しみ、更に之に石を下すも〔追い打ちをかけたことも〕、亦た其れ禍を得るの由なり。桂伐り漆割き〔桂や漆の木のように有用なものを排除し〕、儁を害し特〔異才〕を戕すは、塵土〔小人世界〕の物態にして、亦た何ぞ子畏を傷なわんや。余 子畏を傷むは是を以てせず。氣 英靈に化し、大畧數百歳に一たび發せられて人に鍾まる。子畏 之を得るも、一旦にして已みぬ。此れ其の痛宜しく如何に置くべけんや〕」。文中の「更下之石」は韓愈の「柳子厚墓誌銘」（前掲『昌黎先生文集』巻三二所收）にみえる表現。柳宗元が劉禹錫の播州への左遷を不憫に思い、自らをその地に行かせてくれるよう願い出たことに對して、韓愈は「嗚呼。士窮まりて乃ち節義を見す」と感嘆し、今の人は平素は互いに敬慕して樂しみ、肝膽を照らす仲で決して裏切らないと言い、さも眞の友情で結ばれているかのようだが、「一旦小さき利害に臨みて、僅かに毛髮の如きなるも、眼を反して相識らざるが若く、陷阱に落つるも一も手を引きて救わず、反って之を擠し、又 石を焉に下す者、皆 是れなり」と述べている。「桂伐漆割」は『莊子』人間世篇の「桂は食らう可く、故に之を伐る。漆は用いる可く、故に之を割く」にもとづく。

一八　**伯虎詩少喜穠麗、……晩益自放、不計工拙、興寄爛熳、時復斐然**　「墓志」に「……其詩初喜穠麗、既又放白氏、務達情性、而語終璀燦、佳者多與古合（……其の詩初め穠麗を喜び、既に又白氏に放い、情性を達するを務とし、而して語は終に璀燦として〔きらきら美しく〕、佳き者は多く古と合す）」、また『呉郡二科志』に「善屬文、駢驪尤絕。歌詩婉麗、學劉禹錫（善く文を屬り、駢驪尤も絕す。歌詩婉麗にして、劉禹錫に學ぶ）」とある。

錢謙益は「朱雲子小集引」（『初學集』巻三二）において、呉中の才子の筆頭として徐禎卿とともに唐寅を擧げ、唐寅を「伯虎 志を名場に得ず、頹然として自ら放ち、口に信せて筆を縱にし、復たとは隱括せず（丹念に推敲することはなく）、諷諭嘲戲は、時に香山（白居易）の風有りて、人謂えらく、「伯虎 李龜年（唐代の著名な樂師）の如し。江潭に流落し、紅豆の一曲（王維が、落ちぶれて江南を流浪する友人の李龜年に思いを寄せて詠んだ「相思」詩)、人をして凄然として掩泣せ使む」と」と評するほか、呉中の文藝において、早熟で夭逝した徐禎卿の作品よりも、晩年に成し遂げることなく世を去った唐寅の作品の方が良いに決まっており、どちらも共に心有る人の惜しむところであるという(夫れ呉中の文、昌國〔徐禎卿〕の早就、固より伯虎の晩にして未だ就らざるに如かず、要は皆君子の惜しむ所なり)。

一九　蘇臺袁袠輯伯虎詩、僅存其少作。而顧華玉以爲絶詣在是　「袁序」に次のように記す。「唐伯虎集二卷。樂府、詩總三十二首、賦二首、雜文一十五首、内「金粉福地賦」缺不傳。伯虎他詩文甚多、體不類此。此多初年所作、頗宗六朝(唐伯虎集二卷。樂府、詩總三十二首、賦二首、雜文一十五首、内「金粉福地賦」缺けて傳わらず。伯虎他の詩文甚だ多く、體 此に類せず。此れ多く初年に作る所にして、頗る六朝を宗とす)」。

顧華玉は顧璘。顧璘『國寶新編』(嘉靖十六年刊本)につぎのようにある。「今司馬袁袠所刻、僅僅數篇、則其絶詣也(今司馬袁袠 刻する所、僅僅として數篇なれば、則ち其の絶詣なり)」。

顧璘は、字を華玉といい、呉縣の人。弘治九年の進士。『列朝詩集』丙集卷十四に傳がある。錢謙益はその「小傳」の中で顧璘を「承平全盛の世に處り、園林鐘鼓の樂を享く。江左の風流、今に迄るまで猶お推して領袖と爲すなり」という。だが一方で、顧璘が七子の主要メンバーと交流があり、その詩學が七子に近いことを批判し「官は曹に留まること六年、學益ます聞こゆる有り。與に游ぶ所の李獻吉(夢陽)・何大復(景明)・徐昌穀(禎卿)、相與に上下を頡頏し、聲名籍甚たり(きわめて盛んであった)。詩は唐人を矩矱とし(基準とし)、才情爛然たるも、格は必ずしも古を盡くさず、而して風調以て勝り、勝流(名士)に延接するも、及ばざるを恐るるが如し」という。

以下に周道振・張月尊輯校『唐寅集』(上海古籍出版社、二〇一三年)の前言に據って、唐寅の詩文集のテキストについて紹介しておく。袁袠の序文が收録されている『唐伯虎集』二卷は、唐寅の最も古い詩文集で、嘉靖十三年（一五三四）の刊行。上巻は詩三十二首を収録、下巻は文十六篇を収録する。その後、萬暦二十年（一五九二）に何大成によって嘉靖刊本の重刻本である『唐伯虎先生集』二巻が刊行され、さらに萬暦三十五年（一六〇七）には、やはり何大成によって『唐伯虎先生外編』五巻が刊行されている。このテキストには「伯虎逸詩」二百十首のほか文や逸話などが収録され前述の二種より格段に多くの關連作品が収載されている。さらに、萬暦四十年（一六一二）に曹元亮によって『解元唐伯虎彙集』四巻が刊行され、袁袠の序文で欠けていた「金粉福地賦」も収録されている。このテキストに袁宏道が批評をつけて刊行されたのが『袁中郎先生批評唐伯虎彙集』四巻である（刊行年は未詳）。そして、萬暦四十二年（一六一四）には何大成が『唐伯虎先生外編續刻』十二巻を刊行、何大成はさらに後になって自分が刊行したテキストをすべて合わせて『唐伯虎先生全集』とした。清代になってから、嘉慶六年（一八〇一）に唐仲冕が袁宏道批評本と何大成の全集を合わせた上で若干の増補をして刊行したのが『六如居士全集』七巻である。

（和泉ひとみ）

一三　祝允明　天順四年（一四六〇）～嘉靖五（一五二六）

丙集卷九　[一]祝京兆允明

允明、字希哲、長洲人。[二]參政顥之孫、[三]徐武功之外孫也。[四]五歲作徑尺字、九歲能詩。內外二祖、咸當代魁儒、耳濡目染、貫綜典訓、發爲文章、茹涵古今。或當廣坐、詼笑雜遝、援毫疾書、思若泉湧。[五]弘治壬子、舉於鄉。王文恪爲主司、手其卷不置、曰、「必祝某也」。旣而自喜、以爲能知人。[六]連試禮部不第、除興寧知縣、稍遷通判應天府、亡何、自免歸。卒年六十七。

[七]希哲生右手枝指、自號枝指生。好酒色六博、善度新聲、少年習歌之、間傅粉墨登場、梨園子弟相顧弗如也。[八]海內索其文及書、贄幣踵門、輒辭弗見、伺其狎游、使女伎掩之、皆稇載以去。[九]爲家未嘗問有無、得俸錢及四方餉遺、輒召所善客噱飲歌呼、費盡乃已。或分與持去、不留一錢。每出則追呼索逋者相隨於道路、更用爲忭笑資。其歿也、幾無以斂云。

[一〇]顧璘曰、「希哲超穎過人、讀書過目成誦、鉅細精麤、咸貯腹笥、有觸斯應、無問猥鄙。學務師古、吐詞命意、迥絕俗界。效齊・梁月露之體、高者凌徐・庾、下亦不失皮・陸。玩世自放、憚近禮法之儒、故貴仕罕知其蘊。書學自『急就』、以逮虞・趙、上下數千年、罔不得其結構。若羲・獻眞行、懷素狂草、尤臻

筆妙」。子續[一二]、擧進士、官終布政使、刻其遺文曰『祝氏集略[一三]』、他書如『蠶衣[一三]』『罪知錄』『野記』之類、凡數百卷。『祝氏集略[一四]』別有『金縷』『醉紅』『窺簾』『暢哉』『擲果』『拂絃』『玉期』等七集。集各有小序、題曰『祝氏小集』。是京兆篋笥中物。好事者多傳寫之。亦韓致光『香奩』之流也。

【訓讀】

允明、字は希哲、長洲（南直隷蘇州府下の縣）の人。參政顥の孫、徐武功の外孫なり。五歳にして徑尺（直徑一尺）の字を作し、九歳にして詩を能くす。內外の二祖は咸當代の魁儒（大學者）なれば、耳に濡い目に染まり（自然に敎養が身につき）、典訓を貫綜し（古典の模範に精通し）、發して文章を爲せば、古今を茹涵す（博く包含した）。或いは廣坐に當たりて詼笑雜遝し（冗談を言いながら集いまじり）、毫を援きて疾書すれば、思いは泉の湧くが若し。弘治壬子（五年〔一四九二〕三十三歳）、鄕に擧げらる。王文恪（王鏊）主司と爲り、其の卷を手にして置かず、曰く、「必ず祝某ならん」と。既にして自ら喜び、以て能く人を知ると爲す。試を禮部に連ぬるも第せず、興寧知縣（廣東惠州府下、正七品）に除せられ、稍して遷りて應天府に通判（正六品）たり、何も亡くして自ら免じて歸る。卒年六十七。

希哲 生まれて右手に枝指（拇指のそとにさらに一本ある指）あり、自ら枝指生と號す。酒色六博（酒と女色と二人すごろく）を好み、善く新聲を度し（新曲を作るのがうまく）、少年習いて之を歌い（若者がそのまねをして歌い）、間ま粉墨を傅して登場し（おしろい・まゆずみを塗って舞臺に上り）、梨園の子弟も相顧みて如く弗きなり（専門の俳優も顔負けであった）。海内 其の文及び書を索め、贄幣もて（禮物をもって）門に踵るも、輒ち辭して見う弗く、其の狎游（遊里での遊び）を伺い、女伎を使て之を掩えしめ、皆梱載して以て去る（女妓に允明をつかまえて書かせ、書がたまったところでひっくるめて縄で縛り、車に載せて持ち去った）。家を爲むるに未だ嘗て有無を問わず、俸錢及び四方の餉遺（寄贈）を得れば、輒ち善くする所の客を召して噱飲歌呼し（笑い飲み歌い叫び）、費の盡きて乃ち已む。或いは分與して持ち去らせ、一錢をも留めず。出づる毎に則ち追呼して逋（借金）を索むる者相道路に隨うも、更に用って忭笑の資（樂しみごとの種）と爲す。其の歿するや、幾ど以て斂むる無き云。

顧璘曰く、「希哲は超穎 人に過ぎ（聰明さが抜群で）、書を讀むに目を過ぎれば誦を成し（すっかり暗誦し）、鉅細精麤（巨と細、精と粗にかかわらず）、咸腹笥に貯え、觸るる有れば斯れ應じ（心に感じて反應し）、猥鄙（下品や俗っぽさ）を問う無し。學ぶに古を師とするに務め、詞を吐きて意を命ずるは（思いをこめるのは）、迥かに俗界を絕つ。齊・梁月露の體に效い、高き者は徐（陵）・庾（信）を凌ぎ、下きも亦皮（日休）・陸（龜蒙）を失わず（に恥じない）。世を玩びて自ら放にし、禮法の儒に近づくを憚り、故に貴仕は其の蘊（奥深さ）を知ること罕なり。書學は『急就』自り、以て虞（世南）・趙（孟頫）に逮び、上下數千年、其の結構を得ざる罔し。羲（王羲之）・獻（王獻之）の眞行、懷素の狂草の若き、尤も筆の妙なるに臻る」と。

子の續は進士に擧げられ、官は布政使に終わり、其の遺文を刻して『祝氏集略』と曰い、他の書は『蠶衣』『罪知錄』『野記』の如きの類、凡そ數百卷なり。

『祝氏集略』に別に『金縷』『醉紅』『窺簾』『暢哉』『擲果』『拂絃』『玉期』等七集有り。集ごとに各おの小序有り、題して『祝氏小集』と曰う。是京兆の篋笥中の物（祝允明が簞笥に隱しておいたもの）ならん。好事者多く之を傳寫す。亦韓致光『香奩』の流なり。

【注】

一 **祝京兆允明** 「京兆」はふつう首都を指すが、ここは祝允明の最終官職が南都の應天府通判であったことによる。祝允明の傳記資料には以下のものがある。王寵（字は履仁、のち履吉、長洲縣の人、成化七年〔一四七一〕～嘉靖十二年〔一五三三〕、『列朝詩集』丙集巻一所收）の「明故承直郎應天府通判祝公行狀」（『雅宜山人集』巻一〇。以下「行狀」）。陸粲（字は子餘、長洲縣の人、弘治七年〔一四九四〕～嘉靖三十年〔一五五一〕、『列朝詩集』丁集巻三所收）の「祝先生墓誌銘」（『陸子餘集』巻三。『國朝獻徵錄』巻七五は「祝京兆允明墓誌銘」。以下「墓誌銘」）。文震孟過庭訓（未詳）『本朝京省人物考』（別名「本朝分省人物考」、天啓二年〔一六二二〕刊）巻二一「祝允明」。文徵明（字は文起、長洲縣の人、萬暦二年〔一五七四〕～崇禎九年〔一六三六〕、文徵明〔本書「一五」〕の曾孫）の『姑蘇名賢小記』（萬暦四十二年序刊）巻上「祝京兆先生」。何喬遠（字は穉考、福建晉江縣の人、生卒年未詳）の『名山藏』（崇禎十三年〔一六四〇〕序刊）巻九五（？）高道記「祝允明」。

二 **參政顥之孫** 祝顥は永樂三年（一四〇五）～成化十九年（一四八三）、『列朝詩集』乙集巻六の小傳「祝參政顥」に次のように記す。「顥、字は惟清、長洲の人。正統己未（四年・一四三九）進士、行在刑科給事中を授けられ、累ねて山西布政司參政に官たり。年甫めて六十にして致仕す。惟清は廣顙修髯（廣いひたいと、ととのったほほひげ）にして、易直强毅（おだやかでまっすぐ、強くてきっぱり）、風流もて談論するは最も人の傾慕する所と爲る。歸田（成化元年〔一四六五〕、允明六歳）の後、一時の耆俊勝集し、徐天全（有貞、後出）・劉完菴（珏、『列朝詩集』乙集巻六）・杜東原（瓊、同上乙集巻七）の若き輩、日びに相過從す。高風雅韻、鄉邦を輝映して歷ること二

十年、而して惟清 最も後れて卒す。孫允明、『大中遺事』を撰次して世に聞こゆる有り（顒、字惟清、長洲人。正統己未進士、授行在刑科給事中、累官山西布政司參政。年甫六十致仕。惟清廣顙修髯、易直强毅、風流談論、最爲人所傾慕。歸田之後、一時耆俊勝集、若徐天全・劉完菴・杜東原輩、日相過從。高風雅韻、輝映鄉邦、歷二十年、而惟清最後卒。孫允明撰次『大中遺事』、有聞於世）」。

なお、官職名の頭にある「行在」は、『明史』本紀第八によると、仁宗の洪熙元年（一四二五）三月戊戌（二十八日）、「將に都を南京に還さんとし、北京の諸司に詔して悉く「行在」を稱せしむ（將還都南京、詔北京諸司悉稱「行在」）」とあり、その解消は、『明史』本紀第十に、英宗の正統六年（一四四一）十一月甲午朔、「乾清・坤寧の二宮、奉天・華蓋・謹身の三殿成り、大赦す。都を北京に定め、文武諸司は「行在」を稱さず（乾清・坤寧二宮、奉天・華蓋・謹身三殿成、大赦。定都北京、文武諸司不稱「行在」）」とある。

三　徐武功之外孫也

徐有貞、永樂五年（一四〇七）〜成化八年（一四七二）、『列朝詩集』乙集卷六の小傳「徐武功有貞」に次のように記す。「有貞、初名珵、字は元玉、吳縣（南直隸蘇州府下の縣）の人。宣德八年（一四三三）進士、翰林院庶吉士に選ばれ、編修を授けられ、（詹事府、右）春坊（右）諭德（從五品）を歷、（都察院、左）僉都御史（正四品）を以て河を張秋（山東兗州府下の鎭）に治む。天順改元（一四五七年正月）、迎復の功（上皇英宗を迎えて復位させた功績）を用って、卽日に華蓋殿大學士・兵部尙書を拜し、內閣の事を掌り、武功伯に封ぜらる。未だ幾ばくもあらずして（同年六月）獄に下され、（同年七月）金齒（雲南永昌府下の衞）に編戍せられ、三年にして赦されて還り、吳に卒す。事は國史（本書「一〇　王守仁」の注一を參照）に具（つぶさ）なり。公は器質魁傑、文武を兼て資し（もちあわせ）、天官・地理・河渠・兵法・風角の書に于（おい）て通曉せざる無きも、志は經世に在り、詩文は通達を取りて雕章飾句を爲すを屑（いさぎよ）しとせず。……今に至るも吳下に風流儒雅を推すは亦必ず武功を以て領袖と爲す

云（有貞、初名珵、字元玉、吳縣人。宣德八年進士、選翰林院庶吉士、授編修、歷春坊諭德、以僉都御史治河張秋。天順改元、用迎復功、卽日拜華蓋殿大學士・兵部尙書、掌內閣事、封武功伯。未幾下獄、編戍金齒、三年赦還、卒於吳。事具國史。公器質魁傑、文武兼資、于天官・地理・河渠・兵法・風角之書、無不通曉、志在經世、詩文取通達、不屑爲雕章飾句。……至今吳下推風流儒雅、亦必以武功爲領袖云）」。

四　五歲作徑尺字、……思若泉湧　小傳は「墓誌銘」からの拔粹と僅かな改變である。「先生少穎敏、五歲作徑尺字、讀書一目數行下。九歲能詩、有奇語、既天賦殊特。加內外二祖、咸當代魁儒、目濡耳染、不離典訓。稍長、遂貫綜群籍、稗官襍家、幽遐嵬瑣之言、皆入記覽。發爲文章、崇深鉅麗、橫縱開闔、茹涵古今、無所不有。或當廣坐、詼笑雜遝、援毫疾書、思若泉湧、一時名聲大譟（先生は少くして穎敏、五歲にして徑尺の字を作し、讀書は一目に數行下す。九歲にして詩を能くし、奇語有りて、既に天賦は殊特たり。加うるに內外の二祖は、咸當代の魁儒なれば、目に濡い耳に染まり、典訓を離れず。稍長じて遂に群籍を貫綜し、稗官襍家・幽遐嵬瑣の言も皆記覽に入る。發して文章を爲せば、崇深と鉅麗、橫縱に開闔し、古今を茹涵し、有らざる所無し。或いは廣坐に當たりて、詼笑雜遝し、毫を援きて疾書すれば、思いは泉の湧くが若く、一時の名聲大いに譟ぐ）」。

五　弘治壬子、擧於鄉。……既而自喜、以爲能知人　祝氏が「上巡按陳公辭召修廣省通志狀（巡按陳公に上り廣省通志を召修するを辭するの狀）」（『祝氏集略』卷一三）で、みずからその經歷を「五應鄉薦」とのべるように、成化十六年（一四八〇）から數えて南京での應天鄉試五回目の受驗であった。

王鏊は、字は濟之、蘇州府吳縣の人。成化十一年（一四七五）進士、文恪はその諡號、景泰元年（一四五〇）～嘉靖三年（一五二四）。『列朝詩集』丙集卷六所收。「墓誌銘」の前の引用文に續けて次のように記される。「歲壬子擧於鄉。故相王文恪公主試事、手其卷不置、曰「必祝某也」。既而果得先生、文恪益自喜、曰「吾不謬知人」（歲の壬

子 郷に擧げらる。故の相なる王文恪公 試事を主り、其巻を手にして置かず、曰く「必ず祝某ならん」と。既にして果して先生を得れば、文恪益ます自ら喜び、曰く「吾 人を知るを謬たず」と)」。

六　連試禮部不第、……卒年六十七　「上巡按陳公辭召修廣省通志狀」に「七試禮部、上竟不見錄（七たび禮部に試みるも、上は竟に錄せ見れず〔取錄してくださらなかった〕）」とのべるように、弘治六年（一四九三）の「不北試」を除いて會試に毎回應ずるものの全て不第、正德九年（一五一四、五十五歳）を最後に吏部に赴いて興寧縣知縣を命じられた。正德十六年（一五二一、六十二歳）には應天府通判に異動して財賦を專督したが、翌年冬に病氣を理由に退職した。嘉靖五年（一五二六）十二月二十七日死去。

「墓誌銘」では前の引用文に續けて次のように記される。「自是連試禮部不第。……初仕興寧令、……稍遷通判應天府、亡何乞歸、又五年卒、春秋六十有七（是自り連に禮部に試みるも第せず。……初めて興寧の令に仕え、……稍く遷りて應天府に通判たり、何も亡くして歸るを乞い、又五年にして卒す、春秋六十有七なり）」。

七　希哲生右手枝指、……梨園子弟相顧弗如也　王世貞（本書「二七」參照）の『藝苑卮言』巻六（『弇州山人四部稿』巻一四九）に次のように記す。「祝希哲生而右手指枝、因自號枝指生。爲人好酒色六博、不脩行檢。嘗傅粉黛從優伶、酒間度新聲、俠少年好慕之、多齎金游允明甚洽（祝希哲 生まれて右手に指枝あり、因りて自ら枝指生と號す。人と爲り酒色六博を好み、行檢を脩めず。嘗て粉黛を傅して優伶を從え、酒間に新聲を度し、俠少年 好んで之を慕い、多く金を齎して允明を游ばすること甚だ洽し)」。

八　海內索其文及書、……皆捆載以去　『藝苑卮言』の前の引用文に續けて次のように記す。「擧鄕薦、從春官試下第。是時海內漸熟允明名、索其文及書者接踵、或輦金幣至門、允明輒以疾辭不見。然允明多醉伎館中、掩之、雖累紙可得（鄕薦に擧げられ、春官の試に從うも下第す。是の時 海內漸く允明の名を熟し、其の文及び書を索むる者踵を接し、或いは金幣を輂いて門に至るも、允明は輒ち疾を以て辭して見えず。然れども允明は伎館中に醉うこと多く、之を掩えば〔不意におそうと〕、累紙〔たくさん溜った紙〕と雖も得可し〕」。

九　爲家未嘗問有無、……其歿也、幾無以斂云　ほとんどそのまま「墓誌銘」の記載による。すなわち「其爲家未嘗問有無、得俸祿及四方餉遺、輒召所善客、與噱飲歌呼、費盡乃已。或分與持去、不遺一錢、故其沒也、幾無以斂云」。

小傳の「毎出則追呼索逋者相隨於道路、更用爲忭笑資」の部分は出所がよく分からないが、似た記述が『藝苑卮言』に見える。「允明好負逋責、出則羣萃而訶誶者至接踵、竟弗顧去（允明好んで逋責を負い、出づれば則ち羣萃して〔群れ集まって〕訶誶する〔とがめ、せめる〕者、至りて踵を接するも、竟に顧み弗して去る）」。

一〇　顧璘曰「希哲超穎過人、……懷素狂草、尤臻筆妙」　顧璘は『列朝詩集』丙集巻十四の小傳に「字は華玉、呉縣の人」、成化十四年（一四七八）～嘉靖二十四年（一五四五）。その『國寶新編』（『四庫全書』巻六一・史部・傳記類存目三）「應天通判祝允明」は、「祝允明、字希哲、蘇州人、仕至應天通判（祝允明、字は希哲、蘇州の人、仕えて應天通判に至る）」から、以下小傳引用の「超穎絕人、讀書過目成誦、……故貴仕罕知其蘊」へと、そのまま續く。うち「無問猥鄙」を「無間猥鄙」に作るのは誤りだろう。次いで「眞州蔣山卿嘗見所撰「建康觀雲記」、吐舌下之曰、「文在茲乎。偏才曲學、眞河伯未離龍門、難與言水也」。余特賞其知言（眞州の蔣山卿〔未詳〕嘗て撰する所の「建康觀雲記」を見、吐舌して之に下りて曰く、「文は茲に在る乎。偏才曲學、眞に河伯の未だ龍門を離れざるは、與に水を言うこと難き也」と。余特に其の知言を賞す）」としたあと、小傳の「書學自急就」を「書學精工、自急就」に作って、「懷素狂草、尤臻筆妙」へと續き、「本朝書品、不知合置誰左（本朝の書品は、知らず合に誰をか左に置くべきかを）」と結ばれる（「贊」は省略）。

齊・梁月露之體　元來は隋の李諤が當時の文學の輕薄さを批判して高祖楊堅に上奏した文章に見える言葉である（『隋書』巻六六・李諤傳）。「江左の齊・梁、其の弊彌いよ甚しく、貴賤賢愚は唯だ吟詠に務む。遂に復た理を遺て異を存し、虚を尋ね微を逐い、一韻の奇を競い、一字の巧を争う。篇を連ね牘を累ねて、月露の形を出でず（江左齊・梁、其弊彌甚、貴賤賢愚、唯務吟詠。遂復遺理存異、尋虚逐微、競一韻之奇、爭一字之巧。連篇累牘、不出月露之形）」。以來、詞藻の華美にして內容の空疎な詩を指す言葉とされるが、ここではむしろ江南、あるいは吳の文學の特徴として肯定的に提示しているのであろう。

徐・庾　『玉臺新詠』の編者徐陵（五〇七～五八三）と、その代表的な詩人庾信（北行以前、五一三～五八一）を指す。ここでは南京を中心とする吳の文學の先驅として掲げたものであろう。その詩風は「綺豔」と稱される。『周書』巻四一・庾信傳に、「既に盛才有り、文は竝びに綺豔、故に世は號して徐庾體と爲す焉（既有盛才、文竝綺豔、故世號爲徐庾體焉）」。王世貞は『明詩評』巻二（『紀錄彙編』所收）「祝京兆允明」で、「詩は六朝に法り、兼て後代を采る（詩法六朝、兼采後代）」としている。

皮・陸　晩唐の皮日休（字は襲美、現在の湖北襄陽の人）と、陸龜蒙（字は魯望、江蘇蘇州の人）。ともに生卒年は未詳。いずれも隱士を稱していたが、咸通十一年（八六九）、皮日休が幕僚として蘇州に來た機會に二人の交友と倡和が始まった。そのため「皮・陸」は倡和詩の代名詞として用いられることが多いが、ここはむしろ、吳の地方における處士の悠々自適の生活と文學を示すのであろう。例えば皮日休の七言律詩「夏景沖澹偶然作二首」（『全唐詩』巻六一四）の第二首第三聯には、「無限世機吟處息、幾多身計釣前休（無限の世機　吟ずる處に息み、幾多の身計　釣りの前に休む）」とあり、陸龜蒙「奉和襲美夏景沖澹偶然作次韻二首」（『全唐詩』巻六二五）の第一首末聯には、「閒思兩地忘名者、不信人間髮解華（閒かに兩地の名を忘るる者を思うに、人間　髮の解ず華きを信ぜず

〔「兩地」は上句の「芝畹」靈芝のはたけと、「橘洲」湖南湘江中の中洲、を指す〕〕」とある。このような自由人に啓發されたのだろうか、祝允明は七律「追和皮陸夏景沖澹偶然作」（『祝氏集略』巻六、和韻ではない）の末聯で、次のように詠んでいる。「人間最是難消此、未解塵名誤道心（人間 最も是此を消し難し、未だ解くせず 塵名の道心を誤まつを〔「此」は次句の「塵名」をさす〕）」。この作は自分でもお氣に入りであったのだろう。草書で揮毫して沈辨之なる人に贈った書跡が殘っており（「未解」を「誰解」に作る）、『中國書法全集』（一九九三年榮寶齋刊）

49「祝允明」の葛鴻楨氏の考釋では正德二年（一五〇七）の筆とされる。四十八歳、五回目の會試の前年ということになる。なお王世貞は「題祝希哲詩後」（『弇州山人續稿』巻一六〇）の中で、「祝京兆の好んで自ら撰する數律を書すは、其の能く晩唐人三昧を得たるを以てなり（祝京兆好書自撰數律、以其能得晩唐人三昧也）」と記している。

『急就』『急就篇』四巻（あるいは『急就章』とも）のこと。本來は童子が文字を學ぶための入門書である。『四庫全書』巻四一・經部・小學類所收の「通行本」を見ると、「漢・史游撰、唐・顏師古注」で、人名・地名・國名を織りこんだ故事や物名の分類を、一章が主として三言二十一句か七言九句の韻文に綴っている。全て三十二章から成る。例えば「褚回池、蘭偉房。減罷軍、橋竇陽。……」（巻二第六章）、「春秋尙書律令文、治禮掌故砥厲身。……」（巻四第二十六章）など。「提要」は、「其の書 始め自り終りに至るまで一として複字無し。文詞は雅奧にして、亦『蒙求』諸書の及ぶ可き所に非ず。……僅かに童蒙識字の用と爲るにあらず（其書自始至終、無一複字。文詞雅奧、亦非『蒙求』諸書所可及。……不僅爲童蒙識字之用）」とのべる。

虞・趙　唐の虞世南（字は伯施、浙江餘姚の人、五五八〜六三八）と、元の趙孟頫（字は子昂、浙江吳興の人、一二五四〜一三二二）。祝允明が趙孟頫に學んだことは、王世貞によってもしばしば言及されているが、ここでは二例のみを擧げておく。すなわち、その「像贊」（『弇州續稿』巻一四八）の「祝京兆先生允明」の項に「書は魏晉六朝に法り、顏（眞卿）・蘇（軾）・米（芾）・趙（孟頫）に至りて精詣せざる所無し（書法魏晉六朝、至顏・蘇・米・趙、無所精詣）」とあり、また「祝京兆書成趣園記」（同右）に「其の書法は頗る趙吳興より出づるも、然れども吳興は遒にして媚、京兆は遒にして古、更に之に勝るに似たり（其書法頗出趙吳興、然吳興遒而媚、京兆遒而古、似更勝之）」とある。

羲・獻　東晉の王羲之（字は逸少、山東瑯邪臨沂の人、一説に三〇三～三六一）と、その子の王獻之（字は子敬、三四四～三八八）。「眞行」は楷書と行書。例えば唐・張懷瓘『書斷』卷下の「若眞行妍美、粉黛無施、則逸少第一」という文章について、『中國書論大系　第三卷・唐2』（一九七八年・二玄社、吉田敎專・神谷順治譯）では、「楷書・行書ともに妍美で、化粧をほどこしていないようなのは、王羲之を第一とする」と譯している。

懷素　唐の高僧。『中國書論大系　第三卷・唐2』「書人傳」によると、「七二五？～七八五？、酒を好み、醉うと手あたりしだいに草書をかいた。いわゆる狂草は縱橫自在、千變萬化し、しかも法度をよく保ち、晚年には張旭にまさるといわれる」（日原利國）とある。

一一　**子續、擧進士、官終布政使**　王寵の「行狀」には、「子男二人。曰續、由進士、官給事中、累陞陝西按察司副使。次側出、幼未名（子男は二人。續と曰うは、進士由り、給事中に官たり、累ねて陝西按察司副使に陞る。次は側（側室）より出、幼くして未だ名づけず）」とあるが、『明史』卷二八六・祝允明附傳には、「子續、正德中進士、仕至廣西左布政使（仕えて廣西左布政使に至る）」とあるから、行狀が書かれたのちに榮轉したのだろう。その進士は、『明淸進士題名碑錄』によると、正德六年（一五一一）第二甲七十三名で、父親の方は第六回目の下第であった。

一二　**『祝氏集略』**　三十卷。右僉都御史張景賢の「祝氏集畧序」（實は皇甫汸の代作、『皇甫司勳集』卷三八所收）の

年記は「嘉靖丁巳五月十有一日」、つまり同三十六年（一五五七）であり、祝續の弟祝繁の巻末識語の年記は「庚申正月之望」、つまり嘉靖三十九年である。このテキストは萬曆四十年（一六一二）に、内容は全く同一ながら、書名を『懷星堂全集』と改められ、曾孫祝世廉によって再刊された。『明史』巻九九・藝文志四は、「祝允明『祝氏集略』三十巻、『懷星堂集』三十巻、『小集』七巻」と兩方を載せ、『四庫全書』巻一七一・集部・別集類二四の「提要」も、書名を「懷星堂集三十巻」と立てたうえで、『明史』の記事を引いて踏襲している。しかし明代藝術家集彙刊續集の景印本『祝氏文集・集畧』（一九七一年・臺北國立中央圖書館）の劉兆祐「敍錄」が、「『祝氏集略』及び『懷星堂集』は、二書を檢核するに、內容は相同じく、題する所の書名の同じからざる而已。然れば則ち祝氏の詩文集は實は止だ三十巻のみにして、本傳（『明史』巻二八六・祝允明傳）に「六十巻」と稱する者は、誤りて二集を以て同じからずと爲すなり（『祝氏集略』及『懷星堂集』、檢核二書、內容相同、所題書名不同而已。然則祝氏詩文集實止三十巻、本傳（『明史』巻二八六・祝允明傳）稱「六十巻」者、誤以二集爲不同也）」と指摘するのが正しい。

明代藝術家集彙刊續集に收錄されるもう一つの『祝氏文集』十巻は、謝雍手抄本と稱されるものである。巻末の細字の手記に、「枝山先生詩文集、老朽手錄して以て內翰衡山先生に贈り、少しく微意を申ぶ。嘉靖甲辰（二十三年（一五四四））四月十日。謝雍、時八十一歲（枝山先生詩文集、老朽手錄以贈內翰衡山先生、少申微意。嘉靖甲辰四月十日。謝雍、時八十一歲）」とある。謝雍は、祝允明の詩文中に字が元和などと見える外は未詳。「衡山先生」は文徵明（本書「一一五」）である。

一三　**『蠶衣』『罪知錄』『野記』之類、凡數百巻**　『蠶衣』については前掲「上巡按陳公辭召修廣省通志狀」の自分の著作を列記した中で「『蠶衣』五章」とするが、詳しくは分からない。『祝子罪知錄』は十巻、『野記』または『九朝野記』は四巻。他に、『祝子志怪錄』五巻、『讀書筆記』一巻、『前聞記』一巻、などがある。このうち松村には、

『祝子罪知錄』を材料とした論文「祝允明の思想と文學――『祝子罪知錄』を中心に――」（二〇〇〇年二月、『筧・松本敎授退職記念中國文學論集』立命館文學人文學會）と、『祝子志怪錄』を材料とした論文「祝子、怪を語る」（二〇〇四年十月、『日本中國學會報』第五十六集）があり、いずれも『明淸詩文論考』（二〇〇八年・汲古書院）に收錄される。

一四 『祝氏集略』別有『金縷』……亦韓致光『香奩』之流也 『列朝詩集』では、以上の「小傳」のあとに百二十七首の詩を列擧し、次いで「祝氏集外詩」の解題を附錄して十二首を列擧する。『四庫全書』の「提要」は、「朱彝尊『靜志居詩話』（卷九）に、『祝氏集略』の外、又『金縷』『醉紅』『窺簾』『暢哉』『擲果』『拂絃』『玉期』等の集有るを載す（朱彝尊『靜志居詩話』載『祝氏集略』外、又有『金縷』『醉紅』『窺簾』『暢哉』『擲果』『拂絃』『玉期』等集）」と指摘するが、ここでも本來であれば錢謙益の本小傳を引用すべきところである。

韓致光 晩唐の韓偓（字は致光、長安萬年縣の人、八四四～九二三?）。豔情の詩を得意とし、その『香奩集』に收めた。南宋の嚴羽『滄浪詩話』「詩體」に「香奩體」を解說して、「韓偓の詩は皆裾裙脂粉の語、『香奩集』有り（韓偓之詩、皆裾裙脂粉之語、有『香奩集』）」とする。香奩は化粧箱。『祝氏集略』卷六には「己卯春日偶作韓致光體（己卯春日、偶たま韓致光體を作る）」の詩が見える。

（松村　昂）

一四　徐禎卿　成化十五年（一四七九）～正德六年（一五一一）

丙集卷九　徐博士禎卿[一]

禎卿[二]、字昌穀、一字昌國、常熟人[三]、遷吳縣。『三科志』[四]琴川人、徙家吳縣、遂占籍焉。天性穎異、家不蓄一書、而無所不通。與吳趨唐寅相友善[五]、寅薦於沈周・楊循吉、由是知名。屢臺試不捷、感屈子「離騷」、作『嘆[六]嘆集』、論者[七]以「文章江左家家玉、烟月揚州樹樹花」爲集中警句、雖沈・宋[八]無以加。又斷作詩之妙、爲『談藝錄』[九]。

[一〇]弘治乙丑舉進士、除大理寺左寺副[一一]。乞徙南就養、會失囚[一二]、降國子監博士、卒於京師[一三]、年三十三。

顧璘[一四]『國寶新編』曰、「昌穀神清體弱、雙瞳燭人[一五]、幼精文理、不由敎迪。著「交誡」[一六]・「感暮賦」諸篇、詞旨沈鬱、遂闖晉・宋之藩、凌躐曹魏、長宿驚歎、號爲文雄」。「專門詩學、究訂體裁、上探『騷』・『雅』、下括高・岑、融會折衷、備茲文質。取充棟之草、刪存百一、至今海內、奉如珪璧。所謂雖多亦奚以爲也[一七]。其所研索、具在『談藝錄』中、斯良工獨苦者與[一八]」。

昌穀少與唐寅[一九]・祝允明・文璧齊名[二〇]、號吳中四才子[二一]。徵仲[二二]稱其才特高、年甚少、而所見最的、其持論於唐名家獨喜劉賓客・白太傅。沈酣六朝[二三]、散華流豔、「文章烟月」之句、至今令人口吻猶香。

登第之後、與[24]北地李獻吉游、悔其少作、改而趨漢・魏・盛唐、[25]吳中名士頗有「邯鄲學步」之誚。然而[26]標格清妍、摛詞婉約、絕不染[27]中原傖父槎牙奡兀之習、[28]江左風流、故自在也。[29]獻吉譏其守而未化、蹊徑存焉。斯亦善譽昌穀者與。余取[30]昌穀『五集』暨『迪功集』參互錄之、使談藝者自采擇焉。

【訓讀】

禎卿、字は昌穀、一の字は昌國、常熟（蘇州府常熟縣）の人、吳縣（同、吳縣）に遷る。『二科志』に、琴川（常熟の別稱）の人、家を吳縣に徙し、遂に焉に占籍す（届け出て正式に籍を移して定住した）と。天性穎異にして、家に一書も蓄えざるも、所として通ぜざるは無し。吳趨（蘇州府吳縣の吳趨里）の唐寅と與に相い友として善く、寅 沈周・楊循吉に薦め、是れに由りて名を知らる。屢しば臺試（鄉試）に捷たず、屈子（屈原）の『離騷』に感じて、『嘆嘆集』を作り、論者「文章の江左 家家に玉あり、烟月の揚州 樹樹に花あり」を以て集中の警句（人の心を打つ名篇）と爲し、沈・宋（初唐の沈佺期と宋之問、律詩の詩型の確立者）と雖も以て加うる無し（文句のつけようがない）と。又た作詩の妙を斷じて、『談藝錄』を爲る。

弘治乙丑（十八年、一五〇五、二十七歲）進士に擧げられ、大理寺左寺副（從六品）に除せらる。南に徙りて養に就く（老親の世話をすること）を乞うも、會たま失囚して（囚人の逃亡があって）、國子監博士（從八品）に降り、京師に卒す、年三十三。

顧璘『國寶新編』に曰う、「昌穀は神清體弱にして、雙瞳 人を燭らす、幼くして文理に精しく、敎迪（敎育や指導）に由らず。「交誠」・「感暮賦」の諸篇を著し、詞旨沈鬱にして、遂に晉・宋（劉宋）の藩を闚い、曹魏を凌躐し、長宿（年長の著名人）は驚歎し、號して文雄と爲す」と。「詩學を専門とし、體裁を究訂し、上は『騷』・『雅』（『離騷』や『詩經』の大雅・小雅）を探り、下は高・岑（盛唐の高適・岑參）を括り、融會折衷し、茲に文と質を備う。充棟の草（草稿）を取りて、删りて百に一を存し、今に至るまで海內、奉ずること珪璧の如し。所謂多しと雖も亦た奚を以て爲さん（數さえ多ければいいというわけではないのだ）。其の研索する所は、具さに『談藝錄』中に在り、斯れ良工獨り苦しむ（所謂すぐれた良工が存分に力を發揮した）者ならんか」と。

昌穀 少くして唐寅・祝允明・文壁（文壁の誤り、文徵明のこと）と名を齊しうし、吳中の四才子と號さる。徵仲稱す、其の才 特に高く、年甚だ少きも、見る所は最も的にして、其の持論 唐の名家に於いては獨り劉賓客・白太傅（中唐の劉禹錫と白居易）を喜ぶと。六朝に沈酣し、散華流豔し（散華のように詩篇が後世に流傳し）、「文章烟月」の句、今に至るまで人の口吻をして猶お香らしむ。

登第の後、北地の李獻吉と與に游び、其の少きときの作を悔い、改めて漢・魏・盛唐に趨り、吳中の名士 頗る「邯鄲學步」の誚り有り。然れども標格清妍（品格がすっきりと美しく）、摛詞婉約（文辭が流麗）にして、絕えて中原の傖父（田舎親父）の槎牙奡兀（尊大でごつごつして滑らかさに缺ける）の習に染まらず、江左（江南）の風流、故り自ら在るなり。獻吉譏る、其の守りて未だ化せず、蹊徑 焉に存す（そのままで變化せず、もともとの痕跡が殘っていること）と。斯れ亦た善く昌穀を譽むる者ならんか（謗語ではあるが、これは徐禎卿のことを褒める言葉にもなろう）。余 昌穀の『迪功五集』暨び『迪功集』を參互して之を錄し、藝を談ずる者をして自ら采擇せしめん。

【注】

一 **徐博士禎卿** 「博士」とは最終の官が國子監博士であったことに基づく。徐禎卿の傳記に關する一次史料としては、王守仁「徐昌國墓誌」（『王文成公全書』卷二五、以下「墓誌」）、文徵明「祭徐昌穀文」（『甫田集』卷二四、以下「祭文」）、王世貞「徐禎卿像贊」（『弇州山人四部稿續稿』卷一四八、以下「像贊」）などがある。范志新編年校注『徐禎卿全集編年校注』（人民文學出版社、二〇〇九）には、傳記資料や年譜などの附錄が充實している。

「小傳」の冒頭部分は閻秀卿の『吳郡二科志』徐禎卿傳に依據し、文學批評は顧璘の『國寶新編』（**注一四**）を引きつつ、七子の中に在って古文辭の偏狹とは一線を劃する徐禎卿の詩風を論じている。『吳郡二科志』の原文を擧げておく。

「徐禎卿、字昌國、琴川人、徙家吳縣、遂占籍焉。貌寢、生天性穎異、家不蓄一書、而無所不通。與吳趨唐寅相友善。寅獨器許、薦於石田沈周・南濠楊循吉、由是知名。屢臺試不捷、父惡之。禎卿嘆曰、「橋梓之間、正須和協、今而及此、誠爲可痛。且處囊脫穎、君子之常、何至蓬虆步乎」。因感屈子『離騷』、作『嘆嘆集』。論者以「文章江左家家玉、煙月楊州樹樹花」爲集中警句、雖沈・宋無以加。又斷作詩之妙、爲『談藝錄』。陳內翰霽見之、曰、「所觀多矣、皆莫如、他日當獨秀吳中可也」。辛酉登鄉書。論曰、三閭被讒見斥、作賦自悼、其時齒已長、度終不得用故也。又楚人習、於怨有觸卽施、彼亦習之所使者耳。昌國年方熙妙、所不遭特細、而勾吳素多奇節士、豈其流之聲詩者戲耶。非也已虖。不察矣。然文章俊拔、足繼前賢、可慕良休、未有踰此者矣。美哉」。

なお、専門の研究書には崔秀霞『徐禎卿詩學思想研究』（中國社會科學出版社、二〇一〇）がある。日本では、鷲野正明に「『徐禎卿の評價』をめぐって」（國士館大學『漢學紀要』一三號、二〇一〇）、「徐禎卿の生涯――『明史』徐禎卿傳から見る――」（『同』一四號、二〇一一）など複數の論文がある。

二　禎卿、字昌穀、一字昌國　「墓誌」や『吳郡二科志』は字を「昌國」とし、「祭文」と「像贊」は「昌穀」に作る。

三　常熟人、遷吳縣　『吳郡二科志』（**注一**）には、「琴川（常熟）の人、家を吳縣に徙し、遂に占籍す」とある。占籍は役所に屆けて定住すること。『嘉靖太倉州志』卷七に「徐禎卿……先世自洛來居雙鳳鄉。累傳至其父西寓郡城、禎卿因補長洲縣學生」とある。雙鳳鄕は常熟の雙鳳鄕。

四　『二科志』　『呉郡二科志』は徐禎卿と同鄕の閻秀卿が弘治十六年（一五〇三）に編纂した書。呉中の人物評傳を文苑と狂簡の二科に分けて紹介する。

五　與呉趨唐寅相友善、寅薦於沈周・楊循吉、由是知名　唐寅（一四七〇～一五二三）については本書「一二　唐寅」、沈周（一四二七～一五〇九）については本書「一一　沈周」を參照されたい。楊循吉（一四五六～一五四四）は、『列朝詩集』丙集卷六「楊儀部循吉」の「小傳」によれば、字は君謙、呉縣の人で、成化甲辰二十年（一四八四）の進士。禮部主事に除せられたが、病がちで出勤せず、長官から叱責されると三十一で官を辭し、支硎山に廬を結び、讀書に勵んだという。著に『松籌堂集』などがある。

徐禎卿が三者の中でもとりわけ唐寅と親しかったことは、徐禎卿が十七歳の時に、交遊のあった諸子について記した『新倩籍』の筆頭に唐寅が擧げられていることからもわかる。なお、『新倩籍』には文徵明の段はあるものの沈周・楊循吉については言及がなく、徐禎卿が彼らと知り合った年月を明確に示すものはない。ただし、文林（文徵明の父）の『文溫州集』卷一には、「戊午の春、將に溫州に赴かんとし、楊君謙禮部邀（まね）きて虎丘に餞す。同集の者、沈啓南・韓克贊の二老は幅巾杖藜、韓の從子壽椿と朱性甫は靑袍方巾、唐子畏と徐昌國は竝びに擧子巾服。而して余と君謙は獨だ紗帽して相い對す。會は凡そ八人、人各おの侶を爲す、適たま四類にして雜ならず（戊午春、將赴溫州、楊君謙禮部邀餞於虎丘。同集者、沈啓南・韓克贊二老幅巾杖藜、韓從子壽椿與朱性甫靑袍方巾。唐子畏與徐昌國竝擧子巾服。而余與君謙獨紗帽相對。會凡八人、人各爲侶、適四類不雜）」という題の五言古詩がある。これによれば、戊午（弘治十一年、一四九八）、皆で文林が溫州に赴任するのを見送ったことがわかる。この時、徐禎卿は二十歳、唐寅は二十九歳、沈周は五十二歲、楊循吉は四十三歳である。沈周・楊循吉との交友は徐禎卿十代の時に始まっていたと判斷できる。

六 **『嘆嘆集』** 『吳郡二科志』（注一）は、『嘆嘆集』を作った經緯を次のように說明している。「屢しば臺試に捷たず、父之を惡る。禎卿嘆きて曰く、「橋梓（父子）之間、正に須らく和協すべし、今此に及ぶは、誠に痛むべし」と爲す。且つ囊に處りて脫穎するは、君子の常なるに、何ぞ蓬虆の步に至らんや」と。因りて屈子の「離騷」に感じて、『嘆嘆集』を作る」とある。『嘆嘆集』は現存していないが、この集の名は前揭の弘治十六年（徐禎卿二十五歲）刻の『吳郡二科志』に見えていること、また龔立本『松窗快筆』卷三に「弱冠著『談藝錄』『嘆嘆集』」とあることから徐禎卿二十歲ごろの詩集であることがわかる。

七 **論者以「文章江左家家玉、烟月揚州樹樹花」爲集中警句** 警句とは人の心を打つよく練られた句。この句は『列朝詩集』も載錄する「文章煙月」の頸聯。もとは『嘆嘆集』に收錄されていたが、現在は『迪功外稿』の『花間集』に見えている。「風霜 獨り臥す 閒中の病、時節 偏えに催す 蜜口の蛇、籬下の落英 秋半ば掬し、燈前の新夢 鬢雙つながら華し、文章の江左 家家玉あり、烟月の揚州 樹樹花あり、會ず此の心を銷滅し盡くすを待ちて、好し齋鉢を持ちて毘耶に禮せん（風霜獨臥閒中病、時節偏催蜜口蛇、籬下落英秋半掬、燈前新夢鬢雙華、文章江左家家玉、烟月揚州樹樹花、會待此心銷滅盡、好持齋鉢禮毘耶）」。なお、「文章江左家家玉」の句は、『文選』卷四二曹植「與楊祖德書」の「此の時に當たり、人人 自ら謂う、靈蛇の珠を握ると。家家 自ら謂う、荊山の玉を抱くと」に基づく。

八 **沈・宋** 初唐の沈佺期と宋之問。近體詩の律詩を確立した詩人。

九 **『談藝錄』** 『談藝錄』は徐禎卿が科擧及第前の二十歲ごろに著わした詩論書である。「魏詩は門戶なり、漢詩は堂奧なり」といい、漢魏の古詩を重んじ、六朝の詩については一顧だにしないことから、一般には復古の詩論と解され、古文辭派からは推重され、反古文辭の立場からは批判されることが多い。たとえば、反古文辭の立場に立つ

『四庫全書總目提要』は「迪功集六巻附談藝錄一巻」を著錄して、「『談藝錄』及び「與李夢陽第一書」に、……漢の武を繩とせば、其の流や猶お魏に至る、晉の體を宗とせば、其の弊や以て悉くすべからずと云うが如きは、其の談ずる所に據らば、仍お北地の摹古の門徑にして……」といい、まるで徐禎卿の『談藝錄』が李夢陽の影響を受けた詩論であるかのように評する。しかし、この書は徐禎卿登第前、吳に在りし時代のものであり、さらに奇妙なことに、徐禎卿のこのころの詩は漢魏の復古とは緣遠い六朝風のものである。黃魯曾『續吳中往哲記 補遺』は「……『談藝錄』を作り、詩に『嘆嘆集』有り。此の二者誠に抵牾するなり」と、この矛盾を指摘している。

一〇 弘治乙丑舉進士 『弘治十八年(一五〇五)進士登科錄』によれば、第七十名、二甲の成績で進士に及第している。徐禎卿二十七歳のときである。

一一 除大理寺左寺副、乞徙南就養 大理寺は刑獄や司法を掌る中央官廳。左寺は各地方からの奏劾や複雜な案件についての再審理を擔當し、右寺は京師百官に對する刑獄を擔當する。大理寺左寺副は從六品である。王守仁による「墓誌」には「始めて進士に擧げられ大理評事と爲るも、其の職を能くせず、是に於いて親の老を以て便地に改め養を爲すを求む、當事者目して異を好むと爲し、之を抑す(始擧進士爲大理評事、不能其職、於是以親老求改便地爲養、當事者目爲好異、抑之)」とあり、徐禎卿はこの職に不滿で、親の扶養に便利な南方への赴任を希望していたらしい。なお、徐禎卿がエリートコースである翰林院の職、すなわち館選を得られなかったことについて、王鴻緒『明史稿』や『明史』文苑傳の徐禎卿傳は、「孝宗 中使をして禎卿と華亭の陸深の名を問わしむ、深 遂に館選を得るも、禎卿は貌寢(風貌がさえないこと、**注一** 鷲野論文(二〇一一)は小柄で風采があがらないとする)を以て與えられず(孝宗遣中使問禎卿與華亭陸深名。深遂得館選、而禎卿以貌寢不與)」と説明するが、その基づく資料は未詳である。

一二 會失囚、國子監博士 具體的なことは不明だが、大理寺の獄囚が逃亡した責任をとらされたのであろう、京官の考察の歳、すなわち正徳四年（一五〇九）に、前年の事件の責任をとらされて、國子監五經博士（従八品）に降格処分となっている。國子監博士はほとんど實務のない職である。王世貞による「像贊」には「按ずるに大理左寺副、居ること之を久しうして、鬱鬱として志を得ず、南に徙りて養に便ならんことを乞う。會たま失囚を以て、國子監博士に改めらる（按大理左寺副、居久之、鬱鬱不得志、乞徙南便養。會以失囚、改國子監博士）」とある。

一三　卒於京師、年三十三　王守仁「墓誌」の冒頭に「正徳辛未（六年、一五一一）三月丙寅、太學博士徐昌國卒、年三十三」と見える。「墓誌」によれば、亡くなる前に長子伯虬を通じて、後事を同郷で同年の進士である徐縉（字は子容）に託し、墓誌銘を王守仁に請うように言いのこしたという。

一四　顧璘『國寶新編』　顧璘（一四七六～一五四五）は字を華玉といい、もと呉縣の人で籍は金陵。弘治九年（一四九六）の進士で、官は南京刑部尚書に至った。徐禎卿の三つ年上である。『列朝詩集』丙集巻十四「顧尚書璘」の「小傳」によれば、陳沂と王韋とともに「金陵三俊」と稱され、都に出てからは李夢陽、何景明、徐禎卿と交友し、名を齊しくしたという。『國寶新編』は、嘉靖十五年（一五三六）に、李夢陽・何景明・祝允明・徐禎卿・朱應登・趙鶴・鄭善夫・都穆・景暘・王韋・唐寅・孫一元・王寵といった十三人の亡友の傳と贊を録したものである。「小傳」では『國寶新編』の一部が省略されているため、以下に全傳を擧げておく。「徐禎卿、字は昌穀、蘇州の人、仕えて國子博士に至る。神清體弱にして、雙瞳人を燭らす、幼くして文理に精しく、敎迪に由らず。「交誠」「感暮賦」の諸篇を著し、詞旨沈鬱にして、遂に晉・宋の藩を闚い、曹魏を凌躐し、長宿（年長の著名人）は驚歎し、稱して文雄と爲す。武皇の朝に筮仕（出仕）し、法比（法律條例）を司るのを厭い、學職に移らんことを請う、斯れ亦た其の雅識を窺うべし。詩學を專門とし、體裁を究訂し、上は『騷』・『雅』（『離騷』や『詩經』の大雅・小雅）を探り、下は高・岑（盛唐の高適・岑參）を括り、融會折衷し、茲に文と質とを備う。充棟の草（草稿）を取りて、删りて百に一を存し、一家の言を成し、諸れを來世に傳えんことを冀う。今に至るまで海內、奉ずること珪璧の如し。所謂多しと雖も亦た奚を以て爲さん。其の研索する所は、具さに『談藝錄』中に在り、斯れ良工 獨り苦しむ（力を發揮した）者ならんか（徐禎卿、字昌穀、蘇州人、仕至國子博士。神清體弱、雙瞳燭人、幼精文理、不由敎廸。著「交誡」「感暮賦」諸篇、詞旨沈鬱、遂闖晉・宋之藩、凌獵曹魏、長宿驚嘆、稱爲文雄。筮仕武皇朝、厭司法比、請移學職、斯亦可窺其雅識矣。專門詩學、究訂體裁、上探『騷』・『雅』、下括高岑、融會折衷、備茲文質。取充棟之草、删存百一、冀成一家之言、傳諸來世。至今海內奉如珪璧。所謂雖多亦奚以爲也。其所研索、具在『談藝錄』中、可謂良工獨苦者歟）」とある。

一五　**雙瞳**　「雙瞳」は一つの眼に二つの瞳がある所謂重瞳のことで、古來、王侯や並はずれた賢者の異相として知られる。しかし、徐禎卿が重瞳であったとする記錄は他の文獻には見えず、ここは雙眸（兩眼）のことと思われる。

一六　**「交誡」・「感暮賦」**　ともに『國寶新編』に見えるのみで、現在に傳わらない。李夢陽の古文辭に出會った後、棄却されたものと思われる。

一七　**雖多亦奚以爲**　『論語』子路篇の「子曰く、詩三百を誦し、これに授くるに政を以てして達せず、四方に使いして專り對うること能わざれば、多しと雖も亦た奚を以て爲さん（子曰、誦詩三百、授之以政不達、使於四方不能專對、雖多亦奚以爲）」に基づく。『論語』では多くの詩篇を暗記しても政治の實踐で役に立たなければ何の意味もないの意。ここでは數さえ多ければいいというわけではないという意味。

一八　**良工獨苦**　良工心苦に同じ。技量のすぐれた者がいかんなくその力を作品中に發揮すること。杜甫の「李尊師の松樹障子に題する歌」の「已に知る 仙客 意の相い親しきを、更に覺ゆ 良工 心獨り苦しきを」に基づく。

一九　**唐寅・祝允明**　注五參照。

二〇　**文璧**　文璧の誤り。文徵明（本書「一五　文徵明」參照）のこと。息子の文嘉が書した「先君行略」に「公諱璧、字徵明、後以字行、更字徵仲」、王世貞「文先生傳」に「文先生者、初名璧、字徵明、後以字行、更字徵仲」とあり、これを受けて『列朝詩集』も『明史』文苑傳も「初名璧、以字行、更字徵仲」とするが、楊循吉が書いた文徵明の父の墓誌銘である「溫州府知府文公墓誌銘」には「子男三人、奎・璧・室」とあり、黄佐「翰林院待詔衡山公墓誌銘」にも「公初諱璧、字徵明、以字行、更字徵仲」という。明隆慶五年刻『長洲縣志』（天一閣藏本影印）も「文徵明、初名璧、以字行。溫州守林之仲子也」に作る。奎・壁・室はすべて二十八宿の名で土へんに作るのが正しい。

二一　吳中四才子　『列朝詩集』の中でもここだけに登場する呼稱で、當時から存在したかどうかは疑問。詳細は注一鷲野論文（二〇一一）參照。なお『列朝詩集』は唐寅・祝允明・徐禎卿を丙集卷九に、文徵明を卷十に配するが、年齢をいえば祝允明が一番年長で、唐寅と文徵明がその十歳下の同年、徐禎卿はさらにそれより九歳下である。

二二　徵仲稱……劉賓客・白太傅　文徵明「焦桐集序」（『徐迪功集』所收）に、「吾友 徐昌國 其の近體詩を別錄するなり。昌國 束髮より操染し、漢魏の五言を爲び、合作（法度に合う作）ならざるは莫し。近作は其の甚だ好む所に非ざるも、之を爲れば輒ち工みなり、蓋し其の才性特に高く、年甚だ少きも、見る所は最も的なり。唐の諸名家に於いては、獨り劉賓客・白太傅を喜び、高峨雋諷、惓焉として懷くが如し（吾友徐昌國別錄其近體詩也。昌國束髮操染、爲漢魏五言、莫不合作。近作非其所甚好、而爲之輒工、蓋其才性特高、年甚少、而所見最的。於唐諸名家、獨喜劉賓客・白太傅、高峨雋諷、惓焉如懷）」とある。『焦桐集』は徐禎卿が科擧及第前の二十代前半のときにまとめた近體詩集。文徵明が『焦桐集』を「徐禎卿の近體詩の別錄」だというのは、それ以前に樂府詩を集めた『鸚鵡編』があったからである。劉賓客と白太傅は中唐の劉禹錫と白居易を指す。

二三　沈酣六朝、散華流豔、文章烟月之句、至今令人口吻猶香　徐禎卿は前七子の一人であるにも關わらず、錢謙益の彼に對する評價は非常に高い。「朱雲子小集引」（『初學集』卷三二）にいう。「吳中の才子、徐昌國・唐伯虎に如くは無し。昌國 少くして伯虎と名を齊しうし、六朝・初唐を規摹して、婉弱綺靡、故に其の詩に「文章の江左 家家玉あり、烟月の揚州 樹樹花あり」の句有り。已にして進士に擧げられ、李獻吉に長安に遇いて、其の少きときの作を悔いて、變じて『迪功集』を爲る。伯虎は志を名場に得ずして、頹然として自放し、口に信せて筆を縱まにして、復たとは隱括せず、諷諭嘲戲、時に香山の風有り。人 謂う、伯虎は李龜年の江潭に流落し、紅豆一曲、人をして凄然と掩泣せしむが如し。昌國は明妃（王昭君）遠く呼韓に嫁ぎ、穹廬中の閼氏（匈奴の王である單于の妻）と作り、風流頓に盡くるを免かれざるが如し。此れ戲語と雖も、亦た思うべし（吳中之才子、無如徐昌國・唐伯虎。昌國少與伯虎齊名。規摹六朝・初唐、婉弱綺靡、故其詩有文章江左家家玉、煙月楊州樹樹花之句。已而擧進士、遇李獻吉于長安、悔其少作、變爲『迪功集』。伯虎不得志于名場、頹然自放、信口縱筆、不復隱括、諷諭嘲戲、時有香山之風、人謂伯虎如李龜年流落江潭、紅豆一曲、使人凄然掩泣。昌國如明妃遠嫁呼韓、作穹廬中閼氏、不免風流頓盡。此雖戲語、亦可思也）」。

二四　北地李獻吉　獻吉は古文辭前七子の領袖李夢陽（本書「九　李夢陽」參照）の字。甘肅慶陽の人であるため、北地という。

二五　吳中名士頗有「邯鄲學步」之誚　「邯鄲學步」は、『莊子』秋水篇の話に基づく語。趙の都である邯鄲の人が歩く姿が優雅であったため、地方の燕國から出てきた青年がそれを眞似たもののうまくいかず、最後には本來の歩き方をも忘れてしまったという故事。ここでは徐禎卿が進士及第後に北京で李夢陽を識り、轍を變えてその復古の文學に傾倒したことを指す。**注二三**に擧げたように、錢謙益は「朱雲子小集引」でこのことを「明妃遠嫁」と喩えている。吳中の名士が徐禎卿のことを「邯鄲學步」と非難したという直接の史料は見當たらないが、萬曆以降、反古文辭の狼煙をあげた袁宏道（本書「三二　袁宏道」）は「敍姜陸二公同適稿」（『瓶花齋集』卷六）で吳の文學が北地に呑み込まれてしまったことを嘆いている。「蘇郡の文物は一時に甲たり、弘・正（弘治・正德）の間に至りて、才藝代わるがわる出で、斌斌として極盛と稱せられ、詞林は天下の五に當る。厥の後昌谷少しく吳の歈を變じ、元美兄弟（王世貞・王世懋）繼いで作り、高く自ら標譽し、務めて大聲壯語を爲し、吳中の綺靡の習、之れに因りて一變す。而して剽竊は風と成り、萬口一響、詩道寖弱す（蘇郡文物甲于一時、至弘・正間、才藝代出、斌斌稱極盛、詞林當天下之五。厥後昌谷少變吳歈、元美兄弟繼作、高自標譽、務爲大聲壯語、吳中綺靡之習、因之一變。而剽竊成風、萬口一響、詩道寖弱）」。

二六　**標格清妍、摛詞婉約**　「標格」は品格。「清妍」はすっきりと美しいこと。「摛詞」は文辭を鋪陳すること。「婉約」は流麗なこと。

二七　**中原傖父槎牙奡兀之習**　「傖父」は田舍親父。南方人が北方の人を誹るときの言葉で、吳の陸機が洛陽に入ったときに左思を「傖父」としたことは有名。明の何良俊『四友齋叢說』卷二三に李夢陽らを「傖父」とする例がある。「徐昌穀の文は、六朝を本とせず、建安七子の作を彷彿とするに似る。典雅を藻蒨の中に出だすこと、美女の鉛華を滌去し豐腴にして豔冶、天然の一國色なるが若きなり。苟しくも西北の諸公を以て之に比ぶれば、彼は眞に一傖父なるのみ（徐昌穀之文、不本於六朝、似彷彿建安七子之作。出典雅於藻蒨之中、若美女滌去鉛華而豐腴豔冶、天然一國色也。苟以西北諸公比之、彼眞一傖父耳）」。「槎牙」は不揃いでごつごつして滑らかさに闕けることをいう。「奡兀」は兀傲に同じで、尊大なこと。これは復古を唱えた李夢陽を非難する際に錢謙益が用いる表現である。たとえば、錢謙益『初學集』卷八三の「題懷麓堂詩抄」に「弘・正（弘治・正德）の間、北地の李獻吉、老杜を臨摹し、槎牙兀傲の詞を爲し、以て前人を訾謷す」とみえる。

二八　**江左風流**　「江左」は江南一帶を指す。「風流」は中原の質樸に對する言葉。

二九　獻吉猶譏譏其守而未化、蹊徑存焉、斯亦善譽昌穀者與　「蹊徑」はルート、道筋。ここでは痕跡のこと。「小傳」は「守而未化、蹊徑存焉」について、徐禎卿が江南の詩風に固執し、古文辭のめざすところに到達していないと李夢陽が謗ったことを前提にして議論を進めているが、それはおそらく、顧起綸『國雅品』士品三「徐博士昌穀」の次の文を意識していよう。「獻吉に至りては猶お其の守にして未だ化せず、蹊徑 焉に存すと譏る、仲默云う、「論文は亦た直だ取りて筏を捨つれば、誠に精確爲り」と。余 李・何の集中の筏蹊を讀むに、徐より甚だしき者有り、豈に力めて志と違わんや（至獻吉猶譏其守而未化、蹊徑存焉。仲默云、「論文亦直取舍筏、誠爲精確」。余讀李・何集中之筏蹊、有甚於徐者、豈力與志違邪）」。また、何良俊「剪彩集序」（『何翰林集』卷九）にも次のようにいう。「夫の藝家の沿襲は、昔自り然りと爲す。卽ち李空同 昌谷の集に序して、其の守りて未だ化せず、蹊徑 焉に存すと譏る。今 李公を觀るに、蹊徑は更に徐生より甚だし。則ち（何）大復の筏を捨つるの言、亦た人を欺くを知るのみ（夫藝家沿襲、自昔爲然。卽李空同序昌谷之集、譏其守而未化、蹊徑存焉。今觀李公、蹊徑更甚徐生。則知大復捨筏之言、亦欺人耳）」。「捨筏（筏を捨つ）」の說については、本書「一九　何景明」注一四參照。

しかし、これらは斷章取義的な議論である。實際の李夢陽「迪功集序」（『空同先生集』卷五二）は、徐禎卿が古えの體を守り、それを換骨奪胎して完全に跡形を消すことはできなかったものの、その文學は比類無きものであることを稱えたものである。「迪功集序」の當該箇所を引用しておく。「客曰く、群體は、迪功 奚（なに）を以て之かんやと。予曰く、『談藝錄』備われりと。夫れ古を追う者は、未だ體を先んぜざる者有らざるなり。然れども守りて未だ化せず、故に蹊徑 焉に存す。然りと雖も、辭は榮にして耽寂、浮雲と富貴、慷慨と俯仰、迪功の造詣する所、予は之れを究竟する莫し。今 其の文を詳らかにせば、溫雅以て情を發し、微婉以て事を諷し、爽暢以て其の氣を達し、比興以て其の義に則り、蒼古以て其の詞を蓄え、議擬以て其の格を一にし、悲鳴以て不平を泄らし、參伍以て其の變を錯う。物理人道の懿を該え、幽を闡らかにし奥を剔り、名實を紀記し、卽い蹊徑有るも、厥の儷ぶもの鮮きのみ（客曰、羣體、迪功奚以之也。予曰、『談藝錄』備矣。夫追古者、未有不先其體者也。然守而未化、故蹊徑存焉。雖然、辭榮而耽寂、浮雲富貴、慷慨俯仰、迪功所造詣、予莫之究竟矣。今詳其文、溫雅以發情、微婉以諷事、爽暢以達其氣、比興以則其義、蒼古以蓄其詞、議擬以一其格、悲鳴以泄不平、參伍以錯其變。該物理人道之懿、闡幽剔奥、紀記名實、卽有蹊徑、厥儷鮮已）」。

三〇　昌穀『五集』暨『迪功集』　徐禎卿の詩文集には『迪功集』（正集）、『外集』、『別稿』（『迪功五集』）、『全集』などがある。正集にあたる『迪功集』は徐禎卿の自定。徐禎卿は北京で李夢陽の復古に接して以後、それまでの詩風を一變させ、漢魏盛唐風の詩を作るようになったといい、これは、その理論に基づく作品集である。その版本は、徐禎卿から後事を託された徐縉が校してそれを李夢陽に送り、李夢陽が『談藝錄』とともに正德十四年（一五一九）、豫章にて刻したもの（李夢陽の更定があったと傳えられている）と、徐禎卿の長子伯虬が翌年に家藏本を家塾で刻したものとがある。『外集』は徐禎卿の沒後三十一年を經て、皇甫涍（字は子安）が嘉靖二十一年（一五四二）に刻したもの。豫章本に無いものを徐禎卿の家藏から選んだという。嘉靖二十九年（一五五〇）には姑蘇の袁袠（字は永之）によって、『迪功集』（正集）七卷・『外集』二卷・『別稿』五卷・『附錄』一卷の十五卷本が刻されている。『別稿』五卷とは、「鸚鵡篇」「焦桐集」「花間集」「野興集」「自慚集」の五集である。袁氏十五卷本の完本は大谷大學に藏されている。萬曆十三年（一五八五）に傅氏が『迪功集』（正集）・『外集』・『別稿』を合わせた十一卷本を刻し、四十七年には長洲の周氏が十七卷の全集本を刻したが、これはそれまでの題材による分類から詩體による分卷という點で、以前のものとは大きく異なる。『列朝詩集』は一百二十三首を收載したというが、實際は一百二十五首あり、そのうち四十首が『迪功五集』、八十一首が『迪功集』、四首が皇甫氏刊『外集』とある。

（野村鮎子）

一五　文徵明　成化六年（一四七〇）～嘉靖三十八年（一五五九）

丙集卷十　文待詔徵明[一]

徵明[二]、初名璧、以字行、更字徵仲。長洲人。以[三]諸生歲貢入京、用[四]尚書李充嗣薦、授翰林院待詔。三載、謝病歸。年九十而卒。徵[五]仲父溫州守宗儒、有名德、吳[六]原博・李貞伯・沈啓南皆其執友。徵仲授文法於吳、授書法於李、授畫法於沈。而[七]又與祝希哲・唐伯虎・徐昌國切磨爲詩文。其才少遜於諸公、而能兼撮諸公之長。

其[八]爲人孝友愷悌、溫溫恭人、致身淸華、未衰引退。當羣公凋謝之後、以淸名長德、主中吳風雅之盟者三十餘年。文人之休有譽處壽考令終、未有如徵仲者也。

徵仲少而修長者之行。溫[九]州卒於官、屬城賻遺累千金、悉不受。溫人搆亭以旌之。寧[一〇]庶人以厚幣招致海內名士、徵仲謝弗往。伯虎往、佯狂而返。識者兩高之。永[一一]嘉爲溫州門下士、以議禮貴顯。徵仲在翰林、恥與附麗。會上杖濮議諸臣於朝堂、遂決計引去。

歸田之後、四方求請者紛至。惟[一二]絕不與王府通。日[一三]本貢使、踵門求見、具冠服南面受拜。而却其贄、曰「此國體也」。築室於舍東、曰「玉[一四]磬山房」。樹兩桐於庭、日裵徊嘯咏其中。博[一五]習典故、元末國初、故家遺老、流風舊事、從容抵掌、歷歷如貫珠。[一六]晩年衣紅絨衣、戴捲檐帽、坐白紙窗下、擁爐曝背、劇談亹亹、坐客皆移日忘去。[一七]卒之時、方爲人書志石未竟、欠伸閣筆、端坐而逝。

[一八]二子彭・嘉、皆名士。嘉嘗撰「行略」曰、「[一九]公生平雅慕趙文敏公、毎事多師之」。[二〇]又曰、「公於詩、兼法唐・宋、而以溫厚和平爲主。或有以格律氣骨爲論者、公不爲動」。先生詩文書畫、約略似趙文敏、嘉之所擬、庶幾無愧辭。[二一]論詩而及於格律氣骨、有微詞焉。[二二]厥後吳門之詩、抽黄對白、日趨卑靡、皆名爲文氏詩。嘉固已表其微矣。

【訓讀】

徵明、初めの名は璧（あるいは璧）、字を以て行われ、字を徵仲と更う。長洲の人。諸生の歳貢を以て京に入り、尚書李充嗣（字は士修、内江の人。成化二十三年の進士）の薦を用って、翰林院待詔（從九品）を授けらる。三載、病を謝して歸る。年九十にして卒す。徵仲の父 溫州守宗儒（名は林、成化八年の進士）、名德（名聲と德行）有りて、吳原博（吳寛）・李貞伯（李應禎）・沈啓南（沈周）は皆其の執友たり。徵仲 文法を吳に授かり、書法を李に授かり、畫法を沈に授かる。而して又祝希哲（允明）・唐伯虎（寅）・徐昌國（禎卿）と切磨して詩文を爲る。其の才 少しく諸公に遜るも、而るに能く諸公の長を兼ね撮る。

其の人と爲りは孝友愷悌（親には孝行し兄弟には友愛をもって接し、溫和でもの静かで周圍の人と仲良くし）、溫溫たる恭人にして、身を清華に致すも（高位高官の身となったが）、未だ衰えずして引退す。羣公 凋謝の後に當たり（多くの著名人が亡くなった後に）、淸名長德（清く美しいという名聲と長老として德を備えていること）を以て、中呉（蘇州）の風雅の盟を主る者三十餘年たり。文人の休しく譽處有りて壽考もて令く終わるは（文人のうちでよく安樂を得て、高齢で美名を保って壽命を全うしたのは）、未だ徵仲の如き者有らざるなり。

徵仲少くして長者の行を修む。溫州 官に卒するに、屬城（溫州の役人）賻遺する（葬儀のために金銭や物を贈って助ける）こと千金を累ぬるも、悉く受けず。溫人 亭を搆え以て之を旌す。寧庶人（朱宸濠）厚幣を以て海內の名士を招致するも、徵仲 謝して往かず。伯虎は往きて、狂を佯りて返る。識者 兩つながら之を高しとす。永嘉（張璁）溫州門下の士爲りて、禮を議するを以て貴顯たり。徵仲 翰林に在るに、與して麗に附するを恥ず。會ま上 濮議の諸臣を朝堂に杖し、遂に計を決し引去す。

歸田の後、四方の求め請う者 紛として至る。惟だ絕えて王府と通ぜず。日本の貢使、門に踵ぎて見ゆるを求め、冠服を具えて南面して拜を受く。而るに其の贄を却けて曰く、「此れ國體なり」と。室を舍東に築き、「玉磬山房」と曰う。兩桐を庭に樹えて、日び裵徊（徘徊に同じ）して其の中に嘯咏す。博く典故を習い、元末國初の、故家遺老、流風舊事、從容として抵掌し（幅廣く舊來の制度や事例を學び、元末明初の遺老たちのことや舊事などについて、ゆったりとした口調で談じ）、歷歷として珠を貫くが如し（明快に珠を貫くような美しい口舌であった）。晚年 紅絨の衣を衣て、捲檐の帽を戴き、白紙の窗下に坐し、爐を擁して背を曝し、劇談すること亹亹として（延々と飽きることなく）、坐客 皆日を移すも去るを忘る。卒するの時、方に人の爲に志石を書きて未だ竟らず、欠伸して筆を閣き、端坐して逝く。

二子 彭（字は壽承、嘉靖三十六年の進士、國子監博士）・嘉（字は休承、和州學正）、皆名士たり。嘉 嘗て「行略」を撰して曰く、「公 生平 雅より趙文敏公（孟頫）を慕い、每事 多く之を師とす」と。又曰く、「公 詩に於いては、兼ねて唐・宋を法とし、而して溫厚和平を以て主と爲す。或いは格律氣骨を以て論を爲す者有るも、公 爲に動ぜず」と。先生の詩文書畫、約略趙文敏に似て、嘉の擬る所、愧辭無きに庶幾し。詩を論じて格律氣骨に及ぶは、微詞（やや不滿の辭）有るなり。厥の後の吳門の詩、抽黃對白（ただ對句などの技巧のみを追求し）、日び卑靡に趨り、皆名づけて文氏の詩と爲す。嘉 固より已に其の微を表したり（日に日に低劣で頽廢的な作風となり、皆はこれを文氏の詩としたのだった。文嘉は、すでにそのいわく言いがたい所を示していた）。

【注】

一 **文待詔徵明** 待詔は翰林院待詔のこと。文徵明が嘉靖二年（一五二三）から三年間、この職にあったことに據る。『明史』職官志二に據れば、待詔は常設のポストではなく、「應對」（天子の命に臨機に應對する）がその職務であったとされる。文徵明の主要傳記資料には文嘉「先君行略」（『甫田集』嘉靖末年刊康熙間六世孫文然修補三十五卷本附錄、以下「行略」。本書中の『甫田集』の引用は、特に記さない限り三十五卷本の卷數）、王世貞「文先生傳」（『甫田集』收載）、黃佐「將仕佐郎翰林院待詔衡山文公墓志」（『泰泉集』卷五四）、兪允文「祭文內翰文」（『兪仲蔚先生集』卷二一、萬曆十年程善定刻本）、王穉登「祭文待詔先生文」（『金昌集』卷四、萬曆刊本）などがある。このほか參考資料として周道振・張月尊『文徵明年譜』（百家出版社、一九九八。以下、『年譜』）がある。

文徵明の現存する主要詩文集は以下の通り。『甫田集』四卷本（明刊本。抄本は上海圖書館所藏）、『文翰林甫田詩選』上下二卷（上海圖書館所藏萬曆二十二年重刻本）、『文翰詔集一卷 續集一卷』（『盛明百家詩』前編所收、隆慶五年序刊本）、『文太史詩』四卷（萬曆十六年刊本。『文氏家藏詩集』所收）、『甫田集三十五卷 附一卷』（明刊本、『四庫全書』にも收錄あり）、『文待詔題跋二卷』（『學海類編』所收、道光十一年六安晁氏活字印本）、『文衡山先生詩鈔二卷』（『和刻本漢詩集成』補編所收、文化十四年十六堂刊本）。なお、評點本には周道振輯校『文徵明集』（上海古籍出版社、一九八七）がある。

二　**徵明、初名璧、以字行、更字徵仲。長洲人**　「行略」に「公 諱は璧、字は徵明、後 字を以て行われ、字を徵仲と更う」という。『年譜』は、清の葉廷琯『鷗波漁話』巻一「文衡山舊名」（同治九年刻本）を引き、文徵明のもとの名が「壁」であることを指摘する。「相傳うるに衡山初め「壁」と名づく。字は徵明。文信國（文天祥）の子（『年譜』は「弟」に作る）壁 元に仕え、與に名を同じくするを欲せざるに因りて、故に字を以て行う。然るに證するに其の兄の名は奎、及び徵明の字 倶に壁宿の義と近きを以てし、應に「壁」に作るを以てすべきを是と爲すに似る。……聞くならく郡中の某姓『文氏族譜』を藏し、印君印川（康祜）昔曾て之を見ると。衡山 尚お弟有りて「室」と名づく。是れ益ます其の昆季（兄弟）皆 列宿に從いて命名するを證す可し」。文徵明が文天祥の弟で元に仕官した文璧と同名であるのを避けて改名したという説は、王世貞『弇州山人四部續稿』巻一四八「吳中往哲像贊」（『四庫全書』所收本）に「文衡山先生なる者は、初め璧と名づく。字は徵明。故の丞相の天祥の裔なりと云う。其の祖の璧の諱を避け、字を以て行い、字を衡仲と更う」というほか、陳繼儒『太平清話』巻上（崇禎九年刋二巻本）に「文徵明、始め璧と名づく。徵明は其の字なり。後に更えて以て名と爲す。昔 文文山（天祥）宋に死するに、而るに其の弟 文璧、文溪と號する者 元に附く。公の名を改むるは、意或いは此を憎む」とあり、類似した記事が見える。「行略」では「璧」、「文先生傳」では下の部分を「王」としている。『文徵明集』の「輯校說明」に據れば、『甫田集』四巻本の巻四「石田先生留詩東禪、命璧牽和、久而未能、寺僧天璣出以相視、於是先生下世三年矣、感今懷昔、撫卷淒然、因次韻題其後」詩では「璧」となっているものの、「先友詩小序」中の「璧生晚且賤」という部分では「壁」となっており、「璧」と「璧」が混在しているという。

三　**以諸生歲貢入京**　『明史』選擧志一に據れば、歲貢はもともと生員の中から毎年一人を選抜し貢生として國子監に入れたことから呼ばれたもの。文徴明の時代には府學からは毎年二名、州學からは二年で三名、縣學からは毎年一名が選ばれたという。『同』選擧志三に據ると、科擧に據らず推擧に據って仕官する例は明朝初期には多くみられたが、しだいに進士の資格を得て仕官することが榮光だと考えられるようになり、推擧の事例は少なくなっていった。天順元年（一四五七）に「處士中、學 天人を貫き、才 經濟に堪え、高蹈して聞達を求めざる者有らば、所司具さに實に奏聞せよ」という詔が出て以降、傾向に變化が見られ、わずかずつ推擧によって仕官する例が出てきた。

四　用尚書李充嗣薦、授翰林院待詔

「行略」に次のようにいう。「巡撫李公充嗣露章薦公。督學欲越次貢之。公曰、「吾平生規守、豈既老而自棄耶」。督學亦不能强、竟以壬午貢上。癸未四月至京師、甫十八日、吏部爲覆前奏。有旨、授公翰林院待詔（巡撫李公充嗣 章を露し〔推薦の審査過程を公表して〕公を薦む。督學 越次して〔順番を飛び越して〕之を貢せん〔推薦しようと〕と欲す。公曰く、「吾平生 守を規するに〔ルールを守ろうと心がけているのに〕、豈に既に老いて自ら棄てん耶」と。督學も亦た强うる能わず、竟に壬午〔嘉靖元年、一五二二〕の貢を以て上る。癸未〔嘉靖二年〕四月 京師に至り、甫め十八日、吏部爲に覆して〔審議して〕前みて奏す。旨有りて、公に翰林院待詔を授く）」。文徴明の推擧については、李充嗣が朝廷に進言する以前に、世宗卽位後まもなく刑部尚書に就任することになった林俊（字は待用、號は見素、莆田の人。成化十四年の進士）が上京する途上、蘇州で王鏊（字は濟之、成化十一年の進士）と面會し、文徴明も船上に招かれた。その後、林俊は工部尚書として蘇州や松江で水利事業に當たった李充嗣に宛てた書簡「寄李宮保」（『見素集』卷二三、『四庫全書』所收本）で次のように記している。「文徴明 父の喪に奔り、賻せらるる金の金幾千許を卻く。寧庶人 屢しば召すも起たず。氣節此くの如き者有り。其の溫粹の養、介特（孤高）の行、深博の學、精妙の筆法、皆眼中少なき（稀に見る）所なり。一書生、名 天下を動かし、蘇人以て星鳳（有道の國に現れるという景星と鳳凰）と爲す。意うに當に潘南屛の例を以て之を薦むべし。昨 守溪翁（王鏊）に會い、謂えらく「尙お南屛を過ぐ」と。之を舟上に致し與に語ること連日、之を知ること深し。且つ已に其の喜氣充溢するを見る。鄕・會（鄕試及び會試）恐らくは易くする能わず、亦た薦を待つこと無し（推薦のリストにも載っていない）。然れども吾人 當に此の賢者を遺すべからずと道うなり」。文中の「昨」の字は、「胙」に作るが改めた。潘南屛は潘辰。字は時用、浙江處州府景寧の人。弘治六年（一四九三）に出された隱者の推擧を求める詔により、推薦されて翰林院待詔となった。士大夫はその學問と德行を重んじて、南屛先生と稱したという。『明史』卷一五二に傳がある。嘉靖二年（一五二三）の文徵明の上京後、林俊は中央の高官に向かって文徵明を褒め稱え、吏部尙書の喬宇（字は希大。山西樂平の人。成化二十年の進士）の盡力と相俟って、文徵明は翰林院待詔を授けられることになったという（『四友齋叢說』卷一〇、史六。萬曆七年張仲頤刻本）。『甫田集』卷二五には文徵明が李充嗣に書いた禮狀「謝李宮保書」が收錄されている。

五　徵仲父溫州守宗儒、有名德

「行略」に「洪 林を生む。字は宗儒、成化壬辰（八年、一四七二）の進士たり。永嘉・博平の二縣の事を歷知し、南京太僕寺丞に進み、仕して溫州知府に終わる。公の父なり（洪生林。字宗儒、成化壬辰進士。歷知永嘉・博平二縣事、進南京太僕寺丞、仕終溫州知府。公之父也）とある。張昶『吳中人物志』卷五「宦績」（隆慶四年張鳳翼等刻本）に「林 成化壬辰の進士に擧げられ、永嘉令に除せられ能を旌せらるること（褒め稱えられる）有り。改められて博平に知たり。朝に召還され南京太僕寺丞に補せらる。太僕の政 久しく弛みて振わず、吏は法を奉ぜず。林 其の罪を按ずるを奏し（吏員の罪を法律に則って處罰するよう上奏し）、遂に著わして令と爲す。……溫人 永嘉の舊政を以て朝に請い、以て守と爲らしむ。……至るの日、首め繫徒（囚人）千人を釋（ゆる）す。郡に盜訟多く、俗に鬼を尙び、溺女を好む。悉く科條（法令）を爲りて處分し、備さに善くせざる莫く（樣々な面で改善が見られたので）、郡の獄屢しば空たり」という。

六　**吳原博・李貞伯・沈啓南皆其執友。徵仲授文法於吳、授書法於李、授畫法於沈**　吳寛は長洲の人で、成化八年の進士。李應禎も長洲の人で、景泰四年の擧人。沈周は本書「一一　沈周」に詳述。吳寛に古文の手ほどきを受けたことについては、「行略」に「溫州於吳文定公寛爲同年進士。時文定居憂於家、溫州使公往從之游。文定得公甚喜、因悉以古文法授之。且爲延譽於公卿間（溫州〔文林〕吳文定公寛に於けるや同年の進士爲り。時に文定 憂に家に居る。溫州 公〔文徵明〕をして往きて之に從いて游ばしむ。文定 公を得て甚だ喜び、因りて悉く古文法を以て之に授く。且つ爲に公卿間に延譽す（美しい評判を立てた））」という。

また、李應禎に書を習ったことについては、同じく「行略」に「溫州在南太僕寺、少卿李公應禎博學好古。性剛介難近、少所許可。而獨重公、公亦執弟子禮、惟謹。一日見公書、稍涉玉局筆意、卽大咤曰、「破却工夫、何用隨人脚踵」。且曰、「吾學書四十年、今始有得、然老無益矣」。因以筆法授公（溫州 南太僕寺に在りしとき、少卿の李公應禎博學にして古を好む。性剛介にして近づき難く、許可する所少なし。而して獨り公を重んじ、公も亦た弟子の禮を執りて、惟だ謹むのみ。一日 公の書を見るに、稍 玉局の筆意に涉れば（やや蘇軾の書風になっていたので）、卽ち大いに咤りて曰く、「工夫を破却し（時間を費やして）、何ぞ用って人の脚踵に隨わんや」と。且つ曰く、「吾 書を學びて四十年、今始めて得ること有るに、然るに老いて益無くなれり」と。因りて筆法を以て公に授く）」という。さらに「行略」は、文徵明の書について、幼いころは書が下手で臨模に勵み宋・元の作品を手本としたが、後にその極意を把握してからは手本を捨て去り「專ら晉・唐に法」ったという。

繪畫を沈周に學んだことについても「行略」に「時石田先生沈公周爲公前輩、雅重公文行。見公所作小幅、亦極加歎賞（時に石田先生沈公周 公の前輩爲りて、雅より公の文行〔學問と品行〕を重んず。公の作る所の小幅を見て、亦た極めて歎賞を加う）」とある。「行略」では加えて文徵明の繪畫について「性 畫を喜び、然るに規規として摹擬するを肯んぜず。古人の妙蹟に遇いて、惟だ其の意を覽觀す。而して心を師として自ら詣れば、輒ち神會意解す。微を窮め妙に造るの處に至りては、天眞爛熳、古人に減ぜず」と、その繪畫創作の方法を記載する。

七　**而又與祝希哲・唐伯虎・徐昌國切磨爲詩文。其才少遜於諸公、而能兼撮諸公之長**　祝允明は本書「一三　祝允明」、唐寅は本書「一二　唐寅」、徐禎卿は本書「一四　徐禎卿」にそれぞれ詳述。文徵明と祝允明・唐寅・徐禎卿との交流については「行略」に「時に南峯楊公循吉・枝山祝公允明、倶に古文を以て鳴る。然るに年倶に公より長ずること十餘歳なりて、公 之と其の議論を上下す。二公は性行（性質や行動）同じからずと雖も、亦た輩行を折りて與に交わり、深く相契合す。或いは先君を祝君に問う者有りて、君曰く、「文君乃ち眞の秀才なり」と」、「南濠都公穆、博雅にして古を好む。六如唐君寅、天才俊逸なり。公と二人と者は、共に古學に耽り、游從甚だ密なり」、「徐迪功禎卿、年少き時 詩を袖にし公に謁す。公 徐の詩を見て大いに喜び、遂に相與に倡和す。「太湖新錄」・「落花」等の詩有りて世に傳わる」とある。また、「小傳」では「其才少遜於諸公、而能兼撮諸公之長」というが、王世貞「文先生傳」では「王世貞曰く、「吳中の人 詩に於いては徐禎卿を述べ、書は祝允明を述べ、畫は則ち唐寅伯虎なり。彼は自ら專技精詣を以てする哉。則ち皆 文先生の友なり。而して皆前に死するを用っての故に文先生に當たる能わず。人 以て年無かる可からざるは、信なる乎。文先生蓋し之を兼ぬるなり」と（王世貞曰、「吳中人於詩述徐禎卿、書述祝允明、畫則唐寅伯虎。彼自以專技精詣哉。則皆文先生友也。而皆用前死、故不能當文先生。人不可以無年、信乎。文先生蓋兼之也」）」としている。王世貞は、文徵明が長壽であったがゆえに祝允明ら三人が得意とした書畫や詩の技能を兼ね備えたのだとは言っているが、文徵明の才が他の人に劣るとは言っていない。

八　**其爲人孝友愷悌、溫溫恭人……當羣公凋謝之後、以淸名長德、主中吳風雅之盟者三十餘年**　「行略」に「公恆言、

人之處世、居官惟有出處進退。居家惟有孝弟忠信（公 恆に言えらく、人の處世は、官に居りては惟だ出處進退有るのみ。家に居りては惟だ孝弟忠信有るのみと）」、「初歸時、適玉峯朱公希周與公先後歸。又同里閈時、吳中前輩多已雕謝。遂以二公之德望文學竝稱者、垂三十年（初め歸る時、適たま玉峯朱公希周 公と先後して歸る。又里閈〔鄕里〕に同じくする時、吳中の前輩多く已に雕謝す。遂に二公の德望文學を以て竝び稱する者、三十年に垂んとす）」とある。朱希周は字を懋中といい、崑山の人だが後に吳縣に移った。弘治九年の進士。大禮の議にあたっては疏を奉って世宗を諫め、また左順門事件の際には率先して跪伏したため、桂萼に疾まれた。嘉靖六年（一五二七）の銓衡の際、桂萼は南京の中央省廳に貶黜者が無いことに託けて、朱希周が庇っていると讒言したため、朱希周は病と稱して辭任し、三十年にわたって蟄居した。『明史』卷一九一に傳がある。「溫溫恭人」は、『詩經』大雅「抑」に見える句。

九　**溫州卒於官、屬城賻遺累千金、悉不受。溫人搆亭以旌之**　「行略」に「及溫州在任有疾。公挾醫而往、至則前三日卒矣。時屬縣賻遺千金、公悉却之。溫人搆亭以致美云（溫州在任するに及び疾有り。公 醫を挾みて往き、至れば則ち前三日に卒するなり。時に屬縣千金を賻遺するに、公悉く之を却く。溫人 亭を搆え以て美しきを致すと云う）」とある。また、「文先生傳」に「年十六にして溫州公病を以て報ぜられ、先生爲に食を廢し、醫を挾みて馳す。至れば、則ち歿して三日になりぬ。慟哭し且に絕えなんとし、之を久しくして乃ち蘇る。郡寮 數百金を合わせて溫州公の爲に賻す。先生固く謝して受けず。曰く、「諸君を勞苦せしむ。孤 生を以て逝者を汚すを欲せず」と。其の郡吏士謂えらく、「溫州公死して廉たり。而して先生は能子爲り」と。因りて故の却金亭を修し、以て前守の何文淵に配し、而して其の事を記す」とある。

一〇　**寧庶人以厚幣招致海內人士、徵仲謝弗往。伯虎往、佯狂而返**　「佯」は底本に「徉」に作るが、『小傳』標點本に據って改めた。「行略」に「公年漸長、名益起、而海內之交多、偉人皆敬畏於公。故天藩遣人以厚禮來聘、公峻却其使。同時吳人頗有往者。公曰、「豈有所爲如是而能久安藩服者耶」。人殊不以爲然。及寧藩叛逆、人始服公遠識（公 年漸く長くし、名益ます起ち、而して海內の交多く、偉人皆 公を敬畏す。故に天藩 人を遣わし厚禮を以て來聘するも、公 其の使を峻却す。時を同じくして吳人頗往く者有り。公曰く、「豈に爲す所是くの如くして能く久しく藩服〔畿內から最も遠い封地〕を安んずる者有らん耶」と。人殊に以て然りと爲さず。寧藩叛逆するに及びて、人始めて公の遠識に服す）」とある。また、王世貞『新刻增補藝苑卮言』卷一二（萬曆十七年武林樵雲書舍刻本）に「正德末、待詔困諸生、而伯虎爲山人以老。寧庶人慕其書畫名、以金幣卑禮聘之。待詔謝弗往、伯虎往而覩庶人有反狀矣。乃陽爲淸狂（正德末、待詔 諸生に困され、而して伯虎 山人と爲りて以て老ゆ。寧庶人 其の書畫の名を慕い、金幣卑禮を以て之を聘す。待詔 謝して往かず、伯虎 往きて庶人に反狀有るを覩る。乃ち陽りて淸狂と爲る）」とある。寧庶人及び唐寅が寧獻王府に招かれていった際のことは本書「一四 唐寅」注七參照。

一一 永嘉爲溫州門下士……遂決計引去 「行略」に「先是羅峯張公爲溫州所拔士。公亦與交。及張將柄用、遂漸遠之。公於早朝、未嘗一日不往。偶跌傷左臂、始注門籍月餘、時議禮不合者、言多訐直。於是上怒、悉杖之於朝、往往有至死者。公幸以病不與。乃歎曰、「吾束髮爲文、期有所樹立。竟不得一第、今亦何能强顏久居此耶。況無所事事而日食太官、吾心眞不安也」。遂謝歸……竟不考滿而歸。時丙戌冬也（是れより先 羅峯張公〔張璁〕は溫州〔文林〕拔する所の士爲り。公も亦た與に交わる。張の將に柄用〔任用〕されんとするに及び、遂に漸く之を遠ざく。公 早朝に於いて、未だ嘗て一日として往かざることあらず。偶たま跌きて左臂を傷つけ、始めて門籍を注すること月餘〔傷が治癒し再び朝廷の官僚名簿に登錄されてからひと月あまり經ったばかりの頃〕、時に禮を議するに合わざる者、言 訐直〔過失を指摘して憚らない〕多し。是に於いて上怒り、悉く之を朝に杖ち、往往にして死に至る者有り。公幸いに病を以て與らず。乃ち歎きて曰く、「吾 束髮して文を爲り、樹立する所有らんことを期す。竟に一第を得ず、今亦た何ぞ能く强顏して〔面の皮を厚くして〕久しく此に居らん耶。況んや事事する所無く〔する事が無く〕而して日び太官を食らいて〔翰林院の祿を食み〕、吾が心眞に安からざるなり」と。遂に謝して歸る……竟に考滿たずして歸る。時に丙戌の冬なり〕」とある。

永嘉は張璁。字は秉用、後の名は孚敬。永嘉の人。正德十六年（一五二一）の進士。「議禮」とは所謂「大禮の議」を指す。正德十六年三月に武宗が崩御したが、子がなく、遺詔により興獻王（弘治帝孝宗の子で武宗の同母弟）の子である朱厚熜が卽位した。卽ち嘉靖帝世宗である。四月、禮部に興獻王を祭る儀式を議論させ、楊廷和をはじめとする廷臣は孝宗を「皇考」と稱し、興獻王及び王妃を「皇叔父母」と稱するべきと奉った。ところが世宗はこれに納得せず再度議論するよう命じた。觀政進士であった張璁は、七月に疏を上り、「聖考 止だ陛下一人のみを生み、天下に利するに人後と爲る」と世宗の意を忖度する主張をしたが、廷臣の猛反對に遭い、孝宗を「皇考」、興獻王を「本生父興獻帝」とすることで折り合い、且つ張璁は朝廷から遠ざけられた。ところが嘉靖三年（一五二四）正月になって桂萼が疏を上ったことを契機に世宗の心が動き、また張璁も新たに疏を上ったため、この稱號をめぐる議論が再燃し、興獻王を「本生皇考」とすることで決着したものの、世宗により朝廷に呼び戻された張璁と桂萼は廷臣と全面對決することになり權力鬪爭へと發展した。この年の七月には世宗が「本生聖母章聖皇太后」とされていた興獻王妃の稱號から「本生」を削除するよう求めたことにより、廷臣が左順門に伏して諫めた。世宗はこれに怒り、翰林院編修の王思ら十七人を棒打ちにして死亡させ、楊愼らを邊境に左遷した。いわゆる左順門事件である。翌年、詹事兼翰林學士に昇進した張璁は益々權力を恣にし、夏言の出現により晚年には以前ほど重用されなくなったとはいえ、嘉靖十四年に病死するまで世宗の寵愛を受け續けた（『明史』卷一九六「張璁傳」參照）。黃佐の「文公墓志」（『文徵明集』に據る）には、嘉靖元年八月、文徵明は鄕試のため應天府（南京）に滯在し、張璁に會い「大禮」卽ち興獻王の稱號騷動に話が及んだが、唯々として意見を述べなかったと言う。

「濮議」とは、北宋の第五代皇帝である英宗の實父の濮王の稱號をめぐって繰り廣げられた議論である。第四代皇帝の仁宗には子がなく、從兄弟の子である英宗が卽位することになったが、濮王の稱號を「皇考」とするか「皇伯」とするか廷臣の間で意見が對立した事件。ここでは大禮の議を指す。

一二　**惟絕不與王府通**　「行略」に「王府以幣交者、絕不與通（王府の幣を以て交わる者は、絕えて與に通ぜず）」とする。また、王世貞『藝苑卮言』卷七（萬曆十七年武林樵雲書舍刻本）には、「文徵仲太史 戒有りて人の爲に詩文書畫を作らざるもの三。一は諸王國、一は中貴人、一は外夷なり。生平 女色に近づかず、公府に干謁せず、宰執の書を通ぜず。誠に吾が吳の傑出者なり」とある。さらに謝肇淛『五雜組』卷一五「事部」三（萬曆四十四年潘膺祉如韋館刻本）に「文徵仲 詩畫を作るに三戒有り。一は閹宦の爲に作らず、二は諸侯王の爲に作らず、三は外夷の爲に作らず。故に當時劉瑾・宸濠の際に處りて、而るに超然として遠引し（俗世間から離れ）、二氏籍沒して、其の片紙隻字を求むるも得可からず、亦た曠世の高士と謂う可し。徵仲 史局に在るに當たり、同事の太史諸君、皆 其の科目に由らず木天に濫竽する（科擧に合格しないで翰林院に籍を置いている）を笑う。然るに分宜（嚴嵩）・江陵（張居正）の敗れ、家奴の篋中に翰林諸君の題贈せし詩扇非ざる者無し。此を以て彼を笑うは、亦た更に羞ず可からざらん哉」とする。

一三　**日本貢使、踵門求見、具冠服南面受拜。而卻其贄、曰「此國體也」**　「行略」に「海外若日本諸夷、亦知寶公之跡（海外の日本の若き諸夷、亦た知りて公の跡（詩文書畫などの作品）を寶とす）」とある。

また、『續吳先賢贊』卷一一「文璧」（萬曆刻本）には「倭人嘗贄謁、徵明服緋受其拜於庭。示以尊中國體、竟不

受餽、又不與書（倭人嘗て贄もて謁するに、徵明 緋を服して其の拜を庭に受く。示すに中國の體を尊するを以てし、竟に餽を受けず、又書を與えず）」とある。『明史』輿服志三に據れば、緋袍は一品から四品までの文武官の公服だとする。待詔は從九品なので文徵明が着たのは緋袍ではない。一方、文武官の朝廷參內時の服装については「凡そ大祀・慶成・正旦・冬至・聖節及び頒詔・開讀・進表・傳制に倶に梁冠・赤羅衣・白紗中單・青飾領縁・赤羅裳・青縁・赤羅蔽膝・大帶赤・白二色絹・革帶・佩綬・白韈黑履を用いる」としているので、文徵明は參內時の官服で外國人に謁見したと思われる。

一四　**玉磬山房**　「行略」に「到家築室於舍東、名玉磬山房。樹兩桐於庭、日裴徊嘯咏其中（家に到り室を舍東に築き、玉磬山房と名づく。兩桐を庭に樹え、日び其の中に裴徊し嘯咏す）」とある。文徵明自身の「玉磬山房」詩（『翰林選』及び『文氏家藏詩集』所收）には「牕を横い曲を偃いて脩垣を帶び、一室都來せて斗様の寛。誰か信ぜん曲肱能く自ら樂しきを、我知る 膝を容るるの安しと爲し易きを」と詠む。

一五　**博習典故、……流風舊事、從容抵掌、歷歷如貫珠**　「行略」に「尤精於律例及國朝典故、凡時事禮文之有疑者、咸以公一言決之（尤も律例及び國朝の典故に精しく、凡そ時事禮文の疑有る者は、咸公の一言を以て之を決す）」とある。

一六　**晚年衣紅絨衣、戴捲檐帽、坐白紙窗下、擁爐曝背、劇談亹亹、坐客皆移日忘去**　陳繼儒『太平清話』卷下に「文衡山先生每冬著紅絨衣・捲簷氈帽、坐白紙屏下、終日擁爐、淡然忘老（文衡山先生每冬 紅絨衣・捲簷氈帽を著け、白紙屏下に坐し、終日爐を擁して、淡然として老いを忘る）」とある。

一七　**卒之時、方爲人書志石未竟、欠伸閣筆、端坐而逝**　「閣筆」は「擱筆」に同じ。「行略」に「蓋如是者三十餘年、年九十而卒。卒之時、方爲人書志石未竟、乃置筆。端坐而逝、脩脩若仙去、殊無所苦也（蓋し是くの如き者三十餘

年、年九十にして卒す。卒するの時、方に人の爲に志石を書きて未だ竟らず、乃ち筆を置きて、端坐して逝く。倏として仙去するが若く、殊に苦しむ所無きなり）」とある。また黄佐「文公墓志」に「壽 九十に屆き、嘉靖己未（三十八年、一五五九）二月二十日、嚴侍御杰の與に其の母の墓志を書き、筆を執りて逝く。倏然として僊の若く、人皆嘆異す（壽屆九十、嘉靖己未二月二十日、與嚴侍御杰書其母墓志、執筆而逝、倏然若僊、人皆嘆異）」とある。

一八　二子彭・嘉、皆名士　『列朝詩集』は文徵明の詩篇後に文彭と文嘉の詩を採録し、その「文氏二承」の「小傳」で、「二承は皆經に明るく行いを修め、清眞にして俗を遠ざけ、瓊枝玉樹にして（高潔な人柄で）、眞に王・謝の家の弟子なり（六朝の王氏や謝氏のような望族の若者であった）」という。だが、詩については「其の詩を以て之を言えば、則ち膚浅沓拖にして、了として佳句無く、祖父の風流、焉に於いて敻かに絕ゆ」とする。「小傳」が文彭と文嘉の詩を「膚淺沓拖」と斷じている理由については、彼らが李夢陽ら七子に親炙していたことが考えられる。張鳳翼が文彭の『文博士詩集』と文嘉の『文和州詩』の爲に書いた「文博士先生詩集序」（『文氏家藏詩集』收載、『處實堂續集』巻六にも收錄）に「和州 父兄を師友とし、獻吉（李夢陽）に出入し、郁郁彬彬たりて（詩文は美しくバランスがとれており）、美を眉山（蘇軾）に媲ぶ。常棣（兄弟）箭帙（書籍）に相輝き、卽ち塤篪（兄弟）竝びに堂序（家庭）に奏づ」とある。また、文彭には「讀白雪樓詩却寄李于鱗」（『文博士詩集』巻下所收）があり、その序文に李攀龍のほか他の後七子との交流が記されている。但し「小傳」は、張鳳翼の「文太史の詩 未だ必ずしも上は開元を超えず、佳者も亦た大曆を失せず。後生の小子、口に信せて詆訾し、國博・郡博（文彭・文嘉）の作に迨びては、之を文家の詩と謂う。今 壽承（文彭）の「妾家住むに江淹の宅に近く、曾て銷魂の『別れの賦』を讀みて來たり」、休承（文嘉）の「五百年來幾たび本を摹し、翠禽 猶お最高の枝に在り」等の句、及び「張公」「善權」（『文氏家藏詩集』所收の「張公洞」詩・「善權洞」詩を指すか）の二作を觀るに、亦た各おの致有り。盡く訾る可けん乎」という發言をも引用している（張鳳翼のもとの文は『處實堂續集』巻四「談輅續」所收。『處實堂續集』では、「何ぞ後生の小子 其の名の高きを疾み、但だ未だ選ばれざるの集に據りて、口を極めて毀訾せんや。國博・郡博の作に迨びては、但だ之を文家の詩と謂うのみ」となっている）。

一九　公生平雅慕趙文敏公、毎事多師之　「行略」に「公平生雅慕元趙文敏公、毎事多師之。論者以公博學、詩詞文章、書畫、雖與趙同、而出處純正、若或過之（公 平生雅より元の趙文敏公を慕い、毎事多く之を師とす。論者以えらく公の博學、詩詞文章、書畫は、趙と同じと雖も、而るに出處純正なるは、或いは之を過ぐるが若し）」とある。

二〇　公於詩、兼法唐・宋、而以溫厚和平爲主。……公不爲動　「行略」に「詩兼法唐・宋、而以溫厚和平爲主。或有以格律氣骨爲論者、公不爲動（詩は兼ねて唐・宋に法り、而して溫厚和平を以て主と爲す。或いは格律氣骨を以て論を爲す者有るも、公爲に動ぜず）」とある。「小傳」の「詩文書畫」の「書」の字は、底本では不鮮明であるため、『小傳』標點本及び『列朝詩集』點校本により補った。

二一　論詩而及於格律氣骨、有微詞焉　この一文は、文嘉が「行略」で注二〇のように言ったことについて言うものか、文徵明の詩論について言うものか、判然としない。但し、文徵明は確かにある種の詩を創る人々については批判的であった。文徵明は、沈文韜が編纂した朱熹の詩論集のために書いた「晦庵詩話序」（『甫田集』巻一七）において、「予て朱子の學は理を明らかにするを以て事と爲し、詩は其の好む所に非ざるなり。而るに其の爲す所の論詩は、則ち詩人の言なり」とした上で、詩の作り手として二種類の人々を擧げて否定的な見方をしている。「世に蓋し吟諷に工にして其の故を得ざる者有り。或いは終日論議し、而して諸を音聲に諧うるも、輒ち合作せず。之を要するに、其の理に於けるや詩に於けるや、皆未だ爲に得ること有らざるなり」。「吟諷に工にして其の故を得ざる者」が具體的にどのような人々を指すのかは愼重に檢討する必要があるが、この人々が詩の「故」卽ち詩の志や情といったものを持たずに體裁の整った詩を創作するのに巧みであったということよりすると、格律を重視した古文辭派（復古派）の人々もその中に含まれる可能性がある。「終日論議し、而して諸を音聲に諧うるも、輒ち合作せ」ざる人々については、この文の後半で、朱子學が行われるようになってから、儒學者はややもすると「根本の論」という概念で知識人を縛り、「六經を謂うの外は、復た益有るに非ず、一たび詞章に涉るや、便ち道病と爲」し、そういう主張を聞いた人々も「從前 小詩を業とすることを悔い却く」という發言をすると述べ、詩の創作を見下す風潮があったという。文徵明が批判するのは、こうした風潮の中で詩を創作して儒學上の議論を詩に持ち込むことをいうのであろう。同樣のことは嘉靖十二年に書かれた「東潭集敍」（上海圖書館藏詩文稿、『文徵明集』補輯卷一九所收）でも「近時の學者日び益ます高明なりて、方に道を明らかにするを以て事と爲し、體用知行を以て要と爲し、切に謂えらく、「詞を攄べ藻を發するは、道病と爲すに足る」と」と言っている。また、「氣骨」については、陳書彔・紀玲妹「明代嘉靖年間散文的時代風骨」（『江海學刊』、二〇一二年六期）に據れば、嘉靖年間には嚴嵩らによる權力の壟斷と北虜南倭による外交上の壓力により、文學の流派を問わず「風骨」を尊ぶ風潮が顯著となり、儒教の「節義」と活力漲る時代精神と剛毅な文人の氣骨の融合を作品中に表現したという。文徵明の二篇の序文は、こうした背景を念頭に置いて書かれたのであろう。また、本書「一九　何景明」**注二一**で引用した孫宜「與友人劉君書」（『洞庭山人集』卷五〇、嘉靖刊本）では、嘉靖初年の風潮であった宋人の模倣を擧げ批判している。これもまた文徵明の序文の背景のひとつとなっていると思われる。

二二　厥後吳門之詩、抽黃對白、日趨卑靡、皆名爲文氏詩　「抽黃對白」は柳宗元「乞巧文」（『增廣註釋音辯唐柳先生集』卷一八）の「眩耀して文を爲り、瑣碎たる排偶、抽黃對白、啽哢として（烏がカアカア鳴いて）飛び走る。

駢四儷六、錦心繡口、宮沈み羽振るい、筌蹄 手に觸る」にもとづき、白の對を黄とするなど、詩文の對句をなめらかにするのに腐心することをいう。注一八に引用した張鳳翼の「談輅續」に據れば、文徵明の出來のよくない作品と文彭・文嘉の作品を合わせて「文家の詩」と罵しる人々がいたようである。但し、錢謙益の文徵明竝びにその一門に對する評價は非常に高い。その理由は「風流儒雅」を繼承しているためである。『列朝詩集』丁集巻八「陸少卿師道」の「小傳」に「吳門の前輩、子傳（師道）・道復（陳淳）自り以て王伯穀（穉登）・居士貞（節）の流に迄るまで、皆 文待詔の門に及び、其の論議を上下し、其の風範を師承す。風流儒雅、彬彬として觀る可く、遺風餘緒、今に至るも猶お人間に在り、未だ五世にして斬すと謂う可からざるなり」という。

『列朝詩集』丁集巻八「王較書穉登」の「小傳」では、文徵明沒後（嘉靖三十八年）、蘇州を中心とする吳の地域においては王穉登が現れるまで「風雅の道、未だ歸する所有らず」とした上で、「伯穀（王穉登）華を振るい秀を啓き、枯を嘘し生を吹き、詞翰の席を擅にする者三十餘年」と述べ、王穉登によって蘇州の傳統が繼承されたことを喜んでいる。そして、王世貞が文徵明の傳記を書いた理由について「昔 王弇州自ら言えらく、「少き時 文待詔と周旋するも意殊に不滿たり」と。晩年に爲に傳を作すは、當に一の懺悔文なるべし」と推測している。

錢謙益は吳の人でありながら七子に親炙した人物を、とりわけ激しく批難している。文徵明の門下ではないが、「吳門之詩」が「卑靡」に趨った一例として、劉鳳及び馮時可に觸れておく。『列朝詩集』丁集巻八「劉僉事鳳」の「小傳」では、劉鳳（字は子威、蘇州府長洲の人。嘉靖二十九年〔一五五〇〕の進士）と馮時可（字は元成、萬曆間の進士）を激しく罵っている。特に馮時可については詩の收錄さえしていない。まず劉鳳については「羣籍を博覽し、苦心して鉤索し（探究し）、騷賦古文數十萬言を著」したため、讀者はその作品の「煩富」に驚くとともに「奧僻（奧深く偏向的）」な作風に戰いたが、その作品を「解駁疏通（解讀して整理）」して「一再尋繹し（繰り返し探究し)」、「肌擘理解（親指の肌理を見るように細かく分析)」すると、「已にして索然として其の有る所を見ず」という状態になってしまったと述べる。また、劉鳳が愛讀した書物を手に入れ、劉鳳の作品と對比させてみたところ、「篇中に於いては句を摭み、句中に於いては字を摭む（一篇の作品からは文を摘まみとり、一文からは一字を摘みとる)」というほど先行作品から字句を拜借しており、さらにその作品は「僻字を累ねて句を成」し、字がやや「夷（平坦)」であれば「更に僻なる字を刺し」てその部分を覆い、「奥句を累ねて篇を成し」、文がやや「順（スムーズ)」であれば「更に奥句を摭」って竄んでいると指摘する。そして、韓愈は「降りて能わざるは乃ち剽賊なり」と言ったが、劉鳳はその「剽賊」の最低ランクの者ではないかという。

馮時可については、蘇州近邊の人々への影響が大きかったこともあって、いっそう激しく非難している。「厥の後 華亭の馮時可なる者有り。字は元成、萬曆間の進士なりて、官は副使に至る。其の學問尤も卑靡爲りて、踳駮補綴し（雜然と先人の文學作品を繫ぎ合わせて)、集を刻して流傳せしむ。吳中の名士、聲に循いて贊誦し、之を壇坫の上に奉じ、碑版誌傳、海內に騰涌すること二十餘年、少年のとき 弇州（王世貞)・大函（汪道昆）の媚を江陵（張居正）に獻ずるの語を詆訶す。晩になりて文傭を以て乞われ（文の應酬のためだけに文を書く人物として需要があり)、稍 文義を知る者、嘔噦せざる無し。雲間の明詩を選する者、元成を以て子威に配するに、其の生平を夷考（考察）すれば、則ち又 子威の重儓（更に下の者）なり。近代 詩文の別集、汗牛充棟するに、其の有名彰徹にして采錄されざる者、元成其の眉目なり。故に表して之を出だす」。雲間派の選集、卽ち陳子龍・李雯・宋徵輿らにより編纂された『皇明詩選』十三卷（崇禎十六年會稽刊本）の卷一には、劉鳳の後に馮時可が配され、陳子龍の「吾が鄉の元成、吳門の劉子威に方う可し」という一文が記されている。このほか、『列朝詩集』では同じく丁集卷八「周秀才天球」の「小傳」で周天球（字は公瑕、長洲の人）について、文徵明の謦咳に接しておりながら

（諸生爲りしとき、志を古學に篤くし、大小の篆隷・行艸を善くし、文待詔に従いて游び、待詔 賞して之を異とす）、王世貞や李攀龍に倣ったために「吳中の風雅」から遠ざかったと述べている（大率 聲調雄壯なるも、王・李を規摹し、吳中の風雅を去ること遠し）。

（和泉ひとみ）

一六 李夢陽　成化八年（一四七二）～嘉靖八年（一五二九）

丙集卷十一　李副使夢陽[一]

[二]夢陽、字獻吉、慶陽人、徙大梁。[三]弘治癸丑進士、[四]授戶部主事、[五]遷員外、監三倉。下獄、尋得釋。[六]已而應詔、陳言「二病・三害・六漸」、末及壽寧侯張鶴齡怙寵殃民、爲「外戚驕恣之漸」。壽寧摘疏中張氏字爲訕母后。上不得已繫錦衣獄、旋釋之、奪俸三月。[七]出獄、遇鶴齡大市街、乘醉唾罵、揮鞭擊之、墮二齒、鶴齡隱忍而止。

[八]正德改元、進郎中、代尚書韓文草奏、劾八閹、坐奸黨、鐫職致仕。[九]明年、復逮繫、自戊午至此、凡十年、下吏者三矣。[一〇]劉瑾必欲殺之、康海謁瑾、以詭辭撼瑾、乃得免。[一一]瑾誅、起江西提學副使。[一二]倚恃氣節、陵轢臺長、坐許奏罷免。[一三]宸濠誅、坐爲濠譔「陽春書院記」、獄辭連染、林俊爲司寇、力持之、得亡窮治。[一四]失勢家居、賓從日進、問從汳雒閒少年射獵繁・吹兩臺間、二十年而卒。

[一五]獻吉生休明之代、負雄鷙之才、僩然謂「漢後無文、唐後無詩」、以復古爲己任。信陽何仲默起而應之。[一六]自時厥後、齊・吳代興、江・楚特起、北地之壇坫不改、近世耳食者至謂「唐有李・杜、明有李・何、自大曆以迄成化、上下千載、無餘子焉」。嗚呼、何其誖也、何其陋也。夷考其實、平心而論之、由本朝之詩、

泝而上之、格律差殊、風調各別、標舉興會、舒寫性情、其源流則一而已矣。

獻吉[17]以復古自命、曰、「古詩必漢・魏、必三謝。今體必初・盛唐、必杜。舍是無詩焉」。牽率模擬剽賊於聲句字之間、如嬰兒之學語、如桐子之洛誦、字則字、句則句、篇則篇、毫不能吐其心之所有、古之人固如是乎。天地之運會、人世之景物、新新不停、生生相續、而必曰、「漢後無文、唐後無詩」、此數百年之宇宙日月、盡皆缺陷晦蒙、直待獻吉而洪荒再闢乎。

獻吉[18]曰、「不讀唐以後書」。獻吉之詩文引據唐以前書、紕繆挂漏不一而足、又何說也。國家當日中月滿、盛極孽衰、麤材笨伯、乘運而起、雄霸詞盟、流傳譌種。二百年以來、正始淪亡、榛蕪塞路、先輩讀書種子、從此斷絕、豈細故哉。後[19]有能別裁僞體如少陵者、殆必斯言爲然。其以是獲罪於世之君子、則非吾所惜也。

獻吉[20]詩『弘德集』三十三卷・『空同子集』又若干卷、錄得五十二首。其[21]有大篇長律、舉世誦習、而余所汰去者、爲存其百一。略[22]疏其瑕纇、以申明去取之義、庶幾學北地之學者、或有省焉。

【訓讀】

夢陽、字は獻吉、慶陽の人、大梁に徙る。弘治癸丑（六年・一四九三）進士、戸部主事（正六品）を授けられ、員外（員外郎、從五品）に遷りて、三倉を監す。獄に下され、尋いで釋さるを得たり。已にして詔に應じ、「二病・三害・六漸」を陳言し、末に壽寧侯張鶴齡の寵を怙みて民を殃わすに及び、「外戚驕恣の漸」と爲す。壽寧 疏中の張氏の字を摘し、母后（皇后）を訕ると爲す。上 已むを得ず錦衣の獄に繫ぐも、旋ち之を釋し、俸三月を奪う。獄を出づるに、鶴齡に大市街に遇い、酔いに乗じて唾罵し、鞭を揮いて之を撃ち、二歯を墮すも、鶴齡は隠忍して止む。

正德改元（一五〇六）、郎中に進み、尚書韓文に代りて奏を草し、八閹を劾し、奸黨に坐し、職を褫きて致仕す。明年、復た逮繫せられ、戊午（弘治十一年〔一四九八〕）自り此に至るまで凡そ十年、吏に下る者三たびせり。劉瑾必ず之を殺さんと欲するに、康海 瑾に謁し、詭辭を以て瑾を撼かし、乃ち免るを得たり。瑾 誅せられ、江西提學副使（江西按察司提學副使、正四品）に起つ。氣節を倚恃し、臺長を陵轢し（しのぎあなどり）、訐奏に坐して罷免せらる。宸濠 誅せらるるに、濠の爲に「陽春書院記」を譔すに坐し、獄辭の連染する（つながりあう）も、林俊 司寇と爲りて力めて之を持し（まもり）、窮治亡きを得たり。勢いを失いて家居するに、賓從 日びに進み、間ま汳雒（汳は汴に同じ、音ベン、河南開封府。雒は洛に同じ、河南府洛陽縣）の閒なる少年に從って繁・吹の兩臺の間（あたり）に射獵し、二十年にして卒す。

獻吉は休明の代（盛世の時代）に生まれ、雄鷙の才（雄健な才能）を負い、倜然として（傲岸にも）「漢後に文無く、唐後に詩無し」と謂い、復古を以て己が任と爲し、信陽の何仲默（名は景明、本書「一九」參照）起ちて之に應ず。時自り厥の後、齊・吳 代興し、江・楚 特に起つも、北地の壇坫（李夢陽の祭壇）改まらず、近世耳食する者は「唐に李・杜有り、明に李・何有り、大曆自り以て成化に迄るまで上下千載なるも、餘子無し」と謂うに至る。嗚呼、何ぞ其れ誖うや、何ぞ其れ陋きや。其の實を夷考（考察）し、平心にして之を論ずるに、本朝の詩由り泝りて之を上れば、格律は差殊にして風調は各おの別るるも、興會（興趣）を標擧し性情を舒寫し、其の源流は則ち一なる而已矣。

獻吉は復古を以て自ら命じ、曰く、「古詩は必ず漢・魏、必ず三謝。今體は必ず初・盛唐、必ず杜。是を舍きて詩無し」と。模擬剽賊（模倣と盗み取り）を聲句字の間に牽率する（みちびく）こと、嬰兒の語を學るが如く、桐子

（童子）の洛誦（くりかえし讀誦）するが如く、字は則ち字（字なら字をそのまま）、句は則ち句、篇は則ち篇にて、毫も其の心の有る所を吐く能わざるは、古の人固より是くの如きか。天地の運會、人世の景物、新新として停まらず、生生として相續くに、而も必ず「漢後に文無く、唐後に詩無し」と曰うは、此數百年の宇宙日月、盡く皆缺陷晦蒙し、直ちに獻吉を待ちて洪荒の再び闢くか。

獻吉曰く、「唐以後の書を讀まず」と。獻吉の詩文、唐以前の書を引據するに、紕繆挂漏（誤謬と遺漏）は一にして足らず（少なくない）、又何をか說わんや。國家 日の中し月の滿ち、盛の極まり 孼の衰うるに當たりて、龐材笨伯（粗野な才人と愚鈍な大物）、運に乘りて起ち、詞盟に雄覇たりて（文壇に君臨して）、謬りの種を流傳す。二百年以來、正始（正統の始原）は淪亡し、榛蕪（雜木雜草）は路を塞ぎ、先輩讀書の種子 此從り斷絕するは、豈細故ならんや（取るにたらない事柄だろうか）。後に能く「僞體を別裁する」こと少陵の如き者有れば、殆ど必ず斯の言を然りと爲さん。其れ是を以て罪を世の君子に獲るも、則ち吾が惜しむ所に非ざるなり。

獻吉の詩は『弘德集』三十三卷・『空同子集』又若干卷、五十二首を錄し得たり。其の大篇長律にして世を擧げて誦習する有るも、而れども余の汰去する所の者は、其の百に一を存すると爲す。略其の瑕纇を疏し（缺點を說きあかし）、以て去取の義を申明し、庶幾くは北地の學を學ぶ者の、或いは省みること有らんを。

【注】

一 **李副使夢陽** 「副使」は、その最終官職が江西按察司提學副使であったことによる。その傳記資料としては以下のものがある。崔銑（字は子鍾、一字仲鳧、河南安陽縣の人、成化十四年（一四七八）～嘉靖二十年（一五四一））の「江西按察司副使空同李君墓志銘」（『洹詞』卷六。また『國朝獻徵錄』卷八六）（以下「墓志銘」）。顧璘（字は華玉、南直隸吳縣の人、成化十二年〔一四七六〕～嘉靖二十四年〔一五四五〕、『列朝詩集』丙集卷十四所收）の『國寶新編』（嘉靖十五年〔一五三六〕序刋）所收の「江西按察副使李夢陽」（以下「顧・傳」）。李開先（字は伯華、山東章丘縣の人、弘治十五年〔一五〇二〕～隆慶二年〔一五六八〕、『列朝詩集』丁集卷一所收）の「李崆峒傳」（『閒居集』卷一〇）（以下「李・傳」）。袁袠（字は永之、南直隸吳縣の人、弘治十五年〔一五〇二〕～嘉靖二十六年〔一五四七〕、『列朝詩集』丁集卷三所收）の「李空同先生傳」（『胥臺先生集』卷一七）（以下「袁・傳」）。また錢謙益の後輩の作ではあるが、毛奇齡（天啓三年〔一六二三〕～淸・康熙五十五年〔一七一六〕）の『西河合集』卷八一・傳九・列朝備傳「李夢陽」がある。なお、傳記にかかわる日本人の著述に次のものがある。鈴木虎雄「李夢陽年譜略（附、王陽明との交渉、及空同集に就て）」（『藝文』第貳拾年第壹號［昭和二十年〔一九四五〕］）。吉川幸次郎「李夢陽の一側面——古文辭の庶民性——」（『立命館文學』第一八〇號・昭和三十五年〔一九六〇〕、のち『吉川幸次郎全集』第一五卷に收錄）。松村「李夢陽詩論」（『中國文學報』第五一冊・一九九五年、のち『明淸詩文論考』に收錄）。

二　夢陽、字獻吉、慶陽人、徙大梁　慶陽は陝西に屬する府（現在は甘肅省）、大梁は河南開封府の古名。自作の「族譜」（『崆峒集』卷三七、嘉靖九年〔一五三〇〕序刋本、以下同じ）によると、李夢陽の曾祖父・恩は開封から慶陽に移住した王聚なる人物の贅（入り婿）となって王姓を名のっていたが、祖父王忠が商賣に成功し、父王正が郡學生から貢生、ついで縣學訓導、成化十六年〔一四八〇〕からは開封府の封丘王朱子埅の敎授となったのを機會に李姓に復した。九歲の李夢陽も父に從った。「大梁に徙る」とは、この時と蟄居・退官後のことである。

三　弘治癸丑進士　父の退職を待たずして慶陽に戻り、弘治五年〔一四九二〕に陝西鄕試の解元、その時の考官が山西按察僉事・陝西督學の楊一淸（字は應寧、雲南安寧の人、景泰五年〔一四五四〕～嘉靖九年〔一五三〇〕、『列朝詩集』丙集卷三所收）であった。翌年の會試では二甲十七名の進士、主考が太常寺少卿兼侍講學士の李東陽（正統十二年〔一四四七〕～正德十一年〔一五一六〕、本集「九」參照）であった。

錢謙益によると、李夢陽は二人の恩師のうち、楊一淸を高く評價し李東陽をより低く見なすことによって、李氏の文苑における盟主たる地位を下げようとしたとする。すなわち楊一淸の「小傳」に次の一節がある。「獻吉も亦亟めて公（楊一淸）の詩筆を稱し長沙（李東陽）と竝べ駕す（のせる）。蓋し成（化）弘（治）の時に當たりて長沙は一世の宗匠爲り。獻吉の竝べて楊・李を擧ぐるは、專ら齊盟（文苑の會盟）に主たら使むるを欲せず、楊を軒くするは正に李を輊くする所以なり（獻吉亦亟稱公之詩筆與長沙竝駕。蓋當成・弘時、長沙爲一世宗匠。獻吉竝擧楊・李、不欲使專主齊盟、軒楊正所以輊李也）」。「楊・李を竝擧す」とは、李夢陽の七言古詩「徐子將適湖湘」云々の作（『崆峒集』卷一三）を指す。正德元年二月、徐禎卿（本書「一四」參照）が國子監博士として南岳衡山や湖湘の神々を祭るために派遣される機會に、過去の文學を概括したものである。全五十四句の中に次の四句がある。「宣德の文體は渾淪多きも、偉なる哉 東里は廊廟の珍（楊士奇〔本書「七」參照〕は臺閣體の逸品）。我が師の崛起す 楊と李と、力は一髮を挽きて千鈞を回らす（宣德文體多渾淪、偉哉東里廊廟珍。我師崛起楊與李、力挽一髮回千鈞）」。二人の恩師を平等に扱っているが、それがかえって李東陽を貶めることになるのだろうか。なお、儀禮的な面はあるにしても、李夢陽は同じ年に、李東陽にたいする五言排律「少傅西涯公六十壽詩三十八韻」（『崆峒集』卷一六）を作っている。

四　授戶部主事　登第直後の八月に母高氏が死去し、弘治八年五月には父李正が死去したので、その授官は弘治十一年であった。

五　遷員外、監三倉。下獄、尋得釋　「墓志銘」に「嘗て三關を監して商を招くに、法を用うること嚴しく、勢人の求めを格み（商人と結託した勢力家の要求を斷ったがために）、搆え被れて（はめられて）獄に下さるるも、尋いで釋さるるを得たり（嘗監三關招商、用法嚴、格勢人之求、被搆下獄、尋得釋）」とある（「李・傳」もほぼ同じ）。「三倉」とは「三關」で關税として徴收した物料を保管する倉庫をいうのだろう。「三關」は、居庸關（京師西北）・紫荊關（京師西南）・倒馬關（同）のこと。李夢陽自身は五言律詩「下吏（吏に下る）」（『崆峒集』巻一六）の題注で、「弘治辛酉年（十四年）楡河驛の倉糧に坐す（弘治辛酉年、坐楡河驛倉糧）」と記している。大楡河・小楡河なる地名が居庸關と京師との中間に見える。

六　已而應詔、陳言「二病・三害・六漸」、……奪俸三月　弘治十八年二月戊辰（十二日）、孝宗が「朕方に新しき政理を圖り、讜言（正しい言葉）を聞くを樂しむ。……直言は諱むこと有る無し（朕方圖新政理、樂聞讜言。……直言無有諱）」（『國榷』）なる詔を出すと、その翌日に戶部主事の李夢陽が上言した。その「上孝宗皇帝書稾」（『崆峒集』巻三八）の内容は「二病・三害・六漸」に要約され、主として宦官と貴戚を批判するものであった。「病」とは、除去しなければ王朝の安定が脅かされる病弊、「元氣之病」と「腹心之病」。「害」とは、撤去しなければ國の利益に損害を及ぼす障害、「兵害」「民害」「莊場畿民之害」。「漸」とは、これ以上は助長させてはならない徴候、「匱之漸」「盜之漸」「壞名器之漸」「弛法令之漸」「方術眩惑之漸」「貴戚驕恣之漸」である。

張鶴齡は孝宗の皇后張氏の弟で、弘治五年十一月に壽寧侯を嗣いだ。李夢陽の「上孝宗皇帝書稾」には次の一文がある。「臣竊かに以爲えらく、宜しく今に及んで其の禮もて防ぐ（規制の遵守によって皇親の越權や違犯を防ぐ）を愼しむべく、則ち張氏を厚くする所以の者の至り（厚遇する名分が立ちいたり）、亦漸を杜ぎ萌を翦るの道なり、と（臣竊以爲宜及今愼其禮防、則所以厚張氏者至矣、亦杜漸翦萌之道也）」。また、この「上書稾」には「祕錄附」があって、「一日　忽ち旨有り、夢陽を拿えて詔獄に送る、と。乃ち是に於いて張氏に本辯有るを知れ矣。張氏　我を論ずるに斬罪十なりと。然れども大意は母后を訕るを主とし、疏末の張氏は后を斥すと謂うなり。……聖旨を奉ずるに、

「李夢陽は大臣を妄言し、姑く軽き罰俸三箇月に従わしむる」と。此十八年四月十六日なり（一日忽有旨、拿夢陽送詔獄。乃於是知張氏有本辯矣。張氏論我斬罪十。然大意主訕母后、謂疏末張氏斥后也。……奉聖旨、李夢陽妄言大臣、姑從輕罰俸三箇月。此十八年四月十六日也）」と記す。

七　出獄、遇鶴齡大市街、……鶴齡隱忍而止　「李・傳」に、提牢刑曹郎であった蔡克廉（嘉靖八年進士）から、嘉靖年間に下獄した張鶴齡が獄中で次のように口にしたとする言葉を載せている。「弘治末年、大市街にて夜崆峒に遇い、其の事を生じ人を害うを罵り、鐵鞭を以て稍二齒を撃落す。將に奏聞せんと欲するも、前奏の未だ久しからず、煩瀆に渉る（めんどうをかける）を恐るるを以て、乃ち惶愧して（恐縮して）中止す（弘治末年、大市街夜遇崆峒、罵其生事害人、以鐵鞭稍撃落二齒。將欲奏聞、以前奏未久、恐涉煩瀆、乃惶愧中止）」。王世貞（本書「二七」參照）『藝苑卮言』巻六は、主語を李夢陽に變えて「一夕、酔うて侯に大市街に遇う（一夕醉遇侯於大市街）」としたあと、「侯は恚ること極まり、其の事を陳べんと欲するも、前疏の未だ久しからざるを爲いて、隱忍して止む（侯恚極、欲陳其事、爲前疏未久、隱忍而止）」とする。なお、この時のことを李夢陽は「戲作放歌、寄別呉子」と題する七言古詩（『崆峒集』巻二二）に記し、「鞭を揚げて市を過ぐれば萬馬避け、半ば酔うて唾罵す文成侯（揚鞭過市萬馬避、半醉唾罵文成侯）」としている。「文成侯」は漢武帝によって「文成將軍」とされた鬼神使いの少翁のことだろう。外戚でも侯爵でもないが、唐の溫庭筠の詩「馬嵬驛」に、「誰か道う文成は是故侯なりと（誰道文成是故侯）」の句がある。

八　正德改元、進郎中、……坐奸黨、鐫職致仕　韓文は、字は貫道、山西平陽府洪洞縣の人、正統六年（一四四一）～嘉靖五年（一五二六）。弘治十七年（一五〇四）十一月に戸部尚書となり、正德元年（一五〇六）十月に閒住となった。李夢陽には「代劾宦官狀疏（代りて宦官を劾するの狀疏）」（『崆峒集』巻三九）があり、その題注には「正德元年九月」とある。「八閹」は「八虎」「八黨」とも呼ばれ、司禮監の劉瑾をはじめ、馬永成・谷大用ら八人の宦官を指す。

九　明年、復逮繫、自戊午至此、凡十年、下吏者三矣　注五で引いた五律「下吏」の題注の全文は、「弘治辛酉年（十四年〔一五〇一〕）楡河驛の倉糧に坐す。乙丑年（弘治十八年〔一五〇五〕）壽寧侯を劾するに坐す。正徳戊辰年（三年〔一五〇八〕）劉瑾等の封事を劾するに坐す（弘治辛酉年、坐楡河驛倉糧。乙丑年、坐劾壽寧侯。正徳戊辰年、坐劾劉瑾等封事）」である。小傳文の「戊午（弘治十一年〔一四九八〕）」は戸部主事になった年であり、實際の着任はその三年後である。「凡十年」とするのは、この詩の最初の句に「十年三下吏、此度更沾衣（十年に三たび吏に下され、此の度 更に衣を沾（うるお）す）」とあるのによっている。「下吏」とは司直の審問を受けること。

一〇　劉瑾必欲殺之、康海謁瑾、以詭辭撼瑾、乃得免　劉瑾は陝西西安府興平縣の人、康海は同じ西安府の武功縣の人で、翰林院修撰。「詭辭」とは、『列朝詩集』丙集卷十一の小傳「康修撰海」（本書「一七」參照）の次の發言を指すのだろう。「（康）海は何ぞ言うに足らんや。今 關中に自（おのず）から三才有り。……老先生の功業、張尙書の政事、李郎中の文章なり。……之を殺さば關中に一才を少（か）かん（海何足言。今關中自有三才。……老先生之功業、張尙書之政事、李郎中之文章。……殺之、關中少一才矣）」。「老先生」はもとより劉瑾、「張尙書」は張綵、陝西延安府安定縣の人、正徳四年（一五〇九）六月から五年八月まで吏部尙書であった。また「李・傳」には次の一節がある。「對山（康海の號）友の難を脱せんと欲し、假（いつわ）りて諛辭（へつらいごと）を爲して云えらく、「鄕尊の相業、張太宰の政事、李夢陽の文章、之を關中三絶と謂う」と（對山欲脱友難、假爲諛辭云、「鄕尊相業、張太宰政事、李夢陽文章、謂之關中三絶」）」。

一一　瑾誅、起江西提學副使　正徳五年八月十一日に劉瑾は逮捕され、十四日に下獄、二十五日に誅に伏すると、翌六年四月十七日、開封に閒居していた李夢陽のもとへ江西按察司副使提學に再起させる旨の簡書が届いた（逆に康海は落職して民と爲された）。

一二　倚恃氣節、陵轢臺長、坐訐奏罷免　「李・傳」は、李夢陽が江西巡撫の任漢に不遜な態度をとり、巡按御史の江萬實を「訐誚（缺點をあばきそしる）」したとして、「兩臺 其の官を侵すを劾し、崆峒も亦兩臺の職せざるを（職責を果たしていないのを）劾す（兩臺劾其侵官、崆峒亦劾兩臺不職）」と記す。「兩臺」は、中央から派遣された地方監察の高官である巡撫と巡按御史。小傳文の「臺長」は、嚴密には都察院の長官である左右都御史をいう。結局は大理寺卿による聽取、下獄、そして正德九年（一五一四）七月の罷免となった。

一三　宸濠誅、坐爲濠撰「陽春書院記」、……得亡窮治　江西南昌府に封ぜられていた寧王朱宸濠は正德八年（一五一三）四月、陽春書院を建てて離宮を僭號したとされる（谷應泰『明史紀事本末』巻四七「宸濠之叛」）。そして遂に同十四年六月十一日に謀叛を起すが、左僉都御史王守仁（本書「一〇」）らの活躍によって同月二十六日に捕縛され、翌年十二月一日に死を賜った。本書「一〇　王守仁」の**注八**を參照。

　林俊は、字は待用、號は見素、福建興化府莆田縣の人。成化十四年（一四七八）の進士、景泰三年（一四五二）〜嘉靖六年（一五二七）。『列朝詩集』丙集巻三所收。事件後のいきさつを『國榷』によってたどってみると、正德十六年（一五二一）五月壬子朔「御史周宣 前江西提學副使李夢陽の宸濠に比しむを劾し、……夢陽逮われて獄に下る」。同年五月甲子（十三日）「林俊を工部尙書に起こす」。翌嘉靖元年四月庚辰（四日）「林俊を召して刑部尙書に改む」。同年八月戊戌（二十五日）「故江西提學副使李夢陽を獄より釋く。夢陽 宸濠と交通するに狀（情狀、證據）無し。第嘗て「陽春堂記」を作り、籍（官籍）を削らる」。嘉靖二年七月庚寅（二十一日）「刑部尙書林俊 致仕す」。「陽春書院記」は『崆峒集』に見えない。なお、林俊の『見素集奏議』巻七「辯李夢陽獄疏」には次のように記す。

「正德九年、夢陽 河南の省城に回還して居住す。正德十四年、宸濠 監生方儀を差して『周易古註』一部・龍掛香一百枝を齎し、前もって夢陽の家に到りて「陽春書院序文」、幷びに「小蓬萊詩」を作るを求めしむ。夢陽 詩二首を作りて付與するも、竝びに宸濠叛逆の情由を知らず等の情なり（などとのことである）（正德九年、夢陽回還河南省城居住。正德十四年、宸濠差監生方儀齎『周易古註』一部・龍掛香一百枝、前到夢陽家求作「陽春書院序文」幷「小蓬萊詩」。夢陽作詩二首付與、竝不知宸濠叛逆情由等情）」。

一四　失勢家居、賓從日進、……二十年而卒　「賓從日進」は賓客と隨從の人數が日々に增えること。『史記』卷七五・孟嘗君列傳に「賓客日進」の語がある。「汳雒」は開封と洛陽。「繁・吹兩臺間」について、清初・毛奇齡『西河合集』「李夢陽」の後注に「繁臺は卽ち吹臺なり。諸書「夢陽の繁・吹兩臺間に射獵す」と稱す。錢牧齋『列朝詩集』と雖も亦然り、何ぞ其の疏なるや（繁臺卽吹臺。諸書稱「夢陽射獵繁・吹兩臺間」。雖錢牧齋『列朝詩集』亦然、何其疏也）」と記す。楊愼（本書「二〇」）が『升菴集』卷七二「吹臺」の項で、「吹臺、卽繁臺」とする指摘に從ったのであろう。春秋時代、師曠の吹臺の跡であるが、「其の後 繁氏有りて其の側に居し、里人は乃ち姓を以て之を呼ぶ（其後有繁氏居於其側、里人乃以姓呼之）」（『舊五代史』「梁書」太祖紀・開平二年七月甲午の條）。現在の開封市東南の禹王臺公園の中にある。

李夢陽の卒年については、「墓志銘」に「嘉靖己丑（同八年、一五二九）九月二十有九日卒、享年五十有八」とある。

一五　獻吉生休明之代、……信陽何仲默起而應之　「漢後無文、唐後無詩」なる文言は李夢陽はもとより、何仲默（すなわち何景明、本書「一九」）らその同伴者の文集に見えない。

李夢陽とその同伴者とは、いわゆる古文辭派「（前）七子」を指す。このグループの形成の過程は次のとおりである。

李夢陽に「朝正倡和詩跋」（『崆峒集』巻五八）という文章がある。正徳五年（一五一〇）八月に宦官劉瑾が誅殺されて間もなく、開封に蟄居していた彼は、同地の知府顧璘（注一參照）から、朝廷に正月の參覲をして「詩の倡和」をおこなったが、參加者はわずか五人であったと聞いた。この文章は、「詩の倡和は弘治より盛んなるは莫し。蓋し其の時、古學漸く興り、士の彬彬として盛んなりき（詩倡和莫盛於弘治。蓋其時、古學漸興、士彬彬乎盛矣）」で始まる。「弘治」とは、弘治六年（一四九三）に進士となった彼が、服喪が明けて戸部主事となった弘治十一年から、正徳二年（一五〇七）に劉瑾らによって「詩の倡和」が解散させられるまでの十年を指すであろう。この間に、いわば「古學」研究會に、入れ替り立ち替り參加した北京（および一部南京）朝廷の若手官僚の名を、彼は「與に倡和する所」として出身地別に掲げている。その全てを、『列朝詩集』所收の人物はその集巻を附して、記しておこう。南直隷では揚州の儲巏（丙集巻六）、趙鶴（丙集巻十四）、無錫の錢榮、陳策、秦金、宜興の杭濟・杭淮の兄弟（丙集巻三）、丹陽の殷鏊、蘇州の都穆（丙集巻九）、徐禎卿（丙集巻九、本書「一四」）。浙江では慈谿の楊子器（丙集巻七）、餘姚の王守仁（丙集巻四、本書「一〇」）。山東では濟南の邊貢（丙集巻十一、本書「一八」）。山西では太原の喬宇（丙集巻三）。河南では信陽の何景明（丙集巻十二、本書「一九」）。湖南では郴州の李永敷、何孟春（丙集巻五）。「其の南都に在る（其在南都）」者、すなわち南京朝廷では、南直隷の蘇州の顧璘（丙集巻十四）と寶應の朱應登（丙集巻十四）。「諸もろの翰林に在る者は、人の衆きを以て敍せず（諸在翰林者、以人衆不敍）」とするが、その中には、陝西武功の康海（丙集巻十一、本書「一七」）、陝西鄠縣の王九思（丙集巻十一）と河南儀封の王廷相（丙集巻十一）が含まれるであろう。

以上の二十二名と李夢陽本人を加えた者のうち、特に「古文辭」に優れた者が「（前）七子」として特筆されるようになったのであろう。管見によると、「七子」の呼稱はともかく、その限定は康海の記事が先蹤となったと思われる。すなわち康海が嘉靖十一年（一五三二）、王九思のために記した「渼陂先生集序」（『對山先生文集』巻三）に、「我が明、文章の盛んなるは弘治の時に極まるは莫く、古昔に反りて流靡を變ずる所以の者、惟の時六人有り（我明文章之盛莫極於弘治時、所以反古昔而變流靡者、惟時有六人焉）」として、李夢陽・何景明・王九思・王廷相・徐禎卿・邊貢の名をあげたうえで、「予も亦幸いに竊かに諸公の間に附す（予亦幸竊附於諸公之間）」と述べるからである。

一六　自時厥後、齊・吳代興、……「唐有李・杜、……無餘子焉」　「齊」は李攀龍、山東濟南府歷城縣の人、古文辭派「後七子」の領袖、本書「二一六」參照。「吳」は王世貞、南直隸蘇州府太倉州の人、もう一人の領袖、本書「二一七」參照。「江」はおそらく湯顯祖であろう。江西撫州府臨川縣の人、本書「三〇」參照。「楚」は袁宏道ら袁氏三兄弟の「三袁」、湖廣荆州府公安縣の人、「公安派」、本書「三一、三二、三三」を參照。さらにもう一組の「鍾・譚」、つまり鍾惺と譚元春、ともに湖廣承天府沔陽州景陵縣の人、「竟陵派」、本書「三四、三五」を參照。

李白の死は寶應元年（七六二）、杜甫の死は大曆五年（七七〇）、「千載」にはやや滿たない。引用された「近世耳食者」の發言の出所は未詳。

一七　獻吉以復古自命、曰、「古詩必漢・魏、……舍是無詩焉」　古詩で「漢・魏」といえば、後漢の「古詩十九首」と曹植ら三曹、また建安七子を指すだろう。「三謝」は東晉・齊の謝靈運・謝惠連・謝朓である。この文言も李夢陽、また他の六子の文集に見えないが、やや近いと思われるものが、王世貞『弇州續稿』巻四一「宋詩選序」に見える。「自北地・信陽顯弘・正間、古體・樂府非東京而下至三謝、近體非顯慶而下至大曆、俱亡論也」。言葉を補って解釋すれば次にようになるだろう。「李夢陽・何景明が弘治・正德間に著名になってから、古體詩と樂府では、洛陽時代の後漢や魏でなければ、より下った三謝なのであり、近體の詩では（沈佺期・宋之問が生まれた初唐の）顯慶（唐・高宗の六五六～六六〇）でなければ、より下った（杜甫の亡くなった）大曆であることは言うまでもない」。

一八　獻吉曰、「不讀唐以後書」　『藝苑巵言』巻一に、「李獻吉 人に勸めて唐以後の文を讀む勿からしむ。吾始め甚だ之を狹しとするも、今は乃ち其の然るを信ずる耳（李獻吉勸人勿讀唐以後文。吾始甚狹之、今乃信其然耳）」と記す。「書」とは散文のそれを意味していた。

この文言を錢謙益は他の文章にも二ヶ所に引用している。その一は『初學集』巻八四「題錢叔寶手書『續吳都文粹』」に見え、錢允治という亡友が次のように言ったのを聞いて失笑したとするものである。「李空同は「唐後の書を讀まず」と言えり。左國璣は左宜人の弟爲るに、空同の文に「內兄」と稱す。內外兄弟は『小戴禮』に在り、亦唐後の書なる耶（李空同言「不讀唐後書」。左國璣爲左宜人之弟、空同文稱「內兄」。內外兄弟在『小戴禮』、亦唐後書耶）」。左宜人は李夢陽の妻。「內兄」については、『崆峒集』にも、『小戴禮』すなわち『禮記』にも、その所在を確認することができないが、『儀禮』喪服で、經文「舅」にたいして鄭注が「母の昆弟」、經文「舅之子」にたいして注が「內兄弟也」としているところからすると、李夢陽が妻の兄弟について用いるのは誤りということになる。それは唐以前の書である『小戴禮』すらきちんと讀んでいないからだと皮肉っているのだろう。左國璣は『列朝詩集』丙集巻十一の小傳に「李獻吉の妻弟なり」とある。引用のその二は『有學集』巻四九「讀宋玉叔文集題辭」に見える。「獻吉の「唐後の書を讀まざれ」と戒むるや、仲默（何景明）の「文の法は韓愈に亡ぶ」と謂うや、于鱗（李攀龍）の「唐に五言古詩無し」と謂うや、經術を滅裂し古學に偭背し、而も其の才力を橫騖して、以て前に古人無しと爲す（獻吉之戒「不讀唐後書」也、仲默之謂「文法亡于韓愈」也、于鱗之謂「唐無五言古詩」也、滅裂經術、偭背古學、而橫騖其才力、以爲前無古人）」。

一九　後有能別裁僞體如少陵者、殆必斯言爲然　杜甫「戲爲六絕句」詩の其六の後二句に、「別裁僞體親風雅、轉益

多師是汝師（僞體を別裁して風雅に親しむ、轉益ます多師なるは是汝が師）」とある。にせものを峻別して切り捨て、正統な詩篇に親しむ、という意味である。

二〇　**獻吉詩『弘徳集』三十三卷……錄得五十二首**　『崆峒集』巻五〇所收の「詩集自序」が『弘徳集』のためにつけた自序であって、その中で、次のように記している。「然れども又弘治・正徳間の詩なる耳。故に自ら題して『弘徳集』と曰う。毎に自ら之を改め以て其の眞を求めんと欲するも、然れども今は老いたり矣。……是の集や、凡そ三十三巻なり（然又弘治・正德間詩耳。故自題曰『弘德集』。毎自欲改之、以求其眞、然今老矣。……是集也、凡三十三卷）」。鈴木虎雄氏の「李夢陽年譜略」は『弘徳集』について、「嘉靖三年甲申。自序刋之。見于朱安淛年表。案ずるにこれは刋せんと欲せしのみにて刋せしものに非ず、故に後に之を黄省曾に託せしなり」とする（黄省曾は『列朝詩集』丙集巻十一所收）。確かに『明史』藝文志も「『空同全集』六十六巻」を載せるだけだし、毛奇齡「李夢陽」傳も、「舊くは『弘徳集』『空同子』諸書を傳え、後に彙めて『空同集』六十六巻と爲す」とする。銭謙益は「詩集自序」によって既刋と見なしたのであろう。

李夢陽の明刻の詩文集としては次のものがある。『崆峒集』六十六巻。死去の翌年嘉靖九年（一五三〇）黄省曾の序文をもつ（本稿はこれに據った）。『空同集』六十四巻。黄序に加えて嘉靖十年の王廷相（『列朝詩集』丙集巻十一所收）、および萬曆二十九年（一六〇一）の李思孝の序文をもつ。『空同子集』六十八巻。黄序・王序に加えて、萬曆三十年の馮夢禎（『列朝詩集』丁集巻十五所收）の序文をもち、「詩集自序」を巻首に移している（四庫全書所收『空同集』六十六巻はこのテキストに據ったがために、結果として「詩集自序」を缺落させている）。

二一　**其有大篇長律、……而余所汰去者、爲存其百一**　李夢陽には五言排律三十六首、七言排律六首があるが、『列朝詩集』が載せるのは「冬日靈濟宮十六韻」の一首のみである。

二二　略疏其瑕纇、以申明去取之義、……或有省焉　採録詩「五十二首」（實は五十一首）とは別に、「附録詩五首」として、主に杜詩の模倣と見なされる比較的長篇の五古・七古・五排を取りあげて、句ごと、あるいは全詩について批判をおこなっている。「模擬剽賊」だけでなく、その無學についても、**注一八**で見たように、跡づけをするかのようである。例示の一端として、五排「鄱陽湖十六韻」について、その批判の部分だけを、詩句の順序、「原文」、讀み下し、「銭氏評語」、（注記）の順であげておこう。

第1句「太祖平陳日」太祖 陳を平ぐる日。「陳は友諒の姓、國號に非ざるなり。「平陳」と曰うは未だ當たらず」。第5句「水上開黄屋」水上 黄屋を開き。「甲辰 武昌を下し、始めて呉王を稱す」（鄱陽湖の戰いで陳友諒が戰死したのは元・至正二十三年癸卯〔一三六三〕、太祖朱元璋の呉の建國は翌年正月、したがってこの時點では「黄屋」つまり帝王の居室を「開く」とは言えない）。第8句「戈已倒前途」戈は已に前途に倒さる。「友諒は羣盗より起つに、豈商紂を以て比と爲す可けんや」（周の武王が殷の紂王を伐ったあと、「戈を倒し弓を弛めて天下に兵を用いざるを示」したと、『呂氏春秋』原亂篇に見える）。第9・10句「力屈鯨鯢仆、聲回鴈鶩呼」力は鯨鯢を屈して仆し、聲は鴈鶩を回らして呼ぶ。「鯨鯢は豈仆と云う可けんや。鴈鶩呼も亦趁韻なり」（「趁韻」は、内容の當否を考えずに音韻だけを追いかけること）。第11・12句「横江收玉笥、跨海定金符」江を横ぎりて玉笥を收め、海を跨ぎて金符を定む。「「横江・跨海も亦長語」（「長語」は、餘分な言葉。「玉笥」は天子の位、「金符」は天から天子に下されるし）。第16句「龍戰豈全辜」龍戰 豈辜を全くせんや。「豈全辜も亦趁韻」。第25・26句「偉彼高光烈、還將蕭鄧須」偉いなる彼の高・光の烈、還將て蕭・鄧を須たん。「杜子美 玄・肅の際に當たりて中興を想慕し、故に高・光・耿・鄧の詞有り。獻吉の「鄱陽湖」 我が太祖創造の業を頌して亦「高・光・耿・鄧」と云うは何ぞや。但だ杜詩の聲口を學ね、其の形似を取り、却って八寸三分の帽子なるを知らざるなり。戴く有るも去く處を得ざるは、此文義違背の大なる者にして拈出を爲さざるを得ず」（原詩の「高・光」は漢の高祖と後漢の光武帝。「蕭・鄧」は漢の蕭何と後漢の鄧禹。錢氏評語の「杜子美」は、杜甫「述古三首」其三を指す。「玄・肅」は唐の玄宗と肅宗。「八寸三分帽子」は誰でもがかぶれる標準サイズの帽子）。第29・30句「劍瘞神仍王、舟焚勢與徂」劍は瘞られて神は仍王たり、舟は焚かれて勢は與に徂く。「神仍王は義に于て晦澀爲り、勢與徂は詞に于て牽合爲り」。

さらに全般的な批評として、「蓋し其の學問は詞章を綢繪する（まとわりえがく）に過ぎず、工部（杜甫）の胸中一部の詩史もて大本領を作す無きなり（蓋其學問不過綢繪詞章、無工部胸中一部詩史作大本領也）」とし、「空同の詩は故實に援据するに毎に乖誤多し（空同詩援据故實、毎多乖誤）」として詩三首をあげて指摘し、最後に「庶わくば後人 目學の誤まる所と爲らざる耳（庶後人不爲目學所誤耳）」と結ぶ。

具體的な詩篇をあげての指彈は、古文辭派「後七子」の領袖である李攀龍（本書「二六」）や竟陵派の譚元春（本書「三五」、附「論譚元春詩」）にたいしてもおこなっているが、他にはほとんど見ない。『國榷』の編者談遷（字は孺木、浙江杭州府海寧縣の人、萬曆二十二年〔一五九四〕～淸・順治十四年〔一六五七〕）は『棗林藝簣』「李夢陽・何景明」で次のように記す。「近ごろ常熟の錢氏 明詩を選び、李・何を論ずること最も嚴しく、啻に輪攻する（春秋魯の公輸盤が宋に對しておこなったような執拗な攻擊？）のみならざり矣。定論に非ざると雖も錄して公據（公平な論據）を俟つ（近常熟錢氏選明詩、論李・何最嚴、不啻輪攻矣。雖非定論、錄俟公據）」。

（松　村　　昂）

一七　康　海　成化十一年（一四七五）～嘉靖十九年（一五四〇）

丙集卷十一　康修撰海[一]

海[二]、字德涵、武功人。弘治十五年[三]、狀元授翰林院修撰。正德初[四]、逆瑾恨李獻吉代韓尙書草疏、繫詔獄、必殺之。獻吉獄急、出片紙曰、「對山救我」。秦人皆言、「瑾恨不能致德涵。德涵往、獻吉可生也」。德涵曰、「吾何惜一官、不救李死」。乃往謁瑾。瑾大喜、盛稱德涵、「眞狀元、爲關中增光」。德涵曰、「海何足言。今關中自有三才、古今稀少」。瑾驚問曰、「何也」。德涵曰、「老先生之功業、張尙書之政事、李郎中之文章」。瑾曰、「李郎中、非李夢陽耶。應殺無赦」。德涵曰、「應則應矣、殺之、關中少一才矣」。歡飲而罷。明日瑾奏上赦李。瑾遂欲超拜吏部侍郎[五]、德涵力辭之、乃寢。母喪歸[六]、踰二年、瑾敗、坐落職爲民。

德涵既罷免[七]、以山水聲妓自娛、間作樂府・小令、使二青衣被之絃索、歌以侑觴。西登吳嶽[八]、北陟九嵕、南訪經臺・紫閣、東至太華・中條。停驂命酒、歌其所製感慨之詞、飄飄然輒欲仙去。居恆徵歌選妓、窮日落月。嘗生日[九]、邀名妓百人、爲百年會。酒闌各書小令一闋、命送諸王邸曰、「此差勝錦纏頭也」。楊侍[一〇]郎廷儀、過許西、留飲甚歡、自起彈琵琶勸酒。楊言、「家兄在内閣、殊相念。何不以尺書通問」。德涵發怒、擲琵琶撞之。楊走、追而罵曰、「吾豈效王維、假作伶人、借琵琶討官做耶」。歸田[一一]三十餘年、其沒也、以山人巾服殮。遺囊蕭然、大小鼓却有三百副。其風致可思也。

德涵[一二]于詩文、持論甚高。與李獻吉興起古學、排抑長沙、一時奉爲標的。今所傳[一三]『對山集』者、率直冗長、殊不足觀。或[一四]言、德涵工於樂府、歌詩非其所長。又[一五]或言、德涵有經世之才、詩文皆出漫筆、非其所經意者。余固不足以定之也。

【訓讀】

海、字は德涵、武功（西安府乾州武功縣）の人。弘治十五年（一五〇二）、狀元もて翰林院修撰（從六品）を授けらる。正德の初、逆瑾（劉瑾）李獻吉（李夢陽）の韓尚書（韓文）に代わりて疏を草するを恨み、詔獄に繫ぎて、必ず之を殺さんとす。獻吉 獄の急（さしせま）るに、片紙を出だして曰く、「對山（康海の號）我を救いたまえ」と。秦人皆言えらく、「瑾 德涵を致すこと能わざるを恨む。德涵往かば、獻吉生く可きなり」と。德涵曰く、「吾何ぞ一官を惜しみて、李の死するを救わざるや」と。乃ち往きて瑾に謁す。瑾大いに喜び、盛んに德涵を稱して、「眞狀元、關中の爲に光を增す」と。德涵曰く、「海 何ぞ言うに足らんや。今關中に自（おのずか）ら三才有りて、古今稀少たり」と。瑾驚きて問いて曰く、「何ぞ也（や）」と。德涵曰く、「老先生（劉瑾を指す）の功業、張尚書（張綵、陝西延安府安定の人。弘治三年の進士。正德四年に吏部尚書に就任するも、五年八月に獄死）の政事、李郎中の文章なり」と。瑾曰く、「李郎中とは、李夢陽に非ざる耶。應に殺して赦す無かるべし」と。德涵曰く、「應にすべきは則ち應にすべきなるも、之を殺さば、關中に一才を少（か）くなり（そうするしかないのであればそれしかありませんが、李夢陽を殺したなら、陝西に才子が一人減ることになります）」と。歡飮して罷む。明日 瑾 奏上して李を赦す。瑾 遂に超えて（品階を飛ばして）吏部侍郎（正三品）を拜さしめんと欲するも、德涵 力めて之を辭すれば、乃ち寢む。母喪いて歸り、踰ゆること二年、瑾敗れ、坐して落職し民と爲る。

德涵 既に罷免され、山水聲妓を以て自ら娛しみ、間ま樂府・小令を作り、二青衣（二人の下僕）をして之に絃索（弦樂器）を被らしめ、歌いて以て觴を侑く。西のかた吳嶽（卽ち吳山。陝西鳳翔府隴州にある）に登り、北のかた九嵕（卽ち九嵕山。西安府醴泉縣の東北五十里に位置する）に陟り、南のかた經臺（卽ち說經臺。終南山の北麓にあり、老子が『道德經』を著して尹喜に傳えた場所と傳えられる）・紫閣（卽ち紫閣峰。終南山の峰に屬する。西安府鄠縣にある）を訪ね、東のかた太華（卽ち西嶽の華山。西安府華州にある）・中條（卽ち中條山。山西平陽府蒲州にある）に至る。驂（馬車）を停め酒を命じ、其の製する所の感慨の詞を歌い、飄飄然として輒ち仙去せんと欲す。酒居るに恆に歌を徵め妓を選び、日を窮め月落つ（日夜續けた）。嘗て生日に、名妓百人を邀え、百年會と爲す。酒闌にして各おの小令一闋を書き、命じて諸を王邸に送らしめて曰く、「此れ差や錦纏頭に勝うるなり」と。楊侍郎廷儀、滸西（武水の西）を過ぎり、留飲して甚だ歡び、自ら起ちて琵琶を彈じて酒を勸む。楊言えらく、「家兄（楊廷和）內閣に在りて、殊に相念う。何ぞ尺書を以て通問せざるや」と。德涵 怒を發し、琵琶を擲ち之を撞く。楊走ぐるに、追いて罵りて曰く、「吾 豈に王維に效い、假りそめに伶人と作りて、琵琶に借りて官を討むるを做す耶」と。歸田して三十餘年、其の沒するや、山人の巾服を以て殮む。遺囊蕭然たるも、大小の鼓 却って三百副有り。其の風致 思う可きなり。

德涵 詩文に于いて、持論甚だ高し。李獻吉と古學を興起し、長沙（李東陽）を排抑し、一時奉りて標的と爲す（當時の人々は康海らに敬服し目標とした）。今傳うる所の『對山集』なる者、率直冗長にして、殊に觀るに足らず。或ひと言うに、德涵 樂府（散曲）に工にして、歌詩（歌行や詩）は其の長ずる所に非ずと。又或ひと言うに、德涵經世の才有るも、詩文皆 漫筆より出で、其の意を經る所の者に非ずと。余固より以て之を定むるに足らざるなり。

【注】

一 **康修撰海** 弘治十五年より翰林院修撰を務めたことに據る。康海の主要傳記資料は以下の通り。張治道「翰林院修撰對山康先生狀」（『太微後集』卷四、嘉靖刋本。『國朝獻徵錄』卷二一「翰林院」二（萬曆四十四年曼山館刻本）にも收錄されるが「翰林院修撰康公海行狀」と題している。本書は基本的に『國朝獻徵錄』收錄版に據った。以下「狀」）、呂柟「大明前翰林院修撰對山先生康公墓表」（『涇野先生文集』卷三二、萬曆刻本、以下「墓表」）、許宗魯「對山先生別傳」（『少華山人文集』卷一三、嘉靖刋本。以下「別傳」）、王九思「明翰林院修撰儒林郎康公神道之碑」（『渼陂續集』卷中、嘉靖刻崇禎修補本。以下「碑」）、馬理「對山先生墓志銘」（『谿田文集搜遺續補遺』、萬曆刋乾隆補修本。以下「墓志銘」）、李開先「對山康修撰傳」及び「康王王唐四子補傳」（『李中麓閒居集』卷一〇、嘉靖隆慶間刋本。以下「李傳」及び「補傳」）、查繼佐「康海傳」（『罪惟錄』卷一四、諷諭諸臣列傳、手稿本）、李贄「修撰康公海」（『續藏書』卷二六、明刻本）、何喬遠『名山藏』卷八六「臣林記」文苑（崇禎十三年刋本）などがある。このほか、研究書に金寧芬『康海研究』（崇文書局、二〇〇四）、年譜に韓結根『康海年譜』（復旦大學出版社、一九九三）がある。

二 **海、字德涵、武功人** 康海自身による「康氏族譜・小傳第三」（『康對山先生集』卷一九、萬曆十年潘允哲刻本）には「海、字德涵……初名澍（海、字は德涵……初名は澍）」とある。また、その號については、「狀」に「別號は對山、又 滸西山人と號す」というほか、多くの文獻に同樣の記載がある。滸西については王廷相「滸西記」（『王氏家藏集』卷二四、嘉靖刻順治十二年修補本）に「武功の康子 時に偶わず、優遊家居し、乃ち室を武水の西に築き、以て喧を避け跡を晦まし、因りて自ら號して滸西子と曰う」と、その由來を記す。このほか、「別傳」には「浒東漁父」を號としてあげ、また、康海自身の「浒東靈藥記序」(『康對山先生集』巻二八)には、「太白山人」と署名する。

出身地については、「墓表」に「西安府乾州之武功人也」という。康海の家系については、康海「先公墓碑」(『康對山先生集』巻三五)・「先平陽府君夫人張氏行狀」(同上、巻四五)及び「康氏族譜」(同上、巻一九)に據れば、およそ以下の通り。もとは河南の固始の人だが、七世の祖・康政の時に武功の長寧に移り住んだ。その後、三代を經て高祖父・康汝楫(字は濟南、東里公)が武功訓導となり、のちに燕王府長史や安岳知縣に任ぜられ、永樂帝卽位後には召されて北京行部左侍郎及び璽書留輔皇太子となり、沒後には工部尙書を追贈された。曾祖父の康爵(字は以德)は、父の恩蔭により上林苑監正となり、累官して南京太常寺少卿となった。沒後は江寧(南京)の新亭に葬られ、一家は江寧の人となった。祖父の康健(字は自强)は、父の恩蔭により通政司知事となり、成化五年(一四六九)に一家で武功に歸った。父の鏞(字は振遠、已庵と號す)は、何度も科擧に挑んだが合格せず南京の太學生となることを乞い、弘治元年(一四八八)になって平陽府經歴司知事に任ぜられ、儒林郎翰林院修撰を追贈された。李夢陽「將仕郎平陽府經歴司知事贈儒林郎翰林院修撰康長公墓碑」(『空同集』巻四二、嘉靖九年序刊本)がある。また、著書に『已庵集』がある。李開先「張小山小令後序」(『李中麓閒居集』巻六)に據れば、高祖父の康汝楫は、燕王から下賜された戲曲や散曲を有していたが、康海の時にはほとんど殘っていなかったという。また、前揭「先公墓碑」に據れば、祖父の健はとりわけ文藝に優れていたといい、「文章稽古の事、事賦曲藝の細、曷ぞ傳う可きに非ざらんや」と述べている。

三　弘治十五年、狀元授翰林院修撰　「碑」に「壬戌春自禮部入對大廷。策既上、太學士洛陽劉公見而嘆息曰、「奇才、

奇才。奚啻三百。卽千人無以過也」。奏之敬皇帝。帝覽曰、「兪哉」。賜進士及第第一。陝西狀元蓋自公始。釋褐授翰林院修撰云（壬戌〔弘治十五年、一五〇二〕の春、禮部自り入りて大廷に對う。策既に上り、大學士洛陽の劉公〔劉健〕見て嘆息して曰く、「奇才なり、奇才なり。奚ぞ啻だ三百ならんや。卽い千人なるとも以て過ぐるもの無きなり」と。之を敬皇帝〔孝宗弘治帝朱祐樘〕に奏す。帝覽じて曰く、「兪らん哉」と。進士及第第一を賜う。陝西の狀元は蓋し公自り始む。褐を釋き翰林院修撰を授けらると云う）」とある。康海は幼いころから秀でており、十八歳で縣學の弟子員となった。文を書くのが得意で、時に陝西の督學に當たっていた楊一清に狀元を確實視されていた。「碑」に「公幼き自り穎悟なること人を絶す。年十八にして入りて縣學弟子員と爲る。『毛詩』を受け、讀書は惟だ大義を求め、章を尋ね句を摘み、時文（八股文）を板刻するの爲の若き者にあらず。唐・宋・韓（愈）・蘇（軾）の諸作を喜び、最も『嘉祐集』を喜ぶ。紙を伸ばし文を爲り、滾滾として千餘言、立ちどころに就る可し。是の時に當たりて楊邃菴（一清）陝西を督學し、狀元を以て之を亟許す」とある。弘治十一年（一四九八）、二十四歳の時に『詩經』で鄕試に合格し（「狀」に「『詩經』を以て弘治戊午〔十一年〕の鄕試に中る」、「碑」に「弘治戊午、鄕試第七に擧げらる」という）、弘治十二年の會試は不合格であったため、翌十三年に國子監に入り、弘治十五年、二十八歳で會試に合格し、三月の廷試を經て狀元で第一甲の進士となり、翰林院修撰を授かった（『明實錄』弘治十五年三月十八日に「庚寅 上 奉天殿に御し康海等に進士及第を賜う」、また同二十一日に「癸巳、狀元康海に朝服冠帶及び諸進士の鈔を賜う」、同二十四日に「丙申……第一甲進士康海に授けて翰林院修撰と爲す」とあるほか、吳寬「弘治十五年會試錄」〔引用は『康海年譜』に據る〕に「第一百七十九名康海、陝西武功縣人、監生、『詩』」とある）。會試では第一七九名であったが、廷試で述べた制策が時の內閣に高く評價され、廷試において狀元に擢んでられた。『對山集』卷首（十卷本。『四庫全書』所收）に收錄された「制策」には、李東陽の評語が記載されている。「李西涯曰く、「禮樂の興廢を條陳し、教化の盛衰、以及（およ）び選課の方有ること、征輸の法有ること、馭兵の制有ること、用刑の條有ることを發明し（明らかにし）、一一款に中る（規定に合致していた）。末路 本を君身に歸し、尤も忠愛卓識を見（あらわ）す」と」。

四　正德初、逆瑾恨李獻吉代韓尚書草疏、繫詔獄、必殺之　この一段は「狀」にもとづく。この部分は『國朝獻徵錄』收錄のものと『太微後集』收錄のものとの間で異同がある。以下の引用は『太微後集』に據る。「是時瑾怒吾鄉戶部郎中李夢陽。蓋以夢陽爲主事時、而尚書洪洞韓文率諸大臣劾瑾等專恣擅權。而彈文出夢陽手。朝廷怒罷諸大臣、夢陽官。後、瑾居司禮、忌前彈文、搆夢陽以他事、奏下錦衣獄、欲致之死。人情恟恟、莫敢拯救。夢陽自獄中傳帖甚急曰、「對山救我、救我」。此帖尚存。編修何柏齋謂衆人曰、「康對山肯往瑾救之、獻吉可活也」。人以是語先生、先生曰、「我何惜一往而不救李耶」。……又明日、先生往瑾所。瑾聞先生至、倒屣迎之、留飲坐話。久之、瑾謂先生曰、「人謂、自來狀元、俱不如先生。眞爲關中增光」。先生紿言曰、「海何足言。今關中有三才、古今所稀少也」。瑾驚曰、「何三才古今所稀少也」。先生曰、「李郎中之文章、張尚書之政事、老先生之功業」。瑾曰、「李郎中爲誰、乃與我並耶」。先生曰、「是今獄中李郎中也」。瑾曰、「非李夢陽耶」。先生曰、「是」。瑾曰、「若應死無赦」。先生曰、「應則應矣、殺之、關中少一才矣」。飲晚罷出。明日瑾奏上赦李夢陽（是の時、瑾 吾が鄉の戶部郎中 李夢陽に怒る。蓋し夢陽 主事爲りし時、而して尚書たる洪洞の韓文 諸大臣を率いて瑾等の專恣擅權を劾するを以てなり。而して彈文 夢陽の手より出づ。朝廷怒りて 諸大臣、夢陽の官を罷めしむ。後、瑾 司禮に居り、前の彈文を忌み、夢陽を搆する〔計略にはめる〕に他事を以てし、奏を錦衣獄に下し、之を死に致らしめんと欲す。人情恟恟として〔人心は動搖し〕敢えて拯救するもの莫し。夢陽 獄中自り傳帖すること甚だ急きて曰く、「對山 我を救え、我を救え」と。此の帖 尚お存す。編修の何柏齋〔瑭〕衆人に謂いて曰く、「康對山 瑾に往きて之を救うことを肯んぜば、獻

吉 活く可きなり」と。人 是を以て先生に語り、先生曰く、「我何ぞ一たび往くを惜しみて李を救わざる耶」と。……又明日、先生 瑾の所に往く。瑾 先生至るを聞き、屣を倒さにして之を迎え、留めて飲み坐して話す。之を久しくして、瑾 先生に謂いて曰く、「人謂えらく、自來の狀元、倶に先生に如かずと。眞に關中の爲に光を増す」と。先生給言して〔あざむいて〕曰く、「海は何ぞ言うに足らん。今關中に三才有りて、古今に稀少なる所なり」と。瑾驚きて曰く、「何れの三才 古今に稀少なる所なる也」と。先生曰く、「李郎中の文章、張尚書の政事、老先生の功業なり」と。瑾曰く、「李郎中とは誰爲りて、乃ち〔意外にも〕我と並ぶ耶」と。先生曰く、「是れ今獄中の李郎中なり」と。瑾曰く、「李夢陽に非ざる耶」と。先生曰く、「是なり」と。瑾曰く、「應に死すべく赦す無きが若し」と。先生曰く、「應にすべきは則ち應にすべきなるも、之を殺さば、關中に一才を少くなり」と。飲むこと晩く罷みて出づ。明日 瑾奏上し李夢陽を赦す）」。なお、呂柟の「墓表」では、康海の救濟によって出獄できたにもかかわらず、後年に書いた文章において、李夢陽が康海の功績を記さなかったことを譏って次のように言う。「（李夢陽）嘗て宦官劉瑾を犯し、獄に繫がれ幾ど死せんとするに、先生 策を用いて解脫せしむ。李既に死を免れ、後に他人の文字を著すに、日び其の美を擅にす。李は名士なるも、猶お且つ識さず。況んや其の他をや」。「墓表」の記述は決して中立の立場で書かれているとはいえないが、李夢陽が左國玉（字は舜欽。李夢陽の妻の兄弟）のために書いた「左舜欽墓志銘」（『空同集』巻四五）では、康海が獄中の李夢陽を救ったのは、左舜欽の要請があったためだとしている。李夢陽の記述は以下のとおり。「前に余 首禍に罹り黜遠され、尋いで鉤織され、械もて繫がれ北行す。厥の勢 雷轟山崩たりて、人人自ら保ち竄匿し、將に之に及ばんとするが若し（彼ら自身に害が及ぶかのようだった）。舜欽 獨り力めて疾く從う（速やかに救出活動に從事した）。酷暑に晝夜無く行き、饑渴す。蓋し是の時、瑾 權威熾んなり。顧だ頗る獨り修撰康海に禮し、之を敬う（しかし、劉瑾はただ修撰の康海にだけは相當に禮儀を盡くしており、敬っていた）。是に於いて舜欽 書を爲りて康子に上る」。ところで、「狀」も「小傳」も、張綵の官名を尙書としているが、王世貞は、「史乘考誤」一〇（『弇山堂別集』卷二九、『四庫全書』所收本）において、李夢陽が下獄されていた當時、張綵の肩書きは文選郎中であったと指摘している。『明史』七卿年表に據れば、張綵が吏部尙書に昇進したのは、正德四年の六月、李夢陽が投獄されたのは、前年の正德三年である。「眞狀元」は、「李傳」に見える語。「而して讀卷官の劉健等以爲らく、詞意高古にして政理に閑る（政治的論理に通曉している）。惟だ三百人及ばざるのみならず、制策有りて自り以來、其の比を見ること鮮なし。天下驚きて傳うるに、「眞狀元を得たり」と」。

五　瑾遂欲超拜吏部侍郎、德涵力辭之、乃寢

「狀」にもとづく。「一日、瑾令親密謂先生曰、「主上欲以汝爲吏部侍郎」。先生曰、「我服官纔五越歲矣。翰林未有五越歲而陞部堂者。請爲我辭之」」。事遂寢（一日、瑾 親密をして先生に謂わしめて曰く、「主上 汝を以て吏部侍郎に爲さんと欲す」と。先生曰く、「我 官に服して纔かに五たび歲を越ゆるなり。翰林未だ五たび歲を越えて部堂に陞る者〔尙書や侍郎に昇進する者〕有らず。我が爲に之を辭するを請う」と。事遂に寢む）」。また、康海の書狀にも劉瑾による昇進の打診に觸れたものがある。康海「與彭濟物」（『對山集』卷九）に「瑾の事を用いる也、蓋し嘗て數しば崇き秩（高い品階）を以て我を誘えり。是の時に當たりて、數千金を持して瑾を壽ぐ者 一級を得ること能わざるに、而るに彼自ら我に區區とす。我固より能く談笑して之を却く、……當朝の大臣 蓋し皆耳聞目見して其の然るを熟知す」とある。

「小傳」は劉瑾が康海に特例の昇進を打診したことを李夢陽投獄の際のこととしているが、「狀」の文中、康海は仕官して五年だと言っていることにより、劉瑾から吏部侍郎昇進を持ちかけられたのは、弘治十五年（一五〇二）に進士になってから五年後の正德元年のことであったことがわかる。正德三年の李夢陽下獄の前年に、康海が劉瑾

に面會した理由は、『康海研究』に收錄される「康海生平疑案試析」及び「康海年譜」に詳細な記述がある。當時、康海は天下に名の知れた狀元で、劉瑾は陝西の同鄉人として康海を勢力下に籠絡したかったが、康海はこれを拒絕した。ところが、正德元年の冬、左都御史の張敷華（字は公實、江西安福の人、天順八年の進士）が、時の執政の弊害を糾彈し劉瑾を排除する疏を奉り、年末には致仕を宣告された。それでも劉瑾の怒りは收まらず、湖廣で備蓄の糧食に損失が出たことに乘じて、張敷華は汚職の罪を着せられ豫斷を許さぬ事態となったため、康海は劉瑾に「吾が秦人 張公を愛すること父母の如きなるに、公 忍びて相薄くするか」と進言し、事態は好轉した。ことの顚末は『明史』卷一八六張敷華傳及び羅洪先「張簡肅公傳」（『念菴文集』卷九、清文淵閣四庫全書本）に見える。

六　母喪歸、踰二年、瑾敗、坐落職爲民　母親である太安人が亡くなったことは「碑」に、「戊辰（正德三年、一五〇八）春、禮部に同考し（同考官となって）擧人を會試す。其の年の秋、太安人養を棄つ」とある。

劉瑾の失脚に連座して罷免され官の身分を失ったことは「碑」にみえる。「公歸逾二年、庚午、孽寺瑾伏辜。言者彈劾朝士亦濫及公。是時、李西涯爲相、素惎公、遂落公爲民（公歸りて二年を踰え、庚午（正德五年、一五一〇）、孽寺の瑾 辜に伏す。言者 朝士を彈劾し、亦た濫りに公に及ぶ。是の時、李西涯（東陽）相爲りて、素より公に惎り、遂に公を落として民と爲す）」。劉瑾失脚に伴って康海が罷免された理由については、諸說ある。「碑」には康海罷免の理由を、康海が亡くなった兩親を合葬する際に、通例に反して碑文や傳などの文を翰林院の大學士に依賴しなかったため、李東陽に憎まれたのだとの見解を示す。「其の年（戊辰、正德三年）の秋、太安人（母）養を棄つ。公 將に西に歸りて、平陽公（父の鏞）に合葬せんとす。諸翰林の其の親を葬むる者、銘・表・碑・傳は、諸を館閣の諸公に謁めざる者無きに、公獨り然らず。或るひと 之に勸むるに、乃ち大いに怒りて曰く、「其の親に孝なる者は、文章の必ず傳うるに在るのみ。官爵何をか爲さんや」と。是に於いて自ら狀を述し、二三の友生を以て之を爲さしむ。集を刻し、既に成りて、題して「康長公世行敍述」と曰い、徧く館閣の諸公に送る。諸公 之を見て、怪しみ且つ怒らざる者無し」。前掲「康海生平疑案試析」では、正德七年九月に梁儲（本書「一二 唐寅」參照）が彭澤を通じて康海を幕下に引き入れようと、康海に打診したことが論證されている。この時、梁儲は太子少保吏部尙書兼文淵閣大學士となっており、同じ年の十二月に李東陽は致仕している。梁儲の行動が李東陽の致仕を見越して爲されたものであるとすれば、「碑」の言う、李東陽による康海罷免説は信憑性が無いとはいえない。嘉靖刊の『陝西通志』卷二七の「康海傳」（『國朝獻徵錄』卷二一にも無名氏「翰林院修撰康公海傳」として收錄。本書の引用はこれに據る）には、康海を忌む人物が「國老」から依頼があったと騙って、その文を康海に徹底的に添削させたため、上層部から嫌われた逸話を記載している。「故に同に進む者 之を忌み、僞るに國老の文を以て就きて之を正さしむ。實は之に禍するなり。海 疑わず、筆もて削りて之に授く。十に二一を存す。故に諸老 咸海を病む」。この「國老」も李東陽の可能性がある。この『陝西通志』は、康海罷免の理由について、康海は劉瑾一派のメンバーと見なされ、監察官によって彈劾されたためだとする。「海 内艱（母親の葬儀）に遭いて歸るなり。順德に及んで盜に遭いて則（財の誤り）を失う。盜を捕うる者 財を追いて以て還さんと欲するも、猶お水を覆して收む可からざるがごとし。後に瑾敗れ、忌む者謂えらく、海 瑾に交わり、故に財を失うも復た獲たりと。遂に其の官を罷めしめて禁錮す」とある。查繼佐「康海傳」には「瑾敗れ、海方に艱もて歸る。言官 謝訥 海を以て瑾の黨と爲し、海を罷めしむるを論ず」とあり、康海罷免の先鋒となった人物が謝訥（字は尙敏。湖廣耒陽の人。弘治十八年の進士）であったことが記されている。謝訥は劉瑾失脚後に工科都給事に拔擢された。『武宗實錄』正德五年七月三日にも「丁巳……原調副使甯杲を降ろして山西右參議と爲す。杲 僉都御史と爲りて眞定を撫治せし時、强賊張茂 内丘縣に于いて憂に丁りし修撰康海の財物を刧る。海 劉瑾の郷人なり。素より與すること厚く、書を瑾に貽り、其れに囑みて賊を捕えしむ。瑾 所司をして順徳知府郭紝及び捕盜官の俸を停め、之を督責せしむ。又杲の勘報（被害の調査、報告）稽遲する（遲れる）を以て遂に降官す。海 紝に言いて曰く、「失する所は吾が財に非ず。皆 瑾の寄する橐なり」と。紝乃ち諸州縣の民財を斂むること數千兩に至り、海に償う。海 書を瑾に復し、其の事乃ち已む。後に瑾敗れ、海 竟に坐して罷む」と記録されている。

七　**徳涵既罷免、以山水聲妓自娯、間作樂府・小令、使二青衣被之絃索、歌以侑觴**　「碑」にもとづく。「作近體・樂府、畀青衣二男子、被之音樂、歌以侑觴（近體・樂府を作り、青衣二男子に畀え、之に音樂を被らしめ、歌いて以て觴を侑く）」。

また、二人の青衣に命じて自作の歌辭に曲を附けさせたことは、康海自身が「沜東樂府後錄序」（『康對山先生集』巻二八）で詳細に述べている。「曩に予 嘗て『沜東樂府』を著し、凡そ林泉の樂、頗や具うるが若し。顧みるに景物觸るる所、則ち亦た自ら已む能うこと莫く、必ず時に隨い事を賦し、之に管絃を被らしめ、以て其の趣に達す。……適たま二青衣の能く十三絃及び琵琶を鼓するを得て、號して絶藝と稱し、古今の曲調又能く其の雅俗の語を審らかにし、律に和し永に依ること（十二律に調和して歌の原理に適うさまは）殆ど天授に同じくす。予が作出づる毎に、二青衣 時を踰えず、輒ち能く奏成り、洋洋遂遂として（水がたっぷり緩やかに流れるように）、宮に合い調に叶い、予未だ嘗て撫掌して私かに慶ばざることあらざるなり。……歸田すること三十二年、益ます志を登山臨水の際に肆にし、而して二青衣も又以て之を助く」。

八　**西登吳嶽、北陟九嵕、……歌其所製感慨之詞、飄飄然輒欲仙去**　「碑」に據る。「公嘗西登吳嶽、北至嵯峨・九嵕、南訪經臺・日雲・紫閣之勝、東至於太華・中條、二青衣從焉。毎臨佳勝、停驂命酒、歌其所製感慨之詞。公於是時飄飄焉、不知宇宙之大、何物瑣瑣入其胸次哉（公嘗て西は吳嶽に登り、北は嵯峨・九嵕に至り、南は經臺・日雲

〔白雲の誤り〕・紫閣の勝を訪れ、東は太華・中條に至り、二青衣 焉に從う。佳勝に臨む毎に、驂を停め酒を命じ、其の製する所の感慨の詞を歌う。公 是の時に於いて飄飄焉たりて〔伸びやかに意を得たかのようで〕、知らず、宇宙の大なりて、何れの物 瑣瑣として其の胸次に入るを〔宇宙は大きく、どうしてつまらぬ瑣事がかさこそとその胸中に入っただろうか〕〕」。

九 嘗生日、邀名妓百人、爲百年會

王世貞『藝苑卮言』卷五（萬曆十七年武林樵雲書舍刻本）に、「康德涵六十、要名伎百人爲百歲會。既會畢了、無一錢、第持牋命詩送王邸處置。時鄠杜王敬夫名位差亞、而才情勝之（康德涵六十なるとき、名伎百人を要き百歲會を爲す。既に會畢了するに、一錢無く、第だ牋を持ちて詩を命じ王邸に送りて處置せしむ。時に鄠杜の王敬夫〔九思〕名位差や亞ぐも、而るに才情 之に勝る）」とある。但し、「王邸」が『藝苑卮言』の言うように王九思の邸宅を指すのかは疑問である。王世貞が何に基づいて書いたのか不明であり確定は困難だが、「王邸」は西安府に封ぜられていた秦愍王・朱惟焯の邸宅を指す可能性がある。

なお、清の焦循『劇說』卷三（民國誦芬室讀曲叢刊本）に次のようにいう。「『蝸亭雜訂』に云わく、「康德涵既に罷免され、山水・聲伎を以て自ら娯しむ。間ま樂府小令を作り、二青衣をして歌いて以て觴を侑けしむ。四方に遊び、驂を停め酒を命じ、自ら其の曲を歌う。嘗て生日、名伎百人を邀きて百年の會と爲す。酒闌なりて、各おの小令一闋を書き、命じて諸を王の邸に送らしめて曰く、「此れ差や錦纏頭に勝うるなり」と」と」。『蝸亭雜訂』は徐石麒（字は又陵）の著作であり、『淮海英靈集』甲集卷一に「錢塘の李漁、特に揚州に遊び、又陵を湖中に訪ぬ」ということから推測するに、明末清初の人である。「小傳」が『蝸亭雜訂』を踏襲したのか、若しくはその逆かはわからない。

錦纏頭は、歌舞の演者のパフォーマンスに對して、美しい絹織物を頭に載せて稱讚したことをいう。杜甫「即事」詩に「舞罷む錦纏頭」とあり、『杜詩詳注』巻一〇（『四庫全書』所収本）は、「『通鑑注』に、「舊俗に歌舞の人を賞むるに、錦綵を以て之を頭上に置く。之を錦纏頭と謂う」と」と解説している。康海は、百人の藝妓に小令を作らせ、それを「王邸」に持っていけば「錦纏頭」を花代としてもらえると言ったのである。

一〇　楊侍郎廷儀、過滸西、留飲甚歡、自起彈琵琶勸酒　「李傳」に次のようにいう。「楊少司馬過其里、留飲而歡、君自起彈琵琶勸酒。楊言、「家兄在内閣、久欲起君。何不以書自通。待吾到京、首言之」。君乃盛怒、擲其琵琶撻楊。楊走、追而罵曰、「吾豈效王維、假作伶人、以琵琶討官做耶」（楊少司馬 其の里を過ぎり、留まり飲みて歡ぶ。君自ら起ちて琵琶を彈じ酒を勸む。楊言えらく、「家兄 内閣に在りて、久しく君を起たしめんと欲す。何ぞ書を以て自ら通じざらん。吾の京に到るを待ち、首めに之を言わん」と。君乃ち盛んに怒り、其の琵琶を擲ちて楊を撻つ。楊走ぐるに、追いて罵りて曰く、「吾 豈に王維に效いて、假りそめに伶人（令人）と作り、琵琶を以て官を討むるを做す耶」と）」。王維が俳優に扮して琵琶を演奏し、官職を得たエピソードは唐の薛用弱『集異記』巻二（顧氏文房小説本）に記載される。王維は肅宗の弟である岐王に氣に入られたが、進士第一名は太平公主によって他の人物に與えられると噂されており、岐王にそれを覆す權力はなかった。そこで王維は、岐王の入れ知恵で太平公主に面識を得るため、劇團に交じって宴席に侍り琵琶を演奏して公主の注目を引いた。岐王がすかさず王維は琵琶のみならず詩文も優れていることを言い添えたので、公主は王維の才能を認め、進士第一名を與えた。

「小傳」の記述は「李傳」に據っているが、楊廷和の弟・廷儀が康海に出仕を勸めたことは、呂柟の「壽對山先生康子七旬序」（『對山集』巻一三）にも言及されており、呂柟はこれを正德末年のこととしている。但し、呂柟の文には「李傳」のいう琵琶で打擲したエピソードは記載されていない。「正德末年、蜀人の仕えて少司馬と爲る者有り、素より先生と稔たるなり（親しかった）。道を武功に取り、先生留めて焉に饌す。司馬曰く、「家兄 尚お閣に在り。京に入りて必ず家兄に白すに、對山 久しく林下に屈し、一たび出づるを請わんと」と。先生答えて曰く、「康海豈に爾が兄の處に在りて功名を取る者となる哉」と。司馬愧じ笑いて去る」。

一一　**歸田三十餘年、其沒也、以山人巾服殮。遺囊蕭然、大小鼓却有三百副**　「李傳」に次のようにいう。「攜妓遊山三十餘年、至嘉靖庚子十二月十四日終于正寢。從其治命、以山人巾服殮藏。檢其遺囊、止百金、幷酒器首飾、更有二百之數。然大小鼓却有三百副。……距生年成化乙未六月二十日、壽六十有六（妓を攜え山に遊ぶこと三十餘年、嘉靖庚子〔十九年、一五四〇〕十二月十四日に至り正寢に終わる。其の治命〔いまわの際の遺言〕に從い、山人の巾服を以て殮藏す。其の遺囊を檢するに、止だ百金、幷びに酒器首飾、更に二百の數有るのみ。然るに大小の鼓却って三百副有り。……生年成化乙未〔十一年、一四七五〕六月二十日に距たること、壽六十有六）」。

世宗の卽位に伴い、かつて中央官廳の官僚で身分を剝奪された者に官僚の裝束が付與されたが、康海はこの恩惠に與ることを潔しとしなかった。「墓表」に「卒する時、命ずるに山人の巾服を以て殮めよと。先に嘗て例に遇いて京官の民と爲る者冠帶を予えらるるも、後 惟だ山人の巾服もて以て身を終うる耳」とある。

一二　**德涵于詩文、持論甚高。與李獻吉興起古學、排抑長沙、一時奉爲標的**　「碑」は、康海が成化以來の翰林院所屬メンバーによる「浮靡流麗之作」が文のエネルギーを崩壊させたことを批判し、文は先秦・兩漢、詩は漢・魏・盛唐に倣った復古的作風を理想とする、という持論を展開していたことを紹介している。「公又嘗て之が爲に言いて曰く、「本朝の詩文、成化自り以來、館閣に在る者（李東陽をはじめとした翰林院や內閣に在籍した人々）、倡えて浮靡流麗の作（臺閣體もしくは臺閣體を基礎にした茶陵派の作品）を爲る。海內翕然として之を宗とし、文氣大いに壞れ、其の不可なるを知らざるなり。夫れ文は必ず先秦・兩漢、詩は必ず漢・魏・盛唐なり。其の復古を庶幾う耳」と。公 此の說を爲す自り、文章之が爲に一變す」」。

錢謙益を含めて、前後七子を糾彈する人々は、彼らが先人の作品を模倣し踏襲したことを批判するが、康海は、曹植・杜甫・李白といった人を模範とすべき對象としつつも、模倣に走らず實感に基づいた作品を創ることを理想としていた。嘉靖丁酉（十六年、一五三七）に執筆した「韓汝慶集序」（『康對山先生集』巻二八）で「古今の詩人、予 其の幾何か許すを知らざるなり。曹植より下、才（わず）かに杜甫・李白爾。三子者（は）、經濟の略 內に停蓄し、滂沛洋溢するも、鬱（むすぼ）れて售（おこな）うを得ず（塞がれて外に發揮することができなかった）。故に文辭の際、惟（た）だ觸るるのみにして聲應じ、色臭味愈ます用い愈ます奇なりて、法度宛然として志意 蝕（むしば）まれず、他の摹倣剽敓して、事實に遠き者と、萬萬同じからざるなり」と述べる。また、「送文谷先生序」（同右）でも「予 壬辰（嘉靖十一年、一五三二）の冬を以て、再び長安に詣（いた）り文谷子（孔天胤。字は汝錫、文谷と號す。山西汾州の人。嘉靖十一年の進士）來訪す。……左氏の『國語』、一時の言にして、其の精粗は異なると雖も、而るに大指 事實に謬無し。故に或いは微（わず）かに出入有るとも、亦た其の有物の言を害せざるなり。今の士大夫、竊かに其の語を取り、似るとも未だ其の大指に通ぜず、故に泛たり、蕩たり（浮ついたり、搖れ動いたりして）、自ら依る所を得る能わず。蓋し好古の過なり。……學びて諸を其の心に求めず、徒（た）だ言語文字の細 貿貿焉たるを以て（言葉や文字の細部が曖昧であることを）、終日以て道 是に在りと爲すなり。亦た遠からざる乎」といい、『國語』は現實に離反しない言辭を記載しているが、「今之士大夫」は、その主旨に精通せずに『國語』の言語表現のみを盜んでいるために浮ついた作風になっているとする。

康海が李夢陽らと復古的思潮を形成したことについて、康海は王九思のために書いた序文「渼陂先生集序」（『對山集』巻一〇）で、弘治年間に「古俗」に歸趨し「流靡」を變えた六名の名を擧げる。これに康海自身を加えれば、いわゆる前七子である。「我が明 文章の盛んなるは、弘治の時より極むるは莫し。所以に古俗に反りて流靡を變うる者、惟の時六人有り。北郡の李獻吉（夢陽）・信陽の何仲默（景明）・鄠杜の王敬夫（九思）・儀封の王子衡（廷相）・吳興の徐昌穀（禎卿）・濟南の邊廷實（貢）、金輝玉映して、光 宇内を照らす。而して予も亦た幸いに竊かに諸公の間に附く」。康海らが反對した「流靡」とは、いわゆる臺閣體若しくはその流れを受け繼ぐ茶陵派を指す。「狀」では、弘治年間に李東陽が文壇を司り、その門下の人たちが作った詩文がもてはやされ、模倣されたが、康海はそれには加わらず、王九思・李夢陽・徐禎卿らと文學結社を作って、文藝を論じたことが記されている。「孝宗の時……是の時 李西涯（東陽）中台（もとは三公を指す。ここでは次輔であったことをいう）爲りて、文衡を以て自任し、而して一時 文を爲る者皆 其の門より出づ。一詩文出づる毎に、模效竊倣せざるは罔く、以て前に古人無しと爲す。先生獨り之に效わず、乃ち鄠杜の王敬夫・北郡の李獻吉・信陽の何仲默・吳下の徐昌穀と與に文社を爲し、文藝を討論し、誦して先王を說く。西涯之を聞きて、益ます大いに之を銜む」。

ところで、前七子に言及する時、多くは李夢陽と何景明をその代表的詩人とみなして「李・何」若しくは「何・李」と稱される。しかし、弘治末年に前七子が勃興した際には、王九思をはじめとする同仁の北方出身者は、李夢陽と康海を仲間の代表的存在と見なし、李夢陽を詩の先導者、康海を文の先導者と考えていた。王九思「漫興十首」其四（『渼陂集』卷七）には、「成化以來誰か場を擅にせん、豪傑爭いて懷麓堂に趨る。李・康の藻を持して鑑みること有らざれば、都 後進をして門牆に落としめん」とあり、張治道「對山集序」には「故に孝宗 臨御し（治政にあたり）、髀を拊ち賢を求め（喜び勇んで賢人を求め）、策士に公を得て、列して第一に置く。朝野快睹すること（先を爭って見て）、鳥の鳳に歸するが如し。皇上 其の人を得たるを喜ぶも、宰執 其の己より盛んなるを疾む。是の時 信陽の何仲默・關中の李獻吉・王敬夫、號して海內の三才と爲し、而して公尤も獨步し、三君と雖も亦た其

賈・董（賈誼・董仲舒）堂に升り、絳・灌（漢高祖の腹心の武將であった絳侯周勃と潁陰侯灌嬰）目を瞋らす。是

の雄を讓るなり。當時語りて曰く、「李は其の詩を倡え、康は其の文を振るう」と」という。また、『列朝詩集』丙集卷十五「許副都宗魯」の「小傳」では、許宗魯が康海や王九思らの影響を受けたことを「家は本 秦人なりて、康・王の流風を承く。官を罷め家居し、日び故人を召し、置酒して詩を賦し、時時に金元の詞曲を作り、夕の倡樂を縱にせざる無し」という。ところが、正德年間になって康海が官位を剝奪されると、康海は北京の文壇では顧みられなくなってしまい、李夢陽と併稱されることも無くなった（簡錦松『明代文學批評研究』第二章「臺閣體」參照、臺灣學生書局、一九八九）。

だが、その北方出身者の文學という意識は、張治道をはじめとする同時代の地元の人々のみならず、さらに下の世代にまで繼承されている。ここでは王維楨と王庭譔をその例として記しておきたい。王維楨は字を允寧といい、西安府華州の人。嘉靖十四年（一五三五）の進士で、庶吉士を經て翰林院檢討（從七品）を授けられ、その後、修撰となった後、春坊司經局諭德（從五品）に昇進し南京翰林院を司った。さらにその後、南京國子監祭酒（從四品）となるが、赴任前に歸鄉した折に嘉靖三十四年の關中大地震で亡くなった。王維楨は陝西・關中出身者として、杜甫・李夢陽・康海といった先達の後繼者であるという意識を强烈に懷いていた。王維楨は南京翰林院に勤務していた關係もあり、南方人とも廣く交際し、南方人の詩文にも寬容な姿勢を見せているが、自らは決して南方の流風に染まることを肖しとせず、「僕 西京の鄙人なり。適たま江南に游び、士人の繁文小節を類修するを見る。……僕 性を質木に受け、雕飾を善くせず、諸もろの論じ吐く所、直ちに胸臆を寫するを以てする耳」（『槐野先生存笥稿』卷二五所收「與張自灘給舍書」、萬曆三十四年黃陲王九敍刻本）、「之を總ぶるに、北は風骨を尙び、南は色澤を尙ぶ。然して人の南音を好む者、則ち十夫にして九なり」（『同』卷一六所收「跋許石城所藏群公詞翰卷」）と、南北の差異を明確にしている。ここにいう「北は風骨を尙び、南は色澤を尙ぶ」は、「答胡自湖侍御書」（卷二〇）

では、「吳山の言 工緻婉麗なりて、三謝（謝靈運・謝惠連・謝朓）を憑凌す（超越する）。秦州の言、平戎の言を典とし、邊鎭の言を雅とし、瞿雲の言を壯とす」と言い換えられ、北方の文學にはこうした特徴があるため、「尺尺寸寸として、少陵（杜甫）に步驟す」るのだという。何良俊は、王維楨と孫陞による「孫王倡和集」のために書いた序文（『槐野先生存笥稿』收載）で、王から「今人多く杜詩を喜ばざるは、此れ何の故なる耶」と尋ねられ、「先生 風骨を重んじ、故に杜を喜ぶ。今人多く聲調を重んじ、故に錢（起）・劉（長卿）を喜ぶ。錢・劉の詩、流麗にして人を動かすも、然れども一誦すれば則ち興象俱に徹す。豈に少陵の深厚雋永なるに如かん邪」と答えたら、王は納得したという逸話を記している。何良俊（字は元朗）は松江府の出身で、文徵明にあこがれ晚年の文徵明と交流を持ち、また嚴嵩の招致により嘉靖三十年代初頭には南京翰林院で孔目となり、王維楨が南京翰林院に勤務していた際の部下であった。その『四友齋叢說』卷二三「文」では、王維楨を「槐野先生の文と詩とは、皆 空同を宗尙す」と記している。但し、嘉靖の知識人の「風骨」（不屈の精神や氣概または氣骨）重視については、陳書彔教授・紀玲妹教授の「明代嘉靖年間散文的時代風骨」（『江海學刊』、二〇一二年六期）に詳しい研究があり、李夢陽・何景明・李攀龍・王世貞らの前後七子にせよ、唐順之・趙時春ら嘉靖八才子にせよ、いずれも「風骨」の名の下に結集し、「風骨」のある作品や作家が高く評價されたといい、必ずしも北方出身者にのみ見られる現象ではない。錢謙益は『列朝詩集』丁集卷二「王祭酒維楨」の「小傳」で「詩を論ずるに少陵に服膺し、自ら謂えらく、「獨り神解を得たり」と」と紹介し、「而して善く頓挫・倒插の法を用いる者は、宋・元以來、惟だ李崆峒（夢陽）一人のみ」と王は思っていたと記す。そして錢謙益は王維楨自身の詩については、「其の自ら運らしむるに及びては、則ち麄笨棘澀にして、滓穢 紙に滿ち、譬うれば潦倒せし措大（貧しい知識人）の如く、經書講義、腹笥に塡塞し、題を拈(つま)み義を豎(た)て、十指便ち錐に懸くるが如く、人を累(わずら)わせて捧腹せしむ。良に一笑す可きなり」と酷評する。

王維楨の一族は華州の名家であり、王維楨自身も庶吉士から翰林院勤務という文官の出世コースを歩んだが、萬曆年間にさらに一族の中から翰林院に入った人物がいた。王庭譔は字を敬卿といい、蓮塘と號した。萬曆八年（一五八〇）に探花で進士となり翰林院編修に任ぜられて修撰に昇進したが、親族の死が重なったことから病に冒され、若くして亡くなった。盛以弘が王庭譔の詩文集『松門稿』（萬曆四十一年汪學海刻本）のために書いた「松門稿序」（『松門稿』卷首）では「先生 虛憍靡㬅の習を謝して去り、嚮を性中に標し、眞を象外に搆す。直ちに媲を槐野先生に追い、倶に希聲を藝苑に馳す」という。また、馮琦「三太史詩序」（同右）でも「王敬卿なる者、關中の人なり。進士及第するを以て、詞林に官し、磊落たる丈夫なり。人と語るに、直ちに肺肝を吐き、飾詞無く、隱情無し。……敬卿の詩法、杜より出づ。沉鷙邁往の氣有りて、大畧 其の家の槐野先生に似て、而して文 質を以て掩わる」といい、王庭譔が王維楨の繼承者であったという。王維楨も王庭譔も文壇の主流にいたわけではないが、康海が樹立しようとした北方出身者の文學は、杜甫を創始者とみなして、少なくとも萬曆年間前半までは繼承されたのである。

一三　**今所傳『對山集』者、率直冗長、殊不足觀**　康海の別集には複數の刋本がある。最も古いのは嘉靖二十四年に出版された『對山集』十九卷（『四庫全書存目叢書』所收）、その後、萬曆年刋になって『康對山先生集』四十六卷（『續修四庫全書』所收）が出版された。また、『四庫全書』に『對山集』十卷を收錄する。このほか、康海の現存する著作には『武功縣志』・『康氏族譜』・『張氏族譜』・『沜東樂府』・『沜東樂府補遺』・『王蘭卿傳奇』雜劇・『中山狼』雜劇などがある。

一四　**又或言、德涵工於樂府、歌詩非其所長**　康海を含めた前七子の內の數人について、詩は得意とするところではなかったとする記述は胡應麟『詩藪』續編巻一（明刻本）に見える。「弘・正幷推邊・何・徐・李、毎怪邊品第懸遠……余細閱當時諸家、若仲鳬・德涵・敬夫・子衡、詩皆非長（弘〔治〕・正〔德〕幷びに邊〔貢〕・何〔景明〕・徐〔禎卿〕・李〔夢陽〕を推すも、毎に邊の品第懸たること遠きを怪しむ……余細かに當時の諸家を閱するに、仲鳬〔崔銑〕・德涵・敬夫〔王九思〕・子衡〔王廷相〕の若きは、詩皆長ずるに非ず）」。

康海の散曲については、明末の王驥德が『曲律』巻四、雜論下（天啓五年毛以遂刻本）の中で「近くの詞（ここでは散曲）を爲る者、北調は則ち關中の康狀元對山・王太史渼陂（王九思）なり」、「對山も亦た時に忤らい、情を放ちて自ら廢し、渼波と與に皆聲樂を以て相尙び、彼此酬和して輟めず。康作る所尤も多し。莽く才氣を具えざるに非ざるも、然るに生造（好き勝手に創ること）を喜び、推積を喜び、老生の語を多用するを喜び、王と幷驅するを得ず」と、王九思には劣るとしながらも、高く評價している。曲の內容には、曲本來の特徵である感情を歌った作品がある一方、政治的暗黑を諷刺するものや不遇による割り切れない感情を抱えたままでの隱遁生活における閑適を表現したものがあり、康海散曲の大きな特徵といえよう。「北南呂 罵玉郎帶過感皇恩采茶歌」丁卯卽事（『沜東樂府』、嘉靖康浩刻本）は、劉瑾の政局支配を歌っている。「玉階 昨夜妖星見れ、正直を排し、奸權を寵す。人人剝削して劉宴を夸り、文を奏して宣べ、武に阿りて偃し、封禪に題す。皇恩に感じ、水に順いて船を推し、空を揀びて磚を拋る。假りて公を粧い、胡に鬼を揑り（ひそかに相談し）、大いに天を欺く」。また、「北中呂 滿庭芳 沜東自飲作」（同右）には、隱遁生活の充實を歌い、官僚の生活を否定することで、自らを納得させるかのような複雜な心情が窺える。「（第一闋）君門 寵を謝し、幽林に卜築し（住まいを建て）、茅舍に蹤を潜む。牙章（象牙の印鑑）紫綬 陪奉し難し。質本より踈庸なり。道を泉の金噴き玉涌くに界し、門を岫の翠裊たりて煙の濃きに當つ。好鳥風前に弄す。山を看て笻を杖す。人 畫圖の中に在り」「（第四闋）奔濤海に赴く。一間の茅屋 萬點の蒼苔。詩書未だ窮酸の債を滿たさず。怎ぞ胡に歪む可けんや。漫興の詩 耕の餘に細かく改む。粗豪の氣 去り了きて還た來る。甚麼をか管せん黃虀の菜。情舒べ意解く。玳筵（豪華な宴席）の排するを說わず」。

一五　又或言、德涵有經世之才、詩文皆出漫筆、非其所經意者　出典未詳。但し、康海が「經世の才」を有していたことは、「碑」の記述から窺える。「孝友の行、經世の略、推賢樂善の誠、人の急を周い、人の難に急ぐに至りては、又 人の知るに及ばざる所の者有り。公嘗て嘆息して予に謂いて曰く、「王大なる朝廷（制度の行き屆いた朝廷が）我が輩を養うを作すは、恩德優渥にして、冀わくば犬馬尺寸の勞を效さん。詎ぞ是くの若きなるを意う已耶。丈夫は心事 鬼神に對う可し。夫れ復た何をか言わんや」と」。

また、康海の古詩や律詩が沈思を缺いた作とする評價は、王世懋の「康對山集序」（萬曆刻本『王奉常集』巻六及び『對山集』四庫全書本巻頭）に見える。「既に已に放廢されて無聊なるに、稍 之を聲伎に托し以て自ら其の磈磊の氣を耗らし、下帷腐毫の生活を作す能わず（外界と交流を絶って讀書に專念したり落ち着いて執筆する生活をすることができなかった）。……其の詩を爲るに至りては、樂府蔚跂にして（華麗な筆致でゆったりとし）、故より是れ風雅の寄する所なり。而るに五七言古律は、間ま率意の作多く、又 少陵を慕いて胸臆を直攄するも、或いは時人の名號爵里（名・號・官爵・鄕里の名稱）を用い、或いは韻 押するに便するに至り（押韻に都合がいい文字を選ぶほどで）、必ずしも雅に麗しからず」。『四庫全書總目提要』は「海 李夢陽を救うを以ての故に、身を劉瑾に失す。瑾敗れ坐して廢せらる。遂に放浪して自ら恣にし、歌を徵め妓を選び、文章に於いて復たとは精思せず。詩尤も頹縱たり」といい、「小傳」と軌を一にする。

（和泉ひとみ）

一八　邊　貢　成化十二年（一四七六）～嘉靖十一年（一五三二）

丙集卷十一　邊尚書貢[一]

貢、字廷實、歷城人。弘治丙辰進士、授太常博士、擢戶科給事中[二]、出知衞輝府、改荊州、陞山西・河南提學副使。嘉靖初、召拜南京太常少卿、遷太僕、改太常卿[三]、提督四夷館、拜南京戶部尚書。

廷實弱冠舉進士、雅負才名、美風姿[四]、諳吏事、好交與天下豪俊、久游留司、優閒無所事事、游覽六代江山、揮毫浮白、夜以繼日。汪鋐爲掌憲[五]、忌其名、論去之。癖於求書[六]、搜訪金石古文甚富、一夕燬於火、仰天大哭、曰、「嗟乎、甚於喪我也」。病遂篤、卒、年五十七。有[七]『華泉詩集』八卷行世。

弘治時[八]、朝士有所謂「七子」者、北郡李夢陽・信陽何景明・武功康海・鄠杜王九思・吳郡徐禎卿・儀封王廷相・濟南邊貢也。吳人袁袠曰[九]、「李・何・徐・邊、世稱四傑」、邊稍不逮、秪堪鼓吹三家耳。

【訓讀】

貢、字は廷實、歷城（山東濟南府倚廓の縣）の人。弘治丙辰（九年〔一四九六〕二十一歲）進士、太常博士（正七品）を授けられ、（弘治十八年〔一五〇五〕三十歲の六月）戶科給事中（從七品）に擢（ぬきん）でられ、（同年九月以降）出でて衛輝府に知たり（河南、正七品）、（正德五年〔一五一〇〕三十五歳）荊州（知府、湖廣）に改められ、（正德六年）山西の、（正德九年、父の死の除服ののち）河南の提學副使に陞る。嘉靖初め（正德十六年〔一五二一〕、母の死の除服ののち、四月、世宗嘉靖帝が卽位すると）、召されて南京太常少卿（正四品）を拜し、（嘉靖二年〔一五二三〕四十八歳）太僕（南京太僕寺卿、從三品）に遷り、（嘉靖三年）太常卿（南京太常寺卿、正三品）に改められ、（嘉靖六年、さらに）四夷館を提督し、（嘉靖七年、南京刑部右侍郎・正三品ののち、嘉靖八年）南京戶部尙書（正二品）を拜す。

廷實　弱冠にして進士に擧げられ、雅より才名を負い、風姿美わしく、吏事を諳んじ、好んで天下の豪俊と交與し（與は遊に通ず）、久しく留司に游び（南京に出仕し）、優閒にして事を事とする所無く（やるべき仕事もなく）、六代（六朝時代の南京）の江山を游覽し、揮毫と浮白（飲酒）、夜以て日に繼ぐ。汪鋐　掌憲（都御史）と爲り、其の名を忌み、論じて之を去らしむ。書を求むるに癖あり、金石の古文（鐘鼎や石碑にほられた古代の文字）を搜訪して甚だ富むも、一夕　火に燬かれ、天を仰ぎ大哭して曰く、「嗟乎、我を喪ぼすより甚しきなり」と。病みて遂に篤く、卒す、年五十七なり。『華泉詩集』八巻有りて世に行わる。

弘治の時、朝士（朝廷の官僚）に所謂「七子」なる者有り、北郡の李夢陽・信陽の何景明・武功の康海・鄠杜の王九思・吳郡の徐禎卿・儀封の王廷相・濟南の邊貢なり。吳人袁袠曰く、「李・何・徐・邊、世に四傑と稱さる」と。邊は稍逮ばず、秖三家を鼓吹するに堪うる耳。

【注】

一　**邊尙書貢**　「尙書」は、その最終官職が南京戶部尙書であったことによる。邊貢の傳記資料には次のものがある。『世宗實錄』卷一四二「嘉靖十一年九月己酉」の項、「祭葬如例」のあとの略傳。李廷相「皇明資政大夫・南京戶部尙書邊公神道碑銘」（嘉靖十七年識刊『華泉集』卷八附錄。『國朝獻徵錄』卷三一所收のものとは少しく文字の異同があり、ここでは『華泉集』所收のものに據る。以下「神道碑銘」）。なお、本訓讀文の（　）の中の年記・年齡などは、この「神道碑銘」によった。李廷相は、字は夢弼、號は蒲汀、山東東昌府濮州の人、成化十七年（一四八一）～嘉靖二十三年（一五四四）。弘治十五年（一五〇二）の進士。官は南京戶部尙書に至った。父李瓚が邊貢と同年の進士で、戶部尙書に至った。嘉靖十一年（一五三二）卒。錢謙益が依據した傳記資料としては、自身が崇禎十三年（一六四〇）に序文を撰した何喬遠『名山藏』卷八一（?）文苑記「邊貢」の他にもあるように思えるが見當たらない。

二　擢戶科給事中　「神道碑銘」は「乙丑（弘治十八年）六月、擢兵科給事中」に作る。

三　改太常卿、提督四夷館　この部分、「神道碑銘」では「甲申（嘉靖三年）改南京太常卿。丁亥（同六年）再改太常卿・提督四夷館」となっている。「提督四夷館」については、『明史』職官志三「太常寺」のあとに付記されている。「少卿一人、正四品、譯書の事を掌る。永樂五年（一四〇七）自り、外國の朝貢に特に蒙古・女直・西番・西天・回回・百夷・高昌・緬甸八館を設け、譯字生・通事を置き、語言文字を通譯せしむ。正德中、八百（國名）館を增設す（少卿一人、正四品、掌譯書之事。自永樂五年、外國朝貢、特設蒙古・女直・西番・西天・回回・百夷・高昌・緬甸八館、置譯字生・通事、通譯語言文字。正德中增設八百館）」。本來は少卿が提督するのを、邊貢のばあいは太常寺卿がその任に當たったのだろう。

四　美風姿、諳吏事、好交與天下豪俊　何喬遠『名山藏』卷八一（?）に次のように見える。「貢、美姿風流、饒吏事、所交與皆天下豪俠。能酒、酒屈其座客。每醉則使兩伎肩臂、扶路唱樂、觀者如堵、了不爲怪（貢は美姿にして風流、吏事に饒《ゆた》かにして、交與する所は皆《みな》天下の豪俠なり。酒を能くし、酒もて其の座客を屈す〔酒で座客を壓倒した)」。醉う毎に則ち兩の伎を使て肩臂せしめ、扶路に唱樂し、觀る者は堵の如く、了に怪と爲さず)」。

五　汪鋐爲掌憲、忌其名、論去之　南京戶部尙書時代の邊貢について、「神道碑銘」は、名前こそ擧げていないが、「掌憲」、すなわち都御史との軋轢について、次のように記す。「己丑（嘉靖八年）、南京戶部尙書に擢でらる。東南の財賦、半ばは留都（南京）に輸せられ、百官六軍は、咸焉を仰給す（賴みとした）。制するに都御史を以て之を總べしめ、轉（ますます）相疑忌し、事ごとに閤を格すること（官署間で對決すること）多し。公曰く、「會計は部（戶部）の事なり。覺察（檢察）は院（都察院）の事なり。『名山藏』は「格閡」に作る。あらがい、とざす）多し。公曰く、「會計は部（戶部）の事なり。覺察（檢察）は院（都察院）の事なり。何をか妨げん（それで不都合なことがあるのでしょうか）」と。公の大體を識るは（大局を認識するのは）、事ごとに多く此に類す。辛卯（嘉靖十年）、忽ち疾を以て懇ろに疏して歸るを乞う（己丑、擢南京戶部尙書。東南財賦、半輸留都、百官六軍、咸仰給焉。制以都御史總之、轉相疑忌、事多格閡。公曰、「會計者部之事也。覺察者院之事也。何妨焉」。公之識大體、事多類此。辛卯、忽以疾懇疏乞歸)」。汪鋐は南直隸徽州府婺源縣の人、？～嘉靖十五年（一五三六）。弘治十五年（一五〇二）進士となり、嘉靖八年（一五二九）十二月から、同十一年九月の吏部尙書への異動まで、都御史の任にあった。

なお、王世貞『藝苑巵言』卷六に次のように見える。「邊廷實　按察を以て疾を移して還り（都御史の論難によって病氣屆を出して還り）、醉う毎に則ち兩の伎を使て肩臂せしめ（肩と腕をとらせ）、扶路に（みちみち）唱樂し（晉の羊曇の故事）、觀る者は堵の如く、了に怪と爲さず（邊廷實以按察移疾還、每醉則使兩伎肩臂、扶路唱樂、觀者如堵、了不爲怪）」。

六　癖於求書、搜訪金石古文甚富、……卒、年五十七　「神道碑銘」に次のように記される。「初公癖於求書、所蓄不啻數萬卷。壬辰、偶于遭回祿、焚之幾盡。公仰天大哭、曰、「嗟乎、甚於喪我也」。病遂篤。胡夫人謂公曰、「卽不

諱、麗牲之石、孰當銘公者」、既而曰、「宜莫如廷相」。公然之、已而卒（初め公 書を求むるに癖あり、蓄うる所は啻に數萬卷ならず。壬辰〔嘉靖十一年〕偶たま回祿〔火の神〕に遭い、之を焚きて幾ど盡く。公 天を仰ぎ大哭して曰く、「嗟乎、我を喪ぼすより甚しきなり」と。病いて遂に篤し。胡夫人 公に謂いて曰く、「卽し諱まざれば〔失禮でなければ〕、麗牲の石〔墓前の碑〕は孰か當に公を銘すべき者ぞ」と、既にして曰く、「宜しく〔李〕廷相に如くは莫かるべし」と。公 之を然りとし、已にして卒す）」。このあと「神道碑銘」は、「公は成化丙申（十二年（一四七六））八月に生まれ、嘉靖壬辰（十一年（一五三二））二月に卒す、年纔かに五十有七（五十七歳になったばかり）（公生于成化丙申八月、卒于嘉靖壬辰二月、年纔五十有七）」と記す。

七　有『華泉詩集』八卷行世　『華泉集』八卷が現存しており、『明代論著叢刊　邊華泉集』として民國六十五年（一九七七）臺北の偉文圖書出版社からの景印本もある。その「書邊華泉詩集後」の年記と署名は「時嘉靖戊戌（十七年（一五三八））夏五月望日、歷下劉天民識」である。その中で、「華泉子沒してより三年なり矣。予 其の逸詩を收めて若干首を得たるも、才かに（ようやく）三の一なる云（華泉子沒三年矣。予收其逸詩得若干首、才三之一云）」とか、「今 李（夢陽）・何（景明）の詩 天下に滿つるも、邊子の者は獨り佚せ焉（今李・何之詩滿天下、邊子者獨佚焉）」などと記す。劉天民は、字は希尹、歷城の人、成化二十二年（一四八六）～嘉靖二十年（一五四一）。正德九年（一五一四）の進士で、官は四川按察司副使に至った。

八　弘治時、朝士有所謂「七子」者、……濟南邊貢也　「七子」については本書「一六　李夢陽」の注一五を參照。李夢陽は本書「一六」を參照、「北郡」は陝西慶陽府を指す。何景明は本書「一九」を參照、「信陽」は河南汝寧府信陽州。康海は本書「一七」を參照、「武功」は陝西西安府武功縣。徐禎卿は本書「一四」を參照、「吳郡」は南直隸蘇州府。

王九思は『列朝詩集』丙集巻十一に「王壽州九思」として著録されている。成化四年（一四六八）～嘉靖三十年（一五五一）。「鄠杜」は陝西西安府鄠縣、域内に漢・宣帝の杜陵がある。その小傳の一部を、引いておく。（　）内は李開先の「渼陂王檢討傳」（『閒居集』巻一〇）による注記である。「九思、字は敬夫、鄠縣の人。弘治丙辰（九年〔一四九六〕）進士、翰林院庶吉士に選ばれ、簡討を授けらる。九年（弘治十八年〔一五〇五〕）、考滿つるに、劉瑾の政を亂すに値い、翰林は悉く部屬に調して（六部の屬官に轉任させて）、政務を歴練させられ、敬夫は獨り吏部（主事、正六品）を得、數月ならずして、文選（文選司郎中、正五品）に長たり。（正德五年〔一五一〇〕）瑾敗れ、壽州（南直隸鳳陽府下）同知に降さる。居ること一年、會天變（天象の異常）あり、言官（「瑾黨を除いて天變を塞ぐ」として）瑾の餘黨を鈎とり、勒して（强制して）致仕せしむ。年八十四にして乃ち終わる（九思、字敬夫、鄠縣人。弘治丙辰進士、選翰林院庶吉士、授簡討。九年、滿考、値劉瑾亂政、翰林悉調部屬、歴練政務、敬夫獨得吏部、不數月、長文選。瑾敗、降壽州同知。居一年、會天變、言官鈎瑾餘黨、勒致仕。年八十四乃終）」。また、康海との關係について、次のように記す。「敬夫・德涵（康海の字）は同里同官、同に瑾黨を以て放逐せられ、洴東（武功縣）・鄠杜の間に、相い與に過從し談讌し、徵歌し度曲して、以て相娯樂す（敬夫・德涵、同里同官、同以瑾黨放逐、洴東・鄠杜之間、相與過從談讌、徵歌度曲、以相娯樂）」。

王廷相は『列朝詩集』丙集巻十一に「王宮保廷相」として著録されている。成化十年（一四七四）～嘉靖二十三年（一五四四）。小傳に、その官歴が次のように記される。「廷相、字は子衡、儀封の人。弘治壬戌（十五年〔一五〇二〕二十九歳）進士、庶吉士に改められ、兵科給事中（從七品）を授けらる。（正德三年〔一五〇八〕三十五歳）言事を以て謫せられて亳州（南直隸鳳陽府下）に判（判官、從七品）たり。召されて監察御史（正七品）を拜し、陝西に巡按たるに、鎮守の（太監）廖鑾の誣奏を以て獄に下され、再び贛楡（南直隸淮安府下）縣丞（正八品）に謫せらる。稍寧國府（南直隷）同知（正五品）に遷り、四川按察使（正三品）を歴、副都御史（正三品）を拜して、四川に巡撫たり、入りて兵部侍郎（正三品）・（嘉靖十二年〔一五三三〕六十歳）都察院左都御史爲り、（嘉靖十三年）兵部尙書・提督團營・仍掌院事に進み（都察院のポストはそのままで兵部尙書・提督團營を加えられること）、（嘉靖十八年）太子太保を加えられ、罷めて歸り、卒するに七十餘なり（廷相、字子衡、儀封人。弘治壬戌進士、改庶吉士、授兵科給事中。以言事謫判亳州。召拜監察御史、巡按陝西、以鎭守廖鑾誣奏、下獄、再謫贛榆縣丞。稍遷寧國府同知、歴四川按察使、拜副都御史、巡撫四川、入爲兵部侍郎・都察院左都御史、進兵部尙書・提督團營・仍掌院事、加太子太保、罷歸、卒七十餘）」。

九　吳人袁袠曰、……邊稍不逮、秖堪鼓吹三家耳　この一節は、袁袠の文言を引用した顧起綸の文章を、錢謙益が何の斷りもなく自分の意見として踏襲したという形になっている。錢氏の書入れは、袁袠の上の「吳人」だけである。

袁袠の『皇明獻實』四十卷は明人百八十人の傳記集であるが、その卷四〇は、李夢陽・何景明・徐禎卿の三人だけを收錄する。その何景明傳の撰者のコメントに「袁袠曰く、「弘治の初め、北地の李夢陽首として古文を爲し、以て宋・元の習いを變ず」と（袁袠曰、「弘治初、北地李夢陽首爲古文、以變宋・元之習」）」とし、「學士大夫翕焉として之に從う（學士大夫翕焉從之）」とした上で、次のように述べる。「其詩濟南邊貢・姑蘇徐禎卿及景明、最有名、世稱四傑。四人才各有所長。李天才雄健、徐陶冶精融、而景明藻思秀逸、皆藝苑之鴻匠也。邊公才不逮職、朴質有餘而華采不足。豈天稟限之歟（其の詩は濟南の邊貢・姑蘇の徐禎卿及び景明、最も有名にして、世に四傑と稱さる。四人は才に各おの長ずる所有り。李は天才雄健、徐は陶冶精融、而して景明は藻思秀逸、皆藝苑の鴻匠なり。邊公は才の職（識に通ず）に逮ばず、朴質に餘り有るも華采に不足す。豈天稟の之を限る歟）」。袁袠については『列朝詩集』丁集卷三に「袁僉事袠」がある。弘治十五年（一五〇二）～嘉靖二十六年（一五四七）。その小傳に「袠、字は永之、吳縣の人。嘉靖丙戌（五年（一五二六））進士、庶吉士に選ばる（袞、字永之、吳縣人。嘉靖丙戌進士、選庶吉士）」。また「歸田後、橫山の別業に讀書し、『皇明獻實』『吳中人物志』を著し、甫めて脫藁して（脫稿したばかりで）卒す（歸田後、讀書橫山別業、著『皇明獻實』『吳中人物志』、甫脫藁而卒）」とある。

袁袠の文言を引用した顧起綸の『國雅品』士品三「邊司徒廷實」では次のように記される。「袁氏『獻實』曰、「李・何・徐・邊、世稱四傑。李雄健、何秀逸、徐精融、邊朴質」。故竝負盛名、輝映當代、四公殆藝苑之菁英也。邊稍不逮、秖堪鼓吹三家耳（袁氏『獻實』に曰く、「李・何・徐・邊、世に四傑と稱さる。李は雄健、何は秀逸、徐は精融、邊は朴質なり」と。故に竝びに盛名を負い、當代を輝映し、四公は殆ど藝苑の菁英なり。邊は稍逮ばず、秖三家を鼓吹するに堪うる耳）」。顧起綸は字は玄言、號は九華、南直隷常州府無錫縣の人、正德十二年（一五一七）～萬曆十五年（一五八七）。『國雅品』には萬曆元年（一五七三）皇甫汸（『列朝詩集』丁集卷四所收）の序文がある。

（松　村　　昂）

一九 何景明 成化十九年（一四八三）〜正德十六年（一五二一）

丙集卷十二 何副使景明[一]

[二]景明、字仲默、信陽人。[三]八歲能屬文、十五擧於鄕。[四]形貌短小、且禿箕也。[五]宗藩貴人爭負視、所至人遮道、弗得過。[六]又四年、弘治壬戌、擧進士、授中書舍人。[七]北地李獻吉、以詩文雄壓海內、一旦與駿發齊名。憂憤時事、尙節義而鄙榮利、竝有國士之風。

[八]正德初、劉瑾用事、謝病歸。[九]瑾誅、用李茶陵薦、復除中書、直內閣制敕房。[一〇]錢寧方貴倖、持古畫造門求題、仲默謝曰、「好畫毋汙吾題也」。

[一一]天變、上封事曰、「義子不當畜、宦官不當寵」。聞者縮舌。幸留中得免。[一二]守中舍九年不遷、出爲陝西提學副使。[一三]居四年、勞瘁嘔血、投劾歸、抵家六日而卒、年三十九。

[一四]仲默初與獻吉創復古學、名成之後、互相詆譏。兩家堅壘、屹不相下。[一五]於時、低頭下拜、王渼陂倒前徒之戈。俊逸麤浮、薛西原分北軍之祖。則一時之軒輊已明、身後之玄黃少息矣。

[一六]余獨怪仲默之論曰、「詩溺于陶、謝力振之、古詩之法亡于謝。文靡于隋、韓力振之、古文之法亡于韓」。嗚呼、詩至于陶・謝、文至于韓、亦可以已矣。仲默不難以一言抹摋者、何也。[一七]淵明之詩、鍾嶸以爲、「古

今隱逸之宗」。梁昭明以爲、「跌宕昭彰、抑揚爽朗、横素波而傍流、干青雲而直上」。評之曰「溺」、於義何居。運世遷流、風雅代變、西京不得不變爲建安、太康不得不變爲元嘉。康[一八]樂之興會摽擧、寓目卽書、內無乏思、外無遺物、正所以暘漢・魏之飈流、革孫・許之風尙。今必欲希風枚・馬、方駕曹・劉、割時代爲鴻溝、畫晉・宋爲鬼國、徒抱刻舟之愚、自違捨筏之論。昌[一九]黎佐佑六經、振起八代、「文亡於韓」、有何援据。吾不知仲默所謂文者何文、所謂法者何法也。

昔[二〇]賢論仲默刺韓、以爲大言無當、矯誣輕毀、箴彼膏肓、允爲篤論矣。獻吉兩書駁何、矛盾互陷。獨於斯言、了無諍論。弘[二一]・正以後、譌繆之學、流爲種智、後生面目偭背、不知向方。皆仲默謬論爲之質的也。因錄仲默之詩、略爲辨正如此。

【訓讀】

景明、字は仲默、信陽の人なり。八歳にして能く文を屬り、十五にして鄕に擧げらる。形貌 短小にして、且つ禿笄なり（髪は總角であった）。宗藩の貴人（宗室の諸王といった高貴な人々）爭いて負視し（屋敷に招き衣食住の面倒を見て）、至る所 人 道を遮ぎり、過ぐるを得ず。又四年、弘治壬戌（十五年、一五〇二）、進士に擧げられ、中書舍人（從七品）を授けらる。北地の李獻吉（夢陽）、詩文を以て海內を雄壓するに、一旦與に駿發し（早くに名聲を得て）名を齊しくす。時事に憂憤し、節義を尙びて榮利を鄙しみ、竝びに國士の風有り。

正德の初、劉瑾事を用いるに（政權を掌握した際に）、病を謝して歸る。瑾誅せられ、李茶陵（東陽）の薦を用って、復た中書に除せられ、內閣制敕房に直す。錢寧 方に貴倖たりて（高位にあって主君の寵愛を受けており）、古畫を持して門に造り題するを求むるも、仲默謝して曰く、「好き畫 吾が題に汙す毋かれ」と。聞く者舌を縮む。

天變じ、封事（密封した上奏文）を上りて曰く、「義子當に畜うべからず、宦官當に寵すべからず」と。聞く者舌を縮む。幸にして中に留められ免ずるを得たり（幸いにも上奏文は内部に留められて朝廷に上げられることなく、罪を得ることを免れた）。中舍を守すること九年なるも遷らず。出でて陝西提學副使（正四品）と爲る。居ること四年、勞瘁（疲勞）し嘔血するに、投劾して（自ら自分を彈劾する文を提出して）歸り、家に抵ること六日にして卒す。年三十九。

仲默 初め獻吉と復古の學を創め、名成りての後、互いに相詆諆す（謗って侮蔑した）。兩家 壘を堅くし（陣營を固守し）、屹として相下らず。時に於いて、頭を低れて下拜し、王渼陂（九思）前徒の戈を倒す（何景明を稱え盟友の李夢陽もその傘下に入らせようとした）。俊逸麄浮もて（俊逸や麄浮と評價することによって）、薛西原（蕙）北軍の袒を分かつ（北方出身文人官僚を分斷して何景明に肩入れすることを促した）。則ち一時の軒輊（優劣）已に明らかにして、身後の玄黃（陰の氣が高まり生じた泥仕合）少しく息めり。

余獨り怪しむ 仲默の論に曰く、「詩は陶（淵明）に溺し、謝（靈運）力めて之を振るうも、古詩の法 謝に亡ぶ。文は隋に靡となり、韓（愈）力めて之を振るうも、古文の法 韓に亡ぶ」と。嗚呼、詩は陶・謝に至り、文は韓に至り、亦た以て已む可けんや（終わるということがあろうか）。仲默 一言を以て抹摋するに難からざる者は、何ぞや。淵明の詩は、鍾嶸以爲えらく、「古今隱逸の宗なり」と。梁の昭明以爲えらく、「跌宕昭彰にして（豪放で輝いており）、抑揚爽朗（詩文に起伏があって快活で）、素波（白波）を横にして傍く流れ、青雲を干して直ぐに上る」と。之を評して「溺」と曰うは、義に於いて何くにか居らん。運世（世の移り變わり）遷流し、風雅代よ變わり、西京（前漢）變じて建安（後漢の建安年間、一九六～二二〇）と爲らざるを得ず、太康（晉の太康年間、二八〇～二八九）

變じて元嘉（南朝宋の元嘉年間、四二四～四五三）と爲らざるを得ず。康樂の興會摽擧し（謝靈運の沸き上がった感興は高まり）、寓目しては（目に映れば）卽ち書き、內に乏思無く、外に遺物無きは（作者の內部のあらゆる思考が表現され、あらゆる外在物が作品に反映されていることが）、正に漢・魏の飈流を睎べ、孫・許の風尙（孫綽・許詢などの玄學詩人の詩風の流行）を革むる所以なり。今必ず枚・馬に希風し（枚乘・司馬相如の志や品格を仰ぎ）、方に曹・劉に駕し（ちょうど曹植・劉楨の詩風を喧傳し）、時代を割きて鴻溝を爲し、晉・宋を畫して鬼國と爲さんと欲するは、徒だ刻舟の愚を抱き（刻舟求劍の如き愚鈍な拘泥を持ち）、自ら捨筏の論に違う。昌黎（韓愈）六經を佐佑し、八代（秦・漢以來、隋までの諸朝）を振い起たすに、「文 韓に亡ぶ」というは、何の援据か有らん。吾知らず 仲默の謂う所の文なる者は何の文たるか、謂う所の法なる者は何の法たるかを。

昔賢 仲默の韓を刺するを論じ、以て大言當たる無く、矯誣して輕毀す（名目にかこつけて誹謗して輕々しく破壞した）と爲すは、彼の膏肓を箴め、允に篤論爲り。獻吉 兩書もて何に駮するも、矛盾互いに陷る。獨り斯の言に於けるや、了に諍論無し（ただ何景明の謝靈運と韓愈を貶める發言については、つまるところ是非を問う餘地はない）。弘（治）・正（德）以後、譌繆の學、流れて種智（佛敎にいう一切種智。全面的で完全無缺の智）と爲り、後生 面目偭背し（後續の者は詩文創作のあるべき姿に背反してしまい）、向方（正道に歸ること）を知らず。皆仲默の謬論 之の質的と爲るなり（何景明の誤った議論が彼らの目指す的となったのである）。因りて仲默の詩を錄し、略辨正を爲すこと此くの如し。

【注】

一 **何副使景明**　正德十三年（一五一八）から十六年二月まで陝西按察司提學副使を務めたことによる。『明史』職官志四に據れば、提刑按察使司では按察使が一つの省の官僚不正の摘發や冤罪を雪ぐといった業務にあたり、副使と僉事は兵備や水利といった専門分野を擔當し巡察するという。提學は學政擔當の監察官である。

何景明の傳記資料には、孟洋「中順大夫陝西按察司提學副使何君墓誌銘」（『何大復先生集』附錄、萬暦五年序本、以下「墓誌銘」）、喬世寧「何先生傳」（同右、以下「傳」）、汪道昆「明故提督學校陝西按察司副使信陽何先生墓碑」（同右、以下「墓碑」）、樊鵬「中順大夫陝西提學副使何大復先生行狀」（同右、以下「行狀」）、李開先「何大復傳」（『李中麓閒居集』文巻一〇、明刻本）、何喬遠『名山藏』臣林記「文苑」（崇禎十三年刊本）、李贄『續藏書』巻二六（明刻本）などがある。このほか、參考資料として劉海涵『大復先生年譜』（『明代名人年譜』三、北京圖書館出版社、二〇〇六）がある。

二　景明、字仲默、信陽人　「墓誌銘」に「何君、諱景明、字仲默、號大復山人。高祖太山、由羅田徙居信陽、生海。海生鑑。鑑以陰陽家縣辟爲典術。五子曰信者、封徵士郎中書舍人、讀書善吟、號梅溪。梅溪公四子、長景韶、東昌通判卒。次景暘、安慶通判。次景暉。最幼何君（何君、諱は景明、字は仲默、大復山人と號す。高祖の太山、羅田〔湖廣黄州府〕由り徙りて信陽〔河南汝寧府信陽州〕に居し、海を生む。海　鑑を生む。鑑　陰陽家を以て縣に辟され典術と爲る（陰陽學者であったため召し出されて縣の陰陽學の典術となった）。五子　信と曰う者、徵士郎中書舍人に封ぜられ、書を讀み吟を善くし、梅溪と號す。梅溪公の四子、長は景韶、東昌通判にして卒す。次は景暘、安慶通判なり。次は景暉。最も幼きは何君なり）」とある。典術について、『明史』職官志四には「陰陽學。府は、正術一人、從九品。州は、典術一人。縣は、訓術一人。亦た洪武十七年に置かる。官を設くるも祿を給せず」とあるため、縣の典術ではなく、州の典術の誤りと思われる。但し、何景明「祭亡兄東昌公文」（『何大復先生集』巻三八）には「先祖父興るに逮び乃ち知るに儒を好み、尤も陰陽家の術に通ず。是に於いて郡に擧げられ陰陽學を典る」とある。また、羅田から信陽に移った經緯について、「行狀」は「先世湖廣羅田縣の人なり。四世の祖の太山紅巾の亂の時 信陽に徙り、遂に世よ信陽の人と爲る」とある。

三　八歲能屬文、十五擧於鄕　「墓誌銘」に「何君秀而癯、性沉敏有度。八歲能屬文、十二從梅溪公宦遊陝西之渭源。臨洮守聞其奇、召置館下甚愛重。令師授『春秋』數月、卽說『春秋』。其師乃辭避、弗敎也。梅溪公旣歸、乃又從其兄受『尙書』。受『尙書』才九月、弘治戊午卽以『尙書』魁河南鄕試。年纔十五也（何君秀でるも癯せ、性 沉敏にして度有り。八歲にして能く文を屬り、十二にして梅溪公の陝西の渭源に宦遊するに從う。臨洮の守 其の奇なるを聞き、召して館下に置き甚だ愛重す。師をして『春秋』を授けしむること數月なるに、卽ち『春秋』を說く。其の師乃ち辭して避け、敎えざるなり。梅溪公旣に歸り、乃ち又 其の兄に從いて『尙書』を受く。『尙書』を受くること才かに九月なるに、弘治戊午（十一年、一四九八）卽ち『尙書』を以て河南の鄕試に魁たり。年纔かに十五なり）」とある。なお、引用中の「弘」の字について、筆者所見の早稻田大學所藏萬曆五年序文刋本は「宏」に作るが改めた（以下同じ）。乾隆帝の諱を避けており、淸代に重刻されたもののようである。この刋本は附錄部分に缺損があるようで、他の刋本より收錄されている文章が少ない。「墓碑」には「鄕試第三人に籍せらる」とある。「行狀」に據れば、何景明は二番目の兄と同時に擧人になっている。「長の景韶 成化丙子（丙午の誤りか。丙午なら二十二年）河南に擧げられ、東昌府判に歷官するも先に卒す。次の景暘 弘治戊午 先生と同に河南鄕擧に中る」という。『大復先生年譜』は、何景明は成化十九年（一四八三）に生まれているので、弘治十一年には十六歲であると指摘している。

四　形貌短小、且禿笄也　「行狀」に「已にして經の魁に中り、報ずる者至るに、先生臥して之に應ず。人曰く、「汝 胡ぞ喜ばざる」と。曰く、「吾固より己を知る。何の喜びか爲さんや」と。是の時 年纔かに十五なり。形貌又小さく且つ禿卉なり（已而中經魁、報者至、先生臥應之。人曰、「汝胡不喜」。曰、「吾固知己。何喜爲也」。是時年纔十五。形貌又小且禿卉也）」という。「禿卉」は「墓碑」に前掲の引用部分の直後に「先生翩翩然として丱なり」という。「丱」と同じであるのならば總角。

五　宗藩貴人爭負覩、所至人遮道、弗得過　「行狀」に「諸王公大人爭負覩、至轉相負、匿府不出。所居過人遮蔽、弗得進。草書日數百張、應諸求者。一時盡號爲神童（諸王公大人 爭いて負覩し、轉りて相負し、府に匿いて出でざるに至る。居る所過ぐる人遮蔽して、進むを得ず。書を草すること日び百張を數え、諸もろの求むる者に應ず。一時盡く號して神童と爲す）」とある。「負覩」は未詳。「傳」は「諸王公大人、爭いて迎致して一見し、侯車 嘗に十乘を數う。過ぐる所 人の觀る者、堵ぐが如し」、「墓碑」は「出入すれば則ち王公大人 爭いて之を迎致し、一見せんと幸う」、また『名山藏』は「景明 年十五にして鄕試第三に擧げらる。時に尙お禿笄にして、諸公貴人 轉りて相視て、爭いて留め之を宿らしむ。至る所 觀るを遮る」とする。これらから考えると、屋敷に招き入れて衣食住を提供したということなのかもしれない。

六　又四年、弘治壬戌、擧進士、授中書舍人　進士に擧げられ中書舍人を授かるまでの經過については、「行狀」に「次年春試、以文多奇字覆省卷、見除不第。入太學、匝月歸。林祭酒作詩贈之。祭酒贈詩諸生、前未嘗有也。未冠、中弘治壬戌進士、授中書舍人（次年の春試に、文に奇字多きを以て卷を覆省され（重ねて檢討され）、除かれて第せず。太學に入り匝月にして歸る。林祭酒（瀚。福建閩縣の人）詩を作りて之に贈る。祭酒の詩を諸生に贈るは、前に未だ嘗て有らざるなり。未だ冠せざるに、弘治壬戌（十五年）の進士に中り、中書舍人を授けらる）」とある。また、「墓誌銘」に「己未試禮部不第。遊太學、祭酒林公又甚愛重何君、贈詩美之。壬戌擧進士。進士例改庶吉士、何君獨以不喜私謁弗與。進士請歸娶。娶張氏、二年卒。……甲子授中書舍人（己未（正德十二年、一四九九）、禮部に試され第せず。太學に遊び、祭酒林公 又甚だ何君を愛重し、詩を贈りて之を美す。壬戌 進士 例により庶吉士に改めらるるに、何君 獨り私かに謁するを喜ばざるを以て與からず。進士もて歸りて娶るを請う。張氏を娶るも、二年にして卒す。……甲子〔十七年〕中書舍人を授けらる）」とある。

中書舍人については『明史』職官志三に次のように言う。「中書科、中書舍人二十人、從七品。直文華殿東房中書舍人、直武英殿西房中書舍人、內閣誥敕房中書舍人、制敕房中書舍人、竝びに從七品、定員無し。中書科舍人は誥敕、制詔、銀册、鐵劵等を書寫する事を掌る。凡そ草は諸を翰林に請い、寶は諸を內府に請い、左劵及び勘籍は、諸を古今通集庫に歸す」と。さらに、何景明が授かった「制敕房中書舍人」の職掌については「制敕、詔書、誥命、册表、寶文、玉牒、講章、碑額、題奏、揭帖、一應（すべて）の機密文書、各王府の敕符底簿を書辦するを掌る」とある。宣德初年になって初めて書を能くする者を選拔して西制敕房と呼ぶ內閣の西の小部屋に詰めさせ任務に當たらせた。

七　**北地李獻吉、以詩文雄壓海內、……尙節義而鄙榮利、竝有國士之風**　「傳」に「年十九、登壬戌進士、授中書舍人。是時、北地李獻吉・武功康德涵・鄠杜王敬夫・歷下邊廷實皆好古文辭。先生與論文語合、乃一意誦習古文。而與獻吉又駿發齊名、憂憤時事、尙節義而鄙榮利、竝有國士之風焉（年十九、壬戌の進士に登り、中書舍人を授けらる。是の時、北地の李獻吉・武功の康德涵〔海〕・鄠杜の王敬夫〔九思〕・歷下の邊廷實〔貢〕皆古文辭を好む。先生與に文を論じて語合い、乃ち一意に古文を誦習す。而して獻吉と與に又駿發して名を齊しくし、時事に憂憤し、節義を尙びて榮利を鄙しみ、竝びに國士の風有り）」という。

何景明が時世を憂慮していたことは注八に引用する書狀からも十分に窺えるが、その憂慮は詩にも表現されている。劉瑾の政權壟斷をテーマにした「玄明宮行」（『何大復先生集』卷一四）には「憶う 昨己巳（正德四年、一五〇九）年來の事、權を秉りて自ら倚る薫天の勢（盛大な權勢）。朝に天子の苑に求め、暮に功臣の第を奪う。……我が朝の中官誰か最も貴ならん、前に王振（オイラートのエセンの侵攻に際し、英宗に親征を促し、土木の變を引き起こした官宦）有り 後に曹氏（吉祥。英宗の復辟に貢獻し寵愛を受けたが、後にクーデターを起こして磔刑に處された）あり。正統以前聞くを得ず、成化の間未だ此れ有らず。明聖能く斷じて誅罰すと雖も、新たに作りて未だ綱紀を持するを見ず。天下の衣冠卽ちに振るい難く、中原の冦盜 時に復た起つ。古來禍亂 偶然に非ず、國に威靈（權威）有るとも豈に常に恃まん。玄明の宮 今已みたり、京師の土木何れの時にか止まん。南海猶お花石綱（徽宗時代のような珍奇な花や石）を催し、西山又起こす金銀寺。君見ずや 金書もて追奪し鐵券革まり（天子のお墨付きの免罪符によって他人が持っていた免罪符を奪い取って權利者を改め）、長安日日護敕を迎うを」と詠む（「中原の冦盜」の部分は、『四庫全書』所收本により補った）。また、枚乘の「七發」を模した「七述」賦（同上、巻三）では、「客」に都會の遊覽や貴族の豪華な宴會をはじめとする七種類の快樂に誘われるが、「胎簪子」と名乘る作者の分身は、これらを全て拒絶し、最後に客が「應世の大人有り、仁義を秉持し、服は禮樂を被り、其の德溫溫たり」と紹介すると、「胎簪子」は「果たして是の人有りて、吾將に從いて遊ばんとす」と顔を輝かせて客人を招き入れるという內容で、「尙節義而鄙榮利」の一端が窺われるものである。引用中、筆者所見の萬曆五年本は「玄」を「元」に作るが改めた。

八　**正德初、劉瑾用事、謝病歸**　「墓誌銘」に「劉瑾時、君度惟大臣可與抗節、乃上書諸尊貴言、宜自振立、撓瑾權。諸尊貴恧、顧嗛何君。丁卯、何君恐禍及、謝病歸（劉瑾の時、君 惟だ大臣の與に抗節す可き（節操を守って屈服しない）を度り、乃ち書を諸尊貴に上りて言う、宜しく自ら振立し、瑾の權を撓むべしと。諸尊貴恧じ、顧って何君を嗛む。丁卯（正德二年、一五〇七）、何君 禍及ぶを恐れ、病を謝して歸る）」とある。

「傳」は書を贈った相手について「是れより先、逆瑾　吏部の權を撓むれば則ち書を許太宰に移し、正を大義（『尙書』の大義）より引く」という。「上冢宰許公書」（『何大復先生集』巻三二）が、その書である。この書の中で「主上幼沖にして權閹　內に在り。天紀錯易し擧動大いに繆る。人事を究め變異を考うるに、未だ此の時より甚だしき者は有らざるなり。然而るに上下の臣、未だ秉德明恤し義に仗りて節に伏せしむる者有るを見ず」と朝臣を批判している。許太宰は吏部尙書の許進（字は季升。靈寶の人。成化二年の進士）。「秉德明恤」は『書』「君奭」に「王人　德を小臣に秉らざる罔し」とあるのにもとづく。孔安國傳に「德を持して業を立て、小臣を明憂せざるは無し」という。また、「傳」に據れば、何景明は許進の外、楊一淸と李東陽に書を贈ったという。「獻吉と姜御史詰りて奏し、又書を楊太宰に移す。獻吉の獄に直たりては少師李西涯」とある。『何大復先生集』巻三二に「上楊邃菴書」及び「上李西涯書」を收錄する。

劉瑾は、西安府興平の人。もとは談氏の子だが、劉姓の宦官に賴って宮中に入ったため、劉姓を名乘った。武宗が皇太子であった時に近侍する機會を得て、武宗卽位後は馬永成・谷大用・張永ら七人の宦官と合わせて（いわゆる八虎）寵愛を受け、中でも最も狡猾且つ殘虐であったとされる。土木の變を引き起こした宦官王振の人となりを慕い、鷹や犬、また歌舞や格闘技などを日々皇帝に勸めた外、皇帝が微行する際の案內役となった。武宗はこれらを樂しみ、次第に劉瑾に信服するようになり、內官監に昇進し團營（景泰年間に設立された京軍三大營からの選抜軍）を總督した。孝宗の遺詔では、宦官による武器の管理及び各城門の監局の廢止が述べられていたが、劉瑾は履行せず、また、三百餘の皇室直轄の莊田を設けるよう上奏するなどし畿內を騷がせた。正德元年（一五〇六）十月、劉瑾の誅伐を願う內閣の劉健や謝遷及び李東陽らは戶部尙書の韓文をはじめとする廷臣とともに、皇宮で額づいて皇帝に直談判する計劃を立てたが、劉瑾と親密な關係であった吏部尙書の焦芳が事前に劉瑾に告げたために實行できなかった。劉瑾は武宗に、內閣と結託した王岳が皇帝の行動をコントロールするために、まずは自分を排除しようとしたのだと述べ、その結果、司禮監の地位を得た。一方の內閣では李東陽だけを留めて劉健らは辭職する結果となった。これにより益々權勢を得た劉瑾は、官僚の微細な過失をあげつらうとともに、自分の息のかかった者を朝廷內外の各所に張り巡らせ敵對勢力の殲滅を圖った。また、皇帝に上奏することなく決議する權限を與えられたものの、學に乏しかった劉瑾は私邸に上奏文を持ち歸って妹の夫らの協力を得て決裁し、焦芳が批答文に潤色した。後に叛亂を起こす寧王朱宸濠の求めに應じて諸王の護衛軍復活を認めたのも劉瑾であり（但し、實際に復活したのは錢寧專橫時）、獨り內閣に殘留した清流の李東陽は頭を垂れるしかなかった。正德五年四月、安化王朱寘鐇（しゅしはん）が叛亂を起こし、その檄文には劉瑾の罪狀が數え上げられていた。檄文の發覺を恐れた劉瑾はこれを隱匿するとともに都御史の楊一清と太監の張永を總督に起用して討伐に向かわせた。八月、楊一清の劃策により安化王討伐から歸還した張永は劉瑾誅伐を決意し、劉瑾の虛をついて捕虜を朝廷に獻上に出向き、慰勞の宴席後、劉瑾の退出を見計らって寘鐇の檄文を出して劉瑾の不法十七事を奏上した。馬永成らもこれに加勢し、既に酒の回った皇帝は卽座に劉瑾を逮捕させた。家財沒收のため皇帝自ら劉瑾の家財を記錄したところ僞の玉璽や武器などが有り、激怒した皇帝は判決を下し市に磔の上、梟首させた。

九　**瑾誅、用李茶陵薦、復除中書、直內閣制敕房**

「行狀」に「服除、而逆瑾敗。當是時、諸名節士多爲瑾汙者、不卽被大禍。而先生獨超然遠擧。天下皆曰、「見幾而作、何子豈不高哉」。已用大學士李公薦復授中書、直內閣制敕房經筵官（服除して逆瑾敗る。是の時に當たり、諸もろの名節の士 多く瑾の爲に汙さるる者ありて、卽かざれば大禍を被る〔劉瑾に服從しなければ大きな災難に見舞われた〕。而るに先生獨り超然として遠擧す。天下皆曰く、「幾を見て作し〔ことの微細を見て行動して〕、何子豈に高からざらん哉」と。已（のち）に大學士李公の薦を用って復た中書を授けられ、内閣制敕房經筵官に直す）」とある。正徳二年に歸鄕した後、兩親が相繼いで亡くなり、何景明は劉瑾が失脚する正徳五年まで喪に服していた。「行狀」の引用した部分の直前に「居ること之を頃くするに、梅溪公と李夫人と時を同じくして卒す。先生 哀毀骨立して、禫祭（服喪が終わること）未だ成らざれば、酒を飲まず、琴を彈ぜず」とある。

一〇　錢寧方貴倖、持古畫造門求題、仲默謝曰、「好畫毋汙吾題也」　「行狀」に「是時、錢寧舞權、指使百職。一日持古畫造門、求題先生、曰、「好畫勿汙吾題爾」。留一年、不與一字（是の時 錢寧 權を舞わせ（權力を弄び）、百職を指使す。一日、古畫を持ちて門に造り、題を先生に求むるに、曰く、「好き畫 吾が題に汙す勿き爾」と。留むること一年、一字も與えず）」とある。

錢寧は、『明史』佞倖傳に據れば、鎭安の人とも言うがはっきりしない。幼くして太監の錢能の家に賣られて小者となり、かわいがられて錢姓を名乘った。錢能の死後、錢家に貢獻し錦衣百戸となり、「正徳初、曲げて劉瑾に事え、幸を帝に得たり。性猾狡にして、射を善くし、左右弓を拓く。帝喜び、國姓を賜わり、義子と爲す。傳えて錦衣千戸に陞らしめ」た。劉瑾の失脚後も巧みに罪を逃れ、左都督（正一品）にまで上り詰め「皇庶子」と自稱した上、武宗に豹房の建設を勸め樂工や蕃僧を詰めさせては逸樂の道へ誘った。官僚を收監する詔獄を支配し權力をほしいままにし、東廠を牛耳った張鋭とともに憎まれたため、「太監の張鋭 東廠を領して事を緝え、橫甚だし。而して寧は詔獄を典り、勢最も熾なり。中外稱して「廠（東廠）・衛（錦衣衛）」と曰」ったという。

一一　天變、上封事曰、「義子不當畜、宦官不當寵」。聞者縮舌。幸留中得免　「行狀」に「乾淸宮災、上書陳時政言、「人事不修、天變將復作」。至詆曰、「義子某不當畜也、某宦官不當寵也」。因留中不出。人爲之寒心（乾淸宮災いあり書を上り時政を陳べて言えらく、「人事 修めずんば、天變將に復た作らんとす」と。詆りて「義子某 當に畜寒心す）」とある。「李傳」の記述も類似し、「因天變、上封事」の語がある。

正徳九年の正月、寧王朱宸濠が皇帝に獻上し乾清宮の柱や壁に掛けられた燈籠の火から失火して、宮殿が全焼した。錢寧は武宗に世繼ぎがいないことから保身のために有力な諸王と結託することを思いつき、宸濠にしばしば皇帝のために金銀を屆けさせ歡心を買っていた。あわよくば宸濠の息子を武宗の後繼に指名してもらおうと目論んでのことである。正徳十四年に宸濠の叛亂が失敗に終わると、錢寧にも疑惑の目が向けられ罪を樂工になすりつけようとしたが、結局、江彬の計略により逮捕され磔刑に處された。『明實錄』正徳九年正月十六日には、乾清宮出火について次のように記錄される。「乾清宮火あり。上 卽位自り以來、每歲 燈を張り樂を爲す。費やす所 數萬を以て計う。庫に黄白の蠟を貯うるも足らず、復た所司をして之を買い補わしむ。是に及びて寧王宸濠 別に奇巧を爲し以て獻ず。遂に遣わす所の人をして宮に入り懸掛せしむ。傳え聞くに皆 柱壁に附著し輝煌たること晝の如しと。上 復た宮廷中に於いて簷に依りて氈幙を設けしめ、而して火藥を中に貯え、偶たま戒しめず、遂に宮殿に延焼す。二鼓自り明に至り俱に盡く。火勢熾盛なる時、上 猶お豹房に往き省視し、光燄 天を燭らすを回顧して戲れて左右に謂いて曰く、「是れ好き一棚の大煙火（盛大な花火）なり」と」。

「行狀」にいう何景明の「書」の「義子某不當畜也、某宦官不當寵也」について、「行狀」以外に同様の文言を記載するのは、「李傳」だけである。「墓誌銘」は「乾清宮災いあり。君 詔に應じて時事を言う。詞義剴切たり。疏は留められて下されず」、「傳」では「會たま乾清宮災いあり。詔に應じて便事（國を利する事）を言い、乃ち極めて邊軍・番僧・義子の數事を言う。義子なる者、錢寧を斥くなり。疏 中に留められ出でず」、「墓碑」は「乾清宮災いあり。嘗て詔に應じて封事を上れば、則ち又極めて義子・邊軍・番僧を言う。諸もろ便ならず。狀疏 中に留められて出でず。人 之が爲にうべからざるなり、某宦官 當に寵すべからざるなり」と曰うに至る。因りて中に留められて出でず。人 之が爲にめられ行れず」とする。これらの文は何景明の「應詔陳言治安疏」（『何大復先生集』巻三二）に據って書かれたものと思われる。その内容は次のとおり。「邇者、寝宮 災いを被り、皇上競惕す。群臣に敕諭し、下に直言を求む。大小の臣 庶聖顔の憂戚を仰ぎ、伏して綸旨の痛切なるを聴き、感動して涕を流さざるは無し。謂えらく、「聖心感悟し、事當に轉移すべし。悲喜相繼ぎ、慰慶兼ねて至る」と。然れども敕諭自りの後、已に將に旬日にならんとするに、未だ一も朝を視ず。輔臣・言官、奏して邊軍・番僧・義子の數事を論ずるに、一言も未だ採納されず、一事も未だ施行を蒙らず。……今聖 躬ら單立し、皇儲（皇帝の後繼者）未だ建てられず。内に手足相倚るの親無く、外に肺腑託す可きの戚無し。後妃 當御（皇帝の接見）を得ず、公輔 通謁を得ず。乃ち日び邊軍と與に竝びて出入し、番僧・義子は同に起居す。皆 今日の創見にして、先朝未だ聞かざるなり。……義子の若きは則ち陛下寵幸するの臣なり。古自り寵幸、能く善後すること鮮なし」。「義子」は「傳」にあるとおり銭寧を指す。「行狀」と「李傳」にのみ「某宦官不當寵也」の文言があり、現存する何景明の疏竝びに他の傳記資料には宦官云々の文言がないわけだが、「行狀」を書いた樊鵬（字は少南。信陽の人。嘉靖五年の進士）は何景明の門人であり、その記述の信頼性は高く、また「行狀」では「書を上」ったとあるため、何景明には前掲の疏とは異なる書簡があったものと思われる。

一二　**守中舍九年不遷、出爲陝西提學副使**　「行狀」に「先是、京官非有罪、無九年不遷者。先生特以危行連蹇、湮滯中書凡十餘年、始轉吏部員外、乃陞陝西提學副使（是れより先、京官の罪有るに非ずして、九年遷らざる者無し。先生 特だ危行を以て蹇まるを連ね（率直な品行によって何度も昇進が滞り）、中書に湮滯すること凡そ十餘年、始めて吏部員外に轉じ、乃ち陝西提學副使に陞る）」という。「傳」でも上官に時世を憂慮する書を送ったことを記し「三書皆 身事に非ざるに、言を尊顯に抗げ、語 時の忌むに渉る。議する者謂えらく、「國を憂い才を憐れむは、古人（品秩を）加うる莫きなり」と。顧だ獨り干謁すること能わざるを以て中書に守すること十年、官を調せられず」という。

一三　居四年、勞瘁嘔血、投劾歸、抵家六日而卒、年三十九　「墓誌銘」に「丁丑、陞吏部驗封司員外郎、仍直內閣。戊寅、陞陝西按察司提學副使。提學政尚嚴、務在崇本起弊。士初稍不堪、漸久而安、風習亦振。初何君獨以文學著聞、既提學、人又服其能政若是。辛巳二月、何君以形勞慮深、卒然嘔血損、六月棄官歸。會道暑益亟、抵家六日爲八月、五日而何君卒。……何君生成化癸卯八月丙寅、卒年三十九歲（丁丑〔正德十二年、一五一七〕、吏部驗封司員外郎に陞り、仍お內閣に直す。戊寅〔十三年〕、陝西按察司提學副使に陞る。提學は政 尚お嚴にして、務は本を崇め弊を起こす〔弊害を取り除く〕に在り。士 初め稍堪えざるも、漸く久しくして安んじ、風習も亦た振るう。初め何君 獨だ文學を以て著聞なるに、既に提學たりて、人 又 其の能政に服すこと是くの若し。辛巳〔十六年〕二月、何君 形勞し慮深きを以て〔身體は疲勞し心配事が多く〕、卒然として嘔血して損い、六月に官を棄てて歸る。道暑きに會いて益ます亟まり、家に抵りて六日して八月爲り。五日して何君卒す。……何君 生まるるは成化癸卯〔十九年、一四八三〕八月丙寅〔六日〕、卒年三十九歲）」とある。

一四　仲默初與獻吉創復古學、名成之後、互相詆諆。兩家堅壘、屹不相下　何景明と李夢陽の交流は、何景明が進士に擧げられた弘治十五年に始まる。時に李夢陽は三十一歲で戶部主事、何景明は二十歲であった。交流が始まった當初、何景明は年少であったのに加え、李夢陽のように文藝理論を鼓吹することに長けていなかったため、李夢陽の贊同者という立場であった。「古體（古詩）は漢魏に學び、近體は盛唐に學ぶ」という復古的文藝思想で一致した二人は、先人の詩集の編集にあたって序文や批評を寄せるというかたちで評論活動を行ったり、模範とする詩人の詩集を刊行するなどして、持論を展開、擴散した。しかし後年、何景明が正德十年七月から十一年の間に、李夢陽の書簡への返信として執筆したと思われる「與李空同論詩書」（『何大復先生集』巻三二）を送ったことから、とりわけ創作方法論をめぐって明らかな見解の相違が發覺し、論爭に發展した。この書簡で何景明は李夢陽の創作方法を「古範に刻意し、形を鑄するに鏝を宿り、而して獨り尺寸を守る」と評し、自らについては「材積に富み、神情を領會し、景に臨みて構結し、形迹を倣わざらんと欲す」との信念を述べた。さらに李夢陽の創作方法の危うさを「徒だ其の已に陳ぶるを敍べ、修飾して文を成し、稍 舊本を離るれば、便ち自ら杌棿たる（ふらふらして安定しないさま）は、小兒 物に倚りては能く行くも、獨り趨けば顚仆するが如し。此に由りて、曹（植）・劉（楨）に卽き、阮（籍）・陸（機）に卽き、李（白）・杜（甫）に卽くと雖も、且に何をか以て道化に益せんや」と指摘して、金剛經に由來する文言を使って「筏を捨つれば則ち岸に達す。岸に達すれば則ち筏を捨つ」といい、先人が創りあげた型を捨てるように李夢陽を諭した。「小傳」に「捨筏之論」とあるのは、何景明のこの發言を指す。これに對し、李夢陽は「駁何氏論文書」（『空同集』巻六一、嘉靖九年序刋本）及び「再與何氏書」（同上）を送り、「規矩なる者は、法なり。僕の尺を尺とし寸を寸とするの者は、固より法なり。假令に僕 古の意を竊み、古形を盜み、古辭を剪截して以て文を爲さば、之を影子と謂うは誠に可なり。若し我の情を以て、今の事を述べ、古法に尺寸し、其の辭を襲うこと罔くんば、猶お班（公輸班。古代の名匠）倕（古代の名匠）の圓きを圓くし、倕 班の方を方とするがごとし。而して倕の木は班の木に非ざるなり。此れ奚ぞ可ならざらんや」（「駁何氏論文書」）と反駁し、「子は我の尺寸とする者を以て、言とするなり（貴兄は、私がこだわって循守しているものを言語表現だと考えている）」（同上）と見解の相異を指摘した。「小傳」で「獻吉兩書駁何」というのは、これらの書を指す。李・何の論爭については、簡錦松『李何詩論研究』（國立臺灣大學中國文學研究所碩士論文、一九八〇）に詳細な研究がある。

「小傳」は李夢陽と何景明の關係性について「名成之後、互相詆諆、兩家堅壘、屹不相下」と斷じているが、兩人の關係は必ずしも破綻したわけではなかった。「李傳」は、「詩を論じて懽を失いて自り後、交わりを絶つこと久し」というものの、「大復 病危うきとき、後事を屬むに、墓文は必ず崆峒（李夢陽）の手より出ださんと」とする。また、李夢陽の「送仲副使赴陝西」（『空同集』巻一九）に「相思う明月樓 西のかた古秦州を臨む。河南咫尺なるも見ゆ可からず 何ぞ況んや千山萬水頭」、また「再餞何子」（同巻二五）に「他日關中の使 忘るる無かれ汴上の音」とあり、これらは何景明が正德十三年に陝西に赴任する際に送ったものと思われる。

一五　於時、低頭下拜、王渼陂倒前徒之戈。俊逸麄浮、薛西原分北軍之袒　王九思「漫興」十首の三（『渼陂集』巻六、嘉靖刻崇禎補修本）に「仲默親從獻吉遊、高才妙悟孰能儔。寧獨老天堪下拜、卽教獻吉也低頭（仲默 親ら獻吉に從いて遊び高才妙悟し孰れか能く儔とならん。寧くんぞ獨り老天に下拜するに堪えんや、卽ち獻吉をして也た頭を低れしめん）」とある。王九思については本書「一七　康海」を參照されたい。また、薛蕙「戲成五絶」（『考功集』巻八、『四庫全書』所收本）に「海內論詩伏兩雄、一時倡和未爲公。俊逸終憐何大復、粗豪不解李空同（海內 詩を論じて兩雄に伏すも、一時の倡和未だ公爲らず。俊逸終に憐れむ何大復、粗豪解せず李空同）」という。朱彝尊『靜志居詩話』巻一〇「何景明」（嘉慶扶荔山房刻本）では、この詩によって李夢陽より何景明を支持する人が多くなったという（薛君采の詩に云えらく、「俊逸終に憐れむ何大復、麤豪解せず李空同」と。此の詩出づる自り、而して李を抑え何を申ばす者、日び漸く多し）。また、「墓碑」は、「獻吉 尺寸に競競たりて、規矩に非ずんば由らず。先生 志は運斤斲輪に在り、化するに底るを務とす。時に于いて典を主とする者は、獻吉を張り（支持し）、神解を主とする者は、先生に附く」と記し、李・何それぞれの追隨者が重視した傾向を述べる。薛蕙は字を君采といい、鳳陽府亳州の人。正德九年（一五一四）の進士。『四庫全書總目提要』の『考功集』の項に「北地・信陽、聲華 盛んなるに方たり、蕙の詩獨り淸削婉約を以てし、其の間に介す」という。錢謙益は『列朝詩集』丙集巻十二「薛郎中蕙」で、薛蕙が楊愼と詩について議論した際に「近日の作者、摹擬蹈襲し、少陵（杜甫）を拆洗し、子美（杜甫）の譃を生吞すること有るに至る。性情に近づくを求むるは、古調に若くは無し」と言ったことを引用し、「則ち君采の意、尙お未だ肯えて仲默に肩隨せざるに、而るに況んや獻吉に於いてを乎」と結論づけている。

「倒前徒之戈」は『書經』武成に見える言葉。「甲子昧爽（明け方）、（紂は）受けて其の旅きを率いること林の若し。牧野に會するも敵を我が師に有る罔く、前徒（前方の兵士）戈を倒し後ろに攻め以て北す。血流 杵に漂る」。紂の軍が武王に投降した後に、紂の軍を攻撃したことから、敵に投降した兵士が味方の軍を攻めることをいう。「玄黃」は『易』上經「坤」に見える言葉。「上六は龍 野に戰い、其の血 玄黃なり（天の色である黒と地の色である黄色が混じっている）」。『周易正義』はこれを次のように解釋する。「陽を以て之を龍と謂う。上六は是れ陰の至り極まる。陰盛んなること陽に似る。故に龍と稱す。盛んにして已まず。固より陽の地にして陽堪えざる所となる。故に陽氣の龍 之と交戰す。卽ち『說卦』に「乾に戰う」と云うは是れなり。卦の外に戰う。故に「野に」と曰う。陰陽相傷なう。故に其の血 玄黃なり」。「小傳」は李夢陽と何景明が論爭したさまを陰が極まった狀態だと言いたいようだ。

一六　余獨怪仲默之論曰、「詩溺于陶、謝力振之、……韓力振之、古文之法亡于韓」 何景明「與李空同論詩書」に「夫文靡于隋、韓力振之、然古文之法亡于韓。詩弱于陶、謝力振之、然古詩之法、亦亡于謝」とある。

この一文は何景明が詩文には不易の法があることを述べる一段である。引用の直前に「僕嘗て謂えらく、「詩文に易う可からざるの法なる者有り」と。辭斷ちて意屬り、類を聯ねて物に比うなり。上は古聖の立言を考え、中は秦・漢の緒論を徵め、下は魏・晉の聲詩を采り、之れ易うること有る莫きなり」といい、引用に續いては「比空同嘗て陸（機）・謝（靈運）を稱す。僕 其の作を參詳するに、陸の詩は語 俳（對になるように整った詩句や文）なるも體は俳ならざるなり。謝は則ち體・語倶に俳なり。未だ其の語似るを以てす可からざるに、遂に竝びに例いとするを得るなり。故より法同じければ、則ち語必ずしも同じからず」という。よく理解できないところもあるが、何景明の主張は詩文には不易の法があり、その法は死守すべきだが、具體的な文言は古人とは異なっていてもかまわないということである。だが何景明は、韓愈や謝靈運が古人の法を易えてしまったと考えたために、韓・謝を貶めているのである。「小傳」の解釋は決して曲解ではないが、ただこの書狀全體の主旨には言及していないため、片言をあげつらっている感がある。

一七　淵明之詩、鍾嶸以爲、「古今隱逸之宗」。梁昭明以爲、「跌宕昭彰、……干青雲而直上」　鍾嶸『詩品』巻中「宋徵士陶潛」（夷門廣牘本）に「其源出於應璩、又協左思風力。文體省淨、殆無長語。篤意眞古、辭興婉愜。毎觀其文、想其人德。世歎其質直。至如「懽言醉春酒」・「日暮天無雲」、風華清靡、豈直爲田家語邪。古今隱逸詩人之宗也（其の源は應璩より出で、又 左思の風力に協う。文體省淨にして、殆ど長語無し。意を眞古に篤くし、辭興婉愜たり〔言辭や感興は溫和で適度である〕。其の文を觀る毎に、其の人の德を想う。世 其の質直に歎ず。「言を懽び春酒に醉う」・「日暮れて天に雲無し」の如きに至りては、風華清靡たりて、豈に直だ田家の語と爲さん邪。古今隱逸詩人の宗なり）」とある。また、蕭統「陶淵明集序」（『昭明太子集』巻四、四部叢刊本）に「其文章不群、詞采精拔。跌蕩昭章、獨起衆類。抑揚爽朗、莫之與京。橫素波而傍流、干青雲而直上（其の文章 群せず、詞采精拔たり。跌蕩昭章にして、獨り衆類に起つ。抑揚爽朗にして、之れを京と與にする莫し。素波を橫にして傍く流れ、青雲を干して直ぐに上る）」とある。

一八　康樂之興會標擧、寓目卽書、……革孫・許之風尙　沈約『宋書』謝靈運傳に「爰逮宋氏、顏・謝騰聲。靈運之

興會標擧、延年之體裁明密、竝方軌前秀、垂範後昆（爰に宋氏に逮び、顏・謝 聲を騰ぐ。靈運の興會標擧し、〔顏〕延年の體裁明密たりて、竝びに軌を前秀に方べ、範を後昆に垂る）」という。「內無乏思、外無遺物」については、『詩品』巻上（萬曆刋本）に「宋臨川太守謝靈運詩……興多才高博、寓目輒書、內無乏思、外無遺物。其繁富宜哉（宋の臨川太守謝靈運の詩……興多く才高博たり。寓目しては輒ち書き、內に乏思無く、外に遺物無し。其の繁富 宜なる哉）」に據る。「革孫・許之風尙」は『宋書』謝靈運傳に「仲文始革孫・許之風、叔源大變太元之氣（〔殷〕仲文 始めて孫〔綽〕・許〔詢〕の風を革め、叔源〔謝混〕大いに太元（東晉の元號。三七六～三九六）の氣を變ず）」とある。「興會標擧」も含めて、『宋書』謝靈運傳からの引用は、沈約が「史臣曰」として先秦から謝靈運の時代までの文學の變遷を論じた部分に見えるものである。

「暘」は『小傳』標點本・『列朝詩集』點校本ともに「暢」に作る。「暘」も「暢」も同じくのばすという意味。

一九　昌黎佐佑六經、振起八代　『新唐書』韓愈傳に「每言、「文章自漢司馬相如・太史公・劉向・揚雄後、作者不世出」。故愈深探本元、卓然樹立、成一家言。其「原道」・「原性」・「師說」等數十篇、皆奥衍閎深、與孟軻、揚雄相表裏而佐佑六經云（每に言えらく、「文章は漢の司馬相如・太史公（司馬遷）・劉向・揚雄自り後、作者世よは出でず」と。故に愈 深く本元を探じ、卓然として樹立し、一家言を成す。其の「原道」・「原性」・「師說」等の數十篇、皆 奥衍閎深にして、孟軻・揚雄と相表裏して六經を佐佑すると云う）」、また、『舊唐書』韓愈傳に「大曆・貞元之間、文字多尙古學、效揚雄・董仲舒之述作。而獨孤及・梁肅最稱淵奥、儒林推重。愈從其徒遊、銳意鑽仰、欲自振於一代（大曆・貞元の間、文字多く古學を尙び、揚雄・董仲舒の述作に效う。而して獨孤及・梁肅最も淵奥と稱され、儒林推重す。愈 其の徒に從いて遊び、銳意鑽仰して、自ら一代を振るわさんと欲す）」とある。さらに「振起八代」は、蘇軾「潮州韓文公廟碑」（『蘇文忠公全集』「東坡後集」巻一五、成化本）に「獨り韓文公（愈）布衣より起ち、談笑して之を麾い、天下靡然として公に從い、復た正に歸る。蓋し此に三百年なり。文は八代の衰を起こし、而して道は天下の溺を濟う。忠は人主の怒を犯し、而して勇は三軍の帥を奪う。豈に天地を參え、盛衰に關わり、浩然として獨り存する者に非ざる乎（獨韓文公起布衣、談笑而麾之、天下靡然從公、復歸於正。蓋三百年於此矣。文起八代之衰、而道濟天下之溺。忠犯人主之怒、而勇奪三軍之帥。豈非參天地、關盛衰、浩然而獨存者乎）」に據る。

二〇　昔賢論仲默刺韓、以爲大言無當、矯誣輕毀、箴彼膏肓、允爲篤論矣　ここでいう「昔賢」は、黄省曾（字は勉之。吳縣の人。嘉靖十年の擧人）を指す。李夢陽「答黄子書」（『空同集』巻六一）に附載された黄省曾の書に次のようにいう。「嗚呼、盛んなる矣、盛んなる矣。昔李（白）・杜（甫）詩聖にして文格未だ光らさず。韓（愈）・柳（宗元）文藪にして詩道粹ならず（混じりけがあった）。豈に惟れ聰識の兼ね難き哉。日月幾何ぞ、力むるも固より遑あらざる有り。何ぞ我が公稟（天賦の資質）を凝らすの全くして述作の備うる也。往匠凌ぐ可く、後哲繼ぎ難し。明興りて以來、一人而已。公の華名四裔に飛照するに、豈に江湖の耕釣する者の稱頌するを待たん哉。……何大復名流と號稱せらるるも、而るに廼ち誇論を爲して曰く、「文は隋に靡となり、其の法退之に亡ぶ。詩は陶に溺れ、其の法靈運に亡ぶ」と。嗟夫、嗟夫。是れ何の言ならん哉。隋は論ずるに足らざるも、退之・陶・謝に至りては亦た少しく寬宥す可し（嗚呼、盛矣、盛矣。昔李・杜詩聖而文格未光。韓・柳文藪而詩道不粹。豈惟聰識之難兼哉。日月幾何、力固有不遑矣。何我公凝稟之全而述作之備也。往匠可凌、後哲難繼。明興以來、一人而已。公之華名飛照四裔、豈待江湖耕釣者之稱頌哉。……何大復號稱名流、而廼爲誇論曰、「文靡于隋、其法亡於退之。詩溺于陶、其法亡於靈運。嗟夫、嗟夫。是何言哉。隋不足論、至於退之・陶・謝亦可少寬宥矣」）」。

二一　弘・正以後、譌繆之學、流爲種智、後生面目偭背、不知向方　何景明が多くの支持者を得たことについては、胡應麟『詩藪』續編巻一「國朝上」（明刻本）に「信陽筏論有りて自り、後生の秀敏、名高きを喜び慕い、心に信せて筆を縦にし、動もすれば自ら堂奥を開き、自ら門戸を立てんと欲す」という。また、『詩藪』續編巻二「國朝下」では、前七子から後七子までの文壇の流れを次のようにいう。「北地老杜（杜甫）を宗師として自り、信陽之に和す。海岱の名流、馳赴雲合するも、而るに諸公の質力・高下・强弱齊しからず、或いは强才以て格就り、或いは格に因りて才を附す。故に弘（治）・正（德）の二三の世に名ある自り外、五七言の律、往往にして剽襲して言を陳ね、規模して調を變じ、粗疏澀拗にして（粗っぽくたどたどしく）、殊に章を成すこと寡なし。嘉靖の諸子見て不情（情にもとづいて創作していない）と謂い、改めて初唐を創り、斐然目に溢れて、矜持太だ甚だし。雕績前より滿ち、氣象既に殊なるも、風神咸乏し。既にして複た自ら相厭棄し、變じて大曆となり、又變じて元和となる。風會して趨る所、建安・開（元）・（天）寶の調、絶えざること綫（絲）の如し。王・李再び興り、擴げて之を大きくし、一時の諸子、天才もて競爽し（競い合って創作し）、近體の工、前古に無からんと欲す。盛んなり」。明末になると陳子龍らの雲間派が前後七子の復古的思潮の後繼者と見なされた。王士禛『漁洋詩話』下（『四庫全書』所收本）には「明末七言律詩に兩派有り。一は陳大樽（子龍）爲り。一は程松圓（嘉燧）爲り。大樽遠くは李東川（商隱）・王右丞（維）を宗とし、近くは大復を學ぶ。松圓は劉文房（長卿）・韓君平（翃）を學び、又時時指を陸務觀（游）に染む。此れ其の大畧なり」という。

何景明の文學思想はその弟子に引き繼がれ、さらには弟子の子孫によって繼承された。孫繼芳は字を世其といい、華容の人、正德六年（一五一一）の進士で、雲南提學副使を務めた。『列朝詩集』丙集巻十二に「小傳」がある。息子の孫宜が書いた「石磯集序」（『洞庭山人集』巻四三、嘉靖刊本）には「今上の朝に當たり、藝を重んじ文を崇め、續きて嘉遇に値たる。一時の文人、何（景明）・李（夢陽）・康（海）・徐（禎卿）・顏（木）・王（廷陳）・崔（銑）・薛（蕙）、袂を投じて簪を蓋わざるは靡し。庚酬倡和し、師道を交うるを箴め、翊贊良に深し。是れに由りて其の篇什を品すれば、則ち淸越雄渾は空同・大復の眞を得たり。透迤峻拔は、迪功・對山の妙に契す（符合する）」といい、前七子の主要メンバーからの薫陶を受けたことが記されている。孫宜は字を仲可という。嘉靖間の擧人で『列朝詩集』では孫繼芳の「小傳」中に「兒爲る時に仲默に侍するを得て、長じて其の風流を頌慕す。……王元美（世貞）詩を評して云わく、「華容の孫宜 杜（甫）の肉を得たり」と。余 其の詩を觀るに、字句を剽擬し、了に意味無し。杜の片鱗半爪を求めて得可からざるに、而して況んや其の肉を乎」と酷評している。王世貞は「小傳」の引用にもあるように、孫宜を敬愛し「洞庭漁人傳」（同右、巻頭）を書いている。また、孫宜は「與友人劉君書」（同右、巻五〇所收）において「今 學を爲すに諸を己の心に決すること能わず、諸を往論に參え、其の從違を定め、其の沿效（模倣）の迹を泯ぼし、顧だ獨り「宋人なり。宋人の言 善し」と曰うのみ。……昔何子の書に謂えらく、「佛家に言有りて、筏を舍つれば則ち岸に達す。岸に達すれば則ち筏を舍つ」と……之を學に譬うるに、宋人の言は則ち筏なり。吾の心は則ち是れ筏を操る者なり。吾が心を以て古人の見に參えずは、是れ徒だ筏を以て人を濟うを知るも、而るに身を以て筏を操るを知らざるなり」と何景明の捨筏說を出して宋人の詩を崇拜する友人を諭している。この友人は孫宜を「詞賦に刻意し、非務本の學を爲す」と批判したというから、理學的色彩を帶びた宋詩を好んだのだろう。孫宜の孫は孫羽侯といい湯顯祖と交流があった（本書「三〇　湯顯祖」參照）。

（和泉ひとみ）

二〇　楊　愼　弘治元年（一四八八）～嘉靖三十八年（一五五九）

丙集卷十五　楊修撰愼[一]

[二]愼、字用修、[三]新都人。[四]少師文忠公廷和之子也。[五]七歲作「擬古戰場文」、有曰「靑樓斷紅粉之魂、白日照靑苔之骨」、[六]時人傳誦、以爲淵・雲再出。[七]正德辛未、擧會試第二、廷試第一、授翰林修撰。[八]武廟閲天文書、星名「注張」、又作「汪張」、下問欽天監及史館、皆莫知。用修曰、「注張、柳星也」。歷引『周禮』・『史』・『漢書』以復。[九]湖廣土官水盡源通塔平長官司入貢、同官疑爲三地名。用修曰、「此六字地名也」。取『大明官制』證之。[一〇]嘉靖癸未、修『武廟實錄』、總裁二閣老、盡取藁草屬刊定焉。[一一]甲申七月、兩上「議大禮疏」、率群臣撼奉天門大哭、廷杖者再。斃而復蘇、謫戍雲南永昌衞。[一二]投荒三十餘年、卒於戍、年七十有二。[一三]用修在滇、世廟意不能忘、每問楊愼云何、閣臣以老病對、乃稍解。[一四]用修聞之、益自放。[一五]嘗醉、胡粉傅面、作雙丫髻插花、諸伎擁之遊行城市。[一六]諸夷酋以精白綾作裓、遺諸伎服之、酒間乞書、醉墨淋漓、諸酋輒購歸、裝潢成卷。[一七]嘗語人曰、「老顚欲裂風景、聊以耗壯心遺餘年耳」。[一八]著述最富、詩文集之外、凡百餘種、皆盛行於世。

[一九]用修垂髫賦「黃葉」詩、爲茶陵文正公所知、[二〇]登第又出門下、詩文衣鉢實出指授。[二一]及北地哆言復古、力排茶陵、海内爲之風靡。[二二]用修乃沈酣六朝、[二三]攬采晚唐、[二四]創爲淵博靡麗之詞。[二五]其意欲壓倒李・何、爲茶陵別張壁壘、不與角勝口舌間也。[二六]援據博則舛錯良多、[二七]摹仿慣則瑕疵互見、[二八]竄改古人、假託往籍、英雄欺人、亦時有之。

[二九]要其鈎索淵深、藻彩繁會、[三〇]自足以牢籠當世、鼓吹前哲。[三一]膚淺末學、趨風仰止、[三二]固未敢抵隙蹈瑕、横加訾謷也。[三三]王元美曰、「用修工於證經而疏於解經、詳於稗史而忽於正史、詳於詩事而不得詩旨、求之宇宙之外而失之耳目之前」。[三四]斯言也、庶哉楊氏之諍友乎。

【訓讀】

愼、字は用修、新都（四川成都府新都縣）の人。少師文忠公廷和（楊廷和）の子なり。七歳にして「擬古戰場文」を作り、「青樓斷つ紅粉の魂、白日照らす 青苔の骨」と曰う有り、時人傳誦し、以て淵（王褒）・雲（揚雄）の再出と爲す。正德辛未（六年、一五一一）、會試第二に擧げられ、廷試第一たりて、翰林修撰を授けらる。

武廟（正德帝）天文書を閱するに、星の名の「注張」、又「汪張」に作る、欽天監及び史館に下問するに、皆な知る莫し。用修曰く、「注張は、柳星なり」と。『周禮』・『史』・『漢書』を歷(つぶ)さに引きて以て復す。湖廣の土官 水盡源通塔平長官司 入貢す、同官疑いて三地名と爲す。用修曰く、「此れ六字の地名なり」と。『大明官制』を取りて之を證す。

嘉靖癸未（二年、一五二三年）、『武廟實錄』を修するに、總裁の二閣老、盡く藁草を取りて刊定を屬(ゆだ)ぬ（『實錄』

を「大禮を議する疏」を上り、群臣を率いて奉天門を撼がして大哭し、廷杖せらるる者再びす。斃れて復た蘇り、雲南の永昌衞に謫戍せらる。の草稿をすべて楊愼に渡して定稿作りを任せた）。甲申（嘉靖三年、一五二四年）七月、兩び

荒に投ぜられて三十餘年、戍に卒す、年七十有二。

用修　滇（雲南）に在るに、世廟（嘉靖帝）意に忘るる能わず、毎に楊愼は云何と問う、閣臣　老病を以て對え、乃ち稍や解く（嘉靖帝はことあるごとに楊愼はどうしているかと問い、内閣の大臣たちが楊愼は老いさらばえて病氣だと答えると、やや鬱憤を晴らしていた）。用修　之を聞きて、益ます自放す。嘗て醉いて、胡粉もて面に傅け、雙丫髻を作りて花を插し、諸伎　之を擁して城市を遊行す。諸夷酋　精白の綾を以て裓（ベスト）を作り、諸伎に遺りて之を服せしめ、酒間に書を乞わしむ、醉墨淋漓なれば、諸酋　輒ち購いて歸り、裝潢して卷と成す（楊愼が醉っぱらってベストに字を書くと、異民族の酋長たちはそのたびに諸伎からそれを買い取っていき、表裝して卷物にしていた）。嘗て人に語りて曰く、「老顚　風景を裂かんと欲す、聊か壯心を耗するを以て餘年を遣るのみ（老いぼれて見苦しくなりつつありますが、これはこれで壯志を鎭めて餘世をやり過ごしているのです）」と。著述最も富み、詩文集の外、凡そ百餘種、皆な世に盛行す。

用修　垂髫（子ども）たりしとき「黄葉詩」を賦し、茶陵文正公（李東陽）の知る所と爲る、登第も又た門下より出で、詩文の衣鉢は實に指授に出づ。北地（李夢陽）復古を哆言して（口を張って言い立て）、力めて茶陵を排するに及び、海内　之が爲に風靡す。用修は乃ち六朝に沈酣し、晩唐を攬采し、創めて淵博靡麗の詞を爲す。其の意は李（夢陽）・何（景明）を壓倒し、茶陵の爲に別に壁壘を張らんと欲し、與に勝を口舌の間に角わざるなり（李東陽のために別に壁壘を張ろうとし、議論で勝ちを争おうとはしなかった）。援據博ければ則ち舛錯良多く、摹仿慣るれば則ち瑕疵互いに見る、古人を竄改し、往籍に假託し、英雄　人を欺くは、亦た時に之れ有り（古人のものを改竄した

り、古籍に見せかけたりし、非凡な天才が才知に任せて人の目を眩ませるといった面もあった）。

要は其の鈎索淵深にして、藻彩繁會なれば、自ら以て當世を牢籠し、前哲を鼓吹するに足れり（要するに楊愼は學問を深く探求し、辭藻が豊盛であったればこそ、當時の人々を籠絡し、前代の賢人を宣揚することができたのだろう）。膚淺の末學は、趨風仰止し、固り未だ敢えて抵隙蹈瑕し、横（ほしいまま）に呰謷を加えざるなり（淺學菲才の者は楊愼を仰ぎ見るばかりで、彼の考證の誤りにつけこんで好き放題に罵倒するなどありえないことだ）。王元美曰く、「用修は證經に工みなるも解經に疎なり、稗史に詳しきも正史に忽（おろそ）かなり、詩事に詳しきも詩旨を得ず、之れを宇宙の外に求めて之れを耳目の前に失す（楊愼は經を考證するのは得意だが經の解釋には疎い。野史小說の類には詳しいが正史をないがしろにする。詩の典據や用事には詳しいが、詩の旨趣を得ていない。宇宙の外のことまで窮めようとして、かえって目の前のことで躓いてしまっている）」と。斯（こ）の言や、楊氏の諍友（直言してくれる友）に庶（ちか）きかな。

【注】

一　**楊修撰愼**　「修撰」とは科擧に狀元で及第し、翰林院修撰を授けられたことによる。楊愼の傳記に關する一次史料としては、同時代の人である簡紹芳による『贈光祿卿前翰林修撰升庵楊愼年譜』（『楊文憲公年譜』）は清の程封が簡紹芳『年譜』をもとに改輯し、孫錤が補訂したもの）や、明の游居敬「翰林修撰升庵楊公墓誌銘」（四庫全書本『明文海』巻四三四）があるほか、また、四十ほど年下で楊愼を景仰していた李卓吾（一五二七～一六〇二）が簡紹芳『年譜』を節略する形でまとめた「修撰楊公傳」（『續藏書』巻二六）がある。現在傳わる簡紹芳『年譜』と李卓吾「修撰楊公傳」には字句の異動があり、それによれば、「小傳」は李卓吾「修撰楊公傳」を抄略しつつ、各書から多くの逸話を拾っている。

楊愼の研究書の主なものを擧げておく。王文才編『楊愼學譜』（上海古籍出版社、一九八八）、林慶彰・賈順先編『楊愼研究資料彙編上下』（臺灣中央研究院文哲所出版、一九九二）、豐家驊『楊愼評傳』（南京大學出版社、一九九八）、雷磊『楊愼詩學研究』（中國社會科學出版社、二〇〇六）、楊釗『楊愼研究――以文學爲中心』（巴蜀書社、二〇一〇）、高小慧『楊愼文學思想研究』（中國社會科學出版社、二〇一〇）。

なお、『列朝詩集』は楊愼の詩一百七十九首を收載するというが、實際は一百七十七首である。楊釗『楊愼研究――以文學爲中心』によれば、古樂府十四首、五言古詩三首、七言古詩七首、五言律詩二十七首、五言排律七首、七言律詩三十四首、五言絶句二十首、七言絶句四十二首、長短句十一首、六言詩十二首である。

二　愼、字用修　楊愼の號は升庵である。楊愼は四人兄弟の長子で、下に楊惇（ようとん）（字は用叔、號は敍庵）、楊恆（字は用貞、號は貞庵）、楊忱（しん）（字は用孚、號は孚庵）がいる。

三　新都人　新都は明の成都府新都縣、現在の四川省成都市新都區。李卓吾「修撰楊公傳」は、「其の先は廬陵（江西吉安）の人、蜀の新都に徙る」とする。簡紹芳『年譜』は、より詳しく「其の先は廬陵（江西吉安）の人、六世祖諱は世賢なる者、元末に歐祥の亂を避けて、楚の麻城（湖北東北部）に徙り、再び紅軍の亂（紅巾の亂）を避けて、乃ち蜀に入りて新都に居す」とする。ただし、父が北京で官に在ったため、楊愼は北京で生まれている。

四　少師文忠公廷和之子　楊廷和（一四五九～一五二九）は、字は介夫、號は石齋。父は楊春といい、提學僉事に至った。成化十四年（一四七八）に十九歳で進士となり、庶吉士に任ぜられた。弘治二年（一四八九）に翰林院修撰となり、左春坊左中允・侍太子講讀を經て左春坊大學士になる。正德年間、一時、宦官の劉瑾と對立し南京吏部左侍郎に左遷されるも、劉瑾が誅殺された後は、南京戶部尙書に昇進、その後北京に戻り文淵閣大學士に進み、少保兼太子太保、光祿大夫・柱國、吏部尙書・武英殿大學士と順調に昇進し、さらに叛亂を平定した功で少師・太子太師・

華蓋殿大學士に進んだ。特に李東陽引退後は、内閣首輔として重責を擔った。子のない武宗（正德帝）が崩御すると、その遺詔を發して、正德帝の從弟朱厚熜を皇帝として擁立した（世宗、嘉靖帝）。これをもって彼は「救時宰相」と稱せられた。しかし、注一一の「大禮の議」では世宗の意向に逆らって、不興を買い、嘉靖三年（一五二四）に引退した。さらに嘉靖七年（一五二八）には官籍を剝奪されて庶人におとされ、翌年、七十一歳で沒した。世宗が崩御し穆宗が卽位した隆慶元年（一五六七）に復官の手續きがとられ、太保を追贈され、文忠と追謚された。傳記資料は、孫志仁「楊廷和行狀」、趙貞吉「楊文忠公廷和墓祠碑」（以上『國朝獻徵錄』卷一五）のほか、李卓吾「太保楊文忠公」（『續藏書』卷一二）がある。『列朝詩集』丙集第三に詩が二首採錄されている。子は楊愼の下に嘉靖二年（一五二三）の進士で兵部主事となった楊惇、父の蔭補によって中書舍人となった楊恆、正德十一年（一五一六）に擧子となった楊忱がいる。

五　七歳作「擬古戰場文」

「弔古戰場文」は唐の李華の作で、初學者用の名作選『文章軌範』にも收められており、駢文の名篇として人口に膾炙している。楊愼の「擬古戰場文」はこの擬作であり、作品そのものは現在傳わらないが、「擬古戰場文」を創作した話は、楊愼『丹鉛總錄』卷一二「過秦論」（『升庵集』卷七〇）に見える。そこでは「愼 弱冠の歳 未だ擧子の業を習わざるに、古文を好み、每に妄りに名賢の作を擬す。曾て「弔古戰場文」を擬し、叔父龍崖先生見て之を異とし、其の稿を袖し以て祖父留耕翁に呈す（愼弱冠歳未習擧子業、而好古文、每妄擬名賢之作。曾擬「弔古戰場文」、叔父龍崖先生見而異之、袖其稿以呈祖父留耕翁）」とあり、弱冠つまり二十歳の時となっている。一方、簡紹芳『年譜』には、「擬ねて「古戰場文」を作り、「青樓斷つ紅粉の魂、白日照らす青苔の骨」と曰う數語有りて、瑞虹公極めて稱賞す。復た「過秦論」を擬ぬるを命じ、留耕公（祖父）奇として、「吾が家の賈誼なり」と曰う。……時に公 年一十二歳（擬作「古戰場文」、有曰「青樓斷紅粉之魂、白日照青苔之骨」數語、瑞虹公極稱賞。復命擬

「過秦論」、留耕公奇、曰「吾家賈誼也」。……時公年一十二歳）」とあり、十二歳の時の話としている。この「小傳」が「七歳」とするのは、李卓吾「修撰楊公傳」に「七歳、母夫人敎之句讀、竝授以唐絶句、輒成誦」で始まる記事に續けて、「擬作「古戰場文」、有曰「靑樓斷紅粉之魂、白日照靑苔之骨」」があったのを、錢謙益が一つの話と誤解したためと考えられる。

六　時人傳誦、以爲淵・雲　「淵・雲」は、賦の名手であった漢の王褒と揚雄のこと。王褒の字は子淵、揚雄の字は子雲である。ともに蜀の人であり、楊愼の同鄕の大先輩にあたる。しかし、注八のように、簡紹芳『年譜』の記事には楊愼が祖父から賈誼（洛陽の人）に擬えられたことはあっても、同時代の人によって淵・雲の再來だとされたという話は見えず、この部分の出典は未詳である。なお、淸初の吳肅公が編纂した『明語林』卷九に同文が見えるが、『明語林』はおそらくこの「小傳」から採錄したものであろう。

七　正德辛未、擧會試第二、廷試第一、授翰林修撰　李卓吾「修撰楊公傳」に、「辛未（正德六年、一五一一）、禮部の會試、靳貴 愼を第二に擢（ぬき）んじ、殿試は則ち及第第一なり。制策は史を援（ひ）き經を融し、敷陳弘剴たり。讀卷の官李東陽・劉忠・楊一淸相い與に稱して曰く、「海涵地負、大いに厥（そ）の辭を放つ」と。共に朝廷 人を得たるを慶び、翰林修撰を授けらる、公時に年二十四なり（辛未、禮部會試、靳貴擢愼第二、殿試則及第第一。制策援史融經、敷陳弘剴。讀卷官李東陽・劉忠・楊一淸相與稱曰、「海涵地負、大放厥辭」。共慶朝廷得人、授翰林修撰、公時年二十四）」とある。

八　武廟閲天文書……歷引『周禮』・『史』・『漢書』以復　李卓吾「修撰楊公傳」に「正德、武廟閲『文獻通考』、天文星名有注張。內閣取祕書『通攷』、又作汪張。中使下問欽天監及翰林院、皆莫知爲何星也。愼曰「注張、柳星也」。歷引『周禮』・『史』・『漢書』以復」とあるのに基づく。「小傳」は武宗が閲覧していたのを單に「天文書」としているが、『文獻通考』卷二八六象緯考九には「孝武建元三年有星孛於注張」とあるのが確認できる。

これに關するより詳しい話は『升庵集』（四庫全書本）卷七四「注張」に見える。「正德丁丑（十二年、一五一七）の歲、武廟『文獻通考』を閱るに、天文の星の名に注張有り。因りて內閣に命じて祕書の『通攷』の別本を取らしむるに、又た汪張に作る。欽天監に顧問するに亦た何れの星爲るかを知らざるなり。內使 翰林院に下問するに、同館相視て愕然たり。愼曰く、「注張は、柳星なり。『周禮』「注を以て鳴く者」に註して「注は味なり、鳥の喙なり、音は咒なり」と。南方朱鳥七宿、柳は鳥の味なり。『史記』律書に、「西に注張に至る」と。『漢書』天文志に、「柳は鳥喙爲り」と。因りて『史記』『漢書』の二條を取りて內使に示して以て復す。同館戲れに曰く、「子の言 誠に辨にして且つ博し。天文を私習するの禁に渉らんや」と（正德丁丑歲、武廟閱『文獻通考』、天文星名有注張。因命內閣取祕書『通攷』別本、又作汪張。顧問欽天監亦不知爲何星也。內使下問翰林院、同館相視愕然。愼曰、「注張、柳星也。『周禮』「以注鳴者」、註「注味也、鳥喙也、音咒」。南方朱鳥七宿、柳爲鳥之味也。『史記』律書、「西至於注張」。『漢書』天文志、「柳爲鳥喙」。因取『史記』『漢書』二條示內使以復。同館戲曰、「子言誠辨且博矣。不涉於私習天文之禁乎」」）とある。なお『文獻通考』の「以注鳴者」は『周禮』の冬官考工記の「梓人」に見える語。

九　湖廣土官水盡源通塔平長官司入貢……取『大明官制』證之　李卓吾「修撰楊公傳」に「又湖廣土官水盡源通塔平長官司進貢、同官疑爲三地名、於「長官司」上添一「三」字。愼曰、「此六字地名也」。取『大明官制』證之」と、ほぼ同文が見える。もとは楊愼『丹鉛摘錄』卷一三に見える話である。それによれば、楊愼は恥をかかされた同僚から異民族に近い蜀の出身であることを揶揄され、逆に同僚をやりこめたことになっている。「愼の往年史館に在りしとき、湖廣土官水盡源通塔平長官司進貢する有り。水盡源通塔平は、蓋し六字の地名なり。同列疑いて三地の名と爲す有りて、之に添えて三長官司と云う。予『大明官制』を取りて之を證して曰く、「此れ一處にして、三地に非ず」と。同列笑いて曰く、「楚蜀の人は蠻夷に近し、故に宜しく之を知るべし。我は內地の人にして、知らざるなり」と。予戲れに之に應えて曰く、「司馬遷の『西南夷傳』、班固の『匈奴傳』、外域を敍すこと掌を指すが如し。班・馬は亦た南蠻ならんや」と（愼往年在史館、有湖廣土官水盡源通塔平長官司進貢。水盡源通塔平、蓋六字地名。有同列疑爲三地名、添之云三長官司。予取『大明官制』證之、曰「此一處、非三地」。同列笑曰、「楚蜀人近蠻夷、故宜知之。我內地人、不知也」。予戲應之、曰「司馬遷『西南夷傳』、班固『匈奴傳』、敍外域如指掌。班・馬亦南蠻耶」）。

「水盡源通塔平」は、現在の湖北省鶴峯縣境にある苗族の自治區にあたる。『明史』巻三一〇土司一の湖廣土司に、施州に置かれた施南宣撫司・散毛宣撫司・忠建宣撫司・容美宣撫司のうちの容美宣撫司配下の長官司として、「椒山瑪瑙」「五峰石寶」「石梁下峒」「水盡源通塔平」の四つ（兵志の衞所も同じ。ただし地理志には「盤順長官司」を加えた五つ）が擧がっており、「正德四年（一五一四）、容美宣撫幷椒山瑪瑙長官司所遣通事劉思朝等赴京進貢、……部臣以聞、帝以遠蠻宥之。散毛宣撫幷五峰石寶・水盡源通塔平長官司入貢後期、部議半賞、從之」という記述が見える。ただし、水盡源通塔平長官司の入貢は、期日に遲れての入貢だったようである。楊愼が進士となり翰林修撰を拜命するのは正德六年で、正德八年には母の丁憂で京師を後にしているので、この逸話は正德七年（一五一二）ごろのことらしい。

一〇　**嘉靖癸未、修『武廟實錄』……盡取藁草屬刊定焉**　李卓吾「修撰楊公傳」に「癸未（嘉靖二年）、『武廟實錄』を纂修す。愼は朝典に練習し、事あれば必ず直書す。總裁の蔣冕・費宏曰く、「官階は未だ及ばずと雖も、實に副總裁に堪うる者なり」と。乃ち盡く稿草を以て之に付して刊定せしむ（癸未、纂修『武廟實錄』、愼練習朝典、事必直書。總裁蔣冕・費宏曰、「官階雖未及、實堪副總裁者」。乃盡以稿草付之刊定）」と見える。

一一　**甲申七月、兩上「議大禮疏」……謫戍雲南永昌衞**　先帝に子がなく、先帝の從弟という傍系から十五歳で卽位した世宗は、實父に皇帝の尊號を贈ることを求め（「大禮の議」）、多くの官僚がこれに反對した。嘉靖三年（一五二四）には、この事件が最高潮に達し、朝臣百三十四人が下獄し、百八十人ほどが廷杖を受け、十七人がこのときの傷がもとで死亡したといわれる。李卓吾「修撰楊公傳」に「甲申（嘉靖三年）七月、兩び「議大禮疏」を上り、嗣いで復た門に跪き哭諫す。中元日（七月十五日）下獄し、十七日之を廷杖し、二十七日復た之に杖し、斃れて復た蘇り、雲南永昌衞（雲南永昌軍民府）に謫戍せらる。時に同事で死する者・配せらる者・黜せられる者・左遷せらるる者二百八人なり（甲申七月、兩上「議大禮疏」、嗣復跪門哭諫。中元日下獄、十七日廷杖之、二十七日復杖之、斃而復蘇、謫戍雲南永昌衞。時同事死者・配者・黜者・左遷者二百八人）」とある。『世宗實錄』巻四一、嘉靖三年七月戊寅にもこの時、楊愼が先頭に立って反對したという記録がある。「是に於いて修撰楊愼・檢討王元正は乃ち門を撼（ゆるが）して一時に大哭し、群臣皆な哭し、聲は闕庭を震わす、上大いに怒り、命じて五品以下の員外郎馬理等一百三十四人を逮（とら）えて悉く詔獄拷訊に下す、四品以上及び司務等の官は姑（しばら）く罪を待たしむ（於是修撰楊愼・檢討王元正乃撼門大哭一時、群臣皆哭、聲震闕庭、上大怒、命逮五品以下員外郎馬理等一百三十四人悉下詔獄拷訊、四品以上及司務等官姑令待罪）」とみえる。このとき楊愼は三十七歳であった。父の楊廷和は世宗即位の功があったにもかかわらず、引退を餘儀なくされ、ついで官籍を剝奪された。

一二　投荒三十餘年、卒於戍、年七十有二　楊愼は嘉靖四年（一五二五）の正月、三十八歳で雲南永昌に謫戍となり、七十二歳で沒するまで、生涯京師あるいは鄕里に戻ることが許されなかった。ただし、當地の地方官の好意により、同じ雲南でも雲南府（昆明）に近い安寧に居したり、風光明媚な大理に旅行したり、また戍役を理由に時折蜀に歸省したりもしている。『軍政條例』には六十歳の者の場合、子やおいが戍役を肩代わりできる規程があり、六十四歳の時にこれを申請したが、受理されなかった。そのため戍役の名目で四川瀘州に移ったが、七十歳の時、再び雲南永昌に連れ戻され、かの地で沒した。

なお、楊愼の卒年について、李卓吾「修撰楊公傳」は「己未（嘉靖三十八年、一五五九）、……卒、年七十有二」といい、「小傳」や『明史』もこの說を襲う。簡紹芳『年譜』には、より詳しい日付がある。「己未……卒於七月六日、得年七十有二」といい、『國榷』も嘉靖三十八年七月乙亥（六日）に「故翰林修撰楊愼卒於永昌」とある。

しかし、近年、複數の研究者が卒年について新說を唱えている。それは現行の簡紹芳『年譜』について、後人による補筆の可能性が指摘されているためである。簡紹芳『年譜』は嘉靖三十二年に「公復領戍役於蜀、僑寓瀘州」というのみで、嘉靖三十三年、三十四年、三十五年の記事を闕く。そのため嘉靖三十六年以降は、後人の補入ではないかというのである。簡紹芳『年譜』に卒年が書されていなかったことを裏付ける資料もある。たとえば楊愼より四十年後に生まれた李卓吾は、『焚書』讀史・楊升庵集に、「余 先生の文集を讀むに、其の生卒の年月を求めんと欲するも得ざるなり。遍（あまね）く諸序文を閲するも、序文も又た載せず。……余 是を以て竊かに景仰の私を附し、其の生卒の始末、履歴の詳を考えんと欲するに、昔人の所謂『年譜』の如き者は、時時几案の間に置けば、儼然として其の門に遊び、躡して之に從うが如し。而るに序集皆な載せず、故を以て恨むなり（余讀先生文集、欲求其生卒之年月而不得也。遍閲諸序文、而序文又不載。……余是以竊附景仰之私、欲考其生卒始末、履歴之詳、如昔人所謂『年譜』者、時時置几案間、儼然如遊其門、躡而從之。而序集皆不載、以故恨也）」といっている。

これを受けて、近人の學者は卒年を考證し、さまざまな說を提出している。①隆慶二年卒於瀘陽說……張增祺「有關楊愼生卒年代的訂正」（『昆明師範學報』一九八〇年一期、のち『楊愼研究資料彙編（下）』臺北中央研究院文哲所、一九九二に所收）。主な理由は、『明史』に隆慶初に沒したと記錄のある王元生について楊愼が「祭舜卿元正文」を執筆しているため。②嘉靖四十年卒說……穆藥「楊愼卒年新證」（『昆明師範學報』一九八三年三期、のち同上『楊愼研究資料彙編（下）』に所收）。これの主な根據は、李元陽が重修した大理の弘聖寺について、楊愼が「重修弘聖寺記」を執筆し、そこに「自壬寅（嘉靖二十一年）至今二十年間」とあること。③嘉靖四十一年頃卒說……豐家驊『楊愼評傳』（中國思想家評傳叢書本、南京大學出版社、一九九八）。理由は楊愼の「故明威將軍九華沐公墓誌銘」の末に「公配恭人楊氏……歿嘉靖壬戌（四十一）十二月一日」とあり、嘉靖四十一年の時點では存命であったと推定できるため。

しかし、「至今何十年間」という場合、概數をいうのが普通で、また墓誌銘の日付などは遺族によって後日加筆されることもあることから、これらは決定打の證據にはなりにくい。加えてこれらの新說はいずれも游居敬「翰林修撰升庵楊公墓誌銘」（四庫全書本『明文海』巻四三四）を無視しているという難點がある。おそらくは『明文海』に游居敬の撰した墓誌銘があることが知られていなかったためと思われる。游居敬の撰した墓誌銘には、楊愼の死の直前に贈られた文篇に生彩が無かったことなど楊愼が病に斃れたときの狀態が描寫されており、その卒年についても「乃七月六日乙亥、先生卒于昆明高嶢之寓舍、爲嘉靖己未（三十八年）也、距生弘治戊申十一月六日乙丑、年七十有二」と明言されている。昆明高嶢之寓舍とは、昆明西郊の高嶢の毛氏が楊愼のために提供した住居碧嶢精舍を指す。現在、昆明西山の麓に升庵祠が建てられている。

一三　**用修在滇、世廟意不能忘……乃稍解**　若くして卽位した世宗は、「大禮の議」の際、群臣たちの猛反對に遭ったことで、これを激しく恨んだ。反對官僚を追放したのみならず、その官籍まで剝奪した。楊愼の父楊廷和も世宗卽位の立役者であったにもかかわらず、その禍に遭った。反對派の急先鋒であった楊愼への恨みは深く、明の四川瀘州出身の朱茹（號は泰山）「楊升菴詩序」（嘉慶『瀘州直隸州志』巻一二雜記、王文才・張錫厚編『升庵著述序跋』雲南人民出版社、一九八五、所收）には、次のような逸話が見える。「小傳」はこれに據ったのであろう。「用修之謫戍也、世廟每詢於當國者、賴以猖狂廢恣對。已又詢不置、將物色之、禍幾及。當國者又以前語對、得以免。

于是用修聞之、惕然股栗、故自貶損、以汚其跡。世乃以縱欲蕩情・披風抹月過用修、亦烏知用修者哉（用修の謫戍さるるや、世廟毎に當國者に詢ね、頼いに猖狂廢恣を以て對う。已にして又た詢ねて置かず、將に之を物色し、禍幾ど及ばんとす。當國者又た前語を以て對え、以て免かるるを得たり。是に于て用修之を聞き、惕然として股栗し、故に自ら貶損し、以て其の跡を汚す。世乃ち縱欲蕩情・披風抹月を以て用修を過むるは、亦た烏くんぞ用修を知る者ならんや）」。

一四　用修聞之、益自放　「小傳」の記述に従えば、不品行の原因は、世宗にかくも憎まれ見捨てられたと感じた楊愼が自暴自棄になったということになる。『明史稿』や『明史』もこれに従う。しかし、注一三に擧げた朱茹の序文は、楊愼は禍を免かれるために故意に自らを汚すような不品行をしたのであって、そのことを皆わかっていないという趣旨の文である。王文才『楊愼學譜』（上海古籍出版社、一九八八）は「升菴紀年錄」楊愼六十六歳「升菴軼事」（一一三頁）にこの朱茹の文を引用し、朱茹の兄の南谷（名は藻）は大禮の議の關係者であることを指摘し、「聞く所此くの如し」とし、『明史稿』や『明史』が「小傳」の記述を本傳に組み込んだのは、楊愼の放浪落剝の苦を强調するためだとしている。

一五　嘗醉、胡粉傅面……諸伎擁之遊行城市　この逸話は、王世貞『藝苑巵言』巻六に基づく。「用脩在瀘州、嘗醉胡粉傅面、作雙丫髻插花、門生舁之、諸伎捧觴游行城市、了不爲怍。人謂此君故自汙、非也。一措大裹赭衣、何所可忌。特是壯心不堪牢落、故耗磨之耳（用脩　瀘州に在りて、嘗て醉いて胡粉もて面に傅け、雙丫髻を作して花を插し、門生之を舁ぎ、諸伎觴を捧げて城市に游行し、了に怍と爲さず。人　此の君故り自ら汙すと謂うは、非なり。一措大、赭衣を裹う〔一貧乏學者で赤褐色をした囚人服に身を包む立場では〕、何の忌むべき所あらん。特だ是れ壯心の牢落に堪えず、故に之を耗磨するのみ）」。同じ話は焦竑『玉堂叢語』巻七任達にもみえる。なお、楊愼が白粉をつけて女装した話は明の沈自徵によって『簪花髻』（『盛明雜劇』所收）という名で戯曲化され、人口に膾炙している。

一六　**諸夷酋以精白綾作褫……裝潢成卷**　この逸話も王世貞『藝苑卮言』巻六に基づく。「用脩謫滇中、有東山之癖。諸夷酋欲得其詩翰、不可。乃以精白綾作褫、遺諸伎服之、使酒間乞書。楊欣然命筆、醉墨淋漓裙袖、酋重賞伎女購歸、裝潢成卷。楊後亦知之、便以爲快（用脩 滇中に謫せられ、東山の癖〔謝安のような妓女遊びの癖〕有り。諸夷酋 其の詩翰を得んと欲するも、可ならず。乃ち精白の綾を以て褫〔ベスト〕を作り、諸伎に遺りて之を服せしめ、酒間に書を乞わしむ。楊は欣然として筆を命じ、醉墨 裙袖に淋漓なれば、諸酋は伎女に重賞して購いて歸り、裝潢して卷と成す。楊 後に亦た之を知るも、便ち以て快と爲す）」。同じ話は、謝肇淛『滇略』巻一〇や焦竑『玉堂叢語』巻七任達にも見える。

「褫」は僧侶の袈裟のように肩から羽織る長方形の布、ベストである。これを着て名筆家に書をもらう話は、古くは劉宋の虞龢『論書表』にも見える。「一好事の少年有りて、故に精白の紗褫を作り、著て子敬（王獻之）に詣ず。子敬便ち取りて之に書す。草正の諸體悉く備わり、兩袖及び褾（袖口）畧ぼ周し（有一好事少年、故作精白紗褫、著詣子敬。子敬便取書之。草正諸體悉備、兩袖及褾畧周）」。

一七　**嘗語人曰、「老顚欲裂風景、聊以耗壯心遺餘年耳」**　これも王世貞『藝苑卮言』巻六に見える話である。「有規楊用修者、答書云、「文有仗境生情、詩或托物起興。如崔延伯毎臨陣則召田僧超爲「壯士歌」、宋子京修史使麗豎爇椽燭、吳元中起草令遠山磨隃麋、是或一道也。走豈能執鞭古人、聊以耗壯心、遺餘年。所謂老顚欲裂風景者、良亦有以。不知我者不可聞此言、知我者不可不聞此言」（楊用修を規す者有り、答書に云う、「文は境に仗りて情を生ずる有り、詩は或いは物に托して興起こる。崔延伯 陣に臨む毎に則ち田僧超を召して「壯士歌」を爲さしめ、宋子

京 史を修するに麗豎をして椽の燭を爇やさしめ、吳元中 起草するに遠山をして隃麋〔隃麋の墨〕を磨らしむが如きは、是れ或いは一道なり。走るに豈に能く鞭を執らんや、古人は聊か壯心を耗するを以て、餘年を遣る。所謂老顚 風景を裂かんと欲する者は、良に亦た以有り。我を知らざる者は此の言を聞くべからず、我を知る者は此の言を聞かざるべからず」と)」。謝肇淛『滇略』卷一〇にも同じ話が見える。なお、楊愼を規戒したのは、楊愼の雲南時代の友人である劉繪である。楊愼の劉繪に對する返書は『升庵集』卷六「答重慶太守劉嵩陽書」であり、劉繪の書簡「與升庵楊太史書」もその後に附されている。

一八　著述最富、詩文集之外、凡百餘種、皆盛行於世　李卓吾「修撰楊公傳」は「生平著述百餘種」として一百十七種を擧げる。王世貞『藝苑卮言』卷六は「明興り、博學と稱し、著述饒かなる者、蓋し用修に如くは無し」といい、その撰する所として四十五種、編纂する所として四十三種を擧げる。萬曆三十年（一六〇二）刻の何宇度『益部談資』は卷中で、見る所の已刻が二十九種、未見の已刻が三十九種、未刻が七十一種で、合計一百四十種とする。焦竑『玉堂叢語』卷一は、一百五十二種を擧げる。そのうち生前、世に行われていたものとしては、『升庵文集』・『升庵長短句』・『丹鉛錄』・『丹鉛續錄』・『丹鉛總錄』・『丹鉛餘錄』・『全蜀藝文志』・『赤牘清裁』・『選詩外編』・『選詩拾遺』・『滇程記』・『滇載記』・『六書博證』・『轉注古音略』・『墨池瑣錄』・『風雅逸篇』・『古雋』などがある。

楊愼の著述の多さは、彼が該博な學識を有し、かつ三十數年の長きにわたり邊境に在って、公務に煩わされることなく學問著作に專念できる時間があったことによる。四川省圖書館編『楊升庵著述目錄』は楊愼の編著を二百九十八種とするが、楊愼に假託された僞作も多いといわれている。

主要作品は四川巡撫張士佩が編訂し萬曆十年（一五八二）に刻された『升庵集』（『升庵全集』とも）八十一卷に收められており、楊愼の著述について重複を除き、賦と文十一卷、詩二十九卷、雜著四十一卷としている。そのほか道光年間に刻された明焦竑編輯の『升庵外集』一百巻と明楊金吾編輯の『升庵遺集』二十六巻がある。詞や曲や彈詞を集めた『升庵長短句』や樂府集である『陶情樂府』、小説の『二十一史彈詞』等がある。近人による評點本としては、楊愼の各種詩話を集めた王仲鏞箋證『升庵詩話箋證』（上海古籍出版社、一九八七）と楊文生著『楊愼詩話校箋』（四川人民出版社、一九九〇）がある。王文才・萬光治等編注『楊升庵叢書』全六册（天地出版社、二〇〇二）は、『楊升經說』・『檀弓叢訓』・『轉注古音略』・『古音略例』なども含む四十種の著述を集めている。

一九　用修垂髫賦「黃葉」詩、爲茶陵文正公所知　「茶陵」は湖南茶陵の出身である李東陽（一四四七〜一五一六、本書「九　李東陽」參照）のこと。楊愼よりも四十一歳年上で、成化・弘治・正德の三朝に仕えた文壇の重鎮で、父の內閣在任中の同僚でもあった。李東陽に推賞されたという逸話は、李卓吾「修撰楊公傳」に基づく。「辛酉、石齋公服闋、愼亦入京師、有「過渭城送別詩」及「霜葉賦」。一日偶作「黃葉詩」、李文正公見之曰、「此吾小友」。乃進之門下、命擬「出師表」及傅奕「請汰僧尼表」。文正覽之、謂不減唐宋詞人（辛酉〔弘治十四年〕、石齋公〔楊廷和〕服闋わり、愼も亦た京師に入るに、「過渭城送別詩」及び「霜葉賦」有り。一日偶たま「黃葉詩」を作り、李文正公〔李東陽〕之を見て曰く、「此れ吾が小友なり」と。乃ち之を門下に進ませ、「出師表」及び傅奕の「請汰僧尼表」を擬するを命ず。文正 之を覽て、唐宋の詞人に減ぜずと謂う）」。

二〇　登第又出門下、詩文衣鉢實出指授　楊愼は注一九のように、少年時代に李東陽の知遇を得ていた。何良俊『四友齋叢說』巻二六によれば、李東陽は門下生の面倒見が良かったらしい。「李西涯の當國の時、其の門生 朝に滿つ。西涯又た延納獎拔を喜び（人を招いたり引き立てたりするのが好きで）、故に門生或いは朝罷り或いは散衙の後、卽ち其の家に群集し、藝を講じ文を談じ、日夜を通じて以て常と爲す（李西涯當國時、其門生滿朝。西涯又喜延納獎拔、故門生或朝罷或散衙後、卽群集其家、講藝談文、通日夜以爲常）」。

二一　**北地哆言復古、力排茶陵、海内爲之風靡**　北地とは陝西出身であった古文辭前七子の領袖李夢陽（一四七二〜一五二九、本書「一六　李夢陽」）のこと。この段は李夢陽らが李東陽の臺閣風の詩風を批判して興ったことを指す。李東陽の「小傳」には「北地の李東陽、一旦崛起し、侈に復古を談ず。竄竊剽賊の學を攻め、先正を詆諆し（前代の賢臣を謗って攻撃し）、以て一世を劫持す（北地李夢陽、一旦崛起、侈談復古、攻竄竊剽賊之學、詆諆先正、以劫持一世）」とみえる。

二二　**用修乃沈酣六朝**　楊愼は六朝詩派と呼ばれることが多い。楊愼の『升庵詩話』には六朝の流麗婉約な詩風に關する賞贊が溢れている。また、『文選』に影響を受けて、『選詩外編』九卷と『選詩拾遺』を編纂しており、そこでは六朝詩は初唐や盛唐の濫觴として位置づけられている。左に『選詩外編』と『選詩拾遺』の自序を擧げておく。

○「選詩外編序」（『升庵集』卷二）

予『選詩外編』を彙次し、分かちて九卷と爲す、凡そ二百若干首。反復して之を觀るに、因りて興起する所有り、遂に序して以て其の義を發して曰く、「詩は黄初・正始自りの後、謝客（謝靈運）俳章偶句を以て、永嘉に倡う。隱侯（沈約）は切響浮聲を以て、永明に傳う。操觚の輊才、靡然として之に從う。蕭統の收むる所は、齊・梁の間と雖も、固り已に古法に純ならざる者有り。是の編は漢より起り梁迄、皆な『選』の棄てし餘なり。北朝の陳・隋は、則ち『選』の未だ及ばざる所なり。其の旨趣を詳らかにし、其の體裁を究むるに、世代相沿い、風流日び下り、音節を塡括し、漸く律體を成す。蓋し緣情綺靡の說（陸機「文賦」）勝り、而して溫柔敦厚の意（儒家の詩歌觀）荒なり。大雅の君子、宜しく取る所無かるべし。然れども藝を以て之を論ずるに、杜陵は詩宗なり、固り已に夫の人の清新俊逸（庾信の清新、鮑照の俊逸）を賞し、而して後生の指點流傳を戒む。乃ち知る六代の作、其の旨趣は以て大雅に影響するに足らずと雖も、其の體裁は實に景雲・垂拱（初唐詩）の先驅にして、

天寶・開元（盛唐詩）の濫觴なり。獨ぞ此れを少くべけんや。若し夫れ時風の淳漓を考え、作者の高下を分かたば、則ち君子或いは取る有り。是れ亦た以て觀るべし（予彙次『選詩外編』、分爲九卷、凡二百若干首。反復觀之、因有所興起、遂序以發其義曰、「詩自黃初・正始之後、謝客以俳章偶句、倡於永嘉。隱侯以切響浮聲、傳於永明。操觚輊才、靡然從之。雖蕭統所收、齊・梁之間、固已有不純於古法者。是編起漢迄梁、皆『選』之棄餘。北朝陳・隋、則『選』所未及。詳其旨趣、究其體裁、世代相沿、風流日下、塡括音節、漸成律體。蓋緣情綺靡之說勝、而溫柔敦厚之意荒矣。大雅君子、宜無所取。然以藝論之、杜陵詩宗也、固已賞夫人之清新俊逸、而戒後生之指點流傳。乃知六代之作、其旨趣雖不足以影響大雅、而其體裁實景雲・垂拱之先驅、天寶・開元之濫觴也。獨可少此乎哉。若夫考時風之淳漓、分作者之高下、則君子或有取焉。是亦可以觀矣）。

○「選詩拾遺序」（『升庵集』卷二）

漢代の音は以て則すべし、魏代の音は以て誦すべし、江左の音は以て觀るべし、則ち流例參差し、散偶盻分すと雖も、音節の尺度は粲如たり。有唐の諸子、法を斯れに效い、材を斯れに取る。昧者 顧だ或いは唐を尊び六代を卑しむは、是れ枝を以て幹を笑い、潘（表面のうずまき水）に從い淵を非るなり。而して可ならんや。余『漢志』藝文・『隋志』經籍を觀るに、跡は斑斑として目は睽睽たり。徒だ其の名を見るも、未だ其の書を覩ず。一たび披き臨む每に、輒ち三たび太息す。此れ秦焚の厄（秦の焚書）、漢挾の禁（漢代民間で書物を所藏するのを禁じたこと）有るに非ざるなり。直だ好者の幾くも亡きに由りて、流傳の餘靡きを致す。惜しいかな。宋『文苑英華』を集むるの日に方り、篇籍自ら具わるなり。陋儒は大雅を論ずるに足らず、乃ち唐人に謹しみて先世を略し、遂に古調をして聲閴し（寂靜にし）、往體景滅す。悲しいかな。梁代の築臺の選、唐人の梵龕の編（僧惠淨の『續古今詩苑英華集』二十卷を指す）は、操觚の珍する所にして、諸れを日月に懸け、伐柯の取則は、丹臒に炳く。二堡の署する所、予得て之を收め、『選』の外編を爲る。又た放失を網羅し、叢殘を綴合し、積むに歲月を以てし、復た卷帙に盈つ。稍や時代を分かち、別に詮次を定め、仍お『選詩拾遺』を以て其の目に題す。嗚呼、昔の遺軼の、重ねて悲惜すべき者は、業已に追及すべき莫し。幸いに頗る存する者は、宜しく諼るる無かるべし。其れ諸君子、亦た此を樂しむ者有らんや（漢代之音可以則、魏代之音可以誦、江左之音可以觀、雖則流例參差、散偶盱分、音節尺度粲如也。有唐諸子、效法於斯、取材於斯。昧者顧或尊唐而卑六代、是以枝笑幹、從潘非淵也。而可乎哉。余觀『漢志』藝文・『隋志』經籍、跡斑斑而目睽睽。徒見其名、未覩其書。每一披臨、輒三太息。此非有秦焚之厄、漢挾之禁也。直由好者亡幾、致流傳靡餘。惜哉。方宋集『文苑英華』曰、篇籍自具也。陋儒不足論大雅、乃謹唐人而略先世、遂使古調聲閴、往體景滅。悲夫。梁代築臺之選、唐人梵奩之編、操觚所珍、懸諸日月、伐柯取則、炳於丹臒矣。二堡所署、予得而收之、爲『選』之外編。又網羅放失、綴合叢殘、積以歲月、復盈卷帙。稍分時代、別定詮次、仍以『選詩拾遺』題其目。嗚呼、昔之遺軼、可重悲惜者、業已莫可追及。幸頗存者、宜無諼矣。其諸君子、亦有樂於此者歟）。

楊愼の六朝詩への傾倒については、王世貞が『明詩評』卷一に「修撰楊の筆は手運に任せ、誦は自成に由る。……凡そ材を取る所は、六朝を冠と爲し、固り一代の雄匠なるかな（修撰筆任手運、誦由自成。……凡所取材、六朝爲冠、固一代之雄匠哉）」といい、胡應麟は『詩藪』續編卷一に「楊用修の格は高き能わざるも、清新綺縟は、獨だ六朝の秀を綴し、合作の者は殊に自ら斐然たり（楊用修格不能高、而清新綺縟、獨綴六朝之秀、合作者殊自斐然）」と述べる。

二三　**攬采晩唐**　王文才『楊愼學譜』（上海古籍出版社、一九八八）は四八三頁に「小傳」を引いて、ここの「晩唐」の部分に「當作初唐」と注している。おそらく王文才は、楊愼の「選詩外編序」に「乃知六代之作、其旨趣雖不足以影響大雅、而其體裁實景雲・垂拱（初唐詩）之先駈、天寶・開元（盛唐詩）之濫觴也」とあることなどから、

「晩唐」が「初唐」の誤記だと考えたのであろう。しかし、まず、ここでいう晩唐とは、今日いうところの中唐を含んだ晩唐であることは押さえておかねばなるまい。また、楊愼が「晩唐」詩に對して一家言を有していたことは、次の『升庵詩話』巻一一「晩唐兩詩派」にも明らかである。これは晩唐には二派あることを論じたものである。「晩唐の詩は分ちて二派と爲す。一派は張籍に學び、則ち朱慶餘・陳標・任蕃・章孝標・司空圖・項斯 其の人なり。一派は賈島に學び、則ち李洞・姚合・方干・喩鳧・周賀・九僧 其の人なり。其の間多しと雖も、此の二派を越えず、其の中に學び、日び下に趨く。……晩唐は惟だ韓・柳を大家と爲す。韓・柳の外、元・白皆な自ら家を成す。餘の李賀・孟郊の如きは「騒」を祖とし謝を宗とし、李義山・杜牧之は杜甫を學び、溫庭筠・權德輿は六朝を學び、馬戴・李益は盛唐の風格を墜さず、晩唐を以て之を目すべからず。數君子は眞に豪傑の士なるかな。彼の張籍・賈島に學ぶ者は、眞に褌中に處（お）るの虱なり。二派は『張洎集』の項斯詩に序するに見る、余の臆説に非ざるなり（晩唐之詩分爲二派。一派學張籍、則朱慶餘・陳標・任蕃・章孝標・司空圖・項斯其人也。一派學賈島、則李洞・姚合・方干・喩鳧・周賀・九僧其人也。其間雖多、不越此二派、學乎其中、日趨於下。…晩唐惟韓・柳爲大家。韓・柳之外、元・白皆自成家。餘如李賀・孟郊祖「騒」宗謝、李義山・杜牧之學杜甫、溫庭筠・權德輿學六朝、馬戴・李益不墜盛唐風格、不可以晩唐目之。數君子眞豪傑之士哉。彼學張籍・賈島者、眞處褌中之虱也。二派見『張洎集』序項斯詩、非余之臆説也）」。

二四　創爲淵博靡麗之詞　「淵博」は學問が該博で深淵であること。「靡麗」は流麗さ。ここでは一見矛盾するかのような二つの特徴を兼備した文辭が彼によって生み出されたことをいう。明における六朝派には、楊愼のほかにたとえば祝允明（本書「一三　祝允明」）や進士及第前の徐禎卿（本書「一四　徐禎卿」參照）がいる。ただし、王世貞『藝苑卮言』巻六は徐禎卿と楊愼の才と學識を比較して「徐昌穀は六朝の才有るも其の學無し、楊用脩は六朝の學有るも其の才無し（徐昌穀有六朝之才而無其學、楊用脩有六朝之學而非其才）」という。

二五　其意欲壓倒李・何、爲茶陵別張壁壘、不與角勝口舌間也　李夢陽や何景明が「詩は必ず盛唐」と、目標とする時代を限るのに對して、李東陽は「漢魏六朝唐宋元詩、各自體を爲す」（『懷麓堂詩話』）といい、文學には時代ごとに良さがあるという立場である。この姿勢は、楊愼の「人人有詩、代代有詩」（『升庵集』巻三「李前渠詩引」）という文學觀に引き繼がれている。楊愼はまた「文字之衰」（『升庵集』巻五二）で古文辭が高く評價する高棅を手嚴しく批判する。「詩の高き者は漢・魏・六朝なるに、宋人は詩は『選』に至りて一厄と爲ると謂い、而して詩を學ぶ者は但だ李・杜を知るのみ。高棅は詩を知らざる者なるに、漢・魏に由りて盛唐に入るは、是れ周・孔に由りて顏・孟に入ると謂うに及ぶ（詩之高者漢・魏・六朝、而宋人謂詩至『選』爲一厄、而學詩者但知李・杜而已。高棅不知詩者、及謂由漢・魏而入盛唐、是由周・孔而入顏・孟）」。

二六　援據博則舛錯良多　楊愼には考證に關する著述が多く、明代の考據學の開祖として知られる。これがのちの清代考據學に發展した（林慶彰『明代考據學研究』臺灣學生書局、一九八六、修訂本參照）。楊愼の考證は『丹鉛餘錄』『續錄』『摘錄』『總錄』や『譚苑醍醐』など、その對象は經書や文字音義に始まり、史地などにも及んでいる。しかし、雲南という邊境に在ったゆえに圖書閲覽の機會が少なく、そのため記憶に頼った記述となり、考證や引用に誤りが多いことも事實である。また考證の際にも「古本を得たり」あるいは「古本に云う」というのみで、その出處の詳細を書さない場合が多い。そのため楊愼の考證に異を唱える者も相次ぎ、胡應麟は楊愼の說に反駁し、『丹鉛新錄』八巻や『藝林學山』八巻を成し、陳耀文は『正楊』四巻を著わした。銭謙益も楊愼の考證癖を「俗學」と呼び、「瑞芝山房初集」（『初學集』巻三二）に次のように批判する。「前代の詩を以て蜀に鳴る者、楊用修に如くは無し。用修の材を取ること博し、然れども俑耳剽目、終身焉として古人の隷人と爲りて知らざるなり。粉墨青朱、錯互叢龐し、窮老して氣盡き、其の端原に迷う者にして、其の病を受くるは皆能く爲すを以て工と爲す者なり（前

代以詩鳴蜀者、無如楊用修。用修之取材博矣、然傭耳剽目、終身焉爲古人之隸人而不知也。粉墨青朱、錯互叢龐、窮老盡氣、迷其端原者、其受病以能爲爲工者也）」。

二七　**摹仿慣則瑕疵互見**　古詩十九首や漢魏の樂府に倣った擬古詩のほか、楊愼は六朝詩を模倣する詩も多く作っている。六朝に倣った詩には『升庵集』巻一三「靈菊篇效陸平原」「華燭引」「又別擬製一篇」、巻一九「出塞 地名六朝體也」、巻二〇「赤岸山送別效謝靈運」、巻二一「秋夕效六朝體」、巻二二「小春紅梅效徐・庾體」などがある。

二八　**竄改古人、假託往籍、英雄欺人、亦時有之**　「英雄欺人」は李攀龍「唐詩選序」の「太白は縱横にして、往往にして彊弩の末、間に長語を雜じえ、英雄人を欺くのみ」に基づく語で、非凡な才があるものは才知に長け、往々にして人の目を眩ませるという意味。楊愼は僞書を多く創作したことでも知られている。中でも『漢雜事祕辛』一巻、『南中志』一巻、『石鼓文音釋』三巻『附錄』一巻、『古文參同契』三巻が有名である。『漢雜事祕辛』は漢桓帝の懿德皇后が妃に選ばれて册立される經緯を描いたもの。楊愼の跋文があり、「安寧土知州萬氏より得たり」というが、內容はポルノに近い。諸書目に見えず、明の沈德符は『敝帚軒剩語』で「卽ち愼の僞作する所」と斷じている。『南中志』は南中郡（雲南貴州）の地方志。明の顧應祥の序文があり、『華陽國志』に附された形で、雲南に流謫となっていた楊愼から舊藏書からの手錄として呈示されたという。これも諸書目に見えず、年號に誤りも多いため、今日では楊愼による僞書と見なされている。また、『石鼓文音釋』三巻『附錄』一巻には石鼓文の全文が收錄されており、楊愼の自序は李東陽の舊本によって蘇東坡の篆籀の全本を錄したという。しかし、蘇東坡自身は「石鼓歌」の自註に「辨ずべき者は僅かに「維鱮貫柳」の數句のみ」と稱しており、東坡のときにすでに全文が傳わっていなかったことは明らかである。これは楊愼が東坡に僞托したものである。『古文參同契』は、楊愼の序によれば、南方にて地中の石函から東漢の道士魏伯陽による『參同契』の古文を得たというが、これも楊愼の僞撰とされる。このほか、書坊が楊愼の作を騙ったものもかなりあったようである。たとえば、『四庫全書總目提要』は、『別本家禮儀節』八巻、『南詔野史（昆明倪輅集）』一巻、『可知編』八巻、『廣夷堅志』二十巻、『詞林萬選』四巻（楊愼の『詞林萬選』ではなく、後人の僞托）、『翰苑瓊琚』八巻、『三蘇文範』十八巻について、書坊が楊愼に假託した書だと斷じている。

二九　要其鈎索淵深、藻彩繁會　「鈎索淵深」は材を取るのが博く深いこと。上文の「淵博靡麗之詞」の「淵博」にあたる。「藻彩繁會」は「靡麗」にあたり、文辭が豐盛で華麗なことを指す。楊愼が信奉した六朝の庾信は綺豔と評されている。

三〇　自足以牢籠當世、鼓吹前哲　ここの「牢籠」は世を覆い、壓倒すること。『周書』の王褒庾信傳論に「唯王褒・庾信奇才秀出、牢籠於一代」とある。「鼓吹前哲」は先人を宣揚することだが、ここでは楊愼が『文選』に代表される六朝詩を鼓吹したことを指すのであろう。

三一　膚淺末學、趨風仰止　「趨風」は人を敬うあまりその前をすばやく走り去ること。「仰止」は仰ぎみること。「新刻十三經注疏序」（『初學集』巻二八）に「余 故に其の請に狥（したが）いて之が序を爲る。膚淺の末學、橈昧を揆（はか）らず、聖經に序贊す、諸れを譬うるに天地を測量し、日月を繪畫す、愚に非らずんば則ち狂なり（余故狥其請而爲之序。膚淺末學、不揆橈昧、序贊聖經、譬諸測量天地、繪畫日月、非愚則狂）」とある。

三二　固未敢抵隙蹈瑕、横加訾謷也　「抵隙蹈瑕」は人の過失につけこんであれこれ言いたてること。淺學菲才の者が楊愼の失考について批判するなどおこがましいというのだが、これは楊愼の考證に反駁した胡應麟や陳耀文を意識した發言である。胡應麟は楊愼の『丹鉛録』に對して『丹鉛新録』八巻や『藝林學山』八巻を成し、陳耀文は『丹鉛録』考證百五十條に反駁する『正楊』四巻を著わした。こうした當時の考據學の隆盛について、明の朱國楨

『湧幢小品』巻一八は「楊用修は博學にして、『丹鉛錄』の諸書有り、便ち『正楊』有れば、又た『正正楊』有り。古人・古事・古字、此の書彼れの如く、彼の書此くの如く、散見雜出し、各おの相い同じからず。其の一を見て、其の二を見ず、鬨然として相い駁し、前人に暗笑せらるるを免かれず（楊用修博學、有『丹鉛錄』諸書、便有『正楊』、又有『正正楊』。古人・古事・古字、此書如彼、彼書如此、散見雜出、各不相同。見其一、不見其二、鬨然相駁、不免被前人暗笑）」と批判している。

三三　王元美曰、「用修工於證經……失之耳目之前」　王世貞『藝苑卮言』巻六にいう。「楊工於證經而疏於解經、博於稗史而忽於正史、詳於詩事而不得詩旨、精於字學而拙於字法、求之宇宙之外而失之耳目之前。凡有援據、不妨墨守、稍涉評擊、未盡輸攻（楊は證經に工みなるも解經に疏なり、稗史に博きも正史に忽かなり、詩事に詳しきも詩旨を得ず、字學に精しきも字法に拙し、之れを宇宙の外に求めて之れを耳目の前に失す。凡そ援據有りて、墨〔墨子〕の守を妨げざるも、稍や評擊に涉れば、未だ輸〔公輸盤〕の攻を盡くさず）」。

三四　庶哉楊氏之諍友乎　諍友は直言してくれる友をいう。ただし、清の周中孚はこうした王世貞の楊慎評に異を唱え、『鄭堂讀書記』「升庵經說」の條に「升菴は考證に精しく、故に說經の書、修能して（才能を發揮して）引據は確切なり、獨だ己が見を申すに、殊に傳注を株守するに勝り、曲げて附會の者を爲す。王弇州謂えらく其の證經に工みにして解經に疏なりと。夫れ證經は卽ち解經の所以にして、其の致は一なり。弇州は離して之を二とす、豈に升菴を知る者ならんや（升菴精於考證、故說經之書、修能引據確切、獨申己見、殊勝於株守傳注、曲爲附會者。王弇州謂其工於證經而疏於解經。夫證經卽所以解經、其致一也。弇州離而二之、豈知升菴者哉）」という。

（野村鮎子）

二一　王慎中　正德四年（一五〇九）～嘉靖三十八年（一五五九）

丁集卷一　王參政慎中[一]

慎中、字[二]道思、晉江人[三]。嘉靖丙戌[四]進士、年十八[五]、授戶部主事、改禮部祠祭司[六]。上方興禮樂[七]、改建四郊。道思博通典故、以稱職聞。朝議[八]取部屬充館職、謝弗往、改吏部[九]、歷驗封郎中、爲永嘉[一〇]所惡、謫判常州。稍遷[一一]南戶・禮二部、陞山東[一二]提學僉事、轉江西[一三]參政・河南[一四]左參政。辛丑外計[一五]、又爲貴溪[一六]所惡、內批不謹、罷歸。年五十一[一七]而卒。

道思在郎署、與[一八]一時名士所謂八才子者、切劘[一九]爲詩文、自漢[二〇]以下、無取焉。再起[二一]留曹、肆力問學、始盡棄其少作、一意爲曾・王之文、演迤[二二]詳贍、蔚爲文宗。唐應德[二三]初見之、議論不相下、已遂舍所學從之。嘗[二四]謂李中麓曰、公但敬服荊川、不知荊川得我之緒餘耳。其自信如此。詩體[二五]初宗豔麗、工力深厚、歸田以後、攙雜講學、信筆自放、頗爲詞林口實、亦略應德相似云。

【訓讀】

慎中、字は道思、晉江（福建泉州府）の人なり。嘉靖丙戌（五年、一五二六）の進士。年十八（二十の誤り）にして、（七年、一五二八）戸部主事（正六品）を授かり、（九年、一五三〇）禮部祠祭司（主事。正六品）に改めらる。（同年九月）上（世宗）方に禮樂を興し、四郊を改建せんとす。道思博く典故に通じ、稱職を以て聞こゆ（適任だという評判だった）。朝議 部屬（六部の屬官）を取りて館職（翰林）に充てんとするも、謝して往かず、吏部（考功員外郎、從五品）に改められ、驗封郎中（正五品）を歷すも、永嘉（張璁）の惡む所と爲りて、（十三年、一五三四）謫せされ常州（南直隸常州府）に（通）判（正六品）となる。稍く（そののち）南（京）戸（戸部主事、正六品）・禮（禮部員外郎、從五品）二部に遷り、（十五年、一五三六）山東提學僉事（正五品）に陞げられ、（十七年、一五三八）江西參政（參議の誤り。參議は從四品）・（十八年、一五三九）河南左參政（從三品）に轉ず。辛丑（二十年、一五四一）に外計（外官の監査）あり、又た貴溪（夏言）の惡む所と爲り、內批不謹（職務怠慢）とし、罷して歸す。年五十一にして卒す（三十八年、一五五九）。

道思 郎署（北京の役所）に在りて、一時の名士所謂八才子なる者と、切劘（切磋琢磨）して詩文を爲すに、漢自り以下、取る無し。再び留曹に起して（南京で起官して）、力を肆して問學するに、始めて盡く其の少きときの作を棄て、一意 曾（鞏）・王（安石）の文を爲し（學び）、演迤詳贍（流暢で內容豊か）、蔚として文宗（文章の宗主）と爲る。唐應德（唐順之）初めて之に見ゆるに、議論 相い下らざるも（お互いに讓らなかったが）、已に遂に學ぶ所を舍て之に從う。嘗て李中麓（李開先）に謂いて曰く、公但だ荊川（唐順之の號）に敬服するのみにして、荊川の我の緒餘（殘餘）を得しを知らざるのみと。其の自信 此の如し。詩體は初め豔麗を宗とし、工力（造詣と力量）深厚なりしも、歸田（官を辭し歸鄉）以後は、講學を攙雜し（講學臭さが混じり）、筆に信せ自ら 放 にし、頗る詞林の口實（話柄）と爲るも、亦た略ぼ應德と相い似たりと云う。

【注】

一　**王參政愼中**　王愼中の傳記資料としては、王惟中「河南布政司參政王先生愼中行狀」（『國朝獻徵錄』卷九二。以下、王惟中「行狀」）、李開先「遵巖王參政傳」（『閒居集』卷一〇。以下、李開先「傳」）、「康王王唐四子補傳」（『閒居集』卷一〇。以下、李開先「補傳」）、雷禮「河南參政王遵巖墓表」（『明文海』卷四三七・墓文九・文苑。以下、雷禮「墓表」）、李贄「參政王公」（『續藏書』卷二六。以下、李贄「王公」）、何喬遠『名山藏』卷八一「王愼中」、『明史』卷二八七・文苑傳・王愼中傳（以下、『明史』本傳）などがある。以下に見るように、錢謙益はこのうち特に李贄「王公」の字句を採用する。

王愼中の傳記的事實の考證としては、著書に、張帆『王愼中評傳』（晉江文化叢書第六輯、廈門大學出版社、二〇一三年八月、總二八〇頁）があり、全體的に參考となる。論文に、王文榮「王愼中生平及著作若干問題辨誤」（北京語言文化大學『中國文化研究』編輯部、二〇〇九年秋之卷所收、八七～九三頁、以下、王文榮［二〇〇九］）があり、特に任官時期の考證に詳しい。また王愼中本人の年譜ではないが、唐鼎元編『明唐荆川先生年譜』（民國二十八年鉛印本、北京圖書館出版社『宋明理學家年譜續編』二〇〇六、影印所收、以下、唐鼎元『唐荆川年譜』）が參考になる。

王愼中の別集の版本については『四庫全書提要』「遵巖集」に「愼中集、舊有『玩芳堂摘稿』『遵巖家居』諸刻、率雜以少作」とあるように、まず嘉靖二十九年に蔡克廉の刻本『玩芳堂摘稿』四卷（上海圖書館等藏、『四庫全書存目叢書』集部第八八册所收）、さらに嘉靖三十一年に句吳書院の刻本『王遵巖家居集』七卷（上海圖書館等藏）が出た。これらには若年期の作品も收錄されているが、分量は四卷・七卷と少ない。おそらくはこの二本を基に作品の追加削除がなされて、嘉靖四十五年に安陽の劉溙の刻本『王遵巖先生文集』四十一卷（北京圖書館等藏）が出版されたのだろう。以降の版本の流れは王文榮［二〇〇九］に詳しい。隆慶五年には二種の版本、邵廉の刻本『王遵巖先生文集』四十一巻と嚴鎡の刻本『遵巖先生文集』二十五巻が出版され、この嚴鎡刻二十五巻本は後に文淵閣四庫全書本二十四巻や摛藻堂會要本二十五巻へとつながっていく。淸の康熙五十年には、閩中同人書社刻『遵岩先生文集』四十二巻が出版されている。本稿では、參照の便を考慮し、隆慶五年邵廉刻本『遵巖先生文集』四十一巻（『北京圖書館古籍珍本叢刊』一〇五冊所收。以下、王愼中『文集』）を底本とした。

二　字道思　號は、南江・遵巖など。『明史』本傳には「愼中初號遵巖居士、後號南江」とする。李開先「傳」によると「初號南江、後改遵巖、名盛而兩號竝稱」とあり、また歐陽德「南江子贈言」（『歐陽南野先生文集』巻七）にも「乙未（嘉靖十四年、一五三五）、南江今改號爲遵巖」とあることから『明史』の誤りがわかる。李開先「傳」、『名山藏』巻八一「王愼中」には呼稱として「王仲子」を採る（五人兄弟の次男であることから）。『明人室名別稱字號索引』（上海古籍出版社、二〇〇二）は他に「思毅」という號を載せるが基づくところ未詳。また齋室名に玩芳堂（王愼中『玩芳堂摘稿』より）がある。

三　晉江人　晉江は、福建泉州府晉江縣、現在の福建省泉州市晉江市。

四　嘉靖丙戌進士　嘉靖五年（一五二六）に第二甲第五十名にて合格（『明淸進士題名碑錄索引』文史哲出版社、一九八二）。

五　年十八、授戶部主事　以下任官の考證は王文榮［二〇〇九］に詳しい。「小傳」の記載には問題があり、本文に從えば進士登第後、十八歳になった時點で戶部主事を授けられたと讀めるが、實際には登第時すでに十八歳。『明史』等は「十八擧嘉靖五年進士」と訂正する。戶部主事に任官した年齡は『明史』も十八歳と讀めるが、實際には「明年嘉靖丙戌 進士に第し、疏して歸し娶らんことを乞う。二十にして、赴して戶部主事に銓授され、通州に監兌

（民糧の運搬監督）たり（明年嘉靖丙戌第進士、疏乞歸娶。二十、赴銓授戸部主事、監兌通州）」（雷禮「墓表」）からわかるように、その二年後（嘉靖七年、一五二八）である。

六 改禮部祠祭司 禮部に移ったのは、王愼中『文集』巻四一「寄道原（王惟中の字）弟書」其十に「我爲禮部時、年二十二三」とあることから、二十二歳の嘉靖九年（一五三〇）。その時の地位は主事（兪汝楫『禮部志稿』巻四三「祠祭司主事」）。その翌年には主客司員外郎（從五品）に昇格する（同前「主客司員外郎」に「王愼中 道思、福建晉江人。丙戌進士、嘉靖十年任、歷參政」）。ただし王惟中「行狀」には主客司員外郎への昇格は、嘉靖十一年の出來事だと記される（「壬辰春……、是歲轉主客員外郎」）。

またこの間、「小傳」『明史』に記載されない履歴としては、『世宗實錄』巻一二七・嘉靖十年閏六月丙申に、廣東省の鄕試の主考官に任ぜられたことが記される（王惟中「行狀」にも）。

七 上方興禮樂、改建四郊。……以稱職聞 「禮樂」「改建四郊」等の字句は李開先「傳」の「世廟方重祭興文、制禮作樂、四郊改建、百役奔馳。仲子（王愼中）正是祠祭之司而淸華之選、督工考典、以副尙書之倚托、而極職事之規畫」を踏まえる（李贄「王公」もほぼ同文）。嘉靖九年（一五三〇）、世宗は四郊分祀を行い、それまでの天地壇を、南郊の圜丘（いわゆる天壇）、北郊の方丘（いわゆる地壇）に分け、東に朝日壇、西に夕月壇を設立した（『明史』巻四八・禮二「郊祀之制」等參照）。その際、王愼中は服務に忠實だとして賞された。『世宗實錄』巻一一九・嘉靖九年十一月庚戌に「詔して圜丘に效勞せし官匠人員を賞す、……管事主事龔輗・王愼中・陳束各おの俸一級を陞（すす）む（詔賞圜丘效勞官匠人員、……管事主事龔輗・王愼中・陳束各陞俸一級）」。

八 朝議取部屬充館職、謝弗往 李開先「傳」の「朝議改格用人、將取部屬充館職」（李贄「王公」もほぼ同文）を踏まえる。この部分は、四郊分祀の直後、その功績から翰林に採用されかけたように讀めるが、實際には三年後の嘉靖十二年七月頃（やや前）の出來事である。『世宗實錄』巻一五二・嘉靖十二年七月庚午に「吏部考功司主事唐順之・禮部儀制司署外郎陳束……を改め、俱に翰林院編修と爲す。是より先、上 翰林侍從の人少なきを以て、吏部に詔して方正にして學術有り衆望の歸する所と爲る者を博采し其の選に充つ。是に于いて、部臣 順之等十人の名を疏して上するに、詔あり七人改補すること擬の如くす、其の罷を報ずる者三人、任翰・王愼中・曾忭なり（改吏部考功司主事唐順之・禮部儀制司署外郎陳束……、俱爲翰林院編修。先是、上以翰林侍從人少、詔吏部博采方正有學術爲衆望所歸者充其選。于是、部臣疏順之等十人名上、詔七人改補如擬、其報罷者三人、任翰・王愼中・曾忭也）」。

『明史』本傳では「（嘉靖）十二年、詔して部郎に簡して翰林と爲さんとするに、衆 首めに愼中を擬す。大學士張孚敬（張璁）一見せんと欲すも、辭して赴かず、乃ち稍く吏部に移る（十二年、詔簡部郎爲翰林、衆首擬愼中。大學士張孚敬欲一見、辭不赴、乃稍移吏部）」と、張璁との會見を拒否したため選に漏れたと、「小傳」に近い記載になっている。

これは王惟中「行狀」や李開先「傳」に、その經緯が述べられるのを踏まえたのだろう。王惟中「行狀」に、「天子 文治を嚮意し、詔して才學の臣十人を取りて以て史館に充てんとするに、先生 之が首爲り。權貴人 先生を致さんと欲し、人をして語ら使めて曰く、「一見を得よ、館職は定むるに足らざるなり」と。先生固く往謁せず、乃ち九人を點用し、獨り先生のみ竟に沮まれ用いられず。是れ自り、朝論嗷嗷たりて、失人（人材を失った）の誚り有り、乃ち先生を改して吏部と爲し、以て衆望を塞す、考功員外郎由り驗封郎中に陞る（天子嚮意文治、詔取才學之臣十人以充史館、而先生爲之首。權貴人欲致先生、使人語曰、得一見、館職不足定也。先生固不往謁、乃點用九人、獨先生竟沮不用。自是、朝論嗷嗷、有失人之誚、乃改先生爲吏部、以塞衆望、由考功員外郎陞驗封郎中）」と見える。また李開先「傳」では「朝議 用人を改格し、將に部屬を取り館職にて充てんとするも、諸部屬 仲子（王愼中）に如く者無し。

權貴人其の一見して卽ち之を定めんと欲するに、仲子固く往くを肯んぜず、曰く、吾れ寧ろ館職を失うも、敢て輕易にして身を失せざるなり。已にして乃ち吏部に改められ、以て衆望を塞す（朝議改格用人、將取部屬充館職、諸部屬無如仲子者、權貴人欲其一見卽定之、仲子固不肯往、曰、吾寧失館職、不敢輕易失身也。已乃改吏部、以塞衆望）」と王愼中の言も加わる（李贄「王公」も同内容）。諸資料では「權貴人」と名前をぼかすが、錢謙益は王愼中『文集』卷四一「寄道原弟書」其八（後述）などの記載を基に張璁と斷定し、『明史』はそれを踏襲したのだろう。なお王惟中「行狀」中、「先生爲之首」、「獨先生竟沮不用」は『實錄』によれば誤りである（王愼中が主席ではなく、また三人が不採用）。

九　改吏部、歷驗封郎中　王愼中が吏部に移った正確な時期は明らかでないが、王愼中『文集』卷四一「寄道原弟書」其八に「往時在吏部爲郎、年二十五耳」、また前掲『世宗實錄』卷一五二・嘉靖十二年七月の記述と王惟中「行狀」の「乃改先生爲吏部、以塞衆望、由考功員外郎陞驗封郎中」との對應から判斷して、嘉靖十二年七月以降の年內と推定される。雷禮「墓表」では「思昔壬辰之年、先生官吏部」と嘉靖十一年のこととするが、他の資料と齟齬を來すので採らない。考功淸吏司は官吏の勤務評價を行う官。驗封淸吏司は官爵の世襲等を管掌する官。

一〇　爲永嘉所惡、謫判常州　張璁（一四七五〜一五三九）、字は秉用、のち世宗の諱厚熜を避け、名を孚敬、字を茂恭と變えた。浙江溫州府永嘉縣出身であることから永嘉と呼ばれる。嘉靖年間の大物政治家で、所謂「大禮議」で世宗を支持して拔擢され、嘉靖八年に內閣首輔となった。『明史』卷一九六・張璁傳參照。
經緯は、右副都御史張衍慶（李開先「傳」によれば字「方山」。李贄「王公」・『明史』によれば方士）が父張繼への貤封（自らが受けた稱號を親族に移すよう朝廷に申請すること）を願い出たのを、王愼中が却下し、世宗の怒りを買い左遷させられた。『世宗實錄』卷一六六・嘉靖十三年八月丁巳の條に詳しい。

この一件に張璁が主體的に關わったのかどうかは明らかでないが、王惟中「行狀」には「當事者特に其の文選・考功爲るを欲せず（吏部に殘しておくことを嫌い）、遂に坐謫せられ常州に判たり（當事者特不欲其爲文選・考功、遂坐謫判常州）」と當時の「權力者」の關與が示され、王愼中自身も『文集』巻四一「寄道原弟書」其八に「往時 吏部に在りて郎爲りしとき、年二十五なるのみ。諸交游誰か我を以て功名の至る所 量るべからざると爲さざる。而して我も亦た頗る自負し、畢竟 張の權臣の憾む所と爲りて貶めらる、此れ天なり。豈に張能く力を爲さんや某某輩能く讒を爲さんや（往時在吏部爲郎、年二十五耳。諸交游誰不以我爲功名所至不可量、而我亦頗自負、畢竟爲張權臣所憾而貶、此天也。豈張能爲力而某某輩能爲讒哉）」と、張璁及びその取り巻きの關與を示唆する。李贄「王公」でも「會忌之者短於羅峯張相國、因以覆方士張衍慶請封事、謫判常州」と記されるが、取り巻きの注進により張璁が左遷を決定したと婉曲的な表現であり、『明史』も「忌者讒之孚敬、因覆議眞人張衍慶請封疏、謫常州通判」と李贄の記載を踏襲する。

王愼中が常州通判に左遷された時期については、諸文獻により出入がある。

一、嘉靖十三年說。王愼中『文集』巻三一「中順大夫永州府知府唐有懷公行狀」に「甲午冬、某由吏部郎中謫判常州」。『世宗實錄』巻之一六六に「嘉靖十三年八月……已而郎中王愼中等上疏謝罪。上謫愼中外任」など。

二、嘉靖十四年說。王惟中「行狀」に「當事者特不欲其爲文選考功、遂坐謫判常州、時年二十有七」。また左遷される王愼中を送別した記錄、李開先「遊海甸詩序」（『閒居集』巻六）に「王遵巖愼中……獲譴謫判毘陵。……以嘉靖年乙未三月望日、出阜城門」。

銭謙益は嘉靖十四年說を採り、「小傳」丁集上「吳參議檄」には「李開先「遊海甸詩序」云、嘉靖乙未三月、王遵岩謫判毘陵。……伯華記此事、有關於國論、故詳著之」とする。

しかし唐鼎元『唐荆川年譜』、また王文榮［二〇〇九］の考證によれば、左遷される王愼中を見送った者のうち數名は、嘉靖十四年三月の時點で北京にいなかったことがわかっており、嘉靖十三年の出來事とすべきで、李開先の記憶違い（書かれたのは四十年後）。錢謙益の記載も正しくない。

一一　**稍遷南戸・禮二部**　王愼中が南京に移った時期は、王文榮［二〇〇九］の考證によれば嘉靖十四年七月。毛憲『古庵毛先生文集』卷一〇「七月晦日微雨錫驛別南江」「王南江之留都」の詩から、出發の時期は七月。毛憲は嘉靖十四年十月に亡くなっており（徐問『山堂萃稿』卷一五「徵仕郎禮科給事中毛公行狀」に「公諱憲、姓毛氏、別號古庵。……嘉靖十四年十月二十九日以疾卒、享年六十有七」）、嘉靖十三年には王愼中はまだ常州に左遷前なので、嘉靖十四年のことと推定できる。

戸部・禮部での官職は、王惟中「行狀」に「在郡僅數月、陞南京戸部主事、轉禮部員外郎。禮部于留都尤閒簡（仕事が少なく暇で）、得益肆力於問學（益々學問に集中できた）」と見えるように戸部主事・員外郎（部署は未詳）。

一二　**陞山東提學僉事**　王惟中「行狀」に「丙申、陞山東督學」、李開先「傳」に「丙申、陞山東督學僉事」とあるので、嘉靖十五年のこと。『世宗實錄』卷一八六・嘉靖十五年四月壬辰に「陞南京禮部署郎中王愼中爲湖廣按察司僉事、提調學校」とあり、四月のこととわかるが、『實錄』の「湖廣」は「山東」の誤りであろう。

一三　**轉江西參政**　『世宗實錄』卷二〇九・嘉靖十七年二月丙午に「山東按察司僉事王愼中爲江西布政使司左參議」とある。『小傳』標點本・『列朝詩集』點校本いずれも「參政」に作るが、王惟中「行狀」・李開先「傳」・雷禮「墓表」・『明史』本傳いずれも「參議」に作る。「小傳」の誤記であろう。

一四　**河南左參政**　『世宗實錄』卷二二四・嘉靖十八年五月壬申に「陞江西布政使司左參議王愼中爲河南布政使司右參政」と見える。王惟中「行狀」・李開先「傳」では、江西で督學となるよう誰もが願ったが、河南に轉出したとされる。

一五　辛丑外計　「外計」は「大計」（外官に對する三年に一度の監査）に同じ。雷禮「墓表」・『明史』本傳いずれも「大計」に作る。

一六　又爲貴溪所惡、內批不謹、罷歸　貴溪は夏言（一四八二～一五四八）。字は公謹、號は桂洲、江西廣信府貴溪縣出身であることから貴溪と呼ばれる。張璁に續く嘉靖年間の大物政治家（內閣首輔）だったが、のち嚴嵩の讒言に遭い棄市される。『明史』卷一九六・夏言傳參照。

「內批」は宮內から出る皇帝の聖旨。「不謹」は考察（外官に對する監査）の際の評價の一つ。「素行不謹」の意。『明史』卷七一・選擧志三「考察、通天下內外官計之、其目有八、曰貪、曰酷、曰浮躁、曰不及、曰老、曰病、曰罷、曰不謹」。明初の「不謹」は「爲民」（身分剝奪處分）であったが、王愼中の時期には「閑住」（身分は保證されるが再任用はされない。免官家居）である。和田正廣「考察『八法』の形成過程（二）」（『九州大學東洋史論集』十二號、一九八三、七九～一一二頁）參照。いくつかの研究論文で「被黜爲民」などとするのは誤り。『世宗實錄』卷二四五・嘉靖二十年正月戊戌に「內擬調用王愼中・潘高、令閒住」。

本件に對し王愼中自身も、夏言及びその取り巻きの關與を示唆する。『文集』卷四一「寄道原弟書」其八に「其の後稍く起し、參政と爲るに至る、時に年三十一のみ。人又た孰か我を以て功名量るべからずと爲さざる、而して我も亦た頗る自負し、畢竟夏の權臣の憾む所と爲り罷む、此れ天なり。豈に夏の能く力を爲さんや、某某輩の能く讒を爲さんや（其後稍起、至爲參政、時年三十一耳。人又孰不以我爲功名不可量、而我亦頗自負、畢竟爲夏權臣所憾而罷、此天也。豈夏能爲力而某某輩能爲讒哉）」。

王愼中は、世宗の四郊分祀を支持し禮部尙書となった夏言の下で働いて以降、その關係は惡くはなかった（『文集』巻八「春日和夏桂洲尙書韻」「四日陪夏桂洲學士南郊觀牲」等）が、夏言は己に追從しない王愼中を快く思っていなかった。のち王愼中が江西參議となった際、夏言の腹心劉塾と對立した張汝思を王愼中が庇ったことから、劉塾が夏言に告げ口をし、それと知った吏部が「不及」（才力不足。品級に照らして降格轉任）と評價し、夏言が「不謹」（免官）としたとされる（王惟中「行狀」、李開先「傳」）。

王惟中「行狀」に「先生の罷むる所以は、江西に在りし時 夏相 方に權焰を以て縉紳の輻輳する所と爲し、吏の其の鄕に於ける者皆曲意取容するに由る。先生獨り漠然として顧ず、憾を蓄うること特に甚し。考察に會うに、遂に意を以て吏部に諷し、考功 其の意を拂うを懼れ、外に公論を憚かり、姑に「不及」を以て先生を調す。疏入るに迨び、廼ち內批を出だすに「不謹」を以て罷む、時に年纔かに三十三なるのみ（先生所以罷、由在江西時夏相方以權焰爲縉紳所輻輳、吏於其鄕者皆曲意取容。先生獨漠然不顧、蓄憾特甚。會考察、遂以意諷吏部、考功懼拂其意而外憚公論、姑以不及調先生。迨疏入、廼出內批以不謹罷、時年纔三十三也）」。

李開先「傳」「其の所以を詳かにするに、乃ち夏相 其の屬官爲りし日、曲意奉承せざりしを怪しむ。而して其の心腹劉塾切に張汝思の江西に兵備するに、之と齟齬するを恨みしに、仲子（王愼中）乃ち言を用いて之を庇う。遂に竝びに之を惡み、之を夏に告げ、吏部 其の意を拂うを懼れ、外に公論を憚かり、姑に「不及」と作して名色す（名目とした）、夏乃ち「不謹」と票擬して之を黜く。此の事 自作の手書有り證すべきなり（詳其所以、乃夏相怪其爲屬官日、不曲意奉承。而其心腹劉塾切恨張汝思兵備江西、與之齟齬、仲子乃用言庇之、遂竝惡之。而告之於夏、吏部懼拂其意、外憚公論、姑作不及名色、夏乃票擬不謹而黜之。此事有自作手書可證也）」。

一七　年五十一而卒　王愼中の生卒年は、雷禮「墓表」に「先生生於正德己巳（四年、一五〇九）九月二十七日、卒於嘉靖己未（三十八年、一五五九）七月十七日、享年五十一」とみえる。

一八　與一時名士所謂八才子者　『明史』卷二八七・文苑三・陳束傳の「時有嘉靖八才子之稱、謂束及王愼中・唐順之・趙時春・熊過・任瀚・李開先・呂高也」で文學史的にも有名な所謂「嘉靖八才子」であるが、注意點がある。

一、『明史』（及び「小傳」）により「嘉靖八才子」の呼稱が有名であるが、これは當時あった幾つかの呼稱の一つに過ぎない。「八才子」の用例は少なく、成員を全員擧げたものに、李開先『閒居集』卷五「呂江峯集序」に「今嘉靖十年後、更有八才子之稱」、同卷一〇「遵岩王參政傳」の「禮曹に改官するに、更に文事に一意するを得、交遊 衆の「八才子」と稱するが如き外、更に今の大司馬李克齋・給諫曾前川・提學江午坡・學士華鴻山・屠漸山有り、相い與に切磋琢磨し、各おの其の學を成す（改官禮曹、更得一意文事、交遊如衆稱「八才子」外、更有今大司馬李克齋・給諫曾前川・提學江午坡・學士華鴻山・屠漸山、相與切磋琢磨、各成其學）」などに止まり、いずれも李開先が自らを含めていうものであり、當時廣くそう呼ばれたのかはよくわからない。

二、彼らは文學集團というよりほぼ同時期に進士となった若手官僚集團であること。王愼中・趙時春は嘉靖五年、唐順之・陳束・熊過・任瀚・李開先・呂高は嘉靖八年の進士である。王愼中は進士合格後、鄕里に歸り、任官したのは嘉靖七年、その後嘉靖十年閏六月からは廣東に主考官として赴き、唐順之に初めて出會ったのは嘉靖十一年（『荊川先生集』卷四「答王南江提學書」）で、時に王愼中二十四歲、唐順之二十六歲であった。それ故「嘉靖八才子」と呼ばれた際には、まだ世間に知られる文學的成就はほとんどなかったはずで、それは自稱或いは狹い範圍の呼稱であったに違いない。ちなみにその後まもなく、嘉靖十三年には王愼中は常州に左遷されるので、北京での交流期間は二年程度である。

また「八才子」の一人呂高（「小傳」ではこの呂高と王愼中にだけ「八才子」の稱が用いられる）は、山東提學副使に出た際、鄕試錄文を任されないような人物であり、「於八子中、名最下」（『明史』卷二八七）とあることからも、これが傑出した文學者八人でなく、若手官僚集團八人の呼稱であったことを裏付ける。しかし錢謙益は「小傳」の「呂少卿高」で「然而八才子者、通經史・諳世務、往往爲通儒魁士」と文事面を强調して定義し、このことは文學集團としての「八才子」を强調する濫觴となっている。

一九　切劘爲詩文　「切劘」は切磋琢磨の意味。同様の意味では李開先「傳」に「相與切磋琢磨」とあるが、「切劘」の文字は李贄「王公」にのみ見える。

二〇　自漢以下、無取焉　李開先「傳」・李贄「王公」に「漢以下著作無取焉」とあるが、文についての記述で、「詩文」についての記述ではない。他の資料には「漢以下」云々の記載は管見の及ぶ限りではない。「小傳」で注意せねばならないのは、錢謙益が王愼中の「詩文」といいつつ、以下語る內容は李贄「王公」を踏まえた「文」についてのみであるということである。

以下の詩文の評價の部分は、時系列でみると、王惟中「行狀」・李開先「傳」↓李贄「王公」↓「小傳」と時代を追って微妙に變化していることがわかる。

王惟中「行狀」では「篋中の宋儒の書を發し盡く之を讀むに、歐（陽脩）・曾（鞏）氏の文に味有り。以爲（おもえら）く世人文を談ずるに皆宋人を卑しみて（司）馬遷・班固を云い、善く馬遷を學ぶには歐に如くは莫く、善く班固を學ぶには曾に如くは莫きを知らず。是れ歐・曾の文は、蓋し經傳に原本し、史漢の豪由り一變して粹なる者なり。先生此を以て自悟し、歐曾の家法を妙得し、乃ち舊に作る所・嘗て自ら喜ぶ所の以て漢人の語を爲す者を取りて、悉く之を焚く。詩も亦た盛唐を以て宗と爲すも、間ま晉魏の風雅に出で、旨趣玄妙、音節冲融し、唐人の句字を專守せず、而して模寫變化すること遠し（發篋中宋儒之書盡讀之、有味于歐曾氏之文。以爲世人談文皆卑宋人而云馬遷・班固、不知善學馬遷莫如歐、善學班固莫如曾。是歐曾之文、蓋原本經傳、由史漢之豪一變而粹者也。先生以此自悟、妙得歐曾家法、乃

取舊所作嘗所自喜以爲漢人語者、悉焚之。詩亦以盛唐爲宗、間出于晉魏風雅、旨趣玄妙、音節冲融、不專守唐人句字、而模寫變化遠矣）」。

李開先「傳」では「曩に惟だ古を好み、漢以下の著作 取る無し。是に至りて始めて宋儒の書を發し之を讀むに、其の味長なるを覺ゆ。而して曾・王（安石）・歐氏の文尤も喜む（この）べし、眉山兄弟（蘇軾・蘇轍）は猶お以て豪に過ぎ之を放に失うと爲せり。此を以て自ら信じ、乃ち舊に爲す所の文の漢人の如き者を取りて悉く之を焚く。但だ應酬の作有りては、悉く曾・王の間に出入す（曩惟好古、漢以下著作無取焉。至是始發宋儒之書讀之、覺其味長、而曾・王・歐氏文尤可喜、眉山兄弟猶以爲過於豪而失之放、以此自信、乃取舊所爲文如漢人者悉焚之、但有應酬之作、悉出入曾・王之間）」。

李贄「王公」では「愼中夙に古を好み、漢以下の著作 取る無し。是に至りて始めて宋儒の書を讀みて喜み、尤も曾・王・歐三氏の文を喜み、眉山兄弟に卽きては猶お以て豪に過ぎ之を放に失うと爲せり。此を以て自ら信じ、乃ち舊に爲す所の文を取りて悉く之を焚き、製作するに一に曾・王を以て準と爲す（愼中夙好古、漢以下著作無取焉。至是始讀宋儒之書而喜、尤喜曾・王・歐三氏文、卽眉山兄弟猶以爲過于豪而失之放矣。以此自信、乃取舊所爲文悉焚之、製作一以曾・王爲準）」となっている。まとめると、

一、王惟中「行狀」では文と詩の兩方の志向が述べられるが、李開先「傳」以降では文のみの志向だけとなり、「小傳」はそれを詩と文兩方に當てはめてしまう。

二、文に關して、王惟中「行狀」は歐（陽脩）・曾（鞏）を好んだとし、李開先「傳」では、歐・曾に王（安石）が加わり、さらに應酬の作に關してのみ、作風が曾・王のようだと付け加わる。李贄「王公」では、歐・曾・王を好んだものの、製作文體一般は曾・王のようであると變化し、「小傳」では歐が拔け、「一意爲曾・王之文」とさらに變化する（『明史』本傳は「已悟歐・曾作文之法、乃盡焚舊作、一意師倣、尤得力於曾鞏」と「小傳」の改變を

採らない)。

王愼中の詩の評價が低いことについては、次のような反論がある。朱彝尊『靜志居詩話』巻一一「王愼中」に「劉淵材 曾子固(鞏)の詩を能くせざるを憾む。余嘗て宋人の輯する所の『唐宋八家詩鈔』を見るに、則ち子固焉に與かれり。詩家に非ずと謂うを得ず。明人の詩を評する者、王道思に及ばず、然れども道思の五古は文理精密、以て顏・謝を嗣響するに足る。而して論者輒ち文は詩に勝ると言うは、知音識曲に非ざる者なり(劉淵材憾曾子固不能詩。余嘗見宋人所輯『唐宋八家詩韻』、則子固與焉。不得謂非詩家矣。評明人詩者、不及王道思、然道思五古文理精密、足以嗣響顏・謝。而論者輒言、文勝于詩、非知音識曲者也)」。また『明詩紀事』戊籤巻九でも「(陳)田按ずるに、道思の五律 同時の皇甫子安(涍)・華子潛(察)の輩と相い較ぶるに、略ぼ愧色無し。陳臥子(子龍)『明詩選』は道思の一篇も錄せず、亦た弇州(王世貞)・歷下(李攀龍)の論の懾す所と爲る毋からんや(田按、道思五律與同時皇甫子安・華子潛輩相較、略無愧色。陳臥子『明詩選』不錄道思一篇、毋亦爲弇州・歷下之論所懾歟)」とされる。

しかし、王愼中の場合、總じて詩より文章の評價が高いのは、『四庫提要』の『遵巖集』に「然れども其の全集の詩と文とを綜じて相い較ぶれば、則ち淺深高下、自ら掩う能はず。文勝るの說、殆ど盡くは誣ならず。彝尊の論、本を揣らずして其の末を齊しくせり(然綜其全集之詩與文相較、則淺深高下、自不能掩。文勝之說、殆不盡誣。彝尊之論、不揣本而齊其末矣)」とする通りである。

二一 再起留曹、肆力問學、始盡棄其少作、一意爲曾・王之文 李開先「傳」の「改官禮曹、更得一意文事」の部分を使用したものか。「一意」云々は李贄「王公」、『明史』にも踏襲される。

「曾・王」の評價については、前項注參照。王愼中が曾鞏を好んだことは、自身の『文集』巻一五「曾南豐文粹序」に「西漢由り下、有宋慶曆・嘉祐の間より盛んなるは莫し。而して桀然として自ら其の家を名のる者は、南豐の曾氏なり（由西漢而下、莫盛於有宋慶曆嘉祐之間、而桀然自名其家者、南豐曾氏也）」とすることから見て取れる。

二二　演迤詳贍、蔚爲文宗　「演迤」は文章が流れるように續いていくさま。「詳贍」は內容が詳細で豊かなこと。「蔚」は文彩が盛んなさま、『漢書』卷一〇〇下・敍傳下の「蔚爲辭宗」を踏まえる、顏師古注に「蔚、文綵盛也、音鬱」。

二三　唐應德初見之、議論不相下、已遂舍所學從之　唐順之が王愼中に初めて出會ったのは、前述のように嘉靖十一年（一五三二）（『荊川先生集』卷四「答王南江提學書」）。

唐順之が意見を變えたことについては、李開先「傳」に「唐荊川之を見、以て頭巾の氣と爲す。仲子（王愼中）言えらく、此れ大難事なり、君試に筆を擧ぐれば自ら之を知らんと。未だ久しからずして、唐も亦た變じて之に隨えり（唐荊川見之、以爲頭巾氣。仲子言、此大難事也、君試擧筆自知之。未久、唐亦變而隨之矣）」。また李贄「王公」に「唐荊川初め見ゆるに服するを肯んぜず、之を久しくして相い解し、亦た變じて之に從う。嘗て人に語りて曰く、吾が學問 之を龍溪に得、文字は之を遵岩に得。其の推許すること此の如し（唐荊川初見不肯服、久之相解、亦變而從之、嘗語人曰、吾學問得之龍溪、文字得之遵岩。其推許如此）」などと見える。

二四　嘗謂李中麓曰、公但敬服荊川、不知荊川得我之緒餘耳。其自信如此　「緒餘」は殘餘の意。李開先「傳」に「嘗言、吾之詩文、不外古人、而有高出古人者。中麓止知敬服唐荊川、殊不知唐荊川特得我之緒餘者也、其大言如此。至於李崆峒・何大復、則下視之矣」とあり、ほぼ原文通りの引用。黃宗羲は『明文授讀』卷二一・王愼中「與項東甌序」の注に李開先のこの記述を引き、「此の言 斷じて道思自り出でず、之を傳うる者の悞りなり（此言斷不出自道思、傳之者悞也）」と、王愼中がこんなことを言ったはずがないとする。

二五　詩體初宗豔麗、……亦略應德相似云　「攙雜」は惡いものを混ぜこむこと。「口實」は（物笑いのたねとしての）話題。「講學」は、自己の學問的考えを講述することで、多くは否定的な意味で用いられる。『四庫提要』の『遵巖集』では「雜入講學之語」（講學の際の語が詩文に混入してしまう）と敷衍されている。以下の陳子龍の「詭託講學」の例も參照。

ここでは、唐順之が始めは初唐を學び、優れた作品を書いたものの、後に學をひけらかした難解なものになったという先人の惡評價を各種援用し、王愼中の批判とする。

王世貞『明詩評』（『叢書集成』收錄『紀錄彙編』本）卷三「王參政愼中」の評に「歸田以後は、才を恃み筆に信せ、其の粗野を極む（歸田以後、恃才信筆、極其粗野）」。

同じく王世貞『藝苑巵言』卷四に「莊定山（昶）、初め亦た詞藻を脩め、山林の白眉と爲り、時に竫竫の語を見るも、久しくして苦心を厭い、眞致に托言（かこつける）し、漸く鄙俚に入る、……遂に詞林の笑端と爲る（莊定山、初亦脩詞藻、爲山林白眉、時見竫竫之語、久厭苦心、托言眞致、漸入鄙俚、……遂爲詞林笑端）」、同「近時毘陵の一士大夫（唐順之）、始め初唐精華の語に刻意し、亦た旣に斐然たり。中年に忽ち自ら惡道に竄入し、……遂に定山に減ぜず（近時毘陵一士大夫、始刻意初唐精華之語、亦旣斐然。中年忽自竄入惡道、……遂不減定山）」。

陳子龍『皇明詩選』卷六に「（陳）臥子曰く、「應德 氣象爽邁にして、才情駿發、能く深く造ら使め、當に超乘（優れた才能）有るべし。其の後 功名に馳騖（奔走する）し、講學に詭託し、遂に頽然として自ら放にすと（臥子曰、應德氣象爽邁、才情駿發、使能深造、當有超乘。其後馳騖功名、詭託講學、遂頽然自放）」。

唐順之の晩年の詩作の險怪さについてはまた、唐樞『國琛集』（『明詩紀事』戊籤卷九「唐順之」引。中華書局版『叢書集成』〔第三三九二冊〕本には見當たらず）に「應德初め清華に務むるも、晩に險怪に趨り、其の撰する所を考みるに、二轍を出だすが若し。故に譽 自る所有るも、毀も亦た之に隨う（應德初務清華、晩趨險怪、考其所撰、若出二轍。故譽有所自、毀亦隨之)」にも見える。しかし、この晩年の險怪さは、唐順之「小傳」の中では「通論」ではないとして否定され、錢謙益の記述には矛盾が見える（次項「二二　唐順之」を參照）。

（田口一郎）

二二　唐順之　正德二年（一五〇七）～嘉靖三十九年（一五六〇）

丁集卷一　唐僉都順之[一]

順之、[二]字應德、一字義修、[三]武進人。[四]嘉靖己丑、會試第一人、授兵部武選主事、[五]改吏部稽勳、調考功。[六]嘉靖初更制、取外僚入翰林、改翰林院編修。移病乞歸、[七]永嘉惡其遠己、[八]票以原官致仕。[九]皇太子立、簡宮僚、[一〇]起右春坊司諫、[一一]與羅洪先・趙時春上疏、請朝東宮、奪職爲民。[一二]甲寅、倭寇躪東南、[一三]用趙文華薦、起職方郎中、[一四]巡視薊鎮、[一五]還視師浙直、又用胡宗憲薦、超拜僉都御史、巡撫淮揚。力疾巡海、[一六]卒于廣陵舟中。[一七]崇禎初、追謚襄文。

應德於學無所不窺、大則天文・樂律・地理・兵法、[一八]小則弧矢・勾股・壬奇・禽乙、刺鎗・拳棍、莫不精心扣擊、究極原委、以資其經濟有用之學。[一九]晩而受知分宜、僇力行間、身當[二〇]倭奴、轉戰淮海、受事未幾、遂以身殉、可謂志士者也。

[二一]正・嘉之間、爲詩者踵何・李之後塵、剽竊雲擾、[二二]應德與陳約之輩、一變爲初唐、[二三]於時稱其莊嚴宏麗、咳唾金璧。歸田以後、意取辭達。[二四]王・李乘其後、互相評砭。[二五]吳人評其初務清華、後趨險怪、考其所撰、若出二轍、[二六]非通論也。[二七]爲文始尊秦漢、頗倣空同、已而聞王道思之論、灑然大悟、盡改其少作。其語詳載

文集序中、不具列于此。

【訓讀】

順之、字は應德、一に字は義修、武進（江蘇常州府武進縣）の人なり。嘉靖己丑（八年、一五二九）、會試第一人となり、兵部武選（司清吏）主事（正六品）を授けられ、（十二年）吏部稽勛（清吏司主事、正六品）に改められ、考功（吏部考功司主事、正六品）に調せらる（異動となった）。嘉靖の初め（六年）更制（制度變更）し、外僚（翰林院以外の官）を取りて翰林に入るるに、（十二年七月）翰林院編修（正七品）に改めらる。（十四年）病を移して（病氣事由の辭表を提出して）歸するを乞うも、永嘉（張璁）其の己を遠ざくるを惡み、票して（票籤に批答を擬定し皇帝に送り）原官を以て致仕（辭職）せしむ（十四年二月）。（十八年二月）皇太子立ち、宮僚（太子の屬官）を簡（選用）するに、（詹事府）右春坊司諫（從九品）に起（官界復歸）するも、（十九年十二月）羅洪先・趙時春と上疏し、東宮に朝するを請い、職を奪われ民と爲る（官籍を剝奪された）。

甲寅（嘉靖三十三年、一五五四）、倭寇 東南を（蹂）躪するに、趙文華の（推）薦を用って、（三十七年）（兵部）職方郎中（正五品）に起ち、（七月）薊鎭（薊州鎭）を巡視し、還りて師（軍）を浙直（浙江・南直隸）に視し、又胡宗憲の薦を用って、（九月）（右）僉都御史（正四品）を超拜（飛び級昇任）し、淮揚（淮安・揚州地方）を巡撫す。疾を力して巡海するも、（三十九年四月）廣陵（江蘇揚州）の舟中に卒す。崇禎（一六二八～一六四四）の初、襄文を追謚さる。

應德 學に於いて所として窺わざる無く、大は則ち天文・樂律・地理・兵法、小は則ち弧矢・勾股（いずれも算術の一種）・壬奇・禽乙、刺鎗拳棍、精心扣擊せざる莫く、原委（原因結果）を究極し、以て其の經濟有用の學に資す。晩にして知を分宜（嚴嵩）に受け（知遇を得）、行間（軍中）に僇力（盡力）し、身ら倭寇に當り、淮海を轉戰するも、事（任務）を受くること未だ幾ならずして、遂に身を以て殉す（殉職した）、志士と謂うべき者なり。

正・嘉（正德・嘉靖）の間、詩を爲す者 何（景明）・李（夢陽）の後塵に踵し、剽竊すること雲擾（雲のように亂れる）たるに、應德 陳約之（陳束）の輩と、一變して初唐を爲し（初唐風の作品を作り）、時に於いて其の莊嚴宏麗、咳唾（珠玉の言辭）金璧（黄金璧玉の如き詩文）を稱せらる。歸田（官を辭し歸鄉）以後は、辭達を取らんことを意う（表現でなく意思の傳達に務めた）。王（世貞）・李（攀龍）其の後に乘じ、互相に評砭す。吳人「其の初め清華に務むるも、後に險怪に趨る。其の撰する所を考するに、二轍を出だすが若し」と評するも、通論に非ざるなり。文を爲すに始めは秦漢を尊び、頗る空同（李夢陽）に傚うも、已にして王道思（王愼中）の論を聞きて、灑然（すっきり）として大悟し、盡く其の少き作を改む。其の語 文集の序中に詳載さる、具には此に列せず。

【注】

一　**唐僉都順之**　唐順之の主要な傳記資料は以下の通り。①洪朝選「明都察院右僉都御史巡撫鳳陽等處地方提督軍務前右春坊右司諫兼翰林院編修荊川唐公行狀」（『唐荊川詩文集』所引『毘陵唐氏族譜』第二〇册〔民國三十七年〕）。以下、洪朝選「行狀」）、②趙時春「明督撫鳳陽等處都察院右僉都御史荊川唐公墓志銘」（萬曆元年刋十七卷本『重刋荊川先生文集』附錄。四部叢刋本には未收。また『唐荊川詩文集』所引『毘陵唐氏族譜』第二〇册〔民國三十七年〕參照。以下、趙時春「墓志銘」）、③李開先「荊川唐都御史傳」（『李中麓閒居集』卷一〇〔卜鍵箋校『李開先全集』所收、文化藝術出版社、二〇〇四〕。以下、李開先「唐都御史傳」）、④李開先「康王王唐四子補傳」（同卷一〇、また『唐荆川詩文集』所引『毘陵唐氏族譜』第二〇冊（民國三十七年）、⑤唐鶴徵「陳渡阡表」（萬曆元年刋十七卷本『重刋校正荆川文集』附錄。四部叢刋本には未收。また『唐荆川詩文集』所引『毘陵唐氏族譜』第二〇冊（民國三十七年））、⑥李贄「僉都御史唐公」（『續藏書』卷二二（張光澍點校、中華書局、一九五九））、⑦顧憲成「唐荆川先生本傳」（康熙五十一年刋十八卷本『荆川文集』所收）。

史書の記載としては、⑧『世宗實錄』卷四八三・嘉靖三十九年四月丙申朔の唐順之の訃報、⑨『明史』卷二〇五・唐順之傳などが參考になる。

また近人による年譜に、⑩唐鼎元『明唐荆川先生年譜』（一九三九、鉛印本、上海圖書館等藏。また陳來選・于浩輯『宋明理學家年譜續編』（北京圖書館出版社、二〇〇六）第四・五冊所收）がある。

唐順之の別集『唐荆川先生文集』の諸版本については、田口一郎「唐荆川先生文集版本考」（中國書目季刋社『中國書目季刋』第三二卷第四期、一九九八、四五頁～五五頁）を參照。近年、文集をまとめた『唐荆川詩文集』（常州市唐荆川研究會編、鳳凰出版社、二〇一二）、『唐順之集』（馬美信・黃毅點校、浙江古籍出版社、二〇一四）が出版された。本稿では四部叢刋の十七卷本『重刋荆川先生文集』を用いた。

二　字應德、一字義修

唐順之は、一般に字の應德、號の荆川で呼ばれる。洪朝選「行狀」に「公諱順之、字應德、別號荆川、常州武進人也」。義修の字（あざな）を示す資料は少なく、本小傳の他には、朱彝尊『明詩綜』卷四一「唐順之十二首」、朱彝尊『靜志居詩話』卷一二に「順之、字應德、一字義修、武進人」と見え（朱彝尊は錢謙益「小傳」を踏まえる）、また『四庫總目提要』卷五三・雜史類存目二・「廣右戰功錄一卷」の項に「明唐順之撰。順之、字應德、一字義修、武進人」と見える程度で、それ以外の據る所を知らない。

三　武進人

武進は、江蘇常州府武進縣、現在の江蘇省常州市武進區。

四　嘉靖己丑、會試第一人、授兵部武選主事　『世宗實録』巻九八・嘉靖八年二月甲午に「會試取中式擧人唐順之等三百二十名」。殿試での成績は第二甲の一位であった（『明清進士題名碑録索引』）。

登第後の進路について、『明史』は「嘉靖八年會試第一に擧げられ、庶吉士に改めらる。座主張璁 翰林を疾み、諸吉士を出だして他曹と爲し、獨り順之のみを留めんと欲す。（順之）固く辭し、乃ち兵部主事に調せらる（擧嘉靖八年會試第一、改庶吉士。座主張璁疾翰林、出諸吉士爲他曹、獨欲留順之。固辭、乃調兵部主事）」と述べ、同じく李開先「唐都御史傳」にも「選せられ庶吉士と作るも、一二の大臣 相い能くせず、遂に却って之を罷く（選作庶吉士、一二大臣不相能、遂却罷之）」と庶吉士になったかのごとき表現がされる。だが、『世宗實録』巻九九、巻一〇〇の項を總合すると實際には以下の通り。楊一淸が嘉靖八年三月甲子（二十九日）に唐順之らを庶吉士として選出することを上奏すると、世宗もこれを認めるが、その數日後の四月己巳（四日）に世宗は前言を翻し「自今不必選留」として、唐順之らを一律除用して、もし能力が優れていれば、吏部が擧奏して入館させるとした。故に、多くの資料で唐順之は庶吉士になったとされるが、實際にはなっていない。

五　改吏部稽勛、調考功　洪朝選「行狀」に「庚寅（嘉靖九年、一五三〇）、告病（病氣事由の休暇申請）して歸らんとするに、適に任宜人の憂に丁たる。壬辰（十一年）、服除し（喪が明け）、禮部（恐らくは底本の誤りで「吏部」。趙時春「墓誌銘」も「吏部」に作る）稽勛司主事に改められ、未だ幾ならずして考功に調せらる（庚寅、告病歸、適丁任宜人憂。壬辰、服除、改禮部稽勛司主事、未幾調考功）」とある。稽勳は勳級（功績に對する評價）、名籍（姓名・身分などを記載した戶籍）、喪養（家族の世話や喪に關する事）などを擔當し、考功は、官吏の勤務成績の査定などを擔當する。

六　嘉靖初更制、取外僚入翰林、改翰林院編修　洪武の時より、翰林に入れる者は、狀元（修撰に）、榜眼・探花

（編修に）、庶吉士（教習ののち成績に應じ編修或は檢討に）に限られていた。嘉靖六年十月丙寅に、世宗・張璁ら所謂議禮派の働きかけで、十八名の翰林官を罷免或いは外官に轉出させ、他官から十名を翰林官に採用するという人事が行われた（『世宗實錄』卷八一）。

この後、唐順之が歷任した本項に記載のない官には、經筵展書官（『世宗實錄』卷一六一・嘉靖十三年三月辛未）、校錄官（『同』卷一六五・嘉靖十三年七月丁丑）がある。

七　永嘉惡其遠己　永嘉（浙江省溫州）は張璁の出身地（『明史』卷一九六・張璁傳）。張璁は、字秉用、世宗の諱を避け、名孚敬、字茂恭を賜った。嘉靖八年（一五二九）に楊一淸を排除し內閣首輔となり、所謂議禮派の中心人物として力を揮った。唐順之が合格した嘉靖八年の會試では、座主であった。錢謙益は唐順之・王愼中らと張璁が強く對立したと認識する（「二一　王愼中」**注八・一〇**を參照）。

八　以原官致仕　『世宗實錄』卷一七二・嘉靖十四年二月己酉に「翰林院編修唐順之疏し、回籍（原籍地へ歸る）して養病せんことを請う。上曰く、順之方に史職に改められ、又た校對訓錄に屬せらるに、何ぞ輒ち疾を以て令を請う、原職を以て致仕せしめ、永く起用せず、と（翰林院編修唐順之疏、請回籍養病。上曰順之方改史職、又屬校對訓錄、何輒以疾請令、以原職致仕、永不起用）」。

九　皇太子立　嘉靖帝の次子、朱載壡は嘉靖十八年（一五三九）二月朔日に皇太子となる、卽ち莊敬太子。皇帝卽位に至らず、嘉靖三十一年（一五五二）に沒する。

一〇　起右春坊司諫　右春坊司諫は東宮內外の庶務を統括する詹事府の官職。『世宗實錄』卷二二一・嘉靖十八年二月癸丑（十四日）に「編修黃易・王同祖・黃佐・唐順之倶に原職に復す。易・同祖は校書を兼ね、佐・順之は左右司諫を兼ぬ（復編修黃易・王同祖・黃佐・唐順之倶原職。易・同祖兼校書、佐・順之兼左右司諫）」とあるので、編修に復歸し、右春坊司諫を兼ねたというのが正確な經緯。

一一　**與羅洪先・趙時春上疏、請朝東宮、奪職爲民**　『世宗實錄』巻二四四・嘉靖十九年（一五四〇）十二月壬午の記載によれば、春坊贊善羅洪先・司諫唐順之・司經局校書趙時春がそれぞれ、病氣で朝賀を受けない嘉靖帝に替わり、皇太子朱載壡に新年の朝賀を受けるように請い、嘉靖帝の怒りを買い官職を奪われた。

一二　**甲寅、倭寇躪東南**　『世宗實錄』巻四〇六・嘉靖三十三年（一五五四）正月戊辰に「倭寇 太倉南沙自り、潰圍（包圍を突破）して海に出で、蘇（州）・松（江）各州縣を轉掠す。時に賊 南沙に據すこと五か月餘、官軍 艦を海口に列し、之を圍むこと數重なるも、破る能わず（倭寇自太倉南沙、潰圍出海、轉掠蘇松各州縣、時賊據南沙五月餘、官軍列艦于海口、圍之數重、不能破）」とあり、また六月にも吳江から嘉興にかけてを襲擊している（『世宗實錄』巻四〇一）。

一三　**用趙文華薦、起職方郎中**　洪朝選「行狀」によれば、唐順之と同年の進士、趙文華が唐順之を南京兵部主事に薦めたが、父の喪が明けていないという理由で辭退。のち周如斗、尙維持らの薦めも辭退したが、嘉靖三十七年（一五五八）に喪が明けてはじめて、羅洪先の進めにより北京に赴き郎中となった。赴任時期は「祭有懷府君文」（先父の祭文）（『荊川先生文集』巻一三）に據れば、この年の三月（「謹於三月間赴京」）。

一四　**巡視薊鎭**　派遣時期は、嘉靖三十七年（一五五八）七月庚申（『世宗實錄』巻四六一）。薊鎭は、薊州鎭とも。現在の天津市北部。明代に北方に設けられた防衛據點「九邊」の内の一つ。『明史』巻九一・兵志三參照。

一五　**還視師浙直、又用胡宗憲薦、超拜僉都御史、巡撫淮揚**　唐順之はこれより先、嘉靖三十八年（一五五九）三月に太僕寺少卿（正四品）（『世宗實錄』巻四七〇）、四月に通政使司右通政（正四品）（『世宗實錄』巻四七一）に任ぜられ、九月に都察院右僉都御史（正四品）（『世宗實錄』巻四七六）に昇任している。

當時の浙直總督胡宗憲の推薦で唐順之が昇進した件は『世宗實錄』卷四七一・嘉靖三十八年四月丁巳の項に見えるが、僉都御史就任時ではなく、通政使司右通政昇進の際の話である（『明史』傳も同じ）。また同部分の『實錄』によれば、兵部署郎中（正五品）であった唐順之を「超格」するように胡宗憲が推薦したが、順之は既に太僕寺少卿となっていたため、さらに通政使司右通政に昇進させたとされる。巡撫は布政使・按察使・指揮使を統括するために派遣される侍郎級の職。『世宗實錄』卷四七六では「巡撫鳳陽」と記されるが淮揚巡撫と同じこと。

一六　**卒于廣陵舟中**　實際に亡くなった地點は、唐鶴徵「陳渡阡表」によれば「泰州姜堰鎭」であり、廣陵を揚州附近と考えると少しずれる。『明史』唐順之傳は「至通州卒」とするが、洪朝選「行狀」、趙時春「墓誌銘」も泰州に作る。死亡日時は、洪朝選「行狀」によれば、四月一日の夕暮れ。享年五十四。

一七　**崇禎初、追謚襄文**　『明史』傳も「崇禎中、追謚襄文」、『明儒學案』卷二六「襄文唐荊川先生順之」の注にも「崇禎初、謚襄文」とほぼ同じ記載だが、錢謙益以前にこの記述は見られず、典據未詳（『明實錄』には記載なし）。朱彝尊『明詩綜』卷四一「唐順之」の傳や前述『四庫全書總目』卷五三「廣右戰功錄一卷」の傳には「天啓中、追謚襄文」と記される。

一八　**小則弧矢勾股、壬奇・禽乙、刺鎗・拳棍**　弧矢は、弓形を使った算術の一種。勾股（句股とも）は、ピタゴラスの定理を用いた算術の一種で、直角をはさむ短い方を「勾」、長い方を「股」ということによる。『荊川先生集』卷一七には「勾股測望論」「勾股容方圓論」「弧矢論」「分法論」「六分論」なる數論數篇が收められている。唐順之は「弧矢論」を數學家顧應祥に示している（「與顧箬溪」『荊川先生集』卷七）。

壬奇は六壬・奇門遁甲（いずれも干支や八卦を組み合わせて行う占い）の略。「禽乙」はわからない言葉だが、唐順之には『翻擎太乙』なる書物があったとされ（唐執玉の康熙刻本の序）、その略稱か（吳方言では禽と擎は同音）。「刺鎗拳棍」は刀・槍・拳・棒などを用いた武術のことだろう。唐順之には『武編』（『四庫全書』子部二・兵家類）等の著作がある。

一九　晩而受知分宜　分宜（江西省）は、嚴嵩の出身地。嚴嵩、字は惟中、號は介溪。內閣大學士として、嘉靖二十七年に夏言が處刑されて以後二十年近くにわたり權力を一身に集めた。『明史』卷三〇八・奸臣・嚴嵩傳。『世宗實錄』卷四八三、嘉靖三十九年四月丙申朔の唐順之の訃報には「晩乃由趙文華進得交嚴氏父子」と記され、唐順之は晩年（嘉靖三十八年七月）嚴嵩の文集に「鈐山堂詩集序」（『荊川先生集』卷一〇）を寄せているように、關係は良好であった。

二〇　倭奴　『小傳』標點本は「倭寇」に作る。意味は同じ。

二一　正・嘉之間、爲詩者踵何・李之後塵、剽竊雲擾　以下の部分は、王世貞の唐順之評を援用したものと思われる。王世貞『明詩評』（『叢書集成』收錄『紀錄彙編』本）卷一「唐司諫順之」に「評に曰く、弘（弘治）・正（正德）の間何（景明）・李（夢陽）の輩出で、海內の學士大夫多く之を師尊す。其の弊に習う者に迨びては、音嚮（響）聽くに足るも、意調歸すること少く、剽竊雷同し、正變（『詩經』の正風正雅と變風變雅）雲擾す（雲のように亂れている）。太史（唐順之）稍や之を初唐に振るえば、卽ち其の宏麗該整、咳唾金璧、誠に廊廟（朝廷）の羽儀（模範）にして、文章の瑚璉（規範）たり（評曰、弘正間何李輩出、海內學士大夫多師尊之。迨其習弊者、音嚮足聽、意調少歸、剽竊雷同、正變雲擾。太史稍振之初唐、卽其宏麗該整、咳唾金璧、誠廊廟之羽儀、文章之瑚璉）」。朱彝尊『明詩綜』卷四一「唐順之十二首」注にも「蔣仲舒云、弘・正間、李何輩出、海內遵之、迨其習弊、音響足聽、意調必歸剽竊雷同、正變雲擾、太史振之、爲初唐宏麗該整、足稱羽儀」とほぼ同樣の記述がある。蔣一葵

（字、仲舒）は武進の人だが、王世貞の死後に擧人となった人物で、おそらく王世貞の記述を踏まえたのだろう。

二二 **應德與陳約之輩、一變爲初唐** 陳約之は陳束。約之はその字、號は後岡、鄞縣（浙江寧波）の人。唐順之と同年（嘉靖八年）の進士で、後に翰林院編修となるなど、唐順之同様の官途をたどったが早世した。唐順之や王愼中らと嘉靖八才子と稱された。『陳后岡詩集』一卷、『文集』一卷が殘る。『明史』卷二八七・文苑傳三・陳束傳參照。「初唐」については、前注の王世貞の評、及び朱彝尊『明詩綜』卷四一「唐順之十二首」に引く胡應麟の「胡元瑞云う、嘉靖の初に初唐を爲す者は、唐應德（順之）・袁永之（袠）・屠文升（應埈）・王汝化（格）・任少海（瀚）・陳約之（束）・田叔禾（汝成）等（胡元瑞云、嘉靖初爲初唐者、唐應德・袁永之・屠文升・王汝化・任少海・陳約之・田叔禾等）」があるが、胡應麟の言の出處は未詳。

二三 **於時稱其莊嚴宏麗、咳唾金璧** 注二一參照。「咳唾金璧」は發する片言隻語が、みな珠玉のような言辭となる比喩。李白「妾薄命」詩の「咳唾 九天に落ち、風に隨いて珠玉を生ず（咳唾落九天、隨風生珠玉）」（『李太白全集』卷四）に基づく。

二四 **王・李乘其後、互相評砭** 砭は石針を打つこと。「評砭」は見慣れない語だが、惡い點を指摘して戒める意か。

王世貞が痛烈に唐順之の後期の詩を批判したことは、『新刻增補藝苑卮言』卷四の「近時毘陵（常州）の一士大夫、始めは初唐の精華の語に刻意し、亦た既に斐然たり。中年にして忽ち自ら惡道に竄入す（近時毘陵一士大夫、始刻意初唐精華之語、亦既斐然。中年忽自竄入惡道）」などの言を參照。

二五 **吳人評其初務淸華、後趨險怪、考其所撰、若出二轍** 「吳人」は黃河水（吳縣の人。字、淸甫。黃魯曾の子）か。朱彝尊『明詩綜』卷四一「唐順之十二首」の注に黃淸甫の語として「應德初め淸華に務むるも、晩に險怪に趨り、其の撰する所を考みるに、二轍を出だすが若し。故に譽 自る所有るも、毀も亦た之に隨う（應德初務淸華、晩趨險怪、考其所撰、若出二轍、故譽有所自、毀亦隨之）」を引くが、出處未詳。あるいは唐樞か（「二一　王愼中」注二六參照）。しかし唐樞は湖州歸安の人で吳人ではない。

二六　非通論也　唐順之の初期と晩年の作風の違いは、ここでは「通論」ではないとして否定されるが、他所では文壇の話題となったと記され（「二一　王愼中」注二六參照）、錢謙益の記述には一貫性が缺ける。

二七　爲文始尊秦漢、……盡改其少作　李開先「唐都御史傳」の「素より崆峒（李夢陽）の詩文を愛し、篇篇成誦し、且つ一一之に倣效す。王遵巖に遇うに及び、告ぐるに自ら正法妙意有り、何ぞ必ずしも雄豪亢硬ならんやを以てす。……故に癸巳（嘉靖十二年、一五三三）以後の作、別に是れ一機軸、……未だ嘗て遵巖の功多からずんばあらざるなり（素愛崆峒詩文、篇篇成誦、且一一倣效之、及遇王遵巖、告以自有正法妙意、何必雄豪亢硬也、……故癸巳以後之作、別是一機軸、……未嘗不多遵巖之功也）」に基づくか。

「一〇　王守仁」、「二一　王愼中」の記述を見ると、詩人としての唐順之に對する錢謙益の評價は必ずしも高くなかったことがうかがえるが、本小傳の記述はむしろ好意的ですらある。これは王世貞が唐順之の詩を痛烈に批判した（注二四參照）ことへの反發か。とはいえ本傳の記述は官界での活躍に重點が置かれ、唐順之個人の文學的事跡に關する記述は少ない。錢謙益は反七子の中心人物としては評價するが、詩の實作者としての評價はそれに及ばないとするかの如きである。

（田口一郎）

二三　羅洪先　弘治十七年（一五〇四）～嘉靖四十三年（一五六四）

丁集卷一　羅[一]贊善洪先

洪先、字[二]達夫、吉水人。嘉[三]靖己丑進士、廷試第一人、授修撰。進[四]左春坊贊善。疏請預定東宮朝儀忤[五]旨、罷爲民。隆[六]慶初、贈太常少卿、謚文恭。

達夫罷官後、杜門講學、攻[七]苦淡、鍊寒暑、彎弓躍馬、考圖觀史、以經世爲己任。年[八]垂五十、絕意仕進、默坐半榻、不出戶者三年。事能前知、人奇而問之、曰偶然耳。聞[九]唐應德訃、哭始下榻。年[一〇]六十一、疾作、危坐斂手而逝。

於[一一]詩文、取材不遠、而託寄可觀。時人謂其早經廢棄、久處民間、往往深于致情、易于興感、殆亦近于言志者也。

達夫沒、人[一二]言其仙去不死、又[一三]數言見之燕・齊海上。蜀人馬生、好奇恢怪之士也。余遇之京口、謂余曰、念庵先生不遠數千里訪公于虞山、得無相失乎。余歸問之、果有[一四]西江老人、衣冠甚偉、杖策扣門、不告姓名而去。

【訓讀】

洪先、字は達夫、吉水の人なり。嘉靖己丑（八年、一五二九）の進士、廷試の第一人となり修撰（從六品）を授けらる。左春坊贊善（從六品）に進む。疏して東宮の朝儀を預定せんことを請いて旨に忤り、罷せられ民と爲る（官籍を剝奪された）。隆慶の初め（元年〔一五六七〕七月）、太常（光祿寺の誤）少卿（正五品）を贈られ、文恭を謚さる。

達夫 罷官の後、門を杜ざし講學し、苦淡に攻め（清貧のなか努力し）、寒暑に鍊し（夏も冬も鍛錬に勵み）、弓を彎き馬を躍らせ、圖を考み史を觀（地圖や歷史を考察し）、經世を以て己が任と爲す。年 五十に垂とするに、意を仕進に絕ち、半榻（短く作った榻）に默坐し、戶を出でざる者三年。事能く前知し、人 奇として之に問うに、曰く偶然なる耳と。唐應德（唐順之）の訃（嘉靖三十九年四月）を聞き、哭して始めて榻を下る。年六十一（嘉靖四十三年、一五六四）にして、疾作こり、危坐し斂手して（膝立ちをして拱手して〔居住まいを正して〕）逝く。

詩文に於けるや、材を取ること遠からざるも、託寄 觀るべし（その付託するところは見るべきものがある）。時人謂えらく其の早經に廢棄（免職）せられ、久しく民間に處り、往往にして致情に深く（深く眞情をいだき）、興感に易く（素直に興趣を覺え）、殆ど亦た志を言う者（詩經の作者）に近しと。

達夫沒するに、人 其の仙去して死なざるを言い、又た數しば之を燕・齊の海上（沿岸部）に見ると言う。蜀人の馬生、好奇恢怪（荒唐）の士なり。余 之に京口（鎭江）に遇いしとき、余に謂いて曰く、念庵先生 數千里を遠しとせず公（錢謙益）を虞山（常熟）に訪ぬ、相失する無きを得んや（會えなかったのではないでしょうね）と。余（常熟に）歸して之を問うに、果して西江の老人有り、衣冠甚だ偉にして、杖策し扣門せしも（杖をついて訪ねてきたが）、姓名を告げずして去る、と。

【注】

一 **羅贊善洪先** 贊善は本項注四參照。羅洪先の『列朝詩集』に先行する傳記資料としては、以下のものがある。①胡直「明故賜進士及第左春坊左贊善兼翰林院修撰經筵講官贈奉議大夫光祿寺少卿謚文恭念菴羅先生行狀」（胡直『衡廬精舍藏稿』卷二三〔『四庫全書』本〕。『羅洪先集』〔後述〕附錄一、『國朝獻徵錄』卷一九にも所收。以下略稱、胡直「行狀」）。②徐階「明故左春坊左贊善兼翰林院修撰贈奉議大夫光祿寺少卿謚文恭念菴羅公洪先墓誌銘」（徐階『世經堂集』卷一八〔『四庫全書存目叢書』本。『羅洪先集』附錄一にも所收〕、以下略稱、徐階「墓誌銘」）。③王時槐（一五二二～一六〇五）「念菴羅先生傳」（『國朝獻徵錄』卷一九、以下略稱、王時槐「傳」）。④李贄「光祿寺少卿羅文恭公」（『續藏書』卷二二、以下略稱、李贄「羅文恭公」）。⑤耿定向「念菴羅先生傳」（『耿天臺先生文集』〔『四庫全書存目叢書』本〕卷一四、以下略稱、耿定向「傳」）。

その他として『羅洪先集』附錄二に、張寰「念菴先生文序」、安如磐「刻念菴羅先生文集引」、胡松「念菴羅先生文集敍」、胡直「念菴羅先生文集序」、王時槐「念菴羅先生文要序」、鄒元標「念菴羅先生文要序」・「石蓮洞全集序」、陳于廷「石蓮洞羅先生文集敍」、祁承㸁「跋念菴羅先生集選後」、羅大紘「選念菴羅先生全集後序」・「石蓮洞羅先生文集跋語」等の序跋が收錄されている。

羅洪先の生卒年は、胡直「行狀」の「以弘治甲子十月十四日子時生先生」の記載より、弘治十七年（一五〇四）十月十四日生まれ、「（嘉靖甲子八月）十五日中秋辰刻」より嘉靖四十三年（一五六四）八月十五日沒。

羅洪先の別集の版本については、鍾彩鈞「前言」（鍾彩鈞・主編、朱湘鈺・點校『羅洪先集補編』〔中央研究院中國文哲研究所古籍整理叢刋十八〕臺北、二〇〇九、四三～四六頁）に詳しい。現在、整理がよくされ、最も入手が容易なのは、徐儒宗・編校整理『羅洪先集』（萬斌主編『陽明後學文獻叢書』所收、鳳凰出版社、二〇〇七、以下略稱、『羅洪先集』）であり、本稿はこれを底本とした。徐儒宗による『羅洪先集』は、嘉靖三十四年（一五五五）安如磐刊『念菴羅先生文集』四巻、嘉靖四十二年（一五六三）胡松刊『念菴羅先生集』十二巻、萬曆四十四年（一六一六）陳于廷刊『石蓮洞羅先生文集』二十五巻、雍正年間羅復晉刊『念菴羅先生集』二十四巻、『四庫全書』本『念菴文集』二十二巻を基にしたものである。しかし徐儒宗『羅洪先集』は臺灣大學圖書館所藏の隆慶元年（一五六七）蘇士潤刊『念菴羅先生文集』內集八巻・外集十五巻・別集四巻を參考にしておらず、佚文が多々ある。そこで隆慶元年本にのみ殘る作品及び明代の族譜や書法册などの遺文を集め鍾彩鈞・主編、朱湘鈺・點校『羅洪先集補編』（『中央研究院中國文哲研究所古籍整理叢刊』十八、臺北、二〇〇九、以下略稱、『補編』）が出版された。

羅洪先の生平についての近人の代表的研究には、吳震『聶豹・羅洪先評傳』（南京、南京大學出版社、二〇〇一）、張衛紅『羅念庵的生命歷程與思想世界』（三聯・哈佛燕京學術叢書）（北京、生活・讀書・新知三聯書店、二〇〇九）がある。

二　**字達夫、吉水人**　吉水は、江西吉安府吉水縣、現在の江西省吉安市吉水縣。號の念菴（居士）は「克く念えば聖と作る（克念作聖）」（『尙書』多方）に基づくという（胡直「行狀」）。また晚年に吉水縣の西北にある石蓮洞に隱居したことから石蓮居士の號がある（上記の傳記資料の他、明・郭汝霖『石泉山房文集』巻一三「感夢」詩など）。

三　**嘉靖己丑進士、廷試第一人、授修撰**　嘉靖八年（一五二九）に狀元にて合格（『明清進士題名碑錄索引』文史哲出版社、一九八二）。廷試は、殿試のこと。皇帝による科擧の最終試驗（『明史』巻七〇・選擧志二）。修撰は翰林官の一。明代では普通狀元が直ちに任ぜられる職（『明史』同前）。

『小傳』には記されないがこの後、羅洪先は、嘉靖九年（一五三〇）正月に暇を願い歸省。嘉靖十一年十一月に原職に復職する（胡直「行狀」、『世宗實錄』巻一四四等）が、翌十二年五月に父親が亡くなり再度歸鄉して服喪。そのまま嘉靖十八年まで吉水にいた。

四　進左春坊贊善　嘉靖十八年（一五三九）のこと、辭令は二月（『世宗實錄』卷二二一）、その後閏七月に出發、十月二日に鎭江に到り、その後南京で王龍溪らと交流し（『羅洪先集』卷三「冬遊記」）、北京着は翌年。胡直「行狀」に「己亥（一五三九）、宮寮に推補せられ、左春坊贊善に改められ、……歳を踰えて京に抵る（己亥、推補宮寮、改左春坊贊善、……踰歳抵京）」。

左春坊贊善（大夫）は詹事府の官で從六品、太子宮中の侍從・講授等を掌る（『明史』卷七三・職官志二・詹事府）。「左」贊善であったことが、胡直「行狀」等に見える（『穆宗實錄』卷一〇・隆慶元年七月丙寅（後述）に「故右春坊右贊善羅洪先」とするのは誤り）。

五　忤旨、罷爲民　『世宗實錄』卷二四四・嘉靖十九年十二月壬午の記載によれば、春坊贊善羅洪先・司諫唐順之・司經局校書趙時春がそれぞれ、病氣を理由に朝賀を受けない嘉靖帝に替わり、皇太子朱載壡に新年の朝賀を受けるように請い、嘉靖帝の怒りを買い「狂悖浮躁」として官職を奪われた。

六　隆慶初、贈太常少卿、謚文恭　太常（寺）少卿（正四品）は、光祿寺少卿（正五品）の誤り。『實錄』「行狀」「墓誌銘」ともに光祿寺少卿に作る。『穆宗實錄』卷一〇・隆慶元年七月丙寅に「贈故右春坊右贊善羅洪先、兵部員外郎楊繼盛、俱に光祿寺少卿と爲り、仍 之に謚を賜いて、洪先は文恭、繼盛は忠愍（贈故右春坊右贊善羅洪先、兵部員外郎楊繼盛、俱爲光祿寺少卿、仍賜之謚洪先文恭、繼盛忠愍）」。『明史』卷二八三・儒林二・羅洪先傳には「謚文莊」とされるが誤り（『實錄』「行狀」「墓誌銘」ともに「文恭」に作る）。

七　攻苦淡、鍊寒暑、彎弓躍馬、考圖觀史　「鍊」字を『列朝詩集』點校本は「煉」に作る。胡直「行狀」に「方先生之歸田也、攻苦淡、鍊寒暑、躍馬彎弧、考圖觀史」。これは羅洪先自身の書簡「與雙江公〔癸丑（一五五三）〕」

(『羅洪先集』巻六)の「歸田以來、攻苦茹澹(茱食)し、寒暑を淩冒し、馬を躍らせ弧を彎き、身もて馳突を習い、圖を考し史を觀、險夷を曲盡す(歸田以來、攻苦茹澹、淩冒寒暑、躍馬彎弧、身習馳突、考圖觀史、曲盡險夷)」を踏まえたもの。李贄「羅文恭公」も「公始めて歸田するに、苦淡に攻め、寒暑に錬し、馬を躍らせ弧を彎き、圖を考み史を觀、其の大は天文・地志・儀禮・典章・漕餉・邊防・戰陣・車介の事に若び、下は陰陽・卜筮に逮ぶまで、精覈ならざる靡し(公始歸田、攻苦淡、錬寒暑、躍馬彎弧、考圖觀史、其大若天文・地志・儀禮・典章・漕餉・邊防・戰陣・車介之事、下逮陰陽・卜筮、靡不精覈)」とする。

「考圖觀史」は羅洪先が「廣輿圖」を描いたことを指す。「廣輿圖」は元人の朱思本の「輿地圖」を基に羅洪先が十年の歳月をかけて描いた全中國の總合的地圖集。「大明廣輿圖序」(『羅洪先集』巻一一)參照。

八　年垂五十、絶意仕進……曰偶然耳　胡直「行狀」は「至五十前後、睹時事日非、始絶意仕宦」。王時槐「傳」(及び李贄「羅文恭公」)には「年 五十を踰え、客を謝し止止所に屏居し、半榻を製し、榻間に默坐し、戸を出でざること三年。事能く前知し、人或いは之を訝めば、答えて曰く偶然なり、道うに足らず(年踰五十、謝客屏居止止所、製半榻、默坐榻間、不出戸者三年。事能前知、人或訝之、答曰偶然(李贄「羅文恭公」は「答曰是偶然」)、不足道)」とあり、錢謙益はここでもおそらく王時槐「傳」を踏まえる。

半榻は、王時槐「傳」に「製半榻、默坐榻間」とあるので、「半分の長さの(短く作った)榻」と取る。羅洪先が半榻に默坐したこと、『羅洪先集』巻二八「默坐雜詩」二首、巻三一「半榻屬自製」詩などを參照。

九　聞唐應德訃、哭始下榻　王時槐「傳」及び李贄「羅文恭公」に「比荊川訃至、哭始下榻」。羅洪先が唐順之の葬儀に出向いた記録は見えない。

一〇　年六十一、疾作、危坐斂手而逝　「年」を底本は「卒」に作るが、諸本により訂正した。胡直「行狀」に「先生意を以て起きんと欲するの狀を示す、託（引用者注、門人の王託）等扶翼して危坐せしむるに、先生正巾斂手して、端嘿すること平日の如く、忽ち精神の離るるが若きを見、連聲疾呼するも、先生長逝せり。年六十有一（先生以意示欲起狀、〔王〕託等扶翼危坐、先生正巾斂手、端嘿如平日、忽見精神若離、連聲疾呼、而先生長逝矣、年六十有一）」。王時槐「傳」及び李贄「羅文恭公」では「以意示、令扶起危坐、正巾斂手、端默而卒、年六十有一」で、錢謙益はおそらく王時槐「傳」を踏まえる。

一一　於詩文、取材不遠、而託寄可觀……殆亦近於言志者也　「時人」は不明。內容的には、羅洪先の文集への陳于廷（萬曆二十三年進士）の序（「石蓮洞羅先生文集敍」）の「詩は陶彭澤の心遠地偏、邵康節の柳風梧月の如く、境を取ること甚だ近く、情を寄すこと甚だ眞にして、而して識者其の渢渢乎として三百篇の遺為るを謂う（詩如陶彭澤之心遠地偏、邵康節之柳風梧月、取境甚近、寄情甚眞、而識者謂其為渢渢乎三百篇之遺）」に基づくか。

一二　人言其仙去不死　羅洪先の仙去を巡っては當時から様々な話があったようだ。丁元薦（一五六〇～一六二五）『西山日記』卷下「高隱」に「羅念菴先生 分宜（嚴嵩）の物色（招こうと探す）する所と為るを恥じ、方外の遊に託し以て免る。或るひと曰く、公の死後數年、鄰人に公に嶺南山中に遇う者有り、作家 之を報寄す。又た頭上の簪を取り徵信とす。蓋し公 殯の時の物なり。此れ之を沈伯和に得ると云う（羅念菴先生耻為分宜所物色、託方外之遊以免。或曰、公死後數年、鄰人有遇公嶺南山中者、作家報寄之。又取頭上簪徵信。蓋公殯時物也。此得之沈伯和云）」。沈伯和は錢謙益の友人、沈應奎（伯和は字）。『初學集』卷二五「書沈伯和逸事」に「沈應奎、字は伯和、常州武進の人なり。少くして絕力有り、然諾を重んじ、急難を好み、嶷然として豪傑を以て自負す。鄉里の俠少年 皆 之に附く（沈應奎、字伯和、常州武進人也。少有絕力、重然諾、好急難、嶷然以豪傑自負。鄉里俠少年皆附之）」とあり、沈伯和との交流が記される。錢謙益の周邊では、このような話が語られていたのだろう。

また沈德符（一五七八～一六四二）『萬暦野獲編』巻二七・釋道「屍解」に「又た如えば近年の江右の羅近溪（原注、汝芳）大參（參政の別稱）、家に卒すること久し。一日忽ち其の同鄉曾見臺（原注、同亨）司空の寓に至り、連日快談し、曾以て同鄉の吏部郎劉直洲（原注、文卿）に語るも、初め訝りて信ぜず、之を偵うに果して然り。蓋し晦庵の德業一時に冠絶し、近溪の學問百世を照映せば、宜なるかな其の仙去して死せざるや（又如近年江右羅近溪〔原注、汝芳〕大參、卒于家久矣。一日忽至其同鄉曾見臺〔原注、同亨〕司空寓、連日快談、曾以語同鄉吏部郎劉直洲〔原注、文卿〕、初訝不信、偵之果然。蓋晦庵德業冠絶一時、近溪學問照映百世、宜其仙去不死也）」とあり、あるいは同じ江西出身の羅汝芳（一五一五～一五八八、嘉靖三十二年〔一五五三〕進士）と羅洪先が混同されたものか（民國・唐鼎元『明唐荆川先生年譜』に指摘有り）。

陳希夷（陳摶）の著とされる『紫微斗數全書』には、嘉靖庚戌（二十九年、一五五〇）の羅洪先の序が付されており（廣益書局本で確認）、紫微斗數の發見者とされることもあるが、この序の眞僞は定かでなく、或いは逆に仙去の傳說から後人により假託されたものか。

一三　又數言見之燕・齊海上　燕・齊の海邊（島）には、奇怪な方士が多くいたとされる。『史記』巻一二・孝武本紀に、李少君の死後、「海上燕齊の怪迂の方士」が武帝にかわるがわる神事を申し立てたという。

一四　西江老人　西江は雲南に源を發し、廣東で海に注ぐ大河。仙去した羅洪先が嶺南地方に出現した噂については注一二參照。あるいは西江は、直接的に羅洪先の出身地の江西省を指すか。

（田口一郎）

二四 茅坤　正德七年（一五一二）～萬曆二十九年（一六〇一）

丁集卷三　茅副使坤[一]

坤[二]、字順甫、歸安人。嘉靖戊戌進士[三]、知青陽・丹徒二縣[四]。擢禮部儀制主事[五]、改吏部稽勳、謫廣平府通判[六]、遷南京車駕主事[七]、出爲廣西按察司僉事[八]。陞副使[九]、備兵大名、中吏議罷歸[一〇]。林居五十餘載[一一]、至萬曆中、年九十乃卒。

順甫自命有文武才、好談兵事。在廣西[一二]、府江賊據鬼子等寨、督撫將會兵大剿[一三]、順甫曰、「會兵非數十萬不可、賊走險旅拒、老師費財、非計之得也」。請簡練五千人[一四]、自署以往、多縱反間、攜其黨與[一五]、以奇兵直搗其巢、連破十七寨。以一書生提一旅之師、深入崖箐、蕩累年負固之賊、大功不賞[一六]、而吏議隨其後。於[一七]是乎息機摧撞之思、浩然不可挽矣。

家居多暇、用其心計、修業治生、不以寂寞自廢。嘉靖末年[一八]、東南中倭、胡績溪爲制府[一九]、以同年生虛心咨訪、料敵設諜、用順甫之策爲多。順甫亦沾沾自喜、以爲扣囊底餘智[二〇]、猶足以辦倭也。

爲文章滔滔莽莽[二一]、謂文章之逸氣[二二]、司馬子長之後千餘年而得歐陽子、又五百年而得茅子。疾世之爲僞秦・漢者[二三]、批點唐宋八大家之文以正之。人謂順甫之才氣殆可以追配古人[二四]、而惜其學之不逮也。

順甫於同時惟推荆川一人。[二五]胡績溪嘗以徐文長文示之、詭云荆川。順甫贊嘆不已、曰、「非荆川不能作」。已而知爲文長也、復取視曰、「故是名手、惜後半稍弱不振耳」。其自負護前如此。[二六]子國縉、擧進士、爲工部郎。[二七]少子維、[二八]孫元儀、[二九]皆名士、與余好。

【訓讀】

坤、字は順甫、歸安（浙江湖州府歸安縣）の人。嘉靖戊戌（十七年、一五三八）の進士にして、青陽（南直隷池州府青陽縣）・丹徒（南直隷鎭江府丹徒縣）の二縣に知たり（正七品）。禮部儀制主事（正六品）に擢んでられ、吏部稽勛（正六品）に改められ、廣平府（北直隷廣平府）通判（正六品）に謫せらる。南京車駕主事（正六品）に遷り、出でて廣西按察司僉事（正五品）と爲る。副使（正四品）に陞りて、大名（北直隷大名府）に備兵たりて、吏議に中りて罷めて歸る。林居すること五十餘載、萬曆中に至り、年九十にして乃ち卒す。

順甫 自ら文武の才有るを命じ（自任し）、好んで兵事を談ず。廣西に在りしとき、府江の賊 鬼子等の寨に據り、督撫 將に會兵して大いに剿せんとするに、順甫曰く、「會兵は數十萬に非ずんば不可なり、賊 險に走りて旅拒（大勢で抵抗）すれば、師を老し財を費す、計の得に非ざるなり」と。請うて五千人を簡練（選抜して訓練）し、自ら署して（自ら統率して）以て往き、多く反間（密偵）を縱ち、其の黨與を攜え、奇兵を以て直ちに其の巣を擣き、十七寨を連破す。一書生を以て一旅の師を提え、深く崖箐（奇峰がそそり立ち鬱蒼と樹木が茂る山谷）に入り、累年負固（長年、堅牢な場所に據っていた）の賊を蕩ぐるに、大功 賞されず、而して吏議（彈劾）其の後に隨う。是に於いて息機摧撞の思い、浩然として挽くべからず（かくして意欲や野心を失い、歸隱の思いが募って身を留めることができなかった)。

家居して多暇なるも、其の心計を用い、業を修め生を治め、寂寞を以て自廢せず。嘉靖末年、東南 倭に中り、胡績溪(胡宗憲、一五一二～一五六五) 制府(總督)と爲り、同年生を以て虛心に咨訪し、料敵設諜(敵情を探る諜報活動)は、順甫の策を用って多と爲す。順甫も亦た沾沾として自喜し、以爲らく囊底の餘智を扣けば、猶お以て倭を辦するに足ると(老いたとはいえ、倭寇を討つぐらいの智謀はあると自負していた)。

文章を爲りては滔滔莽莽(とめどなく盛んに生い茂り)、謂えらく文章の逸氣は、司馬子長の後 千餘年して歐陽子を得たり、又た五百年して茅子を得たりと。世の僞の秦・漢を爲す者を疾み、唐宋八大家の文に批點して以て之を正す。人謂えらく 順甫の才氣は殆ど以て古人に追配すべきも、惜しむらくは其の學の逮ばざるなりと。

順甫は同時に於いては惟だ荊川(唐順之)一人のみを推す。胡績溪 嘗て 徐文長(徐渭)の文を以て之に示し、詭りて荊川と云う。順甫 贊嘆して已まず、曰く、「荊川に非ずんば作る能わず」と。已にして文長爲るを知るや、復た取りて視て曰く、「故り是れ名手なり、惜むらくは後半稍や弱く振わざるのみ」と。其の自負護前(負けず嫌いで誤りを認めない)なること此くの如し。

子の國縉、進士に擧げられ、工部郎と爲る。少子 維、孫の元儀、皆な名士にして、余と好し。

【注】

一 **茅副使坤** 「副使」とは茅坤の最終官が河南按察司副使だったことによる。茅坤の傳記資料としては、茅坤自身による「年譜」(『耄年錄』巻七)、息子の茅國縉による「先府君行實」(以下「行實」)、屠隆の「明河南按察司副使奉敕備兵大名道鹿門茅公行狀」(以下「行狀」)、朱賡「明河南按察司副使奉敕備兵大名道鹿門茅公墓誌銘」(以下

「墓誌銘」）や馮夢禎「明河南按察司副使奉敕備兵大名道歸安茅公洎配贈孺人姚氏合葬墓表」（以下「墓表」）、許孚遠「茅鹿門先生傳」、吳夢暘「鹿門茅公傳」などがある。これらは、茅坤の『白華樓吟稿』・『茅鹿門先生文集』・『玉芝山房稿』・『耄年錄』・『白華樓吟稿補錄』などを集成した張大芝・張夢新校點の『茅坤集』上下（浙江古籍出版社、一九九三）に附錄として收載されている。なお、茅坤の事跡に關する研究として、張夢新『茅坤研究』（中華書局、二〇〇一）があり、各種の傳記史料を參照して作成した「茅坤年譜」を收載している。

二　坤、字順甫、歸安人

茅國縉の「行實」に「府君 姓は茅氏、諱は坤、字は順甫、歸安の華溪に家し、後に練水に徙る。別號は鹿門、世因りて鹿門先生と稱すと云う」とあり、その他の史料も同樣である。屠隆「行狀」によれば、茅氏の先祖はもと同じ歸安の埭溪鳳凰山に居住していたが、元末に池州路總管だった茅龘が官を捨てて歸隱しようとして華溪を通りかかった際に、飯碗を川に落としてしまい、これは天がこの地で生きよと言っているのだと考え、ここに移ったのだという。茅坤の父の名は遷、相當な田畑を有していたようだが、儒學を治めた士大夫ではなかったらしい。唐順之が茅遷とその妻の墓誌銘を書いており、「茅處士妻李孺人合葬墓誌銘」（『荊川先生文集』卷一五）によれば、茅坤の母は李氏。長兄は乾、字は健甫、號は少溪。廣東都司經略、新寧縣令、南寧通判になった。茅坤は次子で、下に艮、字は靜甫、號は雙泉がいた。艮は河南布政司經歷、大寧都司參軍になった。茅坤「年譜」によれば茅坤は誕生時、かなりの難產だったという。

三　嘉靖戊戌進士

茅坤は鄉試に合格した翌年の嘉靖十四年（一五三五）に初めて會試に臨んだものの落第し、嘉靖十七年（一五三八）に進士に及第した。三甲の成績であった。茅坤「年譜」、茅國縉「行實」、屠隆「行狀」、許孚遠「茅鹿門先生傳」によれば、禮部での會試の成績は十三位で、彼を上位及第者にと推す者もあったが、邪魔立てするものがあったように書されている。茅坤「年譜」によれば、翰林院に居て、讀卷官をつとめていた同鄉の者がその才を妬んで答案を匿したのだという。なお、この年、吏部による庶吉士の選抜は行われず、茅坤は一旦歸省を餘儀なくされた。庶吉士の選抜試驗が行われなかったのは、執政の夏言のおいが二甲で合格して庶吉子に選ばれることを予測した政敵の武定侯郭勳が皇帝に密掲（メモ形式の上奏文）を送って中止させたのだという。

四　知青陽・丹徒二縣　進士及第から二年後の嘉靖十九年（一五四〇）春三月、京師の吏部に赴いた茅坤は青陽令（正七品）に任ぜられた。茅坤「三黜紀事」（『茅鹿門先生文集』卷二九）によれば、青陽は安徽池州府の小縣であり、その知縣は本來、甲科の進士が任官するような職ではなく、進士及第者に青陽令が割り當てられたのは茅坤が初めてであったという。時の執政夏言が道教に耽る皇帝に阿（おもね）るために青詞（道教の祈禱文）が上手そうな者を詞臣としようとしているのに自分が選ばれそうだと聞いた茅坤は、執政の女婿にあたる者に手紙を送ってこれを辭退しようとした。これが執政の知るところとなり、勘氣に觸れ、邊鄙な片田舎の縣令しか任授されなかったのだという。ただし、青陽に赴任したのが六月、その八月に父が、九月には母李氏が相次いで亡くなっており、實質的に青陽に居たのは二箇月程度にすぎない。その後、服喪期間が終了した嘉靖二十二年（一五四三）秋、吏部にて丹徒令（正七品）に任ぜられた彼は、翌年二月に丹徒縣に赴任した。丹徒は鎭江府にあり、南北の交通の要衝。茅坤「年譜」によれば、あやうく嚴嵩の側近に引き上げられようとしたが、知人の機轉で免れたのだという。また父母の葬儀で心身ともに衰弱し、赴任を躊躇していたところ、唐順之が丹徒には醫者が多いと赴任を強く勸めたのだという。なお、茅坤には丹徒での治世を記錄した「丹徒紀事」（『茅鹿門先生文集』卷二九）がある。

五　擢禮部儀制主事、改吏部稽勛　「禮部儀制主事」は禮部儀制清吏司の主事、「吏部稽勛」は吏部稽勛清吏司の主事、ともに正六品。茅坤「三黜紀事」は、中央官に拔擢された經緯を次のように説明している。「予 丹徒に補せられ、會たま歳饑なりて、天子詔して救災の異政を求めしめ、撫・按幷びに予を以て江南の郡縣の首（はじめ）として以聞し、他の使君も又た例もて賢能を以て聞すること凡そ十餘上。又た適たま唐漁石公 吏部尙書と爲る。公 吏部に入りて三日して、予 儀制に擢んでられ、又た未だ幾くもならずして、司勛に徙る（予補丹徒、會歳饑、而天子詔求救災異政、撫按幷以予首江南郡縣以聞、他使君又例以賢能聞者凡十餘上。又適唐漁石公爲吏部尙書、公入吏部三日、而予擢儀制、又未幾、徙司勛）」。唐漁石公とは唐龍（一四七七～一五四六）、字は虞佐、蘭溪の人。茅坤と同じ浙江出身である。

六　謫廣平府通判　廣平府は今の河北省邯鄲市永年縣。府の通判は正六品で、これは降格人事ではないものの、外任なので「謫」というのであろう。茅坤を吏部稽勛司主事に拔擢した唐龍は、嘉靖二十五年（一五四六）に失脚して官籍を剝奪されて民となった。茅坤もそれにともなって外任となったのである。茅坤の「三黜紀事」や「年譜」、屠隆の「行狀」はこの理由について、後に內閣大學士となった徐階（一五〇三～一五八三）が服喪の際に、茅坤が弔問に行かなかったことから彼に疎んぜられたのだとする。茅國縉「行實」はより詳細に、茅坤が弔問に來ると聞いて、邑中の名士を集めて盛大に歡迎しようとしていたのに現れなかったので、それを怨んだのだと説明している。茅坤「三黜紀事」はいう。「是の時、吏部侍郎華亭の徐公、方に天下材望の士を引擢し、而して士の當世に志有る者は、其の門より出づるに及ばざるを以て恨みと爲す。而して予は、故と門下の士なり。顧だ特だ廬喪の時、嘗て過りて之を弔するも、適たま他沮もて來り歸る、而して予の辠衅、稍稍く公の齒頰の間に屬す。未だ幾くならずして、文選司郎中高公簡、他の衅に坐して謫戍せられ、尙書唐公削籍せられ、予は司封何君遷と與に幷びに外調せらる（是時、吏部侍郎華亭徐公、方引擢天下材望之士、而士之有志當世者、以不及出其門爲恨。而予、故門下士也。顧特廬喪時、嘗過弔之、適他沮來歸、而予之罪衅、稍稍屬公齒頰間。未幾、文選司郎中高公簡、坐他衅謫戍、尙書唐公削籍、予與司封何君遷幷外調）」。屠隆「行狀」は次のように説明する。「華亭の徐公、詞臣を以て出でて浙の學政を督す。公（茅坤）の賢書に登る（鄕試合格）は、實は徐公錄する所の士に非ず、徐公 心に公をして北面を執りて重を爲さしめんと欲す、公は曲ぐる能わず、意に之を銜む。會たま徐公 喪に居り、公の且に弔に赴かんとするを聞きて、大いに喜ぶ。而るに公は行くも病を以て返る。徐公既に慚じ且つ恚りて、曰く、「吾固り以て茅子に辱しめらるるに足らず」と。公 吏部に入りしとき、徐公 少宰に官たり、遂に公に中り、廣平別駕に謫す（華亭徐公、以詞臣出督浙學政。公登賢書、實非徐公所錄士、徐公心欲公執北面爲重、公不能曲、意銜之。會徐公居喪、聞公且赴弔、大喜。而公行以病返。徐公既慚且恚、曰、「吾固不足以辱茅子」。公入吏部、徐公官少宰、遂中公、謫廣平別駕）」。

ただし、張夢新『茅坤研究』は、茅坤が自らの官界での蹉跌を徐階の差し金によるものだし、茅國縉「行實」や屠隆の「行狀」がその說を踏襲しているのは誤りだとする。『明史』唐龍傳や夏言傳によれば、唐龍の削籍や高簡の謫戍は夏言の劃策によるものであり、茅坤の外任も臺閣の大臣たちの權力鬪爭の巻き添えであったという。實際に『明實錄』嘉靖二十五年七月癸丑の條には、高簡が唐龍の老衰につけこむ形で、賄賂によって人を選任し、私黨を形成しようとしたとして彈劾され、杖六十のうえ充軍（流刑の一種）となった經緯が書されている。その罪狀の一つとして、知縣として二年にも滿たない茅坤を門人ということで中央官に引き上げたことが擧げられている。

七　遷南京車駕主事

「南京車駕主事」とは、南京の兵部車駕清吏司の主事であり、正六品。茅坤「三黜紀事」に「居ること二年、南京車駕に徙り、又た精膳（禮部精膳清吏司の郎中）に徙る」と見える。

八　出爲廣西按察司僉事

「按察司」とは省の司法を掌る機關である提刑按察使司のことで、僉事は正五品。茅坤に廣西按察司僉事の命が下ったのは嘉靖三十年（一五五一）、四十歲のときである。ただし、廣西は山がちで難治の土地柄であったことから、茅坤はこの人事もまた徐階が手を回したのだと考えたようである。茅坤「年譜」には「時に華亭公已に內閣に入るも、故と予を憾む所の者は未だ釋さず、復た出でて廣西按察司僉事と爲る（時華亭公已入內閣、而故所憾予者未釋也、復出爲廣西按察司僉事）」とある。ただし、後述するように、茅坤は在任中に、府江の瑤族による叛亂を雕剿の策を用いて鎭壓し、その功により二階級昇進することになった。茅坤はこの經緯を「府江紀事」（『茅鹿門先生文集』卷二九）に詳細に記している。

九　陞副使、備兵大名　嘉靖三十二年（一五五三）、茅坤は大名兵備副使（正四品）に昇任する。兵備は整飭兵備道で、邊境や要衝地區に置かれ、そのトップは按察司の副使または僉事が務める。大名府は現在の河北省大名縣。明代、北虜の侵入を防御するための據點であり、茅坤はそこの責任者となったのである。

一〇　中吏議罷歸　嘉靖三十三年（一五五四）、茅坤は廣西の役の際の賞金を藏匿したとして彈劾され、翌年、職を解かれる。茅坤「年譜」は徐階を黑幕だとする。「陳善知は予の部署する所の廣西の兵の本末を明知する者なるに、獨だ華亭公兄弟の私かに嗾す所を以て、昧心もて横劾せざるを得ず、且つ予に不當に軍門の賞功する所の銀兩を私すと罪す（陳善知明知予所部署廣西兵本末者、獨以華亭公兄弟所私嗾、不得不昧心横劾、且罪予不當私軍門所賞功銀兩）」。

一一　林居五十餘載、至萬曆中、年九十乃卒　解職されて歸郷したのは嘉靖二十四年（一五五五）四十四歳のときで、亡くなったのは萬曆二十九年（一六〇一）九十歳である。その半世紀の間、再び出仕することはなかった。

一二　在廣西、府江賊據鬼子等寨　茅坤が廣西府において嘉靖三十一年（一五五二）の戰役で功を立てたことは、茅坤「府江紀事」、王宗沐「陽朔紀事碑」（ともに『茅鹿門先生文集』卷二九）に詳しい。「府江紀事」によれば、その土地柄は、「粵右の諸道、惟だ府江は最も險爲り、兩岸の山 既に壁立盤礴すること六七百里、而して又た叢木深箐、諸瑤僮 數しば出沒し、吏民を劫殺す。……陽朔縣特に甚し。陽朔縣は江を抱きて城し、蓋し府江の咽喉を綰ぬる者なり。數十年來、古田の諸部落は吏民を劫殺し、稍稍く諸州縣を蠶食し、甚だしくは且つ陽朔令及び其の哨江百戸を縛して之を殺す（粵右諸道、惟府江爲最險、兩岸山既壁立盤礴六七百里、而又叢木深箐、諸瑤僮數出沒、劫殺吏民。……陽朔縣特甚。陽朔縣抱江而城、蓋綰府江之咽喉者。數十年來、古田諸部落劫殺吏民、稍稍蠶食諸州縣、甚且縛陽朔令及其哨江百戸殺之)」というような狀態であった。府江とは、桂林より梧州に至る驛道であり、兩岸にはカルスト地形の山が屹立する猺族の居住區である。彼らが明の支配を嫌って抵抗したのを、中央政府は賊とみなして何度も掃討したのである。

一三　督撫將會兵大剿、順甫曰、「會兵非數十萬不可……非計之得也」　賊を撃破するための上層部の方針は大征（大規模な掃討作戦）であったが、茅坤は「莫善於雕剿、莫不善於大征（雕剿より善きは莫く、大征より不善なるは莫し）」として、雕剿（大軍を動かすことなく少數の精鋭部隊による波狀攻撃で敵方の主力を削ぐこと）を主張した。「府江紀事」によれば、兩廣總督の應櫃から掃討作戰について問われた茅坤は、次のように答えている。「大征の事は、兵十萬を陳ぬるに非ざれば、功を爲すべからず。『兵志』に「師十萬を興こせば、日び千金を費やす」と曰う。道路に奔疲する者は、數十萬家なり。且つ陽朔の諸獞は、本と古田部落にして、其の遺種は數萬を下らず。若し三省夾征すれば、則ち兵連なりて解かれず、患を爲すこと輕きに匪ず。予に由りて之を觀るに、夷を治むるは狐を撃つが如く、出づれば則ち疾く之を刺し、出でざれば則ち其の穴伏を聽すのみ。城を毀ち社を熏すは、計に非ざるなり。倘し某に雕剿を聽せば、軍門の一卒の勞、一金の費を煩わせずして、陽朔縣は完うすべく、江道通ずべし（大征事、非陳兵十萬不可爲功。『兵志』曰、「興師十萬、日費千金」、奔疲於道路者、數十萬家。且陽朔諸獞、本古田部落、其遺種不下數萬。若三省夾征、則兵連不解、爲患匪輕矣。由予觀之、治夷如擊狐、出則疾刺之、不出則聽其穴伏而已。毀城熏社、非計也。倘聽某雕剿、不煩軍門一卒之勞・一金之費、而陽朔縣可完、江道可通矣）」。

一四　請簡練五千人、自署以往、多縱反間　「簡練」は選抜して訓練すること。「反間」は密偵を放って敵方を混亂させて離反者を作ること。「雕剿」作戰のために茅坤が準備したのは、練兵と密偵である。「府江紀事」は、練兵について次のように述べる。「予は部署の諸戍兵凡そ五千を按じ、其の老者弱者を汰ぎ及び其の空名にして尺籍に隷する者を括る。是に於いて之れに嚴ずるに古者の什伍の法（鄰保制度）を以てし、之をして朝夕に勒戰せしめ、而して其の食を上中下とす。上なる者は、則ち之に摧鋒を授け、或いは伏隘と爲し、而して將領の驍悍の者を以て之を統べしむ。次なる者は、則ち枹鼓を列ね、干櫓に赴き、而して將領の老練なる者を以て之を統べしむ。下なる者は、則ち兵馬儲糗を給するの役を以てするのみ。又た日び金錢を出だし、諸將領に分給し、各自部署する所の兵を以て團射及び其の槍牌の諸技を相べしむ。是に於いて人人頗る自ら戰を爲すを願う（予按部署諸戍兵凡五千、汰其老者弱者及括其空名而隸尺籍者。於是嚴之以古者什伍之法、使之朝夕勒戰、而上中下其食焉。上焉者、則授之摧鋒、或爲伏隘、而以將領之驍悍者統之。次焉者、則列枹鼓、赴干櫓、而以將領之老練者統之。下焉者、則以給兵馬儲糗之役而已。又日出金錢、分給諸將領、各自以所部署之兵相團射及其槍牌諸技。於是人人頗願自爲戰）」。また、密偵による敵情視察については次のように述べる。「是に於いて別に死士を募り緝事軍（スパイ軍）と爲し、且つ各おの繪事を善くする者を攜えて入り、夜行きて晝に伏し、道を分かちて深く入らしむ。至れば則ち各おの其の山川道里を圖きて以て出づ。某の賊巣は左爲り、某の賊巣は右爲り、某の巣は某の隘を枕とし、某の巣は某の江を控え、某の巣と某の巣は相い姻黨たりて、當に別に行間を爲すべし、某の巣と某の巣は相い仇殺たりて、金錢を遺りて之を夾撃せしむべし。而して其の圖又た邏者（見まわりの者）の偵及を恐るるや、藥筆を以て之を紙に傅け、絶えて睹見すべき者無からしむ。……二三月間ならずして、……大略は幷びに掌股の間の如し（於是別募死士爲緝事軍、且令各攜善繪事者而入、夜行晝伏、分道深入。至則各圖其山川道里以出。某賊巣爲左、某賊巣爲右、某巣枕某隘、某巣控某江、某巣與某巣相姻黨、當別爲行間、某巣與某巣相仇殺、可遺金錢使之夾擊。而其圖又恐邏者之偵及也、以藥筆傅之紙、絶無可睹見者。……不二三月間、……大略幷如掌股間矣）」。

一五　攜其黨與、以奇兵直搗其巣、連破十七寨　茅坤の奇兵作戰とは、「雕剿」を以て「大征」に見せかけ、敵の戰意を喪失させる作戰であった。「府江紀事」にいう。「予　歸りて部署する所を括り、戍兵五千人を得。先に千人を遣わして都指揮の鍾坤秀に擂鼓岩に隷せしめ、卽ち金寶頂の故處を控え、以て其の右臂の者を斷つなり。而して諸僮中、日び其の黨を遣りて、予の兵の動靜を偵い、予の左右の吏胥と雖も、亦た時時之と與に金錢を私する者あり。且つ鬼子寨も、亦た吏民數しば兵を請うを揣知し、故に期するに十月の賽神を以て、起兵して亂を稱ぐ。予乃ち部署する所の兵を分かちて七と爲し、各おの日時を按じ、或いは茘浦を渡ると詐りて東し、或いは富川を越えて南し、或いは陽朔江を扼して脇し、或いは恭城從り背し、或いは平樂從り突く。幷びに夜は則ち枚を銜み（聲が出ないように板切れをくわえ）、晝は則ち山窟の中に伏す。過ぐる所の道、幟を立てて輒ち榜して曰く、「軍門且に兵十萬討を進め某の賊寨を討たんとす、他は各おの寨を閉じて自ら完うし、擅ままに出でて兵を擧げて相い向うを得る無かれ。兵を擧げて相い向う者は、輒ち師を移して之を夷げん」と。是の時に當りて、予の戍兵僅かに五千人、特だ道を分かちて疾く入り、而して又た兵を以て江を扼す。江の東西斷ちて二と爲さば、諸夷酋幷びに膽落して、四望は旗幟山谷に彌ければ、固り官兵の若干なるを測る能わざるなり。諸將領と雖も、亦た各自牒を按じ、兵を分かちて力攻するも、抑そも自ら官兵の共に若干なるを知らざるなり。終朝ならずして、十七寨を連破す。……前後俘の斬及び生擒は共に二百二十人、虜にせられし幼口凡そ千人を幷せて以て歸る。是の役や、軍門遂に一卒も遣わさず、一金も費やさず、而して奪う所は還た民田且に十餘萬畝ならんとす（予歸括所部署、得戍兵五千人。先遣千人隷都指揮鍾坤秀於擂鼓岩、卽控金寶頂故處、以斷其右臂者也。而諸僮中、日遣其黨、偵予兵動靜、雖予之左右吏胥、亦時時與之私金錢者。且鬼子寨、亦揣知吏民數請兵、故期以十月賽神、起兵稱亂矣。予乃分所部署兵爲七、各按日時、或詐渡茘浦而東、或越富川而南、或扼陽朔江而脇、或從恭城而背、或從平樂而突。幷夜則銜枚、晝則伏山窟中。所過道、立幟而輒榜曰、「軍門且進兵十萬討某賊寨矣、他各閉寨自完、無得擅出而擧兵相向。擧兵相向者、輒移師夷之」。當是時、予之戍兵僅五千人、特分道疾入、而又以兵扼江。江東西斷而爲二、諸夷酋幷膽落、四望旗幟彌山谷、固不能測官兵若干也。雖諸將領、亦各自按牒、分

兵力攻、抑不自知官兵共若干也。不終朝、連破十七寨。……前後俘斬及生擒共二百二十八人、幷被虜幼口凡千人以歸。是役也、軍門遂不遺一卒、不費一金、而所奪還民田且十餘萬畝矣）」。

一六　**大功不賞、而吏議隨其後**　「小傳」が「大功不賞」というのは、實際には正しくはない。茅坤が廣西での戰功によって二階級特進を果たしたことは、「府江紀事」に「應公始め其の事を朝に列ね、天子 之が爲めに公に兵部尙書・平蠻將軍・鎭遠侯を加え、以て賞賚を下すに差を以てす。予も亦た都指揮の鍾坤秀と與に幷びに二級升る（應公始列其事於朝、天子爲之加公兵部尙書・平蠻將軍・鎭遠侯、以下賞賚以差。予亦與都指揮鍾坤秀幷升二級）」とみえている。おそらく茅坤がのちに廣西の賞金を藏匿したとして彈劾され落職した（注一〇）ためこのようにいうのであろう。

一七　**於是乎息機摧撞之思、浩然不可挽**　「息機摧撞」は氣力や野心が消えることをいう。范傳正が李白のために書いた「唐左拾遺翰林學士李公新墓碑幷序」の「公以爲千鈞之弩、一發不中、則當摧撞折牙、而永息機用」に基づく語。「息機」は機心が息滅すること。「摧撞」は「摧檣」に同じで、弩（おおゆみ）の匣の部分を摧くこと。錢謙益『初學集』巻四五「耦耕堂記」に「天啓中、予は鉤黨の禍に遇い、除名せられて南還す、……咎譽錯互、構扇旁午し、殘生は眇然として、絕えざること縷の如し。然れども此れ自り息機摧撞を以て、長えに山中の人と爲るを得たり」とみえる。「浩然不可挽」は何によってもつなぎとめられない狀態をいう。『孟子』公孫丑下に「予 然る後に浩然として歸志有り」と見える。

一八　**嘉靖末年、東南中倭**　「東南」は江南から福建にかけての沿岸部。嘉靖の後半は、倭寇が猖獗を極め、徐海や王直といった巨魁が、江南や福建にたびたび侵入し、略奪を繰り返した。

一九　**胡績溪爲制府……料敵設謀、用順甫之策爲多**　胡績溪は、胡宗憲（一五一二～一五六五）のことで、字は汝貞、號を梅林といい、徽州府績溪の人である。茅坤と同年の進士であり、嘉靖三十三年（一五五四）浙江巡按御史となり、浙直總督となって徐海を頭目とする倭寇の討伐に功があり、嘉靖三十九年（一五六〇）には倭寇の頭目を捕えたことで太子太保となり、都察院左都御史兼兵部右侍郎が加えられ、さらに兵部尙書兼都察院右都御史となった。しかし、嚴嵩の失脚により胡宗憲も下獄して自盡した。『明史』卷二〇五に傳がある。胡宗憲は倭寇討伐にあたって徐渭（本書「二九」參照）や茅坤を幕僚として迎えた。馮夢禎「墓表」には「嘉靖の間、東南 倭に中り、績溪の胡宗憲制府と爲り、料敵設間に、卒に大功を成し、以て海氛を靜むるは、公の策 多を爲す（嘉靖間、東南中倭、績溪胡宗憲爲制府、料敵設間、卒成大功、以靜海氛、公之策爲多）」とある。なお、「料敵設諜」は「料敵設間」ともいい、敵情を探る諜報活動である。茅國縉「先府君行實」によれば、茅坤はこの功績が朝廷に認められて再出仕する望みを抱くが、家奴が橫暴な振る舞いをして罪せられたことや、賴みの胡宗憲が下獄したことで、再出仕の件は沙汰止みとなった。茅坤は胡宗憲失脚の後、彼の冤を雪ぐため「紀剿徐海本末」など倭寇討伐の顚末を書している。

二〇　以爲扣囊底餘智、猶足以辦倭也　「囊底餘智」とは、年老いても智謀のあることを指す。『晉書』慕容垂傳によれば、慕容垂が翟釗を討とうとした際、諸將が反對する中で唯一弟の慕容德のみが出兵に贊同するのを聞いて、次のように語ったという。「吾が計決せり。且に吾れ投老せんとするも、囊底の智を扣けば、以て之に克つに足れり、復た逆賊を留めて以て子孫に累せざらしめん（吾計決矣。且吾投老、扣囊底智、足以克之、不復留逆賊以累子孫也）」。

二一　爲文章滔滔莽莽　屈原「懷沙」の「滔滔孟夏兮、草木莽莽」に基づく。はてしなく盛んに續くさま。

二二　謂文章之逸氣……又五百年而得茅子　馮夢禎の「墓表」に「公 生平著す所の集は、『白華樓稿』最も著なり。常に言う、此の逸氣は司馬子長自り始まり、千餘年して歐陽子を得て、又た五百年して茅子を得ると。豈に虛言ならんや（公生平所著集、『白華樓稿』最著。常言、此逸氣始自司馬子長、千餘年得歐陽子、又五百年得茅子、豈虛言哉）」とある。また、馮夢禎「壽鹿門先生九十序」（『快雪堂集』卷五）にも「先生又た古文辭に工みにして、嘗て曰う、「司馬遷より下りて歐陽子有り、歐陽子より下りて茅子有り」と。自負は蓋し己を細とせず、而して天下も亦た公口に之を許す（先生又工古文辭、嘗曰、「司馬遷而下有歐陽子、歐陽子而下有茅子」。自負蓋不細己、而天下亦公口許之）」とある。茅坤がとりわけ歐陽脩を好んでいたことは、『唐宋八大家文鈔』中の「歐陽文忠公文鈔引」に「予の獨り其の文を愛す所以は、妄りに謂うに世の文人學士の、太史公の逸を得る者は、獨だ歐陽子一人のみと（予所以獨愛其文、妄謂世之文人學士、得太史公之逸者、獨歐陽子一人而已）」とあることからも知られる。

二三　疾世之爲僞秦・漢者、批點唐宋八大家之文以正之　茅坤が萬曆七年（一五七九）に編纂した『唐宋八大家文鈔』の「總序」には、彼が唐宋の古文を評價するに至った文學觀がよく現れている。ここではその一部、古文辭派への批判箇所のみを擧げる。「我が明の弘治・正德の間、李夢陽 北地に崛起し、豪雋輻輳し、已に詩聲を振るい、復た文軌を揭げ、而して吾が『左』、吾が『史』と『漢』と曰う。已にして又た吾が黃初・建安と曰う。予を以て之を觀るに、特だ所謂詞林の雄なるのみ、其の古の六藝の遺に於いては、豈に湛淫滌濫して、互いに相い剽裂するのみならざらんや。予 是に於いて手づから韓公愈・柳公宗元・歐陽公脩・蘇公洵・軾・轍、曾公鞏・王公安石の文を掇い、而して稍や爲に之を批評し、以て操觚者の劵と爲し、之に題して『八大家文鈔』と曰う（我明弘治・正德間、李夢陽崛起北地、豪雋輻輳、已振詩聲、復揭文軌、而曰吾『左』吾『史』與『漢』矣。已而又曰吾黃初・建安矣。以予觀之、特所謂詞林之雄耳、其於古六藝之遺、豈不湛淫滌濫、而互相剽裂已乎。予於是手掇韓公愈・柳公宗元・歐陽公脩・蘇公洵・軾・轍、曾公鞏・王公安石之文、而稍爲批評之、以爲操觚者之劵、題之曰『八大家文鈔』）」。

「唐宋八大家」という謂いが茅坤の『唐宋八大家文鈔』によって確立したことはよく知られている。初め、宋の呂祖謙の『古文關鍵』は、韓愈・柳宗元・歐陽脩・曾鞏・蘇洵・蘇軾・張耒の七家の文を採っていたが、この張耒を王安石に代えたのは明の朱右『新編六先生文集』である。ただし、この段階では三蘇を一集として數えて「六先生」と稱していた。唐順之の『文編』は唐宋八家を中心に收錄したが、先秦や魏晉の文も錄入しており、八家を專らにしたものではない。茅坤に至って始めて「八大家」という稱謂が確立した。『唐宋八大家文鈔』は韓愈文が十六卷、柳宗元文が十二卷、歐陽脩文が三十二卷と『五代史鈔』二十卷、王安石文十六卷、曾鞏文十卷、蘇洵文十卷、蘇軾文二十八卷、蘇轍文二十卷の計一百六十四卷から成るが、現在行われているのは、『五代史鈔』のない一百四十四卷本であり、「總序」のほかそれぞれの文鈔には「小引」が冠されている。

なお、茅坤は文では古文辭派を批判したが、詩については「與王鳳洲大參書」（『茅鹿門先生文集』卷四）に見られるように李夢陽や何景明を尊崇している。

二四　人謂順甫之才氣殆可以追配古人、而惜其學之不逮也　錢謙益のいう「人謂」が誰の言なのかは未詳であるが、明末清初の時點で、『唐宋八大家文鈔』や茅坤の學問を難じる意見は確かに存在していた。たとえば黃宗羲は「答張爾公論茅鹿門批評八家書」（『南雷文案』卷四）において、茅坤の『唐宋八大家文鈔』を「其の旨は大略 之を荊川（本書「二二　唐順之」）・道思（「二一　王慎中」）に本づく、然れども其の圈點勾抹 多くは要領を得ず」としてその例を一つ一つ列擧したうえで、その理由は茅坤の學問の淺さにあると批評している。「鹿門は但だ文章を學び、經史の功に於いては甚だ疏なるに緣（よ）りて、故に只だ小小たる結果なり。其の批評も又た何ぞ道（い）うに足らんや。知らざる者は遂に荊州・道思と與に竝稱するも、其の本色に非ず（緣鹿門但學文章、於經史之功甚疏、故只小小結果。其批評又何足道乎。不知者遂與荊州・道思竝稱、非其本色矣）」。

二五　順甫於同時惟推荊川一人　荊川は唐順之の號。吳夢暘「鹿門茅公傳」に「公は生平嗜好寡（すくな）く、獨だ文に於いて眞好有り。少きとき嘗て龍門（宋濂）を寤寐し、而して昌黎（韓愈）・盧陵（歐陽脩）の間に出入し、相い授受する者の若し。當代に於いては、愼みて許可するは、獨り心を毘陵（唐順之）に輸（いた）すのみ（公生平寡嗜好、獨於文有眞好。少嘗寤寐龍門、出入昌黎・盧陵間。若相授受者、於當代、愼許可、獨輸心於毘陵）」とある。茅坤が唐順之を識るのは、茅坤が父母の喪に服していた嘉靖二十二年（一五四三）頃である。この時、茅坤は三十二歳、唐順之は五つ上である。以後、二人の間で文を論じた書簡が交わされるようになる。茅坤自身が唐順之への傾倒を第三者に語ったものとしては、「與蔡白石太守論文書」（『茅鹿門先生文集』巻一）があり、「近代以來、學士大夫の操觚して文章を爲すは、無慮數十百家なり、其の雲吻霧噏・虎嚙鷙攫の材を以て聲を藝林に揚ぐる者も、亦た星見踵出す。然れども其の所謂萬物の情、各おの其の至有る者に於いては、或いは在置して未だ及ばざるなり。近ごろ獨だ荊川唐司諫に從いて其の論を上下し、稍稍く僕の意と相い合う。……而して唐司諫及び僕の自ら持する所、始めて兩つながら相印して復た同異無し（近代以來、學士大夫之操觚爲文章、無慮數十百家、其以雲吻霧噏・虎嚙鷙攫之材揚聲藝林者、亦星見踵出。然於其所謂萬物之情、各有其至者、或在置而未及也。近獨從荊川唐司諫上下其論、稍稍與僕意相合。……而唐司諫及僕所自持、始兩相印而無復同異）」と、自らの文學觀が唐順之に影響を受け、彼に近いものになったことを告白している。

二六　胡績溪嘗以徐文長文示之、……其自負護前如此　これは、茅坤が胡宗憲の幕府に招かれた時の逸話として陶望齡「徐文長傳」に見えている。ただし、この話の前段には胡宗憲が徐文長の文を唐順之に見せたという話がある。「時に都禦史武進の唐公順之、古文を以て重名を負う。胡公嘗て袖より渭の代する所（代筆の作）を出だして、之を謬きて曰う、「公謂うに予の文は若何」と。唐公驚きて曰く、「此の文は殆ど吾に輩ぶ」と。後又た他人の文を出だすに、唐公曰く、「向に固り公の作に非らずと謂う、然らば其の人誰なるか、願わくは之を一見せん」と。公乃ち渭を呼びて偕に飲み、唐公深く奬嘆し、與に歡を結びて去る。歸安の茅副使坤 時に軍府に遊び、素り唐公を重んず。嘗て大いに酒會し、文士畢く集まり、胡公又た渭の文なるを隱して語げて曰く、「能く是れ誰の筆爲るかを識るか」と。茅公讀むに未だ半ばならずして、遽かに曰く、「此れ吾が荊川に非らずんば必ず能わず」と。胡公笑いて渭に謂う、「茅公は雅に荊川を師とせんと意うも、今子に北面せり」と。茅公慙じ慍みて面赤し、勉めて卒讀し、謬きて曰く、「惜むらくは後逮ばざるのみ」と。（時都禦史武進唐公順之、以古文負重名。胡公嘗袖出渭所代、謬之曰、「公謂予文若何」。唐公驚曰、「此文殆輩吾」。後又出他人文、唐公曰、「向固謂非公作、然其人誰耶、願一見之」。公乃呼渭偕飲、唐公深獎嘆、與結歡而去。歸安茅副使坤時遊於軍府、素重唐公。嘗大酒會、文士畢集、胡公又隱渭文語曰、「能識是爲誰筆乎」。茅公讀未半、遽曰、「此非吾荊川必不能」。胡公笑謂渭、「茅公雅意師荊川、今北面於子矣」。茅公慙慍面赤、勉卒讀、謬曰、「惜後不逮耳」）」。

二七　子國縉、擧進士、爲工部郎　朱賡「墓誌銘」には、「子は男四あり。長は翁積。次は卽ち國縉、先の御史令、南水部郎爲り。次は國綬、季は維、倶に太學生なり」とみえる。茅國縉（一五五五〜一六〇七）は、字を薦卿、號を二岑といい、萬曆十一年（一五八四）の進士で、章丘縣令、監察御史、南京工部郎中となった。著に『荍園詩草』六卷、『晉史刪』四十卷がある。

二八　少子維　茅維（生卒未詳）は、萬曆四十四年（一六一七）の擧人である。『列朝詩集』丁集卷十五に詩が八首採錄されている。錢謙益と交遊があったが、血氣に逸る性質で錢も手を燒いていたらしい。「小傳」に次のようにいう。「維、字は孝若、歸安の人。父は坤、字は順甫、世に稱する所の鹿門先生なる者なり。萬曆の間、苕（苕溪、歸安の古名）の詩を稱せらるる者は、臧懋循晉叔・吳稼竳翁晉・吳夢暘允兆なり、而して孝若は之と與に抗行して四子と爲る。志を科擧に得ず、經世を以て自負し、闕に詣りて上書し、召見を得んことを幾うこと、陳同甫の所謂「天子召問せしめんとするも、何れの處より手を下さんや」（南宋の陳亮の上奏は皇帝に氣に入られたが、その說は實現性に乏しかったことをいう）の者なり。鄕人の構える所と爲り、幾んど大僇に陷る。晚年數しば余を山中に過ぎり、盱衡振腕して、一當を得んことを思う。余 其の詩に和して、深く之を規切するも、卒に改むる能わざるなり。『十賚堂集』數十巻有り、篇帙を流覽するに、才調斐然たりて、檢括を以て難しと爲すのみ。嘗て作る所の雜劇を以て余に序を屬す、已にして人に語げて曰く、「虞山は我を輕んず。近ごろ湯臨川を舍て、遠く關漢卿・馬東籬を引くは、是れ我を以て臨川に代うるを欲せざればなり」と。其の亰兀此くの如し（維、字孝若、歸安人。父坤、字順甫、世所稱鹿門先生者也。萬曆間、茗之稱詩者、臧懋循晉叔・吳稼竳翁晉・吳夢暘允兆、而孝若與之抗行爲四子。不得志於科擧、以經世自負、詣闕上書、幾得召見、如陳同甫所謂「天子使召問、何處下手」者。爲鄉人所構、幾陷大僇。晚年數過余山中、盱衡振腕、思得一當。余和其詩、深規切之、卒不能改也。有『十賚堂集』數十卷、流覽篇帙、才調斐然、以檢括爲難耳。嘗以所作雜劇屬余序、已而語人曰、「虞山輕我。近舍湯臨川、而遠引關漢卿・馬東籬、是不欲以我代臨川也」。其亰兀如此）」。

二九　孫元儀　茅元儀（一五九四〜一六四〇）は、字を止生といい、茅國縉の子である。『武備志』二百四十巻の著者として知られる。明末、高陽の孫承宗の幕僚として、己巳の變（崇禎二年に、兵十萬餘を率いた後金のホンタイジによって北京が攻圍された事變）などで活躍した。のち漳浦（福建）に左遷され、兵を率いて金（のちの清）と戰いに加わることを請うたが、權臣に疎まれて叶わず、酒を浴びるように飲んで亡くなった。錢謙益は茅元儀の眞價を知る者は孫承宗以外では自分のみだと考えており、『列朝詩集』丁集巻十三之下に、錢謙益が「閣訴」により罪を得て南歸するのを見送った「送錢受之侍郎枚卜罷歸」を筆頭に、詩九首を採錄し、「小傳」でその生涯や人となりを詳細に論じている。以下、「小傳」の後段、茅元儀の人物と文學を批評している部分をあげる。「止生は經（氣脈）の奇なるを自負し、氣を恃みて人を淩ぎ、語多くは誇大にして、能く之を知る者は惟だ高陽と余のみ、而して止生の目中も亦た餘子無し。世の推す所の名流正人は、深衷厚貌（一見忠厚のようでいながら内面は測りがたいこと）、邊幅を修飾し（見かけを氣にし）、眼光豆の如く（見識が狹く）、寧（なん）ぞ與に天下を論ずる士足らんや。止生詩文を爲りては、才氣鸞湧し、筆を搖らさば數千言、倚待して立ちどころに就（な）る。而るに其の大志の存する所の者は、則ち進取を籌し、匡復を論じて、地に畫きて米を聚め（地面に地圖を描き、米粒で山や谷を形どって軍勢を論じること）、策を決して勝を制するに在り。集中の連篇累牘の、江に灑ぎ海を傾くは、皆な是の物なり。今既已に化して飛煙と爲り、蕩として冷風と爲れり。顧だ一二の有韻の言を刺取して、籤揚して之を藻飾せんと欲す。是れ豈に止生の以て自ら命ずる所なるや、而して亦た豈に余の以て止生を知る所の者なるや（止生自負經奇、恃氣淩人、語多誇大、能知之者惟高陽與余、而止生目中亦無餘子。世所推名流正人、深衷厚貌、修飭邊幅、眼光如豆、寧足與論天下士哉。止生爲詩文、才氣蠭湧、搖筆數千言、倚待立就。而其大志之所存者、則在乎籌進取、論匡復、畫地聚米、決策制勝。集中連篇累牘、灑江傾海、皆是物也。今既已化爲飛煙、蕩爲冷風矣。顧欲刺取一二有韻之言、籤揚而藻飾之、是豈止生之所以自命、而亦豈余之所以知止生者哉）」。

（野村鮎子）

二五　謝　榛　弘治十二年（一四九九）～萬曆三年（一五七五）

丁集卷五　謝山人榛[一]

榛、字茂秦、臨清人。眇一目、喜通輕俠[二]、度新聲。年十六、作樂府商調[三]、臨德間少年皆歌之。已而折節讀書、刻意爲歌詩、遂以聲律有聞于時。寓居鄴下[四]、趙康王[五]賓禮之。嘉靖間[六]、挾詩卷游長安、脫黎陽盧柟[七]于獄。諸公[八]皆多其誼、爭與交驩。而是時濟南李于鱗・吳郡王元美、結社燕市、茂秦以布衣執牛耳、諸[九]人作五子詩、咸首茂秦、而于鱗次之。已而于鱗名益盛、茂秦與論文、頗相鐫責。于鱗[一〇]遺書絕交、元美諸人咸右于鱗、交口排茂秦、削其名於七子・五子之列。

茂秦遊道日廣、秦[一一]・晉諸藩爭延致之、河南北皆稱謝榛先生、諸人雖惡之、不能窮其所往也。趙康王薨[一二]、茂秦[一三]歸東海、康王之曾孫穆王[一四]復禮茂秦、爲刻其全集[一五]。當七子結社之始、尙論有唐諸家、茫無適從、茂秦[一六]曰、「選李[一七]・杜十四家之最者、熟讀之以奪神氣、歌詠之以求聲調、玩味之以裒精華。得此三要、則造乎渾淪、不必塑謫仙而畫少陵也」。諸人心師其言、厥後雖爭擯茂秦、其稱詩之指要、實自茂秦發之。

茂秦今體、工力深厚、句[一八]響而字穩、七子・五子之流、皆不及也。茂秦詩有兩種、其聲律圓穩持擇矜愼者、弘・正之遺響也。其應酬牽率排比支綴者、嘉・隆之前茅也。余錄嘉靖七子之詠、仍以茂秦爲首、使後之尙論者、得以區別其薫蕕、條分其涇渭。若[一九]徐文長之論、徒以諸人倚恃紱冕、淩歴韋布、爲之呼憤不平、則[二〇]又非余躋茂秦之本意也。

【訓讀】

榛、字茂秦、臨清（山東臨清州。現、臨清市）の人なり。一目を眇（失明）し、喜みて輕俠に通じ（俠客たちと交わり）、新聲を度す（新しい樂曲を作った）。年十六にして、樂府の商調（商調の散曲）を作し、臨（臨清）・德（山東德州）の間の少年皆な之を歌う。已にして節を折り讀書し、刻意 歌詩を爲し、遂に聲律（樂曲）を以て時に聞こゆる有り。鄴（河南彰德府）下に寓居せしとき、趙康王（朱厚煜）之に賓禮す。嘉靖（一五二二～一五六六）の間、詩卷を挾みて長安（北京）に遊び、黎陽（河南浚縣）の盧柟を獄より脫す。諸公（≠緒人）皆な其の誼を多とし（その道義を稱贊し）、争いて與に交驩す（親しく交わった）。而して是の時 濟南の李于鱗（攀龍）・吳郡の王元美（世貞）、燕市（北京）に結社し、茂秦 布衣を以て牛耳を執り、諸人 五子詩を作すに、咸な茂秦を首とし、而して于鱗之に次ぐ。已にして于鱗の名 益ます盛んなるに、茂秦與に文を論じ、頗る相い鐫責す（過ちなどを指摘して非難した）。于鱗 書を遺り交を絶ち、元美諸人咸な于鱗を右にし（支持し）、口を交えて（口々に）茂秦を排し、其の名を七子・五子の列より削る。

茂秦の遊道（交遊）日びに廣く、秦・晉の諸藩爭って之を延致し（招き）、河の南北 皆な謝榛先生と稱し、（李・王）諸人 之を惡むと雖も、其の往く所を窮むる能わざるなり。趙康王（朱厚煜）薨し（嘉靖三十九年、一五六〇）、茂秦 東海に歸するに、康王の曾孫穆王（朱常清）復た茂秦に禮し、爲に其の全集を刻す。七子結社の始に當りては、有唐諸家を尙論（遡って評價）し、茫として適從する無きも（どこを據り所にしてしてよいかわからなかったが）、茂秦曰く、「李・杜十四家の最なる者を選び、之を熟讀し以て神氣を奪い、之を歌詠し以て聲調を求め、之を玩味し以て精華を裒む。此の三要を得ば、則ち渾淪に造り（渾然と全てが備わった狀態となり）、必ずしも謫仙（李白）を塑し少陵（杜甫）を畫かざるなり（李白や杜甫を模倣する必要はない）」と。（李・王）諸人 心に其の言を師とし、厥の後 爭って茂秦を擯くと雖も、其の詩の指要を稱するは、實は茂秦自り之を發す。

茂秦の今體（詩）、工力（技巧と力量）深厚にして、句響き字穩なりて（字句は格調高く穩當で）、七子・五子の流、皆な及ばざるなり。茂秦の詩に兩種有り、其の聲律圓穩（聲律が穩やかで圓滿）にして持擇矜愼（選擇が愼重）なる者は、弘（治）・正（德）の遺響（繼承するもの）なり。其の應酬牽率排比支綴なる者（その頻繁な應酬の作や對句を連ねた作）は、嘉（靖）・隆（慶）の前茅（先驅けとなるもの）なり。余 嘉靖七子の詠を錄するに、仍お茂秦を以て首と爲し、後の尙論する者をして、以て其の薰蕕（香草と臭草）を區別し、其の涇渭（涇水〔濁〕と渭水〔淸〕）を條分するを得使む。徐文長（徐渭）の論の若きは、徒に諸人 紱冕（印綬と冠、そこから高位高官）を倚恃し（李・王の諸人が高官であることを嵩に）、韋布（質素な革の帶と布の服、卽ちそれを着る平民。ここでは謝榛）を凌壓（抑壓）するを以て、之が爲に呼憤不平する（不公平に憤った）のみなれば、則ち又た余が茂秦を躋くする（謝榛を高評價する）本意に非ざるなり。

【注】

一　**謝榛**　『小傳』に先行する謝榛の傳記資料としては、王世貞『明詩評』卷一「謝山人榛」、王兆雲『皇明詞林人物考』卷九「謝茂秦」などがあるが、本小傳はおおむね謝榛自身の文集と『詩話直說』に基づく。

謝榛の生卒年には諸說あるが、趙旭『謝榛的詩學與其時代』（中國社會科學出版社、二〇一三）第二章第一節「謝榛的生卒年」の考證が詳しい。それに據れば、生年に關しては、『詩家直說』第二九九條の「予自正德甲戌、年甫十六」から逆算して、弘治十二年（一四九九）、孔天胤「三月初九日壽四溟賦」詩（『文谷漁嬉稿』乙丑稿）から舊曆三月九日が誕生日だとわかる。

卒年に關しては、李慶立氏は後に見る『亙史鈔』の「乙亥（萬曆三年（一五七五））之冬月」沒という記載を重んじ、他の資料との矛盾點は魯魚の誤りの可能性ありとし、一五七六年初に死去したと結論づける（李慶立校箋『謝榛全集校箋』（江蘇古籍出版社、二〇〇三。以下『全集』と略す）附錄二「傳略」）。が、これは太陽曆に換算したもので、本稿では『亙史鈔』の記述のまま、萬曆三年（一五七五）末に沒とする。

謝榛の詩文集の版本については、李慶立氏の『全集』「前言」に詳しく、三十七種の版本の詳細が記される。本稿ではこの『全集』本を底本とする。

二　輕俠　颯爽たる俠客。輕は輕俊などという時の輕に同じ。『漢書』卷六七・朱雲傳に「少時　輕俠に通じ、客を借けて仇に報ず（少時通輕俠、借客報仇）」。錢謙益はこの語を好意的によく使う。丁集卷九「朱太學邦憲」に「邦憲性　慷慨にして、輕俠に通じ、人の難に急にして、己より甚し（邦憲性慷慨、通輕俠、急人之難、甚於己）」。丁集卷一二「袁儀制中道」に「長じて輕俠に通じ、酒人に游び、豪傑を以て自ら命視す（長而通輕俠、游於酒人、以豪傑自命視）」など。

三　樂府商調　樂府は、傳統的な樂府ではなく、散曲（韻文歌曲）。詞と異なり、前後二つの部分に分かれず、每句末で入聲拔きの四聲通韻するなどの特徵がある。商調は、五音（宮・商・角・徵・羽）の一つである商を主音とする音階。商は、五行の配當で「金」に當たるので、古來悲嘆・殺伐の音の代名詞となる。現在謝榛の散曲は『全明散曲』にも採られず、ただ『詩話直説』二九九條にその一部が見られるのみである。

四　寓居鄴下　鄴は現在、河北省邯鄲市臨漳縣と河南省安陽市にまたがる地域。臨漳縣は明代では河南省彰德府に屬した（『明史』卷四二・地理三）。趙國の王は彰德府に藩を置いた。

趙康王（次注參照）の招聘に應じて、謝榛が安陽に居を移したのは嘉靖十三年（一五三四）だが、それより先、嘉靖九年以前に趙康王を訪問した形跡がある（『全集』卷一九「趙王枕易殿下壽歌四首」其二參照）。以上、李慶立・趙旭兩氏の考證に據る（趙旭『謝榛的詩學與其時代』附錄一「謝榛年譜簡編」（以下、趙旭「年譜」と略稱））。

五　趙康王　朱厚煜。朱祐棌の長男。襲封は正德十六年（一五二一）（『明史』卷一〇三・諸王世表四）。

六　嘉靖間、挾詩卷遊長安　嘉靖二十一年（一五四二）に書かれた『全集』卷二〇「春日飲盧溝橋酒家」に「十五年前過此橋、秋風客思正蕭蕭」とあることから、嘉靖六年（一五二七）秋に北京を訪れていたことがわかる。恐らくこれが最初の北京滯在（趙旭「年譜」二三三頁參照）。

七　脫黎陽盧柟于獄　黎陽は盧柟の出身地、河南省浚縣の舊稱。前漢に黎陽縣、東晉に黎陽郡が定められた。

盧柟（正德二年（一五〇七）～嘉靖三十九年（一五六〇））「ろだん」とも。字、少梗・次梗、子木。號、浮丘山人。河南濬縣の人。裕福な商家に生まれ、博覽强記で文才があったが、酒亂の氣もあり、縣令と對立して殺人の罪を着せられ、數年間投獄される。謝榛が北京の貴人の間で釋放に奔走し、釋放されると一時は名士となるが、酒亂の性癖が再發し、人々に避けられ、落魄して病死した。作品は、獄中の艱苦を歌ったものに佳作が多い。騷賦が最もよく、代表作に「放招」「幽鞫賦」「九騷」など。『蠛蠓（べつぼう）集』五卷、また傳奇『想當然』が彼の作として傳わる。『小傳』丁集上。

謝榛は嘉靖二十六年（一五四七）に北京に赴き（翌年春が初上京との異說もあり）、翌年から盧柟の救濟活動を行い、三十一年（一五五二）に盧柟は獄から出ることが出來た（趙旭「年譜」、許建崑「盧事件的眞相・渲染與文化意涵」〔東海大學中文系『東海中文學報』第二四期、二〇一二年七月、一五九～一六〇頁〕參照）。

八　諸公皆多其誼　錢謙益は、七子らを「諸人」、その他の知識人を「諸公」として區別し、七子らを一段低く描寫する。

九　諸人作五子詩、咸首茂秦　李慶立氏の指摘に據れば、この「五子詩」の序列は年齢によるもので、詩社中の地位を證明するものではない（『全集』附錄二「傳略」一三七八頁）。

一〇　于鱗遺書絶交　李攀龍『滄溟集』卷二五「戲爲絶謝茂秦書」に見えるように、李攀龍との對立は確かにあった（嘉靖三十三年〔一五六〇〕頃）。とはいえ實際には彼らの絶交は決定的なものではなく、嘉靖三十五年頃には和解の様子も見られる（趙旭「年譜」二四〇～二四一頁）。その後も交際は續いており、謝榛死亡時（萬曆三年〔一五七五〕）には、王世貞（『弇州四部稿』卷四二「聞謝茂秦客死魏郡、寄詩輓之」）・徐中行（『天目先生集』卷五「哭于鱗墓甫三載、謝茂秦死于趙、而諸子生計甚微、乃出橐中裝遺之」）・吳國倫（『甔甀洞稿』卷二五「過鄴弔謝茂秦山人」）など追悼詩が殘されており（李攀龍は一五七〇年に既に沒。徐中行に至っては遺兒に援助までしている）、錢謙益の表現は誇張とも言える。

一一　秦・晉諸藩　秦は年代からすると西安府の秦宣王（朱懷埢）。『明史』卷一〇〇・諸王世表一に「(秦) 宣王懷埢、……嘉靖二十七年嗣封秦王。……四十五年宣王薨」。同樣に晉は山西太原府の晉簡王（朱新㙉）。『明史』卷一〇〇・諸王世表一に「(晉) 簡王新㙉、……嘉靖十二年以新化王長子奉敕管理府事。十五年嗣封晉王。萬曆三年薨」。

しかし、謝榛は關中に足を踏み入れたことはなく、この部分は後述『亙史鈔』に「語在萬曆癸酉、春、謝方遊關中」（「小傳」では略される）とあるのに基づいたか。晉藩（太原）も關係がなかった譯ではないが（趙旭『謝榛的詩學與其時代』附錄二「謝榛交往對象述略」二五一頁參照）、實際に晩年長期に亙り寄寓したのは山西長治の瀋藩であった。

一二　趙康王薨　朱厚煜の沒年は嘉靖三十九年（一五六〇）（『明史』卷一〇三・諸王世表四）。

一三　茂秦歸東海　嘉靖三十九年、謝榛は臨淸に歸った。その後、四十二年（一五六三）謝榛は山西に行き、趙穆王が卽位した嘉靖四十四年に一時的に安陽に戾り、賈姬をもらいうけた（趙旭「年譜」二四一～二四二頁）。

一四　穆王　朱常淸。朱翊鎦の長男。朱厚煜の曾孫。趙王を繼いだのは嘉靖四十四年（一五六五）で（『明史』卷一〇三・諸王世表四に「萬曆四十四年封世子、旣而襲封」）、沒年は萬曆四十二年（一六一四）（『明史』卷一一八・列傳諸王三「趙簡王高燧」附に「翊鎦子穆王常淸嗣、以善行見旌。萬曆四十二年薨」）。

一五　爲刻其全集　謝榛の文集の初期の刋行狀況は李慶立氏の『全集』「前言」に據れば以下の通り。①書名未詳の五言詩集（趙康王朱厚煜の嘉靖二十六年（一五四七）の序に、「漫山曹均」の刻集としてのみ見える。佚書）。②『四溟旅人集』（四卷。嘉靖二十六年（一五四七）趙康王朱厚煜刋行。序に「予取其全集刻之」とあるので、ここで「全集」というのはこれを指す可能性もあり。佚書）。③『游燕集』（六卷。嘉靖三十二年（一五五三）前後刋行、刻者不詳。佚書）。④『謝茂秦集』（『盧次楩集』『俞仲蔚集』と合刻。二卷。王世貞編選、嘉靖三十五年（一五五六）刋行。現存する謝榛の最も早い版本）。⑤『謝山人集選』（詩一五一首、詩話若干條。陳文燭刋刻、嘉靖四十二年（一五六三）以前刋。陳允衡『詩慰初集』に見える。佚書）。⑥『詩家直說』（一卷。詩話二二八條。「洪都旣・白子拱・楡茂材校正」、隆慶六年（一五七二）以前刋行。現存する最も早い『詩家直說』の版本）。⑦『適晉稿』（六卷。詩五〇四首を收錄、恐らく嘉靖四十五年（一五六六）頃成立）。

『小傳』では直前に「穆王復禮茂秦」とあるので、この「全集」は謝榛の生前に刋行されたと讀めるが、生前に出版された版本は以上①~⑦であり、②の『四溟旅人集』四巻だとすると「趙康王」の刊行で「趙穆王」ではない。後の版本に、⑧『四溟山人全集』(二十四巻、萬曆二十四年〔一五九六〕趙府氷玉堂刊刻、趙康王枕易道人、趙穆王恆易道人他の序あり)があり、これは趙穆王によるものだが、謝榛の死後の刊行である。いずれにせよ、『小傳』のこの部分は事實に符合しない。

一六 茂秦曰 謝榛『詩家直說』(『全集』卷二四)第二九七則に據る。原文は以下の通り(引用の續きの部分のみ訓讀を付す)。「予客京時、李于鱗・王元美・徐子與・梁公實・宗子相諸君招予結社賦詩。一日、因談初唐・盛唐十二家詩集、幷李・杜二家、孰可專爲楷範。或云沈・宋、或云李・杜、或云王・孟。予默然久之、曰、「歷觀十四家所作、咸可爲法。當選其諸集中之最佳者、錄成一帙、熟讀之以奪神氣、歌詠之以求聲調、玩味之以裒精華。得此三要、則造乎渾淪、不必塑謫仙而畫少陵也。夫萬物一我也、千古一心也、易駁而爲純、去濁而歸清、使李・杜諸公復起、孰以予爲可教也」。諸君笑而然之。是夕、夢李・杜二公登堂謂予曰、「子老狂而遽言如此。若能出入十四家之間、俾人莫知所宗、則十四家又添一家矣。子其勉之」(……夫れ萬物は我に一なり、千古は心に一なり、駁を易えて純と爲し、濁を去りて清に歸す、使い李・杜の諸公復た起つとも、孰か予を以て教うる可きと爲さんや」と。諸君笑いて之を然りとす。是の夕、李・杜二公 堂に登り予に謂うを夢む。曰く、「子 老狂にして遽かに言うこと此の如し。若し能く十四家の間に出入せば、人をして宗する所を知る莫から俾め、則ち十四家に又た一家を添ず。子其れ之を勉めよ」と)」。

一七 李・杜十四家 李白・杜甫と、初唐盛唐の所謂「唐十二家」(王勃・楊烱・盧照鄰・駱賓王・陳子昂・杜審言・沈佺期・宋之問・王維・孟浩然・高適・岑參)の十四人。「唐十二家」には、明の張遜業輯『唐十二家詩』八冊(明嘉靖間刊、中國國家圖書館等藏本)、楊一統編『唐十二家詩』十二卷(萬曆十二年刻本、清華大學圖書館藏)、

許自昌輯『唐十二家詩』二十四巻（萬暦三十一年序、國會圖書館等藏本）など、いくつかの版があるが、收錄作家には異同なし。

一八　句響而字穩　互文として解釋した。或いは「毎句の音律はすばらしいが、一字一字は穩當な文字」の意か。詩に於ける「響字」については、宋・魏慶之『詩人玉屑』巻六「響字」參照。

一九　若徐文長之論　徐渭（字、文長）は、謝榛の李・王からの排斥を身分の差によるものと考えていた。萬暦三年（一五七五）南京に旅行した際に作った詩「廿八日雪」（『徐文長文集』巻五）に、「昨 帙中を見て大いに詫く可し、古人絶交すること寧ぞ罷まず。謝榛既に與に友朋と爲るに、何事か詩中に顯かに相い罵る。乃ち知る朱轂の華裾子、布衣を魚肉して顧忌する無し。卽令此の輩 謝榛に忤るとも、謝榛 敢て此の輩を罵りしや未しや（昨見帙中大可詫、古人絶交寧不罷。謝榛既與爲友朋、何事詩中顯相罵。乃知朱轂華裾子、魚肉布衣無顧忌。卽令此輩忤謝榛、謝榛敢罵此輩未）」と見える。が、「以諸人倚恃紱冕、凌壓韋布」のような形の出典は未詳。

なおここの『小傳』の記述は、『明史』では謝榛の傳ではなく、徐渭傳（文苑傳四）に「嘉靖の時に當り、王・李 七子社を倡し、謝榛 布衣を以て擯け被る。渭 其の軒冕を以て韋布を壓するに憤りて、誓って二人の黨に入らず（當嘉靖時、王・李倡七子社、謝榛以布衣被擯。渭憤其以軒冕壓韋布、誓不入二人黨）」という形で引用される。

二〇　則又非余躋茂秦之本意也　以上の部分は、乾隆十九年（一七五四）胡曾の耘雅堂刻本『四溟詩話』四巻には「錢牧齋序」として收錄されるが、『列朝詩集小傳』からの轉用である。また道光二十五年（一八四五）潘仕成の編輯した『海山仙館叢書』本の『四溟詩話』四巻には王士禛に假託され「王漁洋序」として轉用され、以後の多くの本に引き繼がれてしまっている（『漢語大詞典』も王士禛「四溟詩話序」として用例に採る）が誤りである。『全集』附錄一・胡曾「四溟詩話序」注（一三六四頁）參照。

○新安潘之恆[二一]『亙史』記曰、「趙王雅愛茂秦詩、從王客鄭[二二]若庸得竹枝詞十章、命所幸琵琶妓賈扣度而歌之。萬曆癸酉冬、茂秦從關中還、過鄴、偕若庸見王。王宴之便殿、酒行樂作、王曰、「止」。命緪[二三]瑟以琵琶佐之、聲繁屏後、王復止衆妓、獨奏琵琶。方一闋、茂秦傾聽、未敢發言。王曰、「此先生所製竹枝詞也。譜其聲、不識其人可乎」。命諸伎擁賈姬出拜、光華射人、藉地而竟竹枝十章。茂秦謝曰、「此山人鄙俚之辭、安足污王宮玉齒。請更製竹枝詞、以備[二四]房中之奏」。王曰、「幸甚」。茂秦老不勝酒、醉臥山亭下、王命姬以[二五]衽代薦、承之以肱。明日、上新竹枝十四闋、姬按而譜之、不失毫髮。元夕、便殿奏技、酒闌送客、卽盛禮而歸賈于邸舍、茂秦載以游燕・趙間。

逾二年、至大名、客請賦壽詩百章、至八十餘、投筆而逝。乙亥之冬月也。姬[二六]率二子、奉柩停大寺之旁、每夜操琵琶一曲、歌茂秦竹枝詞、必慟絕而罷。已乃以[二七]千金裝付二子、令歸葬、自破樂器、歸老于闤[二八]闠間。後三十餘年、客訪舊宿寺中、寺僧猶能道其遺事」。

【訓讀】

○新安潘之恆の『亙史』に記して曰く、「趙王 雅に（平素から）茂秦の詩を愛し、王の客 鄭若庸從り竹枝詞十章を得、幸する所の琵琶妓賈扣に命じ、度して（曲をつけて）之を歌わしむ。萬曆癸酉（元年、一五七三）冬、茂秦 關中從り還り、鄴を過ぐるに、若庸と偕に王に見ゆ。王 之を便殿（正殿以外の休息したり宴會を催したりする別殿）に宴し、酒を行い樂を作すに、王曰く、「止めよ」と。緪瑟に命じ琵琶を以て之を佐けしめ、聲繁 屏きし後（合奏が收まって後）、王 復た衆妓を止め、獨だ琵琶のみを奏せしむ。方に一闋にして、茂秦傾聽するも、未だ敢て言を發せず（感心した）。王曰く、「此れ先生の製りし所の竹枝詞（各地の風土や男女の情愛を歌った歌謠。多くは七言絶句）なり。其の聲を譜すに（詞に合わせてこの曲を作らせたが）、其の人を識らずして可ならんや」と。諸伎に命じて賈姫を擁して出拜せしむに、光華 人を射し、地に藉き（光華が地面に廣がり）而して竹枝十章を竟う（演奏しきった）。茂秦謝して曰く、「此れ山人鄙俚の辭にして、安ぞ王宮の玉齒（美女の皓齒）を污すに足らんや。請う更に竹枝詞を製し、以て房中の樂（后妃たちの歌謠）に備えんことを」と。王曰く、「幸なること甚し」と。茂秦 老いて酒に勝えず、山亭の下に醉臥するに、王 姫に命じて衽（衣の袖）を以て薦（敷物）に代え、之を承くるに肱を以てす。明日、新竹枝十四闋を上るに、姫 按して（琵琶を彈いて）之を譜し（曲をつけ）、毫髮も失わず。元夕（上元節〔正月十五日〕の夜）、便殿に奏技（演奏）し、酒闌にして（酒宴が終わりにむかい）客を送るに、（王）卽ち盛禮して賈（姫）を邸舍（謝榛の泊まる旅館）に歸す（送った）。茂秦 載けて以て燕・趙の間に遊ぶ。

二年を逾え（二年經って）、大名（縣名。河北邯鄲）に至り、客 壽詩百章を賦すを請う。（謝榛は）八十餘に至りて（八十餘首まで作ると）、筆を投じて逝く（亡くなった）。乙亥（萬曆三年、一五七五）の冬月なり。姫 二子を率い、柩を奉じて大寺の旁に停り、毎夜 琵琶一曲を操し、茂秦の竹枝詞を歌い、必ず慟絶して罷む。已にして乃ち千金の裝を以て二子に付し、歸葬（死後に遺體を故鄕に運び埋葬）せ令め、自ら樂器を破り、闤闠の間（民間）に歸老す（生涯を終えた）。後三十餘年、客 舊し宿りし寺中を訪うに、寺僧 猶お能く其の遺事を道う」と。

【注】

二一 **新安潘之恆『亙史』** 以下の部分は、小傳の最後に續けて「○」（原文ママ）が附せられ、逸事として錢謙益が補足した體裁をとる。本記事は、潘之恆『亙史鈔』（『四庫全書存目叢書』子部一九四册所收、浙江圖書館藏明刻本）外紀巻二九・趙鼬「賈扣傳」に見える。『亙史鈔』記載事實の考證は、李慶立氏の『全集』附錄二「傳略」に詳しい。それによると、謝榛の籍貫・年齡・生卒・行跡等に史實と矛盾する記載が間々見られ、信用性に乏しい資料だと指摘される。

二二　**鄭若庸**　弘治二年（一四八九）～萬曆五年（一五七七）。江蘇崑山の人。字は中伯、號は虛舟山人。數度の鄉試失敗後、支硎山に隱居し古文辭の研鑽に勵み、謝榛と竝び稱された。のち趙康王朱厚煜にまねかれ、大型類書『類雋』を著した。代表作に傳記『玉玦記』、詩文集『蛣蜣集』など。

なお『亙史鈔』の原文には「王曰、「謝年幾何」。曰、「長於臣、垂七十矣」」などという事實に反した記載がある（鄭若庸の方が十歲年上）が、『小傳』ではこの箇所は省かれている。

二三　**緪瑟**　弦を強く張った瑟。緪は弦を強く張ること（『楚辭』九歌・東君）。

二四　**房中之奏**　『小傳』標點本は「房中之樂」に作る。后妃の諷頌する音樂。鐘磬を用いず絃歌する。『儀禮』燕禮に「房中の樂有り（有房中之樂）」の鄭玄注參照。

二五　**以衽代薦**　衽はえり、おくみ（襟から裾までの細布）、そで、ねござなどの意味があるが、ここでは「代薦」とあるので、一定の幅のある、そでととった。

二六　**姬率二子**　謝榛には五人の息子と若干の娘がいたとされるが（趙旭『謝榛的詩學與其時代』第二章第二節「謝榛的家庭生活」參照）、賈扣との間の「二子」が誰なのかは未詳。

二七　**以千金裝付二子**　『亙史鈔』原文では「姬以千金籹（「粧」の異體字）奩付謝之二子」。千金の價値のある化粧道具を謝榛の二遺兒に與えた意。

二八　**闤闠**　闤は市街地の圍い、闠は市の外門。あわせて街道、その地域から民間の意。

（田口一郎）

二六　李攀龍　正德九年（一五一四）～隆慶四年（一五七〇）

丁集卷五　李按察攀龍[一]

攀龍[二]、字于鱗、歷城人。嘉靖甲辰進士、授刑部廣東司主事、歷郎中、出知順德府、擢陝西提學副使。西土[三]數地動、心悸念母、移疾歸、用何景明例、予告凡十年。起[四]浙江副使、遷參政、拜河南按察使。母喪歸、踰小祥、病心痛卒。

于鱗[五]擧進士、候選里居、發憤讀書、刺探鈎擿、務取人所置不解者、摭拾之以爲資、而其矯悍勁騺之材、足以濟之。高自夸許、詩自天寶以下、文自西京以下、誓不汚吾毫素也。宦[六]郎署五六年、倡五子・七子之社、吳郡王元美以名家勝流、羽翼而鼓吹之、其聲益大噪。

及[七]其自秦中挂冠、搆白雪樓于鮑山・華不注之間、杜門高枕、聞望茂著。自時厥後、操海內文章之柄垂二十年。其[八]徒之推服者、以謂「上追虞姒、下薄漢唐」。有[九]識者心非之、叛者四起、而循聲贊誦者、迄今百年、尙未衰止。

要其譔著、可得而評隲也。其[一〇]儗古樂府也、謂當如「胡寬之營新豐、雞犬皆識其家」。寬所營者、新豐也。其阡陌衢路未改、故寬得而貌之也。令改而營商之亳・周之鎬、我知寬之必束手也。『易』[一一]云「擬議以成其變化」、不云「擬議以成其臭腐」也。[一二]易五字而爲「翁離」、[一三]易數句而爲「東門行」。[一四]「戰城南」盜「思悲翁」之句、而云「烏子五、烏母六」。[一五]「陌上桑」竊「孔雀東南飛」之詩、而云「西鄰焦仲卿、蘭芝對道隅」。影響剽賊、文義違反、擬議乎、變化乎。[一六]吳陋儒有補石鼓文者、逐鼓支綴、篇什完好。余甚之曰、「此李于鱗樂府也」。其人矜喜、抵死不悟、此可爲切喩也。

[一七]論五言古詩曰、「唐無五言古詩、而有其古詩」。彼以昭明所譔爲古詩、而唐無古詩也。則胡不曰「魏有其古詩、而無漢古詩。晉有其古詩、而無漢魏之古詩」乎。[一八]十九首繼國風而有作、鍾嶸以爲「驚心動魄、一字千金」。今也句摭字捃、行數墨尋、興會索然、神明不屬、被斷菑以衣繡、刻凡銅爲追蠡、[一九]目曰「後十九」、欲上掩平原之十四、不亦愚乎。

僻學爲師、封己自是、限隔人代、揣摩聲調。論古則判唐・選爲鴻溝、言今則別中・盛如河漢。繆種流傳、俗學沈錮、昧者視舟壑之密移、愚人求津劍于已逝、此可爲歎息者也。[二〇]七言今體、承學師傳、三百年來、推爲冠冕。擧其字則三十餘字盡之矣、擧其句則數十句盡之矣。[二一]「百年」「萬里」、已憎疊出、[二二]「周禮」「漢官」、何煩洛誦。刻畫雄詞、規摹秀句、[二三]沿李頎之餘波、指少陵爲頽放、[二四]昔人所以咲撫帖爲從門、指傖句爲鈍賊也。

[二五]專城出守、動曰「東方千騎」、[二六]方舟共載、輒云「二子乘舟」。[二七]「遼海」「中丞」、襲「驃騎」之號、[二八]「廬江」「別駕」、蒙「小吏」之呼。[二九]「投杼」曾母、訐許「自天」、[三〇]「傅粉」「何郎」、冠以「帝謂」。經義寡稽、援據失當、瑕疵曉然、無庸抉擿。[三一]何來天地、我輩中原。矢口囂騰、殊乏風人之致、易詞夸詡、初無贈處之言。於是狂易成風、叫呶日甚。[三二]「微吾長夜」、于鱗旣跋扈于前、[三三]「才勝相如」、伯玉亦籛揚于後。斯又風雅之下

流、聲偶之極弊也。

今人尊奉于鱗、服習擬議變化之論、[三四]自謂「泝古選沿初・盛、區別淄澠、窮極要眇」。[三五]自通人視之、正嚴羽卿所謂「下劣詩魔入其肺腑」者也。[三六]斯文未喪、來者難誣。當葵丘震驚之日、[三七]仲蔚已有違言、迨穆下銷歇之時、[三八]元美亦持異議。而[三九]王元馭序『弇山續藁』、詆訶歷下、謂「不及三十年、水落石出、索然不見其所有」。斯固弇州之緒言、抑亦藝苑之公論也。不然、余亦豈有私憾于于鱗與世之祖述于鱗者、而黨枯仇朽、嘵嘵然不置若此哉。

余既録于鱗詩、[四〇]偶得王承甫與屠青浦書。云「[四一]讀足下與王元美書、所彈射李于鱗處、爽焉快之、然論文耳、猶未及詩。僕謂其七言歌行莽不合調、[四二]五言古選樂府、元美謂之「臨摩帖」。「[四三]後十九首」、何異東家捧心益醜、「陌上桑」改自有爲它人、非點金成銕耶。絕句間入玅境、五言律亦平平、七言律最稱高華傑起。拔其選、卽數篇可當千古、收其凡、則格調辭意、不勝重複矣。[四四]海陵生嘗借其語、爲「漫興」戲之曰、「萬里江湖迥、浮雲處處新。論詩悲落日、把酒歎風塵。秋色眼前滿、中原望裏頻。乾坤吾輩在、白雪誤斯人」云云、大堪絕倒。僕嘗以爲[四五]雅宜之行草、[四六]新安之古文、歷下之七言近體、在彼非不精工、習而宗之者、愈似愈乖、不可有二。何則狥所美而乏通才、局于格而寡新法、守而弗化、極而弗變、其神者不全耳」。

承甫之論歷下、與余所評駁、若合符節。元美雖爲于鱗護法、亦不能堅守金湯矣。[四七]前輩又拈歷下「送楚使」詩「江漢日高天子氣、樓臺秋敞大王風」、云「此賀陳友諒登極詩也」。與承甫引淮海生之語相類、附及以資一笑。

【訓讀】

攀龍、字は于鱗、歴城（山東濟南府下の縣）の人。嘉靖甲辰（同二十三年〔一五四四〕三十一歳）進士、刑部廣東司主事を授けられ、郎中を歴、出でて順德府（北直隷）に知たり、陝西提學副使に擢でらる。西土數しば地動き（地震があり）、心悸して（胸騒ぎがして）母を念い、疾を移して（病氣理由の退職願を提出して）歸るに、何景明の例を用って、告（休暇）を予えらるること凡そ十年なり。浙江副使に起ち、參政に遷り、河南按察使を拜す。母の喪にて歸り、小祥（一周忌）を踰え、心痛を病みて卒す。

于鱗 進士に擧げられ、選（吏部による官職の選考）を候ちて里居するに、（會試の成績の惡さに）發憤して讀書し、刺探し鈎摘して（探りあてたり、ほじくりだしたりして）、務めて人の置きて（放置して）解かざる所の者を取り、之を摭拾して（ひろいあげて）以て資（かて）と爲し、而して其の矯悍勁鷙の材（强引で强健な資質）、以て之を濟す（なしとげる）に足る。高く自ら夸許し（自負し）、詩は天寶自り以下、文は西京自り以下は、吾が毫素（筆と紙）を汚さざるを誓うなり。郎署に宦すること五、六年、五子・七子の社を倡え、吳郡の王元美 名家の勝流を以て、羽翼して（補佐して）之を鼓吹し、其の聲は益ます大いに噪ぐ。

其の秦中自り冠を挂くる（官帽をぬいで掛ける）に及び、白雪樓を鮑山・華不注の間に搆え、門を杜して枕を高くし、聞望（名聲）茂著たり。時自り厥の後、海內文章の柄を操ること二十年に垂とす。其の徒の推服する者、以て「上は虞・姒を追い、下は漢・唐に薄る」と謂う。識者の、心に之を非とし、叛く者の四もに起つ有るも、而も聲に循い贊誦する（たたえとなえる）者、今に迄る百年なるも、尚未だ衰止せず。

其の譔著を要すれば、得て評隲す可けん也（譔は撰に同じ。その著作について要言すれば、まともに評定をなし得ようか）。其の儗古樂府なる也、當に「胡寬の新豐を營むに、雞犬皆其の家を識る」が如くなるべしと謂う。寬の營む所の者は、新豐なり。其の阡陌衢路（南北・東西の道や十字路）は未だ改めず、故に寛は得て之を貌どるなり（形を寫すことができた）。令し改めて商の亳・周の鎬（殷の都、今の河南省商丘縣と、周の都、今の陝西省長安縣南西、のような未知の都市）を營ましむれば、我は知る、寛の必ず手を束ねしならんを。『易』に「擬議して以て其の變化を成す」と云うも、「擬議して以て其の臭腐を成す」とは云わざるなり。五字を易えて「翁離」と爲し、數句を易えて「東門行」を爲す。「戰城南」は「思悲翁」の句を盜み、而して「烏子五・烏母六」と云う。「陌上桑」は「孔雀東南飛」の詩を竊み（かすめとり）、而して「西鄰の焦仲卿、蘭芝 道隅に對す」と云う。影響剽賊して（模倣し盜作して）、文義の違反するは、擬議なる乎、變化乎なる乎。吳の陋儒に石鼓文を補う者有りて、鼓を逐いて支綴し（石鼓の一つ一つをおってつなぎあわせ）、篇什（一篇十首）完好す。余之を惎みて曰く、「此李于鱗の樂府なり」と。其の人矜喜し、死に抵るまで悟らざるは、此切喩（ぴったりのたとえ）と爲す可きなり。

五言古詩を論じて曰く、「唐に五言古詩無し、而れども其の古詩有り」と。彼は昭明の（昭明太子が『文選』に）譔す所を以て古詩と爲し、而して唐に古詩無き（という）なり。（ならば）則ち胡ぞ「（『文選』の中でも）魏に其の古詩有るも、而れども漢の古詩無し。晉に其の古詩有るも、而れども漢・魏の古詩無し」と曰わざる乎。十九首は國風を繼ぎて作る有り、鍾嶸は以て「心を驚かし魄を動かし、一字千金なり」と爲す。今也 句ごとに摭い字ごとに捃い、行もて數え墨もて尋ぬ（內容を理解せず一字一行だけを追いかけ）、興會は索然たり（面白味はさっぱりなく）、神明は屬せず、斷菑（立ち枯れの木）を被うに衣繡を以てし、凡銅に刻して追蠡を爲し（凡庸な銅鐘に刻字して、年季のはいったような紐をつけ）、目して「後十九」と曰い、上に平原（陸機）の十四を掩わんと欲するは、亦愚かならざる乎。

僻學を師と爲し、己を封くして自らを是とす。人代（人物と朝代）を限隔し、聲調を揣摩す（憶測する）。古（古體詩）を論じては則ち唐と選（唐詩と『文選』）とを判かちて鴻溝（大きな境界）と爲し、今（今體詩）を言いては則ち中（唐）と盛（唐）とを別かちて河漢の如し（「如河漢」を『小傳』標點本は「爲河漢」に作る）。繆種（誤りのもと）は流傳し、俗學は沈錮し（こりかたまり）、昧き者は舟壑の密かに移るを視（蒙昧の者は壑に隱した舟が他人によって密かに移されたのも知らずに元の場所を探し）、愚人は津劍を已に逝きしに求むるは（愚鈍な人が舟の渡し場で水に落した劍を舟がすでに動いているにもかかわらず舟の下を探すのは）、此歎息を爲す可き者なり。七言今體は、承學師傳して、三百年來、推して冠冕と爲す（追隨者が學風を繼承し師教を傳授して、三百年來隨一の人と見なした）。其の字を擧げれば則ち三十餘字にて之を盡くせ矣、其の句を擧げれば則ち數十句にて之を盡くせ矣。「百年」「萬里」は、已に疊出するを憎み（何度も出てくるのがいいかげん厭になり）、「周禮」「漢官」は、何ぞ洛誦（暗誦）に煩わしき。雄詞を刻畫し、秀句を規摹（摸倣）し、李頎の餘波に沿い、少陵を指して頽放と爲し、昔人 撫帖を哄いて（『列朝詩集』點校本は「笑模帖」に作り、『小傳』標點本は「笑撫帖」に作る）從門と爲し、偷句を指して鈍賊と爲す所以なり。

専城に出守するに、動もすれば「東方の千騎」と曰い、方舟（竝べた舟）に共に載りては、輒ち「二子 舟に乘る」と云う。「遼海」の「中丞」は、「驃騎」の號を襲い、「廬江」の「別駕」は、「小吏」の呼びなを蒙る。「杼を投げ」し曾母は、「天自りするか」と訝許し、「粉を傅け」し「何郎」は、冠するに「帝謂えらく」を以てす。經義に稽え寡く（考證が少なく）、援據（證據としての引用）當を失し、瑕疵 曉然たりて、抉摘する（えらびとる）を庸いる無し。何ぞ天地に來たる、我が輩の中原に。口に矢せて囂騰し（騷ぎたて）、殊に風人の致（『詩經』國風の詩人のおもむき）に乏しく、詞を易えて夸詡し（ひけらかし）、初めより贈處の言（片や行く相手を送り、片や留まる相手の心を落着かせる言葉）無し。是こに於いて狂易（狂って性質が變異すること）風を成し、叫呶（喧噪のがやがや聲）日びに甚だし。「吾微かりせば長夜ならん」と、于鱗既に前に跋扈し、「才は相如に勝る」と、伯玉（汪道昆）も亦後に簸揚す（喧傳する）。斯又風雅（文學）の下流にして、聲偶（韻文）の極弊なり。

今人 于鱗を尊奉し、擬議變化の論を服習し（敬服して習い）、自ら謂えらく「古選（『文選』所收の古詩）を泝って初・盛（初唐と盛唐。『小傳』標點本は「初唐」に作る）に沿い（くだり）、淄・澠（味の異なる淄の川と澠の川の水）を區別し、要眇（奥深い微妙さ）を窮極す」と。通人自り之を視れば、正に嚴羽卿の所謂「下劣の詩魔其の肺腑に入る」者なり。斯文 未だ喪びずして、來者 難誣す（後輩たちが非難した）。葵丘震驚する（春秋時代の山東省の地名。李攀龍の死）の日に當たりて、仲蔚（兪允文）已に違言有り。稷下銷歇する（戰國時代、山東省にあった學派。李攀龍一門の活動の停止）の時に迨びて、元美（王世貞）も亦異議を持す。而して王元馭（王錫爵）『弇山續藁（『列朝詩集』點校本は「稿」に作る）』に序し、歴下（李攀龍）を詆訶し（叱責し）、謂えらく「三十年に及ばずして、水落ち石出でて（本質が明らかになり）、索然として（きれいさっぱりと）其の有る所（すべて）を見ず」と。斯固より弇州の緒言（弇州の著書にたいする前書き）なるも、抑そも（あるいは）亦藝苑（文藝世界）の公論なり。然らざれば余も亦豈私憾を于鱗と世の于鱗を祖述する者とに有し、而して黨（ともがら）の枯れ仇（かたき）の朽ちるまで（一派や仇敵が枯れはてるまで）、嘵嘵然として（けたたましく）置めざること此くの若くならん哉。

余既に于鱗の詩を録するに、偶たま王承甫（王叔承）の屠青浦（屠隆）に與えし書を得たり。云えらく、「足下の王元美に與えし書を讀むに、李于鱗を彈射する所の處、爽焉に之を快しとするも、然れども文を論ずる耳にして、猶未だ詩に及ばず。僕謂えらく、其の七言歌行は莽くして調に合わず、五言の古選（『文選』風の古詩）樂府は、元美之を「臨摹（『小傳』標點本は「摹」に作る）帖」と謂う。「後十九首」は、何ぞ東家の心を捧えて益ます醜きと異ならん。「陌上桑」は改むるに自から它人を爲す有りて（關係のない人物が入りこんでいて）、金を點じて銕（『列朝詩集』點校本は「鐵」に作る）と成す（金を變化させて鐵とする）に非ざる耶。絶句は間ま妙（『列朝詩集』點校本は「妙」に作る）境に入るも、五言律も亦平平にして、七言律は最も高華傑起なると稱す。其の選を拔けば、卽ち數篇は千古に當る可きも、其の凡てを收むれば、則ち格調と辭意、重複に勝えざり矣。海陵生嘗て其の語を借りて、「漫興」を爲り之に戲れて曰く、「萬里江湖迥かに、浮雲處處に新たなり。詩を論じては落日を悲しみ、酒を把りては風塵を歎く。秋色 眼前に滿ち、中原 望裏に頻る。乾坤 吾が 輩 在り、白雪 斯の人を誤らしむ」云云と、大いに絶倒するに（腹を抱えて笑うに）堪えたり。僕 嘗て以爲えらく雅宜（王寵）の行草、新安（汪道昆）の古文、歴下（李攀龍）の七言近體（底本は「体」に作るが、『列朝詩集』點校本による）、彼に在りては精工ならざるに非ざるも、習いて之を宗とする者は、愈いよ似て愈いよ乖り（似れば似るほど乖離し）、二有る可からず。何となれば則ち美しとする所に狥うも通才に乏しく、格に局られて新法 寡く、守りて化する弗く、極まりて變ずる弗く、其の神なる者の全からざる耳」と。

承甫の歴下を論ずるは、余の評駁する所と符節を合わするが若し。元美は于鱗の爲に法を護ると雖も、亦金湯（金城湯池、堅固な守備）を堅守する能わざり矣。前輩又歴下の「楚使を送る」詩（『小傳』標點本は「云」に作る）の「江漢 日に高し天子の氣、樓臺 秋斂し大王の風」を拈みて、云えらく「此陳友諒の登極を賀するの詩なり」と。承甫の淮海生（前出の「海陵生」を指す）を引くの語と相類し、附して以て一笑に資するに及ぼす。

【注】

一 **李按察攀龍** 「按察」はその最終官職が河南按察司按察使であったことによる。李攀龍の傳記資料には次のものがある。殷士儋「明故嘉議大夫河南按察司按察使李公墓誌銘」（『滄溟先生集』三十二巻・隆慶六年〔一五七二〕序刊本の第三二巻附錄。『滄溟先生集』三十巻・一九九二年・上海古籍出版社刊の附錄二所收。以下「墓誌銘」）。李攀龍の歿した隆慶四年の撰である。殷士儋は、字は正甫、歴城の人で、少年時代からの友人。嘉靖十九年（一五四〇）での郷試同年、嘉靖元年（一五二二）～萬暦十年（一五八二）。李攀龍死去の時は禮部尚書、直後に大學士となった。李攀龍の履歴について錢謙益は主としてこの「墓誌銘」によっている。王世貞「李于鱗先生傳」（『弇州四部稿』巻八三・文部、『國朝獻徴錄』巻九二「河南按察使李先生攀龍傳」、以下「王・傳」）。何喬遠『名山藏』巻八一（？）文苑記「李攀龍」。また許建崑氏に「李攀龍年譜」（『李攀龍研究』第二章・一九八七年・文史哲出版社刊）がある。

〔付記〕錢謙益は四六文の名手でもあるといわれるが、この文章では特にその傾向が強い。古文辭派古文の向こうをはったのだろうか。

二　**攀龍、字于鱗、歴城人。……擢陝西提學副使**　「墓誌銘」によってより詳しくたどっておく。「甲辰（嘉靖二十三年）賜同進士出身、試政吏部文選司（試政は従事すること）」。「丁未（同二十六年）授刑部廣東司主事」。「三年（ののち、同二十九年）陞員外郎。明年、遷山西司郎中」。「癸丑（同三十二年）出守順徳、務爲休息愛利之政（務めて休息愛利の政を爲す）」。「（同三十五年）比三歳、有十數最書（三歳比（ごと）に、十數の最書〔優良者推薦書〕有りて）、擢陝西按察司提學副使」。『明清進士題名碑錄』によれば、李攀龍の成績は第三甲二二六名中、後ろから四番目であった。また『世宗實錄』巻四三八に、「嘉靖三十五年八月辛亥（二十五日）、直隷順徳府知府李攀龍を陞して陝西按察司副使と爲し學校を提調せしむ」とある。

三　**西土數地動、心悸念母、移疾歸、用何景明例、予告凡十年**　地震については『世宗實錄』巻四五四～四六五に、次のような記事がある。嘉靖三十六年十二月「丁酉（十八日）、陝西涼州等の衞にて地震い聲有り」。同三十七年正月「庚申（十一日）、陝西 地震う」。同年五月「乙丑（十八日）、陝西西安府 地震いて聲有り」。同年十月「丙午（三日）、陝西華州 地震いて聲有り雷の如し。越えて六日再び震い、十二日復た大いに震いて廬舍を傾陥すること甚だ衆し」。「疾を移して歸」ったのは、『滄溟先生集』卷二三「亡妻徐恭人狀」に「戊午復疾、投劾歸濟南（戊午復た疾し、劾を投じて〔自らを彈劾する文書を提出して〕濟南に歸る）」とあるから、嘉靖三十七年（一五五八）四十五歲の時であった。

「何景明の例を用って」に關連しては、「墓誌銘」に「西土當地裂後、猶時時動搖、數心悸。又念太恭人獨家居、遂乞骸骨歸（西土 地の裂けし後に當たりても猶時時〔しばしば〕動搖し、數しば心悸す。又太恭人の獨り家居するを念い、遂に骸骨を乞いて歸る）」としたあと、次のような解説をつけている。「從來の慣例として、地方に仕官する者は、病氣が理由で休暇が與えられることはなく、自分から罷めることを願い出るだけで、再度の敍官はなかった。ところでこの時、吏部は李攀龍の才能を惜しみ、特に天子の許可を得て休暇を與え、病氣が癒えたところで再度敍官しようとした。かつては何景明だけがこの待遇を受け、それでもって李攀龍にあてたのであって、實に異例のことであった（故事、仕在外者、無以病告、卽乞身罷耳、不復敍。時銓部憐公才、特取旨予告、疾已且復敍。異日獨何仲默視此、以方于鱗、實異數也）」。その何景明の例とは、本書「一九 何景明」に、中書舍人であった何景明が、「正德初、劉瑾 事を用いれば、病を謝して歸る。瑾 誅せられ、李茶陵の薦を用って、復た中書に除せられ、內閣制敕房に直す」とある。中書舍人は在外の官ではないが、その再起はやはり特例であったのだろう。

なお「王・傳」では、棄官の理由の一つとして、鄉人の陝西巡撫殷學が「檄を以て于鱗に致し文を屬ら使む（其鄉人殷中丞來督撫、以檄致于鱗、使屬文、于鱗不懌）」など無禮な行爲に立腹したことをあげている。

四　起浙江副使、遷參政、……踰小祥、病心痛卒　「墓誌銘」に次のように記される。「凡そ十たび年所（年數）を歷へ、今天子（隆慶帝）言者を用いて起てて浙江副使と爲す（『穆宗實錄』によると、隆慶元年十月甲午（十三日）浙江按察司副使）。二年、稍参政に遷り（『穆宗實錄』によると、隆慶二年五月庚戌朔、浙江布政使司左參政）、入賀して（入朝慶賀。「王・傳」によると「萬壽表を奉りて入賀し」）、家を過りて觀省す。將に南せんとするに、尋いで河南按察使に陞り（『穆宗實錄』によると、隆慶二年十二月辛卯（十七日））、遂に（母）太恭人を奉じて倶にす。越ゆること四月にして太恭人卒す（許建崑「年譜」では、赴任が三年二月、母張氏が河南の邸中で亡くなったのが同年閏六月五日）。于鱗喪を持して歸るに甚だ毀す（やせほそる）。小祥（一周忌）に及びて漸く平らぐも、何も無くして、暴かに疾いし再日にして絕ゆ。歲の庚午（隆慶四年）八月二十日なり、年は五十有七（凡十歷年所、今天子用言者起爲浙江副使。二年、稍遷參政、入賀、過家觀省。將南、尋陞河南按察使、遂奉太恭人倶。越四月而太恭人卒。于鱗持喪歸、甚毀。及小祥而漸平、無何、暴疾再日而絕。歲庚午八月二十日也、年五十有七）」。

五　于鱗擧進士、候選里居、……誓不汚吾毫素也　「墓誌銘」に「乙巳（嘉靖二十四年）疾を以て告して歸る。歸れば則ち益ます發憤して志を勵まし、百家の言を陳べ、附して之を讀み、務めて其の微を鈎とり、其の精を抉り、恆人の置きて解せざる所の者を取りて之を拾い、以て學を績む。蓋し文は西漢自り以下、詩は天寶自り以下、若し其の毫素の汚さる者と爲れば、輒ち爲すに忍ばざるなり（乙巳以疾告歸。歸則益發憤勵志、陳百家言、附而讀之、務鈎其微、抉其精、取恆人所置不解者拾之、以績學。蓋文自西漢以下、詩自天寶以下、若爲其毫素汚者、輒不忍爲也）」とある。「詩は天寶自り以下、文は西京自り以下」というのは、詩では唐の李白や杜甫が在世した天寶時代（實際はともにその後の數年、または十數年まで在世）までは評價するが、その後の至德・乾元・大曆以降は評價しないということ、文では、『史記』が書かれた西京、つまり前漢までは評價するが、その後の東京、すなわち後漢以降は評價しないということである。例えば後漢に書かれた班固の『漢書』について、「王・傳」は、「以爲えらく紀述の文は東京に戹され、班氏 其の佼佼たる者を姑する耳（その表面的な美しさをとりあえずのものとしているだけだ）（以爲紀述之文戹於東京、班氏姑其佼佼者耳）」と評したと傳えている。

六　宦郎署五六年、倡五子・七子之社、……其聲益大噪

「郎署に宦すること五、六年」とは、嘉靖二十六年（一五四七）三十四歲、刑部廣東司主事となってから、同三十二年・四十歲に順德府知府に出守するまでをいう。「墓誌銘」には、「丁未（嘉靖二十六年）刑部廣東司主事を授かる。既に曹務の閒寂なるに、遂に大いに力を文詞に肆にし、余[ママ]時に檢討を爲し、日び相引きて其の議論を上下す。而して于鱗は益ます一時の勝流の吳郡の王元美の若き數子の者と交わり、名は迺ち公卿の閒に藉甚たり矣（盛大であった）（丁未授刑部廣東司主事。既曹務閒寂、遂大肆力于文詞、余時爲檢討、日相引上下其議論。而于鱗益交一時勝流若吳郡王元美數子者、名迺藉甚公卿閒矣）」と記される。王元美、すなわち王世貞（本書「二七」）は魏晉南北朝時代の山東の名門琅琊の王氏の末裔であると自稱しており、三代にわたって進士を出した書香の家柄でもあった。

「五子・七子」についての錢謙益の定義は、『列朝詩集』丁集卷五の宗臣（字は子相）の小傳では次のようになる。「子相 郎署に在るに、李于鱗・王元美諸人と社を都下に結ぶ。時に「五子」と稱せらるる者は、東郡の謝榛（本書「二五」）・濟南の李攀龍・吳郡の王世貞・長興の徐中行（『列朝詩集』丁集卷五）・廣陵の宗臣・南海の梁有譽（同丁集卷五）なり。「五子」と名づくるも實は六子なり。已にして謝・李 交わり惡しく、遂に榛を黜けて武昌の吳國倫（同丁集卷五）を進め、又益すに南昌の余曰德（『列朝詩集』なし）・銅梁の張佳胤（同丁集卷六）を以てし、則ち所謂「七子」なる者なり（子相在郎署、與李于鱗・王元美諸人結社于都下。於時稱「五子」者、東郡謝榛・濟南李攀龍・吳郡王世貞・長興徐中行・廣陵宗臣・南海梁有譽。名「五子」、實六子也。已而謝・李交惡、遂黜榛而進武昌吳國倫、又益以南

昌余曰德・銅梁張佳胤、則所謂「七子」者也)」。

六人でありながら「五子」と稱されるのは、それぞれのメンバーが五人の相手について「五子詩」を作ったからであろう。例えば宗臣『宗子相集』巻四に載る「五子詩」では、「謝山人榛・李郎中攀龍・徐比部中行・梁比部有譽・王比部世貞」(比部は刑部)を對象としている。この「五子詩」は、もともとは同時に作られたもので、王世貞『藝苑巵言』巻七に次のように記す。「而して茂秦(謝榛)・公實(梁有譽)復た又(山東へ、廣東へと)解れて去るに、于鱗乃ち「五子詩」を爲り、用って以て一時の交游の誼を紀さんことを倡うる耳。又明年にして余は(前年の江北への)使事の竣りて北へ還り、于鱗は順德に守として出で、茂秦は(自分の代りに)吳明卿(國倫)を登す(推薦した)。又明年、同舍の郎余德甫(曰德)來たり、又明年、戶部郎張肖甫(佳胤)來たり、吟詠は時に人間(世間)に流布し、或いは「七子」と稱し或いは「八子」なるも、吾が曹は實は未だ嘗て相標榜せざるなり(而茂秦・公實復又解去、于鱗乃倡爲「五子詩」、用以紀一時交游之誼耳。又明年而余使事竣還北、于鱗守順德出、茂秦登吳明卿。又明年、同舍郎余德甫來、又明年、戶部郎張肖甫來、吟詠時流布人間、或稱「七子」、或「八子」、吾曹實未嘗相標榜也)」。この記事から、「五子詩」が制作されたのが嘉靖三十一年であったことが分かる。また先の、錢氏の定義がこの記事にもとづいていることが分かる。ちなみに余曰德と張佳胤はともに王世貞の「後五子」の一とされる。ところで現在我々が見る李攀龍の「五子詩」五首(『滄溟先生集』巻四)では、王・吳・宗・徐・梁を對象としており、續く「二子詩」二首で盧柟と謝榛を對象とし、後者の出だしは「謝榛は吾が黨の彥、轗軻す京華の陌(謝榛吾黨彥、轗軻京華陌)」と、はなはだ友好的である。おそらく嘉靖三十一年の時點では、「五子詩」の一つに謝榛を入れていたのを、「交惡」ののちに、吳國倫のものを作って差し替えたのであろう。また王世貞の「五子篇」(『弇州四部稿』巻一四)においても李・徐・梁・吳・宗の顏ぶれであるから、同樣の差し替えがあったものと思われる。

なお、「（後）七子」については、田口一郎氏による論考「嘉靖七子再攷——謝榛を鍵として——」（『村山吉廣教授古稀記念中國古典學論集』二〇〇〇年・汲古書院）がある。

七　及其自秦中挂冠、……杜門高枕、聞望茂著　「墓誌銘」は、「歸りて一樓を華不注・鮑山の間に構え、白雪樓と曰う。于鱗人と爲り高克にして、己に合う者有れば、引對して日を累ぬるも倦まず、卽し合わざれば、輒ち門を戒めて（警護して）造り請うを絶ち、數四して（三、四度目に）終に幸わずして一たび之に見う（歸構一樓於華不注・鮑山之間、曰白雪樓。于鱗爲人高克、有合己者、引對累日不倦、卽不合、輒戒門絶造請、數四終不幸一見之）」と記す。李攀龍が題に白雪樓を用いた詩の一つに「酬李東昌寫寄白雪樓圖（李東昌の白雪樓圖を寫寄するに酬ゆ）」（『滄溟先生集』卷五、七古、李東昌は名は孔陽）があり、その序文に「樓は濟南郡東三十里許（ばかり）の鮑城に在り、前に太麓（泰山のふもと）を望み、西北に華不注の諸山を眺む（樓在濟南郡東三十里許鮑城、前望太麓、西北眺華不注諸山）」云々とある。いっぽう「王・傳」は「于鱗歸れば則ち一樓を田居に構え、東のかた華不注を眺め、西に鮑山に揖し（おじぎをし）、曰く、「它に吾が目を溷す所無きなり」と（于鱗歸、則構一樓田居、東眺華不注、西揖鮑山、曰、「它無所溷吾目也」）」と記すが、李攀龍の前作とは位置關係が異なる。その理由は分からない。民國十五年（一九二六）刊『續歷城縣志』卷五・山水考には『道光濟南府志』「鮑山」を引用して、「鮑山は（歷城）縣東三十里に在り、山下に城有り。……明・李于鱗白雪樓の故址、鮑城の前に在り（鮑山在縣東三十里、山下有城。……明李于鱗白雪樓故址在鮑城前）」とする。

八　其徒之推服者、以謂「上追虞姒、下薄漢唐」　「虞・姒」は、太古の舜と禹の時代、『尙書』の中に「虞書」と「夏書」がある。しかし、このように言った人物が誰なのかは、詳らかでない。

九　有識者心非之、叛者四起、……迄今百年、尙未衰止　入矢義高氏の「詩歸について」（『東方學報（京都）』十六、一九四八年九月）に次のような指摘がある。「王李の餘風は、其の勢力をなほ根強く當時の文壇に張つてゐただけに、尋常一様のわざでは、これを破摧することは困難であつた」とし、その注釋に、「例へば崇禎年間に張溥の主倡した復社や陳子龍の主倡した幾社は、いづれも王李の緒を繼ぐものであつた。特に陳子龍（字は臥子）は、その同志李雯（字は舒章）宋徵輿（字は轅文）と共に『明詩選』十三卷を評選して、その標準を擬古派に置いた（享保十八年刊の翻刻本がある）。錢謙益が、その『列朝詩集』李攀龍評傳に、「有識者心非之、叛者四起、而循聲贊誦者、迄今百年尚未衰止」と言つてゐるのは、このことである」と述べている。

一〇　其擬古樂府也、謂當如「胡寛之營新豐、雞犬皆識其家」　『滄溟先生集』の卷一・二に「古樂府」として九十八題二百十五首を收錄するが、その總序ともいうべき文章が、次のような文言で始まる。「胡寛營新豐、士女老幼相攜路首、各知其室、放犬羊雞鶩於通塗、亦競識其家。此善用其擬者也（胡寛 新豐を營み、士女老幼相（あい）攜え、各おの其室を知り、犬羊雞鶩を通塗に放つに、亦（また）競いて其の家を識る。此（これ）善く其の擬（なぞらえ）を用いる者なり）」。話柄は『西京雜記』卷二に見えるもので、漢の高祖劉邦の父太上皇が、當時の沛郡豐縣（今の江蘇省沛縣の西）から移った長安になじめず、それを知った高祖が、工匠の胡寛に命じて、長安の東北に新豐縣を造營させた。それは街並みが元の地とそっくりそのままで、「士女老幼」「犬羊雞鴨」もそのまま移住させたものであった。李攀龍はこの話柄を「此善く其の擬えを用いる者なり」、すなわち模擬の好例とみなすのである。

一一　『易』云「擬議以成其變化」　先にあげた「古樂府」の總序の最後に、「易曰、擬議以成其變化」としたあと、「不可與言詩乎哉（與（とも）に詩を言う可からざらんか）」と締めくくっている。『易』は「繫辭上篇」に見える言葉で、「之に擬（なぞらえ）えて後に言い、之を議（はか）りて後に動く。擬議して以て其の變化を成す」とある。本來の意味について、本田濟氏の『易』（一九六一年、朝日新聞社『新訂中國古典選』）は、「易を學ぶ者、聖人の作ったこの象（しょう）になぞらえてのち、もののを言うようにすれば、そのことばに具象性が生じる。聖人の作ったこの爻に謀ってのち、動くようにすれば、その行動は時に叶う。かように易の象と爻になぞらえて謀ることでもって、學ぶ者は事の變化に卽應した言動をなしとげることができる」と述べる。

一二　**易五字而爲「翁離」**　錢謙益は李攀龍の詩を二十六首收錄しているが、そのうちの三首は附錄として添えられた「擬古樂府」で、それぞれにたいして、綿密な、あるいは痛烈な指摘をおこなっている。「翁離」もその一つで、本詞は、『宋書』卷二二・樂志四・漢鼓吹鐃歌（題を「翁離曲」とする）や『樂府詩集』卷一六・漢鐃歌に見える。

擁離趾中可築室、何用葺之蕙用蘭、擁離趾中。

これにたいして李攀龍の「翁離」（『滄溟先生集』卷一・古樂府、鐃歌「翁離」）では、

擁離趾中可築宮、蘭用葺之艾爾蓬、擁離趾中。

と擬作されている。錢氏の指摘の一部は次のとおり。「古題に解無し。漢魏以來、未だ擬する者有らず。之を擬するは已に嗤う可き矣（のみ）。「何を用ってか之を葺くに蕙に蘭を用う」は亦（また）騷人の義に似たり。今之を易えて「蘭用って之を葺く艾と爾の蓬（か）」と曰うは、以て「中」字の韻に叶（あ）わするも、其れ通ずる可けん乎（や）（古題無解。漢魏以來未有擬者。擬之已可嗤矣。「何用葺之蕙用蘭」似亦騷人之義。今易之曰「蘭用葺之艾爾蓬」、以叶「中」字之韻、其可通乎）」。

一三　**易數句而爲「東門行」**　これも附錄の一つ。本詞「東門行」は『宋書』卷二一・樂志三や『樂府詩集』卷三七に見える。ともに「四解」とする。

出東門、不顧歸。來入門、悵欲悲。盎中無斗儲、還視桁上無縣衣（一解）。拔劍出門去、兒女牽衣啼。它家但願富貴、賤妾與君共餔糜（二解）。共餔糜、上用倉浪天故、下爲黃口小兒。今時清廉、難犯敎言、君復自愛莫爲非（三解）。今時清廉、難犯敎言、君復自愛莫爲非。行、吾去爲遲、平愼行、望吾歸（四解）。

李攀龍「東門行」二首其二（『滄溟先生集』巻一・古樂府）、

出東門、不顧歸。來入門、愴欲悲。舍無儋石儲、還視身上衣參差。慷慨出門去、兒女牽裙啼。他家自願富貴、賤妾與君但餔糜。但餔糜、上用穹窿天故、下用匍匐小兒。時吏清廉、法不可干、一旦緩急、當告誰行。吾望君歸、嗟少年莫爲非。

銭氏の指摘の一部は次のとおりである。「本詞の數十字句を改易して便ち「擬東門行」と云う。今改易する所の字句を以て本詞と覆看するに、亦畧か意義有るや否や。「倉浪」（あおあおとした）・「黄口」は「倉」を以て「黄」に對して巧みを拙に寓し、此古人の言語の妙なるに、改めて「穹窿」・「匍匐」と云うは、何ぞ其れ笨（粗雑）なる也。本詞に「今時清廉にして、教言を犯し難し、君復た自愛して非を爲す莫かれ」と云うは、豈語の簡にして盡きざる乎。今贅するに「一旦緩急」云云を以てし、枝蔓の詞にして更に十百行を累ぬるも亦未だ盡きざるなり（改易本詞數十字句便云「擬東門行」。今以所改易字句與本詞覆看、亦畧有意義否。「倉浪」「黄口」以「倉」對「黄」寓巧于拙、此古人言語之妙、改而云「穹窿」・「匍匐」、何其笨也。本詞云「今時清廉、難犯教言、君復自愛莫爲非」、豈不語簡而盡乎。今贅以「一旦緩急」云云、枝蔓之詞、更累十百行亦未盡也）」。

一四　「戰城南」盜「思悲翁」之句、而云「烏子五、烏母六」　李攀龍の「戰城南」は、集の巻一「古樂府」の「鐃歌十八首」の一つで、全二十句。第6句から「寧爲野烏食、不逐駑馬徘徊蒲葦中（寧ろ野烏の食と爲るも、駑馬を逐いて蒲葦の中を徘徊せず）」とあり、第12句から「梁以集、烏子五、烏母六。禾黍不食攫腐肉、願爲忠臣何可覆（梁に以て集まり、烏の子は五、烏の母は六。禾黍を食わず腐肉を攫う。忠臣と爲るを願うも何ぞ覆う可けんや）」とある。銭謙益によると、これは「漢・鼓吹鐃歌」のうちの「思悲翁」（『宋書』巻二二、『樂府詩集』巻一六）全十一句の末三句「梟子五、梟母六、拉沓高飛莫安宿（梟の子は五、梟の母は六、拉沓と〔すいすいと〕高く飛び莫

〔くれ〕」に安宿す）」の盗用なのである。

一五 「陌上桑」竊……而云「西鄰焦仲卿、蘭芝對道隅」 李攀龍「陌上桑」は集の巻一「古樂府」にある。これも銭謙益が附録として収める一つである。本詞は、『宋書』巻二一・樂志三に「豔歌羅敷行 古詞三解」、『玉臺新詠』巻一・古樂府に「日出東南隅行」、『樂府詩集』巻二八・相和歌辭に「陌上桑 三解 古辭」として見える。銭氏は李作全六十七句にたいして大小十四の指摘をするが、ここではそのうちの一つだけをあげておく。

「孔雀東南飛」の詩とは、樂府古辭「古詩爲焦仲卿妻作（古詩、焦仲卿の妻の爲に作る）」全三百四十四句のこと、「孔雀東南に飛ぶ、五里に一たび徘徊す」の句で始まるので、この呼称がある。『玉臺新詠』巻一・無名人、『樂府詩集』巻七三・雜曲歌辭。銭氏はこれを「建安」の作、その女性劉蘭芝を「廬江」の人とみなした上で、次のように指摘する。「于鱗は「焦仲卿の妻」の古詩に（焦仲卿の母が息子の嫁劉蘭芝を離縁させようとする言葉の中に、第39・40句）「東家有賢女、自名秦羅敷（東どなりの家に賢い女がいて、自分では〔昔の〕秦羅敷のようだと名のっている）」を見て、摭拾撮合し（ひろいとって、くっつけ）、以て奇巧と爲すも、其の大いに通ず可からざる者有るを知らず。「陌上桑」の事は閭閻に流聞し、（後）漢末建安の世に至れば則ち家ごとに諭げて戸ごとに曉れ矣。仲卿の母は東家の女を取らんと欲し、之を美るに秦羅敷を以てす。猶今人の西施・太眞（楊貴妃）と言うがごときなり。世を以て之を言えば則ち建安（焦仲卿妻）は漢初（陌上桑）に懸たり、地を以て之を言えば則ち廬江（安徽、劉蘭芝）は邯鄲（河北、秦羅敷）に絕たる。是の故に「焦仲卿」の詩を爲るに、以て羅敷を援きて（比喩として用いて）「陌上桑」の篇に擬する可きも、以て蘭芝を授くる（もちだす）可からざるなり。令し于鱗をして此を聞かしむれば、亦當に輾然として（にっこりと）一笑すべけん（于鱗見「焦仲卿妻」古詩「東家有賢女、自名秦羅敷」、摭拾

撮合以爲奇巧、而不知其有大不可通者。「陌上桑」之事流聞閭閻、至漢末建安之世則家論而戸曉矣。仲卿之母欲取東家之女、而美之以秦羅敷。猶今人言西施・太眞也。以世言之則建安懸於漢初、以地言之則廬江絕于邯鄲。是故爲「焦仲卿」之詩、可以援羅敷而擬「陌上桑」之篇、不可以授蘭芝也。令于鱗聞此、亦當輾然一笑）」。

一六　**吳陋儒有補石鼓文者、……抵死不悟、此可爲切喩也**　「吳の陋儒」は特定できない。「石鼓文」は、春秋時代、前七世紀の秦の宣公が陝西の西方で狩獵した樣子を、四言十首の韻文で十個の太鼓形の石に彫りこんだもので、唐の初期に發見された。磨滅のために判讀できないところが多々ある。ここでは、ある人の石鼓文の復元を見て錢謙益が「李攀龍の樂府のようだ」と皮肉っぽく褒めたのを、相手は眞に受けて後生大事にし、最後までその噓に氣づかなかった、ということである。

一七　**論五言古詩曰、「唐無五言古詩、而有其古詩」**　李攀龍の「選唐詩序」（集・卷一五）の冒頭に、「唐無五言古詩、而有其古詩。陳子昂以其古詩爲古詩、弗取也」とある。前野直彬氏の譯（岩波文庫『唐詩選 上』、一九六一年）では、「唐代には、傳統的な五言古詩はなくなって、唐代獨自の五言古詩が發生した。陳子昂は自分の古詩を傳統的な古詩と考えているが、私は贊成しない」としている。「傳統的な古詩」とは『文選』にある古詩をいう。

一八　**十九首繼國風而有作、鍾嶸以爲「驚心動魄、一字千金」**　梁の鍾嶸の『詩品』上篇は、開卷最初を「古詩」として、「其の體源は（『詩經』の）國風に出づ（其體源出於國風）」と切り出し、次いで「陸機擬する所の十四首は、文は溫にして以て麗、意は悲しくて遠し。心を驚かし魄を動かし、一字千金に幾（ちか）しと謂う可し（陸機所擬十四首、文溫以麗、意悲而遠。驚心動魄、可謂幾乎一字千金）」と續ける。錢謙益はまず『詩品』の「古詩」を、その代表作である「（古詩）十九首」に置きかえた。『詩品』の「陸機所擬十四首」とは、陸機が模擬の對象とした「古詩十九首」のうちの十四首、という意味である。『文選』には、卷二九・詩己・雜詩上の最初に「古詩十九首」が收められ、卷三〇・詩庚・雜擬上の最初に「陸士衡擬古詩十二首」が收められている（陸詩「十四首」のうち一首のみ「十九首」外。『文選』所收以外の二首も「十九首」內のものであったことが考證されている）。

一九　目曰「後十九」、欲上掩平原之十四、不亦愚乎　李攀龍の「古詩後十九首 竝引」（集・卷三・五言古詩）についての指摘である。ちなみに吉川幸次郎『元明詩概說』（一九六三年・岩波書店・中國詩人選集二集2）に、「古詩十九首」の一つ「青青河畔草」と、それにたいする李氏の擬作が引かれている。

二〇　七言今體、……擧其字則三十餘字盡之矣、擧其句則數十句盡之矣　「七言今體」は七言律詩と七言排律をさす。「擧其字則三十餘字盡之矣」（『小傳』標點本が「五十餘字」に作るのは誤り）とは、七言律詩五十六字のうち、詩意を表明するには「三十餘字」でこと足りており、あとの二十字ほどは無駄であるという意味。また七言排律は五首を殘しておりその內譯は十二句三首、十六句一首、二十四句一首であるが、「擧其句則數十句盡之矣」という「數十句」とは數句から十句の意で、例えば十二句の作では數句でその詩意を表明でき、二十四句の作では十句で表明できるというのであろう。

二一　「百年」「萬里」、已憎疊出　胡應麟（『列朝詩集』丁集卷六）の『詩藪』續編・卷二・國朝下（正德・嘉靖）に、「「萬里悲秋長作客、百年多病獨登臺」は少陵（杜甫）の句なり。……今人の但だ「黃金」「紫氣」「青山」「萬里」のみを見れば、則ち以て于鱗體と爲すは、唐詩に熟せざる故なる耳（のみ）（「萬里悲秋長作客、百年多病獨登臺」少陵句也。……今人但見「黃金」「紫氣」「青山」「萬里」、則以爲于鱗體、不熟唐詩故耳）」と述べている。確かに「萬里」は李攀龍の詩に頻出し、中には、「同子與登湖上臺（子與と同（とも）に湖上の臺に登る）」（集・卷八。子與は徐中行、『列朝詩集』丁集卷五）の「詞客百年相對酒、秋陰萬里共登臺」のように、右の杜甫の句にならって「百年」と對にした例も見られ、當時「于鱗體」という言葉があったことになるが、胡應麟によれば、このような詩語は唐詩の常套で特に李攀龍のスタイルとは言えないというのである。

二二　「周禮」「漢官」、何煩洛誦　「周禮」は、經書『周禮』に示された周代の官職名、「漢官」は、『漢官儀』に示された前漢の官職名。ただし『漢官儀』は、李攀龍の當時すでに散佚していたが、史書や『文選』の注記などによって一部が知られる。原本は十卷、後漢の應劭の撰。例えば明代の兵部尙書は「周禮」の「大司馬」、兵部侍郎は「小司馬」に相當するが、いちいちの對應を知ることは、確かに讀者にとっては煩わしい。李攀龍は古代の官職名を用いることによって自分の詩の古風を演出しようとしたのだろう。ただしこのような使用は、明の詩文にあっては、いわゆる雅なる表現としてかなり一般的であった。錢謙益の場合、詩では使用していないようであるが、例えば序の文には「徐司寇」「劉司空」「大司馬李公」といった表記が見られる。

二三　沿李頎之餘波、指少陵爲頽放　この二句については、**注一七**に引いた李攀龍「選唐詩序」の次の部分から、錢謙益が引き出したものであろう。「七言律體、諸家所難、王維・李頎頗臻其妙。卽子美篇什雖衆、憒焉自放矣（七言律體は諸家の難しとする所にして、王維・李頎、頗る其の妙に臻る。卽い子美〔杜甫〕の篇什　衆しと雖も、憒焉にして自放せ矣〔くずれて、きままになっている〕）」。

「李頎の餘波」は、七律で賞賛する二家のうちから李頎を取り出して、自作の模範としたのだろうと錢謙益は推測したのだろうが、『詩藪』續編・卷二の次の文章からも暗示を受けているだろう。「于鱗七言律の能く一代に奔走する所以の者は、實は（杜甫の）「早朝」「秋興」、李頎・祖詠等の詩に源流す。大率句法は之を老杜に得、篇法は之を李頎に得たり（于鱗七言律所以能奔走一代者、實源流「早朝」「秋興」、李頎・祖詠等詩。大率句法得之老杜、篇法得之李頎）」。なお、李攀龍が李頎の「篇法」を學んだことに關して、許建崑氏は『李攀龍文學研究』第六章「作品評述・律詩」で、李頎の「寄綦毋三」と李攀龍の「送趙戸部出守淮陽」とを對比して、後者の前者にたいする「模擬の痕跡」を具體的に跡づけている。

「少陵を指して頽放と爲す」について、「選唐詩序」の「慣焉にして自放せ矣」とは、前野氏の譯では、「杜甫でさえ、作品の數は多いが、雄健な力を失って、規格をはずれた勝手な方向へと流れてしまった」となっている。それを銭謙益は「頽放」と縮約したのだろう。

二四　昔人所以咲撫帖爲從門、指偸句爲鈍賊也　「撫（模）帖」は、法帖によって文字を模寫すること。それを作詩の入門に譬えることについては、例えば『藝苑卮言』巻五に、作詩と關聯して、「又人 書を學び、日び「蘭亭」一帖に臨むに、之を規むる者有りて云えらく、「此に門從りして入るは、必ず書の道を成さざらん」と（又人學書、日臨「蘭亭」一帖、有規之者云「此從門而入、必不成書道」）」と記すが、それを「咲（笑）った」「昔人」を王世貞とみなしてよいのかどうか、不安が残る。

後の句は唐・皎然の『詩式』に出る。すなわちその「三不同語意勢」の項で、後人の詩を前人のそれと比較した際に、「三同」三つの同様の表現、すなわち「偸語」「偸意」「偸勢」があるとし、そのうち「偸語最爲鈍賊（偸語を最も鈍賊と爲す）」と述べる。「鈍賊」は手ぎわの鈍い盗賊。

二五　專城出守、動曰「東方千騎」　「專城」は地方長官。これにたいして「東方千騎」をあてるのは大袈裟で、いわゆる「偸語」だというのだろう。「東方千騎」は注**一五**で引いた本詞「陌上桑」で、羅敷が使君（州の長官）にいう言葉の中に、「東方千餘騎、夫婿居上頭、何以識夫婿、白馬從驪駒（東方 千餘騎、夫婿 上頭に居る。何を以てか夫婿を識る、白馬 驪駒を從う）」と見える。李攀龍の作は、七律「杜青州按察楚中」（集・巻一〇）、つまり山東・青州知府の杜思が湖廣按察使として赴任するのを送った詩の初二句で、「東方千騎古諸侯、憲府新開大楚秋（東方千騎は古の諸侯、憲府新たに開く大楚の秋（「憲府」は御史臺、ここは按察司））」とする。

二六　方舟共載、輒云「二子乘舟」　『詩經』邶風「二子乘舟」詩の「二子乘舟、汎汎其景（二りの子は舟に乘り、汎汎として〔流れゆきて〕其れ景かなり）」からの「偸句」である。『詩經』小序はこの詩を、「（衞の宣公の先妻の子である）伋と（後妻の子である）壽を思うなり。衞の宣公の二子、（後妻の刺客を承知のうえで舟に乘り）爭って相い爲に死せんとす。國人傷みて之を思い、是の詩を作る」とする。しかし李攀龍の七律「答王敬美廣川道中見懷（王敬美の廣川道中に懷わ見に答う）」（集・巻一〇）の、「薊門秋色夢中偏、二子乘舟下廣川（薊門〔北京〕の秋色　夢中に偏えにして、二子　舟に乘りて廣川を下る）」は、このような傳統的な解釋（朱熹の『集傳』も同じ）をまったく踏まえない。『詩經』の「二子」が死を覺悟しての舟乘りであったのに對して、こちらの「二子」はむしろ安堵感に包まれている。隆慶元年に、王世貞・世懋兄弟が朝廷で陳情して亡父王忬の故官復歸を果たし、八月に（つまり「秋色」）歸路に就いた時の事を詠んでいるからである。

二七　「遼海」「中丞」、襲「驃騎」之號　七律「再寄元美二首」（集・巻八）其二に「中丞遼海罷登壇、公子紅顏復掛冠（中丞は遼海もて壇に登るを罷め、公子は紅顏なるに復た冠を掛く）」の句がある。元美は王世貞。「中丞」は漢代の御史中丞、「遼海」は遼東地方。その父王忬は總督薊遼右都御史であったが、嘉靖三十八年（一五六七）五月、蒙古タタール部との戰いに敗れた罪で下獄した。「壇に登るを罷め」とはそれを穩便にした表現。「公子」すなわち息子、當時三十四歳は、山東按察副使の官を投げうって父の助命運動に奔走した。

また、この事件の數ヶ月前に、七絕「王中丞破胡遼陽（王中丞　胡を遼陽に破る）」、凱歌四章」（集・巻一二）があり、其二に「不因驃騎能深入、知有陰山瀚海無（驃騎に因りて能く深入せず、陰山瀚海有るを知るや無きか）」とある。漢の武帝時代の驃騎將軍霍去病が、匈奴を相手に（今の內蒙古地方の）陰山や瀚海で活躍した、それに匹敵する人物がいるのだ、とする。錢謙益にとっては、文官にたいして武人の「驃騎將軍」の呼稱を用いたことに違和感を持ったのだろう。

二八　「盧江」「別駕」、蒙「小吏」之呼　七律「送郭子坤別駕之廬州（郭子坤別駕の廬州に之くを送る）二首」（集・巻一〇）の其二に「吳楚西南郡閣重、盧江小吏日從容（吳楚の西南　郡閣重く、盧江の小吏　日に從容たり）」とある。「年譜」によれば、嘉靖四十四年、歷城同鄉の擧人郭甯がこの年の會試に落第し、吏部の謁選に赴いて「廬州別駕」の選を得た。「廬州」は南直隸の廬州府。「別駕」は『明史』職官志には見えない。唐では州の刺史に次ぐポストが別駕であったことからすれば、府の次席である同知（正五品）、あるいは宋代に一時、通判を別駕と稱したことを考えれば、第三席の通判（正六品）を指すのであろうか。いずれにしてもれっきとした官員であるので、「小吏」すなわち下っぱの胥吏で呼ぶのは、確かに適當でない。李攀龍は、**注一五**に引いた「古詩爲焦仲卿妻作」の「竝序」に、「其序曰、漢末建安中、廬江府小吏焦仲卿妻劉氏」云々とある中から隨意に用いたのであろう。

二九　「投杼」曾母、訝許「自天」　對象とされるのは七律「送謝中丞還蜀（謝中丞の蜀に還るを送る）二首」（集・巻九）其一の、「直擬賊平答明詔、誰知投杼自天來」の句である。「投杼曾母」というのは、『戰國策』秦策二に見える話で、孔子の弟子の曾子、本名曾參が、母と離れた町で暮らしていた時、同じ町の同姓同名の男が殺人を犯した。ある人が母に「曾參が人を殺した」と告げたが、母は信用しなかった。二人目の男がまた告げたが、やはり同樣であった。三人目の男が告げた時、母は、それまで坐っていた織機の杼（橫絲を通す道具）を投げだし、垣根を越えて逃げたという。この故事は、實は三人の男からの讒言であるのに、「自天」、天からのように「訝許」、不思議がるのは誤用であると、錢謙益は言いたいのであろう。

李攀龍の句は、「直ちに賊の平らぎて明詔に答えんと擬するも、誰か知らん　杼を投ずるは天自り來たるを」と讀め、後の句は、意外にも讒言を振るまいて側近の信用をすら失わせるのは「天」、すなわち朝廷にたむろする人間から起こるのだ、という意味であろう。當時は嚴嵩が政治や人事を牛耳っていた。嘉靖三十九年以降の作だから、同じ「中丞」の王忬（注二七參照）のことが念頭にあったと思われる。なお「賊平」は「平賊」とあるべきところを平仄の關係で逆にしたものだが、「明」の場所には平字ではなく仄字を用いるべきところである。このままでは孤平でもある。

三〇 「傅粉」「何郎」、**冠以「帝謂」** 七律「送何戶曹之金陵（何戶曹〔戶部の官員〕の金陵に之くを送る）」（集・巻九）に、「帝謂何郎終傅粉、人傳荀令本含香（帝謂えらく何郎は終に粉を傅くと、人は傳う荀令本香を含むと）」とある。『世說新語』容止篇に、魏の何晏について、「美姿儀、面至白。魏明帝疑其傅粉（美わしき姿儀にして、面は至って白し。魏の明帝 其の粉を傅くるかと疑う）」、しかし眞夏に大汗をかいて、「以朱衣自拭、色轉皎然（朱衣を以て自ら拭うに、色は轉皎然たり）」とある。李攀龍が『世說』の「何郎」を「何戶曹」に當てはめたとすれば「帝謂」は嘉靖帝が謂った（あるいは疑った）ことになり、重大な事實誤認を犯すことになるという指摘であろう。なお李作の後の句は、後漢末に尚書令となった荀彧が衣服に香を焚き、「荀令君 人の家に至れば、坐する處は三日香る」といわれた（『太平御覽』巻七〇三「香爐」に引く晉・習鑿齒『襄陽記』）ことによっている。

三一 **何來天地、我輩中原** 「なぜこの世にやってきたのだ、しかも私たちの文學の中心に」の意であろう。『世說新語』文學篇に、孫綽が「天台賦」を作った時、范啓が讀んで、佳句に至るごとに、「應是我輩語（これこそ俺たちの言葉だ）」と言ったという。その裏返しである。

三二 「**微吾長夜**」、**于鱗既跋扈于前** 王世貞に送った五律「寄元美」（集・巻六）の前四句に、「寥落文章事、相逢白首新。微吾竟長夜、念爾和陽春（寥落す文章の事、相い逢いて白首新たなり。吾微かりせば竟に長夜ならん、爾の陽春に和するを念う）」とある。「陽春」は陽春白雪の歌、すなわち高尚な詩。なお胡應麟『詩藪』續編・巻二・國朝下（正徳・嘉靖）は、李攀龍が「詩を以て自ら任ず（以詩自任）」としてこの句をあげ、「誠に過ぐる者有り、今に至りて輕俊の指摘と爲るも、然れども亦古人に出入す（誠有過者、至今爲輕俊指摘、然亦出入於古人）」として、いささかの辯護をする。例として引くのは、杜甫の「讀書破萬卷、下筆如有神」（「奉贈韋左丞丈二十二韻」）など、李白の「大雅久不作、吾衰竟誰陳」（「古風」其一）など、韓愈の「齊梁及陳隋、衆作等蟬噪」（「薦士」）など、である。その上で、「初學 目に往籍を覩ず、持論を輕んずるは、何ぞ作者を損わん（初學目不覩往籍、輕於持論、何損作者）」とする。

三三　「才勝相如」、伯玉亦簸揚于後　伯玉は汪道昆、王世貞による古文辭派「後五子」の一人。嘉靖四年（一五二五）～萬曆二十一年（一五九三）。「才勝相如」を含む詩句は、萬曆十九年刊本『太函集』巻一一九（律詩）に「春首謁玄天太素宮（春首 玄天太素宮に謁す）」四首其四の第四聯に「漢帝不須求禪草、老臣才力勝相如（漢帝 須いず禪草を求むるを、老臣の才力は相如に勝る）」と見える。「相如」は漢の司馬相如、賦の名手であるが、ここは武帝への遺書「封禪文」（『漢書』巻五七下）を指す。『列朝詩集』丁集巻六の小傳「汪侍郎道昆」には、「字は伯玉、歙縣（南直隸徽州府下）の人。嘉靖丁未（二十六年）進士、仕えて兵部左侍郎に至る」としたあと次のように記す。「詩に於いて本解くする所無きも、七子の末流を沿襲し、妄りに大言を爲して世を欺く。「白嶽に謁する」詩の落句に云えらく、「聖主若し封禪の事を論ずれば、老臣の才力は相如に勝らん」と。風（瘋癲）を病みて狂易するに幾く人を使て嘔噦せしめ矣（吐氣を催させた）（於詩本無所解、沿襲七子末流、妄爲大言欺世。「謁白嶽」詩落句云、「聖主若論封禪事、老臣才力勝相如」。幾於病風狂易、使人嘔噦矣）」。引用の詩の題と句に文字の異同があるが、その理由については分からない。汪道昆を李攀龍と對比した例として、この小傳では、『藝苑卮言』巻七の「文の繁にして法有る者は于鱗、文の簡にして法有る者は伯玉（文繁而有法者于鱗、文簡而有法者伯玉）」を引き、「伯玉の名 此れ從り起これ矣（伯玉之名從此起矣）」とする。

三四　**自謂「泝古選沿初・盛、區別淄澠、窮極要眇」**　特定の誰かの言というのではなく、錢謙益が要約しての表現であろう。

三五　**自通人視之、正嚴羽卿所謂「下劣詩魔入其肺腑」者也**　嚴羽卿は南宋の嚴羽、字は儀卿のこと。「嚴羽卿」は姓名に尊稱の「卿」をつけた形。その『滄浪詩話』詩辨篇を次のように始める。「夫れ詩を學ぶ者は、識を以て主と爲す。入門は須く正しかるべく、立志は須く高かるべし。漢・魏・盛唐を以て師と爲し、開元・天寶以下の人物と作らず。若し自ら退屈を生ずれば、卽ち下劣の詩魔有りて其の肺腑の間に入らん。立志の高からざるに由るなり（夫學詩者、以識爲主。入門須正、立志須高。以漢・魏・盛唐爲師、不作開元・天寶以下人物。若自生退屈、卽有下劣詩魔、入其肺腑之間。由立志之不高也）」。荒井健氏（一九七二年、中國文明選『文學論集』朝日新聞社刊）は「識」を見識とした上で、「もし自分でひるみの念を起したならば、たちまち下劣なる詩の悪魔がでてきて、心の奥に入りこんでしまう」と譯している。ちなみに「以漢・魏・盛唐爲師、不作開元・天寶以下人物」（「開元・天寶」は「盛唐」で、それ以下とは、至德・乾元以後の意）は、古文辭の主張にきわめて近く、それゆえに荒井氏は「解題」で、「錢謙益が、明代三百年間の詩の墮落の根源は本書にあり、と斷じ」たと記す（「本書」は『滄浪詩話』のこと）。とするところは、「詩魔」なる語をいささかひねった使い方をしているということになろう。

三六　**斯文未喪、來者難誣**　「斯文未喪」は『論語』子罕篇に、「天之未喪斯文也、匡人其如予何（天の未だ斯の文を喪ぼさざる也、匡人其れ予を如何）」にもとづく。「斯文」は、周の文王によってもたらされた文化、の意。ここでは、正統な文學が李攀龍のそれによって喪失させられる以前に、の意。

三七　**仲蔚已有違言**　仲蔚は兪允文の字、南直隷蘇州府崑山縣の人、正德八年（一五一三）～萬曆七年（一五七九）。

『列朝詩集』丁集巻六「兪處士允文」の小傳に、「王元美 仲蔚と交わること最も善く、諸を「廣五子」の首に列ぶ（王元美與仲蔚交最善、列諸「廣五子」之首）」と記し、また「又其の今詩に於いて李于鱗に不滿なるを言う（又言其於今詩不滿李于鱗）」と述べる。これは王世貞の「兪仲蔚先生墓誌銘」（『弇州續稿』巻九一、『兪仲蔚先生集』附録）に「仲蔚於今詩、不甚推于鱗（仲蔚は今詩に於いて、甚だしくは于鱗を推さず）」とあるのにもとづく。「違言」の根據にしたのもこの一文だろう。『仲蔚先生集』巻二三（書啓）には、李攀龍に與えた書が三通あるが、交際を求める内容のものであり、王世貞に與えた書六通のうちでも、「于鱗は高蹈にして獨遊、斯の人は實に其の儔（ともがら）を難しとするなり（于鱗高蹈獨遊、斯人實難其儔也）」と記すにとどまる。この文集は、その死後、王世貞が編輯し出版した。また李攀龍には兪允文に與えた書が四通あるが、そこでも「違言」を窺わせるような言及はない。

三八　元美亦持異議　錢謙益が「異議」とするのは、王世貞が李攀龍の文學にたいして下した次のような指摘を指すのだろう。王世貞は、李攀龍歿後二年の隆慶六年、『滄溟先生集』三十巻・附録一巻を編輯し刊行した。それから間もないと思われる文章に「書李于鱗集後」（『讀書後』巻四）があり、次のように言う。「于鱗の病は、氣に窒がる有りて辭に蔓る有るに在り、或いは長語（むだな言葉）を借りて之を演べ（ひきのばし）、了る可からざら使む。或いは古語を以て新事を傅き（述べ）、識る可からざら使む。又或いは心に許めざる所にして漫りに之に應じ（心に納得もしていないのに、いいかげんに對應し）、其の辭を伏匿する（伏せて隠しておく）能わず、寂寥にして（空虚で）諷味する（暗誦して味わう）可からざるに至る。此の三者 誠に之有り（于鱗之病、在氣有窒而辭有蔓、或借長語而演之、使不可了。或以古語而傅新事、使不可識。又或心所不許而漫應之、不能伏匿其辭、至于寂寥而不可諷味。此三者誠有之）」。

三九　而王元馭序『弇山續藁』、……謂「不及三十年、……索然不見其所有」　王元馭は王錫爵の字での表記、南直隷

蘇州府太倉州の人、つまり王世貞にとっては同郷の後輩。嘉靖十三年（一五三四）～萬曆十三年（一六一〇）。嘉靖四十一年（一五六二）會試第一・殿試第二の進士。萬曆十二年（一五八〇）禮部尙書兼文淵閣大學士として宰輔、萬曆二十一年には首輔となった。『明史』二一八に傳がある。

王錫爵の序文は『弇州山人續稿』（二百七卷）の卷頭附錄と『王文肅公文集』（五十五卷）卷一「弇州續稿序」の二本が見られ、兩者の間には文字の異同がかなりある。しかし兩者とも、もっぱら王世貞を賞贊するもので、李攀龍の名は一切出て來ない。錢謙益引用の文はそのままの形ではなく、「不及三十年、……索然不見其所有」に關しては『續稿』附錄のほうに、「當公之時、蓋亦有優于飾畫者矣。傳未數十年、而新陳相變、已索然不見其所有矣（公の時に當たりて、蓋し亦飾畫に優るる者有り矣。傳うること未だ數十年ならずして、新陳相變わり、已に索然として其の有る所を見ざり矣）」とする。『文集』所收の文は「而新陳相變、世已哂其索然而無奇（而して新陳相變わり、世は已に其の索然として奇無きを哂う）」に作る。また「水落石出」の語は、『文集』所收の文で、王世貞が「慨然悟水落石出之旨于紛濃繁盛之時（慨然として水落ち石出づるの旨を紛濃繁盛の時に悟る）」という形で用いられている。『續稿』附錄では「慨然悟霜降水涸之旨於紛醲繁盛之時」に作る。小傳文「詆訶歷下」の一句は、右の引用の中の「有優于飾畫者」や「紛濃繁盛」の語句から錢謙益が意圖的に導き出したのではあるまいか。

四〇　偶得王承甫與屠靑浦書　王叔承については、『列朝詩集』丁集卷九「崑崙山人王叔承」の小傳が、「初名光胤、字を以て行わる。字を承父と更め、晚に字を子幻と更む。吳江（南直隸蘇州府下の縣）の人（初名光胤、以字行。更字承父、晚更字子幻。吳江人）」とし、王錫爵が「布衣の交わり（布衣交）」をもったこと、その詩が「最も王元美兄弟の推す所と爲った（最爲王元美兄弟所推）」ことなどを記す。錢謙益の『有學集』卷六に「崑崙山人扇子歌」があり、その詩句によって、張慧劍『明淸江蘇文人年表』はその生卒年を、嘉靖十六年（一五三七）～萬曆二十九年（一六〇二）、とする。またその著書に『瀟湘編』二巻、『蟭螟記雜錄』二巻・別錄一巻があるとするが、未見。屠隆に送った書なるものの所在も分からない。

屠隆は『列朝詩集』丁集巻六「屠儀部隆」の小傳に、「字は長卿、鄞縣（浙江寧波府下）の人。萬曆丁丑（五年、一五七七）進士（字長卿、鄞縣人。萬曆丁丑進士）」などとある。嘉靖二十一年（一五四二）～萬曆三十三年（一六〇五）。

四一　讀足下與王元美書、所彈射李于鱗處、爽焉快之　この部分については確認できない。屠隆が王世貞に與えた書としては、『由拳集』巻一四に一通あるが、李攀龍の「奇」について「終に好奇に墮し（終墮好奇）」、「謂うに于鱗は奇と雖も先生に當る無し（謂于鱗雖奇而無當先生）」とするだけてある。また『白楡集』巻六～一四に十二通、『栖眞館集』巻一四～一九に四通、『鴻苞集』巻四七に二通見えるが、いずれも詩文ないしは文學家についてはほとんど語っていない。

四二　五言古選樂府、元美謂之「臨摹帖」　『藝苑卮言』巻七に、「于鱗擬古樂府無一字一句不精美、然不堪與古樂府竝看、看則似臨摹帖耳（于鱗の擬古樂府は一字一句として精美ならざるは無きも、然れども古樂府と竝べ看るに堪えず、看れば則ち臨摹帖に似る耳（のみ））」とある。

四三　「後十九首」、何異東家捧心益醜　「後十九首」については注一九を參照。「捧心益醜」は、美人の西施が胸を病んで兩手でおさえているのを見た同じ村の女が、その眞似をしていっそう醜く見えたという話柄、『莊子』天運篇に出る。拙劣な模倣の譬えとする。

四四　海陵生嘗借其語　海陵生は未詳。海陵は漢代の臨淮郡にあった縣の名、現在の江蘇省泰州市。

四五　雅宜之行草　「雅宜」は王寵の別號。『列朝詩集』丙集巻一〇「王貢士寵」の小傳に「字は履仁、更字は履吉、吳縣（南直隸蘇州府下）の人（字履仁、更字履吉、吳縣人）」とし、「行書は疎秀にして出塵、（王羲之・王獻之の）晉の法を妙得す（行書疎秀出塵、妙得晉法）」と記す。弘治七年（一四九四）～嘉靖十二年（一五三三）。

四六　新安之古文　新安は汪道昆の出身地歙縣の古名。『列朝詩集』丁集卷六の小傳には、注三三で示したように、『藝苑卮言』卷七からの引用とともに、「伯玉の古文を爲すに、初めは空同（李夢陽、本書「一六」）・槐野（王維楨、『列朝詩集』丁集卷二）二家を勦襲し、稍（ようや）く琢磨を加え、名成るの後は、意を肆（ほしいまま）にし筆を縱（ほし）いままにし、沓拖潦倒なるも（だらだらと、しまりがなく）、而も聲に循（したが）う者は猶之を目して大家と曰う（伯玉爲古文、初勦襲空同・槐野二家、稍加琢磨、名成之後、肆意縱筆、沓拖潦倒、而循聲者猶目之曰大家）」と記す。

四七　前輩又拈歷下「送楚使」詩……云「此賀陳友諒登極詩也」　「前輩」は未詳。李攀龍「送楚使」の詩とは、七律「送俞按察之湖廣（俞按察の湖廣に之くを送る）二首」（集・卷八）其一の作を指す。湖廣は昔の楚の地方に相當する。李攀龍の詩句は秦末の西楚霸王項羽を念頭に置いたものであろうが、「前輩」は元末群雄の一人陳友諒を連想した。陳友諒は元の至正十九年（一三五九）十二月、江州（明の江西・九江府、湖廣東南部と近接する）で漢王を名のったが、同二十三年、鄱陽湖で、後の明の太祖朱元璋と戰って敗れ、歿した。

（松村　昂）

二七　王世貞　嘉靖五年（一五二六）〜萬曆十八年（一五九〇）

丁集卷六　王尚書世貞[一]

世貞[二]、字元美、太倉人。嘉靖丁未進士[三]、除刑部主事[四]。歷郎中、出爲青州兵備・副使[五]。

元美在郎署[六]、哭諫臣楊繼盛于東市、經紀其喪、已大失分宜意[七]。而其父忬總督薊・遼[八]、虜大入灤州、殺傷過當、上大怒、下獄論死。元美解官奔赴[九]、與其弟世懋叩闕請救、卒不免。

穆廟初[一〇]、詣闕訟冤、有詔追復。起家[一一]補大名兵備、遷浙江參政・山西按察使[一二]、入爲太僕卿[一三]、以右副都御史撫治鄖陽[一四]、遷南大理卿・應天府尹、以人言乞歸。起南刑・兵兩部侍郎[一五]、拜刑部尚書[一六]。乞歸[一七]、卒、年六十有五。

元美弱冠登朝[一八]、與濟南李于鱗修復西京・大曆以上之詩文、以號令一世。于鱗旣沒[一九]、元美著作日益繁富、而其地望之高[二〇]、遊道之廣、聲力氣義、足以翕張賢豪、吹噓才俊。於是天下咸望走其門、若玉帛職貢之會[二一]、莫敢後至。操文章之柄、登壇設墠、近古未有、迄今五十年、弇州四部之集[二二]、盛行海內、毀譽歙集[二三]、彈射四起、輕薄爲文者、無不以王・李爲口實、而元美晩年之定論[二四]、則未有能推明之者也。元美之才實高於于鱗、其神明意氣、皆足以絕世。少年盛氣、爲于鱗輩撈籠推挽、門戶旣立、聲價復重。譬之登峻阪騎危墻、雖欲自下、勢不能也。

[二五]迨乎晚年、閱世日深、讀書漸細、虛氣銷歇、浮華解駁。於是乎涣然汗下、蘧然夢覺、而自悔其不可以復改矣。論[二六]樂府、則亟稱李西涯爲天地間一種文字、而深譏模仿斷爛之失矣。論[二七]詩、則深服陳公甫。論[二八]文、則極推宋金華。而贊[二九]歸太僕之畫像、且曰、「余豈異趨、久而自傷」矣。其論[三〇]『藝苑巵言』則曰、「作『巵言』時、年未四十、與于鱗輩是古非今、此長彼短、未爲定論。行世已久、不能復祕、惟有隨事改正、勿誤後人」。元美之虛心克己、不自掩護如是。今[三一]之君子、未嘗盡讀弇州之書、徒奉『巵言』爲金科玉條、之死不變、其亦陋而可笑矣。

[三二]元美病亟、劉子威往視之。見其手子瞻集不置、其序『弇州續集』云云、而猶有高出子瞻之語。儒者胸中有物、耑愚成病、堅不可療、豈不悲哉。

[三三]昔者王伯安作「朱子晚年定論」。余竊取其義以論元美、庶幾元美之精神、不至抑沒於後世、而後之有事品騭者、亦必好學深思、讀古人之書、而詳論其世、無或如今之人、矮[三四]人觀場、莠言自口、徒爲後人笑端也。

[三五]元美正續稿詩七十餘卷、孟[三六]陽選七言今體、從『續稿』中取十餘首、今用『四部稿』參錄之。

【訓讀】

世貞、字は元美、太倉（南直隸蘇州府太倉州）の人。嘉靖丁未（嘉靖二十六年、一五四七）の進士、刑部主事（正六品）に除せらる。郎中（刑部郎中、正五品）を歷て、出でて青州兵備・副使（山東按察司副使・青州兵備、正四品）と爲る。

元美 郎署（朝廷の各部の役所を指す、王世貞の場合は刑部）に在りしとき、諫臣楊繼盛を東市に哭し、其の喪を經紀（世話）し、已に大いに分宜（時の權力者嚴嵩を指す）の意を失う。而して其の父の忬 薊・遼に總督たりしとき、虜 大いに灤州に入り、殺傷すること過當なり、上 大いに怒り、獄に下して死を論ぜしむ（獄に下して死刑にしようとした）。元美 官を解きて奔り赴き、其の弟の世懋と與に闕に叩して救を請うも（宮闕に出向いて額づいて釋しを請うたが）、卒に免かれず。

穆廟（穆宗の隆慶年間）の初め、闕に詣りて冤を訟し（冤罪を申し立て）、詔有りて追復せられる（原官への復歸の詔を得た）。起家して（再び官に復歸し）大名（北直隸大名府）兵備に補せられ、浙江參政（從三品）・山西按察使（正三品）に遷り、入りて太僕卿（從三品）と爲り、右副都御史（正三品）を以て鄖陽（湖廣鄖陽府）を撫治し、南（南京）の大理卿（正三品）・應天府の尹（南京の長官、正三品）に遷り、人の言（彈劾）を以て歸を乞う。南（南京）の刑・兵兩部の侍郎（正三品）に起ち、刑部尙書（正二品）を拜す。歸を乞いて、卒す、年六十有五。

元美 弱冠にして朝に登り、濟南の李于麟（李攀龍）と與に西京・大曆以上の詩文を修復（文では前漢、詩では中唐の大曆以前のものを復興）し、以て一世に號令す。于麟既に沒しては、元美 著作日び益ます繁富し、而して其の地望（門地や家柄）の高きこと、遊道（交遊）の廣きこと、聲力氣義（發言力や氣勢）は、以て賢豪を翕張し（賢人豪傑を己の勢力下に置き）、才俊を吹噓する（引き立てる）に足る。是に於いて天下咸な望みて其の門に走り、玉帛職貢の會の、敢て後れて至るもの莫きが若し（朝貢に後れまいとするかのようだった）。文章の柄を操り、壇に登り墠を設くること、近古に未だ有らず、今に迄る五十年、弇州の四部の集（『弇州山人四部稿』）海內に盛行し、毀譽翕集して（毀譽褒貶が集まり）、彈射四より起り（批判があちこちから興り）、輕薄に文を爲る者 王・李を以て口實と爲さざるは無し（王世貞や李攀龍への批判にかこつけて輕薄な文を書き散らす輩が登場した）、而るに元美の晩年の定論は、則ち未だ能く之を推明する者有らざるなり（なのに彼の晩年に行きついた論についてはこれを明らかにした者がいない）。元美の才は實に、于鱗より高く、其の神明意氣は、皆な以て世に絶するに足れり。少年たりしとき盛氣にして、于鱗の輩の撈籠推挽するところと爲り（李于鱗に絡めとられて擔ぎ出され）、門戸既に立ち、聲價復た重し。之を譬うるに峻阪に登り危墻に騎し（嶮峻な所や高い垣根に登ってしまい）、自ら下らんと欲すと雖も、勢いの能わざるなり。

晩年に迨びては、世を閱すること日び深く、讀書漸く細やかに、虛氣銷歇し、浮華解駁す（空威張りの氣勢が消え、うわべだけの華やかさから身をおくようになった）。是に於いて漶然として汗下り（恥ずかしさのあまり冷や汗が出て）、蘧然として夢より覺め、而して其の以て復た改むべからざるを自悔せり。樂府を論じては、則ち亟めて李西涯を稱して天地の間の一種の文字と爲し、深く模倣斷爛の失（創作において古人の作を模擬し、それを接ぎ剝ぎすることの過ち）を譏る。詩を論じては、則ち深く陳公甫（陳獻章）に服す。文を論じては、則ち極めて宋金華（宋濂）を推す。而して歸太僕（歸有光）の畫像に贊し、且つ曰う、「余 豈に趨を異にし、久しくして自ら傷まん（わたしは違う道を歩んでしまい、今ごろになって後悔するとは）」と。其の『藝苑卮言』を論じては、則ち曰う、「『卮言』を作りし時、年は未だ四十ならず、于鱗の輩と與に古を是とし今を非とし、此れを長とし彼れを短とし、未だ定論と爲さず。世に行わること已に久しく、復た祕する能わず、惟だ事に隨いて改正し、後人を誤まらしむ勿からんこと有るのみ」と。元美の虛心もて克己し、自ら掩護せざる（自らの非を蔽い隱すのではなく正直に悔いる）こと是くの如し。今の君子は、未だ嘗て盡く弇州の書を讀まざるに、徒だ『卮言』を奉じて金科玉條と爲し、死に之るまで變わらず、其れ亦た陋にして笑うべし。

元美 病亟まりしとき、劉子威（劉鳳）往きて之を視る。其の子瞻集（東坡集）を手にして置かざるを見て、其の『弇州續集』に序して云云し、而して猶お高く子瞻を出づるの語有り（『弇州續集』の序で、王世貞は蘇軾よりはるかに優れているなどと言っている）。儒者 胸中に物有れば、耑愚 病を成し、堅く療やすべからず、豈に悲しからずや（劉子威の言葉は、儒者に思い込みがあれば、専心も馬鹿が高じて病氣になり、治療もできないほどになるという例であり、なんとも悲しいことだ）。

昔者王伯安（王守仁）「朱子晩年定論」を作る。余 竊かに其の義を取りて以て元美を論ず、庶幾くは元美の精神後世に抑沒するに至らざらんことを。而して後の品騭を事とする者有りて、亦た必ず好學深思し、古人の書を讀みて其の世を詳論し、或いは如今の人の、矮人觀場して、莠言 口自りし、徒らに後人の笑端と爲ること無かれ（最近の人のように、よく實情を理解しないままに他人に附和雷同して惡口をいって、後世の人の笑いものにならないように願ってのことだ）。

元美の正續稿の詩は七十餘巻、孟陽（程嘉燧）七言今體を選ぶに、『續稿』中從り十餘首を取り、今『四部稿』を用って之を參錄す。

【注】

一　**王尚書世貞**　「尚書」とは最終の官が南京刑部尚書であったことによる。王世貞の傳記史料としては、王士騏「明故資政大夫南京刑部尚書贈太子少保先府君鳳洲王公行狀」、陳繼儒「王元美先生墓誌銘」（『陳眉公先生全集』巻三三）、王錫爵「太子少保刑部尚書鳳洲王公神道碑」（『國朝獻徵錄』巻四五）、屠隆「大司寇王公傳」などがある。ただし、この「小傳」は、錢謙益が獨自に編纂したものである。近年の主な研究書として、鄭利華の『王世貞年

譜』（復旦大學出版社、一九九三）と『王世貞研究』（學林出版社、二〇〇二）、および周穎『王世貞年譜長編』（上海三聯書店、二〇一六）、酈波『王世貞文學研究』（中華書局、二〇一一）、魏宏遠『王世貞文學與文獻研究』（上海古籍出版社、二〇一七）などがある。

二　世貞、字元美、太倉人　號は鳳洲。その庭園の弇山園に因み、弇州山人、弇山居士とも號する。また天弢居士とも。太倉州は弘治十年（一四九七）に蘇州府の崑山、常熟、嘉定の三縣を割いて新しく作られた州である。

三　嘉靖丁未進士　王世貞は嘉靖二十六年（一五四七）、二十二歳で進士に及第している。『明清進士題名碑錄』によれば、この時の狀元は李春芳、及第者は三百一名、王世貞の成績は二甲第八十名。同年生には張居正・楊繼盛・凌雲翼・汪道昆らがいる。

四　除刑部主事　最初の任官は嘉靖二十七年（一五四八）刑部主事（正六品）である。

五　歷郎中、出爲青州兵備・副使　嘉靖三十年（一五五一）に刑部員外郎（從五品）、嘉靖三十二年（一五五三）に刑部郎中（正五品）と、中央で順調に階位を昇っている。嘉靖三十五年（一五五六）の十月には山東提刑按察司副使（正四品）で青州兵備となった。

六　元美在郎署、哭諫臣楊繼盛于東市、經紀其喪　楊繼盛（一五一六～一五五五）の字は仲芳、號は椒山。王世貞と同年の進士で、硬骨の士として知られる。嘉靖三十二年（一五五三）正月、兵部員外郎であった時に、「請誅賊臣疏」を奉り、內閣大學士として權勢を誇っていた嚴嵩の「五奸十大罪」を彈劾し、下獄。王世貞はこの同年の友を救うために奔走するが、嘉靖三十四年十月、ついに棄市の刑（斬刑ののち屍體を曝される刑）となる。享年四十。嘉靖帝が沒し、隆慶帝が卽位した後、忠愍と諡（おくりな）された。『明史』卷二〇九楊繼盛傳。王世貞は吳國倫や宗臣とともに刑場に赴き、刑の執行を見屆けた後、翌日、その尸を棺に納め、自らの錢を出して葬式などの世話をしたという。

王世貞は「先考思質府君行狀」（『四部稿』巻九八）に、「不肖世貞又た不幸にして嘗て楊君に從い游び、頗る之が爲に其の喪を經紀す（不肖世貞又不幸嘗從楊君游、頗爲之經紀其喪）」とみえる。

七　已大失分宜意　分宜は江西分宜縣。ここでは分宜出身の嚴嵩を指す。嚴嵩（一四八〇～一五六七）、字は惟中、號は介溪、江西分宜の人である。弘治十八年（一五〇五）の進士で、翰林院庶吉士を經て、翰林院編修となる。宦官の劉瑾が權勢を振るっていた武宗朝には鄕里の鈐山に退居していた。劉瑾が誅殺されたのち再び出仕し、十五歳の世宗が卽位すると、「大禮の議（武宗の死後に皇位を繼いだ世宗が實父に皇帝の尊號を贈ることを求めた事件）」で世宗の意に阿(おもね)ったことで寵を得て、さらに道教に凝る世宗のためにその文學的才能を驅使して靑詞（道教の祭文）を執筆し、內閣大學士に任ぜられた。そのため嚴嵩を「靑詞宰相」と稱することもある。政敵を次々と死に追いやって內閣首輔となり、政治に興味を失った皇帝に代わって國政を二十年間專斷した。この間、賄賂が橫行し、息子の嚴世蕃が父に代わって事をとりしきるまでになった。晩年、皇帝の寵を失い、世蕃は斬首となり、家財も沒收され、二年後に八十七歳で亡くなった。『列朝詩集』丁集巻十一にその傳が見える。『明史』では奸臣傳に入れられている。ただし、詩文にすぐれ、『鈐山堂集』四十巻がある。

八　其父忬總督薊・遼、虜大入灤州……下獄論死　王忬（一五〇七～一五六〇）は字を民應といい、嘉靖二十年（一五四一）の進士。薊・遼總督に至ったが、嘉靖三十八年（一五五九）、北方の韃靼（モンゴル系タタール族）が灤河（河北省と內モンゴル自治區を流れ渤海へと注ぐ）を越えて侵入したことから、王忬の失策であるとして皇帝の怒りを買い、下獄する。王忬が以前から嚴嵩から疎まれ、王世貞も失言によってその子世蕃の恨みを買っていたためとされる。王世貞は山東提刑按察司副使・靑州兵備を辭し、この年に進士となった弟の世懋とともに釋放を求めて奔走するが、翌年十月、父は死刑となる。王忬の墓誌銘は李春芳「資善大夫都察院右都御史兼兵部左侍郎思質王公

墓誌銘」(『貽安堂集』巻七)、神道碑は申時行「都察院右都御史兼兵部左侍郎贈兵部尚書王公神道碑」(『賜閑堂集』巻二一)。『明史』巻二〇四に傳がある。

九　元美解官奔赴、其弟世懋叩闕請救、卒不免　弟の王世懋(一五三六～一五八八)の字は敬美、號は麟州または損齋。嘉靖三十八年(一五五九)の進士。官はのち南京太常少卿に至った。父が下獄した時、王世懋はたまたま進士に及第して京師に居た。王世貞は山東提刑按察司副使の任に在ったが、それを辭して京師に驅け付け、必死の赦免活動を行うが、翌年嘉靖三十九年(一五六〇)十月一日に父は棄市の刑になる。ただし、「小傳」が兄弟で宮闕に赴いて叩頭して赦免を願ったというのは正確ではない。父がそれを止めたからである。この間の事情は「先考思質府君行狀」に詳述されている。「府君逮に就きし時、二子は獨だ世懋のみ在り、而して世貞は山東按察副使爲り、自ら劾して印綬を解きて去り、世懋と與に謀りて爲に闕に伏して代者を請わんとす。府君力めて之を止めて曰く、「我國家に於いて少しくも負くは無し、上は幸い我を念い、或いは之を忘るに庶幾し。奈何ぞ復た之を激せんや。且つ嚴氏は阱を爲すこと深く、其の一を蹈めり。若ら兄弟奈何ぞ行きて復た蹈まんや」と。世貞等已むを得ず、則ち時時相嵩(宰相である嚴嵩)の門に従いて蒲伏し、泣きて解かれんことを請う。相の嵩も亦た時時謾辭を爲して相い寛うし、戒むるに激する毋きを以てす、上の意も亦た他なく、第だ遽かに釋して邊臣の心を弛めしむるを欲せざるのみと。而るに遼左の覈功の狀至るに、相嵩は陰かに府君の名を攝削す。兵部郎の徐君善慶 復た練兵を以て出づるに、相嵩之を嗾し、府君を追論せしむ。徐は堅く從わず、久しくして病を移して歸る(病を口實に引退した)。相嵩は既已に府君を陷れ、謀りて爲に石を下すこと益ます切なり、然るに愈いよ益ます詭祕す、世貞兄弟は知らざるなり。……明年庚申の十月朔に至りて、竟に免かれず(府君就逮時、二子獨世懋在、而世貞爲山東按察副使、自劾解印綬去、與世懋謀爲伏闕請代者。府君力止之曰、「我於國家無少負、上幸念我、或庶幾忘之。奈何復激之耶。且嚴氏爲阱

深、蹈其一矣。若兄弟奈何行復蹈也」。世貞等不得已、則時時從相嵩門蒲伏、泣請解。相嵩亦時時爲謾辭相寬、戒以毋激、上意亦無他、第不欲遽釋弛邊臣心耳。而遼左覈功狀至、相嵩陰擿劊府君名。兵部郎徐君善慶復以練兵出、相嵩嗾之、令追論府君。徐堅不從、久移病歸。相嵩旣已陷府君、謀爲下石益切、然愈益詭祕、世貞兄弟不知也。至明年庚申之十月朔、竟不免）」。

刑死した父の遺骸を郷里に歸葬した王世貞は、その後、嚴嵩が失脚し、隆慶帝（穆宗）が卽位して父の名譽が回復されるまで七年間家居を續けた。

一〇　穆廟初、詣闕訟冤、有詔追復　嘉靖四十五年（一五六六）十二月、世宗が崩御し、穆宗が登極すると、以前に建言して罪を得た諸臣や刑罰を受けた士人について再調査して名譽を回復するようにとの遺詔が發布された。これをうけて王世貞は弟世懋とともに郷里を出發、隆慶元年（一五六七）三月京師に到着し、「懇乞天恩俯念先臣微功極冤特賜昭雪以明德意以伸公論疏」（『四部稿』卷一〇九）を上り、さらに徐階、李春芳、高拱、張居正ら執政に上書して、父の無罪を訴えた。八月、父の忬を原官に復歸させる詔が下る。『明實錄』の穆宗實錄に「隆慶元年八月丙戌、……故總制薊遼右都御史兼兵部左侍郎王忬の子にして、原任の山東按察司副使の世貞、上書して父の冤を訴えて言う、臣の父は首を邊廷に皓うし、六たび大虜を遏む、不幸にして事を以て大學士嚴嵩に忤い、微失に坐りて死を論ぜらる、堯・舜知人の明を傷い、豪杰任事の體を解く、辨雪を行い以て公論を伸べんことを乞う。詔ありて忬の官を復せしむ（隆慶元年八月丙戌、……故總制薊遼右都御史兼兵部左侍郎王忬子、原任山東按察司副使世貞、上書訴父冤、言臣父皓首邊廷、六遏大虜、不幸以事忤大學士嚴嵩、坐微史（史當作失）論死、傷堯舜知人之明、解豪杰任事之體、乞行辨雪以伸公論。詔復忬官）」とみえる。

一一　起家補大名兵備　隆慶二年（一五六八）四月、郷里に居た王世貞に、河南按察司副使（正四品）・整飭大名等處兵備に任ずる報せが屆き、國史編纂の官を希望していた彼は、致仕（引退）を願い出るも、結局許されずに大名赴任することになった。

一二　遷浙江參政・山西按察使　隆慶三年（一五六九）に浙江左參政（從三品）として赴任、翌年、山西按察使（正三品）になり、母の死により服喪のために歸鄕。喪が明けて萬曆元年（一五七三）湖廣按察副使（正四品）、廣西右布政使（從二品）となった。

一三　入爲太僕卿、以右副都御史撫治鄖陽　王世貞は萬曆二年（一五七四）二月、京師に入り太僕寺卿（從三品）となり、さらに九月、都察院右副都御史（正三品）・督撫鄖陽（うんよう）（湖廣鄖陽府、今の湖北省鄖縣）を命ぜられている。

一四　遷南大理卿・應天府尹、以人言乞歸　王世貞は萬曆四年（一五七六）六月、南京大理寺卿（正三品）となっている。ところが未だ赴任しないうちに吏部から鄖陽に居た頃、多くの人員をみだりに薦擧したとして奪俸の知らせが届き、さらに十月には給事中による彈劾を受けた。『明神宗實錄』に、「萬曆四年十月……戊辰、福建巡撫都御史の劉堯誨、南京大理寺卿の王世貞を罷めしむ、刑科都給事中の楊節　堯誨の貪聲大いに著われ、世貞の大節已に虧くるを劾するを以てするなり（萬曆四年十月……戊辰、罷福建巡撫都御史劉堯誨、南京大理寺卿王世貞、以刑科都給事中楊節劾堯誨貪聲大著、世貞大節已虧也）」とある。

王世貞は、このことについて「爲懇乞天恩辯明考滿事情仍賜罷斥以伸言路疏」（『弇州山人續稿』巻一四二）で、「臣　萬曆四年の內に於いて、巡撫鄖陽右副都御史を以て南京大理寺卿に轉じ、未だ任ぜざるに、該（そ）の南京の給事中の楊節　臣を論劾す。奉旨「王世貞は既に操守未だ虧（か）けず、回籍聽候別用に著す」を奉ず（臣於萬曆四年內、以巡撫鄖陽右副都御史轉南京大理寺卿、未任、該南京給事中楊節論劾臣。奉旨、「王世貞既操守未虧、著回籍聽候別用」）」といい、「回藉聽用（自宅待機）」の處分となったと記している。さらにその後、王世貞は萬曆六年（一五七八）八月に應天府の尹（南京の長官）に任命されるが、今度は南京兵科給事中王良心と福建道御史王許之から彈劾される。『明神宗實録』には、「萬暦六年十一月……辛未、南京兵科道官王良心等交章もて應天府尹王世貞を論列す。部覆して、「世貞の才識年力は、衆の共に惜む所なり、但だ京府の尹は重任なり、既に論列を經れば、以て留まるを議するは難し、仍お回籍聽用せしめん」と。上之を然りとす（萬暦六年十一月……辛未、南京兵科道官王良心等交章論列應天府尹王世貞。部覆、「世貞才識年力、衆所共惜、但京府尹重任、既經論列、難以議留、仍令回籍聽用」。上然之）」とあり、王世貞は「乞恩勘辯誣衊仍正罪削斥以明心迹以伸言路疏」（『弇州山人續稿』巻一四二）で申し開きをしているが、結局もとのまま自宅待機を續けることになった。

王士騏による「行狀」や陳繼儒による「墓誌銘」によれば、王世貞がこのように父の名譽回復の後、何度も彈劾を受け、ついに顯達に至らなかったのは、萬暦朝に內閣首輔をつとめた張居正との軋轢があったためだとする。ここでは「墓誌銘」を引いておく。「江陵（張居正）初め公を史局に處らしめんと欲す、公は謝して唯唯す、江陵以爲らく心の己を遠ざくる有るなりと。荊州地震あり、公は李固・京房の占を引きて謂えらく、「臣の道太だ盛んなれば、坤維（大地）は寧（やす）からず」と。又た邑令を曄辱する者の王生なる有り、江陵の婦の弟なり、公は論奏して少しも貸（ゆる）さず。又た宗人に書を貽（おく）りて「相公の耳目の好に浸淫せらるるは、社稷の福に非ず」と。其の人之れを江陵に洩らす。江陵　積りて堪うる能わず、稍や廷尉・京兆に遷（うつ）し、以て貌に（表向き）公を用いるを示すと雖も、竟に浮言を以て公の去るを嗾（そそのか）す（江陵初欲處公史局、公謝唯唯、江陵以爲有心遠己也。荊州地震、公引李固・京房占、謂、「臣道太盛、坤維不寧」。又有曄辱邑令者王生、江陵婦弟也、公論奏不少貸。又貽宗人書、「相公浸淫耳目之好、非社稷福」。其人洩之江陵。江陵積不能堪、雖稍遷廷尉・京兆、以貌示用公、而竟以浮言嗾公去）」。

一五　起南刑・兵兩部侍郎　萬暦六年の彈劾から六年後の萬暦十二年（一五八四）、ようやく南京刑部右侍郎（正三品）の命が下るが、王世貞は病氣を理由にこれを辭退。萬暦十五年（一五八七）十一月、南京兵部右侍郎（正三品）

の命が下り、引退を申し出たが、許されず任に就くことになる。

一六　**拜刑部尙書**　萬曆十七年（一五八九）六月、南京刑部尙書（正二品）となった。

一七　**乞歸、卒**　南京刑部尙書に着任以來、たびたび病を理由に引退を願い出ていたが、萬曆十八年（一五九〇）三月に歸鄉を許され、十一月二十七日に卒した。享年六十五。

一八　**元美弱冠登朝、與濟南李于鱗修復西京・大曆以上之詩文**　王世貞が十二歲年上の李攀龍（本書「二六　李攀龍」）と出會ったのは、北京で刑部主事の官に就いた二十三歲のときである。彼らは謝榛（本書「二五　謝榛」）・宗臣・梁有譽・吳國倫・徐中行らと唱和し、所謂「後七子」の文派を形成する。「後七子」とは、明の弘治から正德年間に活躍した李夢陽と何景明ら「前七子」の文學流派になぞらえて、後人が名づけた呼稱であるが、その文學思想は「文は必ず秦漢、詩は必ず盛唐」をスローガンとする復古主義に特徵がある。ここで李攀龍が目指した「西京・大曆以上之詩文」とは、西漢以前の文と大曆以前の詩を指す。彼らは大曆五年（七七〇）の杜甫の死（岑參も同年）をもって盛唐の終りとみなしており、大曆以降の中唐を認めない。

一九　**于鱗既沒……天下咸望走其門**　李攀龍が亡くなったのは、隆慶四年（一五七〇）、王世貞が四十五歲の時であった。その後、王世貞は萬曆十八年（一五九〇）に六十五歲で亡くなるまで、文壇の領袖の地位にあり、大きな影響力を有した。『明史』文苑三　王世貞傳は、この「小傳」を踏まえて次のように評している。「世貞は始め李攀龍と文の盟を狎主（交替で司ること）し、攀龍歿して、獨り柄を操ること二十年。才は最も高く、地望最も顯なりて、聲華意氣は海內を籠蓋す。一時の士大夫及び山人・詞客・衲子（僧侶）・羽流（道士）の、門下に奔走せざるは莫し。片言の褒賞に、聲價驟起す（世貞始與李攀龍狎主文盟、攀龍歿、獨操柄二十年。才最高、地望最顯、聲華意氣籠蓋海內。一時士大夫及山人・詞客・衲子・羽流、莫不奔走門下。片言褒賞、聲價驟起）」。

また、彼は特に交遊が深かった詩人について、「五子篇」「後五子篇」「廣五子篇」「續五子篇」（以上『四部稿』卷一四）、および「重紀五子篇」「末五子篇」（以上『四部續稿』卷三）を作り、その人となりを詩に詠じている。「前五子」は、北京時代以來の詩友である李攀龍（一五一四～一五七〇）・徐中行（一五一七～一五七八）・梁有譽（一五二一～一五五六）・吳國倫（一五二四～一五九三）・宗臣（一五二五～一五六〇）。「後五子」は余曰德（一五一四～一五八三）・汪道昆（一五二五～一五九三）・魏裳（一五二〇～？）・張佳胤（一五二六～一五八八）・張九一（一五三四～一五九九）。「廣五子」は、俞允文（一五一三～一五七九）・盧柟（一五〇七～一五六〇）・李先芳（一五一〇～一五九四）・吳維嶽（一五一四～一五六九）・歐大任（一五一六～一五九六）。「續五子」は王道行（一五五〇の進士）・黎民表（一五一五～一五八一）・石星（一五三七～一五九九）・朱多煃（生卒未詳）。「末五子」は趙用賢（一五三五～一五九六）・李維楨（一五四七～一六二六）・屠隆（一五四四～一六〇五）・魏允中（一五四四～一五八五）・胡應麟（一五五一～一六〇二）である。

二〇　其地望之高　「地望」は門地や名望。太倉の王氏は、魏晉南北朝時代の名族である琅琊の王氏の末裔を名乘っている。先祖が太倉に定住したのは元の初めであるが、明の成化年間に王僑および王世貞の祖父にあたる王倬（おうたく）が進士に及第して以後、王氏は代々擧人や進士を輩出する名家となった。父の王忬は嘉靖二十年（一五四一）の進士、王世貞の弟である王世懋（字は敬美、號は麟州）も嘉靖三十八年（一五五九）の進士である。さらに王世貞の長子王士騏も萬曆十七年（一五八九）進士に及第している。崇禎六年（一六三三）の擧人で明末清初の文人畫の大家王鑒は、王世貞の曾孫にあたる。

二一　若玉帛職貢之會、莫敢後至　「職貢」は朝廷に貢物を持參すること。玉や帛は貢物の代表的なもの。ここでは、王世貞のもとに天下の人士が競ってやってくることを指す。

二二　弇州四部之集、盛行海內　王世貞の著述は、最も有名な『弇州山人四部稿』一百七十四卷（賦・詩・文・說の四部）のほか、『弇州山人續稿』二百七巻（賦・詩・文の三部）、『藝苑巵言』などがある。次の艾南英の「答夏彝仲論文書」（『天傭子集』巻五）は、王世貞の詩文が當時の文人の間でいかに流行していたかを示すものである。「後生の小子必ずしも讀書せず、必ずしも作文せず、但だ架上に前後『四部稿』有り、應酬に遇う毎に、頃刻（すぐに）裁割し、便ち篇を成すべし。驟（にわ）かに之を讀めば、濃麗鮮華にして、絢爛に目を奪われざるは無きも、細かく之を案ずれば、一腐套なるのみ（後生小子不必讀書、不必作文、但架上有前後『四部稿』、毎遇應酬、頃刻裁割、便可成篇。驟讀之、無不濃麗鮮華、絢爛奪目、細案之、一腐套耳）」。

二三　**毀譽歙集、彈射四起、輕薄爲文者、無不以王・李爲口實**　「毀譽歙集、彈射四起」の一例として擧げられるのが、公安派や竟陵派からの批判である。公安派は公安三袁とよばれる袁宗道（本書「三一」）・袁宏道（本書「三二」）・袁中道（本書「三三」）の湖北公安の三兄弟を中心とする文學流派で、王世貞や李攀龍などの後七子の復古主義に異を唱えて、性靈說を展開した。袁宗道は「論文上」で「古の文は達を貴ぶ。學の達するは卽ち所謂古を學ぶなり。其の意を學びて、必ずしも其の字句に泥せざるなり（古文貴達、學達卽所謂學古也。學其意、必泥其字句也）」として、古人の句を眞似ることが古文ではないと主張し、また、「論文下」で、「余 少き時 喜んで滄溟・鳳洲二先生の集を讀む。二集の佳處は、固り掩うべからざるも、其の持論は大いに謬り、後學を迷誤す、辨ぜざる容からざる者有り（余少時喜讀滄溟・鳳洲二先生集。二集佳處、固不可掩、其持論大謬、迷誤後學、有不容不辨者）」（『白蘇齋類集』巻二〇）として、二人への批判を展開している。しかし、公安派は、三兄弟が沒しその末流が氾濫するに及んで淺薄で低俗に流れたとされ、錢謙益は公安派の弊害についても指摘する。なお、湖北省竟陵の鍾惺（本書「三四」）・譚元春（「三五」）に代表される竟陵派は、公安派の影響をうけて興った詩派だが、詩作に僻字を多用したため難解であり、これは錢謙益の攻擊の對象となった。

二四　元美晩年之定論、則未有能推明之者也　「元美晩年之定論」とは、王世貞が晩年に古文辭派の非を認めたという錢謙益の主張である（注二五參照）。さらに錢謙益はそれを知る者は限られているとする。この部分は婁堅の「歸太僕應試論策集序」（『學古緒言』巻二）に基づく。「司寇（王世貞）晩年、識益ます高く心益ます下ること、蓋し此くの如し。而るに世の君子、或いは未だ必ずしも之を知らざるなり（司寇晩年、識益高而心益下、蓋如此。而世之君子、或未必知之）」。

二五　迨乎晩年……而自悔其不可以復改矣　晩年の王世貞がかつて信奉していた古文辭派の非を認めて自悔したという所謂「王世貞晩年自悔説」は、『明史』文苑傳や『四庫提要』をはじめ後世の王世貞觀にも影響を與え、一般に彼は晩年になって古文辭派の思想から脱却したとして記述されることが多い。錢謙益のいう「王世貞晩年自悔説」とは、後注で示すように、李東陽の古樂府評價の轉換、詩では陳獻章を、文では宋濂や蘇軾を高く評價するようになったことであり、かつて貶めていた歸有光を評價し、『藝苑卮言』を若いときの未定の書だとしたことを指している。しかし、この錢謙益が根據として引用する資料の中には、恣意的な解釋や文字の改竄といった問題を孕んでいるものもあり、精査が必要である。また、近年の研究では、王世貞は元來、敎條主義的な文學思想のもちぬしではなかったことも指摘されている。

二六　論樂府、則亟稱李西涯爲天地間一種文字　李西涯とは李東陽（本書「九」）。成化・弘治・正德の三朝に仕えた文壇の重鎮で、その文學流派を出身地湖南茶陵にちなんで茶陵派という。門下の才子を多く引き上げたことで有名で、科擧の試驗官として李夢陽や何景明を見出したが、のちに李夢陽らからその文學を批判された。王世貞は晩年、「書西涯古樂府後」（『讀書後』巻四）において、彼の樂府を「奇旨の創造せられ、名語の疊出するは、縱い未だ之を管絃に被る可からざるも、自から是れ天地間の一種の文字なり（奇旨創造、名語疊出、縱未可被之管絃、自是天地間一種文字）」と論じている。詳細は本書の「九　李東陽」附王世貞「書西涯古樂府後」を參照されたい。

二七　論詩、則深服陳公甫　陳公甫は陳獻章（一四二八～一五〇〇）。公甫は字。號は實齋、廣東新會の人。白沙先生ともいう。汲古閣本『列朝詩集』丙集卷四に詩を一百十九首著錄するが、「陳獻章」を「陳憲章」に誤っている。その「小傳」には、王世貞の「書陳白沙集後」（『讀書後』卷四）を引用し、晩年の王世貞が陳獻章の詩を絶贊したことが紹介されている。「王元美「書白沙集後」に云う、「公甫の詩は法に入らず、文は體に入らず、又た皆に題に入らず、而るに其の妙處は法と體及び題の外に超出する者有り。余 少年たりしとき古を學びて、殊に相い契らず。晩節始めて自ら會心し、偶然之を讀み、或いは倦むに躍然として以て醒め、飲まざるに陶然として以て醉い、然る所以を知らざるなり」と。弇州 晩年學を進め、其の少きときの作を悔い、故に能く白沙に醉心すること是くの若し（王元美「書白沙集後」云、「公甫詩不入法、文不入體、又皆不入題、而其妙處有超出於法與體及題之外者。余少年學古、殊不相契。晩節始自會心、偶然讀之、或倦而躍然以醒、不飲而陶然以醉、不知其所以然也」。弇州晩年進學、悔其少作、故能醉心於白沙若是）」。

二八　論文、則極推宋金華　宋金華は宋濂（本書「六　宋濂」參照）のこと。金華は宋濂の出身地。宋濂に對する王世貞の評價の主なものとしては、次の二つが擧げられる。ともに宋濂の文を高く評價するが、『藝苑卮言』が短所も併せて論じるのに對し、王世貞晩年の『讀書後』の方では、宋濂の沒後、臺閣派や古文辭派、唐宋派の擡頭によって宋濂の文名が埋沒していったことを惜しんでいる。

『藝苑卮言』卷五「文章の最も達する者は、則ち宋文憲濂（本書「六」）・楊文貞士奇（本書「七」）・李文正東陽（本書「九」）・王文成守仁（本書「一〇」）に過ぐるは無し。宋は材を庀むること甚だ博く、議を持すること頗だ當なり、第だ敷腴朗暢を以て主と爲し、而して裁剪の功に乏しく、體は流沿して返らず、詞は枝蔓して修めず、此れ其の短なり。若し乃ち機軸は、則ち自ら出づるのみ（機軸という點では、獨自のものが打ち出せている）（文章之最達者、則無過宋文憲濂・楊文貞士奇・李文正東陽・王文成守仁。宋庀材甚博、持議頗當、第以敷腴朗暢爲主、而乏裁剪之功、體流沿而不返、詞枝蔓而不修、此其短也。若乃機軸、則自出耳）」。

『讀書後』巻四「書宋景濂集後二」「宋文憲、宿儒を以て英主を佐け、禮樂制作の柄を司る。其の高文大册は海内に徧し、卽ち近きは九重、遠きは四夷、能く公の筆を舍きて請わざる者亡し。骨は肉より尙きも臺閣は易（平易）を以て之を奪う。久しくして弘・德（弘治・正德）の間に至りて、縉紳は古を以て之を奪う。嘉靖に至りて盡くは古を程とせず、亦た盡くは易を爲さざる者復た之を奪う。蓋し今に至りて復た能く文憲の名を擧ぐるもの有らず、何ぞ著作を論ぜんや。然りと雖も亦た安んぞ竟に文憲を廢すべけんや。文憲は書に於いては、所として讀まざるは無し、文の體裁に於いては、所として曉らざるは無し。其の槩を顧みるに典實を以て宏麗に易え、詳明を以て遒簡に易え、之を發しては意の必ず罄ならんことを欲し、之を言いては人の必ず曉らんことを欲す、故を以て預め後人の權を執る能わずして、時時奪わる（宋文憲、以宿儒佐英主、司禮樂制作之柄。其高文大册徧海内、卽近而九重、遠而四夷、亡能舍公筆弗請者。骨尙肉而臺閣以易奪之。久而至弘・德間、縉紳以古奪之。至嘉靖不盡程古、亦不盡爲易者復奪之。蓋至于今而不復有能擧文憲名矣、何論著作。雖然亦安可竟廢文憲也。文憲於書、無所不讀、於文體裁、無所不曉。顧其槩以典實易宏麗、以詳明易遒簡、發之而欲意之必罄、言之而欲人之必曉、以故不能預執後人之權、而時時見奪）」。

二九　賛歸太僕之畫像、且曰、「余豈異趨、久而自傷」矣　歸太僕とは歸有光（一五〇六～一五七一）を指す（本書「一八」）。王世貞はかつて評價してこなかった歸有光について、歸有光の沒後に「歸太僕像贊」（『續稿』巻一五〇）を書き、彼に對する評價を百八十度變えたといわれる。「歸太僕像贊」には「千載有公、繼韓歐陽、余豈異趨、久而始傷（千載 公有りて、韓・歐陽を繼ぐ。予 豈に趨を異にし、久しくして始めて傷まん）」とある。錢謙益はこうした王世貞の歸有光觀の變化を次に引く婁堅（本書「三八」參照）の「歸太僕應試論策集序」を通じて知ったと考えられる。「當是時、吳之以高文稱者、曰王司冦元美。其始不無異同。及歸留都、從其家求畫像、模爲小幅、系以傳贊、屬予書之。蓋曰、「千載有公、繼韓歐陽、予豈異趨、久而始傷」（是の時に當りて、吳の高文を以て稱せらるる者、王司冦元美と曰うあり。其の始め異同無くんばあらず。留都より歸るに及び、其の家從り畫像を求め、模して小幅を爲り、系するに傳贊を以てし、予に屬して之を書せしむ。蓋し曰く、「千載 公有りて、韓・歐陽を繼ぐ。予 豈に趨を異にし、久しくして始めて傷まん」と）」（『學古緒言』卷二）。ただし、錢謙益は「小傳」に「歸太僕像贊」を引用するに當って、末句の「久而始傷」を「久而自傷」に書き換えている。この改竄の結果、王が歸有光に對するかつての評價を「自悔」したことがより强調されたことは否定できない。この文字の改竄は後世にも影響を及ぼし、王鴻緒『明史稿』歸有光傳と『明史』文苑傳は、ともに小傳を襲う形で「久而自傷」に作っている。

三〇　其論『藝苑巵言』則曰、「作『巵言』時、年未四十、……勿誤後人」　この文の出典は、王世貞の「書西涯古樂府後」（本書「九」附王世貞「書西涯古樂府後」**注三**參照）である。ただし、「作『巵言』時……」以下のこの部分は、現在廣く行われている『讀書後』卷四の「書西涯古樂府後」では削去されている。削去前の全文は李東純輯『王弇州先生崇論』卷五「李西涯」（『王郭兩先生崇論』所收、明天啓四年刻本、臺灣中央研究院傅斯年圖書館）および上海圖書館藏明鈔本『弇州山人續稿』卷二一「書西涯古樂府後」で確認することができる。王世貞の文集の版本上の問題については、魏宏遠の「王世貞『弇州山人續稿附』發覆」（『文獻』二〇〇八年第二期）、「上海圖書館明鈔本『弇州山人續稿』考」（『圖書館雜誌』二〇〇九年第一一期）、「王世貞『弇州山人續稿』成書・版本考」（『上海大學學報（社會科學版）』二〇一四年第二期）等を參照されたい。これらは、**注一**の魏宏遠の『王世貞文學研究與文獻研究』に收錄されている。なお、王世貞が自らの『藝苑巵言』を四十前の未定の書だと見なしていたことは、弟子の胡應麟に與えた書簡「答胡元瑞」其十六（『續稿』巻二〇六）に、「僕に故『藝苑卮言』有り、是四十前未定の書なり（僕故有『藝苑卮言』、是四十前未定之書）」とあることからも窺える。

三一　今之君子、未嘗盡讀弇州之書、徒奉『卮言』爲金科玉條　王世貞の『藝苑卮言』を金科玉條とした後人の作として有名なのは、胡應麟の『詩藪』、周子文の『藝藪談宗』、顧起綸の『國雅』と『續國雅』である。錢謙益は、『列朝詩集』丁集巻六の胡應麟の「小傳」で「大抵 元美の『卮言』を奉じて律令と爲し、而して其の說を敷衍し、『卮言』の入る所は則ち之を主とし、出だす所は則ち之を奴とす（大抵奉元美『卮言』爲律令、而敷衍其說、『卮言』所入則主之、所出則奴之）」とこれを手嚴しく批判している。ただし、「奉『卮言』爲金科玉條」という表現には、錢謙益自身の自省も含まれている。若いころ古文辭に慣れ親しんでいた錢謙益は晩年、「讀宋玉叔文集題辭」（『有學集』巻四九）において、「余の斯文に從事し、少しく自省し改むる者四有り」として、その二つ目に「少きとき弇州の『藝苑卮言』を奉ずること金科玉條の如し」だったことを擧げている。

三二　元美病亟、劉子威往視之……猶有高出子瞻之語　劉子威は劉鳳（生卒年未詳）、子威は字である。嘉靖二十三年（一五四四）の進士。長洲の人で、王世貞の門弟。『列朝詩集』丁集巻八の劉鳳の「小傳」は「子威は其の剽賊の最も下なる者なるか」とあり、錢謙益の彼に對する評價は至って低い。劉鳳「王鳳洲先生弇州續集序」（筑波大學圖書館藏萬曆刊『弇州山人續稿』所收）には、次のように見える。「遽かに疾を以て歸を乞い、病遂に大いに作る。予往きて焉れを問うに、則ち其の猶お恆に子瞻の集を手にするを見る。夫れ元美は高く子瞻の上に出づること遠し、而るに猶お之を愛づるは、其の氣節激昂の相い類する者有るを以てするに非ざらんや（遽以疾乞歸、病遂大作。予往問焉、則見其猶恆手子瞻集。夫元美高出子瞻上遠矣、而猶愛之者、非以其氣節激昂有相類者耶）」。

なお、王世貞は蘇軾の諧謔の語を集めて『蘇長公外紀』を出版しており、その序文「蘇長公外紀序」（『續稿』巻四二）に「今 天下は四姓を以て文章の大家と目するも、獨だ蘇公の作のみ最も便爽爲り、而して其の撰する所の論策の類は、時に於いて最も近しと爲す（今天下以四姓目文章大家、獨蘇公之作最爲便爽、而其所撰論策之類、於時爲最近）」という。『讀書後』巻二にも「書蘇子瞻諸葛亮論後」「書賈誼傳及蘇軾所著論後」など蘇軾の文を熟讀していたことがわかる文があり、『續稿』にも蘇軾に和した作が複數存在する。さらに、注二四と二九に擧げた婁堅「歸太僕應試論策集序」には、婁堅が王世貞の子から晩年の王世貞が蘇軾の應詔の策を讀んでいたことを聞いて、それに感服するというくだりがある。「司寇の季子、時に予の爲に言う、「公の歸するや、嘗に蘇の應詔の諸篇を讀み、顧みて之に語りて曰く、『此れ乃ち策と謂うべきのみ。吾が晉・楚の錄文（王世貞の『入晉稿』と『入楚稿』を指す）は、豈に能く及ばんや』と」と。予 是を以て歎服す（司寇季子、時爲予言、「公之歸也、嘗讀蘇應詔諸篇、顧語之曰、『此乃可謂策耳。吾晉楚錄文、豈能及哉』」。予以是歎服）」。

三三　**昔者王伯安作「朱子晚年定論」**　王陽明の『朱子晚年定論』を指す。朱子が晩年に陸象山と同じ考えに至ったと主張するもので、王陽明が、自らの思想である心學が朱子の晩年の主張の延長線上にあること（所謂「朱陸早異後同論」）をいうために編纂した書である。左に、王陽明『王文成公全書』「傳習錄」に附されている「朱子晚年定論序」を引いておく。「予 既に自ら其の說の朱子に謬わざるを幸いとし、又た朱子の先に我が心の同然なるを得たるを喜ぶ。且つ夫の世の學者の徒だ朱子中年未定の說を守り、而して復た其の晚歲既に悟るの論を求むるを知らずして、競いて相い呶呶し、以て正學を亂し、自ら其の已に異端に入るを知らざるを慨く。輒ち采錄して之を裒集し、私かに以て夫の同志に示す。吾が說を疑う無く、聖學の明なるを冀うべきに庶幾し（予既自幸其說之不謬於朱子、又喜朱子之先得我心之同然。且慨夫世之學者徒守朱子中年未定之說、而不復知求其晚歲既悟之論、競相呶呶、以亂正學、不自知其已入於異端。輒采錄而裒集之、私以示夫同志。庶幾無疑於吾說、而聖學之明可冀矣）」。

三四　矮人観場、莠言自口　「矮人観場」は『朱子語類』巻二七の「矮子看戲」に同じ。劇が見えもしないのに前の人が笑えば笑うなど人に附和雷同すること。「莠言自口」は悪口を言うこと。『詩經』小雅の「正月」に「好言は口自りし、莠言は口自りす」に基づく。

三五　元美正續稿詩七十餘卷　『弇州山人四部稿』百七十四巻のうち詩部は巻二～五四の五十二巻、『續稿』二百七巻のうち、詩部は巻二～二五の二十四巻、つまり詩は七十六巻あることになる。

三六　孟陽選七言今體、從『續稿』中十餘首、今用『四部稿』參錄之　孟陽は程嘉燧（本書「三六」參照）の字。錢謙益の詩友で、唐時升（本書「三七」）・婁堅（本書「三八」）・李流芳とともに嘉定四君子の一人に數えられ、七言律詩を得意とした。晩年、虞山の錢謙益の拂水山莊に隱居した。錢謙益は「歷朝詩集序」（別名「列朝詩集序」、本書「一」）において程とともに『列朝詩集』を編纂したと述べている。『列朝詩集』には『弇州山人四部稿』と『續稿』の兩方から詩が採錄されているが、この小傳の記述によれば、程嘉燧は『續稿』からのみ詩を選んだことになる。ただし、程嘉燧が王世貞の詩の選に攜わったことに關する記錄は、他書には見當たらない。

（野村鮎子）

二八　歸有光　正德元年（一五〇六）～隆慶五年（一五七一）

丁集卷十二　震川先生歸有光[一]

有光[二]、字熙甫、崑山人[三]。九歲能屬文[四]、弱冠盡通六經・三史・六大家之書、浸漬演迤、蔚爲大儒。嘉靖[五]庚子、擧南京第二人、爲茶陵張文隱公所知[六]。其後八上春官不第[七]。讀書談道[八]、居嘉定之安亭江上、四方來學者常數十百人。海內稱震川先生[九]、不以名氏。[一〇]乙丑、擧進士、除長興知縣[一一]。用古敎化法治其民。每聽訟[一二]、引兒童婦女案前、刺刺吳語、事解、立縱去、不具獄。有所擊斷寢息[一三]、直行其意、大吏多惡之。有蜚語聞[一四]、量移通判順德。隆慶庚午[一五]、入賀、新鄭・內[一六]江雅知熙甫、引爲南京太僕寺丞、留掌制敕、修世廟實錄。熙甫宿學大儒、久困郡邑、得爲文學官、給事館閣、欲以其間觀中祕未見書、益肆力於著作、而遽以病卒[一七]、年六十有六。

[一八]熙甫爲文、原本六經、而好太史公書、能得其風神脈理。其於六大家[一九]、自謂可肩隨歐・曾、臨川則不難抗行。其於詩[二〇]、似無意求工、滔滔自運、要非流俗可及也。當是時、王弇州[二一]踵二李之後、主盟文壇、聲華烜赫、奔走四海。熙甫一老擧子[二二]、獨抱遺經于荒江虛市之間、樹牙頰搘拄不少下。

[二三]嘗爲人文序、詆排俗學、以爲苟得一二妄庸人爲之巨子。弇州[二四]聞之曰、「妄誠有之、庸則未敢聞命」。熙

甫曰、「唯妄故庸、未有妄而不庸者也」。弇州晚歲贊熙甫畫像曰、[二五]「千載有公、繼韓歐陽、余豈異趨、久而自傷」。識者謂先生之文、至是始論定、而弇州之遲暮自悔、爲不可及也。

熙甫歿、其子子寧[二六]輯其遺文、妄加改竄。賈人童氏[二七]夢熙甫趣之曰、「亟成之、少稽緩塗乙盡矣」。刻既成、賈人爲文祭熙甫、具言所夢、今載集後。

季子子慕、[二八]字季思、以鄉擧追贈待詔。家孫昌世、[二九]字文休、與余[三〇]共定熙甫全集者也。

嘉靖末、山陰[三一]諸狀元大綬官翰學、置酒招鄉人徐渭文長、入夜良久乃至。學士問曰、「何遲也」。文長曰、「頃避雨士人家、見壁間懸歸有光文、今之歐陽子也。迴翔雒誦、不能舍去、是以遲耳」。學士命隸卷其軸以來。張燈快讀、相對歎賞、至於達旦。四明余翰[三二]編分試禮闈、學士爲具言熙甫之文意度波瀾所以然者、熙甫果得雋。熙甫重生平知己、每敍張文隱事、[三三]輒爲流涕。豈未有以文長此事聞於熙甫者乎。爲補書之於此。

【訓讀】

有光、字は熙甫、崑山（南直隸蘇州府崑山縣）の人。九歲にして能く文を屬り、弱冠（二十歲）にして盡く六經・三史・六大家の書に通ず。浸漬演迤して、蔚として大儒と爲る。嘉靖庚子（十九年、一五四〇）、南京の第二人に擧げられ、茶陵の張文隱公の知る所と爲る。其の後 八たび春官に上るも第せず。書を讀み道を談じて、嘉定（蘇州府嘉定縣）の安亭江の上に居し、四方の來學する者常に數十百人。海內 震川先生と稱し、名氏を以てせず。

乙丑（嘉靖四十四年、一五六五）、進士に擧げられ、（湖州府の）長興知縣（正七品）に除せらる。古えの敎化の法を用って其の民を治む。訟を聽く毎に、兒童婦女を案前に引き、刺刺として吳語し、事解せば、立ちどころに縱ち去らしめ、獄を具えず（訴訟を聽く際には、子どもや婦女を机の前に立たせ、吳語でぺらぺら話しかけ、事情が分かれば、すぐに釋放し、罪したりしなかった）。擊斷寢息する所有れば、直ちに其の意を行う（決斷するにせよ中止するにせよ、ただちに思ったことを實行した）。大吏多く之を惡む。蜚語の聞ゆる有りて、量移せられて順德に通判（正六品）たり。隆慶庚午（四年、一五七〇）、入賀し、新鄭（高拱）・內江（趙貞吉）雅に熙甫を知り、引きて南京太僕寺丞（正六品）と爲し、留めて制敕を掌り、世廟實錄を修せしむ。熙甫は宿學大儒なるも、久しく郡邑に困す。文學の官と爲り、館閣に給事するを得て、其の間に中祕（宮廷）の未だ見ざる書を觀るを以て、益ます力を著作に肆にせんと欲す。而るに遽かに病を以て卒す。年六十有六なり。

熙甫の文を爲るや、六經に原本し、而かも太史公の書を好み、能く其の風神脈理を得たり。其の六大家に於いては、自ら謂えらく歐・曾に肩隨すべく、臨川は則ち抗行するに難からず（歐陽脩や曾鞏に肩を竝べて附いていくことができ、王安石とは難なく張り合うことができる）と。其の詩に於いては、工を求むるに意無きが似きも、滔滔として自運し、要は流俗の及ぶべきに非ざるなり。是の時に當りて、王弇州　二李（李夢陽・李攀龍）の後を踵ぎ、文壇を主盟し、聲華は烜赫として、四海に奔走す。熙甫は一老擧子にして、獨り遺經を荒江虛市の間に抱き、牙頰を樹て搘拄して少しも下らず（歸熙甫は老いた萬年擧子の身で、獨り經學の傳統を江のほとりの邊鄙な場所で守り、口をとがらせて時流に抗って少しも屈しなかった）。

嘗て人の文の爲に序して、俗學を詆排し、以爲らく苟くも一二の妄庸の人を得て之が巨子と爲す（かつて人の文集の序をつくり、俗學をののしって、一二の妄庸の者がそのボスとなっていると言った）と。弇州　之を聞きて曰く、「妄は誠に之れ有るも、庸は則ち未だ敢えて命を聞かず（妄はなるほどそうかもしれぬが、庸とは覺えがない）」と。

熙甫曰く、「唯だ妄なれば故に庸なり、未だ妄にして庸ならざる者有らざるなり（妄だからこそ庸なのだ、妄にして庸でない者はいない）」と。弇州 晩歳 熙甫の畫像に贊して曰く、「千載 公有りて、韓・歐陽を繼ぐ。余 豈に趨を異にし、久しくして自ら傷まん（千年ののちに公が出現して、韓愈や歐陽脩を繼いだ。わたしは違う道を歩んでしまい、今ごろになって後悔するとは）」と。識者謂えらく 先生の文、是に至りて始めて論定まれり、而れども弇州の遲暮の自悔は、爲に及ぶべからざるなりと。

熙甫歿し、其の子 子寧 其の遺文を輯めて、妄りに改竄を加う。熙甫歿し、其の子子寧、其の遺文を輯め、妄りに改竄を加う。賈人童氏（翁氏の誤り）、熙甫の之に趣して、「亟かに之を成せ、少しく稽緩なれば塗乙（改竄）し盡くさん」と曰うを夢む。刻 旣に成り、賈人 文を爲りて熙甫を祭り、具さに夢むる所を言う。今、集後に載す。

季子子慕、字は季思、鄉擧を以て待詔を追贈さる。家孫 昌世、字は文休、余と與に共に熙甫の全集を定むる者なり。

嘉靖の末、山陰の諸狀元大綬 翰學に官たり、置酒して鄉人の徐渭文長を招くに、夜に入り良や久しくして乃ち至る。學士問いて曰く、「何ぞ遲きや」と。文長曰く、「頃に雨を士人の家に避け、壁間に歸有光の文を懸くるを見たり。今の歐陽子なり。迴翔雒誦し（反復して朗讀し）、舍きて去る能わず、是を以て遲きのみ」と。學士 隷に命じて其の軸を卷きて以て來らしむ。燈を張り快讀し、相い對して歎賞し、達旦に至る。四明の余翰編 禮闈を分試し、學士爲に熙甫の文の意度波瀾の然る所以の者を具言し、熙甫果して雋を得たり（四明の余有丁が禮部の進士の試驗の考官の一人になったので、諸大綬は彼に歸熙甫の文の意境や抑揚がこうこうだという事を傳え、かくして歸有光は科擧に合格することができた）。熙甫 生平の知己を重んじ、張文隱の事を敍する每に、輒ち爲に流涕す。豈に未だ文長の此の事を以て熙甫に聞こゆる者有らざるか（歸有光は普段から己の知己のことを大切にし、張文隱公治のことを書すときは涙を流していた。徐文長のことを歸有光に知らせた者がいなかったのだろうか）。爲に補いて之を此に書せり。

【注】

一　**震川先生歸有光**　震川は歸有光の號である（注九參照）。歸有光の最終の官は南京太僕寺丞であるため、『列朝詩集』の體例に從うならば「歸太僕有光」に作るべきところだが、ここではあえて官名ではなく「震川先生」と敬稱を用いている。歸有光に對する錢謙益の敬慕の念が窺える。彼はまた『列朝詩集』を編纂する以前に、歸有光の孫の歸昌世（字は文休）とともに歸有光の文集『歸太僕文集』（佚）を編纂し、「題歸太僕文集」（『初學集』卷八三）を書いている。『歸太僕文集』は傳わらないが、これは現在行われている康煕本『震川先生集』の藍本となっている。なお、近年、未刻集を含む歸有光の著述を集めた嚴佐之・譚帆・彭國忠主編『歸有光全集』（上海人民出版社、二〇一五）が出版されている。

歸有光の傳記に關する一次資料としては、王錫爵「明太僕寺寺丞歸公墓誌銘」（『王文肅公文草』卷八、康煕本『震川先生集』附錄にもあるが、子孫による改竄の跡があるため、本書では『王文肅公文草』に依據する）および陳文燭「明太僕寺寺丞歸公墓表」（『二酉園續集』卷一九、崑山本『歸太僕先生集』附錄）がある。ただし、墓誌銘は唐時升（本書「三七」）による代筆である（『三易集』卷一七「太僕寺丞歸公墓誌銘代」）。

なお、錢謙益は「新刻震川先生文集序」（『有學集』卷一六）において、若い頃は古文辭派に毒されていたが、中年になって嘉定の二三の宿儒から歸有光のことを聞き、幡然として轍を易えたといい、歸有光こそは自らの先驅であることを發見したという趣旨のことを述べている。「小傳」は歸有光を稱揚する立場で書かれている。

二　**有光、字熙甫**　「墓誌銘」に、「先生 孕に在りし時、家に數しば禎瑞見[あら]われ、虹の庭に起こりて、其の光 天に屬く有り、故に先生を有光と名づく。熙甫は其の字なり（先生在孕時、家數見禎瑞見、有虹於庭、其光屬天、故名先生有光。熙甫其字也）」と見える。なお、この記述は歸有光の「重修承志堂記」（四部叢刊〔康熙本〕『震川先生文集』巻一七、以下『文集』）に基づく。

三　崑山人　南直隷は蘇州府下の縣。今の江蘇省崑山。

四　九歳能屬文、弱冠盡通六經・三史・六大家之書　「墓誌銘」に「熙甫……九歳能成文章、無童子之好、弱冠盡通六經・三史・七大家之文（熙甫……九歳にして能く文章を成し、童子の好無し、弱冠にして盡く六經・三史・七大家の文に通ず）」とある。「三史」は『史記』『漢書』『後漢書』の三書。「小傳」がいう「六大家」とは宋の歐陽脩・曾鞏・蘇洵・蘇軾・蘇轍・王安石を指す。ただし、「墓誌銘」は上掲のように「七大家」に作っている。七大家は、唐宋八大家から王安石を除いた七人、すなわち韓愈・柳宗元・歐陽脩・曾鞏・蘇洵・蘇軾・蘇轍をさす。「小傳」が「墓誌銘」の「七大家」を「六大家」に改めたのは、ここで王安石を除外しては、後段の話の「其の六大家に於いては、自ら「歐・曾に肩隨すべく、臨川は則ち抗行するに難からず（歐陽脩や曾鞏に肩を竝べて附いていくことができ、王安石とは難なく張り合うことができる）」と謂う」と矛盾するからであろう。

五　嘉靖庚子、擧南京第二人　嘉靖十九年（一五四〇）、歸有光は三十五歳、六度目の挑戰で南京應天府の鄕試で第二位の成績を得た。應天府は明の副都であり、ここの鄕試は水準が高いことで知られる。「墓誌銘」はいう。「選貢を以て南の太學に入る。歳庚子、茶陵張文隱公 士を考し、其の文を得て、謂いて賈（誼）・董（仲舒）の再生と爲し、將に第一に置かんとするも、太學に他省の人多きを疑い、更えて第二に置く。然れども自ら一國士を得たるを喜ぶ（以選貢入南太學。歳庚子、茶陵張文毅公考士、得其文、謂爲賈・董再生、將置第一、而疑太學多他省人、更置第二。然自喜得一國士）」とみえる。

六　爲茶陵張文隱公所知　張文隱は張治（?〜一五五〇）。字を文邦といい、湖廣茶陵州（湖南茶陵）の人で、正德十五年（一五二〇）の進士の會元。庶吉士に選ばれ、翰林院編修を授かる。南京吏部侍郎や吏部侍郎などを經て、嘉靖二十八年（一五四九）には禮部尙書兼文淵閣大學士となる。彭維新・李東陽・劉三吾とともに茶陵四大學士の一人に數えられる。歸有光が南京（應天府）の鄉試で合格したときの主考と、歸有光の三度目の會試である嘉靖二十六年（一五四七）、四度目の會試である嘉靖二十九年（一五五〇）で主考を務めている。死後、少保を贈られ、文隱と諡された。さらに隆慶の初め、文毅と改められるが、このときの制誥「先任太子太保禮部尙書兼文淵閣大學士張治賜諡文毅誥文」は、歸有光が最晚年に制敕を掌ったときの作である。『國朝獻徵錄』卷一六によれば、世宗の恩顧が得られなかったため、嘉靖帝在世中は中程度の諡しか與えられなかったのだという。なお、この諡は、萬曆の初めにはさらに文肅と改められている。明の嘉靖年間刻の『張太微詩集』十二卷後集四卷、雍正年間刻の『張龍湖先生文集』十五卷（『四庫全書存目叢書』所收）が傳わる。『明史』に傳はなく、『國朝獻徵錄』卷一六に傳がある。『列朝詩集』丁集第二に著錄あり。

七　其後八上春官不第　歸有光は嘉靖二十年（一五四一）から嘉靖四十一年（一五六二）まで八度の會試に下第している。歸有光の「己未會試雜記」（別集卷六）によれば、嘉靖三十八年（一五五九）、七度目の會試の際、會試で外簾官（試驗監督や雜務にあたる官）を務めていた同鄉のある人物が惡意をもって彼の答案を內簾官（試驗の審査官）に渡さなかったという噂があったという。そこで、歸有光は京師を出て歸途に就くとき外簾官の一人で友人の徐學謨に手紙を書き送り、不平を訴えた。また、「解惑」（『文集』卷四）を作り、たとえ邪魔立てする者がいたとしても、下第は天命であり、これに安んじなければならないと自らを誡めた。徐學謨の「書歸僕丞解惑篇後」（四庫全書存目叢書『徐氏海隅集』文編卷二三）はこれを讀んで書かれたものであるが、それによれば「同鄉の外簾官」が沈紹慶、字は子言を指すことは明らかである。ただし、徐學謨はこの一件は歸有光の誤解だとして、下第の事情を語っている。徐によれば、沈紹慶は歸有光の易解の答案に不都合な文字があり、これが時文（制義、科學のための文）に用いる言葉でないことを心配し、それを書き換えて謄錄所に送ったものの結果は不合格、試驗が終わった後、沈紹慶がそれを同僚に語り、自分もその場にいてこれを聞いたが、沈のことを快く思わない者が歸有光に告げ口したのだという。徐學謨はこの時、試驗官が採點濟みの歸有光の答案を自ら確認しており、試驗官のもとに答案が回っていなかったというのは事實無根だとする。さらに、沈紹慶は忠信の人で歸有光に對して何の惡意もなかったのだが、歸有光は自尊心が強く阿諛を好むため、つまらぬ讒言を信じてしまったのだという。

さらに、徐學謨「書歸太僕丞解惑篇後」は、張治の歸有光に對する評價も傳えている。それによれば、張治は、南京の郷試のとき歸有光の答案に感服したものの、「經書の義 古奥に渉りて識り難い」ために彼を首席とはしなかった。嘉靖二十三年に歸有光が會試に下第したときは、「どうして世の中にはわたしのように獨自の眼光で歸有光の良さを見抜く者がいないのか」と訝しく思っていた。それで、自ら主任試驗官を務めた嘉靖二十六年（一五四七）の會試でまた不合格となった時には、おそらく經書ごとに分かれて審査する擔當官のミスだろうと考えた。そこで嘉靖二十九年（一五五〇）のときには、あらかじめ歸有光と同郷の試驗官を呼んで注意しておくように傳えておいた。しかし、擔當官がこれはと思い張治に推薦し、張治もこれこそ歸有光のものだと信じた答案は、蓋を開けてみると別人のものだった。張治が不合格者の答案を確認してみると、それは南京時代に到底及ばぬしろもので、歸有光は期待を裏切ってここまで墮ちたかと怒ったという。この話は、「墓誌銘」がいう張治が歸有光を南京で首席としなかったのは他省の出身だと誤解したためとか、張治が一貫して歸有光の支援者であったという歸有光側の證言とはかなり異なっている。また徐學謨は、歸有光が科學でかくも長い間失敗を續けた原因について、南京の郷試で好成績を收めて以後、制義を輕蔑して古文に沒頭したこと。そのため試驗で規定の時間内に仕上げることができず、筆にまかせて思いのまま答案を書き、決まりごとを無視する癖があったことを指摘する。歸有光の學業については、【附記】の『歸有光文學の位相』第一章「4科擧」を參照されたい。

八　**讀書談道、居嘉定之安亭江上、四方來學者、常數十百人**　嘉定は崑山の東の蘇州府嘉定縣。現在上海市の一區。「墓誌銘」に「是時讀書談道、于安亭江上、四方來學者、常數十百人」とある。歸有光は嘉靖二十一年（一五四二）、最初の會試に下第した翌年、安亭江のほとりの世美堂に居を移している。世美堂は、もとは妻王氏の曾祖父が建てたもので、人手に渡っていたのを歸有光が買い戻し、進士及第までの日々、ここで書塾を經營した。安亭の世美堂遺址には、清代に震川書院が置かれ、民國時代に「震川中學」となり、現在に至っている。

九　**海內稱震川先生、不以名氏**　震川は、太湖の古名震澤に因んだもの。ただし、彼が自ら進んでこの號を用いるようになったのは、晩年六十歲で進士に及第して以後である。歸有光自身は若い頃は「項脊生」と署名していた。歸有光の「震川別號記」（『文集』卷一七）によれば、もともと號を使うのを好まなかったが、ある日、鄉里で諸公が會聚することがあって、獨りだけ號がないのは不都合だということで、そこで震川と稱することになったのを、人々が傳えて呼ぶようになり、そのうち私が自ら號したものだと思われるようになったのだという。進士及第後、何景明の孫で同年の進士信陽の何啓圖が震川と號していることを知り、彼の人柄にひかれて、ついに自ら同じ震川を名乘ることを決めたのだという。少なくとも、彼が書塾を開いている時に海內で廣く震川先生と稱された事實はなく、このように稱されるのは、明末清初に歸有光が再評價されて以降のことである。

一〇　**乙丑、擧進士**　乙丑は嘉靖四十四年（一五六五）。歸有光六十歲、九度目の挑戰でようやく進士に及第している。廷試三甲の成績であった。

一一　**除長興知縣**　長興は浙江長興。當時は湖州府下の縣。歸有光は進士及第後、北京で任官を待ち續け、半年後の嘉靖四十五年（一五六六）、六十一歳で浙江の長興縣に知縣（正七品）として赴任した。

一二　**毎聽訟、引兒童婦女案前、刺刺吳語、……不具獄**　「墓誌銘」は「聽訟時、引兒童婦女與吳語、務得其情、事有可解者、立解散之、不數數具獄（聽訟の時、兒童婦女を引きて吳語を與え、其の情を得るを務め、事の解すべき者有れば、立ちどころに之を解散し、數數は獄を具えず）」に作る。一般に裁判では知縣は權威の象徵である官話を用いるが、土地の言葉に不案内であることから訊問の段階では地元の胥吏の通譯を介することになり、そこに欺瞞や不正が發生する。歸有光は蘇州府崑山の出で、長興縣は浙江に屬するが、兩地は太湖を挾んで指呼の距離にあり、同じ吳語圈である。歸有光が尊大ぶらずに吳の方言で婦女子を訊問し、卽斷卽決で事案を處理したのは、胥吏につけ入る隙を與えないためである。なお、「墓誌銘」は「吳語を與え」というのに對し、「小傳」は「刺刺（ぺらぺらと舌がまわるさま）」の語を入れ、この場面に臨場感を持たせるように脚色している。

一三　**有所擊斷寢息、直行其意、大吏多惡之**　「擊斷」は決斷、「寢息」はほったらかしにして事を行わないこと。このくだり、讀みにくいが、「墓誌銘」の長興縣での逸話を要約したもののようである。「先生自ら以て海內の望を負い、古今の成敗に明習す、……故に嘗に其の意を直行す。……勾軍（軍戶の子孫が軍役を逃れるために府州縣の戶籍に紛れているのを呼び寄せてもとの軍籍に入れること）の令有り、一人を闕く毎に、國初自り赤籍の注する所の（軍籍に登錄されている）、一戶或いは數百人、及び鄰保の里甲は、人人縣（縣の役所）に詣りて對簿す。熙甫は百家を騷動するに忍びず、嘗に其の事を寢む、大吏は善しとせざるなり。又た長興の多田の家は、往往にして細戶に花分す、而して貧戶は顧って里甲に充てらる。會たま里遞を糧長に充つるを議する者有り。熙甫心に不可なるを知り、廼ち大戶の分つ所の子戶を里甲と爲し、因りて以て糧長に充つ。小民安んずること自如たり、而して豪宗多く怨む（先生自以負海内之望、明習古今成敗、……故嘗直行其意。……有勾軍之令、毎闕一人、自國初赤籍所注、一戸或數百人、及鄰保里甲、人人詣縣對簿。熙甫不忍騷動百家、嘗寢其事、大吏弗善也。又長興多田之家、往往花分細戸、而貧戸顧充里甲。會有議里遞充糧長者。熙甫心知不可、廼大戸所分子戸爲里甲、因以充糧長。小民安自如、而豪宗多怨）」。前者はたとえ上からの命令であっても民に不都合があれば、これを履行せず、「寢息」（ほったらかし）にした例。後者は大戸がわざと田を分割して、里甲の役務を貧戸に押し付けていたのを改めたという、「擊斷」（決斷して履行）した例。

なお、『明史』巻二八七文苑傳「歸有光傳」は、この部分を「大吏の令の便ならざるは、輒ち寢閣して行わず。擊斷する所有らば、己が意を直行す（大吏令不便、輒寢閣不行。有所擊斷、直行己意）」と、讀みやすく改めている。

一四　有蜚語聞、量移通判順德　「量移」は配置轉換のこと。隆慶二年（一五六八）、考課（勤務評定）のため入覲した歸有光に順德府通判への轉任辭令が下る。墓誌銘は「有蜚語聞、中以考功法。公卿大臣多知熙甫者、得通判順德」という。順德は今の河北省邢臺市で、明代では直隸地である。府の通判は正六品、知縣は正七品なので品階では上であるが、實際は左遷に近い。『明史』の歸有光傳はこの人事について「明の世、進士の令と爲りて、倅（副官）に遷る者無し。名は遷爲るも、實は之を重抑するなり」という。歸有光はこの時、「乞休申文」「又乞休文」（以上、別集巻九）「乞致仕疏」（別集巻三）を上り、引退を乞うている。これによれば、歸有光が京師にいる間に署印官（知縣代行）が縣丞と結託して官品を横領していたことが明るみに出て、彼は窮地に立たされた。彼の言によれば、流言蜚語は「今 二怨と里遞の大戸、及び近ごろ治する所の惡吏、結構して一と爲」って起こったものだという。「又乞休文」には、李田という大戸の名と、署印官の腹心である小吏の沈良能の名が見えるが、署印官と縣丞の名は明かされない。

一五　隆慶庚午、入賀　隆慶四年（一五七〇）の萬壽節（皇帝の誕生日）に合わせて、歸有光は前年の年末に上京している。

一六　**新鄭・內江雅知熙甫、引爲南京太僕寺丞、留掌制敕、修世廟實錄**　「新鄭」は河南新鄭出身の高拱（一五一三～一五七八）、字は肅卿、號は中玄をさす。嘉靖四十五年（一五六六）徐階の薦を以て文淵閣大學士として內閣に入る。のち神宗のとき張居正と對立し、官を辭した。『高文襄公集』が傳わる。「內江」は四川內江の桐梓出身の趙貞吉（一五〇七～一五七六）、字は孟靜、號は大洲をさす。嘉靖十四年（一五三五）の進士で、庶吉士に選ばれ、翰林院編修となった。隆慶帝卽位後に吏部侍郞兼翰林院學士となり、詹事府事を掌る。禮部尙書兼文淵閣大學士として入閣したものの、高拱と對立し、官を辭して歸鄕し、學を講じた。沒後に少保を贈られ、文肅と謚された。『趙文肅詩文集』が傳わる。高拱と趙貞吉は歸有光を南京太僕寺丞（正六品）に引き上げたが、彼を掌制敕、修世廟實錄としたのは宰相の李春芳である。「墓誌銘」には「會新鄭高公・內江趙公、皆平生愛慕先生、時相次入政府、遂引先生爲南京太僕寺丞、而維揚李公復留先生、於中書掌誥敕、於翰林與修世廟實錄（會たま新鄭の高公・內江の趙公、皆な平生先生を愛慕し、時に相い次いで政府に入り、遂に先生を引きて南京太僕寺丞と爲す、而して維楊の李公復た先生を留め、中書に於いて誥敕を掌り、翰林に於いて修世廟實錄に與からしむ）」とある。死の前年であった。

一七　**遽以病卒、年六十有六**　歸有光は隆慶五年（一五七一）正月十三日、北京にて沒した。

一八　**熙甫爲文、原本六經、而好太史公書、能得其風神脈理**　「墓誌銘」に「先生于書無所不通、然其大指、必取衷六經。而好太史公書、所爲文溫潤典麗、如淸廟之瑟、一唱三歎、無意于感人、而懽愉慘惻之思、溢于言語之外。嗟嘆之、淫泆之、自不能已已（先生 書に于いて所として通ぜざるは無く、然れども其の大指は、必ず衷を六經に取る。而して太史公の書を好み、爲る所の文は溫潤典麗にして、淸廟の瑟の、一唱三歎の如く、人を感ぜしむるに意無きも、而るに懽愉慘惻の思い、言語の外に溢る。之れに嗟嘆し、之れに淫泆し、自ら已む能わざるのみ）」と見える。

一九　其於六大家、自謂可肩隨歐・曾、臨川則不難抗行　現在傳わる歸有光の文集中には、この言は見えず、典據は未詳である。ただし、歸有光は弟子や友人への書簡の中で、自らの作品についての感想を求める際に、「不知于曾子固何如」、「不知與介甫・子固何如耳」（「與沈敬甫十八首」『別集』卷七）と、曾鞏や王安石の水準に達しているかどうかを問うており、歸有光が彼らを意識していたことは確かである。

二〇　其於詩、似無意求工……要非流俗可及也　歸有光の詩は『歸太僕集』（注二六の崑山本）の卷三一に九十一首、『震川先生集』（康熙本）のみにみえる三十六首、それに『列朝詩集』が收める逸詩二首を加えて、總數一百二十九首（連作は一首として數える）あり、『列朝詩集』はそのうち歸有光の詩を二十一首採錄している。例えば古文辭派後七子の領袖李攀龍の總數千四百餘首に及ぶ詩のうち二十八首（そのうち三首は劣詩と評される）しか採らないのに比べて、採擇率は高い。錢謙益はこのように歸有光の詩を絕贊するが、實は詩人としての歸有光を評價する者は少ない。唯一の例外が淸初の汪琬（鈍翁）であり、彼は歸有光のひ孫である歸莊が刻行した康熙本『震川先生集』の詩の校訂に不滿を抱き、『歸詩考異』（佚）を作成するほどであった。ただし、淸初の代表的詩人王士禛はこれを「（錢）牧翁、文徵仲（徵明）の詩を稱す。近ごろ同年の汪鈍翁、歸熙甫の詩に注す。人の嗜好、實に解す可からざる者有り。之を一笑に付して可なり」（『居易錄』卷一九）と論評している。

二一　王弇州踵二李之後、主盟文壇　王弇州は當時、古文辭後七子の領袖であった太倉の王世貞（一五二六〜一五九〇）。二李とは前七子の領袖であった李夢陽と後七子の筆頭李攀龍（一五一四〜一五七〇）。詳細は本書「二七　王世貞」「一六　李夢陽」「二六　李攀龍」を參照されたい。

二二　熙甫一老擧子、獨抱遺經于荒江虛市之間……樹牙頰掊拄不少下　「樹牙頰」は口をとがらせること、「掊拄」は抵抗すること。銭謙益が語る俗學や俗儒に阿らない歸有光というイメージは、歸有光が書塾の學生たちに向けて、俗學つまり擧業のための經學を批判した文「山舍示學者」（『文集』巻七）に基づくものと思われる。「近來一種の俗學、習いて套子を記誦するを爲し、往往にして能く高第を取る。淺中の徒、轉た相ひ放效し（見習って）、更に通經學古を以て拙と爲す。則ち區區として諸君と與に此れを荒山寂寞の濱に論じ、其の嗤笑する所と爲らざる者は幾ど希なり。然れども惟だ此の學の流傳は、人材を敗壊し、其の世道に於いては、害を爲すこと淺からず。夫れ終日呻吟し、聖人の書の何物爲るかを知らず、明言して公けに之に叛し、徒だ以て榮利を攫取するの資と爲す（近來一種俗學、習爲記誦套子、往往能取高第。淺中之徒、轉相放效、更以通經學古爲拙。則區區與諸君論此於荒山寂寞之濱、其不爲所嗤笑者幾希。然惟此學流傳、敗壞人材、其於世道、爲害不淺。夫終日呻吟、不知聖人之書爲何物、明言而公叛之、徒以爲攫取榮利之資）」。

二三 **嘗爲人文序、詆排俗學** 歸有光の「項思堯文集序」（『文集』巻二）を指す。「蓋し今の世の所謂文なる者は言い難し。未だ始めより古人の學を爲めずして、苟くも一二の妄庸の人を得て之を巨子と爲し、争いて之に附和し、以て前人を詆排す。韓文公云う、「李杜文章在り、光燄萬丈長し。知らず群兒の愚かなる、那を用ってか故に謗傷する。蚍蜉大樹を撼がす、笑ふべし自ら量らざるを」と。文章は宋元の諸名家に至りて、其の力以て數千載の上を追い、而して之と頡頏するに足れり。而るに世の直だ蚍蜉を以て之を撼がすは、悲しむべきなり。乃ち一二の妄庸の人之が巨子と爲りて以て之を倡道する無からんや（蓋今世之所謂文者難言矣。未始爲古人之學、而苟得一二妄庸人爲之巨子、爭附和之、以詆排前人。韓文公云、李杜文章在、光燄萬丈長、不知羣兒愚、那用故謗傷、蚍蜉撼大樹、可笑不自量。文章至于宋元諸名家、其力足以追數千載之上、而與之頡頏。而世直以蚍蜉撼之、可悲也。無乃一二妄庸人爲之巨子以倡道之歟）」。

二四 **弇州聞之曰、妄誠有之、……熙甫曰、唯妄故庸、未有妄而不庸者也** 銭謙益の「題歸太僕文集」（注一）にも

これと同じエピソードが引かれている。ただし、その中の歸有光の言葉は「唯庸故妄、未有妄而不庸者也」に作る。このエピソードは錢謙益が歸有光を發掘するきっかけとなった嘉定の二三の宿儒の一人婁堅（本書「三八」）の手になる「歸太僕應試論策集序」（『學古緒言』巻二）の次のくだりにもとづく。「先生嘗爲人序其文、中有妄庸之譏。或曰、妄誠有之、未必庸也。先生曰、子未之思耳。唯庸故妄、唯妄益庸。聞者莫不心厭。當是時、吳之以高文稱者、曰王司寇元美。其始不無異同。及歸留都、從其家求畫像、模爲小幅、系以傳贊、屬予書之。蓋曰、千載有公、繼韓歐陽、予豈異趨、久而始傷。而司寇李子、時爲予言、公之歸也、嘗讀蘇應詔諸篇、顧語之曰、此乃可謂策耳。吾晉楚錄文、豈能及哉。予以是歎服。司寇晚年、識益高而心益下、蓋如此。而世之君子、或未必知之也（先生嘗て人の爲に其の文に序し、中に妄庸の譏り有り。或る人曰く、「妄は誠に之有るも、未だ必ずしも庸ならざるなり」と。先生曰く、「子未だ之を思わざるのみ。唯だ庸なる故に妄なるのみ。唯だ妄なれば益ます庸なるのみ」と。聞く者心に厭かざるは莫し（心服しない者はいなかった）。是の時に當りて、吳の高文を以て稱せらるる者、王司寇元美と曰うあり。其の始め異同無くんばあらず。留都（南京）自り歸るに及び、其の家從り畫像を求め、模して小幅を爲り、系するに傳贊を以てし、予に屬して之を書せしむ。蓋し曰はく、「千載 公有り、韓・歐陽を繼ぐ。予 豈に趨を異にし、久しくして始めて傷まん」と。而して司寇の李子、時に予の爲に言う。「公の歸するや、嘗て蘇の應詔の諸篇を讀み、顧みて之に語りて曰はく、『此れ乃ち策と謂ふ可きのみ。吾が晉・楚（『入晉稿』と『入楚稿』）の錄せし文、豈に能く及ばんや』と」と。予是れを以て歎服す。司寇晚年、識益ます高くして心益ます下ること、蓋し此の如し。而れども世の君子、或いは未だ必ずしも之を知らざるなり）」。

婁堅の文と「小傳」とを比べてみると、大きな違いがあるのに氣づく。一つめは、婁堅は歸有光と「妄庸云々」をめぐって直接論争した人物を「或るひと」というだけで、王世貞であるとは言っていない。王世貞が後に自己の歸有光観を改めて、彼の畫贊を作ったという話は全く別の話である。にもかかわらず、錢謙益は、歸有光と論爭した「或るひと」を王世貞に讀みかえて、二つの話を一つの話に仕立て直している。もう一つは、「小傳」では論爭の言葉が強い調子に書き改められていることである。錢謙益が紹介した「妄庸論爭」は、古文辭派全盛の時代にそれと眞正面から對決した反古文辭の先覺者という歸有光像を意圖的につくりだしたのである。

王世貞の文集に殘る「答陸汝陳」（『弇州山人四部稿』巻一二八）と「書歸熙甫文集後」（『弇州山人讀書後』巻四）によって事實關係を整理してみると、實際のいきさつは次のようになる。若いころ李攀龍の文學に心服していた王世貞は、いとこにあたる陸明謨（字は汝陳）からなぜ歸有光を推轂しないのかと詰問され、返書の中で歸有光の文をあげつらった。そして歸有光の死後、その文集に「項思堯文集序」をみつけた彼は、これは昔、自分が陸明謨にあてた手紙の中で、吳の前人を譏り、歸有光の文を酷評したのが歸有光の知るところとなり、その結果として「項思堯文集序」が書かれたのだと推測している。【附記】の『歸有光文學の位相』第二章「錢謙益による歸有光の發掘」參照。

二五　弇州晚歲贊熙甫畫像曰、「千載有公……久而自傷」　王世貞「歸太僕贊」（『弇州山人續稿』巻一五〇）の末句であるが、そこでは、「久而自傷」は「久而始傷」に作る。後世の文獻がすべて「久而自傷」に作るのは、明らかにこの「小傳」に據ったために生じた誤りである。本書「二七　王世貞」注二九參照。

二六　其子子寧輯其遺文、妄加改竄　歸有光の子である歸子祜と歸子寧が萬曆年間に崑山で刻した『歸先生文集』三十卷・外集一卷・詩一卷本を指す。前に「歸子祜歸子寧編、王執禮校」とあり、後尾に「萬曆癸酉（元年）男子子祜子寧編次、丙子（四年）浙人翁良瑜梓行・雨金堂」とある。集後にはこの翁氏による歸有光の祭文を附す。なお、翁良瑜は浙江龍游の書賈であり、歸有光は生前、翁氏のために「龍游翁氏宗譜序」を作っている。歸子祜と歸子寧が編纂した崑山本に誤りがあるのは事實としても、子寧による改竄が加えられているという「小傳」の説は、やや一方的な主張である。しかし、この主張は、のちに康熙本『震川先生集』を刻行した歸荘にも受け継がれ、歸荘は「書先太僕全集後」において、「先伯祖某（子寧）……又た妄りに删改を加う。府君 夢に梓人に見われ、梓人、言を爲すを以て乃ち止む。故に今、書序の二體中往往にして藏本と異なる者有り」という。この話は廣く喧傳されたようで、たとえば、『四庫全書』は康熙本を著錄して崑山本を存目に置いているが、四庫館臣は崑山本の提要に「其の中 漏略尚お多く、……相い傳う 子寧 父の書を改竄するに、有光 夢に賈人童姓に見わる、其の事 信ずるに足らずと雖も、而して字句の訛舛は、誠に荘の指摘する所の如き者有り」（『四庫全書總目提要』集部、巻一七八集部三一別集類存目五）という。四庫館臣はさすがに歸有光が夢で書賈に對して息子による改竄を訴えたという話は採らないものの、『四庫提要』の説は明らかに「小傳」を下敷きにしている。

二七　賈人童氏夢熙甫趣之曰……賈人爲文祭熙甫、具言所夢、今載集後　賈人「童氏」は「翁氏」の誤り。崑山本『歸先生文集』に附されている書賈翁良瑜の祭文には次のようにある。「萬曆四年、歳は丙子に在り。二月十有六日、旅人太末（浙江龍游）の翁良瑜、謹んで鵝酒香楮の儀を以て、故太僕丞震川先生歸公の墓に告奠して曰く、「……公、今則ち歿し、遺稿笥に在り。僭して鐫行を爲し、來裔に開かんことを冀う。惟れ公、神有り、夢に憑りて我に謂う、『我が文、子鐫す。子愼みて乃ち可なり』と。余 寤めて怳然たり、覺えずして駭汗す。……今、工は完を告げ、布行 日有り。敢えて公の靈に訴う」と（萬曆四年、歳有丙子、二月十有六日、旅人太末翁良瑜、謹以鵝酒香楮之儀、告奠于故太僕丞震川先生歸公之墓曰、「……公今則歿、遺稿在笥。僭爲鐫行、冀開來裔。惟公有神、憑夢謂我、我文子鐫、子愼乃可。……今工告完、布行有日。敢訴公靈」）」。

しかし、歸有光が賈人の夢の中で「亟かに之を成せ、少しく稽緩なれば塗乙し盡くさん」と語ったようなエピソードは見當たらない。歸子寧はその後、經濟的に困窮し、歸有光の稿本や版木を管理すらできなくなり、親族間に不和が生じたらしい（【附記】の『歸有光文學の位相』第五章「二つの『未刻稿』」參照）。錢謙益がともに『歸太僕文集』を編纂した歸昌世の父は、子寧の異母弟である。錢謙益は歸昌世から歸一族の不和を含めて、こうした話を直接聞いていた可能性がある。

二八　季子子慕、字季思、以鄉擧追贈待詔　歸子慕（一五六三～一六〇六）は字を季思といい、萬曆十九年（一五九一）の擧人。禮部試に及第せず、布衣のまま無錫の高攀龍や嘉善の吳志遠と親しく交わり、淸遠先生と稱された。福王の亡命政權より翰林院待詔を追贈された。『陶園集』四巻が傳わる。『列朝詩集』丁集巻十三之下に詩が十五首著錄されている。その「小傳」には「子慕、字は季思、震川先生の季子なり」とあるが、正確にいえば、子慕は季子ではなく、子慕の下には子蕭がいた。

二九　家孫昌世、字文休　歸昌世（一五七四～一六四五）は字を文休、號を假菴といい、歸有光の第四子子駿の子で、歸莊の父。七十一歳の時、福王の亡命政權より翰林院待詔を拜しているが、それ以前は無位無官であった。錢謙益に、「歸文休七十序」（『初學集』巻四〇）、「歸文休墓誌銘」（『有學集』巻三二）などがある。錢はこの中で、古を好み詩文を善くする友として八歳年上の歸昌世を遇し、歸家を太僕（歸有光を指す）の遺風を留める家と推贊しているが、江南文壇のリーダーであった錢謙益と一介の老書生で篆刻家として知られる歸昌世の仲は、詩友というよりパトロンと庇護される者の關係に近い。歸昌世が最晚年に得た翰林院待詔の官も、錢謙益の推擧によるものだったと思われる。**注二八**の歸子慕の「小傳」の最後に「兄の子昌世、字は文休。風神散朗にして、林下の風氣有り。墨竹を畫くを善くし、草書を能くし、李長蘅（李流芳）と交わりて好し。晚に和陶詩を作り、程孟陽（程嘉燧）の稱する所と爲る（兄之子昌世、字文休。風神散朗、有林下風氣。善畫墨竹、能草書、與李長蘅交好。晚作和陶詩、爲程孟陽所稱）」と評されており、『列朝詩集』には和陶詩七首と七律一首が採錄されている。

三〇　**與余共定熙甫全集者也**　崇禎十六年（一六四三）、錢謙益は歸昌世とともに歸有光の遺文を捜求して『歸太僕文集』を編纂し、「題歸太僕文集」（『初學集』卷八三）を著し、それを絳雲樓に藏した。しかし、その後絳雲樓の火災で燒失。歸昌世の子の歸莊がのちに家藏鈔本をもとに康熙年間に刻したのが、現在最も通行している『震川先生集』である。

三一　**山陰諸狀元大綬官翰學、置酒招鄕人徐渭文長、……相對歎賞、至於達旦**　諸狀元は諸大綬（一五二三～一五七三）、字は端甫、號は南明、山陰（今の紹興）漓渚の人。嘉靖三十五年（一五五六）の狀元進士で、翰林院修撰を授かった。卒して禮部尚書を贈られ、文懿と諡された。萬曆元年（一五七三）に徐渭（本書「二九」、一五二一～一五九三）を死罪から救った人物でもある。蕭勉・陳鶴・楊珂・朱公節・沈練・錢鞭・柳林・徐渭・呂光升等とともに越中十子と號された。しかし、嘉靖の末に徐渭が雨宿りの家で發見した歸有光の文を取り寄せ、二人でそれを鑑賞したというこの逸話の出典は詳らかではない。ただし、この時徐渭が見た壁間の文とは、おそらく贈序、特に歸有光が里俗の人に依賴されて筆を執った壽序の類と推測される。

三二　**四明余翰編、分試禮闈、……熙甫果得雋**　「四明」は浙江寧波鄞（ぎん）の古名。余翰編は余有丁（一五二七～一五八四）、字は丙仲、號は同麓。嘉靖四十一年（一五六二）の進士の探花であり、翰林編修を授かったため、余翰編と呼んでいる。のち萬曆十年（一五八二）に禮部尚書兼文淵閣大學士として入閣。少傅・太子太傅・建極殿大學士に至った。諡は文敏。「分試禮闈」は會試の考官となること。なお、歸有光が登第したときの主考は高拱である。ただし、この逸話の典據も未詳である。

三三　**每敍張文隱事、輒爲流涕**　歸有光が自らの知己として信賴していた文隱公張治は、會試で二度目の主考をつとめた嘉靖二十九年（一五五〇）の冬に沒し、歸有光は賴みの後ろ盾を失う。彼はかつて張から將來を囑望されたことその期待に應えることができないもどかしさを作品の中で繰り返し述べている。特に有名なのは「世美堂後記」（『文集』卷一七）である。これは歸有光が繼妻王氏の死から十年後、亡妻にまつわる思い出を記した作品である。次は下第して歸鄉した彼を妻がやさしく慰めるくだりである。「長沙の張文隱公薨じ、余 之を哭すること慟し。吾が妻 亦た涙下りて曰く、「世に君を知る者無からん。然れども張公は君に負うのみ」と。辛亥五月晦日、吾が妻 卒す。實に張文隱公の薨ずるの明年なり（長沙張文隱公薨、余哭之慟。吾妻亦淚下曰、「世無知君者矣。然張公負君耳」。辛亥五月晦日、吾妻卒。實張文隱公薨之明年也）」。

（野村鮎子）

【附記】

・野村鮎子『歸有光文學の位相』（汲古書院、二〇〇九年二月）

・野村鮎子「歸有光の時務文――もうひとつの『未刻集』が語るもの」（二〇一一年三月、『敍說』第三八號　奈良女子大學日本アジア言語文化學會、三一五～三三二頁）

二九　徐　渭　正德十六年（一五二一）～萬曆二十一年（一五九三）

丁集卷十二　徐記室渭[一]

渭[二]、字文清、更字文長。山陰人。十餘歲[三]、倣揚雄「解嘲」、作「釋毀」。爲諸生十餘年[四]、胡少保宗憲[五]督師浙江、招致幕府、筦書記。海上獲白鹿二[六]、少保屬文長艸表、幷他幕客所撰、郵致所善某學士。學士以文長表進。上覽之大說、益寵異少保。少保亦以是益重文長。督府勢嚴重[七]、文武將吏莫敢仰視。文長戴敝烏巾、衣白布澣衣、非時直闖門入、長揖就坐、奮袖縱譚。幕中有急需[八]、召之不至、夜深開戟門以待。偵者還報、徐秀才方昵飮、大醉叫呶、不可致也。少保聞顧稱善。文長知兵[九]、好奇計。少保餌王・徐諸虜、用間鈎致、皆與密議。當是時[一〇]、上方崇禱事、急靑詞。當國者謂文長文能當上意、聘致之。文長知與少保有郤、弗應。少保下請室[一一]、文長懼及、發狂、引巨錐剚耳、刺深數寸、流血狼藉。又以錐擊腎囊、碎之、皆不死。妻死[一二]、輒以嫌棄婦、又擊殺其後娶者、論死繫獄、憤懣欲自殺。張宮諭元忭[一三]力救乃解。

南游金陵[一四]、北走上谷、縱觀邊塞阨塞、屬虜營帳、貰酒悲歌、意氣豪甚。與寧遠諸子游[一五]、皆兒子畜之。入京師[一六]、館宮諭邸舍。宮諭悛悛引禮法、久之、心不樂、時大言曰、「吾殺人當死。頸一茹刃耳。今乃碎礫吾肉」。遂病發、棄歸、楗戶不見一人。挾一犬與居、絕穀食者十年。人問之、曰、「吾噉之久、偶厭不食。

無他也」。宮[一七]謫死、白衣往吊、撫棺大慟、不告姓名而去。諸子追及之、哭而拜諸塗、小垂手撫之、不出一語。十年裁此一出耳。貧甚、[一八]鬻手以食、有書數千卷、斥賣殆盡。幬莞破弊、藉藁以寢。年七十三卒。

[一九]文長貌修偉白晳、音朗然如唳鶴。中夜呼嘯、有羣鶴應焉。[二〇]讀書好深思、自謂有得於『首楞嚴』・『莊』・『列』・『素問』・『參同契』諸書、欲盡斥注家謬戾、獨標新解。[二一]艸書奇偉奔放、畫花艸竹石、超逸有致。嘗言、「吾書第一、詩二、文三、畫四」。有『闕編』・『櫻桃館』諸集。

[二二]文長譏評王・李、其詩論逈絶時流。文長歿、王・李之焰益熾、無過而問焉者。[二三]後三十餘載、楚人袁中郎游東中、得其殘帙、示陶祭酒周望、相與激賞、謂嘉靖以來一人。自是盛傳於世。

[二四]周望序其集曰、「文長文類宋・唐、詩襍入于唐中・晩。自負甚高、於世所稱主文柄者、不能俯出游其間。而時方高談秦・漢・盛唐、其體格弗合也。然其文實有矩度、詩尤深奧、往往深于法而略于貌。古之窮士如盧仝・孟郊・梅堯臣・陳師道之徒所爲、或未能遠過也」。

[二五]中郎則謂、「其胸中有一段不可磨滅之氣、英雄失路托足無門之悲、故其詩如嗔如笑、如水鳴峽、如鐘出土、如寡婦之夜哭、羇人之寒起。當其放意、平疇千里、偶爾幽峭、鬼語幽墳」。微中郎、世豈復知有文長。

[二六]周望作「文長傳」、謂、「中郎徐氏之桓譚」。詎不信夫。

【訓讀】

渭、字は文淸、更めて文長と字す。山陰（浙江紹興府）の人。十餘歲、揚雄の「解嘲」に倣い、「釋毀」を作る。諸生と爲りて十餘年、胡少保宗憲 師を浙江に督い、幕府に招致し、書記を筦す（書記の任務を擔った）。海上に（浙江寧波府の舟山島で）白鹿二を獲て、少保 文長に屬して表を艸せしめ、他の幕客 撰する所を并せて、郵して善くする所の某學士に致す。學士 文長の表を以て進む。上 之を覽じ大いに説び、益ます少保を寵異す（益々胡宗憲を異例の尊崇を以て遇した）。少保も亦た是を以て益ます文長を重んず。督府 勢 嚴重たりて、文武の將吏 敢えて仰視する莫し。文長 敝れたる烏巾を戴き、白布の澣衣（何度も洗ったことのある衣服）を衣て、時に非ず直ちに門を闖いて入り、長揖して坐に就き（拱手の挨拶をして席につき）、袖を奮いて 縱 に譚ず。幕中に急需有りて、之を召せども至らず、夜深く戟門（幕府の門）を開き以て待つ。偵者還りて報じ、徐秀才 方に飲に昵み、大いに醉いて叫吸し（どんちゃん騒ぎをしており）、致す可からざるなりと。少保 聞きて顧って善しと稱す。文長 兵を知り、奇計を好む。少保 王（汪直）・徐（海）の諸虜を餌し（誘い込み）、間を用いて鈎致するは（間諜を使って引きずり出した手法は）、皆與に密かに議る。是の時に當たり、上 方に禱事を崇め、青詞（道教の祈禱文）を急ぐ。當國者 文長の文は能く上の意に當たると謂い、之を聘致す。文長 少保と郤有るを知り、應ぜず。少保 請室（罪を得た官僚を拘留する牢獄）に下され、文長 及ぶを懼れ、發狂して、巨錐を引きて耳を剸し、刺すこと深さ數寸なりて、流血狼藉す（流れた血があちこちに飛び散った）。又 錐を以て腎囊（陰囊）を擊ち、之を碎けども、皆死せず。妻死し、輙ち嫌を以て婦を棄て、又 其の後に娶る者を擊ち殺し、死を論ぜられ獄に繫がれ、憤懣して自殺せんと欲す。張宮諭元忭 力めて救い乃ち解かる。

南のかた 金陵に游び、北のかた 上谷（宣府地方の古名）に走り、邊塞阨塞、屬虜の營帳（軍の宿營用テント）を縱觀し、酒を貰し悲歌し（酒をツケで飲んでは悲しげに歌い）、意氣豪なること甚だし。寧遠の諸子と游び、皆 兒子もて之を畜う（寧遠伯李成梁の息子たちを我が子同然に扱った）。京師に入り、宮諭の邸舍に館す。宮諭悛悛として（愼み深く）禮法を引き、之を久しくして、心樂しからず、時に大言して曰く、「吾 人を殺して當に死すべし。頸に刄を一茹する耳（首にぐさりと刄を食らうまでだ）。今乃ち吾が肉を碎礫せよ（粉々に裂け）」と。遂に病發し、棄て歸り、戸に楗して（かんぬきを差して）一人にも見えず。一犬を挾みて與に居り、穀食を絶つ者十年なり。人之を問うに、曰く、「吾之を噉らうこと久しく（長い間、穀物を食べているため）、偶たま厭きて食らわず。他無きなり」と。宮諭死し、白衣もて往きて吊い、棺を撫でて大いに慟き、姓名を告げずして去る。諸子追いて之に及び、哭して諸を塗に拜するに、小しく手を垂れて（敬意を表し）之を撫するも、一語も出ださず。十年裁かに此の一出のみ。貧なること甚だしく、手を鬻ぎて（書畫の技藝を賣って）以て食らい、書を有すること數千卷なるも、斥賣して殆ど盡く。幬笎（蚊帳や蓆）破弊し、藁を藉きて以て寢ぬ。年七十三にして卒す。

文長貌は修偉白皙（文長は色白の堂々たる風貌で）、音朗然として唳したる鶴（高い聲で鳴く鶴）の如し。中夜呼嘯するに、羣鶴有りて焉に應ず。書を讀みて深思するを好み、自ら『首楞嚴』・『莊』・『列』・『素問』・『參同契』の諸書に得ること有りと謂い、盡く注家の膠戾（誤り）を斥け、獨り新解を標さんと欲す。艸書は奇偉奔放にして、畫は花艸竹石、超逸して致有り（超俗的で趣がある）。嘗て言えらく、「吾れ書第一、詩二、文三、畫四」と。『闕編』・『櫻桃館』の諸集有り。

文長王（世貞）・李（攀龍）を譏評し、其の詩論迥かに時流に絶す。文長歿し、王・李の焔益ます熾んにして、過ぎりて焉を問う者無し。後三十餘載、楚人の袁中郎（宏道）東中（會稽）に游び、其の殘帙を得て、陶祭酒周望に示し、相與に激賞し、謂えらく嘉靖以來一人なりと。是れ自り盛んに世に傳われり。

周望其の集に序して曰く、「文長の文は宋・唐に類し、詩は唐の中・晩に襍じり入りたり。自負甚だ高く、世の文柄を主ると稱する所の者に於けるや、俯して其の間に出游する能わず（徐渭は自負心がことのほか強く、世間の文壇を牛耳っていると稱する人に、頭を垂れて彼らの流派に入って交流することができなかった）。而して時方に秦・

漢・盛唐を高談し（當時は聲高に秦・漢の文や盛唐の詩が語られた時代で）、其の體格（詩文のスタイルや手法）合わざるなり。然れども其の文 實に矩度有り、詩 尤も深奥にして、往往にして法に深く而して貌に略し（詩の作法に細部までこだわる一方、修辭には無頓着であった）。古の窮士の盧仝・孟郊・梅堯臣・陳師道の如きの徒の爲す所、或いは未だ遠く過ぐる能わざるなり（昔の盧仝・孟郊・梅堯臣・陳師道のような貧乏文士の諸作品であっても、徐渭の作品と比べて遙かに抜きんでているとはいえないかもしれない）」と。

中郎則ち謂えらく、「其の胸中に一段の磨滅す可からざるの氣、英雄 路を失い足を托するに門無きの悲しみ有りて、故に其の詩 嗔るが如く笑うが如く、水の峽に鳴るが如く、鐘の土より出づるが如く、寡婦の夜に哭し、羈人（旅人）の寒きに起くるが如し。其の意を放つに當たりては、平疇（平坦な田野）千里、偶爾幽峭たりて（所々急峻で）、鬼幽墳に語る」と。中郎微くんば、世 豈に復た文長有るを知らんや。周望「文長傳」を作り、謂えらく、「中郎は徐氏の桓譚なり（袁宏道は徐渭にとって、揚雄を見いだした桓譚である）」と。詎ぞ信ならざらん夫。

【注】

一 **徐記室渭** 「記室」は嘉靖三十七年（一五五八）に胡宗憲の幕下に入り記室を務めたことに據る。徐渭はこのとき倭寇征伐の任務を帯びる胡宗憲のために「擬上督府書」を書いて、戰況の調査報告をしたり文章の代筆をするなどした。徐渭の傳記資料には自身による「自爲墓誌銘」（『徐文長三集』巻二六、萬暦二十八年刊本。萬暦四十二年刊の『徐文長文集』では巻二七に收録）及び「畸譜」（『徐文長逸稿』巻頭、天啓三年山陰張維城刊本）、陶望齢「徐文長傳」（『徐文長三集』巻頭、以下「陶傳」）、袁宏道「徐文長傳」（同上、以下「袁傳」）がある。また、參考資料として徐朔方「徐渭年譜」（『徐朔方集』第三巻、浙江古籍出版社、一九九三）、明清文人研究會『徐文長』（白帝社、二〇〇九）などがある。

二　渭、字文清、更字文長。山陰人　「自爲墓誌銘」に「初字文清、改文長。生正徳辛巳二月四日、夔州府同知諱鏓庶子也（初め文清と字するも、文長に改む。正徳辛巳〔十六年、一五二一〕二月四日に生まる。夔州府同知の諱は鏓の庶子なり）」とある。徐渭「贈族兄序」（『徐文長逸稿』巻一五）に據れば、徐家は會稽の名家であったが、二十年のうちに多くが沒落した（吾が祖自り而上、代よ豪雋富貴にして老壽の人多し。……二十年中、諸君子の迹熄みて澤微なり。經を抱く者或いは仕を得ず、富者或いは轉じて常業無し。諸を老壽人に求むるも亦た往々にして前時に及ばざるに至りて、而して吾が宗　日び浸く〔次第に〕以て衰えたり）。また、徐渭「從子國用至自軍中」（『三集』巻四）に據れば、明初、役人であった先祖が貴州の邊境地帶の軍に編入され、以來二百年間、子孫はその地に留まったという（高皇〔太祖朱元璋〕大物〔帝位〕を得て、創始して日び暇あらず。……吾が宗　本　掾〔役人〕の流なるも、書に困しみ出でて休假す。……遠く戍りて夜郎に至り、靰を履きて傳舍〔旅館〕に趨る。終年肩臂を苦しめらるるも、幸いにして戎馬に死なず。邇來二百年、子孫襲いて赦さるる罔し）。さらに「題徐大夫遷墓」（『三集』巻二六）には、文長の父・鏓（字は克平）は同族の祖先の貴州戎籍（軍籍）を利用して郷試を受け、弘治己酉（二年、一四八九）に武擧人となり、夔州府同知となったという（大夫　諱は鏓、字は克平、竹を喜び、故に竹菴主人と稱す。祖の戎籍に從いて、弘治己酉　雲貴の郷薦を以て、始めて巨津州を知し、夔州府同知に至る）。だが、「自爲墓志銘」によれば、徐渭が生まれてから百日で亡くなった（生まれて百日にして公卒す）。母は苗氏。苗氏の下女であったと思われる生母は十歳ごろによそに嫁がされ、徐渭は苗氏が亡くなってから生母を迎えて養っている。苗氏はことのほか徐渭をかわいがったため、徐渭はこの母を愛し「苗宜人、渭の嫡なり。渭を教え愛すること、世に未だ有らざる所なり。渭　其の身を百たびするとも報ゆる莫きなり」（「畸譜」）といい、亡くなった時には「嫡母苗宜人墓誌銘」（『三集』巻二六、『文集』巻二七）を記している。

三　十餘歲、倣揚雄「解嘲」、作「釋毀」　徐渭「贈婦翁潘公序」（『三集』巻一九、『文集』巻二〇）に「外兄偶爲翁道某曰、「吾姑母夫徐夔州者、有小子。九歲能爲擧子文、十二三賦「雪詞」、十六擬揚雄「解嘲」作「釋毀」」（外兄〔童君〕偶たま翁の爲に某を道いて曰く、「吾が姑母の夫 徐夔州なる者、小子有り。九歲にして能く擧子の文を爲り、十二三にして「雪詞」を賦し、十六にして揚雄の「解嘲」を擬ねて「釋毀」を作る」と）」とある。

四　爲諸生十餘年　徐渭は幼少から學問を好んだが、いわゆる擧業に邁進したわけではなかったため、童試を二度受驗したが受からなかった。やむなく提學副使の張岳（字は維喬、惠安の人。正德十一年の進士）に書狀（「上提學副使張公書」、『徐文長佚草』巻三所收）を送ったところ再試が認められ、縣知事の方廷璽（字は信之。歙縣の人。『列朝詩集』丙集巻十三に傳がある）の計らいで生員になった。その後、二十六年間にわたって縣學の諸生を續け、そのうちの十三年間は廩膳生卽ち學費給付生として過ごした。「小傳」が「爲諸生十餘年」というのはこのときのことを指す。「自爲墓誌銘」に「生九歲、已能習爲干祿文字。曠棄者十餘年、及悔學、又志迂闊、務博綜、取經史諸家、雖瑣至稗小、妄意窮極、每一思廢寢食、覽則圖譜滿席間。故今齒垂四十五矣、藉于學宮者二十有六年、食於二十人中者十有三年、擧於鄕者八而不一售、人且爭笑之（生まれて九歲にして、已に能く習いて祿を干むる文字を爲す。曠しく棄てらるる者十餘年、學を悔ゆるに及び、又 迂闊を志し、博綜に務め、經史諸家を取り、瑣なること稗小に至ると雖も、妄りに窮極を意い、每に一たび思えば寢食を廢し、覽れば則ち圖譜 席間に滿つ。故に今齒 四十五に垂んとし、學宮に藉る者二十有六年、二十人の中に食わるる者十有三年、鄕に擧げらるる者八たびなるも一も售れず、人 且に爭いて之を咲わんとす）」とある。生員になるまでの過程については、方廷璽のために書いた「方山陰公墓表」（『逸稿』巻二二）に「渭 自ら是れ琴を彈じ劍を擊ち騎射を習うを好み、里巷に逡巡する者十年、而して始めて公に遇い、公 又謬りて器とし之を別つ。從臾し（奬勵して）泮に籍して諸生と爲さしむるなり（奬勵して學校に在籍させ縣學生にした）。今に至りて又二十五年、墓木拱したるも（墓地の木は兩手で抱えるほどになったが）、而るに渭 傫然として（うだつのあがらぬまま）猶お諸生なり」とある。

五　胡少保宗憲督師浙江、招致幕府、筦書記　「陶傳」に「胡少保宗憲總督浙江、或薦渭善古文詞者、招致幕府、筦書記（胡少保宗憲 浙江を總督し、或ひと渭は古文詞を善くする者なりと薦め、幕府に招致せられて、書記を筦す）」という。

胡宗憲は字を汝貞といい、安徽績溪の人。嘉靖十七年の進士。嘉靖三十六年（一五五七）、倭寇鎭壓のため浙江巡撫兼總督に任命された胡宗憲は、徐渭の文才を聞きつけて「代胡總督謝新命督撫表」（『三集』巻一三、『文集』巻一四）を作成するよう命じた。徐渭は表を完成させると一旦辭して歸ったが、ほどなく汪直を投降させた胡に代わって「代擒汪直等降敕奬勵謝表」（『三集』巻一三）を起草し、その流麗な筆致で嘉靖帝を魅了した。『野獲編』巻一〇「四六」（道光七年刻同治八年補修本）に「又嘉靖の間 倭事旁午し（倭寇の侵略が頻發し）、而して主上酷く祥瑞を喜ぶ。胡梅林（宗憲）南方を總制し、捷を報じ瑞を獻ずる毎に、輒ち四六の表を爲り、以て天顏の一啓を博す。上 又 心を文字に留め、凡そ儷語奇麗なる處、皆御筆を以て點出し、別に小內臣をして錄して一冊と爲さしむ。以故（ゆえ）に東南の才士、縉紳は則ち田汝成（字は叔禾。錢塘の人。嘉靖五年の進士）・茅坤（字は順甫。本書「二四 茅坤」に詳述）の輩、諸生は則ち徐渭等、咸（みな） 幕下に集まれり」とある。「代胡總督謝新命督撫表」を書いてから一旦歸鄉したことは、「畸譜」に「三十七歲。季冬、胡幕に赴き四六の啓を京貴の人に作る。作り罷われば便ち辭して歸る」とある（「田汝成」は「由汝成」に作るが改めた）。

六　海上獲白鹿二、少保屬文長艸表、……上覽之大說、益寵異少保。少保亦以是益重文長　徐渭が「代初進白牝鹿

表」（『三集』巻一三、『文集』巻一四）を執筆した經過は「陶傳」に詳しい。「時方獲白鹿海上、表以獻。表成、召渭視之。渭覽罷、瞠視不答。胡公曰、「生有不足耶。試爲之」。退具藁進。公故豪武、不甚能別識、乃寫爲兩函、戒使者、以視所善諸學士董公份等、謂孰優者卽上之。至都、諸學士見之、果賞渭作。表進、上大嘉悅。其文旬月間遍誦人口。公以是始重渭、寵禮獨甚（時に方に白鹿を海上に獲たりて、表して以て獻ぜんとす。表成りて、渭を召して之を視しむ。渭 覽じ罷わりて、瞠視して答えず。胡公曰く、「生 足らざるところ有らん耶。試みに之を爲れ」と。退きて藁を具えて進む。公故より豪武にして、甚だしくは能く別識せざれば、乃ち寫して兩函と爲し、使者を戒めて、善くする所の諸學士董公份（本書「三九 謝肇淛」注三參照）等に視せ、孰れか優ると謂う者を以て、卽ち之を上れと。都に至り、諸學士 之を見て、果たして渭の作を賞す。表進められ、上 大いに嘉し悅ぶ。其の文 旬月の間に遍く人口に誦せらる。公 是を以て始めて渭を重んじ、寵禮獨り甚だし）」。この表は、徐渭が胡宗憲の信頼を勝ち得る大きなきっかけになったが、倭寇を絶滅に導けず敵對勢力から責任を追及され窮地に立っていた胡の地位の保全にも、白鹿そのものとともに一役買った。『明史』胡宗憲傳に「時に趙文華 已に罪を得て死し、宗憲 內援を失い、寇患未だ已まざるを見て、自ら上に媚びんことを思う。會たま白鹿を舟山に得て之を獻ず。帝 大いに悅び、告廟の禮を行い、厚く銀幣を賚わる。未だ幾ばくならず、復た白鹿を以て獻ず。帝 益ます大いに喜び、玄極寶殿及び太廟に告謝し、百官稱賀し、宗憲の秩を加う」とある。

七　**督府勢嚴重、文武將吏莫敢仰視。……非時直闖門入、長揖就坐、奮袖縱譚**　「陶傳」に「時督府勢嚴重、文武將吏庭見、懼誅責、無敢仰者。而渭戴敝烏巾、衣白布澣衣、直闖門入、示無忌諱（時に督府 勢嚴重なりて、文武の將吏 庭に見ゆるに、誅責を懼れ、敢えて仰ぐ者無し。而るに渭 敝れたる烏巾を戴き、白布の澣衣を衣て、直ちに門を闖いて入り、示すに忌諱無し）」という。

八　幕中有急需、召之不至、夜深開戟門以待。……少保聞顧稱善　「陶傳」に「渭性通脱、多與羣少年昵飲市肆。幕中有急需、召渭不得。夜深、開戟門以待之。偵者得狀、報曰、「徐秀才方大醉嚎囂、不可致也」。公聞、反稱甚善（渭　性通脱にして、多く羣少年と飲を市肆に昵む。幕中に急需有りて、渭を召すも得ず。夜深く、戟門を開けて以て之を待つ。偵者　狀を得て、報じて曰く、「徐秀才　方に大いに醉いて嚎囂し、致す可からざるなり」と。公聞きて、反って甚だ善しと稱す）」とある。

九　文長知兵、好奇計。少保餌王・徐諸虜、用間鈎致、皆與密議　「袁傳」に「文長自負才略、好奇計、談兵多中。凡公所以餌汪・徐諸虜者、皆密相議、然後行（文長　才略を自負し、奇計を好み、兵を談じて多く中る。凡そ公の汪・徐の諸虜を餌する所以の者は〔凡そ胡公が汪・徐の諸虜をおびきよせて投降させた背後には〕、皆密かに相議りて、然る後に行う）」とある。

一〇　當是時、上方崇禱事、急靑詞。……文長知與少保有郄、弗應　張汝霖「刻徐文長佚書序」（『徐文長逸稿』所收）に「時上方崇禱事、急靑詞。柄政者來聘、而文長知少保與有郄、不應（時に上　方に禱事を崇め、靑詞を急ぐ。柄政者來て聘するも、而るに文長　少保與に郄有るを知り、應ぜず）」とある。ここにいう當國者は、李春芳（字は子實。揚州興化の人。嘉靖二十六年の進士。嘉靖四十一年に禮部尙書、四十四年に武英殿大學士）を指す。靑詞の巧みさで嘉靖帝に目を掛けられていた李春芳は、胡宗憲幕下にいた徐渭の文章が嘉靖帝に好まれたことにより、徐渭に上京を促した。嘉靖四十二年、徐渭は應じて上京するものの、すぐに歸鄕。再び上京するも結局辭去した。「畸譜」に「四十三歲。居を酬字堂に移す。冬、李氏の招に赴き入京す。四十四歲。仲春、李氏を辭して歸る」とある。辭去した理由については、徐渭自身、李春芳幕府中で重んじられなかったためと考えられる。「寄彬仲」（『三集』卷七）に「平原（平原君趙勝）の食客　雲霧多く、未だ必ずしも中に於いて姓名を識られず」と詠んでいる。

また、李春芳が徐階（字は子升、松江華亭の人。嘉靖四十一年の嚴嵩失脚後に首輔となる）と昵懇であったことも關係していたと思われる（『明史』李春芳傳參照）。徐階は、嚴嵩（字は惟中、江西分宜の人。青詞によって嘉靖帝の寵愛を受け、二十三年から四十一年まで三年間を除いて首輔に任ぜられた）と親密な關係にあった胡宗憲を快く思っておらず、嚴嵩の息子の嚴世蕃に宛てた書が證據となって胡が投獄された際にも、背後に徐階の意向があったと思われる（『明史』胡宗憲傳參照）。少なくとも徐渭はそう考えていた。「十白賦」序（『三集』巻一、「文集」巻一）に、「公 華亭氏（徐階）に死す。予 居を馬家に寄せ、飲中に燭一寸を蝕（おか）して十章を成す。諷するは固より由無きも、且に之を悲しまんとす」という。胡宗憲逮捕時に自らに危險が及ぶことを恐れて發狂したとはいえ、胡に義理立てして李春芳のもとを去ったことは十分に考えられる。

一一　**少保下詔室、文長懼及、發狂、……又以錐擊腎囊、碎之、皆不死**　「陶傳」に「及宗憲被逮、渭慮禍及、遂發狂、引巨錐剚耳。刺深數寸、流血幾殆。又以椎擊腎囊、碎之、不死（宗憲逮せらるるに及び、渭 禍の及ぶを慮り、遂に發狂し、巨錐を引きて耳を剚す。刺深きこと數寸たりて、流血して幾ど殆し。又椎を以て腎囊を擊ち、之を碎くも、死せず）」とある。

一二　**妻死、輒以嫌棄婦、又擊殺其後娶者、論死繫獄、憤懣欲自殺**　「陶傳」に「渭爲人猜而妬、妻死後有所娶、輒以嫌棄。至是又擊殺其後婦、遂坐法繫獄中、憤懣欲自決（渭 人と爲りは猜にして妬み、妻死する後 娶る所有るも、輒ち嫌を以て棄つ。是に至りて又其の後婦を擊ち殺し、遂に法に坐して獄中に繫がれ、憤懣して自決せんと欲す）」という。

徐渭の最初の結婚は潘家への入り婿だった。姑は金錢に嚴しい人だったが、潘氏は賢明で貞淑であった。しかし潘氏は若くして亡くなってしまい、その後、二度婚姻を結んだが、いずれも嫌悪感を懷いたため破綻した。最後に張氏を娶ったが、張氏の姦通を疑い激昂し殺してしまった（徐渭「亡妻潘墓誌銘」『三集』巻二六、『文集』巻二七参照）。「畸譜」では潘氏が亡くなってから投獄されるまでを次のように記している。

二十六歳。丙午（嘉靖二十五年、一五四六）に科するも、北す（郷試を受験したが、失敗）。婦の潘死す。十月八日の寅なり。

二十九歳。己酉（嘉靖二十八年、一五四九）の科、北す。始めて幸いにして母を迎え以て養う。杭女の胡を買いて之に奉ぜしむるも、劣なり。

三十九歳。師子街に徙る。夏、杭の王に入贅するも、劣なること甚だし。

四十歳。張を聘す。

四十六歳。易復し（精神病が再發し）、張を殺し下獄す。隆慶元年丁卯（一五六七）。

一三　**張宮諭元忭力救乃解**　張元忭（字は子藎）は徐渭と同郷で、父は雲南副使の張天復（字は復亨。嘉靖二十六年の進士）。子は張汝霖（字は雨若。萬曆二十三年の進士）、曾孫は張岱。元忭は隆慶五年（一五七二）の進士。隆慶年間、張天復が讒言によって逮捕され裁判を受けるため雲南に赴いた際、徐渭は父のために雲南に行く元忭に送別の詩「燈夕送張君之滇、迓其尊人」（『逸稿』巻四）を贈っている。明律では殺人は死罪を免れないが（『大明律』巻一九〔萬曆間内府刻本〕に「凡そ殺人を謀りて意を造る者は斬」とある）、張元忭のほか、諸大綬（字は端甫。山陰の人。嘉靖三十五年の進士）など友人の運動と萬曆帝即位の恩赦により、徐渭は足かけ七年に渉る獄中生活から抜け出すことができた（『明史』刑法志二に「萬曆初冬月、詔して刑を停する者三たびなり」とある）。徐渭「上郁心齋」（『逸稿』巻一一）では、自らの殺人の動機について、妻の不貞を疑ったことを述べ、死刑を免れるよう、郁言（字は從忠、嘉靖三十八年の進士）に請うている。「如し公に棄てらるれば、家に一喙を置くと雖も而るに何ぞ益せん。私かに其の故を求むるに、蓋し亦た由有り。或いは因縁鄰泣し、「芣苢」の好 素より敦く、故に姹公に分別し（或いは妻には因縁の間男が鄰家におり、夫の病氣を嘆く女の心情を歌った「芣苢」〔『詩經』周南に收錄される詩〕をもともとひどく好んでもいたため、だんなと別れようとし）、「關雎」（『詩經』周南所收）の屬する攸を詠じ、因りて惑わされ、殆うく是を以てせんとする乎（男が物思いにふけるのを歌った「關雎」よろしく間男が戀の歌を詠み、それに誘惑されて妻は不倫をしようとしたのか）。抑た知らず、河間の奇節、卒に掩鼻の羞と成り（それとも柳宗元の「河間傳」の奇妙な逸話のように、人に鼻を覆われるほどの恥さらしとなったということなのか）、賈宅重嚴なるとも、乃ち竊香の狡有るか（晉の重臣であった賈充の屋敷のように、家が嚴重に警備されていても、妻が密かに戀人を招き入れたということなのか）、……伏して望むに明公曲げて隱衷を諒り、力めて公道を扶け、前說に泥する勿く（最前の世間の噂に拘ることなく）、賜わるに後評を挽くを。倘し能く萬死より一生を出ださば、卽ち是れ三綱を九鼎に垂る（もし萬死に一生を得られれば、それは夫婦の道――ここでは不貞な妻を持った夫が正當な行爲を行ったことをいう――を天下に傳えることになります）」。柳宗元の「河間傳」（『河東先生集』外集巻上所收）は、戚里の淫婦は貞淑であったが、レイプされたことにより身を持ち崩し、夫を罪に陥れて死なせ、淫行をほしいままにしたため、戚里の人は淫婦の名を聞くと鼻を覆って話したがらなかったという内容。賈充の逸話は、賈充の娘の賈午が密かに一目惚れした韓壽を屋敷に招き入れ、父が皇帝に下賜された香を盗んで韓に贈ったところ、それを賈充の部下に知られ、二人の交際が露見したという内容（『晉書』賈謐傳）。

なお、青木正兒「徐靑藤の藝術」（『青木正兒全集』第二巻所收、春秋社、一九七〇）に、徐渭の妻殺害から出所までの經緯が紹介されている。

一四　**南游金陵、北走上谷、縱觀邊塞阨塞、屬虜營帳、貰酒悲歌、意氣豪甚**　徐渭は隆慶六年（一五七二）の年末に

假釋放された後、まず紹興近鄰の諸曁と五泄の旅に出かけ、萬曆三年（一五七五）には天目山と杭州を巡り、一旦歸った後、さらに南京を旅している。萬曆四年の初夏、南京滞在時に宣府巡撫の呉兌（字は君澤。紹興山陰の人。嘉靖三十八年の進士）の招請を受け、南京からそのまま河北の宣府に出向いた（『明史』卷二二二「呉兌傳」には、「〔萬曆〕五年夏、方逢時に代わりて宣・大・山西の軍務を總督す」とある）。宣府は明代九邊の一つで左衞・右衞・前衞に分かれていた。嘉靖及び隆慶年間には俺答（アルタン）が宣府と大同を侵略し、隆慶末になって明の朝廷はこれを懷柔して安寧を得た。徐渭は「上谷邊詞」其一（『三集』卷一一、『文集』卷一一）で宣府訪問時の様子を「胡兒 住（とど）まりて牧す龍門灣、胡婦 羊を烹（に）て客に餐を勸む。一たび胡家に醉うは何ぞ不可ならん、只愁う 日落ち河を過ぎること難きを」と詠んでいる。また、「畸譜」では出所から宣府に行くまでの經過を次のように記す。

五十三歳。除（大晦日）、某を釋きて歸らしめ、呉に飲す。

五十五歳。兆信を得て云く、釋を准すと。秋、往きて天目に游び、杭に寓し、何老の爲に「春祠碑」を作る。遂に南京に走り、諸名勝を縱觀す。

五十六歳。孟夏、宣撫呉幕の招きに赴く。是の年 丙子爲り。

一五　與寧遠諸子游、皆兒子畜之　寧遠は寧遠伯李成梁（字は汝契）を指す。李成梁は嘉靖五年の生まれで、九人の息子がおりそれぞれが總兵官や參將などになった。徐渭は宣府を訪れる途上に立ち寄った北京で、その長子である李如松（字は子茂）と知りあい莫逆の友となった。李如松は徐渭晩年の困窮した生活の中で、時に經濟的支援をし彼の詩文集を版行した。「答李長公」（『逸稿』卷二一）は李如松が援助してくれたことへの禮狀である。「劉君來たりて長公の書、幷びに銀五兩を得たり。此より前 亦た惠むを 叨（かたじけな）くす。何ぞ勤篤なること乃ち爾（か）くならん耶。人をして當たる可からざらしむ」。また、「畸譜」には李如松が徐渭の次男の枳（き）を幕府に迎え入れたことが記載されている。

六十八歳。枳 邊に往き李帥に投ず。

六十九歳。冬、十一月。枳 復た李帥に之く。

「兒子畜之」は『史記』齊悼惠王世家にみえる表現で、子供扱いすること。劉章が呂后に諷刺を込めた「耕田歌」を獻じようとすると、呂后は「兒子もて之を畜い」、笑って「顧みるに而の父 田を知る耳。若生まれて王子爲るに、安くんぞ田を知らん乎」と言ったという。『漢書』にも同樣の部分があり、「兒子畜之」の顔師古注に「之を子に比うなり」という。

一六　入京師、館宮諭邸舍。宮諭悛悛引禮法、……曰、「吾噉之久、偶厭不食、無他也」　「楗戶」の「楗」は底本には「棲」に作るが、『小傳』標點本により改めた。「楗」は動詞の場合、繫ぐという意味。「楗」には、かんぬきを插すという動詞の使い方がある。「陶傳」に「獄事之解、張宮諭元忭力爲多、渭心德之。館其舍旁、甚驩好。然性縱誕、而所與處者頗引禮法、久之、心不樂、時大言曰、「吾殺人當死、頸一茹刃耳。今乃碎礫吾肉」。遂病發、棄歸〔獄事の解かるるは、張宮諭元忭の力多と爲し、渭 心に之を德とす〔感激した〕。其の舍の旁らに館し、甚だ驩好たり。然れども性 縱誕なりて與に處る所の者 頗る禮法を引き、之を久しくして、心樂しからず、時に大言して曰く、「吾 人を殺して當に死すべし。頸に刃を一茹する耳。今乃ち吾が肉を碎礫せよ」と。遂に病發し、棄てて歸る）」とある。また、張汝霖「刻徐文長佚書序」に「間嘗入長安、苦不耐禮法、遂去走塞上、與射鵰者競逐於虜騎、煙塵所出沒處、縱觀以歸。歸則楗戶、不肯見一人。絕粒者十年許、挾一犬與居〔間ま嘗て長安に入り、苦だ禮法に耐えず、遂に去りて塞上に走り、鵰を射る者と競いて虜騎を逐い、煙塵出沒する所の處、縱觀し以て歸る。歸れば則ち戶を楗ぎ、一人に見ゆるを肯んぜず。粒を絕する者 十年許り、一犬を挾みて與に居る）」とある。さらに

「陶傳」に「晩絕穀食者十餘歲、人問何居、「吾噉之久、偶厭不食耳。無它也」（晩に穀食を絕つ者十餘歲、人問うに何をかもって居らんやと。「吾 之を噉らうこと久しく、偶たま厭きて食らわざる耳。它無きなり」と）」とある。

萬曆八年（一五八〇）秋、徐渭は張元忭の招きに應じて上京した。この時、鄉試及第後に北京に逗留していた梅國禎（字は客生、萬曆十一年の進士）と知り合っている。梅國禎は後に袁宏道に徐渭を推奬したとされ、徐渭の作品流傳にとって、この北京での出會いは極めて重要であった。徐渭に「六月七日之夕、與梅君客生及諸鄉里趁涼于長安街、醉而稱韻、得片字」詩（『三集』、『文集』ともに卷五）がある。また、「袁傳」に「梅客生嘗て余に書を寄せて曰く、「文長 吾が老友なり。病 人より奇なり、人 詩より奇なり、詩 字より奇なり、字 文より奇なり、文畫より奇なり」と」とある。

一七　**宮諭死、白衣往吊、撫棺大慟、不告姓名而去。……十年裁此一出耳**　張汝霖「刻徐文長佚書序」に「先文恭歿後、余兄弟相葬地歸、閽者言、「有白衣人徑入、撫棺大慟、道惟公知我。不告姓名而去」。余兄弟追而及之、則文長也。涕泗尚橫披襟袖間。余兄弟哭而拜諸塗、第小垂手撫之、竟不出一語、遂行。棲戶十年、裁此一出。嗚呼、此豈世俗交所有哉（先の文恭〔張元忭の諡〕歿する後、余が兄弟 葬地を相て〔墓地の風水を占って〕歸り、閽者〔門番〕言わく、「白衣の人有りて徑ちに入り、棺を撫して大いに慟き、道えらく惟だ公のみ 我を知ると。姓名を告げずして去れり」と。余が兄弟 追いて之に及べば、則ち文長なり。涕泗尚お襟袖の間を橫披す。余が兄弟 哭して諸を塗に拜し、第だ小しく手を垂れて之を撫すのみにして、竟に一語も出ださずして、遂に行けり。戶を棲ぐこと十年、裁かに此の一出のみ。嗚呼、此れ豈に世俗の交に有る所ならん哉）」とある。

一八　**貧甚、鬻手以食、有書數千卷、斥賣殆盡。幬筦破弊、藉藁以寢。年七十三卒**　「筦」（管に同じ）は、全てのテキストがこの字に作るが、「莞」に作るべきである。「陶傳」に「及老貧甚、鬻手自給。然人操金請詩文書繪者、値其稍裕、卽百方不得。遇窘時乃肯爲之。所受物人人題識必償、已乃以給費、不卽餒餓、不妄用也。有書數千卷、後斥賣殆盡。幬莞破弊、不能再易、至藉藁寢。年七十三卒（老ゆるに及びて貧しきこと甚だしく、手を鬻ぎて自ら給す。然れども人の金を操りて詩文書繪を請う者あるとも、其の稍裕かなるに値たりては、卽い百方なるとも（あらゆる方法で求められたとしても）得ず。窘しき時に遇えば乃ち之を爲すを肯んず。受くる所の物 人人題識して必ず償い、已にして乃ち以て費を給す（人の好意で受け取った物については、一人一人記録し必ず辨濟し、その後に報酬として物をもらったことにした）。餒餓に卽かざれば、妄りには用いざるなり。書數千卷を有するも、後に斥賣して殆ど盡きたり。幬莞破弊するも、再た易うること能わず、藁を藉きて寢るに至る。年七十三にして卒す）」とある。

「賣書」（『三集』卷七、『文集』卷七）では序文に「第三に言う、己の身も亦た將に賣らんとする耳。況んや書をや」といい、さらにその詩に「貝葉千たび繙りて粟一たび提げ（佛教のお經を千回めくってようやくお布施の食糧をもらうのが佛教の修行であり）、經を持して飽に換え僧尼笑う。僮書 我も亦た王家のごとく作り、偶たま散じて誰か大塊泥とすること非ざらん（王褒の「僮約」にいう下僕賣却時の契約書のように、私も書籍賣却契約書をしたためたが、契約書が無くなれば、きっと書籍は泥の塊同然に扱われるにちがいない）」と詠む。

一九　文長貌修偉白晳、音朗然如唳鶴。中夜呼嘯、有羣鶴應焉　「陶傳」にほぼ同文で「渭貌脩偉肥白、音朗然如唳鶴、常中夜呼嘯、有群鶴應焉」と見える。

二〇　讀書好深思、自謂有得於『首楞嚴』・『莊』・『列』・『素問』・『參同契』諸書、……獨標新解　「陶傳」に「所著『文長集』・『闕篇』・『櫻桃館集』各若干卷、今合刻之。註『莊子』內篇・『參同契』・『黃帝素問』・郭璞『葬書』各若干卷、『四書解』・『首楞嚴經解』各數篇、皆有新意（著す所の『文長集』・『闕篇』・『櫻桃館集』各若干卷、今合

して之を刻す。『莊子』内篇・『參同契』・『黄帝素問』・郭璞『葬書』各若干卷に註し、『四書解』・『首楞嚴經解』各數篇、皆 新意有り）」という。『徐文長三集』卷一九に「註參同契序」を収録する。現存する徐渭の詩文集で尤も古いのは萬曆二十八年（一六〇〇）に門人の商維濬らによって刊行された『徐文長三集』二十九卷（雜劇の『四聲猿』を附録）である。萬曆四十二年（一六一四）には、鍾人傑が『三集』を部分的に削除して『徐文長文集』三十卷を刊行した。その後、天啓三年に張岱が遺文を收集して『徐文長逸稿』二十四卷を刊行した。さらに近代になって一九二五年に慈谿の抱經廔沈氏が舊藏の抄本によって『徐文長佚草』を刊行した。このほか、現存する主要著書として『南詞敍錄』・『青藤山人路史』・『玄抄類摘』などがある。

二一　**艸書奇偉奔放、畫花艸竹石、超逸有致。嘗言、「吾書第一、詩二、文三、畫四」**　「袁傳」に「文長喜作書、筆意奔放如其詩、蒼勁中姿媚躍出。余不能書、而謬謂、「文長書決當在王雅宜・文徵仲之上」、不論書法而論書神。先生者誠八法之散聖、字林之俠客也。間以其餘旁溢爲花草竹石、皆超逸有致（文長 書を作すを喜び、筆意奔放たること其の詩の如く、蒼勁〔雄々しく老練で力強い〕の中に姿媚〔姿態の優美さ〕躍出す。余 書を能くせざるも、而るに謬りて謂えらく、「文長の書 決ず當に王雅宜〔寵〕・文徵仲〔徵明〕の上に在るべし」と。書法を論ぜずして書神を論ず。先生者は、誠に八法〔書に於ける八種類の筆法〕の散聖〔仙界の職位を持たない仙人〕にして、字林の俠客なり。間ま其の餘を以て旁溢して花草竹石を爲し、皆超逸にして致有り）」とある。また、「陶傳」に「渭於行・草書尤精奇偉傑。嘗言、「吾書第一、詩二、文三、畫四」。識者許之（渭 行・草書に於いて尤も精奇偉傑たり。嘗て言えらく、「吾 書は第一、詩は二、文は三、畫は四なり」と。識者 之を許す）」とある。

二二　**文長譏評王・李、其詩論迥絶時流**　徐渭は後七子の文藝創作上の理念に否定的で、盲目的に特定の模範を崇拝したり、表面のみを模倣することを批判した。「胡大參集序」（『逸稿』卷一四）に「曩嘉靖丙辰（三十五年、一五五六）に在りて、余 命を奉じて諸道の郷貢士を校し、晩に今の參政公胡君を得て喜びて曰く、「是れ近世の學子の輩中の人に非ざるなり。蓋し西漢の人の文字を熟讀して得ること有る者なり」と。……今世 文章を爲すに、動もすれば漢の西京を宗とすと言いて、董（仲舒）・賈（誼）・劉（向）・揚（雄）に負う者 天下に滿つ。詞（辭に同じ）に至りては、屈（原）・宋（玉）・唐（勒）・景（差）に非ざれば、則ち卷を掩いて顧みず」という。この文は人の代筆ではあるが、徐渭の文學觀が反映されているとみて差し支えない。また、「葉子肅詩序」（『三集』巻一九、『文集』巻二〇）でも「人の學びて鳥の言を爲す者有り、其の音則ち鳥なる也、而るに性 則ち人なるなり。鳥の學びて人の言を爲す者有り、其音則ち人なる也、而して性 則ち鳥なるなり。此れ以て人と鳥の衡を定む可き哉。今の詩を爲る者、何をか以て是に異ならん。己の自ら得る所より出ださずして、而して徒だ人の嘗て言う所より竊むのみにして、曰く、「某篇是れ某體なり、某篇則ち否らず、某句 某人に似たり、某句則ち否らず」と。此れ工を極め肖るに逼ると雖も、而るに已に鳥の人の言を爲すを免れざるなり」という。

徐渭自身は、詩文において內心から沸き立つ心情を表現することを旨としており、こうした姿勢は、師事した王學の學者であった季本（字は明德、會稽の人。正德十二年の進士）や王畿（字は汝中、山陰の人。嘉靖五年の進士）に影響を受けたものと思われる（季本「評論詩格」、『季彭山先生文集』巻四所收（清初抄本）參照）。「肯甫詩序」（『三集』巻一九、『文集』巻二〇）には徐渭の文藝思想が述べられている。「古人の詩 情に本づき、設けて以て之を爲す者に非ざるなり。是を以て詩有りて詩人無し。後世に迨べば、則ち詩人有るなり。詩を乞うの目（詩の題目）多く、應ずるに勝う可からざるに至り、而して詩の格（形式や手法）も亦た多く、品するに勝う可からざるに至る。然して其の詩に於けるや、類皆 本より是くの情無く、而して情を設けて以て之を爲す。夫れ情を設けて以て之を爲す者、其の趨は詩の名を干すに在り、詩の名を干せば、其の勢 必ず詩の格を襲いて其の華詞を剿つに至る。審らかにすること是くの如きなれば、則ち詩の實亡べり。是を之れ謂えらく詩人有りて詩無しと」。

徐渭が直接、王・李を批判若しくは皮肉を述べたものとしては「廿八日雪」（『三集』巻五、『文集』巻五）及び「九馬圉人圖、二圉酔瀕墮」（同上）がある。前者では李攀龍・王世貞らが謝榛に絶交状を突きつけたことを批判し、後者では王世貞の描いた八駿圖が貧相であることを歌っている。「廿八日雪」に「昨 帙中を見て大いに詫く可し、古人 絶交して寧くんぞ罷めざるや。謝榛既に與に友朋と爲るに、何事ぞ詩中に顯わして相罵らん。乃ち知る 朱轂華裾（立派な車と身なりの高官）の子、布衣を魚肉し（無位無冠の者をいじめて）忌まるるを顧みること無きを。卽令此の輩 謝榛に忤らうも、謝榛 敢えて此の輩を罵しるや未や」、「九馬圉人圖、二圉酔瀕墮」（王元美爲太僕卿時刻「穆王八駿圖」、形如蝘蜓）に「穆王八駿 西のかた馳せ去り、造父（穆王の御者）轡を把りて之が爲に御す。此の時 八駿 誰か形を傳えんか、太倉の老王 太僕卿なり。石を刻み嵌むるに卿の庭に在り、馬瘦せ尾尖りて了に肉無し。頸長く筋綻びて蘭莖を抽き、儼も蝘蜓（やもり）の壁に緣りて騰るが如し」とある。

徐渭はまた、唐順之（本書「一二二　唐順之」に詳述）とも深い交流があり、兩者の文藝理念には共通するところが少なくなく、詩文は胸中を吐露して書くものだという認識で一致している。唐順之「與莫子良主事」（『荊川集』巻七、『四部叢刊』所收明本）に「況んや好文字と好詩とは亦た正に胸中に在りて流出するをや」という。ただし、嘉靖年間中期に好評を博した嘉靖八才子の中では王愼中（本書「一二一　王愼中」に詳述）のように「師古」（古を師とす。卽ち古典作品を模範とし、創作にあたってはそれを規範として枠組みから逸脱しない）に重心を置く人もあり、「師心」（心を師とす）により重心を置く徐渭とは必ずしも一致せず、この點に徐渭といわゆる唐宋派との分岐が見られるという（周群・謝建華『徐渭評傳』第三章、一六九頁參照。南京大學出版社、二〇〇六）。

二三　後三十餘載、楚人袁中郎游東中、得其殘帙、……謂嘉靖以來一人　「袁傳」に「一夕坐陶編修樓、隨意抽架上

書、得『闕編』詩一帙。惡楮毛書、煙煤敗黑、微有字形。稍就燈間讀之、讀未數首、不覺驚躍、急呼石簣、「『闕編』何人作者、今邪古邪」。石簣曰、「此余鄉先輩徐天池先生書也。先生名渭、字文長、嘉・隆間人、前五六年方卒。今卷軸題額上有田水月者、卽其人也」。余始悟前後所疑、皆卽文長一人。又當詩道荒穢之時、獲此奇祕、如魘得醒。兩人躍起、燈影下讀復叫、叫復讀、僮僕睡者皆驚起（一夕 陶編修〔望齡〕の樓に坐し、隨意に架上の書を抽きて、『闕編』詩一帙を得たり。惡しき楮毛の書にして、煙煤もて敗黑し〔墨が褪色し〕、微かに字形有り。稍く燈間に就きて之を讀み、讀みて未だ數首ならざるに、覺えず驚躍し、急ぎて石簣〔陶望齡の號〕を呼びて、「『闕編』何くの人の作る者ぞ、今なる邪、古なる邪」と。石簣曰く、「此れ余が鄉の先輩 徐天池先生の書なり。先生 名は渭、字は文長、嘉〔靖〕・隆〔慶〕間の人にして、前五六年 方に卒す。今 卷軸 額上に題して田水月なる者有るは、卽ち其の人なり」と。余 始めて前後疑う所は、皆 卽ち文長一人なるを悟る。又 詩道荒穢の時に當たりて、此の奇祕を獲るは、魘〔惡夢〕より醒むるを得るが如し。兩人躍起し、燈影の下に讀みては復た叫び、叫びては復た讀み、僮僕の睡る者 皆驚起す）」とある。「嘉靖以來一人」については注二六に引用する「陶傳」に類似する文言が見える。

二四　**周望序其集曰**　陶望齡「刻徐文長三集序」（『三集』卷頭）に「文長老於庠序、阨於獄、一著名於幕府。其爲詩若文、往往深於法而略於貌。文類宋・唐、詩雜入於唐中・晚。自負甚高、於世所稱主文柄者、不能俯出游其間。而時方高譚秦・漢・盛唐、其體格弗合也。居又僻在越、以故知之者少。然其文實有矩尺、詩尤深奧。古之窮士如盧仝・孟郊・梅堯臣・陳師道之徒所爲、或未能遠過也（文長 庠序〔縣學〕に老い、獄に阨しみ、一たび名を幕府に著す。其の詩若しくは文を爲るに、往往にして法に深くして貌に略し。文は宋・唐に類いし、詩は唐の中・晚に雜じり入りたり。自負すること甚だ高く、世に文柄を主ると稱する所の者に於けるや、俯して其の間に出游する能わず。而して時方（まさ）に秦・漢・盛唐を高譚するに、其の體格合わざるなり。居は又僻にして越に在り、以故（ゆえ）に之を知る者少なし。然れども其の文實に矩尺有りて、詩尤も深奥なり。古の窮士の盧仝・孟郊・梅堯臣・陳師道の如きの徒の爲す所或いは未だ遠く過ぐること能わざるなり）」とある。

二五　**中郎則謂**　「羈」は底本では不鮮明であるため、『小傳』標點本及び『列朝詩集』點校本により補った。「袁傳」に「其胸中又有一段不可磨滅之氣、英雄失路托足無門之悲、故其爲詩、如嗔如笑、如水鳴峽、如鐘出土、如寡婦之夜哭、羈人之寒起。當其放意、平疇千里、偶爾幽峭、鬼語秋墳（其の胸中に又一段の磨滅す可からざるの氣、英雄路を失い足を托するに門無きの悲しみ有りて、故に其の詩を爲るに、嗔るが如く笑うが如く、水の峽に鳴るが如く、鐘の土より出づるが如く、寡婦の夜に哭き、羈人の寒きに起くるが如し。其の意を放つに當たりては、平疇千里、偶爾幽峭たりて、鬼秋墳に語る）」とある。

二六　**周望作「文長傳」、謂、「中郎徐氏之桓譚」。詎不信夫**　「陶傳」に「文長沒數載、有楚人袁宏道中郎者來會稽、於望齡齋中見所刻初集、稱爲奇絶、謂有明一人、聞者駭之。若中郎者、其亦渭之桓譚乎（文長沒して數載、楚人の袁宏道中郎なる者有りて會稽に來たり、望齡の齋中に於いて刻する所の初集を見て、稱して奇絶と爲し、有明一人と謂い、聞く者之に駭く。中郎の若き者、其れ亦た渭の桓譚ならん乎）」とある。

（和泉ひとみ）

三〇　湯顯祖　嘉靖二十九年（一五五〇）～萬曆四十四年（一六一六）

丁集卷十二　湯遂昌顯祖[一]

顯祖、字義仍、[二]臨川人。[三]生而有文在手、成童有幾庶之目。[四]年二十一、擧於鄕。[五]嘗下第、與宣城沈君典薄遊蕪陰、客於郡丞龍宗武。[六]江陵有叔、亦以擧子客宗武、交相得也。萬曆丁丑、江陵方專國、從容問其叔、「公車中、頗知有雄駿君子晁・賈其人者乎」。曰、「無逾於湯・沈兩生者矣」。江陵將以鼎甲畀其子、羅海內名士以張之。命諸郎因其叔延致兩生。義仍獨謝弗往、而君典遂與江陵子懋修偕及第。

[七]又六年癸未、與吳門・蒲州二相子、同擧進士。二相使其子召致門下、亦謝弗往也。除南太常博士。[八]朝右慕其才、將徵爲吏部郎、上書辭免、稍遷南祠郎、[九]抗疏論劾政府信私人、塞言路。[一〇]謫廣東徐聞典史、量移知遂昌縣。用古循吏治邑、[一一]縱囚放牒、不廢嘯歌。[一二]戊戌上計、投劾歸、不復出。辛丑外計、議黜、李本寧力爭、「遂昌不應考法。且已高尚久矣」。主者曰、「正欲成此君之高耳」。[一三]里居二十年、年六十餘始喪其父母、旣葬、病卒。自爲祭文、遺令用麻衣冠草履以斂。年六十有八。

義仍志意激昂、風骨遒緊、扼腕希風、[一四]視天下事數着可了。[一五]其所投分、李于田・道甫・梅克生之流、皆都通顯、有建豎。而義仍一發不中、窮老蹭蹬。

所[一六]居玉茗堂、文史狼藉、賓朋雜坐、雞塒豕圈、接跡庭戶、蕭閒詠歌、俯仰自得。道[一七]甫開府淮上、念其窮、遣書相迓。義仍謝曰、「身與公等比肩事主。老而爲客、所不能也」。爲[一八]郎時、擊排執政、禍且不測、詒書友人曰、「乘興偶發一疏。不知當事何以處我」。

晩[一九]年師旴江而友紫柏、翛然有度世之志。胸中魁壘、陶寫未盡、則發而爲詞曲。『四夢』[二〇]之書、雖復留連風懷、感激物態、要於洗蕩情塵、銷歸空有、則義仍之所存畧可見矣。嘗[二一]謂、「我朝文字、以宋學士爲宗。李夢陽至瑯琊、氣力强弱巨細不同、等贗文爾」。萬[二二]曆間、瑯琊二美、同仕南都、爲敬美太常官屬。敬美唱爲公宴詩、不應。又[二三]簡括獻吉・于鱗・元美文賦、標其中用事出處及增減漢史・唐詩字面、流傳白下、使元美知之。元美曰、「湯生標塗吾文、異時亦當有標塗湯生者」。自王・李之興、百有餘歲、義仍當霧雺充塞之時、穿穴其間、力爲解駁。歸太僕之後、一人而已。

義[二四]仍少熟『文選』、中攻聲律、四十以後、詩變而之香山・眉山、文變而之南豐・臨川、嘗自敍其詩三變而力窮。又嘗以其文寓余、以謂不蘄其知吾之所已就、而蘄其知吾之所未就也。於詩曰「變而力窮」、於文曰「知所未就」、義仍之通懷嗜學。不自以爲能事如此、而世但賞其詞曲而已。不能知其所已就、而又安能知其所未就。可不爲三歎哉。

義[二五]仍有才子、曰士蘧。五歲能背誦「二京」・「三都」、年二十三、客死白下。次[二六]大耆、才而佻。然有父風。次[二七]開遠、以鄕舉官監軍兵使、討流賊死行間。開[二八]遠好講學、取義仍續成『紫簫』殘本及詞曲未行者、悉焚棄之。大耆實云。幼[二九]子季雲、亦有雋才。

【訓讀】

顯祖、字は義仍、臨川の人。生まれながらにして文の手に在る有り、成童にして幾庶の目有り（將來はひとかどの人物になると目されていた）。年二十一、鄕に擧げらる。嘗て下第し、宣城の沈君典（懋學、宣城の人。萬曆五年の進士。湯顯祖とともに羅汝芳に學んだことがある）と蕪陰（安徽寧國府宣城）を薄遊し、郡丞龍宗武（字は君揚。吉安の人。隆慶五年の進士。萬曆四年當時は太平府〔安徽當塗〕江防同知の任にあった）に客す。江陵（張居正）に叔有りて、亦た擧子を以て宗武に客し、交ごも相得るなり（お互いに意氣投合した）。萬曆丁丑（五年、一五七七）、江陵方に國を專らにし、從容として其の叔に、「公車（擧人）の中、頗雄駿君子の晁・賈（晁錯・賈誼）其の人なる者有るを知る乎」と問う。曰く、「湯・沈兩生を踰ゆる者無し」と。江陵將に鼎甲（科擧の上位合格者三名を指す。卽ち狀元、榜眼及び探花のこと）を以て其の子に畀え、海內の名士を羅し以て之を張らんとす（海內の名士を招致して勢力の擴大を圖ろうとした）。諸郎（官僚）に命じ其の叔に因りて兩生を延致せしむ（湯・沈の二人を招かせた）。義仍獨り謝して往かず、而して君典 遂に江陵の子 懋修と偕に及第す。

又六年癸未（萬曆十一年、一五八三）、吳門（申時行）・蒲州（張四維）二相の子（申用懋・張甲徵）と、同に進士に擧げらる。二相 其の子をして門下に召致せしむるも、亦た謝して往かざるなり。南太常博士（南京太常寺博士。正七品）に除せらる。朝右（朝廷の大官僚）其の才を慕い、將に徵して吏部郎と爲さんとするも、書を上り辭免し、稍ありて南祠郎（南京禮部祠祭司主事、正六品）に遷り、疏を抗げて政府の私人を信じ、言路を塞ぐを論劾す。廣東の徐聞典史（徐聞は雷州府下の縣。典史は縣において主簿に從屬する官で、公文や出納を掌る。主簿は正九品だが、典史は品階無し）に謫せられ、量移されて（情狀を酌量して異動させられ）遂昌縣（浙江處州府）に知たり。古の循吏の治邑を用って、囚を縱ち牒を放ち（判決を破棄する公文を出して囚人を解放し）、嘯歌を廢せず（歌を吟じて鷹揚に構えた）。戊戌（萬曆二十六年、一五九八）の上計に、投劾して歸り、復たとは出でず。辛丑（萬曆二十九年、一六〇一）の外計に、黜を議せられ（官籍を剝奪することが論議されると）、李本寧（維楨）力めて爭い、「遂昌 應に考法すべからず。且つ已に高尙たること久し（遂昌知縣の湯顯祖は、勤務評定の對象とすべきではない。ましてや、旣に久しく隱遁している）」と。主者曰く、「正に此の君の高きを成さしめんと欲する耳」と。里居すること二十年、年六十餘にして始めて其の父母を喪い、旣に葬し（遺體を葬ると）、病もて卒す。自ら祭文を爲り、遺令するに麻の衣冠、草履を用って以て斂めよと。年六十有八。

義仍 志意激昂たりて（志が極めて高く）、風骨遒緊（文學作品の風格は切々と迫るものがあり）、扼腕して希風し（感情を高ぶらせて理想的な品格にあこがれ）、天下の事を視るに數着もて了る可し（天下の事象を見て、先手を讀んで進むべき道を悟ることができた）。其の投分（意氣投合）する所の、李于田・道甫・梅克生の流、皆都通顯して（高位高官となり名聲を高め）、建豎有り（官僚として功績を擧げた）。而るに義仍一發中らず（一度では會試に合格せず）、窮老蹭蹬す（困窮のうちに老い蹉跌と失意を味わった）。

居る所の玉茗堂、文史狼藉し（書物が散亂し）、賓朋雜坐し、雞塒豕圈（鳥の巢か養豚場のようで）、跡を庭戶に接し（庭にまで人があふれ）、蕭閒として（瀟洒なさまで長閑に）歌を詠じ、俯仰自得す。道甫 府を淮上に開き、其の窮するを念い、書を遺りて相迓う。義仍 謝して曰く、「身 公等と與に肩を比べて主に事う。老いて客と爲るは、能わざる所なり」と。郞爲りし時、執政を擊排し、禍 且に不測ならんとし、書を友人に詒りて曰く、「興に乘じて偶たま一疏を發す。當事何を以て我を處するかを知らず（どうして執權が私を處分するのかわからない）」と。

晚年 盱江（羅汝芳、字は惟德、號は近溪。江西南城の人。嘉靖三十二年の進士。泰州學派の代表的人物の一人）を師として紫柏（紫柏大師。諱は眞可、字は達觀。紫柏尊者とも呼ばれた。吳江の人。萬曆の四大師の一人）を友とし、翛然として（超然として）度世の志有り。胸中魁壘たりて（鬱々として）、陶寫（氣持ちを表現することで憂さを晴らすこと）未だ盡きざれば、則ち發して詞曲を爲る。『四夢』の書、復た風懷に留連し（男女の情愛に心を砕いて）、物態に感激すと雖も、要は情塵を洗蕩し、空有に銷歸する（消えて無に歸着すること）に於いては、則ち義仍の存する所畧見る可し。嘗て謂えらく、「我が朝の文字、宋學士（濂）を以て宗と爲す。李夢陽より瑯琊（王世貞）に至るまで、氣力の强弱巨細は同じからず、贋文に等しき爾」と。萬曆の間、瑯琊の二美（王世貞・王世懋）、同に南都に仕え、敬美（世懋）の太常の官屬と爲る。敬美 唱えて公宴詩を爲らしめんとするも、應じず。又獻吉（李夢陽）・于鱗（李攀龍）・元美（王世貞）の文賦を箚括し、其の中の用事出處及び漢史・唐詩の字面を增減するを標し、白下（南京）に流傳し、元美をして之を知らしむ。元美曰く、「湯生 吾が文を標塗するも、異時亦た當に湯生を標塗する者有るべし」と。王・李の興りて自り、百有餘歲、義仍 霧雺充塞するの時に當たり、其の間に穿穴し、力めて解駮を爲す（悪弊を拂って是正しようとした）。歸太僕（有光）の後、一人而已。

義仍少くして『文選』に熟し、中に聲律を攻め（近體詩の音聲や格律を研究し）、四十以後、詩變じて香山（白居易）・眉山（蘇軾）に之き、文變じて南豐（曾鞏）・臨川（王安石）に之き、嘗て自ら其の詩三變して力窮まれりと敍ぶ。又嘗て其の文を以て余に寓し、以て其の吾の已に就る所を知るを蘄めず、而して其の吾の未だ就らざる所を知るを蘄むるなり（詩文の自分がすでに成就した境地を理解してもらうことは要求しない、まだ成就していない境地を理解してもらいたい）と謂う。詩に於けるや「變じて力窮まれり」と曰い、文に於けるや「未だ就らざる所を知る」と曰い、義仍の通懷嗜學す（胸襟を開いて考えを語り學問を好んだ）。自ら以て能事此くの如しと爲さざるも（自ら本領はそうではない思っていたが）、而るに世但だ其の詞曲を賞する而已。其の已に就る所を知ること能わざるに、而るに又安くんぞ能く其の未だ就らざる所を知らんや。可に爲に三歎せざらん哉。

義仍 才子有りて、士蘧と曰う。五歳にして能く「二京」（張衡の「西京賦」と「東京賦」）・「三都」（左思の「蜀都賦」、「呉都賦」及び「魏都賦」）を背誦するも、年二十三にして、白下（南京）に客死す。次の大耆、才あるも佻たり（輕薄だった）。然れども父の風有り。次は開遠、郷擧を以て監軍兵使に官たりて、流賊を討ちて行間（軍中）に死せり。開遠 講學（陽明學）を好み、義仍の續けて成したる『紫簫』の殘本及び詞曲の未だ行われざる者を取りて、悉く之を焚棄す。大耆實に云へり（實際にこのように言った）。幼子季雲、亦た雋才有り。

【注】

一　**湯遂昌顯祖**　遂昌は浙江處州府遂昌縣。湯顯祖は廣東雷州府徐聞縣に左遷された後、情狀酌量して異同させられ遂昌縣の知事を務めた。湯顯祖の主要傳記資料としては、以下のものがある。鄒迪光「臨川湯先生傳」（『玉茗堂選集』巻頭所收。本書の引用は徐朔方箋校『湯顯祖詩文集』（上海古籍出版社、一九八二）に據る。以下「鄒傳」）、查繼佐「罪惟錄」巻一八「湯顯祖傳」（『四部叢刊三編』所收景手稿本）がある。また、現在出版されている主要參考文獻としては、徐朔方「湯顯祖年譜」（『徐朔方集』第四巻、『晩明曲家年譜』所收、浙江古籍出版社、一九九三、以下「年譜」）、毛效同『湯顯祖研究資料彙編』（上海古籍出版社、一九八六）、前掲『湯顯祖詩文集』、岩城秀夫『中國戲曲演劇研究』（創文社、一九七三）などがある。

二　**臨川人**　湯顯祖の家系について、湯顯祖自身は「吉永豐家族文錄序」（『玉茗堂文』二、『玉茗堂全集』所收、天啓刻本）において「蓋し予が祖 茂昭公言えらく、予 江南の湯にして、皆唐の殷公文圭（字は表儒。池州の人。乾寧五年に朱全忠の推薦で進士となった。その詩は『全唐詩』巻七〇七に收録されている）の後なり。公の子 悅 南唐に仕え、文章を以て世に高し。國亡び、其の君に從いて宋に入る。藝祖（趙匡胤）恚（うら）みて曰く、「尙お我が先人の諱を知らざる耶か」と。乃ち殷を改めて湯と爲し、其の父子を宋に官とす。御醫平叔は其の後なり。餘子多く江南に留まる者あり。而して予が先祖適たま南唐使を以て錢王（吳越王錢鏐）の所に之く。國亡び、遂に錢塘に留まりて歸らず。靖康の亂に、族を以て康王（後の高宗趙構。徽宗の九男で、父と長兄の欽宗が金軍に捕らえられた際に南京に逃れ、元祐皇后の指名を得て卽位し南宋の初代皇帝となった）・孟后（元祐皇后。哲宗の廢后で靖康の變勃發時に金軍に據る捕捉を免れた）に從い、洪（豫章・豐城・鍾陵などの古名。唐代には洪州上都督府が置かれていた）に如ゆき、臨（臨川）に如き、旴（建昌府南城縣）・吉（吉安府）に之く。以故ゆえに大江の西吾が氏多く而して大なるは、則ち文圭の裔なり」。文中、茂昭とあるのは、『文昌湯氏宗譜』（撫州湯顯祖紀年館所藏、以下『宗譜』。本書の引用は「年譜」に據る）では懋昭に作る。『宗譜』にもとづいて徐朔方教授が作成された系譜によれば、悅から數えて四代目にあたる湯亮文（字は伯清）が文昌湯氏の一世で湯顯祖の直系の祖先である。顯祖は文昌湯氏第六世。高祖の峻明（字は子高）は邑の庠生（學生）で、良崗荘に一萬石の食糧備蓄庫があり、成化二年の飢饉の折には食糧を寄付したという。曾祖は廷用、祖父は懋昭。父の尙賢（字は彥父）は城内唐公廟の左に湯氏の家塾を建て、文昌門の外に文會書堂を設立した。

三　**生而有文在手、成童有幾庶之目**　湯顯祖「三十七」（『玉茗堂詩』卷一、『玉茗堂全集』所收）に「初生手有文、清羸故多疾（初め生まれて手に文有るも、清羸故より疾を多くす）」とある。湯顯祖の文才について、「鄒傳」は次のようにいう。「生まれて穎異羣せず、體玉立なりて（姿が美しく）、眉目朗秀たり。見る者嘖嘖として（嘆息して）曰く、「湯氏の寧馨兒なるかな（湯氏にこのように立派な子息があるとは）」と。五歳にして能く對を屬つづり（對偶を作り）、之を試せば卽ち應ず。又之を試せば又應ず。立ちどころに數對を課すとも、難色無し。十三歲督學（地域の學政を掌る官僚）の公試に就けば、書案を擧げて破と爲し（答案に八股文の導入部分の問題を取り上げて破題とし）、曰く、「形而上なる者 之を道と謂う。形而下なる者 之を器を謂う（『易』繫辭上傳の言葉。目に見える以前に陰陽が變化している狀態を道という。道によって形となって現れた狀態を器という）」と。督學 之を奇とす。邑の弟子員に補せられ、試さるる每に必ず其の曹偶（仲間）に先んず」。少年時から文學に秀でていたことは、湯顯祖自身、「負負吟」序（『玉茗堂詩』巻一三、『玉茗堂全集』所收）において「予 年十三、古文詞を司諫（給事中）の徐公良傅（字は子弼。江西東鄕の人。嘉靖十七年の進士）に學べば、便ち學使者の處州の何公鏜（字は鳴儀。麗水の人）見て異とするところと爲る。且つ曰く、「文章 世に名ある者 必ず子なり」と」と記している。また、易應昌「敕封太常寺博士承塘湯先生元配呉太恭人合葬墓誌銘」（『湯顯祖研究資料彙編』所收）にも「郡に賢紳有りて、給諫の少初徐公 徒に硯臺を授く。翁（承塘公、湯顯祖の父）之に從いて遊ぶ。未だ幾ばくならずして、冢嗣（嫡子）諱は顯祖なる者、年十三にして弟子員に補せらる。攜えて徐公に謁すれば、公一たび見て之を奇とす」とある。

「幾庶」は「庶幾」に同じ。『湯顯祖詩文集』の附錄、『湯顯祖研究資料彙編』所收の「小傳」は、ともに「庶幾」としている。

四　年二十一、擧於鄕　鄕試に及第したころの狀況について、「鄒傳」は次のように記している。「庚午（隆慶四年、一五七〇）鄕に擧げられ、年 猶お弱冠なる耳。見る者益ます復た嘖嘖として曰く、「此の兒 汗血（名馬）にして、千里を致す可し。僅僅として康莊を蹀躞するのみなる者に非ず（僅かに平坦な大通りを歩むだけの者ではない）」と。彼 其の時 古文詞より外に於いては、能く樂府・歌行・五七言詩に精し。諸史百家而外、天官・地理・醫藥・卜筮・河籍（河圖）・墨兵・神經怪牒（怪異なことを記した書物）の諸書に通ず。公 一孝廉たりと雖も、而るに名は天壤を蔽い、海內の人 湯義仍に見ゆるを得ることを以て幸いと爲す」。

五　嘗下第、與宣城沈君典薄遊蕪陰、客於郡丞龍宗武　沈懋學との宣城への旅について、湯顯祖の詩が殘されている。「別沈君典」（『湯海若問棘郵草』巻下、明刻本）に次のようにある。「去年三月敬亭山、文昌閣下俯松關。今年俊秀馳金轂、表背衚衕邀我宿。……人生會意苦難常、想象開元寺中燭。開元之燭向誰秉、君揚龍生・姜孟穎（去年三月　敬亭山、文昌閣下　松關に俯す。今年俊秀金轂に馳せ、表背衚衕　我を邀えて宿せしむ。……人生會意　苦だ常なり難く、開元寺中の燭を想象す〔追憶する〕。開元の燭　誰に向かいて秉らん、君揚龍生〔宗武〕・姜孟穎〔奇方。時に宣城知縣の任にあった〕）。〔敬亭山は宣城の山名。文昌閣は宣城にあった樓閣。表背衚衕は北京の東城にあった胡同。開元寺は嘉靖四十三年（一五六四）、その跡地に寧國知府であった羅汝芳が志學書院を設立したものを指す。この詩は萬暦五年（一五七七）、北京に會試受驗に出向いた際に作られたもの〕」。

沈懋學は宣城の人で湯顯祖とともに羅汝芳に師事したことがある。龍宗武は字を君揚といい吉安の人。湯顯祖は「前朝列大夫飭兵督學湖廣少參兼僉憲澄源龍公墓志銘」（『玉茗堂文』一三）を書いている。この墓志銘には、龍宗武が、海瑞の名を騙って賣り出された張居正の奪情〔官僚が父母の逝去に伴い服喪する際、服喪期間が明ける前に無理を押して出仕すること〕批判の疏をめぐる事件に巻き込まれた上、讒言に據って左遷されたこと、沈懋學が恩義のある張居正の奪情を諫める書狀を書いたために歸郷を餘儀なくされ、龍宗武はそれを憐れんで沈懋學を重んじたことなどが記されている。

湯顯祖は隆慶四年（一五七〇）に擧人になった後、隆慶五年・萬暦二年・同五年・同八年と會試を受驗するが不首尾に終わり、張居正の死後の萬暦十一年になって合格した。湯顯祖が四度に渉って會試に落第したことは、「鄒傳」及び湯顯祖の詩文によって確認できる。湯顯祖「寄姜守沖公子」（『玉茗堂尺牘』六、『玉茗堂全集』所收）に「不佞（私は）弱冠の時、庚午（隆慶四）の冬、令先公（姜奇方）と同に春に試し旅舍を同じくす。牕扉に對いて臥し、先に晨に起くる者、必ず背を拊ちて笑う」、同「上侍郎王公」詩の序（『紅泉逸草』一、『湯顯祖詩文集』収載に據る）に「兩たび華京に入るに、謁して上るを得ず。丁丑（萬曆五）三たび獻じ、明公を殿閣に拝するを知る耳」、「鄒傳」に「丁丑の會試、江陵公（張居正）其の私人に屬して啖ずるに（條件を提示して誘った際に）魏甲（狀元）を以てするも應ぜず。庚辰（萬曆八）、江陵の子 懋修 其の鄉の人 王篆と來たるに結びて納れ、復た啖ずるに魏甲を以てするも亦た應ぜず、曰く、「吾敢えて處女子の身を失するに從わざるなり」と。公 一老孝廉たる乎と雖も、而るに名益ます鵲起し、海內の人益ます湯先生を望見するを得ることを以て幸いと爲す」という。

六　江陵有叔……而君典遂與江陵子懋修偕及第　湯顯祖の「宣城令姜公去思記」（『玉茗堂文』七）では、「令（姜奇方）京試に朝し、會たま余 試に上る。令は故江陵相（張居正）の弟子の師なり。數日ならずして、江陵の弟子 令を介して余を候つも、余謝して敢えて當たらず」とある。また談遷『棗林雜俎』和集「叢贅」湯顯祖（清鈔本）には次の記述がある。「湯義仍、隆慶庚午（四年）の鄉試に擧げらる。文を以て著わる。鄉人姜□（原闕、奇方）宣城に宰たりて、萬曆丙子（四年）、義仍過ぎりて訪ね、□（開元）寺に宿る。梅鼎祚禹金を識り、交を沈孝廉懋學に得て、嘗て課を寺中に同じくす。楚客有り。角巾葛衣にして、通じて候つ。里氏に問えば、曰く、「江陵の張某なり。今の相國の父の行なり」と。之を疑うも然れども敢えて忤らわず。留まりて飲み且つ焉に贐す。客辭して曰く、「二孝廉 京に入るとき、相國 一晤を期す」と。意頗る懃切たり。期に至りて竝びに燕に寓す。前客果たして來たりて、相國に謁するを勸むるも、各おの未だ決せず。客曰く、「第だ我を訪ねよ。相國 屛後より之を覘う耳」と。沈獨り往きて退く。客又至り、沈に語りて曰く、「相國 足下の文を善す。福薄ると謂う耳」と。義仍を招くも、終に往かず。尋いで沈 南宮（會試）の對に雋たりて（傑出して優秀で）、第するに進士第一たり。義仍下第す。然れども深く江陵の人を知り、下士を能くするに服す。爲に常熟の許子洽（重熙）に語ると云う」。この二つの文中にいう「江陵相の弟子」及び「今の相國の父の行」の「江陵の張某」については、『年譜』では張居正の末の弟の張居謙だとする。張居正「先考觀瀾公行略」（『張太岳集』卷一七、萬曆刻本）に據れば、張居正には三人の弟がいたが、湯顯祖「贈郢上弟子」（『玉茗堂詩』卷一七）の自注に「懷姜奇方・張居謙叔侄」とあることより、湯顯祖は末弟の居謙と交流があったと思われる。「小傳」が「江陵有叔」として、張居正からの打診のエピソードを記している理由は不明だが、「贈郢上弟子」の自注が關係しているのかもしれない。また、「小傳」で張居正が「其の叔」に「公車（擧人）の中、頗る雄駿君子の晁・賈其の人なる者有るを知る乎」と訊ねた際、「其の叔」が「湯・沈兩生を逾ゆる者無し」と答えたという部分は、湯顯祖自身の前掲「澄源龍公墓志銘」では、「懋學故孝廉たりし時、宣城令姜公奇方の賞重する所と爲る。公 宣に至りて人士を問うに、令 懋學・梅君鼎祚を以て對う。公皆之を厚遇す」となっている。なお「小傳」が沈懋學とともに萬曆五年に進士に擧げられた張居正の息子を「懋修」とするのは誤りで、次男の「嗣修」が正しい。『明實錄』萬曆五年二月乙丑に「大學士張四維・申時行に命じ會試の主考官と爲り、取りて馮夢禎等三百名を中らしむ。輔臣張居正の子 嗣修 試に中るを得たり。房考は陳思育爲り」とある。張懋修は三男で萬曆八年の一甲第一名。

七　又六年癸未、與吳門・蒲州二相子、同擧進士。二相使其子召致門下、亦謝弗往也　吳門は申時行（字は汝默、長洲の人。嘉靖四十一年の進士）、蒲州は張四維（字は子維、山西平陽府蒲州の人。嘉靖三十二年の進士）を指す。萬曆十一年當時、四月までは張が首輔、張が退任してからは申が首輔の地位に就いた。申時行と張四維の誘いがあったことは、「鄒傳」に以下のようにいう。「至癸未擧進士而江陵物故矣。諸所爲席寵靈、附薰炙者、駸且澌沒矣。公乃自嘆曰、「假令予以依附起、不以依附敗乎」。而時相蒲州・蘇州兩公、其子皆中進士、皆公同門友也。意欲要之入幕、酬以館選、而公卒不應、亦如其所以拒江陵時者。以樂留都山川、乞得南太常博士（癸未 進士に擧げらるるに至りて江陵物故す。諸もろの爲に寵靈を席し、薰炙に附する所の者〔張居正の恩澤を受けたり薫陶を得て地位についていた人々〕、駸として〔速やかに〕且つ澌く没す。公乃ち自ら嘆きて曰く、「假令予 依附を以て起たば、依附を以て敗せざらん乎」と。而して時相の蒲州・蘇州の兩公、其の子皆 進士に中り、皆 公の同門の友なり。意之を要えて幕に入れ、酬いるに館選〔翰林院勤務〕を以てせんと欲するも、而るに公 卒に應ぜず、亦た其の江陵を拒みし時の所以の如し。留都〔南京〕の山川を樂しむを以て、乞いて南太常博士を得たり〕」という。また「罪惟錄」にも「癸未 進士と成る。時に同門に中式せし蒲州・蘇州兩相の公子 啖ずるに館選を以てするも、復た應ぜず」とある。

八　朝右慕其才、將徵爲吏部郞、上書辭免、稍遷南祠郞

湯顯祖は會試及第後、北京の禮部で「觀政」即ち實習をしつつ缺員が出るのを待っていた〔湯顯祖「答管東溟」（『玉茗堂尺牘』一）〕。「鄒傳」によれば、この間乃至前後に吏部に奉職していた司汝霖（もとの姓は張。姓を戻した後に名を汝濟と改める。江陵の人。隆慶二年の進士）が書簡を送り、自分が吏部の側から支持するので、北京勤務となるよう政府の中樞部にまず渡りをつけるように勸めたが、湯顯祖は應じなかった。「時に典選某なる者、臨川令に起家し、公 其の取る所の士なり。書を以て相貽りて曰く、「第一に政府に通ぜよ。而して吾 之が爲に慫慂すれば、則ち北の銓省 望む可し」と。而るに公亦た應ぜず。亦た其の館選を拒みし時の所以の者の如し。尋いで博士を以て南祠部郞に轉ず」。湯顯祖自身も「與司吏部書」（『玉茗堂尺牘』巻一）の中で「門下の意有りて僕を內徵に留めしむるを知るなり」と述べている。司に宛てたこの書簡ではさらに、「僕 私願有りて、特だ南を去るを願わず。僕の南に有りては、魚の水有るが如く、精氣の垠宅（天の河にある家）有るが如きなり」として、南京は親元に近いこと、妻を亡くして二年しか經っておらず幼子を放っておけないこと、北京勤務になったとしてもせいぜい六品官で經濟的に嚴しいこと、虚弱のため北京の不規則

な勤務に適さない上、地元の薬が北京では入手しがたいこと、北京の氣候や風土に適應できないことの五つを擧げて、南京勤務希望を訴えている。

湯顯祖は「酬心賦」の序（『玉茗堂賦集』巻五）において、翰林院検討で經房（會試の評閲官）であった沈自邠（字は茂仁、萬曆五年の進士）が、湯顯祖の才覺を認めつつも氣質を見抜いて翰林院に推薦しなかったことを記している。「癸未の春、予 進士に擧げらる。經房の秀水の几軒沈師（自邠）、年 予より少きも、心神 清に迫し。而して予 方に木强にして（强情で）、故より柔曼（柔和で穩やか）の骨無し。五月の館試に、房擧にて各おの其の門士を上るを得たり。時に馮君夢禎（字は開之。秀水の人。萬曆五年の進士）沈師に謂いて曰く、「子の門中 固より湯生を愈ゆる者無き耶」と。師曰く、「固よりなり。恨むらくは生 骨相涼薄なりて（氣骨が淺薄なので）、徐聞の鄧生（鄧宗齡）に如かず」と。……予 斯の言を聞き、師の人鑒に服す。分くるに一縣を以て自ら隱れ、少くして進みて郎と爲るを得たれば便ち足る。敢えて更に師の門に攀り、重ねて知己を累わすること無し。偶たま晡宴（晝の宴）に侍り、師 喟然として（嘆息して）曰く、「子の才を以てすれば、齒至りて一第することを獲るに、何ぞや（あなたの才覺であれば、適當な年齡になれば一度で科擧に及第できたでしょうに、どうしてなのですか）。凡そ人 心有りて進退する而已。然るに吾子（あなた）の色を觀れば、進むが若く退くが若し。當に何くにか心を處らしむべき耶」と。予 卒卒として（慌てて）謝して起ち、『酬心賦』を作りて之に答う」。結果的に湯顯祖は翰林院にも入らず吏部入廳も拒絶したが、確かに新人官僚の中では注目される存在であった。

九　抗疏論劾政府信私人、塞言路

萬曆十九年（一五九一）閏三月十四日、彗星が現れたことにより科道官（六科給事中及び都察院十三道監察御史）の不公正を戒める聖諭が出された。南京で禮部祠祭司主事の任にあった湯顯祖は二十五日に邸報でそれを讀み、「論輔臣科臣疏」（『玉茗堂文』一六）を奉った。「輔臣」とは當時の首輔（主席大學士）であった申時行を指し、科臣卽ち科道官は自らの利益と權力者を守るために不正をはたらいた言官を指す。錢謙益のいう「信私人、塞言路」は疏で言及される、これらの「輔臣」及び「科臣」の行爲を指す。この疏では、「皇上の威福の柄、潛かに輔臣申時行の移す所と爲」ったために、「言官の向背の情もて時行の得る所と爲る耳」、卽ち申時行が自らに服從する科道官には便宜をはかり不都合な科道官は排除するという狀況にあったことを次のように訴える。「卽ち臣の知る所の言官を以て之を論ずれば、首め科場の欺蔽を發く者は、御史の丁此呂（字は右武、江西南昌府新建の人。萬曆五年の進士）に非ざる乎。此れ上恩を知りて一喙の忠を效す（お上の恩惠を理解し忠言を發して報いる）者なり。時行 將に其の子を論ぜんとするを知る也、吏部尙書の楊巍をして覆いて之を去らしむ。惟だ其の再び都に入るを恐る」。『明史』李植傳の記述によれば、御史の丁此呂は萬曆十二年（一五八四）三月に嘗て張居正の三人の息子が鄕試及び會試を受驗した際に、息子たちが試驗官を務めた高官と私的な關係を持っていたことを暴露した。申時行はその折の座主で、試驗官は答案の巧拙に據り合否を決め、受驗者の姓名を知ることはできないと辯明して、吏部に審議させるよう敕令を請った。その結果、吏部尙書の楊巍は三名の試驗官及び殿試の策を代筆したとされる何雒文らを處分した上で、丁を試驗官に大逆罪を着せようとしたとして左遷したのだった。

科擧に關する不正については、湯顯祖は疏の中で申時行自身の息子の不正をも摘發している。「惟だ近日 南京御史の李用中 其の子（申時行の息子）籍を冒すの法を正すを奏するも、而るに時行 故に一請を以て責を塞ぐ。旋りて（すぐに）祈請を行い、皇上の一語を得て、其の子の進取を礙げざるを欲す。乃ち君に要むること甚しきこと無からん乎」。『明實錄』萬曆十九年閏三月一日の記載に據れば、御史の李用中は萬曆十九年閏三月、申時行の息子である用嘉の科擧不正疑惑に言及した。用嘉は董道醇の女婿となり浙江籍の受驗者として科擧に合格しており、李はそこに疑念を抱いたのである。そこで、申時行は「覆試（再試驗）」を願い出たが、天子は「覆試」は不要であるとしたので、李用中が再度この件を持ち出したのだった。その結果、申時行は息子を擧人にもどすよう請い、國子監に入ることを許された。

申時行について湯顯祖の疏はさらに、申時行が不正な賄賂を受け取っていたことを述べる。「終に邊鎭の欺蔽を言う者は、御史の萬國欽（字は二愚、新建の人。萬曆十一年の進士）に非ざる乎。此も亦た上恩を知りて一喙の忠を效す者なり。時行 其の贓を辨ずること能わざる也、大學士の許國 擬りて之（萬國欽）を竄すと諷し、猶お其の（萬國欽の）邊を極めざるを恨むがごとし」。『明實錄』萬曆十八年九月三日の記述によれば、山西道御史であった萬國欽は、萬曆十八年九月、申時行が邊境守備軍の將軍から賄賂を受け取り邊境を犯す敵との講和を唱えていると彈劾したため四川保寧府の劍州に左遷された。萬國欽は許國の門下生であったため、許國は當初は萬の申時行彈劾を叱責したが、萬が國家の爲にやっているのだと辯明したために、それ以上咎めることができなくなった。

「科臣」については楊文擧と胡汝寧という二人の都給事の不正を指摘する。災害時の救濟を指揮する立場にあった吏科都給事中の楊文擧は、推擧を約束して大小の官僚から金を受け取っていたという。「夫れ吏科都給事中の楊文擧なる者は、詔を奉りて荒政を經理する者に非ざる乎。文擧過ぐる所、輙ち大小の官吏の公私の金を受けて算うる無し」。さらに兵科給事中の胡汝寧については、萬曆十六年の順天府鄕試の「覆試」を提言した高桂を擁護した饒伸らを彈劾したため、「蝦蟆給事」と揶揄している。「禮科都給事の胡汝寧に至りては、主事の饒伸を參ずる（彈劾する）を除く外、一蝦蟆給事なる而已」。『明實錄』萬曆十七年正月二十二日によれば、高桂はこの日、前年に順天府の鄕試に合格して擧人となった者のうち、第四名の鄭國望の答案には五篇しかない、第十一名の李鴻の八股文には方言が混じっているなど、多くの答案に瑕疵が見られることから、解元の王衡も含め「覆試」を實施するよう提案した。王衡は時に次輔（次席大學士）であった王錫爵（字は元馭。太倉の人。嘉靖四十一年の進士）の息子である。天子は必要無しと宣旨したが、翌月「覆試」が實施され、王衡らに會試受驗が認められた。一方、高桂については輕率に奏上したとして二箇月の奪俸となり、鄉試の試驗官であった黃洪憲が高桂の發言內容を精査するよう求めた。これに對して刑部雲南司主事の饒伸は上疏し王錫爵の罷免を求めたが、萬曆帝は饒伸の越權行爲と妄言に怒ったため、胡汝寧が高桂と饒伸を彈劾し、高は降格された上で邊境に左遷され、饒は職を革められて民とされた。一方、胡は翌年に禮科都給事中に昇進した。湯顯祖が南宋の鵝鴨諫議に擬えて胡汝寧を「蝦蟆給事」と呼んだのは、かつて干害の折に雨乞いをするために屠殺が禁じられた際に、胡が蛙の捕獲禁止を願い出る文を奉ったためである(『野獲編』卷一九、道光七年刻同治八年補修本參照)。

一〇　**謫廣東徐聞典史、量移知遂昌縣**　徐聞に左遷されたことは鄒元標「湯義謫朝陽尉序」(『鄒忠介公全集』存眞集卷四。本書の引用は「年譜」に據る)に「明年(萬曆十八年)余復た南に謫せられ、義(湯顯祖)余を見て喜びて自ずから禁ぜず。兩月を越えて、義 憤りを發して書を上りて國事を言い、權要の人を觸して忤らう。上 其の言を是とするも中に格かれ(中途半端な狀態で放置され)、竟に義を謫して粵典史と爲す」とある。遂昌に異動になったことは「鄒傳」に「居ること之を久しくし、遂昌令に轉ず」とあるほか、湯顯祖「遂昌縣相圃射堂記」(『玉茗堂文』卷七)に「蓋し今上二十有一年(一五九三)三月望後三日、予 遂昌に來たり」とある。

一一　**縱囚放牒**　湯顯祖が遂昌在任時に、春節や元宵節の際に囚人に寛大な措置をとったことについては湯顯祖自身の「柬吳拾之」(『玉茗堂尺牘』二)並びに「柬姜耀先」(同前)に見える。「兄 署中に來たるは、眞に是れ「寒 一夜に從いて去り、春 五更を逐いて回る」(唐の史靑「應詔賦得除夜」詩。但し史靑の詩は「從」を「隨」に作る)なり。「除夕遣囚」詩、和するを得る可きや否や。「除夜星灰(松明の火)氣 天を燭らし、酴酥 恨みを銷す 獄神の前。須らく歸りて朔を拜み三日(獄中への歸還を)遲らしむべし、溘として(急に)陽春を見て又一年」(「柬吳拾之」）、「兄謂えらく囚を縱ちて燈を觀しむれば、間を得る者有ることを恐ると。良に然り。兄 肯えて大光明を放ち、一たび此の無間を破らしめん乎（たくさんの燈火を點して、囚人にこの晝夜の區別無く明るい牢獄を突破させようとなさるでしょうか）」（「東姜耀光」）。また「鄒傳」には服役中の囚人の待遇を改善したことが記載されている。「遂昌 萬山の中に在りて、土風淳く美わし。……相與に鉗劇（鐵の首かせと誅殺刑）を去り、桁楊（刑具）を罷め、科條（刑罰の項目）を減らし、期會を省き（服役期間を短くし？）、一意拊摩喚咻し（一心に囚人に憐れみをかけ）、乳哺し（育み）而して之を翼覆す（囚人たちを助け保護した）。用って民和を得たり。……一時の醇吏の聲 兩浙の冠爲り」。

一二　戊戌上計、投劾歸、不復出。……主者曰、「正欲成此君之高耳」　戊戌（萬曆二十六年、一五九八）に自ら退官を求めたことは、湯顯祖自身が「寄南弦浦關中」（『尺牘』巻四）に「戊戌僕堅求去官、而明公垂念不置（戊戌 僕堅く官を去ることを求むるに、而るに明公垂念して置かず）」と述べている。「鄒傳」はこれについて、湯顯祖が役所や政府の上層部におべっかを使うことができず、また前年萬曆二十五年の礦稅の禍に際して政府にたてついたことを退官の原因として擧げている。「而して公 倜儻夷易にして（豪放さのため拘束を好まず）、韝を衿きて鞠躇（お辞儀や跪くこと）し、長吏の色を覗いて其の便を得ること能わず、又礦稅の事を以て跌盭（過ちを犯す）する所多し。計偕の日、便ち吏部の堂に向かいて歸を告ぐ。主爵 之を留め、典選 之を留め、御史大夫 之を留むると雖も、而るに公 浩然として長往し、神武の冠（英明威武なる御代の官僚の冠）竟に挽く可からず」。湯顯祖は「寄吳汝則郡丞」（『尺牘』二）で「山を搜す使者は如何。地に一つの以て寧らかなる無く、將に裂くるを恐れんとす」といい、自注に「時に礦使有りて至る」としているほか、「感事」（『玉茗堂詩』巻一五）でも「中涓（宦官）空を鑿ち山河盡き、聖主 金を求め日夜勞せしむ」と詠んでいる。

「辛丑外計、議黜」の部分の記述は「鄒傳」に據っている。「已抵家、浙開府以復任招、不赴。浙直指以京學薦、不出。已無意仕路、而忌者不察、懼捉鼻之不免、而爲後憂、遂於辛丑大計褫奪其官。比有從旁解之者曰、「遂昌久無小草意、何必乃爾」。當事者曰、「此君高尚、吾正欲成其遠志耳」（已に家に抵りて、浙開府〔李三才〕任を復するを以て招くも、赴かず。浙直指 京學〔國子監〕を以て薦むるも、出でず。已に意の仕路に無きに、而るに忌む者察せず、捉鼻〔輕蔑される〕の免れず、而して後憂と爲るを懼れ、遂に辛丑の大計に於いて其の官を褫奪す〔官位を剝奪し功名を削除した〕。旁ら從り之を解く者有るに比びて曰く、「遂昌 久しく小草の意〔深謀遠慮の意思〕無きに、何ぞ必ず乃爾せんや」と。當事者曰く、「此の君 高尚にして、吾 正に其の遠志を成さしめんと欲する耳」と）」。文中、「旁ら從り之を解く者」とは、湯顯祖の「次答鄧遠遊渼兼懷李本寧觀察六十韻」詩の序（『玉茗堂詩』卷一二）で李維楨（字は本寧、京山の人。隆慶二年の進士）であることが明言されている。「茲に（鄧渼）服闋して都に上るに當たり、別に語るに辛丑の大計吏、堂を過ぐる時（審議された時）、觀察李公（維楨）予が爲に琅琅として此の長物を爭うという。予 平昌（遂昌）に在ること五年、戍の計もて西のかた歸り、曾て一日も縣に到る無きに、而るに更に摭びて丑の計に入れらる。此れ乃ち時人の局置 已に定まりて、竟陵（李維楨）の一知を得れば足ると爲す耳。材 竟陵の如きは、正に自ら免れず。楚國の先賢、足りて明論有り。邑犬 羣れて吠ゆるは、怪しむ所を吠ゆるなり。誹俊疑桀、固より常態なり（俗人が群衆となって賢明で有能な人物を駄目にしたり、俊才を誹謗し傑出した人物を疑うのは、もとより凡庸な人間の常である。「誹俊疑桀」は『楚辭』九章「懷沙」に見える言葉）。然れども本寧謂えらく、予 久しく已に高尚なりと。人云えらく、便ち此の君の高きを遂げしめんと。並びに是れ知己なり」。また、「鄒傳」の引用中で「當事者」とされるのは、溫純を指す。湯顯祖の「趙仲一鄉行錄序」（『玉茗堂文』卷二）に「一たび遂昌の令たる也、六年の計を上りて去ることを求む。南考功某（企仲）曰く、

「遂昌に關係の人有るに、何ぞ便ち去るを得しめんや（どうしてすぐに官を去らせることができようか）」と。予竟に去りて、未だ嘗て一日の官ならず。又三年の計、而して溫中丞 故相（王錫爵）より出で 孺□（一字不鮮明）を掲げて（捕獲用の網を擧げて?）曰わく、「遂昌 言有りて、宜しく其の高尚を遂げしむべし」と」とある。また、湯顯祖は「辛丑京考後口號寄溫都堂純」二（『玉茗堂詩』巻一八）でも「獨り不羈に坐して高尚もて去るに、平生知己なるは是れ溫君」と皮肉っている。萬暦二十九年の考察は吏部尚書の李戴と監察御史の溫純が擔當し、「才を負いて輕佻なる者」を「浮躁」として「不謹」の次に位置づけて降格の對象とすることが決められた（『野獲編補遺』巻二「大計添浮躁」）。浙江按察使であった李維楨は（『明實錄』萬暦二十七年閏四月六日の記述に據る）、湯顯祖罷免の措置を不服として訴え出たが、湯顯祖とは一面識もなかった（『玉茗堂尺牘』巻三の湯顯祖「答黄貞父」の記述に據る）。この一件により李維楨は「浮躁」を以て右參政に降格となった。「年譜」は、この詩により湯顯祖もまた「浮躁」により職を失うことになったようだと推測している。加えて『野獲編』巻一一「吏部堂屬」では、湯顯祖の處遇については遂昌の名士であった項應祥との關連を指摘する。「辛丑の外計、李本寧憲使を中らんと欲する者（中傷しようとする者）有るも、賴にして馮（吏部侍郎馮琦）救い止む。而るに吏科の王斗溟（士昌）拾遺を用って之を糾すに、馮 又力めて持し、薄謫（輕い降格）を得たり。初め堂を過ぐる時、李の屬吏 遂昌知縣の湯顯祖 斥くを議せられ、李 去就を以て之を争うに至る。得ること能わずして、涙を墮とすに幾し。身も亦た吏議の中に在るを知らざるなり。湯 前吏科都給事の項東鰲（應祥）の切齒する所と爲る。項 故遂昌の鄕紳たりて、時に正に補せらるるを聽ちて京に入り、故に禍 解く可からず。而して李・馮二公 一片の憐才の至意（才有る者に憐れみをかける志）、眞に人をして敬う可く悲しむ可からしむ」。

一三　里居二十年、年六十餘始喪其父母、既葬、病卒　湯顯祖の兩親の生卒年については、前掲「承塘湯先生合葬墓誌銘」に「翁 嘉靖戊子の年（七年、一五二八）十二月初二日に生まれ、萬曆乙卯の年（四十三年、一六一五）正月十一日に卒す。享年八十有八。恭人 嘉靖庚寅の年（九年、一五三〇）十一月初八日に生まれ、萬曆甲寅の年（四十二年、一六一四）十二月二十一日に卒す。享年八十有五」とある。

湯顯祖の死去については三男の湯開遠『玉茗堂選集』の尺牘原序（『湯顯祖詩文集』收載に據る）に「歲は龍蛇に在り、六月既望、家嚴祠部公 遂に棄てて諸孤を藐（はるか）にして去る。……易簀の夕（今際のきわに）尙お孺子の爲に哭し、命ずるに麻の衣冠を以て斂に就かしむ」という。「龍蛇」は『後漢書』鄭玄傳に、鄭玄が、孔子が「起きよ、起きよ、今年歲 辰に在り、來年歲 巳に在り」というのを夢に見て自らの死期を悟り、その年の六月に亡くなった故事にもとづく。萬曆四十四年は丙辰の年。『宗譜』は死亡日時を九月二十一日とするが、「既望」は十六日を指すため、六月十六日とするのが正しい。また、「小傳」は享年を六十八歲とするが、六十七歲が正しい。湯顯祖が棺桶に遺體を收めるにあたっては麻の着物を用いるよう遺言したことは、「訣世語」（『玉茗堂詩』卷一三）の序にみえる。「僕老いたり。幸にして二尊人の大事を畢え、苫塊の中に（兩親の服喪の最中に）疾を發し彌留（危篤狀態）のとき、已に起く可からず。終の容を愼しみ、仍（な）お麻の衣服草屨を用って以て襲（かさ）ねよ」。

一四　視天下事數着可了　この表現は錢謙益の次の文でも使用されている。「鏡古篇序」（『有學集』卷一四）「蘭谿の祝太守茄穹、不世出の才を負い、海內の事 數着もて了る可し」、「太學生約之翁君墓表」（『有學集』卷三五）「約之 名は彥博。……當世を揣摩し、天下の事 數着もて了る可し」。錢謙益が湯顯祖について「天下事數着可了」であったというのは、會試合格をめぐって張居正に自らの命運が翻弄されたことや遂昌知縣を辭任して三年後の銓衡で思いがけず罷免されたことなどにより、湯顯祖が官僚世界の道理を看破していたことを指すものであろう。湯顯祖が萬曆二十五年（一五九七）、杭州に政務報告をしに出かける途上、舟中で讀んだ『宦林全籍』に感ずる所があって書いた「感宦籍賦」（『玉茗堂賦』三）では、湯顯祖が官界をどのように捉えていたかがつぶさに述べられている。「嗟夫、天下も亦た大なる矣、仕人も亦た夥しき矣。鳳凰の官有れば、則ち必ず蟣虱の使有り。金玉の英有れば、則ち必ず糞土の士有り。……身を帝所に終わるもの有り、望みを廊阿（役所の隅）に絶つもの有り。十年なるも調せられざるもの有り、一月にして累加せらるるもの有り……風に麗しくする者（潮流に付和する者）は衎として（樂しく）言い笑いて翼を加え、津を絶する者は號咷（號泣）を罄くすも而るに槎靡し。時を得る者は俯仰に隨いて皆妙たりて、志を失する者は任い語嘿するとも以て佳無し。徒だ墨守する者をして此の書（『宦林全籍』）を視て據るところを失わしめ、闘いに捷つ者は是の刻を指して以て誇るを嚴る。……然らば則ち茲の籍（『宦林全籍』）たる也、能く人をして采色（氣色）飛擧し、道心（基本的な精神）沈亂せしむ。手に觸れて偶たま觀る可きなるも、神を淹して久しく玩ぶを難くす。忽ち卷を掩いて罔然たり、吾も亦た多く之を言うとも幻と爲るなり」。

一五　**其所投分、李于田・道甫・梅克生之流、皆都通顯、有建豎**　李于田は李化龍。長垣の人で萬曆二年の進士。邊境の安定や楊應龍の亂鎮壓の外、治水事業に貢獻し、兵部尙書まで昇る。道甫は李三才。順天府通州の人で萬曆二年の進士。經世に邁進し權謀術數に長け、鑛稅使の不正抑止や盜賊の捕獲により民心をつかみ、戶部尙書まで昇る。但し萬曆末期には政爭のため蟄居。天啓三年になって南京戶部尙書に起用されるが赴任前に死去。梅克生は梅國禎。麻城の人で湯顯祖と同年の進士。哱拜の叛亂鎮壓で功績を上げ、累遷して兵部右侍郎にまで昇る。

一六　**所居玉茗堂**　「玉茗堂」は、湯顯祖の書齋の名で、臨川の沙井にあった。「年譜」に據れば、萬曆二十六年に移ってきたという。「玉茗」とは白山茶につけられた名で、撫州府には南宋の時に建てられた玉茗亭があったという。

一七　**道甫開府淮上……義仍謝曰、「身與公等比肩事主、老而爲客、所不能也」**　「遣」の字は、『小傳』標點本・『列

朝詩集』點校本ともに「遺」に作る。湯顯祖「答淮撫李公五十韻」序（『玉茗堂詩』巻一一）に「與大名魏公允貞・長垣李公化龍、皆予奉常時永夕之好。……某奉戊戌計歸、別公秣陵城外、于今七稔。馳使來迎、雅意殊厚。獨愧身與公等比肩事主。老而爲客、亦非予所能也（〔李三才〕大名の魏公允貞・長垣の李公化龍と、皆予 奉常たりし時 永夕の好〔夜更かしをした仲〕あり。……某 戊戌の計を奉りて歸り、公〔李三才〕に秣陵城外〔南京郊外〕に別れ、今に于けるや七稔なり。使いを馳せしめ來たりて迎え、雅意 殊に厚し。獨だ愧ずるは身 公と等しく肩を比べ主に事う。老いて客と爲るは、亦た予の能くする所に非ざるなり）」とするのに據る。『明史』李三才傳に「二十七年 右僉都御史を以て漕運を總督し、鳳陽の諸府を巡撫す」とある。魏允貞は字を懋忠といい、南樂の人。萬曆五年の進士。右僉都御史や右副都御史などを歴任し、蟄居後に兵部右侍郎を授けられた。

一八　爲郎時、擊排執政、禍且不測、詒書友人曰、「乘興偶發一疏、不知當事何以處我」　「小傳」のいう友人に送った書狀は未詳。錢謙益は『玉茗堂選集』の文集に書いた序文にも「義仍 郎爲りし時、論劾さるる所有りて、罪且に不測ならんとす。書を親しむ所に移し「興に乘じて一小疏を發し、未だ當事何を以て我を處するかを知らず」と」と書いている。湯顯祖「答張起潛先生」（『尺牘』巻一）には「時事を觀て、疏一通を上り、或るひと曰く、「上 震怒すること甚だし」と。今 罪を待つこと三日なるも下らず。弟子 不精不神なること、蓋し知る可し」とある。

一九　晚年師盱江而友紫柏……胸中魁壘、陶寫未盡、則發爲詞曲　盱江は羅汝芳、紫柏は紫柏大師を指す。「魁」の字を『列朝詩集』點校本は「塊」に作る。湯顯祖「李超無問劍集序」（『玉茗堂文』巻四）に次のように言う。「一日、問余、「何師何友、更閱天下幾何人」。余曰、「無也。吾師明德夫子而友達觀。其人皆已朽矣。達觀以俠故、不可以竟行於世。天下悠悠、令人轉思明德耳」（一日、〔李至淸〕余に問う、「何れを師とし何れを友とするか。更に天下の幾何の人を閱するか」と。余曰く、「無きなり。吾 明德夫子〔羅汝芳〕を師として達觀を友とす。其の人皆已に朽ちたり。達觀 俠を以ての故に、以て竟に世に行わる可からず。天下悠悠たりて、人をして轉た明德を思わしむる耳」と)」。

湯顯祖は十三歲から羅汝芳に師事した。湯顯祖「秀才說」(『玉茗堂文』巻一〇)に「十三歲の時、明德羅先生に從いて遊ぶ。血氣未だ定まらず、非聖の書を讀む。遊ぶ所の四方、輒ち其の氣義の士に交わり、蹈厲靡衍して(意氣盛んにあちらこちらで活動して)、幾ど其の性を失う」という。また、前掲「承塘湯先生合葬墓志銘」では、羅汝芳が從姑山(江西撫州にある山)に前峰書屋を建てて講學すると、湯顯祖は父の命により學びに出かけたことを「翁復た近溪羅先生 世の大儒爲るを聞く。適たま學を盱江に講じ、若士を遣わし笈を負い建武に詣り明德の旨を聽かしむ」と記している。さらに、萬曆十四年に羅汝芳が南京に來た際にも講學に參加している。楊起元「近溪羅先生墓志銘」(「年譜」及び『湯顯祖詩文集』收載に據る)に「夫子(近溪)乙酉(萬曆十三年、一五八五)大いに江省の同志を城に會す。丙戌(萬曆十四)麻城の周柳塘公來訪す。同に舟もて南昌に下り、兩浙に遊び、留都(南京)に至る。日び朱子廷益・焦子竑・李子登・陳子履祥・湯子顯祖等と與に學を城西の小寺に談ず」とある。

紫柏大師については、湯顯祖は萬曆十八年の十二月、南京の鄒元標の住まいで初めて出會い、遂昌に左遷された時代にも紫柏が訪ねてくるなど密接に交流した。湯顯祖「蓮池墜簪題壁」(『玉茗堂詩』一三)の序文に「予 庚午(隆慶四、一五七〇)の秋擧げられ、赴きて總裁の參知 餘姚の張公岳に謝す。晚に池上を過ぎり、影を照らして首を搔き、一蓮簪を墜とす。壁に題して去る。庚寅(萬曆十八、一五九〇)、達觀禪師(紫柏)予を南比部(南京刑部)の鄒南皐郎(元標)の舍中に過ぎりて曰く、「吾 子を望むこと久し」と。因りて前詩を誦す。三十年の事なり。師 爲に「館壁君記」を作り、甚だ奇なり」とある(この序文は萬曆二十八年執筆されたもの)。紫柏も「與湯義乃」（『紫柏老人集』巻一二、天啓七年釋三炬刻本）に湯顯祖との邂逅を記している。「野人追惟する（回想する）に往て西山の雲峰寺に遊び、寸虚（湯顯祖の法名）を壁上に得たり。此れ初遇なり。石頭（南京）に至り、南皐の齋中に晤う。此れ二遇なり。寸虛 風雨を冒して枉げて棲霞（寺）を顧みる。此れ三遇なり」。紫柏が雲峰寺で「初遇」したというのは、實際に面會したわけではなく、壁に題された詩を見たことを指す。紫柏はこの文の後に、さらに遂昌と臨川で面會したことを記している。萬曆三十一年十一月、紫柏は第二妖書事件の際に逮捕され、翌月に獄中で圓寂した。第二妖書事件とは、十五年間に渉り引き延ばされ萬曆二十九年にようやく實現した皇太子冊立に關して怪文書が出回った事件。文書は萬曆三十一年十一月に「續憂危竑議」と銘打って、東宮はやむを得ず冊立されたが東宮付の官僚が十分に配備されていないのは後に東宮を改めるという寓意があるためだ、と主張していた。十二月になって首輔の沈一貫の命を受けた康丕揚・銭夢皐は、妖書事件に託けて次輔の沈鯉の大物門下生である郭正域を陥れようと、舟を取り圍んで逮捕した。その折に郭正域と親しかった醫術者の沈令譽も妖書の作成者として逮捕され、家宅捜索された際に紫柏の書狀が發見されたため、紫柏は逮捕されたのだった。『明史』郭正域傳や『萬曆野獲編』巻二七「紫柏禍本」などに詳細な記事がある。

『小傳』では思想的影響を受け交友があった人物として羅汝芳と紫柏を擧げるだけだが、湯顯祖は李贄にも多大な影響を受けた。湯顯祖「答管東溟」（『尺牘』一）には「奉陵祠を得て、暇豫（ひま）多し。明德先生の如き者、時に吾が心眼中に在り。見るに可上人（紫柏）の雄を以てし、聽くに李百泉（贄）の傑を以てす。其の吐屬（談論の風格）を尋ね、美劍を獲るが如し」という。

二〇　四夢之書……則義仍之所存畧可見矣　四夢とは「玉茗堂四夢」と呼ばれる湯顯祖の四種の戲曲。いずれも「情」がテーマのひとつになっており、その點では銭謙益が「復留連風懷、感激物態」と評しているのは納得できる。しかし「要於洗蕩情塵、銷歸空有」という要素は『紫釵記』・『還魂記』において中心的なテーマとなっているとは言いがたいほか、『邯鄲記』・『南柯記』についても、湯顯祖の執筆の目的は「要於洗蕩情塵、銷歸空有」というよりは、湯顯祖が自ら見聞した「人世の險詐の情を備さに述べ」、「以て萬曆年間の仕途の況を考え鏡とするに足る」ことにあったとされる（吳梅「邯鄲記跋」、『湯顯祖研究資料彙編』收載）。

二一　**嘗謂、「我朝文字、以宋學士爲宗。李夢陽至瑯琊、氣力强弱巨細不同、等贗文爾」**　湯顯祖「答張夢澤」（「尺牘」卷四）に據る。「我朝文字、宋學士而止。方遜志已弱、李夢陽而下、至瑯琊、氣力强弱巨細不同、等贗文爾」（我が朝の文字〔ここでは專ら文を指すと思われる〕、宋學士〔濂〕にして止む。方遜志〔孝孺〕已に弱く、李夢陽而下、瑯琊〔王世貞〕に至るまで、氣力の强弱巨細は同じからざるも、贗文に等しき爾）」。

二二　**萬曆間、瑯琊二美、同仕南都、爲敬美太常官屬。敬美唱爲公宴詩、不應**　湯顯祖「復費文孫」（「尺牘」卷三）に據る。「故王元美、陳玉叔同仕南都、身爲敬美太常官屬、不與往還。敬美唱爲公宴詩、未能仰答。雖坐才短、亦以意不在是也（故王元美・陳玉叔〔文燭〕同に南都に仕え、身は敬美の太常の官屬と爲るも、與に往還せず。敬美唱えて公宴詩を爲らしめんとするも、未だ能く仰答せず。才短なるに坐ると雖も、亦た意 是に在らざるを以てするなり〔王世懋に與するつもりがなかったためだ〕）」。

二三　**又簡括獻吉・于鱗・元美文賦……元美曰、「湯生標塗吾文、異時亦當有標塗湯生者」**　湯顯祖「答王澹生」（「尺牘」卷一）に次のように言う。「弟少年無識、嘗與友人論文、以爲漢・宋文章、各極其趣者、非可易而學也。……因於敝鄉帥膳郎舍論李獻吉、於歷城趙儀郎舍論李于鱗、於金壇鄧孺孝館中論元美、各標其文賦中用事出處、及增減漢史・唐詩字面處、見此道神情聲色、已盡於昔人。今人更無可雄、妙者稱能而已。然此其大致、未能深論文心之一二。而已有傳於司寇公之座者。公微笑曰、「隨之。湯生標塗吾文、他日有塗湯生文者」（弟 少年たりしとき識無く、

嘗て友人と文を論じ、以爲えらく漢・宋の文章、各おの其の趣を極むる者、易くして學ぶ可きに非ざるなり。……因りて敝鄕の帥膳郎〔機〕の舍に於いて李獻吉を論じ、歷城の趙儀郞〔邦淸〕の舍に於いて李于鱗を論じ、金壇の鄧孺孝〔伯羔〕の館中に於いて元美を論じ、各おの其の文賦中の用事出處、及び漢史・唐詩の字面を增減する處を標し、此の道 神情聲色、已に昔人に盡くるを見す。今人更に雄たる可き無く、妙なる者 能くすと稱する而已。然れども此れ其の大致にして、未だ深く文心の一二を論ずること能わず。而るに已に司寇公〔王世貞〕の座に傳うる者有り。公 微かに笑いて曰く、「之に隨え。湯生 吾が文を標塗するも、他日 湯生の文を塗る者有らん」と)」。「小傳」では王世貞が「微かに笑いて曰く、「之に隨え」と」と言ったことは記されない上、王世貞の發言を聞いた湯顯祖が「憮然として（茫然自失として）曰く、「王公 達人にして、吾 之を愧ず」と」と言ったことも記されていない（この點は、野村鮎子「錢謙益による歸有光の發掘」（『歸有光文學の位相』第Ⅰ部、第二章〔汲古書院、二〇〇九〕に指摘がある）。

二四　義仍少熟『文選』、中攻聲律……而蘄其知吾之所未就也　湯顯祖「答張夢澤」に據る。「弟十七八歲時、喜爲韻語、已熟騷賦六朝之文。然亦時爲擧子業所奪、心散而不精。鄕擧後乃工韻語。三變而力窮、詩賦外無追琢功。不足行一也（弟十七八歲の時、喜びて韻語を爲り、已にして騷賦六朝の文に熟る。然れども亦た時に擧子業の奪う所と爲りて、心散じて精らにせず。鄕に擧げられし後 乃ち韻語を工む。三たび變わりて力窮まり、詩賦の外に追琢〔彫琢〕の功無し。一を行うに足らざるなり〔一つのことに滿足できなかった〕）」。また、錢謙益「湯義仍先生文集序」（『初學集』卷三一）にも類似の內容を記載する。錢謙益が湯顯祖の文集のために書いたこの文には、湯顯祖が語った言葉として次のような內容を記載している。「臨川湯義仍文集若干卷、吳人許子洽生以萬曆乙卯謁義仍於玉茗堂、而手鈔之以歸者也。義仍告許生曰、「吾少學爲文、已知訾謷王・李、搰搰然駢枝儷葉、從事於六朝。久而厭之。是亦王・李之朋徒耳。汜濫詞曲、蕩滌放志者數年、始讀鄕先正之書、有志於曾・王之學、而吾年已往、學之而未就也。子歸以吾文眎受之（錢謙益）。不蘄其知吾之所就、而蘄其知吾所未就也。知吾之所就、所謂王・李之朋徒耳。知吾之所未就、精思而深造之。古文之道、其有興乎」。余聞義仍之語、退而讀其文、未嘗不喟然太息也（臨川の湯義仍の文集若干卷は、吳人の許子洽生 萬曆乙卯（四十三）義仍を玉茗堂に謁するを以て、而して之を手鈔し以て歸る者なり。義仍 許生に告げて曰く、「吾 少きより文を爲るを學び、已に王・李を訾謷する（瑕疵を指摘して排擊する）を知り、駢枝儷葉に揖揖然とし（力を盡くし）、六朝に從事す。久しくして之を厭う。是れ亦た王・李の朋徒なる耳。汜く詞曲を濫にし、蕩滌放志する者（六朝風の作風を洗い流し戲曲への情熱を恣にすること）數年、始めて鄕の先正の書を讀み、志を曾（鞏）・王（安石）の學に有するも、而るに吾 年已に往きて、之を學ぶも未だ就らざるなり。子 歸りて吾が文を以て受之（錢謙益）に眎せよ。其の吾の就る所を知るを蘄めず、而して其の吾 未だ就らざる所を知るを蘄むるなり。吾の就る所を知るは、所謂王・李の朋徒なる耳。吾の未だ就らざる所を知るは、精思して深く之に造る。古文の道、其れ興有る乎」と。余 義仍の語を聞き、退きて其の文を讀み、未だ嘗て喟然として太息せざることあらざるなり）」。これらの文に據れば、湯顯祖が「三變而力窮」と言うのは、十代の後半の六朝詩に始まり、鄕試合格前の創作に專心できない時代や戲曲を執筆した時期を經て、曾鞏や王安石に理想を求めた時代に至るまでの變遷を指す。

錢謙益が前揭『玉茗堂選集』に書いた原序（『湯顯祖詩文集』所收）は、『初學集』に收錄されているものとは異なっている。原序では「凡そ（湯顯祖の）序記誌傳の文、曾（鞏）・王（安石）より出づる者多と爲す」とした上で、「嘉（靖）・隆（慶）の文（後七子の文）は、秦・漢の古文詞を稱する者爭いて曾・王を訾謷し、以て名高しと爲す。二十年來日び以て頽敝し、說く者羣起して之を擊排す。排は誠に是なるも、而るに古に返る所以を思わず。

敗者東走し、逐う者も亦た東走し（敗者も追う者も復古の本來の目的を見失って迷走し）、古文の復は豈に幾う可けんや。義仍（湯顯祖）之を憂うること有りて、是の故に深思し氣を易え、者（不合理）を去り割愛し、而して其の指要を曾・王に歸す。夫れ曾・王なる者、豈に以て古文を盡くすに足る哉。其の指意 猶お多く本を六經に原づくがごとく、其の議論風旨 漢・唐の諸君子より去ること猶お未だ遠からざるがごときなり」となっている。

湯顯祖自身の詩文の中で、その前後七子に對する評價に言及したものとしては、「孫鵬初遂初堂集序」（『玉茗堂文』巻四）がある。この序文の中で、湯顯祖は、李夢陽と何景明を「世よ所謂傳うる者」として、詩文の「貌」（『書』洪範にいう五事のひとつ。外觀と振る舞い。ここでは詩文の樣式や手法）といった要素の追究に心血を注いだことを評價している。「國初の大儒彝鼎の文、敢えて論ずる所無し。夫の李獻吉（夢陽）・何仲默（景明）の二公に迨び、軒然として（高々と）世よ所謂傳うる者なり。大致李は氣 剛なるも色 晦き無きこと能わず、何は色 明るきも氣 柔無きこと能わず。神明（人の精神が言語となる）の際、未だ能く兼ぬる者有らず。要は其の文に于ける也、瑰如曲如たるも（稀に見る立派な樣も曲がっている樣も）、亦た其の貌有りと謂う可きなり。世よ宜しく傳うる者有るべきなり。間者（最近）文士 神明を以て自ら擅にするを好み、其の貌を忽せにして修めず、險仄に馳趣し（險しく狹い所に走り）、稗雜を驅使し（正統ではない雜然とした所を推し進め）、是を以て傳う可しと爲す。其の中を視るに、所謂反置して臆屬する者（言葉を顚倒させて配置したり、臆斷で綴ったりしている作品）、尙お多く之有り。亂れて幅靡く、盡きて蘊寡なし（亂れて廣がりがなく、全て言い盡くして含蓄が少ない）。之に則るに李・何を以てすれば、其の所謂傳うる者に於いては何如（こうした人々を規準にして李・何風の作品をめざして創作した場合、そうした作品は、所謂傳えるべき作品と比較してどうだろうか）。然而れども世に之を悅ぶ者有るなり。華容の孫公鵬初（羽侯）之を憂え、嘆じて曰く、「李・何の斯文に於けるや、爲に衰を起こし溺を振るう功有り。王元美の七子、已に弱宋の路を開く。日び已に流遁し、此を長くせば安くにか極まらん。且つ吾が先公四世文林にして、二公を劑量し（斟酌し）法と爲すこと已に久しく、以て失う可からず」と」。

だが、こうした湯顯祖が李夢陽や何景明をある程度評價していた事實には、『初學集』所收の「湯義仍先生文集序」でも『玉茗堂選集』所收の原序でも言及されていない。加えて「小傳」では、湯顯祖が李攀龍や王世貞だけでなく、李夢陽の「文賦」をも指摘の對象としたとされており、湯顯祖が前後七子を一括して批難したかのような記述になっている。

また、注二一に擧げた「答張夢澤」では、「小傳」が引用した部分の後に、湯顯祖は「弟 何人にして能く其の眞を爲さんや。眞ならずんば行うに足らず」と述べており、湯顯祖自身も前後七子同樣、贋文しか書けず「世に行うに足らず」といい、張夢澤（師繹）による文集の刋行の要請を斷っている。前掲の錢謙益「湯義仍先生文集序」においても、湯顯祖は六朝を學ぶ對象として創作に勵んだ後で「久而厭之、是亦王・李之朋徒耳」といい、錢謙益にはさらに上を目指すように促していた。これらを總合して考えると、湯顯祖は後七子については、「弱宋」を導く結果となったという非があったことを認める一方で、前七子は「傳う可き者」であり、後七子は自らの限界を悟らせた存在であると捉えていたといえる。ところが、「小傳」では、そうした湯顯祖の見方が單純化されている。

なお、湯顯祖『玉茗堂尺牘』卷六には「答錢受之太史」と題する書が收錄されており、序文に對する禮狀と思われる。また、「張元長噓雲軒文字序」（『玉茗堂文』卷五）には「近くの吳の文 龍と爲ることを得る者二」として張大復（元長）とともに錢謙益を擧げている。「龍 醇灝豐燁（雜じり氣のない水と豐富な火の盛大な勢い）有り、雲氣 滃鬱なる（盛ん）に從いて興り、幽毓まれ 横に溥り、施るを窮む可からざる者は、錢受之の文なり」。

二五 義仍有才子、曰士蘧。五歲能背誦「二京」・「三都」、年二十三、客死白下 湯顯祖「重得亡蘧訃二十二絶」三

（『玉茗堂詩』巻一五）に「五歳にして『三都』暗誦を成し、終星（十二歳で）『廿史略』流通す（五歳「三都」成暗誦、終星『廿史略』流通）」とある。萬曆二十八年（一六〇〇）に南京で客死したことについては、湯顯祖「庚子八月五日、得南京七月十六日亡蘧信」之一（同前）に「回也死時三十二、蘧子亡時二十三（回〔顏回〕や死する時三十二、蘧子亡くなりし時二十三）」とある。湯士蘧（字は友尼）は十六歳で縣學に補せられ、十九歳で南京國子監に入った。湯顯祖「亡蘧四異」二及び自注（『玉茗堂詩』巻一五）に據れば、士蘧は七月七日に下痢とマラリアに罹り、參朮（中藥のひとつ）を服用し鄉試に臨もうとしたが、中元節以降は起きることができなかったという。「黄蛇朔五に堦前に隊し、汝 黄蛇の飛びて天に上るを夢む。洽に是れ病來たりて初七日 肯くんぞ人をして因緣を信ぜざらしめん（自注）七月五日、玉茗の庭前に一蛇斃れ、兒便ち六日に南都に在りて黄蛇の天に上るを夢む。七日病みて瘧下 瘧を兼ね、驟かに參朮を服し健を求めて試に入る。中元を過ごし一日も起きず）」。

二六　次大耆、才而佻　游名柱「尊宿公傳」（『湯顯祖研究資料彙編』收載）に「公 諱は大耆、字は尊宿、祠部司祭郎中 諱は顯祖公の次子なり。……謁選もて徐州周知を得たり」とある。傅占衡「湯子蕉尾序」（『湘帆堂集』巻四、康熙六十一年活字本）に「『湯子蕉尾』なる者、吾が臨川の尊宿先生の詩なり。先生 家世 杸叔（乘）を過ぎ、胎に乳わるるは 徐陵に類す。七子の餘賓を接ぎ、兩都の舊事を記し、鬢髯未だ戟さざるに、篇什 已に工なり。圭組（官爵）稍く牽きて、山林を旋り逸り、故に其の詩 波瀾老成す。源流 獨り遠きのみ」という。「小傳」が湯大耆を「佻」と評するのは、「七子の餘賓」卽ち七子の末流を繼承したとされるためか。

二七　次開遠　「明史」湯開遠傳に「湯開遠、字は伯開、主事顯祖の子なり。早くに器識（器量と見識）を負い經濟自ら許す。崇禎五年（一六三二）、擧人由り河南府推官と爲る。……十年正月、舞陽の大盜 楊四を討平し、論功もて當に秩を進むべし。總理の王家禎復た之を薦む。乃ち按察僉事に擢んでられ、安・盧二郡の軍を監す。其の年の冬、太子 將に出閤せんとす（封國に出向こうとした）。……是の時 賊 大いに江北を擾がせ、開遠 數しば功有り。巡撫の史可法 其の治行卓異なるを薦め、秩を副使に進め、軍を監すること故の如し。十三年、總兵官の黄得功等と大いに革裏眼の諸賊を破り、賊遂に降を乞う。朝議りて將に用って河南巡撫と爲さんとするも、竟に勞瘁を以て官に卒す。軍民 咸爲に泣下る。太僕少卿を贈らる」とある。

二八　開遠好講學、取義仍續成『紫簫』殘本及詞曲未行者　『紫簫記』は湯顯祖初めての戯曲で、徐朔方「玉茗堂傳奇創作年代考」（「年譜」附錄乙）の考證に據れば、萬暦五年（一五七七）から七年の間に書かれた作品である。湯顯祖「玉合記題詞」（『玉茗堂文』巻六）に據れば、戯曲の中に諷刺が托されているために、役所で問題になり出版できなかったという（「予 其の〔梅鼎祚〕の詞〔『玉合記』戯曲〕を觀て、予の爲す所の『霍小玉傳』〔卽ち『紫簫記』〕と視ぶるに、其の沈麗の思を並しくし、其の穠長の累を減ず。且つ予の曲中乃ち譏托有りて、爲に部の長吏抑止して行われず」）。また「紫釵記題詞」（同右）には「往て 余遊ぶ所の謝九紫（廷諒）・吳拾之・曾粵祥（如海）の諸君、新しき詞と戯とを度り、未だ成らざるに、而るに是非蜂起し、訛言さるること四方なり。諸君子 危心（警戒して恐れる氣持ち）有り。略草する所を取りて詞を具して之を梓し、時に與る所無きを明らかにするなり。『記』初め『紫簫』と名づけ、實は未だ成らず。亦た意わず、其の行わるること是くの如きを」とあり、『紫簫記』は未完成の作品で、後に加筆されて『紫釵記』となったことがわかる。「小傳」のいう『紫簫』の殘本を續成したものとは、『紫釵記』のことを指す。次男の開遠が陽明學を好んだために『紫釵記』や未刊行戯曲を燒いてしまったエピソードが何にもとづくものかは未詳。

二九　幼子季雲、亦有雋才　季雲は四男の開先。羅萬藻「渾庵公傳」（『宗譜』收載）に「少きとき聰敏人を過ぎ、經史に潛心し、學博く才宏し」という。天啓元年に歳貢生になった。また、傅占衡「渾庵集序」（『湯顯祖研究資料彙編』収載）には、開先が若い時に詩の創作を好み、徐渭を敬慕したこと、崇禎十三～十四年には鍾惺・譚元春をひどく好んだことが記されている。

（和泉ひとみ）

三一　袁宗道　嘉靖三十九年（一五六〇）～萬曆二十八年（一六〇〇）

丁集卷十二　袁庶子宗道[一]

宗道[二]、字伯修、公安人。萬曆丙戌會元[三]、選庶吉士、授編修。歷官春坊中允[四]、至右庶子。年四十有二[五]。以[六]光廟東宮舊學、贈禮部侍郎。有二弟、曰稽勳宏道・儀部中道、所謂公安三袁者也。伯修[七]在詞垣、當王・李詞章盛行之日、獨與同館黃昭素、厭薄俗學、力排假借盜竊之失。于唐好香山[八]、于宋好眉山、名其齋曰「白蘇」、所以自別於時流也。其才或不逮二仲、而公安一派實自伯修發之。伯修[九]論本朝詩云、「弇州才却大、第不奈頭領牽掣、不容不入他行市。然自家本色時時露出、畢竟非歷下一流人。晚年全效坡公、然亦終不似也」。余[一〇]近來拈出弇州晚年定論、恰是如此、伯修可謂具眼矣。

【訓讀】

宗道、字は伯修、公安（湖廣荊州府下の縣）の人なり。萬曆丙戌（十四年）會元、（翰林院）庶吉士に選ばれ、（萬曆十六年十月）編修（正七品）を授かる。（二十六年七月、詹事府）春坊中允（正六品）に官たるを歷て、（二十八年四月）右庶子（正五品）に至る。年四十有二なり。光廟東宮の舊學（以前の學問仲間）を以て、禮部侍郎（正三品）

を贈らる。二弟有り、稽勳の宏道（本書「三二」）・儀部の中道（同「三三」）と曰い、所謂公安三袁なる者なり。伯修は詞垣（翰林院など文辭を司るポスト）に在り、王（世貞、本書「二七」）・李（攀龍、同「二六」）の詞章の盛行するの日に當たって、獨り同館の黄昭素（輝、『列朝詩集』丁集巻十五）と、俗學（王・李らの文學論）を厭い薄んじ、力めて假借盜竊の失を排す。唐に于ては香山（白居易）を好み、宋に于ては眉山（蘇軾）を好み、其の齋を名づけて「白蘇」と曰うは、自ら時流に別るる所以なり。其の才は或いは二仲（二人の弟）に逮ばざるも、而も公安一派は實に伯修自り之を發す。

伯修　本朝の詩を論じて云えらく、「弇州（王世貞）は才は却って（李攀龍よりも）大なるも、第頭領（李氏）の牽掣を奈ともせず、他の行市（李氏の經營する市場）に入らざるを容されず。然れども自家の本色は時時に（しばしば）露出し、畢竟　歴下（李氏）一流の人に非ず。晩年は全く坡公（蘇軾）に效うも、然れども亦終に似ざるなり」と。余　近來　弇州晩年の定論を拈出するに、恰も是此くの如く、伯修は具眼と謂う可き矣。

【注】

一　**袁庶子宗道**　「庶子」は、その最終官職が詹事府右春坊右庶子であったことによる。傳記資料としては、『神宗實錄』巻三五五に、死亡後の萬曆二十九年（一六〇一）正月辛酉（二十二日）の記事として簡單な人事記録がある。また詳しくは弟の袁中道の「石浦先生傳」（『珂雪齋集』巻一七、錢伯城點校・一九八九年一月・上海古籍出版社刊）がある。石浦は袁宗道の號（以下「中道・傳」）。

二　**宗道、字伯修、公安人**　進士になるまでの經歷について、「中道・傳」に次のように記される。「先生の生まるるは實に嘉靖庚申（三十九年）二月十六日なり。先生生まれて慧きこと甚だしく、十歳にして詩を能くし、十二にして校に列ぶ（縣學の諸生）。……二十にして鄕に擧げらる。（翌萬曆八年の會試には）第せずして歸り、益ます喜んで先秦・兩漢の書を讀む。是の時、濟南（李攀龍）・瑯琊（王世貞）の集盛行するに、先生は一たび閱して悉く能く熟誦し、甫めて一たび觚を操るや（著述を始めるや否や）、即ち其の語に肖る。……癸未（萬曆十一年）、大人（父上）之に强いて試（會試）に赴かしむるも、行きて黃河に至りて返る（先生生、實嘉靖庚申二月十六日也。先生生而慧甚、十歲能詩、十二列校。……二十擧于鄕。不第歸、益喜讀先秦・兩漢之書。是時、濟南・瑯琊之集盛行、先生一閱、悉能熟誦、甫一操觚、即肖其語。……癸未、大人强之赴試、行至黃河而返）」。

三　萬曆丙戌會元、選庶吉士、授編修

『明淸歷科進士題名錄』によると、廷試は第二甲第一名であった。「中道・傳」は「丙戌（萬曆十四年）遂に會試第一に擧げらるるは年甫めて二十七耳（二十七歲になったばかり）（丙戌、遂擧會試第一、年甫二十七耳）」と記したあと、翰林院で若手官僚同士の一種の研究會を開き、「養生の學（養生之學）」「頓悟の旨（頓悟之旨）」「見性の說（見性之說）」を學び、「性命を研精（研精性命）」したことが記される。錢謙益も翰林院內に限って、傅新德という人物に關する「跋傅文恪公大事狂言」（『初學集』卷八六）の中で次のように述べている。「近代の館選（翰林院選考）は、丙戌（萬曆十四年）・己丑（同十七年）を極盛と爲し、諸公は講會を有ちて性命の學を研討す。丙戌は則ち袁伯修・蕭允升（名は雲擧）・王則之（名は圖）、己丑は則ち陶周望（名は望齡、『列朝詩集』丁集卷十五）・黃昭素（名は輝、前出）・董思白（名は其昌、同丁集卷十六）及び文恪公（傅新德）にして、幅巾布衣にて（庶民の用いる頭巾と衣服で）、齒（年齡）を以て敍び、科（科擧の先後や成績）を以て敍ばず、詞林 今に至るも以て美譚と爲す（近代館選、丙戌・己丑爲極盛、諸公有講會、研討性命之學。丙戌則袁伯修・蕭允升・王則之、己丑則陶周望・黃昭素・董思白及文恪公、幅巾布衣、以齒敍、不以科敍、詞林至今以爲美譚）」。「性命の學」については、入矢義高氏が『袁宏道』（『中國詩人選集第二集』第一一卷、一九六三年・岩波書店）の「解說」

で、「直接には王陽明の心學に導かれた人間探究への省察であり、知識・教養の問題としてよりは、より深く實踐的な内省に裏づけられた問題であった」。「今日の言葉に直せば、「人生とは何ぞや」または「人生いかに生くべきか」という課題の參究である」と定義づけている。錢謙益は、自身が在籍したこともあって、明の詩文制作に關しては翰林びいきのところがあり、他でも先の李東陽（本書「九」）の評價などにも表われている。

四　歷官春坊中允、至右庶子

萬曆十六年十月・二十九歲の翰林院編修から、二十八年四月・四十一歲の詹事府右庶子までの委しい經歷は以下のとおりである。

萬曆十七年、「中道・傳」に「是の年、先生册封を以て里に歸る（是年、先生以册封歸里）」とあるのは、楚王の册封使として湖廣の武昌府に赴き、慣例によって公安に歸省したことを指す。同十九年秋に公安をたって歸京するが、その間、十八年には二人の弟と、公安を訪れた李贄（卓吾、本書「四〇」）と會い、十九年にはやはり二人の弟と、李贄を麻城の龍湖（湖廣黃州府下）に訪ねている。

萬曆二十年、再び休暇をとって歸省。この年の會試で進士となった弟宏道も歸鄕。公安で親族と「南平社」を結成。本人の詩「南平社六人各一首」（『白蘇齋類集』卷三、七言律詩。全二十二卷、錢伯城標點・一九八九年六月・上海古籍出版社刊）によると、そのメンバーは、「外大父方伯公」母方の祖父龔大器、「孝廉舅惟學」叔父龔仲敏、「侍御舅惟長」叔父龔仲慶、「中郎弟進士」袁宏道、「小修弟文學」袁中道（「文學」とは諸生のこと）と本人の六人であった。

萬曆二十一年、「中道・傳」に「癸巳、黃州の龍潭に走りて學を問い、歸りて復た自ら研求す（癸巳、走黃州龍潭問學、歸而復自研求）」とあるように、弟二人らと李贄を訪ねている。

萬曆二十三年、上京して官職に復歸したと思われる。五言律詩「將抵都門（將に都門に抵らんとす）」初二句に、

「九年牛馬走、强半住江鄉（九年牛馬の走、强半は江鄉に住む）」とは進士からの年數であろう。この年の二月、弟の宏道は北京から吳縣知縣に赴任するにあたって、「出燕別大哥・三哥（燕を出づるに大哥・三哥に別かる）」の詩（『袁宏道集箋校』卷三『錦帆集』卷一。錢伯城箋校・一九八一年七月・上海古籍出版社刊）を作っている。「大哥」は宗道、「三哥」は北京で鄉試浪人中の中道である。

萬曆二十五年、「中道・傳」に「丁酉自り東宮講官に充てらる（自丁酉充東宮講官）」とあり、入矢前掲書の「袁宏道年譜」に、「兄、司經局洗馬・直講讀となる」とある。詹事府に屬し、從五品。

萬曆二十六年、左春坊左中允。「中道・傳」に「先生は京師に官たり、仲兄も亦官を改められ（吳縣知縣から順天府教授へ）、予の太學に入るに至る。乃ち城西の崇國寺蒲桃林に於いて社を結び學を論ず（先生官京師、仲兄亦改官、至予入太學。乃於城西崇國寺蒲桃林結社論學）」として、黃輝・陶望齡ら八家の名をあげる他に、「蒲桃社」での二人の兄の詩の中には、江盈科（宏道の吳縣時代の同僚）や謝肇淛（本書「三九」）らの名も見える。

萬曆二十七年、談遷の『國榷』五月戊辰（二十一日）の記事に「中允袁宗道を左諭德（詹事府、從五品）兼侍講（翰林院、正六品）と爲し、司經局の印を署せしむ（中允袁宗道爲左諭德兼侍講、署司經局印）」とある。

萬曆二十八年、『國榷』四月癸巳（二十日）の記事に「左右諭德袁宗道・楊道賓を左右庶子と爲し、竝びに翰林院侍讀（正六品）を兼ねしむ（左右諭德袁宗道・楊道賓爲左右庶子、竝兼翰林院侍讀）」、翌年正月戊午（十九日）では「右春坊右庶子袁宗道卒す（右春坊右庶子袁宗道卒）」とし、『神宗實錄』卷三五五・萬曆二十九年正月辛酉（二十二日）の項でも「閣臣は以て右春坊右庶子袁宗道の病卒を掌る（閣臣以掌右春坊右庶子袁宗道病卒）」とする。

五　年四十有二　袁宗道の死去の時期について、「中道・傳」で、萬曆二十八年である「庚子の秋、偶たま微恙有るも强いて起ちて入直し、風色甚だ厲しく、歸りて病むこと始めて甚だし。明日、復た疾を力して入りて講じ、竟に憊の極まるを以て卒す（庚子秋、偶有微恙、强起入直、風色甚厲、歸而病始甚。明日、復力疾入講、竟以憊極而卒）」と記し、その『遊居柿錄』（『珂雪齋集』所收）卷五でも、「初め伯修 京師に官たり、庚子九月を以て倉卒世を去る。中郎と予と倶に八月に先歸す。後事を區處するは、一一皆愼軒之を爲し、心を盡くし力を盡くし、遺恨無かる可し（初伯修官京師、以庚子九月倉卒去世。中郎與予倶八月先歸。區處後事、一一皆愼軒爲之、盡心盡力、可無遺恨）」と記す。宏道は禮部儀制淸吏司主事として河南周藩瑞金王府（開封）の喪禮に出張したあとの休暇で、中道は順天府鄕試での下第後で、ともに公安に歸省しており、北京で宗道の後始末に當たったのは愼軒こと黃輝であった。この時宗道は四十一歲であったはずだが、本小傳文に「年四十有二」とするのは、右に引いた『實錄』の記事が公式とされたのであろう。また入矢「年譜」が萬曆二十八年「十一月病死す」とは、兄弟が公安でその訃報に接した時點である。なお、中道一人が歲末に公安を發って、北京で櫬を收め、翌二十九年三月に北京を發って歸鄕するまでの苦勞話が、その「行路難」の記事（『珂雪齋集』卷二一）に詳しく記錄されている。

六　以光廟東宮舊學、贈禮部侍郎　光廟すなわち光宗泰昌帝は諱は常洛、神宗萬曆帝の長子で、萬曆十年八月の生まれ。二十九年十月に皇太子に立てられた（四十八年七月神宗が崩御すると八月朔日に卽位したが、一ヶ月後の九月朔日に崩御した）。「東宮舊學」とは、袁宗道が皇太子の教育にたずさわる詹事府の官員であったことをいう。

七　伯修在詞垣、當王・李詞章盛行之日、……力排假借盜竊之失　王・李にたいする袁宗道の批判は、「假借盜竊」の缺點もさることながら、その原因となる獨自の識見や道理の無さに向けられる。文章についてではあるが、その「論文下」（『白蘇齋類集』卷二〇）には次のように述べる。「滄溟（李攀龍）は王（世貞）に贈る序（『滄溟先生集』卷一六「送王元美序」。包敬第標校・一九九二年十二月・上海古籍出版社刊）に謂えらく、「古を視て詞を修め、寧ろ諸を理に失す（李夢陽についていえば、彼は）古人を學んで文章を作ろうとし、むしろ道理に缺陷を來たそうとした）」と。……漢・唐・宋名家の、董（仲舒）・賈（誼）・韓（愈）・柳（宗元）・歐（陽修）・蘇（洵・軾・轍）・曾（鞏）・王（安石）の如き諸公、及び國朝の陽明（王守仁・本書「一〇」）・荊川（唐順之・同「二三」）は、皆理腹に充ち、而して文之に隨う。彼（李夢陽）は何の見る所にして、乃ち強いて古人に頼りて理を失する耶。鳳洲（王世貞）の『藝苑卮言』は具に駁する可からざるも、其の李（攀龍）に贈る序（『弇州四部稿』巻五七「贈李于鱗序」）に曰く、「六經は固より理の藪にして、已に盡きて復た語を措かざり矣（六經はもとより理の集積地であり、すでに出盡くされて、これ以上つけ加えるべき理語は無くなっている）」と。滄溟は強いて古人に頼りて（獨自の）理無からしめ、而して鳳洲は則ち今人の（獨自の）理有るを許めず、何をか說わん乎。……其の病源は則ち模擬に在らずして、而して無識に在り（滄溟贈王序、謂「視古修詞、寧失諸理」。……漢・唐・宋名家、如董・賈・韓・柳・歐・蘇・曾・王諸公、及國朝陽明・荊川、皆理充於腹而文隨之。彼何所見、乃強頼古人失理耶。鳳洲『藝苑卮言』、不可具駁、其贈李序曰、「六經固理藪、已盡不復措語矣」。滄溟強頼古人無理、而鳳洲則不許今人有理、何說乎。……其病源則不在模擬、而在無識）」。

右の文の「視古修詞、寧失諸理」について。李攀龍の「送王元美序」は、「以余觀於文章（余を以て文章を觀るに）」から始まり、「卽北地李獻吉輩、其人也、視古修辭、寧失諸理（北地李獻吉〔李夢陽〕の輩に卽するに、其の人也、古を視て辭を修め、寧ろ諸を理に失す）」に續けて、「今之文章、如晉江・毘陵二三君子、……動傷氣格、憚於修辭、理勝相掩（今の文章は晉江〔王愼中、本書「二一」〕・毘陵〔唐順之、同「二三」〕二、三の君子の如き、……動もすれば氣格を傷い、修辭を憚り、理勝りて相掩う）」とする。李攀龍は文章において、李夢陽が理より修辭を優先し、王愼中・唐順之が氣格や修辭よりも理を優先したと見ている。もっとも李夢陽が理を斥けたのは詩においてであった。文においては必ずしも當たらない。その「缶音序」（『崆峒集』巻五一）では、詩について「宋人主理不主調、於是唐調亦亡（宋人は理を主として調を主とせず、是に於いて唐調も亦亡ぶ）」とし、「宋人主理、作理語、於是薄風雲月露、一切剷去不爲（宋人は理を主とし理語を作し、是に於いて風雲月露を薄んじ、一切を剷去して爲さず）」とする。しかし、「若專作理語、何不作文而詩爲耶（若し專ら理語を作さば、何ぞ文を作らずして詩を爲る耶）」と、文には「理（語）」の道をあけているのである。したがって先の「寧失諸理」を、許建崑氏は『李攀龍文學研究』（一九八七年・文史哲出版社刊）で「寧失諸理？」（三一八頁、三三〇頁）と作り、「寧ぞ諸を理に失せんや」と反語に讀んでいる。李夢陽その人についてはその可能性もありえようが、袁宗道のその後の展開が「理」を優先することから見れば、彼は「寧失諸理」を「寧ろ諸を理に失す」と讀んだと解すべきだろう。

黄昭素すなわち黄輝は、嘉靖三十三年（一五五四）～萬曆三十八年（一六一〇）。「黄少詹事輝」の小傳に次のように記される。「輝、字は平倩、一字昭素、南充（四川順慶府下）の人。萬曆己丑（十七年）進士、翰林庶吉士に選ばれ、編修（正七品）を授かり、官は詹事府少詹事（正四品）に止どまる。爾の時、館課の文字は皆格套を沿襲し、熟爛すること擧子の程文（八股文）の如く、人は目して翰林體と爲す。王（世貞）・李（攀龍）の學盛行するに及べば、則ち詞林又歩みを改めて之に從い、天下は皆翰林に文無しと誚む。平倩 館に入り、乃ち刻意して古文を爲し、傑然として自から館閣課試の文に異なり、頗る裁を韓（愈）歐（陽修）に取り、後進 稍嚮往（進むべき道）を知り、古學の復は、漸く端倪有り矣。……其の後袁伯修・中郎兄弟、性相の宗（佛教でいう事物の本質と表象）を研窮し、至る所に山水を遊覽し、禪衲を尋訪し、華要（顯要なポスト）に居ると雖も、道人雲水の致有り（輝、

字平倩、一字昭素、南充人。萬曆己丑進士、選翰林庶吉士、授編修、官止詹事府少詹事。爾時館課文字、皆沿襲格套、熟爛如擧子程文、人目爲翰林體。及王・李之學盛行、則詞林又改步而從之、天下皆誚翰林無文。平倩入館、乃刻意爲古文、傑然自異館閣課試之文、頗取裁於韓・歐、後進稍知嚮往、古學之復、漸有端倪矣。……其後袁伯修・中郎兄弟、研窮性相之宗、所至遊覽山水、

尋訪禪衲、雖居華要、有道人雲水之致）」。

八　于唐好香山、于宋好眉山、……所以自別於時流也　中道の「白蘇齋記」（『珂雪齋集』卷一二）に、兄の「春官」すなわち詹事府在職時の、「長安」すなわち北京での記事がある。「伯修は賦性整潔にして、之く所に必ず一室を葺き、地を掃い香を焚きて宴坐し（坐禪を組み）、而して居る所の室は必ず「白蘇」を以て名づく。去年一宅を長安に買い、堦上（きざはしの傍）の竹柏は森疎にして、香藤怪石、大いに幽意有り。乃ち抱甕亭（名は『莊子』天地篇に出る）の後ろに於いて靜室を潔治す。室を易うと雖も、而も其の名は改めず。其の樂天・子瞻を尙友する（古人を友とする）の意、固より一刻として忘る能わざる者有り。……樂天・子瞻、其の文詞は皆一代の宗匠爲り。而して伯修は少き時、筆を操りて便ち新意有り。予 天下に遊ぶこと多かり矣。詩律の脫なるも當たり（表現が輕易ではあるが内容は充當し）、文字の簡なるも 致 有るが若きは、亦未だ能く伯修に勝る者有らず（伯修賦性整潔、所之必葺一室、掃地焚香宴坐、而所居之室、必以「白蘇」名。去年買一宅長安、堦上竹柏森疎、香藤怪石、大有幽意。乃於抱甕亭後、潔治靜室。室雖易、而其名不改。其尙友樂天・子瞻之意、固有不能一刻忘者。……樂天・子瞻、其文詞皆爲一代宗匠。而伯修少時、操筆便有新意。予遊天下多矣。若詩律之脫而當、文字之簡而有致、亦未能有勝伯修者）」。

また錢謙益は「陶仲璞遯園集序」（『初學集』卷三一）で次のように述べる。「萬曆の季、海内皆王・李を詆訾し、樂天・子瞻を以て宗と爲すは、其の說 公安の袁氏に唱えらる。而して袁氏の中郎・小修は皆李卓吾（李贄、本書「四〇」）の徒にして、其の指は實に卓吾自り之を發す。……袁氏の學は未だ能く香山・眉山を盡くさざるも、而も其の蕪穢を抉摘し（荒廢をえぐりあばき）、海内を開滌するの心眼は、則ち斯文に功あること大と爲す（萬曆之季、海内皆詆訾王・李、以樂天・子瞻爲宗、其說唱於公安袁氏。而袁氏中郎・小修、皆李卓吾之徒、其指實自卓吾發之。……袁氏之學、未能盡香山・眉山、而其抉摘蕪穢、開滌海内之心眼、則功於斯文爲大）」。もっとも、錢氏がなぜ宗道を李卓吾の徒からはずしたのかは、理解に苦しむ。

九　伯修論本朝詩云、「弇州才却大、……然亦終不似也」　尺牘「答陶石簣」（『白蘇齋類集』巻一六）に見える。「弇州才却大、第不奈頭領牽掣、不容不入他行市。然自家本色時時露出、畢竟不是歷下一流人」は「小傳」文引用のほとんどそのままであり、續いて「聞其晚年撰造、頗不爲諸詞客所賞。詞客不賞、安知不是我輩所深賞者乎。前范凝宇有抄本、弟借來看、乃知此老晚年全效坡公、然亦終不似也（聞くならく、其の晚年の撰造は、頗る諸もろの詞客の賞する所と爲らず、と。詞客の賞せざるは、安くんぞ知らん是れ我が輩の深賞する所の者ならざる乎（ほかでもなく我々が深く賞贊するものではあるまいか）。前に范凝宇（未詳）に抄本有り、弟借り來たりて看るに、乃ち此の老 晚年に全く坡公に效うを知るも、然れども亦終に似ざるなり）」とある。

ついでながら、この後には次のような一節もある。「我朝文如荊川・遵巖兩公、亦有幾篇看得者。比見『歸震川集』、亦可觀（我が朝の文は荊川（唐順之）・遵巖（王愼中）兩公の如き、亦幾篇か看得る者有り。比（歸有光、本書「二八」の）『歸震川集』を見るに、亦觀る可し）」。

相手の陶石簣は、名は望齡、字は周望、嘉靖四十一年（一五六二）～萬曆三十七年（一六〇九）。「陶祭酒望齡」の小傳に、萬曆十七年（一五八九）に「會試第一人、廷試第三人、翰林院編修を授かる」とあって、袁宗道とは翰林院での先輩後輩の間柄であった。また「詞垣に在りて同官の焦竑（『列朝詩集』丁集巻十五）・袁宗道・黃輝と性命の學を講じ、內典（佛典）を精研す（在詞垣、與同官焦竑・袁宗道・黃輝、講性命之學、精研內典）」とある。この尺牘が書かれたのは、萬曆二十六年の冬で、前述の「蒲桃社」が催されていた時のものである。

一〇　余近來拈出弇州晚年定論　本書「二七　王世貞」を參照。

（松村　昂）

三二　袁宏道　隆慶二年（一五六八）～萬曆三十八年（一六一〇）

丁集卷十二　袁稽勳宏道[一]

宏道[二]、字中郎、萬曆壬辰[三]進士、除吳縣知縣。縣繁[四]難治、能以廉靜致理。踰年[五]、稱病、投劾去。遍游[六]吳會山水、作[七]『錦帆』『解脫集』。改京府學官・國子博士[八]、遷禮部儀制郎。歸臥[九]柳浪湖上、凡六年、以清望[一〇]推擇、改吏部。緜[一一]文選・考功、遷稽勳郎中、移病休沐、不數月卒于家、年四十有三。

萬曆中年[一二]、王・李之學盛行、黃茅白葦、彌望皆是。文長[一三]・義仍、嶄然有異、沈痼滋蔓、未克芟薙。中郎以通明之資、學禪[一四]于李龍湖、讀書論詩、橫說豎說、心眼明而膽力放、於是乃昌言擊排、大放厥辭。以[一五]爲「唐自有詩、不必選體也。初・盛・中・晚皆有詩、不必初・盛也。歐・蘇・陳・黃各有詩、不必唐也」。「唐人之詩[一六]、無論工不工、第取讀之、其色鮮妍、如旦晚脫筆研者。今人之詩雖工、拾人飣餖、纔離筆研、已成陳言死句矣。唐人千載而新、今人脫手而舊、豈非流自性靈與出自剽擬者所從來異乎」。「空同未免爲[一七]工部奴僕、空同以下皆重儓也」。論吳[一八]中之詩、謂「先輩之詩、人自爲家、不害其爲可傳」、而詆訶慶・曆以後、沿襲王・李一家之詩。

中郎之論出、王・李之雲霧一掃、天下之文人才士始知疏瀹心靈、搜剔慧性、以蕩滌摹擬塗澤之病。其功偉矣。機鋒側出、矯枉過正、於是狂瞽交扇、鄙俚公行、雅故滅裂、風華掃地。竟陵[一九]代起、以凄清幽獨矯之、而海內之風氣復大變。譬之有病于此、邪氣結轖、不得不用大承湯下之。然輸瀉太利、元氣受傷、則別症生焉。北地・濟南、結轖之邪氣也。公安、瀉下之刼藥也。竟陵、傳染之別症也。餘分閏氣、其與幾何。慶・曆以下、詩道三變、而歸于凌夷熸熄、豈細故哉。

[二〇]小修序中郎詩云、「『錦帆』『解脫』、意在破人執縛。間有率易遊戲之語」。「或快爽之極、浮而不沈、情景太眞、近而不遠。要亦出自靈竅、吐于慧舌、寫于銛穎、足以蕩滌塵坌、消除熱惱」。「學者不察、效顰學語。其究爲俚俗、爲纖巧、爲莽蕩、烏・焉三寫、弊有必至、非中郎之本旨也」。

余錄中郎詩、參以小修之論、取其申寫性靈而不悖于風雅者[二一]。學者無或操戈公安、而復噓王・李之燼、斯道其有瘳乎。

【訓讀】

宏道、字は中郎、萬曆壬辰（二十年、一五九二）進士、吳縣知縣に除せらる。縣は繁にして治め難きも、能く廉靜を以て理を致す（淸廉沈靜さでもって治安をもたらした。理は治に同じ）。年を踰えて病と稱し、劾を投じて去る。遍く吳會の山水に游び、『錦帆』『解脫集』を作る。京府學官・國子博士に改められ、禮部儀制郎に遷る。歸りて柳浪湖上に臥すること凡そ六年、淸望を以て推擇され、吏部に改めらる。文選・考功繇り稽勳郎中に遷り、病を移して休沐し（病氣の旨の書類を提出して、休暇を申請し）、數月ならずして家に卒す、年四十有三。

萬曆中年、王（世貞、本書「一一七」）・李（攀龍、本書「一一六」）の學盛行し、黃茅白葦、彌望するに（見わたす限り）皆是なり。文長（徐渭、本書「二九」）・義仍（湯顯祖、本書「三〇」）、嶄然として異有るも（高々と異論をとなえたが）、沈痼は滋蔓し（積年の病弊はますますはびこり）、未だ克く芟薙せず（なぎ倒すことができなかった）。中郎は通明の資（通曉して明晰な資質）を以て、禪を李龍湖（李贄、本書「四〇」）に學び、讀書論詩に、横説竪説し（縱横に論説し）、心眼は明らかにして膽力は放（奔放）、是こに於いて乃ち昌言して撃排し（明言して攻撃排斥し）、大いに厥の辭を放つ。以爲えらく「唐に自から詩有り、必ずしも選（文選）體ならざるなり。初・盛・中・晩に皆詩有り、必ずしも初・盛ならざるなり。歐（陽修）・蘇（軾）・陳（師道）・黄（庭堅）各おのに詩有り、必ずしも唐ならざるなり」と。「唐人の詩は、工不工を論ずる無く（にかかわりなく）、第取りて之を讀めば、其の色は鮮妍にして、旦晩に筆研を脱する者の如し（ついさっき筆と硯とから脱け出たもののようだ）。今人の詩は工みと雖も、人の飣餖（大皿に盛った色々なごちそう）を拾い、纔かに筆研を離るれば（筆硯を離れるやいなや）、已に陳言死句と成れ矣。唐人は千載にして新しく、今人は手を脱して舊し（筆が手を離れるともう古臭くなっている）、豈性靈自り流るると剽擬自り出づる者との從って來たる所の異なるに非ざる乎」と。「空同（李夢陽、本書「一六」）は未だ工部（杜甫）の奴僕爲るを免れず、空同以下は皆重儓（奴隷の奴隷）なり」と。吳中の詩を論じては、「先輩の詩は、人ごとに自から家（獨自の作風）を爲し、其の傳う可きと爲すを害わず」と謂い、而して（隆）慶・（萬）暦以後、王・李一家の詩を沿襲するを詆訶す（そしりとがめる）。

中郎の論出づるや、王・李の雲霧は一掃され、天下の文人才士は始めて、心靈を疏瀹し（荒い清め）、慧性を捜剔し（知性を探り出し）、以て摹擬塗澤（摹倣と塗飾）の病を蕩滌する（洗浄する）を知る。其の功は偉いなり矣。機鋒側出し（機敏な鋭利さが横あいから飛び出し）、枉れるを矯すに正しきに過ぎ、是こに於いて狂瞽交ごも扇り（狂氣と無知がかわるがわるあおりたち）、鄙俚公けに行われ（粗野と卑俗がおおっぴらにまかり通り）、雅故（詩經の

「雅」の古典的な正しさ）は滅裂し、風華（詩經の「風」の古典的な美しさ）は地を掃う。竟陵 代りて起こり、凄清幽獨を以て之を矯め、而して海内の風氣復た大いに變ず。之を譬うるに、病の此に有り、邪氣 轖（音ショク、鬱りもの）を結び、大承湯（下劑の名）を用いて之を下さざるを得ず。然れども輸瀉する（流しこむ）こと太だ利く、元氣 傷を受ければ、則ち別に症の生ずる焉。北地（李夢陽）・濟南（李攀龍）は轖を結ぶの邪氣なり。公安は瀉下の刼藥（劇藥。『列朝詩集』點校本は「劫藥」に作る）なり。竟陵は傳染の別の症（病いの徵候）なり。餘分の閏氣は、其れ幾何ぞ（餘福となる元氣はどれほども殘っていない。「其與」は反語を示す助辭）。慶・曆以下、詩道は（古文辭派、公安派、竟陵派と）三變し、而して凌夷熸熄に歸するは（下降して消滅へと歸結したのは）、豈細故なる哉（どうして些細な事であろうか）。

小修 中郎の詩に序して云えらく、「『錦帆』『解脱』は、意は人の執縛（束縛）を破るに在り。間ま率易遊戲の語有り」。「或いは快爽の極みには、浮きて沈まず、情景の太だ眞なるには、近くして遠からず。要は亦靈竅（靈妙な心）自り出で、慧舌（利發な口もと）より吐き、銛頴（鋭利な筆先）より寫し、以て塵坌（ちり・ほこり）を蕩滌し、熱惱（燒けるような苦惱）を消除するに足る」。「學ねる者は察せず、顰みに效い語も學ねる。其の究まりて俚俗と爲り、纖巧（小器用さ）と爲り、莽蕩（そそっかしさ）と爲り、烏・焉も三たび寫せば弊（弊害）の必ず至る有るは、中郎の本旨には非ざるなり」と。

余 中郎の詩を錄するに、參ずるに小修の論を以てし、其の性靈を申べ寫して風雅に悖らざる者を取る。學ぶ者は或いは戈を公安に操り（を攻撃して）、復た王・李の燼に噓する（燒けぼっくりに息を吹きこむ）こと無かれ。斯の道 其れ瘳ゆること有らん乎。

【注】

一　**袁稽勳宏道**　「稽勳」は最終官職が吏部稽勳司郎中であったと錢謙益が見なしたことによるが、實際は吏部驗封司郎中で、「驗封」とすべきであったらしい、注一一參照。傳記資料としては弟袁中道の「吏部驗封司郎中中郎先生行狀」（『珂雪齋集』卷一八。錢伯城點校・一九八九年一月・上海古籍出版社刊。以下「行狀」）がほとんど唯一で、他に傳文などは無い。近年の研究では沈維藩「袁宏道年譜」（復旦大學中國古代文學研究中心編『中國文學研究』第一輯・一九九九年九月・江西教育出版社刊）がある。日本人の研究では、入矢義高『袁宏道』（一九六三年・岩波書店・中國詩人選集二集11）があり「年譜」が附載されている。また松村「袁宏道の詩「答李子髯」二首をめぐって」（『明人とその文學』松村編著・二〇〇九年三月・汲古書院）にも傳記にかかわる部分がある。

二　**宏道、字中郎**　號は石公、湖廣荊州府公安縣の人。袁宏道の字について、朱彝尊は『明詩綜』（清・康熙四十四年〔一七〇五〕序刊）卷五七で「中郎」ではなく「字無學」とし（『靜志居詩話』卷一六も同じ）、沈德潛『明詩別裁』（乾隆三年〔一七三八〕序刊）卷一〇や『四庫全書總目提要』（乾隆四十七年〔一七八二〕敕撰）卷一一六『觴政』の解說でもこれを踏襲する。清人が明人の學問輕視を非難する、その表れの一端といえよう。この呼稱は袁宏道自身の著作には全く見えず、わずかに兄宗道の『白蘇齋類集』（全二十二卷、錢伯城標點・一九八九年六月・上海古籍出版社刊）卷三・今體（五言律詩）の詩題に「立春惟長舅・無學弟、曁王・吳兩生同游野寺看梅三首（立春惟長舅・無學弟、曁び王・吳兩生 同に野寺に游びて梅を看る三首）」とある「無學弟」が、宏道を指すにちがいないと言いうるのみである。萬曆十九年（一五九一）、宗道が冊封使のあとに臨時の休暇をとって公安に歸省し、母方の叔父龔仲慶や擧人の宏道らと散策した時の作であろう。この年、兄弟三人で麻城に李贄（卓吾、本書「四〇」）を訪ねている。李卓吾のもとで古典にたいする拒絶反應を鮮明にした自稱であろう。

三　**萬暦壬辰進士、除呉縣知縣**　袁宏道は進士登第のあと一旦休暇をとって歸鄕し、蘇州府附郭の呉縣知縣（正七品）に任ぜられたのは萬暦二十二年十二月、赴任は翌年三月であった。『袁宏道集箋校』（全五十五巻・附錄一巻、錢伯城箋校・一九八一年七月・上海古籍出版社刊。以下『箋校』）巻二『敝篋集』二「感事」詩の「箋」に次のように記す。「宏道は進士と成った後、二ヶ月にならずして休暇を請い歸鄕した。明朝の官場の慣例として、新しい進士で選期（吏部の召集により選用を待命する期日）に及ばない者が、親への挨拶や墓參を理由として休暇を認められ暫くのあいだ歸鄕した」。

四　**縣繁難治、能以廉靜致理**　「繁」とは、縣の業務を繁と簡とに二分したうちの繁に屬するということ。一定の勤務年數を滿たした外官を評定する際に、考慮すべき點として、當該地の統治上の難易度である「繁簡の例」が、洪武十四年（一三八一）に制定された。『明史』巻七一・選擧志三に次のように記す。「其の繁簡の例は、外に在りては、府は田糧十五萬石以上を以て、州は七萬石以上を以て、縣は三萬石以上を以て、……倶に事繁と爲す。府の糧の十五萬石に及ばず、州の七萬石に及ばず、縣の三萬石に及ばず、及び僻靜の處は、倶に事簡と爲す（其繁簡之例、在外府以田糧十五萬石以上、州以七萬石以上、縣以三萬石以上、……倶爲事繁。府糧不及十五萬石、州不及七萬石、縣不及三萬石、及僻靜處、倶爲事簡）」。

また「行狀」には、次のように記される。「先生 令と爲りて淸きこと骨に次り、才は敏捷甚しく、一縣大いに治まる。宰相申公（名は時行、蘇州府長洲縣の人、萬暦十九年まで宰輔）聞きて歎じて曰く、「二百年來、此の令無かり矣」と。……期年（滿一年）にして政は已に成る（先生爲令淸次骨、才敏捷甚、一縣大治。宰相申公聞而歎曰、「二百年來、無此令矣」。……期年而政已成）」。

五　**踰年、稱病、投劾去**　着任一年後の萬暦二十四年三月三日、「乞歸稿一」（『箋校』巻七「去呉七牘」）を提出した。

理由は八十歳をこえた庶祖母詹氏の介護であった。「乞歸稿二」（同上）も同様。しかし八月になって發病、「嘔血すること數升、頭眩み骨痛し（嘔血數升、頭眩骨痛）」（「乞改稿一」）となって、請願を、病氣休暇と、治癒後の教職への改任に切り換えた。九月に「乞改稿一」を提出、十二月に「乞改稿二」と「乞改稿三」、萬曆二十五年になって「乞改稿四」と「乞改稿五」を提出し、二月にようやく許可された。

六　遍游吳會山水　「吳會」は吳と會稽、明代では南直隸東部と浙江西部。具體的な行程は、太湖北岸の無錫から南下して杭州の西湖、紹興の會稽山、諸曁の五泄山、また杭州から西して餘杭、天目山、徽州から新安江を順流して桐廬へ、など。各地で詩と遊記を作っている。

七　作『錦帆』『解脫集』　入矢義高「公安三袁著作表」（『支那學』第十卷第一號、一九四〇年五月）から袁宏道の前三集の記述を引用しておく。

敝篋集二卷　中道の「中郎先生全集序」に曰く（以下これに倣ふ）「中郎先生少具慧業、弱冠成進士、即有集行世、其敝篋集爲諸生孝廉及初登第時作也」。これに據ると、二十一歲から二十七歲（萬曆十六年〜二十二年）の間の作品を收めたものである。以下此の例に同じ（松村注：「中郎先生全集序」は『珂雪齋集』卷一一と『箋校』附錄三に見える）。

錦帆集四卷　曰く「令吳門時作也」、二十八歲〜二十九歲。

解脫集四卷　曰く「以病改吳令、遊吳越諸山水時作也」。遊居柿錄（卷九）にも「繼有解脫集、吳門解官、與陶石簣諸公遊吳越諸山時作也」と言ってゐる。三十歲（松村注：陶石簣は、名は望齡、『列朝詩集』丁集卷十五）。

『錦帆集』の書名は錦帆涇（略して錦涇）による。蘇州の西南の城門である盤門の內側を流れる濠で、春秋時代に呉王が錦の帆を張った船で遊んだという傳說がある。この集に序文を寄せた江盈科（字は進之、湖廣常德府桃源縣の人、嘉靖三十二年〔一五五三〕～萬曆三十三年〔一六〇五〕）は、袁宏道と同時期に、蘇州府のもう一つの附郭の長洲縣の知縣で、序文の年記は萬曆二十五年十二月朔日である。その直後に袁宏道が江盈科にあてた手紙に「序文佳きこと甚だし（序文佳甚）」（『箋校』卷六『錦帆集』四・尺牘「江進之」）云々とある。

『解脫集』の書名について、江盈科の『江盈科集』（黃仁生輯校・一九九七年・岳麓書社刊）卷八「解脫集引」（その校記に「袁宏道『解脫集』卷首題作「解脫集序一」」とある。また『箋校』附錄三「解脫集序一」）は、冒頭に「中郎は病を以て官を解かれ、官の解かれて病も亦解かる（中郎以病解官、官解而病亦解）」と記す。「解脫」カイダツと讀むのだろう。いっぽう袁中道の「解脫集序」（『珂雪齋集』卷九。また『箋校』附錄三）では、「既に官を呉會に解かれ、時に於いて塵境より乍（たちま）ち離れ、心情甚だ適（かな）う（既解官呉會、於時塵境乍離、心情甚適）」としたあと、「遊覽に暇多く、一に文字を以て佛事を爲す（遊覽多暇、一以文字爲佛事）」と述べている。袁宏道は李贄の影響もあって早くから佛教に關心をもっていた。ゲダツの意味をこめても不思議ではあるまい。結局、カイダツとゲダツの兩方の意味をこめて讀んでいいだろう（もとより漢語では音に區別はない）。

その刊行のいきさつについては、江盈科の「解脫集引」によると、袁宏道は呉會での「凡そ數ヶ月の」旅行を終えたあと蘇州で江氏と會い、「奚囊（奚〔召使い〕に持たせ歩いた詩作のふくろ）に貯うる所の詩凡そ若干首（奚囊所貯詩凡若干首）」、つまり二卷分を渡して序文を請い、ついで假寓していた眞州（揚州府儀眞縣）から遊記と尺牘の二卷分を追加して江氏に郵送した。江氏は改めて「解脫集二序」（『江盈科集』卷八、校記に「明袁無涯萬曆刻本『解脫集』僅收此序、題作「解脫集序」」とする。また『箋校』附錄三「解脫集序二」）を著した。いずれも萬曆二十五年內のことである。

八　改京府學官・國子博士、遷禮部儀制郎　本人が萬曆二十九年に提出した「告病疏」（『箋校』卷二〇『瓶花齋集』八・雜錄）に次のように記す。「禮部儀制淸吏司主事臣袁某、……（萬曆）二十二年十二月內に吳縣知縣を授かり、二十三年三月內に任に到る。二十五年正月內に病に因りて恩を乞い、改めて敎職を授かる。二十六年四月內に順天府敎授を授かる。二十七年三月內に陞して國子監助敎を授かる。二十八年三月內に今の職に陞る（禮部儀制淸吏司主事臣袁某、……二十二年十二月內授吳縣知縣、二十三年三月內到任。二十五年正月內因病乞恩、改授敎職。二十六年四月內授順天府敎授。二十七年三月內陞授國子監助敎。二十八年三月內陞今職）」。したがって小傳の「京府學官」は「順天府敎授」、つまり『明史』職官志・順天府の項の「儒學敎授一人（從九品）」に相當する（品階は知縣の正七品からかなりの降下である）。また小傳が「國子博士」としたのは、前揭の中道「中郞先生全集序」が「京兆の授と爲り、太學博士と爲り、儀曹を補する時の作なり（爲京兆授・爲太學博士・補儀曹時作也）」とするのによったのだろうが、本人は「國子監助敎」としている（中道も「行狀」では「國學助敎」としている）。職官志・國子監の項の「博士廳、五經博士五人（從八品）」ではなく、「（率性等）六堂助敎十五人（從八品）」の一人ということになる。「禮部儀制郞」とするのも曖昧で、禮部各司の郞中（正五品）・員外郞（從五品）ではなく、その下の「主事一人（正六品）」である。

九　歸臥柳浪湖上、凡六年　柳浪湖は故鄕の湖。「行狀」に、「時に（公安）城南に下窪地を得るに三百畝なる可く、絡（つな）ぐに重堤を以てし、柳萬株を種（う）え、號して柳浪と曰う。先生　中道と一、二の名僧と偕（とも）に共に焉（ここ）に居れり（時于城南得下窪地、可三百畝、絡以重堤、種柳萬株、號曰柳浪。先生偕中道與一二名僧共居焉）」と記される。在鄕の始まりは萬曆二十八年秋からで、その終りは同三十四年秋である。終りについては『箋校』卷四五『破研齋集』一の詩の最初に、「余山居六年矣、丙午秋復北上、臨發偶成（余　山居すること六年なり矣（き）、丙午秋復た北上し、發つに臨んで偶たま成る)」の作が見える。

在郷に至る經過は以下の通りである。前掲の「告病疏」、つまり病氣を事由とした休職願の、注八で引用した部分に續いて、次のように記す。「本年(萬曆二十八年)七月、差わされて河南周藩の瑞金王府に往き、喪禮を行うを掌る。事訖るの後、(萬曆二十九年の)今六月に于て、臣 水道に由り復命するに、行きて安慶に至りて火病大いに作る。……纔かに瓜(埠)・儀(眞)に抵り、適たま臣の亡兄右春坊右庶子臣宗道の柩の還るに遇い、一たび慟して地に倒れ、病勢は遂に極まる(本年七月、差往河南周藩瑞金王府、掌行喪禮。事訖之後、于今六月、臣由水道復命、行至安慶、火病大作。……纔抵瓜・儀、適遇臣亡兄右春坊右庶子臣宗道柩還、一慟倒地、病勢遂極)」。萬曆二十八年八月に河南開封で任務を終えたあと、そのまま郷里の公安縣に歸った。『箋校』卷二五『瀟碧堂集』一の最初の「游石洲」詩の錢伯城「箋」に、「明朝の部曹が藩府に奉使すると、例として假を給せられ里に返るを得た」とある。その間に兄は九月、北京で病死し、公安に訃報が屆いた。宏道は休暇を終えると、翌年の六月に復命のために長江を下る途中、南直隷安慶府で「火病」にかかったが、そのまま順流し、南京を過ぎた儀眞縣で兄の柩が歸還するのに出會い、北上をとりやめて歸郷したのであった。「告病疏」は萬曆二十九年の六月以降に公安から送付されたものに違いない。

一〇　**以清望推擇、改吏部**　「行狀」などによると、萬曆三十四年(一六〇六、三十九歲)秋、弟中道(萬曆三十一年の擧人)とともに上京し、元の禮部儀制司主事に復歸。翌年秋、妻の李氏が亡くなると、湖廣武昌府蒲圻縣人で元の都御史謝鵬擧を存問するのに便乘して、その柩を公安に送ったが、その途中で吏部から吏部驗封司主事(正六品)への異動の命を受け、萬曆三十六年暮春に上京して着任した。

一一　**繇文選・考功、……不數月卒于家、年四十有三**　「文選・考功」について。「行狀」が「戊申(萬曆三十六年)

の春暮を以て都に入り、驗封主事に補せられ、選曹の事を攝す（代行す）」と記すのを、沈維藩「袁宏道年譜」は「吏部驗封司主事に任ぜられ、文選司員外郎の事を攝する」ことと解釋する。『箋校』巻五三・未編稿一・疏策論所收の「摘發臣奸疏」（「箋」は萬曆三十七年一月北京での作とする）で、袁宏道が「該文選司署員外郎主事某等」と稱するのも同様に解釋している（員外郎の職務を「署」代行する主事の意味）。そのあと萬曆三十七年の上元の日から寒食の間に「初授司功副郎（初めて司功副郎を授かる）」（『箋校』巻四五『破研齋集』一）と題する詩がある。吏部考功司員外郎（從五品）に昇任した時の作である。

ところで、それから間もなくのこととして、『箋校』巻五三・未編稿一・疏策論に「請點右侍郎疏」があり、「吏部文選司郎中某等」という文言で始まる。『箋校』はこの「某」氏を袁宏道のこととして「未編稿」に收錄している。內容は吏部尙書代行の左侍郎楊時喬の病狀が惡く、後任の尙書孫丕揚が着任するまでの間、右侍郎の代行を認めてほしいというものである（孫の着任は四月）。しかしこの疏の「某」氏は袁宏道ではあるまい。なぜなら同じ萬曆三十七年の秋の鄕試の「京省主試」について、談遷の『國榷』の八月の記載に「陝西、吏部員外郎袁宏道・兵部員外郎朱一馮」とあるからである。八月に陝西鄕試を主考し、十一月に歸京した。この時はまだ員外郎であった。

なおこの年、中道・四十歲は翌年の會試受驗のために十月に上京し、兄の留守宅に泊った。錢謙益・二十八歲も同じ目的のために上京していた。中道の『遊居柿錄』（『珂雪齋集』所收）巻三・巻四には年末年初にかけて二人が何度か對話し散策した模様を記載している。袁宏道・四十二歲が、十一月に歸京してからの數ヶ月、錢謙益と面會した記事は見當らないが、錢氏が『錦帆』『解脫』二集の作者を身近に感じていたことは確かだろう。會試は翌三十八年の二月九日から始まり、發表は三月十五日であった。結果は、中道落第、錢氏進士第三人及第であった。

「稽勳郎中」について。「行狀」は、萬曆三十八年「會たま考功の事竣り、遂に假を給わりて南歸す（會考功事竣、遂給假南歸）」とする。出發は、やはり中道の「南歸日記」（『珂雪齋集』巻一四）に「時二月廿四之庚午日也」とある。また『遊居杮錄』巻四には、「閏三月十五日公安に還る（閏三月十五日還公安）」。同じく「中郎初めて沙市（公安縣北方の宏道の新宅の地）に到るに因りて（到着したばかりだったので）、屋室都て未だ料理せず（中郎因初到沙市、屋室都未料理）」。巻五に「意に仕宦を絶たんと欲す（意欲絶仕宦）」。八月二十二日「中郎の「火病」漸く加わる（中郎火病漸加）」。九月初六日「一朝にして遂に仁兄を失う（一朝遂失仁兄）」とある。そして死後萬曆四十一年の追憶には、巻八「庚戌（三十八年、兄は）驗封郎を以て歸り、遂に沙市の宅を修む（庚戌、以驗封郎歸、遂修沙市宅）」、すなわち宏道の最終の官職は吏部驗封司郎中であり、「行狀」の標題もそうである。銭謙益が何によって「稽勳」としたかは分からない。『明史』巻二八八・文苑傳四でも「遷稽勳郎中」とするし、入矢義高氏の「年譜」でも「萬曆38・一六一〇・43、吏部稽勳郎中に昇任、休暇を賜わって、弟を伴い歸鄉」云々としている。

一二　萬曆中年、王・李之學盛行、黃茅白葦、彌望皆是　「萬曆中年」は、その中期ということ。萬曆朝四十八年間のうち、その二十年代を指す。李攀龍（本書「二六」）の死は隆慶四年（一五七〇）であり、王世貞（本書「二七」）の死は萬曆十八年（一五九〇）である。

「黃茅白葦」は、一面に黃色いチガヤと白いアシだけで、何の變哲もないことのたとえ。同じ表現を袁中道も「解脫集序」で用いている。こちらは李夢陽（嘉靖八年〔一五二九〕卒、本書「一六」）・何景明（嘉靖元年〔一五二二〕卒、本書「一九」）ら弘・正七子（前七子）についての言及である。「後生（若い後輩たち）は識寡なく、互相に尤を效う。如し人身に重寶を懷くも（本人が立派な才能を持っていても）、借りて觀る者有れば、之（重寶）に代うるに塊（つちくれ）を以てす。黃茅白葦、遂に天下に遍ねし。中郎は力めて敝習を矯し、大いに頽風を格す（後生寡識、互相效尤。如人身懷重寶、有借觀者、代之以塊。黃茅白葦、遂遍天下。中郎力矯敝習、大格頽風）」。ちなみにこの表現は、宋の蘇軾が「答張文潛縣丞書」の中で、王安石について、「王氏は其の學を以て天下に同じからしめんと欲す（王氏欲以其學同天下）」と批判して、「惟荒瘠斥鹵の地、彌望するに皆黄茅白葦、此則ち王氏の同じきなり（惟荒瘠斥鹵之地、彌望皆黄茅白葦、此則王氏之同也）」としている。それを念頭に置いて袁中道、ないしは袁宏道は李・何にたいして、錢謙益は王・李にたいして用いているのである。

一三　文長・義仍、嶄然有異、沈痼滋蔓、未克芟薙　徐渭は正德十六年（一五二一）～萬曆二十一年（一五九三）。湯顯祖は嘉靖二十九年（一五五〇）～萬曆四十五年（一六一七）。

徐渭について、錢謙益「徐記室渭」の小傳は、「文長、王（世貞）・李（攀龍）を譏評し、其の持論は迥かに時流を絕つ（文長譏評王・李、其持論迥絕時流）」とするが、その『徐文長三集』『徐文長逸稿』（ともに『徐渭集』一九八三年・中華書局刊に所收）の序文などを見ても、該當箇所は見あたらない。ただ袁震宇・劉明今著『明代文學批評史』（一九九一年・上海古籍出版社刊）「徐渭的詩論」（三五七頁）は、「徐渭の文中では前後七子の名を指してはいないが、その批判の矛先の向かう所は明白で確實である」とする。

袁宏道は萬曆二十五年、浙江會稽縣の陶望齡（字は周望、號は石簣、嘉靖四十一年〔一五六二〕～萬曆三十七年〔一六〇九〕、『列朝詩集』丁集卷十五）の家で、「闕編詩一帙」を偶然に見つけたことから徐渭の存在を知り、詩「喜逢梅季豹（梅季豹〔名は守箕、『列朝詩集』丁集卷十五〕に逢うを喜ぶ）」（『箋校』卷九『解脫集』二）の中で早速、「徐渭饒梟才、身卑道不遇。近來湯顯祖、凌厲有佳句（徐渭は梟才〔雄々しい才能〕饒かなるも、身卑くして道に遇わず。近來湯顯祖は、凌厲〔がむしゃら〕にして佳句有り）」と稱贊した。陶望齡にはすでに「山人徐渭傳」があったが、袁宏道も萬曆二十七年、「徐文長傳」（『箋校』卷一九『瓶花齋集』七）を著した。その中で、「文に卓識有り、氣沈みて法嚴しく、模擬を以て才を損わず、議論を以て格を傷めず、韓（愈）・曾（鞏）の流亞なり

（文有卓識、氣沈而法嚴、不以模擬損才、不以議論傷格、韓・曾之流亞也）」とし、また「先生の詩文崛起して近代蕪穢の習いを一掃し、百世より下、自から定論有らん、胡爲れぞ遇せられざらん哉（先生詩文崛起、一掃近代蕪穢之習、百世而下、自有定論、胡爲不遇哉）」と述べている。「徐文長傳」には都留春雄氏の譯注が『近世散文集』（一九七一年・朝日新聞社・中國文明選第十巻）にある。

湯顯祖は、袁宏道が萬曆二十二年十二月に北京で初めて會って以來の親友である。かたや遂昌知縣（浙江處州府下）として上計（業務審査）のために上京しており、かたや吳縣知縣の辭令を受けていた。翌年の二月二日、二人は北京を出發し、途中まで同行した。本書「三〇　湯顯祖」の、特に「自王・李之興、百有餘歲、義仍當霧雺充塞之時、穿穴其間、力爲解駮。歸太僕之後、一人而已」の訓讀と注を參照されたい。

一四　學禪于李龍湖　李贄、字は公甫、號は卓吾、嘉靖六年（一五二七）～萬曆三十年（一六〇二）。萬曆十三年（一五八五）五十九歲、湖廣黃州府麻城縣郊外の龍潭（又の名は龍湖）の佛寺に假寓した（容肇祖『李贄年譜』一九五七年・北京三聯書店刊）。宏道の尺牘「張幼于」（名は獻翼。『箋校』巻一一『解脫集』四、萬曆二十五年・無錫作）には、「僕は自ら詩文は一字も通ぜざるを知るも、唯だ禪宗の一事のみは敢て多くを讓らず。當今の勍敵（强敵）は唯李宏甫先生一人のみ（僕自知詩文一字不通、唯禪宗一事、不敢多讓。當今勍敵、唯李宏甫先生一人）」とする。

しかし李贄の袁宏道にたいする影響は禪より前に「性命の學」であったと思われる。袁宏道が李贄に會ったのは、萬曆十八年公安においてであり（このあと『焚書』を贈られた）、翌年には麻城で、二十二年にも麻城でと、都合三回である。「性命の學」については、入矢義高氏による定義を、兄の小傳「三一　袁宗道」の注三で引用した。袁宏道は、吳縣知縣時代の萬曆二十二年、外祖父の龔大器あてに、「大約（おおよそ）利に趨る者は沙の如く、名に趨る者は礫の如く、性命に趨る者は夜光（の璧）・明月（の珠）の如く、千百人中、僅かに一、二人を得、一、二人中、僅かに一、二分を得るのみ（大約趨利者如沙、趨名者如礫、趨性命者如夜光・明月、千百人中、僅得一二人、一二人中、僅得一二分而已矣）」（『箋校』巻五『錦帆集』三、尺牘「家報」）と書き送っている。

一五　以爲「唐自有詩、不必選體也。……歐・蘇・陳・黄各有詩、不必唐也」　萬暦二十四年呉縣での尺牘「丘長孺」（『箋校』巻六『錦帆集』四）に次のように見える。長孺は丘坦の號、字は坦之、湖廣麻城縣の人。「唐自有詩也、不必選體也。初・盛・中・晩自有詩也、不必初・盛也。李・杜・王・岑・錢・劉、下迨元・白・盧・鄭、各自有詩也、不必李・杜也。趙宋亦然。陳・歐・蘇・黄諸人、有一字襲唐者乎、又有一字相襲者乎（唐には自から詩有るなり、必ずしも選體〔文選體〕ならざるなり。初・盛・中・晩には自から詩有るなり、必ずしも初・盛ならざるなり。李〔白〕・杜〔甫〕・王〔維〕・岑〔參〕・錢〔起〕・劉〔長卿〕より、下は〔中・晩唐の〕元〔稹〕・白〔居易〕・盧〔綸〕・鄭〔畋〕に迨び、各おの自から詩有るなり、必ずしも李・杜ならざるなり。趙宋も亦然り。陳〔師道〕・歐〔陽修〕・蘇〔軾〕・黄〔庭堅〕諸人には、一字として唐を襲う者有る乎、又一字として相襲う者有る乎）」（以上詩人の特定は、任亮直『袁中郎詩文選注』一九九三年・河南大學出版社刊による）。

一六　「唐人之詩、……豈非流自性靈與出自剽擬者所從來異乎」　『江盈科集』巻八「敝篋集引」（また『箋校』附録三「敝篋集敍」）に、袁宏道の發言を次のように引用している。「適案上有唐詩一帙、指謂余曰、「唐人之詩、無論工不工、第取而讀之、其色鮮妍、如旦晩脱筆研者。今人之詩卽工乎、然句句字字拾人飣餖、纔離筆研、已似舊詩矣。夫唐人千載而新、今人脱手而舊、豈非流自性靈與出自模擬者所從來異乎」（適たま案上に唐詩一帙有り、指して余に謂いて曰く、「唐人の詩は、……。今人の詩は卽い工みなる乎、然れども句句字字に人の飣餖を拾い、纔かに筆研を離るれば、已に舊詩の似かり矣。夫れ唐人は千載にして新しく、今人は手を脱して舊し、豈性靈自り流るると模擬自り出づる者との從りて來たる所の異なるに非ざる乎」と）」。

一七　**「空同未免爲工部奴僕、空同以下皆重儓也」**　尺牘「答梅客生開府」（『箋校』巻二一『瓶花齋集』九）に次のように見える。梅客生は名は國楨、湖廣麻城縣の人。開府は巡撫を指す。「今代知詩者、徐渭稍不愧古人。空同才雖高、然未免爲工部奴僕、北地而後、皆重儓也。公然侈爲大言、一倡百和、恬不知醜（今代の詩を知る者は、徐渭稍（やや）古人に愧じず。空同は才高しと雖も、然れども未だ工部の奴僕爲るを免れず、北地（空同に同じ）より後は、皆重儓なり。公然と侈（おご）りて大言を爲し、一（ひとり）の倡うれば百の和し、恬として（平然として）醜きを知らず）」。

一八　**論吳中之詩、……而詆訶慶・曆以後、沿襲王・李一家之詩**　「敍姜・陸二公同適稿」（『箋校』巻一八『瓶花齋集』六）に蘇州の文化について次のように述べる。姜節と陸治の唱和集にあてた序文である。萬曆二十七年作。「大抵慶・曆以前、吳中作詩者、人各爲詩。人各爲詩、故其病止于靡弱、而不害其爲可傳。慶・曆以後、吳中作詩者、共爲一詩。共爲一詩、此詩家奴僕也。其可傳與否、吾不得而知也（大抵〔隆〕慶・〔萬〕曆以前、吳中の詩を作る者は、人ごとに各おの詩を爲す。人ごとに各おの詩を爲し、故に其の病は靡弱に止どまり、而も其の傳うる可きと爲すを害わず。慶・曆以後、吳中の詩を作る者は、共に一の〔一樣の〕詩を爲す。共に一の詩を爲すは、此（これ）詩家の奴僕なり。其の傳う可きと否とは、吾 得て知らざるなり）」。

一九　**竟陵代起、以凄清幽獨矯之、而海內之風氣復大變**　竟陵は湖廣承天府沔陽州景陵縣の古名。鍾惺・本書「三四」と譚元春・本書「三五」を指す。「凄清」は、ひやりと冷たくすみきった感じ。「幽獨」は、深く靜かな中で孤獨を通しているさま。鍾惺の小傳では「深幽孤峭」と形容し、二人のスタイルを「鍾譚體」と稱している。

二〇　**小修序中郎詩云「『錦帆』『解脫』、……非中郎之本旨也」**　以下、袁中道の「中郎先生全集序」より三ヶ所にわたって引用している。

「先生詩文如『錦帆』『解脫』、意在破人之執縛、故時有遊戲語。亦其才高膽大、無心於世之毀譽、聊以抒其意所

欲言耳（先生の詩文の『錦帆』『解脱』の如きは、意は人の執縛を破るに在り、故に時に遊戲の語有り。亦其の才は高く膽は大にして、世の毀譽に心無く、聊か以て其の意に言わんと欲する所を抒べる耳）」（この一節は『遊居柿錄』巻九にも見える）。

「卽少年所作、或快爽之極、浮而不沈、情景大眞、近而不遠。而出自靈竅、吐于慧舌、寫于銛頴、蕭蕭冷冷、皆足以蕩滌塵情、消除熱惱（少年に作る所に卽けば、或いは快爽の極みには、浮きて沈まず、情景の大だ眞なるには、近くして遠からず。而して靈竅自り出で、慧舌より吐き、銛頴より寫し、蕭蕭冷冷として、皆以て塵情を蕩滌し、熱惱を消除するに足る）」。

「至于一二學語者流、粗知趨向、又取先生少時偶爾率易之語、效顰學步。其究爲俚俗、爲纖巧、爲莽蕩、譬之百花開、而棘刺之花亦開、泉水流、而糞壤之水亦流。烏・焉三寫、必至之弊耳。豈先生之本旨哉（一、二の語を學ねる者の流に至りては、粗く趨向を知り、又先生少き時の偶爾率易〔とっさの思いつき〕の語を取り、顰みに效い歩みを學ぬる。其の究まりて俚俗と爲り、纖巧と爲り、莽蕩と爲り、之を譬うるに百花開くも、棘刺の花も亦開き、泉水流るるも、糞壤の水も亦流る。烏・焉も三たび寫せば、必ず之が弊に至る耳。豈先生の本旨ならん哉）」。「烏・焉三寫」は、詳しくは「字經三寫、烏・焉成馬（字は三たびの寫しを經て、烏・焉も馬と成る）」、文字の轉寫が繰りかえされるうちに、烏が焉となり、三度目には馬となるように、本のものとは樣變りすること。

二一　**學者無或操戈公安、而復噓王・李之燼、斯道其有瘳乎**　最後は陳子龍ら松江「雲間派」の青年詩人を念頭に置いた發言かと思われる。

陳子龍は、字は臥子など、南直松江府華亭縣の人。錢謙益よりも二十六歲若く、十七年早く死去した、萬曆三十六年（一六〇八）～清・順治四年（一六四七）。明末清初の古文辭家で、その自撰『年譜』（施蟄存・馬祖熙標校『陳子龍詩集』一九八三年七月・上海古籍出版社刊、附錄二所收）には、天啓七年（一六二七）二十歳から崇禎四年（一六三一）二十四歳の間に「古文辭（詞）」に從事した記事が頻出する。ちなみに崇禎十年の進士登第と時を同じくして、家居中の前禮部右侍郎の銭謙益・五十六歳は逮捕・下獄の身となるが、陳氏は、「予、銭・瞿（銭氏の弟子瞿式耜）とは素より知己と稱す（予與銭・瞿素稱知己）」と記している。陳子龍は、松江の同鄉人であり、かつ「幾社」の盟友である李雯（字は舒章、萬暦三十六年（一六〇八）～清・順治四年（一六四七））・宋徵輿（字は轅文、萬暦四十六年（一六一八）～清・康熙六年（一六六七））とともに『皇明詩選』十三巻を編輯し、崇禎十六年（一六四三）に刊行した（張慧劍『明清江蘇文人年表』所引の葉德輝『郎園讀書志』巻一五による）。「網羅百家」（陳子龍「序」）のうち公安・竟陵二派からは袁宏道の七言古詩「古荊篇」一首を採録するだけである。なお陳子龍の存在については本書「二六　李攀龍」の注九に引用した入矢義高氏の指摘を參照されたい。

（松村　昂）

三三　袁中道　隆慶四年（一五七〇）～天啓三年（一六二三）

丁集卷十二　袁儀制中道[一]

中道、字小修、中郎之弟也。少於中郎兩歲。十歲餘、著[二]「黃山」「雪」二賦、五千餘言。長而通輕俠、[三]游于酒人、以豪傑自命、[四]視妻子如鹿豕之相聚、視鄉里小兒如牛馬之尾行、而不可與一日居也。泛舟西陵、[五]走馬塞上、窮覽燕・趙・齊・魯・吳・越之地、足跡幾半天下、而詩文亦因以日進。歸而學於李龍湖、[六]有志出世、[七]操觚應擧、懷利刄切泥之歎。久之、數困鎖院、而兩兄皆膴仕、流離世故、有憂生之嗟。萬曆丙辰始擧進士、[八]授徽州府教授、[九]選國子博士、[一〇]乞南得禮部儀制、[一一]歷官郎中。旋復乞休、以疾卒、年五十有四。

小修嘗自敘『珂雪齋集』、[一二]謂其詩文「不及古人者有五」、[一三]「欲付之一炬、而名根未忘、不忍棄擲」。[一四]又謂[一五]「出世則以超悟讓人、退而修香光之業。用世則以經濟讓人、退而居仕隱之間。修詞則以經國垂世讓人、姑存其緒言、以當過雁之一唳」。皆實語也。

余嘗語小修、[一六]「子之詩文有才多之患。若游覽諸記、放筆芟薙、去其强半、便可追配古人」。小修曰、「善哉、子能之、我不能也。吾嘗自患決河放溜、發揮有餘、淘鍊無功。子能爲我芟薙、序而傳之、無使有後世誰定吾文之感、不亦可乎」。小修之通懷樂善若此、而余逡巡未果、實自媿其言。[一七]小修又嘗告余、「杜之「秋興」、白之「長恨歌」、元之「連昌宮詞」、皆千古絶調、文章之元氣也。楚人何知、妄加評竄。吾與子當昌言擊排、點出手眼、無令後生墮彼雲霧」。蓋小修兄弟間師承議論如此、而今之持論者、夷公安於竟陵、等而排之、不亦過乎。

[一八]小修子祈年、字未央、余改字曰田祖、出爲後於伯修、擧郷書、詩筆有家風、秀而不實、余深痛之。

【訓讀】

中道、字は小修、中郎（袁宏道、本書「三二」）の弟なり。中郎より少きこと兩歳。十歳餘、「黃山」「雪」の二賦を著すこと五千餘言。長じて輕俠（自分の命を輕んじて人の急難に當たる男だて）に通じ、酒人に游び、豪傑を以て自ら命じ、妻子を視ること鹿豕（シカとイノシシ）の相い聚まるが如しとし、鄉里の小兒（村の小役人、蕭統「陶淵明傳」に見える）を視ること牛馬の尾行するが如しとし、而して一日の居も與にする可からざるなり。舟を西陵に泛かべ、馬を塞上に走らせ、燕・趙・齊・魯・吳・越の地を窮覽し、足跡は幾ど天下に半ばし、而して詩文も亦因りて以て日ごとに進む。歸りて李龍湖（李贄、本書「四〇」）に學び、世を出づる志（世間を離れる意圖）有るも、觚を操りて擧に應じ（用紙に筆をとって科擧に應じ）、利刃もて泥を切るの歎きを懷く。之を久しくして數しば鎖院（試驗場）に困しみ、而も兩兄は皆膴仕し（高官となり）、世故より流離し、憂生の嗟き有り。

萬曆丙辰（四十四年〔一六一六〕四十七歳）始めて進士に擧げられ、徽州府教授（從九品）を授けられ、國子博士（從八品）に選ばれ、南（南京朝廷）を乞いて禮部儀制（南京禮部儀制司。主事は正六品、員外郎は從五品）を得、郎中（正五品）に官たるを歴たり。旋って復た休みを乞い、疾を以て卒す、年五十有四。

小修嘗て自ら『珂雪齋集』に敍して謂うに、其の詩文の「古人に及ばざる者五有り」、「之を一炬に付さんと欲するも、而も名根（名聲への執著）未だ忘れず、棄擲するに忍びず」と。又謂えらく「世を出づれば則ち超悟を以て人に讓り、退きて香光の業（佛道への從事）を修めん。世に用いらるれば則ち經濟（經世濟民）を以て人に讓り、退きて仕隱の間に居らん（仕宦しながら隱士の生活をしようとする）。詞を修むれば則ち經國垂世（國を經めて世に垂る）を以て人に讓り、姑く其の緒言を存し、以て過雁の一唳（ひと鳴き）に當てん」と。皆實語（實際の行動に則した言葉）なり。

余嘗て小修に語るに、「子の詩文には才多きの患い有り。游覽諸記の若きは、筆を放てて芟薙し、其の强半を去れば、便ち古人に追配す可けん」と。小修曰く、「善き哉、子 之を能くす、我は能くせざるなり。吾嘗て自ら患うに、河決して溜（急流）を放ち、發揮に餘有るも、淘錬（『列朝詩集』點校本は「煉」に作る）に功無し、と。子能く我が爲に芟薙し、序して之を傳え、後世の誰か吾が文を定むるの感有ら使むる無くんば、亦可ならざる乎」と。小修の通懷（變らぬ友誼）と樂善は此くの若きなるも、而も余は逡巡して未だ果さず、實に自ら其の言（嘗て小修に語った言葉）を媿（『列朝詩集』點校本は「愧」に作る）ず。

小修又嘗て余に告ぐるに、「杜（甫）の「秋興（八首）」、白（居易）の「長恨歌」、元（稹）の「連昌宮詞」は、皆千古の絶調にして文章の元氣なり。楚人（鍾惺〔本書「三四」〕・譚元春〔本書「三五」〕らの竟陵派）何を知りてか、妄りに評竄を加う。吾 子と當に昌言（道理をつくした言葉）もて擊排し、手眼（本領）を點出し、後生を令て彼の雲霧に墮つること無からしめん」と。蓋し小修は、兄弟間にて師承議論すること此くの如く、而して今の論を持する者の、公安を竟陵に 夷 として、等しくして之を排するは、亦過ちならざる乎。

小修の子祈年、字は未央、余 字を改めて田祖と曰い、出でて伯修（袁宗道、本書「三一」）に後（あとつぎ）と爲り、鄕書（鄕試）に擧げられ、詩筆に家風有るも、秀いでて實らず（夭折し）、余深く之を痛む。

【注】

一 **袁儀制中道** 「儀制」は、最終官職が南京禮部儀制司郎中であったことによる。袁中道には行狀や傳記資料が無く、強いてあげるとすれば、本人の日記『遊居柿錄』十三巻であろう。萬曆三十六年（一六〇八・三十九歲）十月一日から萬曆四十六年（四十九歲）十一月末日までの記錄である。袁中道の作品は、錢伯城氏の編輯・點校のもとに『珂雪齋集』二十五巻にまとめられており（一九八九年一月・上海古籍出版社刊。以下『集』と表記）、『遊居柿錄』もその巻外に併せ収められている。なお文集刊行の經緯については注一二を參照。

二 **十歲餘、著「黃山」「雪」二賦、五千餘言** 兄宏道の「敍小修詩」（萬曆二十四年・吳縣作。『袁宏道集箋校』巻四『錦帆集』之二。錢伯城箋校・一九八一年七月・上海古籍出版社刊）の文にもとづく。「弟少也慧、十歲餘、卽著「黃山」「雪」二賦、幾五千餘言。……視今之文士矜重以垂不朽者、無以異也。然弟自厭薄之、棄去（弟は少きも也慧く、十歲餘にして卽ち「黃山」「雪」の二賦を著し、幾ど五千餘言なり。……今の文士の矜重して不朽に垂んことを以う者と視べて、以て異る無きなり。然れども弟は自ら之を厭薄し、棄て去る）」。

三 **長而通輕俠、游于酒人** 「輕俠」「酒人」に關して、袁中道みづから王伊輔（字は任仲、湖廣黃州府蘄州の人）にあてた「書王伊輔事」（『集』巻二一）で次のように述べている。「予 少年に雅より才氣を負い、謂えらく、功名（科擧及第）は唾して（手に唾してやすやすと）取る可く、天下の事を言い易し、と。辛卯（萬曆十九年・二十二歲）自り後、連ねて（鄕試より）擯斥せられ、乃ち任俠を好む。危冠（高い帽子）綺服もて駿馬に騎り、酒家に出入し、錢を視ること糞土の如し。數年にして大いに鄕里の毀罵と爲り、妻子は怨嗟し、羞じて歸る能わず。乃ち鄂（武昌府）に走るに、病の大いに作り、一の古廟中に臥すに、寂寞無聊甚だし（予少年雅負才氣、謂功名可唾取、易言天下事。自辛卯後、連擯斥、乃好任俠。危冠綺服、騎駿馬、出入酒家、視錢如糞土。數年、大爲鄕里毀罵、妻子怨嗟、羞不能歸。乃走鄂、病大作、臥一古廟中、寂寞無聊甚）」。

四　以豪傑自命、視妻子如鹿豕之相聚、……而不可與一日居也　「敍小修詩」に次のように記す。「既長、膽量愈廓、識見愈朗、的然以豪傑自命、而欲與一世之豪傑爲友。其視妻子之相聚、如鹿豕之與羣、而不相屬也。其視鄕里小兒、如牛馬之尾行、而不可與一日居也（既に長じて膽量は愈いよ廓く、識見は愈いよ朗らかに、的然と〔明白に〕豪傑を以て自ら命じ、而して一世の豪傑と友と爲らんと欲す。其の妻子の相聚まるを視ること、鹿豕の與に羣するが如しとし、而して〔彼自身は〕相屬かざるなり。其の鄕里の小兒を視ること、牛馬の尾行するが如しとし、而して〔彼自身は〕一日の居も與にする可からざるなり）」。

なお、「豪傑」については、長兄への手紙「報伯修兄」（萬曆二十四年作。『集』卷二三）で次のように述べている。「弟嘗て謂えらく、天下には止三等の人有るのみ。其の一等は聖賢爲り、其の二等は豪傑爲り、第三等は則ち庸人なり、と。……豪傑の若き者は挺然として天下の事に任じ、而して一身の利害は問わざる所有り。……弟の若き輩の者は、之を上にしては敢て自ら聖賢に附かず、而して之を下にしては必ず附して庸人に同ぜず（弟嘗謂天下止有三等人。其一等爲聖賢、其二等爲豪傑、第三等則庸人也。……若豪傑者、挺然任天下事、而一身之利害有所不問。……若弟輩者、上之不敢自附于聖賢、而下之必不附同於庸人）」。

五　泛舟西陵、走馬塞上、……足跡幾半天下、而詩文亦因以日進　中道の旅行好きは生涯にわたるが、この一節はほとんどそのまま「敍小修詩」によっているから、萬曆十九年・二十二歳から二十三年・二十六歳までのことである。

「泛舟西陵、走馬塞上、窮覽燕・趙・齊・魯・呉・越之地、足跡所至、幾半天下、而詩文亦因之以日進。大都獨抒性靈、不拘格套、非從自己胸臆流出、不肯下筆（舟を西陵に泛かべ、……足跡の至る所は、幾ど天下に半ばし、而して詩文も亦之に因りて以て日ごとに進む。大都性靈を獨抒し、格套に拘わらず、自己の胸臆從り流出するに非ざれば、筆を下すを肯んぜず）」。

「西陵」は湖廣黄州府。府下の麻城縣に假寓していた李贄（號は卓吾）のもとに、中道は萬曆十九年・二十年・二十一年、二人の兄と、あるいは單獨で訪れている。また親友の丘坦（字は長孺）が麻城の人で、この頃の中道の詩に「重九、同丘長孺過李卓吾精舍（重九、丘長孺と同に李卓吾の精舍を過ぎる）」（『集』卷一）などがある。

「燕」は北京。萬曆二十二年當時、長兄宗道は翰林院編修、次兄宏道は十二月に呉縣知縣に任命、中道は二度目の郷試に失敗すると、冬に上京した。翌二十三年二月、呉縣に赴任する次兄を送ると、自身は六月、山西の大同府に出かけた。「塞上」といい「趙」というのはこの地を指す。彼は後に回想して「中維烈時藝序」（『集』卷一〇）に「追思するに予 維烈の如きの年には、正に劍を燕市に擊ち、馬を塞上に走らせし時なり（追思予如維烈之年、正擊劍燕市、走馬塞上時也）」と述べている。そこでは二十一年八月以來、梅國楨が右僉都御史・巡撫となっていた。麻城縣の出身で、字は客生、また克生、嘉靖二十一年（一五四二）～萬曆三十三年（一六〇五）。寧夏の哱拜の亂平定の功績によるものであった。

同じ年のうちに北京に戻り、長兄や黄輝（『列朝詩集』丁集卷十五）・陶望齡（同上）らと別れると、「齊」「魯」を經て、次兄のいる「呉」、蘇州府呉縣に向かった。「魯」では叔父の龔仲敏（字は惟學）が嘉祥縣知縣をしていたが、會えずじまいであった。中道に、五言古詩「嘉祥懷龔惟學母舅」（『集』卷二）の作がある。

十月、蘇州に到着した。「聽雨堂記」（『集』卷一二）に「乙未（萬曆二十三年）中郎 呉に令たりて、兄弟三人或いは仕え或いは隱し、四方に散るを念う。……十月、予 吳に往きて之を省る（乙未、中郎令吳、念兄弟三人或仕或隱、散於四方。……十月、予往吳省之）」と記す。この後の事は、本人や次兄の詩文によれば、「越」で西湖に遊び、「皖」すなわち徽州に知府の陳所學を訪ね、翌二十四年三月吳縣に戻り、そこから無錫・金陵を經て公安に歸った。

六　歸而學於李龍湖　龍湖は右の「西陵」で注記した麻城縣にある湖の名。中道はその「李溫陵傳」（『集』卷一七。溫陵は李贄の出身地福建省泉州の別稱）で、「（萬曆十三年）公遂に麻城龍潭湖の上（ほとり）に至る（公遂至麻城龍潭湖上）」としている。ただし中道が李贄について學んだのは、前述したように今回の旅行以前のことであり、萬曆二十四年の歸鄉後に湖廣で會った形跡はなく、萬曆二十五年秋には李贄は北京にのぼり、西山の極樂寺に寄寓している。

七　有志出世、操觚應擧、懷利刄切泥之歎　中道の「珂雪齋前集自序」（『集』卷頭。「萬曆戊午〔四十六年〕五月午日、新安郡校」作）に次のような文章がある。「少忝聞道、有志出世、至於操觚、輒懷利刀（ママ）切泥之嘆。嘗欲息機韜穎、遁跡煙雲。故未仕前、大半居山、所作多偶爾寄興、模寫山容水態之語。而高文大册、寂然無有。此其不如古人者之五也（少（わか）くして〔特に李贄より？〕道を聞くを忝（かたじけな）くし、世を出づる志有るも、觚を操るに至りては、輒（すなわ）ち利刀もて泥を切るの嘆きを懷く。嘗て機〔智恵のはたらき〕を息（や）めて穎〔刀の先〕を韜（かく）し、跡を煙雲に遁（のが）さんと欲す。故に未だ仕えざる前は、大半は山に居り、作る所は偶爾に興を寄せ、山容水態を模寫するの語多し。而して高文大册は寂然として有る無し。此（これ）其の古人に如（し）かざる者の五なり）」。

八　萬曆丙辰始擧進士　中道の受驗歷は次のとおりであった。

萬曆十九年（一五九一）二十二歲、湖廣鄉試（武昌）不第。二十二年、同上不第。二十五年、順天府鄉試不第。二十八年、同上不第。三十一年、同上及第（鍾惺、本書「三四」もこの年の擧人）。

萬曆三十二年（一六〇四）三十五歲、會試下第。三十五年、同上不第。三十八年、同上不第（錢謙益・鍾惺がと

もに進士）。（四十一年は父の服喪中、不受驗）。四十四年、及第、三甲二三二名。

中道の『遊居柿錄』巻一一によると、萬曆四十四年の會試は、二月七日に「入場」、十五日に「三場」終了、二十七日「放榜」、「中式の捷音を得（得中式捷音）」、「但だ老父及び兩兄の皆見るに及ばざるを念い、覺えず之が爲に涙下る（但念老父及兩兄皆不及見、不覺爲之涙下）」。「廷試」は三月十五日、十八日に「傳臚に恩を射するに、名次は三甲の後に在り（傳臚射恩、名次在三甲後）」。八月十四日、行人司行人（正八品）の「（鄕試）同年鍾伯敬（惺）の席に赴く（赴同年鍾伯敬席）」。九月二十六日京師を發ち、十一月十三日公安に歸着。

九　授徽州府教授　『遊居柿錄』巻一二によると、萬曆四十五年三月公安を發ち、五月十二日入京。十月十日、徽州府教授（從九品）の任に赴くため出京、五言律詩「將赴新安任、出都門（將に新安の任に赴かんとして、都門を出づ）」（『集』巻八）。翌四十六年二月二十一日徽州府着。

一〇　選國子博士　「國子博士」、つまり國子監博士廳五經博士（從八品）になった時期について。中道の「袁中郎先生序」の年記には「萬曆己未仲夏朔日、弟中道謹頓首書於新安學舍」（『袁宏道集箋校』附錄三「袁中郎先生全集巻首」による。『集』巻一一所收には年記がない）とあり、萬曆四十七年（一六一九・五十歳）五月一日の時點では府學教授であったことが分かるが、その後のうちに、「戸部郎中張公墓誌銘」（『集』巻一八）で、「己未、予は新安の授を以て太學博士に遷る（己未、予以新安授遷太學博士）」と記す。

一一　乞南得禮部儀制、歷官郎中。旋復乞休、以疾卒、年五十有四　國子（太學）博士から天啓三年（一六二三）の死去までについて、中道自身の幾つかの文章によってその經歷がうかがわれる。すなわち、國子（太學）博士就任が萬曆四十七年の七月頃とすれば、「弟（われ）は太學に入りしこと一年三個月なり矣（弟入太學一年三個月矣）」（『集』巻二五「答德州守謝容城」）として南京禮部儀制司（主事・正六品か）に異動したのは泰昌元年（一六二〇・五十一歳）十月頃であろう。翌天啓元年（一六二一・五十二歳）八月の前か後に錢謙益（四十歳）が浙江郷試正考官の機會に南京に立寄った。「錢受之（謙益）來たり、仁臺（あなた）の相念う至情を極稱す（錢受之來、極稱仁臺相念至情）」（同上、また「闢連年表」參照）。「天啓二年（一六二二・五十三歳）七月二十五日」「今秣陵（南京）に官たると雖も（儀制司員外郎・從五品か）、夢魂は未だ常に堆藍（故郷に近い幽邃の地の名）に在らずんばあらざるなり（今雖官秣陵、而夢魂未常不在堆藍也）」（『集』卷二一「書玄澈卷」）。「弟は去年（天啓二年）八月に于て楚に還り、今年（天啓三年（一六二三）五十四歳）正月廿一日南中（雲南・貴州地方の袁祈年の所在地か）に到り、一子（袁祈年）を以て出だして先兄（宗道）を繼がしめ、本房（自分の家系）には尚承祧（あとつぎ）無し。今年三月初九日に至りて一子を生むも育たず、子母偕に亡ず（弟于去年八月還楚、今年正月廿一日到南中、以一子出繼先兄、本房尚無承祧。至今年三月初九日生一子不育、子母偕亡）」（『集』卷二五「答謝青蓮」）。同じ年のうちに自身も病死した。

一二　小修嘗自敍『珂雪齋集』　中道の文集は、まず『珂雪齋近集』十卷が、おそらく萬曆四十四年に刋行され（序文なし）、それらの殆ど全てを含む形で『前集』二十四卷が、萬曆四十六年五月の「自序」のもとに刋行された。「後集」なるものは無く、「名は『前集』なるも實は卽ち『全集』」（錢伯城「珂雪齋集版本及校點說明」）であった。次いで『選集』二十四卷が、「自序」に「天啓二年重九日、梟隱袁中道撰」の年記と署名をつけて刋行された。他に『外集』として『遊居杮錄』十三卷が、天啓四年に刋行された。なお、『遊居杮錄』卷一三に、萬曆四十六年「重陽日」につづく記事として、「『珂雪齋近集』已に刻成り、凡そ二十四卷、刻工頗る精なり。自ら過雁の一唳、已に吾が事畢（おわ）るを念う（『珂雪齋近集』已刻成、凡二十四卷、刻工頗精。自念過雁一唳、已畢吾事）」云々とあるのは、「應に『前集』に作るべし」（錢伯城・前掲文）とされる。

一三　謂其詩文「不及古人者有五」　「不及古人者有五」の其の五は注七に既出。其の「一」から「四」は次のとおりである。

「少くして進取に志し、専ら帖括（八股文）を攻む。中年にも尚擯斥に遭い（落第がつづき）、一生の精力を竭くし、以て箋疏（經書の注釋）を營ぬ。顰（ひんしゅく）を避け笑いを迎え、腸を夢み（揚雄が「甘泉賦」の構想に苦しみ腸を吐き出す夢をみたとされる）血を嘔くに至る。四十以後、始めて卑卑たる一第（等級の低い及第）を得たり。古（の文物）を博くして詞を修め、晷を偸みて之を爲す。本より習いに仗らず、何に由りてか工巧ならん。浮渉淺嘗（上っ面だけの學問で）、安くんぞ能く微に入らん。此其の古人に及ばざる者の一なり（少志進取、専攻帖括。中年尚遭擯斥、竭一生精力、以營箋疏。避顰迎笑、至於夢腸嘔血。四十以後、始得卑卑一第。博古修詞、偸晷爲之。本不仗習、何由工巧。浮渉淺嘗、安能入微。此其不及古人者一也）」。

「古人の詩文は、皆之を六經に本づき、以て其の源に遡り、之を子・史・百家に參して、以て其の派を衍ぐ。流溢し發滿して、中は弘く外は肆なり。吾が輩は本業（基本的な學業）の外に於いては、惟渉獵（廣いあさり讀み）を取るのみにて、一經をも治めず、何ぞ餘書を論ぜんや。或いは牖中（窗の中）より日を窺うが如く、或いは顯處に月を視るが如し。此其の古人に如かざる者の二なり（古人詩文、皆本之六經、以遡其源、參之子史百家、以衍其派。流溢發滿、中弘外肆。吾輩於本業外、惟取渉獵、一經不治、何論餘書。或如牖中窺日、或如顯處視月。此其不如古人者二也）」。

「古人は京に研くこと十年、都に練ること一紀（十二年）、盡く外縁を絶ち、深湛の思いを爲す。今者は制作有ると雖も率爾として章を成し、兎の起ちて鶻の落ち、河決して溜（急流）を放つが如く、發揮に餘有るも淘錬に功無し。此其の古人に及ばざる者の三なり（古人研京十年、練都一紀、盡絶外縁、爲深湛之思。今者雖有制作、率爾成章、如兎起鶻落、決河放溜、發揮有餘、淘錬無功。此其不及古人者三也）」（「古人研京」二句は、『文心雕龍』神思篇に「張衡は

〔二京賦を作すに〕京に研するに十年を以てし、左思は〔三都賦を作すに〕都に練すること一紀を以てす」にもとづく。「如兎起鶻落」四句は、制作の準備には時間をかけても一旦執筆すると速成で、推敲の無いことをいうのだろう）。

「古人 慶弔餞送の文は、實情眞境にして浮夸を尙ばず。作者は以て嫌いと爲さず、受者は以て過ぐると爲さず。近時は諛いを獻じ熟きを進め、啻に口より出づるのみならず、稱揚せざること少なく、便ち譏刺（ほめ殺し）に同じ。自ら惟んみるに骨體靡弱にして、未だ俗を免る能わず、性靈を抒ぶと雖も間ま酬應を雜う。此其の古人に如かざる者の四なり（古人慶弔餞送之文、實情眞境、不尙浮夸。作者不以爲嫌、受者不以爲過。近時獻諛進熟、不啻口出、少不稱揚、便同譏刺。自惟骨體靡弱、未能免俗、雖抒性靈、間雜酬應。此其不如古人者四也）」。

一四 「欲付之一炬、而名根未忘、不忍棄擲」 「前集自序」で五つの「不及（不如）古人」を述べた後に、「本朝の諸君子」に追いつこうとしたが、もはやかなわぬことになってしまった、とした上で、次のように記す。「兼之頻歲移徙、中間散佚已多、所存什五、荒野固陋、常欲付之祖龍一炬。而名根未忘、不忍棄擲、謬謂千古詞人之於詞、亦猶慈父之於子也（之を兼ねて〔さらに〕頻歲移徙し、中間に散佚すること已に多く、存する所は什に五のみにして、荒野固陋たり、常に之を祖龍〔焚書をおこなった秦の始皇帝〕の一炬に付さんと欲す。而るに名根未だ忘れず、棄擲するに忍びず、謬って謂えらく、千古の詞人の詞に於けるは、亦猶慈父の子に於けるがごときなり、と）」。

一五 又謂「出世則以超悟讓人、……以當過雁之一唳」 「前集自序」の、さらに後に續く文章。『珂雪齋前集』刋行の意圖について述べる。「嗟乎、吾向者無一事非任也、吾今者無一事非讓也。以出世言、已將超悟讓之人、退而修香光之業矣。以用世言、已將經濟讓之人、退而處仕隱之間矣。至於立言一事、向者雖不能窮其變化、而未常無此志也。今且以經國垂世讓之人、不惟不强合古之法、而亦不肯奢用己之意矣。然則此之梓也、豈欲流通、妄冀有述。聊

以結向者修詞之局、以存過雁之一唳、而使後來不復措意此道已爾（嗟乎、吾向者には一事として任に非ざるは無きなり、吾今者には一事として譲るに非ざるは無きなり。世を出づるを以て言えば、已に超悟を將て之を人に譲り、退きて香光の業を修め矣。世に用いらるるを以て言えば、已に經濟を將て之を人に譲り、退きて仕隱の間に處れ矣。立言の一事に至りては、向者には其の變化を窮むる能わざると雖も、而も未だ常て此の志無きにあらざるなり。今は且く經國垂世を以て之を人に譲り、惟に強いて古の法に合わせしめざるのみにあらず、而も亦奢りて己の意を用いるを肯んぜざる矣。然れば則ち此の梓〔刊行〕なるや、豈流通せんと欲し、妄りに述有るを冀わんや。聊か以て向者の修詞の局〔勝負ごと〕を結え、以て過雁の一唳を存し、而して後來〔のもの〕を使て復たとは意を此の道に措かざらしむる已爾）」。

一六　**余嘗語小修、「子之詩文……」。小修曰、「善哉、……不亦可乎」**　「余嘗て小修に語るに」は、銭謙益が中道に對してじかに發したようにとれるが、中道と銭氏の三度の面會のいずれにも該當しない。中道の記述にも銭氏の著作にも殘されていない。お互いの對話によったものであろう。その三度の面會とは、一度目は萬曆三十八年の會試直前で、「徐田仲（未詳）文序」（『集』巻一一）に、「庚戌の計偕（會試受驗）に、予　李長蘅（流芳）・韓求仲（敬）・銭受之の諸公と、結社修業す（勉强會をもった）。田仲　焉に與かる。時に韓と銭とは皆收められ、而して予等は落とさ被る（庚戌計偕、予與李長蘅・韓求仲・銭受之諸公、結社修業。田仲與焉。時韓與銭皆收、而予等被落）」とある。二度目は注一一で記したように、萬曆四十七年の七月頃からの一年三ヶ月、國子博士として京師にあり、銭氏は翌泰昌元年八月、還朝して翰林院編修の原官に復歸、面會の機會は二ヶ月であった。三度目はやはり注一一で記したように、天啓元年八月の前後に、銭氏が浙江郷試正考官の機會に南京禮部儀制司にいる中道を訪ねている。

さて中道が進士となった萬曆四十四年の尺牘「答銭受之」（『集』巻二五）には、次のように述べられる。銭謙益は常熟で家居中であった。「弟は大對（廷試）の名次最後なれば、當に縣令と爲るべし。……明歳秋初に至って選に來たり、兩京の一敎職を乞わん。……弟前歳一病して幾ど殆うく、故に近作を取りて之を梓に壽み、名づけて『珂雪齋集』と爲す。蓋し弟に齋有りて珂雪と名づくるは、『觀經』の「如來を觀るに白毫は相珂雪の如し」の意を取るなり。近ごろ轉其の冗濫を覺え、流通を欲せず、正に一生の詩文の精警なる者を取るを思い、合して一集と爲す。時に方に人を令て抄寫せしめ、完き後には當に一帙を受之に寄すべく、我が爲に序して之を傳うるは可なり（弟大對名次最後、當爲縣令。……至明歳秋初來選、乞兩京一敎職。……弟前歳一病幾殆、故取近作壽之于梓、名爲『珂雪齋集』。蓋弟有齋名珂雪、取『觀經』「觀如來白毫相如珂雪」意也。近轉覺其冗濫、不欲流通、正思取一生詩文之精警者、合爲一集。時方令人抄寫、完後當寄一帙受之、爲我序而傳之可也）」。「近作」といい、文集の題の由來を述べることといい、この尺牘は、第一作である『近集』（十卷）の刊行と贈呈を豫告し、あわせてそれへの序文を請うたものであろう。刊行豫定の本文には、卷三・四・五に「遊覽諸記」が都合四十九篇載せられていた。豫定稿を贈られた錢氏は、それらの「强半」を削除することを提案し、中道もそれに同意し、錢氏にその削除の選擇をまかせ、あわせて序文を依賴したものの、錢氏はその依賴に應えることがなく、結局、『近集』は、自他の序文も無いまま、「遊覽諸記」をそのままの形にして刊行に移されたのであろう。さらにその二年後には、「近作」ではなく全作を、『前集』二十四卷にまとめ、もはや序文を錢氏に依賴することなく、先に錢氏への返答で使った「吾嘗自患決河放溜、發揮有餘、淘鍊無功」の三句を（「其の古人に及ばざる者の三なり」に）活かしながら、「自序」を作成したのであろう（注七・注一三參照）。以上が「余嘗語小修」と「小修曰」にかかわる顚末であろうと思われる。

一七　小修又嘗告余、「杜之「秋興」、……無令後生墮彼雲霧」　錢謙益の『初學集』卷七九「答唐訓導汝諤論文書」に次のように見える。「若近年之談詩者、蒼蠅之鳴、作於蚯蚓之竅、遂欲以一隙之見、上下今古。公安袁小修嘗歎

息曰、「少陵秋興、元・白長恨諸篇、皆千秋絶調、彼何人斯、奮筆簡汰。此輩無心、所以眯目」。賢哉小修、其所見去人遠矣（近年の詩を談ずる者の若きは、蒼蠅の鳴の、蚯蚓〔ミミズ〕の竅に作るがごとく、遂に一隙の見を以て、今古を上下せんと欲す。公安の袁小修嘗て歎息して曰く、「少陵の「秋興」、元・白の「長恨」諸篇は、皆千秋の絶調なるに、彼は何人なる斯、筆を奮いて簡汰〔削除〕す。此の輩は心無く、所以に目を眯ます」と。賢なる哉小修、其の見る所は人を去ること遠かり矣）」（「蒼蠅」二句は、韓愈「石鼎聯句詩」で楚の道士軒轅彌明が「時於蚯蚓竅、微作蒼蠅鳴」とつけた句にもとづく。「彼何人斯」は『詩經』小雅「何人斯」の句「彼何人斯、其心孔艱」による）。「簡汰」は鍾惺・譚元春の『唐詩歸』が名品を採録しなかったことを指す。詳しくは本書「三四　鍾惺」「三五　譚元春」を參照されたい。

一八　**小修子祈年、字未央、……秀而不實、余深痛之**　「余 字を改めて田祖と曰い」については、『初學集』巻二六「袁祈年字田祖說」に、『周禮』の「凡國祈年於田祖」にもとづくことを、次のように記す。「一日、（袁祈年）余の長安（北京）の邸中に飲むに、字を改めんことを余に請う。余之に別字して田祖と曰う。而して之に告げて曰く、『周禮』春官・籥章に、「凡そ國ごとに年（豐年）を田祖に祈り、豳雅（の歌）を龡し（吹きならし）、土鼓を擊ち、以て田畯（農夫）を樂します」と。（鄭氏の）注に曰く、「田祖は始めて田を耕す者、神農を謂うなり」と（一日、飲余長安邸中、請改字於余。余別字之曰田祖。而告之曰、「『周禮』春官・籥章「凡國祈年於田祖、龡豳雅、擊土鼓、以樂田畯」。注曰、「田祖、始耕田者、謂神農也」」）。ちなみに袁祈年の詩集の中には、「謝通明寓中讀譚友夏詩偶成（謝通明の寓中にて譚友夏の詩を讀み偶たま成る）」や「庚戌夏日懷友夏（庚戌夏日、友夏を懷う）」（庚戌は萬曆三十八年、祈年十八歲）の作が見え、譚元春の詩に親しんだ様子が窺われるのに對して、竟陵派を「俗學」と非難する錢氏はこの「袁祈年字田祖說」の中で、「田祖（祈年）前光を胚胎し（三袁の業績に先祖歸りをし）、俗學を蟬脫し、卓然として文に志有る者なり（田祖胚胎前光、蟬脫俗學、卓然有志於文者也）」と稱えている。

袁祈年の生年は、中道が、長兄宗道の死の翌年、つまり萬曆二十九年に陶望齡にあてた「答陶石簣」（『集』卷二三）に、「又兄弟中子息皆艱難し、弟も亦僅かに一子有るのみ、今年十一歲なり矣、嫂の命に從いて、立てて以て（伯修の）後と爲す」とあるのによれば、萬曆十九年である。しかし祈年自身は、後に記す「楚狂之歌」所收の一首の詩題に「黃太史愼軒（輝）は先君（宗道）と生死の交わりを爲す。……己酉、予甫めて十七なるに偶たま筆を拈りて梅花の詩を作す（黃太史愼軒與先君爲生死交。……己酉、予甫十七、偶拈筆作梅花詩）」としており、萬曆二十一年ということになる（錢伯城氏も前揭文で「按ずるに祈年は萬曆二十一年（一五九三）に生まれた」とする）。本人の言に從うべきだろう。

舉人になった年は分からない。萬曆四十三年・二十三歲、『遊居柿錄』（卷一〇）の記事には、「時に楚闈（武昌での湖廣鄉試）の消息已に至り、祈年落とさ被る（時楚闈消息已至、祈年被落）」とある。翌萬曆四十四年、中道の『珂雪齋近集』には卷一一に附錄として、祈年の「楚狂之歌」「小袁幼稿」「近遊草」を載せている。また注一一に記したように、中道が天啓三年正月に「南中」に訪ねた相手が祈年であるとは斷定できないものの、三十一歲で生存していたのは間違いなく、死はその後ということになる。

（松　村　　昂）

三四　鍾　惺　萬曆二年（一五七四）～天啓五年（一六二五）

丁集卷十二　[一]鍾提學惺

[二]惺、字伯敬、[三]竟陵人。[四]萬曆庚戌進士、[五]授行人。[六]遷南京禮部祠祭主事、歷儀制郎中、[七]以僉事提學福建。[八]丁憂歸、卒於家。

[九]伯敬少負才藻、有聲公車間。[一〇]擢第之後、思別出手眼、[一一]另立深幽孤峭之宗、以驅駕古人之上。[一二]而同里有譚生元春、爲之應和、[一三]海內稱詩者靡然從之、謂之鍾譚體。[一四]譬之春秋之世、天下無王、桓・文不作、宋襄・徐偃德涼力薄、起而執會盟之柄、天下莫敢以爲非伯也。數年之後、[一五]所撰『古今詩歸』盛行於世、承學之士家置一編、奉之如尼丘之刪定。[一六]而寡陋無稽、錯繆疊出、稍知古學者咸能挾筴以攻其短。[一七]『詩歸』出而鍾・譚之底蘊畢露、溝澮之盈於是乎涸然無餘地矣。當其創獲之初、亦嘗覃思苦心、尋味古人之微言奧旨、[一八]少有一知半見、掠影希光、以求絕出於時俗。久之、見日益僻、膽日益粗。[一九]舉古人之高文大篇鋪陳排比者、以爲繁蕪熟爛、胥欲掃而刋之、[二〇]而惟其僻見之是師。[二一]其所謂深幽孤峭者、如木客之淸吟、如幽獨君之冥語、如夢而入鼠穴、如幻而之鬼國、[二二]浸淫三十餘年、風移俗易、滔滔不返。

[二三]余嘗論近代之詩、「[二四]抉擿洗削、以淒聲寒魄爲致、此鬼趣也。[二五]尖新割剝、以噍音促節爲能、此兵象也。鬼

氣幽、兵氣殺、著見于文章、而國運從之」。以一二[二六]輊才寡學之士、衡操斯文之柄、而徵兆國家之盛衰、可勝嘆哉、可勝悼哉。

鍾[二七]之才固優于譚。「江行俳體[二八]」、其赴公車之作、入蜀[二九]諸詩、其初第之作、習氣未深、聲調猶在、余得采而錄之。

唐[三〇]天寶之樂章、曲終繁聲、名爲入破。鍾・譚之類、豈亦[三一]『五行志』所謂詩妖者乎。余[三二]豈忍以蚓竅之音爲「關雎」之亂哉。

【訓讀】

惺、字は伯敬、竟陵（湖廣承天府沔陽州景陵縣の古名）の人。萬曆庚戌（三十八年、一六一〇）の進士、行人（行人司の官、正八品）を授けらる。南京禮部祠祭主事（正しくは儀制主事、正六品）に遷り、儀制郎中（正しくは祠祭郎中、正五品）を歷し、僉事を以て福建に提學たり（正五品）。憂に丁（あた）りて歸り（父の服喪のため歸郷し）、家に卒す。

伯敬 少くして才藻を負い、公車の間に聲有り（科擧受驗生の間で名聲があった）。第に擢んでらるるの後、別に手眼（自らの本領）を出だし、另に深幽孤峭の宗を立て、以て駕を古人の上に驅（か）らんことを思う。而して同里に譚生元春有り、之が爲に應和し、海內の詩を稱する者 靡（び）然として之に從う、之れを鍾譚體と謂う。之れを春秋の世に譬（たと）うるに、天下に王無く、桓・文（齊の桓公と晉の文公）作（おこ）らず、宋の襄・徐の偃（宋の襄公と徐の偃王）德凉（すく）なく力薄きも、起ちて會盟の柄を執り（諸侯を招集する力をもち）、天下敢えて以て伯に非ずと爲すは莫きなり（天下は彼らを覇者として否定はしなかった）。數年の後、撰する所の『古今詩歸』世に盛行し、承學の士（學說に從う人士）家ごとに一編を置き、之を奉ずること尼丘の删定（孔子が删定した經書）の如し。而して寡陋無稽（見聞が狹く根據が無く）、錯繆疊出し、稍や古學を知る者咸な能く筴を挾みて（書物を手に）以て其の短を攻む。

『詩歸』出でて鍾・譚の底蘊畢く露われ（底が露わになって）、溝澮の盈是に於いてか涸然たること餘地無し（田の中の溝に溜まった水も餘す所なくすべて干上がってしまった）。其の創獲の初めに當りては、亦た嘗に覃思苦心し、古人の微言奥旨を尋味するも、少しく一知半見、掠影希光（未成熟で淺薄な見解）有りては、以て時俗に絶出せんことを求む（それによって當世で突出した存在になろうとした）。之れを久しうして、見は日び益ます僻に、膽は日び益ます粗たり。古人の高文大篇の鋪陳排比する者を擧げて、以て繁蕪熟爛と爲し、胥な掃きて之を刋らんと欲し（古人の堂々とした名篇巨篇を蕪雜で爛熟冗漫なものと見なしてすべてを削去し）、而して惟だ其の僻見をのみ之を是れ師とす。其の所謂深幽孤峭なる者は、木客の清吟（山中の野人の吟詠）の如く、幽獨君の冥語（冥界からの詩語）の如く、夢にして鼠穴に入るが如く、幻にして鬼國に之くが如くして、浸淫すること三十餘年、風移り俗易り、滔滔として返らず。

余嘗て近代の詩を論ず、「抉擿洗削（詩句を抉り削りだ）し、凄聲寒魄（凄凄たる風雨や寒々とした月）を以て致と爲すは、此れ鬼趣なり。尖新割剝（新奇を求めて僻澀になったり、剽竊したり）し、噍音促節（急迫でつづまった音）を以て能と爲すは、此れ兵象なり。鬼氣の幽、兵氣の殺、文章に著見し、而して國運之に從う」と。一二の輊才寡學（淺才不學）の士を以てして、斯文の柄を衡操し（文學の領袖として詩文の流行を左右し）、而して國家の盛衰を徵兆するは、嘆くに勝うべきかな、悼むに勝うべきかな（なんと嘆かわしいことよ、傷ましいことよ）。

鍾の才は固り譚に優れり。「江行俳體」は、其の公車に赴くの作（進士科の試験に赴いた時の作）なり、蜀に入る諸詩は、其の初めて第するの作（進士に登第したばかりのころの作品）にして、習氣未だ深からず（まだ悪習や臭氣もひどくはなく）、聲調猶お在り（詩の調べも整っているので）、余 得て采りて之を錄す。唐の天寶の樂章、曲終りて繁聲なるは、名づけて入破と爲す（唐の天寶年間の樂章で、曲の最後が浮ついて騒々しいものには、入破という不吉な名がついていた）。鍾・譚の類は、豈に亦た『五行志』の所謂詩妖なる者ならんか。余 豈に蚓竅の音を以て「關雎」の亂と爲すに忍びんや（ミミズの鳴き聲のような彼等の詩を明詩の掉尾を飾るにふさわしい調べとすることなどどうしてできようか）。

【注】

一　**鍾提學惺**　「提學」とは、鍾惺の最後の官が福建按察使僉事提督學政であったことによる。鍾惺の傳記資料としては、譚元春の「退谷先生墓誌銘」（『譚元春集』巻二五、上海古籍出版社、一九九八）があり、その先祖および一族のことについては鍾惺「家傳」（『隱秀軒集』巻二二、上海古籍出版社、一九九二）に詳しい。傳記研究としては、陳廣宏『鍾惺年譜』（復旦大學出版社、一九九三）がある。別集の版本については、鍾惺自定本で天啓二年（一六二二）刻の『隱秀軒集』と、沒後の翌年にあたる天啓七年（一六二七）刻の『鍾伯敬先生遺稿』、沒後十一年の崇禎九年（一六三六）刻の『翠娛閣評選鍾伯敬先生合集』がある。李先耕・崔重慶標校の『隱秀軒集』（上海古籍出版社、一九九二）は前の二集を底本とし、『合集』を參照しており、附錄に「鍾惺簡明年表」を附している。

二　**惺、字伯敬**　譚元春による「墓誌銘」に「退谷先生者、吾友鍾學使伯敬先生也」とある。退谷は號であり、學使は各道に派遣されている提學のこと。譚元春が鍾惺を學使と呼ぶのは、鍾惺の最後の官が福建按察使僉事提督學政であったことによる。

三　**竟陵人**　竟陵は湖廣承天府沔陽州景陵縣（今の湖北省天門市）の古名。竟陵の「竟」は、五代の後晉の高祖石敬瑭、および宋の趙匡胤の祖父趙敬之の「敬」と同音であることから、「景」の字に置き換えられ、以降、明での正式名稱も景陵縣である。なお、清では康熙帝の陵寢名が景陵であることから天門縣に改められており、清代の資料では天門の人とされている。ただし、鍾惺の祖籍は江西吉安府永豐縣で、高祖のときに移住してきたらしい。「墓誌銘」には「退谷諱は惺、字は伯敬。先世は江西永豐の人、正徳中 始めて景陵の皂市に徙る」とあり、鍾惺「家傳」にも「高祖の協祚、姓は鍾氏、……始めて江西吉安府永豐縣繇り楚の景陵縣の皂市に徙る」とある。

四　萬曆庚戌進士　「萬曆庚戌」は萬曆三十八年（一六一〇）。鍾惺は萬曆十九年（一五九一）、十八歳で縣の諸生となり、萬曆三十一年（癸卯、一六〇三）、三十歳で擧子に、三十七歳のとき進士に合格した。「墓誌銘」に「退谷は諸生爲ること十二年、常に利あらず、癸卯に孝廉に擧げられ、庚戌に至りて始めて夷陵の雷公簡討の深賞する所と爲り、十七人（地域ごとの合格者數）に中り、進士と成る（退谷爲諸生十二年、常不利、癸卯擧孝廉、至庚戌始爲夷陵雷公簡討所深賞、中十七人、成進士）」とある。雷公簡討とは雷思霈（生卒年未詳）で、この時の會試の試驗官の一人であった。『列朝詩集』では彼の「小傳」は袁中道の詩篇の後に附されており、公安の末流とされている。なお、『明清進士題名碑錄』によれば、鍾惺の殿試での成績は第三甲第八名。八歳年下の錢謙益（第一甲第三名）は同年の進士である。

五　授行人　「行人」は行人司の官職で正八品。詔敕の頒布や宗室の册封や賞賜、慰問、賑濟、軍旅などの旨を奉じて使いする官。そのため、鍾惺は任官の翌年萬曆三十九年（一六一一）には四川へ、萬曆四十一年（一六一三）には山東へ使いしている。「墓誌銘」に「爲行人者八年、中間使四川・山東及典貴州乙卯鄉試者凡三差」とみえる。

六　遷南京禮部祠祭主事、歷儀制郎中　鍾惺に南京勤務の命が下りたのは萬曆四十八年（一六二〇）である。この時期、北京および南京の禮部には儀制司、祠祭司、主客司、精膳司の四司があり、その主事は正六品、郎中は正五品である。ただし、「小傳」はここの「祠祭」と「儀制」を取り違えており、鍾惺は正しくは「儀制司主事」から「祠祭司郎中」になったのである。このことは、次注の『明熹宗實錄』に「陞南京禮部祠祭司郎中鍾惺福建按察司僉事提督學政」とあることからも確認できる。なお、「小傳」には鍾惺が行人から直接南京の禮部に異動したかのように書かれているが、彼は南京勤務の二年前に工部主事を授かったものの赴かず、南京勤務を願い出ている。「墓誌銘」には「擬部者二年、改授工部主事、上疏願改南曹、部持不覆者又二年、授南禮部儀制司主事、轉祠祭司郎中又一年」とあり、鍾惺自らも「家傳」に「惺は行人爲ること八年にして擬部せられ、擬部二年にして其の考選に汰ばれ、水部を授けられ、水部繇り疏もて南曹に改めらるるを請う。又た二年、部は持して覆せず、覆して南祠部に改めらる（惺爲行人八年擬部、擬部二年而汰其考選、授水部、繇水部疏請改南曹、又二年、部持不覆、覆改南祠部）」という。擬部は、六部での任官を待っている狀態を指すのであろう。

「墓誌銘」は、鍾惺のこうした官途での不遇を次のように說明している。「退谷 初め神宗の時に在りては、行人に官し、當世に有用なるを思う、一二の同官と與に時務を講求するも、呻吟して從わず、病の玄黃水火に起こり、終日聒濆するを厭う（意見を對立させて罵りあうのを嫌った）。以爲らく吾れ若し給事御史に居らば、務めて實用を求め、末節の小名、身家に愛戀すること、鶏鶩の食を争い、婦女の觽狎の如きを競わず、主上をして厭を大創に極め、禍を縉紳に流れしめざるに庶しと。然れども其の要は惟だ讀書に在るのみにして、讀書して而る後に實の忠・實の孝・實の用出でん。先機蚤に見われ、已に熹廟の末年と、今上の神聖有るを知る者の若く、是れ其の人眞に大いに用うべし。會たま其の才高きを忌む者有りて之を戹し、臺省に至るを得ざらしめ、後遂に郎署に偃仰し、文を閩海に衡り、終に大いに表見する所有る能わず、而して僅かに詩文を以て當時の師法と爲るのみなるは、亦た惜しむ可きなり（退谷初在神宗時、官行人、思有用於當世、與一二同官講求時務、厭呻吟不從、病起玄黃水火、終日聒濆。以爲吾若居給事御史、務求實用、不競末節小名、愛戀身家、如鶏鶩之争食・婦女之箇狎、庶不令主上厭極大創、禍流縉紳。然其要惟在讀書、讀書而後實忠・實孝・實用出矣。先機蚤見、已若知有熹廟之末年、與今上之神聖者、是其人眞可大用。會有忌其才高者厄之、使不得至臺省、後遂偃仰郎署、衡文閩海、終不能大有所表見、而僅以詩文爲當時師法、亦可惜也）」。譚元春のこの說明によれば、出仕したばかりのころの鍾惺は政治に對して意欲があったが、東林黨と非東林黨（安徽省出身者による宣黨、江蘇崑山の崑黨、山東の齊黨、浙江の浙黨、湖北湖南の楚黨など）との間の水と油のような對立や、互いに罵りあうような派閥争いに嫌氣がさしたようである。いずれにも屬さぬ鍾惺には出世の見込みもなかった。熹宗在位の末年には宦官魏仲賢が政治を壟斷し、毅宗が卽位してようやく誅殺されたものの、譚元春によれば鍾惺の才を妬む者によって中央官廳で出世する見込みが斷たれたのだという。

さらに、これに加えて鍾惺は病弱な性質に起因するものか、付き合いにくい人物でもあったらしい。「墓誌銘」はいう。「退谷は羸寢にして、力の布褐に勝うる能わず。性は深靖なること一泓の定水の如し、其の帷を披くに、冰霜を含むが如し。世俗の人と交接せず、或いは時に對面して坐起を同にするも睹る者無きが若し、仕宦の邀飲も、主賓に酬酢する無く、相い屬せざるが如し、人 是れを以て多く之を忌む（退谷羸寢、力不能勝布褐。性深靖如一泓定水、披其帷、如含冰霜。不與世俗人交接、或時對面同坐起若無睹者、仕宦邀飲、無酬酢主賓、如不相屬、人以是多忌之）」。羸寢は病弱で痩せて醜いこと。その性格は温かみに乏しく、帳を披くと彼の周りにはひやっとする空氣が漂い、職場での付き合いも頗る悪い。譚は最もよく鍾惺を知る人であったが、彼をして墓誌銘でこのように言わしめるほど、鍾惺は人に好かれにくい人物だったようだ。

七　以僉事提學福建

『明熹宗實錄』に「天啓元年九月……乙丑……陞南京禮部祠祭司郎中鍾惺福建按察司僉事提督學政」とある。「僉事」は提刑按察司僉事（正五品）で一省の監察を行う。「提學」は提督學道のことで、各省の學政や試験を掌る。多くの場合、按察使や副使または僉事による兼任。「以僉事提學福建」とは福建按察司僉事として省の提督學道を兼任すること。「墓誌銘」は「升福建提學僉事、考較興化・延平・福州三府者一年」という。

八　丁憂歸、卒於家

鍾惺「家傳」によれば、父の鍾一貫は天啓二年（一六二二）九月二十六日、七十三歳で病没し、鍾惺はその翌年歸郷している。「墓誌銘」は「尋いで父の憂に丁り職を去る。大計 人の言に中り、闋に服して家に居る者凡そ三年、而して退谷卒す、壽は五十有二なり。萬暦甲戌七月二十七日に生まれ、沒するに天啓四年六月二十一日を以てし、葬るに天啓末年丁卯十月十八日を以てす（尋丁父憂去職。大計中人言、服闋居家者凡三年、而退谷卒、壽五十有二矣。生於萬暦甲戌七月二十七日、沒以天啓四年六月二十一日、葬以天啓末年丁卯十月十八日）」というが、徐波「鍾伯敬先生遺稿序」は「乙丑六月捐館舍」とする。徐波の說が正しく、沒年は天啓五年（一六二五）である。

なお、譚元春が「大計中人言……」というのは、天啓四年（一六二四）二月十八日に福建巡撫の南居益が鍾惺を彈劾する疏を上ったことで、鍾惺が黜免（出仕停止）となったことを指している。『明實錄』附錄『熹宗七年都察院實錄』巻七に「天啓四年二月……十八日、福建巡撫南居益疏糾提學副使鍾惺」として、「百度 閑を踰え、五經は地を掃く。子衿（學士）を化して錢樹（錢のなる木）と爲し、桃李羞に堪う（門生たちは大いに羞じている）。駔儈を皋比に延き（商賣人を講席に招き入れ）、門墻 市を成す。公然として名教を棄てて顧みず、甚だしくは親の諱を承くるに冶遊に至る。疑うらくは病狂の喪心するところと爲らん、詎ぞ文人 行を亡うに止まらんや（百度踰閑、五經掃地。化子衿爲錢樹、桃李堪羞。延駔儈於皋比、門墻成市。公然棄名教而不顧、甚至承親諱而冶遊。疑爲病狂喪心、詎止文人亡行）」という疏の一部が引かれている。具體的にどのような振る舞いが彈劾されたのかは不明だが、あるいは前者は提學として郷試を掌った際に收賄などの不正があったことをいうか。後者は親の喪中に冶游したことが問題視されたようである。鍾惺の父は天啓二年（一六二二）九月二十八日に家で病沒したが、鍾惺が任地の福建を發ったのは翌年二月八日である。鍾惺はまず武夷山に遊び、その後、杭州を經て吳門に行き、南京にも立ち寄り、最終的に家に着いたのは六月七日のことである。

九　伯敬少負才藻、有聲公車間　擧子時代の鍾惺には詩集『玄對齋集』（すでに亡佚）があったらしく、同じく湖北出身の李維楨が「玄對齋集序」（『大泌山房集』卷二一）を書いている。「伯敬は余より少きこと二十餘歳、能く古文辭に工みなり。余は古文辭に於いては卽ち能くせざるも、然れども竊かに之を好む。諸弟と猶子の輩も亦た竊かに之を好み、亟めて伯敬爲る所の古文辭を稱す。……夫れ一孝廉は何ぞ伯敬を重んずるところと爲すに足らんや（伯敬少余二十餘歳、能工古文辭。余於古文辭卽不能、然竊好之。諸弟與猶子輩亦竊好之、而亟稱伯敬所爲古文辭。……夫一孝廉何足爲伯敬重也）」。李維楨は鍾惺を孝廉のままにしておくには惜しいと評したのである。

一〇　擢第之後、思別出手眼　鍾惺がその詩風を確立したのは、萬曆庚戌三十八年の登第後であったことは、彼自身が「隱秀軒集自序」（『隱秀軒集』卷一七）で語っている。「庚戌以後、乃ち始めて氣を平らかに心を精にし、虛懷獨り往き、外に敢て先入の言を用いず、而して內に自ら其の中に拒むの私を廢し、務めて古人の精神の在る所を求む。……乃ち盡く庚戌以前の詩を刪り、百に一も存する能わず（庚戌以後、乃始平氣精心、虛懷獨往、外不敢用先入之言、而內自廢其中拒之私、務求古人精神所在。……乃盡刪庚戌以前詩、百不能存一）」。

一一　另立深幽孤峭之宗、以驅駕古人之上　錢謙益が竟陵派に對してしばしば用いる「深幽孤峭」という評語は、鍾惺の「詩歸序」の次の句に影響を受けたものであろう。「今　古に學ぶ者無きに非ざるも、大要は古人の極膚・極狹・極熟の、口手に便なる者を取りて、以て古人是に在りと爲す。……世　眞に古人有るを知らず。惺　同邑の譚子元春と與に之を憂う。諸(こ)れを心に內省するに、敢て所謂古に學ぶと古に學ばざる者有るを先にせず、而して第(た)だ古人の眞詩の在る所を求む。眞詩なる者は、精神の爲す所なり。其の幽情單緒を察し、喧雜の中に孤行靜寄し、而し

て乃ち其の虚懷定力を以て、寥廓の外に獨往冥遊す（今非無學古者、大要取古人之極膚・極狹・極熟、便於口手者、以爲古人在是。……世眞不知有古人矣。惺與同邑譚子元春憂之。內省諸心、不敢先有所謂學古不學古者、而第求古人眞詩所在。眞詩者、精神所爲也。察其幽情單緒、孤行靜寄於喧雜之中、而乃以其虚懷定力、獨往冥遊於寥廓之外）」。

竟陵派が公安派から出たことは、鍾惺が『袁中郎全集』を編定していることや譚元春が「袁中郎先生續集序」を書いていることからも知られる。ただ、竟陵派は公安派と同じく性靈から出た所謂眞詩を貴ぶものの、公安派の平易で、ややもすれば卑俗で輕薄に陥りがちなことを嫌い、ことさらに新奇な詩想と晦澁な表現を好んだ。鍾惺は「再報蔡敬夫」（『隱秀軒集』巻二八）に次のようにいう。「常に憤る、嘉・隆（嘉靖・隆慶）の間の名人の、自ら古に學ぶと謂いて、徒だ古人の極膚・極狹・極套の者を取りて、其の手口に便なるを利して、遂に以て古人の精神を得たりと爲し、且つ前に古人を無するを。而して近時の聰明なる者之を矯めて曰く、「何の古か之を法とせん、須らく自ら眼光を出だすべし」と。其の至る處を知らず、又た玉川（中唐の盧仝）・玉蟾（南宋の葛長庚か？）の唾餘に過ぎざるのみ。此れ何を以てか人を服せしめん（常憤嘉・隆間名人、自謂學古、徒取古人極膚・極狹・極套者、利其便於手口、遂以爲得古人之精神、且前無古人矣。而近時聰明者矯之曰、「何古之法、須自出眼光」。不知其至處、又不過玉川・玉蟾之唾餘耳。此何以服人）」。鍾惺が「近時の聰明なる者」として想定しているのは、公安派の袁宏道であろう。「其の至る處を知らざる」者として想定されているのは、主に袁宏道の友人で公安派の江盈科（字は進之、一五五三〜一六〇五）と考えられる。「玉川」は中唐の詩人盧仝で奇怪な詩風で知られる。「玉蟾」は南宋の葛長庚を指すか。待考。

鍾惺は「與王穉恭兄弟」（『隱秀軒集』巻二八）にいう。「江令（江盈科は長洲知縣であった）は賢者なるも、其の詩は定めて是悪道にして、再讀に堪えず。此れ從り響を傳え臭を逐えば、方に當に人を誤ちて已まざるべし。才は中郎に及ばず、而るに之れと與に同調するを求め、徒らに自ら狼狽を取るのみ。國朝の詩に眞の初・盛の者無きも、眞の中・晩有り、眞の中・晩は實に假の初盛に勝れり。然れども多くを得るべからず。今日の江令一派の詩を學ぶを要《もと》むるが若きは、便ち是れ假の中・晩、假の宋・元、假の陳公甫（陳獻章、一四二八～一五〇〇）・莊孔暘（莊昶、一四三七～一四九九）なるのみ。袁・江二公を學ぶは、濟南の諸君子を學ぶと何ぞ異ならん。恐らくは袁・江二公を學ぶは、其の弊 反って濟南（李攀龍）の諸君子を學ぶより甚だしき有るなり。……袁儀部の極めて進之を喜ぶ所以の者は、其の時 往哲を歴詆し遍く時流に排せられ、四顧に朋無く、伴を尋ぬるも得ざるに縁《よ》りて、忽ち一江進之を得ること、空谷に聲を聞くが如く、必ずしも眞に人跡有らず、跫然の音を聞きて喜ぶなり（江令賢者、其詩定是惡道、不堪再讀。從此傳響逐臭、方當誤人不已。才不及中郎、而求與之同調、徒自取狼狽而已。國朝詩無眞初・盛者、而有眞中・晩、眞中・晩實勝假初・盛。然不可多得。若今日要學江令一派詩、便是假中晩・假宋元・假陳公甫・莊孔暘耳。學袁・江二公、與學濟南諸君子何異。恐學袁・江二公、其弊反有甚於學濟南諸君子也。……袁儀部所以極喜進之者、緣其時歴詆往哲、遍排時流、四顧無朋、尋伴不得、忽得一江進之、如空谷聞聲、不必眞有人跡、聞跫然之音而喜）」。詩は人の二番煎じではいけないと主張するのである。

一二　同里有譚生元春、爲之應和　譚元春（一五八六～一六三七）、字は友夏、號は鵠灣。竟陵の人。詳しくは本書「三三五　譚元春」を參照。鍾惺と十二歳年下の譚元春との交遊の始まりは、「書茂之所藏譚二元春五弟快札各一道紀事」（『隱秀軒集』卷三五）に「記《おぼ》ゆ 甲辰十月、譚友夏 予を過《よぎ》り、日び客と爲り書を作る」とあることから判斷するに、鍾の登第前の萬曆三十二年甲辰（一六〇四）である。この時、譚は二十歳の諸生、鍾は前年の鄉試に合格し、擧子となっていた。これ以後、二人の交遊は生涯續くことになる。譚元春が鍾惺を追悼した「喪友詩三十首」の序文には、二人の情誼が次のように語られている。「予と鍾子の交りは、近古爲るに庶《ちか》し。萬曆乙巳（甲辰の誤り）に起こり、天啓乙丑に訖《いた》る、蓋し二十有一年にして、交りは終れり。情事を循省するに、別るる每に必ず思い、思えば必ず聚まるを求め、將に聚まらんとするに必ず檻に倚りて待ち、聚まれば必ず其の歡を盡くし、歡べば必ず相い莊し。片語出し示せば、作者は容を斂め（神妙になること）、一たび過てば相い規し、傍人色を失う。是に於いて天下の人皆な曰う、「此の二子は眞の朋友なり」と。客に譖（かげ口）を善くする者有り、鍾子笑いて應えて曰く、「吾が兩人の交りは、所謂蘇・張（蘇秦と張儀）と雖も間つること能わざるなり」と（予與鍾子交、庶爲近古。起萬曆乙巳、訖天啓乙丑、蓋二十有一年、交終矣。循省情事、毎別必思、思必求聚、將聚必倚檻而待、聚必盡其歡、歡必相莊。片語出示、作者歛容、一過相規、傍人失色。於是天下人皆曰、「此二子眞朋友也」。客有善譖者、鍾子笑應曰、「吾兩人交、所謂雖蘇張不能間也」）」。これによれば、二人は詩作を厳しく批評し合う關係だったらしい。

一三　**海內稱詩者靡然從之、謂之鍾譚體**　「鍾譚體」は竟陵體ともいう。鍾惺は「潘稺恭詩序」（『隱秀軒集』巻一七）で、當時の流行の樣子を自ら次のように語っている。「（潘）稺恭の友に戴孝廉元長なる者有りて、稺恭の詩に序し、近時の詩道の衰を憂え、當代の名碩を歷擧し、而して「近ごろ竟陵の一脈を得たり、情深く宛至り、力めて正始を追う」と曰う。竟陵は指す所を知らざるも、或ひと曰く、「鍾子は、竟陵の人なり」と。予始め逡巡踧踖し、舌擒がりて擧ぐる能わず（戸惑って、あっけにとられるばかりだった）。近ごろ相知の中に鍾伯敬體に擬する者有り、予聞きて省愆（反省）する者今に至る（稺恭之友有戴孝廉元長者、序稺恭詩、憂近時詩道之衰、歷擧當代名碩、而曰、「近得竟陵一脈、情深宛至、力追正始」。竟陵不知所指、或曰、「鍾子、竟陵人也」。予始逡巡踧踖、舌擒而不能擧。近相知中有擬鍾伯敬體者、予聞而省愆者至今）」。また、沈春澤「刻隱秀軒集序」（『隱秀軒集』附錄）も「蓋し先生の詩若しくは文を以て世に名ある自り、後進多く學びて鍾先生の語を爲す者有り、大江以南は更に甚し（蓋自先生之以詩若文名世也、後進多有學爲鍾先生語者、大江以南更甚）」と述べており、特に長江以南での竟陵派の盛行ぶりがうかがえる。

一四　**春秋之世、天下無王、桓・文不作、宋襄・徐偃德涼力薄**　桓・文は齊の桓公（在位紀元前六八五～紀元前六四

三）とその後に盟主となった晉の文公（在位紀元前六三六～紀元前六二八）。宋襄は宋の襄公（在位紀元前六五一～紀元前六三七）、徐偃は徐の偃王。前の二公が春秋の五覇（五伯）の代表格で、必ず五伯の中に數えられるのに對し、宋の襄公は一段落ち、在位期間も齊の桓公と晉の文公の狹間に在り、彼を五伯として指を屈する文獻は、『呂氏春秋』の高誘注や『漢書』の顏師古注などに限られる。また、以上の三者が紀元前七世紀の人物であるのに對し、徐の偃王は紀元前十世紀の人である。『後漢書』東夷傳によれば、徐國は本來周の宗室ではなかったものの、「後、徐夷は僭號し（王を僭稱し）、九夷を率いて以て宗周を伐ち、西のかた河上に至る。穆王 其の方熾を畏れ、乃ち東方の諸侯を分かち、徐偃王に命じて之を主らしむ。偃王 潢池の東に處り、地は方五百里（方伯となったことをいう）。仁義を行い、地に陸して朝する者三十有六國」とされている。宋襄公と徐偃王を竝列して論じた例としては、『三國志』「蜀書」劉璋傳の裴松之注の「張璠曰く、劉璋は愚弱なるも善言を守る。斯れ亦た宋襄公・徐偃王の徒にして、未だ無道の主と爲さざるなり」がある。錢謙益がここで主張したいのは、竟陵派は、實力がないにもかかわらず、その登場がそれまで强大な勢力を誇っていた古文辭後七子やそれに異を唱えた公安派の三袁の退潮期に當っていたため、人々の心を捉えたにすぎないということである。

一五　所撰『古今詩歸』盛行於世、承學之士家置一編、奉之如尼丘之删定　『古今詩歸』は『古詩歸』と『唐詩歸』の總稱。譚元春との共同の評選註である。鍾惺にも譚元春にも自序があるが、ここでは鍾惺「詩歸序」を擧げておく。「書成りて、古逸自り隋に至るまで、凡そ十五卷、『古詩歸』と曰う。初唐五卷・盛唐十九卷・中唐八卷・晚唐四卷、凡そ三十六卷、『唐詩歸』と曰う」。

なお、竟陵派を嫌う顧炎武の『日知錄』卷一八「鍾惺」は、**注八**で紹介した南居益が鍾惺を彈劾した文を引いた後、次のように『詩歸』を批判する。「是に坐りて家に沈廢す。乃ち歷代の詩を選び名づけて『詩歸』と曰い、其

の書 世に盛行す。已にして『左傳』に評し、『史記』に評し、『毛詩』に評し、好んで小慧を行い、自ら新説を立て、天下の士 靡然として之れに從う。而して論者は遂に其の不孝貪汚の罪を忘れ、且つ之を列して文人と爲せり。余 閩人の、學臣の諸生に鬻る（へりくだる）は伯敬自り始まれりと言うを聞く（坐是沈廢於家。乃選歷代之詩名曰『詩歸』、其書盛行於世。已而評『左傳』、評『史記』、評『毛詩』、好行小慧、自立新説、天下之士靡然從之。而論者遂忘其不孝貪汚之罪、且列之爲文人矣。余聞閩人言、學臣之鬻諸生自伯敬始）」。

顧炎武は『詩歸』編纂の時期を黜免家居の時としているが、實際の『詩歸』の編纂はそれ以前である。『詩歸』編纂の時期について、「墓誌銘」は「萬曆甲寅・乙卯（四十二年・四十三年）の間、古人の詩を取りて、元春と與に商定す」と回顧している。鄔國平『竟陵派與明代文學批評』（上海古籍出版社、二〇〇四）の考證によれば、行人として山東に使いした鍾惺は翌年の萬曆甲寅の四月に一旦歸鄕しており、『詩歸』はその次の年の二月に北京に戻るまでの間に編纂されたものだという。鍾惺の序文の日付は萬曆四十五年（一六一七）八月一日、譚元春の序文は十月二十五日であることから、初刻が萬曆四十五年であることは明らかである。なお、李先耕『鍾惺著述考』（黑龍江大學出版社、二〇〇八）によれば、『詩歸』は一世を風靡したため、重訂本と稱する翻刻も多く、「古吳劉敦典生重訂本」「歸安林夢熊重訂本」「閔氏三色印本」のほか、崇禎刻本や清初刊本など多數の版が存在するという。

一六　寡陋無稽、錯繆疊出、稍知古學者咸能挾筴以攻其短　「寡陋無稽」は學識が淺く、荒唐無稽であること。錢の「姚叔祥過明發堂共論近代詞人戲作絶句十六首」（『初學集』卷一七）第十五首は、『詩歸』の淺學ぶりを諷諭した詩である。「王績の鄕人 子虛を笑い、兔園と典册と竟（つい）に何如、朱仲晦有「代鄕人答王無功」詩、見『考亭全集』中。『詩歸』箋云「是東皐好友也」。君に憑りて若（も）し金條脱を問わば、『南華』は是れ僻書と解道せん（王績鄕人笑子虛、兔園典册竟何如、朱仲晦有「代鄕人答王無功」詩、見『考亭全集』中。詩歸箋云「是東皐好友也」。憑君若問金條脱、解道『南華』是僻書）」。「子虛」は司馬相如

「上林賦」に登場する假空の人物。「玉條脫」は唐の溫庭筠が宣宗の詩句「金步搖」につけた好對句。「南華是僻書」は令孤綯から句の出典を問われた溫岐が『莊子』であると答え、さらに『莊子』は僻書に非ずと言ったという故事に基づく。難解な詩だが、錢の自注をもとに解釋すると、彼の批判は次のようになる。『唐詩歸』巻一の初唐の王績（東皋子）「在京思故園見鄉人問」詩が王績の友人の作として載錄されているが、それはでたらめで、實は宋の朱熹の作である。本來、唐詩として收錄されるべきものではない。錢謙益は竟陵派が寺子屋（兎園）の教科書レベルのものを大事な典籍とし、『莊子』（南華眞經）を僻書とみなすほどまでに無知であると批判するのである。

また、錢の「姚叔祥過明發堂共論近代詞人戲作絕句十六首」第十一首も、竟陵派批判であり、その句「王微楊宛は詞客爲りて、肯ぞ鍾・譚の後塵と作らんや（王微楊宛爲詞客、肯與鍾譚作後塵）」は、明末の歌妓の王微や楊宛ですら鍾・譚の後塵を拜していないという意味である。

一七　『詩歸』出而鍾・譚之底蘊畢露、溝澮之盈於是乎涸然　「底蘊」は內情のこと。「溝澮」は田の間の溝。『孟子』離婁章句下に孟子の言として、「苟しくも本（源泉）無しと爲さば、七八月の間　雨集まり、溝澮皆な盈つるも、其の涸るるや立ちて待つべきなり」とある。細い流れも源泉がない限り、あっという間に涸れるように、君子には本原が必要なのだという意味。

一八　少有一知半見、掠影希光　「一知半見」は未成熟で狹隘な見識。「掠影希光」は「浮光掠影」に同じで、一瞬で過ぎ去るような影とかそけき光。文章や言論の淺薄さをいう。なお、錢謙益の弟子である馮班『鈍吟雜錄』の巻五「嚴氏糾繆」には、「滄浪（嚴羽の『滄浪詩話』）の論詩は止だ是れ浮光略影にして、見る所有るが如きも、其の實は脚跟未だ曾て地に點かず、故に「盛唐の詩は空中の色・水中の月・鏡中の象の如し」と云う（滄浪論詩、止是浮光

略影、如有所見、其實脚跟、未曾點地、故云「盛唐之詩、如空中之色・水中之月・鏡中之象」)」とある。

一九　擧古人之高文大篇鋪陳排比者、以爲繁蕪熟爛、胥欲掃而刋之　「鋪陳排比」は「鋪陳終始、排比聲律」の略で、名篇や巨篇のこと。元稹が杜甫の墓誌銘で「終始を鋪陳し、聲律を排比するが若きに至りては、大なるは或いは千言」と評したのに基づく。なお、この部分とよく似た竟陵派批判の文として、錢の「劉司空詩集序」(『初學集』卷三一)がある。「萬曆の季　詩を稱する者、凄淸幽眇を以て能と爲し、古人の終始を鋪陳し、聲律を排比する者に於いては、皆な訾謷抹摋し、以て陳言腐詞と爲す。海內靡然として之に從い、今に迄るまで三十餘年、甚だしいかな、詩學の舛てるや(萬曆之季稱詩者、以凄淸幽眇爲能、於古人之鋪陳終始、排比聲律者、皆訾謷抹摋、以爲陳言腐詞。海內靡然從之、迄今三十餘年、甚矣、詩學之舛也)」。

『唐詩歸』の選錄基準は特異で、鍾惺らにはこれまでの唐詩選と一線を劃そうとする意圖があったようである。たとえば、駱賓王の「帝京篇」、盧照鄰の「長安古意」、楊烱の「從軍行」、李白の「蜀道難」や「將進酒」、杜甫の「登高」、白居易「長恨歌」や元稹「連昌宮詞」などの著名作品を採錄せず、一方、中晚唐のあまり注目されてこなかった詩人を取り上げている。當時、こうした選詩基準に不滿を表明する者も多かったようで、『列朝詩集』袁中道の「小傳」(本書「三三二」)には、袁中道の言葉が引かれている。「杜(甫)の「秋興」、白(居易)の「長恨歌」、元(稹)の「連昌宮詞」は、皆な千古の絕調にして文章の元氣なり。楚人何を知りてか、妄りに評竄を加う。吾子と與に當に昌言(道理をつくした言葉)もて擊排し、手眼(本領)を點出し、後生をして彼の雲霧に墮つること無からしめん(杜之「秋興」、白之「長恨歌」、元之「連昌宮詞」、皆千古絕調、文章之元氣也。楚人何知、妄加評竄、吾與子當昌言擊排、點出手眼、無令後生墮彼雲霧)」。公安派からも『唐詩歸』に對する批判があったことが窺える。

錢謙益はまた、『唐詩歸』が卷二二に杜甫の「秋興八首」のうち一首しか收錄していないことも問題視する。鍾の評はその理由を次のように說明する。「「秋興」は偶然八首なるのみにして、八を必するに非ざるなり。今人の詩「秋興」に擬するは已に非なり、況んや其の「秋興」爲る所を舍て專ら八首を盈たすを取るをや。胸中に八首有らば、便ち復た「秋興」無し、杜の至る處は「秋興」に在らず、「秋興」の至る處も亦た八首を以てするに非ざるなり。今此の一首を取り、餘の七首は錄せず、說は『詩砭』に見わる、予は譚子と與に焉れを分謗す（「秋興」偶然八首耳、非必於八也。今人詩擬「秋興」已非矣、況舍其所爲「秋興」而專取盈於八首乎。胸中有八首、便無復「秋興」矣、杜至處不在「秋興」、「秋興」至處亦非以八首也。今取此一首、餘七首不錄、說見『詩砭』、予與譚子分謗焉）」。錢謙益は「秋興八首」の作を「今に至るまで人をして流涕せしむ」（『初學集』卷四〇「南征吟小引」）として特に愛しており、彼にとって『唐詩歸』のこの議論は許しがたいものに映ったのであろう。錢謙益は『錢注杜詩』卷一五で、「此の詩は一事疊ねて八章と爲す、章は八有りと雖も、重重鉤攝し、無量の樓閣の門在る有り」と、八首は互いに重なり合うことで一つの世界を構成するのだと反駁しており、まるで竟陵派の說に對抗するかのように、「秋興八首」の韻を用いた十三疊一百四首からなる大作「金陵秋興八首次草堂韻」（『投筆集』）を制作している。

二〇　惟其僻見之是師　偏った見解のみに從うこと。ここは杜甫の「戲爲六絕句」の其六「未だ前賢に及ばざるも更に疑うこと勿かれ、遞（たがい）に相い祖述するは復た誰をか先にせん。別に僞體を裁して風雅に親しむ、轉た益ます多師なるは是れ汝が師なり（未及前賢更勿疑、遞相祖述復先誰、別裁僞體親風雅、轉益多師是汝師）」を意識したものであろう。杜甫の詩は、多樣な先人を自らの師とせよという詩人の心がけを論じたものである。

二一　其所謂深幽孤峭者、如木客之淸吟、如幽獨君之冥語　「木客」は、山中の野人。山にいる鬼類（幽靈の類）ともいう。蘇軾「虔州八境圖」之八に「誰向空山弄明月、山中木客解吟詩」という句があり、王十朋注は趙次公を引いて、次のように說明する。徐鉉の小說によれば、「木客」とは秦の阿房宮造營の時に木の伐採に山に入り、木の實を食し、不死となった者であり、民と一緒に酒を飲み、「酒盡きても君酤う莫かれ、壺傾けて我當に發すべし、城市は囂塵多し、山に還りて明月を弄さん」と詩を詠じたという。「幽獨君」は、本名は不詳だが何かの思いを殘して亡くなった死者。あの世の者。唐代、蘇州の郊外にある虎丘の石壁に、幽獨君の詩がぼんやり浮き出たという（『中吳紀聞』巻三「幽獨君詩」）。皮日休や顏眞卿などに幽獨君詩に觸發されて詠んだ唱和詩がある。「木客之淸吟」も「幽獨君之冥語」もここでは異界の不氣味な詩の象徵として引用されている。

錢は「曾房仲詩序」（『初學集』巻三二）においても竟陵派を「木客之淸吟」と「幽獨君之冥語」として批判する。

「夫れ獻吉（李夢陽）の杜を學び、自ら誤ち人を誤る所以の者は、其の生呑活剝し、本より杜を知らざるに、必ず是くの如くんば乃ち杜爲りと曰うを以てするなり。今の獻吉を訾謷する者は、又た豈に杜の杜爲ると、獻吉の學を誤る所以の者とを知らんや。古人の詩、了に其の精神脈理を察せず、第だ一字一句を抉摘し、此れ新奇爲り、此れ幽異爲りと曰うのみ。古人の高文大篇、所謂終始を鋪陳し、聲韻を排比する者に於いては、一切抹殺し、此れ陳言腐詞と曰うのみ。斯の人や、其れ夢想は鼠穴に入り、其の聲音は蚓竅より發し、其の聰明を殫竭し、以て郊・島（孟郊・賈島）の一知半解を窺うに足らず、而るに況んや杜に于けるをや。……今の所謂新奇幽異なる者の若きは、則ち木客の淸吟なり、幽冥の隱壁なり（夫獻吉之學杜、所以自誤誤人者、以其生呑活剝、本不知杜、而曰必如是乃爲杜也。今之訾謷獻吉者、又豈知杜之爲杜、與獻吉之所以誤學者哉。古人之詩、了不察其精神脈理、第抉摘一字一句、曰此爲新奇、此爲幽異而已。於古人之高文大篇、所謂鋪陳終始、排比聲韻者、一切抹殺、曰此陳言腐詞而已。斯人也、其夢想入於鼠穴、其聲音發於蚓竅、殫竭其聰明、不足以窺郊・島之一知半解、而況于杜乎。……若今之所謂新奇幽異者、則木客之淸吟也、幽冥之隱壁也）」。

さらに「答唐訓導汝諤論文書」（『初學集』巻七九）では、竟陵派がもたらした詩壇の災厄を次のように批判する。

「近年の詩を談ずる者の若きは、蒼蠅の鳴、蚯蚓の竅より作り、遂に一隙の見を以て、今古を上下す。……五方の音は、變じて鳥語と爲り、五父の逵は、變じて鼠穴と爲る、諸れを病症に譬うるに、愈いよ變じ愈いよ新たなり（若近年之談詩者、蒼蠅之鳴、作於蚯蚓之竅、遂欲以一隙之見、上下今古。……五方之音、變而爲鳥語、五父之逵、變而爲鼠穴、譬諸病症、愈變愈新）」。

二二　**浸淫三十餘年、風移俗易、滔滔不返**　注一九で引いた「劉司空詩集序」（『初學集』巻三一）に「海內靡然從之、迄今三十餘年、甚矣、詩學之舛也」と見える。『詩歸』が世に出たのが萬曆四十五年（一六一七）、『初學集』が刻されたのは崇禎十六年（一六四三）であり、正確にいえばその間は二十五年ほどである。

二三　**余嘗論近代之詩**　銭の「徐司寇畫溪詩集序」（『初學集』巻三〇）を指す。竟陵派を批判した部分を引用する。「萬曆の末自り以て今に迄るまで、文章の弊は滋ます極まり、而して閹寺・鈎黨・兇焱・兵燹の禍、亦た相い挺して作る。嘗て近代の詩を取りて之を觀るに、淸深奥僻を以て致と爲す者の、蚓竅に鳴くが如く、鼠穴に入るが如く、淒聲寒魄なるは、此れ鬼趣なり。尖新割剝を以て能と爲す者の、假面を戴くが如く、胡語を作すが如く、噍音促節なるは、此れ兵象なり。鬼氣の幽、兵氣の殺、文章に著見し、而して氣運之れに從う（自萬曆之末以迄於今、文章之弊滋極、而閹寺・鈎黨・兇焱・兵燹之禍、亦相挺而作。嘗取近代之詩而觀之、以淸深奥僻爲致者、如鳴蚓竅、如入鼠穴、淒聲寒魄、此鬼趣也。以尖新割剝爲能者、如戴假面、如作胡語、噍音促節、此兵象也。鬼氣幽、兵氣殺、著見於文章、而氣運從之）」。

さらに銭は、「題懷麓堂詩鈔」（『初學集』巻八三）で竟陵派の流行を「狂病」と評する。「近代の詩病は、其の證凡そ三變す。宋・元の窠臼（決まりきった型）に沿いて、排章儷句し、支綴蹈襲するは、此れ弱病なり。唐・『選』の餘藩を剽し、生吞活剝、叫號隳突するは、此れ狂病なり。郊・島（孟郊・賈島）の旁門を捜し、蠅聲蚓竅、晦昧結愲なるは、此れ鬼病なり。弱病を救う者は、必ず狂に之き、狂病を救う者は、必ず鬼に之く。傳染日び深く、膏肓の病日び甚し（近代詩病、其證凡三變、沿宋・元之窠臼、排章儷句、支綴蹈襲、此弱病也。剽唐・『選』之餘藩、生吞活

剝、叫號隳突、此狂病也。捜郊・島之旁門、蠅聲蚓竅、晦昧結愲、此鬼病也。救弱病者、必之乎狂、救狂病者、必之乎鬼。傳染日深、膏肓之病日甚）」。

二四　抉擿洗削、以淒聲寒魄爲致、此鬼趣也　「抉擿洗削」は「抉擿刻削」に同じで、抉り削り出すこと。新奇な句を得ようと刻意雕琢するさま。陸龜蒙「書李賀小傳後」の「吾れ聞く淫りに畋漁する者は之れ天物を暴すと謂う、天物既に暴すべからざれば、又た抉擿刻削して其の情狀を露わすべけんや（吾聞淫畋漁者謂之暴天物、天物既不可暴、又可抉擿刻削露其情狀乎）」に基づく語。「淒聲」は風雨が吹きすさぶ淒淒たる音。「寒魄」は寒々とした月光。ともに竟陵派が好んで詠む詩材である。

二五　尖新割剝、以噍音促節爲能、此兵象也　「尖新」は新奇、「割剝」は剝ぎ取ること。前者は竟陵派が新奇な句を求めて生硬僻澀に陷ったこと、後者は古文辭派が目標とする古人の詩句を信奉するあまり模擬剽竊に陷ったことを指す。「噍音」は『禮記』樂記にいうところの噍殺の音。「促節」はリズムが急促なこと。いずれものびやかさに缺ける、急迫な音。『禮記』樂記に「是の故に急微噍殺の音作り、而して民は思憂す」とあり、孔穎達疏は「噍殺は、樂聲の噍蹙殺小なるを謂う」とする。

二六　以一二輊才寡學之士、衡操斯文之柄、而徵兆國家之盛衰　「輊才」は淺學の者を指す。竟陵派の盛行と明の國運の衰微を關連づけて論じたものとしては、**注二三**「徐司寇畫溪詩集序」の「鬼氣の幽、兵氣の殺、文章に著見し、而して氣運之れに從う」がある。

このように竟陵派を亡國に結び付ける議論は、『列朝詩集』に對抗して朱彝尊が編纂した『明詩綜』にも受け繼がれている。卷六〇「鍾惺」にいう。「『禮』に云う、「國家將に亡びんとするに、必ず妖孽有り」と。必ずしも日蝕星變、龍漦雞禍に非ざるなり。惟れ詩に然る有り。萬曆中、公安は歷下（李攀龍）・婁東（王世貞）の弊を矯め、淺率の調べを倡え、以て浮響と爲し、不根の句を造り、以て奇突と爲し、助語の辭を用いて、以て流轉と爲す。一字を著すに、務めて之を幽晦に求め、一題を構えるに、必ず通ぜざらんことを期す。『詩歸』出でて、而して一時紙貴く、閩人の蔡復一等、既に心を降して以て相い從い、吳人の張澤・華淑等、復た聲を聞きて遙かに應ず。一言を奉じて準的と爲さざるは無く、二豎を膏肓に入らしめ、名を一時に取り、毒を天下に流す、詩亡び國も亦た之に隨う（『禮』云、「國家將亡、必有妖蘖」。非必日蝕星變、龍漦雞禍也。惟詩有然。萬曆中、公安矯歷下・婁東之弊、倡淺率之調、以爲浮響、造不根之句、以爲奇突、用助語之辭、以爲流轉。著一字、務求之幽晦、構一題、必期於不通。『詩歸』出、而一時紙貴、閩人蔡復一等、既降心以相從、吳人張澤・華淑等、復聞聲而遙應。無不奉一言爲準的、入二豎於膏肓、取名一時、流毒天下、詩亡而國亦隨之矣）」。

二七　**鍾之才固優于譚**　錢謙益は竟陵派の二人の中でも鍾惺の詩才を譚元春より上と見なしていた。そのことは、錢が譚元春の詩を、「小傳」（本書「三五」）で完膚なきまでに批判していることからもわかる。

二八　**「江行俳體」、其赴公車之作**　「江行俳體」は萬曆三十六年（一六〇八）十月、鍾惺が竟陵を發ち、江西・安徽を經て南京に向かった際の十二首から成る詩である。鍾惺が北京の禮部の會試に赴いたのは翌年萬曆三十七年（一六〇九）に一旦歸鄉してからで、つまり「江行俳體」は嚴密にいえば公車に赴いた時の作ではない。『列朝詩集』は十二首全てを採錄する。

『隱秀軒集』卷一〇「江行俳體」の自序には次のように說明されている。「友人譚友夏「竹枝詞」を作りて百首に近し、余曾て之を賞す、皆な舟行の詩なり。其の體は則ち七言絕なり。其の采る所の民謠土風は、江陵自り吾が邑に至るまで、上下二三百里のみなるに、乃ち遂に能く百首に至る。矧んや余の舟は鄂渚を發し、金陵に迄り、吳門を歷たり。荊・吳の俗遷り、冬春の序改まり、其の目に覽て口に傳え、足もて涉り手もて書するを縱いままにし、得る所は寧ぞ當に百首に止まるべけんや。是に於いて其の事を難くし、廣ぐるに七言を以てし、限るに四韻を以てし、拘するに俳比聲偶を以てす（友人譚友夏作「竹枝詞」近百首、余曾賞之、皆舟行詩也。其體則七言絶。其所采民謠土風、自江陵至吾邑、上下二三百里耳、乃遂能至百首。矧余舟發鄂渚、迄於金陵、歷吳門。荊・吳俗遷、冬春序改、縱其目覽口傳、足涉手書、所得寧當止百首哉。於是難其事、廣以七言、限以四韻、拘以俳比聲偶）」。

二九　入蜀諸詩、其初第之作……余得采而錄之　萬曆三十九年（一六一一）、前年に進士に及第した鍾惺は、行人となり、四川に使いした。『列朝詩集』が採錄する「九灣」「雨發九灣至歸州」「瞿唐」「西陵峽」の四首はこのときの作と思われる。なお、鍾惺が錢との交遊を詠った詩「沈雨若自常熟過訪、時喜得受之書」も採錄されている。

三〇　唐天寶之樂章、曲終繁聲、名爲入破　唐の天寶年間の樂章で、曲の最後が浮ついて騷々しいものには、「入破」という名がつけられていたが、それは「入破」異民族の侵攻を暗示する不吉な名であったという。陳暘『樂書』卷一六四「入破」に「唐の明皇天寶中、樂章多くは邊地を以て曲に名づく、「涼州」「甘州」「伊州」の如き類なり。曲終りて繁聲なるは、名づけて入破と爲す、已にして三州の地は、悉く西蕃の蹈籍するところと爲り、境は浸削せらる。故に江南僞唐の李煜の樂曲に「念家山破」有りて、識者は不祥の兆と謂うなり。我が宋龍興り、開寶八祀、悉く其の地を收め、煜は乃ち入朝す、國破れ家山を念うの應なり。今誠に繁聲を削去し、入破の名を革め、古樂の發に庶幾し（唐明皇天寶中、樂章多以邊地名曲、如「涼州」「甘州」「伊州」之類。曲終繁聲、名爲入破、已而三州之地、悉爲西蕃蹈籍、境浸削矣。故江南僞唐李煜樂曲有「念家山破」、識者謂不祥之兆也。我宋龍興、開寶八祀、悉收其地、煜乃入朝、國破念家山之應也。今誠削去繁聲、革入破之名、庶幾古樂之發也）」とある。『新唐書』「五行志二」にも「天寶の後、詩人多くは憂苦流寓の思いを爲し、興を江湖の僧寺に寄するに及ぶ。而して樂曲も亦た多くは邊地を以て名と爲し、伊州・甘州・涼州等有り。其の曲の遍く繁聲なるに至りては、皆な之れを「入破」と謂う（天寶後、詩人多爲憂苦流

寓之思、及寄興于江湖僧寺。而樂曲亦多以邊地爲名、有伊州・甘州・涼州等。至其曲遍繁聲、皆謂之入破）」とある。

三一 豈亦『五行志』所謂詩妖者乎 『漢書』五行志中之上に「傳（『洪範五行傳』）に曰く、言の從わず、是を不艾（師古曰、艾讀曰乂）と謂う、厥の咎は僭、厥の罰は恆陽、厥の極は憂。時に則ち詩妖有り、時に則ち介蟲の孼有り、時に則ち犬旤有り、時に則ち口舌の痾有り、時に則ち白眚・白祥有り。惟れ木 金を沴う（傳曰、言之不從、是謂不艾（師古曰、艾讀曰乂）、厥咎僭、厥罰恆陽、厥極憂。時則有詩妖、時則有介蟲之孼、時則有犬旤、時則有口舌之痾、時則有白眚・白祥。惟木沴金）」とある。黃宗羲『南雷文定』附錄の錢謙益の書簡には、三峰派の禪と西人の敎と竟陵の詩を「三大妖孽」として論じた箇所がある。本書「三五 譚元春」參照。

三二 余豈忍以蚓竅之音爲「關雎」之亂哉 「蚓竅之音」はミミズの鳴き聲。昔、ミミズは孔の中で鳴くと考えられていた。錢謙益「孫幼度詩序」（『初學集』卷三二）に「（孫）幼度の詩は、光の熊熊然たる有り、氣の灝灝然たる有り……猶お夫の衰世の音の、蠅聲蚓竅、魈吟じて鬼哭する者に非ざるなり（幼度之詩、有光熊熊然、有氣灝灝然……非猶夫衰世之音、蠅聲蚓竅、魈吟而鬼哭者也）」とあるごとく、衰世の象徵。「關雎」は『詩經』「周南」の最初の詩篇で、王化の德を讚えるもの。「亂」は最後の樂章を指す。「關雎」の亂は、『論語』泰伯篇に、「師摯の始め、「關雎」の亂は、洋洋乎として耳に盈てるかな」とあるように、本來はいつまでも耳に殘るすばらしい餘韻のことをいう。錢謙益は竟陵派の詩を明詩の掉尾を飾る響きとすることを強く拒んだのである。

【附記】

野村鮎子「『列朝詩集小傳』にみる竟陵派批判の構造――引用資料を中心に――」『敍說』四二號、二〇一五）

（野村鮎子）

三五　譚元春　萬曆十四年（一五八六）～崇禎十年（一六三七）

丁集卷十二　[一]附見　[二]譚解元元春

[三]元春、字友夏、[四]竟陵人。[五]擧於鄉、爲第一人。[六]再上公車、歿于旅店。[七]與鍾伯敬共定『詩歸』、[八]世所稱鍾・譚者也。鍾・譚之疵病、如上所陳、亦已略見一斑。

[九]譚之才力薄於鍾、其學殖尤淺、譾劣彌甚、以俚率爲淸眞、以僻澀爲幽峭。作似了不了之語以爲意表之言、不知求深而彌淺。寫可解不解之景以爲物外之象、不知求新而轉陳。無字不啞、無句不謎、無一篇章不破碎斷落。一言之內、意義違反、如隔燕・吳。數行之中、詞旨蒙晦、莫辨阡陌。

原其初、豈無[一〇]一知半解、遊光掠影、[一一]居然謂文外獨絕、妙處不傳、不自知其識之墮於魔、而趣之沈於鬼也。已而名日盛、遊日廣、識下而心粗、膽張而筆放、遂欲秤量古今、牢籠宇宙。

『詩歸』之作、[一二]金根繆解、魯魚訛傳、[一三]兎園老學究皆能指其疵陋、而擧世傳習奉爲金科玉條、不亦悲乎。

[一四]世之論者曰、「鍾・譚一出、海內始知性靈二字」。然則鍾・譚未出、海內之文人才士[一五]皆石人木偶乎。[一六]曰、「極七子之才致、不過爲宋之陸放翁」。自南渡以迄隆・萬、將五百年、亦皆石人木偶、而性靈獨掊發於鍾・譚乎。彼自是其一隅之見、於古人之學、[一七]所謂渾涵汪茫、千彙萬狀者、未嘗過而問焉。而承學之徒莫不喜

其尖新、樂其率易、相與糊心眯目、拍肩而從之。以一言蔽從之者之病、曰不學而已[一八]。亦以一言蔽其病、曰便於不說學而已。天喪斯文[一九]、餘分閏位、竟陵之詩[二〇]與西國之教・三峰之禪、旁午發作、幷爲孽於斯世、後[二一]有傳『洪範五行』者、固將大書特書著其事應、豈過論哉。

伯[二二]敬爲余同年進士、又[二三]介友夏以交于余、皆相好也。吳[二四]中少俊、多訾謷鍾・譚、余[二五]深爲護惜、虛心評騭、往復良久、不得已而昌言擊排。

吾[二六]友程孟陽之言曰、「詩之學、自何・李而變、務於摸擬聲調、所謂以矜氣作之者也。自鍾・譚而晦、競於僻澀蒙昧、所謂以昏氣出之者也」。孟[二七]陽老於詩學、其言最爲平允。論近代之詩者、衷之于孟陽斯可矣。

【讀解】

元春、字は友夏、竟陵（湖廣承天府沔陽州景陵縣の古名）の人。鄉に擧げられ、第一人と爲る。再び公車に上るも、旅店に歿す（科擧の試驗に京師に赴く途上、旅館で亡くなった）。鍾伯敬と與に『詩歸』を共定し、世 稱する所の鍾・譚なる者なり。鍾・譚の疵病は、上に陳ぶる所の如く、亦た已に略ぼ一斑を見る。

譚の才力は鍾より薄く、其の學殖は尤も淺く、譾劣（思慮に缺けること）彌いよ甚だし、俚率（野卑であけすけなもの）を以て清眞と爲し、僻澀（難解で偏ったもの）を以て幽峭と爲す。了するに似て了せざるの語（わかったようでわからぬ詩語）を作して以て意表の言（意表をついた語）と爲し、深を求むるも彌いよ淺きを知らず。解すべくして解せざるの景（良さがわかるようでわからぬ情景）を寫して以て物外（超俗）の象と爲し、新を求むるも轉た陳なる（新奇を求めていっそう陳腐になっていること）を知らず。字の啞ならざるは無く（讀むのに詰まり）、句の謎ならざるは無く、一篇章として破碎斷落せざるは無し（支離滅裂でない章は一篇もない）。一言の內、意義違反すること、燕（北方の燕）・吳（南方の吳）を隔つるが如し。數行の中、詞旨蒙晦し、阡陌を辨ずる莫し（數行の中で道に迷うように詞の意味も判別できない）。

其の初めを原ぬるに、豈に一知半解、遊光掠影なること無からんや、居然として文外獨絕にして、妙處は傳わらずと謂い、自ら其の識の魔に墮し、而して趣の鬼に沈むを知らざるなり（そもそもが、一知半解、うわべだけの淺薄な學問なのに、なんと盡きせぬ意は言外に現れ、妙處は言葉では傳えられないなどと言って、その識見が魔に墮し、興趣が鬼に沈んでいることに自ら氣づかない）。已にして名は日び盛んに、遊は日び廣く、識下りて心粗く、膽張りて筆放ち、遂に古今を秤量し、宇宙を牢籠せんと欲す（そうこうしているうちに名聲は日び盛んに、交遊は日び廣くなっていき、知性が劣って粗忽になり、大膽になって筆も放縱になり、かくして古今の詩を品評して、廣い宇宙を牢籠しようとしたのだ）。

『詩歸』の作は、金根繆解（金根車を金銀車と臆斷し）、魯魚訛傳（魯と魚の字を誤る類の誤字があり）にして、兎園の老學究も皆な能く其の疵陋を指す（田舍の塾の老書生でも誤謬を指摘できる程度のものだ）。而るに世を擧げて傳習し奉じて金科玉條と爲すは、亦た悲しからずや。世の論者曰く、「鍾・譚一たび出でて、海內始めて性靈の二字を知る」と。然らば則ち鍾・譚未だ出でざりしとき、海內の文人才士は皆な石人木偶（でくのぼう）ならんや。曰く、「七子の才致を極むるも、宋の陸放翁爲るに過ぎず（どれほど七子の才がすぐれていても、〔唐ではなく〕せいぜい宋の陸游程度だ）」と。南渡（南宋）自り以て隆・萬（明の隆慶・萬曆年間）に迄るまで、將に五百年にならんとす、亦た皆な石人木偶にして、而して性靈は獨り鍾・譚より掊發せんや（性靈の說がただ鍾・譚から突然飛び出したとでもいうのか）。彼は自ら是れ其の一隅の見にして、古人の學の、所謂渾涵汪茫、千彙萬狀なる者に於いては（廣くつつみこみ、さまざまに變化させる古人の學問については）、未だ嘗て過りて焉れを問わず（全く關心がない）。而るに承學（追隨）の徒は其の尖新（新奇さ）を喜び、其の率易（手輕さ）を樂しまざるは莫く、相い與に糊心眯目（何も考えずに）し、肩を拍ちて之に從う（肩をたたいて誘いあってこれに從った）。一言を以て其の病を蔽えば、曰く不學なるのみ。亦た一言を以て之れに從う者の病を蔽えば、曰く學を説かざるを便とするのみ。天 斯文を喪ぼすや、餘分の閏位は、竟陵の詩と西國の敎（基督敎）・三峰の禪と與に、旁午に（いたるところで）發作し、幷びに孽を斯の世に爲す、後に『洪範五行』に傳する者有らば（後世に『洪範五行』に注をつける者がいたとしたら）、固り大書特書を將って其の事應を著わす（この災異のことを記すこと）は、豈に過論ならんや（間違いなかろう）。

伯敬は余の同年の進士爲り、又た友夏を介して以て余に交り、皆な相い好きなり。吳中の少俊、多く鍾・譚を訾警し、余 深く爲に護惜するも（極力庇ってきたが）、虛心もて評騭し（虛心坦懷に評論し）、往復良や久しくして、已むを得ずして昌言擊排す（竟陵を排擊することになったのだ）。

吾が友程孟陽の言に曰く、「詩學は、何（景明）・李（夢陽）自り變じ、聲調を摸擬するに務む、所謂 矜氣（傲慢）を以て之を作る者なり。鍾・譚自りして晦く、僻澀蒙昧（晦澁で蒙昧なこと）を競い、所謂 昏氣（混濁した考え）を以て之を出だす者なり」と。孟陽は詩學に老け、其の言は最も平允（妥當）爲り。近代の詩を論ずる者は、之れを孟陽に衷して斯れ可なり。

【注】

一 **附見** 譚元春は竟陵派を代表する人物として鍾惺（本書「三四」參照）とともに「鍾・譚」と竝稱されることが多い。しかし、『列朝詩集』では譚元春に對する評價は低く、譚元春の「小傳」は鍾惺の後に附見（附錄）として著録され、詩も五首選録されるのみである。さらに錢は詩篇の後に、譚元春の詩の短所を徹底的にあげつらう批評文（「論譚元春詩」）を附け加えている。

二　譚解元元春　「解元」は鄉試のトップ合格者を指す。ただし、譚元春は生涯出仕せず、禮部の會試にも合格しないまま亡くなっている。譚元春の傳記資料としては、『康熙安陸府志』巻二〇文學列傳の「譚元春傳」、『同』巻三四藝文志に見える高世泰「譚友夏先生鄉賢檄」（沒後四年目の崇禎十四年に、景陵縣の鄉賢祠に祀るために書かれたもの）、鄉試の主司であった李明睿（一五八五～一六七一）の手になる「鍾譚合傳」（陳允衡編『詩慰』所收「嶽歸堂集選」）、鄒漪『啓禎野乘』一集巻七「譚解元傳」などがあり、これらは陳杏珍標校『譚元春集』（上海古籍出版社、一九九八）の附録として收録されている。

三　元春、字友夏　譚元春の號は鵠灣、別號は蓑翁。六人兄弟の長男であり、弟の名は元輝・元聲・元方・元禮・元亮である。

四　竟陵人　竟陵は湖廣承天府沔陽州景陵縣（今の湖北省天門市）の古名。竟陵の「竟」は、五代の後晉の高祖石敬瑭、および宋の趙匡胤の祖父趙敬之の「敬」と同音であることから、「景」の字に置き換えられ、以降、明での正式名稱も景陵縣である。清では康熙帝の陵寢名が景陵であることから天門縣に改められており、清代の資料では譚元春は天門の人とされている。

五　擧於鄉、爲第一人　譚元春は鍾惺とともに『詩歸』を選評した（**注七**）ことなどから、早くから名が知られていたものの、長らく諸生のままで、鄉試に合格したのは、鍾惺の沒後、天啓七年（一六二七）四十二歳の時である。鄉試第一位すなわち解元としての合格であった。鄒漪『啓禎野乘』一集巻七「譚解元傳」には「天啓丁卯、譚子年且に四十を踰えんとして、始めて主司李太史明睿拔きて楚闈第一に置く、天下 其の雋を喜び其の晩きを悲しまざるは莫し（天啓丁卯、譚子年且逾四十、始爲主司李太史明睿拔置楚闈第一、天下莫不喜其雋而悲其晩）」という。その鄕試の主司（主任試驗官）であった李明睿は、「鍾譚合傳」において、「天啓丁卯、譚子 年且に四十を逾えんとして、始めて余の試を楚中に典り、拔きて之を榜首に置くところと爲る。詩を予に投ずる有りて曰く、「良友既に盡き、天 我に師を惠む」と。其の予に投ぜし詩若しくは書を讀むに、未だ嘗て惘然自失せずんばあらず（天啓丁卯、譚子年且逾四十、始爲余典試楚中、拔而置之榜首。有詩投予曰、「良友既盡、天惠我師」。讀其投予詩若書、未嘗不惘然自失也）」と言っている。亡くなった良友とは鍾惺、得た師とは鄕試の主司の李明睿を指す。ただし、李はこの時、四十三歳で、譚元春とは一歳しか違わない。ようやく手にした會試受驗の切符であったが、同年九月、譚元春の母が沒し、服喪の規程により、翌年の禮部の會試に參加できなくなった。

六　再上公車、歿于旅店　「上公車」は禮部の試驗のため京師に赴くこと。母の服喪のため天啓八年の會試參加が叶わなかった譚元春は、崇禎四年（一六三一）と七年（一六三四）の禮部の會試に挑戰するが、いずれも利あらず、崇禎十年（一六三七）會試に赴く途中、北京から三十里の長店で沒した。鄒漪「譚解元傳」（『啓禎野乘』一集卷七）は、「母の憂に丁るに隨い、草土中に憔悴す。服闋みて、一たび春官に上るも第せず。會たま天子 薦擧の法を行い、編修の王用予 譚子の名を以て上るも、譚子は辭して就かず。間ま莊生の『南華』を取りて之を訂し、篇ごとに評署有りて、『遇莊』と名づく。已に『大學衍義』を讀み、刪述する所有らんと欲す。丁丑 公車に赴き、病を抱きて途に卒す。攜うる所の篋中の書、爲に收むる者無く、强半は散失し、海內聞きて之を悲しむ（隨丁母憂、憔悴草土中。服闋、一上春官不第。會天子行薦擧法、編修王用予以譚子名上、譚子辭不就。間取莊生『南華』訂之、篇有評署、名『遇莊』。已讀『大學衍義』、欲有所刪述。丁丑赴公車、抱病卒於途。所攜篋中書、無爲收者、强半散失、海內聞而悲之）」と傳えており、譚元春は擧子の身分での任官を辭退していたらしい。譚が進士合格にこだわったのは、すでに世に詩名が廣まっていたことや、二十二歳の時に父を亡った後、長子として世話をしてきた弟の一人である元禮が崇禎四年の會試で及第していることから來る意地もあったと思われる。

七　與鍾伯敬共定『詩歸』　『詩歸』は『古詩歸』と『唐詩歸』の總稱。鍾惺との共同の評選註。兩人ともに自序を書しているが、ここでは萬曆四十五年（一六一七）十月二十五日に譚元春が書いた「詩歸序」（『譚元春集』卷二二）を擧げておく。「春（譚元春）に敎うる者有りて曰く、「公等の爲る所の創調なるや、夫の變化は盡く古に在り」と。其の言は聽くべきに似たるも、但だ其の變化を察するに、特に世傳うる所の『文選』『詩刪』の類、鍾嶸・嚴滄浪の語は、瑟瑟然として務めて自ら雕飾し、而して靈迥樸潤を求むるに暇あらず。抑そも其の心目中 別に夙物有り、而して其の靈迥樸潤と謂う所の者と與に、相關相對する能わざらんや。夫れ眞に性靈の言有らば、常に紙上に浮かび、決して衆言と伍せず、而して自ら眼光を出だす人、其の力を專らにし、其の思を壹にし、以て古人に達せば、古人も亦た炯炯たる雙眸有りて、紙上從り還って人を矚るを覺ゆ、想いも亦た苟然に非ざるのみ。古人は大なり、往印の輒ち合い、遍散の各おの足る。人咸な其の愛する所の格、便とする所の調、就き易き所の字句を以て、其の滯者・熟者・木者・陋者を得て、曰く、「我れ之れを古人に學ぶ」と。自ら以て理長味深と爲し、傳習の久しければ、反って指して大家と爲し、正宗と爲す（有敎春者曰、「公等所爲創調也、夫變化盡在古矣」。其言似可聽、但察其變化、特世所傳『文選』『詩刪』之類、鍾嶸・嚴滄浪之語、瑟瑟然務自雕飾、而不暇求於靈迥樸潤。抑其心目中別有夙物、而與其所謂靈迥樸潤者、不能相關相對歟。夫眞有性靈之言、常浮於紙上、決不與衆言伍、而自出眼光之人、專其力、壹其思、以達於古人、覺古人亦有炯炯雙眸、從紙上還矚人、想亦非苟然而已。古人大矣、往印之輒合、遍散之各足。人咸以其所愛之格、所便之調、所易就之字句、得其滯者・熟者・木者・陋者、曰、「我學之古人」。自以爲理長味深、而傳習之久、反指爲大家、爲正宗）」。

八　世所稱鍾・譚者也　鍾・譚は鍾惺と譚元春を指す。その詩體は鍾譚體または竟陵體と稱された。

九　譚之才力薄於鍾　鍾惺の「小傳」（本書「三四」）にも「鍾之才固優於譚」とあり、後に擧げるように、錢謙益は譚元春の詩をことさらにあげつらっている。

一〇　一知半解、遊光掠影　「一知半解」は未成熟な少しばかりの見解。「遊光掠影」は浮光掠影に同じ。一瞬で過ぎ去るような影とかそけき光。淺薄であることのたとえ。ここでは竟陵派の詩境を嚴羽の『滄浪詩話』の如き捉えどころのないものとして非難している。馮班『鈍吟雜錄』巻五「嚴氏糾繆」に「滄浪の論詩は止だ是れ浮光略影にして、見る所有るが如きも、其の實は脚跟未だ曾て地に黏かず、故に云う、「盛唐の詩は空中の色・水中の月、鏡中の象の如し」と」。

一一　居然謂文外獨絕、妙處不傳　「文外獨絕」は盡きせぬ意が言外に現れること。梁の王籍が若耶溪で作った詩句「蟬噪がしく林逾いよ靜かにして、鳥鳴きて山更に幽なり」が評判になり、「文外獨絕」と稱せられた故事（『梁書』文學傳下）に基づく語。『文心雕龍』隱秀篇の「隱也者、文外之重旨也」や皎然『詩式』巻一重意詩例の「評曰、兩重意已上、皆文外之旨」も同じ意味である。「妙處不傳」は、精妙な部分は言語や筆墨では傳えられないこと。黄庭堅「戲題小雀飛蟲畫扇」の句「丹青の妙處は傳うべからず」に基づく語。

「文外獨絕」も「妙處不傳」もともに『詩歸』の鍾・譚の評語にしばしば用いられる言葉。たとえば、『唐詩歸』巻二一杜甫「晨雨」の末句「麝香山一半」に「鍾云う、山一半は誰か分界を爲さん、妙處は傳わらず」、巻二八劉禹錫「華山歌」の「天資帝王宅、以我爲關鑰」に「譚云う、我なる者は華山の自我なり、妙處は傳え難し」、『古詩歸』巻五の樂府古辭「善哉行」の評に「一段の情事は言外に在り、直直說いて出で來らざる處なり」、巻一〇「安東平」其三の「微物雖輕、拙手所作、餘有三丈、爲郎別厝」評に「妙は此の句に在り、言外無窮」とある。

こうした竟陵派の詩評の語は、詩を禪に譬える嚴羽『滄浪詩話』から受け繼がれたものだが、錢謙益はこれを特に嫌い、「文外獨絕」と「妙處不傳」といった曖昧な言葉で古人の詩を批評することに反對する。

一二 **金根繆解、魯魚訛傳** 「金根繆解」は金根車を金銀車と臆斷して改めるような誤り。「魯魚訛傳」は、判讀を誤りやすい魯と魚の字を誤って傳えること。ここではともに誤りがそのまま傳わること。銭謙益は「馮已蒼詩序」(『初學集』巻四〇)で、『詩歸』の誤りを弟子の馮舒(字は已蒼)が指摘していたエピソードを紹介している。「近世の『詩歸』の、錯解別字の若きは、一一擧正す。賓筵客座に、辨論鋒起し、古を援きて今を證し、尾を矯げて角を厲す。自ら以爲らく馮氏一家の學、論者以て難ずる無しと。……已蒼の詩 世に行わるれば、必ず其の詩を讀みて其の學を知る者有り、以て俗學を箴砭し、風雅を流別するに於いて、其れ必ず此に取る有らん(若近世之『詩歸』、錯解別字、一一擧正。賓筵客座、辨論鋒起、援古證今、矯尾厲角、自以爲馮氏一家之學、論者無以難也。……已蒼之詩行世、必有讀其詩而知其學者、於以箴砭俗學、流別風雅、其必有取於此矣)」。また、『詩歸』の校定の誤りについては、清初の考證學者顧炎武も『日知録』巻一八の「改書」に、「又た近日盛行せし『詩歸』の一書、尤も妄誕と爲す」として、魏文帝「短歌行」にある「長吟永歎、思我聖考」の聖考は父の武帝を指すにもかかわらず、『詩歸』は「聖老」に作り、これを「聖老の字 奇なり」と逆に稱贊していることなどの具體例をあげて批判している。

一三 **兎園老學究** 「兎園」は兎園冊ともいい、民間の塾などで用いる俗書。「兎園の老學究」とはそれをもとに初學者に教授する塾師や田舍の儒生を指す。

一四 **世之論者曰、「鍾・譚一出、海內始知性靈二字」** この文の原資料は、銭繼章編『人琴集』所收の譚元春『鵠灣遺稿』一巻の序文「序友夏」。銭繼章は、字を爾斐、號を菊農といい、浙江嘉善の人。明崇禎九年(一六三六)の擧人で、清には出仕しなかった。柳州詞派の詞人。『復社紀略』巻一嘉義縣の條に名が見える。『人琴集』七巻は、譚元春『鵠灣遺稿』のほか、同邑の詩人三名と自らが交友していた詩人三名の遺稿計七篇を集めて編刻したもの。銭繼章の序文は、「今の詩を言う者は、皆な「竟陵の門戸倒れ、香煙舊し」と曰う。浮薄の子、異喙同聲なり、卽ち向に抑首し師事する所の者も、亦た復た翻然として矛を迴らせ、誶詈交ごも劇し（今之言詩者、皆曰、「竟陵門戸倒矣、香煙舊矣」。浮薄之子、異喙同聲、卽向所抑首師事者、亦復翻然迴矛、誶詈交劇）」で始まっており、明末、急速に批判が高まっていた竟陵派の譚元春を辯護するものである。續けて序文は「卽ち文章の一途、陳・隋に滯響せば、縱い燕・許（初唐の張說や蘇頲）なるも猶お未だ脱然ならざるが如し。昌黎に逮びて、廓淸始めて偉なり。昌黎の後に踵する者は、或いは皮日休・陸龜蒙の輕淸爲り、或いは歐陽永叔・蘇子瞻の浩瀚爲り。縱い未だ追躡せざるも、差や頡頏に足る（卽如文章一途、陳隋滯響、縱燕許猶未脱然。逮乎昌黎、廓淸始偉。踵昌黎之後者、或爲皮日休・陸龜蒙之輕淸、或爲歐陽永叔・蘇子瞻之浩瀚。縱未追躡、差足頡頏）」と、中唐の韓愈の文學を最高峰とした上で、さらに明詩の流れを次のように説明する。「明興るの詩、高・何（高啓と何景明?、あるいは「高」は「李」すなわち李夢陽の誤りか? 待考）以下、大都琢辭敦格の業を爲す。嘉・隆の七子は前緒を式廓とし、海內靡然として風を同じうす、其の顧盼瓌瑋、葩藻斐然なるを觀れば、亦た一時の傑構なり。然れども其の才致を極むるも、宋人爲るに過ぎずして、宋人の陸放翁爲れば、佳も亦た止まれり。鍾・譚一たび出でて、海內始めて性靈の二字を知る（明興之詩、高・何以下、大都爲琢辭敦格之業、嘉・隆七子式廓前緒、海內靡然同風、觀其顧盼瓌瑋、葩藻斐然、亦一時傑構。然極其才致、不過爲宋人、爲宋人之陸放翁、佳亦止矣。鍾・譚一出、海內始知性靈二字）」。

今日、性靈は公安派の詩論と考えられているが、公安派は三袁（本書「三一」「三二」「三三」）を中心とし、さほど廣がりをもたなかったのに對し、一方、竟陵派は『詩歸』の流行によって竟陵という一地方に止まらず、地域を越えて世に流行した。この錢繼章「序友夏」の「鍾・譚一たび出でて、海內始めて性靈の二字を知る」は、竟陵派の出現によってようやく性靈が世に廣まったという見方を示すものである。なお、ここでいう性靈は、人の性情にもとづく詩。眞詩ともいう。譚元春「詩歸序」に「夫れ眞に性靈の言有れば、常に紙上に浮出し、決して衆言と伍せず（夫眞有性靈之言、常浮出紙上、決不與衆言伍）」とある。

一五　石人木偶　石人と木偶人のこと。石や木で作った像。ここでは役に立たない、でくの坊の意。

一六　曰、「極七子之才致、不過爲宋之陸放翁」　出典は注一四の銭繼章編『人琴集』所收『鵠灣遺稿』の序文の言である。ただし、原文は「然極其才致、不過爲宋人、爲宋人之陸放翁、佳亦止矣（嘉隆の七子の才がどれほど優れていたとしても、せいぜい宋人のレベルに行き着くぐらいで、宋人でも陸游程度ならば、良さもその程度）」に作る。銭繼章の序文は、中唐の韓愈や皮・陸を最高とし、その次が北宋の歐陽脩、蘇軾だとしており、南宋より後は見るべきものがなかったところに鍾惺と譚元春が現れたと主張するものである。

これに對して銭謙益が南宋以後の詩人を石人木偶扱いしたとして強く反撥したのには、特別な理由がある。銭謙益は中年以降、陸游に傾倒するようになっていたからである。瞿式耜「牧齋先生初學集目錄後序」（『初學集』卷首）は「先生の詩は、杜・韓を以て宗と爲し、而して香山・樊川・松陵に出入し、以て東坡・放翁・遺山の諸家に迨ぶ」といい、また毛奇齡も『西河詩話』で「宗伯は素り宋人の詩は當に務觀に學ぶべしと稱す」と證言する。

陸游への傾倒は友人程嘉燧（本書「三六」）の影響によるものであった。そのことは、銭謙益自身が「蕭伯玉春浮園集序」（『有學集』卷一八）に「天啓の初め、余は長安に在りて伯玉愚山の詩を得たり、其の煉句の放翁に似るを喜び、寫して扇頭に置く、程孟陽 之を見て、相い向いて吟賞して口を去らず（天啓初、余在長安得伯玉愚山詩、喜其煉句似放翁、寫置扇頭、程孟陽見之、相向吟賞不去口）」といい、また「復遵王書」（『有學集』卷三九）に「孟陽の論詩は、初盛唐自り銭・劉・元・白の諸家に及び、析骨刻髓ならざるは無く、尚お未だ能く六朝以上に及ばず。晩に始めて放ちて劍川・遺山に之く。余の津涉も、實に之れと與に相い上下す（孟陽論詩、自初盛唐及錢・劉・元・白諸家、無不析骨刻髓、尙未能及六朝以上。晩始放而之劍川・遺山。余之津渉、實與之相上下）」と語っていることからも知られる。

一七　所謂渾涵汪茫、千彙萬狀者　『新唐書』巻二〇一文藝傳上の杜甫の傳贊の「（杜）甫に至りて、渾涵汪茫、千彙萬狀、古今を兼ねて之有り（杜甫に至って、廣くつつみこみ、さまざまに變化させ、古今の詩を兼ねてそれを一身に有した）」という。

一八　曰不學而已　竟陵派の「不學」を攻撃する錢謙益の言葉には容赦がない。注一二に擧げた「馮已蒼詩序」（『初學集』巻四〇）のように、錢は根底に學問のない詩作に手嚴しい。とりわけ、竟陵派の不學の象徴とみなされたのが鍾惺の『左傳注』である。錢の「讀左傳隨筆」（『初學集』巻八三）は鍾惺『左傳注』の句讀の誤りを指摘して、「鍾伯敬は句讀に詳しからず、誤認して『左傳』の敍事の辭と爲し、抹を加えて而して之を評して俗筆と曰う。今人の學問の麄淺、敢えて古人を訾議す、特に之れを書して以て後學を戒しむ（鍾伯敬不詳句讀、誤認爲『左傳』敍事之辭、加抹而評之曰俗筆。今人學問麄淺、敢于訾議古人、特書之以戒後學）」という。

また「葛端調編次諸家文集序」（『初學集』巻二九）でも、「句讀の析ならず、文理の通ぜざる、而るに儼然として丹黄もて甲乙し、經傳を衡加するは、已に傎ならずや。是之れを聖を非り法を無すと謂い、是之れを聖人の言を侮ると謂う。而るに世は方に奉じて金科玉條と爲し、遞いに相い師述す。學術日び頗にして、而して人心日び壞れ、其の禍は勝げて言うべからざる者有り、是れ視て細故と爲すべけんや（句讀之不析、文理之不通、而儼然丹黄甲乙、衡加於經傳、不已傎乎。是之謂非聖無法、是之謂侮聖人之言。而世方奉爲金科玉條、遞相師述。學術日頗、而人心日壞、其禍有不可勝言者、是可視爲細故乎）」と批判する。

錢謙益の弟子で、所謂「海虞二馮」の一人である馮班は、より鍾惺に手嚴しい。『鈍吟雜錄』巻三で「鍾伯敬弘・正・嘉・隆（弘治・正德・嘉靖・隆慶）の體を創革し、自ら以て眞の性情を得ると爲す。人皆な其の不學を病む。余以爲らく此の君は天資太だ俗にして、學も亦た無益と雖も、所謂性情は、乃ち鄙夫鄙婦の市井猥媟の談なるのみ、君子の性情は此くの如からざるなり（鍾伯敬創革弘・正・嘉・隆之體、自以爲得眞性情也。人皆病其不學。余以爲此君天資太俗、雖學亦無益、所謂性情、乃鄙夫鄙婦市井猥媟之談耳、君子之性情不如此也）」と斷じている。

一九　天喪斯文、餘分閏位　「天喪斯文」は『論語』子罕篇の「天の將に斯の文を喪ぼさんとするや、後死の者、斯の文に與るを得ざるなり」に基づき、文化が亡びることをいう。「餘分閏位」は、『漢書』王莽傳の論贊に見える言葉で、正統でないこと。服虔の注は「莽の正王の命を得ざるを言う、歲月の餘分を閏と爲すが如きなり」とする。

二〇　竟陵之詩與西國之教・三峰之禪、旁午發作　「西國之教」は西洋の基督教で、錢謙益がいうところの三妖の一つ。「三峰之禪」は、明末から淸初にかけて江浙、湖南一帶に流行した臨濟宗の一派である三峰宗派のこと。漢月法藏（一五七三～一六三五）が常熟の三峰山にて悟りを開いたことから三峰派という。錢謙益は初め、この漢月法藏を師としていたが、漢月法藏には禪門師承の問題もあり、漢月法藏の沒後、錢謙益はこれに對する批判を強めた。黃宗羲『南雷文定』附錄に收められている錢謙益の黃宗羲あての書簡には、錢が三峰派と西人の教と竟陵派をともに國家を滅ぼす三妖だとして論じた箇所がある。「國家の多事自り以來、每に謂う三峰の禪、西人の教、楚人の詩は、是れ世間の三大妖孽と。三妖除かれずんば、斯の世必ず陸沈魚爛の禍有りと。今不幸にして言中れり、邇來開堂和尚、到る處充塞し、竹篦拄杖、縉紳の寵靈を假借し、以て簧鼓を招搖し、士大夫の名を參禪に掛くる者、其の牢籠に入らざるは無し。此の時熱喝痛罵し、斥けて魔民の邪師と爲し、少しも假借せざる者は、吳越の間に只だ老夫一人のみ（自國家多事以來、每謂三峰之禪、西人之教、楚人之詩、是世間三大妖孽。三妖不除、斯世必有陸沈魚爛之禍。今不幸言中矣、邇來開堂和尚、到處充塞、竹篦拄杖、假借縉紳之寵靈、以招搖簧鼓、士大夫掛名參禪者、無不入其牢籠。此時熱喝痛罵、斥爲魔民邪師、不少假借者、吳越間只老夫一人耳）」。

なお、孫中旺「錢謙益集外佚文『三居詩引』考論」（『圖書館雜誌』二〇一四年第一〇期）によれば、徐州圖書館現藏の漢月法藏の詩文集『三峰藏禪師山居詩』一卷には萬曆末の作と思われる錢謙益「山居詩引」が冠されている。この文は、『初學集』には未收錄であり、錢仲聯標校『牧齋全集』（上海古籍出版社、二〇〇三）にも收入されていない。孫中旺によれば、『初學集』編纂の際に故意に收錄しなかった可能性があるという。

二一　**後有傳『洪範五行』者、固將大書特書著其事應**　「洪範五行」とは『尙書』洪範篇を水・火・木・金・土の五行の理論にむすびつけたもので、代表的なものに伏生の『洪範五行傳』がある。「傳」は經書の注釋。「事應」は事に對しそれに應じて發生する災異のこと。

『洪範五行傳』の思想は、災異とは天が人事をみた結果、人間にあたえる警告であるといういわゆる天人相關說に基づく。『漢書』五行志中之上に「傳曰、言之不從、是謂不艾（師古曰、艾讀曰乂）、厥咎僭、厥罰恆陽、厥極憂。時則有詩妖、時則有介蟲之孽、時則有犬旤、時則有口舌之痾、時則有白眚・白祥。惟木沴金（傳に曰く、言の從わず、是れを不艾（師古曰、艾讀曰乂）と謂う、厥の咎は僭、厥の罰は恆陽、厥の極は憂。時に則ち詩妖有り、時に則ち介蟲の孽有り、時に則ち犬旤有り、時に則ち口舌の痾有り、時に則ち白眚・白祥有り。惟れ木 金を沴う）」。ここでは、將來、新たに『洪範五行傳』を作る者が現れたとしたら、かならずこの竟陵派を含む三妖を災厄（國の滅亡）の豫兆として記すだろうというのである。なお、錢謙益が『洪範』を持ち出して詩妖に言及したのは、後文の「吳中少俊」の一人、陳子龍の議論の影響を受けていると思われる。**注二四**參照。

二二　**伯敬爲余同年進士**　錢謙益は鍾惺と同じ萬曆三十八年（一六一〇）の進士である。『明清進士題名碑錄』によれば、鍾惺の成績は第三甲第八名。八歲年下の錢謙益は第一甲第三名である。二人の間に交遊があったことは、鍾惺『隱秀軒集』卷八に「沈雨若自常熟過訪九月七日要集敝止有虞山看紅葉之約」の自注に「時に錢受之の書を得たるを喜ぶ」とあることからも知られる。この詩は『列朝詩集』に採録されている。

二三　又介友夏以交于余、皆相好也　ここは鍾惺が譚元春を錢謙益に紹介し、錢は譚元春と交遊をもったという意味。しかし、『初學集』や『譚元春集』には二人の間に交わされた詩は一首もみえない。兩者共通の友人である徐波（字は元歎）との贈答詩は兩者の詩集にそれぞれ見えているにもかかわらず、三者が唱和した詩は見當たらない。崇禎十年（一六三七）、譚元春が禮部の試驗に赴く途中で亡くなったころには、錢はすでに反竟陵派の態度を明確にしており、そのため交遊の痕跡が意圖的に抹殺されたのかもしれない。

二四　吳中少俊、多訾謷鍾・譚　ここの「吳中の少俊」が具體的に誰を指すのかは不明だが、「少俊」というからには錢謙益より年下であろう。あるいは松江の雲間派を指す可能性もある。雲間派は陳子龍（一六〇八～一六四七）、李雯（一六〇八～一六四七）、宋徵輿（一六一八～一六六七）らの三子を中心にしたグループである。七子による古文辭派の流れを汲むため、錢謙益や程嘉燧とは文學思想を異にするが、竟陵派を斥けるという點では一致している。雲間派が明末に刻した『皇明詩選』十三卷は、竟陵派の詩を全く採錄していない。とりわけ、李雯は『皇明詩選』の序文で公安派と竟陵派を批判する。以下、原文と現代語譯を引用しておく。「自是而後、雅音漸遠、曼聲竝作、本寧・元瑞之儔、旣夷其樊圃。而公安・竟陵諸家、又實之以蕭艾蓬蒿焉。神・熹之際、天下無詩者蓋五六十年矣（それ以後、雅音はだんだん遠のき、曼聲が興り、李維楨や胡應麟らがその園圃を整えたものの、公安派や竟陵派の諸家が、再び蕭艾や蓬蒿などの雜草を繁らせてしまった。萬曆・天啓の間、天下に詩が無いことが五六十年も續いた）」という。

また、**注二一**の『洪範』云々は、次の陳子龍の「答胡學博書」（『安雅堂稿』卷一八）の傍點部分を踏まえていよう。「貴鄉鍾・譚兩君者、少知掃除、極意空談、似乎前二者之失、可少去矣。然擧古人所爲溫厚之旨、高亮之格、虛響沈實之工、珠聯璧合之體、感時托諷之心、援古證今之法、皆棄不道。而又高自標置、以致海內不學之小生、遊光之緇素、侈然皆自以爲能詩。何則。彼所爲詩、意旣無本、辭又鮮據、可不學而然也。夫居薦紳之位而爲鄕鄙之音、立昌明之朝而作衰颯之語、此『洪範』所爲言之不從、而可爲世運大憂者也（あなたの鄕里の鍾惺・譚元春の兩君は、少しく〔公安派の惡弊を〕拂いのけ、思いを凝らして空談し、前の二者の失〔卑俗と豔麗〕を少し去ることができたようではある。しかし、古人の溫厚の旨、高亮たる品格、虛響沈實の工みさ、玉を連ねたような美體、時に感じて諷喩に託する心、古えの典故を今に援用する方法などは、すべて棄てて顧みなかった。そして自らを高みに置き、海內の不學の書生や、物見遊山の僧侶や俗人を招き入れた結果、みな大きな顔をして詩作を得意がるようになった。何となれば、彼の作る詩には、意に本がなく、辭もまた典據がなく、不學だからこそそうなったのだ。そもそも搢紳の位に在る者が田舍の卑鄙な韻律を作り、輝かしい朝廷に立つ者が衰颯の語をなす、これは『洪範』がいうところの言が順でなければ世運の大憂を招くことになるというやつだ）」。

二五　余深爲護惜、虛心評騭、往復良久、不得已而昌言擊排　黨派を異にするとはいっても、錢謙益には、當初は鍾惺に對して同年の進士としての好（よしみ）や年長者への遠慮もあった。袁中道「小傳」（本書「三三二」）によれば、袁は錢に向かって、竟陵派の『詩歸』は「古人の詩に妄りに評竄を加えた」と不滿を漏らし、「子（きみ）と當に昌言（道理をつくした言葉）もて擊排し、手眼（本領）を點出し、後生をして彼の雲霧に墮（お）つること無からしめん」として、竟陵派攻擊の列に加わるように彼を誘ったという。袁中道の沒年は天啓三年（一六二三）なので、袁中道から竟陵詩をともに「昌言擊排」しようと誘われたのはそれ以前である。その後、錢は崇禎六年（一六三三）の「讀杜詩寄盧小箋」で『詩歸』への批判を露わにしている。譚元春は各地の詩人と幅廣く交遊していたが、一介の擧人でしかない譚元春が楚調の孤壘を守るのは難しかったであろう。鍾惺も譚元春も鬼籍に入った後の崇禎十三年（一六四〇）、彼は「姚叔祥過明發堂共論近代詞人戯作絶句十六首」（『初學集』巻一七）の其十一首で歌妓の王微や楊宛ですら鍾・譚の後塵を拝していないと、竟陵詩を歌妓のレベルにまで貶めたのである（本書「三四　鍾惺」注一六參照）。

錢謙益が鍾惺に對する評價を一變させるに至った要因については、これまでにもさまざまな說が唱えられている。明末、彼らが屬していた政治派閥間の黨爭が原因だとする說（鄔國平『竟陵派與明代文學批評』第六「錢謙益與鍾惺關係論說」、上海古籍出版社、二〇〇四）や、錢は鍾惺の生前には政治鬪爭の中にあって餘裕がなく、官籍を削られて鄕里に歸った天啓四年（一六二四）以後、ようやく文學流派の鬪爭に目を向けたのだという見方（廖正華「論明末清初文人對竟陵詩派的評價」湖南科技大學、二〇〇九、碩士論文）や、そもそも鍾惺についての錢謙益の一見矛盾するかのような態度は、文學評論という「公領域」と個人の情感などの「私領域」という二つの側面から考えるべきだとする意見（王鏡容「文學批評有情天：錢謙益對鍾惺之情誼與攻排探微」（『清華中文學報』明清詩文特輯、二〇〇九・一二）もある。

竟陵の出身で『竟陵詩選』や『竟陵文選』を編纂した淸の熊士鵬「書退谷先生詩集後」（『鵠山小隱文集』巻八）は、錢謙益が鍾惺と親しかったにもかかわらず、歿後、批判に轉じたことに憤懣の意を示している。「錢虞山は、才人なり。嘗て吾が邑の鍾退谷先生と與に善し。退谷の舟車江南に到るを聞く每に、先ず月を踰えて江干に候望し、退谷の至るを俟ちて、始めて手を攜えて去れり。退谷の歿するに及び、虞山乃ち大いに肆(ほしい)ままに排詆するは、則ち何の心ならんか（錢虞山、才人也。嘗與吾邑鍾退谷先生善。每聞退谷舟車到江南、先踰月候望江干、俟退谷至、始攜手去。及退谷歿、而虞山乃大肆排詆、則何心也）」。

二六　吾友程孟陽之言曰　程孟陽の本名は程嘉燧（本書「三六」）。錢謙益の詩學思想に大きな影響を與えた人物。王士禛『漁洋詩話』巻下はその詩について、「明末七言律詩有兩派。一爲陳大樽（陳子龍）、一爲程松圓（程嘉燧）。

……松圓學劉文房（劉長卿）・韓君平（韓翃）、又時時染指陸務観（陸游）」と評している。ここの程嘉燧の言葉は「程茂桓詩序」（『耦耕堂集』文巻上）からの引用である。「李長沙の懷麓堂詩は新安に刻され、卓然として詩家の正泒なり、而るに後生之れを見る者有るは罕なり。蓋し詩の學は何・李自り變じ、聲調を摹擬するに務む、所謂矜氣を以て之を作す者なり。鐘・譚自り晦く、僻澀蒙昧を競う、所謂昏氣を以て之を出だす者なり（李長沙懷麓堂詩刻於新安、卓然詩家正泒、而後生罕有見之者。蓋詩之學自何・李而變、務于摹擬聲調、所謂以矜氣作之者也。自鐘・譚而晦、競于僻澀蒙昧、所謂以昏氣出之者也）」という。「以矜氣作之」と「以昏氣出之」は、柳宗元「答韋中立論師道書」中の、詩文をつくるときの心構えを述べた次の言葉に基づく。「故に吾 文章を作る毎に、未だ嘗て敢えて輕心を以て之を掉わず、其の剽にして留まらざるを懼るればなり。未だ嘗て敢えて怠心を以て之を易くせず、其の弛にして嚴ならざるを懼るればなり。未だ嘗て敢えて昏氣を以て之を出ださず、其の味沒して雜なるを懼るればなり。未だ嘗て敢えて矜氣を以て之を作さず、其の偃蹇にして驕なるを懼るればなり（故吾毎爲文章、未嘗敢以輕心掉之、懼其剽而不留也。未嘗敢以怠心易之、懼其弛而不嚴也。未嘗敢以昏氣出之、懼其偃蹇而驕也）」とある。

二七　孟陽老於詩學、其言最爲平允　錢は程孟陽に對して全幅の信頼をおき、『列朝詩集』の萌芽ともいうべき『國朝詩集』をともに編纂していた。本書の「一　歷朝詩集序」を參照されたい。

【附記】

野村鮎子「『列朝詩集小傳』にみる竟陵派批判の構造――引用資料を中心に――」（『敍說』四二號、二〇一五）

（野村鮎子）

附[一] 錢謙益「論譚元春詩」

友夏詩、貧也、非寒也。薄也、非痩也。僻也、非幽也。凡也、非近也。味也、非深也。斷也、非掉也。亂也、非變也。蕪詞累句、略擧一二。

如「擬[二]讀曲歌」云、「庵是儂家庵、日啖儂家粥、昔昔不吠歡、儂私令啖肉」。「夏[三]夜古意」云、「明月皎皎照羅幃、羅花一一影香肌、郎來謏妾肌生花、取衣覆肌花在衣」。何其淫哇卑賤也。「隋[四]大業鑊歌」云、「鑊兮鑊兮、不復鑊兮、以之爇香、大損沈水」。何其俚也。「聽[五]青羊澗」云、「太始有眞意、欽哉非雨聲」。用經義何其謬也。「歳[六]添新事迭、月放衆生肥」、「三[七]吳士女俗、萬古雨晴天」、「眼[八]光非亂射、散作萬山紅」、「萬[九]葉一色紅易終、我愛黃邊綠邊紅」。何[一〇]其鄙而倍也。

吳・越・楚・閩沿習成風、如生人戴假面、如白晝作鬼語。而閩[一一]人有蔡復一字敬夫者、宦[一二]游楚中、召友夏致門下、盡棄所學而學焉。其詩云「花[一三]心猶怯怯、鶯語乍生生」、「未[一四]見胡然夢、其占曰得書」、「以[一五]日爲昏旦、其雲無古今」、「居[一六]之僧尚髮、來者客能琴」。之[一七]・乎・其・若、逐字安排、欽・肅・淡・靜、連章鋪比。

鍾・譚之體、家戶傳習、汲[一八]人以「餓山吞日憨」爲淸詞、吳[一九]士以「花騎蝶過墻」爲麗句、滔滔不返、不至於横流陸沈、不但已也。

錄詩及此、庸以別裁末流、垂戒後學、作[二〇]易者其有憂患乎。世之君子、亦可以諒我矣。

[二一]金陵張文寺曰、「伯敬入中郎之室、而思別出奇、斤斤字句之間、欲闡古人之祕、以其道易天下、多見其不知量也。友夏別立蹊徑、特爲雕刻、要其才情不奇、故失之纖、學問不厚、故失之陋、性靈不貴、故失之鬼、[二二]風雅不遒、故失之鄙、一言以蔽之、總之不讀書之病也」。[二三]吳門朱隗曰、「伯敬詩「桃花少人事」、詆之者曰、「李花獨當終日忙乎」。友夏詩「秋聲半夜眞」則甲夜乙夜秋聲尙假乎」。[二四]雲子本推服鍾・譚、而其言如此。

【訓讀】

友夏の詩は、貧なり、寒に非ざるなり。薄なり、瘦に非ざるなり。僻なり、幽に非ざるなり。凡なり、近に非ざるなり。昧なり、深に非ざるなり。斷なり、掉に非ざるなり。亂なり、變に非ざるなり。蕪詞の累句、略ぼ一二を擧ぐ。「擬讀曲歌」の如きは云う、「庵は是れ儂家の庵、日び啖う儂家の粥、昔昔　歡に吠えざれば、儂私かに肉を啖わしむ（ふさふさの毛の庵はうちのイヌ、毎日のえさはお粥だけど、夜な夜なあの人に吠えないでいてくれたら、こっそり肉をやるわよ）」と。「夏夜古意」に云う、「明月皎皎として羅幃を照らし、羅花一一香肌に影す、郎來りて妾に諛う肌に花を生ずと、衣を取りて肌を覆えば花は衣に在り（明月は皎皎と薄絹のとばりを照らし、羅花が一つ一つ肌に影を落とす、あんたが來てわたしに肌に花が生えてるとささやくけど、衣で肌を覆えば花は衣に咲いたみたい）」と。何ぞ其の淫哇卑賤なるや。

「隋大業鑊歌」に云う、「鑊や鑊や、復た鑊ならず、之れを以て香を爇けば、大いに沈水を損す（鑊よ、鑊よ。もはや鑊の役目は果たせまい。これで香を焚けば沈香は臺無しだ）」と。何ぞ其の俚なるや。「青羊澗を聽く」に云う、

「太始 眞意有り、欽しめ哉雨に非ざる聲（天地開闢の時よりここに天の眞意がある、つつしみて雨音ではない水の音を響かせよ）」と。經義を用うること何ぞ其の繆なるや。「歳に新事を添えて送り、月に衆生を放ちて肥えしむと（近況を報らせる手紙によれば、毎月放生を行って生き物を肥らせておいでとか）」、「三呉 士女の俗、萬古 雨晴の天（呉の男女の風俗のように、昔からころころ變わりやすいお天氣）」、「眼光は亂射に非ざるも、散じて萬山の紅を作す（眼光の亂れによるものではないが、山じゅう紅く染まっている）」、「萬葉一色 紅は終り易く、我は愛す 黄邊と綠邊の紅（すべて赤一色なのはもう紅葉も終わりに近いということ、私は黄色や綠色が殘る紅葉が好きだ）」、何ぞ其の鄙にして倍けるや（なんと凡陋で理に背反していることか）。

呉・越・楚・閩の沿習して風を成すこと、生人の假面を戴くが如く、白晝に鬼語を作すが如し。而して閩人に蔡復一字は敬夫なる者有り、楚中に宦游し、友夏を召して門下に致らしめ、盡く學ぶ所を棄てて焉に學ぶ。其の詩に云く、「花心は猶お怯怯、鶯語は乍に生生（花の芯はまだおそるおそるだが、鶯の聲はまさに元氣がいい）」、「未だ見えざるに胡然として夢み、其れ占いに曰く書を得んと（まだ會ったことないのに夢をみた、占いでは便りがあるという意味とか）」、「日を以て昬旦と爲すも、其れ雲に古今無し（日には日の出と日の入りがあるが、雲には古今がない）」、「之に居りて僧は尙お髮あり、來る者客は琴を能くす（居士の僧は髮を留めており、訪れる客は琴が上手だ）」と。之・乎・其・若、逐字安排し、欽・肅・淡・靜、連章鋪比す（之・乎・其・若などの字を詩語に入れ、欽・肅・淡・靜といった字が入った詩句を竝べ列ねる）。

鍾・譚の體、家戸傳習し、汳人（河南の詩人）は「餓山は日を呑みて憨かなり」を以て淸詞と爲し、呉士「花は蝶に騎りて墻を過ぐ」を以て麗句と爲し、滔滔として返らず、横流陸沈（社會動亂や國の滅亡）に至らずんば、但だ已まざるなり。

詩を錄して此に及ぶは、庸って末流を別裁し、後學に垂戒するを以てす、『易』を作る者は其れ憂患有らん（こんな詩まで收錄したのは、竟陵派の末流を別に分かち、後學を戒めるためだ。『易』を作った者にはおそらく憂患の思いがあったのだろう）。世の君子、亦た以て我を諒とすべし（世の君子は、どうか私の氣持ちを汲んでほしい）。

金陵の張文寺曰く、「伯敬は中郎（袁宏道）の室に入り、而して別に奇を出だすを思う、字句の間に斤斤たりて、古人の祕を闡らかにし、其の道を以て天下を易えんと欲するも、多に其の量を知らざるを見るなり。友夏は別に蹊徑を立て、特に雕刻を爲すも、要は其の才情は奇ならず、故に之を纖に失す、學問は厚からず、故に之を陋に失す、性靈は貴ならず、故に之を鬼に失す、風雅　遒れず、故に之を鄙に失す、一言以て之を蔽い、之を總ずるに讀書せざるの病なり」と。

吳門の朱隗曰く、「伯敬の詩に「桃花　人事少なし」と。之を詆る者曰く、「李花獨り當に終日忙しからんや」と。友夏の詩の「秋聲半夜　眞なり」は則ち甲夜（初甲）と乙夜（二更）の秋聲は尙お假ならんや」と。雲子は本と鍾・譚に推服するに、其の言　此くの如し。

【注】

一　附　『列朝詩集』の譚元春の五首の詩後に附された錢謙益による詩評である。錢謙益の文集には見えない。「論譚元春詩」という表題は本書で便宜上つけたものである。

二　「擬讀曲歌」　「讀曲歌」は、もとは六朝の樂府題で、吳の歌謠。郭茂倩の『樂府詩集』第四六卷には「讀曲歌」八十九首が收錄されている。「擬讀曲歌」はこれに倣ったもの。引用されているのは『譚元春集』（上海古籍出版社標點本、以下同じ）卷二「擬讀曲歌」四十六首の其四十四の全句。ただし、『小傳』標點本は「令」の字を「今」

に誤る。「庵」はふさふさの毛のイヌ。「昔昔」は夜な夜な。「歡」はここでは情人。詩全體の意味は、「ふさふさの毛の庵はうちのイヌ、毎日のえさはお粥だけど、夜な夜なあの人に吠えないでいてくれたら、こっそり肉をやるわよ」。

三 「夏夜古意」 『譚元春集』巻四の「夏夜古意」を指す。「吳女織羅添花作、江南諸姬身上着、夜來怕遣香風度、裁縫裁羅作羅幕、明月皎皎照羅幃、羅花一一影香肌、郎來訣妾肌生花、取衣覆肌花在衣（吳女 羅を織るに花を添えて作り、江南の諸姬身上に着く、夜來香風をして度らしむを怕る、裁縫羅を裁ち羅幕を作る、明月皎皎として羅幃を照らし、羅花一一香肌に影す、郎來りて妾に訣う 肌に花を生ずと、衣を取りて肌を覆えば花は衣に在り）」。引用は後半四句。意味は、「明月は皎皎と薄絹のとばりを照らし、羅花が一つ一つ肌に影を落とす、あんたが來てわたしに肌に花が生えてるとささやくけど、衣で肌を覆えば花は衣に咲いたみたい」。

四 「隋大業鑊歌」 『譚元春集』巻四「隋大業十一年鑊歌」を指す。「鑊兮鑊兮、不復鑊兮、以之爇香、大損沈水。以之煮泉、將苦提攜。其放置於山水車馬之間、使夫歌而問、仰而思。念唐以後之古人、後此鑊生、先此鑊朽、而因是以發深省而悲啼（鑊や鑊や、復た鑊ならず、之を以て香を爇けば、大いに沈水を損う。之を以て泉を煮せば、將って提攜に苦しむ。其の山水車馬の間に放置し、夫をして歌いて問い、仰ぎて思わしむ。唐以後の古人、此の鑊に後れて生れ、此の鑊に先んじて朽つるを念えば、而ち是れに因りて以て深省を發して悲啼す）」とある。引用は前の四句。意味は、「鑊よ、鑊よ。もはや鑊の役目は果たせまい。これで香を焚けば沈香は臺無しだ」。なお、隋大業十一年の銘がある鐵鑊とは、湖北當陽縣の玉泉寺に受け繼がれていたものである。阮元の『揅經室三集』巻一の「隋大業當陽縣玉泉山寺銕鑊字跋」によれば、「隋大業十一年、歲次乙亥、十一月十八日、當陽縣治下李慧達建造鑊一口、用鐵今秤二千斤、永充玉泉道場供養」という四十四字の銘文が刻まれていたらしい。錢謙益は、隋の大業年間の銘がある古物に對して、まるで通俗歌のような詠じ方をしていることを嫌ったのであろう。

五　「聽靑羊澗」『譚元春集』巻五「橋上聽靑羊澗」を指す。「此流流已大、不但是初生、紅落澗花響、碧環山氣晴、天人命了了、猿鳥性琤琤、太始有眞意、欽哉非雨聲（此の流れ 流れは已に大にして、但だ是れ初めて生ずるにあらず、紅は落つ澗花の響、碧は環る山氣の晴、天人 命は了了にして、猿鳥 性は琤琤、太始に眞意有り、欽しめ哉雨に非ざる聲）」。引用はその尾聯。意味は「天地開闢の時よりここに天の眞意がある、つつしんで雨音ではない水の音を響かせよ」。靑羊澗は道敎の聖地として知られる湖北武當山の景勝地の溪流。錢謙益は、溪流に向かって「欽しめ哉（つつしんで行うように）」という『尙書』で帝王が臣下に向かって發する辭が用いられていることを問題視したのである。

六　「歲添新事送、月放衆生肥」『譚元春集』巻五「寄吳康虞」の頸聯。「曰由燕入楚、失意定南歸、聞說數年老、常縫萬里衣、歲添新事送、月放衆生肥、我亦僧來往、香櫞共一扉（燕由り楚に入ると曰うは、失意もて定めて南歸せん、聞說く數年老い、常に縫う萬里の衣、歲に新事を添えて送り、月に衆生を放ちて肥えしむと、我も亦た僧と來往し、香櫞一扉を共にす）」。問題の句は、相手から屆く近況を報せる手紙で放生會という佛道に勵んでいることを知ったという意味と解されるが、錢謙益は、この對句のまるで散文のような卑俗な表現を嫌ったものか。待考。

七　「三吳士女俗、萬古雨晴天」『譚元春集』巻五「姑蘇舟中」の頷聯。「約畧江南水、秋懷無不然、三吳士女俗、萬古雨晴天、涼日蘆淒浦、人家桑力田、蒼茫辛苦客、的的爲風煙（約畧江南の水、秋懷然らざるは無し、三吳 士女の俗、萬古 雨晴の天、涼日 蘆 浦に淒たり、人家 桑 田に力む、蒼茫たり辛苦の客、的的として風煙を爲す）」。錢謙益は、變わりやすい天氣が吳の輕薄な風俗のようだという卑俗な比喩を嫌ったのであろう。

八　「眼光非亂射、散作萬山紅」『譚元春集』巻一三「碧雲寺麗甚題之」の尾聯。「如佐幽人麗、層層金碧通、驚心多

事日、識氣不貪中、鬼下牛蛇壁、松高鳥鵲風、眼光非亂射、散作萬山紅（幽人の麗を佐するが如く、層層として金碧通ず、驚心多事の日、識氣貪らざるの中、鬼は下る 牛蛇の壁、松は高し 鳥鵲の風、眼光は亂射に非ざるも、散じて萬山の紅を作す）」。この詩意、よく解からないが、錢謙益は「眼光の亂れによるものではないが、山じゅう紅く染まっている」といった、含蓄に乏しいな卑俗な表現を嫌ったものか。

九　「萬葉一色紅易終、我愛黃邊綠邊紅」　『譚元春集』巻四「喜李長蘅至」の結句。李長蘅は嘉定の四君子の一人である李流芳（一五七五～一六二九）のこと。「殘客場中望獨友、待君欲來日叉手、千頃波中影倏忽、看君登舟反恍惚、人傳君貌多似予、相見先問如不如、皮毛百年散寒煙、諸君莫問然不然、夜夜城中如遠俗、閉門便向山水宿、我歌止時君畫起、起止蒼茫鼓聲徙、君欲約看太湖梅、置君且在霜紅裏、萬葉一色紅易終、我愛黃邊綠邊紅（殘客場中 獨友を望み、君の來らんと欲するを待ちて日び叉手す、千頃波中 影は倏忽、君の舟に登るを看れば反って恍惚、人は傳う 君の貌は多く予に似たり、相い見るに先ず如なるか如ざるかを問へと、皮毛は百年 寒煙散じ〔人の外貌はそのまま百年もどどまってはくれないので〕、諸君 然るか然ざるかを問う莫かれ、夜夜城中は俗より遠きが如く、門を閉ざして便ち山水に向かうの宿、我歌い止みし時 君は畫起き、起止蒼茫として鼓聲徙る、君は太湖の梅を看るを約せんと欲するも、君を置きて且に霜紅の裏に在らしめんとす、萬葉一色は紅 終り易く、我は愛す 黃邊 綠邊の紅）」。錢謙益は末句の「萬葉一色」の赤だけよりも黃や綠が雜じった紅葉の方が好きだというまるで散文のような言葉を詩語としたのを嫌ったのであろう。

一〇　何其鄙而倍也　凡陋で理に背くこと。『論語』泰伯篇に「辭氣を出だせば、斯れ鄙倍を遠ざく」とあり、朱子『集注』は「鄙は凡陋なり。倍は背に同じ、背理を謂うなり」とある。

一一　閩人有蔡復一字敬夫者　蔡復一（一五七六～一六二五）は字を敬夫、號を元履といい、福建金門の人。萬曆二十三年（一五九五）の進士。湖廣參政や貴州・雲南・湖廣軍務の總督に至り、諡は清憲。著は『遯庵集』十七巻。『明史』巻二四九に傳あり。竟陵派の有力な支持者であり、鍾惺がその父の傳を執筆し（『隱秀軒集』巻二二「蔡先生傳」）、譚元春がそれを書している。鍾惺の「報蔡敬夫大參」（『隱秀軒集』巻二八）は、彼に譚元春を彼に紹介した書簡である。「吾邑の譚元春字は友夏なる者は、異人なり。某に比ぶるに、眞に所謂十倍の曹丕なり。公の詩を讀まば其の人を知れり。今 其の『簡遠』『虎井』の二集を寄す、當に自ら之を知るべし。譚生は今年二十六、尚お諸生爲り。其の時義は嘉賓（湯賓尹）・子遜（許獬）に出入すべく、名行を砥礪し、老成簡練なれば、他日有用の才なり。此の異人有りて、公をして之を知らしめざるべからず」とある。譚元春自身も「跋樂至知縣蔡先生傳」に「蔡敬夫、吾れ之に師事す」と明言している。ただし、錢謙益『列朝詩集』の蔡復一に對する評價は嚴しく、謝肇淛の「小傳」（本書「三九」參照）に「在杭（謝肇淛の字）の後、降りて蔡元履と爲り、閩を變じて楚に之き、王・李を變じて鍾・譚に之き、風雅陵彝し、閩派は此れ從り自ら替わる」という。朱彝尊『靜志居詩話』巻一六蔡復（蔡復一の誤り）も「景陵（竟陵派）の邪說行われ、率先して戈を倒す者は、蔡敬夫なり」という。陳廣宏『竟陵派研究』（復旦大學出版社、二〇〇六）は、蔡復一が部分的に『詩歸』の編纂に關わったことを論じている。

一二　宦游楚中、召友夏致門下　蔡復一は萬曆三十九年（一六一一）に湖廣參政として楚に赴任。それを機に鍾惺との交遊が始まり、譚元春を紹介されたことは前注の通りである。詩文の投贈が續いた後、譚元春が正式に湖南辰陽にいた蔡のもとに赴いたのは、萬曆四十四年（一六一六）である。この時の譚の詩が「至辰州呈蔡敬夫使君」二首（『譚元春集』巻七）で、其の二には「此の意 徒だ面前に見ゆるに非ず、君の前に下拜すれば語は宣べ難し（此意非徒見面前、君前下拜語難宣）」とあり、一方、蔡の詩「喜譚友夏至辰陽用見韻投贈」（『遯庵詩集』巻四）其一も「知己三年にして再見の如し、人を閲て隻眼是れ初めて開く（知己三年如再見、閲人隻眼是初開）」と、譚元春との直接の對面を手放しで喜んでいる。

一三 **「花心猶怯怯、鶯語乍生生」** 蔡復一『遯庵詩集』卷二「初春」の首聯。「花心猶怯怯、鶯語乍生生、愛此春方淡、兼之地更清、羸眞應竹友、懶或可鷗盟、物稺還資養、聊觀造化情（花心 猶お怯怯、鶯聲 乍に生生たり（花の芯はまだおそるおそるだが、鶯の聲は乍に元氣がいい）、此れ春の方に淡なるを愛で、之れに兼ねて地は更に淸し、羸は眞に應に竹友なるべく、懶は或いは鷗盟（隱棲を指す）すべし、物の稺は還た養に資す、聊か觀る造化の情）」。

一四 **「未見胡然夢、其占曰得書」** 『遯庵詩集』卷二「正月廿七日之夜、夢譚友夏、余實未識面也、晨興微雪得友夏書、若詩答寄」全五首の其一の首聯。「未見胡然夢、其占曰得書、淸風來不易、黃鳥意何如、月盡有珠現、春生在雪餘、袖之三四讀、晤語不曾虛（未だ見えざるに胡然として夢む、其れ占に曰う書を得んと（まだ會ったことないのに夢をみた、占いでは便りがあるという）、淸風來るは易からず、黃鳥 意は何如、月は盡き珠の現わるる有り、春は生じて雪餘に在り、之を袖して三四讀すれば、晤語は曾ち虛ならざらん）」。

一五 **「以日爲昏旦、其雲無古今」** 『遯庵詩集』卷三「大酉山鐘鼓洞秦人藏書處」の頷聯。「水辰山曰酉、命者亦何心、以日爲昏旦、其雲無古今、簡編化寒翠、鐘鼓隱靈音、陳迹不須辯、領山當領深（水辰なれば山は酉と曰う、命づくる者は亦た何の心ぞ、日を以て昏旦と爲すも、其れ雲に古今無し（日には日の出と日の入りがあるが、雲には古今がない）、簡編は寒翠に化し、鐘鼓は靈音に隱る、陳迹は辯ずるを須いず、山を領するは當に深を領するべし）」。

一六 **「居之僧尙髮、來者客能琴」** 『遯庵詩集』卷三「同仁夫弟過徐奕開園」全六首之其五の頸聯。「周行觀可止、最愜是登臨、園影下看幻、山光亂入深、居之僧尙髮、來者客能琴、一榻香花理、淸微欲問心（周行して觀は止まるべし、最も愜なるは是れ登臨、園影下りて幻を看、山光亂れて深に入る、之れに居りて僧は尙お髮あり、來る者客琴を能くす（居士の僧は髮を留めており、訪れる客は琴が上手だ）、一榻香花の理、淸微心を問わんと欲す）」。

一七　之・乎・其・若、逐字安排、欽・肅・淡・靜、連章鋪比　底本である毛氏汲古閣本は「之・乎」の二字を缺く。『小傳』標點本で補った。之・乎・其・若はいずれも虚字（助字）。欽・肅・淡・靜は彼が多く用いる字。竟陵派がこれらの字を多用していたことは、王夫之が『薑齋詩話』卷下に指摘している。「門庭一たび立つや、世を擧げて稱して才子と爲し、名家と爲す所以の者は、故有り。如し李・何・王・李の門の廝養と作らんと欲せば、但だ『韻府群玉』・『詩學大成』・『萬姓統宗』・『廣輿記』の四書を買いて案頭に置き、題に遇いて查湊せば、即ち足らざるは無し。若し竟陵の唾液を吮わんと欲せば、則ち更に須いざるのみ。但だ就ち大家の誦する所の時文「之」「於」「其」「以」「靜」「澹」「歸」「懷」を措き、字句を熟活し、湊泊して將て去れば、即ち已に居然として詞客たり（所以門庭一立、舉世稱爲才子爲名家者、有故。如欲作李・何・王・李門下廝養、但買得『韻府群玉』・『詩學大成』・『萬姓統宗』・『廣輿記』四書置案頭、遇題查湊、即無不足。若欲吮竟陵之唾液、則更不須爾、但就措大家所誦時文「之」「於」「其」「以」「靜」「澹」「歸」「懷」、熟活字句湊泊將去、即已居然詞客。）」。王夫之は、「もしも李夢陽・何景明・王世貞・李攀龍の奴隷になるというのなら、ただ『韻府群玉』・『詩學大成』・『萬姓統宗』・『廣輿記』の四書を手元に置いて、テーマに合うものを探して繋げれば、事足りる。もし竟陵派の眞似をしようとするなら、書物すら必要なく、大家の誦する所の時文の之・於・其・以・靜・澹・歸・懷といった字を使って熟語にし、それを集めていけば、あっという間に詩人のできあがりだ」と、竟陵派をまねた詩づくりの祕訣を指摘している。近人錢鍾書『談藝錄』卷一八に「竟陵派以語助爲詩訣」の説があり、この問題を論じている。

一八　汳人以「餓山呑日愍」爲清詞　汳は汴、河南を指す。詩は作者、詩題とも未詳。

一九　吳士以「花騎蝶過墻」爲麗句　作者、詩題とも未詳。

二〇　作易者其有憂患乎　『周易』繫辭下傳に「易之興也、其於中古乎。作易者、其有憂患乎（易の興るや、其れ中古に於けるか。易を作る者、其れ憂患有るか）」とある。

二一　**金陵張文寺曰、「伯敬入中郎之室……總之不讀書之病」**　張文寺とは、金陵（南京）の張可仕（一五九一～一六六四）のことで、字を文寺または文峙といい、號は紫澱老人。崇禎五年（一六三二）のいわゆる呉橋の兵變（明の將軍の孔有德が呉橋で叛亂を起こした事件）で國に殉じた張可大の弟にあたる。錢謙益の「明士張君文峙墓誌銘」（『有學集』巻三二）によれば、七、八歳で『楚辭』を朗誦した秀才で、名士の傅汝舟や茅元儀と交遊があった。文峙の家は鍾山の南にあり、家に圖書が滿ちていたという。『擊磬集』『落葉哀蟬集』『願不願集』などの別集があり、『明布衣詩』一百巻や『南樞志』一百七十巻を編纂したと傳えられるが、現存するのは、『南樞志』の殘巻のみであり、ここに引く言葉の典據は未詳。ただし、「中郎」は公安派の袁宏道（本書「三二」）。「多見其不知量也」は『論語』子張篇の語。なお、『列朝詩集』丁集巻十「張如蘭傳」には「次子の文寺 才名有り、『明詩別裁風雅』を集録し、余の采詩に助け有り」とある。

二二　**風雅不遒**　『小傳』標點本は「不遒」を「不道」に作っている。それでも意味は通じるが、『北史』魏任城王澄傳に「齊の庾華來朝し、澄の音韻の遒雅にして、風儀秀逸なるを見る（齊庾華來朝、見澄音韻遒雅、風儀秀逸）」とあり、「風雅不遒」は風雅に優れ、粗野ではないことをいうので、底本である汲古閣本のままとした。

二三　**呉門朱隗曰、「伯敬詩……甲夜乙夜秋聲尚假乎」**　朱隗（生卒年未詳）は字を雲子といい、長洲の人。天啓四年（一六二四）ごろ蘇州にて張溥や張采とともに復社の前身となる應社を結成した。譚元春の詩文集のうち最も流布した『新刻譚友夏合集』二十三巻本（崇禎六年の刻）には、巻一の評者として彼の名が擧がっている。張澤の「新刻譚友夏合集序」は「十年以來、輒ち（朱）雲子・（徐）九一と與に眞隱を搜剔し、奥會に博通し」たという。朱隗はまた、明詩の總集である『明詩平論二集』二十巻を崇禎十七年（一六四四）に刻しており、そこには、天啓元年（一六二一）から崇禎十七年春までの四百五十八人の詩を收錄している。引用は、『明詩平論二集』巻一〇の譚元春「秋夕集周安期・陶公亮・陳則梁・趙彦琢・胡用渉・金正希柏鷺堂看月」の朱隗の評語であるが、評語の內容は「小傳」とはニュアンスがやや異なる。詩の全文は「雖云常謝客、太寂亦思人、月性間堦滿、秋聲半夜眞、歌連鄉夢了、坐歷酒寒頻、如此森森柏、微喧恕好賓」である。その「秋聲半夜眞」の評語に次のようにいう。「最是竟陵習語、不恨清態、正坐浮耳。詆之者常擧伯敬「桃花少人事」、謂李花當獨終日忙乎。今云「半夜眞」則前此後此、秋聲尙假。論詩不必如此戲謔、要之率爾語亦當簡括、病在不煉。若唐人「海靜月色眞」、自有悟境、但襲用此等字句、爲最疏庸淺學便徑。大抵一渉習氣、王・李・鐘・譚、墮落則一（とりわけこれは竟陵の常套句で、淸らかなのはいいが、上滑りしているのだ。これを詆る者がかつて、伯敬の「桃花 人事少し」の句を擧げつらい、李の花だけに人が集まっているのかといった。今、「半夜眞なり」と云うのなら、半夜の前と後の秋聲は僞物ということになろう。詩を論じるのにこんな諧謔をいうべきではないが、要は率爾の語も簡潔で要を得たものであるべきで、よく煉られていないのはだめだ。唐人の「海靜かに月色眞なり」〔王昌齡「送韋十二兵曹」ただし、靜は淨に作る〕などは、獨自の悟境がある。しかし、これらの字句を襲用するのは、最も疏庸淺學の人の安直なやり方である。大抵一たび習氣を蒙ると、王・李でも鐘・譚でも、墮落という點では同じである）」。

右の『明詩平論二集』の評語と「小傳」の引く朱隗の語とを比べると、朱隗が意圖するところと錢謙益の議論にはズレがあるのがわかる。朱隗は譚元春が竟陵派の常套句である「眞」を吟味することなく使用したことを批評し、こうした不用意ないい方をすれば、竟陵派に否定的な人士から、それ以外は「假（僞物）」なのかとからかわれる可能性を指摘する。これは諧謔であって、彼自身は論詩にこの手の諧謔は必要ないと言明している。にもかかわらず、「小傳」は、朱隗自身がこの諧謔でもって竟陵派批判にまわったかのような記述になっている。

二四　雲子本推服鍾・譚　前注で述べたように、朱隗は譚元春の友人でもあり、彼が張澤とともに崇禎六年に刻した『新刻譚友夏合集』二十三卷のうち、卷二の評者でもある。張澤の「新刻譚友夏合集序」によれば、張澤は譚元春の詩を集め、「十年以來、輒ち（朱）雲子・（徐）九一（名は汧）と與に眞隱を搜剔し、奥會に博通した」という。錢謙益はまるで朱隗が晩年、竟陵派を脱したかのようにいうが、實際には、『明詩平論二集』の評はほとんどが賞贊の語であって、鍾惺や譚元春の詩を惡しざまにいう評語はむしろ少ない。「秋聲半夜眞」の一句を「竟陵の習語」としたのは例外といってよく、錢謙益はその句評を斷章取義的に「小傳」に引用したにすぎない。錢謙益は、「一四　徐禎卿」の注二三で紹介したように、朱隗のために詩集の序文「朱雲子小集引」を贈っており、そこにはこれまで輕佻浮薄、信義に闕けると蔑まれてきた吳の詩學の復權を希求し、友人を竟陵から脱却させようとする錢謙益の意圖が込められている。ただし、朱隗の文集は今日に傳わらず、朱の文學思想の變遷を知ることはできない。

なお、朱彝尊『靜志居詩話』卷二一は「雲子は鍾・譚の盛行の日に際し、吳下に唱酬し、遙かに南風に應ず」としながらも、彼の作品を引用して、「則ち景陵に於いては中心に誠服するに非ざること知るべし」と結論する。朱彝尊もまた反竟陵陣營に屬していることを附言しておく。

（野村鮎子）

三六　程嘉燧　嘉靖四十四年（一五六五）～崇禎十六年（一六四三）

丁集卷十三之上　[一]松圓詩老程嘉燧

[二]嘉燧、字孟陽、[三]休寧人、[四]僑居嘉定。[五]少學制科不成、去學擊劍、又不成、乃折節讀書。刻意爲歌詩、三十而詩大就。

孟陽之學詩也、以謂學古人之詩不當但學其詩、知古人之爲人、而後其詩可得而學也。[六]其志潔、其行芳、溫柔而敦厚、色不淫而怨不亂、此古人之人、而古人之所以爲詩也。[七]知古人之所以爲詩、然後取古人之淸詞麗句、涵泳吟諷、深思而自得之。久之、於意言音節之間、往往若與其人遇者、而後可以言詩。

[八]蓋孟陽之詩成、而其爲人已邈然追古人于千載之上矣。[九]其爲詩主于陶冶性情、耗磨塊壘、[一〇]每遇知己、口吟手揮、纚纚不少休。若應酬牽率、骩骳說衆之作、則薄而不爲。

[一一]諳曉音律、分刌合度、[一二]老師歌叟、一曲動人、燈殘月落、必傳其點拍而後已。[一三]善畫山水、兼工寫生、[一四]酒闌歌罷、興酣落筆、尺蹏便面、筆墨飛動。[一五]或貽書致幣鄭重請乞、摩挲瑟縮、經歲不能就一紙。[一六]嗜古書畫器物、一當意輒解衣傾橐。[一七]或以贋售、有相惎者則持之益堅。

[一八]有子驕穉、不事生產、經營拮据、以供其求、[一九]左絃右壺、緣手散去、[二〇]孟陽顧益喜、以爲好事好客稱其家

兒、坐是益重困。然而介特益甚、語及飾竿牘學干謁、頭面發赤、掉臂而去。[二一]太倉王冏伯常謂孟陽、「世無嚴武、誰識少陵。當今能客孟陽者、海陽顧益卿耳」、爲治裝遣行。[二二]渡江寓古寺、與一二酒人酣飲三日夜、賦「詠古五章」、不見益卿而返。[二三]在里中、兄事唐叔達・婁子柔、肩隨後行、不失跬步。與人交、婉孌曲折、臨分執手、[二四]口語刺刺。至其責備行誼、引經據古、死生患難、慷慨敦篤、古節士無以過也。

[二五]萬曆戊午、故人方方叔令長治、要之入潞。[二六]居三年、從方叔入燕、諸公爭物色、孟陽皆避不與見。[二七]祥符王損仲博雅名士、時時過余邸舍、就孟陽談、孟陽未嘗一往也。[二八]崇禎中、余罷官里居、構耦耕堂于拂水、要於偕隱、晨夕游處、修鹿門・南村之樂。[二九]後先十年、辛巳春、孟陽將歸新安。[三〇]余先游黃山、訪松圓故居、題詩屋壁。歸舟抵桐江、推篷夜語、泫然而別。[三一]又明年、癸未十二月、孟陽卒於新安、年七十有九。[三二]卒之前一月、爲余序『初學集』。蓋絕筆也。[三三]踰年而有甲申三月之事、銘旌大書曰明處士某、豈不幸哉。

孟陽讀書不務博涉、精研簡練、採掇菁英。[三四]晚尤深『老』・『莊』・『荀』・『列』・『楞嚴』諸書、鉤纂穿穴、以爲能得其用。[三五]其詩以唐人爲宗、熟精李・杜二家、深悟剽賊比擬之繆。[三六]七言今體約而之隨州、七言古詩放而之眉山、此其大略也。晚年學益進、識益高、[三七]盡覽『中州』・遺山・道園及國朝青田・海叟・西涯之詩、[三八]老眼無花、炤見古人心髓、於汗青漫漶・丹粉雕殘之後、爲之抉擿其所繇來、發明其所以合轍古人、而迥別於近代之俗學者。[三九]於是乎王・李之雲霧盡掃、後生之心眼一開、其功於斯道甚大、而世或未之知也。

孟陽好論古人之詩、疏通其微言、搜爬其妙義、深而不鑿、新而不巧、[四〇]洗眉刮目、鉤營致魂、若將親炙古人而面得其指授、[四一]聽之者心花怒生、背汗交浹、快矣哉、古未有也。[四二]一二三朋儕、各有諷詠、孟陽攬筆長吟、喜動顏色。一字未安、一韻未穩、胸中鶻突、如凸出紙上、橫目而捷得之、審諦推敲、必匠意而後止。

如病人遇大醫師、洞見臟腑癥結、雖有堅悍之夫、不能不首服也。

[四三]元裕之論溪南詩老云、「敬之業專而心通、敢以是非黑白自任。每讀諸人之詩、必爲之探源委、發凡例、解脈絡、審音節、辨清濁、權輕重。片善不掩、微纇必指、如老吏斷獄、文峻網密、絲毫不相貸、如衲僧得正法、徵詰開示、幾於截斷衆流。朋輩中有公鑒而無姑息者、必以敬之爲稱首」。敬之之所鑒者、今人之詩而已、而孟陽則能上鑒古人、斯又難矣。遺山題[四四]『中州集』後云、「愛殺溪南辛老子、相從何止十年遲」。世無裕之、又誰知余之論孟陽、非阿私所好者哉。余故援[四五]『中州』之例、謚之曰松圓詩老、庶幾千百世而[四六]下、有知吾孟陽如裕之者。

『浪淘集』[四七]自序曰、「余弱冠好唐人詩、學之三十年、輒緣手散去、友人或勸之存其本、余弗遑也。然酒間値所知、口吟手揮、卽纚纚不能休。唐子叔達、高閑士也。一日從旁笑謂余曰、「吾憂若詩牢錮藏識、奈[四八]何」。余爲矍然。子柔又嘗欲采余律詩俊句、爲作佳書、傳示同好、余自愧謝勿以爲。壬子二月、武昌回、[四九]與瞿起田同舟、江行苦風浪、半月而至九江。簸蕩掀坼之中、搖神滌藏、時時以酒澆之。半酣、起田輒濡筆伸紙、請吟余詩、隨手書之、頹然之餘、聊爲爾爾。風不止、起田亦不倦。至南京、則余詩幾盡、凡七百餘篇、李長蘅[五〇]・汪無際各傳寫之。錢受之與好事尤亟稱之。多有其本、余固不得藏已。在上黨無事、因[五一]合書爲一集、增定計千餘篇。題曰浪淘者、以余宿習舊質已在憶忘之間、似沈沙然、偶爲驚濤激浪所淘汰而出之者耳。非僭引昔賢赤壁詞語也。萬曆戊午冬日、程嘉燧書」。[五二]

【訓讀】

嘉燧、字は孟陽、休寧（安徽徽州府歙縣）の人、嘉定（南直隸蘇州府嘉定縣）に僑居す。少くして制科（科擧の受驗勉强）を學びて成らず、去りて擊劍を學びて、又た成らず、乃ち節を折りて讀書す。刻意して歌詩を爲り、三十にして詩 大いに就れり。

孟陽の詩を學ぶや、以謂えらく、古人の詩を學ぶは當に但だ其の詩を學ぶのみなるべからず、古人の人と爲りを知りて、而る後に其の詩 得て學ぶべきなり。其の志は潔、其の行いは芳、溫柔にして敦厚、色に淫せずして怨に亂れず、此れ古人の人にして、古人の詩を爲る所以なり。古人の詩を爲る所以を知り、然る後に古人の淸詞麗句を取りて、涵泳吟諷し（何度も聲に出して朗誦し）、深く思わば自ら之を得ん。之を久しくして、意言音節の間に於いて、往往にして其の人と遇うが若く、而る後に以て詩を言うべしと。

蓋し孟陽の詩成り、而して其の人と爲りは已に邈然として古人を千載の上に追えり。其の詩を爲りては性情を陶冶し、塊壘を耗磨する（心の鬱屈を伸ばすこと）を主とし、知己に遇う每に、口吟手揮、纚纚として少しも休まず。應酬牽率、骫骳說衆の作（儀禮的な文、手づるを求めるための文、人におもねる文、俗受けするような作）の若きは、則ち薄んじて爲さず。

音律に諳曉し、分刌合度し（音律に通曉し、句の切り方が節度にかない）、老師・歌叟の、一曲もて人を動かせば、燈は殘して月落つるも、必ず其の點拍を傳えて而る後に已む（樂師や歌手の演奏に感動すると、燈りが盡き月が落ちても、そのリズムや節を會得するまで終わらせなかった）。善く山水を畫き、兼ねて寫生に工みにして、酒 闌にして歌罷み、興 酣にして落筆せば、尺蹄便面（小さな布きれや扇面）に、筆墨飛動す。或いは書を貽り幣を致し鄭重に請乞するも、摩挲瑟縮し（着手せずにぐずぐずと遅らせ）、歲を經るも一紙も就る能わず。古の書畫器物を嗜み、一たび意に當れば輒ち衣を解き橐を傾く（氣に入ったものがあるとそのまま着物を脱いで質に入れたりして有り金をはたいた）。或いは贋を以て售られ、相い恚うる者有れば則ち之を持すること益ます堅し（ある時には贋作を賣りつけられ、そのことを指摘する者がいても、かたくなに認めようとしなかった）。

子有りて驕稚、生産を事とせず、經營拮据し、其の求めに供するを以て、左弦右壺も、手に緣りて散去するに、孟陽顧って益ます喜び、以て好事好客は其の家に稱いし兒と爲し（わがままな息子がいて、仕事をしないので、經濟的に逼迫し、息子の求めに應えるために、琴や壺などの身の周りの品も手放すことになったのに、孟陽はかえってますます喜び、好事家で客好きなのは我が家にふさわしい子だとし）、是れに坐りて益ます重困す。然れども介特益ます甚しく、語の竿牘を飾り干謁を學ぶに及ばば、頭面に赤を發し、臂を掉いて去れり（孤高を貫く姿勢はますます強くなり、話が書簡でおべっかをつかうことや權貴に手づるを求めることに及ぶと、怒って頭まで眞っ赤にし、腕をふってその場を去った）。太倉の王冏伯（王世貞の子の王士騏）常て孟陽に「世に嚴武無くんば、誰か少陵（杜甫）を識らん。當今能く孟陽を客する者は、海陽（通州）の顧益卿のみ」と謂い、爲に治裝して遣行せしむ。江を渡り古寺に寓し、一二の酒人と與に酣飲すること三日夜、「詠古五章」を賦し、益卿に見えずして返る。里中に在りては、唐叔達（時升）・婁子柔（堅）に兄事し、肩隨後行し、跬歩を失わず（半歩へりくだる禮を失わなかった）。人と交わりては、婉孌曲折、分れに臨み手を執りて、口語刺刺たり（別離に際しては相手の手をとって、ねんごろに話をした）。其の行誼を責備するに、經を引き古に據り（友人に對して經史の言葉や故事を引用して品行や道義を求め）、死生患難に、慷慨して敦篤なるに至りては（友人の不幸事や不運に悲憤慷慨して相手を思いやることでは）、古の節士も以て過ぐる無きなり。

萬曆戊午（四十六年、一六一八）、故人の方方叔 長治（山西潞安府長治縣）に令たりて、之れに要めて潞（山西）

に入らしむ。居ること三年、方叔の燕（北京）に入るに從うに、諸公爭いて物色するも、孟陽は皆な避けて與に見えず。祥符（河南祥符）の王損仲は博雅の名士にして、時時 余の邸舍に過り、孟陽に就きて談ずるも、孟陽は未だ嘗て一たびも往かざるなり（王損仲は博雅の名士で、よく私の京師の屋敷にやってきて、孟陽とともに話すことがあったが、孟陽の方から彼のところに干謁に出かけたことは一度もなかった）。崇禎中、余は官を罷めて里居し、耦耕堂を拂水に構え、偕に隱るるを要め、晨夕の游處に、鹿門・南村の樂を修す（朝夕に龐德公や陶淵明のような隱棲を樂しんだ）。後先十年して、辛巳（崇禎十四年、一六四一）春、孟陽 將に新安に歸らんとす。余 先に黃山に游び、松圓の故居を訪い、詩を屋壁に題す。歸舟 桐江に抵りて、推篷夜語し、泫然として（涙ながらに）別る。又た明年、癸未十二月、孟陽 新安に卒す、年七十有九なり。卒するの前一月、余が爲に『初學集』に序す。蓋し絕筆なり。年を逾え而して甲申三月の事有り、銘旌に大書して明の處士某と曰うは、豈に幸いならざらんや。

孟陽の讀書は博涉に務めず、精研簡練して、菁英を採掇す。晚に尤も『老』・『莊』・『荀』・『列』・『楞嚴』の諸書に深く、鉤纂穿穴して、以爲らく能く其の用を得たりと。其の詩は唐人を以て宗と爲し、李・杜の二家に熟精し、剽賊比擬の繆を深悟す。七言今體は約にして隨州に之き（七言近體の簡約なところは唐の劉長卿のそれに似て）、七言古詩は放にして眉山に之く（七言古詩の豪放なところは宋の蘇軾に似ており）、此れ其の大略なり。晚年 學益ます進み、識益ます高く、盡く『中州』（『中州集』）・遺山（金の元好問）・道園（元の虞集）及び國朝の青田（劉基）・海叟（袁凱）・西涯（李東陽）の詩を覽て、老眼花無く（老いても眼に霞はかからず）、古人の心髓を炤見す、汗青漫漶・丹粉雕殘の後に於いて、之が爲に其の繇りて來る所を抉摘し、其の以て古人に合轍する所を發明し、而して迥かに近代の俗學の者と別せり。是に於いてか王・李（王世貞・李攀龍）の雲霧盡く掃き、後生の心眼一たび開かれ、其の功の斯道に於けるは甚大なり、而るに世或いは未だ之れを知らざるなり。

孟陽は古人の詩を論ずるを好み、其の微言に疏通し、其の妙義を捜爬し、深なるも鑿たず、新なるも巧せず（奥深いが穿鑿によるものではなく、斬新だがことさらに企てたものではなく）、洗眉刮目、鈎營致魂（すっきりと眼目が洗い流され、魂魄が手繰り寄せられるようで）、將に古人に親炙して面して其の指授を得んとするが若く、之を聽く者は心花怒生し（花が一齊に咲くように喜びがこみ上げ）、背汗交浹す（恥ずかしくて冷や汗が流れるほどだ）、快きかな、古に未だ有らざるなり。二三の朋儕、各おの諷詠有り、孟陽 筆を攬りて長吟し、喜び顔色に動く。一字の未だ妥ならず、一韻の未だ穩ならざれば、胸中の鶻突、紙上に凸出するが如く、横目して捷りて之を得て、審諦推敲し、必ず意に匠いて而る後に止む。病人の大醫師に遇い、臟腑の癥結を洞見され、堅悍の夫有りと雖も、首服せざる能わざるが如きなり（病人が名醫に出會い、臟腑の腫瘍を喝破されると、どんな頑固者でも感心して従うしかなくなるようなものだ）。

元裕之（元好問）溪南詩老（辛愿、字は敬之）を論じて云う、「敬之は業（學問）專らにして心通し、敢て是非黑白を以て自任す。諸人の詩を讀む每に、必ず之れが爲に源委を探り、凡例を發き、脈絡を解し、音節を審らかにし、清濁を辨ち、輕重を權る。片善も掩わず、微纇は必ず指し、老吏の斷獄（ベテランの法吏が作る判決文）の、文峻網密にして、絲毫も相い貸さざるが如く、衲僧の正法を得る（禪僧が正法眼を得る）に、徵詰開示して、衆流を截斷するに幾きが如し。朋輩中 公鑒有りて姑息無き者は、必ず敬之を以て稱首と爲す」と。敬之の鑒る所の者は、今人の詩のみ、而るに孟陽は則ち能く上は古人を鑒す、斯れ又た難し。遺山『中州集』の後に題して云う、「愛殺す 溪南の辛老子、相い從うこと何ぞ十年の遲きに止まらんや」と。世に裕之無くんば、又た誰か余の孟陽を論ずることの、好む所に阿私する者に非ざるを知らんや。余 故に『中州』の例を援きて、之れに諡して松圓詩老と曰う、庶幾くは千百世より下、吾が孟陽を知ること裕之の如き者有らんことを。

『浪淘集』の自序に曰く、「余 弱冠たりしとき唐人の詩を好み、之を學ぶこと三十年、輒ち手に緣りて散去す、友人或いは之に其の本を存せんことを勸むるも、余は遑あらざるなり。然れども酒間 知る所に値わば、口吟手揮し、卽ち纚纚として休む能わず。唐子叔達（唐時升）は、高閑の士なり。一日、旁ら從り笑いて余に謂いて曰く、「吾れ若の詩の藏識に牢錮たるを憂うるに、奈何（君の作る詩は佛の教えにいうところの阿賴耶識に閉じ込められた狀態なのではと心配しているのだが、どうだろうね）」と。余 爲に矍然たり（驚き慌てた）。子柔（婁堅）又た嘗て余の律詩の俊句を采り、爲に佳書を作し、同好に傳示せんと欲するも、余自ら愧じ謝して以て爲す勿からしむ。壬子（萬曆四十年、一六一二）二月、武昌より回るに、瞿起田（瞿式耜）と與に同舟す、江行 風浪に苦しみ、半月にして九江に至る。簸蕩掀圻の中、搖神滌藏し、時時酒を以て之に澆ぐ。半ば酣にして、起田輒ち筆を濡らし紙を伸べ、余に詩を吟じ、手に隨いて之を書さんことを請い、頽然の餘、聊か爾爾と爲す。風止まず、起田亦た倦まず。南京に至り、則ち余の詩幾んど盡き、凡そ七百餘篇なり、李長蘅（李流芳）・汪無際（汪明際）各おの之を傳寫す。錢受之（錢謙益）好事と與に尤も之を亟稱す。多く其の本有るも、余固り藏するを得ざるのみ。上黨（長治縣）に在りしとき事無く、因りて合書して一集と爲し、增定して千餘篇を計う。題して浪淘と曰う者は、余の宿習舊質 已に憶忘の間に在りて、沙に沈むが似く然るに、偶たま驚濤激浪の淘汰して之を出だす所と爲る者を以てするのみ。僭りて昔賢の赤壁の詞語を引くに非ざるなり（偉そうに蘇東坡の「念奴橋 赤壁」の詞語から取ったわけではない）。萬曆戊午（四十六年、一六一八）冬日、程嘉燧書す」と。

【注】

一　**松圓詩老程嘉燧**　「松圓詩老」とは、錢謙益が程嘉燧に贈った私諡であり、元好問が辛愿を溪南詩老と呼んだことに擬えたものである（注四五參照）。

程嘉燧の墓誌銘や行狀等は傳わらない。そのため、彼の傳記で最も詳しいのはこの「小傳」である。これは、『列朝詩集』の中でも最も長文の小傳であり、『明史』卷二八八文苑傳四の唐時升の附傳に見える程嘉燧傳はこの小傳の記事を節略したものである。程嘉燧の詩文集としては、萬曆十二年（一五八四）～崇禎二年（一六二九）までの自訂詩集『松圓浪淘集』十八卷、文集の『松圓偈庵集』二卷、崇禎三年（一六三〇）から最期までの詩文を集めた『耦耕堂集』五卷があるほか、常熟の破山の興福寺に關わる記事を集めた『破山興福寺志』四卷などがある。著述を整理し、各種版本を校勘した上海市嘉定區地方志辦公室編・沈習康點校『程嘉燧全集』全三冊（上海古籍出版社、二〇一五）には、附錄として佚詩や佚文のほか、程嘉燧に關する傳記資料、他の文人による唱和詩・悼懷詩・序跋、詩文書畫評、さらに陳寅恪『柳如是別傳』の程嘉燧に關わる部分の選錄と「年譜簡編」とが收錄されている。なお、年譜には、蔡維友・呼怡「程嘉燧年表」（黃霖編『歸有光與嘉定四先生研究』上海古籍出版社、二〇〇七、所收）、劉蕾「嘉定文壇活動年表」（劉蕾『歸有光與嘉定文壇關係研究』上海大學出版社、二〇一三）などがある。

二　**嘉燧、字孟陽**　號は松圓、偈庵などがある。程嘉燧の父の名は程衍壽。「新安程君墓誌銘」（『弇州四部稿續稿』卷一二二）によれば、弟の名は嘉燃である。

三　**休寧人**　「休寧」は、徽州歙縣の誤り。『明史』文苑傳を含め、程嘉燧に關する傳記は、この「小傳」を下敷きにしているため、この誤りを踏襲している。程嘉燧自身は「從叔蘭亭七十壽敍」（『耦耕堂集』文卷上）に「吾が宗は梁・陳自り元迄（まで）、世よ篁墩に居し、最後に長翰山に徙る」という。長翰山は歙縣の西にあり、休寧の縣境に近いものの、歙縣に屬する。『耦耕堂集』に附された『列朝詩集』「松圓詩老小傳」は、「歙縣人」に改めている。程嘉燧の籍貫の詳しい考證は、張義勇「程嘉燧籍貫考」（『中國書畫』二〇一〇年五期）を參照されたい。

四　僑居嘉定　「嘉定」は蘇州府嘉定縣。程一族の嘉定への移住は、父程衍壽（一五三〇～一五八八）の商賈上の都合によるものである。程嘉燧が唐時升を通じて王世貞に依賴した父の基誌銘「新安程君墓誌銘」（『弇州四部稿續稿』卷一二二）には、「余が友嘉定の唐子時升、古文辭に工みにして、妄りに許可せず、顧だ獨り書生の新安の程嘉燧と善し、因りて其の父布衣君を知る。布衣君は嘉定に賈（商人）たること、三十年に垂なんとす（余友嘉定唐子時升、工古文辭、不妄許可、顧獨與書生新安程嘉燧善、因而知其父布衣君。布衣君賈於嘉定、垂三十年）」とある。なお、『松圓浪淘集』卷一六「悼景先亡弟」に「余初還山時、髮燥未裹幘（余初めて山に還りし時、髮は燥き未だ幘に裹まず）」（初めて長翰山に歸鄉したのは、髮の乾いていない幼兒の時である）とあるように、程嘉燧が生まれたのは長翰山ではなく、嘉定である。

五　少學制科不成、……三十而詩大就　程嘉燧は「祭李茂才」（『松圓偈庵集』卷下）によれば、萬曆十二年、二十歳のときに李茂才とともに宜興で童試を受けたようだが、李茂才は合格、程は落第している。また、「祭孫履和」（『同』卷下）によれば、その後、五十二歳のときに孫履和の息子とともに院試（童試）を受驗した模樣だが、ついに合格しなかった。錢謙益「汪君六十序」（『初學集』卷三七）には、「嘉定の程孟陽嘗て余の爲に言う、弱冠の時應擧の業を薄んじ、嶄然として功名に志有り。年少十數人と偕に、騎射擊刺を學び、骨騰がり肉飛ぶこと、飢鷹餓鴟の如し。今老いたり、少壯の事を追思せば、殆ど隔世の如し（嘉定程孟陽嘗爲余言、弱冠時薄應擧之業、嶄然有志於功名。偕年少十數人、學騎射擊刺、骨騰肉飛、如飢鷹餓鴟。今老矣、追思少壯事、殆如隔世）」とあり、程嘉燧には若い頃武藝に熱中した時期があったようである。謝三賓「松圓偈庵集序」（『松圓偈庵集』卷首）にも「又た少くして俠氣を負い、生産を治めず、喜びて人の急難に赴く（又少負俠氣、不治生產、喜赴人急難）」とある。

六　其志潔、其行芳、溫柔而敦厚……而古人之所以爲詩也　劉師培「文說」に「雖時撫事、亦志潔行芳」、『禮記』經

解に「溫柔敦厚、『詩』敎也」、『史記』屈原賈生列傳に「國風好色而不淫、小雅怨誹而不亂、若離騷者、可謂兼之矣」とあり、いずれも儒家が目標とする文學思想である。なお、「溫柔忠厚」は程嘉燧が錢謙益の『初學集』のために書いた序文でも强調されている。程嘉燧「錢牧齋初學集序」（『耦耕堂集』文卷上）に「凡そ天啓甲子 跡（籍）を削られ都門を出でし自り、今上の召對免歸に及ぶまで、各おの七言律詩二三十篇有りて、頌繫（南京に軟禁されていた時）の雜詩は、多きこと數百首に至る。其の遭罹する所の禍患 愈いよ迫切すれば、而して其の文章の光焰、愈いよ昌大宏肆、奇怪險絕にして、變幻は愈いよ測るべからず。又た且つ怨にして懟みず、憂にして懾れず、風人諷諭の致を得て、溫柔忠厚の意を失わず（凡自天啓甲子削迹出都門、及今上召對免歸、各有七言律詩二三十篇、頌繫雜詩、多至數百首。其所遭罹禍患愈迫切、而其文章光焰、愈昌大宏肆、奇怪險絕、變幻愈不可測。又且怨而不懟、憂而不懾、得風人諷諭之致、而不失溫柔忠厚之意）」という。

七　**知古人之所以爲詩、然後取古人之淸詞麗句……而後可以言詩**　程嘉燧が若い頃から漫然とあるいは輕々しく詩を作る人物ではなかったことをいうこのくだりは、次の唐時升「程孟陽詩序」（『松圓浪淘集』卷首、『三易集』卷九）を踏まえていよう。「余 孟陽と與に少くして志尙を同じうし、俗儒の陳言を悪み、百家の書を汎濫するを好む。然れども未だ嘗て詩を爲るに意有らざるなり。古人の淸詞麗句を見て、諷詠自ら娯しむ、之を久しくして則ち意言聲節の間に於いて、往往にして其の人と與に遇う者の若し、後數年にして各おの詩數百篇有り（余與孟陽少同志尙、悪俗儒之陳言、而好汎濫百家之書。然未嘗有意爲詩也。見古人淸詞麗句、諷詠自娯、久之則於意言聲節之間、往往若與其人遇者、後數年各有詩數百篇矣）」。

八　**蓋孟陽之詩成、而其爲人已邈然追古人于千載之上矣**　注七の唐時升「程孟陽詩序」にいう。「夫の意の已む能わざる所の者、洋溢して文と爲る。文の宣ぶる能わざる所の者、咏嘆して詩と爲る。詩の工拙は、才則ち之を爲すも、抑揚開闔、紆徐煩數は、自然の節有り。金石相い和し、絲竹迭いに奏し、必ず節に適いて而る後に以て樂と成るべきが如し。是くの如からずんば、鏗鍧奮揚し、嚾然として耳に滿つと雖も、適に太師の笑いと爲らん。孟陽の才力、其の雄豪跌宕、沈鬱頓挫は、以て作者に追配するに足れり、而して哀樂の發する所の、長句短章は、必ず法度に合う。此れ其の古人に涵泳し之を得る者の深ければなり（夫意之所不能已者、洋溢而爲文。文之所不能宣者、咏嘆而爲詩。詩之工拙、才則爲之、而抑揚開闔、紆徐煩數、有自然之節、如金石相和、絲竹迭奏、必適於節而後可以成樂。不如是、雖鏗鍧奮揚、嚾然滿耳、適爲太師笑矣。孟陽之才力、其雄豪跌宕、沈鬱頓挫、足以追配作者、而哀樂所發、長句短章、必合於法度。此其涵泳古人而得之者深也）」。

九　其爲詩主于陶冶性情、耗磨塊壘

ここで錢謙益がいう「性情」とは、公安派のいうところの性靈に近い。「塊壘」は心の奥のわだかまりや不平を指す。錢謙益は「范璽卿詩集序」（『初學集』巻三二）「詩なる者は、志の之く所なり。性靈を陶冶し、景物に流連し、各おの其の言わんと欲する所の者を言うのみ（詩者、志之所之也。陶冶性靈、流連景物、各言其所欲言者而已）」といい、己の眞情をいうものこそが詩であると主張し、古文辭派の模擬剽竊を批判した。「題顧與治偶存稿」（『初學集』巻八五）には「詩の物と爲るは、性情を陶冶し、興會を標擧し、鏘然たること朱弦玉磬の如く、淒然たること焦桐孤竹の如く、惟だ其の觸する所にして、詩は焉に出づ。今の詩を爲る者は、剽賊排比を以て能事と爲し、貧兒の寶を數うるが如く、菜を買うの益きを求むるが如く、是れ豈に復た詩有らんや（詩之爲物、陶冶性情、標擧興會、鏘然如朱弦玉磬、淒然如焦桐孤竹、惟其所觸、而詩出焉。今之爲詩者、以剽賊排比爲能事、如貧兒之數寶、如買菜之求益、是豈復有詩也哉）」とある。こうした「詩言志」の主張は、所謂嘉定四君の間でも共有されていた。唐時升は「其の意氣を發舒し、性情を陶鎔す（發舒其意氣、陶鎔性情）」（『三易集』巻八「與曾長石編修書」）といい、李流芳も「詩の道爲るは、性情に本づく（詩之爲道、本於性情）」（『檀園集』巻七「蔬齋詩序」）と宣言している。程嘉燧の詩文集の中にはこれを明確に述べた文言はないものの、唐時升は「程孟陽詩序」（『松圓浪淘集』巻首、『三易集』巻九）の中で、自身の詩を「其の性靈を陶寫し、光景に留連すること、蓋し亦た少なし（其於陶寫性靈、留連光景、蓋亦少矣）」とした上で、程嘉燧の詩を次のように評している。「而るに孟陽の詩は、皆な其の言わんと欲する所を言い、少き自り白首に至るまで、懽愉慘悴、寥泬不平の思いは、其の詩を讀まば盡く見るべきなり（而孟陽之詩、皆言其所欲言、自少至於白首、懽愉慘悴、寥泬不平之思、讀其詩可盡見也。余以是愧之）」。

一〇　**每遇知己、口吟手揮、纚纚不少休**　この部分は程嘉燧『松圓浪淘集』の「自序」（注四七）に基づいている。

一一　**諳曉音律、分刌合度**　「諳曉音律」は音律に通じていること。「分刌合度」は、『漢書』元帝紀贊の「自度曲、被歌聲、分刌節度、究極幼眇」の「分刌節度」と同じく、節や律を合せることができることをいうのであろう。これに似た表現として、『列朝詩集』丁集巻十七の何良俊「小傳」には「妙解音律、晩畜聲伎、躬自度曲、分刌合度」とある。程嘉燧は早年のころから管弦の巷に出入りしており、音曲に通じていた。

一二　**老師歌叟、一曲動人、燈殘月落、必傳其點拍而後已**　ここでいう「老師・歌叟」とは、「聽曲贈趙五老五首」（『松圓浪淘集』巻六）の趙五老（自注には「太倉の人、名は淮、字は長源、號は瞻雲、醫を善くし、詩を能くす」とある）や「曲中聽黃問琴分韻八首」（『松圓浪淘集』巻九）の黃問琴、「聞歌引、題畫新柳贈歌叟徐四（聞歌の引、新柳に題畫して歌叟徐四に贈る）」（『松圓浪淘集』巻一六）の徐四といった一流の樂師もしくは歌手を指す。「聞歌引題畫新柳贈歌叟徐四」の序文にいう。「南曲は單題の柳を以て冠と爲す。廿年前 金壇の馬曲師に遇いて、曾て其の槩を傳えらる。又た嘗て趙五・黃二の輩の歌を聞く。徐生 廣陵（揚州）に在りて、秋夜此れを歌い、情事感動し、含嚼吐納す。十一月十三、季康（方季康）適たま至り、曲中（南京の妓院）に邀集し、復た此れを唱わんことを請う。曩に作圖を爲すを許され、兼ねて此の引を書す（南曲以單題柳爲冠。廿年前遇金壇馬曲師、曾傳其槩。又嘗聞趙

五・黄二輩歌。徐生在廣陵、秋夜歌此、情事感動、含嚼吐納。十一月十三、季康（揚州の方季康）適至、邀集曲中、復請唱此。曩許爲作圖、兼書此引）」とある。

「傳點拍（歌を他者に口傳すること）」の言葉はその歌に見える。「元詞舊數窺青眼、時曲新翻歌漸罕、閒中着意教人難、聲外加工聽自懶、曾傳點拍麤解聽、江城聞罷空惺惺……（元詞 舊數 窺青眼「題柳」の首句で、南曲中の名曲）、時曲 新翻して 歌漸く罕なり、閒中の着意人に教え難く、聲外の加工は聽きて自ら懶し、曾て點拍を傳えて麤ぼ解聽し、江城 聞き罷りて空しく惺惺……）」とある。また、「聽曲贈趙五老五首」の其三に「翻恨聽時心太切、歸來模得不多聲（一心に歌を聽いていたため、歸ってからなぞろうとしたがうまくいかないのがもどかしい）」とあることからも程嘉燧が歌を暗記しようとしていたことがわかる。

一三　善畫山水、兼工寫生　程嘉燧の畫は李流芳とともに明末の文人畫の代表とされており、自らの畫才を詩にも詠んでいる。「昔年落筆 酒に乘ずること多く、花鳥能く欺く粉墨の工（昔年落筆多乘酒、花鳥能欺粉墨工）」（『松圓浪淘集』巻一六「題墨花蝴蝶」）、「自ら笑う前身は應に畫師なるべし、能く描く露葉と風枝と（自笑前身應畫師、能描露葉與風枝）」（『松圓浪淘集』巻一六「題醉中墨竹」）。なお、吳偉業の七言歌行體からなる「畫中九友歌」（四部叢刊本『吳梅村集』巻一一）は、董其昌・楊文聰・程嘉燧・張學曾・卞文瑜・邵彌・李流芳・王時敏・王鑒の畫を讃えたもので、そこで程嘉燧は「松圓詩老 清謳に通じ、墨莊自ら畫く歸田の游、一犂の黄海（黄山の雲海を指す）春鳩鳴き、長笛倒騎す烏牸牛（松圓詩老淸謳、墨莊自畫歸田游、一犂黄海鳴春鳩、長笛倒騎烏牸牛　孟陽）」と謳われている。

一四　酒闌歌罷、興酣落筆、尺蹏便面、筆墨飛動　程嘉燧「溪堂題畫詩引」（『松圓偈庵集』巻上）には、「酒酣にして興發せば、往往にして筆を吮いて畫きて泉石竹木を爲す。零雜瑣細と雖も、友人好事は爭いて自ら取りて去り、因りて屬するに詩を以てする者も亦た數數なり（酒酣興發、往往吮筆畫爲泉石竹木。雖零雜瑣細、而友人好事爭自取去、因屬以詩者亦數數焉）」とある。

一五　或貽書致幣鄭重請乞、摩挲瑟縮、經歳不能就一紙　「摩挲瑟縮」は手をこすりあわせて引っ込め、やるべきことにぐずぐずと手をつけずにいる状態をいう。程嘉燧「題烟嵐小幅、寄比玉（烟嵐の小幅に題し、比玉に寄す）」（『松圓浪淘集』巻一六）の自注には「前年比玉 塾巾樓に在りしとき「失畫」の四絶句有り、屢しば余に「雪江釣艇」を作らんことを要むるも、未だ作るに暇あらず、此の幅久しく楮中に置く、撿い得て漫寄す（前年比玉在塾巾樓有「失畫」四絶句、屢要余作「雪江釣艇」、未暇作、此幅久置亂楮中、撿得漫寄）」とあり、その詩には「我に寒江に釣絲を畫くを乞うも、祇だ矜愼に緣りて多時に轉ず、村烟嵐翠 人の管する無く、聊か君の失畫詩に償うに準えん（乞我寒江畫釣絲、祇緣矜愼轉多時、村烟嵐翠無人管、聊準償君失畫詩）」とある。これによれば宋珏（字は比玉、一五七六～一六三二）から依頼されていた畫を仕上げるのを延ばし延ばしにして代わりの幅を送ったらしい。また「冷泉亭畫記」（『松圓偈庵集』巻上）には、魯生（嘉定の張崇儒）から求められていた扇畫をかなり經ってから仕上げた經緯が記されている。

一六　嗜古書畫器物、一當意輒解衣傾橐　程嘉燧の書畫愛好や骨董の趣味はいささか度を越していたようである。經濟的には「空齋 愁雨 壁は四懸、囊中 十日 一錢無し（空齋愁雨壁四懸、囊中十日無一錢）」（『松圓浪淘集』巻五「空齋行」）という狀態であったにもかかわらず、畫への執着は強く、自ら「愛畫は宿習餘り、貪り盡す泉石の閟（愛畫餘宿習、貪盡泉石閟）」（『同』巻六「題張伯美畫留通州天寧寺」）、「平生愛畫は苦だ骨に入り、藏乞に緣無く空しく流涎す、衣を解き歌を作りて自ら盤薄し、歸臥僵閣して殘年を終えん（平生愛畫苦入骨、無緣藏乞空流涎、解衣作歌自盤薄、歸臥僵閣終殘年）」（『同』巻一四「雪坡道人畫歌」）と詠むほどであった。友人であった婁堅も「送別孟陽作止奕詩」の序文（『吳歈小草』巻一）で彼の骨董趣味について次のように語っている。「予と孟陽とは皆な學道の志有り、而るに余は法書を好み、又た棋に耽ず、孟陽は古書畫及び鼎彝甑好の器を好み、尤も清歌を喜ぶ、皆な礙無き能わず、嘗て相い與に言う、宜しく先に其の尤を斷つべく、庶幾くは漸減せんことをと（予與孟陽皆有學道之志、而余好法書、又耽於棋、孟陽好古書畫及鼎彝甑好之器、尤喜淸歌、皆不能無礙、嘗相與言宜先斷其尤、庶幾漸減。聊因送別率爾成篇）」。

一七　或以贋售、有相惎者則持之益堅　銭謙益は「書張子石臨蘭亭卷」（『有學集』卷四六）で、程嘉燧在りし日、程が所有する臨本の眞贋をめぐって等慈（生卒年未詳、俗名は銭行道、法名を廣潤といい、等慈はその字。『列朝詩集』閏集卷三に詩が收錄されている。評詩・鑑畫・弈棋・音曲の才があった）と次のようなやりとりがあったことを紹介し、程の人となりを追憶している。「往吾が友程孟陽 汲古に癖多し、常て蘭亭の一紙を寶藏し、坐臥必ず倶にし、以て眞の定武（唐の歐陽詢が臨摸したと傳えられ北宋初期に定武郡で發見された碑の拓本）と爲すなり。等慈長老 拂水に居し、亦た好く蘭亭を觀る。孟陽 端席して几を拂い、鄭重に出だし視しむ。等慈 放の字の一磔（右下への拂い）を指し、以て稍や短と爲す。孟陽 佛然として悅ばず、曰く、「此の放の字の一磔 稍や短きは、蒼鷹の指爪の一縮の如く、萬里を横撃するの勢有り、若し少や展ぶれば、則ち餘力無からん。師老の書家も、尙お此の俗筆を眼底に留めんや」と。辭色倶に厲し、面に赤を發して止まず。余 他語を以て之に間して罷む（往吾友程孟陽汲古多癖、常寶藏蘭亭一紙、坐臥必倶、以爲眞定武也。等慈長老居拂水、亦好觀蘭亭。孟陽端席拂几、鄭重出視。等慈指放字一磔、以爲稍短。孟陽佛然不悅、曰、「此放字一磔稍短、如蒼鷹指爪一縮、有横擊萬里之勢、若少展、則無餘力矣。師老書家、尙留此俗筆于眼底耶」。辭色倶厲、面發赤不止。余以他語間之而罷）」。

一八　有子驕稺、不事生產、經營拮据　「驕稺」は「驕稚」に同じで、他者を見下して幼児扱いすること。「經營拮据」は經濟的に行き詰まること。程嘉燧の子は三人で、士顒、士正、士廸である。そのうち長子の程士顒は字を孝直といい、書や篆刻に優れていたという。銭謙益「題程孝直印譜」(『初學集』巻八五)に「吾友嘉定程嘉燧有子曰士顒、字孝直、善擘窠大書、且志篆籀之學、以所摸印章見眂」とある。しかし、程嘉燧の「寄鮑谿父」(『松圓偈庵集』巻下)によれば、子どもたちは、程嘉燧の心配のたねでもあったらしい。「閒居して梵筴道經を讀むに、轉入處有り。每に清夜平旦廓然として營無きの時、自ら累心の處盡き難きを覺ゆるのみ。杜少陵(杜甫)の詩に云う、「子の賢と愚と有るも、何ぞ其の懷抱に掛けんや」と。淵明(陶淵明)は千載の達人なるも、猶お爾れを免かれず、況んや吾が儕をや。頃ごろ相知の書來りて云う、「次兒稍く勤なるも、治生に苦思す、然れども之を總ぶるに、卑卑として俗と儕しうし、略ぼ志尚無し」と。吾れを以て之を言うに、大兒は迂惰にして、疵病多しと雖も、識量は差較優るるのみ。前に子柔(婁堅)に頻視して兒輩に勸せんことを囑するも、頃ごろ還書に云う、「究竟全て人に由らず、獨だ成虧に命有るのみならずして、卽ち是非も亦た命有り」と。善きかな斯の言、見道に非ずんば此の語を爲す能わず(閒居讀梵筴道經、轉有入處。每清夜平旦廓然無營時、自覺累心處難盡耳。杜少陵詩云、「有子賢與愚、何其掛懷抱」。淵明千載達人、猶不免爾、況於吾儕。頃相知書來云、「次兒稍勤、苦思治生。然總之、卑卑儕俗、略無志尚」。以吾言之、大兒雖迂惰多疵病、識量差較優耳。前囑子柔頻視勸兒輩、頃還書云、究竟全不由人、不獨成虧有命、卽是非亦有命。善乎斯言、非見道不能爲此語)」。

一九　左絃右壺、緣手散去　琴や壺などの身の周りの品を手放すこと。柳宗元「故祕書郎姜君墓志」の「進取に矍矍とせず、驕伉に施施とせず。左弦右壺、樂しみて以て自ら放つ。老いて客死すと雖も、未だ嘗て己を戚まず(不矍矍于進取、不施施于驕伉。左弦右壺、樂以自放。雖老而客死、未嘗戚乎己)」に基づく表現。

二〇　孟陽顧益喜、以爲好事好客稱其家兒、坐是益重困　「稱其家兒」は、その家、その父にふさわしい子の意味。韓愈「殿中少監馬君墓誌」に「幼子は娟好靜秀にして、瑤環瑜珥、蘭の其の牙を茁し、其の家の兒に稱うなり(幼子娟好靜秀、瑤環瑜珥、蘭茁其牙、稱其家兒也）」とある。程嘉燧は「得家書後畫蕠竹偶書」（『松圓浪淘集』巻一六）で「書來りて近ごろ浮香閣に道すと、好事にして貧に甘んずるは父の風有り（書來近道浮香閣、好事甘貧有父風）」と詠んでいる。また、「題蘭譜」（『耦耕堂集』文巻下）は、長子士顒が醉中に書いた墨蘭に題したものだが、息子について次のように述べている。「戊寅、西湖の昭慶の慈受房に住む、考子の弟九月に至り、大兒と與に室を一にす。醉中に墨蘭十七幅を作し、手闌わにして中輟し、竟に未だ署名せず。舊冬又た兩册を寫し、遂に絶筆と爲す。幼き自り書法を指授し、運筆端雅なるも、肯て規規として結體に肖るを求めざるは、蓋し其の人と爲り意を外飾に絶ち、俗に狥うを恥づ、故に終身筆硯に矻矻として、名を成す所無し。然れども其の匠心縱筆の處を細觀せば、則ち其の平日心を古人に用いて神解を自得する者は、躍然として時に豪楮（楮遂良）の間に露わる。每種試みに爲に之を評す、老癡に譽兒の癖有りと笑う勿かれ。庚辰初夏偈庵崇德舍館に書す（戊寅住西湖昭慶慈受房、考子弟九月至、與大兒一室。醉中作墨蘭十七幅、手闌中輟、竟未署名。舊冬又寫兩册、遂爲絶筆。自幼指授書法、運筆端雅、而不肯規規求肖結體、蓋其爲人絶意外飾、恥于狥俗、故終身矻矻筆硯、無所成名。然細觀其匠心縱筆處、則其平日用心于古人而自得於神解者、躍然時露於豪楮之間、每種試爲評之、勿笑老癡有譽兒之癖也。庚辰初夏偈庵書於崇德舍館）」。

二一　**太倉王冏伯常謂孟陽、「世無嚴武、誰識少陵。當今能客孟陽者、海陽顧益卿耳」**　王冏伯は王士騏（一五五四～?）、王世貞の子。萬曆十年（一五八二）の解元（鄉試の首席）で、十七年（一五八九）の進士。吏部員外郎に至った。嚴武は杜甫の後援者で、劍南節度使として杜甫の四川流寓時期を支えたことで有名。顧益卿は、顧養謙（一五三七～一六〇四）、通州（現在の江蘇南通）の人。嘉靖四十四年（一五六五）の進士、戶部郎を授けられ、尙書劉體乾の不興を買って福建僉事に外任となる。廣東參議、雲南僉事、浙江參議、總督薊遼等職を歷任し、戶部侍郎に至った。謚は襄敏。李贄や焦竑などの文士と交遊があった。『列朝詩集』丁集九巻に小傳と詩一首が收錄されている。

「海陽」は通州（北京近くの通州と區別して南通州ともいう）の西周時代の古名。ただし、王士騏がこのように語ったことを示す資料は見當たらない。錢謙益が直接聞いたものか。

二二　渡江寓古寺、與一二酒人酣飲三日夜、賦「詠古五章」、不見益卿而返　『松圓浪淘集』卷六の「咏古五首」は李白や陶淵明など高潔な志を有した歴史上の人物や故事を詠み、自らが布衣であることの氣概を示した詩である。ただし、この詩は『列朝詩集』には收錄されていない。『松圓浪淘集』總目の「咏古卷六」解題には「庚子・辛丑（萬曆二十八・二十九年）」とあり、**注一**の「年譜簡編」は萬曆二十九年（一六〇一）三十七歳の時の作とする。卷六には「風雨」・「咏古五首」・「題張伯美畫留通州天寧寺」が連續して竝べられており、「風雨」詩の題下の自注には「王問伯（王士騏）余をして顧司馬に謁せしめんと欲す、殷丈（殷都、字は無美）適たま邀同して江陰に過ぎる、發つに臨み、風雨ありて寐ねず（王問伯欲余謁顧司馬、殷丈適邀同過江陰、臨發、風雨不寐）」とある。さらに「題張伯美畫留通州天寧寺」詩には「前月扁舟にて來り、江上同に小憇す」と見える。ここでいう通州天寧寺とは、今の江蘇省南通にある唐の咸通年間創建の古寺。以上を總合すると、程嘉燧は王士騏の紹介で通州の顧養謙のところに干謁に赴く途中、風雨のため江陰で足止めされ、その後、江を渡ったものの、そのまま月を越えて通州の天寧寺にいたらしい。

二三　在里中、兄事唐叔達・婁子柔、肩隨後行、不失跬步　唐叔達は唐時升（本書「三七」、一五五一～一六三六）のことで、嘉定の人。『列朝詩集』丁集卷十三之上の程嘉燧の詩篇のすぐ後に「小傳」があり、一百七首の詩が收錄されている。婁子柔は婁堅（本書「三八」、一五六七～一六三一）のことで、同じく嘉定の人。『列朝詩集』では唐時升の後に「小傳」があり、詩四十一首が收錄されている。程嘉燧からみて唐時升は十五歳、婁堅は十二歳年上である。

二四　口語刺刺　刺刺は多言のさま。話をやめないさま。

二五　萬曆戊午、故人方方叔令長治、要之入潞　方方叔は方有度（生卒年未詳）のこと。方叔は字、またの字を方石とも。萬曆四十四年（一六一六）の進士。徽州歙縣羅田の人で程嘉燧と同鄉。程嘉燧の莫逆の友であり、『耦耕堂集』文巻下には「徵仕郎吏科左給事中方君行狀」が収められている。「祭方方石」（『松圓偈庵集』巻下）には「某始めて兄を弱冠の年に識り、繼いで逾いよ親しく、相い與に莫逆なる者三十餘載、晩に兄の官たるに從いて、晨夕に周旋すること六七年、氷雪に追隨すること數千里、休戚の誼は、同氣に等しく、膠漆の分は、殆んど夙緣有り（某始識兄於弱冠之年、繼而逾親、相與莫逆者三十餘載、晩從兄於官、周旋晨夕六七年、追隨氷雪數千里、休戚之誼、等於同氣、膠漆之分、殆有夙緣）」とある。『松圓浪淘集』總目「吳裝十六」の題下注や『松圓偈庵集』巻下「祭唐孟先」によれば、萬曆戊午四十六年（一六一八）、五十四歳の程嘉燧は、春に長治縣令であった方有度の招きを受け、上黨（長治）に赴いている。なお、程嘉燧の最初の詩集である萬曆四十八年刻『浪淘集』（現行の『松圓浪淘集』は崇禎年間の刻）は、方有度によって長治で刻されている。**注七、八、九**に引用した唐時升「程孟陽詩序」および**注三五、三六**の婁堅「書孟陽所刻詩後」はその時に寄せられたものである。

二六　居三年、從方叔入燕　方有度は天啓元年（一六二一）十二月に入覲のため京師に赴き、程嘉燧もそれに同行している。そしてたまたま同時期に京師に居た錢謙益とも交遊している。

二七　祥符王損仲博雅名士、時時過余邸舍、就孟陽談、孟陽未嘗一往也　王損仲は王惟儉（?～一六二六?）を指す。河南祥符（開封）の人。萬曆二十三年（一五九五）の進士。山東の濰縣の知縣を經て、兵部主事となったが、神宗の不興を買い、官籍を削られた。光宗のとき再び出仕して光祿寺丞となり、大理少卿を經て天啓三年（一六二三）に僉都御史、山東巡撫となり、工部右侍郎になったが、魏忠賢一派に陷れられて落職し、歸鄉して沒した。その詩は十一首が『列朝詩集』丁集巻十六に著録されており、その「小傳」は錢謙益が京師にいた頃、彼と親しく交わっていたことを傳えている。「損仲は敏にして學を好み、籍を通じて六載にして、御批もて罷官す。終に神宗の世、二十年起たず、其の間 經史百家の書を盡讀し、修辭汲古するを以てし、斯の世に於いては泊如たり。古書畫器物を好み、典衣擧息（衣を質入れし、利息を拂って借金する）を惜しまず、家藏の饕餮の周鼎・夔龍の夏彝は、皆な一時の名寶なり。客至らば、香を焚き茗を瀹ぎ、經史を商略し、古物を賞玩し、竟日獻酬して、一も凡俗の語無し。人と爲り疏通軒豁にして（さっぱりして明朗で）、口に微詞多く（皮肉屋で）、藝文を評騭し、道學を排擊して、機鋒側出、人堪うる能わず。亦た是れに坐りて仕路の側目するところと爲る。之と與に游びては、易直にして它腸無く（二心がなく）、久しきも替らざるなり。余と長安（北京を指す）に定交し、過從（往き來）甚だ數しばなり（損仲敏而好學、通籍六載、御批罷官。終神宗之世、二十年不起、以其間盡讀經史百家之書、修辭汲古、於斯世泊如也。好古書畫器物、不惜典衣擧息、家藏饕餮周鼎・夔龍夏彝、皆一時名寶。客至、焚香瀹茗、商略經史、賞玩古物、竟日獻酬、無一凡俗語。爲人疏通軒豁、口多微詞、評騭藝文、排擊道學、機鋒側出、人不能堪。亦坐是爲仕路側目。與之游、易直無它腸、久而不替也。與余定交長安、過從甚數）」。

　錢謙益の「贈別方子玄進士序」（『初學集』巻三五）には「余 今年長安に屛居し、賓從は稀簡にして、程處士孟陽・王京兆損仲は其の間を以て相い過從す（余今年屛居長安、賓從稀簡、程處士孟陽・王京兆損仲以其間相過從）」とある。この時期、都での錢謙益は宦官魏忠賢一派の動きを警戒し、人との交際には愼重だったが、程嘉燧や王損仲とは往來があった。しかし、程嘉燧から王損仲のもとに出かけていき干謁を乞うことはなかったようである。

二八　崇禎中、余罷官里居、構耦耕堂于拂水、……修鹿門・南村之樂　「耦耕堂」は錢謙益が程嘉燧と歸隱するために鄉里常熟の拂水山莊に構えた邸宅。程嘉燧の「耦耕堂集自序」（『耦耕堂集』巻首）に「比玉（宋珏）適たま偕にし、銭受之 宋に屬して八分を作して「耦耕堂」と書せしめ、自ら之が記を爲る（比玉適偕、錢受之屬宋作八分書耦耕堂、自爲之記）」とあるように、共通の友人である宋珏が八分書で書した額が掛けられていた。「鹿門」は襄陽の鹿門山で、漢末の隱士龐德公の歸隱の地。「南村」は陶淵明が柴桑の家を火災で失った後、移居した村の名。

錢謙益が「耦耕堂記」（『初學集』巻四五）に「萬曆丁巳の夏、予 幽憂の疾有り。痾を拂水山居に負う。孟陽嘉定從り來り、流連すること旬月。山翠 衣を濕らし、泉流 枕に聒し、相與に顧みて之を樂しみ、遂に棲隱の約有り（萬曆丁巳之夏、予有幽憂之疾。負痾拂水山居。孟陽從嘉定來、流連旬月。山翠濕衣、泉流聒枕、相與顧而樂之、遂有棲隱之約）」というように、二人が歸隱の約束をしたのは、萬曆四十五年（一六一七）のことである。しかし、錢が歸隱を決心したのは、官籍を削られて南歸した後であり、さらに程嘉燧が實際に常熟に移ってきたのは、崇禎三年（一六三〇）四月（程嘉燧「耦耕堂集自序」）である。程嘉燧はそれまでは後述するように方有度とともにあった。

錢謙益の「耦耕堂記」はいう。「天啓中、予 鈎黨の禍に遭いて、除名せられて南に還る。塗中詩を爲りて曰く、「耦耕舊高人と約せり、月を帶びて相看て竝びに鋤を荷わん」と。蓋し疇昔の約を追思し、而して其の踐の蚤からざるを悔ゆるなり。世故推移し、人事牽輓すれば、匹夫の硜硜の節（こちこちで融通の利かぬこと）、自ら固うする能わず。咎譽錯互し、構扇旁午し、殘生は眇然として、絶えざること縷の如し。然れども此れ自り息機摧撞し（氣力や野心を消し去り）、長えに山中の人と爲るを得たり。而して孟陽は我を遐棄せず、惠みて宿諾を顧み、家を移して相い就く。予は夫の迷塗の未だ遠からず、隱居の孤ならざるを深く幸いとするなり。孟陽に請いて、耦耕を以て其の堂に名づく、孟陽笑いて之を許す（天啓中、予遭鈎黨之禍、除名南還。塗中爲詩曰、耦耕舊與高人約、帶月相看竝荷鋤。蓋追思疇昔之約、而悔其踐之不蚤也。世故推移、人事牽輓、匹夫硜硜之節、不能自固。咎譽錯互、構扇旁午、殘生眇然、不絕如縷。然自此得以息機摧撞、長爲山中之人。而孟陽不我遐棄、惠顧宿諾、移家相就。予深幸夫迷塗之未遠、而隱居之不

孤也。請於孟陽、以耦耕名其堂、孟陽笑而許之)」。

なお、同じく「耦耕堂記」には、「予の交りを孟陽に得るや、實に長蘅を以てす。長蘅は予と偕に公車に上る。嘗て歎息して予に謂う、吾が兩人は才力識趣同じからざるも、其の友朋を好み讀書を嗜む(この)は則ち一なり。他日 世事麤(ほぼおわ)了らば、室を山中に築き、衣食幷びに給し、文史互いに貯え、通人高士の孟陽の輩の流の如きを招延し、淵明の南邨の詩を髣髴し、相い與に皇虞を詠歌し、讀書して終老せん、是れ以て樂しみて死を忘るべからざらんやと(予之得交於孟陽也、實以長蘅。長蘅與予偕上公車。嘗歎息謂予、吾兩人才力識趣不同、其好友朋而嗜讀書則一也。他日世事麤了、築室山中、衣食幷給、文史互貯、招延通人高士如孟陽輩流、髣髴淵明南邨之詩、相與詠歌皇虞、讀書終老、是不可以樂而忘死乎)」とあるように、そもそも程嘉燧との隱遁を言いだしたのは、科擧受驗のために北京に滯在していた李流芳(字は長蘅、『列朝詩集』丁集卷十三之下、一五七五~一六二九)であった。程嘉燧の耦耕堂への移居は、李流芳の沒した翌年である。

耦耕堂のしつらえや、後に風水師の助言に從ってそこを墓地とするために堂を移築したことについては、錢謙益「耦耕堂詩序」(『耦耕堂集』卷首、『有學集』卷一八)に詳しい。「耦耕は虞山の西麓の下に在り、余と孟陽の讀書結隱の地なり。天啓の初め、孟陽 澤・潞自り歸り、余と偕に拂水に棲む。磵泉活活として屋に循じて下り、春水怒生し、懸流噴激す。孟陽 之を樂しみ、亭を爲りて以て磵の右に踞せしめ、之に顏して聞詠と曰う。又た長廊を爲りて以て北山に面せしむ。行吟坐臥、皆に山と接す。朝陽榭・秋水閣次第に落成す。是に於いて耦耕堂の名は、遂に孟陽に假りて以て四方に聞こゆ。既にして形家の言に從いて斥して墓田と爲し、明發堂を西偏に作り、而して耦耕堂を丙舍に徙して以て孟陽を招き、廬居 屋を比(なら)べ、晨夕晤言し、其の游從は最も密爲り(耦耕在虞山西麓下、余與孟陽讀書結隱之地也。天啓初、孟陽歸自澤・潞、偕余棲拂水。磵泉活活循屋下、春水怒生、懸流噴激、孟陽樂之。爲亭以踞

磵右、顏之曰聞詠。又爲長廊以面北山、行吟坐臥、皆與山接。朝陽榭・秋水閣次第落成。於是耦耕堂之名、遂假孟陽以聞於四方。旣而從形家言斥爲墓田、作明發堂于西偏、而徙耦耕堂于丙舍以招孟陽、廬居比屋、晨夕晤言、其游從爲最密）」。

なお程嘉燧と錢との生涯にわたる交遊について論じた日本語の論文として、大木康「錢謙益と程嘉燧」（『東方學』第一三六輯、二〇一八）がある。

二九　後先十年、辛巳春、孟陽將歸新安　程嘉燧は耦耕堂に移った後、ずっとそこに留まっていたわけではなく、嘉定との間を行き來していた。しかも、崇禎十年から十一年にかけて錢謙益は逮捕されて京師の獄に在った。その後、二人の歸隱は崇禎十三年（一六四〇）を以て終了し、翌年、程嘉燧は本貫である新安に歸った。錢謙益「耦耕堂集序」にいう。「此の集は則ち天啓自り崇禎に迄（いた）るまでの拂水卜居松圓終老の作なり。總じて之に名づけて耦耕と曰う者は、孟陽の志なり。余 孟陽と與に相い耦耕に依る者前後十有餘載（こと）なり。孟陽 新安に歸り、余は遂に彳亍（てきちょく）して（そこにとどまって）里居す。羽書旁午し、師命促數（そくさく）たり（世は、急を告げる軍書や軍命がしきりに飛び交っていた）。歲時に展省し、一再 山中に至り、所謂耦耕堂なる者を視るに、已に邈然として傳舍の如し（此集則自天啓迄崇禎拂水卜居松圓終老之作。總而名之曰耦耕者、孟陽之志也。余與孟陽相依于耦耕者前後十有餘載、孟陽歸新安、余遂彳亍里居。羽書旁午、師命促數。歲時展省、一再至山中、視所謂耦耕堂者、已邈然如傳舍矣）」。なお、陳寅恪は、程嘉燧が錢謙益のもとを去った直接の原因は、錢謙益が常熟城内の半野堂に愛妾柳如是を納れたことだとする（『柳如是別傳』五一九〜五三〇頁參照）。

三〇　余先遊黃山、訪松圓故居、……推篷夜語、泫然而別　二人の別れとその後の一度の再會について、程嘉燧の「耦耕堂集自序」（『耦耕堂集』卷首）は次のようにいう。「庚辰（崇禎十三年、一六四〇）春、主人（錢謙益）居を移して城に入る。予は將に新安に歸らんとし、仲冬 半野堂を過ぎり、方に文酒の燕有り。留連惜別、欣慨交ごも集まり、且つ偕に黄山に遊ばんことを約するも、予は適たま期に後る。辛巳春、受之 松圓の山居を過り、詩を壁上に題す、歸舟相い桐江に値い、篝燈すること永夕、泫然として（涙ながらに）別る（庚辰春、主人移居入城。予將歸新安、仲冬過半野堂、方有文酒之燕。留連惜別、欣慨交集、且約偕遊黄山、而予適後期。辛巳春、受之過松圓山居、題詩壁上、歸舟相値於桐江、篝燈永夕、泫然而別）」。銭謙益の「耦耕堂集序」にも「辛巳（崇禎十四年、一六四一）春、黄山に游ぶを約するも、首塗差池す、歸舟 孟陽に桐江に値い、篝燈夜談、質明に分手す、遂に泫然として長別を爲す（辛巳春、約游黄山、首塗差池、歸舟値孟陽於桐江、篝燈夜談、質明分手、遂泫然爲長別矣）」とある。

なお、このとき銭謙益が程嘉燧の留守中の山居の壁に残した詩とは「訪孟陽長翰山居壁代簡」（『初學集』巻一九）であり、程嘉燧が桐廬まで銭謙益を追いかけて作ったのが「辛巳三月廿四日未至桐廬廿里、老錢在官舫揚帆順流東下。余喚小漁艇絶流從之同宿新店、示黄山新詩、且聞曾至余家有題壁詩次韻一首」（『耦耕堂集』詩巻下）である。「題歸舟漫興冊」（『耦耕堂集』文巻下）には、この時の二人の再會がより詳しく記されている。「余 三月一日始めて舟に入り、望日湖上に至り、將に陸行して之に從わんとするに、忽ち歸耗を傳えられ、遂に江を溯りて之を逆え、猶お一遇せんことを冀う。未だ桐廬に至らざること二十里、官舫の兩舸を挾み帆を揚げ江を蔽いて下るを見る。余 漁艇に駕して流れを截りて之を溯り、相い見て一笑す。隨いて收むる所の汪長馭史の家の王蒙「九峰圖」及び楡村・程因可・王維の「江雪」巻を出して同に觀て、竝びに余に黄山紀游の諸詩を示す。讀むこと未だ半ばならずして風雨驟かに至り、欹帆側柁し、雲物晦冥なりて、溪山色を改む。因りて錢塘の梁娃貽る所の關中桑落（酒の名）を發き、共に之を斟酌す、覺えずして暮迫り、新店に同宿す、富陽を下ること遠からず。老錢曾て獨り長翰の山居を訪い、詩を松圓閣の壁に留め、松を舊宅の旁に看て、南山の塢由り徑を取りて去るを知れり（余三月一日始入舟、望日至湖上、將陸行從之、而忽傳歸耗、遂溯江逆之、猶冀一遇也。未至桐廬二十里、見官舫挾兩舸揚帆蔽江而下。余駕

漁艇截流溯之、相見一笑。隨出所收汪長馭史家王蒙「九峰圖」及楡村程因可王維「江雪」卷同觀、竝示余黄山紀游諸詩。讀未半而風雨驟至、欹帆側柁、雲物晦冥、溪山改色。因發錢塘梁娃所貽關中桑落、共斟酌之、不覺迫暮、同宿新店、下富陽不遠矣。知老錢曾獨訪長翰山居、留詩松圓閣壁、看松於舊宅之旁、由南山塢取徑而)」。

三一　又明年、癸未十二月、孟陽卒於新安、年七十有九　錢謙益「耦耕堂詩序」（『有學集』卷一八）の冒頭に「崇禎癸未（十六年）十二月友孟陽卒於新安之長翰山」とある。

三二　卒之前一月、爲余序『初學集』　程嘉燧は錢謙益の委囑をうけて、崇禎十六年（一六四三）冬至に「錢牧齋初學集序」（『耦耕堂集文卷』卷上）を執筆している。そこには「歲癸未冬、海虞瞿稼軒刻其師牧齋先生『初學集』一百卷既成」で始まり、末尾には「冬月長至後、新安布衣友人程嘉燧述於松圓山居」と署されている。

三三　逾年而有甲申三月之事、銘旌大書曰明處士某、豈不幸哉　「甲申三月之事」とは、崇禎十七年（一六四四）の甲申の變を指す。この年三月、李自成は北京に入城し、崇禎帝は宮城北の煤山で自縊、明朝が滅亡した。その前年に歿した程嘉燧が「明の處士」として葬られたのは幸いであったと錢謙益はいうのである。

三四　晚尤深『老』・『莊』・『荀』・『列』・『楞嚴』諸書　程嘉燧の「唐叔達詠物詩序」（『松圓偈庵集』卷上）には、『荀子』『莊子』『列子』についての言及がある。「頃歲 嘗て書を武昌より寓せらる、余の荀卿の書を讀むを聞きて、遙かに相い謂いて曰く、「吾と君とは皆に老いて、世に用うる所無く、莊周（『莊子』）・列禦寇（『列子』）の微言を味わいて以て養生し、以て其の天の年を全うするに如かず」と（頃歲嘗寓書武昌、聞余好讀荀卿之書、遙相謂曰、「吾與君皆老矣、無所用於世、不若味莊周・列禦寇之微言以養生、以全其天年」）」。

『楞嚴』とは、華嚴宗の重要經典『楞嚴經』を指す。明末、文人の間に流行した。たとえば、錢謙益も『大佛頂首楞嚴經疏解蒙鈔』を著している。『松圓浪淘集』總目の雪浪卷九の題下には「丙午（萬曆三十四年、一六〇六）

夏、雪浪恩公の『楞嚴經』を惠山の河滸庵に談ずるに從う。……十月、雪浪師 資善寺に來たりて『圓覺』・『金剛』の諸經を講ず（丙午夏、從雪浪恩公談『楞嚴經』于惠山河滸庵。……十月、雪浪師來資善寺講『圓覺』・『金剛』諸經）」とある。雪浪師とは當時の華嚴大師であった雪浪洪恩（一五四五～一六〇八）のことで、程嘉燧は四十二歳のときに直接、『楞嚴經』について教えを受けている。雪浪の墓誌銘は銭謙益が書いており（『初學集』巻六九「華山雪浪大師塔銘」）、兩者とも晩年は佛教を研究していた。なお、『黄山志定本』巻二人物志四上の程嘉燧傳には「辛巳 新安に歸り、適たま惠藩 一齋律師を送りて雲谷に赴くに、遂に裹糧して座下に皈心す。法名は海能、長齋持戒すること、一に老衲の如し、癸未の年卒す（辛巳歸新安、適惠藩送一齋律師赴雲谷、遂裹糧皈心座下、法名海能、長齋持戒、一如老衲、癸未年卒）」とある。程嘉燧は海能という釋名を有していたらしい。

三五　其詩以唐人爲宗、熟精李・杜二家、深悟剽賊比擬之謬　程嘉燧は反古文辭ということになっているが、婁堅「書孟陽所刻詩後」（『松圓浪淘集』巻首、『學古緒言』巻二五）によれば、若い頃には唐詩を學んで古文辭派に傾倒し、李夢陽を高く評價していたらしい。「孟陽少くして喜んで詩を爲り、古人の遺編に於いては所として窺わざるは無く、而して尤も少陵の作を愛し、其れ今に在り、嘗て李獻吉は規規として摹擬すと雖も、才氣は實に餘人の及ぶ所に非ずと稱するなり（孟陽少喜爲詩、於古人之遺編無所不窺、而尤愛少陵之作、其在於今、嘗稱李獻吉雖規規摹擬、而才氣實非餘人所及也）」。しかし、晩年の程嘉燧は「程茂桓詩序」（『耦耕堂集文巻』上）に見られるように、古文辭の模擬剽竊を批判するようになっている。「李長沙の懷麓堂の詩 新安に刻され、卓然として詩家の正泒なるに、後生 之を見る者有るは罕なり。蓋し詩の學は何・李自り變じ、聲調を摹擬するに務む、所謂矜氣を以て之を作る者なり。鍾・譚自り晦なりて、僻澀蒙昧に竟る、所謂昏氣を以て之を出だす者なり（李長沙懷麓堂詩刻於新安、卓然詩家正泒、而後生罕有見之者。蓋詩之學自何・李而變、務于摹擬聲調、所謂以矜氣作之者也。自鍾・譚而晦、竟于僻澀蒙昧、所謂以昏氣出之者也）」。

三六　七言今體約而之隨州、七言古詩放而之眉山　婁堅「書孟陽所刻詩後」（『松圓浪淘集』巻首、『學古緒言』巻二五）は、當初、唐詩を學び古文辭に傾倒していた程嘉燧が、中年以降に北宋の蘇東坡や中唐の劉隨州（長卿）を愛好するようになったことについて、次のように述べている。「甫めて冠し、卽ち經生の學を棄て去り、而して一意もて古の詩文を讀み、之を久しくして豁然として、上は漢魏自り、下は北宋の諸作者に逮ぶまで、其の詣る所を窮めざるは靡し。蘇長公に至りては往往にして或いは其の體に斅い、或いは其の韻に次し、將に之と竝驚せんとするが若き者は、壯に比びて且に衰えんとす。其の七言近體を爲りては、淸切深穩を以て主と爲し、蓋し之を劉隨州に得ること多と爲す（甫冠、卽棄去經生之學、而一意讀古詩文、久之豁然、上自漢魏、下逮北宋諸作者、靡不窮其所詣。至蘇長公、往往或斅其體、或次其韻、若將與之竝驚者、比壯且衰。其爲七言近體、以淸切深穩爲主、蓋得之劉隨州爲多）」。

なお、王士禛『漁洋詩話』巻下は程嘉燧の詩について、「明末の七言律詩に兩派有り。一は陳大樽（陳子龍）爲り、一は程松圓爲り。……松圓は劉文房（劉長卿）・韓君平（韓翃）を學び、又た時時陸務觀に染指す」と述べている。

三七　盡覽『中州』・遺山・道園及國朝青田・海叟・西涯之詩　『中州集』十巻、樂府一巻は、金の元好問が金滅亡後に編纂した金詩の總集。別名『翰苑英華中州集』または『中州鼓吹翰苑英華集』ともいう。**注三八**のように、程嘉燧には『中州集』の選集（佚）があった。「遺山」は金の元好問、「道園」は元の虞集の號である。「靑田」は劉基（本書「三二」）、「海叟」は袁凱、「西涯」は李東陽（本書「九」）の號。ちなみに『小傳』評點本は「靑田」を「靑丘（高啓）」に改めているが、崇禎年間に刻された『耦耕堂集』附錄の「程嘉燧小傳」も「靑田」に作っており、錢陸燦が「靑丘（高啓）」としたのは無用な訂正といえる。管見の及ぶところ、程嘉燧が高啓について論じたものはない。

一方、劉基についての程嘉燧の批評は、『列朝詩集』に殘っている。すなわち甲集前編巻二劉基の「感時述事十首」の評に「程孟陽曰く、感時の十首は、詩史と謂うべし、杜老に追配し、典重は元・白に邁ぐと（程孟陽曰、感時十首、可謂詩史、追配杜老、典重邁元・白）」といい、「二鬼」詩の評に「程孟陽曰く、公の樂府は太白（李白）・少陵（杜甫）に似ること多く、間ま張文昌（張籍）・王仲初（王建）を學ぶ、此れ又た盧仝・馬異の間に在りて、奇怪は直だ昌黎（韓愈）を彷彿すと（程孟陽曰、公樂府多似太白・少陵、間學張文昌・王仲初、此又在盧仝・馬異間、奇怪直彷彿昌黎矣）」とある。

袁凱については、『列朝詩集』甲集巻二の袁凱「小傳」に「孟陽曰く、海叟の詩は氣骨高妙、天然にして雕飾を去り、天容道貌にして、之れに卽くに冷然たり。「古意」二十首は、高古激越にして、一代を雄視す。七言古詩は、筆力豪宕にして、意に如かざるは鮮し。七言律詩は、宋・元自り來かた杜を學びて未だ叟の自然の如き者有らず、野逸玄澹、疏蕩傲兀にして、往往にして老杜の興會を得たり。空同（李夢陽）の諸公は全く此れを悟らず。七言絶句は、率易に古樂府に似るに似て、亦た是れ老杜の法脈なりと（「孟陽曰、海叟詩氣骨高妙、天然去雕飾、天容道貌、卽之冷然。「古意」二十首、高古激越、雄視一代。七言古詩、筆力豪宕、鮮不如意。七言律詩、自宋元來學杜未有如叟之自然者、野逸玄澹、疏蕩傲兀、往往得老杜興會。空同諸公全不悟此。七言絶句、似乎率易似古樂府、亦是老杜法脈）」という。

西涯すなわち李東陽については、程嘉燧は注三五の「程茂桓詩序」（『耦耕堂集文巻』上）に見えるように、特に高く評價している。銭謙益「題懷麓堂詩鈔」（『初學集』巻八三）もまた、李東陽再評價の氣運が程嘉燧から興ったことについて次のように論じている。「弘・正間、北地の李獻吉は老杜を臨摹し、槎牙兀傲の詞を爲り、以て前人を訾謷す。西涯 館閣に在りて、盛名を負うも、遂に其の掩蓋する所と爲る。孟陽は百五十年の後に生まれて、西涯の詩集を搜別し、其の眉目を洗刷し、其の意匠を發揮し、是に於いて西涯の詩、復た生面を開く。譬うるに張文

昌の兩眼 物を見ざること已に久しく、一旦眸子清朗たりて、歷歷として城南の舊遊（張籍がかつて眼病を罹い、のちに恢復したことは、韓愈「遊城南十六首、贈張十八助敎」に「喜君眸子重清朗、攜手城南歷舊遊」と詠まれている）を見るが如く、豈に一大快に非らざらんや。近代の詩病、其の證 凡そ三變す、宋・元の窠臼に沿いて、章を排し句を儷べ、支綴蹈襲するは、此れ弱病なり。唐・『選』（唐詩や『文選』）の餘藩を剽き、生呑活剝し、叫號隳突するは、此れ狂病なり。郊・島（孟郊・賈島）の旁門を捜り、蠅聲蚓竅、晦昧結愲なるは、此れ鬼病なり。弱病を救う者は、必ず狂に之き、狂病を救う者は、必ず鬼に之く。傳染日び深く、膏肓の病は日び甚だし。孟陽は惡疾沈痼の後に於いて、西涯の詩を出だし以て之を療して曰く、此れ引年の藥物にして、亦た攻毒の箴砭なりと。其の用心良に亦た苦し。孟陽の論詩は、近代に在りては直だ是れ開闢の手なり。世を擧げて悠悠たること、所謂親しく揚子雲の祿位容貌を見るに、人を動かす能わず、其の孰か從りて之を信ぜんや。一喟すべきなり。癸未夏日書す（弘・正間、北地李獻吉臨摹老杜、爲槎牙兀傲之詞、以訾謷前人。西涯在館閣、負盛名、遂爲其所掩蓋。孟陽生百五十年之後、搜別西涯詩集、洗刷其眉目、發揮其意匠、於是西涯之詩、復開生面。譬如張文昌兩眼不見物已久、一旦眸子清朗、歷歷見城南舊遊、豈非一大快耶。近代詩病、其證凡三變、沿宋・元之窠臼、排章儷句、支綴蹈襲、此弱病也。剽唐・『選』之餘藩、生呑活剝、叫號隳突、此狂病也。搜郊・島之旁門、蠅聲蚓竅、晦昧結愲、此鬼病也。救弱病者、必之乎狂、救狂病者、必之乎鬼。傳染日深、膏肓之病日甚。孟陽於惡疾沈痼之後、出西涯之詩以療之曰、此引年之藥物、亦攻毒之箴砭也。其用心良亦苦矣。孟陽論詩、在近代直是開闢手。擧世悠悠、所謂親見揚子雲祿位容貌、不能動人、其孰從而信之。可一喟也。癸未夏日書）」。

なお『列朝詩集』李東陽「小傳」（本書「九」）にも「吾が友程孟陽『懷麓』の詩を讀みて、之が爲に其の指意を摘發し、其の眉宇を洗刷す。百五十年の後、西涯の一派煥然として復び生面を開き、而して空同の雲霧、漸次解駮するは、孟陽の力なり（吾友程孟陽讀『懷麓』之詩、爲之摘發其指意、洗刷其眉宇、百五十年之後、西涯一派煥然復開生面、而空同之雲霧、漸次解駮、孟陽之力也）」とある。

このほか、錢謙益は「書李文正公手書東祀錄略卷後」（『初學集』卷八三）において、李東陽西涯の詩が杜甫・劉長卿・白居易に基づき、蘇軾・虞集に追尾するものであることにも言及している。「國初の文は、金華（宋濂）・烏傷（蘇伯衡）を以て宗と爲し、詩は青丘（高啓）・青田（劉基）を以て宗と爲す。永樂以還は、少しく衰靡し、西涯に至りて一振す。西涯の文は、倫有り脊有り、臺閣の體を失わず。詩は則ち少陵（杜甫）・隨州（劉長卿）・香山（白居易）に原本し以て宋の眉山（蘇軾）・元の道園（虞集）を追い、兼綜して之を互出す。……西涯の詩は、少陵有り、隨州有り、香山有り、眉山・道園有り、要は其の自ら西涯爲る者は、宛然として在るなり（國初之文、以金華・烏傷爲宗、詩以青丘・青田爲宗。永樂以還、少衰靡矣、至西涯而一振。西涯之文、有倫有脊、不失臺閣之體。詩則原本少陵・隨州・香山以追宋之眉山・元之道園、兼綜而互出之。……西涯之詩、有少陵、有隨州、有香山、有眉山・道園、要其自爲西涯者、宛然在也）」。

三八　**老眼無花、炤見古人心髓、……而迥別於近代之俗學者**　この部分の議論は錢謙益「題中州集鈔」（『初學集』卷八三）に基づいている。これは程嘉燧が編纂した『中州集』の選集（佚）についての題跋であるが、この文で錢謙益は程嘉燧が『中州集』に注目した先見の明を讃えている。「元遺山『中州集』十卷を編み、孟陽手づから其の尤も雋なる者を鈔すること若干篇、因りて爲に其の篇章の句法を抉擿し、其の繇（よ）りて來たる所を指陳し、以て志を同じうする者に示す。蓋し靖康の難自り、中國の文章載籍、梱載されて金源（金國）に入り、一時の豪俊、遂に師承する所を得、咸な兩蘇に規摹し、上は三唐に泝るを知り、各おの一家の言を成し、一代の音を備う。而して勝國（元朝）の詞翰の盛も、亦た此に嚆矢す。孟陽は老眼に花無く、能く古人の心髓を昭見す、汗青漫漶、丹粉凋殘の後に於いて、獨だ中州の諸老に於いて千載の知己爲るのみならずして、後生の斯（ここ）に志有る者も、亦た以て師を得べ

し（元遺山編『中州集』十卷、孟陽手鈔其尤雋者若干篇、因爲抉擿其篇章句法、指陳其所繇來、以示同志者。蓋自靖康之難、中國文章載籍、梱載入全源、一時豪俊、遂得所師承、咸知規摹兩蘇、上泝三唐、各成一家之言、備一代之音。而勝國詞翰之盛、亦嚆矢於此。孟陽老眼無花、能昭見古人心髓、於汗青漫漶、丹粉凋殘之後、不獨于中州諸老爲千載之知己、而後生之有志於斯者、亦可以得師矣）」。

なお、『列朝詩集』の體裁が『中州集』のそれに倣っていることについては、野村鮎子「『列朝詩集』體例考――『中州集』との比較から」（『奈良女子大學文學部　研究教育年報』一五號、二〇一八）を參照されたい。

三九　於是乎王・李之雲霧盡掃、後生之心眼一開　同樣の表現は李東陽の「小傳」にも見える。**注三七**參照。ただし、程嘉燧には王（世貞）を個人的に攻撃した事實はない。程嘉燧は平時から亡父が「身ら約に居るも、安くにか一日弇州先生に從いて游ぶを得れば、卽ち死すとも恨みず（身居約、安得一日從弇州先生游、卽死不恨）」といっていたことを思い、二十五歲のとき唐時升を通じて父の墓誌銘の執筆を王世貞に委囑している（**注四**參照）。また、『松圓浪淘集』卷一には王世貞の弇園に遊んだ際の詩も見える。墓誌銘執筆の翌年、王世貞は沒したが、その子である王士騏との交遊は續いていた。ここで程嘉燧によって「王・李之雲霧盡掃」となったというのは錢謙益の誇張である。

四〇　洗眉刮目、鉤營致魂　「洗眉刮目」は洗刮眉目に同じ。すっきりと眼目が洗い清められること、「鉤營致魂」は鉤營魂に同じ。「鉤致」は鉤でひっかけるようにたぐり寄せること、「營魂」は魂魄。

四一　心花怒生、背汗交浹　「心花怒生」は心花怒發、心花怒放に同じ。喜びがこみ上げることの形容。「背汗交浹」は汗流浹背、浹背汗流に同じ。慚愧や後悔のために汗が出ること。

四二　一二三朋儕、各有諷詠、……審諦推敲、必匠意而後止　程嘉燧が自分の詩作だけでなく、友人の詩作についても遠慮のない批評を行っていたことは、「徐孺穀繡虎軒遺稿序」（『耦耕堂文卷』上）からも窺うことができる。「乙巳長夏、君盡く其の詩を出だして、予をして一一之が爲に之を詆訶せしむ、君未だ嘗て快然として掌を拊たずんばあらず（乙巳長夏、君盡出其詩、使予一一爲之詆訶之、君未嘗不快然拊掌也）」。また、銭謙貞が作った程嘉燧の挽詩にも「長言和かなること瓊瑤の貴に比し、隻字の評は衮鉞の難の如し（長言和比瓊瑤貴、隻字評如衮鉞難）」（『列朝詩集』丁集巻十三下銭謙貞「程孟陽挽詞二首次夕公韻」）とあり、その自注には「孟陽に余の自敍の排韻に和する有り、又た生平輕がろしく人を許可せず、拙なき詩を詠ずるを評する毎に、奬借過當なり（孟陽有和余自敍排韻、又生平不輕許可人、毎評詠拙詩、奬借過當）」と見える。

四三　元裕之論溪南詩老云

「溪南詩老」は金の詩人辛愿（生卒未詳）、字は敬之、福昌の人で、自ら女幾野人と號した。この部分は、『中州集』巻一〇溪南詩老辛愿の小傳からの引用だが、ここでは銭謙益の程嘉燧評が含まれる「題中州集鈔」（『初學集』巻八三）を紹介しておく。「遺山論溪南詩老辛愿曰、「敬之業專而心敏、敢以是非白黑自任。讀諸人之詩、必爲之探源委、發凡例、解絡脈、審音節、辨清濁、權輕重。片善不掩、微纇必指、如老吏斷獄、文峻網密、絲毫不相貸。如衲僧得正法眼、徴詰開示、幾於截斷衆流。同志中有公鑒而無姑息者、必以敬之爲稱首」。遺山題『中州集』後云、「愛殺溪南辛老子、相從何止十年遲」。遺山上下百年、尙論一代風雅、而獨津津於一老、豈徒然哉。吾觀孟陽、殆無愧於斯人。而余之言、不能如遺山之推辛老、使天下信而徴之、則余之有媿遺山多矣。癸未夏日、書於王粲軒（遺山　溪南詩老辛愿を論じて曰く、「敬之は業〔學問〕專らにして心敏なり、敢て是非白黑を以て自任す。諸人の詩を讀む毎に、必ず之れが爲に源委を探り、凡例を發き、絡脈を解き、音節を審らかにし、清濁を辨ち、輕重を權る。片善も掩わず、微纇は必ず指し、老吏の斷獄の、文峻網密にして、絲毫も相い貸さざるが如し。衲僧の正法眼を得て、徴詰開示し、衆流を截斷するに幾きが如し。同志中に公鑒にして姑息無き者有れば、必ず敬之を以て稱首と爲す」と。遺山『中州集』の後に題して云う、「愛殺す溪南の辛老子、相い從うこと何ぞ十年の遲きに止まらんや」と。遺山は上下百年、尙お一代の風雅を論ずるに、獨り一老に津津たるは、豈に徒然ならんや。吾 孟陽を觀るに、殆んど斯の人に愧づる無し。而して余の言は、遺山の辛老を推すが如きこと能わず、使し天下信じて之を徵せば、則ち余の遺山に媿づる有ること多し。癸未夏日、王粲軒に書す)」。

四四　遺山題『中州集』後云、「愛殺溪南辛老子、相從何止十年遲」　この句の出典は『遺山集』巻一三「自題中州集後五首」の其四「文章得失寸心知、千古朱弦屬子期、愛殺溪南辛老子、相從何止十年遲（文章の得失 寸心知り、千古の朱弦 子期に屬す、溪南の辛老子、相い從うこと何ぞ十年の遲きに止まらんや）」である。

四五　余故援中州之例、諡之曰松圓詩老　「松圓詩老」とは『中州集』が辛愿を「溪南詩老」と呼んだのに倣ったものである。松圓は程嘉燧の號であり、歸隱した長翰山の居を松圓閣という。錢謙益は「姚叔祥過明發堂共論近代詞人戲作絶句十六首」（『初學集』巻一七）其一においても、元好問と辛愿の關係を自らと程嘉燧の關係に擬えて次のように詠じている。「姚叟の論文は更に疑わず、孟陽の詩律は是れ吾が師、溪南詩老 今は程老、低頭を怪しむ莫かれ 元裕之（姚叟論文更不疑、孟陽詩律是吾師、溪南詩老今程老、莫怪低頭元裕之）」。その自注に「元裕之謂う、辛敬之の論詩は法吏の獄を斷ずる如く、衲僧の正法眼を得るが如し。吾れ孟陽に於いて亦た云り（元裕之謂辛敬之論詩如法吏斷獄、如衲僧得正法眼。吾於孟陽亦云）」とある。

なお、錢謙益が程嘉燧を高く評價し、「詩老」と敬稱で呼んだことについては、後世批判もある。その先鋒は朱彝尊で、彼は『靜志居詩話』巻一八「程嘉燧」で次のように述べている。「孟陽の格調は卑卑にして、才は庸にして氣は弱し。近體は古風より多く、七律は五律より多し。此くの如きの伎倆は、三家邨の夫子（僻村の先生）をして、誦して兎園册（塾で使う通俗書）を百翻せしむれば、卽ち優に之を爲し、奚ぞ必ずしも「讀書萬卷を破らん」や。蒙叟（錢謙益）は深く何・李・王・李の流派を懲らしめ、乃ち明三百年中に於いて特に之を尊びて詩老と爲す。

六朝の人の語に云う、「荷を持ちて柱と作さんと欲するも、荷弱くして梁に勝えず、荷を持ちて鏡と作さんと欲するも、荷は暗くして本と光無し」（江從簡「采荷調」）と。是れに類する毋きを得んや（孟陽格調卑卑、才庸氣弱。近體多於古風、七律多於五律。如此伎倆、令三家邨夫子、誦百翻兔園册、即優爲之、奚必「讀書破萬卷」乎。蒙叟深懲何・李・王・李流派、乃於明三百年中特尊之爲詩老。六朝人語云、「欲持荷作柱、荷弱不勝梁、欲持荷作鏡、荷暗本無光」。得毋類是與）」。

四六　庶幾千百世而下、有知吾孟陽如裕之者　錢謙益が自らを元好問に擬えたことについて、王應奎『柳南隨筆』巻四は次のように評している。「錢宗伯　古人の詩に於いては極めて元裕之を推す、今人の詩に於いては極めて程孟陽を推す、皆な未だ過當なるを免かれず。余嘗て家の次山兄峻と與に之に言及す、次山云う、「裕之を推す者、蓋し宗伯既に本朝に入ること、亦た裕之の金國の鉅儒なるを以て、知を元の世祖に受くるが如きに因ればなり。宗伯晩節既に墜ち、殆んど野史亭（元好問の亭名）に借りて以て自ら文らんと欲するのみ。孟陽に于ける若きは、乃ち其の師承の自る所にして、之を推すこと過ぎたりと雖も、亦た原本を忘れざるを見る」と。余深く以て知言と爲すと云う（錢宗伯於古人詩極推元裕之、於今人詩極推程孟陽、皆未免過當。余嘗與家次山兄峻言及之、次山云、「推裕之者、蓋因宗伯既入本朝、亦如裕之以金國鉅儒、而受知于元世祖也。宗伯晩節既墜、殆欲借野史亭以自文耳。若于孟陽、乃其師承所自、推之雖過、亦見不忘原本」。余深以爲知言云）」。

四七　『浪淘集』自序　ここには、程嘉燧『松圓浪淘集』巻首「自序浪淘集」の全文が引用されている。なお、自序の日付は萬曆戊午四十六年（一六一八）冬となっているが、實際に『浪淘集』が刻されたのは、萬曆四十八年（一六二〇）で、長治縣令の方有度（**注二五**）の助力によるものである。

四八　「吾憂若詩牢錮藏識、奈何」　『松圓浪淘集』巻首「自序浪淘集」では牢錮の下に「子」の字がある。それに從うならば、訓讀は「吾れ若の詩の子の藏識に牢錮なるを憂う、奈何」（私は君の詩があなたの藏識に固く閉じ込められているのが心配だが、どうだろうね）となる。「藏識」は佛敎でいう八識の中の一つで、阿頼耶識（あらやしき）とも。すべての根底となる識で、表に出ないもの。

四九　壬子二月、武昌回、與瞿起田同舟　『松圓浪淘集』の「春帆十三」の解題に「壬子（萬曆四十年、一六一二）二月、武昌自り回る。瞿起田 舟を同にし、舊詩八百首を追錄す（壬子二月、由武昌回。瞿起田同舟、追錄舊詩八百首）」と見える。起田は瞿式耜（一五九〇～一六五二）の字。常熟の人で、萬曆四十四年の進士。明滅亡後、抗清運動に入り、逮捕されて處刑された。「自序」はこの時錄した詩は七百餘篇というが、「春帆十三」の解題には八百首という。

五〇　李長蘅・汪無際　李長蘅は、李流芳（一五七五～一六二九）。長蘅は字。號は香海、または泡菴、愼娯居士。錢謙益がいう嘉定四君の一人。萬曆三十四年の擧人で詩と書に工みで、特に繪畫に優れた。墓誌銘は錢謙益の手になる（「李長蘅墓誌銘」、『初學集』卷五四）。汪無際（生卒年未詳）は汪明際。無際は字である。萬曆四十六年の擧子で、大理寺都察院司務や工部營繕司主事・員外郎となった。もとは餘姚の人だが、嘉定に居住し、嘉定城內の東南に墊巾樓を築き、程嘉燧は萬曆四十年（一六一二）から崇禎五年（一六三二）の間、ここを借りていた。

五一　在上黨無事、因合書爲一集、增定計千餘篇　萬曆戊午四十六年（一六一八）の春、程嘉燧は、長治縣令の方有度の招きを受け（注二五）、上黨（長治縣）に赴いており、この時、詩を增訂したのであろう。

五二　昔賢赤壁詞語　蘇東坡の詞「念奴橋 赤壁」の冒頭「大江東に去り、浪は淘（あら）い盡す、千古風流の人物（大江東去、浪淘盡、千古風流人物）」の句を指す。

五三　萬曆戊午冬日、程嘉燧書　程嘉燧『松圓偈庵集』卷上所收の「浪淘集自序」では、「戊午書於上黨偈庵」に作っている。

（野村鮎子）

三七　唐時升　嘉靖二十年（一五四一）～崇禎九年（一六三六）

丁集卷十三之上　唐處士時升[一]

時升[二]、字叔達、嘉定人[三]。少有異才[四]、未三十謝去擧子業、讀書汲古。通達世務[五]、居恆笑張空拳・開横口者、如木騮泥龍、不適於用。酒酣耳熱[六]、往往捋鬚大言曰、「當世有用我者、決勝千里之外、吾其爲李文饒乎」。

太原公執政[七]、叔達偕其子辰玉讀書邸中。天下漸多事、上言利病者紛如。叔達私議某得某失、兵農錢穀、具言其始終沿革、若數一二。東西搆兵、萬里外羽書旁午、獨逆斷其情形虛實、將帥成敗、已而果然。辰玉問、「子何以知之」。叔達曰、「吾觀古人事固有類此者、竊意之耳」。

先帝卽位[八]、余以詹事召還。叔達爲文贈余、備陳有生以來所見聞兵革之事、謂[九]、「今日聚四方之武勇、轉九州之稅斂、與一縣之衆角、已十年而不得其要領。國初所以收群策群力、定亂略、致太平、公之所詳也。其可爲明主盡言乎。或謂[一〇]廣廈細旃、非論兵之地、則漢之賈誼・唐之李泌・陸贄・李絳、獨何人哉」。余未[一一]幾罪廢、不克副其望、而叔達之窮老憂國爲何如也。

叔達爲人[一二]、志大而論高、平居意思豁然、獨好古人奇節偉行、與夫古今謀臣策士之略。討論成敗興亡之故、神氣揚揚、若身在其間。[一三]家貧、好施予、鋤舍後兩畦地、剪韭種菘。[一四]晩年時閉門止酒、味『莊』・『列』之微言、以養生盡年。語及國事、盱衡抵掌、[一五]所謂精悍之色、猶著見於眉間也。

[一六]詩皆放筆而成、語不加點、用方寸紙雜寫如塗鴉、旋卽棄去。遇其得意、才情飆發、雖苦吟腐毫之士無以加也。

[一七]叔達之父欽訓、爲歸熙甫之執友、而嘉定之老生宿儒、多出熙甫之門。故熙甫之流風遺論、[一八]叔達與程孟陽・婁子柔皆能傳道之、以有聞于世。而叔達之文、從横踔厲、尤爲通人所稱。[一九]少遊琅琊・太原二王之間、[二〇]元美極賞識之、引以講析疑義、而叔達自仞其師承南豐、一瓣香實在太僕、元美心知之、而不能强也。

[二一]叔達深惡艱深塗澤之文、自命其集曰『三易』。[二二]四明謝三賓爲令、合孟陽・子柔・長蘅之詩文鏤版行世、曰『嘉定四先生集』[二三]而余爲之序。

【訓讀】

時升、字は叔達、嘉定（蘇州府嘉定縣）の人。少くして異才有り、未だ三十ならずして謝して擧子の業を去り、讀書汲古せり。世務に通達し、居恆に空拳を張り横口を開く者の、木騮泥龍（木馬や泥製の龍）の如く、用に適せざるを笑う。酒酣にして耳熱く、往往にして鬚を捋て大言して曰く、「當世 我を用いる者有れば、勝ちを千里の外に決せん、吾は其れ李文饒（異民族を討伐した李德裕）と爲らん」と。

太原公（王錫爵）執政たりしとき、叔達は其の子 辰玉と偕に邸中に讀書す。天下漸く多事にして、利病を上言する者紛如たり。叔達 私かに某の得某の失を議し、兵農錢穀は、具さに其の始終沿革を言うこと、一二を數うるが若し（まるで一や二を数えるようにたやすく用兵や軍備について論じた）。東西の搆兵（交戰）、萬里の外 羽書旁午たりて（邊境から軍書がしきりに屆く情況で）、獨り其の情形の虛實、將帥の成敗を逆斷（豫測）し、已にして果然たり（結果はやはりそのとおりだった）。辰玉（王衡）問うに、「子 何を以て之を知るか」と。叔達曰く、「吾 古人の事の固より此れに類する者有るを觀て、竊かに之を意うのみ」と。

先帝卽位し、余 詹事を以て召還せらる。叔達 文を爲りて余に贈り、生有りて以來見聞する所の兵革の事を備陳して謂う、「今日 四方の武勇を聚め、九州の稅斂を轉じて、一縣の衆角に與え、已に十年なるも其の要領を得ず。國初に群策群力を收め、亂略を定め、太平を致す所以は、公の詳しくする所なり。其れ明主の爲に言を盡くすべきかな。或いは廣廈細旃は、兵を論ずる地に非ずと謂わば（廣い屋敷や上等の絨毯の上が兵を論じる場でないというのなら）、則ち漢の賈誼・唐の李泌・陸贄・李絳は、獨り何人ならんや（いったい何者だというのか）」と。余未だ幾くもせずして罪もて廢せられ、克く其の望に副えず、而して叔達の窮老憂國 何如と爲さん。

叔達の人と爲りは、志は大にして論高く、平居は意思豁然として、獨り古人の奇節偉行と夫の古今の謀臣策士の略のみを好む。成敗興亡の故を討論すれば、神氣揚揚として、身ら其の間に在るが若し。家貧しきも、施予を好み、舍後の兩畦（約百平方メートル）の地を鋤き、韮を剪り菘を種う（ニラや白菜を育てた）。晩年 時に門を閉ざして酒を止め、『莊』・『列』の微言（『莊子』『列子』の奧深い言葉）を味わい、養生を以て年を盡くす。語の國事に及びては、盱衡抵掌（眉を擧げて手を叩き）し、所謂精悍の色、猶お眉間に著見するなり（蘇軾が方山子に再會した時に感じたようになおもその精悍な氣性を眉宇に漂わせていた）。

詩は皆な筆を放ちて成り、語は點を加えず、方寸の紙を用って雜寫すること塗鴉の如くして、旋ち卽ち棄去す。其の意を得るに遇えば、才情飄發し、苦吟腐毫の士と雖も以て加うる無きなり。

叔達の父 欽訓は、歸熙甫（歸有光）の執友爲り、而して嘉定の老生宿儒、多くは熙甫の門より出づ。故に熙甫の流風遺論は、叔達と程孟陽・婁子柔と皆な能く之を傳道し、以て世に聞有り。而して叔達の文は、從橫踔厲にして、尤も通人の稱する所と爲る。少きとき琅琊・太原の二王（王世貞と王錫爵）の間に遊び、元美（王世貞）極めて之を賞識し、引きて以て疑義を講析せしむ。而るに叔達は自ら其の南豐（曾鞏）に師承し、一瓣香の實に太僕（歸有光）に在るを仞り（認め）、元美 心に之を知り、強いる能わざるなり。

叔達深く艱深塗澤の文を悪み、自ら其の集に命づけて『三易』と曰う。四明の謝三賓令と爲り、孟陽・子柔・長蘅の詩文を合わせて鏤版して世に行い、『嘉定四先生集』と曰う。余 之が序を爲る。

【注】

一 **唐處士時升** 「處士」とは仕えていない者のこと。唐時升は科擧の道を早くに斷念しており、いかなる官にも就いたことがない。なお、唐時升には墓誌銘等が傳わっておらず、この「小傳」は錢謙益が唐時升『三易集』の王衡「唐叔達詩序」（『緱山先生集』巻六所收）と王錫爵「三易集序」（『三易集』舊序）、および程嘉燧「唐叔達詠物詩序」（『松圓偈庵集』巻上）をつなぎあわせて編集したものである。近人の編纂した年表としては、劉蕾「唐時升年表」（黄霖主編『歸有光與嘉定四先生研究』上海古籍出版社、二〇〇七）、劉蕾「嘉定文壇活動年表」（劉蕾『歸有光與嘉定文壇關係研究』上海大學出版社、二〇一三）などがある。

二 **時升、字叔達** 唐時升は三人兄弟の末である。歸有光が唐時升の父の墓誌銘「撫州府學訓導唐君墓誌銘」（『震川先生集』巻一八）を書いており、「沈氏の出だす所の一子時雍、其の二子の時敍・時升は皆な庶出なり」とある。

三 **嘉定人** 嘉定は南直隷蘇州府嘉定縣。ただし、唐氏の祖籍は四川成都であり、先祖が平江路の醫學敎授となり、嘉定に定住するようになったのだという。嘉定はかつて歸有光が嘉定の安亭で學を講じていた地であり、錢謙益にとっては、唐時升のみならず、婁堅（本書「三八」）・程嘉燧（本書「三六」）・李流芳など、所謂「嘉定四君」が居た所でもある。唐時升はその中でも最も年長である。そのため、唐時升よりも二十四歳若く、萬曆年間に生まれた李流芳を除き、年齢の近い三者を「練川三老」と呼ぶこともある。錢謙益は中年に彼らと出會ったことで、それまでの古文辭派の影響から脫し、歸有光を評價するようになる（本書「二八　歸有光」參照）。

四　少有異才、未三十謝去擧子業、讀書汲古　この箇所は王衡「唐叔達詩序」（『緱山先生集』卷六）の次の部分に基づいている。「嘉定の唐叔達は、少くして異才を以て名あり、未だ三十ならずして擧子の業を輟め去る。人問うに、「子 今 何をか好む」と、曰く、「讀書を好む」と。「讀書して何をか事とせん」と。曰く、「事とする所無きなり」と。里閈の中に浮沈し、舌は戰う能わず、筆は耕する能わず、人多くは以て迂と爲す。惟だ同里の二三の博雅の君子のみ、盛んに相い推服し、以て叔達は當今無輩（當世にかなうものなし）と爲し、余 時に頗る亦た黨（仲間褒め）の疑有り（嘉定唐叔達、少以異才名、未三十輟去擧子業。人問、「子今何好」、曰、「好讀書」。「讀書何事」。曰、「無所事也」。浮沈里閈中、舌不能戰、筆不能耕、人多以爲迂。惟同里二三博雅君子、盛相推服、以爲叔達當今無輩、余時頗有亦黨之疑）」。

五　通達世務、居恆笑張空拳・開横口者、如木騮泥龍、不適於用　この箇所は王衡「唐叔達詩序」の次の部分に基づいている。「居常 空拳を張り、横口を開く者、木騮泥龍の如く、用に適せざるを笑う（居常笑張空拳・開横口者、如木騮泥龍、不適於用）」に基づく。「木騮泥龍」は木で作った馬と泥でできた龍、ともに役に立たないもののたとえ。

六　酒酣耳熱、往往捋鬚大言曰、「當世有用我者、決勝千里之外、吾其爲李文饒乎」　前注の王衡「唐叔達詩序」の續きに「酒酣にして氣振るい、往往にして鬚を捋(なで)て大言して曰く、「當世 我をして志を得しむれば、勝ちを千里の外に決せん、吾は其れ李文饒と爲らん」と。余 默して應えず、他人は則ち啞然として笑うのみ（酒酣氣振、往往捋鬚大言曰、「使吾而得志、其爲李文饒乎」。余默不應、他人則啞然笑而已）」とある。「李文饒」は李德裕（七八七～八五〇）、字は文饒、趙郡（河北趙縣）の人。父は李吉甫。唐の武宗朝の宰相として、ウイグルを討伐したことで知られる。ここで想定されているのは、明の邊を犯す金（女眞族）の討伐である。

七　太原公執政、叔達偕其子辰玉讀書邸中

「太原公」とは萬曆朝の宰相である王錫爵（一五三四～一六一〇）。江蘇太倉の人。「辰玉」とはその子である王衡（一五六一～一六〇九）の字で、號は緱山。萬曆二十九年（一六〇一）の進士で、翰林院編修を授けられたが、四十九歳で沒した。『列朝詩集』丁集卷十五の王衡の「小傳」はその詩作の師が唐時升であったことについて次のように述べている。「辰玉 少くして詩を爲り、落筆數千言なるも、已にして持擇する所多し、一詩就る毎に、輒ち悄然として自得せず。其の友唐叔達 之を規めて曰く、「珠を淵に探し、玉を山に采るは、夫れ何ぞ容易ならんや。子は殆ど將に進まんとするなり」と。辰玉自ら以えらく宰相の子は、當に古今の治體に通達し、經世の要務を講求すべしと。又た奮いて制料を以て自ら見われんと欲し、日夜の力を斯の二者に窮め、而して其の餘力を以て詩を爲る。其の詩を讀む者は其の才器の所として有らざる無きを知る。固り詩に盡きずして、詩も亦た以て辰玉を盡くすに足らざるなり（辰玉少爲詩、落筆數千言、已而多所持擇、每一詩就、輒悄然不自得。其友唐叔達規之曰、「探珠於淵、采玉于山、夫何容易。子殆將進也」。辰玉自以宰相之子、當通達古今治體、講求經世要務。又奮欲以制料自見、窮日夜之力於斯二者、而以其餘力爲詩。讀其詩者知其才器無所不有。固不盡於詩、而詩亦不足以盡辰玉也）」。

王錫爵は萬曆二十年（一五九二）に命をうけて朝廷に戻り、その年の冬、唐叔達は王衡とともに北上し、翌年、萬曆二十一年、京師に到着した。唐叔達が王錫爵の北京の邸宅にいたときのことを、王衡「唐叔達詩序」（『緱山先生集』卷六）は次のようにいう。「癸巳（萬曆二十一年）、余 家君に從いて京邸に至り、叔達も焉れを偕にす。爾

の時 士氣は猶お發舒し、投匭して利病を言う者紛然たり。叔達爲に私かに某の得 某の失を議し、具さに其の始終沿革の故を言い、胸中に成案有る者の如し。時に東西兵を搆え、萬里の外に羽書し、情形は測るべからず。叔達獨り逆斷す、此れ當に是れ某は喜事、某は害成り、或いは兵は將の意を失い（康熙三十三年刻『三易集』序作「譬賊觀望〔敵を利し、様子見をする〕」）、或いは兩將相い得ざるべしと。已にして果して然り。余 怪みて問う、「子 何を以てか之を知る」と。叔達曰く、「吾 古人の某時某事の此れに類するを觀て、吾 竊かに之を意うのみ」と（癸巳、余從家君至京邸、叔達偕焉。爾時士氣猶發舒、投匭言利病者紛然。叔達爲私議某得某失、具言其始終沿革之故、胸中若有成案者。時東西搆兵、萬里外羽書、情形不可測。叔達獨逆斷、此當是某喜事、某害成、或兵失將意、或兩將不相得。已而果然。余怪問、「子何以知之」。叔達曰、「吾觀古人某時某事類此、吾竊意之耳」）。

なお、王錫爵自身も「三易集序」において、「余の父子 交りを君に得るに及び、君は廉重自好（自重）なるも、間ま騷雅の外に於いては、旁く古今の成敗得失の事を論じ、章句の士（儒學の經典を諳んじるだけの士）の能く喩うる所に非ざる者有り（及余父子得交於君、君廉重自好、間於騷雅之外、旁論古今成敗得失事、有非章句之士所能喩者）」という。

八　先帝卽位、余以詹事召還、叔達爲文贈余　「詹事」とは詹事府、つまり東宮（春坊）の事務機構。錢謙益は萬曆三十八年（一六一〇）探花で進士及第、翰林院編修を拜したものの、父の服喪のため歸鄉、そのまま神宗在位期間は里居を續け、熹宗卽位後の天啓元年（一六二一）の秋にようやく典浙江試事となり、その冬には右春坊中允（正六品の東宮職）を拜して北京に戻った。この時、唐時升が錢謙益に贈った「送錢詹事還朝序」が『三易集』卷一〇に收められている。

九　謂「今日聚四方之武勇、……可爲明主盡言乎」　「送錢詹事還朝序」（『三易集』卷一〇）にいう。「今 四方の武勇を聚め、九州の稅斂を轉じて、一縣の衆角に與え、已に十年なるも其の要領を得ず。國初の群策群力を收め、亂略を定め、太平を致す所以と、佐命の諸臣の、智者は其の謀を獻じ、勇者は其の力を效すとは、公の詳しき所なり。以て今の事に當る者に告ぐべき者有らん。余は不佞なるも、生有りし以來見聞する所の兵革の事、略ぼ能く之を識れり。……耆德の元臣、日び顧問を備う、明主の爲に言を盡くすべきや否や（今聚四方之武勇、轉九州之稅斂、與一縣之衆角、已十年而不得其要領。國初所以收群策群力、定亂略、致太平、與佐命諸臣、智者獻其謀、勇者效其力、公之所詳也。有可以告今之當事者乎。余不佞、有生以來所見聞兵革之事、略能識之。……耆德元臣、日備顧問、可爲明主盡言否也）」。

一〇　或謂廣廈細旃、非論兵之地、則漢之賈誼・唐之李泌・陸贄・李絳、獨何人哉　前注の續きにいう。「或いは廣廈細旃は、兵を論ずる地に非ずと謂わば（廣い屋敷や絨毯の上が兵を論じる場でないというのなら）、則ち漢の賈誼・唐の李泌・陸贄・李絳は、獨り何人ならんやと（或謂廣廈細旃、非論兵之地、則漢之賈誼・董仲舒、唐之李泌・陸贄・李絳、獨何人哉）」。賈誼（紀元前二〇〇～紀元前一六八）は前漢の人。文帝に信任されたが、讒言によって長沙王の太傅に左遷される。ここでは匈奴への對抗策である「治安策」を上奏したことを意識する。李泌（七二二～七八九）は唐の人。字は長源。京兆の人。安史の亂が勃發して肅宗が卽位すると、側近くに仕えた。のち衡山に居し、その後代宗の治世には地方官を務めたが、德宗のとき朱泚の亂がおこると興元府の行在に召し出され、宰相として吐蕃政策について建言した。陸贄（七五一～八〇五）は唐の人。字は敬輿、吳郡嘉興の人、唐の德宗の時に中央に召され、朱泚の亂の平定に功があり、宰相となったが、のち流放された。謚により陸宣公と稱せられる。兵士を奮い立たせた彼の詔敕や奏議は『陸宣公奏議』に收められ、後世よく讀まれた。李絳（七六四～八三〇）も唐の人。字は深之。趙郡贊皇の人。直言の人として知られ、元和四年（八一九）、長江の氾濫の際に免稅を上奏し、大和三年（八二九）冬、南蠻が蜀の地を侵犯した際には、兵を募って救援に赴いた。

彼らはいずれも文臣である。唐時升は、國家の危急存亡時に兵を論じ、有用な獻策を行った彼らは、ふだんは大きな建物や絨毯の上に坐している文臣であって、現場を知っている者でなければ兵を論じる資格がないという見方を斥けている。

一一　**余未幾罪廢、不克副其望**　錢謙益は天啓元年に京師に戻るも、閹黨（宦官派）による東林黨への排斥が強まり、ついに五年（一六二五）には東林黨の黨魁として彈劾され、官籍を削られて歸郷した。

一二　**叔達爲人、志大而論高、平居意思豁然、……神氣揚揚、若身在其間**　ここの箇所は程嘉燧「唐叔達詠物詩序」（『松圓偈庵集』上）の次のくだりに基づいている。「叔達は人と爲り、志大にして論高く、平居は意思豁然として、獨り古人の奇節偉行と夫の古今の謀臣策士の畧とを好む。其の成敗興亡の故を討論するに當りては、神氣揚揚として、身ら其の間に在るが若し（叔達爲人、志大而論高、平居意思豁然、獨好古人奇節偉行與夫古今謀臣策士之畧。當其討論成敗興亡之故、神氣揚揚、若身在其間）」。

一三　**家貧、好施予、鋤舍後兩畦地、剪韭種菘**　ここの箇所は王衡「唐叔達詩序」の次のくだりに基づいている。「家の葑田百畝（兩畦に相當）、孤姪寡妹と共にす。又た貸を好み、與に京邸に居すること兩年、脩脯（干し肉）を盡して貧交を濟い、遂に洗手して歸り舍後の數畦の地を鋤し、韮を剪り菘を種え、苟か自給するのみ（家葑田百畝、與孤姪寡妹共。又好貸、與居京邸兩年、盡脩脯濟貧交、遂洗手歸鋤舍後數畦地、剪韮種菘、苟自給而已）」。

一四　**晩年時閉門止酒、味莊・列之微言、以養生盡年**　ここの部分は程嘉燧「唐叔達詠物詩序」（『松圓偈庵集』巻上）にもとづく。「其の頃歳、嘗て書を武昌より寓せらる。予の好んで荀卿の書を讀むを聞き、遙かに相い謂いて曰く、「吾と君とは皆に老い、世に用いる所無く、莊周（『莊子』）・列禦寇（『列子』）の微言を味わいて以て養生し、以て其の天の年を全うするに若かず」と。歸るに及び、君に見ゆるに容髮鬱然として、時に門を閉じて止酒し、東城南陌、足跡至ること罕にして、蓋し貿貿然たる一野人なり。相對すること竟日と雖も、偃仰靜嘿なりて、蕭然として萬物も以て其の慮を攖(かきみだ)す無し（頃歲、嘗寓書武昌。聞予好讀荀卿之書、遙相謂曰、「吾與君皆老矣、無所用於世、不若味莊周・列禦寇之微言以養生、以全其天年」。及歸、見君容髮鬱然、時閉門止酒、東城南陌、足跡罕至、蓋貿貿然一野人矣。雖相對竟日、而偃仰靜嘿、蕭然萬物無以攖其慮）」。

一五　所謂精悍之色猶著見於眉間也　この言葉は蘇軾の「方山子傳」に基づく。烏臺詩案によって黃州に左遷された蘇軾は、その地で十九年ぶりに今はこの地で隱者として暮らしている陳慥（方山子）に再會する。陳慥がかつて意氣軒高で自らを豪士と任じていた時代を知る蘇軾は、その姿に「今幾日耳、精悍之色、猶見於眉間、而豈山中之人哉（あれから今まで月日が經ったが、今なおかつてのような精悍な氣性を眉宇に漂わせており、まさか一介の山中の隱者であるはずはない）」と感じるのである。

一六　詩皆放筆而成、語不加點、……雖苦吟腐毫之士無以加也　程嘉燧「唐叔達詠物詩序」（『松圓偈庵集』上）「偶然の游戲の作に至りては、一に何ぞ其れ健にして富み、率(そつ)にして工なるや。詩は皆な筆を放ちて成り、語は點を加えず、故に風神跌宕にして、思致飈涌し、勢は禦すべからず。乃ち其の體物多變なるも、用事は跡無く、窈眇浩汗、苦吟腐毫の士と雖も、其の世を終るまで逮ばざる有り（至於偶然游戲之作、一何其健而富、率而工也。詩皆放筆而成、語不加點、故風神跌宕、思致飈涌、勢不可禦。乃其體物多變、用事無跡、窈眇浩汗、雖苦吟腐毫之士、終其世有不逮）」。

一七　叔達之父欽訓、爲歸熙甫之執友、而嘉定之老生宿儒多出熙甫之門　唐時升の父は唐欽訓ではなく、欽訓の兄の唐欽堯である。唐欽堯は歸有光の門下生であり、歲貢をもって撫州府學訓導となり、赴任途上で沒した。歸有光に「撫州府學訓導唐君墓誌銘」（『震川先生集』卷一八）があり、これによれば、唐時升は庶出で、上から三番目であり、父を亡くしたのは六歲の時だった。父の死後は叔父にあたる唐欽訓から教育を受けた。そのため錢謙益は唐時升の父を唐欽訓と誤解したのであろう。『明史』文苑傳四が「唐時升、……父欽訓、與歸有光善、故時升早登有光之門」とするのは、この「小傳」の誤りを襲ったものであろう。

一八　叔達與程孟陽・婁子柔皆能傳道之、以有聞于世　程孟陽と婁子柔については、本書の「三六　程嘉燧」と「三八　婁堅傳」を參照されたい。

一九　少遊琅琊・太原二王之間　「琅琊・太原二王」は、琅琊の王世貞、字は元美（本書「二七」）、太原の王は王錫爵（注七）を指す。

二〇　元美極賞識之、引以講析疑義、而叔達自仞其師承南豐、一瓣香實在太僕　「元美極賞識之、引以講析疑義」は、王錫爵の「三易集序」の次の箇所からの引用。「唐叔達は、高閒の士なり。才思贍逸、文學淹雅にして、往て瑯琊の王元美（王世貞）極めて之を賞識し、引きて以て疑義を講析せしめ、往往にして會心して人の意表に出づ、謂えらく君の胸中に排解慧捷の處有り、世人の襲香沾膏の者は窮む能わざるなりと（唐叔達、高閒之士也。才思贍逸、文學淹雅、往瑯琊王元美極賞識之、引以講析疑義、往往會心出人意表、謂君胸中有排解慧捷處、世人襲香沾膏者不能窮也）」。

「一瓣香」は宋陳師道「觀兗文忠公家六一堂圖書」詩の「向來一瓣香、敬爲曾南豐（曾鞏）」に基づき、ここでは歸有光に私淑していることをいう。錢謙益は唐時升が歸有光からの師承の恩義により、王世貞との關係を自ら拒絕したかのようにいうが、事實は異なる。唐時升は若い時何度か王世貞に謁しており（例えば『三易集』巻一一「前游西湖記」には「萬曆庚寅……過太倉、留弇州公西園兩日」とある）、そのことは唐時升自身が『三易集』巻一三「祭大司寇王弇州先生文」で次のように回顧している。「時升 童稚の歲、公の文を誦するを知り、河漢無極にして、望洋徒だ勤め、大匠の側、尋尺紛耘たり（韓愈「送張道士」「大匠無棄材、尋尺各有施」）。余を鄙しと謂わず、獨行是れ敦く、人の知るを求めざるも、高覽方に聞え、其の藏書を出だして、以て討論せしむ、翰墨を縱橫し、壺尊を傾倒す、江左の士、登龍門と謂う（時升童稚之歳、知誦公文、河漢無極、望洋徒勤、大匠之側、尋尺紛耘。不鄙謂余、獨行是敦、不求人知、高覽方聞、出其藏書、俾以討論、縱横翰墨、傾倒壺尊、江左之士、謂登龍門）」。また、婁堅「合祭王司寇文」（『學古緒言』巻一三）によれば、王世貞の沒後五年、婁堅、唐時升、程嘉燧の三人は合同で王を祭っている。歸有光からの師承の恩があることを理由として、唐が王世貞を拒絶したという事實はなく、この部分は錢謙益の創作と思われる。

二一　**叔達深惡艱深塗澤之文、自命其集曰『三易』**　「三易」は、典故が易しいこと、字が易しいこと、誦讀しやすいことを指す。『顔氏家訓』文章篇に「沈隱侯曰、「文章當從三易。易見事、一也。易識字、二也。易誦讀、三也」」とあるのに基づく。「小傳」は『三易集』は唐時升自身の命名だとするが、それに言及した資料は現在見當たらない。あるいは錢謙益が直接傳え聞いたものか。

二二　**四明謝三賓爲令、合孟陽・子柔・長蘅之詩文鏤版行世、曰『嘉定四先生集』**　謝三賓（生卒年未詳）は字を象三、號を寒翁といい、浙江鄞縣（寧波府）の人。四明は寧波の雅名。浙江の四明山に因む。天啓五年（一六二五）進士に及第し、嘉定縣の知縣として赴任し、のち官は太僕寺卿に至った。南明の魯王監國朱以海より大學士に任ぜられたが、清軍の南下の際に清に降った。全祖望『鮚埼亭集外編』一二「七賢傳」は「吾が鄕の最も齒せざる所の者は、故太僕の謝三賓に如くは無し、其の無行を反覆し、故國の忠義の士を搆殺すること算うる無し（吾鄕所最不齒者、無如故太僕謝三賓、反覆其無行、搆殺故國忠義之士無算）」と口をきわめて罵っている。唐時升の『三易集』二十巻は、この四明の謝三賓によって、崇禎三年（一六三〇）、李流芳『檀園集』十二巻、程嘉燧『松圓浪淘集』十八巻、『松圓偈庵集』二巻、婁堅『吳歈小草』十巻、『學古緒言』二十五巻とともに、『嘉定四先生集』として刻されている。

二三　**余爲之序**　錢謙益は「嘉定四先生集序」（『初學集』巻三二）で次のようにいう。「『嘉定四君集』なる者は、嘉定の令 四明の謝君の刻する所の唐叔達、婁子柔、程孟陽、李長蘅の詩文なり。嘉靖の季、吾が呉の王司寇（王世貞）文章を以て自ら豪り、漢を祖とし唐を禰り、海内を傾動す。而るに昆山の歸熙甫 昌言して之を排し、所謂一二の妄庸の人 之れが巨子と爲る者なり。司寇貴盛の時に當りて、其の頤氣涕唾は、以て天下の士を浮沈せしむるに足る。熙甫は窮老して始めて一第を得、又た且つ前に死し、其の名氏幾ど抑沒する所と爲る。二十年來、司寇の聲華煇赫にして、卷帙に爛漫なる者は、霜降り水涸れ、索然として其の有る所を見ず。而るに熙甫の文は、乃ち始めて世に聞有り。此を以て文章の眞僞の、終に掩う可からずして、士の以て自ら信ずる有るを貴ぶを知るなり。熙甫既に沒し、其の高第弟子多くは嘉定に在り、猶お能く其の師説を守り、荒江寂寞の濱に講誦す。四君は其の鄕に生まれ、其の師友の緒論を熟聞し、相い與に服習して之を討論す。唐と婁との如きは、蓋し嘗て司寇の門に及び、而して其の聲華に親炙するも、其の問學の指歸は、則ち確乎として抜くべからず。宋人の南豐に瓣香する如き者有り。熙甫の流風遺書、久しくして彌いよ著わるるは、則ち四君の力、誣すべからざるなり。四君の詩文を爲るは、大いに厥の詞を放ち、各おの己自り出で、必ずしも盡くは熙甫を規摹せず。然れども其の師承の議論は、經を經とし史を緯とするを以て根柢と爲し、文從字順を以て體要と爲し、車を出だすに轍を合わせ、則ち固り相い與に之を共にす（『嘉定四君集』者、嘉定令四明謝君所刻唐叔達、婁子柔、程孟陽、李長蘅之詩文也。嘉靖之季、吾吳王司寇以文章自豪、祖漢禰唐、傾動海內。而昆山歸熙甫昌言排之、所謂一二妄庸人爲之巨子者也。當司寇貴盛之時、其頤氣涕唾、足以浮沈天下士。熙甫窮老始得一第、又且前死、其名氏幾爲所抑沒。二十年來、司寇之聲華煇赫、爛熳卷帙者、霜降水涸、索然不見其所有。而熙甫之文、乃始有聞於世。以此知文章之眞僞、終不可掩、士之貴有以自信也。熙甫既沒、其高第弟子多在嘉定、猶能守其師說、講誦於荒江寂寞之濱。四君生於其鄕、熟聞其師友緒論、相與服習而討論之。如唐與婁、蓋嘗及司寇之門、而親炙其聲華矣、其問學

之指歸、則確乎不可拔。有如宋人之瓣香於南豐者。熙甫之流風遺書、久而彌著、則四君之力、不可誣也。四君之爲詩文、大放厥詞、各自己出、不必盡規摹熙甫。然其師承議論、以經經緯史爲根柢、以文從字順爲體要、出車合轍、則固相與共之)」。

（野村鮎子）

三八　婁　堅　嘉靖三十三年（一五五四）～崇禎四年（一六三一）

丁集卷十三之上　婁貢士堅[一]

堅[二]、字子柔、嘉定人。經明行修[三]、學者推爲大師。五十貢於春官[四]、不仕而歸。其師友皆出震川之門[五]、傳道其流風遺書、以教授學者。師承議論[六]、在元和・慶曆之間、箴砭俗學、抉擿踳駁、從容更僕、具有條理。衣冠修然[七]、容止整暇。書法妙天下[八]。風日晴美、筆墨精良、方欣然染翰、不受促迫。與唐叔達[九]・程孟陽爲練川三老、暇日整巾[一〇]、拂撰杖屨、連袂笑談、風流弘長、與之遊處者、咸以爲先民故老、不知其爲今人也。晚而學佛[一一]、長齋持戒、間與余輩當歌命酒[一二]、亦留連不忍去。子復聞[一三]、生於暮年、敎以古學、叮嚀告戒、勿染指時流。子柔沒、漸有聞矣。亂後死於兵[一四]、遂無嗣、傷哉。

【訓讀】

堅、字は子柔、嘉定（蘇州府嘉定縣）の人。經に明るく行いは修しく、學者は推して大師と爲す。五十にして春官に貢せらるるも、仕えずして歸る。其の師友は皆な震川（歸有光）の門より出で、其の流風遺書を傳道し、以て學者に教授す。師承と議論は、元和・慶曆の間に在りて、俗學を箴砭し（つついて正し）、抉擿踳駁し（えぐりだし）、従容は更僕にして（次から次へと數え切れぬほどの規諫は）、具さに條理有り。

衣冠修然として、容止は整暇たり。書法は天下に妙たり。風日晴美にして、筆墨精良なれば、方に欣然として翰を染め、促迫を受けず。

唐叔達・程孟陽と與に練川の三老爲りて、暇日も巾を整え、拂撰杖屨、袂を連ねて笑談すれば、風流弘長なりて、之と與に遊ぶ者、咸な以爲らく先民の故老にして、其の今人爲るを知らざるなりと。晩にして佛を學び、長齋持戒し、間ま余が輩と與に當歌命酒し、亦た留連して去るに忍びず。

子の復聞、暮年に生まれ、敎うるに古學を以てし、叮嚀告戒し、指を時流に染むる勿からしむ。子柔沒し、漸く聞有り。亂後 兵に死し、遂に嗣無し、傷しいかな。

【注】

一 **婁貢士堅** 「貢士」とは、歳貢生となったことに因むもの。なお、婁堅の墓誌銘の類は傳わらず、この「小傳」が最も古いまとまった傳記である。祭文は、程嘉燧に「祭婁兄子柔文」（『耦耕堂文集』巻上）があるほか、唐時升に「祭子柔」（『唐先生遺稿』抄本、上海圖書館藏、未見）がある。近人の編纂した年表としては、陶繼明「婁堅年表」（黄霖主編『歸有光與嘉定四先生研究』上海古籍出版社、二〇〇七）、劉蕾「嘉定文壇活動年表」（劉蕾『歸有光與嘉定文壇關係研究』上海大學出版社、二〇一三）などがある。

婁堅の生年は嘉靖三十三年（一五五四）であるが、『中國歷史人物生卒年表』（一九八一年）など一五六七年出生説もある。後述するように「小傳」の「五十貢於春官」から逆算したと考えられる。張慧劍編著『明清江蘇文人年表』（上海古籍出版社、一九八六）は『梅花草堂筆談』を引いて一五五四年出生説を採る。その根據として擧げられているのが、張大復『梅花草堂筆談』巻六の「子柔（婁堅の字）與予同庚、先予一月生（婁子柔はわたしと同年の生まれで、一箇月早いだけだ）」という記述である。張大復の生卒については、錢謙益『初學集』巻五四「張元長墓誌銘」に「卒於崇禎三年七月廿九日、年七十七」とあり、逆算すれば生まれ年は嘉靖三十三年（一五五四）となる。『梅花草堂筆談』にみえる同時代人の證言でもあり、確實である。また、このことは、婁堅の「乙巳元旦試筆」（『吳歈小草』巻五）に「五十今過二年光、又到春素心衰更」とあるように、萬曆三十三年乙巳（一六〇五）に五十二歳だったこととも符合する。かつ、「壽朱濟之兄六十二詩引」（『學古緒言』巻八）に「朱濟之兄長余九年、甲辰之歳六甲一周矣」とあることとも矛盾しない。

二　**堅、字子柔、嘉定人**　婁堅の號は歇庵である。嘉定は蘇州府嘉定縣。

三　**經明行修、學者推爲大師**　「經明行修（經に明るく行いは修し）」は、程嘉燧が婁堅の父のために書した壽序「婁翁望洋先生壽序」（『松圓偈庵集』巻上）で婁堅を讃えた言葉であり、「小傳」はこれを意識したと考えられる。「萬曆戊戌孟春、子柔の尊人は壽七十にして、……先生少くして科擧を業とするも、壯を踰えて售れず、徒を聚めて經を授け、儒行を以て其の子を訓廸す。田の一廛（百畝）有り、宅の一區有りて、以て自ら老ゆるに足り、溫然樂易の君子なり。子柔は經に明るく行いは脩しく、將に益ます大先生の業を光かせんとし、州郡の賢士大夫、延頷して交りを願い、之を得て以て其の子弟の矜式（手本）とせんことを思わざるは莫し。是の邑に至る者、咸な其の廬に禮し、一たび先生を望見せんことを思う。蓋し子柔は敦く古義を好み、文辭に施すに、能く世の汲汲たる者を志さずして、猶お力を己に寘くが如し。故に數しば有司に困しめらると雖も、然れども宜しく有司之を愧じるべく、子柔は少しくも愧じざるなり（萬曆戊戌孟春、子柔之尊人壽七十、……先生少業科擧、踰壯不售、聚徒授經、以儒行訓廸其

子。有田一廛、有宅一區、足以自老、温然樂易君子也。子柔經明行脩、將益光大先生之業、州郡賢士大夫、莫不延領願交、思得之以矜式其子弟。至於是邑者、咸禮於其廬、思一望見先生。蓋子柔敦好古義、施於文辭、能不志於世之汲汲者、而猶賔力於己。故雖數困有司、然宜有司愧之、子柔弗少愧也）」。

四　五十貢於春官、不仕而歸　程嘉燧には、婁堅が禮部の試験に行くのを見送った「送婁兄子柔赴京兆試三十二韻」（『松圓浪淘集』巻一）がある。しかし、制作年は未詳である。婁堅は萬暦三十四年（一六〇六）五十三歳の時、南京の郷試に下第したのを最後に科擧に應じることを止めていることから、これは會試受験ではなく、おそらく貢生としての上京であろうが、管見の及ぶところ、五十歳の時に貢生として禮部に赴いたことを示すような史料は見當らない。そもそも、婁堅は四十八歳の時に父を失くしており、五十歳の時は服喪中で、上京はかなわなかったはずである。一方、『康熙嘉定縣志』巻一〇には、婁堅が萬暦四十四年（一六一六）に歳貢生となった記録がある。婁堅六十三歳の時である。これに従うならば、「五十貢於春官」は「六十貢於春官」の誤りということになる。「歳貢生」とは、毎年あるいは三年ごとに各府學・州學・縣學の中から生員を選抜して國子監に送られる者をいう。三月十五日までに歳貢生の候補者名簿が禮部に送られ、禮部はそれをもとに四月に廷試を行う。國子監に入ることを希望しない歳貢生については、その後、吏部の試験を受けて州や縣の屬官や訓導などの敎職に就くこともできた。ただ、歳貢生は多年に亙って郷試に挑みながらも下第し續けた四、五十以上の秀才が充てられることが多いことから、歳貢生が高齢化した明中期以後には、遠方への赴任や京師の國子監への入學を希望する者は少なくなり、歳貢生の榮譽と特權（擧人と同等）のみを得て歸郷する貢生も出てくるようになる。つまり「不仕而歸」は、婁堅が北京で監生となることや、遠方に赴任することを望まなかったためかもしれない。

五　其師友皆出震川之門、傳道其流風遺書、以教授學者　婁堅は歸有光の門弟ではないが、錢謙益が「嘉定四君集序」（『初學集』巻三二）で婁堅や唐時升を歸有光の門に連なるものとして推挽したことは、唐時升「小傳」（本書「三七」）でも論じた。ここでは、錢謙益が嘉定出身の詩人に贈った序文「金爾宗詒翼堂詩草序」（『有學集』巻一七）を紹介しておこう。「嘉定は吳下の邑爲りて、東海に僻處し、其の地は老師宿儒多く、歸太僕の門より出で、其の緒論を傳習す。其の士大夫は相い與に詩書を課し、名行を敦くし、父兄の訓誨、師友の提命、咸な謏聞寡學、叛道背德を以て恥ずべきと爲す。爾宗は子魚の子にして、前光を胚胎し、得て以て其の鄕の孝秀の、唐叔達・婁子柔・程孟陽の若き者に服事し、其の風尙に濡染し、而して其の議論に浸漬す。蓋し其の學問は家庭の唯諾、几席杖函の間を出でざるも、話言誦習は、已に超然として俗學を拔出す（嘉定爲吳下邑、僻處東海、其地多老師宿儒、出於歸太僕之門、傳習其緒論。其士大夫相與課詩書、敦名行、父兄之訓誨、師友之提命、咸以謏聞寡學、叛道背德爲可恥。爾宗爲子魚之子、胚胎前光、得以服事其鄕之孝秀、若唐叔達・婁子柔・程孟陽者、濡染其風尙、而浸漬其議論。蓋其學問不出於家庭唯諾、几席杖函之間、而話言誦習、已超然拔出於俗學矣）」。

六　師承議論、在元和・慶曆之間、箴砭俗學、抉擿踳駁、從容更僕、具有條理

「元和・慶曆」は「元和・嘉祐」の誤りとも考えられる。婁堅は「元日示復聞」（『吳歈小草』巻一〇）で、「自昔文章經世業、元和嘉祐是吾師（昔自り文章は經世の業、元和・嘉祐は是れ吾が師）」と、元和と嘉祐を竝べた言い方をしている。慶曆は歐陽脩を指すが、もし嘉祐だとすると、蘇東坡の文學が含まれる。婁堅は蘇東坡を敬愛し、「書東坡『孔北海贊』後跋」（『學古緖言』巻二四）において「余 喜びて東坡の文を讀み、以爲らく世俗の古人に歩趨する者、皆な優孟の孫叔敖を學ぬる（楚の宰相孫叔敖の沒後、優孟がその衣冠をつけて彼のふりをしたこと）のみ。公は韓廟碑を爲して、其の文八代の衰を起こすと言い、宋自り今に至るまで、有識の者の服膺せざるは莫し（余喜讀東坡文、以爲世俗之步趨古人者、皆優孟之學孫叔敖耳。公爲韓廟碑、言其文起八代之衰、自宋自宋至今、有識者莫不服膺）」と語っている。

婁堅はまた、程嘉燧らと同じく唐の白居易に代表される平易闊達な詩を好んだ。萬曆三十四年（一六〇六）、婁堅は門人の馬元調が校刻した『重刻元氏長慶集』と『白氏長慶集』に序文を寄せている。

「重刻元氏長慶集序」（『學古緒言』卷一）にいう。「今の述ぶる者は、昔賢を追うに非ず、妄りに優劣の辨を爲し、卽ち好事を過稱し、多く游揚の辭を設く、皆な吾の取らざる所なり。唐の文章は、元和に至りて極盛なり。元・白の二氏は、創めて新體を爲り、以て相い倡和し、各おの才人の致を極む、皆な穆宗朝に編次するを以て、題して『長慶集』と曰う。惜むらくは其の傳の久しくして、漫漶して以て譌り無くんばあらず。馬巽甫（馬元調）は予に從いて遊び、未だ冠せずして卽ち古文辭を好み、嘗て募工合刻して以て世に行わんと欲す。而して尤も微之（元稹）の文、世人之を愛するを知る者尤も少きを以て、乃ち刻は元（稹）自り始め、而して序を以て予に屬せらる。……士の淺陋不學の、未だ今日より甚だしき者有らざるなり。幸いにして志を有司に得れば、則ち又た自ら其の才を多とし、以て不學と雖も用に試みらるるべしと謂い、反って好古の士を詆りて濶遠にして時務を識らずと爲し、其の行事に見わるるに及び、苟且滅裂するは怪しむに足る者無く、間ま或いは焉れに沾沾す。言語を以て自ら見われんと欲すれば、則ち皆な浮游にして無用の辭なるのみ。夫れ孰か文章は經世の大業爲る（『典論』「論文」の語）を知らんや（今之述者、非追昔賢、妄爲優劣之辨、卽過稱好事、多設游揚之辭、皆吾所不取也。唐之文章、至元和而極盛矣。元・白二氏、創爲新體、以相倡和、各極才人之致、皆以編次於穆宗朝、題曰『長慶集』。惜其傳之久、而不無漫漶以譌也。馬巽甫從予遊、未冠卽好古文辭、嘗欲募工合刻以行於世、而尤以微之之文、世人知愛之者尤少、乃刻自元始、而以序見屬予。……士之淺陋不學、未有甚於今日者也。幸而得志於有司、則又自多其才、以謂雖不學而可試於用、反詆好古之士爲濶遠不識時務、及其見於行事、苟且滅裂無足怪者、間或沾沾焉。欲以言語自見、則皆浮游無用之辭耳。夫孰知文章爲經世之大業哉）」。

次に「白氏長慶集序」（『學古緒言』卷一）にいう。「竊かに嘗て其の世を尙論するに、以謂えらく二君子は元和・長慶の間に當りて、才力敏贍を以て相推し相讓り、倡して和せざるは無し、少きは或いは二韻、多くは千言に至り、實に詩人の次韻の從りて始まる所にして、其の作者の指は、所として窺わざるは無し、而して尤も杜子美を以て宗師と爲し、渾涵雄偉は、未だ庶幾う(ねが)に足らずと雖も、要は能く其の言わんと欲する所を言うと爲す。現に白公の自ら其の意を見わす所以の者は、尤も「諷諭」「樂府」の諸篇に在り、則ち夫(か)の聲調格律（古文辭派の主張）を以てして其の高下を論ずる者は、亦た未だ深く之を知る者と爲さざるなり。……萬曆丙午孟秋に序す（竊嘗尙論其世、以謂二君子當元和、長慶之間、以才力敏贍相推相讓、無倡不和、少或二韻、多至千言、實詩人次韻之所從始、其於作者之指、無所不窺、而尤以杜子美爲宗師、雖渾涵雄偉、未足庶幾、要爲能言其所欲言矣。現白公之所以自見其意者、尤在於「諷諭」「樂府」諸篇、則夫以聲調格律而論其高下者、亦未爲深知之者也。……萬曆丙午孟秋序）」。

「從容」はここでは慫慂(しょうよう)に同じ。規諫勸告すること。「更僕」は次から次へと續き、數え切れないさま。なお、劉霞「從徐學謨至婁堅再錢謙益――明代嘉定文脈傳承之考論」（黃霖・劉利華主編『嘉定文脈與明代詩文硏究論集』上海古籍出版社、二〇一五）は、晩年の婁堅が錢謙益に送った書簡「答錢受之太史」（崇禎三年刻康熙三十三年重修本『學古緖言』卷二二、ただし『四庫全書』本では削除されている）の存在を指摘し、婁堅が錢謙益に對してあるべき文學を說き、歸有光文學の繼承について錢謙益に期待するところがあったことを論じている。

七　**衣冠修然、容止整暇**　「整暇」は嚴肅な中にもゆったりした雰圍氣があること。

八　**書法妙天下**　婁堅は書家としても名があり、「自題草書書卷後」（『學古緖言』卷二〇）など、書を論じてもいる。

九　**與唐叔達・程孟陽爲練川三老**　「練川」は嘉定の南にある練祁塘に因む。「嘉定四君」を生年順に擧げると、唐時升（一五四一年生）、婁堅（一五五四年生）、程嘉燧（一五六五年生）、李流芳（一五七五年生）の順となる。このうち萬曆生まれの李流芳を除く三者を「練川三老」と稱する。

一〇　**暇日整巾、拂撰杖履、連袂笑談、……不知其爲今人也**　婁堅の人となりを論じたものについては、謝三賓が『嘉定四君集』の婁堅『呉歈小草』のために書した序文がある。「子柔婁先生、其の學は本と歐陽氏・韓氏に原づき、史遷由り以て六經に遡り、其の詩文は渟蓄淵雅にして、雕繪襞積の陋無く、縱橫怒號の習無く、藹如たり。其の人と與にするや恕を以てし、其の身を持するは簡以て廉、呉人は知ると知らざると、咸な之を謂いて、婁先生と曰う。其の門弟子自り以て交友媚戚に至り、泛く兒童婦女に及ぶまで、異詞無し。予は乏を承ぎ（缺員補充で）嘉定に宰たりて、之と與に交わるに、飲醇の味有り、其の行を察するに、澹臺子羽（孔子の弟子）に異なること尠し。信なるかな、眞に能く古を學ぶ者や、其の詞を學ぶに匪ず、其の道を學ぶ者なり。爲に其の詩文『呉歈小草』十卷・『學古緒言』二十五卷を刻し、以て世の文多く道寡なくして自ら古文詞に附する者に眎す、乃ち編纘讐勘の若きは、則ち其徒の馬生元調巽甫の勳　其の與ること多きに居る。崇禎三年春三月、勾章の謝三賓序す（子柔婁先生、其學本原歐陽氏・韓氏、由史遷以溯六經、其詩文渟蓄淵雅、無雕繪襞積之陋、無縱橫怒號之習、藹如也。其與人乎以恕、其持身簡以廉、呉人知與不知、咸謂之曰、婁先生。自其門弟子以至交友媚戚、泛及兒童婦女、無異詞。予承乏宰嘉定、與之交、有飲醇之味、察其行、異於澹臺子羽者尠矣。信乎、眞能學古者也、匪學其詞、學其道焉者也。爲刻其詩文『呉歈小草』十卷・『學古緒言』二十五卷、以眎世之文多道寡而自附於古文詞者、乃若編纘讐勘、則其徒馬生元調巽甫之勳、居多其與。崇禎三年春三月、勾章謝三賓序）」。

一一　**晩而學佛、長齋持戒**　程嘉燧は「祭婁兄子柔」（『耦耕堂文集』卷上）で「兄は中年に于いて、慈氏（佛教）に歸心す（兄于中年、歸心慈氏）」と述べている。また、張大復『梅花草堂筆談』卷六は、彼の徹底した齋戒養生ぶりを傳えている。「婁子柔既に齋し、素より飲酒せず、晨夕に糜飯（かゆ）を啖うこと六器に過ぎず、稍や饑うれば、輒ち餳糕少し許りを用い、餅餌を食せず。子柔曰く、「餅餌は化し難し、糕は猶お滓有るなり。吾　糯米の良き者を取り、炒熟して瓶中に置き、仍お胡麻を淨炒して之に伴わしめんと欲す。風無き處に置き、以て午の前後の未だ舂かざるの用に備う。蓋し風あれば則ち韌くして食す可からず」と。其の說理有り、然れども予は養生の二字に於いて、故り未だ之に及ばざるなり。子柔は予と同庚にして、予に先んずること一月に生まるるに、其の言此くの如し、而るに予は方に聲酒の間に從いて跳浪して日を渡り、以て其の憤懣牢騷不平の氣を舒ぶ。人の智量相い越ゆること故り爾るか。珠玉の傍らに在れば、我が形の穢きを覺え、聊か用て之を識す（婁子柔既齋、素不飲酒、晨夕啖糜飯不過六器、稍饑、輒用餳糕少許、不食餅餌。子柔曰、「餅餌難化、糕猶有滓也。吾欲取糯米之良者、炒熟置瓶中、仍淨炒胡麻伴之。置無風處、以備午前後未舂之用。蓋風則韌不可食」。其說有理、然予於養生二字、故未之及也。子柔與予同庚、先予一月生、其言若此、而予方從聲酒間跳浪度日、以舒其憤懣牢騷不平之氣。人之智量相越故爾耶。珠玉在傍、覺我形穢、聊用識之）」。

一二　**間與余輩當歌命酒、亦留連不忍去**　婁堅は錢謙益よりも二十八歳年長である。錢謙益は鄉試同年生の李流芳を通じて婁堅を識ったという。「張子石六十壽序」（『有學集』巻二三）に、「長蘅に因りて婁丈子柔、唐丈叔達、程兄孟陽に交わりを得たり、師資の學問、儼然として典型あり（因長蘅得交婁丈子柔、唐丈叔達、程兄孟陽、師資學問、儼然典型）」とある。

一三　**子復聞、生於暮年、教以古學、叮嚀告戒、勿染指時流**　婁復聞（一六〇七～一六四五）は字を思修という。婁堅は三男五女をもうけたが、息子二人と娘一人とを喪っており、復聞は五十四歳でようやく得た跡繼ぎであった。友人程嘉燧は婁復聞の生後百日の祝賀のために「子柔兒生子復聞晬日喜賦此詩」（『松圓偈庵集』巻一〇）を贈っている。婁堅は十八歳になった婁以聞に「示兒復聞」（『吳歈小草』巻二）を贈り、彼に訓戒を授けている。以下はその一部である。「伊れ子は三たび雄（おとこ）を得るも、惜しいかな兩は前に夭す（早死にした）、五女は其の孟（長女）を奪わるるも、餘は各おの姻好を締す、汝は最も後生と雖も、未だ妊まざるに已に前兆あり、幸なるかな甫めて艾年（五十歳）にして、天や爾をして紹がしむ、……爾生れて甫めて七年、誦詩は頗る馴擾（順調）、暗記は忽遺無し、傅若しくは保に稱さるる（子守や先生から褒められていた）、此に十八齡に及び、庠に遊び（學校に入り）俊造を睎むに、三復（くりかえし）して美く訓を成し、沈思して其の掉を戒めん、汝の父は時に遭わず、長懷して力めて自ら抅たり、況んや爾は未だ弱冠ならず、而るに騕褭（駿馬の名）を希わんと欲す、志は騖る千里の遙、心は潛む一毫の小、顏・跖（顔回と盜跖）は敻かに塗分かれ、依附は徒だ娉爲り、行は以て此の心を證し、行迷わば心詎ぞ了かならん、胡ぞ彼の禪と玄、強いて釋と老に分たんや、儒は稱す孟は孔に學べば、一貫して淩渺（深遠）無しと、其の源は邃初（遠古）に本づき、其の澤は旱滂に隨う、斯れ以て通儒爲り、斯れ以て大道爲り、皇王は其の根を植て、著述は其の杪を分かち、仁人は之を以て昌んにし、殘賊は是れを用って勦れ、汝其れ奉じて訓と爲せ、永く以て述紹を詒らん（伊予三得雄、惜也兩前夭、五女奪其孟、餘各締姻好、汝雖最後生、未妊已前兆、幸也甫艾年、天乎俾爾紹、……爾生甫七年、誦詩頗馴擾、暗記無忽遺、稱於傅若保、及此十八齡、遊庠睎俊造、三復美成訓、沉思戒其掉、汝父不遭時、長懷力自抅、況爾未弱冠、而欲希騕褭、志騖千里遙、心潛一毫小、顏跖敻分塗、依附徒爲娉、行以證此心、行迷心詎了、胡彼禪與玄、强分釋與老、儒稱孟學孔、一貫無淩渺、其源本邃初、其澤隨旱滂、斯以爲通儒、斯以爲大道、皇王植其根、著述分其杪、仁人以之昌、殘賊用是勦、汝其奉爲訓、永以詒述紹）」。

一四　亂後死於兵　婁復聞は順治二年（一六四五）、清兵の南下にともなって發生した嘉定三屠と呼ばれる大虐殺の難に遭って沒した。『嘉定乙酉紀事』が傳える婁復聞の最期は、清に寢返った太倉の浦嶂に一族皆殺しにされるという悲慘なものである。「七月……二十七日、太倉の賊の浦嶂 士兵を以て縣に入り、再び其の城を屠り、城内外の死者は算うる無きなり。葛隆の一鎭 已に破れ、道路に梗無し。且つ 畱（嘉定の古名）の民は初め屠らるるに、存する者有りと雖も、勢いの敢て抗わず。若し剿絶せざれば、以て後に警無し。嶂は因りて力めて成棟（清に降った武將の李成棟）に勸めて再び嘉定を屠らしむ。是の日 嶂に逢う者、髫齔を留めず。嶂は既に縣治に據りて令と作り、自ら念う 本と婁東の人は、瞜と與に相い距つること四十里を踰えず、瞜の人士に於いては素り聲氣を通じ、刑殺に非ざれば以て威を振う無しと。是に於いて廩生の宣衷恂、髮を留むる故を以て、東門に梟首せらる、廩生の婁復聞は、嶂の友なり、南門の外に於いて縛られ、尚お嶂の字を呼びて曰く、「浦君屏、我が好友。倘し我を釋さば、當に厚く相い報ゆべし」と。語未だ口を脫せずして、其の妻子及に姉及び外甥を併せて悉く斬首し、屍を石岡墳側の義塚中に棄て、婁氏の族 倶に絕ゆ。遺民重足して立ち、嶂は乃ち安意肆志し、每日兵を發して村落に入りて打糧し、淫殺すること度無し（七月……二十七日、太倉賊浦嶂以士兵入縣、再屠其城、城內外死者無算。葛隆一鎭已破、道路無梗。且瞜民初被屠、雖有存者、勢不敢抗。若不剿絕、無以警後。嶂因力勸成棟再屠嘉定。是日逢嶂者、髫齔不留。嶂既據縣治作令、自念本婁東人、與瞜相距不踰四十里、於瞜人士素通聲氣、非刑殺無以振威。於是廩生宣衷恂、以留髮故、梟首東門。廩生婁復聞、嶂友也、於南門外被縛、尚呼嶂字曰、「浦君屏、我好友。倘釋我、當厚相報」。語未脫口、併其妻子及姉及外甥悉斬首、棄屍石岡墳側義塚中、婁氏之族倶絕。遺民重足而立、嶂乃安意肆志、每日發兵入村落打糧、淫殺無度）」。

（野村鮎子）

三九　謝肇淛　隆慶元年（一五六七）～天啓四年（一六二四）

丁集卷十六　謝布政肇淛[一]

肇淛[二]、字在杭、長樂人。萬曆壬辰進士[三]。除湖州推官、量移東昌。遷南京刑・兵二部[四]、轉工部郎中。管河張秋、作『北河記略』、詳載河流源委及歴代治河利病。談河工者考焉。陞雲南參政[五]、歴廣西按察使、至右布政。

林若撫[六]曰、「在杭詩、以年進。『下菰集』[七]司理吳興作也。坐論需次眞州、有『鑾江集』。移東昌、有『居東集』。格調漸工、然其詩亦止於此。嘗有寄余詩云、「曾從紫氣識龍文、忽見新詩過所聞。老去自慙牛馬走、書來猶問鹿麋群。春城樹色連吳苑、夜雨鴻聲叫海雲。茘子輕紅榕葉綠、相期同拜武夷君」。在『小草堂全集』中。晚年所作、聲調宛然、不復進矣」。

余觀閩中詩、國初林子羽・高廷禮[八]、以聲律圓穩爲宗。厥後[九]風氣沿襲、遂成閩派。大抵詩必今體、今體必七言、磨礲娑盪、如出一手。在杭[一〇]近日閩派之眉目也。在杭[一一]故服膺王・李、已而醉心於王伯穀。風調諧合、不染叫囂之習。蓋得之伯穀者爲多。在杭[一二]之後、降爲蔡元履、變閩而之楚、變王・李而之鍾・譚、風雅凌夷、閩派從此熸矣。

【訓讀】

肇淛、字は在杭、長樂（福州府長樂縣）の人。萬暦壬辰（二十年、一五九二）の進士。湖州推官（正七品）に除せられ、東昌に量移せらる。南京刑・兵二部に遷り、工部郎中に轉ず。河を張秋に管し、『北河記略』を作り、詳さに河流の源委（源流から河口に至る流れ）及び歴代治河の利病を載す。河工を談ずる者 焉を考す。雲南參政に陞り、廣西按察使を歴て、右布政に至る。

林若撫（雲鳳）曰く、「在杭の詩、年を以て進む。『下菰集』は呉興を司理せしときの作なり。論に坐して眞州に需次し（勤務評定の際に問題になり、揚州府儀眞に官職の空きを求め）、『鑾江集』有り。東昌（山東東昌府）に移り、『居東集』有り。格調漸く工なるも、然れども其の詩も亦た此に止む。嘗て余に寄する詩有りて云く、「曾て紫氣（祥瑞の氣）に從りて龍文（駿馬）を識り、忽ち新詩を見て聞く所を過ぐ。老い去りて自ら牛馬の走を慙じ、書來たりて猶お鹿麋の群るるを問う（あなたは書で猶おも隱逸の志を尋ねる）。春城の樹色 呉苑に連なり、夜雨の鴻聲 海雲に叫ぶ。荔子の輕紅 榕葉の綠、相期す 同に武夷君を拜するを」と。『小草堂全集』中に在り。晩年に作る所、聲調宛然として、復たとは進まざりき」と。

余 閩中の詩を觀るに、國初の林子羽（鴻）・高廷禮（棅）、聲律圓穩（調子や韻律が滑らかで安定感があること）を以て宗と爲す。厥の後 風氣沿襲し、遂に閩派と成る。大抵 詩は必ず今體（律詩）とし、今體は必ず七言とし、磨礲し娑盪たりて（互いに切磋し詩風は自由に伸びやかで）、一手より出づるが如し。在杭は近日 閩派の眉目なり。在杭故より王（世貞）・李（攀龍）に服膺し、已にして王伯穀（穉登）に醉心す。風調諧合し、叫囂の習に染まらず。蓋し之を伯穀に得る者 多と爲す。在杭の後、降りて蔡元履と爲り、閩より變じて楚に之き、王・李より變じて鍾

（惺）・譚（元春）に之き、風雅淩夷し（下り坂を歩き）、閩派此れ從り熸えたり。

【注】

一　**謝布政肇淛**　天啓三年（一六二三）から廣西右布政使となり後に同左布政使を務めたことによる。謝肇淛の傳記資料には、徐𤊹「中奉大夫廣西左布政使武林謝公行狀」（『小草齋集』所收、萬曆刻本及び天啓刋本。以下「行狀」）、曹學佺「明通奉大夫廣西左方伯武林謝公墓誌銘」（同右）がある。また、譯書に『五雜組』（岩城秀夫譯、平凡社、一九九六）がある。

二　**肇淛、字在杭、長樂人**　「行狀」によれば、謝家の直接の祖先である謝星は、宋の理宗のころ福淸に官僚として赴任し、任期滿了後もその地に留まった。その後、亂を避けて海壇山（現在の浙江省溫州市）に移り、明に入り星から八代後の謝鍾の時になって太祖の令に據り長樂に移住した（太祖高皇帝　天下定むるに値たり、海島孤懸たりて黔首〔庶民〕倭夷の標掠を受くるを慮り、令を下して三丁に一を拔して軍と爲し、內地に徙さしむ。是に於いて星の八世の孫　諱は鐘なる者　海を渡りて西のかた長樂に至る）。鍾の孫・德圭は詩を能くし明初の十才子と稱された王恭（字は安中。永樂初に儒士として推薦され翰林院に入った）・高廷禮（本書「八　高棅」に詳述）などと交流があり、德圭の孫の文禮は成化元年（一四六五）の擧人であった。文禮の孫の浩が謝肇淛の祖父であり生員であった。父の汝韶（字は其盛、號は天池）は嘉靖三十七年（一五五八）の擧人で吉府左長史を務めた。謝肇淛の生母の趙氏は汝韶が錢塘の縣學で教鞭を執っていた時に側室となり、隆慶元年（一五六七）七月二十九日に謝肇淛を產んだ。浙江の出身であることから息子を肇淛と名付け、また字を在杭としたという。

三　**萬曆壬辰進士。除湖州推官、量移東昌**　「行狀」に據れば、謝肇淛は萬曆十三年（一五八五）に督學の任にあった王世懋に認められ候官弟子員に補せられ、十六年に『詩經』で郷試に合格した。その後、十七年の會試には合格しなかったが、二十年の會試で進士となった（壬辰〔萬曆二十年〕再び南宮に上り、進士と成る。粤西の太史蕭公雲擧〔字は允升。宣化の人。萬曆十四年の進士〕の門より出づ）。謝肇淛が湖州に赴任して、その後、東昌に轉出した經緯について、「行狀」は次のようにいう。「是の冬（萬曆二十年）、湖州司理を拜す（湖州は浙江湖州府。司理は推官の雅名。『明史』職官志四に據れば、推官は正七品で刑法を擔當した。司理は宋代の司理院に由來する）。吳興は劇郡（煩瑣な地域）なり。刑獄孔だ繁く、平反する所多し（審判が覆ることが多かった）。時に大宗伯（禮部尚書）の董公份（字は用均。烏程の人。嘉靖二十年の進士。嘉靖四十四年四月に禮部尚書となるが、六月に民にされた）、大司成（國子監祭酒）の范公應期（字は伯禎。烏程の人。嘉靖四十四年の進士）、皆雄貲を擁し、家僮千指たりて（使用人が非常に多く）、郷里を齮齕する（地元に害をもたらす）に値たり、因りて聚まりて訟う。巡按御史の彭公某、司成に甘心せんと欲し（もとの祭酒の范應期の不正を暴いて快哉を叫ぼうとし）、意を君に諭して謂えらく、「司理 三尺を持して撓むこと無かる可きなり」と。君 聲を抗げて辭し責に任ぜず。御史 怒り、轉じて意を烏程令の張君應望（應天府の人）に諭す。張 風旨を承り之を窮治す（徹底的に調査した）。司成懼れ、雉經して（自ら絞首して）死す。范夫人の吳氏 闕に詣り登聞を撃ち（民が上奏するために設けられた登聞鼓を撃って）、冤を訟う。神宗皇帝 司成の曾て講官爲るを念い、震怒して御史を逮え其の職を褫ぎ、而して烏程令を獄に下し、竟に戍邊す。吳興の縉紳 庶 相與に嘖嘖せざる莫し（皆があれこれ喧しく言い立てた）。君 中流に砥砫し（紛爭の最中にあって搖らぐことなく難局を乘り切り）、人を殺して以て人に媚びざるなり。秩滿ち、天池先生（父）の階を進めて奉政大夫と爲すも、然るに曲げて長官に事えず、郡守の意を拂うを以て、戊戌（二十六年、一五九八）の大計吏に、遂に中る所と爲り、東昌（山東東昌府）司理に調せらる」。

謝肇淛が赴任した當時、湖州では元禮部尙書の董份と元國子監祭酒の范應期が權勢を振るい地元に不利益をもたらしたため、訴訟が多かった。そこで右副都御史であった王汝訓（字は古師。聊城の人。隆慶五年の進士）の意を受け巡按御史として視察に訪れた彭應參（河南光山の人。萬曆八年の進士）は、范應期に嚴罰を下して溜飮を下げようとして謝肇淛に摘發を要求したが、謝肇淛はそれを固辭したのだった（『明史』王汝訓傳參照）。なお、『國榷』（淸鈔本）には萬曆二十二年十月にこれに關して次のように記載する。「故國子祭酒の范應期の婦 吳氏、闕に詣り訴うるに、「巡按浙江御史の彭應參 私を挾みて告を招き、烏程の知縣たる張應望に屬して嚴提し、贓八百金を勒す（張應望に言いつけて嚴しく訊問して、不正蓄財八百金を押收させた）。子の汝泗 藥を飮みて死に、夫 因りて自ら經す。而るに巡撫の右副都御史たる王汝訓應參に代わりて飾辨し（粉飾して論じ）、其の枉 白げず」と。上怒りて、應參・應望を逮え、巡撫の王汝訓を罷めしむ。初め應參 豪紳を懲するを好む。烏程の尙書たりし董份 尤も富橫にして、烏程（張應望）を嗾して訴に入らしめ、又 徧く當路に囑す」。

四　遷南京刑・兵二部、轉工部郎中。管河張秋、作『北河記略』……談河工者考焉

南京の刑部と兵部を經て北京の工部に異動するまでの經過を「行狀」は次のように記す。「乙巳（萬曆三十三年、一六〇五）南京刑部山西司主事に擢んでられ、從祖の繹梅公（遠緣にあたる謝杰、字は漢甫、號は繹梅、萬曆二年の進士）少司寇（南京刑部侍郎）爲る時の故事（謝杰の經驗を指すか）に尋ね之を行う。……丙午（三十四年）、入りて慈聖皇太后の徽號（稱號）を賀するを以て京に抵る。間道して（邊鄙な脇道を通って）家に過ぎり天池先生（父）の爲に七十の觴を稱う。尋いで南京兵部職方司主事に轉ず。未だ幾ばくならずして、天池先生卽世す。……己酉（三十七年）服闋わり、工部屯田司主事に補せられ、員外郎に轉ず。……辛亥（三十九年）本部都水司郎中に轉じ、北河を督理し、節を張秋に駐す（張秋に駐在した）。國家の轉漕 道して斯の地を經たり。而して北河 轄する所千餘里、履を賜る（君主か

ら仰せつかった封地）に於けるや最も廣し。……若し巨浸淫潦（深刻な浸水）、崩湍（激流）怒號するに逢わば、千丈立ちどころに潰え、馮夷・河伯盡くは人の意に如く能わず。故に河事を任ぜらるる者、責任彌いよ艱し。君天時を審らかにし地利を察し、規前慮後し（前もって對策を立て後の結果を考慮し）、毖みて畫し周く防ぎ、日夜焦勞す。凡そ以て河工を護衛す可き者は、手づから勒せし（手元にしっかり備えておいた）『北河紀』を畢く擧げざるは莫し。形勝を圖繪し（土地の形狀など地理的條件の長短を圖示し）、諸を掌に指すが如し。是に由りて百瀆（全ての水路）靈を效し、舳艫魚貫し、旱にも涸れずして雨にも崩れざるは、君の力なり」。

張秋は現在の山東省西部の聊城の南に位置し、永樂年間に北京に遷都して以來、南方から北京に物資を輸送する際の要所であった。謝肇淛が編纂した『北河紀』卷四（四庫全書本）は謝遷「安平鎭石隄記」を收載し、「國家 鼎を燕京に定め、凡そ上供の需、百官六軍の餽餉、大率 東南より仰給す。舟楫もて轉輸し、以て陸地飛輓（迅速に運ぶ）の勞と海運風濤の險とを免るるは、實に維れ漕渠、是れ兗の東阿・張秋に賴る。鎭は適たま漕河の路に居る」という。また、謝肇淛は『北河紀』の「河工紀」卷三及び餘卷の卷二において、張秋（弘治七年の治水事業完工後に安平鎭に改稱）の氾濫履歷や治水工事履歷を詳述し、加えて治水事業施工時の關連文獻を收錄している。

五　升雲南參政、歷廣西按察使、至右布政　「行狀」に「滿三載、復命し、雲南布政使司左參政兼僉事に擢んでられ、金滄道を分巡す。……辛酉（天啓元年）廣西按察使に擢んでられ、癸亥（三年）本省右布政使に晉み、尋いで左布政使に晉む」とある。

六　林若撫　林雲鳳、字は若撫、長洲の人。『千頃堂書目』卷二八別集類に『自可編』二十二卷があると記載されるが、『靜志居詩話』卷二〇（嘉慶扶荔山房刻本）に「若撫 鍾・譚倣張の日に當たりて、正を守りて回らず、詩篇極めて其れ繁富たり。惜しむらくは知る者寥寥として、困阨して終に老ゆ。相如の遺草、已に問う可からず」とあることより、その著作は早くに散逸したと思われる。『明詩紀事』辛籤巻三二（陳氏聽詩齋刻本）に二首収録されるほか、『（同治）蘇州府志』巻八七（光緒九年刋本）に傳がある。銭謙益が林雲鳳の言葉を引用したのは、謝肇淛が前後七子に親炙していたことを間接的に批判する目的があったと考えられる。『靜志居詩話』に言うように、林が竟陵派に靡かなかったことも銭謙益には好もしかったにちがいない。引用されている詩は『小草齋集』巻二二に「寄林若撫」という題で収録される。「茘子輕紅榕葉綠」の句は、『小草齋集』では萬曆刻本・天啓刻本ともに「茘子新紅榕葉綠」に作る。また、『列朝詩集』點校本は「茘子輕葉紅榕綠」に作るが平仄が合わない。

七　『下菰集』司理吳興作也。坐論需次眞州、有『鑾江集』。移東昌、有『居東集』

陸無從「鑾江集序」に「今戊戌吳興司李閩中謝在杭、坐論當徙治、需次眞州。時故吳縣令袁中郎、長州令江進之皆楚人。皆先後以論徙、客眞州。在杭與之游甚驩、其於登覽曲讌所得詩若干首、彙而帙之、題曰『鑾江集』。……余嚮慕在杭蓋廿年、未得一交臂而語。至所傳『下菰』諸集、業已瀾翻在舌矣（今戊戌〔萬曆二十六年〕吳興の司李〔司理〕閩中の謝在杭、論に坐し當に治を徙るべく、眞州に需次す。時に故の吳縣令たる袁中郎〔宏道〕・長州令たる江進之〔盈科〕皆楚人なり。皆 先後して論を以て徙され、眞州に客す。在杭 之と游びて甚だ驩び、其の登覽曲讌するに於いて得る所の詩若干首、彙めて之を帙し、題して『鑾江集』と曰う。……余 在杭を嚮慕すること蓋し廿年、未だ一たびも臂を交えて語るを得ず。傳うる所の『下菰』諸集に至りては、業已に瀾りに翻して舌に在り）」とある。

また、邢侗の『居東集』の序文には、以下のように述べる。「（謝肇淛）爰に吳興自り東郡に量移され、託寓するに依類し（役人生活で生じた思いを託すかのように）、一に書を著さんと意う。軔を射書の闉に發し（戰國時代に、齊の魯仲連が書狀を射て敵を動搖させることで開城させた聊城の門から出發し）、車を歷山（山東歷城縣西南にある山）の麓に駐む。厭次（山東濟南府武定州）に方朔（東方朔）を吊い、菑里に次卿（田成子？）を感ず。任城

（山東兗州府濟寧州）に太白（李白）の舊を憶い（太白樓に登り、李白が賀知章を訪ねた舊事に思いを馳せ）、阿曲に陳思（曹植）の跡を尋ぬ。雪宮（齊の宣王が孟子と會見した離宮）墟を齊の境に留め、蜃市 幻を海澨（海邊）に示す」。

八　國初林子羽・高廷禮、以聲律圓穩爲宗　林鴻は福建福州府福清の人。洪武初年に將樂訓導に推薦され、禮部員外郎に擢んでられた。『鳴盛集』四卷がある。萬曆初年、袁表・馬熒により『閩中十子詩』が編纂され、高棅らとともに閩派の偉大な先達と認識されるようになった。『列朝詩集』甲集卷二十に「林膳部鴻」があり、「凡そ閩人の詩を言う者は、皆 鴻に本づく」という。高廷禮については本書に「八　高棅」を收錄する。「小傳」のいわゆる閩派に對する評價は、林章・謝肇淛・曹學佺など數人を除いては嚴しい。錢謙益は『列朝詩集』甲集卷十四劉崧の「小傳」において、林鴻が唐詩を模範としたことが、結果的にその後の閩派による詩の墮落を運命づけたとする。「國初の詩派、西江は則ち劉泰和（崧）、閩中は則ち張古田（以寧）。泰和 雅正を以て宗を標し（標榜し）、古田 雄麗を以て幟を樹つ。江西の派、中に降りて東里（楊士奇）に歸し、步 臺閣に趨る。其の流なる也、卑冗にして振るわず。閩中の派、旁出して膳部を宗とし、唐音を規摹し（手本とし）、其の流なる也、膚弱にして理無し」。

錢謙益がこうした言論を展開するに至った背景には、閩派中興の祖とも目される鄭善夫（福建閩縣の人。字は繼之。弘治十八年の進士）の存在がある。鄭善夫は前七子の李夢陽・何景明に共鳴し、杜甫にひどく心醉したために現實性に缺けたり模倣が目立つ詩を創った。『列朝詩集』丙集卷十三に記載された鄭善夫の「小傳」では林貞恆（名は熑。福建閩縣の人。嘉靖二十六年の進士）及び黃河水（字は淸甫。黃魯曾の子。後の名は德水）の發言を引用し鄭善夫が過度に杜甫を模倣したことを記し、『列朝詩集』丁集卷十の林章（字は初文。福淸の人。萬曆元年の擧人）の傳では林章が、林鴻・高廷禮など國初十子から鄭善夫へ、という閩派の旣定路線を步まなかったことを、詩人としての成就の要因としている。「鄭郎中善夫」の「小傳」に「林尚書貞恆『福州誌』を撰し、少谷（鄭善夫）の詩 專ら杜に倣うを刺す。時は天寶に匪ず、地は拾遺（杜甫）に遠きに、以爲えらく病無きに呻吟すと。……黃河水曰く、「繼之（鄭善夫）才故より沈鬱なりて、杜を去ること近しと爲す。過ぎて摹倣を爲し、幾ど其の眞を喪う……」と」とある。林章の「小傳」に「吾謂えらく閩中の詩派、子羽を宗とし善夫を彌り、撫倣蹈襲を以て能事と爲す。初文（林章）才情跌宕にして、唐人の格律に於けるや、時に跳びて之を去らんと欲す。要は能く閩派の羈紲する所と爲らず、傑出者と謂う可きなり。其の詩「蛾眉篇」最も著るるも、『晉安風雅』（徐𤊹が編纂した福州府關係者の詩集）の中に在りては、錄に具わらず」。鄭善夫については萬曆間の閩派の中でも評價は必ずしも高くなく、謝肇淛も杜甫のみを唯一の模範とすることに違和感を述べている。『小草齋詩話』卷三外篇下（『明詩話全編』第六册所收舊抄本、江蘇古籍出版社、一九九七）に「北地（李夢陽）・信陽（何景明）興りて自り、而して吾が閩に鄭繼之有りて之に應じ、鉛華を一洗し、力めて大雅を追いて、盛んなり。然れども百家を掊擊し、獨り少陵（杜甫）のみを宗とし、呻吟枯寂の語多く、而して風人比興の誼絕ゆ」という。

「小傳」は林鴻を閩派沒落のきっかけを作った人物と見なすが、しかし、閩派の地域的獨自性を打ち立てようとした、萬曆間の閩派の人たちの林鴻への評價は當然ながらおしなべて高く、林鴻こそ閩派の「正始」の聲を創ったパイオニアとして見なしていた。袁表・鄧原岳らによって閩派の詩人を體系的に整理し編集された『閩詩正聲』の序（鄧原岳『西樓集』卷一二所收。崇禎元年重刊本）、徐𤊹が編纂した『晉安風雅』の序（萬曆刻本）は、いずれも林鴻をそのように位置づけており、謝肇淛も彼らの同志であった。謝肇淛は『小草齋詩話』卷二外篇上で「本朝の詩、林鴻・高啓尙し。鴻は一に盛唐を意い、而して啓は元・白・長吉より雜え出だし、此に其れ異なるなり」と言っている。また、「鄧汝高傳」（『小草齋文集』卷一一、天啓刊本）では、明代の閩派の變遷を次のように記している。「蓋し閩詩 是に于いて三たび變ず。國初 十子 政を爲し（文壇の主導權を握り）、其の言 秀潤にして弘朗たり。蓋し猶お正始の遺有るがごとし。則ち林膳部子羽 之が冠と爲る。弘（治）・正（徳）の間、其の人 思 深沈にして詞 雄鬱たり。相尙ぶに少陵を以てし、語を致して一たび靡靡の聲を洗う。則ち鄭吏部繼之 之が冠と爲る。吾が黨の諸子に及び、相與に切劘し、始めて崑崙の源を窮め、宛委の祕を探すを獲たり。漢・魏自り以て中・晩に迨ぶまで、千年の變態を攷して之を折衷す。才情に本づきて之を氣格に歸し、失墜する毋きなり。是に於いて詩道大いに明らかなり。而して鄧觀察汝高 之が冠と爲る」。鄧汝高は名を原岳と言い、閩の人。文中の「崑崙の源」は『文選』に收錄する張衡「思去賦」の李善注が引く『楚辭』の王逸注に見える表現。「宛委」は宛委山。禹が宛委山に登り金簡玉字の書を得たという。ここでは得がたい書物や文章のたとえ。さらに、「漫興」二十首之十六（『小草齋集』巻二九）では「徐・陳 里閈（鄉里）に久しく相親しみ 鍾・李の湖湘は吾が鄰に非ず。泥を丸めて久しく已に函谷を封じ 江東一片の塵を見るを怕る」と詠み、閩派への親しみを表している。『靜志居詩話』巻一六に據れば、詩中の「徐」は徐熥、「陳」は陳椿・陳薦夫・陳宏已を指すとする。「鍾」は鍾惺（本書「三四 鍾惺」に詳述）を指す。なお、萬曆年間における福建の文人による閩派の自覺的な形成については陳廣宏「晉安詩派：萬曆間福州文人群體對本地文學的自覺建構」（『中國文學研究』第一二輯、中國文聯出版社）に詳述されている。

九　**厥後風氣沿襲、遂成閩派。大抵詩必今體、今體必七言、磨礲娑盪、如出一手**　林鴻『鳴盛集』（『四庫全書』所收本）に收錄される詩の內譯は、五言古詩百三十一首、五言近體詩（卽ち律詩）百二首、五言排律三十四首、七言古詩三十五首、七言近體詩百四十九首、七言絶句七十八首、五言絶句四首、辭二首、詞十三首となっており、七言詩だけを見れば確かに古詩と律詩の數の差は大きい。謝肇淛の場合は七言詩のみならず、五言詩に於いても差がある（『居東集』七古三十二首、七律百十四首、五古三十四首、五律九十七首。『下菰集』も同樣の傾向がある）。前掲の陳廣宏論文に據れば、萬曆初年に後七子と密接な關係にあった福建の詩人結社「玉鑾社」のメンバーの一人の趙世顯について、丁應太が書いた序文「刻仁父趙先生『山居』・『闕下』二稿序」に「五七言の近體多し（多五七言近體）」とある。なお、『四庫全書總目提要』の『鳴盛集』の項にも、「閩中」の「才雋」が林鴻らの論を金科玉條のように守り、「動やもすれば七律を爲り、一手より出づるが如」きであると言われていたという。恐らく「小傳」の批評を參考にしたのだろう。

一〇　在杭近日閩派之眉目也　屠隆「謝在杭詩序」（『小草齋集』所收）に「余雅知在杭。夫閩山水秀甲齊州。靈爽之氣、蜿蟺磅魄盡發此時。方來之俊、雲蒸泉涌、先後通名字不佞者、無慮數十家、削牘有至萬餘言者。洞目駴心、觀聽于是爲巨。要以閩中白眉則首推在杭（余雅より在杭を知る。夫れ閩は山水秀で齊州〔中國〕に甲たり。靈爽の氣、蜿蟺磅魄として〔強い勢いで集中し〕盡く此の時に發す。方來の俊は、雲蒸泉涌し、先後して名字を不佞に通ずる者は無慮數十家、削牘〔撰述〕の萬餘言に至る者有り。洞目駴心し〔目を見張り心を驚かし〕、觀聽是に于いて巨と爲る〔自分の視野や見聞が廣がった〕。要むるに閩中の白眉を以てすれば則ち首めに在杭を推す）」という。

一一　在杭故服膺王・李、已而醉心於王伯穀……蓋得之伯穀者爲多　謝肇淛は、『小草齋詩話』卷二外篇上において、唐詩に學ぼうとする前後七子の理念を高く評價し、理想的な結果に終わらなかったのは實力が及ばなかったためだとする。「宋詩　惡道に墮つと雖も、然れども其の意　亦た自ら門戶を立てんと欲し、唐人の口吻を學ぶを肯んぜざる耳。此等の見解　本朝の人　到る可きに非ず。本朝惟だ北地（李夢陽）・歷下（李攀龍）の二公　成佛作祖の意有るに、而るに力量　稍　逮ばざるのみ」。そして同書ではさらに前後七子の試みがうまくいかなかった要因を「獻吉（李夢陽）・繼之、幾ど少陵を活剝し、高處自ら掩う可からず。而して顰に效うの過、亦た時に人をして嘔噦（嘔吐）せしむ。于鱗（李攀龍）一たび變じて雄聲を爲り、天下翕然として、風に從いて靡くも、亦た小白（春秋・齊の桓公）の霸なり。元美（王世貞）材を取ること廣しと雖も、焉を擇ぶこと精ならず」と指摘する。李攀龍を齊の桓公に擬えるのは、春秋時代の齊の桓公が管仲を宰相に取り立て諸侯を鳩合させたことで覇王となったように、李攀龍は多くの賛同者を得たが、桓公が晩年に管仲の進言に従わずに凡庸な人物を登用したように、李攀龍も優秀な人材を得ることができなかったことをいう。ところで、「小傳」では謝肇淛の詩文について、林雲鳳の批評である「格調漸工、然其詩亦止於此」、「晩年所作、聲調宛然、不復進矣」を引用している。「格調」が巧みであるのは前後七子の特徴であり、「聲調」に起伏があって耳なじみがよいのもまた前後七子の重視したところである。

「王伯穀」は王穉登（先祖は毗陵の人だが、後に蘇州の人）。錢謙益は『列朝詩集』丁集巻八の「小傳」において「吳門 文待詔（文徵明）歿して自り後、風雅の道、未だ歸する所有らざるに、伯穀 華を振るいて秀を啓き、枯に噓き生に吹きて（枯れたものを蘇らせ生きている者を枯渇させる勢いで）、詞翰の席を擅にする者 三十餘年」といい、江南の「風雅」の正統な後繼者として位置づけているほか、「余 年壯たるに及び、伯穀 猶お健飯にして、數しば相聞くも往きて謁せず。昔 王弇州（王世貞）自ら言えらく、「少き時 文待詔と周旋（詩文の應酬）するも、而るに意殊に滿たず、晩年 爲に傳を作り、一の懺悔文に當つべし」と。余 當世にして伯穀を失い、其の悔い 弇州より甚だしきこと有り」と扼腕している。

謝肇淛は王穉登の傳記「王百穀傳」（『小草齋文集』巻一一）の中で、王穉登が前後七子はもとより江南で六朝に學んだ「靡靡の音」を作る人々とも距離をおいたため、「正宗」に自ずと適合したと評價している。「明興り、北地・信陽自り風骨を以て相尙び、無病の呻吟に近くして詩一變す。歷下 政を爲すに迨びて、專ら雄聲を爲り、氣格に務めて性情寡なく、而して詩一變す。比者、江左（江南）の諸君、遠く六朝に學び、鮑（照）・謝（靈運）の靡靡の音を模擬し、復たとは凌ぎ競わず、而して詩 又一變す。先生 挺然として獨り三者の中に立ち、而して正宗に默契し、頽靡を逐わず」。ここで「江左の諸君」が六朝に學んで「靡靡の音を模擬」したとすることについて、謝肇淛は『小草齋詩話』巻二外篇上でも「近時の諸公 六朝を以て七子に易わり、聲格愈ます下るは、何者なるか。彼（七子）は尙お詩の雄爲るも、此は直ちに詩の靡爲るなり。其病 大要 二有り、曰く心 深からず、曰く識 定まらずと」と手嚴しく批判している。

一二　在杭之後、降爲蔡元履、變閩而之楚、變王・李而之鍾・譚　蔡復一については本書「三五附　錢謙益「論譚元春詩」」注一一を參照されたい。福建出身者で竟陵派と交流を持ったのは蔡復一だけではなく、林古度（字は茂之）また那子。林章の子）や商家梅（字は孟和。閩縣の人）もそうである。林古度は鍾惺のために『隱秀軒集』（佚）を刻行し、商家梅は鍾惺と知り合ったことで詩風が「幽閒蕭寂」に變わったという（陳廣宏『竟陵派研究』第四章參照。復旦大學出版社、二〇〇六）。

（和泉ひとみ）

四〇 李 贄 嘉靖六年（一五二七）～萬曆三十年（一六〇二）

閏集卷三[一] 卓吾先生李贄[二]

贄[三]、字宏甫、晉江人。領鄉薦[四]、不再上公車、授敎官、歷南京刑部主事[五]、出爲姚安太守[六]。政令淸簡[七]、公座或與禪衲俱、簿書之間、時與參論。又輒至伽藍、判了公事。踰年入鷄足山[八]、閱藏不出。御史劉維奇其人、疏令致仕。與黄安耿子庸善[九]、罷郡遂客黄安。子庸死[一〇]、遂至麻城龍潭湖上、閉門下楗、日以讀書爲事。一日[一一]、惡頭癢、倦于梳櫛、遂去其髮、禿而加巾。

卓吾所著書[一二]、於上下數千年之間、別出手眼、而其掊擊道學[一三]、抉摘情僞、與耿天臺往復書、累累萬言、胥天下之爲僞學者[一四]、莫不膽張心動、惡其害己、於是咸以爲妖爲幻、噪而逐之。馬御史經綸[一五]、迎之於通州、尋以妖人逮下詔獄。獄詞上議[一六]、勒還原籍。卓吾曰、「我年七十有六、死耳、何以歸爲」。遂奪薙髮刀自剄、兩日而死。御史收葬之通州北門外[一七]。秣陵焦竑題其石、曰、「李卓吾先生墓」。過者皆弔焉。

袁小修[一八]嘗語余、曰、「卓老多病寡慾。妻莊夫人、生一女。莊歿後、不復近女色。其戒行、老禪和不復是過也。平生痛惡僞學、每入書院講堂、峩冠大帶。執經請問、輒奮袖、曰、「此時正不如攜歌姬舞女、淺斟低唱」。諸生有挾妓女者、見之或破顏微笑、曰、「也强似與道學先生作伴」。於是麻黃之間、登壇講學者、銜恨次骨、遂有宣淫敗俗之謗。蟾蜍擲糞、自其口出、豈足以汚卓老哉。余兄中郎[一九]、以吳令謝病歸、再起儀部。卓老[二〇]以謂理不當復出、爲詩曰、「王符已著潛夫論、爲問中郎到也無」。已而中郎將抵國門、乃改前句、曰、「黃金臺上思千里、爲報中郎速進途」。其於進退出處、介介如此。人[二一]知卓老爲柳下之不恭、不知其爲伯夷之隘也」。

卓老[二二]風骨稜稜、中燠外冷、參求理乘、剔膚見骨、迴絕理路、出語皆刀劍上事、獅子迸乳、香象絕流、直[二三]可與紫栢老人相上下。

遺山『中州集』有異人之目、吾以爲卓吾可以當之。錄其詩附於高僧之後、傳燈所載、旁出法嗣、卓吾或其儔與。

【訓讀】

贄、字は宏甫、晉江（福建泉州府下の縣）の人。鄉薦を領するも（嘉靖三十一年・二十六歲、福建鄉試擧人）、再び公車に上らず（會試を受けようとせず）、教官（從九品）を授かり、南京刑部主事（正六品）を歷、出でて姚安太守（雲南姚安府知府、正四品）と爲る。政令（政策と法令）は淸簡にして、公座（公務を行う座席）に或いは禪衲（僧侶）と倶にし、簿書（公文書作成）の間に、時に與に參論す（參禪と討論をおこなった）。又輒ら伽藍に至りて、公事を判了す。年を踰えて鷄足山に入り、藏（大藏經）を閲して出でず。御史劉維 其の人を奇とするも、疏して致仕せ令む。黃安の耿子庸と善く、郡を罷めて遂に黃安に客たり。子庸死し、遂に麻城（黃州府下の縣）の龍潭湖の上に至り、門を閉じて楗（『列朝詩集』點校本による。底本は俗體に作る。かんぬき）を下し、日び讀書を以て事と爲す。一日、頭の癢きを惡み、梳櫛（頭髪をくしけづる）に倦み、遂に其の髪を去り、禿にして巾を加う（ずきんをかぶった）。

卓吾著す所の書は、上下數千年の間に於いて、別に手眼（もちまえの才識）を出だし、而して其の道學を掊撃し、情僞を抉摘し（情理の虚僞をえぐりだし）、耿天臺に與うる往復の書は、累累萬言たり。天下の僞學を爲す者を胥げて、膽張り心動かざるは莫く、其の己を害うを惡み、是こに於いて咸以て妖（たぶらかし、まどわし）と爲し幻（でたらめ）と爲し、噪ぎて之を逐う。馬御史經綸、之を通州（京師東二五キロ）に迎うるも、尋いで妖人を以て逮えられ詔獄に下さる。獄詞上議せられ、勒して（むりやり）原籍（本籍の泉州）に還らしめんとす。卓吾曰く、「我年七十有六、死する耳、何を以てか歸るを爲さん」と。遂に薙髪刀を奪いて自刭し、兩日にして死す。御史 之を通州の北門外に收葬し、秣陵（南京）の焦竑 其の石に題して曰く、「李卓吾先生の墓」と。過ぎる者皆焉を吊う。

袁小修 嘗て余に語りて曰く、「卓老は病多く慾寡なし。妻莊夫人 一女を生む。莊歿せし後、復たとは女色を近づけず。其の戒行は、老禪和（修行を重ねた參禪者）も復た是に過ぎざるなり。平生痛く僞學を惡み、書院の講堂に入る毎に、峩冠大帶す（士大夫の正装である高い冠と幅廣の帯を召した）。（受講生が）經（儒教の經書）を執り請いて問えば、輒ち袖を奮いて（興奮し）、曰く、「此の時は正に歌姫舞女を攜え、淺く（酒を）斟み低く唱うに如かず」と。諸生に妓女を挾む者有り、之を見て或いは破顔微笑して、曰く、「也（やはり）道學先生と伴を作すに強似たり（ずっとまさっている）」と。是こに於いて麻（城）黄（安）の間の、登壇講學する者、恨みを銜むこと骨に次り、遂に淫を宣べ俗を敗うの謗り有り。蟾蜍（がま）の糞を擲つは其の口自り出づ、豈以て卓老を汚すに足らん哉。余の兄中郎、吳令を以て病を謝して歸り、再び儀部に起つ。卓老以て理として（道理の上からは）當に復たとは出でざるべしと謂い、詩を爲りて曰く、「王符 已に『潛夫論』を著すに、爲に問う中郎よ（その境地に）到る也無きや」と。

已にして中郎の將に（京師の）國門に抵らんとするに、乃ち前句を改めて曰く、「黄金臺上 千里を思い、爲に報ず中郎よ進途を速げと」と。其の進退出處に於いて介介たること（細かく氣にかけること）此くの如し。人は卓老の、柳下の不恭（愼みの無さ）爲るを知るも、其の伯夷の隘（狹量）爲るを知らざるなり」と。

卓老は風骨稜稜たりて（風貌は嚴めしく角ばっていて）、中は燠かく外は冷やかにして、理乘（道理の教法）を參求し、膚を剔り骨を見して（物事の本質にせまり）、迥かに理路を絶ち、語を出だすは皆刀劍上の（血を見るように嚴しい）事にして、獅子 乳を迸（底本ほか全てのテキストが「逬」に作るのは誤り）しらせ、香象 流れを絶つは、直ちに紫栢老人と相上下す可し。

遺山『中州集』（金・元好問編。「歴朝詩集序」（本書「一」）を參照）に「異人」の目有り。吾以爲えらく、卓吾は以て之に當つ可し、と。其の詩を錄して高僧の後に附するは、傳燈（『傳燈錄』）に載する所、旁に法嗣（佛法の繼承者）を出だす、卓吾或いは其の儔なる與（李贄も法嗣の一人であろう）。

【注】

一　閏集卷三　「閏」とは餘分の謂いであり、儒教を信奉する中國の士大夫以外の人々を指す。かなり多くの「高僧」「名僧」「道士」「香奩（婦人）」と外國人などが名を列ねるが、その中に特別に「異人」三人が設けられている。「異人」については、右の分類以外の特異な人というほかに定義のしようはあるまい。錢謙益は「歴朝詩集序」に述べるように、この枠を元好問の『中州集』に倣って設けたというが、その四人は「衲僧の如き」人、「居士」「道人」など、佛教や道教に篤い人である。これにたいして『列朝詩集』での、李贄の外の二人は、「峨眉山人」と稱する萬世尊と「仙翁」といわれた彭幼期で、ともに道教を極めた存在である。

李贄は、自身では孔子を尊崇するとはいうものの、例えば「耿中丞に答う」書（『焚書』巻一）で、相手の發言にたいして、「然れども此は乃ち孔氏（孔さん）の言にして、我（ご自分のもの）に非ざるなり（然此乃孔氏之言、非我也）」と、孔子の絶對性を否定する。また、「童心說」（同巻三）では「故に吾は是に因りて童心なる者の自から文なるに感ずる有るなり。更に甚麼の六經と說わんや（言う必要があろうか）、更に甚麼の『（論）語』『孟（子）』と說わん乎（故吾因是而有感于童心者之自文也。更說甚麼六經、更說甚麼語孟乎）」と、經書の絶對性に疑問を呈する。

銭謙益としてはもはや李贄を儒家の一員と見なすわけにはゆかないのである。その「重修維揚書院記」（『初學集』巻四四）に、「（王陽明の）良知に稽する（敬服する）の弊なる者は、（王艮〔心齋〕の）泰州と曰い、之の後、流れて狂子と爲り、僇民（罪人）と爲る。所謂狂子・僇民なる者は、顏山農・何心隱・李卓吾の流なり（稽良知之弊者、曰泰州、之後、流而爲狂子、爲僇民。所謂狂子僇民者、顏山農・何心隱・李卓吾之流也）」として、儒者の枠から追放している。ちなみに銭氏の若い友人である黃宗羲も、その『明儒學案』の「泰州學案」にも他の學案にもこの三家を著錄しない。

とはいえ銭謙益は李贄にたいして「先生」と一定の敬意をはらい、本小傳の最後に述べるように、李贄の關心が強く造詣も深かった佛敎の信奉者・傳道者の一員として、高僧の後に附錄したのである。

二　卓吾先生李贄　「卓吾」は號、「先生」は敬愛の意の表明。參考までに『列朝詩集』で他に銭謙益から「先生」と稱された人物を列擧しておく。楊維楨・鐵厓先生・甲前集巻七。倪瓚・雲林先生・甲前集巻八。方孝孺・正學先生・甲集巻二十二。沈周・石田先生・丙集巻八。歸有光・震川先生・丁集巻十二。殷邁・秋溟先生・閏集巻三。

李贄についての傳記資料としては、まず自傳ともいうべき「卓吾論略」（李贄『焚書』巻三）がある。「滇中」すなわち雲南の姚安府知府時代（五十一～五十四歳）に孔若谷（未詳）が聴取りをした記録である。その生涯にわたるものとしては次の二種がある。袁中道（本書「三三二」）の「李温陵傳」（『珂雪齋集』巻一七。温陵は出身地である福建泉州府の古稱）。さらに『帝京景物略』巻八・畿輔名蹟の「李卓吾墓」。該書は全八巻、劉侗（排纂成文）と于奕正（摭求事蹟）の同撰、崇禎八年（一六三五）冬の劉侗の敍文がある。劉侗は字は同人、湖廣黄州府麻城縣の人。崇禎七年の進士で、吳縣知縣となった。于奕正は字は司直、北直隸順天府宛平縣の人、崇禎年間に諸生であった。

年譜の主なものは三種。その一は鈴木虎雄著「李卓吾年譜」（「上」は『支那學』第七巻第貳號・昭和九年（一九三四）二月、「下」は同第七巻第參號・同年七月。以下「鈴木・年譜」）。その二は容肇祖編『李贄年譜』（一九五七年、北京、生活・讀書・新知三聯書店。以下「容・年譜」）。その三は溝口雄三譯『焚書（抄）』附「李贄年譜」（『近世隨筆集』一九七一年九月・平凡社・中國古典文學大系第55巻所收。以下「溝口・年譜」）。

三　贄、字宏甫、晉江人　「李温陵傳」に「李温陵なる者は名は載贄（李溫陵者、名載贄）」。「卓吾論略」に「居士（李氏）の別號は一に非ず、卓吾は特（ただ）其の一號耳（のみ）。……居士は大明嘉靖丁亥（六年、一五二七）の歳に生まれ、時に維陽の月（十月）、全數（三十日）を得たる焉（なり）。生まれて母太宜人徐氏沒し、幼くして孤（ただし父白齋公は生存）、長ずる所を知る莫し（居士別號非一、卓吾特其一號耳。……居士生大明嘉靖丁亥之歳、時維陽月、得全數焉。生而母太宜人徐氏沒、幼而孤、莫知所長）」とある。

四　領鄕薦、不再上公車、授教官　「李温陵傳」に次のように記す。「少（わか）くして孝廉に擧げらるるも、道の遠きを以て再び公車に上（のぼ）らず、校官（地方の學校の敎官）と爲り、郎署の間を徘徊し、後に（雲南の）姚安太守と爲る（少擧孝廉、以道遠、不再上公車、爲校官、徘徊郎署間、後爲姚安太守）」。

また「卓吾論略」には次のように記される。「居士曰く、「吾初め意に一官を乞うに江南の便地を得んと。意わざりき、共城の（郷里より）萬里に走りて、反って父の（老後の）憂いを遺すとは」と。……百泉に在ること五載、落落として竟に道を聞かず、卒に南雍に遷りて以て去る（居士曰、「吾初意乞一官、得江南便地。不意走共城萬里、反遺父憂」。……在百泉五載、落落竟不聞道、卒遷南雍以去）」。「共城」は河南輝府輝縣、周代の共の地。「百泉」はすなわち百門泉、輝縣北方蘇門山の頂上にある。「南雍」は南京國子監、最下位の學正は正九品。

「鈴木・年譜」は「輝縣教諭」赴任を嘉靖三十四年（一五五五）、「國子監の敎官となりて南京に遷」ったのを嘉靖三十八年のこととする。これにたいして「溝口・年譜」は「河南省輝縣の教諭に任ぜられ」たのを嘉靖三十五年、「南京國子監博士に任ぜられ」たのを嘉靖三十九年と、一年ずつ後らせている。南京國子監博士は從八品。

五　歴南京刑部主事

「卓吾論略」は前の文に續けて次のように記す。「數月にして（父）白齋公の沒するを聞き、制を守りて東歸す（孝行の制度を守って泉州に歸った）。……三年服闋り、室（家族）を盡げて京に入る（「鈴木・年譜」嘉靖四十年、「溝口・年譜」同四十一年）。……乃ち缺（缺員）を得て、國子先生と稱すること舊官の如し（北京國子監敎官として南京時代と同じ官位。「鈴木・年譜」「溝口・年譜」とも嘉靖四十二年）。……京に至りて禮部司務（禮部司務廳司務、從九品）に補せらる（「鈴木・年譜」「溝口・年譜」とも嘉靖四十五年）（數月、聞白齋公沒、守制東歸。……三年服闋、盡室入京。……乃得缺、稱國子先生、如舊官。……至京、補禮部司務）」。なお、地方から中央への異同の際には品階を下げられることがしばしばであった。

このあと「卓吾論略」は「居士五載、春官（禮部の官）たり、心を道妙に潛ます（居士五載春官、潛心道妙）」云々として官歴の記述には及ばない。「鈴木・年譜」は萬曆元年（一五七三）四十七歳の項に、清の彭際清（名は紹升、乾隆五年（一七四〇）～嘉慶元年（一七九六）撰『居士傳』巻四三「李卓吾傳」（未見）によって、「萬曆初、歷南京刑部主事」（正六品）とする。それだと春官に滿七年在籍したことになる。また「容・年譜」は、隆慶四年（一五七〇）四十四歳「南京刑部員外郎に任ぜらる」（從五品）とするが、根據は示されていない。「溝口・年譜」もこれを踏襲する。

六　出爲姚安太守　「鈴木・年譜」「溝口・年譜」とも萬曆五年（一五七七）五十一歳のこととする。

七　政令清簡、公座或與禪衲俱、……又輒至伽藍、判了公事　「李卓吾墓」に次のように見える。「爲守日、政令清簡、公座或與髠俱、簿書之間、時與參論。又輒至伽藍、判了公事、人恠之（守爲るの日、政令は清簡にして、公座に或いは髠〔坊主〕と俱にし、簿書の間に、時に與に參論す。又輒ち伽藍〔寺院〕に至りて、公事を判了し、人之を恠しむ）」。「伽藍」について、溝口氏の『焚書（抄）』附「李溫陵傳」の譯（三七一頁）では「役所」とするが、そのような使用例は見出しがたい。「公事」が特に裁判案件を指すとすれば、欲望や罪とがにかかわる事案を佛院の中でとりおこなった、ということではあるまいか。

八　踰年入鷄足山、閱藏不出。御史劉維奇其人、疏令致仕　「李卓吾墓」は注七の引用に續いて次のように記す。「踰年、入鷄足山、閱藏不出。御史劉維奇其人、疏令致仕歸（年を踰えて鷄足山に入り、藏を閱して出でず。御史劉維　其の人を奇とするも、疏して致仕して歸ら令む）」。「年を逾えて」は、三度の年を越えた萬曆八年のことをいう。それは、顧養謙（字は益卿、號は冲菴、南直通州の人、嘉靖十六年（一五三七）～萬曆三十二年（一六〇四）、『列朝詩集』丁集巻九附見）の「贈姚安守溫陵李先生致仕去滇序（姚安守溫陵李先生の致仕して滇を去るに贈るの序）」（『焚書』巻二附録）の次の文章によって分かる。「謙（わたくし）の洱海に備員するや（大理縣洱海湖で任務についた時）、先生は姚安に守たること已に年餘。……萬曆八年庚辰の春、謙は入賀を以て當行す（入朝慶賀のために差遣された）。是の時、先生は官を歴ること且に三年を満たさんとす（謙之備員洱海也、先生守姚安已年餘。……萬曆八年庚辰之春、謙以入賀當行。是時、先生歷官且三年滿矣）」。「鶏足山」は雲南大理府賓川縣西北にある山。姚安府姚州から西北西へ一二〇キロの邊りと思われる。

「御史劉維」については未詳。「鈴木・年譜」が萬曆十九年などの項で、湖廣左布政使劉東星を劉維と同一人物とするのは誤解であろう。東星は本名、字は子明、號は晉川、嘉靖十七（一五三八）〜萬曆二十九年（一六〇一）、『明史』卷二二三に傳がある。**注一五**を參照。その「御史劉維奇其人、疏令致仕」が、「御史劉維は李贄の人柄を奇特とし、官職を續けるように說得したが、本人の辭意が固いので、致仕の申し出を行うことを認めた」という意味であること、顧養謙の同じ文によって明らかである。「而して侍御（監察御史）劉公は方に楚雄（姚安府南方の府）を按ず。先生一日、簿書を謝し（公文書作成を中止し）、府庫を封じ、其の家を攜え、姚安を去りて楚雄に來たり、侍御公に一言して以て去らんことを乞う。侍御公曰く、「姚安の守は賢者なり。賢者にして之を去らしむるは、吾忍びず」と。先生曰く、「其の任に非ずして之に居るは、是官を曠しくするなり、贄は敢てせざるなり。……去るは卽ち去る耳、何ぞ能く其の他を顧みんや」と。而るに兩臺（布政使と按察使）は皆許す勿し。是こに於いて先生は其の家を姚安に還し、而して大理の雞足に走る。雞足なる者は、滇西の名山なり。兩臺は其の意の已に決して留む可からざるを知り、乃ち爲に朝に請い、其の仕を致すを得しむ（而侍御劉公方按楚雄。先生一日謝簿書、封府庫、攜其家、去姚安而來楚雄、乞侍御公一言以去。侍御公曰、「姚安守、賢者也。賢者而去之、吾不忍」。先生曰、「非其任而居之、是曠官也、贄不敢也。……去卽去耳、何能顧其他」。而兩臺皆勿許。於是先生還其家姚安、而走大理之雞足。雞足者、滇西之名山也。兩臺知其意已決、不可留、乃爲請於朝、得致其仕）」。

九　與黃安耿子庸善、罷郡遂客黃安　黃安は湖廣黃州府下の縣。耿子庸は名は定理、字が子庸、號は楚倥、黃安の人、嘉靖十三年（一五三四）～萬曆十二年（一五八四）。「李溫陵傳」に次のように見える。「初め楚の黄安の耿子庸と善く、郡（知府）を罷めて遂に歸らず。曰く、「我老いたり、一、二の勝友を得、終日晤言し（語りあって）以て餘日を遣れば、卽ち至快と爲す、何ぞ必ずしも故鄕ならんや」と。遂に妻女を攜えて黄安に客たり（初與楚黄安耿子庸善、罷郡遂不歸。曰、「我老矣、得一二勝友、終日晤言以遣餘日、卽爲至快、何必故鄕也」。遂攜妻女客黄安）」。

これは實は姚安着任以前に考えていた豫定の行動であった。李贄の「耿楚倥先生傳」（『焚書』卷四）に次のように記す。「先生 諱は定理、字は子庸、別號は楚倥、諸學士稱する所の八先生は是なり。……丁丑（萬曆五年、私は）滇（雲南）に入るに、道に團風（黄州府北西の鎭）を經、遂に舟を舍てて岸に登り、直ちに黄安（團風鎭の北方八〇キロ）に抵りて楚倥に見え、竝びに天臺（定理の兄耿定向、後述）に睹い、便ち棄官して（そこに）留住するの意有り。……三年を旣え、余果して來たり歸するに、之を奈何せん 首を聚むること未だ數載ならざるに、天臺には卽ち內召（宮廷からの召し出し）有り、楚倥も亦遂に終天するなり（先生諱定理、字子庸、別號楚倥、諸學士所稱八先生是也。……丁丑入滇、道經團風、遂舍舟登岸、直抵黄安見楚倥、竝睹天臺、便有棄官留住之意。……旣三年、余果來歸、奈之何聚首未數載、天臺卽有內召、楚倥亦遂終天也）」。「鈴木・年譜」に萬曆十二年「定向は本年三月都察院左僉都御史に起用せられて七月任に抵り、八月本院の左副都御史に陞さる。定理は七月二十三日年五十一歲を以て黄安の家に卒す」とあり、「溝口・年譜」も同じ。

一〇　子庸死、遂至麻城龍潭湖上、閉門下楗、日以讀書爲事　「李溫陵傳」に次のように見える。「子庸死し、子庸の兄天臺公、其の（李氏の）超脫を惜しみ、子姪（自分の息子やおい）の之を效いて、遺棄する（家庭を放棄する）の病有るを恐れ、數しば箴切（批判忠告）に至る。公は遂に麻城の龍潭湖の上に至り、僧無念・周友山（名は思敬）・丘坦之（名は坦）・楊定見と聚まり、門を閉じて鍵を下ろし、日び讀書を以て事と爲す（子庸死、子庸之兄天臺公惜其超脫、恐子姪效之、有遺棄之病、數至箴切。公遂至麻城龍潭湖上、與僧無念・周友山・丘坦之・楊定見聚、閉門下鍵、日以讀書爲事)」。このうち、「天臺公、其の超脱を惜しみ、子姪の之を效いて、遺棄するの病有るを恐れ」については、李贄の「答耿司寇」(『焚書』巻一)に、「乃ち又李卓老を錯(あや)まち怪しんで「他(かれ)は超脱し、嗣續(あとつぎ)を以て重しと爲さざるに因りて、故に兒の之を效う耳(のみ)」と曰う(乃又錯怪李卓老、曰「因他超脫、不以嗣續爲重、故兒效之耳」)」とある。

麻城へ移住した理由を、ここでは耿定向から「數しば箴切に至」らされた事とするが、より大きな理由として思想上の耿定向との相違・論争にあった事は、後の文によって明らかである。その時期を、「鈴木・年譜」は萬暦十六年六十二歳のこととし、「溝口・年譜」も「最もおそく推定しても」この年としている。

一一　一日、惡頭癢、倦于梳櫛、遂去其髮、禿而加巾　「李溫陵傳」に次のように見える。「一日惡頭癢、倦於梳櫛、遂去其髮、獨存鬢鬚(一日 頭の癢きを惡み、梳櫛に倦み、遂に其髮を去り、獨(ひと)り鬢鬚(ほおひげ・あごひげ)のみを存す)」。また「李卓吾墓」には次のように見える。「一日搔髮、自嫌蒸蒸作死人氣、適見侍者剃、遂去髮、獨存髭鬚、禿而方巾(一日 髮を搔くに、自ら蒸蒸として死人の氣を作(な)すを嫌い、適たま侍者の剃るを見、遂に髮を去り、獨り髭鬚のみを存し、禿にして方巾(隱者のずきん)す)」。この剃髮を、「鈴木・年譜」は萬暦十六年夏のこととする。潘曾紘(浙江烏程の人、崇禎九年(一六三六)江西左布政使で病卒)の編輯する『李溫陵外紀』巻一所收の汪可受(號は靜峰、黄州府黄梅縣の人)の「卓吾墓碑記」に、「歳己丑」萬暦十七年、汪氏が李氏に龍湖で會った時に、李氏が「去夏」の事として、「李卓吾墓」にあるような内容を述べたとするからである。

小傳の文にしろ右の記録にしろ、剃髮がいかにも出來心からなされたように記すが、實はそれなりの強い決心のもとになされたことが、彼自身の幾つかの文章から明らかである。例えば「曾繼泉に與うる書」(『焚書』巻二、曾繼泉については未詳）に次のように記す。「其の落髪する所以の者は、則ち家中の閒雜人等（一族の中の無用のひま人）の、時時（しばしば）我の歸去するを望み、又時時千里を遠しとせずして來たりて我に迫り、俗事を以て我に強うるに因りて、故に我は剃髪して以て歸らざるを示し、俗事も亦決然として與り理むるを肯んじざるなり。又此の間 無見識の人多く異端を以て我を目し、故に我は遂に異端と爲りて以て彼の豎子（こぞう）の名を成さしむ。此の數つかの者を兼ねて、陡然（にわかに）髪を去りしは、其の心（本心）に非ざるなり。實は則ち年紀の老大にして、人世に居る時の多からざるの故を以てなり（其所以落髪者、則因家中閒雜人等時時望我歸去、又時時不遠千里來迫我、以俗事强我、故我剃髪以示不歸、俗事亦決然不肯與理也。又此間無見識人多以異端目我、故我遂爲異端以成彼豎子之名。兼此數者、陡然去髪、非其心也。實則以年紀老大、不多時居人世故也）」。

あるいはまた「豫約」（『焚書』巻四）の「感慨平生」の項では、麻城での自分を「流寓客子」の四字に集約したことにかかわって、「故に兼ねて四字を書し、而る後に客と作るの意と管束（管理拘束）に屬せざるの情とは暢然として明白なるも、然れども終に落髪出家の愈ると爲すに如かず（故兼書四字、而後作客之意與不屬管束之情暢然明白、然終不如落髪出家之爲愈）」とその動機を述べ、「嗚呼、余の落髪は豈容易ならんや。余は唯管束を受入するを肯んぜざるの故のみを以て、然る後に落髪するも、又豈容易ならんや（嗚呼、余之落髪、豈容易哉。余唯以不肯受入管束之故、然後落髪、又豈容易哉）」と、その決意の容易でなかったことを慨嘆している。

この頃の李贄に五言四句の詩「薙髪」四首があり、出家僧としての心境を詠む。其一をあげておく。

空潭一老醜、薙髪便爲僧。願度恆沙衆、長明日月燈（空潭 一の老醜、薙髪して便ち僧と爲る。願わくは恆〔ガンジス河〕の沙の衆きを度らん、長明は日月の燈なり）。

一二　卓吾所著書、於上下數千年之間、別出手眼　「李溫陵傳」が李贄の古典批判の姿勢を記した部分からの引用である。「於是上下數千年之間、別出手眼、凡古所稱爲大君子者、有時攻其所短、而所稱爲小人不足齒者、有時不沒其所長（是こに於いて上下數千年の間、別に手眼を出だし、凡そ古に大君子と稱し爲さ所る者には、時有りてか其の短とする所を攻め、而して小人の齒ぶるに足らずと稱し爲さ所る者にも、時有りてか其の長ずる所を沒みせず）」。ここは特にその『藏書』六十八巻を指すと思われる。

一三　而其掊擊道學、抉摘情僞、與耿天臺往復書、累累萬言　小傳の「而して其の……」は、上文からの必然の流れのような接續であるが、「李溫陵傳」の別の脈絡からの引用である。「公氣旣激昂、行復詭異、斥異端者日益側目。與耿公往復辯論、每一札、累累萬言、發道學之隱情、風雨江波、讀之者高其識、欽其才、畏其筆、始有以幻語聞當事、當事者逐之（公 氣は旣に激昂、行いも復た詭異（奇怪）にして、異端を斥くる者 日びに益ます目を側だつ。耿公と辯論を往復し、一札每に累累萬言たりて、道學の隱情を發き、風雨江波（の起るがごとく）、之を讀む者は其の識を高しとし、其の才を欽い、其の筆を畏れ、始めて幻語（事實無根の口上）を以て當事に聞する（當局に告げる）有り、當事の者 之を逐う）」。

道學は、一般的には朱子學を指すことが多いが、ここは陽明學の影響下にあった、中でも泰州學派といわれる倫理學を指す。例えば李贄はその「耿司寇に答う」書（『焚書』卷一）で、「公（耿をさす）今種種に分別すること此くの如く、世の道學を擧げて、公の心に當う者有る無く、心齋先生を以てすると雖も亦雜種に在りて、公の彀率（弓の引き加減）に入らざる矣（公今種種分別如此、擧世道學、無有當公心者、雖以心齋先生亦在雜種、不入公彀率矣）」とする。心齋先生とは、王艮（成化十九年〔一四八三〕～嘉靖十九年〔一五四〇〕）のことで、黃宗羲『明儒學案』では「泰州學案一」に著錄される。また、右と同じ書簡で、「近谿先生は幼き從り道を聞き、……江右・兩浙・姑蘇を歷て以て秣陵に至り、一の道學として去きて參訪せざるは無し（近谿先生從幼聞道、……歷江右・兩浙・姑蘇以至秣陵、無一道學不去參訪）」とある。近谿先生は、羅汝芳（正德十年〔一五一五〕〜萬曆十六年〔一五八八〕）のことで、黄氏の同書では「泰州學案三」に著録される。李贄自身は泰州學派はもとより『明儒學案』のどこにも著録されていないが、王艮・羅汝芳二氏はともに李贄の尊崇する先達であった。したがって小傳が記す「其の道學を掊擊し、情僞を抉摘し」とは、陽明學下の、いわば同根の、仲間うちでの論難であって、耿天臺は李贄にとって最大最强の論敵であった。

耿天臺は、名は定向、字は在倫、號は楚侗、天臺先生と稱された。湖廣黄安縣の人で、注九にあげた耿定理の、十歲上の兄である。嘉靖三年（一五二四）〜萬曆二十四年（一五九六）。『明儒學案』は「泰州學案四」に、弟定理とともに著録する。嘉靖三十五年（一五五六）の進士。隆慶六年（一五七二）の記事として、「鈴木・年譜」「容・年譜」は、耿定向（四十九歲）の「觀生紀」によって、浙江衢州府推官に赴く前に、南京で李贄（四十六歲、南京刑部員外郎か）と會ったとする。注九に記したように、萬曆五年（一五七七、耿五十四歲・李五十一歲）、李贄は姚安知府に赴任する直前に黄安で會っており、同九年、知府を罷めて黄安に客居した。その三年後の萬曆十二年、七月に定理が亡くなったのと前後して、兩者の間に論爭が始まったと見られる。

李贄の側から直接に耿定向に宛てた書簡は『焚書』（卷一・二）に七通見え、うち「耿中丞」とするのは、「鈴木・年譜」によると、耿定向が萬曆十二年三月、都察院左僉都御史（正四品）、同年八月、同左副都御史（正三品）となって以降のもの、「耿司寇」とするのは、萬曆十三年四月、刑部左侍郎（正四品）の時のもの、「耿大中丞」とするのは、萬曆十五年十一月、南京右都御史（正二品）の時のものである。ただし「李溫陵傳」の「一札每に累累萬言」は、殘されているものを見るかぎりでは誇張で、最も長いもので六千字を超える程度である。小傳の「累累萬言」は、あるいは七通を合わせた文字數かも知れない。耿定向は、次いで戶部尙書（正二品）に昇り、萬曆十七年に退官した。

さて小傳の「其の道學を掊擊し、情僞を抉摘し」を耿定向について見るならば、例えば前掲の「耿司寇に答う」書で、相手の態度を次にように批判する。「（あなたは）名心（有名を求める心）太だ重きなり、回護（自分を擁護すること）太だ多きなり。實は惡多かるも、而も專ら仁を志して惡無しと談る。實は私に好む所に偏るも、而も專ら汎く愛し博く愛すると談る。實は己の見（見解）を執定するも、而も專ら自らを是とす可からずと談る（名心太重也、回護太多也。實多惡也、而專談志仁無惡。實偏私所好也、而專談汎愛博愛。實執定己見也、而專談不可自是）」。

もっとも、萬曆二十三年十二月、李贄（六十九歳）は「耿楚倥先生傳」（注九に前掲）を著し、その中で退休後の耿定向（七十二歳）と和解に至ったことを記している。「乃ち知る、學問の道は、兩りながら相（固守する所を）舍つれば則ち兩りながら相從い、兩りながら相守れば則ち兩りながら相病むは、勢い固より然るなり。兩りながら舍つれば則ち兩りながら忘れ、兩りながら忘るれば則ち渾然一體、復た事無かり矣、と。余是こを以て老いを避けず、寒きを畏れず、直ちに（麻城の龍湖から）黃安に走り天臺に山中に會う。天臺は余の至るを聞き、亦遂に之を喜ぶこと狂えるが若し。志の同じく道の合するは、豈偶然ならん耶（乃知學問之道、兩相舍則兩相從、兩相守則兩相病、勢固然也。兩舍則兩忘、兩忘則渾然一體、無復事矣。余是以不避老、不畏寒、直走黃安會天臺于山中。天臺聞余至、亦遂喜之若狂。志同道合、豈偶然耶）」。兩者の和解について袁中道の「李溫陵傳」はまったく觸れない。ちなみに錢謙益は、袁氏の記す「道學の隱情を發き」から小傳の「其の道學を掊擊し、情僞を抉摘し」を導き出す際に、古學・漢學の立場から、朱子學的道學への批判に通底する姿勢を嗅ぎとっていたのかも知れない。

一四　**胥天下之爲僞學者、……於是咸以爲妖爲幻、噪而逐之**　注一三に引用した「李溫陵傳」の最後の「當事者逐之」、すなわち麻城放逐は、實は「溝口・年譜」のいう萬曆十九年（一五九一）六十五歳での一回目の迫害を指す。

このあと「李溫陵傳」は、李贄が友人を頼って武昌に赴き、再び麻城に戻って萬曆二十四年の二回目の迫害に遭うと、友人らによって山西の沁水、同じく雲中、次いで南京へと迎えられ、萬曆二十八年に麻城に帰って三回目の迫害に遭った模樣を次のように記す。「何ばくも無くして復た麻城に歸る。時に又幻語を以て當事に聞する有り、當事者又誤信して之を逐い、其の蘭若（李贄が自分のために建てた芝佛院）を火く（無何、復歸麻城。時又有以幻語聞當事、當事者又誤信而逐之、火其蘭若）」。なお、小傳の「咸以爲妖爲幻」の「妖」については、次の注一五に引く「李卓吾墓」や「李溫陵傳」によったのであろう。

一五　馬御史經綸、迎之於通州、尋以妖人逮下詔獄　馬經綸は字主一、『焚書』で誠所・歷山などと記されるのは別號であろう。北直隸順天府通州（北通州とするのも同じ）の人。萬曆十七年（一五八九）の進士（『明史』二三四傳）。談遷の『國榷』には萬曆二十三年に「御史」として見え、翌二十四年正月己丑（二十二日）には「河南道御史」として「皇上　近來　言官（諫言の官）を厭惡し、動もすれば責むるに聒擾（うるさく騷ぎをおこす）を以てし、忽ち又箝口を以て之を責む（皇上近來厭惡言官、動責以聒擾、忽又以箝口責之）」云々と上言して神宗の怒りにあい、東鄉縣（江西撫州府下、あるいは四川夔州府下）の典史に貶謫され、同年二月には、他の御史の時政批判の煽りをくらい、「帝　經綸を追怒し、竟に斥けて民と爲す。既に歸りて、門を杜ざし却掃すること凡そ十年にして卒す。門人　私に聞道先生と諡す（帝追怒經綸、竟斥爲民。既歸、杜門却掃凡十年、卒。門人私諡聞道先生）」（『明史』傳）とされる。したがって李贄が萬曆二十八年の三回目の迫害に際して、麻城の東北の河南・黃檗山に遁れると、通州からここに驅けつけ、翌年二月に通州に迎えた時は、すでに家居中の身であり、「御史」はかつての肩書に過ぎなかった。

李贄にたいする告訴は、『神宗實錄』に「萬曆三十年、閏二月乙卯（二十二日）」の事として記載があり、顧炎武は『日知錄』巻一八「李贄」の項で、その全文を引用している。「禮科給事中張問達、疏して李贄を劾す。「壯歳に官と爲るも、晩年に削髮し、近くは又『藏書』『焚書』『卓吾大德』等の書を刻し、海内に流行して人心を惑亂す。……孔子の是非を以て據るに足らずと爲し、狂誕悖戾（常軌を逸して道理にもとる）、燬かざる可からず。尤も恨む可き者、麻城に寄居し行いを肆にして簡えず、無良の輩と庵院（僧尼の居所や寺院）に游び、妓女を挾んで白晝に同浴し、士人の妻女を勾引して、庵に入りて法を講じ、衾枕を攜えて宿る者有るに至るは、一境狂うが如し。……近ごろ聞くに贄は且に移りて通州に至らんとす、と。通州は都下を距つること四十里、倘し一たび都門に入れば、蠱惑（まどわし）を招致して、又麻城の續きを爲さん。望むらくは禮部に敕し、通州地方の官に檄行して（ふれぶみを出して）、李贄を將って原籍に解發して（連行して）、罪を治めしめん」と（禮科給事中張問達、疏劾李贄。「壯歳爲官、晩年削髮、近又刻『藏書』『焚書』『卓吾大德』等書、流行海內、惑亂人心。……以孔子之是非爲不足據、狂誕悖戾、不可不燬。尤可恨者、寄居麻城、肆行不簡、與無良輩游庵院、挾妓女白晝同浴、勾引士人妻女、入庵講法、至有攜衾枕而宿者、一境如狂。……近聞贄且移至通州。通州距都下四十里、倘一入都門、招致蠱惑、又爲麻城之續。望敕禮部、檄行通州地方官、將李贄解發原籍治罪」）」。この疏文にたいして、皇帝の反應は次のごとくであった。「李贄は敢て道を亂すを倡え、世を惑わし民を誣す（ありもしない事であざむく）。便ち廠衞五城（東廠・錦衣衞と京師の治安に當たる五城兵馬指揮司）を令て、嚴しく拏えて罪を治めしめよ。其の書籍は已刻も未刻も、所在の官司を令て盡く搜して燒燬し存留するを許さず（李贄敢倡亂道、惑世誣民。便令廠衞五城、嚴拏治罪。其書籍已刻未刻、令所在官司盡搜燒燬、不許存留）」。小傳の「詔獄」は錦衣衞の獄のことで、皇帝の詔敕によって下される牢獄である。

小傳の「妖人」という文字は張問達の疏狀にも皇帝の詔旨にも見えないが、「李卓吾墓」は次のように記す。「會當道疏上、指爲妖人、逮詔獄、尋得其實、議發還藉矣（ママ）（會［ここは給事中を指す］の疏上つられ、指して妖人と爲し、詔獄に逮え、尋ねて其の實を得、議して發りて藉（籍に同じ）に還らせ矣）」。また「李溫陵傳」では、通州の馬經綸の自宅に「衞士」すなわち錦衣衞の兵士が李贄の逮捕にやってきた時、李氏は馬氏の同行を斷ったが、馬氏は次のように答えたと記される。「馬公曰、「朝廷以先生爲妖人、我藏妖人者也。死則俱死耳。終不令先生往而己獨留」。馬公卒同行（馬公曰く、「朝廷は先生を以て妖人と爲し、我は妖人を藏まう者なり。死すれば則ち俱に死する耳。終に先生のみを往か令めて己獨り留まらじ」と。馬公卒に同行す）」。

ちなみに謝肇淛（本書「三九」）は、その『五雜俎』卷八・人部四で、この同鄉の士について、「人妖」という表現をしている。萬曆二十七年、劉東星は工部左侍郎として山東最南で黃河の治水に當たり、謝肇淛は東昌司理であった時の事だろう。「余 時に山東に在り、李（贄）方に司空劉公東星の門に客たりて、意氣の張るも甚だしく、郡縣大夫は敢て與に茵と伏とを均しくする莫きも（車の坐席の敷布と手すりを共にすることがないように遠慮していたが）、余は甚だ之を惡み、與に通ぜず。何ばくも無くして京師に入り、罪を以て獄に下されて死す。此も亦人妖に近き者なり矣（余時在山東、李方客司空劉公東星之門、意氣張甚、郡縣大夫莫敢與均茵伏、余甚惡之、不與通。無何入京師、以罪下獄死。此亦近於人妖者矣）」。

一六　獄詞上議、勒還原籍。……遂奪薙髮刀自剄、兩日而死　「李卓吾墓」は注一五の引用文につづいて獄中のことを次のように記す。「曰、「我年七十六、作客平生、何歸爲」。遂以薙髮刀自剄（〔李贄〕曰く、「我年七十六、客と作りし平生、何ぞ歸るを爲さん」と。遂に薙髮刀を以て自ら剄る）」。また「李溫陵傳」は次のように記す。「一日呼侍者薙髮。侍者去、遂持刀自割其喉、氣不絕者兩日。侍者問、「和尙痛否」。以指書其手曰、「不痛」。又問曰、「和尙何自割」。書曰、「七十老翁何所求」。遂絕（一日、侍者を呼びて髮を薙らしむ。侍者去り、遂に刀を持って自ら其の喉を割き、氣の絕えざる者兩日。侍者問うに、「和尙痛むや否や」と。指を以て其手に書きて曰く、「痛まず」と。又問いて曰く、「和尚何ぞ自ら割くや」と。書きて曰く、「七十の老翁 何をか求むる所ぞ」と。遂に絶ゆ)」。

一七 御史收葬之通州北門外、……曰、「李卓吾先生墓」。過者皆吊焉 「李卓吾墓」は次の文章で始まる。「卓吾生平求友、晩始得通州馬侍御經綸也。其葬通州、卓吾老、馬迎之、生與倶也、死于馬乎殯。塚高一丈、周列白楊百餘株。碑二、一曰「李卓吾先生墓」、秣陵焦竑題。一曰「卓吾老子碑」、黄梅汪可受譔（卓吾 生平に友を求め、晩に始めて通州の馬侍御（監察御史の古稱）經綸を得たるなり。其の（福建泉州ではなく）通州に葬らるるは、卓吾老い、馬之を迎え、生きては與に倶にするなり、死しては馬に于て乎殯（かりもがり）せらる。塚は高さ一丈、周りに白楊百餘株列ぶ。碑は二あり、一は「李卓吾先生墓」と曰い、秣陵の焦竑題す。一は「卓吾老子碑」、黄梅の汪可受譔す）」。

焦竑は李贄の年下の友人で支援者、嘉靖二十年（一五四一）～泰昌元年（一六二〇）。『列朝詩集』丁集巻十五「焦修撰竑」に「字は弱侯、南京の人（本貫は山東青州府日照縣）。萬暦己丑（十七年（一五八九）四十九歳）進士に擧げられ、廷試第一人、翰林修撰に除せらる（字弱侯、南京人。萬暦己丑擧進士、廷試第一人、除翰林修撰）」。「翰林九年」ののち「里中に屏居し、専ら著述を事とし、李卓吾・陳季立（名は第、福建福州府連江縣の人、『列朝詩集』丁集巻十一）數千里を遠しとせずして相問學に就き、淵博演迤、東南儒者の宗爲り（屏居里中、専事著述、李卓吾・陳季立不遠數千里相就問學、淵博演迤、爲東南儒者之宗）」とされる。李贄にとって焦竑は頼りとする人物の一人で、例えば焦竑の「續藏書序」（萬暦三十九年撰）の「余の家藏する名公の事跡を取りて之を緒正す（序列する）（取余家藏名公事跡緒正之）」という文言から推すと、李氏の『續藏書』の成るにあたっては焦氏が萬暦二十二年、「國史」編纂の際に輯録し、同四十四年に刊行された『國朝獻徵録』の材料に據るところが大きかったと思われる。汪可受は湖廣黄州府黄梅縣の人、注一一を參照。

さて、「李卓吾墓」は次の文章で終わる。「馬公痛哭曰、「天乎、先生妖人哉。有官棄官、有家棄家、有髪棄髮。其後一著書老學究、其前一廉二千石也」。乃收葬之、葬之通州北門外迎福寺側（馬〔經綸〕公 痛哭して曰く、「天なる乎、先生は妖人ならん哉。官有るも官を棄て、家〔家族〕有るも家を棄て、髪有るも髪を棄つ。其の後は一の書を著す老學究にして、其の前は一の廉き二千石〔清廉な郡守、すなわち知府〕なり」と。乃ち之を收葬し、之を通州北門外迎福寺の側に葬る）」。

一八　**袁小修嘗語余、……其戒行、老禪和不復是過也**　袁小修は名は中道、本書「三三」を參照。妻「莊夫人」「莊歿後」は誤り、「黄夫人」「黄歿後」とあるべきところ。「莊」は女婿の姓である。「鈴木・年譜」萬曆二十三年乙未（一五九五）の項に次のように記される。「六十九歳。龍湖に在り。妻黄宜夫人の逝く或は本年春にあるに非るか。卓吾の妻に對する感は詳に其の「與莊純夫書」（松村注：『焚書』巻二所收）に見ゆ。此書は宜人の葬事畢れることを知りし後女婿たる純夫に與へしもの。書中に「相聚四十餘年」云云とあり、嘉靖三十三年甲寅（原注：余ガ卓吾新婚ト假定セシ年）より本年乙未まで凡そ四十二年なり。卓吾「哭黄宜人」詩あり、曰く……（松村注：引用詩句略、五言四句六首、『焚書』巻六所收）」。

また溝口譯「莊純夫に與える」（『焚書〔抄〕』所收）の注に、次のように記される。「彼はその妻黄宜人との間に二男三女をもうけたが、長女を殘して他は全て夭折した。莊純夫はその長女の夫である」。「李卓吾夫婦は共に泉州の出身であったが、この時、妻の黄宜人だけが故郷の地にいて、そこで死んだのである」。（譯文「彼女は、平生謹愼で、僧堂に輕々しく足を踏みいれることはなかった」についての注に）「黄氏は李氏と同樣回敎の家系であったらしいことが最近明らかにされており、その故に佛寺にあがらなかったとも考えられるが……、この一文を草している時、李卓吾は僧形にて龍湖畔の寺院に隠棲していた」。その「回教の家系」については、葉國慶「李贄先世考」(『歴史研究』一九五八年第二號)に言及がある。

一九　余兄中郎、以吳令謝病歸、再起儀部　袁小修の兄袁中郎については本書「三二　袁宏道」を參照。「吳令」すなわち吳縣知縣の辭職は萬曆二十五年(一五九七)の二月。そのあと公安に「歸った」のではなく、吳と會稽を遊覽し、同年の秋冬に揚州や眞州(儀眞)に滯在し、北京での轉職先が決まると、翌二十六年春に北上した。その四月からの新しい職は順天府教授、二十七年三月からは國子監助教であり、「儀部」、すなわち禮部儀制清吏司主事になったのは、二十八年三月からのことである。この間、李贄は、萬曆二十五年九月に北京に至り、西山の極樂寺に寄寓し、袁宏道の北上を知って、後に見るような詩を作って待っていたが、翌年春、宏道が入京した時には、すでに焦竑に同行して南京へ去った後であった。

二〇　卓老以謂理不當復出、爲詩曰、……其於進退出處、介介如此　王符は後漢の思想家。『藏書』巻三七・儒臣傳・詞學儒臣は、『後漢書』巻四九・王符傳に從って次のように記す。「王符、字は節信、安定(今の甘肅省)の人なり。少くして學を好み、志操有り。……和(帝)安(帝)自りの後、世は游宦(餘所での仕官)に務め、當途の者(重要ポストの高官)は更ごも相薦引するも、而して符は獨り耿介にして俗に同ぜず、此を以て遂に升進を得ず、志意に憤りを蘊み、乃ち隱居して書三十餘篇を著し、以て當時の失得を譏り、其の名を章顯するを欲せず、故に號して『潛夫論』と曰う(王符、字節信、安定人也。少好學、有志操。……自和・安之後、世務游宦、當途者更相薦引、而符獨耿介不同於俗、以此遂不得升進、志意蘊憤、乃隱居著書三十餘篇、以譏當時失得、不欲章顯其名、故號曰『潛夫論』)」。

退職した袁宏道を、いったんは王符に擬えたものの、その再就職が決ると、七言律詩の最後の二句を變えて示したというのである。『焚書』巻六「九日至極樂寺、聞袁中郎且至、因喜而賦(九日極樂寺に至るに、袁中郎の且に至らんとするを聞き、因りて喜びて賦す）」の詩を全文揭げておく。萬曆二十五年九月九日の作である。世道由來未可孤、百年端的是吾徒。時逢重九花應醉、人至論心病亦蘇。老檜深枝喧暮鵲、西風落日下庭梧。黃金臺上思千里、爲報中郎速進途（世道由來　未だ孤なる可からず、百年〔私の生涯で〕端的〔たしかに〕是吾が徒。時に重九に逢いて花は應に醉うべく、人は心を論るに至りて病も亦蘇えらん。老檜の深枝に暮鵲喧しく、西風の落日　庭梧に下つ。黃金臺上　千里を思い、爲に報ず中郎よ進途を速げと）。「鵲」カササギの鳴き聲は來客の前ぶれ。「黃金臺」は京師西南の易州にある臺。戰國時代燕の昭王がここに千金を置いて天下の賢人を招いた。

二一　人知卓老爲柳下之不恭、不知其爲伯夷之隘也　『孟子』公孫丑章句上で、伯夷と柳下惠それぞれの、朝廷での態度や友人との對應のしかたを記したあとで、孟子の評として、「伯夷隘、柳下惠不恭。隘與不恭、君子不由也（伯夷は隘、柳下惠は不恭。隘と不恭とは、君子由らざるなり）」と述べる。趙氏注に、「隘」を「隘狹」こころせまい、「不恭」を「不恭敬」つつしまない、と言葉を補っている。李贄に卽していえば、「不恭」は妓女を同席させたような不謹愼さを、「隘」は袁宏道に對したごとき細心さをいうのだろう。

二二　卓老風骨稜稜、中燠外冷、……獅子迸乳、香象絕流　「李溫陵傳」に次のように見える。「公爲人中燠外冷、丰骨稜稜。性甚卞急、好面折人過、士非參其神契者不與言。……旣無家累、又斷俗緣、參求乘理、極其超悟、剔膚見骨、迥絕理路。出爲議論、皆爲刀劍上事、獅子迸乳、香象絕流、發詠孤高、少有酬其機者（公は人と爲り中は燠かく外は冷やかにして、丰骨〔すがた〕は稜稜たり。性は甚だ卞急〔せっかち〕にして、人の過ちを面折するを好み、士は其の神契〔こころの機微〕に參わる者に非ざれば與に言わず。……旣に家累無く、又俗緣を斷ち、乘理〔大乘・小乘など佛教の理〕を參求し、其の超悟を極め、膚を剔り骨を見わして、迥かに理路を絕つ。出でて議論を爲せば、皆刀劍上の事と爲りて、獅子 乳を迸しらせ、香象 流れを絶ち、孤高を發詠して、其の機に酬いる者有ること少なし）」。

「獅子迸乳」は、『景德傳燈錄』（宋・沙門道原纂、全三十卷）卷一一に、靈祐禪師が後繼者の慧寂禪師をほめた言葉として、「此是師子一滴乳、迸散六斛驢乳（此は是師子一滴の乳、六斛の驢乳を迸散す）」とある。一斛は十斗、一石に同じ。僅少の高貴なものが數多の凡庸なものを蹴散らかしてしまうという譬えであろう。獅子（師子）は如來のように勇猛な悟道者の象徵。「香象絶流」は、やはり『景德傳燈錄』卷六、懷海禪師の言葉に、「心如木石、亦如香象截流而過、更無疑滯（心は木石の如く、亦香象 流れを截ちて過ぎるが如く、更に疑滯する無し）」と見える。『景德傳燈錄』（所在不明、『駢字類編』卷九〇・數目門による）に、「同在佛所、聞説一味之法、然所證有淺深、辟兎馬象三獸渡河、兎渡則浮、馬渡及半、象徹底截流（同じく佛所に在りて、一味の法を説くを聞くも、然れども證する所に淺深有り、辟えば兎・馬・象三獸の河を渡るに、兎の渡れば則ち浮き、馬の渡れば〔足は底までの〕半ばに及び、象は底に徹りて流れを截つ）」とある。香象は青く香氣のある象で、菩薩のように、徹底した叡智の體得者の象徵。「香象渡河」ともいい、そもそもは「三獸渡河」の喩えにもとづき、悟りに深淺の違いがあることを示す。

二三　直可與紫栢老人相上下　錢謙益獨自のコメントである。

李贄の小傳の前に同時代の「高僧四人」（いずれも閏集卷三）を掲げるが、その第一は錢謙益が師事した「憨山大師清公」（嘉靖二十五年〈一五四六〉～天啓三年〈一六二三〉）、第二が「紫柏大師可公」（嘉靖二十二年〈一五四三〉～萬曆三十一年〈一六〇三〉）である。「（紫柏）大師、諱は眞可、字は達觀、世よ吳江（南直隸蘇州府下）の太湖の濱に居す。……師 匡山（江西九江縣の廬山）に在りて、憨山の弘法を以て難を被り遠く雷陽（廣東雷州府）に戍せらるるを聞き、嘆きて曰く、「法門に人無かり矣」と。南康（江西の府）太守吳寶秀、礦税を以て逮え被れ、其の妻繯（繩輪）に投じて死す。嘆きて曰く、「閹人（宦官）の横行此に至れば、世道爲す可からざり矣」と。乃ち策（對策）を決して都門に入り、人に謂いて曰く、「海印（憨山）歸らず、我が法を爲すの一大負（責務）なり。礦税止まざるは、我が救世の一大負なり。『傳燈錄』の續かざるは、我が慧命（智慧の命脈）の一大負なり。此の一具（ひとつの。具は量詞）の貧骨を舍て、此の三負を釋き、復たとは王舍城（佛寺）に走らず」と（大師諱眞可、字達觀、世居吳江太湖之濱。……師在匡山、聞憨山以弘法被難、遠戍雷陽、嘆曰、「法門無人矣」。南康太守吳寶秀以礦税被逮、其妻投繯死。嘆曰、「閹人横行至此、世道不可爲矣」。乃決策入都門、謂人曰、「海印不歸、我爲法一大負。礦税不止、我救世一大負。『傳燈錄』不續、我慧命一大負。舍此一具貧骨、釋此三負、不復走王舍城矣」）」。

憨山が「寺院を私造するに坐し」て戍所に至ったのが萬曆二十四年二月（『列朝詩集』「憨山大師淸公」小傳）、開礦の始まりが同年七月（『明史』神宗本紀）である。紫柏が京師に上った後、萬曆三十年三月乙丑（三日）の『國榷』の記事に、「御史康丕揚 妖僧達觀（すなわち紫柏）を逐うを請うも、報ぜず（御史康丕揚請逐妖僧達觀。不報）」とある。また『明史』光宗本紀の最初に「（萬曆）二十九年十月、乃ち（神宗の長子朱常洛、のちの光宗を）立てて皇太子と爲す。三十一年、妖書（怪文書）を獲、「神宗 太子を易えんと欲す」と言い、鄭貴妃を指斥（名指し）せり。神宗怒り、捕逮の株連する者甚だ衆し（二十九年十月、乃立爲皇太子。三十一年、獲妖書、言「神宗欲易太子」、指斥鄭貴妃。神宗怒、捕逮株連者甚衆）」とある。鄭貴妃は、皇太子朱常洛の弟常洵の實母である。この妖書事件に先だって楚王朱華奎の眞僞問題が起っており、二つの事件をめぐって、時の首輔沈一貫・巡城御史康丕揚のグループと、次輔沈鯉・禮部侍郎郭正域のグループが抗争し、前者が、後者の特に郭正域を追及する中で、達觀も彼と交際があったとの嫌疑で逮捕された。『明史』巻二二六・郭正域傳には「達觀も亦時時（しばしば）貴人の門に游び、嘗て正域の搒逐する所と爲る（むち打ちで追い出された）（達觀亦時時游貴人門、嘗爲正域所搒逐）」とある。

『列朝詩集』の小傳文はさらに次のように續く。「妖書の獄の起こるに及び、師を逮えて詔獄に入れ、旨（敕命）有りて所司に下し審問せしむ。而して執政者の意は鈎黨（グループのいもづる式摘發）に在り、牽連して師を殺さんと欲するも、上は初め知らざるなり。師既に笞うた被れ、血肉は狼籍たり。笑いて曰く、「世事は此くの如し、久しく住どまりて何をか爲さん」と。浴を索め偈を說き、堅坐して逝く。癸卯（萬曆三十一年）の十二月なり（及妖書獄起、逮師入詔獄、有旨下所司審問。而執政者意在鈎黨、欲牽連殺師、上初不知也。師既被笞、血肉狼籍。笑曰、「世事如此、久住何爲」。索浴說偈、堅坐而逝。癸卯之十二月也）」。

錢謙益は李贄の思想そのものに共感したのではなかったであろう。共感はむしろ、紫柏大師とあわせて、政權による受難に堪えながらも、最後まで自己主張を止めなかったところにあったのだと思われる。本書「三〇　湯顯祖」に附見の「李生至淸」には、紫柏大師と李卓吾の二人の死後の萬曆三十六年、湯顯祖の弟子李至淸が錢謙益を訪れ、僧裝で京師に上ろうとした時に詩「虞山別受之短歌（虞山に受之に別かるる短歌）」を作り、その序文で、錢氏から卽席の七言律詩を贈られたが、その末二句は、「游燕莫問中朝事、紫柏龍湖是汝師（燕に游ぶに中朝の事を問う莫かれ、紫柏・龍湖は是汝が師）」であったと云う。

（松　村　　昂）

『列朝詩集』關連年表

松村　昂

氏名の下に初出のみ（　）で『列朝詩集』の所在を示す。例えば（甲前7）は「甲前集卷七」をあらわす。また氏名の下の數字は當年のかぞえの年齢である。本書所收の人物はゴシックで示している。

元

一三二七　泰定4　**楊維楨**（甲前7）32進士。

一三三三　元統1　**劉基**（甲前1）23進士。

一三三七　至元3　**劉基**27高安縣丞。

一三四一　至正1　**劉基**31居家。**宋濂**（甲12）32歸隱。

一三四八　至正8　**楊維楨**53杭州四務提擧。

一三四九　至正9　顧德輝（甲前8）40崑山に玉山草堂を築く。**宋濂**40翰林院編修の推薦を固辭し、仙華山で道士となる。

一三五三　至正13　**劉基**43江浙行省都事。

一三五五　至正15　**朱元璋**（乾上）28和州より東して大江を渡る。

一三五六　至正16　3月、**朱元璋**29金陵を占領し應天府と稱する。

一三五七　至正17　**高啓**（甲4）22平江（蘇州）に開藩した張士誠の諮議參軍饒介（甲前10）の招きを斷り、靑丘に隱遁。

一三五八　至正18　**高啓**23「靑丘子歌」。

一三五九　至正19　**劉基**49家居して『郁離子』を著す。

一三六〇　至正20　浙江の**宋濂**51・**劉基**50・章溢47・葉琛、**朱元璋**33の招きに應じて應天府に赴く。

一三六三　至正23　陳友諒48戰死。

一三六四　至正24・吳元年　正月、**朱元璋**37建國して吳王を稱す。徐賁（甲10）吳興に行き蜀山精舍を建てる。

一三六七　至正27・吳4年　9月、蘇州が陷落し、張士誠は捕縛されて自殺。

明

一三六八　洪武1　正月、**朱元璋**41、金陵（應天府）に卽位、國號を「大明」とする、「**太祖**高皇帝」。李善長55左丞相、徐達・右丞相。**劉基**（甲1）58御史中丞。初めて六部が設けられる。林鴻（甲20）將樂儒學訓導。閏7月、元の順帝北奔。楊基（甲6）・徐賁ら臨濠に遷謫。**高啓**33・張羽（甲8）36・唐肅（甲18）41・王行（甲16）38ら蘇州で「北郭詩社」を結ぶ。

一三六九　洪武2　2月『元史』編纂の詔、監修に左丞相李善長56、總裁に**宋濂**60・王禕（甲12）48、纂修に**高啓**34・危素（甲13）67・胡翰（甲15）63・貝瓊（甲15）・陶凱（甲15）ら。**楊維楨**74前朝の老文學として召される。顧德輝60、3月卒。

一三七〇　洪武3　**劉基**60誠意伯。**高啓**35、7月戶部侍郎に拔擢、固辭して放還。**楊維楨**75「老客婦詞」、5月卒。陶宗儀（甲16）松江に流寓。

一三七一　洪武4　科擧が開始され、**太祖**44自ら策問。吳伯宗（甲14）狀元、禮部員外郎。楊基、句曲山中に家居。**高啓**36「姑蘇雜詠」一百首。

一三七二　洪武5　魏觀（甲14）蘇州府治の修復が罪に問われ處刑。科擧停止（洪武17年まで）。

一三七三　洪武6　7月、胡惟庸、右丞相に任ぜられる。楊基、湖南廣右の奉使に起つ。張羽41南京太常寺丞。詔して愚菴智及（閏1）63・全室宗泐（閏1）ら有道の僧十人を京師の大天界寺に集める。

一三七四　洪武7　倪瓚（甲前8）74卒。徐賁、推薦により入朝。林鴻、家居7年ののち膳部員外郎。**高啓**39魏觀の蘇州府治改修に上梁文、連坐して腰斬。王彝（甲15）も連坐、法に伏す。

一三七五　洪武8　**劉基**65卒。

一三七六　洪武9　徐賁、山西に民情視察ののち給事中。方孝孺（甲22）20翰林院にて**宋濂**67に謁する。

一三七七　洪武10　瞿佑（乙5）31南京で敎授職。方孝孺21浦陽山中にて經學に集中。

一三七八　洪武11　葉子奇（甲17）湖廣巴陵縣主簿、下獄中に『草木子』を執筆。瞿佑32『剪燈新話』四卷。**太祖**51佛書に遺佚あるとして全室宗泐61らを西域に派遣。

一三七九　洪武12　徐賁、河南布政使となるも「迂疎儒者」と見なされ下獄死。

一三八〇　洪武13　正月、左丞相胡惟庸、謀叛し誅に伏す。これにより中書省左右丞相を革める。丁鶴年（甲前6）46「北遁後、泣を飲んで詩を賦す」。

一三八一　洪武14　胡翰75、4月卒。**宋濂**72、5月卒。

一三八二　洪武15　十王が國に赴き、燕王朱棣（乾上、後の成祖永樂帝）23には獨菴道衍（閏1）48が隨行。仝室宗泐65西域より『莊嚴經』などを得て還朝、僧錄司が開設される。

一三八三　洪武16　張羽51、**太祖**56の口述により郭子興「滁陽王廟碑」を作る。

一三八五　洪武18　科擧再開。張羽53兩廣に遣戍され、6月自殺。

一三八八　洪武21　解縉（乙1）20進士「中書庶吉士」（『小傳』は洪武26年とする）。

一三九三　洪武26　2月大將軍涼國公藍玉の大獄、列侯以下連坐する者數百家。**高棅**（乙3）44『唐詩品彙』九十巻序。

一三九七　洪武30　劉三吾（甲13）85會試（春榜）主考、進士の多數を南人としたことで罪に坐す。**太祖**70自ら「夏榜」として新たに北人のみ六十一人を登第させる。

一三九八　洪武31　閏5月、**太祖**71崩。建文帝朱允炆16（乾上）卽位「建文惠宗讓皇帝」。

一三九九　建文1　正月『高皇帝實錄』纂修の詔敕、**楊士奇**（乙1）35齊府審理副として參與、のち翰林に入る。2月15日燕王朱棣40來朝、陛に登るも拜せず。7月「靖難の變」起こり、4年にわたる內戰。方孝孺43翰林博士。瞿佑53南京國子監助敎。

一四〇〇　建文2　この年の進士は、胡廣（乙1）31狀元・修撰、吳溥（乙2）38會元・編修、楊榮（乙1）30編修、楊溥（乙1）26編修、金幼孜（乙1）32戶科給事中。

一四〇二　建文4　6月建文帝20出奔（以後「建庶人」の稱）、7月（成祖）永樂帝朱棣43卽位「太宗文皇帝」。「建文」を廢止し、この年を「洪武35年」とする（「建文」の復活は一五九五萬曆23年）。吏部尙書張紞（甲22）7月自經。ほか自經・族殺など多數。方孝孺46「絕命詞」、宗族親友の誅に坐する者數百人、「歿後、文字の禁、甚だ嚴し」。靖難後（8月以降）宰輔は黄淮（乙1）36、胡廣33、楊榮32、解縉34、**楊士奇**38、金幼孜35、胡儼（乙1）。獨菴道衍67功第一に録され太子少師を拜し、姚廣孝の名を賜る。楊溥28太子洗馬ののち下獄。

一四〇三　永樂1　7月翰林侍讀學士解縉35等に命じて『永樂大典』を編輯せしむ。**高棅**54「布衣自り召され待詔」。

一四〇五　永樂3　『永樂大典』を重修。監修・總裁は解縉37等。

一四〇六　永樂4　周憲王朱有燉（乾下、太祖の孫）「元宮詞」一百首。

一四〇七　永樂5　首輔解縉39、2月廣西布政司右參議に降黜。

一四〇八　永樂6　成祖49遷都のため北巡し、北京に幸す。重修『永樂大典』二萬二九三七卷成る。

一四〇九　永樂7　成祖第1回北巡、宰輔のうち胡廣39・楊榮39・金幼孜42が扈從、黄淮43・**楊士奇**45は京師（後の南京）で東宮（後の仁宗）監國の輔佐。會試ののち、北巡のため廷試は永樂9年に延期。

一四一〇　永樂8　解縉42奏事を東宮に行い、讒言され下獄。

一四一一　永樂9　**高棅**62「始めて典籍に陞る」。

一四一三　永樂11　第2回北巡。

一四一五　永樂13　解縉47「瘦死、或いは雪中に埋死と云う」。

一四一六　永樂14　第3回北巡。

一四一七　永樂15　**楊士奇**53、宰輔11年目、2月翰林學士に進む。

一四一八　永樂16　5月重修『太祖實錄』成る。獨菴道衍84卒。

一四二〇　永樂18　楊榮50・金幼孜53、ともに宰輔18年目、閏正月文淵閣大學士に陞り翰林院學士を兼ねる。11月、北京に遷都するを以て天下に詔す。

一四二一　永樂19　于謙（乙4）24進士。

一四二三　永樂21　**高棅**74典籍官にて卒。

一四二四　永樂22　7月、成祖65崩。8月24日、洪熙帝朱高熾（乾上）47卽位「仁宗昭皇帝」。宰輔は**楊士奇**60・楊榮54・金幼孜57・黃淮58（8月出獄後）。

一四二五　洪熙1　3月28日、仁宗、北京の諸機關に「行在」を加え、都を南京に復する決意をする（正統6年11月1日まで）。5月13日、仁宗48崩。6月11日、宣德帝朱瞻基（乾上）28卽位「宣宗章皇帝」。楊溥51、閏7月宰輔に入閣。閏7月『文皇（太宗）昭皇（仁宗）實錄』を纂修。瞿佑79「保安謫戍十年」より釋放され南京に還居。

一四二六　宣德1　于謙25山西道御史。

一四三一　宣德6　金幼孜64、12月卒。閣中は「三楊」の**楊士奇**67・楊榮61・楊溥57のみ。

一四三三　宣德8　漢王朱高煦（乾下、成祖第二子）「兵を發して反し死す」。瞿佑87卒。徐有貞（乙6）27進士、編修。

一四三五　宣德10　正月3日、宣宗65崩。10日、英宗正統帝朱祁鎭9卽位。

一四三六　正統1　宰輔は「三楊」のみ。

一四三八　正統3　『宣宗實錄』成る。

一四四〇　正統5　楊榮70卒。

一四四一　正統6　**沈周**（丙8）15、糧長の父に代り南京に赴き百韻の詩を作る。

一四四四　正統9　**楊士奇**80、3月卒（『小傳』は「正統六年卒、年八十」とする）。

一四四六　正統11　楊溥72、7月卒。

一四四七　正統12　陳憲（獻）章（丙4）20擧人。

一四四八　正統13　8月福建延平府で鄧茂七の亂。

一四四九　正統14　英宗23、8月北に親征してオイラートのエセンを討つも、15日土木堡にて潰滅、北方に連行される、「土木の變・己巳の變」。死者は司禮監王振・兵部尚書鄺埜など數十萬。22日、于謙52兵部尙書、周忱（乙2）69戶部尙書。又22日、オイラートが英宗を擁して大同に至るも、都督僉事郭登（乙4）守將としてその入城を抗拒。9月郕王朱祁鈺（英宗の弟）22卽位して景帝（代宗）となり、英宗を上皇となす。錢洪（乙7、錢謙益六世祖）「己巳の變に馬を輸して邊を助く」。9月21日、廣東で黃蕭養の亂。

一四五〇　景泰1　8月、上皇24、京師に還り、南宮に入居。

一四五二　景泰3　周憲王朱有燉、薨。**李東陽**（丙1）6「景皇帝召見す」。

一四五四　景泰5　丘濬（丙3）37進士、庶吉士。

一四五七　天順1　正月6日、武清侯石亨・副都御史徐有貞51等、クーデターにより上皇を迎えて復位せしむ。7日、英宗天順帝朱祁鎭31、復た卽位（重祚）。2月、廢帝を郕王となすも、まもなく薨ず、年30。復辟後、兵部尙書于謙60は逮捕のうえ棄市。首輔陳循（乙4）73は鐵嶺衞軍に流謫。宰輔蕭鎡（乙4）は民とされる。吏部尙書王直（乙2）79は致仕。いっぽう徐有貞は正月宰輔として入閣、6月下獄、7月雲南金齒衞に編成、民とされる。新たな宰輔として、許彬（乙4）が正月入閣、7月に南京禮部侍郞。薛瑄（乙4）59は正月入閣、6月致仕。岳正（乙4）40は6月入閣、7月廣東欽州同知に左遷。

一四六一　天順５　４月『大明一統志』成る。
一四六二　天順６　**李東陽**16擧人。
一四六三　天順７　２月９日貢院火災のため會試を８月に、廷試を翌年３月に延期。
一四六四　天順８　正月17日、重祚英宗38崩。22日、憲宗成化帝朱見深18卽位。**李東陽**18二甲一名進士、庶吉士。
一四六五　成化１　丘濬46、３月翰林侍講。**李東陽**19、８月翰林編修。桑悅（丙７）19擧人。
一四六六　成化２　程敏政（丙６）22榜眼、編修。
一四七二　成化８　吳寬（丙６）38會元、狀元「翰林に入る」。文林（丙６）28進士。
一四七三　成化９　翰林編修謝鐸（丙２）８月『資治通鑑綱目』を校訂。
一四七四　成化10　**李東陽**28・程敏政30ともに12月翰林侍講。
一四七五　成化11　謝遷（丙３）27狀元。王鏊（丙６）26會元、探花。
一四七七　成化13　丘濬60、８月國子祭酒。
一四七八　成化14　楊廷和（丙３）20進士。
一四八〇　成化16　王越（丙３）58、２月兵部尙書として延綏の威寧海でオイラートを大破、威寧伯。
一四八三　成化19　**李東陽**37、９月侍講學士。陳憲（獻）章56、貢士として９月檢討、母への歸養を許される。
一四八四　成化20　楊循吉（丙６）27進士、禮部主事。
一四八七　成化23　８月22日、憲宗41崩。９月６日、弘治帝朱祐樘（乾上）18卽位「孝宗敬皇帝」。宰輔（10月以降）
は劉吉61・徐溥60・劉健55。程敏政43侍講學士。王鏊38、９月侍講。費宏（丙３）20狀元。
一四八八　弘治１　何喬新（丙３）62、正月刑部尙書。楊循吉31禮部主事を致仕。

一四八九　弘治2　4月『憲宗實錄』の編纂に侍講學士**李東陽**43・修撰楊廷和31ら與修。

一四九一　弘治4　丘濬74、10月宰輔。楊廷和33侍讀。李應禎（丙6）61南京太僕寺少卿。

一四九二　弘治5　**祝允明**（丙9）33擧人。

一四九三　弘治6　侍講學士**李東陽**47會試主考。**李夢陽**（丙11）22進士、戶部主事。李應禎63卒。

一四九四　弘治7　**李東陽**48、8月禮部右侍郎。

一四九五　弘治8　丘濬78、2月卒。2月、**李東陽**49・謝遷47が宰輔。劉大夏（丙3）60、12月戶部左侍郎。王鏊46、3月侍講學士。楊廷和37左春坊左中允。

一四九六　弘治9　王九思（丙11）29進士、庶吉士。**邊貢**（丙11）21進士、太常博士。顧璘（丙14）21進士、廣平知縣。

一四九七　弘治10　文林53溫州府知府。

一四九八　弘治11　首輔徐溥71、7月致仕。以後宰輔は、劉健66・**李東陽**52・謝遷50の三人。**唐寅**（丙9）29解元。

一四九九　弘治12　3月、禮部右侍郎程敏政55、大學士**李東陽**53とともに會試を主考。程氏が鬻題賣士を彈劾され、貢士の徐經・**唐寅**30、不正の罪で下獄、失格。**王守仁**（丙4）28進士、刑部主事。都穆（丙9）41進士、工部主事。張鳳翔（丙11）進士、戶部主事。朱應登（丙14）23進士、南京戶部主事。文林55溫州で6月卒、その子**文徵明**（丙10）30「屬城の賻遺千金を受けず」。

一五〇〇　弘治13　陳憲（獻）章73、2月卒。

一五〇一　弘治14　**楊愼**（丙15）14、**李東陽**55に從って學ぶ。

一五〇二　弘治15　『大明會典』成り、楊廷和44左春坊大學士。**康海**（丙11）28狀元、修撰。王廷相（丙11）29進士、庶吉士、兵科給事中。**何景明**（丙12）19進士、中書舍人。

一五〇四　弘治17　吳寬70卒。**王守仁**33、9月兵部武選淸吏司主事。**文徵明**35鄕試不售。

一五〇五　弘治18　2月戶部主事**李夢陽**34、「二病・三害・六漸を陳言」して宦官と外戚を批判、壽寧侯張鶴齡の反撃にあって下獄、「述憤」詩。嚴嵩（丁11）26進士、庶吉士、編修。**徐禎卿**（丙9）27進士、大理寺左寺副。鄭善夫（丙13）21進士。5月7日、孝宗36崩。正德帝朱厚照（乾上）15位を嗣ぐ、「武宗毅皇帝」。**邊貢**30戶科給事中、9月河南衞輝府知府。

一五〇六　正德1　劉瑾が司禮監となって實權を握る。戶部郎中**李夢陽**35、9月尙書韓文66に代って劉瑾・馬永成・谷大用ら「八閹」を彈劾する上奏文を起草。10月宰輔の劉健74・謝遷58が致仕。**李東陽**60は殘留。王鏊57が新たに入閣。11月韓文を罷免。兵部主事**王守仁**35劉瑾を疏劾し、12月貴州龍場驛丞に謫遷。

一五〇七　正德2　楊廷和49宰輔。正月、**李夢陽**36劉瑾に逐われて開封に潛む。**何景明**24劉瑾の禍を恐れ、病と稱して歸鄕。**文徵明**38、4度目の鄕試に失敗。**唐寅**38桃花庵別業を築く。

一五〇八　正德3　**李夢陽**37、5月逮捕され下獄、「離憤」詩五首。**康海**34の盡力で釋放され開封に歸る。

一五〇九　正德4　宰輔王鏊60、劉瑾に困められ、4月致仕。**沈周**83卒。

一五一〇　正德5　8月11日、太監張永が劉瑾の謀叛計畫を暴露し、ただちに劉瑾を逮捕・下獄、「八月の變」。18日、劉瑾黨二十六人を處分。大學士曹元・吏部尙書張綵・戶部尙書劉璣らのほか、翰林院修撰**康海**36は「坐して落職し民と爲され」、吏部郎中王九思43は壽州同知に左遷。25日、劉瑾、誅に伏す。9月、新しい體制として、宰輔は**李東陽**64・楊廷和52に加えて、梁儲（丙3）62・劉忠（丙3）59。**王守仁**39、3月江西廬陵縣知縣、12月南京刑部四川淸吏司主事。**邊貢**35湖廣荊州知州。**何景明**27、**李東陽**の推薦によって中書舍人に復歸。顧璘35開封府知府。

一五一一　正德6　宦官政治が終る。**王守仁**40、正月吏部主事、10月吏部員外郎。**李夢陽**40、4月江西按察司副使提學として再起。**邊貢**36山西提學副使に拔擢。**徐禎卿**33國子監博士、3月卒、**王守仁**「徐昌國墓誌」。王九思44壽州同知を致仕。**楊愼**24狀元、修撰。

一五一二　正德7　正月から山東で劉六・劉七の亂、7月まで。首輔**李東陽**66、12月致仕。楊廷和54が首輔。**王守仁**41、12月吏部郎中より南京太僕寺少卿。

一五一三　正德8　桑悅67卒。

一五一四　正德9　**祝允明**55、7度目の會試に失敗し、廣東惠州府興寧縣知縣。**唐寅**45寧王朱宸濠に招かれるも「佯狂使酒して放歸」される。**李夢陽**43、7月江西按察司副使提學を罷免。**邊貢**39河南提學副使。

一五一五　正德10　**王守仁**44「朱子晚年定論」。

一五一六　正德11　**李東陽**70、7月卒。**王守仁**45、8月左僉都御史となり南贛・汀漳を巡撫。顧璘41台州府知。

一五一七　正德12　武宗27、8月から北巡開始、年末には西北の宣府に在り。**何景明**34吏部驗封司員外郎。

一五一八　正德13　武宗28、正月宣府に在り、10月黃河を渡り、12月陝西最北の榆林・綏德に至る。**何景明**35、5月陝西按察司提學副使。鄭善夫34禮部祠祭清吏司主事に復起。

一五一九　正德14　武宗29正月還京、3月南巡開始。群臣の諫言あいつぎ下獄、廷杖、左遷など。6月11日、寧王朱宸濠江西に叛す。15日左僉都御史**王守仁**48、討伐の軍を起こし、7月26日宸濠を捕擒。6月14日、興（獻）王朱祐杬（乾上、孝宗の弟、後の嘉靖帝の父）薨、年44。**祝允明**60、應天府通判。

一五二〇　正德15　武宗30威武大將軍と稱し、南巡して鎭江に至り、8月20日、大學士楊一淸67（丙3）の私第で御製詩十二首を作る。會試を行うも殿試は延期。12月1日、寧王宸濠、死を賜る。孫一元（丙13）37卒。

一五二一　正德16　3月14日、武宗31崩。4月12日、嘉靖帝朱厚熜（乾上）15即位、「世宗肅皇帝」。**李夢陽**50、5月寧王宸濠と親交の嫌疑で逮捕・下獄。**王守仁**50、7月寧濠捕擒の功により南京兵部尚書、新建伯。**邊貢**46、召されて南京太常少卿。嚴嵩42、8月編修より南京侍讀。張璁47進士。

一五二二　嘉靖1　大禮の議おこる。首輔楊廷和64「孝宗を皇考、興獻王を皇叔父、その妃を皇叔母」、張璁48・桂萼「孝宗を皇伯考、武宗を皇兄、興獻帝を皇考、その皇后を聖母」。朱祐杬「興獻王睿宗獻皇帝」。**李夢陽**51、8月「狀無し」として釋放。**何景明**39陝西按察司提學副使を辭職、8月6日卒。

一五二三　嘉靖2　首輔楊廷和65大禮の議で世宗17の意に反し辭職を請う。『武宗實錄』纂修、**楊愼**36その草稿校訂。**邊貢**48、10月南京太僕寺卿。顧璘48、4月浙江布政司左參政より山西按察使。**文徵明**54、4月歲貢生として上京、翰林待詔。**唐寅**54、12月病卒。鄭善夫39卒。徐階（丁11）21探花。豊坊（丁3）進士、禮部主事。

一五二四　嘉靖3　楊廷和66、2月首輔を致仕。6月、張璁50（のち孚敬と改名）と桂萼が翰林學士に。6月21日につぎ7月15日、翰林院修撰**楊愼**37ら大禮の議に抗して大哭し、四品官以上は待罪、五品官以下百三十四人が下獄。**楊愼**は雲南永昌衞に永戍。喬宇（丙3）68、7月大禮の議を以て吏部尙書を致仕、卒。8月18日、詔敕によって大禮の議定まる。「孝宗を皇伯考、その皇后を皇伯母。興獻帝を皇考、その皇后を聖母。武宗を皇兄、その皇后を皇嫂」。**邊貢**49南京太常卿、四夷館を提督。王鏊75、3月卒。**康海**50「何仲默集序」。

一五二五　嘉靖4　楊一淸72、11月再び宰輔。嚴嵩46、5月國子監祭酒。6月『武宗毅皇帝實錄』成り、**文徵明**56襄衣銀幣を恩賜される。都穆67卒。

一五二六　嘉靖5　**文徵明**57翰林待詔を謝して歸る。**祝允明**67、12月卒。**王愼中**（丁1）18進士、戶部主事。田汝成（丁2）進士、南京刑部主事。袁袠（丁3）25進士。

一五二七　嘉靖6　張孚敬53、10月入閣。桂萼、9月禮部尙書、11月吏部尙書。

一五二八　嘉靖7　嚴嵩49、4月禮部右侍郎。**王守仁**57、江西思田の叛亂を平定後、11月29日卒。

一五二九　嘉靖8　2月桂萼が入閣。9月楊一淸76、首輔を致仕。張孚敬が首輔。**邊貢**54、9月南京戶部尙書。楊廷和71、6月卒。**楊愼**42四川に歸り、11月雲南に還る。**李夢陽**58、9月卒。**羅洪先**（丁1）26狀元、修撰。**唐順之**（丁1）23會元、庶吉士、兵部主事。李開先（丁1）28進士、戶部主事。

一五三一　嘉靖10　宰輔桂萼、8月卒。夏言（丁11）50、9月禮部尙書。嚴嵩52、10月吏部左侍郎、12月南京禮部尙書。**邊貢**56、5月南京戶部尙書を罷免。顧璘56、1月浙江左布政使に戾り、致仕。田汝成、禮部主事。黃省曾（丙11）42擧人。**歸有光**（丁12）26鄕試不第、同學諸人と文社を結ぶ。

一五三二　嘉靖11　**邊貢**57卒。皇甫涍（丁4）36進士、工部主事。**歸有光**27昆山で兪允文（丁6）20と定交。

一五三三　嘉靖12　嚴嵩54、6月南京吏部尙書。王廷相60、4月都察院左都御史。**唐順之**27、7月吏部主事より翰林編修、**王愼中**25らと交友。**王愼中**、8月常州通判に謫遷。

一五三四　嘉靖13　徐階32、3月黃州同知より浙江提學僉事。田汝成、提學僉事より12月滁州知州に左遷。

一五三五　嘉靖14　張孚敬61、4月首輔を致仕。**唐順之**29、2月翰林編修を致仕。**王愼中**27南京戶部員外郞。王維楨（丁2）29進士、庶吉士、檢討。趙貞吉（丁11）28進士、庶吉士、編修。

一五三六　嘉靖15　夏言55、閏12月宰輔。嚴嵩57、閏12月禮部尙書。**王愼中**28山東督學、府學にて**李攀龍**（丁5）23

を抜擢して第一とする。

一五三七 嘉靖16 2月、皇子朱載圳の誕生により充軍者の恩赦に與る者百四十二人、ただし**楊愼**50ら八人は除外。**歸有光**32「寒花葬志」。

一五三八 嘉靖17 顧璘63、12月吏部右侍郎。馮惟訥（丁2）進士、宜興知縣。**茅坤**（丁3）27進士、靑陽知縣。

一五三九 嘉靖18 夏言58首輔。顧璘64、正月工部右侍郎兼右副都御史。徐階37、5月江西提學副使より侍讀。

一五四〇 嘉靖19 12月**唐順之**34右春坊司諫として左贊善**羅洪先**37・司經局校書趙時春（丁1）32と東宮の來歲元旦の朝賀を請い奪官、民とされる。**康海**66、12月卒。黃省曾51卒。**歸有光**35擧人。**李攀龍**27擧人。

一五四一 嘉靖20 王廷相68都察院左都御史より7月民とされ歸鄕。**王愼中**33河南左參政を罷めて歸る。

一五四二 嘉靖21 首輔夏言61、7月革職閒住。嚴嵩63、8月入閣、これより專政20年。顧璘67、3月南京刑部尙書。

一五四三 嘉靖22 **王世貞**（丁6）18擧人。

徐階40、12月侍讀より國子祭酒。

一五四四 嘉靖23 顧璘69、7月南京刑部尙書を罷免。徐階42、11月兵部右侍郎。王廷相71、卒。**李攀龍**31進士、吏部文選司見習。

一五四五 嘉靖24 夏言64、12月宰輔に復起。徐階43、閏正月、禮部侍郎より吏部侍郎。嚴嵩66の子嚴世蕃、4月太常寺少卿。顧璘70卒。

一五四七 嘉靖26 **李攀龍**34刑部廣東司主事。蜀成王朱讓栩（乾下）薨、その『長春競辰集』に**楊愼**60が序文。田汝成11月『西湖遊覽志』序。張居正（丁11）23進士、庶吉士、編修。**王世貞**22進士、刑部主事。汪道昆（丁6）23進士、義烏知縣。袁袠46卒。

一五四八　嘉靖27　夏言67、正月首輔を致仕、10月棄市。嚴嵩69が再び首輔。**謝榛**（丁5）50、盧枏（丁5）の冤獄の件で入京し刑部に告訴。**李攀龍**35、李先芳（丁5）の紹介で**王世貞**23と知りあい共に復古の論を唱える。**謝榛**とも知りあう。

一五四九　嘉靖28　徐階47、2月禮部尚書。張居正25、10月檢討。

一五五〇　嘉靖29　8月、アルタンの侵入により京師戒嚴。**王世貞**25の父王忬44、巡按御史として通州で防禦にあたる。宗臣（丁5）26進士、刑部主事。梁有譽（丁5）32進士、刑部主事。徐中行（丁5）34進士、刑部主事。吳國倫（丁5）27進士、中書舍人。

一五五一　嘉靖30　沈鍊（丁10）45正月「嚴嵩十罪」を上疏し保安州に謫遷。嚴世蕃、11月工部右侍郎。**李攀龍**38刑部山西司郎中。梁有譽33、**李攀龍**の詩社に入る。王九思84卒。

一五五二　嘉靖31　徐階50、3月宰輔。王忬46右僉都御史として正月山東巡撫、3月浙江の倭寇に對して軍務を提督。何良俊47上京して官位を求め嚴嵩73に面會。**李攀龍**39の提案で**謝榛**54・徐中行36・梁有譽34・**王世貞**27・宗臣28の六人、それぞれが「五子詩」を作る。のち**謝榛**、歸鄕。梁有譽、4月歸鄕。宗臣10月肺病にて辭歸。**李贄**（閏3「異人」）26擧人。

一五五三　嘉靖32　正月兵部員外郎楊繼盛38、首輔嚴嵩74の「十罪」「五奸」を彈劾して廷杖。**李攀龍**40、**謝榛**55と不和、「五子詩」で吳國倫30と差替え、秋、直隸順德知府。**王世貞**28刑部郎中。

一五五四　嘉靖33　王忬48、11月大同巡撫より兵部右侍郎兼僉都御史。梁有譽36、11月卒。

一五五五　嘉靖34　王忬49、3月兵部左侍郎として薊遼保定を總督。10月嚴嵩76、楊繼盛40を處刑。**王世貞**30哭してその喪を營む。陝西大地震により王維楨49らが卒。

一五五六　嘉靖35　**李攀龍**43入計で上京、刑部郎中**王世貞**31・兵部給事中呉國倫33・吏部稽勳員外郎宗臣32らと會い、9月陝西按察使副使・提督學政に昇る。呉國倫5月江西按察使知事に謫遷。**王世貞**10月山東按察副使、『世說新語補』序。**李贄**30河南輝縣教諭。

一五五七　嘉靖36　徐中行41福建汀州知府。

一五五八　嘉靖37　5月より倭寇が福建各地を侵犯、浙直福建總督胡宗憲47・參將戚繼光（丁11）31ら防衛。**徐渭**（丁12）38、胡宗憲の命により「白鹿を奉る」表を撰す。**唐順之**52兵部郎中に再起、7月薊州鎮を巡視、次いで浙江・南直隸にて倭寇防禦に當り、9月胡宗憲の推薦により僉都御史を超拜し淮揚を巡撫。**李攀龍**45棄官して歸鄉。

一五五九　嘉靖38　5月總督薊遼右都御史の王忬53を逮捕下獄、**王世貞**34解官して弟世懋（丁6、この年進士）24と救濟に奔る。呉國倫36、5月江西南康推官に左遷。**文徵明**90、2月20日卒。**楊愼**72、7月6日卒、雲南に戍役すること32年。**王愼中**51卒。

一五六〇　嘉靖39　10月、王忬54處刑され、**王世貞**35歸喪。途上の濟寧にて**李攀龍**47が弔問。張居正36、5月編修より右春坊右中允。**唐順之**54、4月揚州の舟中にて卒。宗臣36福建按察司提學副使、2月卒。

一五六一　嘉靖40　倭寇、正月福建に侵入、4月浙江に侵入、9月胡宗憲50が少保、戚繼光34が都督僉事に進む。

一五六二　嘉靖41　嚴嵩83、5月罷免。代って徐階60が首輔。戚繼光35、6月福建の倭寇討伐を救援、11月にも擊賊。

一五六三　嘉靖42　汪道昆39・戚繼光36、4月より福州以南の倭寇を平定。**李攀龍**50鄉居6年目、10月『白雪樓詩集』刋。

一五六四　嘉靖43　汪道昆40、4月右僉都御史として福建を巡撫。徐中行48江西瑞州同知。**羅洪先**61卒。

一五六五　嘉靖44　嚴世蕃、3月伏誅。嚴嵩86卒。胡宗憲54、10月逮捕・獄死。**茅坤**54「紀剿徐海本末」を著してその功績を記す。汪道昆41・戚繼光38ら7月福建の倭寇を討つ。吳國倫42福建建寧知府から邵武知府。**王世貞**40里居、『藝苑卮言』六巻を脱稿。**歸有光**60進士、長興知縣。

一五六六　嘉靖45　張居正42、4月侍讀學士。汪道昆42、6月福建巡撫を罷免。**徐渭**46妻を殺害し紹興で下獄。12月14日世宗60崩。26日、穆宗朱載垕40卽位。

一五六七　隆慶1　張居正43、2月宰輔。**李攀龍**54鄉居10年目、10月浙江提刑按察司副使に起つ。**王世貞**42・世懋32、8月亡父王忬の冤罪を申し立て追復される。**李贄**41禮部に在り。

一五六八　隆慶2　首輔徐階66致仕。**歸有光**63、6月順德府通判。**李攀龍**55、5月浙江布政使左參政、12月河南按察使。徐中行52湖廣按察僉事。吳國倫45、5月廣東高州知府。**王世貞**43、4月河南按察司副使に復起。李開先67卒。李維楨（丁6）22進士、庶吉士、編修。于愼行（丁11）24進士、庶吉士、編修。沈一貫（丁11）37進士、庶吉士、編修。

一五六九　隆慶3　戚繼光42、正月都督同知として薊州などを鎭守。**王世貞**44正月、浙江布政司左參政。11月山西按察使。何良俊（丁7）『四友齋叢說』序。

一五七〇　隆慶4　**歸有光**65南京太僕寺丞。徐中行54雲南左參議。汪道昆46、2月右僉都御史として起ち鄖陽を撫治。**李贄**44南京刑部員外郎、焦竑（丁15）30從って論學。**李攀龍**57丁憂在鄉、8月卒。**徐渭**50獄中に在り。**湯顯祖**（丁12）21擧人。

一五七一　隆慶5　3月アルタン汗、明と和し順義王に封ぜられる。**歸有光**66、正月病卒。

一五七二　隆慶6　5月25日、穆宗46崩。6月10日、萬暦帝朱翊鈞（乾上）10卽位「神宗顯皇帝」。6月16日、張居正48が首輔。汪道昆48、張居正の推薦で兵部右侍郎。**王世貞**47里居、增益『藝宛卮言』八巻・附錄四巻、序。

一五七三　萬曆1　**王世貞**48、2月湖廣按察使に起ち、9月廣西右布政使、10月太僕寺卿。**徐渭**53出獄。

一五七四　萬曆2　**王世貞**49、9月都察院僉都御史として湖廣鄖陽を撫治。戚繼光47、正月左都督。

一五七五　萬曆3　**謝榛**77卒。汪道昆50、6月歸鄉。

一五七六　萬曆4　**王世貞**51、6月南京大理寺卿、10月彈劾により自宅待機。**湯顯祖**27春、宣城に客し梅鼎祚（丁15）27と定交。胡應麟（丁6）26擧人。

一五七七　萬曆5　張居正53、9月丁憂奪情。**李贄**51雲南姚安知府。**王世貞**52里居。汪道昆53、閏8月『弇州山人四部稿』序。屠隆（丁6）36進士、潁上知縣。

一五七八　萬曆6　張居正54、3月歸葬、6月還朝。徐中行62卒。**王世貞**53、8月應天府尹に起つも論劾され、自宅待機。

一五七九　萬曆7　正月、詔して天下の書院を毀たしむ。**袁宗道**（丁12）20擧人。

一五八〇　萬曆8　汪道昆56徽州で「白榆社」を結び兪安期（丁15）31・潘之恆（丁15）らが加入。**王世貞**55里居、『歸有光集』を讀み「近代の名手」と稱贊。

一五八一　萬曆9　王世懋46陝西提學副使、8月休暇。**李贄**55春、姚安知府を致仕、湖廣黄州府黄安縣に至り、焦竑41南京より訪問。

一五八二　萬曆10　6月首輔張居正58卒、申時行（丁11）48宰輔。屠隆41禮部主客司主事として上京途中の太倉で王世懋47宅に宿泊、**王世貞**57・陳繼儒（丁16）25と會う。

一五八三　萬暦11　徐階81、閏2月卒。**湯顯祖**34進士、南京太常博士。

一五八四　萬暦12　**王世貞**59、正月應天府尹。2月南京刑部右侍郎を病氣により辞退、5月休職を許可。

一五八五　萬暦13　**王世貞**60里居、戚繼光58が解職後に來訪。**李贄**59黄州府麻城縣に移る。

一五八六　萬暦14　**王世貞**61南京刑部右侍郎。王世懋51、6月福建左參政から南京太常寺少卿。**湯顯祖**37その屬下なるも王氏兄弟とは交往せず。汪道昆62が主盟して、**王世貞**・王穉登（丁8）52・屠隆45・潘之恆らと8月杭州西湖で「南屏詩社」を結ぶ。**袁宗道**27會元、庶吉士、編修。陳繼儒29儒衣冠を焚棄し自ら學籍を除く。

一五八七　萬暦15　**王世貞**62、10月南京兵部右侍郎。戚繼光60卒。

一五八八　萬暦16　王世懋53閏6月卒。**袁宏道**（丁12）21擧人。

一五八九　萬暦17　**王世貞**64、6月南京刑部尚書。焦竑49狀元、修撰。陶望齡（丁15）28會元、探花、編修。黄輝（丁15）36進士、庶吉士、編修。董其昌（丁16）35進士、庶吉士、編修。

一五九〇　萬暦18　**王世貞**65、3月致仕、11月卒。**李贄**64『焚書』六卷を麻城で出版、荊州府公安縣を訪れ袁氏三兄弟と會う。胡應麟40の『詩藪』に汪道昆66が序文。

一五九一　萬暦19　**湯顯祖**42南京禮部主事として、4月首輔申時行57を論劾し廣東徐聞典史に謫遷。9月申時行、致仕。袁氏三兄弟、**李贄**65を麻城の龍湖に訪う。

一五九二　萬暦20　4月日本豐臣秀吉56による「朝鮮征伐（文祿の役）・東征の役（壬辰の亂）」始まる（～萬暦26年12月）。**謝肇淛**（丁16）26進士、湖州推官、王穉登58と交友。**袁宏道**25進士。江盈科40進士。**袁中道**（丁12）23、5月**李贄**66を武昌府に訪う。

一五九三　萬曆21　**湯顯祖**44、3月浙江遂昌知縣に量移。**袁中道**24、南京で國子監司業の馮夢禎（丁15）46と會う。**徐渭**73卒。吳國倫70卒。汪道昆69卒。

一五九四　萬曆22　3月『正史』編纂の詔敕（のち中斷）、焦竑54『國史經籍志』六卷成る。『國朝獻徵錄』所收の行狀・傳記類もこのとき「輯錄」か（「四庫提要」）。**袁宏道**27、12月吳縣知縣。

一五九五　萬曆23　9月16日「建文」の年號を復活させる詔敕、「少帝（建文帝）本紀」を編輯。**湯顯祖**46、2月京師上計より歸任の途中、吳縣赴任の**袁宏道**28と初めて識る。屠隆54、**湯顯祖**を遂昌に訪う。**袁宏道**、3月吳縣に着任し、長洲知縣江盈科43と親交。陶望齡34京職を辭し歸鄉途中、吳門で**袁宏道**と會う。曹學佺（丁14）22進士、戶部主事。王思任（丁12）20進士、興平知縣。

一五九六　萬曆24　播州宣慰使楊應龍の叛亂（「播州の亂」萬曆28年6月まで）。陶望齡35、**袁宏道**29の招きで再び吳門に遊ぶ。**袁宏道**「敘小修詩」。憨山德清（閏3高僧）51寺院私造のかどで廣東の雷陽に遣戍。

一五九七　萬曆25　豐臣秀吉61再び朝鮮に出兵、「慶長の役・丁酉の亂」。焦竑57北直隸鄉試主考、事を構えられ辭職、「翰林九年」。**袁宗道**38詹事府司經局洗馬・皇長子經筵講官。**袁宏道**30、2月辭職を許可、『錦帆集』四卷・江盈科序、『解脫集』四卷・虞淳熙（丁15）題詞。**李贄**71、9月上京、西山の極樂寺に寄寓。

一五九八　萬曆26　豐臣秀吉62、7月病死、「慶長の役」終結。焦竑58北京で**李贄**72と會う。董其昌44北京で**李贄**と「莫逆の友」。**李贄**、焦竑に從って南京に至り、マテオ・リッチ（利瑪竇）と會見。**湯顯祖**49上計にて遂昌知縣を棄官、臨川に歸り「牡丹亭還魂記」傳奇を作る。**袁宏道**31、4月順天府教授に赴任。**袁宗道**39、7月詹事府左春坊左中允、**袁宏道**・太學生**袁中道**29・詹事府少詹事黃輝45・江盈科46・**謝肇淛**32らと「蒲桃社」を結ぶ。曹學佺25南京大理寺正、臧懋循（丁7）・處士吳兆（丁14）・山人吳夢暘（丁14）54

らと「金陵社」を結ぶ。

一五九九　萬曆27　**李贄**73の『藏書』六十八卷が南京で出版、焦竑59が序文。**袁宗道**40、5月左春坊左諭德兼侍講。**袁宏道**32、3月國子館助教。

一六〇〇　萬曆28　楊應龍の亂4年目、6月5日その自經により終局。**李贄**74麻城龍潭の住居が焼打ち、『續藏書』未完のまま河南黄蘗山へ。**袁宏道**33、3月禮部儀制清吏司主事。**袁宗道**41、4月右春坊右庶子兼翰林院侍讀、9月卒。

一六〇一　萬曆29　**李贄**75北京附近通州の馬經綸の家に逃れる。**袁中道**32通州に**李贄**を訪う。**湯顯祖**52、官籍削除され、浙江按察使李維楨55力争するも效あらず。**茅坤**90卒。

一六〇二　萬曆30　**李贄**76、閏2月禮科給事中張問達に疏劾され、獄中で自殺。**湯顯祖**53「歎卓老」詩。胡應麟52卒。

一六〇三　萬曆31　屠隆62福建晉安に遊び邵武知府阮自華（丁16）ら名士詞客七十餘人と飲酒賦詩。湯望齡42南京鄉試考官。**婁堅**（丁13）50貢生、仕えずして歸る。**袁中道**34舉人。**鍾惺**（丁12）30舉人。

一六〇四　萬曆32　東林書院が無錫に開設。

一六〇五　萬曆33　董其昌51、正月湖廣提學副使に起つ。**謝肇淛**39南京刑部主事。**鍾惺**32、**譚元春**（丁12）20と定交。梅國楨64卒。屠隆64卒。江盈科50卒。

一六〇六　萬曆34　董其昌52武昌で諸生の噪逐に遭い致仕、歸鄉。**謝肇淛**40南京兵部主事。曹學佺33南京戶部郎中。焦竑66『澹園集』四十九卷・『焦氏筆乘』十四卷刊行。**湯顯祖**57『玉茗堂文集』刊行。沈德符（丁16）29『萬曆野獲編』二十卷刊行。李流芳（丁13）32舉人。錢謙益25舉人。

一六〇七　萬曆35　冬、雲南「阿克の亂」。**袁宏道**40、12月吏部驗封司主事。**袁中道**38會試下第。

一六〇八　萬曆36　**謝肇淛**42南京工部主事、ついで員外郎。

一六〇九　萬曆37　**謝肇淛**43北京で工部郎中、黄河を管理。**袁宏道**42、8月陝西鄉試主考。**袁中道**40、南京で**鍾惺**36の訪問を受け、10月上京。錢謙益28會試に上京、**袁中道**と極樂寺で同宿。曹學佺36四川布政司右參政。陶望齡49卒。

一六一〇　萬曆38　**袁宏道**43吏部稽勳郎中、9月6日卒。**袁中道**41落第。錢謙益29探花、編修、5月父の丁憂で歸鄉（天啓元年まで里居）。**鍾惺**37進士、行人。

一六一一　萬曆39　**鍾惺**38四川に出使、途中で竟陵に居家し、**譚元春**26に會う。曹學佺38四川按察使。**李贄**の歿後9年、『續藏書』二十七巻が南京で出版、焦竑71序。

一六一二　萬曆40　臧懋循、松江に客し陳繼儒55と會う。**鍾惺**39、12月還京、商家梅（丁13）同行。

一六一三　萬曆41　**鍾惺**40、9月山東出使、12月南京。曹學佺40罪を獲て歸家。

一六一四　萬曆42　鄒迪光（丁16）65「湯顯祖傳」を作り**湯顯祖**65に寄せる。**鍾惺**41、南京を發ち、夏歸鄉。

一六一五　萬曆43　5月4日、張差、皇太子朱常洛の慈慶宮に侵入し誅せられる、三案の一「梃撃」。**鍾惺**42春、**譚元春**30と『詩歸』を選定。6月貴州出使、途中公安縣に**袁中道**46を訪い、8月貴州鄉試副主考、秋末還京。陳繼儒58『陳眉公集』十七巻刊行。瞿式耜26擧人。

一六一六　萬曆44　正月、滿洲のヌルハチが（後）金國を建て可汗（清太祖）の位に就く。焦竑76『國朝獻徵録』百二十巻刊行。**湯顯祖**67、6月卒。**謝肇淛**50雲南布政使司左參政。**鍾惺**43、8月休暇をとり12月から南京に滞在すること6年。**袁中道**47進士、徽州府教授、『珂雪齋近集』十巻刊。阮大鋮（丁16）30進士。

一六一七　萬曆45　**鍾惺**44、初めて焦竑77と會い、8月、南京訪問の陳繼儒60と定交。錢謙益36東林黨の首魁とみなされて久しく授官ならず、**程嘉燧**（丁13）53の訪問を受ける。

一六一八　萬暦46　明と後金との戰闘始まる。**程嘉燧**54、冬『浪淘集』自序。**袁中道**49、5月『珂雪齋集前集』二十四卷、自序。

一六一九　萬暦47　3月遼東薩爾滸（サルホ）の戰いで明軍大敗。**鍾惺**46南京禮部儀制司主事、**譚元春**34・茅元儀（丁13、**茅坤**孫）25・吳鼎芳（丁14）38らと南京烏龍潭に集う。また秋末、吳に遊び婁江で錢謙益38に會う。沈德符42『萬曆野獲編續編』十二卷。

一六二〇　泰昌1　7月21日、神宗崩。8月1日、光宗朱常洛39卽位。9月1日、崩。毒殺の嫌疑、三案の二「紅丸」。9月4日、東林派官僚の主張により、光宗第一子朱由校15を慈慶宮から移し李選侍（光宗寵愛の女性）の影響を排す、三案の三「移宮」。9月6日、熹宗朱由校卽位。焦竑80卒。**鍾惺**47、南京禮部儀制司主事、ついで祠祭司郎中。錢謙益39、8月還朝、原官の編修に復起。「冬、國喪」で文翔鳳（丁16）・王象春（丁16）43に「近代詩文の俗學を極論」。

一六二一　天啓1　3月遼東の瀋陽・遼陽陥落、「東事」。魏忠賢、司禮秉筆太監（宦官の最高職）となる。董其昌67、12月太常寺少卿に復起。**謝肇淛**55廣西按察使。**鍾惺**48、9月福建按察司僉事提督學政。錢謙益40、8月浙江鄉試正考官、その前か後かに南京で**袁中道**52と會う。還朝ののち詹事府右春坊右中允知制誥、「國朝詩集を譔次して幾（ほとん）ど三十家」。

一六二二　天啓2　孫承宗（丁11）60、2月宰輔、兵部尙書を兼掌、8月山海關に出鎭。**謝肇淛**56廣西右布政使、ついで左布政使。曹學佺49廣西布政司右參議に起つ。李流芳48遼東敗戰を「南歸」詩に。錢謙益41病氣で休職歸鄉。

一六二三　天啓3　董其昌69、7月禮部右侍郎兼侍讀學士。**袁中道**54禮部儀制司郎中、病卒。**鍾惺**50丁憂去職、6月歸家。

一六二四　天啓4　6月東林黨の左副都御史楊漣53「魏忠賢二十四大罪」を列擧。**謝肇淛**58入覲途中の官舍で卒。錢謙益43秋復起、詹事府少詹事。**譚元春**39恩貢により上京するも落第。張溥23・張采29ら「應社」を蘇州に設立。

一六二五　天啓5　3月、楊漣54・左光斗51・顧大章50ら「東林六君子の獄」、7月以降いずれも獄死。錢謙益44黨魁として、5月官籍を剝奪、歸田。8月、東林書院など天下の書院を毀つ。董其昌71正月、南京禮部尚書。**程嘉燧**61徽州府休寧縣より蘇州府嘉定縣に寓居、**唐時升**（丁13）75・**婁堅**72・李流芳51と定交。**鍾惺**52、6月21日卒。

一六二六　天啓6　董其昌72休暇歸鄉。曹學佺53、8月廣西按察副使より削籍、民とされる。李維楨80卒。

一六二七　天啓7　8月22日、熹宗23崩。8月24日、毅宗（思宗）朱由檢18卽位。10月貢生錢嘉徵「東廠太監魏忠賢十罪」を上奏、11月、魏忠賢誅殺。**譚元春**42解元。

一六二八　崇禎1　錢謙益47復起、3月詹事府少詹事、ついで禮部右侍郎。11月禮部尙書溫體仁の劃策により除名、民とされる。11月陝西大飢荒、李自成・張獻忠の亂おこる。

一六二九　崇禎2　11月1日、清軍の接近により京師戒嚴「己巳の役・東便門の役」、宰輔孫承宗67ら奮闘。李流芳55病卒。「復社」成立、張溥28社長。江北「匡社」・中州「端社」・松江「幾社」・萊陽「邑社」・浙東「超社」・浙西「莊社」・黃州「質社」・江南「應社」を合併。入社は**譚元春**44・陳子龍22など。

一六三〇　崇禎3　溫體仁、6月宰輔。錢謙益49家居、**程嘉燧**66を招いて同居唱和。11月「復社」第2回金陵大會、黄宗羲21・張溥29・陳子龍23・呉偉業22ら。

一六三一　崇禎4　董其昌77詹事府の官に復起。**婁堅**78卒。呉偉業23榜眼。張溥30進士。

一六三三　崇禎6　6月溫體仁が首輔。3月「復社」第3回虎丘（蘇州）大會。**譚元春**48『譚友夏合集』刋、7月自序。

一六三四　崇禎7　8月李自成、咸陽を陷落。董其昌80致仕、歸鄉。

一六三六　崇禎9　7月清軍、居庸關から北京に迫り京師戒嚴。董其昌82、8月卒。錢謙益55家居、黄宗羲27が訪れ父黄尊素の墓誌を請う。冬、顧大韶「江南六大害」の疏草作成に關連した嫌疑で瞿式耜47とともに逮捕。

一六三七　崇禎10　溫體仁6月致仕。錢謙益56、閏4月「黨禍に坐して獄に繫がる」。**譚元春**52會試に上京、途中で卒。陳子龍30進士、紹興推官。

一六三八　崇禎11　4月張獻忠、四川の亂。7月「南都防亂公揭」、阮大鋮52排斥の聲明文に黄宗羲ら百四十名の署名。11月清軍、保定府高陽縣に克ち、元宰輔孫承宗76殉死。錢謙益57、5月出獄。王彥泓（丁16）41華亭縣訓導。

一六三九　崇禎12　正月清軍、濟南に入る。11月都督吳三桂、遼東總兵官となる。陳繼儒82、9月卒。曹學佺66、錢謙益58に寄せる詩。

一六四〇　崇禎13　9月王鐸、南京禮部尙書。何喬遠『名山藏』百九卷、錢謙益59序。

一六四一　崇禎14　正月李自成、河南を攻擊。錢謙益60、6月柳如是24が側室。**程嘉燧**77徽州府休寧縣に歸鄉。張溥40、5月卒。

一六四二　崇禎15　4月李自成、開封を包圍、平賊將軍左良玉死守するも、9月陷落。10月遼東總兵吳三桂、淸に降り、京師戒嚴。

一六四三　崇禎16　正月李自成、湖北襄陽に「新順王」を稱す。8月清の太宗52崩、在位17年。世祖福臨卽位。10月李自成、潼關を陷落、ついで西安を陷落。錢謙益62、9月『初學集』百十卷、瞿式耜48の刻にて成る。程嘉燧79序、12月卒。冬、絳雲樓落成。陳子龍36・李雯36・宋徵輿26共編『皇明詩選』十三卷刊。

一六四四　崇禎17・順治1　正月李自成「大順國」を稱號。2月18日北京入城。3月19日入宮、毅宗朱由檢35自縊。4月30日李自成、城門を出て西走。5月2日清軍北京入城。5月15日福王朱由崧、南京で卽位。6月6日、元光祿寺卿阮大鋮58執權。同日、錢謙益63禮部尙書兼侍讀學士、曹學佺71「錢受之先生集序」。8月9日張獻忠、成都入城、11月16日「大西」國を號し卽位。

清

一六四五　順治2　2月錢謙益64『國史』編纂を請うも許されず。5月10日南明弘光帝朱由崧、南京を出走、捕獲殺害。阮大鋮59「亂後終る所を知らず」。5月15日清朝軍、南京入城、大學士王鐸54・禮部尙書錢謙益ら迎降。

一六四六　順治3　錢謙益65正月、清朝の禮部右侍郎、『明史』編輯副總裁。內殿にて宋濂の『文粹』『續文粹』を見る。6月病氣辭職、『列朝詩集』の編輯再開。

一六四七　順治4　錢謙益66「謝升案」反清活動援助のかどで3月晦日逮捕、夏に釋放。陳子龍40卒。

一六四八　順治5　錢謙益67、5月「黃毓祺案」で逮捕、中秋、南京での刑具の身で『金陵社集詩』（丁7）を得る。

一六四九　順治6　錢謙益68春釋放され歸里。藏書によって私製『國史（明史）』を撰せんとす。『列朝詩集』閏集・

香奩詩成る、柳如是32讎校。門人の毛晉、『列朝詩集』を刻す。

一六五〇　順治7　錢謙益69、10月絳雲樓火災、裒輯する『明史稿』百巻（いわゆる『國史』）など灰燼。閏11月、南明桂王（永曆帝）の留守大學士瞿式耜61桂林にて殉難。

一六五二　順治9　錢謙益71『列朝詩集』八十一巻成る、9月13日自序。

一六六四　康熙3　錢謙益83、5月24日卒。柳如是47、6月28日自縊。

一六九八　康熙37　錢陸燦87（錢謙益族孫）『列朝詩集小傳』十巻成る、「立春己巳」自序。

一七〇五　康熙44　朱彝尊77『明詩綜』百巻成る、「月正人日」自序。

あとがき

思い起こせば、一九九一年十月、日本中國學會第四十三回大會で「錢謙益の歸有光評價をめぐる諸問題」を口頭發表して以來、『列朝詩集小傳』および錢謙益は、私の研究上の關心事の一つであった。しかし、『列朝詩集小傳』の難しさは、「歸有光小傳」一篇を讀んだだけでもすぐにそれと知れた。『列朝詩集小傳』はほとんどの場合、依據資料を示していない。依據した原資料を索出し、原資料から改編がどのように行われたのか、錢謙益による詩人批評の措辭は先行する誰のどんな評語をふまえているのかなど、調査にはかなりの時間が必要である。一人でこの大部な書と格闘するなど、到底不可能な話だと思っていた。

あきらめかけていたこの研究に着手することができたのは、ひとえに松村昂先生のおかげである。手元の記録によると、松村先生が研究への參劃に同意くださったのは、今から六年半前の二〇一二年七月のことであった。これに明代詩文の研究者田口一郎氏、和泉ひとみ氏の兩名が加わり、その年の九月に「『列朝詩集小傳』講讀會」が始まった。この講讀會はおおむね年に十五回ほどのペースで續き、二〇一四年度には基盤研究（C）26370407「錢謙益の『列朝詩集小傳』に關する實證的研究」（研究代表：野村鮎子）として採擇された。二〇一六年十月九日には、奈良女子大學で開催された日本中國學會第六十八回大會のパネルディスカッションとして、四人合同で「詩人の傳記と批評はどのように形づくられるか――『列朝詩集』小傳を例に」を發表した。本書は、これらの研究成果の一部である。

『列朝詩集小傳』は誰もが知る明詩研究の基本文獻だが、かつてはこれに關する研究はさほど多くはなかった。日本では、吉川幸次郎博士が一九六〇年ごろに大學の授業で『列朝詩集』を講じておられたそうだが、專著論文はなかった（この講義録はのちに「明詩說」という名で『吉川幸次郎遺稿集』第二卷に收録された）。中國でも容庚「論『列朝詩集』與『明詩綜』」（一九五〇年）の後、研究は停滯していたようだ。中國で研究が進まなかったのは、錢謙益の名が賣國奴もしくは變節漢の代名詞と見なされてきたことにも起因していよう。二〇〇四年に『中國文哲研究通訊』（臺灣中央研究院中國文哲研究所）第一四卷二期で錢謙益研究特輯號が組まれたが、嚴志雄教授が編纂した「研究要目」（論文一覽）はさほど長大なものとはいえず、『列朝詩集小傳』に關する專著論文も二篇のみであった。

現在では錢謙益をタブー視することもなくなり、『列朝詩集』の影印本や標點本の出版に加え電子畫像データも充實し、中華圈においては『列朝詩集小傳』に關する研究はますます活況を呈している。

この本の編集作業を行っていた今年の五月、東京で開催された第六十三回國際東方學者會議のシンポジウム「明末清初の新動向Ⅱ」の席上、同じパネリストとして嚴志雄教授（現香港中文大學教授）にお目にかかる機會を得た。教授は日本において我々が『列朝詩集小傳』の研究を進めていることを知り、ことのほか喜んでくださった。

末尾ながら、汲古書院の小林詔子氏に深く感謝申し上げる。指折り數えてみれば彼女との本づくりはこれで六册目であり、つきあいも二十年以上になる。校正作業が遲れたことで、彼女にはずいぶんご負擔をおかけした。

なお、この本の出版にあたっては、獨立行政法人日本學術振興會 平成三十年度科學研究費補助金「研究成果公開促進費（學術圖書）」（18HP5057）の助成を受けた。

二〇一八年十二月七日

野村鮎子

執筆者紹介

編者／執筆者

野村鮎子（のむら　あゆこ・NOMURA Ayuko）

1959年生。奈良女子大學研究院人文科學系教授。主な著作に『歸有光文學の位相』（單著 汲古書院 2009）、『明人とその文學』（共著 汲古書院 2009）、『四庫提要宋代總集研究』（共著 汲古書院 2013）、『四庫提要南宋五十家研究』（共著 汲古書院 2006）、『四庫提要北宋五十家研究』（共著 汲古書院 2000）、『六朝詩人傳』（共著 大修館書店 2000）、『ジェンダーからみた中國の家と女』（共著 東方書店 2004）、『臺灣女性研究の挑戰』（共編 人文書院 2010）、『中國女性史入門』（共著 人文書院 增補改訂版2014）、『臺灣女性史入門』（共著 人文書院 2008）、主な譯書に『戀戀紅塵——中國の都市、欲望と生活』（監譯 東方書店 2018）等がある。

執筆擔當：序說、１錢謙益「歷朝詩集序」、３劉基、５高啓、８高棅、14徐禎卿、20楊愼、24茅坤、27王世貞、28歸有光、34鍾惺、35譚元春、附錢謙益「論譚元春詩」、36程嘉燧、37唐時升、38婁堅、あとがき。

執筆者

松村　昂（まつむら　たかし・MATSUMURA Takashi）

1938年生。京都府立大學名譽教授。主な著書に『寒山詩』（共著 筑摩書房 初版1970）、『中國文明選』（共著 朝日新聞社 1970）、『中國文學を學ぶ人のために』（共著 世界思想社 1991）、『風呂で讀む寒山拾得』（單著 世界思想社 1996）、『圖解雜學水滸傳』（共著 ナツメ社 2005）、『明清詩文論考』（單著 汲古書院 2008）、『明人とその文學』（編著 汲古書院 2009）、『清詩總集敍錄』（單著 汲古書院 2010）、等がある。

執筆擔當：２太祖高皇帝朱元璋、６宋濂、９李東陽附王世貞「書西涯古樂府後」、10王守仁、13祝允明、16李夢陽、18邊貢、26李攀龍、31袁宗道、32袁宏道、33袁中道、40李贄、『列朝詩集』關連年表。

和泉ひとみ（いずみ　ひとみ・IZUMI Hitomi）

1966年生。關西大學非常勤講師。主な著書に『明人とその文學』（共著 汲古書院 2009）、主要譯書に『宋代散文研究』（共譯 白帝社 2016）、『戀戀紅塵——中國の都市、欲望と生活』（共譯 東方書店 2018）等がある。

執筆擔當：4楊維楨、7楊士奇、9李東陽、11沈周、12唐寅、15文徵明、17康海、19何景明、29徐渭、30湯顯祖、39謝肇淛。

田口一郎（たぐち　いちろう・TAGUCHI Ichiro）

1967年生。東京大學大學院總合文化研究科准教授。主な著書に『明人とその文學』（共著 汲古書院 2009）、『六朝詩人傳』（共著 大修館書店 2000）、『村山吉廣教授古稀記念中國古典學論集』（共著 汲古書院 2000）、主な譯書に『清國作法指南』（平凡社 東洋文庫 799 2010）、『中國知識人の運命——陳寅恪最後の二〇年』（共譯 平凡社 2001）等がある。

執筆擔當：21王愼中、22唐順之、23羅洪先、25謝榛。

人名索引

索引凡例

1．この索引は、本書に登場する清末までの人名索引である。
2．同一漢字は一箇所に、五十音順に配列した。
3．索引の注意事項は以下のとおりである。
　（1）銭謙益については除外した。
　（2）皇帝を除いては、基本的に本名を採用し、字號および出身地に因む呼稱については、「大復→何景明」「江陵→張居正」のように本名を明示した。
　（3）「王・李」といった併稱表現については、「王・李→王世貞・李攀龍」のように人物名を明示し、王世貞と李攀龍のそれぞれの頁數にまとめた。
　（4）～母、～妻、～氏など本名が定かでないものについては除外した。

カ行

サ行

タ行

ナ行

ハ行

ラ行

A Study
of
Liechaoshiji Xiaozhuan 列朝詩集小傳

edited by

NOMURA Ayuko

2019

KYUKO-SHOIN

TOKYO

『列朝詩集小傳』研究

二〇一九年一月十八日　發行

編　者　野 村 鮎 子
發行者　三 井 久 人
整版印刷　富士リプロ株式會社
日本フィニッシュ

發行所　汲 古 書 院
〒102-0072 東京都千代田區飯田橋二―五―四
電　話〇三（三二六五）九七六四
ＦＡＸ〇三（三二二二）一八四五

ISBN978-4-7629-6628-6　C3098

KYUKO-SHOIN, CO.,LTD.　TOKYO